TRYSTAN

BRITANNIA (CC 469 D.C.)

Loreana Valentini

TRISTAN
CAVALEIRO DE ARTHUR

ILUMINURAS

Copyright © 2005:
L.C. Valentini

Copyright © desta edição:
Editora Iluminuras Ltda.

Capa:
Michaella Pivetti

Revisão:
Ariadne Escobar Branco

Dados Internacionais de Catalogação na Publicação (CIP)
(Câmara Brasileira do Livro, SP, Brasil)

Valentini, Loreana
    Tristan : Cavaleiro de Arthur /
Loreana Valentini. — São Paulo : Iluminuras, 2006.

    ISBN 85-7321-238-1

    1. Romance brasileiro I. Título.

05-7932   CDD-869.93

Índice para catálogo sistemático:
1. Romances : Literatura brasileira   869.93

2006
EDITORA ILUMINURAS LTDA.
Rua Inácio Pereira da Rocha, 389 - 05432-011 - São Paulo - SP - Brasil
Tel.: (11)3031-6161 / Fax: (11)3031-4989
iluminur@iluminuras.com.br
www.iluminuras.com.br

ÍNDICE

Prólogo 9

Parte I 15

Parte II 339

Parte III 459

*Aos meus pais,
com amor*

Agradecimentos

Ao editor, Samuel Leon, pela oportunidade e preciosa orientação e a Beatriz Costa.

Aos meus irmãos Marco Antonio e Rowena.
Aos amigos Mauro Machado e Simone Liz Schmiegelow, pelas palavras de apoio e constantes incentivos.

Prólogo

O suave som do mar, tão conhecido, o fazia sentir-se vivo. Sim, ainda testemunhava uma ínfima parcela de vida em seu corpo, a despeito da dor que entorpecia seus sentidos. Não sabia mais dizer quantos dias estava prostrado naquele catre, sentindo seu suor escorrer e seu peito arder a cada inspiração; parecia que seus músculos iriam romper a qualquer instante. Mas nem o desalento da dor, daquela letargia, de todo aquele sofrimento, derrubaria sua resistência enquanto lhe restasse a mera expectativa de vê-la uma vez mais. Suportaria de bom grado qualquer dor física, qualquer desconforto se pudesse ter a certeza de que ela viria. *Deuses, dai-me mais alguns dias de vida, é só o que vos peço...* — ele orava. Sim, era o que mais desejava. Apenas mais alguns momentos de vida.

Ele já não mais conseguia movimentar-se; faltavam-lhe forças. O vigor que o acompanhara a vida toda, agora compassadamente se extinguia. O simples pensamento da morte — e com ela não se assustava, pois sempre a desejara — lhe era tenebroso, enquanto o mar não a trouxesse. Refletindo nessa possibilidade, ele voltou-se para um lado e vislumbrou sua espada, encostada à parede. A bainha estava manchada de sangue ressecado, talvez de sua última batalha. Mas como saber? Havia sido tantas...

Algumas gaivotas sobrevoaram a sede — uma construção estilo romano — do ducado de Cairhax, Pequena Bretanha, também conhecida por Armórica, anunciando sua presença. O silêncio era dominador; reinavam soberanas as vozes sussurrantes do oceano. Estas pareciam atiçar o acamado, porquanto lhe escapava o significado; talvez fosse apenas débil imaginação. Fosse como fosse, ele restava atordoado. Em seu delírio, exclamou o nome que aprendera a amar. Em resposta, uma moça invadiu seu recanto, lançando-lhe um olhar rancoroso, indiferente diante do sofrimento do homem que ali jazia. Nem mesmo a visão de um pedaço de uma flecha encravada no tórax do moribundo amenizou seus ressentimentos. Simplesmente ignorou isso. Como ele fazia consigo.

O homem pressentiu não estar mais sozinho; havia uma mulher ali, mas não era aquela quem alucinadamente desejava... e apercebeu-se do olhar de ódio lançado em sua direção. Ele comprimiu as pálpebras, respirou pesadamente; a esperança esvaindo-se de si. *Não, ainda não!* Se ainda era capaz de respirar, continuaria imerso na ínfima possibilidade daquela expectativa. Sim, embora fosse doloroso cada vez que o ar deixava seus pulmões; embora toda aquela dor anuviasse seus sentidos. Mesmo assim, percebeu a visitante evadindo-se; a porta batendo rompeu o compasso da ressaca e desafiou o ruído éolo. Novamente, ele rezou. Orou aos seus deuses antigos e também para o Deus dos cristãos, ainda que duvidosa fosse sua fé e limitado fosse seu conhecimento sobre este último. Que viesse a morte! Contudo... *Deuses! Suplico... Apenas mais alguns momentos...* Era merecedor de tal pedido?

Não soube quanto tempo esteve mergulhado naquele torpor; em determinado instante, semicerrou as pálpebras e deparou-se com uma figura estática, sentada próxima de seu catre. A diminuta chama da lamparina a óleo era insuficiente para iluminar o recinto, não obstante, o moribundo levantou seus olhos; havia reconhecido o intruso.

— Kurvenal não irá falhar, meu amigo. Em breve, *ela* estará aqui — e o visitante suspirou. Estampado em seu rosto, a imagem da dor.

O acamado percebeu que seu amigo, apesar de ter sido ferido, havia se recuperado. Ficou profundamente aliviado com isso.

— Fiz o que me ordenaste, Tristan — o moço voltou a falar. — Obedeci tuas ordens sem recriminar-te; agora poderás revelar-me o que tanto te aflige? Quem é esta moça que tanto desejas?

O ferido tentou acomodar-se no catre; com muito esforço e com auxílio do visitante, conseguiu. Sua respiração entrecortada e agônica ressoou; suportando a dor, fitou o rapaz sentado próximo de si.

— Kaherdin... — murmurou — ...tu foste um dos poucos amigos em quem confiei durante todo esse tempo; por ti faria tudo ao meu alcance...

— Já fizeste, Tristan. Salvaste minha vida, esqueceste?

— Foi um dos poucos atos de que me orgulho, crê-me. — E a cabeça do acamado pendeu levemente. Estava extenuado; sua face parecia ter sido esculpida em alabastro, tal sua palidez. Kaherdin — agora acomodado ao seu lado, amparando-o — o encorajou a prosseguir. O ferido inspirou penosamente; havia certa resistência em aceitar sua fraqueza, mas silente, agradeceu o auxílio. — Tens razão — disse, por fim. — Devo colocar-te a par de meu infortúnio, pois tu atendeste incontinênti meu último apelo. É uma dívida que não poderei saldar, meu amigo.

— Nem se pudesses, iria permitir — Kaherdin fez menção de trocar a tira de pano umedecida que envolvia o toco da flecha, mas Tristan não permitiu. Desnecessário preocupar-se com o corpo, porque era sua alma que sofria. Seu físico era apenas um estorvo de seu espírito estraçalhado e com ele não mais se importava. Kaherdin respeitou a vontade do moribundo, voltando a sentar-se próximo ao catre. Este, súbito, sentiu uma estranha sensação de paz inundar seu íntimo, mesclado a uma ínfima parcela de seu antigo vigor. Era tudo o que necessitava para tentar dirimir a dívida com Kaherdin, seu amigo e senhor, que aguardava em respeitoso silêncio. Sim, iria falar de si.

O duque — que o observava — entendeu ser doloroso para seu antigo comandante e chefe de governo relembrar seu passado. Em todos os anos de convivência, aquele homem sempre havia sido enigmático; austero, incapaz de sorrir. Conhecer Tristan de Lionèss era uma tarefa árdua, no entanto, iria ter consciência de sua vida. Sua história. Iria transpassar a armadura forjada por ele próprio, que, não raro, repelia e afastava aqueles que tentassem se aproximar demasiadamente. *Talvez*, confabulou, *para ele dizer a seu respeito, seja tão doloroso quanto essa flecha encravada.* Vê-lo prostrado daquela forma era cruciante. Pior, sabia ter sido por sua culpa — o que agravava seu remorso. O mais triste, era o fato de seu ex-comandante sequer cogitar a possibilidade de tentar retirar a flecha. Recusou-se, agindo com desapego por sua vida.

O agonizante ameaçou falar, mas foi interrompido; um chamado, quase uma súplica, atraiu as atenções. Com a permissão de Kaherdin, o suplicante penetrou no recinto; em reflexo, Tristan arregalou os olhos, admirado por rever aquele homem — seu antigo escudeiro — que tanto prezava, uma vez mais.

— Fiel mestre! Mal creio em meus olhos! — balbuciou. — É um alento para mim tua presença... Após meus tantos desacertos, julguei ser indigno de tua companhia.

A face pálida do recém-chegado estava marcada de lágrimas.

— Não distanciei-me muito de Cairhax. Mas... o que sucedeu, meu senhor? Deus, que agrura encontrar-te nesse estado! Ainda mais depois do que te fiz!

— Acalma-te, Gorvenal. Nada me fizeste. Tens ciência de que não sou merecedor de tua compaixão. Contudo... mesmo um homem desonrado e vil tem um último anseio; a esperança de revê-la... Se os ventos e o oceano assim consentirem.

O escudeiro voltou-se para Kaherdin; a princípio, desconfiou das palavras de seu senhor, porém, escutou daquele:

— Kurvenal, um confidente, partiu para Tintagel.

Não eram necessárias mais explicações. Gorvenal dirigiu seu olhar para o guerreiro; este não mais se encontrava sentado; exausto, procurou deitar-se. O escudeiro, apreensivo, notou o quanto ele estava ferido. Ao leve sinal de achegar-se ao acamado, Kaherdin impediu; era cônscio sobre seu então comandante desaprovar que condoessem de si. Nesse mesmo instante, débil e pausadamente a voz de Tristan soou:

— Em melhor hora não poderias ter chegado, Gorvenal — procurou uma posição mais confortável. Era impossível; tinha as costas injuriadas.

— Vim assim que soube o que te aconteceu, senhor — o escudeiro não se conteve e ajoelhou-se, aos pés do catre. — Agora compreendo o mal que te causei! Arruinei tuas chances de encontrar a paz... Perdoa-me, Tristan!

— Gorvenal... Insisto; nada me fizeste. Tu apenas mostraste a verdade, e... — uma agonia em seu tórax, o fez tossir. Quando cessou, esforçou-se para continuar a falar. — Não importa mais... Há algo mais importante, meu amigo. Tens minha permissão para saciar as dúvidas de Kaherdin... que, nesses diversos verões, foi meu nobre e querido senhor. Tenho receio de desperdiçar os últimos suspiros que me restam nessa enfadonha história, antecipando meu fim.

— Descansa, meu senhor — foi o conselho do velho escudeiro. Com o coração oprimido, ergueu-se. Estava de costas para o duque, cabisbaixo.

— Ele não quer retirar a flecha — Kaherdin lamentou.

— Não te preocupes, ilustre duque. Meu senhor aguardou muito por esse momento; conheço-o bem. Jamais iria permitir tal ato.

— Peço-te desvendar o que por tanto tempo torturou meu mais sincero amigo, antes de eu narrar-te o que sucedeu a nós.

— Assim farei senhor, já que me foi concedida a permissão — o escudeiro prendeu seu olhar no catre. — Vejo que agora ele dorme; a mim parece haver paz em seu rosto e ele bem a merece, pois durante seu período de vida, sei que nunca foi com ela abençoado — voltou-se para Kaherdin. — Abra teu coração, nobre cavaleiro; ele será a vítima nessa história que irás conhecer.

Parte I

I

Britannia, Cornwall, C. de 469 d.C.

O entardecer era testemunha da enorme fileira de cavaleiros que cruzavam a galope a região conhecida como Durnovária; tinham como destino o Solar Lancïen, situado na paróquia de Saint Illyd-Samson, na costa sul de Cornwall. O líder — um cavaleiro garboso, metido em sua cota de malha e com seu manto perdido ao vento — fez de forma repentina, o sinal para que todos freassem suas montarias. À sua direita, um cavaleiro se aproximou.

— Rohalt, vê! — o líder apontou para o horizonte. Uma batalha se perdia no pó, entre os sons das espadas e gritos humanos. — Estão atacando o exército de Marc e pelo que posso presenciar, o rei precisará de auxílio. — O líder deu rédeas ao seu garanhão; cavalgou até metade da fileira de sua armada requisitando formação de ataque. Em seguida, retomou sua posição e ordenou a marcha.

A batalha parecia perdida; o jovem rei e seus cavaleiros lutavam bravamente, mas o número de inimigos era incrivelmente superior. Quando o pior parecia destinado, o soberano foi surpreendido por uma falange atacando os flancos do exército inimigo. Marc presenciou a fúria do comandante daqueles homens e o fervor com que digladiava. Montado em um possante corcel, o guerreiro golpeava com sua pesada espada, ceifando vidas como um verdadeiro mensageiro da morte. Sua lâmina, ensangüentada, fulgurava triunfante sob os últimos raios de Sol. Animados e refeitos pelo destino — agora favorável — o monarca, junto com os cavaleiros remanescentes, recuperaram o sentido da batalha e partiram para nova ofensiva.

No ardor do combate, o inimigo já não tinha mais esperanças. Os recém-chegados exibiram um fôlego invejável; em poucos momentos a fúria animalesca deu lugar a escassos sobreviventes, que acovardados, fugiram em debandada. Ninguém os perseguiu. Lentamente, a contenda foi dando lugar à realidade devastadora; corpos de homens e animais se amontoavam junto a equipamentos estraçalhados. Sons agonizantes ecoavam ao fim daquele sangrento entardecer; os vencedores aproximavam-se uns dos outros. Entre eles, o monarca de Cornwall — que mal poder-se-ia identificar como um rei em virtude de seus trajes estarem rasgados e imundos, como o de qualquer outro cavaleiro — procurou entre os integrantes da falange salvadora, o destemido líder que vira lutando.

— Qual de vós sois o comandante? — questionou..

O trote de um cavalo pôde ser escutado. Todos voltaram-se para o cavaleiro que transpassava a nuvem de terra oriunda do combate. Tão logo reuniu-se com os demais, apeou-se.

— Foste tu, bravo cavaleiro! Reconheço em ti e em tua espada, que reverberou sob a luz poente, os golpes mortais que desferiste, salvando a mim e aos meus homens. Aceita meus reais agradecimentos e dize teu nome; estejas certo de que sempre serás lembrado e louvado como nosso espírito salvador! Tua valentia será recompensada!

— Vossas palavras me lisonjeiam, sire. Apenas fiz o que qualquer cavaleiro digno faria. Vossa Majestade nada me deve. Contudo, apresento-me, se isso vos apraz; sou Rivalin, príncipe de Lionèss, de Land's End. Meu pai sempre comentou sobre vós e vossa honradez. Em verdade, há tempo planejava uma visita ao vosso reino.

— Príncipe, vieste em boa hora. Mas deixemos esse campo de morte e vinde comigo a Lanciën, onde sereis bem recebidos e hospedados. Peço tua permissão para deixar-me agradecer-te ao meu modo.

— Sire, tendes meu consentimento! — Rivalin respondeu, sorrindo.

Uma vez em Lanciën, uma tranqüila moradia de campo para o rei e seu séqüito, o monarca ordenou um jantar em honra a Rivalin e sua armada. O clima no salão era o de vitória e como sempre nessas ocasiões, a mesa e o vinho eram fartos. Os servos estavam sempre atentos a quando um cavaleiro esvaziasse seu copo de chifres; nenhum bravo deveria abster-se da bebida. Rivalin ocupou o assento de honra, ao lado do rei. Os dois homens conversavam animadamente; como não poderia deixar de ser, o tópico foi sobre as batalhas. Guerreiro experiente, Rivalin expôs sobre seu reino também ser alvo de usurpadores. "Ora", versou, "dificilmente os homens contentar-se-ão com o que têm". Marc concordou; afinal, o maior inimigo do homem era sua ganância. Então, Rivalin — que notara a aproximação de uma donzela à mesa — voltou-se para o monarca e questionou, alterando o teor da conversa:

— Quem é aquela doce figura, sire?

Rivalin nada temia, porém, ante a resposta do monarca, envergonhou-se de sua tola demonstração de virilidade. Comentar sobre a beleza de uma mulher da corte para o próprio rei, nunca havia sido a melhor política, mais grave ainda, quando essa mulher era a irmã daquele... Mas Marc não ofendeu-se; há muito pensava em um homem à altura de sua bela irmã. Ao que ouviu, correspondeu com donaire; seria o primeiro a unir aquele notável par se assim aquela consentisse.

Três semanas se passaram. O exército de Rivalin deixou Lanciën com a promessa de um breve retorno, principalmente porque ao lado do comandante cavalgava — sem esconder a felicidade —, Blanchefleur, a mulher que ele escolheu amar. Uma cerimônia simples, ainda em Lancïen, oficializou a união; tanto rei como súditos parabenizaram a sorte da noiva. Afinal, Rivalin fora consagrado herói e dessa forma iria ser relembrado pelos habitantes de Cornwall.

Infelizmente, nem mesmo os heróis são eternos; estivesse o mundo repleto deles, a Terra seria um paraíso. Mas para cada herói há dúzia de seres vis; escassos são aqueles que conseguem para sempre derrotar a perversidade incessante. Rivalin, altruísta, tinha boa vontade e esperança de dias venturosos, principalmente após seu matrimônio. Porém, ao retornar à fortaleza de Lionèss, Kanöel, uma ingrata surpresa o aguardava. Seu pai fora defender seu território da cobiça de Morgan, um inescrupuloso nobre; a partir daí, meses se arrastaram sem que ele tivesse notícia do rei. Rivalin, a princípio, ordenou reconhecimento do território pelos batedores, mas estes não retornaram. A situação agravava-se. Culpando-se em parte por ter deixado Lionèss, o cavaleiro mandou reunir sua legião; iria partir em busca do velho rei. A contragosto, iria deixar Blanchefleur... grávida.

O triste olhar do guerreiro para a esposa, que se retirava em direção aos seus aposentos, foi testemunhado pelo seu jovem escudeiro, Gorvenal. O cavaleiro requisitou o amigo com um gesto.

— Faça-me um favor — o escudeiro aguardou. — Peça para tua esposa ficar com Blanchefleur; ela está cada dia mais deprimida.

— Não a recrimine, senhor. A vida que levas não a agrada.

— Os homens que escolheram essa vida. Tu tens conhecimento, Gorvenal, de que sou o primeiro a apoiar a paz. Mas o que me adianta ir disposto a dialogar, quando o inimigo sequer dá ouvidos? Não, amigo... errei uma vez; não posso falhar novamente. O futuro de Blanchefleur e do filho que ela carrega, dependem agora dessa batalha; se perdermos, Lionèss cairá em domínio de Morgan.

— Príncipe, por que não envias um mensageiro ao rei Marc? Ele viria auxiliar-te.

— E cruzar novamente Dumnoni até Cornwall? Não há tempo, Gorvenal. — Rivalin segurou o escudeiro pelos braços. — Minha partida é iminente. Vai, meu amigo; auxilia os guerreiros. E não te esqueças de convocar tua esposa.

— Assim farei, senhor.

O escudeiro se foi. Rivalin percorreu os corredores silenciosos; algumas tochas restavam acesas. A porta de seu cômodo estava entreaberta; ali a silhueta da esposa acomodada em sua cama, evidenciava sua atual condição.

— Blanchefleur... — aproximou-se dela. Gentilmente, retirou as luvas e encostou sua mão em seu queixo, fazendo-a erguer seu rosto. Foi quando notou as lágrimas. — *Se tudo fosse diferente!*, refletiu, angustiado.

— É necessário ires?

— Se dissesse não, estaria mentindo.

— Ah, se tivéssemos permanecido em Lancïen!

— És ciente de que eu jamais iria esquecer meu dever, minha querida.

— Mas receio perder-te! — rebateu, o rosto transfigurado.

— Blanchefleur, fiz tudo que podia daqui. Não posso mais enviar meus homens para a morte e continuar trancado nessa fortaleza. É meu dever ir com eles.
— E teu dever para comigo? Para com teu filho?
Rivalin suspirou e afastou-se. A situação também era árdua para si. Então, desafivelou o cinto de sua espada.
— Esposa, deixarei aos teus cuidados esta arma. Ela pertenceu a meu pai; por direito deve pertencer a meu filho. Promete-me que te encarregarás para que, se deres à luz a um menino, ele a receba.
Ela acedeu; ato contínuo, Rivalin deixou o aposento. Em seguida, reuniu-se aos cavaleiros no pátio de Kanoël; muitos já estavam montados e apenas aguardavam as ordens de seu comandante. Este — imerso em melancólicas reflexões — cingiu em si outro cinto com outra arma. Foi quando vislumbrou Rohalt, o jovem paladino da fé.
— Rohalt, aproxima-te! — o paladino atendeu a ordem, reverenciando seu príncipe. Rivalin fitou o moço; a face sombria. — Meu pai sempre confiou em ti; agora sou eu que te suplico. Permanece aqui e protege com tua vida minha esposa. Se perdermos esta guerra, foge com ela e com meu filho. Dá-me tua palavra de que farás o que for preciso para salvá-la... e a criança que ela carrega.
— Agirei conforme ordenais, príncipe. Tendes minha palavra.

A ponte desceu sobre o fosso. Os cavalos a cruzaram e ganharam terreno. Porém, antes de desaparecer na neblina das planícies de Lionèss, Rivalin freou sua montaria e voltou-se para Kanöel, sentindo a angústia oprimir seu íntimo.
Adeus, Blanchefleur, desfechou, sem saber porque daquele anseio de despedir-se da esposa em pensamento. Jamais havia feito isso antes.

Foi uma noite longa; entrementes, dias ainda mais longos viriam sucedê-la. Kanöel perecia imbuído em silêncio atroz; viv'alma da construção não se aproximava. Nenhuma notícia, nenhuma idéia do que poderia ter ocorrido.
Blanchefleur não mais arriscava-se a percorrer os jardins; sentia que era próxima a chegada do bebê, embora suportasse toda aquela angústia — e seu precário estado — com dignidade. Limitava-se a permanecer na única varanda da construção de três andares, em constante vigília. No entanto, o horizonte estava como sempre estivera desde a partida de Rivalin... vazio. Sem vida. Penalizado, Rohalt decidiu mandar alguns batedores, mas, para desespero de todos — que ali resistiam — nenhum regressou. O paladino temia pelo pior, porém, não alarmava sua senhora. *Ela já está suficientemente preocupada*, cogitava. Era verdade. Todos aqueles dias de desespero acarretaram um mal-estar na moça. Presa naquela dolorosa espera, certa tarde, Blanchefleur tombou semi-inconsciente. De imediato, as parteiras foram acionadas; as servas correram em auxílio.

Longe dali, o exército de Rivalin — que lutara e conseguira fazer o inimigo recuar — se preparava para nova investida, talvez a derradeira. O firmamento resplandecia o dourado poente. *Como ocorreu em Cornwall*, relembrou. O comandante esporeou seu cavalo; iniciava-se o ataque.

Em formação cerrada, os exércitos se chocaram. Fileiras de homens contundiram-se com escudos erguidos, lanças curtas em punho. Em meio ao caos, não havia espaço para o uso da espada; daí as lanças. Contudo, alguns guerreiros terminavam perecendo em conseqüência ao amontoado desordenado, que propiciava quedas e pisoteamentos. Escudos erguidos com convicção repeliam oponentes e ensejavam um aproveitamento maior das lanças. Em uníssono, soavam o metal e insultos encorajadores; a insensatez era a senhora dos guerreiros; o ódio, seu abraço profano.

A tudo, Rivalin presenciou. Similares eram os inícios de uma batalha. A morte certa das primeiras frentes de combatentes; os corpos destes sendo massacrados pelos guerreiros posteriores que davam vazão à espada. Montado, o príncipe concentrava-se em atacar a cavalaria inimiga, esforçando-se em ignorar gritos lancinantes. Detinha certa vantagem em utilizar-se de sua montaria — desde que se mantivesse firme, já que suas pernas quedavam soltas. Era considerável o esforço em apertar os joelhos contra o ventre do animal e desferir golpes possantes.

Na convergência da batalha, não era mais uma massa uniforme de escudos e lanças que se sobressaltavam, mas sim, grupos eqüidistantes de guerreiros brandindo suas espadas, tendo aos seus pés um amontoado de corpos disformes e mutilados. Difícil era evitar nestes tropeçar, apressando o fim inevitável. Rivalin testemunhou mais de uma vez a desdita de seus homens — de perderem suas vidas devido a cadáveres. Isso apenas agravava sua já incontrolável fúria, e como ainda mantinha-se em sela, liderando os demais cavaleiros, tornava-se potencialmente perigoso; nem mesmo as lanças representavam perigo — delas defendia-se ou com seu escudo ou partindo-as com sua lâmina. Entrementes, foi reconhecido pelos cavaleiros mercenários de Morgan. Estes tinham como alvo o comandante, pois pressupunham que, uma vez aniquilado, seu exército estaria desfalcado e não saberiam a quem seguir. Num ardil previamente combinado — exclusivamente nesta luta decisiva — sete cavaleiros cercaram o bravo.

Emoções complexas tomaram conta de Blanchefleur nesse mesmo início de noite. Deitada à cama, ela agonizava. Queria falar, mas era impossível; não conseguia pronunciar as palavras. Ouvia as parteiras aconselharem-na sobre o parto; não, não era sobre isso! A princesa estava histérica. Imagens terríveis entorpeciam sua mente; imagens de uma luta selvagem, sangrenta. Seria possível que ninguém estivesse presenciando-as? Sentindo? *Deuses!, estão cercando Rivalin... Ele será apanhado, ajudai-no!*

As unhas de Blanchefleur cravaram-se no colchão de penas, quase rasgando os lençóis. Gritos inumanos deixaram seu corpo. O suor escorria de sua fronte; uma dor flamejante rasgava-lhe as entranhas. *A dor...! Rivalin*!

A alucinação lhe desvendava o desespero de um guerreiro, lutando contra cinco. Dois haviam sido sobrepujados, mas o valente cavaleiro não estava conseguindo manter aquele ritmo e seus inimigos tinham consciência disso. Ademais, sabiam ser traiçoeiros; intencionalmente derrubaram o cavalo do comandante. Em sua desvantagem, tornou-se um alvo fácil e ao desviar-se de um golpe, Rivalin foi brutalmente atingido pelas costas. Alvejado, sentiu uma terrível dor tomando conta de si...

... *Rivalin...* — Ela soltou um último lamento. No mesmo instante, o choro de uma criança ressoou recinto afora. Uma das parteiras recebeu o recém-nascido.

— Majestade! — a serva ajoelhou-se, sorrindo ante a figura da parteira com o bebê nos braços. Em seguida, com um lenço, secou o rosto suado e marcado pelas lágrimas de sua senhora — Destes à luz a um menino!

Mas Blanchefleur não respondeu. O pranto correu solto; Rivalin caíra de joelhos, a morte pousou sobre ele. Os sons da derrota ecoaram no vazio de sua alma, no vazio da dor. Tudo estava perdido. Blachefleur, com esforço, estendeu seu braço esquerdo, tentando atingir a criança. Esta, envolta em tecidos, no colo da parteira e emitindo lamentos, foi-lhe apresentada.

— Drystan... ela sussurrou, segurando delicadamente a mão do recém-nascido. Em seguida, apertou suas pálpebras, virando-se para o lado oposto. Sentiu a presença de Rivalin; ele a chamava. A guerra e o sofrimento haviam finalmente termiando.

— Majestade! — afligiu-se uma das servas, ante o desfalecimento de sua senhora.

Rohalt foi imediatamente informado. No recinto, ele presenciou a cena. Blanchefleur, deitada de lado; os membros desprendidos. As vestes claras evidenciando o que ali sucedera; as servas e parteiras ajoelhadas, no colo de uma delas, o filho. E encostada no pé da cama, a espada de Rivalin.

— Deuses, daí-nos força! — rogou o paladino. Ele apanhou a espada e o menino, soube da última palavra da mãe; imediatamente entendeu o significado. Ordenou o funeral da princesa e tão logo findasse, todos deveriam deixar a fortaleza. Seria tolice ali resistirem, após tanto tempo imersos em silêncio sepulcral.

O paladino — com a criança em seus braços — correu até sua família. Dias depois, o que Rivalin mais temia, aconteceu. Lionèss caiu sob domínio de Morgan; ou as pessoas a ele se curvavam, ou seriam condenadas à morte. Rohalt foi obrigado a aceitá-lo como seu senhor, mas guardava um trunfo dentro de si. A geração de Rivalin não havia finalizado. Seu herdeiro — Drystan — iria crescer e reclamar seu lugar. Sim, todos acreditavam ser ele seu próprio filho; que assim pensassem.

Porém, o nome *keltós* — "celta" —, deixado pela mãe, perdeu-se no próprio significado de seu nascimento. Em seu derradeiro suspiro, Blanchefleur foi consumida pela tristeza, tanto quanto o trágico destino de Rivalin; estes seriam o fardo do rebento. Tristezas e desgraças tais, que resultaram no nome de como o menino viria a ser conhecido — *Tristan*... Um presságio da história que se seguiria.

II

O mundo era doce e inofensivo para ele, não existia nada mais do que as suas travessuras pueris. Era comum seu pai tentar contê-lo nas peripécias, mas o garoto tinha um fôlego interminável. Entretanto, Rohalt percebia — incrédulo — sobre o comportamento dele; decerto era travesso, mas ansiava ampliar seus conhecimentos; diversos assuntos atraíam sua atenção. Nas armas logo evidenciou seu talento, não era difícil vê-lo treinando com réplicas de espadas de madeira. Era o preferido de seu mestre esgrimista, que elogiava seus reflexos rápidos e a leveza de seus movimentos. De fato, demonstrava boa coordenação motora para um menino de apenas cinco anos. Além da intimidade com as armas, foi iniciado no aprendizado de lutas corporais ao estilo grego. Acompanhando o desenvolvimento da criança, Rohalt orgulhava-se. E era um homem rigoroso, difícil de se contentar, mas com Tristan, era diferente. Por vezes, esquecia dos méritos de seus próprios filhos, devido às inúmeras aptidões e versatilidade daquele.

Conforme os anos corriam, Rohalt incrementava os estudos do jovem Tristan. Afinal — o paladino dizia — "um homem não pode viver apenas do conhecimento das armas". — Assim sendo, tanto seus quatro filhos como o herdeiro de Lionèss, iniciaram os estudos nas artes e nas letras. Gorvenal, homem culto, ajudou as crianças nessa tarefa. Tristan — com sua curiosidade peculiar — esforçava-se, embora sua verdadeira paixão fosse a espada e a arte da luta. Não raro, aparecia para as outras aulas com o rosto, mãos, braços e cotovelos ralados — tamanho seu empenho quando praticava, o que, invariavelmente acarretava risos de seus irmãos. Sua aparência pouco condizia com um imberbe de linhagem nobre, embora isso fosse ainda desconhecido ao rapazinho. Apesar de ainda ser uma criança, com nove anos, era alto, magro — muitas vezes, desajeitado. Era visto usando gibões e calças de linho largas sujas de terra. Os cabelos — ligeiramente compridos — sempre estavam desalinhados e por vezes, úmidos de suor. Porém, o que mais se sobressaia em sua aparência eram seus olhos, cuja cor rara — um misto de azul e cinza — causavam impacto, tão expressivos eram.

Gorvenal administrava aulas na língua nativa, bretão. Mas era necessário conhecerem o latim, idioma que deveriam ler e escrever corretamente, no entanto, o escudeiro não era exímio neste ofício. Em compensação, como convivera boa parte de sua infância entre pequenos sítios celtas, na Irlanda — conhecida também como Eire — e Gália, introduziu os jovens ao gaélico ou irlandês antigo e ao galês, mas apenas Tristan interessou-se em aprender. Seus irmãos preferiam as aulas com o esgrimista e satirizaram aquele pela sua diligência em aprender outros idomas.

— Eles pensam que apenas a guerra é a solução — Gorvenal comentou, certa tarde, na sala em que estudavam. Da janela era possível ver os filhos de Rohalt praticando. Tristan estava sentado; tinha sobre as pernas um rolo de pergaminho, o qual utilizava para escrever.

— Gorvenal... — o garoto, ocupado com seu trabalho, falava sem levantar seus olhos — ... por que não te tornaste um cavaleiro?

O escudeiro ficou em silêncio. *Amava servir teu pai e um dia servir-te-ei, meu senhor. Não preciso de mais nada.* Era o seu desejo de confessar. Mas a devida hora não havia chegado.

— Alguns são felizes sendo o que são, rapazinho. Sempre almejei ser um escudeiro, fiel àqueles a quem sirvo — parou de falar, ocupando-se com as lutas encenadas pelos garotos. — Eles lutam, lutam... — disse, mudando o tópico da conversa. — Mas são incapazes de praticar os passes novos.

Tristan ergueu seu rosto, o Sol da tarde brilhou em seus olhos. Sorriu ligeiramente em resposta ao tom de reprovação na voz do escudeiro.

— Cada um tem seu estilo para lutar, Gorvenal.

— Pena que eles não sigam nenhum! — o escudeiro zombou. — Que Rohalt não os veja treinando dessa forma! Mas voltemos ao que interessa... — ele se afastou da janela — Há muito a aprender do irlandês.

— Julgas que um dia irei falar em irlandês?

Gorvenal sentou-se ao lado do menino.

— Tudo é possível. Conhecer outros idiomas torna a vida mais fácil, principalmente para um guerreiro. Mais ainda, se esse guerreiro pretender ser um mercenário. Não que seja teu caso! — o escudeiro sorriu. — No entanto, Tristan, o conhecimento é o diferencial de um homem.

— Mas meu pai disse sobre a maior parte dos textos estarem escritos em latim.

— Sim, eu sei. Terás um mestre para isso, pois o que te ensinei é insuficiente.

A promessa concretizou-se dias depois. Certa tarde, Rohalt retornou à fazenda acompanhado de um rapaz franzino, abatido, olhos tristes. Metido em andrajos, deixava à mostra cicatrizes em toda sua região dorsal e nos braços. Foi nesse dia que Tristan teve uma breve noção das tragédias humanas. Conforme veio a saber, seu novo professor era um escravo grego, fugitivo. Recapturado, foi severamente punido e vendido para uma família romana em Constantinopla, onde ficou servindo e educando as crianças. Mesmo sendo um escravo de alto valor, era tratado sem complacência, às vezes, com crueldade. Ao término dos estudos, seu senhor o vendeu para um comerciante de escravos, cujo destino final — depois de aportar em diferentes lugares — era a Britannia. Ali, Rohalt foi informado da presença de um grego qualificado para ser um mestre; uma mercadoria cara e rara. O paladino imediatamente interessou-se pelo rapaz.

Safo, como o servo veio a ser chamado por recitar os trabalhos da poetisa grega, adoeceu em conseqüência dos maus-tratos sofridos. Foram necessárias semanas para recuperar-se e sem poupar esforços, Rohalt fez tudo ao seu alcance para curá-lo, obtendo sucesso. Todavia, era um homem rancoroso e profundamente amargo, devido a sua condição. Porém, Rohalt nunca o tratou como "uma coisa", ao contrário, recebeu-o como membro da família. Foi assim que lentamente, Safo viu-se livre dos filamentos do ódio, apreciando seu trabalho e afeiçoando-se a Tristan, seu pupilo.

A rotina de treinos físicos durante a manhã e estudos à tarde, continuou por um bom período. Rohalt estava satisfeito com a educação do príncipe de Lionèss; para ele era desnecessário Tristan aprender outras artes. Mas algo inusitado ocorreu. Certa noite, o paladino recebeu um convidado ilustre; para tanto, uma festa foi organizada em sua homenagem. Os servos trabalharam com afinco e durante o jantar, as novas escravas — também compradas recentemente por Rohalt — entreteram a família com música. Elas seguravam instrumentos desconhecidos para o jovem herdeiro. Sentado ao lado de seus irmãos, Tristan fixou o olhar nas moças que dedilhavam as "cordas" daquelas armações de madeira. Rohalt divertiu-se ao vislumbrar a cena, parecia que o rapazinho estava hipnotizado.

— É do teu agrado o som da harpa, Tristan? — o visitante questionou.

— Harpa? — estava embevecido.

— O instrumento que a garota está tocando, rapaz — Rohalt intrometeu-se.

— É sublime — limitou-se a dizer.

Tendo notado que Tristan apreciara as composições, Rohalt providenciou música nas demais reuniões familiares, ou mesmo, durante as refeições. Uma das escravas além de tocar maravilhosamente bem, tinha a mesma performance com o canto. Mas Tristan não entendia as palavras.

— Ela canta em saxão, Tristan — Rohalt explicou.

Língua que ele não conhecia. Mas isso não desanimou o rapaz. Uma noite, após todos deixarem a sala íntima, local onde o jantar era servido, Tristan apoderou-se da harpa e começou a dedilhá-la. Uma vibração percorreu seu corpo, impulsionado pelo som melódico. Aquela intimidade inexplicável o atraia a repetir seu gesto durante as noites; foi o que fez sem que ninguém soubesse, até uma determinada ocasião em que foi surpreendido pelo seu pai. Tristan imediatamente depositou a harpa sobre o tablado do recinto. Estava constrangido... por ser um rapaz e por ter interesse em instrumentos musicais cujo manejo cabia estritamente a... servas.

— Por que paraste, Tristan? — Rohalt indagou, aproximando-se dele.
O garoto não respondeu. O paladino sorriu e depositou as mãos em seus ombros.
— Estou assombrado! Agora demonstraste competência na música. Nunca te cansas? Já lutas bem, conheces o latim, irlandês e galês... Quem diria!
— Pensarias ser inconveniente para mim aprender a tocar harpa?
— Inconveniente? — o homem sorriu. — Tu próprio disseste ser a música sublime. Pois tens meu consentimento, rapaz. Serás um harpista!

A idéia de que apenas servas tocavam instrumentos foi imediatamente esquecida. Tristan começou a dedicar-se ao estudo da música com o mesmo afinco que tinha com a espada. Da mesma forma, para compor os *lais*, procurou conhecer aquele novo idioma. Não demorou para entendê-lo e pronunciá-lo tão bem quanto as demais línguas que já dominava. A facilidade com que aprendia e memorizava, maravilhava as escravas, recompensadas por Rohalt para ministrarem as aulas de música e o saxão. O passo seguinte foi ele próprio compor, tocar e cantar seus *lais*.

— E ainda canta! — foi o comentário de Rohalt, quando descobriu mais esse dom do herdeiro.

Os descontraídos encontros familiares tiveram seqüência. Em muitas oportunidades, Tristan unia-se aos servos e participava do entretenimento, cantando e tocando com eles. Rohalt admirava-se com a versatilidade do jovem, mas ao mesmo tempo, a opressão — causada pela cruel verdade — ameaçava aqueles dias idílicos. Em breve, deveria colocar Tristan a par sobre sua verdadeira origem como legítimo senhor de Lionèss e sobre a obrigação de reclamar para si a coroa. Mas quando teria coragem para lhe contar? Os abusos cometidos pelo usurpador contra seu povo eram sinais de que Tristan não ia poder desfrutar daquela despreocupada e estudiosa vida por muito tempo. Mas Rohalt, prevendo o remorso ao direcionar Tristan rumo ao seu dever, terminava postergando o cumprimento do compromisso. Entretanto, o destino decidiu por si, quando, uma tarde, deixando a fazenda para cavalgar — havia ganho um belo garanhão como recompensa pelo seu esforços nos estudos — reparou em um cavaleiro cruzando o campo à sua esquerda, vindo em sua direção em um trovejar de cascos. O cavaleiro continuou incitando o animal e conseguiu seu intento: voaram sobre o cercado; um salto que assustou a montaria de Tristan.

— És louco? Para que sobressaltar-me dessa forma? — reclamou, após controlar seu animal.

O recém-chegado sorriu e aproximou-se mais.

— Perdoa-me. Não era minha intenção. Assim que te vi, quis alcançar-te para propor-te um desafio! Uma corrida. Aceitas?

— Teu cavalo parece-me fresco, lépido; o meu cavalga há um bom tempo. Que esperas disso?

— Tens medo, então.

— Jamais. Correremos, mas nada será apostado.

Os jovens colocaram-se em posição; instantes depois, apenas um rastro de poeira denunciava a competição iniciada. Tristan surpreendeu-se com a resistência de seu cavalo; não apenas assumiu a liderança, como venceu a disputa. Emparelhados, cavalgaram até um dos locais preferidos de Tristan, Land's End. Dali, o oceano descortinava-se na forma de vigorosas vagas que irrompiam de encontro aos vertiginosos rochedos. Tristan freou o animal e contemplou o firmamento. Sentia-se magnetizado com o mar, com a aura de mistério que envolvia as ilhas mais próximas, possíveis de serem admiradas do promontório. Tão absorto ficou, que esqueceu-se de que estava acompanhado.

— É um belo lugar — o vencido comentou.

Tristan concordou em silêncio.

— Mas... teu cavalo é veloz como uma flecha! É a primeira vez que sou derrotado!

— Agradeço o elogio. Como te chamas?

— Goel. E tu?

— Tristan.

— Pretendes cavalgar mais?

— Não. Preciso retornar. Moro no sítio de Rohalt le Foitenant, próximo daqui. Por que o interesse?

Tristan notou o assombro nos olhos do colega.

— Não tens conhecimento? Os homens de Morgan... verdadeiros cães... voltaram a nos vigiar! Eles costumam atravessar por Land's End procurando supostos rebeldes. E desconfiam de qualquer um. Maldito usurpador! Faço questão de um dia, unir-me aos rebeldes!

— Morgan, usurpador?

Goel, agora incrédulo, fitou-o.

— Por onde tens andado, amigo? Morgan se apossou há muitos verões de Lionèss. O celerado assassinou nosso rei e seu filho, Rivalin. Este último foi covardemente morto em batalha. Morgan tem o poder, mas a cada dia, a oposição ganha novos seguidores, apesar de Lionèss ter um povo de origem pacífica. Dizem que o tirano teme uma revolta, entretanto sei que isso não vai acontecer... ainda. Porque aos insurgentes, faltam armas e um líder. Alguém que saiba dizimar os mercenários contratados, estes sim, os verdadeiros entraves.

Conversaram algum tempo mais. Apreensivo, Tristan resolveu retornar. Durante o percurso, sentiu algo transpassar seu íntimo; que história era aquela? E por que Rohalt jamais lhe contara? De fato, nunca preocupou-se com assuntos políticos. Mesmo assim, por que Rohalt jamais comentara sobre Lionèss ter sido usurpada? Com dúvidas, seguiu o caminho que dava à entrada do sítio. Imediatamente apeou-se e cuidou do animal, para em seguida, deixar o estábulo e ir à procura de seu pai. Encontrou dois de seus irmãos com as espadas de treino e gentilmente recusou o convite de a eles, unir-se. Era necessário ter com seu pai. Encontrou-o silente, em seu quarto. O jovem o achou estranhamente pálido, como se este, de antemão já tivesse ciência do que Tristan iria indagar.

Rohalt o cumprimentou com um aceno. Depois, disse-lhe:

— Acomoda-te, meu filho. Sei o que queres saber; a verdade deve ser exposta. Afinal, por outro motivo tu não virias atrás de mim com essa expressão em teus olhos.

— Do que se trata, meu pai?

— Perdoa-me se adiei por tanto tempo, Tristan. Não queria importunar cedo demais teu coração. Deves ser forte, para teres ciência do que irei te narrar.

Tristan hesitou. Contudo, notando a face transtornada de Rohalt, terminou sentando-se. A quietude os envolveu por breves instantes, até a voz do paladino ressoar. À cada palavra, o garoto notava uma agonia crescer, envolvendo-o, sufocando-o com seus tentáculos. Estes tomavam forma a cada fragmento da verdade até então ocultada; a cada nome proferido. Nomes pronunciados pelo homem que chamara — e o tinha — como seu pai... mas ele não o era.

— Tu não concebes como foi árduo para teu pai, Tristan, afastar-se de tua mãe, prestes a ter-te... para ir lutar. Sei que o maior desejo de Rivalin era conhecer-te... ter-te nos braços e amar-te.

Ele ergueu-se em um salto. Pensamentos fomentavam sua mente, aqueles nomes... os fatos. Rivalin, príncipe de Lionèss... Blanchefleur, irmã do Rei Marc, morta durante seu parto... Tudo o que conhecia e com o que estava habituado, toda sua segurança e respeito que sentia naquele seio familiar, esvaneceram abruptamente, deixando-o completamente desamparado. Rohalt mentira. Sua vida era uma farsa. Ele próprio viu-se como uma farsa. Crescera como um simples filho de um paladino... mas seu verdadeiro pai era um príncipe, morto pela cobiça, raiva e inveja humanas. Morgan, o assassino.

E o que deveria fazer?

— Tristan, ouve... — Rohalt fez menção de aproximar-se, mas foi repelido.

— Não te aproximes de mim! — bradou, em prantos. E descontrolado, deixou o cômodo, correndo em frenesi.

Na entrada da casa, colidiu com Erwan, um dos filhos de Rohalt.

— Ei, irmão, o que há? — Erwan, surpreso em deparar-se com Tristan naquele estado, inquiriu-o, contendo-o pelos ombros.

— Fizeste parte do embuste, Erwan? — Tristan esbravejou, empurrando-o. — Todos vós tínheis conhecimento?

— Do que estás falando, Tristan?

As lágrimas rolavam pela sua face. Súbito, toda a intimidade com Erwan e com os irmãos dele... *dele*, não seus... foi-se, tragada pelo abismo criado pela verdade. Contudo... qual era a verdade? Deveria acreditar no que Rohalt lhe contara? Se ele...

— Tristan!

Ele atendeu ao chamado, virando-se — talvez por hábito. Era Rohalt. Enfurecido, afastou-se — uma vez mais correndo. O paladino deteve-se ao lado de Erwan, que confuso, tentou descobrir o que estava havendo.

— Cada um reage de forma diversa ante sua provação, Erwan. Foste criado como irmão de Tristan, mas todos nós sabíamos quem ele era — o paladino suspirou, acompanhando a insana fuga de seu protegido. — Vai até meu quarto, Erwan. Traze-me a espada de Rivalin. É chegado o momento dela estar em mãos dignas.

Erwan assim fez. Com a arma nas mãos, Rohalt selou seu cavalo, montando-o.

— Dize a tua mãe, quando ela retornar da cidade, que não estarei convosco esta noite. E talvez, nem nas próximas.

— E se ela perguntar-me o que foste fazer?

Rohalt conteve o garanhão.

— Desta vez, não é preciso encobrir nada, filho. Adverte-a de que fui em auxílio de nosso príncipe. Ele agora precisa encontrar a si próprio... além de defrontar com seu dever.

— Crês que Tristan irá aceitar?

— Nunca duvidei, Erwan — e o paladino atiçou sua montaria.

Ele diminuiu o ritmo, até que deixou-se cair na trilha que levava a Land's End. Queria, a todo custo, findar com o pranto – execrava-se por derramar lágrimas; homens a elas não deviam ser susceptíveis! No entanto... não era possível controlá-las.

... aos insurgentes, faltam armas e um líder.

As palavras de Goel atormentavam-no ainda mais. Odiava. Goel, Rohalt... todos e a tudo! Iria embora daquele lugar maldito; ao inferno aquelas pessoas! Se toda sua vida fora tecida em mentiras... ir embora de Lionèss seria a sua verdade. Ignoraria o que ouvira de Goel. Esqueceria as narrações do paladino; seria fácil perder da lembrança aqueles fatos. Tão fácil quanto mentir e trair. Ou iludir. Ergueu-se, postando-se novamente de pé. Com as mãos sujas de terra, interrompeu o percurso de novas lágrimas. Desejou ter forças para conter a inquietação que dilacerava seu íntimo, porque com a ira que cegava sua razão, estava o pânico. As referências de sua existência agora não faziam mais sentido; devia ver-se realmente como filho de um homem morto às vésperas de seu nascimento? Um homem de quem, até então, jamais soubera de sua existência? *Rivalin,* devaneou. *Ele me fez prometer que iria ocultá-lo de Morgan, Tristan...,*

Rohalt lhe dissera. *Talvez, minha falta resida em não ter te prevenido mais cedo...* — o paladino confessou-lhe.

Ele continuou andando, imerso em dúvidas. Esquadrinhou o horizonte — a noite avançava. À direita da trilha, observou um aglomerado de pequenos sítios. Viu quando uma mulher surgiu na entrada de uma das casas chamando algumas crianças. Apesar da cena incomodá-lo, prosseguiu e era noite quando atingiu Land's End. Por que havia ido até ali? Se queria afastar-se de Lionèss... de que adiantava ir até um lugar cujo fim era um precipício? Apesar de não vê-lo, o despenhadeiro estava ali, mesclado com a sombra notívaga. Ele conteve-se. Um passo em falso, despencaria no vazio. *Um passo em falso...*, divagou. *É inusitado... o perigo está ali, mas quem não conhecesse Land's End, encontraria a morte. A morte! De Land's End, um lugar que, com o Sol, resplandece a vida por sua inigualável beleza. Por que as decepções são perigosamente simuladas?*

Durante dias, ele permaneceu nas redondezas. Procurava esconder-se quando via alguém se aproximando e teve a impressão de ter visto Rohalt. Deu-se, à distância, seu primeiro contato com homens de Morgan e foi pior do que poderia imaginar. Os guerreiros eram violentos, tiranos; não hesitavam em supliciar os moradores da região, fosse atormentando-os com exigências financeiras — para serem entregues ao senhor de Lionèss, a quem deviam honrar e prostrar — ou perseguindo mulheres. Testemunhou o desespero delas, algumas jovens demais, quase crianças. O terror em seus clamores dizia tudo. Transtornado, procurava afastar-se.

Foi na borda do precipício, na tarde seguinte, que ouviu um cavalo se aproximando lentamente. Tristan ignorou. Manteve-se em pé, de costas para o recém-vindo, hipnotizado, fitando o horizonte. O cavalo parou ao seu lado — sentiu o bafo quente em seu ombro direito. Percebeu seu cavaleiro desmontando. Uma inspiração profunda ressoou e, por fim, uma voz.

— Não irás recompor tua vida em quatro dias, filho.

A última palavra o fez virar e encarar o paladino. Mas preferiu o silêncio.

— Certo, desculpa-me — Rohalt aproximou-se dele. Tristan voltou a contemplar o infinito. Então, o paladino retirou do cinto a espada presa à sua direita e a ofereceu ao rapaz. — Era do teu pai. Ele desejava que te fosse entregue. Ao menos, realizei parte de seu anseio, já que falhei contigo.

Tristan desembainhou a arma e o reflexo de seus olhos incidiu no corpo nu. Os detalhes cativaram sua atenção — o punho, que terminava na forma de um falcão, tendo pedras preciosas fazendo as vezes de olhos; os desenhos incrustados no corpo da lâmina...

— O símbolo de Lionèss — Rohalt comentou.

O rapaz levantou seus olhos para o paladino. Este repetiu.

— O falcão, Tristan. É o símbolo destas terras. Tuas terras.

Tristan voltou a estudar a arma.

— Por que ludibriaste-me? — questionou, cabisbaixo.

— Direciona tua indignação para um alvo que a mereça, Tristan. Ocultei tua linhagem, é verdade, mas meu amor por ti permanece! Os deuses são testemunhas do quanto te amo, filho! Por que fiz tudo isso? Para cumprir as ordens expressas de teu pai. Querias que eu o desapontasse? Também amei-o, Tristan e sofri com sua morte! Mas tinha a ti, o filho de meu senhor; era um alento, porque Rivalin estaria vivo, em ti. Cada vez que te encaro, vejo Rivalin. — Rohalt percebeu a expressão séria do rapaz. Constatou que suas palavras não abrandaram a revolta que o consumia. Ao que parecia, a profunda mágoa iria persistir. O paladino insistiu... ainda tendo fé no herdeiro. — Fazer o que fiz... foi a única forma de despistar o homem que matou teu pai. Todo teu desgosto deve-se aos feitos dele, Tristan, não aos meus.

Ele embainhou a arma.

— Por essa única certeza que dou-te razão — Tristan ameaçou ir-se, mas Rohalt bloqueou sua passagem.

— Pois, por caridade, te suplico acrescentar mais uma... Não duvida de meus sentimentos em relação a ti, nem os de minha família. És filho de meu senhor e meu dever é te respeitar e obedecer, príncipe de Lionèss. Se te ofendi de forma tão grave, é teu direito repreender-me. Portanto, neste momento, submeto-me a tua ira.

Ao perceber a intenção de Rohalt em prostrar-se aos seus pés, Tristan reagiu, impedindo-o. Neste instante, amparando aquele homem, deu-se conta do quanto estava sendo injusto. Mesmo se quisesse apaziguar seu coração, vingando-se em Rohalt ... teria coragem de fazê-lo?

— Deuses! — lastimou, afastando-se. — Sinto-me completamente desorientado...!

Rohalt o seguiu e o prendeu em seus braços.

— Norteia-te por tudo aquilo que eu te dei, Tristan... Isso é e sempre foi a mais sincera verdade!

Cabisbaixo, ele assentiu. Murmurou algo — Rohalt entendeu como sendo um pedido de desculpas. A certeza veio quando arrependido, o príncipe abraçou-o e dirigiu-se a ele como "meu pai".

III

Algumas semanas após a revelação, Tristan sabia que seus dias de inocência haviam terminado. De fato findaram, mas além do peso de sua origem e de seu destino, um novo infortúnio assolou-o.

Aconteceu em uma tarde, quando pensativo, o rapaz procurou o sossego do estábulo para compor poesias que futuramente seriam dedilhadas em sua harpa. Momentos depois, um dos garotos que trabalhava no sítio vizinho ao seu, apareceu. Eram amigos há algum tempo; às vezes treinavam juntos. O jovem era amistoso e vinha com o intuito de simularem uma luta. Mas Tristan não estava disposto a treinos, nem por brincadeira. Recusou. Entrementes, o menino — que imaginava estar Tristan recusando-se sem fundamento — começou a provocá-lo; puxou-lhe os pergaminhos em que escrevia sem pretensão de devolver. Tristan levantou-se e ameaçou arrancá-los das mãos do amigo. Não era a primeira vez que ele fazia esse tipo de zombaria para iniciar uma disputa; por fim, acabaram engalfinhados. "Quero ver se lutas bem como os gregos!", o rapaz zombou de Tristan. Este logo recuperou seus pergaminhos, mas a pilhéria continuou, com o garoto pulando contra Tristan e fazendo com que ambos rolassem pelo chão. Talvez aborrecido por não mais querer perder tempo com aquele jogo, ou talvez porque estivesse apenas cansado de continuar fazendo algo contra sua vontade, Tristan resolveu encerrar a luta, empurrando o colega — que estava sobre si — com seus pés — em direção a um monte de feno. O que ele não sabia, era que ali jazia um forcado de dois dentes malposicionado. Soube pela pior forma; um tenebroso grito soou no instante em que, devido ao forte impulso, o corpo do garoto pelo instrumento foi transpassado. Os gritos não foram apenas da vítima; Tristan, aterrorizado, clamou por ajuda. Mas ele próprio tentou em vão, salvar o rapaz. Chegou a afastá-lo do forcado, mas o garoto morreu em suas mãos.

Os brados atraíram a atenção de seu pai adotivo, seus irmãos e de alguns vizinhos. A terrível cena descortinou-se ante aquelas pessoas; Tristan estava em pânico, soluçando sobre o corpo sem vida. Estava com as roupas ensangüentadas e rastros rubros podiam ser notados até a ferramenta. Imerso naquele terror, recusava-se a soltar o corpo inerte.

O incidente gerou sérias conseqüências, especialmente aos familiares do morto. Não acreditavam ter sido um caso fortuito, mas sim, devido ao temperamento de Tristan. Sua fama de destrezas nas armas e na luta era conhecida pelas redondezas, devidos os constantes treinos realizados com seu mestre ao ar livre, de forma que, não sabendo controlar-se, havia ultrapassado os limites de um jogo e causado a morte do menino. Os parentes enfatizaram que a vítima não era páreo para Tristan. Ressentidos e amargurados, também incriminavam-no de ter deixado o instrumento oculto pelo feno; uma acusação que irritou Rohalt profundamente.

— Absurdo! — Rohalt rebatia. — Ele jamais deixaria propositalmente o forcado daquela forma! Nem é função dele alimentar os animais!

Entretanto, imputações desse teor eram infligidas contra o jovem, que traumatizado pelo trágico fim do amigo, pouco pronunciava em sua defesa, embora frisasse a Rohalt desconhecer o que jazia sob o feno. Afinal, muitos utilizavam o estábulo, não apenas ele. Mas era um álibi que suscitava dúvidas. E as pessoas estavam repugnadas com o incidente; o suposto culpado tinha sua vida constantemente ameaçada. Rohalt, percebendo ser impossível reverter a situação — e que Tristan seria sempre visto como um assassino — resolveu mandá-lo à Armórica. Seria bom para ele deixar a Britannia. Em sua nova casa, nas propriedades de um antigo amigo de Rivalin, em Pen'Mach, o rapaz poderia continuar seus estudos.

Tristan recebeu com profunda mágoa a notícia de que deveria deixar Lionèss e a todos. Decerto, ainda amava o paladino e sua família, mas compreendia ser imprescindível partir. Não apenas por si; receava uma atitude hostil dos revoltosos, atingindo qualquer membro da família, algo inadmissível. Se as pessoas não mais o queriam ali, não iria contrariá-las. Cederia. De qualquer forma, estava arrasado demais para tentar convencê-las de sua inocência.

Seu último dia na propriedade de Rohalt foi melancólico; angustiado, despediu-se de seus irmãos e mãe. Repetiu o gesto com seus mestres, abraçando com carinho as servas, que o introduziram no universo da música e à composição dos *lais*. Safo também sentiu a separação; o grego nutria muita ternura pelo garoto, ávido pelo conhecimento.

— Demorei a entender o quanto sofreste, Safo. Peço perdoar-me se em algumas aulas, não te respeitei como devia.

— Foste meu melhor aluno, Tristan. Graças a ti, recuperei o prazer em novamente ensinar. E fiquei estarrecido quando soube que ministrava aulas a um príncipe.

— Apenas um título, Safo. Nada mais.

— Sim, e por isso, és realmente um.

Abraçaram-se. Um profundo pesar assolou a todos. O próximo a avizinhar-se dele foi Gorvenal, que ajoelhou-se. Tristan, constrangido, fez com que o escudeiro se erguesse, amparando-o pelos ombros.

— Rogo-te não mais repetir este gesto, meu amigo.

Gorvenal o encarou com tristeza.

— Nunca quis ser um cavaleiro porque servia a teu pai, Tristan. Tens em mim teu fiel escudeiro. Nada será mais digno e honroso para mim.

Ele agradeceu. Apesar da comoção, era o momento de partir. Apenas Rohalt o acompanharia em direção ao cais. Este último já estava montado, segurando o garanhão de Tristan, enquanto o rapaz fitava — pela última vez — a casa onde vivera sua doce infância.

Todos aqueles dias terminaram. Ele sabia.

— Devemos ir, Tristan.

Na porta da casa, a família observava o rapaz, cabisbaixo, andando em direção a seu cavalo. Todos ali permaneceram, até as duas figuras perderem-se no horizonte.

Findado um longo período cavalgando em silêncio, Rohalt comentou:

— Irás gostar da Pequena Bretanha, filho. Terás muito o que fazer ali. Continuarás teus estudos, o que muito me alegra.

— Foste maravilhoso comigo, Rohalt. Sinto ter te decepcionado dessa maneira. Tu não merecias...

— Tristan — Rohalt interrompeu-o —, tu não tiveste culpa. Acredito em ti, filho. Conheço teu caráter. Jamais farias algo que fosse causar dor em outra pessoa. Estás inocente disso. Presta atenção, meu filho... — e segurou-o pelo braço. — Não deves ficar te autopunindo; em nada isto te auxiliará.

— Uma vida apagou-se por estupidez minha, Rohalt — Tristan versejou, após breves instantes sem nada dizer. — Embora não soubesse da ferramenta, não devia ter empurrado o garoto com tanta força. Agi impensadamente, é disto que me culpo — babaixando seus olhos, prosseguiu — e da forma como aquele infeliz morreu. Não, Rohalt, tenho certeza de que nunca irei me perdoar.

O paladino condoeu-se ante aquelas palavras. Contudo, a ida de Tristan também era oportuna pelo receio que guardava do incidente chegar ao conhecimento de Morgan. Em verdade, os pais da vítima receavam narrar o evento ao senhor de Lionèss em virtude do caráter duvidoso de seu julgamento. Homem temperamental, não raro, Morgan terminava condenando — do modo como lhe convinha ou interpretasse — vítimas e agraciando supostos criminosos. Por outro lado, não seria interessante se o tirano sequer vislumbrasse Tristan, o culpado em questão. A ligação que o celerado faria com o antigo príncipe devido à semelhança física do jovem seria inevitável.

Por fim, atingiram o cais, onde uma nau preparava-se para partir. Alguns passageiros escalavam a ponte de madeira e adentravam a embarcação, acenando para aqueles que ficavam.

Tristan apeou-se. Trazia pouca bagagem. Com efeito, os escassos bens de valor que possuía — bens que o paladino havia salvado de Kanoël, antes deste cair nas mãos dos mercenários de Morgan — cedeu-os aos pais do menino que matara. Havia prometido-lhes seu cavalo, inclusive. Rohalt estava incumbido de levá-lo aos familiares. Não era muito, mas era tudo o que podia oferecer e a proposta foi aceita de bom grado pelos parentes.

O paladino tomou as rédeas do animal. Fez menção de desmontar, mas o rapaz o impediu.

— Prefiro que partas, Rohalt. Não quero pensar que seria o nosso último abraço.

— Não será, Tristan. Em breve nos veremos.

O moço estava consternado. Concordou, sem nada dizer. Dali, podia ver os tripulantes ajeitando as velas da nau. E além da embarcação, o manto azulado do oceano.

— Estão prestes a seguir viagem, filho.

Ele vislumbrou o navio. Em seguida, segurando o cabo da espada de Rivalin, voltou-se para seu pai adotivo.

— Era desejo de meu pai que eu governasse Lionèss. Embora não me considere à altura, compreendo meu dever e hoje digo-te que aceito meu destino, a despeito de ser obrigado a deixar esta terra com desgosto e culpa. Creio ter sido esta coação que reacendeu o espírito de meu pai em mim... — suspirou profundamente, sentindo os olhos marejados. — Hei de retornar, Rohalt. Prometo-te. — Envergonhado, deu as costas para o paladino e se foi, sem olhar para trás.

Rohalt acompanhou o trajeto do rapaz até vê-lo embarcando na nau. Ato contínuo, disse, para si próprio: — Eu sei disso, Tristan, filho de Rivalin. Sempre soube.

A viagem durou alguns dias sem qualquer incidente. O rapaz permaneceu a maior parte do tempo em seu camarim. Raras vezes andava pela nau, mas estava na proa quando avistou as terras que seriam seu novo lar. Norte da Pequena Bretanha. Os viajantes comemoravam; os dias passados na embarcação haviam findado. Tristan presenciou as velas principais sendo recolhidas, enquanto os marinheiros mantinham as menores. Por fim, a âncora foi jogada. No cais, algumas pessoas acenavam aos recém-chegados. Mesmo se houvesse alguém aguardando-o, não teria como saber, pois desconhecia seus anfitriões. Deixou a proa e voltou ao seu camarim para apanhar seus pertences. Momentos depois, estava descendo pela rampa de madeira, aliviado por finalmente pisar em terra firme. Com sua bolsa de couro no ombro, andou pelo cais. Informou-se do caminho para Pen'Mach, atingindo a propriedade ao término de uma razoável caminhada. E fez uso de sua versatilidade de falar outras línguas; na Pequena Bretanha, predominava o galês.

O anfitrião, um conde, era um homem bondoso; aceitou de bom grado a companhia de Tristan, cuja presença era ansiosamente esperada. Este — apesar de ainda traumatizado pela tragédia recente — conquistou a amizade dos dois filhos do conde. Tornaram-se inseparáveis, estudando e treinando juntos. Mas Tristan procurava evitar as lutas corporais, cedendo apenas diante de muita insistência de seus novos irmãos de criação. E abandonou de vez as espadas de treino. Conforme seu mestre, já passara da idade para utilizar-se dos benefícios do aço.

Três anos ele passou com aquela nova família. Com os filhos do conde, ia explorar as praias ao norte da Pequena Bretanha; por vezes, ali pernoitavam. Nessas oportunidades, tornavam-se mais próximos e Tristan apreciava a companhia deles. No entanto, sua alma estava torturada. Não apenas pela tragédia — cujos efeitos persistiam — como sentia estar faltando em seu dever quando lembrava-se de Lionèss. Assim como tinha consciência de que, sem o título de cavaleiro, nada poderia fazer. Sim, era filho de um nobre; aprendera com os melhores mestres, mas apenas um rei poderia consagrá-lo cavaleiro. Somente dessa forma poderia empunhar a espada de seu pai e reconquistar suas terras. Reconquistá-las de Morgan, o assassino pusilâmine de seu pai. Sendo sobrinho do Rei Marc, de Cornwall, conseguiria facilmente o título que ansiosamente almejava, todavia, sabia ser insensatez percorrer a região de seu tio proclamando abertamemte sua linhagem. Ninguém iria acreditar. Era necessário uma outra forma.

Todas essas divagações instigavam-no, daí tentava aplacar seu inquieto espírito procurando o sossego e a paz próximo ao mar. O cais era um de seus lugares preferidos, ali ficava contemplando o firmamento. Sentou-se e acomodou a espada de seu pai em seus joelhos; a arma que esperava ser merecedor de empunhar.

Súbito, vozes distantes despertaram-no de suas introspecções. Uma nau se aproximava, desbravando com elegância o manto plácido azulado. Impunha-se pelo tamanho; suas imensas velas, soberbas, inflavam-se ao vento. O vozerio presenciado provinha dos tripulantes; estes ululavam à medida que a nau era conduzida ao cais. Tristan acompanhou uma das velas maiores dobrando-se, como um pássaro cerrando suas asas ao pousar. Nunca vislumbrara um navio daquele porte. Cogitou ser uma embarcação mercante. Nada mais justificava seu tamanho. Curioso, ergueu-se e cingiu a espada em seu corpo pela primeira vez. E aproximou-se ligeiramente de onde aportavam. As vozes dos tripulantes lhe chegavam aos ouvidos, mas não compreendia o idioma. De onde eles se originavam?

Então, testemunhou quando um deles, já no cais, cravou em si seu olhar, bradejando algo aos demais, que ainda ocupavam o convés da embarcação. A despeito de não entender, Tristan percebeu o comportamento do homem, que partiu em sua direção com intenções nada amistosas. De fato, estava em posição de ataque. Em suas mãos, uma espada que nunca vira semelhante — tratava-se de uma cimitarra. O mancebo não concebera tamanha hostilidade; imediatamente muniu-se de sua espada e brandiu-a. Um estrondo metálico deu início ao duelo, era a primeira vez que lutava — um embate real, cujo adversário mostrava-se conhecedor da esgrima. O nervosismo do rapaz fez com que abrisse sua defesa, propiciando ao atacante rasgar o gibão que usava. Quase foi ferido. Tentou acalmar-se e fazer uso dos segredos que o tornaram imbatível nos treinos. Sim, era seu primeiro embate, mas imprescindível confiar em si próprio, em sua capacidade. Afinal, não queria tornar-se um cavaleiro?

Tristan deixou a defensiva e começou a investir. Seus movimentos tornaram-se mais precisos, rápidos. O agressor foi obrigado a recuar, um, dois, três passos. E em certo instante, declinou sua guarda. A oportunidade não foi perdida e Tristan pôs a termo o duelo, enterrando sua lâmina no abdômen do homem — que não fazia uso de qualquer proteção. Como conseqüência, ele sofreu terríveis espasmos; os olhos — esbugalhados — crivaram-se na imagem do vitorioso, decerto o agressor não compreendia como havia sido derrotado por aquele rapazola. Mas havia acontecido. E quando Tristan puxou para si a espada coberta de sangue, o homem desabou, morto.

O vencedor estava incrédulo e receoso; a sensação de matar era terrível. Trêmulo, recordou-se de seu amigo e do forcado; os gemidos agonizantes... Mas lembrou-se de que um dos ofícios de cavaleiro era defender-se, atacar e se necessário, matar. Contudo, não teve mais tempo de avaliar sua atitude; seu êxito enfureceu os outros tripulantes, que decidiram vingar o companheiro. Cerca de dez homens saltaram do convés, ameaçadores. Ao vê-los, Tristan deu início a sua fuga. Todavia, um dos algozes, manejando uma arma conhecida como boleadora — tratava-se de três cordas em cujas pontas haviam bolas presas — arremessou contra o fugitivo, laçando-lhes as pernas. Tristan caiu violentamente. No instante seguinte, foi cercado e imobilizado por três homens que o ergueram e arrastaram-no à embarcação. Ali, foi amordaçado e teve as mãos atadas, enquanto um dos tripulantes apoderava-se da arma de Rivalin. A atitude encolerizou-o, mas não estava em condições de reagir.

Um dos captores proferiu algo. Uma ordem, porque foi coagido a andar até o porão da nau. Com efeito, empurraram-no e golpearam-no durante o percurso. Tropeçou nos degraus e caiu em um baque surdo. Antes de ser ali encerrado, viu um dos homens arremessando-lhe sua espada. Aparentemente não se interessaram por ela. Observando-a, jogada próxima a outros objetos que ali jaziam, sentiu alívio. Ao menos, iria ter o conforto de tê-la ao seu lado. Um conforto que evocava a lembrança de seu pai.

As cordas estavam firmemente apertadas. Antes de ele imaginar o que fazer a respeito de sua situação, um dos tripulantes repentinamente apareceu. Sua figura

— como os demais — era incomum, pelo menos, para o jovem cativo. Tratava-se de um homem de porte médio, musculoso. Usava brincos e roupas largas de tonalidade tênue. Um estranho véu lhe envolvia o rosto moreno. Sua fisionomia era similar à do homem que matara. Que mercadores eram aqueles? O olhar do cativo era inquiridor, mas ciente de que nada compreenderia, se obtivesse uma resposta. De qualquer modo, o taciturno tripulante apenas ocupou-se em acorrentar as pernas do detido. O fez de modo constrito, não permitindo folga entre o metal e a carne. Em seguida, o homem prendeu a corrente em uma das muitas argolas cravadas na parede da nau. Isto feito, retirou-se tão rápido quanto entrara.

Sua situação extremamente desfavorável o fez sentir um dissabor nauseante. Deuses! Nem ao menos gritar por ajuda podia! Afora a humilhação de ser tratado com menos consideração do que um animal, ultrajado, Tristan receava o que estava para lhe acontecer. Quem eram aquelas pessoas? Percebeu, com surpresa aterradora, as diversas correntes existentes jogadas no tablado do galpão. Sim, havia bem mais correntes do que objetos. De fato, além de sua espada, o restante das mercadorias eram apenas destroços inúteis. Uma conclusão desprezível e monstruosa afligiu-o; estava preso em um navio mercador de escravos!

No mesmo instante, sentiu um leve movimento. Estariam deixando o cais? Era bem possível! O movimento repetiu-se, mais acentuado. A dúvida esvaneceu; em breve, atingiriam alto mar... *Alto mar!... E eu!...* refletiu. Tentou desesperadamente romper as cordas, mas, mesmo se conseguisse, havia a corrente. Como iria conseguir soltar-se? Após infrutíferas tentativas — que chegaram a machucar ainda mais seus pulsos e tornozelos — sentiu seu coração oprimir-se. Era inútil. Estava à mercê de seus captores. Envolvido em fel lúgubre, recordou-se de Rohalt... e de Lionèss, cujo dever impusera como uma prioridade em sua vida.

A nau deslizava suavemente pelo oceano. Fazia um calor insuportável naquele compartimento; o incômodo das amarras era apenas inferior à sede. De fato, sentia dificuldades em engolir — a garganta seca, o gosto e odor fétido da mordaça agravavam o mal-estar. Cansado de permanecer sentado, deitou-se, desanimado e entristecido. Amava a liberdade acima de tudo. Tornar-se escravo... Conhecia a si próprio. Não iria aceitar ser dominado; iria rebelar-se e acabaria morto, era o que freqüentemente acontecia nessas circunstâncias. Imbuído nessas deprimentes divagações, quase não notou quando um dos tripulantes lhe surgiu à frente. Ao vê-lo, Tristan não enfrentou um olhar indiferente e inamistoso, como aquele que o acorrentou trazia. Este, ao contrário, parecia ter compaixão. E realmente nele havia, pois inesperadamente, Tristan teve a mordaça retirada. Reparou no homem, que súbito, arrancou da cintura uma faca — também recurva, como a espada. Antes do rapaz pensar em um infame uso daquela lâmina, o homem o livrou das cordas que o prendiam. Em reflexo, Tristan sentiu o sangue circular em suas mãos; os pulsos estavam marcados por vergões vermelhos, devido à compressão.

Massageava-os, quando uma tina com água lhe foi oferecida. Mal pôde acreditar e bebeu, sôfrego. Seu comportamento roubou uma risada de seu carcereiro.

— Obrigado — instintivamente agradeceu em bretão. Não esperava que o homem fosse entender, por isso, o melhor seria devolver a tina vazia e tentar demonstrar seu agradecimento com um sorriso. Antes disso, porém, ouviu:

— Perdoa-me o modo como te trataram. Soube há instantes de teu confinamento — foi a resposta, também em bretão.

Tristan não sabia se ficava mais surpreso pelo homem falar sua língua, ou pelo inusitado pedido de desculpas.

— Esse bando de imprestáveis! — o tripulante resmungou, por fim. — Mas falemos de assuntos mais interessantes... Sou Abdur Rahman.

— És o capitão?

— Sim.

— Dize-me, capitão... Comercias pessoas? — indagou, receando em conhecer a resposta.

O homem apanhou a tina e a depositou por sobre alguns destroços.

— Somos mercadores de escravos, rapaz. Claro, temos outras atividades, chamada por alguns de pirataria — comentou, sarcástico. — Infelizmente, meus homens viram em ti um bom negócio; tua aparência é bela e exótica. Eles acreditam que por ti, será possível recebermos uma excelente quantia.

Tristan gelou.

— Ser escravo não fazia parte de meus planos, capitão — o rapaz tentou controlar seu desespero. — Minha sorte não poderia ser decidida em um duelo? Se perder, poderás fazer de mim o que aprouveres, mas se vencer, libertar-me-ás.

Rahman riu. Havia se afeiçoado ao rapazola.

— Ora, és um cavaleiro? Apenas cavaleiros "decidem a sorte em duelos!" — disse, ainda com um leve sorriso nos lábios.

— Ainda não sou, mas é minha aspiração, sê-lo, senhor.

O capitão descansou suas mãos no grosso cinto, de onde duas cimitarras pendiam.

— Infelizmente, não posso prometer-te nada, ao menos por ora. Bem, eu preciso ir. Tenho uma nau para cuidar. — e retirou-se.

O ódio transfigurou o rosto do rapaz. Era a força destruidora, conforme Rohalt lhe avisara; força essa íntima dos homens. E que, muitas vezes nela se perdiam. Mas estava acorrentado à embarcação, de nada adiantava sentir-se irado. Agitou a corrente, rancoroso. Porém, tinha as mãos soltas e aproveitou-se disso, cingindo sua arma em seu corpo. A corrente era comprida, dessa forma, pôde estudar os objetos ali esquecidos. Conforme havia reparado, muitos deles estavam deteriorados, mas havia alguns em bom estado... como uma cítara! Uma partícula de ânimo vibrou. Ao menos poderia ter um mísero conforto naquela dura e sórdida viagem. Uma viagem que fulminara seus planos de ser cavaleiro e de reconquistar as terras de seu pai. Agora, seria uma reles mercadoria, um ser sem qualquer direito. Além de seus sonhos, de suas perspectivas, havia perdido o maior bem de um homem... a liberdade. Lembrou-se dos servos na casa de Rohalt; apesar de nada possuírem, eram felizes devido ao modo como seu pai adotivo os tratava. Porém, havia testemunhado histórias desses mesmos servos sobre as atrocidades cometidas contra eles e outros escravos. As humilhações a que os pobres diabos eram submetidos; os constantes castigos. Safo foi um dos que mais havia sofrido, principalmente quando de sua frustrada tentativa de fuga. Foi posto a ferros e açoitado durante dias. Todos, antes de serem comprados por Rohalt, haviam — e muito — padecido.

Jamais imaginou tornar-se uma dessas desaventuradas criaturas. Desanimado, fitou o instrumento. Nunca havia tocado uma cítara antes, mas não deveria ser tão diferente de uma harpa. A princípio, seus dedos reconheceram as notas; sentindo mais confiança, arriscou um *lai*. Sem poder se conter, deixou seus sentimentos exaurirem-se na forma de uma plangente melodia que deixava seu deprimente cárcere. Mesmo diante de tão infame destino, parecia que a cítara o hipnotizava, como se tudo o que agora vivia, fosse um pesadelo. E tentando fugir do inevitável, deixou sua indignação escapar na forma de uma canção. Pronunciava lentamente as palavras; sua voz inundou o local e sua mente remeteu-o aos inocentes dias, quando cantava e tocava na casa de seu pai adotivo.

Não demorou muito para ele receber nova visita do pirata. Abdur desceu apressado os degraus que levavam ao porão, atraído pelo som encantador. Sentiu-se maravilhado. Mas o ambiente sombrio não coadunava com aqueles acordes, daí alimentou a única lamparina, fornecendo mais luz, que tremeluzente, incidiu no prisioneiro. Permaneceu silente, até o término da insólita apresentação. Quando isso aconteceu, Rahman agachou-se ao lado do rapaz, apanhando a cítara.

— Não me recordo desde quando isso — ele fitou o instrumento — está aqui e jamais pensei ouvir seu som. E como é belo! Onde aprendeste a tocar com tanta perfeição?

— Lionèss, senhor.

Rahman sentou-se ao seu lado e fitou a corrente presa às pernas do rapaz com um ar desaprovador.

— Viver em um navio tem seu lado negativo. A maioria de meus homens não se interessa por outra atividade que não a pirataria, saques, bebidas, mulheres! É difícil para mim encontrar uma pessoa com quem possa conversar. Creio que tu, apesar de tua juventude, és inteligente. Te aprazerias acompanhar-me ao convés?

Tristan, de bom grado, aceitou. O capitão o desacorrentou; as escassas horas em que ficara imobilizado foram suficientes para lhe causar uma sensação de formigamento nas pernas. Uma vez de pé, foi acometido pelo desconforto, mas passageiro. Em instantes, estava apto a caminhar ao lado de Rahman. Para sua surpresa, lhe foi permitido permanecer com sua espada, algo inusitado a um então prisioneiro. Decerto Abdur não aparentava ser pérfido. Suas ações enfatizavam seu comportamento amigável, pois tendo Tristan ao seu lado, mostrou-lhe todos os compartimentos da nau e a mercadoria a ser vendida. Depois, retornaram ao convés; com toda certeza, ali era bem melhor do que o porão. O vento marinho incidiu em seu rosto e o jovem aspirou com prazer. Então, o capitão narrou sobre si e sua nau — eram árabes e além de comercializarem escravos, revendiam especiarias. Tinham como destino o Oriente, concluída a venda dos produtos na Britannia. Rahman comentou, com um ar de apreensivo, ser o Oriente o lugar escolhido para exibirem Tristan e a ser vendido para quem oferecesse a melhor quantia. Oriente! O rapaz ouvira comentários concernentes à riqueza dos Xás, nobres, príncipes, sátrapas — ou fossem o que fossem — e do prazer deles em comprar escravos. Era aterrador. Com muito esforço, tentou controlar sua angústia. Felizmente, não estava mais sendo tratado como uma mera mercadoria. E aproveitando o fato do capitão ter-lhe dito seu destino, inquiriu a possibilidade de comprar sua liberdade. Embora não detivesse muito dinheiro consigo, até comprometeu-se em conseguir mais, porém, a idéia não agradou ao capitão.

— Tive sérios atritos com alguns destes cães. — Rahman voltou-se para alguns homens de sua tripulação. — Se eu desistisse de te vender, seria razão para um motim e o que eu menos anseio, é ter problemas com esse bando de imprestáveis, rudes e ignorantes — ele fitou o rapaz. — Se queres saber, esses patifes me aborrecem sobremaneira!

Com o anoitecer, Tristan foi obrigado a retornar ao porão, onde foi novamente acorrentado — para sua agonia, ataram seus pés e mãos — e trancafiado. Foi uma noite terrível; o mar agitado fazia a nau oscilar como se esta fosse um brinquedo. Para evitar ser jogado, sentou-se e utilizou a argola — cravada na parede da embarcação, onde haviam prendido as correntes — como apoio. Felizmente, não cingiram suas mãos às costas, como antes, dessa forma podia segurar-se. E havia uma reduzida folga entre a corrente e a pele — era um consolo. A temperatura e o fedor lhe davam náuseas; não duvidou de muitos escravos serem obrigados a aliviar suas necessidades físicas ali. Imaginou como seria quando lotado o compartimento. Provavelmente, muitos morriam antes de chegarem ao destino. Ao menos, estava sozinho. E o capitão havia lhe permitido deixar o local por breve momento. Naquelas circunstâncias, deveria considerar-se afortunado.

Sentiu a fúria do oceano, vagas poderosas arrebatavam aos bordões contra o casco. Segurou com força na argola; a embarcação balouçando ainda mais. Suspirou. Estava envolvido pelo breu — o pirata que o prendera, o privara da única fonte de luz. Naquele momento nada havia a ser feito, exceto resignar-se. Pois, mesmo que estivesse solto, como escapar da nau em pleno alto-mar?

Rivalin, meu pai... creio que não imaginavas esta desdita para teu filho! — divagou. Contudo, prometeu que não seria durante muito tempo. Iria fugir, fosse antes de ser vendido, fosse depois. *Eles podem ter-me detido agora, mas não será para sempre! Recuso-me a ser um escravo; jamais irão dominar-me, ainda que me inflijam qualquer castigo!*

Permaneceu o resto da noite na mesma posição — sentado, firmando-se na maciça argola. Percebeu o mar acalmando-se, mas isso não lhe trouxe alívio algum. Comprimiu as pálpebras, talvez tentando repousar por instantes, contudo, o sono não veio. Era inútil. Não iria conseguir dormir nem por breves momentos.

Angustiante ou não, o tempo se esvaiu — doloroso, mas finito. Ao alvorecer, o porão foi aberto pelo mesmo homem que o prendera. Agora, era desacorrentado. O marujo agia de má vontade, como se preferisse deixar o imberbe ali, encerrado. Como Tristan suspeitava, sua presença era requisitada pelo capitão; talvez daí a origem do rancor de seu carcereiro. Rahman o guardava na proa e não escondeu sua felicidade ao vê-lo, convidando-o para o desjejum. Tristan aceitou. O enjôo havia diminuído, além do mais, há tempo nada ingeria.

Rahman preferia realizar suas refeições em uma mesa improvisada na proa da nau, isso quando o mar permitia. A mesa era pequena e havia sido pregada na embarcação, como os bancos. Os marujos de escalão inferior eram designados para trabalharem como cozinheiros e serviçais. Após sentarem-se e Rahman abocanhar um pedaço de pão e queijo, fitou seu convidado. Fixou-o com certa gravidade.

— Teu ar é de abatimento, rapaz.

Ele sorriu com melancolia.

— Não estou acostumado a dormir acorrentado, senhor.

— Ora. Não dei ordens para te prenderem! Nem ao menos mandei que fosses trancafiado novamente no porão! Esses patifes! — resmungou. — Devo desculpas a ti, rapaz. Falhei por não ter me certificado de como estarias sendo tratado. Ah, se eu souber de quem partiu a idéia...!

— Estou bem, senhor. Apenas um pouco cansado.

O capitão sorriu, amistoso.

— Pois coma teu desjejum, amiguinho. Prometo que esta noite, será diferente.

Ao término da refeição, Rahman levou o jovem até a popa. Ali, mostrou-lhe como controlava a embarção, até permitindo a Tristan segurar o leme. Ventava forte e as velas, infladas, propiciavam boa velocidade. Do mastro, um dos piratas regularmente emitia notícias, às quais o capitão respondia — em árabe. Outros marujos constantemente verificavam as velas.

— Velas, às vezes, rasgam, Tristan — o capitão comentou. Em seguida, chamou o primeiro imediato e deu-lhe o leme. — Acompanha-me, jovem. Quero mostrar-te outra coisa.

Andaram até a metade da nau. Ali havia objetos cobertos por um pesado manto. Este era preso por cordas com pedras amarradas nas pontas, para não ser carregado pelo vento. Tristan notara aqueles objetos, havia cerca de cinco. Mas não sabia o que eram. O pirata desembainhou sua cimitarra e com ela ergueu ligeiramente a coberta, até o permitido pelas amarras. Um bote ali jazia.

— Isto é para emergências, rapaz. Mas tem que ser descido ao mar com cuidado. Não é muito pesado, só que muitos botes se quebram durante o processo de descê-lo com as amarras e o turco, quando não feito com perícia. Vês esse suporte? — o capitão apontou uma trava de madeira fixada à amurada da nau, em que roldanas eram conectadas. Tristan confirmou com um gesto. — É o turco. As cordas passam por ele e dois homens devem sustentá-las. Este é o método mais eficaz.

O rapaz não entendeu o porquê dele ter-lhe explicado aquele procedimento. Talvez, se um acidente ocorresse durante a viagem. Sim, afinal o próprio pirata havia dito ser comum naus naufragarem. Mas esqueceu o assunto quando Rahman o convidou para conhecer seus aposentos. A cabine era espaçosa, digna do posto que ocupava. Uma maciça mesa também pregada ao chão e lotada de pergaminhos, atraiu a atenção de Tristan. Havia lamparinas por sobre a mesa, próximo à cama e na estante, que abrigava outros rolos.

— Podes lê-los, se quiseres.

Tristan apanhou um e o abriu. Reconheceu a língua: latim. Imediatamente, recordou-se de Safo.

— Tu lês em latim? — questionou, surpreso. O pirata conhecia outro idioma, além do bretão?

Tristan apanhou outro, também em latim.

— Meu pai gostava de ler — Rahman, sentando-se à cama, comentou. — Imagine, um pirata versado ao estudo — ele riu. — Contudo, a pirataria foi posterior ao conhecimento, talvez daí a preocupação de meu pai em me instruir. Recordo-me dele, ensinando-me as obras de Platão e Aristóteles. E o latim.

O pergaminho em latim era uma obra traduzida de Aristóteles. Tristan mal pôde acreditar.

— É impressionante! — exclamou, deleitando-se com o pergaminho.

— Isso não o impediu de praticar a lição mais importante... — o capitão sorriu, notando o ar de interrogação no jovem. — ...Ser um pirata!

Conversaram por horas. O pirata narrou-lhe algumas de suas muitas aventuras. Havia vivido durante um tempo na Britannia, onde aprendeu o idioma. Na época, era um mercenário.

— Mas desvalorizaram meu trabalho, então, atravessei o mar para fazer parte do exército saxão.

— Lutou com eles? — o rapaz inquiriu.

— Durante alguns verões. Todavia, eles são instáveis, amiguinho. E violentos. Pretendem invadir a Britannia. Ao menos pretendiam, quando estive com eles. No fundo de minha alma, sei que não desistiram da idéia. Eles anseiam por este ataque. Devo confessar-te que aprecio lutas, conquistas, entretanto, desaprovo carnificinas. E é isso que alguns deles pretendem.

Tristan acomodou-se à mesa. Segurava outro pergaminho, entrementes, estava atento à conversa. O capitão suspirou e apoiou os braços sobre suas pernas.

— Uma de minhas primeiras lutas foi aos meus 15 verões. Nessa época, já percorria o mundo, e uni-me a um bando de guerreiros hunos. Deveria ser perto de 453 *anno Domini*...

— Foram os romanos ou os gregos que determinaram esse sistema de contagem? Sempre tive dúvidas em relação a isso!

Rahman apreciou a curiosidade do garoto.

— Foi um grego chamado Dionísio, que se baseou no nascimento de um Deus. Concernente a isso, posso dizer tratar-se de uma divindade em forma humana, tida por aqueles que a seguem, como única — ele sorriu. — Mais ou menos, como acredito que seja. Mas é sobre os romanos que quero te falar. Uni-me àqueles homens e atacamos algumas cidades romanas, contudo, não sei porque, os líderes desistiram da empreitada. Lembro-me da influência de um homem... um religioso!... ter alterado o destino daqueles povoados. Os hunos se retiraram, todavia permaneci algum tempo pelas redondezas, interessado nos costumes romanos. Foi quando aprimorei meu latim. — o homem acariciou o punhal de sua cimitarra. — Deves ter tido noção do poder de Roma, não? E como isso funcionava? Pela política deles, de tentar conquistar os vencidos com sua cultura. Uma tática que fez a história de Roma e que ainda hoje, 483 *anno Domini* depois, funciona. Os saxões, por sua vez, preferem destruir, fulminar seus vencidos. Sentem prazer em matar. Tenho pena dos bretões, se isso realmente acontecer.

— Não fazia idéia... — o rapaz estava aturdido.

O pirata encarou-o.

— Se queres saber, Tristan, acredito que terás a oportunidade de deparar-te com essa corja. Se isso vier suceder, não te esqueças de meu alarde. De que eles são agressivos em demasia, verdadeiros seres desprovidos de sentimentos.

— Não se eu for comprado por algum Xá, senhor. Creio que estarei bem longe da ameaça saxã — o rapazola concluiu.

Rahman suspirou.

— Também começo a duvidar de minha aptidão neste negócio — referia-se ao comércio de escravos. — Dize-me... estás gostando destes pergaminhos? Também dominas o latim, pelo que noto.

Ele concordou.

— Um rapazinho culto, esperto e bom nas armas. És uma criatura rara, menino. Não é conveniente meus homens terem ciência disto. — O pirata procurou uma posição mais confortável. — Mercadores de escravos! — praguejou.

Tristan voltou-se para o capitão. Era um homem notável.

Rahman, mudando o teor da conversa, comentou sobre ter filhos — provavelmente da mesma idade de Tristan. Interessado, o rapaz perguntou quantos, ao que o pirata redargüiu, irônico.

— Umas dezenas... Ah, rapaz! Se eu fosse contar cada bastardo que tem meu sangue...!

Tristan não pôde conter um sorriso. Apesar de Rahman mostrar-se irredutível quanto ao seu destino, era difícil evitar simpatizar-se por ele. Para surpresa do jovem, o pirata, súbito, mostrou-se disposto a tocar a lira. Incontinênti, ele mandou um de seus homens trazer o instrumento do porão e ansioso, concentrou-se nas explicações do rapaz. Rahman tinha boa vontade, mas nenhuma paciência, terminando por irritar-se.

— Falta-me coordenação em meus dedos! — resmungou.

Naquela noite ele próprio escoltou Tristan a uma cabine próxima da sua. Era um alívio não ser novamente acorrentado, entretanto, sentiu-se inquieto — os demais marujos não estavam apreciando sua amizade com o capitão; algo fácil de ser notado. Porém, Tristan apenas ignorou-os. Ademais, estava cansado. A despeito das preocupações — e da desgraça iminente, a escravidão — fez o possível para tentar repousar um pouco.

No dia seguinte, Rahman comentou que em breve iriam livrar-se das mercadorias. Disse também, que com a nau mais leve, navegariam consideravelmente mais rápido. Tristan não sentiu-se feliz com isso.

— De qualquer forma, estamos com ótimos ventos — Rahman suscitou, as mãos controlando o leme. — A Britannia não está muito distante.

Britannia! — Tristan refletiu.

— Estás muito quieto, rapaz. O que tens?

— Nada, senhor.

Nesse momento, um dos marujos — que observava ambos —, resmungou alto e em forte tom. Em árabe. Tristan não entendeu uma palavra sequer, mas o tom era perfeitamente nítido — estava sendo ameaçado. Rahman vociferou em troca; era um homem de várias faces. Agora, mostrava-se irascível. Sua resposta calou o marujo, porém, Tristan quis saber o que havia ocorrido.

— O cão não considera certo manter-te aqui. Ele insinuou estar eu dando proteção a um escravo. — Tristan, ouvindo as palavras do capitão, procurou encarar o marujo. Era o mesmo que o havia acorrentado em sua primeira noite a bordo da nau. — De mim, ele ouviu o necessário, mesmo assim anseia duelar contigo e ficar com tua espada como prenda.

— Minha espada? — instintivamente, ele segurou o cabo da arma. — Só se meu cadáver permitir, senhor — e Tristan voltou a fitar o homem, mas com olhos desafiadores.

Esse foi o estopim. O marujo — um homem moreno, pesado, com músculos torneados — sacou sua cimitarra e caminhou em direção a Tristan. Determinado, empurrou com violência quem obstava seu intento; o próprio capitão foi repelido pelo corpanzil do pirata, que com arma em punho, começou a desferir golpes. Apesar da rude investida, o rapaz — já com sua espada desembainhada — conseguiu interceptar os poderosos ataques; todavia, foi jogado contra a amurada da nau. A balbúrdia teve início e todos os tripulantes foram presenciar o embate.

Rahman, recuperado do empurrão, queria interromper aquela carnificina, entrementes, tinha consciência de que seus homens desaprovariam. Desafios eram desafios; no entanto, muniu-se de sua cimitarra e alarmou os desafiantes. Não, não deixaria de usá-la se algum deles se comportasse indevidamente. Pronunciou sua decisão nas duas línguas. Por certo, guardava confiança na integridade do rapaz, mas temia pelas suas chances.

Tristan afastou-se da amurada e novamente defendeu-se de um ataque contra suas pernas. A cimitarra era propícia para investidas com o corpo da lâmina deitada, já que era dotada de apenas um gume, conforme o moço constatou, a custa de uma cutilada em seu antebraço — superficial, devido ao seu reflexo. Por tal feito, o pirata foi ovacionado. Tristan percebeu que deveria utilizar-se de semelhante habilidade, pois o modo do pirata desfechar seus golpes — valendo-se de ângulos amplos aliados à velocidade — não lhe dava qualquer oportunidade de sobrepujar sua defesa. Era uma técnica que raramente utilizava, mas este era o momento — se quisesse sair ileso da querela.

Enquanto o som metálico ecoava pelo convés, os demais tripulantes — alguns regados pelo vinho — amontoavam-se ao redor dos combatentes. Em exultações ruidosas, demonstravam receptividade por tais espetáculos. Rahman, desconfortável, limitou-se a observar.

O pirata, mais confiante por já ter ferido o adversário, subitamente deitou sua cimitarra e investiu-a paralela ao chão. A idéia era decepar os tornozelos de Tristan. Este, todavia, reagiu, pulando. De certa forma, Tristan já previra aquele golpe; não era à-toa que observava e estudava com atenção os movimentos de seu algoz enquanto defendia-se. O brutal assalto empreendido pelo árabe foi decisivo, porque terminou por fazê-lo pisar em falso. A despeito de sua ligeireza em recuperar o equilíbrio, foi impedido de erguer sua arma. Neste preciso instante, Tristan — que tocava novamente o chão — desceu a espada de Rivalin, atingindo a base da arma inimiga. Com o impacto, o pirata foi desarmado. O som do metal vibrando no convés, silenciou a algazarra. Principalmente quando Tristan ergueu sua lâmina e a colocou rente ao pescoço roliço do adversário, que recuou; os olhos arregalados.

— Tua audácia de nada adiantou, Alleaht. — Rahman vociferou, em árabe. Depois, para Tristan, em bretão — Mata-o, jovem! Estripa essa criatura! Agirás conforme nossos ditames! Não há clemência para um derrotado, especialmente por tratar-se de um verme traiçoeiro!

Tristan, sentindo o suor escorrer pelo rosto, ainda com a arma ameaçadora, disse, a voz séria:

— Pois, senhor, dize-lhe que não faço parte de vossas leis. Ademais, não é do meu feitio executar homens acuados — e declinou sua espada, para alívio do derrotado. A platéia e o capitão surpreenderam-se; a expectativa era a de que Tristan o degolasse. Contudo, o vencedor embainhou a lâmina e afastou-se.

Rahman restabeleceu a ordem ao término do embate. Os marujos voltaram a comportar-se como se nada ali tivesse havido e a nau continuou desbravando o oceano, abençoada pelos monções. Com o manto noturno estendendo-se sobre eles, Rahman acompanhou seu prisioneiro até sua cabine.

— Não consigo compreender-te, rapaz.

Ele encarou o capitão.

— Por quê?

Rahman ajeitou as cimitarras em seu cinto.

— Qualquer outro teria matado aquele patife.

— Foi um motivo fútil, capitão. Acredito que teu homem agiu impensadamente.

— Difícil dizer quando agem conscientemente! — resmungou. Tristan sorriu levemente, ante a galhofaria do capitão.

Despediram-se. Sozinho, o moço trancou-se em sua cabine. Não confiava naquele bando de ébrios, o melhor era precaver-se, embora nem estar com a porta trancada o tranqüilizava. Nada além disso poderia ser feito, daí ocupou-se em cuidar do membro lesado. O corte não era profundo, mesmo assim, achegou-se da pequena mesa, onde havia uma tina de água e a chama tremeluzente de uma lamparina. Lavou o local ferido, cobrindo-o com uma tira de pano seco. Em seguida, deitou-se no catre coberto de palha, desviando seus pensamentos para Pen'Mach. Seu estranho sumiço seria motivo para preocupações e buscas. Sentiu por isso, tanto quanto o fato de ali estar.

O silêncio, quebrado apenas pelo murmúrio das ondas, exercia um efeito apaziguador, de forma que a sonolência o envolveu. O embalo da nau não mais o incomodava; inspirou pesadamente e cerrou suas pálpebras. Dormiu, mas não soube dizer por quanto tempo, pois foi brusca e subitamente acordado por ruídos de algo se partindo. Suas mãos desceram para o punhal da espada; ergueu seus olhos e deparou-se com dois machados arrombando a frágil porta de madeira. Dois marujos — um deles, Alleaht — invadiram a cabine; em suas mãos, além dos machados, as terríveis cimitarras. A intenção deles era manifesta e Tristan ergueu-se em um pulo, escapando do machado que partiu em pedaços o catre. Desembainhou sua arma e defendeu-se da cimitarra de Alleath, mas o árabe ergueu o pesado machado, atacando. A arma rasgou o ar, próximo de Tristan. O outro pirata, que destruíra seu catre, também avançou, ululando. A pequenez do local dificultava o duelo com espadas. Tristan — que estava encostado na parede da sua cabine — chutou violentamente a virilha de Alleath, enquanto este ainda tinha o machado erguido; ato contínuo, virou-se, desviando de semelhante arma. Ao mesmo tempo defendeu-se da cimitarra de seu segundo inimigo, ferindo-o gravemente. Alleath, então, num novo ímpeto de fúria, ergueu o pesado machado novamente, mas antes que pudesse com ele investir, Tristan desenhou um arco com sua espada, burlando a defesa inimiga e enterrou-a no braço direito de seu algoz; um golpe tão forte, que a lâmina alcançou o osso do atacante. O pirata deixou a cimitarra e o machado caírem; sua expressão era de terror diante daquele horrendo ferimento. Urros de dor ecoaram noite afora; Alleaht estava caído, as mãos cobrindo a virilha contundida enquanto o segundo atacante esgoelava-se em um rio de sangue. Aqueles piratas podiam ser assustadores com suas armas, mas não eram ágeis e faziam escasso uso da luta corporal; estratégia de muita valia ao jovem. Este, sem delonga, deixou o recinto; decerto teria dúzias de homens atrás de si clamando por vingança. Ganhou o convés, debilmente iluminado e correu em direção à sua única esperança: os botes. Ocultando-se nas sombras, teria alguns momentos antes de ser encontrado. Assim esperava.

Os brados agonizantes atraíram outros marinheiros, que amaldiçoando o agressor em sua língua nativa, iniciaram a caçada, armados. Alguns piratas acenderam tochas, a fim de facilitar a busca.

Em desespero, Tristan agora cortava as amarras e descobria um dos botes. Suava; podia ouvir as exclamações em uníssono. Não queria nem mesmo imaginar o que estariam planejando contra si. A tarefa de soltar o bote foi rápida. Embainhou sua espada para poder passar as amarras pela roldana. Agora, vinha a etapa mais difícil: erguer o bote e descê-lo ao mar. As chances de conseguir o feito sem danificar a pequena embarcação eram duvidosas, pois jamais fizera algo semelhante. Assim como tinha consciência da insanidade em largar-se à mercê do oceano, mas preferia isso a permanecer ali, onde seu destino também era lúgubre. Agachado, tentava mover o bote, quando um clamor sobressaiu aos demais. Provinha do vigia do mastro; o maruio — que há instantes notara o vulto próximo às diminutas embarcações, soou o alarme. *Maldito!*, o rapaz praguejou. Precisava agir rápido; seria impossível descer o bote com as cordas, portanto, em sua desesperada tentativa de fuga, iria apenas atirá-lo... se fosse possível transpassá-lo pela amurada do convés. Já conseguira erguer alguns centímetros o bote...

...quando uma lâmina nua repousou a milímetros de seu rosto. *Em vão...* — Angustiou-se. Levantou seus olhos. Naquele instante de terror, não reconheceu a figura.

— Precisas de ajuda, meu jovem?

Tratava-se de Rahman. O pirata ergueu a cimitarra. O rosto moreno traía sua expressão dócil, quando próximo de Tristan, embora fosse dono de uma imponente presença, ainda que ultrapassasse os quarenta anos. Era alto, os cabelos negros, compridos, soltos, a favor das monções. Uma barba rala dava-lhe uma aparência sóbria e ameaçadora; tinha tórax desnudo e exibia diversas pinturas em seus poderosos braços. Numa das mãos, a cimitarra; a outra descansava, apoiada no cinto. Atrás dele, uma fileira de homens armados.

— Ajuda? — Tristan estava incrédulo. Nesse instante, os marujos rebelados aproximaram-se. Sob um comando de Rahman, seus fiéis subordinados contra aqueles investiram, ao passo que dois outros se encarregavam de descer o bote — com facilidade, graças ao turco — ao mar.

— Esta batalha não diz respeito a ti, rapaz. — o capitão disse, enquanto realizavam a operação de descida. E enquanto seus subalternos destroçavam os rebelados.

— Mas... pensei que não quisesses um motim.
Rahman riu.

— Não obstante, meu amiguinho, em boas naus sempre há um motim. É o que torna a vida de um pirata emocionante. E depois de te conhecer, constatei não estar mais em meu sangue dar seqüência ao comércio de pessoas.

O bote alcançou o mar em um leve choque.

— Ele pode ir, capitão — um dos homens que segurara as amarras, comentou. Rahman embainhou a cimitarra, depositando seu braço nos ombros de Tristan. Atrás deles, a batalha parecia perdida... para os amotinados. Os gritos de dor não importunavam o capitão.

— Yuseth — Rahman convocou. Um marinheiro aproximou-se, trazendo uma bolsa de pele de camelo. Virando-se para o jovem, voltou a falar — Aqui tens alguns víveres, rapaz. O barco te espera. Não te preocupes; estamos próximos da costa da Britannia. Verás terra pela manhã. Agora, vá!

Tristan agradeceu, mas o capitão já havia dado-lhe as costas e sacado suas cimitarras. Com toda certeza, ia desferir os golpes finais. Yuseth segurava a corda presa ao bote. Por outra, Tristan desceu, atingindo a pequena embarcação. Uma vez ali, desfez-se o nó da outra amarra, soltando-o. Depositou a bolsa e apossou-se dos remos. Lentamente, ia afastando-se da imensa nau pirata.

Em questão de minutos, o breu noturno abraçou-o. Não dava mais para definir o contorno da nau de Rahman; assim sendo, ele parou de remar. Acomodou-se, envolvido pelo silêncio, exceto pelo suave toque do mar contra o casco do bote. Tudo o que podia fazer, era aguardar o nascer do Sol. E assim fez.

O pirata não havia mentido. Os primeiros raios da manhã revelaram silhuetas de maciças montanhas. Terra! Remou até ser carregado pelas vagas; por fim, o bote encalhou na beira da praia e ali ele o deixou, levando a bolsa consigo. Muitos pensamentos atravessavam sua mente, desde sua captura, o infame risco de vir a tornar-se um escravo e a inusitada atitude de Rahman. Enquanto andava pela praia, refletiu o fato de ter sido afastado — de um modo nada sutil — de sua verdadeira jornada. Mas resignou-se. Tinha consciência de que poderia ser pior. Por vezes, um caminho parecia ser longo e sem sentido, mas deveria ser trilhado. Talvez realmente estivesse na Britannia, conforme o pirata havia lhe dito, mas mesmo se não estivesse, não iria desistir da missão de sua vida, especialmente agora, com sua liberdade reconquistada.

Determinado, continuou andando, rumo ao desconhecido.

IV

    Quando a Lua anunciou sua presença, Tristan afastou-se do litoral e embrenhou-se por planaltos arborizados. Havia andado horas sem deparar-se com algum vestígio humano; restava-lhe um pouco de água no cantil fornecido pelo pirata e alguns bolos de mel. Alimentava-se com apenas o necessário, era cônscio de que iria amargar dias ali, até encontrar uma saída para sua desventura. Com a chegada da noite, sentou-se aos pés de uma árvore. Era inútil continuar andando, gastando energias a esmo.
    A lembrança da casa de seu anfitrião o fez ficar saudoso do conforto dos dias vividos em Pen'Mach. Ou mesmo da fazenda de Rohalt. Em verdade, nunca tivera luxo, mas em toda sua vida, sempre teve o básico: água para lavar-se, um catre simples, ou mesmo um monte de palha para dormir. Todavia, sua atual situação era bem diversa e o rapaz perguntou-se se poderia piorar. *Não*, avaliou. *Creio não ter como!*
    Uma resposta soou para sua dúvida sob a forma de um forte trovão. Segundos depois, uma chuva torrencial desabou sobre a floresta. A tempestade atravessou a noite, cedendo apenas ao amanhecer. Tristan — com as roupas encharcadas, sujas de lama — continuou andando, aparentemente sem rumo. O frio começou a incomodá-lo — não tanto pela angústia de sentir-se completamente perdido. Isso o irritava. Neste dia, as escassas provisões findaram, mas a fome e a sede persistiam. A preocupação com a fome, entretanto, perdeu importância quando ouviu uivos próximos. *Lobos!*, pensou. De soslaio, o imberbe vislumbrou um grande lobo correndo em sua direção. A chama da sobrevivência pulsou dentro de si, fazendo-o correr até um imponente carvalho e escalá-lo em um ato de extremo furor; uma atitude decisiva. E diante de sua exaustão, resolveu ali permanecer, onde pernoitou, embora sem qualquer conforto.
    Os primeiros raios de Sol convidaram as criaturas diurnas a despertar. De seu abrigo improvisado, Tristan descerrou as pálpebras; instantaneamente, foi acometido pela dor, causada pela má posição e pelo peso de seus membros dormentes. Foi obrigado a movimentar-se aos poucos, entretanto todo o desconforto foi momentaneamente esquecido quando acompanhou maravilhado, o dia que se iniciava. Ante seus olhos descortinou a mais bela visão; densas nuvens eram banhadas por um dourado magnífico, por entre a névoa, réstias de

luz resplandeciam. Pássaros saudavam o nascimento da alvorada cantando e pairando em círculos. Diante da imponência da Natureza, ele sentiu-se, ao mesmo tempo, ínfimo e afortunado, por saber admirar tamanha obra divina. Contudo, esqueceu-se da paisagem e procurou movimentar-se uma vez mais. Seus músculos pareciam emperrados; uma sensação de formigamento iniciou-se conforme o sangue circulava. Lentamente, a cãimbra foi dirimindo e estudou a possibilidade de deixar o abrigo. Assim procedendo, viu-se embrenhado floresta adentro. Em um determinado local, a vegetação tornou-se mais cerrada e foi necessário utilizar-se da espada para abrir caminho. Insetos importunavam-no; seu gibão — quase seco — já havia sido rasgado algumas vezes e propiciava acesso às famigeradas criaturas, que picavam-no incessantemente. Era fonte de alimento para aqueles pequenos inconvenientes, enquanto sua fome persistia. Mas havia aprendido com Rohalt a defender-se deste inimigo e embora não apreciasse caçar — apenas quando fosse extremamente necessário — satisfez-se com uma lebre que aprisionou em uma armadilha engenhosamente preparada. Não encontrou problemas para limpar a carne e providenciar um fogo. Alimentado e findado breve repouso — próximo ao fogo, para proteger-se dos insetos e de outros animais — sentiu-se fortalecido e resignado em enfrentar outro dia em meio aos carvalhos, faias e freixos que compunham aquela floresta, cujo fim mostrava-se cada vez mais remoto. De fato, não era o desconforto daquela vida que abalava seu íntimo, mas sim, a incerteza do lugar em que se encontrava. *Perdido nessas bandas, enquanto deveria estar tornando-me um cavaleiro e marchar contra Morgan...* — refletiu, lânguido.

Alguns dias se passaram e o jovem mantinha sua rotina. Seguia uma determinada direção, às vezes deparava-se com animais da floresta e os observava, encantado. Noutras, o perigo o ameaçava. Quase foi atropelado por cervos, que debandavam em pânico, provavelmente de algum inimigo natural. Lobos? Ou seria um urso? O melhor era sequer ter conhecimento, mas aproveitou o alarma dos animais para dali afastar-se. Numa outra vez, encontrou alguns javalis. Os animais arruaram, ameaçando um ataque. Tristan recuou lentamente. Novos grunhidos rasgaram aquele fim de tarde, mas isso foi tudo. Os javalis, percebendo que aquele intruso não representava uma ameaça, seguiram seu caminho. O moço agradeceu sua boa aventurança; nada grave havia acontecido. E voltou a desbravar a região. Saciou sua fome com pequenos mamíferos e alguns frutos. Quando deparou-se com um lago, aproveitou para banhar-se. Fez o mesmo com suas roupas. O que restava delas, na realidade. Ajoelhado, próximo ao lago, ergueu o gibão à sua frente. As mangas estavam dilaceradas. Decidiu apará-las. Fez o mesmo com suas calças. Ao menos, ainda detinha sua espada. Certo que uma adaga seria mais útil...

— Deuses! Não me privem da lucidez! — rogou, aflito.

Tristan nunca soube dizer por quanto tempo permaneceu naquela floresta. Talvez por quase três estações, já que por sorte, não estava mais lá quando da chegada do inverno. Aconteceu certa manhã, quando sons diferentes — sons que não eram naturais — o despertaram de seu leve sono. Havia se acostumado a dormir nos galhos das árvores, por sentir-se mais protegido, e dali ouviu diversos cães latindo; sons de trombetas e fortes guinchos de pássaros rapinos. Falcões de caça! Em minutos pôde ver os cães, lépidos, balouçando as caudas. Rastreavam uma presa, daí a excitação. O rapaz acomodou-se melhor nos galhos, estudando todos os movimentos abaixo de si. A uma distância razoável dos cães, avistou um cervo correndo por sua vida. Porém, o animal estava ferido, tornando-se uma vítima fácil. Atrás dos cães, alguns cavaleiros se adiantavam; um deles, com seu arco e flecha, desferiu o golpe de misericórdia. Outros caçadores comemoraram, aclamando o nome dos cães.

Parecia o término da caçada. Entretanto, Tristan notou que os cachorros prosseguiram inquietos; não demorou para acuarem uma fêmea com um filhote. Testemunhou — extasiado por poder entender, pois falavam bretão, o que significava estar mesmo na Britannia — as sátiras que os homens proferiam, prestes a matar ambos. O cervo caçado era suficiente, os próprios confessaram. Iriam matar a corça e sua cria por pura diversão. Isso, o jovem não podia tolerar. Resvalou pelo tronco até um dos galhos, de onde lançou-se ao ar. Inclinou seu corpo em uma manobra arrojada, antes de aterrisar majestosamente, próximo dos caçadores. Estes assustaram-se sobremaneira com o inesperado visitante. Tristan, já ereto, andou até eles — sem demonstrar medo dos cães, que para si rosnavam, ameaçadores — e indagou:

— O que fazeis senhores? — É digno caçar uma corça com uma cria? Que desprezível, cavaleiros; a mim não existe ato mais vil! — comentou, ciente daqueles homens não serem meros caçadores.

A corça em questão já havia fugido, com alguns cães em seu encalço.

— Quem és tu, elfo, para nos dirigir dessa forma? — esbravejou um dos caçadores, cuja irritação se dera em controlar os cavalos do revolto causado por aquela intromissão repentina e incomum.

— Ninguém tão importante como vós, mas nem por isso, abjeto. Não sou indigno de minha espécie, para matar por prazer.

— Ora, que audácia! — outro homem, também nervoso, insinuou desembainhar sua espada, mas foi detido por um cavaleiro, que, ao contrário daqueles, exibia serenidade.

— Chamai os cães! — ordenou. Depois, voltou-se para o imberbe:
— Falaste com sabedoria, mocinho. Como te chamas?
— Tristan.
— Sou Dinas, o senescal da corte de...
— Corte? Na Britannia? — o rapaz, eufórico, interrompeu-o. Queria ouvir, ter certeza de que estava ali mesmo.

— Ora, vedes! — o cavaleiro que repreendera o jovem, intrometeu-se — Tens audácia, mas duvido que conheças uma corte! Ou que saibas o significado desta palavra! Decerto pelo teu estado, elfo, bem vejo que deves ser um criado! — de fato, a aparência de Tristan não era a melhor. As já cortadas roupas estavam pútridas e gastas. Apesar de procurar alimentar-se, sua palidez revelava que nem sempre obtinha sucesso. E inevitavelmente, seu corpo trazia diversas marcas de picadas de insetos. Seus cabelos lembravam de quando criança; estavam sujos, desalinhados e demasiadamente compridos.

— Por favor, Andret, contenhas-te — Dinas interveio. — Estamos em Cornwall, mancebo, terra de Marc, nosso monarca. Gostarias de nos acompanhar?

Rei Marc! Seu íntimo tremeu e por breves instantes, sentiu como se estivesse sonhando. A sua vida, narrada por Rohalt, retumbou em sua mente. O destino o havia levado às terras de seu tio!

— Poderia realmente acompanhar-vos? — a idéia de enfim sair daquela floresta, o animou.

— Certamente, jovem. Tu precisas de repouso e alimento. Tens idéia de quanto tempo estás aqui? Deves ter andado muito, pois alcançaste a entrada da floresta de Morois.

— Tenho andado durante dias, senhor. Muitos dias, mas não sei precisar quantos.

— Não importa — Dinas desmontou e mandou que trouxessem o cervo morto. — Tão logo cuidemos da caça, partiremos.

Os demais cavaleiros também apearam-se. Os cães já estavam próximos ao dono e quietos; os falcoeiros vendaram os olhos dos pássaros. Então, um dos escudeiros começou a partir o animal abatido. E Tristan horrorizou-se ao acompanhar o processo, visto que aquele desmembrava selvagemente a caça. Imediatamente censurou-o, causando nova onda de espanto em alguns cavaleiros e protestos noutros. Andret, irritado com o comportamento do "elfo" — como o apelidou — exigiu que ele fizesse melhor.

— Como queiras, senhor — foi a resposta de Tristan. — Pior seria impossível. Nunca presenciei destroçar um nobre animal como esse, que nos alimenta em detrimento de sua vida de forma tão indigna.

— Queres insinuar que devemos reverenciar a carcaça desse animal? — Andret zombou.

— Não, meu senhor. Mas devemos tratar com dignidade nossa caça, pois é dela que tiramos nosso sustento.

Dinas sorriu ao ouvir o rapaz. Outros cavaleiros observavam com atenção a técnica de como ele fendia o ventre do animal e desprezava os órgãos não comestíveis, uma operação inédita. O passo seguinte, foi retirar o couro; por fim, Tristan repartiu a caça, cuja forma original perdera-se. Sobrara apenas pedaços de carne, prontos para serem devidamente limpos e assados. Monteiros e ajudantes cuidaram do resto. O rapazola, por sua vez, limpou as mãos em um pano oferecido por Dinas.

— És realmente notável, meu jovem — Dinas virou-se para um escudeiro e requisitou uma montaria. — Acompanhe-nos; tenho certeza de que Marc ficará feliz em conhecer-te.

A maioria dos homens simpatizou com o rapaz, mas não todos. Andret, um cavaleiro de linhagem nobre, mas que preferia a vida na corte à de guerreiro, Gueneleon, um barão e os cavaleiros Cariado, Gondoine e Denoalen, fulminaram o "elfo" com olhares desde o instante em que ele apareceu. Tristan percebeu não ser bem-vindo por todos; infelizmente não deu a devida importância ao fato. Muito mais tarde, iria arrepender-se por esse deslize.

À medida que deixavam o interior de Cornwall e seguiam rumo a Tintagel, cavalgando por uma colina cercada por rochedos de ardósia, o jovem foi se deparando com uma fortaleza que se elevava algo acima das copas das árvores. Era uma construção de pedras — a maior que tinha visto, até então — com cerca de quatro andares. Era simples, todavia, majestosa. Minutos mais tarde, cruzaram a cidade rumo à fortaleza. Tristan estava receoso, iria conhecer seu tio... Mas teria que conter seus ânimos e ocultar o parentesco até o momento oportuno para declarar sua origem.

— Tintagel, meu jovem. — Dinas exclamou, orgulhoso da construção que se erguia triunfante, a maior de toda a cidade, posicionada estrategicamente no promontório ocidental de Cornwall. Era possível testemunhar o característico ruído do recuo das vagas e destas renascendo, apenas para fundirem-se em diversas partículas contra os imponentes rochedos. Oceano e céu mesclavam-se no infinito e Tintagel era agraciada pela deslumbrante paisagem.

A comitiva foi recebida por diversos cavalariços, quando adentraram no pátio de Tintagel. Tristan notou mais dois cavalos carregando três cervos mortos, provavelmente de outro grupo de caça. Realmente não precisavam daquela corça e seu filhote. Apeou-se, reparando nos olhares sinistros de Andret sobre si. Ignorou-os. Dinas veio até ele, amável e sorridente.

— Vamos, o rei deve estar ansioso pelo nosso retorno. Marc adora caçadas, embora nesta não tenha tido possibilidade de ir.

Eles cruzaram os portões da construção. Uma imensa sala abriu-se diante dos olhos do rapaz, cuja expressão não disfarçou seu encantamento. Diversas pessoas deslocavam-se pelo recinto; damas exuberantes, cavaleiros, servos... Todavia, quando o grupo foi notado, o silêncio se fez presente. Dinas avançou.

Ao fundo do salão, um homem no auge de seus trinta e dois anos, trajando roupas nobres, tendo um belíssimo manto caído nas costas, acenou para o senescal.

— Retornaste! Que júbilo, meu amigo. Conta-me, tiveste boa caçada? Invejo-te, gostaria de estar contigo em vez de resolver problemas políticos!

— Sire, vós me deixais sem palavras! Tenho certeza de que na próxima caçada, sereis o primeiro a vir conosco.

— Tão logo esteja livre de minhas obrigações... — o rei percorreu com os olhos seus conhecidos cavaleiros e barões. Até que deteve-se na figura desconhecida do jovem.

— Dinas, agora percebo um intruso entre vós. Quem és, rapaz? Aproxima-te! — o rei dirigia-se a Tristan. Este atendeu à ordem; em sinal de respeito, ajoelhou-se ante o monarca.

— Oh, Majestade... não me destes tempo para vos narrar o que sucedeu. Este moço nos apareceu de chofre, recriminando-nos por caçar em demasia; quero dizer... além de nossas necessidades. Como se isso não bastasse, nos demonstrou ser conhecedor da perícia dos monteiros.

Todos voltaram-se para o jovem. Marc sorriu e gesticulou para o rapazinho erguer-se.

— Foste audacioso, mocinho. Qual é teu nome?
— Tristan.
— Audacioso? — Andret interveio — Esse elfo pregou-me um susto! Merecia uma sova!

— Não sejas agressivo, Andret — Marc continuou. — Se o que Dinas diz for verdade, o rapazola tem talento, ao contrário de ti. Acrescento que, por seres mais velho, deverias mostrar polidez diante de um estrangeiro.

Andret cerrou o cenho, o ódio insuflando seu sangue. Marc, sereno, voltou-se para o moço:

— É do teu interesse permanecer aqui, conosco?
— Sim, Majestade, mas desde que seja útil a vós.
— Acredito que serás. Dize-me, o que fazias na floresta?
— Escapei de um navio de mercadores de escravos em um bote. Desde que atingi vossas terras, fiquei a vagar, até deparar-me com vossos cavaleiros.
— Deus! Tens coragem, mocinho. De onde vens?
— Lionèss, sire.

Por um momento, o rei calou-se. Uma repentina lembrança rasgou seu coração; a saudade entristeceu-o. Amava a irmã, Blanchefleur e por isso sentia-se culpado por ter sugerido a idéia dela casar-se com Rivalin. Deveria saber que o guerreiro — apesar de altruísta — estava em contato direto com a morte. Sim, ele era senhor de Lionèss, mas ele próprio liderava seu exército, ao contrário de muitos monarcas que preferiam apenas comandar à distância. *Se ao menos Rivalin não fosse em todas as batalhas...*, Marc refletiu. Contudo, não podia censurá-lo, principalmente porque era um rei e também, um homem de armas, tendo já participado de inúmeras batalhas. Entrementes, não podia negar que a coragem e a audácia de Rivalin haviam-no aniquilado.

E também, Blanchefleur...

— Majestade? — Dinas trouxe-o de volta à realidade.

— Queirais desculpar-me, senhores. Uma ligeira dor de cabeça anuviou meus sentidos.
— Necessitais de algo, sire?
— Sim, Dinas. Providencia um quarto para o jovem...
— Os servos irão adorar um novo ajudante — Denoalen troçou.
Marc não deu qualquer atenção.
— ... próximo aos meus aposentos.
E o rei deixou o salão.
Dinas aproximou-se do rapaz. Andret, por sua vez, deixou o recinto, indo conversar com os outros cavaleiros que também observavam Tristan com desprezo.

V

Naquela noite, o jantar foi animado. Por ordens do rei, Tristan — para seu alívio — recebeu novas roupas, teve o corpo banhado e os cabelos aparados. Ocupava um assento próximo ao monarca. Este via no rapaz — que julgava ter seus treze ou quartoze anos — algo de sua irmã. Talvez fosse apenas uma alusão tola devido sua procedência. Procurou superar sua desolação; ademais, sabia ser impossível. Blanchefleur dera à luz a um natimorto. De tudo isso era cônscio; contudo, a aparência do menino lhe fazia relembrar os traços dela, principalmente os olhos. Os da irmã também eram claros e embora a cor não fosse tão exótica quanto os de Tristan, o formato era semelhante. A cor da pele, do cabelo...

Não! — Marc refletiu. *Tolice!*

O jantar foi servido. Enquanto aproveitavam o banquete, Tristan percebeu ter o rei convocado seus menestréis. Em segundos uma envolvente música encheu de paz o salão. Marc constatou o interesse do rapaz pela música.

— Tristan... aprecias música? — indagou o rei, atônito.

— E porque não deveria, sire? A música alimenta o espírito do homem e dos deuses, como *Maponos*!

Marc sorriu.

— O *Apolo* dos irlandeses! Mas deverias interessar-te por armas. Não desejas tornar-te cavaleiro?

— Majestade, tendes a capacidade de ler meus pensamentos! Acima de tudo, anseio ser um homem de armas.

— Conheces então a técnica das armas?

— Meu rei, aprendi a usá-las.

Andret, que estava sentado próximo, gargalhou.

— Um elfo, mestre de armas. Tu me fazes rir!

Tristan não desejava ser áspero com o nobre. Aprendera as virtudes e diretrizes da dignidade, respeito, honra e educação disciplinadas pelo seu pai adotivo. Não almejava desperdiçar anos de estudo com alguém deveras inconveniente. Mas já havia suportado as zombarias o suficiente.

— Desafiaste-me mais de uma vez, senhor. Vejo que exibes tua arma. Eu, ao revés, estou desarmado, em virtude de ainda não fazer jus ao título de cavaleiro.

A despeito disso, se o que dissestes há pouco foi um convite para um duelo, tens minha aquiescência.
— Recuso considerar-me tolo, elfo! Não perderia meu tempo em digladiar contigo!
— A decisão é tua.
Ninguém mais falou. Dinas, percebendo a delicada posição em que Andret se metera, arriscou um leve sorriso. Demais olhares pousaram sobre o cavaleiro, que esquivou-se da situação ignorando Tristan e sua proposta. Para disfarçar, procurou entreter-se, conversando com seus amigos.
Marc solicitou mais vinho. O jovem testemunhou um dos menestréis retirando-se do salão. Imediatamente, requisitou licença ao rei e andou em direção aos músicos. Atingiu seu intento quando de posse de uma das harpas, revelando sua intimidade com a música e o canto. O rei impressionou-se; comentários eufóricos concernentes à versatilidade do rapaz foram testemunhados pelos homens que, desde o princípio, repudiaram-no. A performance apenas acrescentou mais ódio ao sentimento já cultivado contra o mancebo. De fato, Andret e seus achegados — que o acompanhavam na caçada — não eram os únicos inimigos de Tristan. Segwarides, outro cavaleiro, que ficara a par da vinda do rapaz por Andret e presenciando a situação embaraçosa que Tristan colocara este último, sentiu-se na obrigação de uma desforra. Um dever compartilhado por todos os seis, quando entreolharam-se. Conheciam-se. Não iriam tolerar aquela criatura presunçosa, arrogante e detestável. Muito menos, o fato do rei tratá-lo como se nobre fosse.

Tristan olvidou-se da provocação. Diversas atividades preencheram os dias seguintes. Como o rei havia apreciado sua demonstração com a harpa, começou a solicitá-lo com freqüência para novas apresentações. Não só. Marc, sempre que podia, passava boa parte do dia com ele, ouvindo-o cantar e também ensinando-o, quando este lhe questionava algo. E assim os dias dissolviam-se; Tristan sentia-se lisonjeado em ser convocado pelo rei, embora por motivos diversos do que realmente cobiçava. Sim, deleitava-se em tocar — mais do que participar de caçadas — porém, tais habilidades não lhe dariam a consagração de cavaleiro. Enquanto o rei não visse em si a oportunidade de torná-lo um, Tristan nada podia fazer. Conformava-se; acatava as ordens que o monarca impunha, fossem quais fossem. Nesse período, percebendo estar o jovem entediado, Dinas — com permissão do rei — colocou-o junto ao exército; que ele treinasse ao lado da infantaria e dos cavaleiros. De bom grado, Tristan aceitou. Decerto preferia as armas à suas outras aptidões e sua habilidade inevitavelmente foi notada. Fosse como parte dos guerreiros com as lanças, fosse parte na infantaria pesada ou nas lutas a cavalo, Tristan sobressaía-se, assombrando tanto instrutores como outros aspirantes ao título de cavaleiro. Suas façanhas sobrepujaram as vielas próximo a Tintagel — onde treinavam — e alcançaram o edifício, motivando Dinas, certa tarde, a acompanhar um dia de treino. Ao término, o senescal convocou o rapaz.

— És um homem nascido para as armas, Tristan. Teu lugar não é como aprendiz, mas sim, como um dos mestres.

— Concordo veementemente, Dinas — Pharamond, um dos cavaleiros mais experientes, aproximou-se. — Tens talento, rapaz. Aceitas trabalhar comigo, ensinando os novatos?

— Como poderia, senhor? Não sou um cavaleiro.

Pharamond sorriu.

— Não és, ainda — ele voltou-se para um grupo de guerreiros, que ali também treinavam e apontou um deles com sua espada. — Marjodoc não é o comandante, mas está liderando o exército e assim fará, até Marc definir quem ocupará este cargo. Isso não impede nem a ele, nem a ti de transmitir vossos conhecimentos.

Ele hesitou. Fitou Dinas, querendo saber dele sua opinião. O senescal retribuiu com um sorriso; não haveria qualquer problema. Assim sendo, Tristan concordou.

— Estou orgulhoso de ti, jovem — Dinas comentou, quando ficaram sós.

— Pharamond nunca se enganou quando depara-se com um bom homem de armas.

Os treinos mais agressivos eram realizados além dos muros de Tintagel. Marc pretendia construir uma arena — como as romanas — evitando os embates em ruelas da cidade. Quando iam praticar nos promontórios, eram recebidos pelas eternas vagas explodindo contra os vertiginosos rochedos de ardósia; Tristan não se cansava de admirar a paisagem. Por vezes, sentava-se e esquecia-se do treino, obrigando seus aprendizes despertá-lo de seu transe. Ele desculpava-se e dava início aos combates. E dessa forma, os anos dissolveram-se; com os exercícios sucessivos, o corpo do jovem — já acostumado às lutas — aprimorou-se, moldado como se forjado e esculpido em bronze, com músculos enrijecidos e bem definidos. Devido à vida ao ar livre, sob o Sol — quando ele ensinava os truques da luta corporal, com o tórax desnudo — sua pele adquiriu um tom dourado, combinando com seus olhos acinzentados e cabelos acastanhados. Mas seu aspecto belo e viril perdiam importância diante de sua capacidade como guerreiro. Seus méritos com as armas eram exaltados e louvados; a despeito disso, Marc relutava em consagrá-lo cavaleiro. Era como se o rei não quisesse fazer dele um autêntico homem de armas; sensação motivada pelo fato do monarca ter concedido o título a alguns soldados do exército que Tristan treinava, enquanto ele próprio não o conquistava. O rapaz continuava preso à esperança, mas estava desanimando dia após dia, quando seu mais caro desejo era sempre pelo soberano ignorado. Ao desalento, acrescia a tristeza de não portar a arma de Rivalin. Em seus exercícios com o exército, utilizava armas emprestadas e continuava na maior parte do tempo andando desarmado.

Nas noites calmas, aproveitava para escrever ao seu pai adotivo e para Gorvenal, contando-lhes a respeito de sua vida em Cornwall. Como resposta à sua primeira missiva, quando de seu primeiro ano em Tintagel, teve saudações de Rohalt e sua família, felizes por saberem de seu paradeiro; uma notícia que seu pai fez questão de transmitir ao seu anfitrião em Pen'Mach. Gorvenal sempre lhe enviava novas e a cada carta, reiterava a promessa de visitá-lo. Estava orgulhoso de saber onde seu pupilo se encontrava. A partir daí, as missivas eram freqüentes, embora o sistema de entregas sofresse com delongas. Mensageiros, muitas vezes, jamais retornavam. No entanto, escrever era algo que mantinha Tristan ocupado, ajudando-o a manter sua serenidade.

E o tempo transcorreu sem mudanças em Cornwall, com o governo eficiente de Marc. Durante quase sete anos, a paz era ali inerente — apesar de Tristan ter ouvido rumores provindos de Glastonbury, atinentes a um guerreiro conhecido por Arthur resistir a supostos ataques dos saxões que todavia, não ocorreram, ou se houveram, não atingiram o reino de Marc — e seus únicos aborrecimentos respaldavam-se nos homens que importunavam-no e infernizavam-no. Afora isso, nenhum acontecimento onde pudesse demonstrar seu mérito, ocorreu. Entediado, Tristan até pensou em retornar e atacar Lionèss. Proclamar-se-ia sucessor de Rivalin e voltaria a Tintagel em sua nova posição; talvez assim Marc o consagrasse. Ou iria cavalgar até um dos reinos onde a ameaça saxã fosse um fato e oferecer sua espada. Se consagrado cavaleiro por qualquer um desses monarcas, seria como um homem de armas, descendente de Rivalin, que retornaria para lutar por sua posição. Era ciente de que com o título, o povo de Lionèss lhe daria crédito, sendo mais fácil obter apoio. Mais de uma vez esteve prestes a partir; no entanto, foi impedido pelo rei. Para não se indispor com seu monarca — e tio — Tristan resolveu deixar Tintagel para uma longa estada na floresta de Morois. Não era a primeira vez que procedia dessa forma. A necessidade também respaldava-se nas rudes investidas de Andret e seus comparsas; estava farto daqueles cães. Era premente ficar a sós.

Cavalgando lentamente por entre as árvores, certa manhã, carregado de mágoas, constatou a inutilidade de sua fuga. Estava tão irritado quanto antes. Impossível não pensar em Rohalt, em seu dever... e no tempo perdido. Amava seu tio por sua bondade, mas não podia mais submeter-se aos seus caprichos. Marc o iludira inconscientemente e continuava assim procedendo; por algum motivo, o rei não desejava fazer de si um cavaleiro. Seria insensatez insistir, como seria recusar-se a tomar uma atitude. Decidiu retornar a Lionèss, com título ou sem; que acreditassem em sua linhagem e aptidão! Instigou seu cavalo em direção a Tintagel, cujo percurso durou dias. Havia se embrenhado profundamente na floresta, mas devido às freqüentes visitas, contava com mais experiência. Aprendera a localizar-se; conhecia o caminho para ir e voltar sem desorientar-se. Na manhã do terceiro dia, escalava as colinas. A fortaleza de pedra era agraciada pelo Sol, tudo parecia calmo, como sempre estivera. Entrementes, ao atingir o pátio, deparou-se com uma agitação fora do comum. Alguns nobres, em seus carros — semelhante às bigas romanas — estacionados, permaneciam em vigília, aguardando uma audiência com o rei. Mulheres tinham a face marcada pela angústia e imploravam auxílio dos deuses. Sem nada compreender, Tristan apeou-se, entregando as rédeas ao cavalariço que se aproximava.

— O que houve?

— Um visitante reclamou uma entrevista com o rei, senhor. E exigiu ser recebido incontinênti.

Ao perguntar por Dinas, foi informado dele também fazer parte da recepção. A respeito do pânico nas pessoas, o menino escusou-se, alegando desconhecer a causa. E afastou-se de Tristan, levando o cavalo. O moço, estarrecido por aquele ar tenso, resolveu ir até o salão onde o rei reunia-se com o visitante e descobrir por si próprio. Determinado, atingiu a sala de reuniões menores, porém não esperava encontrar as portas fechadas. Sim, estavam cerradas, mas não havia nenhum vigia, portanto simplesmente abriu-as e penetrou no recinto. Tinha consciência de que novamente o teriam por audacioso, mas estava resoluto. Nenhuma maldita porta iria detê-lo em ter conhecimento do que estava acontecendo; afinal, vivia ali. Justo que ficasse a par dos bons e maus fatos. Sua intromissão causou espanto aos presentes, pois adentrou precisamente em um momento crítico, quando um silêncio constrangedor dominava o cômodo. Ele não se intimidou. Uma vez dentro, andou — sendo observado por todos os presentes — até onde Dinas estava. Cumprimentaram-se. Mas sua ousadia irritou Gondoine. Andret, ao seu lado, até ameaçou a proclamar sua indignação, porém não foi ele quem suscitou.

Havia um homem no centro da sala; um homem de uma estatura impressionante. Vestia-se com um manto de pele de urso cujas pontas eram unidas por uma corrente; *bracae* — calças de linho celtas típicas — e botas de couro completavam seu traje. A pele morena clara contrastava com os longos cabelos — negros — que quedavam soltos até os ombros. Uma barba longa, também negra, com uma mecha trançada, dava-lhe um ar feroz. Os musculosos braços nus descansavam no cabo das espadas — ele trazia duas, presas à cintura, em um grosso cinto de couro. Seu olhar era de desprezo e de rejúbilo, sua arrogância ganhava força ao constatar o medo que inspirava. Esse homem — era o visitante — e Tristan sequer tinha conhecimento disso — manifestou seu desprezo por aquela interrupção.

— Majestade, como deixais um servo entrar dessa forma, interrompendo a audiência? — a voz grave, em bretão, carregada de sotaque, ecoou pelo recinto.

Tristan conteve o ímpeto de responder à provocação. Reparou, enfurecido, que Andret regozijou-se com a ofensa.

— Acautela-te com tuas palavras, senhor! — o monarca versou. — Ele não é meu servo e mesmo se fosse, minhas audiências são realizadas à portas abertas — voltou-se ao rapaz. — Peço-te desculpas, Tristan. Não reparei estarem elas cerradas. Por favor, acomoda-te, meu jovem.

O visitante ajeitou o pesado manto de pele. Ato contínuo, voltou-se com insolência para o rei.

— Sire, estou aqui há um bom tempo, mas até agora não me destes uma resposta convincente. Três vezes exigi um combate singular, mas nenhum de vossos *valentes* cavaleiros se apresentou.

Ao ouvir a manifestação do visitante, Tristan estremeceu. Estivera ausente durante dias, refletindo a respeito de seu destino, do título que tanto almejava ser reiteradamente recusado. Coincidência ou não, mal havia retornado e a oportunidade que aguardava por anos, revelava-se.

— Morholt, tuas exigências são impiedosas! Não posso entregar-te vidas humanas para serem escravizadas!

— Rei Marc, isso é problema vosso. Entregai-me os primogênitos de nobres famílias bretãs, ou que apareça um cavaleiro para desafiar-me! Há uma dívida de vosso reino para com o de meu senhor, dívida essa que durante muito tempo, não foi honrada. Agora é chegado o momento.

Tristan percorreu o salão com os olhos. Nenhum cavaleiro se ofereceu. Procurou Marc; testemunhou a angústia em sua expressão. Pobre rei! Que valorosos guerreiros havia arranjado! Então, num ímpeto, antes que Dinas pudesse impedi-lo, ele apresentou-se, atraindo novamente a atenção dos presentes.

— Meu rei, dai a mim este privilégio! Irei com prazer combater esse cavaleiro em vosso nome!

Marc, atônito diante do rogo, voltou-se para o rapaz, incapaz de pronunciar-se. Comentários — em moderado tom — ecoaram pela sala enquanto Tristan andava, aproximando-se de Morholt. Este, irado, voltou-se para o rei:

— Um *cavaleiro*, sire; descendente real! Sou irmão da rainha da Irlanda e não luto com servos ou vadios!

— Vossas palavras me ofendem, senhor — o moço rebateu. — Tenho sangue nobre, senhor cavaleiro. Sou Tristan de Lionèss, filho de Rivalin e de Blanchefleur.

— Marc arregalou os olhos ao ouvir aquelas palavras; um ar de perplexidade misto de admiração, preencheu o vácuo sombrio, causado pela presença do estrangeiro. — Posso ainda não ser cavaleiro, mas desafio-vos, em nome de meu senhor Marc, de Cornwall.

Morholt estudou seu pretenso desafiante com desprezo. Este, ao lado do irlandês, era comparado a um mísero gatinho aos pés de um leão. Entretanto, Tristan não se impressionou com o tamanho do homem, nem com os comentários — nítidos — por seu ato desvairado. As vozes eram tantas, que ele não apercebeu-se das blasfêmias de Andret, manifestando dúvidas acerca da linhagem ora proferida.

Contudo, Cariado o conteve, argüindo com os dentes cerrados: "Acalma-te! Seria um erro tomar qualquer atitude agora!".

— Falas sério? — o soberano, encontrando as palavras e controlando suas emoções, inquiriu. — Mas minha irmã deu à luz a um natimorto!

— A verdade foi ocultada, sire — Tristan, agora ajoelhado ante o trono, continuou. — Meu pai de criação, Rohalt, que servia Rivalin, achou por bem manter-me desconhecido, por receio de Morgan, um nobre traiçoeiro que tomou Lionèss e que matou meu pai em uma cilada, dar fim a minha vida.

Marc ergueu-se. Estava extasiado; por instantes, esqueceu-se do irlandês. Afinal, à sua frente, estava o filho de sua irmã... seu sobrinho!

— Tu... estás certo disso, jovem?

— Sim, meu senhor. Vossa irmã, que também não tive o privilégio de conhecer, era minha mãe.

— Por Deus! — Marc andou até o moço, fê-lo erguer-se e tomou-o em seus braços. Estava comovido. Dinas — também estupefato com a notícia — não disfarçou sua satisfação por acompanhar seu rei embevecido pelo júbilo. Percebeu ter o fato emocionado outros cavaleiros, com exceção daqueles que não o toleravam.

A comoção não atingiu Morholt, que irritado, bradou, proferindo ultrajes contra o rei. Estava perdendo sua paciência.

Tristan desfez-se do enlace e voltou-se para o visitante.

— Dizes ser de família nobre, cavaleiro. Mas não te comportas como tal. Como ousas ofender meu senhor dessa forma? — vociferou, não mais tratando-o com tanta distinção.

— Não me importo com tuas opiniões, cão! Vim aqui para...

— Sei muito bem porque vieste, e já tiveste tua resposta — Tristan o interrompeu, ríspido.

— Filho, não deves enfrentar esse homem! — Marc intrometeu-se. — Não agora, que revelaste ser sangue do meu sangue!

O moço voltou-se para o rei; havia ternura em seus olhos.

— Servir-vos, sire, como vosso cavaleiro, sempre foi minha maior ambição. Não poderéis dissuadir-me desta peleja, meu senhor. Lutarei por vós e se eu morrer, terá sido por uma boa causa. Não há maior aspiração para um cavaleiro.

Marc tinha os olhos lacrimejados. Se antes evitara conceder ao rapaz uma vida de perigos e morte — a essência da vida de um guerreiro — simplesmente porque se havia afeiçoado a ele, agora recuava por motivos ainda mais relevantes: os fortes laços familiares que os uniam. O monarca, pensando nisso, encontrou seus olhos com os do moço; ali nítido estava seu desejo. *Ele sonha com isso*, refletiu.

O irlandês, nervoso e impaciente, aguardava; os poderosos braços ainda apoiados no grosso cinto. Amenizado o furor diante da revelação, os demais cavaleiros de Marc previram uma derrota arrasadora, embora reduzido número envergonhou-se pela demonstração unânime de covardia. Dinas fitava Morholt, preocupado. Tristan mal atingia os ombros do irlandês, e era um dos guerreiros mais altos.

— Ajoelha-te, Tristan — Marc, a voz engasgada, finalmente versou. Desembainhou sua espada. A consagração iria ter início.

Diante daquele ato, Morholt retirou-se sem detença, com uma expressão de regozijo estampada em sua face; o combate estava praticamente vencido! Sim, tinha convicção disso; era até uma ofensa ter aquele rapazola como adversário. No entanto, refletindo com calma, digladiar com ele teria suas vantagens. *Ora, quanto o frangote pode suportar?* — cogitou. Iria matá-lo, trucidá-lo como a um inseto; ganharia e por conseguinte humilharia toda Cornwall. Significava também, fazer jus ao tributo: as duzentas vidas humanas. Jovens de descendência nobre que tornar-se-iam escravos.

O duelo estava marcado para dali a vinte dias. Seria realizado em Lundy, uma ilha próxima a Tintagel, sem testemunhas, sem juízes; apenas os gladiadores. Morholt assim exigiu, Tristan assim respeitou. No dia marcado, era ainda madrugada quando despediu-se de Tintagel. Outros cavaleiros, agora com o peso esmagador da pusilanimidade, espreitavam à distância. Ele retirou-se do pátio, cavalgando ao lado do rei e do senescal. Atrás deles, em procissão, o povo de Cornwall. Ao atingirem o rústico porto, Tristan apeou-se, despedindo-se de Marc e de Dinas. Antes de ir-se, foi supreendido por mães em prantos, que perante ele ajoelharam-se, em humilde retribuição. "Tu carregas a vida de nossos filhos!", foi o comentário de uma infeliz mãe. "Que os deuses velem por ti!"

Ele agradeceu e abordou a pequena embarcação, cujo percurso o conduziria ao seu destino; a morte ou a vitória.

Temiam ser a morte.

As pessoas se retiraram. Marc e o senescal ali permaneceram, até o bote perder-se no horizonte.

— Acreditas ter ele uma chance, Dinas?

Este tentou ocultar seu pessimismo.

— Vosso sobrinho sempre me surpreendeu, sire.

— Mas ele nunca lutou com um oponente do porte de Morholt. Ao menos, até onde sei. Tentei afastá-lo de uma vida marcada pela violência, mas foi em vão. Receio nunca mais vê-lo, meu amigo.

— Deveis ter esperanças, Marc.

O monarca suspirou, voltando-se melancólico para Dinas.

— Por que ele fez isso? Por que ocultou por tanto tempo ser filho de minha irmã?

— Tristan tem muito de seu pai, sire. Não quer méritos por parentesco, mas por si próprio.
— Rivalin. O nobre Rivalin.
E deixaram o porto.

A correnteza auxiliou na viagem, mesmo assim, ele remou até a alvorada. Ao fim da manhã, Tristan pôde avistar a ilha. Margeando a costa, reparou em uma nau irlandesa. Decerto estavam ali para terem conhecimento do vencedor e para apoiarem Morholt... à distância. Quando atingiu a beira da praia, viu a imponente figura do irlandês, trajando uma proteção peitoral feita de prata; ligas do mesmo material protegiam as coxas e um elmo, a cabeça. Montava um magnífico corcel. Sua figura realmente impunha respeito, de um guerreiro destemido. Mas o irlandês não escondeu certa admiração ao presenciar o gesto de Tristan, quando este não prendeu seu bote e o entregou à deriva das ondas.

— Disseste ser um combate e suponho ser até a morte. Não serão necessários dois barcos, já que o teu está preso — explicou, a voz calma.

Morholt não respondeu. O rapaz reparou que havia um cavalo para seu uso; não era tão espetacular quanto o do oponente, mas Tristan não ficou alarmado com isso. Afinal, já era muita condescendência deles terem transportado um para si. Contudo, o animal não era de todo mau. Ao contrário de Morholt, não usava uma loriga — uma couraça primitiva, feita de placas de ferro. Seu traje resumia-se a uma cota de malha ao estilo romano, a que mais parecia oferecer proteção, devido a perfeita junção dos elos de metal. Mas a cota, apesar de longa, não protegia suas pernas. Mesmo se quisesse usar um traje como o de Morholt — isso, se achasse ferreiros dispostos a forjá-lo, devido o trabalho ser árduo e caro — jamais poderia viajar com ele, muito menos, montar sem auxílio, em virtude do peso. Nem elmo utilizava, o que significava que o irlandês poderia atingi-lo fatalmente em seu rosto. Porém, apesar de seu duvidoso armamento, Tristan não aparentava nervosismo. Retirou o manto que usava e aproximou-se do cavalo. Montado, cavalgou até a precária liça — construída pelos irlandeses para a ocasião —, apanhando o escudo e uma das lanças curtas deixadas para seu uso. Nesta operação, recordou-se quando praticava justas em Lionèss e nas explicações de seu mestre. *As lanças não são curtas à-toa, menino. Tuas pernas ficam soltas quando montado, portanto, deves compensar o peso da lança, forçando seus joelhos no ventre do animal. Isso te ajudará a resistir em sela!*

Morholt apanhou sua lança e posicionou-a em riste, um sinal de que estava preparado. Ao mesmo tempo, avançaram. Tristan instigou seu cavalo; este parecia desacostumado a galopar em terreno arenoso — o rapaz apercebeu-se do galope inseguro. Comprimiu seus joelhos o máximo que pôde, ergueu o escudo estrategicamente na mesma altura em que a lança inimiga avançava. O embate foi violento, mas Tristan suportou; sua lança havia chocado e se espatifado contra o peitoral do oponente, que resistiu. No segundo embate, porém, ambos caíram. A lança do irlandês, apesar de atingir o escudo do rapaz, acabou arrancando-o da sela. Tristan atingiu-o no ombro, derribando-o. A justa agora, seria decidida pela espada; metal contra metal, músculos contra músculos. Desembainharam suas lâminas e na quietude da ilha, o som das armas em recontro violento propagou-se. O irlandês era extremamente forte, muito mais do que Tristan supunha ser.

Embora Morholt preterisse a técnica, seus golpes eram poderosos e impiedosos. Tristan recuava na defensiva; não havia tido oportunidade de investir uma única vez. O adversário utilizava uma espada cujo peso muitos homens vacilariam em tentar erguê-la. Mas em suas mãos, a arma parecia leve, devido às estocadas bruscas e cadência de movimentos. Tristan novamente recuou, desviando-se. Morholt insistiu, seu intuito era levar o oponente à exaustão. Em novo assalto, verteu todo seu vigor, subjugando as defesas de seu adversário. Em verdade, o rapaz apenas conseguiu reduzir a intensidade do golpe, mas ainda assim, amargou com um profundo corte em sua perna esquerda. Como conseqüência do violento impacto, ele foi arremessado contra o chão. A despeito disso, Morholt continuou hostilizando-o. Tristan, caído e sentindo a desagradável sensação de quentura do local lesado, continuou defendendo-se das novas arremetidas do irlandês e o fez rastejando-se — a perna ferida, trêmula, não mais obedecia — mas sempre com a espada de Rivalin interceptando a poderosa arma inimiga. Seu braço direito vibrava; estava ficando cada vez mais árduo deter aqueles golpes. Em desespero, segurou o cabo de sua lâmina com suas duas mãos e rebateu com toda a força que possuía, o ataque inimigo. Ante tão férrea barreira, Morholt retrocedeu alguns passos, dando ensejo a Tristan tentar erguer-se. Não sabia se a perna lesionada iria suportar seu peso, contudo, conseguiu pôr-se de pé mais rápido do que esperava fazer. Mas impossível evitar claudicar.

Morholt riu ante ao esforço do rapaz.

— Por que não desistes, frangote? Dou-te uma morte rápida, sem dor.

— Enfrentar-te-ei mesmo se tiver que me rastejar novamente, Morholt.

— Tens coragem, isso não posso negar. Mas olhe tua perna! Está dilacerada, perdendo sangue. Deverias desistir, cão. Teu fim será menos doloroso pela minha espada, já que irás morrer de qualquer forma. Antes de vir à justa, envenenei minha lâmina. Teu sangue está agora contaminado, verme! E a cura no teu país é desconhecida. Há o antídoto, mas apenas reis e sua linhagem a ele têm acesso.

— Falas para entreter-me, Morholt? Não acredito em uma só palavra do que me dizes!

Novamente se atracaram. Tristan não conseguiria derrotá-lo num embate de força; entretanto, apesar da perna ferida, mantinha sua agilidade. Contava com ela para desviar-se das estocadas de Morholt. Numa dessas vezes, quando o irlandês tentou surpreendê-lo, Tristan moveu-se para o lado e golpeou as costelas do gigante, mas a loriga suportou. O irlandês, amaldiçoando o oponente, atacou com mais fúria. Seu ódio pelo rapaz veio em forma de uma rude estocada; seu intuito era transpassar o corpo daquele. Ao defender-se, Tristan deslocou seu peso para a perna rasgada, que não suportou. E uma vez mais, ele sucumbiu.

Foi a oportunidade que Morholt precisava. Saboreando a vitória iminente, declinou com violência sua espada; contudo, nesse exato instante, uma dor atroz o fez tremer, oriunda de sua perna. E Tristan, mesmo caído, fez o que Morholt havia feito consigo: rasgou-lhe a perna esquerda. As placas, naquela região apresentavam certa folga; para Tristan era o próprio "calcanhar de Aquiles" e aproveitou-se disso. Morholt caiu de joelhos. Imediatamente, o rapaz ergueu-se — com dificuldade — e investiu sua espada contra o pescoço do inimigo; mecanicamente, retirou-a e repetiu o ato. Um som metálico repercutiu; o elmo do irlandês foi atirado longe, ao passo que uma rajada rubra explodiu para os lados. A espada voltou ensangüentada e avariada próximo à ponta, em virtude do brutal assalto. Com um gemido, Morholt — engasgando-se em seu próprio sangue — despencou, morto. Exausto, Tristan também caiu de joelhos. A perna ferida lhe infernizava; uma dor terrível... respirou fundo, apoiando-se na espada para erguer-se.

Marc não conseguia manter-se afastado da janela. Amargurado, evitou compromissos, diante da pungente espera. Mas o horizonte continuava deserto. Naquele dia, não houve qualquer sinal de Tristan ou de Morholt e o rei foi dormir com o coração pesado. Não acreditava na possibilidade de seu sobrinho ter vencido o duelo.

Devia ter impedido sua ida! — culpou-se. — *O irlandês matou-o, tenho certeza.*

Na segunda manhã ao duelo, o rei estava de luto. E embora fosse doloroso, os chefes das famílias — escolhidas pelos irlandeses — deveriam comparecer a Titangel, acompanhados de seus primogênitos. Pois Marc era cônscio de que Morholt não tardaria a chegar.

O salão principal de Tintagel estava perdido em súplicas; Dinas o perscrutou e notou a angústia nos familiares das vítimas. Dirigiu-se ao cômodo real e encontrou o rei na varanda, os olhos fixos em direção ao mar.

— As famílias estão aqui, sire — Dinas comentou, postando-se ao lado do rei.

— Nenhuma palavra... — o monarca disse, sem virar seu rosto — ...nenhuma palavra poderá trazer qualquer consolo para esses pais, Dinas.

— Sei disso — o senescal fitou o oceano. — Tenho certeza de que ele deve ter dado tudo de si — referiu-se a Tristan. — Mas, sire, não achais cedo para conclusões tão precipitadas?

— Se ele estivesse vivo, Dinas, já teria retornado. Creio que Morholt está agindo assim propositalmente, apenas para deixar-nos amargurados — e o rei deixou a varanda, no exato instante em que o horizonte revelava um objeto sendo trazido pelo mar.

O monarca, seguido pelo senescal, andou até o salão. Lamentos ecoavam, mas desvaneceram quando os súditos viram a face pálida de Marc. Entenderam que tudo estava perdido, que o destino de seus filhos estava selado. Dinas observava, condoído. Lamentava pelos pais e pelo rapaz, que dera sua vida em uma inútil tentativa de defender Cornwall. Percebeu que o rei começou a falar, mas não conseguiu prestar atenção. Para ele, havia apenas o desamparo dos familiares dos jovens. E dos próprios. Não obstante, o que mais o deixava irado, era acompanhar o escárnio no rosto de Andret e seus achegados. Naquele momento, tudo o que o senescal desejava, era uma desforra com aquele homem desprezível. A forma como ele exultava — embora discretamente, por receio do rei — era odiosa. Dinas cerrou as pálpebras, tentando esquecer da repugnante existência de Andret; por um momento, a cena de Tristan, soltando-se de um galho e precipitando-se para o ar em uma acrobacia, sobrepujou-se àquela triste realidade. Era um rapazinho e tanto...

Brados desesperados arrancaram Dinas de suas reflexões. A porta do salão foi aberta de chofre. Dois pescadores clamaram por Marc. Traziam, apoiado em seus ombros, um homem moribundo, incapaz de permanecer sozinho em pé. Tinha o rosto transfigurado; as roupas — um manto rasgado, calças de linho e cota de malha romana — ensangüentadas. Espasmos de dor o consumiam. Desvencilhou-se daqueles que o amparavam, terminando por despencar no chão. Caído, contorceu-se em agonia.

— Tristan? — Marc indagou, para si próprio. Depois, em um ímpeto, explodiu.
— Tristan!

Os pescadores concordaram. Era o jovem cavaleiro. Havia sido resgatado de um bote irlandês. A princípio, todos acreditaram tratar-se de Morholt, mas como a embarcação parecia flutuar à deriva, sem ocupantes, decidiram ir até ela. E depararam com o moço semi-inconsciente.

Marc e Dinas atravessaram o salão sob imensa ovação dos presentes. Morholt estava morto! O resgate exigido pela Irlanda extinguira-se! Mas a que preço? O rei, ao ver o estado precário do cavaleiro, imediatamente requisitou seus sábios, conhecedores das artes da cura. Cobriu-o com seu próprio manto e com ajuda de Dinas, o levaram para seu cômodo. O senescal notou o ferimento; em um ato extremo, o cavaleiro havia feito um tosco curativo, rasgando seu próprio manto e enfaixando o membro lesado, no entanto, em nada adiantara. Continuava perdendo sangue.

Acomodaram-no em sua cama. Dinas o despiu e ele próprio lavou o ferimento, enquanto aguardava pelos sábios. Não era agradável de se ver; o membro lesado estava inchado e enegrecido. E Tristan ardia em febre. Marc acompanhou os cuidados executados pelo senescal, ainda incrédulo por rever seu sobrinho. Mas seu estado era preocupante; o monarca condoeu-se diante o suplício do rapaz. Silente, deixou o aposento com um terrível peso em seu coração. Sim, o tributo não era mais exigido, mas o preço por isso não foi menos doloroso.

À noite, os sábios deixaram o cômodo. Haviam feito tudo o que podiam, sem êxito. A saúde do cavaleiro se havia deteriorado ainda mais. Dinas, que permaneceu ao lado de Tristan, refletiu na injusta sina do enfermo: agonizar numa cama, após seu ato de bravura.

VI

Tintagel festejou durante dias a vitória do jovem cavaleiro, ainda que muitos soubessem da atual situação do vitorioso, mas estavam confiantes de sua breve recuperação. Andret, que caminhava pelas ruas de Tintagel com Gondoine e presenciava a alegria das pessoas, não se deixava iludir. Era um dos que afirmava estar a morte do rapaz próxima. O desenlace do duelo certamente foi um fato inusitado; como esperar a derrota daquele gigante? Entrementes, não iria surpreender-se quando o luto do rei soasse como uma ordem.

O acamado — entre lampejos de consciência — evitava reclamar da dor que o corroía apenas para não trazer mais sofrimentos ao rei e a Dinas. Contudo, começava a recusar novos sábios, pois nenhum tratamento adiantava. Era inútil. Sua ânsia pela vida esvaia de si, na forma da forte febre e nas dores pungentes nos músculos e órgãos de seu corpo. Mergulhado naquela letargia, recordou-se das palavras de Morholt. Ora, ele o havia prevenido; não era um blefe, afinal. Veneno corria em seu sangue. Um veneno que o estava matando paulatinamente e da forma mais dolorosa possível. E atordoado, não mais recordava o que o irlandês havia dito acerca da cura... se é que havia alguma. *Lionèss...* — ele pensou, sombrio, *... faltei com meu dever...* Tristemente resignou-se. Os sábios de Tintagel não iriam curá-lo, disso ele sabia. Então, para que ficar ali?
Requisitou por Dinas. Falava em intervalos; seu corpo exalava tanto calor que o senescal assustou-se. Em escassas palavras, expressou sua desistência daquela luta. Os remédios naturais e ungüentos não iriam restabelecer sua saúde.
— O que desejas, então?
Expôs seu plano. Não queria dar seu último suspiro preso a uma cama. Deixassem-no morrer longe, sozinho. "Ajuda-me a renunciar à minha vida, amigo. Não há mais o que fazer. Até um animal é cônscio de seu fenecimento... ele se aparta de seu grupo." — murmurou. Sua vontade era a de ser colocado de volta ao mar, em uma daquelas pequenas embarcações. Talvez, no mais profundo de si, quisesse encontrar o *Outro Mundo*, o *Immarama... Immarama!* Lembrava-se das histórias que ouvia quando criança do significado do *Immarama*, a viagem mística pelas águas que um guerreiro ferido — envenenado — seguia, para tentar a cura em uma ilha também mística. Se estava deixando-se levar pelas histórias de sua

infância, Tristan não sabia dizer. De qualquer forma, preferia isso a permanecer agonizando naquele recinto.

Marc não queria permitir tal insanidade. Vendo, porém, que o sobrinho suplicava, acatou, lastimando a perda. Arrasado, proferiu o desgosto de renunciá-lo. *É como perder um filho.* Por ordens do rei, Dinas providenciou tudo e ao fim daquela tarde, três dias após seu retorno, apenas o senescal e um cavalariço carregaram o jovem desfalecido rumo à praia. Ajeitaram-no cuidadosamente no bote. Por cima da cota de malha, Tristan usava um manto de menestrel, que além de mantê-lo aquecido, ocultava sua espada. A harpa foi colocada em cima de seu tórax.

— Dinas, tens certeza de que fazemos o certo? — o cavalariço questionou.

— Ele assim determinou, filho — e Dinas indicou que era o momento de empurrarem a embarcação. Ambos a impeliram contra as ondas; para tanto, tiveram que penetrar no mar. Era o motivo de terem escolhido o mar aberto — e não o porto — para a última viagem do bravo cavaleiro. Ultrapassando as vagas, o oceano recebeu o barquinho; com o recuo, foi por aquelas carregado.

Os dois observadores ali permaneceram, a água fria não os incomodava. A cada instante, a embarcação distanciava-se. Quando, desanimados, decidiram retornar, foram abordados por um estranho ainda na orla da beira-mar. O homem, um viajante recém-chegado a Cornwall, estava à procura de Tristan, de Lionèss. Comentou que um cavaleiro — pela descrição, tratava-se de Andret — ter-lhe dito que poderia encontrá-lo na praia, próximo ao cais. Dinas, amaldiçoando a atitude vil de Andret, inquiriu o nome do estrangeiro.

— Chamo-me Gorvenal, senhor. Fui escudeiro de Rivalin; agora seu filho é meu senhor. Vim visitá-lo sem avisar, pois queria fazer-lhe uma surpresa — e o escudeiro, um homem com seus vinte e sete anos, sorriu.

Dinas fitou gravemente o cavalariço. Depois, voltou-se para o visitante.

— Espero que possas suportar o que irei te narrar, meu amigo — e a desdita do cavaleiro de Lionèss foi revelada. O escudeiro, estarrecido, ameaçou ir atrás do bote, mas foi impedido.

— Respeita o último desejo dele, senhor! — Dinas suplicou.

Contido pelo senescal, terminou cedendo. Mas Gorvenal não reprimiu as lágrimas.

O estado de semi-inconsciência fez com que o cavaleiro — padecendo de um sofrimento hediondo — aprofundasse em grave topor letárgico. Porém, em um determinado momento, faltou-lhe a idéia de consistência de seu corpo ferido. Era como se agora estivesse desprovido de qualquer sensação física e seu espírito alcançasse a imensidão infinita, etérea. Dali, teve noção de ver a si próprio, desfalecido em um bote. Concentrado como estava, demorou a notar um leve som, mas percebeu o que era. Convocavam-no, mas pronunciavam seu nome de nascimento, Drystan. Procurando a origem do ruído, admirou-se ao deparar-se com uma figura belíssima, na forma de uma mulher diáfana, exuberante. Uma intensa luminosidade refletia em seu rosto, mas repentinamente, essa luz extinguiu-se. Procurou o bote e encontrou-o, mas não viu a si próprio acomodado. E em seguida, a sensação de leveza cessou. Estava de volta ao seu corpo físico, entretanto, não mais encontrava-se no bote. Viu-se em um lugar macabro. Ali, estava prostrado — não por ferimentos, mas por alguma força até então desconhecida... Uma força intangível, onipotente. Um poder supremo e incapaz de ser vencido, em cujas malhas estava aprisionado.

Drystan, Drystan... resguarde tua alma...

O oceano brincava com a embarcação; por dias ele esteve à mercê de visões alucinantes, agravadas pela febre e pelo intenso desconforto muscular. Noutras ocasiões, parecia anestesiado da dor e sonhava. E, como da primeira vez, testemunhou a imagem da misteriosa mulher de tez pálida e envolta de uma luminescência dourada; da mesma forma, repetidas vezes viu o lugar macabro, fúnebre, palco de uma insana carnificina. As imagens pareciam intimamente conectadas e na essência deste terror, mais de uma vez viu-se preso, indefeso perante aquela energia, que materializava-se por delicados fios de ouro. A despeito da frágil aparência, eram impossíveis de serem partidos.

E a dor o envolvia.

Vagas incessantes estouravam contra rochedos litorâneos. Três caçadores cavalgavam pela praia, aproveitando o frescor da tarde. O cão de um deles, inesperadamente, acelerou e correu em direção ao mar, parando quando as ondas alcançaram suas espáduas. Os homens estranharam o comportamento do animal e incitaram seus cavalos até à orla. Dali, viram o pequeno barco à deriva.
— De onde provém? — questionou um, em irlandês.
— Não há sinal ou flâmula de sua origem — foi a resposta de outro.
Decidiram trazer o barco até a beira da praia. Um deles ofereceu-se para nadar até o bote; com o auxílio das ondas, em minutos, o mesmo encalhava na areia. Ao depararem com o conteúdo, assustaram-se.
— O que faremos?
Ansiavam em roubar os escassos pertences do moribundo — a começar pela harpa — e devolver o bote ao mar; que este fosse seu túmulo. Porém, antes de executarem seus planos, um dos caçadores reagiu:
— Vós tendes certeza de que o rapaz está morto?

— E o que importa? Se não estiver, em breve estará.

O caçador — o mesmo que retirara o bote do mar — levantou a cabeça do moribundo pela nuca. Este, desfalecido, estertorava.

— Ele vive, embora à beira da morte.

— E o que queres fazer com um inútil destes? Nem vendê-lo ou utilizá-lo como escravo poderemos, já que está definhando.

— És um maldito mercenário! Com essa harpa, ele só pode ser um menestrel e nossa rainha admira esses cantores. Penso que devíamos levá-lo a ela. Tenho certeza de que, se ele for curado e se for um bom harpista, nossa rainha irá nos gratificar.

Os outros dois caçadores concordaram. Ademais, não tinham nada a perder; portanto, montaram e cavalgaram até a cidade, levando Tristan com eles. O caçador que o ajeitou na sela, notou algo metálico por debaixo do manto; percebeu ser uma espada, mas evitou tecer comentários. No pátio da fortaleza, a rainha foi informada de um menestrel adoentado, trazido por três caçadores. Ordenou que o trouxessem e o acamassem nos aposentos para hóspedes. Foi quando Tristan teve uma nova centelha de vida. Onde estava? Era aquele lugar terrível de dor e sofrimento que havia compartilhado? Carregavam-no... para onde? Testemunhou um idioma familiar, contudo, não foi capaz de defini-lo. Divagava. Ouvia as palavras, mas era como se fossem ecos dispersos nas trevas.

Havia sido a própria rainha que proferira aos caçadores um compromisso. "Deixai-o comigo; se ele sobreviver e for um bom menestrel, vós recebereis meus cumprimentos".

A harpa foi colocada ao pé da cama do desconhecido. A rainha ergueu o manto; não reparou na espada — em verdade, ele estava deitado por sobre ela — mas percebeu que o menestrel não usava calças, apenas um calção de linho. Tinha a coxa esquerda coberta por tiras de panos, sujas de sangue. Retirou-as, e o terrível ferimento revelou-se. Um mal que lentamente consumia a vida do rapaz. Apenas nesse instante, ao retirar as faixas, apercebeu-se da espada cingida à cintura. *Ora, o que um menestrel faz com uma arma?* — perguntou-se. Não conteve um leve sorriso; era um fato inusitado. Procurando por uma explicação, dirigiu-se até a porta e requisitou a filha.

— Iseult, podes vir até aqui?

Segundos depois, uma encantadora jovem, dotada de corpo esguio, pele alva e longos cabelos dourados, invadiu o recinto. Entorpecido e desfigurado pelos males, Tristan — que acreditava estar tendo novas visões —, deteve-se na imagem. De imediato, reagiu; tentou em desespero, alcançá-la... Ela *não* podia desaparecer dessa vez! Não iria permitir! Aflito, sentiu sua mão fechar-se no vazio... Iria novamente perdê-la...! Porque percebeu ser incapaz de deter aquela criatura diáfana. Uma mulher ou uma deusa? Uma mulher... ou um espírito de luz que entibiava ainda mais sua já minada resistência?

— Iseult, conheces esse rapaz? — a rainha indagou.
— Não. Por que deveria?
— Ele te olha como se fizesses parte da vida dele. O mais estranho... — ela forçou o braço do moribundo, dobrando-o sobre o corpo. — ...é ele ter reagido desta forma quando tu apareceste. Creio que ele estava te chamando, filha.

As palavras começaram a tornar-se mais nítidas. E reconheceu, por fim, o irlandês. *Irlandês...?*
Iseult riu.
— Mãe, como podeis dizer isto? Nunca vi antes esse pobre diabo! E não tenho dúvidas de que ele jamais pisou no Eire.

Eire... Eire! Não sabia se havia realmente ouvido ou se era produto de seus sonhos doentios. Mas, se realmente estivesse em solo irlandês, seu martírio era inevitável, se fosse reconhecido! Que morte aterradora não iriam lhe infligir? O sofrimento pelo seu sangue envenenado, nada seria, se fosse descoberto como o assassino de Morholt.

A rainha retirou-se. Era imprescindível preparar um antídoto. Havia reconhecido os sintomas da peçonha, mas precisava agir rápido. Antes de deixar o recinto, porém, ela pediu a Iseult que desafivelasse o cinto da espada do jovem e lavasse a área atingida.

Iseult chegou-se até o acamado. Viu a harpa, o que a fez sorrir. O moço tinha as pálpebras entreabertas, mas a razão lhe fugia. Não distinguia a rapariga à sua frente como um ser real, mas sim, imagens oníricas. E sem saber porque, começou a recear aquela visão. Por sua vez, Iseult atendeu às ordens de sua mãe; com cautela, limpou o ferimento. O leve contato do tecido umedecido contra sua perna, o fez contorcer. Quando terminou, a moça desafivelou o cinto e apanhou sua espada.

— Por que traz contigo uma espada?
— És real...? Existes... ou invades meus sonhos...? — ele murmurou, misturando o irlandês com sua língua nativa, bretão. Iseult compreendeu, embora estranhasse o amálgama de idiomas.
— Não deves falar, tu não estás bem. Ficarás incólume, uma vez medicado.

Tristan não havia sido reconhecido. Em verdade, era notório que Morholt havia sido derrotado por Tristan de Lionèss, mas apenas alguns o haviam visto. Não era o caso da maravilhosa moça que ali estava, cuidando de si. Apenas os irlandeses a bordo da nau poderiam reconhecê-lo.

— Vi tua imagem... eras tu... Salvaste minha alma... — resquícios de lucidez ora o abençoavam, ora escapavam-lhe. E as frases desconexas, perdidas nas duas línguas, eram pronunciadas com dificuldade.

Iseult ignorou o comentário. Sabia que o homem era vítima da febre.
— Como te chamas, menestrel?
— Drystan... Chamaste-me... Drystan... mais de uma vez... — sussurrou. E não mais conseguiu ordenar os pensamentos.

A rainha retornou com o remédio. De imediato, o ungüento foi aplicado na perna ferida; ato contínuo, ele foi erguido e o fizeram ingerir um líquido — de gosto terrível — que, segundo Iseult, era o que iria salvar sua vida. Poderia até ser, mas o acamado sentiu a substância percorrendo seu corpo, aumentando a sensação de calor. Não era agradável.

— Iseult, agora deves ficar em vigília. Antes do Sol se pôr, irás repetir o tratamento. Ele ficará sob teus cuidados — e a rainha retirou-se.

A moça sentou-se próxima ao acamado. Percebendo que o jovem transpirava, decidiu retirar o manto. Ao fazê-lo, deparou-se com a cota de malha. Era incomum, assim como a espada, mas não fez indagações, já que o rapaz não parecia ter forças para falar. Ao invés, desafivelou a malha e o deixou trajado apenas com a vestimenta de linho, a proteção usada sob a cota. Em seguida, com outro tecido umedecido, esfregou levemente a fronte do enfermo; de alguma maneira Iseult compreendeu ter ele apreciado seu gesto. Repetiu a operação em todo o corpo, tomando precaução para não umedecer a vestimenta íntima. O pano — trocado várias vezes — havia sido embebido com água e essências de ervas, exercendo um efeito tranqüilizante ao corpo febril. Constatando que o exausto acamado entregara-se ao sono e sem ainda saber o que a movia, Iseult guardou a cota de malha. Depois, apanhou a espada e a colocou ao lado da harpa, aos pés da cama. Permaneceu estática, olhando para o rico punhal da arma; as pedras preciosas resplandeciam. A forma do falcão, esculpida no punhal. Pequenas pedras reluzentes faziam as vezes dos olhos do pássaro. Ainda intrigada porque um menestrel usaria uma malha e espada, Iseult resolveu desembainhá-la, talvez apenas para admirar a arma nua, ou talvez por outro motivo qualquer ainda desconhecido. O fato foi que conforme o metal deixava sua capa protetora, os olhos claros da moça arregalaram-se ante os desenhos encravados no corpo da lâmina e nela foram refletidos, mas entrefecharam-se quando reparou em um tétrico detalhe. Próximo à ponta, havia um defeito, como se seu portador tivesse acertado um alvo cuja superfície fosse rígida, resultando naquela avaria.

A princesa sentiu um aperto dentro de si. Lembrou-se instantaneamente que, quando ciente da morte de Morholt, apressou-se para receber o corpo. Era tradição velar por um parente morto antes do destino final — a pira funerária. *O fogo irá te purificar, meu tio...* Iseult refletiu na ocasião, aproximando-se do cadáver estendido em uma mesa de carvalho. Morholt ainda estava com suas vestes de guerreiro, embora não usasse as placas de ferro nas pernas e a loriga estivesse amassada na altura do tórax. O elmo repousava ao lado do guerreiro. Ao apanhá-lo para guardá-lo como lembrança, ela notou algo aterrador. Afastando os longos e grossos cabelos do tio, viu um objeto incrustado na fenda em seu pescoço. Um objeto metálico. Com dificuldade, retirou-o do corpo inerte. Limpou a peça e reconheceu como sendo um pedaço de uma arma... um pedaço que seria útil, se um dia convencesse algum druida a conjecturar um feitiço, pois tratava-se de uma arma inimiga, causadora da morte de Morholt. Um pedaço que certamente pertencia àquela lâmina, há pouco desembainhada. Instintivamente, Iseult deixou o quarto e correu em direção ao seu. Retornou com a peça em suas mãos e o que suspeitava, concretizou-se com o encaixe perfeito da lembrança tétrica na espada do enfermo.

Miserável! E fingiste ser um menestrel! — pensou.

O rosto da princesa contraiu-se. Fitou com fúria o homem acamado, indefeso. Seria prazeroso finalizar com a vida dele, ela avaliou. Seu povo ficaria feliz com seu ato. Afinal, arrancaria a vida de Tristan de Lionèss, o homem mais odiado na Irlanda; seria um triunfo, uma vingança... um esplendor! E os feitiços dos druidas não mais seriam necessários. Com isto em mente, aproximou-se mais dele, com a espada em suas mãos. Apenas um golpe... Um único golpe. *Ele já está fraco o suficiente, impossível reagir!* Sim, poderia fazê-lo; iria estocar seu coração, com sua própria espada!

Iseult afastou a vestimenta de linho; o corpo do enfermo ficou exposto. Num esforço, ela segurou com as duas mãos o cabo da pesada arma e a ergueu. A ponta desceria fatalmente contra o tórax do falso menestrel e o traspassaria. Tornar-se-ia o carrasco daquele que havia trazido tanta infelicidade a si e ao seu povo, pois Morholt era amado e considerado um bravo guerreiro; ademais, era o campeão de seu pai. Sua morte acarretou desejos férreos de vingança, algo prestes a realizar-se. Bastava fincar a arma com precisão; podia até vislumbrar a cena, sentir a lâmina perfurando e dilacerando a carne, os ossos seriam partidos... Entrementes, os músculos de seu braço pareciam emperrados.

Nesse exato instante, as pálpebras do acamado entreabriram-se. Iseult se assustou, recuando e declinando a arma. Tristan encontrou os olhos da moça; ali leu o desejo da morte. Fosse real, fosse alucinação, aquela bela figura queria sua vida. Sua limitada lucidez não lhe permitiu raciocinar sobre o desejo de morte estar conectado ao de vingança. Apenas pressentiu o perigo contra si. E dele, não teria como escapar.

— Se fores real... — ele balbuciou, perdido em sua resignação física — ...apenas imploro... sejas rápida! — e ele apertou suas pálpebras, entregando-se à mercê da princesa.

Iseult cedeu. A arma não estava mais em posição de ataque; ao contrário, foi colocada de volta a sua bainha, para depois, repousar ao lado da harpa do... menestrel. Decidida, ela aproximou-se novamente da cama, ajeitou a peça íntima e o cobriu um um lençol. Tristan descerrou uma vez mais as pálpebras;

entreolharam-se por longos instantes. Havia algo mais naquele gesto — ambos aperceberam disso. Algo intangível e poderoso. Onipotente.

Iseult, ainda sem compreender, evadiu-se.

Três dias se passaram. Nesses três dias, o acamado recebia apenas a visita da encantadora moça. De fato, Iseult havia decidido que apenas ela cuidaria do enfermo; sua mãe aprovou. A rainha apreciava ter sua filha interessada na ciência da cura. Iseult passava a maior parte do tempo com o enfermo, que apenas repousava. A sonolência era um efeito colateral dos remédios e como era necessário insistir no tratamento, Tristan varava dia e noite dormindo. Despertá-lo para fazer ingerir a poção, tornou-se um suplício, mas Iseult não desistia facilmente e ao fim, Tristan tomava o remédio. Mas a febre persistia, fazendo-o pronunciar frases desconexas. Iseult as testemunhava, embora não desse atenção; havia se acostumado àquelas palavras em irlandês e em bretão, soltas sem propósito.

Foi apenas no quinto dia que a febre amainou e Tristan recuperou sua consciência, confuso e deslocado. Viu-se só em um quarto aconchegante e ricamente mobiliado. Era a primeira vez em sua vida que deitava-se em um colchão forrado com penas de ganso, extremamente macio. Viu sua espada apoiada nos pés da cama e sua harpa jazendo em uma mesa. Afastou a coberta de seu corpo e reparou em sua perna esquerda, cuja dor havia praticamente desaparecido. Tiras de tecidos a envolviam e o membro recuperara a cor saudável. Todo seu corpo estava limpo e exalava uma suave fragrância de ervas. Trajava apenas um calção claro, de linho. A vestimenta curta, concluiu, facilitava no tratamento do membro lesado.

A última lembrança em sua mente devastada pela dor, era do momento em que deixara a ilha findado o combate com Morholt. Afora isso, apenas imagens desconexas faziam-se presentes. Em uma delas, havia uma mulher. Uma mulher encantadora... Ergueu-se e sentou-se na cama. A perna ferida não reclamou quando encostada no chão. Um bom sinal. Uma vez de pé, caminhou até a harpa. Não lembrava de trazê-la consigo... nem com tudo o mais que havia lhe acontecido. Como viera parar naquele quarto? E onde estava?

Súbito, a porta do cômodo cedeu. O moço voltou-se e ali estava uma mulher...

O rapaz sentiu seu sangue gelar. A face formosa, mas austera da visitante, evocava as muitas imagens que havia tido...

— Estás sentindo-te melhor, cavaleiro? — o tom era rancoroso.

Tristan permaneceu silente; os olhos presos na delicada figura que adentrava em seu recinto. Iseult, com naturalidade, encostou a porta e avançou. Ele recuou alguns passos. Os fragmentos dos últimos dias vagarosamente conectavam-se. E foi dominado pela sensação de opressão, por encontrar-se em um lugar que lhe era proibido.

— Morholt... — ele proferiu, de ímpeto.

Iseult franziu o cenho.

Tristan voltou a falar; o tom submisso. Não mais mesclava os idiomas.

— Desejais a minha morte, senhora. Por que curastes-me?

— A princesa da Irlanda não te deve explicações — e avizinhou-se do rapaz. Tristan aspirou a delicada fragrância exalada pela primorosa moça. Foi dominado por grave impotência defronte àquela figura, cujos traços eram — ao mesmo tempo — familiares e únicos, jamais vistos. A face alva evidenciava olhos azuis-violeta, intensos, ligeiramente amendoados. Lábios carnudos, rosados, auxiliavam compor o semblante contido. Uma cascata dourada contornava a face, caindo-lhe pelas costas, contrastando com o manto azul claro. A vestimenta expunha os braços delgados e um decote ricamente trabalhado contornava os seios aprumados. O cinto dourado revelava sua silhueta esguia, cujas pontas quedavam soltas, acompanhando os movimentos suaves. E ele, como em transe, viu-a estendendo o braço, retirando-lhe a harpa de suas mãos.

Foi impossível reagir.

— Um disfarce tolo! — ela comentou, descendo seus olhos para o instrumento. Mas voltou a fitá-lo, devido ao longo silêncio.

— Não é um disfarce, senhora. Porque sei tocar — ele finalmente encontrou a própria voz.

Iseult riu e jogou a harpa por sobre a mesa. Dirigiu-se até a estante, onde jaziam os vidros com os remédios. Ele observou-a, enquanto ela preparava uma mistura feita com três líquidos de tonalidades diferentes de verde. Ao término, ela ofereceu ao rapaz.

— Seu remédio, cavaleiro.

Perturbado pela presença marcante, viu-se sem ação. Não estava compreendendo o porquê de sua grave apatia.

— O que foi? Algo errado? Não estou te oferecendo um veneno — Iseult sorriu com o canto dos lábios.

— Sequer pensei nisso, princesa — ele estendeu sua mão e apanhou, com máxima cautela, evitando tocar nos singelos dedos — o copo de chifres, bebendo seu conteúdo.

Iseult estudou os trejeitos do rapaz. Depois de entornar o copo, ele o devolveu. Não conseguia disfarçar seu acanhamento.

— Apenas eu sei, cavaleiro, que por tuas mãos, Morholt encontrou o fim de seus dias. Apenas eu — ela frisou, tomando de volta o copo.

A confissão vibrou por todo o corpo do rapaz. E súbito, sentiu-se perdido em uma inércia odiosa. Sequer foi capaz de pronunciar algo. *O embate não foi uma proposta minha*; era o que desesperadamente queria dizer.

Mas sua mente vagava... dispersa. E em meio à sua perplexidade, refletiu sobre a nefasta coincidência... de ali estar.

— Minha mãe ficará satisfeita com tua recuperação — dizendo isso, ela o deixou.

Sozinho, o rapaz experimentou sentimentos inquietantes e jamais concebidos. Em sua vida, havia tido reduzido contado com a presença feminina; recordava-se das servas de Rohalt, eram garotas vistosas mas nenhuma podia ser comparada àquela princesa. Uma princesa... irlandesa. Voltou a acomodar-se na cama, confabulando como deveria deixar aquele país. Pois tinha ciência de que a qualquer instante, a guarda real poderia cair contra si e lhe infligir a mais tenebrosa morte. Todavia... aquela doce criatura detinha esse poder? — refletiu. *Salvou-me a vida... para agora condenar-me?*

Contudo, nada aconteceu. Naquele dia, recebeu a visita da rainha — e foi a primeira de muitas, pois devido sua recuperação, demonstrou-se apto a utilizar-se da harpa, e era a exigência da rainha. Vê-lo tocar. Mas respeitou quando o rapaz recusou-se a cantar. Quatro dias depois, a rainha comunicou-o de que, muito em breve, deveria apresentar-se ao rei. Esse dia finalmente chegou. Um serviçal entrou em seu cômodo, anunciando ser aguardado pelo monarca. O servo entregou-lhe roupas novas e um grosso manto de menestrel.

— Não te esqueças a harpa — e o rapaz retirou-se.

Vestido com os novos trajes, deixou o cômodo. Imediatamente foi escoltado à sala, sendo ali anunciado como Drystan, um menestrel. A rainha sorriu ao vê-lo; era formosa e dona de traços firmes, não aparentava ser uma mulher com cerca de quarenta anos de idade.

— Estás completamente curado! – comentou, feliz.

Ao lado esquerdo da rainha, o rei. E atrás deles, em pé, a estonteante presença de Iseult, que o aturdia. Mas precisava conter-se. Assim sendo, humildemente, Tristan ajoelhou-se.

— Vós devolvestes minha vida, majestades. Por isto, sou-vos grato e ficarei honrado em vos servir.

— Já estás nos honrando, Drystan. Tua música é maravilhosa. Peço-te que continues tocando.

O rei, que até então ficara em silêncio — o rosto severo — comentou:

— De onde provéns, rapaz? Pelo acento em tua voz...

Ainda ajoelhado, Tristan fitou o rei.

— Britannia, sire.

O rei nada disse, mas gesticulou, indicando que o rapaz podia erguer-se.

— Já que estás curado, continua entretendo minha esposa com tua música.

Assim foi decidido. Embora desejasse deixar a Irlanda, não podia cometer tamanha desfeita com a rainha. Esta, a todo instante requisitava sua companhia; queria ouvi-lo em suas performances e desejava aprender a tocar o instrumento. Também insistia na presença de sua filha. Incontáveis tardes eles passaram nos salões ou jardins da construção. Pacientemente, Tristan ensinava alguns *lais* para a rainha, que aprendia com surpreendente facilidade. Durante essas aulas, enquanto a animada rainha dedilhava, ele estudava os detalhes de Iseult. Sua face, seus olhos, o contorno de seus lábios... Cada traço dela era uma obra suprema, digna dos deuses.

— Filha, não queres aprender? — a mãe, encantada, executava um *lai*.

— Não, senhora — redargüiu, sem entonação. Concentrava-se na figura do rapaz. O olhar penetrante dele... encontrava uma resposta.

Afora esses encontros, raramente se viam. Restabelecido, Iseult não mais o visitava em seu quarto e o jovem muito se entristeceu com isso. Quando deparavam-se, porém, ele notava que havia certa lugubridade no rosto de Iseult.

Morholt, ele pensava, desgostoso. Mas tinha consciência de que não era apenas a morte de Morholt. Talvez, fosse o fato de apenas ela saber quem era aquele menestrel. Talvez. Tristan não tinha como ter certeza. E faltava-lhe coragem para tentar descobrir.

Dois dias depois, a rainha mandou preparar o salão para outra reunião e Tristan foi convocado. Ali encontrou-se com seus salvadores; os três caçadores foram bem recompensados pela rainha e uma celebração informal marcou esse dia. O menestrel tocou para uma platéia ansiosa, maravilhada em ouvi-lo. Sua voz repercutiu por todo o recinto, e alguns arriscaram a acompanhá-lo quando executava composições triviais. Entrementes, nessas ocasiões, seu receio de por alguém ser reconhecido, aumentava. Era um risco. A despeito do perigo que corria, dele olvidava-se ao perder seus olhos na esbelta princesa, que correspondia enigmaticamente. Impossível saber seus pensamentos, ele refletia. E censurava-se por tentar desvendar segredos como aqueles. Sua inexperiência era até constrangedora; o que conhecia a respeito de mulheres?

A resposta o desanimava.

Tristan viveu ali por algum tempo, participando das comemorações de *Samain* —, a festa celta pela celebração dos mortos, da qual não poderia deixar de comparecer — até que pediu permissão para partir, agradecendo tudo o que haviam feito por ele. A rainha sentiu muito a decisão do seu mais querido menestrel ir-se, mas não se opôs. No entanto, avisou-o que, se quisesse retornar, seria bem-vindo. O harpista agradeceu uma vez mais e retirou-se para seus aposentos. Iria partir no mesmo dia; para tanto, foi arrumar seus pertences. Em seu aposento, apanhou sua espada — que escondera sob sua cama, embora não duvidasse dela ter sido notada — e a amarrou à cintura, cobrindo-a com o manto de música. Não iria levar as roupas ganhas; partiria como viera... com o que era seu, exceto pelo manto e pelas *bracae* ganhas. Com a harpa em suas mãos, estava pronto para deixar o local. Distraído, foi surpreendido pela presença perturbadora de Iseult, hirta à porta de seu recinto e quase deixou transparecer o baque de que foi vítima. Desconcertado, sentiu suas pernas tremerem.

Iseult o fitava sem quase piscar.

Tentando controlar-se, Tristan — respeitoso — reverenciou-a, mas a princesa fez sinal para ele erguer-se.

— Cavaleiro, não te esqueças de tua malha. Guardei-a para ti, está naquele baú.

Iseult fez menção de sair, porém, Tristan — sem saber o que o movia e a origem da recém adquirida ousadia — a deteve, segurando-a delicadamente pelo braço.

— Como te atreves a colocar tuas mãos em mim? — ela repeliu-o, brusca.

Ele a soltou.

— Peço-vos perdão se vos ofendi. Só quero dizer-vos que tenho uma dívida para convosco, princesa... Podeis estar certa de que pretendo saldá-la.

— O único favor que poderás me fazer, é deixar para sempre a Irlanda. Não retornes, falso menestrel, a menos se quiseres encontrar a morte — proferiu as palavras em um tom autoritário.

Ele nada redargüiu, apenas concordou em silêncio. Estudaram-se por breves segundos, mas Iseult recusou-se a ali permanecer. Não era sensato a princesa — sozinha — ser encontrada no cômodo de hóspedes, sem que houvesse motivo para tanto. E deixou-o.

Baqueado, Tristan apanhou sua malha — não se recordava dela — e fez o que a princesa pedira... deixou aquela terra. *Que estranha experiência...*, avaliou, a bordo de uma nau que o levaria de volta à Cornwall. Era um milagre estar vivo, disso ele sabia. O que lhe fugia a compreensão, era a decisão da bela Iseult em poupá-lo. Teria sido por compaixão? E por que não conseguia esquecê-la?

Os dias correram ao vento; do convés, Tristan viu as praias de Cornwall. Estava de volta! Qual seria a reação de Marc? E de Dinas? Dúvidas não haviam quanto a de Andret... A criatura iria abominar sua volta, iria insubordinar-se... Independente do que viesse enfrentar daquele ser vil, ignoraria. Voltava para servir o rei, nada iria impedi-lo, nem mesmo aquele homem ignóbil.

Ao fim da tarde, a nau aportou. Ansioso, percorreu o cais com passos rápidos; cruzou a cidade em direção à fortaleza. Alguns músicos o cumprimentaram; não fora reconhecido como cavaleiro. Era o manto... ou teriam se esquecido de si, depois de tantos meses ausente? Alcançou os portões de Tintagel, cruzou-os e escalou os degraus em direção ao agitado salão. Passou desapercebido por todos. Foi aproximando-se do trono; ali estava Dinas, ao lado do rei. No primeiro degrau, Tristan ajoelhou-se.

— Sire, retorno a vós, de corpo são. Meus ferimentos foram curados; este vassalo está novamente a vossa disposição.

Marc virou-se, surpreso. De imediato, reconheceu a voz. Dinas, estupefato, acompanhou a cena.

— Tristan? És tu? — Marc jubilou, atraindo as atenções.

O cavaleiro confirmou a suspeita do soberano, ainda ajoelhado.

— Mas... não posso acreditar! Levanta, meu filho! — e Marc adiantou-se até o cavaleiro, abraçando-o. — Não esperava ver-te! Que o Deus cristão te abençoe; hoje é um grande dia, pois fomos agraciados por um milagre! Sim, tua volta é um milagre! Tintagel irá celebrar tua bravura e teus méritos, meu jovem... retornaste com vida, após teu grande feito! — o rei segurou o sobrinho pelos ombros; este estava acanhado. Dinas também exultou ao vê-lo e, rapidamente, a notícia do retorno de Tristan alastrou-se pelo salão. E aconteceu o que o moço previra — muitos jubilaram, outros, ao invés, amaldiçoaram. O rei, porém, mal cria em seus olhos; não sabia se inquiria o jovem a respeito de como conseguira sobreviver, onde ele estivera durante todos aqueles meses, ou se apenas o abraçava. Afinal, Tristan havia sobrevivido ao ferimento e àquela insana viagem. Desafiara a morte, mais de uma vez. Embevecido de felicidade, Marc ordenou aos servos que iniciassem os preparativos para uma celebração, oposto aos desejos de Tristan, que nada ansiava. Contudo, Marc estava contente demais para dar ouvidos ao sobrinho. Haveria uma comemoração — uma grande celebração — e assim estava decidido. Marc também ordenou que preparassem seus aposentos, água para lavar-se e trajes novos; depois rei e sobrinho iriam ter uma longa conversa.

Dinas acompanhou Tristan até seu recinto, apesar de estar feliz com seu retorno, comentou estar preocupado com os nobres e cavaleiros que maldiziam o jovem.

— Deves precaver-te, Tristan. Sei que Andret não perderá uma oportunidade para causar-te desgraça. É odioso termos esse traste como companhia em Tintagel.

— Bem sei, amigo. Ele e seus comparsas me odeiam.

— Eles te invejam, de uma forma irracional. Jamais presenciei tanta perversidade em alguém como em Andret e nos cães que o seguem. A predileção de Marc por ti agrava essa felonia.

— Agradeço teu alerta, Dinas. Terei mais cautela, embora sei que de nada me valerá, tratando-se de homens com tais ressentimentos.

— Mudando de assunto, Tristan... Marc e eu temos uma surpresa para ti. Apressa-te, banha-te e retornes ao salão; uma pessoa que te quer bem está te aguardando.

O cavaleiro recordou-se de seu querido amigo e escudeiro, Gorvenal. Lembrou-se da promessa dele, em um dia vir visitá-lo. Estaria ele ali? Seria gratificante abraçar seu antigo mestre. Todavia, a chama de Gorvenal extinguiu-se assim que adentrou em seu cômodo. Cansado, retirou o manto de músico. A presença marcante de Iseult voltou a atormentá-lo.

Falso menestrel.

Um camareiro apareceu e o ajudou a despir-se do restante de suas roupas, mas Tristan dispensou-o quando do banho; assim preferia. Contudo, o serviçal o auxiliou vestir-se — apesar de impacientar-se com isso, Tristan, cabisbaixo, acatou. Conhecia seu tio e sua insistência em proporcionar-lhe regalias. Ao término, foi deixado sozinho. O novo traje o agradou. Tratava-se de um gibão de linho escuro, coberto por uma cota de malha com anéis presos espaçadamente, sendo mais para ornamento do que para proteção. *Bracae* em tom cinza, botas pretas e manto de mesma cor, davam o toque final. Faltava apenas a espada... Ele andou até a arma deixada sobre a cama. Lembrava-se — uma imagem vaga e distorcida — dela sendo apontada em direção ao seu coração. Da mesma forma, instava em relembrar da figura exuberante que decidiu seu destino. Todavia, suas derradeiras palavras importunavam-no.

Falso menestrel!.

Ele apanhou a espada e a cingiu em seu corpo. Ajeitou o manto, cujas pontas eram ligadas por um broche de ouro, um antigo costume de seus ancestrais. No mesmo instante, ouviu seu nome.

— O rei deseja tua presença.

Ele estava pronto, mas seu ânimo fraquejava. Um mal-estar crescia dentro de si e não era físico; uma dor aterrorizante, encravada em seu espírito. E foi tomado por um temor inexplicável. Temia por algo em sua vida... e pelos dias vindouros. Aquela sensação de inusitado pavor fez surgir um profundo ódio de si próprio, porquanto jamais fora dominado pela falta de firmeza. Desde criança, aprendera a enfrentar seus medos... fossem quais fossem. Contudo...

Na porta do quarto, voltou-se para a cômoda, onde jazia sua harpa, iluminada pela flama bruxelante da lamparina.

Drystan!...

Percorreu o corredor de Tintagel; estava distraído quando deparou-se com Andret à sua frente — quase nele colidindo — acompanhado dos outros cinco cavaleiros.

— Ora, viva, guerreiro destemido! Curaste tua ferida e retornaste são e salvo para o rei! Sim, devemos nos alegrar, senhores! — ele satirizou aos demais.

— Garanto que não estás feliz por rever-me.

— És tão perspicaz assim? — atalhou. — Sim, cão, disseste tudo, pois para mim, ainda és aquele maldito elfo que tivemos a má sorte de encontrar. Viveste todo esse tempo protegido sob as asas do rei, querendo valer-te de privilégio! Usas este suposto parentesco, que propositalmente ocultaste, ganhando assim, a confiança de Marc!

— O que quereis de mim, senhores? Não vou discutir convosco.

Andret segurou o moço pelo manto, numa atitude desafiadora.

— Ah, tu irás! Tens a nós como inimigos, Tristan... Teu pérfido plano de ter o poder jamais se concretizará, estejas certo disso! Nem mesmo o rei irá nos impedir de te aniquilarmos!

— Afasta-te! — ele empurrou o agressor — Não ousa repetir este gesto, Andret, exceto se pretenderes enfrentar minha desforra!

Andret recuou. Era um cavaleiro, embora mais por título do que por intimidade com as armas.

— Quanto ao vosso receio... acalmai-vos — Tristan, tentando controlar sua irritação, prosseguiu. — Não desejo nada, exceto a condição de cavaleiro. Não sei o que tencionais com tais intrigas!

— Mentes, maldito! Mas serei breve... se ambicionas a posição de Marc, saibas que ninguém irá te apoiar. Cornwall jamais cairá em tuas mãos.

— Dementes! De onde tirastes tais ignomínias? Deixai-me, saí de meu caminho! Sois loucos, todos vós! — e ele forçou sua passagem.

— Ele ainda nos insulta de tolos — foi o comentário de Gondoine.

— Questiono-me como ele se curou.

— Artes negras, Segwarides? — Cariado sorriu com malignidade.

— Um cavaleiro, versado nessas desprezíveis práticas — Gueneleon atalhou — É um começo para nós.

— E não será apenas esse — Andret sentenciou. — Estou farto dele! Devemos agir, senhores. Todo homem tem sua fraqueza; com ele não será diferente!

Exasperado, Tristan deixou a fortaleza; esqueceu-se de que deveria ir ao salão — o rei o aguardava — e acabou dirigindo-se ao jardim. Estava indignado. Como aqueles covardes o acusavam de tamanha vilania? Jamais sequer concebeu a hipótese de favoritismo pelo seu parentesco com Marc. Deveras, nem ao menos queria tornar-se soberano de Cornwall; tinha seu próprio reinado a restaurar. Tais acusações eram injuriosas e odiosas. Teriam eles espalhado para o povo? Disparate! Que idéia os súditos iriam fazer de Marc? E de si? Iriam atacá-lo com os piores adjetivos...

— Tristan! Que fazes aí? Marc está a tua procura! — Dinas, na escadaria que dava acesso ao jardim, chamou-o.

Com suas divagações interrompidas, recordou-se de Marc e seu anseio pela celebração.

— Perdoa-me, amigo. Distraí-me.

— Ora, andas perdido em sonhos? — Dinas sorriu — Apressemo-nos. Esqueceste da surpresa que temos para ti?

Ele não respondeu, mas uniu-se ao senescal. Juntos, adentraram no salão. Alguns convidados ali já se encontravam. Tristan avistou o rei, aproximou-se e o reverenciou.

— Peço sinceras desculpas pelo meu atraso.

— Bravo Tristan, levanta! Recebo-o como filho, não como meu cavaleiro ou vassalo. És muito importante para mim.

— Honrais em demasia alguém que tem por ambição apenas vos servir, sire.

Marc achegou-se a ele, colocando seu braço por sobre o ombro do moço. Pediu a atenção dos convidados e o apresentou a todos como Tristan, seu filho. A ovação dos convivas encheu de orgulho o rei. Este requisitou os músicos e a festa se iniciou. Puxou Tristan para si, dizendo-lhe.

— Estás lembrado de que Dinas disse ter uma surpresa para ti?
Ele concordou.
— Bem, uma pessoa te aguarda.
— Uma pessoa...? Seria... meu querido amigo e escudeiro, Gorvenal?
Marc riu.
— Não, filho... não se trata dele. Quero dizer, teu escudeiro realmente se encontra em nossa corte, mas ele está cumprindo deveres na cidade. Em breve, estará aqui. Trata-se de outro viajante, que com inesperada surpresa, nos deu a graça de sua visita. E dizia ser de Lionèss. Ao questionar o nome, ele me respondeu... Rohalt le Foitenant.

Os olhos de Tristan brilharam, seu rosto se iluminou. Teria ouvido ou sonhado? Há anos queria rever seu pai adotivo, mas parecia que os caprichos do destino não iriam nunca permitir. Marc o levou a uma sala particular e ali Tristan encontrou-o. Abraçaram-se; o rei foi testemunha do enlace carinhoso entre pai e filho.

— Como... estás aqui? — Tristan, emocionado, questionou.
— Decidi surpreender-te, filho. Não mais contentava-me com simples missivas vindas de ti. Resolvi cruzar Dumnoni e atingir Cornwall. Quando finalmente cheguei, não pude acreditar nas palavras de teu senhor, que narrou-me tua desdita, de ter sido ferido numa querela e de que estavas morto. Ele contou-me de teu desejo, de ser largado à deriva das ondas. Deus, que tristeza... Não tens idéia da dor que traspassou meu coração. Teu bondoso senhor aceitou-me como hóspede e insistiu para que aqui permanecesse por algum tempo, para recuperar as forças — Rohalt voltou-se para o rei. — Hoje, agradeço pela vossa insistência, sire. Se não fosse por vós, teria ido embora com pesar; com a falsa idéia da morte de meu amado filho.

— O destino enganou a todos nós — Marc redargüiu. — Assim como tu, não esperava rever Tristan; trata-se de um milagre, tanto para Rohalt, como para teu escudeiro, que por triste coincidência, chegaram numa diferença de dias, justamente quando tu deixavas — ferido — Cornwall.

O jovem sorriu. Escassas haviam sido as vezes em que foi coberto pelo manto do júbilo.

— Ver-te, meu pai, e a Gorvenal, emociona-me. Da mesma forma, retornar ao meu rei também contenta-me. Um juramento proclamo; terão de mim o melhor que posso oferecer, seja como filho ou como cavaleiro.

— Sim, estou certo disso — Marc sorriu. — Mas vos deixarei à vontade. Acredito que estejais ansiosos por alguma privacidade. Tão logo tenhais desfrutado o momento a sós, requeiro tua companhia, Tristan — e o monarca afastou-se.

Rohalt novamente abraçou o jovem.

— Ah, Tristan! Pensei jamais rever-te! Espera teus irmãos saberem que te encontrei!

— Sinto saudades deles. De todos.

Separaram-se e acomodaram-se. A sala não era muito espaçosa, apenas continha o básico para reuniões íntimas.

— Deixaste tua marca em minha casa, filho. Verões se foram, mas os servos sempre perguntam de ti e queriam me acompanhar, quando souberam de minha viagem.

Foi um comentário que o rapaz apreciou.

— Mas conta-me, o que te aconteceu?

Tristan resumiu os fatos. O desafio, a arma envenenada de Morholt... e como, acaso do destino, foi parar no Eire. Nada revelou a respeito da princesa — e do estranho pavor que o invadiu.

— Lembrei-me de tuas histórias do *Immarama*. Achei que era para lá que deveria ir... de alguma forma... — Tristan disse, esmerando-se em esquecer a figura de Iseult.

— *Outro Mundo...* — Rohalt repetiu, em baixo tom.

— Não pensas nisso, meu pai?

— Penso, mas de forma diversa — Tristan não compreendeu as palavras de seu pai, mas absteve-se de questioná-lo. — *Immarama* ou não, tiveste sorte. Sobreviveste a uma travessia do Mar da Irlanda, sem água ou alimento. Não sei como resististe.

— Sim, os deuses estavam a meu lado. Contudo, se tivesse morrido, ao menos seria por uma boa causa.

— "Deuses!" Esqueço que ainda serves aos deuses de nossos antepassados.

— E deveria servir a quem?

— Tive contato com cristãos, Tristan. Aprendi muito com eles.

— Abandonaste os cultos aos deuses antigos?

— Não, não abandonei. Mas tenho sido seduzido em acreditar nesse Deus único. O Deus dos cristãos. Ele nada diz relativo a uma travessia para o *Outro Mundo* da forma como concebemos. Em verdade, Ele espera que os homens arrependam-se de seus erros e aceitem o mistério de nossa existência. E que vivamos sob os desígnios do livre arbítrio; isso faz com que cada homem conduza sua vida tentando evitar o pecado. Em outras palavras, apartar-se da culpa, do erro, da perdição. — Rohalt fitou o filho, sorrindo meigamente. Percebeu que Tristan divagava. Sabia que ele era devotado em demasia aos mistérios antigos. — Mas não te preocupes com isso. Algum dia irás ouvir sobre o Deus dos cristãos. Há tempo para tudo.

Ele voltou-se para Rohalt. Ao contrário do que seu pai pensava, não estava devaneando. Lembrou-se de Rahman e da divindade única; do tempo marcado em função Dele. Seria o mesmo Deus? De qualquer forma, não conseguia conceber um juízo preciso dessa nova — e única — divindade. O que deveria entender por pecado?

— Pode ser — disse, por fim. — Mas os deuses antigos e o culto a eles, são o elo com meus antepassados. Não posso negar *Cernnunos*, *Cuchulain* ou mesmo *Lugh*.

— Teu pai era da mesma opinião. Ele era muito apegado aos costumes antigos.

Tristan sorriu com o canto dos lábios. Exultava quando era comparado a Rivalin. Como queria ter conhecido-o!

— Adoras o rei, não? — Rohalt questionou, de chofre.

— Adoro servi-lo.

— O rei gosta muito de ti, filho. Quando anunciei quem era, ele inquiriu-me; fez-me narrar tua história e a de Rivalin. Com isso, ele proclamou a todos — tendo a mim como testemunha — de que teu parentesco com ele é real, sangue por sangue. Ele tem idéia de realmente ter-te como filho, Tristan. De ter-te como filho e te fazer sucessor de Cornwall.

— Não! Não posso aceitar, Rohalt. Tenho que reconquistar meu próprio território, estás lembrado? Rivalin jamais me perdoaria se agisse de forma desonrosa, e seria desonroso aceitar um reino dado ao invés de lutar por ele. Tenho que reclamar Lionèss, Rohalt. Tornei-me cavaleiro para isso. Do rei, irei pedir apenas um exército, nada mais.

— Sabia que iria opor-te ao desígnos de Marc, filho... Conheço-te bem — Rohalt levantou-se, Tristan o imitou. — És a própria encarnação de teu pai, Tristan. Tenho orgulho de servi-lo, como fiz para ele. Com tais palavras, constato ter cumprido meu dever, pois te transformaste naquilo que Rivalin mais desejava.

— E o paladino o reverenciou.

Constrangido, Tristan o deteve pelos braços.

— Rohalt, eu te imploro, não mais repita este gesto. Sou eu quem tem o dever de homenagear-te, por tua dedicação e amor a mim.

O paladino não pôde deixar de sentir-se comovido. Por fim, deixaram a sala. Iriam para a festa, onde eram aguardados. O cavaleiro decidiu — tão logo a comemoração findasse — expor seus planos ao rei. Recusaria educadamente a posição de herdeiro; insistiria em seu único pedido: a possibilidade de reconquistar a terra de seus predecessores... Lionèss.

VII

Eles estavam deixando o recinto quando Marc apareceu, sorrindo amavelmente. O rei os acompanhou à festa. Rohalt, percebendo a ansiedade de Marc em conversar com o cavaleiro, afastou-se.
— Tristan, ainda não acredito em meus próprios olhos! Não estarei sonhando? Ver-te é uma prova da existência do Deus único — O monarca novamente o enlaçou pelos ombros, enquanto andavam pelos convivas. O moço, por sua vez ficou estarrecido ao ver que Marc também parecia encantado com aquele Deus. Sempre evocava-o! — Dize-me, filho... — Marc prosseguiu — ... antes de seres aclamado por todos nesta sala. Como te curaste?
— O acaso e o destino favoreceram-me, sire. O bote em que estava foi...
— Ah, hei-lo! — uma voz rompeu, acima dos sons festivos, interrompendo o jovem em sua narração. O rei voltou-se para sua origem; reconheceu Andret e os seus que atravessavam o salão em passos pesados. — Dize-nos, cavaleiro... estamos curiosos em saber como fizeste para voltar são e salvo! Ainda não desvendaste o segredo, não?
— Andret, como ousas demonstrar tamanha impolidez? — o rei enfureceu-se.
— Queiras perdoar-me, sire. Mas todos nós — e Andret evidenciou o grupo de homens com um gesto — temos dúvidas com relação a... este milagre! Teu sobrinho estava à beira da morte; findado o *Samain*, ele retorna curado. Ouso dizer não ter sido um milagre, mas sim, obra de magia negra! Afirmo que nem nossos druidas iriam aceitar esse... — e ele apontou para o moço — agourento de volta!
— Andret, cala-te!
Os convidados reagiram em um tom reprovador. Temiam artifícios que escapavam aos conhecimentos dos druidas, tidos como os mais sábios homens. Muitos abominavam feitiços durante o *Samain*, quando um portal entre o mundo dos vivos e mortos se revelava. Eram supersticiosos; daí o mal-estar repentino. Rohalt, presente entre eles, fitou com ira a figura repulsiva do nobre, que a todo custo procurava desgraçar seu filho adotivo.
Tristan voltou-se para seu acusador. Lembrou-se da advertência de Dinas. Andret realmente queria embaraçá-lo e dizimá-lo, dificilmente desistiria. Iria continuar nessa ferrenha e sórdida atitude até alcançar seu intento: sua total aniquilação.

— Cavaleiro, tu me acusas sem bases sólidas! Não foram artes ou magia negra que me restabeleceram; foram apenas remédios à base de ervas; ervas essas não encontradas em Tintagel. Não há nada a ocultar e nem teria motivo para isso. Estou aqui há muito tempo, aqueles que me conhecem sabem que não sou versado em rituais defesos. Também são conscientes de que respeito nossos deuses! Jamais blasfemaria ou praticaria heresias contra nossas divindades!

Durante alguns instantes, um silêncio constrangedor pairou entre todos. Até que por fim, Gondoine resmungou:

— Teu álibi é fraco, criatura infame! Mas vamos ao ponto crucial, pois não é esse o âmago da questão — voltou-se para o rei. — Sire, quero que tenhais conhecimento de nossa desaprovação quanto à permanência desta criatura — ele apontou Tristan — aqui. Temos muitos motivos para acreditar querer ele valer-se de vosso suposto parentesco para ter o controle de Cornwall!

Dinas mal acreditou no que ouviu. A comemoração transformou-se em um tumulto; todos falavam ao mesmo tempo, ninguém mais se entendia. O senescal apercebeu-se quando Tristan, ofendido, retirou-se da sala sendo seguido pelo rei. *Aconteceu rápido demais*, lastimou. Nem ele próprio esperava tamanha torpeza de Andret e Gondoine; vilania! Expor publicamente aquelas audaciosas e inverídicas acusações era ultrajante, todavia, os inimigos haviam conseguido seu intento; as imputações iriam dividir o povo e seria bem provável diversas desavenças entre este e Marc.

Extremamente irritado, Tristan atravessou o corredor em direção ao seu aposento. O rei, porém, deteve-o.

— Tristan, acalma-te. Não sei o que houve com aquele homem! Irei reparar esse mal entendido, não te aflijas.

— Sire, esta infâmia não poderá ser emendada. Jamais quis obter favoritismo de vós; desejo — e sempre desejei — ser apenas vosso vassalo. Acusam-me sem fundamentos!

— Por fundamento, teríamos minha ambição de ver-te como meu sucessor, Tristan; todavia desconheço como Andret soube de minhas intenções, porquanto farei de ti meu filho. Amo-te dessa forma e meu herdeiro serás.

— Devo implorar para não tomardes essas resoluções, principalmente ante o que sucedeu. Sire, deveis ter filhos legítimos.

— Tristan, vai descansar. Não conversemos mais sobre isso.

Antes de ir-se, o moço encarou apaixonadamente o tio, uma forma quase de súplica, como se naquele olhar expusesse todo seu receio se aquela decisão fosse mantida. Não havia revelado seu parentesco para atender interesses próprios, as incriminações eram cruéis. Tristan notou que o rei parecia compreender seu apelo silencioso, porém, nada proferiu. O jovem, desalentado, afastou-se.

Quando Marc retornou ao salão — cujos presentes ainda estavam exaltados — requisitou silêncio. Voltando-se para Gondoine e os demais, expôs sua fúria:

— Vossas palavras foram amargas, senhores! Acusastes não apenas Tristan, mas também a mim!

— Majestade, como vossos súditos e cavaleiros, achamos por bem tomardes uma esposa e com ela, terdes um filho.

— Já tenho um filho, vós sabeis disso.

Andret voltou-se para os convidados.

— Vedes, senhores? Aquele desprezível cavaleiro está valendo-se de nosso rei! Fez isso desde o primeiro dia em que apareceu aqui. E agora, parece que Marc foi por ele enfeitiçado! — comentários ecoaram pelo salão; algumas palavras insatisfeitas foram proferidas. — Lamento informar, sire... mas ninguém aqui aceitará vosso sobrinho — se é que ele é realmente vosso sobrinho e não um bastardo qualquer — como herdeiro!

— És sórdido, Andret! Que homem mais qualificado do que Tristan eu poderia querer? Não foi ele quem aceitou o duelo contra Morholt, quando tu e os teus tremestes em vossas pernas? Na tua jactância, esqueceste o valor sincero e verdadeiro da cavalaria, pois agiste como um cobarde! — Marc silenciou-se por breves instantes. — Sequer cavaleiro és! Usas tua espada apenas como enfeite! Não tens vergonha de teu comportamento pusilânime?

Andret não apreciou o comentário, mas ignorou-o; o mesmo fez com a indagação do rei.

— Sire, apenas aconselho-vos... Para o bem de Cornwall, sejais prudente e contraias matrimônio. Teremos orgulho em servir vossos herdeiros. Mas jamais iremos nos curvar ante um homem cuja linhagem é duvidosa! — vociferou.

— Um demônio em forma de homem! — foi o comentário de Denoalen, que o rei desconsiderou.

— Continuas insolente, Andret! Agora, ousas ofender a honra de minha irmã! Saibas que...

— Sire, eles têm razão — uma voz potente vibrou; os convidados — atônitos — presenciaram Tristan, severo, o porte altivo ganhando o salão. — Vossos súditos argumentam com sapiência, não podemos recriminá-los. Qual é o erro em demandarem por um herdeiro? É louvável, eles vos amam e amarão vosso descendente; servi-lo-ão com orgulho e honra, é mais do que justo ficardes lisonjeado. Concordo com eles, sire. Arranjai uma esposa digna de vós. Quanto a mim, ficarei satisfeito em continuar servindo-vos. — e Tristan inclinou-se, em atitude de respeito.

— Andret, criatura infame! Tudo isto foi obra tua! — o rei aproximou-se dele, estava colérico — Não irei tolerar esta tua conduta! Teu veneno será tua sina!

Dinas dirigiu-se até o rei. Era o momento de interferir antes que a constrangedora situação se agravasse ainda mais.

— Sire... — ele sussurrou — ... não seria inteligente discordardes nesse exato instante. Aconselho-vos a não deixar boatos vituperarem vosso reino, eis o maior vilão de um governo, acreditai-me.

Marc afastou-se de Andret. Percorreu o salão com os olhos; a celebração — há muito interrompida — dera lugar a insatisfação, dúvidas e gracejos infelizes, o próprio rei as testemunhou. Porém, seus súditos, vislumbrando seu rei em um estado tão desolador, não mais demonstraram seu descontentamento. O embaraçoso silêncio retornou.

— Muito bem — o monarca disse, por fim. — Pensarei em vosso desejo. Como em nenhum momento em minha vida aspirei por uma esposa, fá-lo-ei com cautela e zelo. Mas aviso-vos. Escolherei uma e não tolerarei intromissões pela minha predileção. — Voltou-se para o sobrinho — Quanto a ti Tristan, realizarei teu intento, mas saiba que já és meu fiel vassalo. Possa o Deus dos cristãos e os deuses antigos ser testemunhas de teu valor, pois nada além de servir-me, almejaste. Todavia, continuarei querendo-te bem, como sempre quis.

— Agradeço profundamente, sire.

Marc voltou-se para todos os presentes.

— Senhores, retirar-me-ei para meus aposentos. Convoquei-vos para uma reunião agradável; esta não sucedeu, porém, vós tendes minha benção para aqui permanecer e vos distrair com os mimos característicos dessas ocasiões. Mandarei servir o jantar. Senhores, brindarei a vossa presença com vinho e hidromel — andou até a mesa disposta no salão, apanhou um copo, ergueu-o e depois sorveu um gole de vinho. Em seguida, depositou o copo e sob aplausos, retirou-se.

Tristan fez o mesmo, mas somente depois de o rei ter desaparecido pelo corredor. Não tinha mais ânimo de ali demorar-se. Tinha consciência de que havia magoado — e muito — seu rei, já que ele não esperava ouvir aquelas palavras. Ora, apoiara Andret... Dera confiança ao seu pior inimigo; ousou ir contra a vontade de seu senhor... Entrementes, o que mais poderia fazer? Se aceitasse a oferta de Marc, seria acusado de favoritismo, nunca iriam lhe dar crédito para a verdade. Nem Marc ficaria ileso de injustas críticas.

Trancafiado em seus aposentos, confabulou se havia sido realmente bom ter sobrevivido ao veneno de Morholt... e de sua própria espada, nas mãos daquela princesa. Estranhas peças o destino lhe preparava! Devido todo aquele incidente, sequer havia comentado para o rei sobre Lionèss...

No dia seguinte, Tristan foi acordado pelos camareiros. Um homem desejava vê-lo. Um homem que havia se apresentado como seu servo e escudeiro.

— Gorvenal? — o rapaz pulou imediatamente da cama.

O escudeiro, por um momento, parou de narrar sua história. Encarou seu senhor, que permanecia deitado, imóvel. Kaherdin sentado ao lado dele, sombrio.

— Um lapso de felicidade — o velho escudeiro comentou. — Para mim especialmente, pois jamais imaginei que meu pupilo pudesse ter sobrevivido.
— Artes negras! — Kaherdin indignou-se. — Foi uma atitude desprezível, incitar pessoas supersticiosas.
— E Andret conseguiu seu intento. Muitos habitantes, depois desse dia, recearam de meu senhor.
— Custo a acreditar! Até parece que não louvamos os druidas!
— Não foi um druida que salvou a vida dele, senhor duque.
— Sim, foi Iseult e a rainha — ele suspirou. — Julgas que se Iseult vier... conseguirá salvá-lo?

Gorvenal fitou o homem prostrado no catre. Seu estado era grave.

— Acredito que dessa vez ele não terá qualquer chance — e o velho escudeiro limpou algumas lágrimas. — Tristan não a quer para salvar sua vida, mas sim, apenas vê-la uma vez mais — o escudeiro exprimiu, melancólico. — Meu senhor não foi venturoso em sua existência. E eu auxiliei a arruinar o pouco de paz que ele, com muito esforço, tentou prover.
— Como...?
— Saberás com o tempo, senhor. Mas naquele dia, quando nos encontramos, a alegria foi mútua. Passamos longos momentos juntos e foi quando ele me narrou os seus dias sendo hóspede dos reis da Irlanda. Contou-me a respeito das visões e penso ter ele tido uma experiência além de nossa compreensão.
— Foi a febre, Gorvenal — o duque rebateu, sem alterar o tom desgostoso.

O escudeiro levantou-se e aproximou-se da janela. O oceano descortinou-se maravilhoso; as ondas morriam e renasciam na praia.

— Ele a trará — foi a sentença de Kaherdin, referindo-se ao mar.

O escudeiro concordou, gesticulando. Voltou-se para contemplar a triste figura do homem prostrado e o duque, em vigília.

A narração prosseguiu.

Tristan vestiu rapidamente um gibão, *bracae* e botas. Mal tinha amarrado as vestes ao deixar seu quarto, mas não deu qualquer importância. Correu em direção ao jardim, onde seu antigo mestre aguardava. Abraçaram-se; há muito não se viam. E foi nesta oportunidade que Gorvenal narrou-lhe como havia sido recebido — como Andret havia lhe dito sobre estar na praia...
— Tenho certeza de que ele queria que meu cadáver estivesse na praia — o moço comentou, desgostoso. — De fato, eu deixei Tintagel semimorto.
— O que ele fez foi inescrupuloso!

O cavaleiro franziu o cenho.

— Escrúpulo é o que lhe falta. E como...! Mas olvidemo-nos disso. Estou bem e sinto-me renovado com tua visita e a de Rohalt. — e Tristan colocou seu braço por sobre o ombro de seu mestre. — Vamos andar um pouco, Gorvenal. A praia está convidativa.

A companhia do escudeiro e de seu pai aliviaram a pressão que Tristan sentia em Tintagel. Contudo, Rohalt não podia mais adiar seu retorno a Lionèss, era hora de partir e com ele, Gorvenal decidiu ir. "Estou muito tempo apartado de minha família", o escudeiro justificou-se. Foi com tristeza que o cavaleiro acatou a decisão deles, contudo, cada um tinha sua vida. Gorvenal jurou servi-lo quando retornasse de vez a Lionèss.

— Sei — foi a resposta lacônica do moço.

O cavaleiro e cinco dos seus homens — agora ele treinava a guarda de Marc oficialmente e segundo Marjodoc, estava prestes a ter o posto de comandante — acompanharam os visitantes. Seus homens — Pharamond entre eles — os escoltariam até a fronteira; Tristan não podia ir muito além, pois seu dever era permanecer pelas redondezas da fortaleza de Tintagel. Num determinado ponto, frearam suas montarias. O cavaleiro abraçou os dois homens com ternura. Amava-os profundamente.

— Obrigado, Gorvenal, pela tua visita.

O escudeiro sorriu. Tristan voltou-se para seu pai.

— Envia lembranças aos meus irmãos. E a todos ali.

— Em breve, estarás com eles, quando retornares a tua casa e a tua terra.

— Irei, Rohalt. Tens minha palavra. Não me esqueci.

— Sei disso, filho — o paladino sorriu e tocou sua montaria. Os outros o acompanharam e Tristan permaneceu montado, observando-os até sumirem no horizonte. Um terrível vazio dominou-o, com a partida deles. Melancólico, deu rédeas a seu cavalo e ao invés de seguir pela encosta, cavalgou até a praia, contornada pelos desfiladeiros. Precisava de um momento a sós.

O mar estava agitado, as vagas avançavam, intimidadoras. Ele não se aproximou da beira-mar, evitando ser atingido. Não se importava em molhar-se, mas o vento frio e cortante desestimulava qualquer idéia em entregar-se às ondas. *Eles partiram...*, pensou. *...Voltaram para uma terra corrompida!* Estava profundamente deprimido, a questão de Lionèss o torturava. Porém, mesmo se tivesse coragem de pedir ao rei um exército — e não tinha, devido aos recentes acontecimentos — seria inútil, pois o monarca não se apresentou naquela manhã e não iria expôr-se durante à tarde. Sua ordem era não ser incomodado, exceto para notícias urgentes.

A questão de Lionèss não era urgente, pelo menos, para o rei de Cornwall.

Tristan avaliou sua presença em Tintagel. Permanecer ali com tantos inimigos não era animador. Entretanto, havia se colocado à disposição de Marc; se deixasse o reino agora, certamente seria inconveniente. Iriam alegar que, como havia sido repudiado como herdeiro, não tinha mais interesse em ali permanecer. Por outro lado, era cônscio da necessidade de um exército — seria muito mais válido ter homens disciplinados para o que tinha em mente. Por isso, deveria persistir até alcançar o posto de comandante. Teria sua armada. Mas se desistisse agora, poria tudo a perder.

Quanto tempo adiei meu dever? Quanto mais terei de protelar?, refletiu, lúgubre. Desanimado, apeou-se, trazendo o cavalo pelas rédeas. Sua única saída, era aguardar. Nem ao menos pagar por mercenários, podia.

Grande príncipe! — refletiu, entristecido.

Andou até o promontório, sentando-se nas pedras menores. Dali podia vislumbrar as ondas chocando-se contra as pedras; gaivotas desafiavam-nas em vôos rasantes. O ruído eterno do oceano vibrava dentro de si, talvez estivesse evocando a estranha experiência de quando atravessara o mar em busca do *Immarama*, mas foi a cura que encontrou. Encostou-se contra o maciço, tentando acalmar-se. O momento era propício — estava só. Como companhia, o tranqüilizante canto dos pássaros mesclados à música do manto esverdeado. E dormitou. Seus músculos relaxaram, a respiração tornou-se ligeiramente pesada. As ondas agora pareciam estourar dentro de si, vibraram e ecoaram por todo o seu corpo. O lamento das gaivotas distanciou-se. Rasgando esse momento idílico, um vulto tomou forma. Era um homem, mas suas feições remetiam à uma criatura selvagem. Uma cicatriz cobria sua fronte, desde abaixo do olho direito até o queixo; tinha os cabelos longos, ensebados e emaranhados como um ninho. Uma barba trançada — nas mesmas condições da cabeleira — dava-lhe um aspecto ainda mais sinistro. Esse indivíduo, em um dado momento, estava aniquilando homens e o fazia com extrema facilidade, associado a uma crueldade sem limites. Ele sobrepujava suas vítimas, mas não as executava de imediato. Como se a vida nada lhe significasse, ele as torturava, prolongando demasiadamente o sofrimento daquelas. Súbito, o selvagem agarrou um braço feminino. A figura delicada, coberta por um manto e véu, se debatia — em pânico — presa em suas mãos imundas. O homem riu de seus esforços. Com brutalidade, arrancou o véu azul claro, revelando uma face bela, mas marcada pelo desespero e terror. A criatura segurou-a pelos fartos cabelos — dourados — e subjugou-a com severidade, quase espancando-a. Rude, rasgou suas vestes, expondo seu corpo escultural. A moça reagiu, tentando ocultar sua nudez com seus braços, cruzando-os sobre os seios, porém, o bárbaro não era paciente. Com facilidade, desfez a frágil proteção e divertindo-se diante da ojeriza dela, deu início ao seu prazer. Acariciou-a, repousou suas mãos por sobre os seios alvos. Agia imbuído em irascível volúpia, sem se importar em ferir sua vítima. Em um ato vulgar, expôs sua língua, mostrando os dentes podres. A moça tentou fugir, mas foi violentamente impedida. Imobilizada, foi jogada contra o solo. Ele a tinha para si... Dando vazão aos seus instintos, dominou-a. *Minha!*, rejubilou. Constatar o pânico que provocava, o excitava ainda mais. E ele gargalhou.

Um grito angustiante, de dor, ultraje e humilhação, fez com que Tristan abrisse os olhos, assustado.

Iseult? — pensou. *Não, não pode ser ela!*. Havia sido um sonho horrível. Estaria a tal ponto obcecado pela princesa, a ter desonrosos desejos... Não, refletiu. *Jamais teria uma concepção de mim na forma daquela criatura asquerosa! Posso não conhecer uma mulher em sua intimidade, mas sou incapaz de tamanha brutalidade para com uma.* Levantou-se e deixou as pedras, tentando esquecer a princesa que entorpecia seus sentidos. Que incitava seu espírito. E despertava seus instintos.

Iseult...

Retornou à Tintagel apenas ao fim da tarde, por insistência de Dinas, que o encontrou — desolado — andando pela beira da praia.

O ambiente em Tintagel melhorou consideravelmente com o início das celebrações de *Beltaine, o Fogo de Bel*. A festa sacerdotal era realizada em honra a *Belenos*, o deus-Sol celta. Imensas fogueiras seriam acesas; druidas iriam realizar seus sacrifícios e a fertilidade seria exultada. *Beltaine* atraía as atenções de toda Cornwall, de forma que não mais comentavam a respeito dos últimos acontecimentos. Por intermédio de Dinas, Tristan recebeu oficialmente o posto de comandante em uma singela cerimônia — duas vezes interrompida devido aos protestos de Cariado, que não concordava com a nomeação. A constrangedora situação revelou a autoridade de Dinas, que irado pela petulância, terminou expulsando-o. O novo comandante até frustrou-se, pois estava prestes a iniciar um duelo mortal — na própria cerimônia.

— Seria insensatez. — Dinas rebateu, quando deixavam o recinto ao término da nomeação.

— Insensatez é conviver com esse demente! — Tristan resmungou, acarretando risos de Marjodoc e Pharamond, cuja cerimônia oficializou-os para os cargos de segundo comandante e comandante de tropas, respectivamente.

Como comandante, Tristan passava a maior parte do tempo treinando seus homens, evitando qualquer encontro com Andret. Dinas o auxiliava nessa tarefa, sempre avisando-o do paradeiro do cavaleiro e de seus cúmplices. Paralelamente a isso, cumpria as ordens determinadas pelo senescal, que intermediava o rei. Com efeito, Marc continuava com seu comportamento arredio, persistia cancelando compromissos e evitando aparecer em público. Nem mesmo na cerimônia em que Tristan alcançou o posto que tanto almejava e Marjodoc foi feito o segundo em comando, deu a graça de sua presença. Era inusitado o monarca agir dessa forma, o que preocupava seus súditos, tanto quanto a demora dele em anunciar sua futura esposa. Mas nem todos eram repelidos pelo rei. Um druida era bem-vindo — o único a ter acesso a Marc. Com o início dos fogos de *Beltaine*, a estada do sábio, inevitavelmente, iria prolongar-se.

Tristan soube da presença do druida por intermédio de Dinas, conquanto nunca o tivesse visto. Não se importava com o fato, afinal, que mal o homem poderia fazer? De certa forma, respeitava os druidas. Eram sábios, venerados pelos seus ancestrais.

— Talvez o druida apenas esteja confortando o rei, Dinas — o cavaleiro comentou, certa tarde, quando andavam nos arredores de Tintagel. As ordens de Marc era para Tristan acompanhar e supervisionar os festivais.

— Por tanto tempo assim? — Dinas ironizou. — Marc nunca agiu dessa forma, rapaz. O dever para ele sempre foi sagrado. Agora, ele desmarca compromissos, recusa-se a receber qualquer pessoa... Apenas aquele druida! Por vezes, até a mim ele tem evitado!

— Pensei que nosso rei tivesse se convertido aos ensinamentos desse Deus dos cristãos. Eu já o ouvi citando-O várias vezes.

Dinas encarou o moço.

— Ah, o cristianismo. Marc realmente interessou-se pelo Deus que, dizem os cristãos, nasceu de uma virgem. Mas não abandonou o culto e os costumes arcaicos. Tanto, que faz questão das comemorações de *Beltaine*. As fogueiras em honra a *Belenos* em breve serão acesas. É um espetáculo que não me canso de admirar.

— Os fogos de *Beltaine*. Lembro-me deles e dos rituais de fertilidade, quando estava em Lionèss — Tristan deteve o amigo. — Será que não é por isso que Marc mantém o druida aqui?

— Para os rituais de fertilidade? Ora, Tristan, acreditas nisso? O rei não precisa de rituais! Precisa de uma esposa!

— E talvez o sábio esteja auxiliando-o a encontrar essa donzela — Tristan mofou.

Dinas estava certo. Ao escurecer, os seguidores de *Belenos* deram vida às pilhas de madeira. O pátio da fortaleza era iluminado pelas imensas fogueiras e rejubilava perante as vibrantes fanfarras musicais. Tristan esquivou-se do senescal, deixou o pátio e selou seu cavalo. Não era apenas o dever de supervisionar as festas que o convocava. Era um autêntico filho dos rituais; apreciava ver as danças e a purificação motivadas pelo fogo, portanto, dirigiu-se para onde eram realizadas. No momento em que as abordou, acompanhou o gado sendo levado a cruzar um caminho em chamas; o sinal da purificação. Próximos das fogueiras, jovens despidos, mas com os corpos pintados, enfeitados com torques e braceletes, executavam movimentos excitantes. Muitos deles traziam os chifres de *Cernunnos*, o deus da abundância e dos animais selvagens, daí a representação das protuberâncias presas à cabeça. As moças — também despidas — procediam a danças sensuais e o faziam ao lado dos homens — era a concretização da fertilidade e a época em que a virgindade era perdida. Tristan conhecia o rito e sabia que alguns druidas — por intermédio de seus augúrios — determinavam os pares. Um príncipe com uma princesa ou um rei com uma princesa... As uniões durante as festividades de *Beltaine* eram promissoras e fosse coincidência ou não, geralmente as jovens davam à luz nove meses depois. Sempre acompanhou os *Fogos de Bel*, mesmo quando vivia em Lionèss, mas nunca deles fizera parte, por exigência de Rohalt. Depois compreendeu o porquê. Era tolice sua linhagem correr risco para uma eventual união.

Beltaine... Fertilidade... elementos que se unificavam.

Marc estava atrás de uma esposa. E o druida iria lhe dar uma.

Por um lado, era até melhor que isso acontecesse. Assim, não mais teriam motivos para acusá-lo de favoritismo. Marc casaria, teria um filho e todos exultariam. Ótimo, seria perfeito, principalmente se casado, o monarca permitisse sua ida com o exército!

O cavaleiro — que até então estava absorto, acompanhando as festividades — decidiu retornar; já havia visto o suficiente. Raras eram as complicações durante o *Beltaine* — exceto eventuais ausências de guerreiros na armada — uma problema que Tristan elidira. Homens mais velhos e capitães deveriam abster-se da bebida e das vinculações, sob pena de perder o posto. Era uma atitude drástica, mas muitos ataques ocorriam justamente durante os *Fogos de Bel*.

As enormes piras iluminavam o percurso de volta à fortaleza. Era acompanhado por elas, pelos refrões... e, por vezes, pelas vozes sussurrantes — e prazeirosas — dos amantes unidos pelos sábios. Ao testemunhar tais vibrações amorosas, uma partícula de desejo inundou-o. Como seria ter uma pessoa cobiçada em seus braços? A sensação... os sentimentos...?

Entrementes, um som diverso do festival atraiu sua atenção. Gemidos... de dor. Ele incitou a montaria a andar pelas proximidades, procurando a origem do ruído, contudo, sem encontrar qualquer vestígio. *Devo ter imaginado*, concluiu. *Arrisco a dizer que Beltaine está me afetando!* Deu alguns passos e freou o animal, posicionando-se em direção à festividade. As moças iniciaram movimentos mais excitantes; banhadas pelo fogo, a visão era perturbadora. Os homens — deitados aos seus pés delas — exarcebavam a virilidade agarrando-as e dominando-as em um súbito impulso. Tristan vislumbrou a cena, ligeiramente desconfortável. *Beltaine* parecia arder dentro de si — jamais sentira-se atordoado nestes festivais como daquela vez. *O impedimento de ceder aos rituais férteis também se aplica a mim! Principalmente a mim!* Concluiu ser desnecessária sua presença. Cutucou seu cavalo e retomou o percurso para Tintagel, em passo lento.

Os ecos da orgia foram se distanciando. Foi então que novo ruído atraiu sua atenção — um som metálico. Algo não ajustável ao momento. Receoso, Tristan impeliu seu animal, penetrando em uma trilha cuja vegetação tornava-se cerrada a tal ponto de não distinguir onde seu cavalo pisava. Ao longe fulguravam as piras de *Beltaine*, ineficazes para auxiliar o cavaleiro a desbravar o percurso. Contudo, uma débil luminescência entre as árvores atraiu sua atenção; dali também provinham ruídos abafados de uma luta. Tristan apressou o trote, orando aos deuses impedir um eventual tropeço. Tenham os deuses contribuído ou não, o cavalo atingiu incólume o local — iluminado por uma precária fogueira — em que um desvantajoso conflito desenrolava-se. Três guerreiros espancavam, de forma selvagem, um homem. Como reflexo, Tristan desembainhou sua espada e atacou, em defesa da vítima. Os agressores estavam a pé e surpreenderam-se com a investida do cavaleiro e sua agilidade, derrotando-os antes deles tentarem reagir. Tão logo puxou para si a espada ensangüentada de Rivalin do tronco destroçado do último oponente, Tristan volteou seu cavalo, achegando-se da vítima. Apeou-se e ergueu o homem ferido pelos ombros.

— O que houve, senh...? — Tristan foi incapaz de completar a frase. — Segwarides? O que fazes aqui? — o moço estava atônito. Tanto por socorrer Segwarides — um inimigo declarado — daquela querela, como por encontrá-lo próximo a *Beltaine*. Um homem não adepto à celebrações.

— Tristan... — o homem de meia idade redargüiu — ... eu te imploro; sê rápido e vai atrás de Bleoberis... — Segwarides limpou o sangue que escorria de seu nariz e lábios com as costas da mão, respirando pesadamente. E apontou um caminho. — Ele foi por ali... Por tudo o que for mais sagrado, salva minha esposa!

O cavaleiro demorou a acreditar no que ouvira. Mas agiu; correu até seu cavalo, montou-o e partiu na direção indicada. Felizmente conhecia o caminho, ainda assim, era arriscado cavalgar muito rápido em plena escuridão. Foi atingido por ramos, seu cavalo, também vítima dos galhos, bufou, assustado. Não foi preciso ir mais longe. Era possível ouvir a repercussão das alegorias de *Beltaine*, quando a voz rouca de Bleoberis soou em um aviso de não prosseguir. Tristan freou o animal. Estudou o ambiente à sua volta, apesar de ser uma noite sem nuvens, impossível enxergar com detalhes. Porém, uma fagulha afastou o breu, na forma de uma tocha, nas mãos de Bleoberis.

— Que pretendes, rapazola, seguindo-me?

— O que fizeste, Bleoberis? — Tristan esqueceu do aviso dado e fez seu cavalo aproximar alguns passos. — Vim supervisionar os *Fogos de Beltaine* e encontro Segwarides sendo surrado por três homens. Eu os detive e o pobre cavaleiro alega que tu fizeste algo contra uma dama... a esposa dele!

Nesse insante, um gemido angustiado propagou-se, atraindo a atenção de Tristan. Seriam aqueles lamentos provindos da mulher em questão? A distração momentânea deu ensejo a Bleoberis atacar. Com a tocha em mãos, arremeteu-a contra a montaria de Tristan, que reagiu em pânico, postando-se sobre suas patas traseiras e derrubando seu cavaleiro, para em seguida partir em um furor de cascos. Bleoberis jogou a tocha a alguns passos de si e aproveitou-se da vantagem, investindo impiedosamente contra o guerreiro caído, golpeando-o com os pés. O agressor era cônscio da periculosidade de Tristan como homem de armas, daí a necessidade de utilizar-se de tal artifício. E a razão em sacar sua espada rapidamente, preparando-se para estocá-la em seu tórax.

Demorou algum momento para Tristan recuperar-se da queda e reagir. Ainda sentindo os golpes recebidos, vislumbrou a ponta de uma espada prestes a ser encravada em si. Imediatamente, girou seu corpo para o lado, de forma que Bleoberis enterrou a arma no solo. Ato contínuo, aplicou-lhe uma rasteira, derribando-o. Valendo-se desse lapso de tempo, Tristan ergueu-se e desembainhou sua espada. Contrário ao adversário, aguardou enquanto este não se punha em pé, uma atitude que de certa forma surpreendeu o agressor, mas não o bastante para renunciar à querela. Agora, lutavam como animais cegos; a tocha — caída por terra — ainda flamejava, mas escassa luz provia. Isto não obstou a Tristan demonstrar sua maturidade com a espada, porquanto concentrou-se no ambiente à sua volta. A maestria de um guerreiro respaldava-se, primeiramente em seus sentidos. A respiração espasmódica devido ao nervosismo do rival, guiou-o por entre as sombras, o deslocamento de ar a cada movimento daquele, proveio-o da direção certa a atacar. Atingido no braço, Bleoberis emitiu um gemido de dor. Deixou cair sua espada e cobrindo a cutilada com sua mão esquerda, ajoelhou-se, vencido. E implorou por sua vida.

Era árduo distinguir os traços do homem derrotado em meio às trevas. A trêmula flama era consumida pela noite, mas revelou fragmentos da silhueta de um guerreiro em pé, espada em punhos que silente, presenciava uma confissão estarrecedora. O erro de um cavaleiro, motivado pela luxúria, pelo desejo incandescente... Uma obsessão insana, demente, causadora do ato de arrebatar sua vítima e com ela satisfazer suas volúpias carnais.

— A esposa de Segwarides?! — Tristan estava perplexo.

— Arrastei-a comigo — redargüiu, voltando-se para um determinado lugar.

Ao término da narrativa de Bleoberis, Tristan declinou sua espada e apanhou a do oponente. Ordenou que ele ali aguardasse. Não deveria fugir — se quisesse manter o pouco de dignidade que lhe restava. Em seguida, rasgou um pedaço de seu manto e alimentou a tocha. Com ela em mãos, foi atrás da vítima. Não demorou muito para encontrá-la. Aos pés de uma árvore, ela jazia, despida e detida por peias de couro. Tristan ajoelhou-se, condoído ante aquela circunstância.

— Segwarides... — a mulher balbuciou.

— Ele está bem — rebateu, enquanto cortava a peia com sua lâmina.

— Ele... violou-me! — proferiu com amargura.

Tristan preferiu o silêncio. Após soltá-la, cobriu-a com seu manto e auxiliou-a no percurso de volta onde Bleoberis aguardava. Um ódio mortal dominou a mulher ao vê-lo. Ansiava agredi-lo, mas Tristan a conteve.

— Senhora, peço tua calma!
A mulher cobriu o rosto com as mãos, entregando-se ao pranto.
— Com este ato, Bleoberis, perdeste tua honra. Agora, sê homem e te apresentes ao rei, para receber teu castigo — Tristan sentenciou.
— Apenas isso? — a mulher interrompeu, em soluços. — Senhor cavaleiro, este homem atacou a mim e ao meu marido! Ultrajou-me, violentou-me... e tu dizes apenas para ele...
— Ele irá apresentar-se perante o rei — a voz de Tristan soou séria e ameaçadora. — Do contrário, terá todos os cavaleiros de Marc a seu encalço.
— E meus homens? — Bleoberis indagou.
— Estão mortos.
O desonrado cavaleiro calou-se.
— Irei escoltar essa senhora, Bleoberis. O que fizeste contra ela é odioso. Se tiveste coragem para tamanha covardia, submetas-te agora à punição. Retorna a Tintagel — estudaram-se profundamente, a flâmula cobria seus rostos de sombras. — Vai, Bleoberis. E não me decepcione.
Bleoberis — perante os olhos fulminantes da senhora — retirou-se. Ao fazer isso, ela exasperou, proferindo impropérios contra Tristan e nele verteu seu ódio. Tentava esmurrá-lo. O manto que a cobria, desprendeu-se, devido aos bruscos movimentos, mas ela não se importou.
— És tão vil quanto ele! Nada fizeste porque não foi contra ti!
— Aplaca tua ira, senhora! — ele segurou-a com firmeza pelos braços. A mulher tentou desvencilhar-se; ele assim permitiu. Em seguida, derramou-se em lágrimas. — O que querias? — Tristan voltou a falar. — Sangue? Isto iria sanar o que sentes? Iria apagar o que sofreste?
Ela não respondeu. Tristan apanhou seu manto e a cobriu novamente. A moça, cabisbaixa, ajudou-o. Juntos, andaram até o lugar onde Segwarides estava. Foram a pé, pois o cavalo não foi encontrado. Segwarides, sentado próximo ao fogo, reparou nas figuras que aproximavam-se. Ao ver sua esposa, quase não acreditou. Apenas quando esta ajoelhou-se ao seu lado, com o rosto marcado pelas lágrimas e abraçou-o, ele apercebeu-se da realidade. Quando apartou-se, prendeu sua atenção em Tristan, agradecendo-o em silêncio. Foi quando recordou-se de que o tinha como inimigo e o tratava como tal. Lembrou-se do dia da celebração, quando das acusações contra ele proferidas...
— Tens condições de retornar à fortaleza, Segwarides?
— Não estou tão ferido — e ele levantou-se, auxiliado pela esposa. — Ademais, Tintagel está próximo.
Antes que eles se fossem, ouviram o trotar de um cavalo. Era o animal de Tristan; o fogo não o havia atingido e ele estava bem. O comandante o trouxe pelas rédeas e ofereceu-o para o casal.
— Mas... e tu?

— Não te preocupes comigo — ele os auxiliou a montar e os viu partirem. Momentos depois, lentamente, tomou rumo em direção ao castelo, sob um céu escuro mas com focos flamejantes de *Beltaine*.

Ao amanhecer do novo dia, Tristan deteve-se em seu catre, pensativo. Seu cômodo, apesar de próximo do quarto de Marc, não era luxuoso; com isso, ele não se importava. Levantou-se e estancou-se defronte a janela, de onde era possível avistar os campos e os rochedos ao redor de Tintagel. Uma nuvem de fumaça indicava o fim das fogueiras — ao menos, por ora. Assim que começasse a escurecer, as chamas ganhariam vida e por dias, o rito se repetiria. Seu pensamento cessou com batidas contra a porta. Foi receber o visitante. Era Dinas.

— Repousando até mais tarde do que o costume. Isso não é teu estilo.
— *Beltaine* desperta diferentes reações em cada pessoa — Tristan atalhou.
— Não posso divergir quanto a isso. De fato, é pelas reações e instintos selvagens que aqui me encontro.

Tristan acomodou-se novamente em seu catre e levantou seus olhos, encarando o senescal. Dinas prosseguiu:

— Marc não quis receber Bleoberis. Assim sendo, ele colocou-se à minha disposição.
— Então, estás ciente do ocorrido.
— Segwarides partiu com sua esposa, hoje, bem cedo. Dele obtive sua versão, e pelo o que sei, tu o salvaste de males maiores, tanto que ele pôde viajar. Vim apenas ouvir de ti os fatos.
— *Beltaine* deve ter dado uma vazão exarcebada à virilidade de Bleoberis, Dinas. Ele perdeu a sensatez.
— Espero que *Beltaine* não atinja nosso rei — Dinas sorriu levemente. — O que achas que devo fazer com Bleoberis?
— Deves aguardar Marc, meu amigo — respondeu. — A decisão deve ser apenas dele.

Dinas concordou.

— Decerto ele terá uma punição exemplar — o senescal sentou-se ao lado do rapaz. — Segwarides te odiava, Tristan. Como Andret. Estou surpreso por teres ido ao auxílio dele.
— Não sabia ser ele, Dinas. Ainda que soubesse, não agiria de forma diversa.
— Uma atitude que não seria recíproca... És notável, jovem. Mas há mais um motivo pela minha visita, Tristan. Estive com o rei, e agora, ele precisa de ti.

Ao término das festividades de *Beltaine*, o druida desapareceu do castelo. Os mais supersticiosos diziam que o sábio havia se transformado em algum pássaro e alçado vôo. Tristan ouvia sem nada comentar, principalmente porque havia sido ele quem escoltara o mago até as margens do rio Tamar. Dali, o druida iria seguir para a antiga cidade romana de Dumnoriorum, provavelmente para resolver algum outro problema que apenas ele, druida, poderia solucionar. O moço foi acordado no início da madrugada por um camareiro de Marc e o rapazinho lhe transmitiu a ordem. Em verdade Tristan já era ciente da sua missão; informado por Dinas. E tonto de sono, ele vestiu-se, ainda julgando não acreditar naquela incumbência. Ao deixar seu quarto, o sábio já estava lá. Encarou Tristan de uma forma nada amigável, nem mesmo cumprimentou-o. O comandante, irritado pelo serviço inoportuno, estudou o velho. Ele usava roupas típicas de druida; manto totalmente branco, os cabelos grisalhos, longos — exceto pela tonsura que ostentava, de orelha a orelha, impedindo o nascimento de fios naquela parte — e a barba, que ainda não era totalmente branca. *O sábio não deve ser tão velho, afinal* — o cavaleiro pensou. Deixaram a fortaleza, atravessaram o pátio — com o camareiro iluminando o caminho com uma tocha — até o estábulo. Tão logo selaram os cavalos, partiram de Tintagel.

Ele odiava cavalgar durante a noite. Mesmo com a tocha fornecida pelo camareiro, a luminosidade era insignificante. Tristan ia à frente, seguido pelo sisudo e silencioso druida. *Por que Marc quis essa saída furtiva?* — o moço indagava-se. Talvez fosse pelos cristãos devotos, que com certeza, não estavam apreciando a atitude do rei. Apesar de Marc ter tentado manter sigilosa a presença do sábio, muitos já tinham conhecimento.

Durante o percurso, Tristan atendeu a todos os pedidos do mago, ou pelo menos, os que estavam ao seu alcance. Descansavam no momento desejado por ele, alimentavam-se quando ele sentia fome — era Tristan quem tinha de caçar, limpar e assar a carne e ainda, paravam com freqüência, quando, por longos momentos, o mago perscrutava o terreno, atrás de ervas, plantas, pedras, ou aquilo que suscitasse seu interesse. Quando estavam próximos do Tamar, foram surpreendidos por quatro bandoleiros que ameaçaram o druida. Suspeitavam ser o mago dono de moedas de ouro e prata; não iam hesitar em agredi-lo para obtê-las.

Entrementes, Tristan defendeu o sábio. A luta não havia sido árdua, já que os tolos bandidos não faziam uso da espada, mas sim, de porretes. No entanto, enquanto o cavaleiro lutava em defesa de seu viajante, este se dignava apenas a olhar. O embate terminou com três mortos e um ferido, escorraçado. Tristan, suado e revoltado pela atitude do mago, não suportou abster-se de um comentário.

— Não poderias utilizar tuas artes em um deles, ao menos?

Mas o druida manteve-se em silêncio. Limitou-se a fitar Tristan com desprezo. Tudo o que fez foi atiçar seu cavalo, como se dissesse que tinha pressa e deveriam continuar a viagem. O moço embainhou a espada, desejando esbofetear aquela arrogante criatura. Deu graças aos deuses por usar sua cota de malha romana, pois um dos bandoleiros tentou feri-lo com uma faca. A cota era forte e o protegeu.

E voltaram à estrada. Não tiveram mais incidentes e assim atingiram a margem do rio, onde um grupo de homens montando magníficos corcéis aguardava. Usavam armaduras romanas, acompanhadas por elmos de mesmo estilo, com penachos de crina de cavalo. Outros tinham parte do corpo coberto pela toga.

— Sejais bem-vindos! — um deles adiantou-se, provavelmente o líder.
— Homens de Dumnoriorum! — o mago falou, pela primeira vez.
— Espero que tenhais feito boa viagem.
— Ótima, agradabilíssima — Tristan redargüiu, irritado — Deixo meu viajante em vossas mãos — completou, para o líder.
— Ele será bem escoltado — aquele respondeu, como se a segurança do druida fosse vital.
— Não tenho qualquer dúvida quanto a isso — o cavaleiro respondeu, desejando que o mago caísse no Tamar e fosse carregado pela correnteza — Faço votos de boa viagem —, e despediu-se do grupo, puxando as rédeas de seu cavalo. Ia passar pelo druida, ignorando-o, mas para sua supresa, o sábio o chamou. Sabia seu nome. Tristan — pego desprevenido, freou seu cavalo e encarou-o. Apercebeu-se do rancor e ódio nos olhos do druida, que proferiu, em discreto tom.

— És maldito, cavaleiro! O infortúnio corre em teu sangue! Se queres resguardar tua alma, desapareças dessa terra, se possível, dessa vida! E altere os liames de teu nefasto destino! — dito isso, o druida foi unir-se aos seus novos protetores.

Tristan, desnorteado, não soube o que pensar, nem mesmo para indagar o homem o significado daquelas palavras. Restou imóvel, pávido, enquanto o grupo partia. *Resguarde tua alma!* — o estupefato cavaleiro refletiu. Era a mesma frase que uma vez, presenciara. Mas não compreendia. *Nefasto destino?* — Ainda sem mover-se, observou os homens escoltando o druida por uma ponte de madeira. Atingiram o lado oposto e seguiram seu caminho. Apenas nesse momento, ele deu rédeas ao seu cavalo. Abatido, começou a jornada de volta a Tintagel. Sua mente perdia-se em pensamentos confusos; se era um homem tão execrado, por que o sábio não revelou os motivos? E aquelas mesmas palavras...?

Resguarde tua alma!

O solitário retorno foi mais calmo, sem qualquer ataque de bandoleiros. Por precaução, evitou cavalgar durante à noite. Abrigava-se na floresta próximo à estrada, tentando repousar. Mas não conseguiu. Estava com receio de si próprio. Deveria acreditar no druida? Decidiu esquecer o assunto, pelo menos durante algum tempo. Iria encarar as palavras apenas como um preságio ruim, mesmo partindo de um druida. E — ele sabia — nem sempre os magos acertavam tudo o que previam. Ou talvez, o sábio agira assim devido a antipatia mútua. Sim, iria raciocinar dessa forma.

Quando finalmente retornou a Tintagel, no fim da manhã do dia seguinte, ficou a par da superstição em torno do mago, mas não deu crédito, mesmo porque foi avisado de uma convocação do rei, estendida aos nobres e cavaleiros. Ele apressou-se em trocar as vestes suadas e refrescar-se, para então dirigir-se à sala. Ali, encontrou-se com Dinas e alguns de seus homens. Andret e os seus companheiros já estavam presentes, exceto Cariado. Como usualmente fazia, o comandante ignorou-os. Procurou acomodar-se na longa mesa disposta no salão. Antes que os convocados pudessem conversar entre si, Marc apareceu. Todos o saudaram com reverência; o monarca correspondeu e em seguida acomodou-se em seu assento.

— Senhores... — a voz do rei estava serena. Marc dava a impressão de ter repousado em demasia em seus dias ausentes — ...vós exigistes de mim um matrimônio. Fostes avisados de que não aceitaria qualquer mulher.

— Sire, se me permitirdes uma sugestão... — Andret não concluiu sua frase.

— Por favor, peço-vos para não me interromperdes — Marc ajeitou o cinto de onde pendia sua espada e suspirou, como se dissesse a si mesmo que o momento havia chegado. — Andei tendo sonhos, muitos; desconexos e sem qualquer sentido. Sou um homem versátil, céptico em relação a certas coisas, mas em mensagens oníricas, devo confessar, acredito. Porém, precisei interpretar tais avisos.

Tristan compreendeu então, o porquê do druida.

— Nesses sonhos — Marc continuou — estou andando por Tintagel; a fortaleza está mergulhada em uma quietude sinistra. Procuro por vós, mas nada encontro. Nessa estranha quietude, um grito estridente atrai minha atenção. Pela janela, vejo um pássaro entrando e pousando em um busto de mármore. O animal agita suas asas, mas meu interesse por ele é mínimo, pois estou preocupado, porque não encontro nenhuma alma viva. Nesse instante, ouço alguém pronunciando meu nome. E próximo ao busto, não encontro mais a ave. Em vez dela, há uma donzela — a mais bela donzela — que já vi. Uma rapariga esguia, pele alva. Seus olhos... Como descrevê-los? Eles completam a magnitude de seu semblante em um tom azul-violeta, cujo formato lembra os de uma gazela. Ela retira seu véu e uma cascata de fios dourados, como o Sol, quedam soltos.

Iseult!

Tristan fitou o rei, assustado. A descrição havia sido dada por ele ou pelo druida? Independente de quem havia fornecido... Como era possível? Como sabiam dela?

— Esse pássaro que se transforma em mulher tem me infernizado e me angustiado. Sua freqüência em importunar meus sonhos, convenceu-me sobre a real existência dessa donzela.

O cavaleiro arrepiou-se. No mínimo, havia sido o mago quem lhe transmitira essa convicção. Não podia subestimar um druida...*E ele está certo...* — refletiu.

— Senhores —, Marc prosseguiu. Não havia sido interrompido até aquele momento — eis minha decisão: ela será a minha esposa.

Uma dor brusca e cruciante dilacerou impiedosamente o íntimo de Tristan. Era como tivesse sua espada penetrando em seu plexo solar.

— Isso é absurdo! — Andret esmurrou a mesa, erguendo-se abruptamente, quebrando o silêncio.

— Andret, tu esgotas minha paciência! Não aprendeste a comportar-te perante teu rei?

—- Majestade, sois meu rei, mas vossa decisão soa-me fantasiosa! Muitas jovens podem ter cabelos "cor de Sol". Aguardamos tanto tempo para vós virdes até nós com essa ridícula proposta?

— Senhores — o rei ergueu-se — vós queríeis que eu me desposasse; avisei-vos de que iria selecionar minha futura esposa. Essa donzela existe, não tenho dúvidas quanto a isso. Caberá a vós procurá-la e trazê-la à Cornwall. Com outra não me desposarei.

— A nós? — Gueneleon mofou.

Enquanto o insatisfeito Andret e os demais objetivavam, sendo criticados por Marjodoc e outros homens da armada, Tristan teve seus sentidos anuviados, ofuscados pelo desejo do rei e pela imagem de uma princesa com seus cabelos dourados; Iseult, a bela Iseult. A moça que salvara sua vida duas vezes; a princesa enigmática, que tocara seu mais profundo ser — provocando-o... Marc a desejava? Estaria ele convicto desta eleição? E quanto a si, deveria pronunciar-se?

— Sire, esta deliberação é uma afronta! — Denoalen clamou.

— Assim tu pensas, Denoalen? O que todos vós fizestes na comemoração do retorno de meu sobrinho também não foi? Desrespeitáreis vosso rei e agíreis com descortesia, não deveria acatar vossas exigências, mas o fiz, pois procuro manter a paz entre todos. Agora, consentis minha preferência ante minha escolha. Reitero: a vossas mãos, atribuo a busca por essa donzela, que frenesia minhas noites.

— Isso soa-me infame! Vós pretendeis com isso, adiar vossos votos! Reis casam-se com filhas de outros reis, sire! Acuso-vos de procastinar vosso dever de conceder-nos um herdeiro! — Gondoine reagiu.

— Sire... — Tristan ergueu sua voz. — Creio ter conhecimento desta donzela que procurais — ele arriscou. Era melhor pôr fim à discussão. Naquele momento, ele não percebeu a extensão de seu gesto; mais tarde, iria arrepender-se. Por não mais suportar Marc sendo acuado daquela forma, decidiu auxiliá-lo; afinal, era seu rei e senhor. E seu tio. De qualquer modo, embora sentindo-se atraído pela bela princesa irlandesa, tinha consciência de que ela nada queria consigo; em verdade, estava persuadido dela desprezá-lo e odiá-lo. Portanto, deteve seus pensamentos na figura carismática de seu rei. Deveras, Marc era merecedor de uma princesa como Iseult para ter como esposa.

O monarca fitou o sobrinho com assombro; os demais o imitaram.

— És sincero ou te atreves a zombar de meus sentimentos?

— Por amor a vós, jamais faria semelhante galhofaria — Tristan reparou que seus inimigos mantinham fixo o olhar sobre si. — Não muito longe daqui, na Irlanda... — por irrisórios segundos, ele titubeou — ... sire, há uma princesa cuja descrição combina com a que vós descrevestes.

— Irlanda... — Gondoine repetiu, quase para si próprio. Em silêncio, puxou Andret pelo braço, fazendo-o aproximar-se.

— És notável, Tristan. Irei tomar providências quanto a isso, pois ainda somos malquistos pelos soberanos de lá.

— Há sempre uma alternativa, sire. — Andret, que há breves instantes ciciava com Gondoine, intrometeu-se.

— O que queres dizer?

— Gondoine acaba de avisar-me de um fato inusitado, meu rei. Conversando com um mercador no porto, ele ficou a par de rumores concernentes a um saxão ter abordado o Eire. Trata-se de um excelente mestre de armas, que em audiência com a realeza irlandesa, exigiu a mão da princesa caso vencesse todos aqueles que o desafiassem durante duas estações. O mercador enfatizou a respeito de muitos terem encontrado a morte; segundo o homem, o saxão é exímio matador. Mas, como Vossa Majestade percebeis, podereis conquistar vossa futura esposa... se enviardes vosso mais nobre cavaleiro — e Andret apontou Tristan.

Ante o gesto sarcástico, Marjodoc ameaçou a erguer-se em desafio, mas Tristan, ao seu lado, o conteve. Contudo, foi a voz do rei que vibrou.

— Andret, tu não desistes? Sabes muito bem que a Irlanda tem a todos nós como inimigos. Não mandarei Tristan para um covil de cobras!

— Sire, acredito que vosso valoroso cavaleiro já esteve ali antes — voltou-se para Tristan. — Foi ali que encontraste a cura, não? — O moço não respondeu. — E escapaste ileso. Por que não deveria retornar, se o que ele mais deseja é servir-vos, sire?

— Basta! — Marc ergueu-se; era difícil vê-lo naquele estado alterado. Dinas, ao seu lado, assustou-se.

— Sim, basta! — Tristan, de pé, voltou-se para Andret, intimorato. — Tudo o que disseste Andret, tentarei esquecer e não usar contra ti. És uma serpente em forma de homem, senhor! Acautela-te com tua própria peçonha! Irei à Irlanda, lutarei pelo meu rei. Decerto até prefiro encarar um covil com sua mais degradante espécie a ter tu e os teus como companhia!

— Tristan, proibo-te de ir! — Marc exaltou.

— Sire — aproximou-se do rei, os olhos ainda carregados de rancor. — humildemente requeiro vossa permissão; é vosso mais caro desejo ter a bela princesa Iseult como rainha; é minha maior gratificação atender-vos. Prometo-vos de que não falharei. Vossa futura esposa em breve cruzará os portões de Tintagel.

— Apesar de ser meu sobrinho, és teimoso; vejo ser impossível alterar tua decisão. Concedo permissão para ires, mas ficarei em vigília, rezando pelo teu breve regresso. E quando voltares, quero ter o privilégio de ver-te à frente do meu exército. Sei que já te tornaste meu comandante, de fato, não há outro mais qualificado do que ti, meu filho. Mas não tive o prazer de ver-te liderando as tropas, e ambiciono muito isso.

— Como desejais, sire.

— És um bravo, filho, como teu pai foi. Insisto para que teu regresso seja breve — o rei pousou sua mão sobre o ombro do rapaz. — Rezarei para o Deus dos cristãos iluminar teus caminhos e para os deuses de nossos antepassados te protegerem.

Tristan retirou-se, seguido pelos seus homens. Cansado, Marc suspirou; apertou as pálpebras com suas mãos. Então, ao perceber o rejúbilo silencioso de Andret, reagiu. Estava resoluto. Com o rosto lívido, esboçou:

— Vós... Andret, Denoalen, Gueneleon e Gondoine... me fareis o imenso favor de vos retirardes de Tintagel imediatamente.

Ao ouvir a ordem, Dinas sorriu com o canto dos lábios. Os cavaleiros protestaram, mas o rei permaneceu irredutível.

— Vós podereis retornar, depois de dois verões. Se ousardes pisarem aqui antes desse prazo, mandarei colocar a ferro, vós todos! — e Marc os deixou.

VIII

Tristan decidiu partir antes do alvorecer. Imaginou como abordaria a corte irlandesa, talvez o artifício de Drystan fosse oportuno... se não fosse tão evidente para a princesa, que imediatamente o reconheceria. Porém, supôs não ter Iseult opção mais louvável que a de tornar-se rainha de Cornwall, principalmente com a ameaça de um matrimônio com um saxão. Todavia, aquela história era estranha; os sonhos de Marc... o seu próprio... Seria Iseult atacada por aquele homem ignóbil? E o agressor? Poderia ser o saxão? Não; não queria sequer conceber a possibilidade daquela criatura ser o saxão. *Deuses, foram apenas sonhos!*, avaliou.

Para os druidas, sonhos eram mensagens, sinais tão importantes como qualquer outro. Fossem indícios ou não, estava determinado a livrar a princesa de cair nas mãos do bárbaro... se conseguisse abordar o Eire. Era um problema, já que a própria Iseult o havia ameaçado se ali retornasse. Concordou que seria inusitado morrer por ordens da donzela que pretendia defender.

Enquanto ajeitava a cota de malha romana e o necessário para sua viagem em sua bolsa de couro, imaginou como seria esse duelo. Havia tido sorte com Morholt, embora tivesse levado uma boa sova. Não poderia esperar menos da vida de um cavaleiro. Apanhou a espada de Rivalin e desembainhou-a. Escorregou seus dedos pela avaria — era mais uma cicatriz no corpo da espada. Com ela em mãos, procurou aperfeiçoar o gume. Quando retornou ao seu quarto, despiu-se e deitou-se. Ao cerrar seus olhos, o semblante de Iseult inundou-o, nítido. E relembrou de Marc descrevendo-a com precisão absoluta. Marc... o druida... Voltou a fixar-se em Iseult. Irritado, ergueu-se, afastando a coberta e sentando-se. Não iria conseguir dormir. O que havia naquela mulher? Por que sua mera lembrança ofuscava seu raciocínio?

O céu ainda estava escuro quando evadiu-se de seu quarto. Deixou a fortaleza com uma mensagem de despedida para Marc. Assim preferia; ademais Marc desaprovava sua ida, tinha consciência disso, mas não restava outra opção. E ele merecia ser atendido. Era um grande homem e um notável monarca. Tristan apercebia do amor filial que o rei nutria por si, contudo, orava aos deuses para darem a Marc um descendente legítimo. Ele podia não ser mais um homem com seus vinte e poucos anos, mas não deveria ter mais do que quarenta. E era um homem que impunha pela sua aparência — vistoso, os cabelos castanhos escuros mesclavam-se com alguns fios prateados. Usava uma barba rente ao rosto, bem tratada. Era um homem culto, agradável, educado, limpo. Não havia como compará-lo com um selvagem saxão!

O pensamento do bárbaro o deixou inquieto, especialmente pelo que Rahman, o capitão pirata, havia dito a respeito daquele povo. Era a razão de sua premência em ir-se. Requisitou um cavalariço e cavalos; ato contínuo, estavam deixando o pátio da fortaleza para instigarem os cavalos em uma frenética cavalgada em direção ao porto. Conforme suas ordens ditadas no dia anterior, um barco estava de prontidão. Os animais chegaram esbaforidos, suados. Mordiscavam o freio, inquietos. Tristan apeou-se e entregou as rédeas para o menino.

— Despede de Dinas por mim, rapaz.

— Serás vitorioso, meu senhor — o garoto comentou, antes de ir.

Embarcou sob o luar. As velas caíram do ponto mais alto do mastro, os tripulantes ocupavam-se em prender as pontas. Remadores preparavam-se para descer os remos ao mar — a força humana iria trabalhar em conjunto com as monções. A nau, conforme testemunhou, era uma cópia das embarcações romanas, cujas galés ficaram famosas por abrigarem escravos e criminosos. Roma podia não estar mais presente na Britannia, mas seu legado definitivamente estava. E avançaram mar aberto. Atrás de si, Tintagel adormecia.

Ao alvorecer, estavam em alto-mar. Do convés, apreensivo, ele acompanhou o novo dia nascendo, preferindo ali permanecer em conseqüência de sua resistência em dormir. Reservado e austero, foi incapaz de socializar-se com os outros reduzidos passageiros ou tripulantes. Seu frio comportamento resultou na péssima impressão que dele tiveram e ele apercebeu-se da perturbação diante de sua presença. Embora Tristan até ressentisse de si próprio pela sua introspecção e languidez humana, nada demonstrava. Mesmo porque, aspirava permanecer só.

A travessia rendeu alguns dias, apesar das monções e dos remadores. Tristan obrigou-se a descansar — afinal, estava indo digladiar e seria um adversário medíocre se não cuidasse de si próprio. No entanto, tudo o que obteve, foram reles horas de sono, escassas para aplacar a angústia que o devorava por dentro, ineficazes para seu corpo e mente repousarem. Mas estavam próximos de aportar no Eire, foi o que ouviu dos tripulantes. Curioso, subiu ao convés; dali vislumbrou o continente irlandês banhado pelo Sol da manhã. Os remos foram erguidos e as velas maiores, dobradas, enquanto um tripulante jogava a âncora. Não mais se avizinhariam da costa por receio de encalharem. Com sua bolsa de couro, abordou um bote com um tripulante, que remou em absoluto silêncio. O bote aproximou-se de uma terra defesa e não demorou para o cavaleiro abordá-la. Wexford. Voltou-se para o tripulante, com o intuito de agradecer, mas o rapaz já estava retornando. Sem alarmar-se, ajeitou a espada, o manto e começou a andar pela praia. O local lhe era misteriosamente familiar. Sim, estivera em Wexford antes, embora distante de sua consciência. Agora, retornava.

Na primeira vila em que parou, comprou três adagas e um cavalo, um imenso garanhão negro dotado de músculos poderosos. Tristan sentiu-se atraído pelo animal, cujo porte sobressaía-se aos demais. Em seus olhos, um fulgor selvagem, mas ao mesmo tempo, a imponente criatura demonstrava confiança. Seus cascos eram cobertos por longos tufos negros e o guerreiro apercebeu-se de outro detalhe: as ferraduras, por serem pesadas, eram presas por tiras de couro e atadas à pata do cavalo. Tristan aproximou-se dele, ignorando o aviso do aldeão atinente a seu comportamento arisco e o acariciou no pescoço. Era um animal jovem, esplêndido. E aquele contado foi o primeiro da longa amizade que entre eles, nasceria. Com efeito, o cavalo negro iria acompanhá-lo por toda sua vida. Admirando a criatura, Tristan selou-o. Quando ajustava o bridão, afagou-o no focinho, chamando-o de Husdent. Mas foi ao montá-lo — o que exigiu um impulso considerável devido o seu tamanho — que notou o vínculo de afetividade entre homem e animal. Um elo que se estreitaria a cada passo. Satisfeito com Husdent, decidiu seguir rumo à cidade e buscou informações do caminho a ser traçado. Os aldeões foram solícitos, ele agradeceu e partiu a galope. Atingiu seu objetivo ao fim da manhã, cruzando o movimentado centro da cidade e alcançando a moradia da realeza. Entrou no pátio da construção, apeando-se ao atingir os portões. Deixou Husdent com um cavalariço e sem qualquer temor, pediu que anunciasse aos soberanos estar ali para enfrentar o saxão. *Isso, se não for tarde demais*, cogitou. O servo entrou na fortaleza, deixando um cavaleiro impaciente pelo seu retorno. A espera foi curta. Em minutos, o servo escoltava Tristan rumo à sala onde os reis e a princesa se reuniam. Uma vez ali, o rapaz avizinhou-se e ajoelhou-se perante o casal. E notou os olhares indignados — mas repletos de admiração — de Iseult sobre si.

— Majestades, vim para desafiar o guerreiro saxão.

— Mais um! — Anguish, o rei, exaltou. — Estamos no prazo dado pelo cão, mas todos que o desafiaram, encontraram a morte. Por que pretendes arriscar tua vida?

— Um juramento ligou-me a vossa terra, sire. Destarte, acredito que não quereis vossa nobre filha nas mãos de um homem indigno dela.

A rainha, que também detinha seu olhar no visitante, rompeu:

— Tua aparência me é familiar. De onde vens?

Ele sentiu seu sangue gelar. No entanto, antes que pudesse responder, Anguish — que ignorou o comentário da esposa — questionou-o:

— Não irás revelar-nos teu nome, cavaleiro?

— Haverá tempo suficiente para isso depois da querela, sire — desconversou.

Nem rei ou rainha se opuseram. A princesa permaneceu em tétrico silêncio; o saxão — vitorioso — foi convocado enquanto o guerreiro era escoltado até o círculo onde os duelos aconteciam. Contornando a arena, toscas armações de madeira para acomodar os curiosos. Não muito distante do circo, em uma construção de pau-a-pique, Tristan encontrou-se com o cavalariço que segurava Husdent pelas rédeas. Iria aprontar-se. Amarrada na sela, sua bolsa de viagem; dela retirou a cota de malha romana. Para os cavalos, conforme o cavalariço comentou, havia uma proteção cujo nome, para Tristan era uma novidade. Tratava-se de uma *catafactra*, um traje de malha de argolas metálicas entrelaçadas. Como já exibia sua proteção, desnecessário a *catafactra* para si. A malha era pesada e cobria todo o pescoço e tórax de Husdent; parecia incômoda, mas o animal suportou, paciente.

— Estás pronto? Outro cavalariço veio até ele.

— Sim.

Apenas alguns habitantes animaram-se em assistir o embate; a verdade era que muitos já haviam sido subjugados pelo saxão e não achavam que seria diferente com o jovem cavaleiro que se apresentara.

Os desafiantes, montados em seus corcéis, estavam posicionados. O saxão apresentou-se em uma gasta loriga. Tristan, negligente por não trazer consigo seu próprio escudo, recebeu um dos cavalariços. Comentários a respeito do estrangeiro ser insano o suficiente para apresentar-se daquela forma — sem loriga, com um cavalo imenso, pesado — numa justa, puderam ser testemunhados. Mas Tristan atuava com uma inquietante tranqüilidade; as mãos enluvadas apanharam uma lança sem ponta. Estas eram utilizadas em duelos até a morte porque não perfuravam o corpo do oponente. O que significava que, uma vez no chão, a luta iria prosseguir com as espadas.

Munido com a lança, levou Husdent até o ponto em que deveria partir; ao sinal, o garanhão avançou em um poderoso trotar, deixando um rastro de terra atrás de si. Sendo um cavalo alto, Tristan detinha certa vantagem do adversário, pois este precisava erguer sua lança — e mantê-la dessa forma, se quisesse ter alguma chance de acertá-lo. Tristan, por sua vez, podia declinar a sua; ao embate, o moço desequilibrou o saxão, sua lança havia se espatifado contra o ombro esquerdo dele. A arma do saxão também espatifou-se, mas contra o escudo de Tristan. Apesar do impacto, o jovem se manteve em sela.

Husdent atingiu o extremo oposto da liça. Impaciente, ergueu as patas dianteiras, enquanto Tristan inclinava-se para retirar nova lança do suporte. Em seguida, deu rédeas para novo embate. A velocidade com que este ocorreu, foi impressionante. Num segundo, os cavaleiros estavam achegando-se; noutro, o saxão foi violentamente arrancado de sua sela, chocando-se contra a liça e desabando do lado oposto ao seu. A queda arrancou uma ovação dos presentes, pois o saxão jamais havia sido derribado. Tristan freou Husdent e desmontou, sacando sua espada. E, em um ato de suprema cortesia, esperou o inimigo erguer-se. Sua atitude causou apreensão, principalmente aos reis.

— Ele poderia ter acabado com o cão! — o rei resmungou, incrédulo ante o cavalherismo do desafiante.

O saxão, de pé, desembainhou sua espada. Os ataques iniciaram, mas o bárbaro apresentava dificuldades para movimentar-se. Tristan não se surpreendeu; além da queda, a loriga era um fardo em duelos de espadas. Ainda assim, representava um inimigo a se repeitar. Como o rival, o rapaz havia se desfeito de seu escudo — cada um utilizava-se apenas da espada.

De seu lugar de honra, Iseult acompanhava a luta, perturbada. Mantinha-se em absoluto silêncio; era pelo seu destino que aqueles homens gladiavam. As feições alvas similar ao alabastro, traduziam seus sentimentos, lúgubres como o profundo negro de seu manto, que delineava seu corpo e ocultava os cabelos dourados. Sua angústia tinha fundamento, afinal, era disputada entre um saxão desprezível e um homem falso e dissimulado, assassino de Morholt. Qual dos destinos era o menos pior? Não saberia dizer. E observando o combate que se desenrolava ante seus olhos, estava convicta de que, fosse quem fosse o vencedor, sua infelicidade estava traçada.

A espada do inimigo sibilou próximo de seu rosto; Tristan jurou a si próprio não permitir mais semelhante ousadia. Concentrou-se em intensificar seus assaltos — queria pôr a termo o duelo. O bárbaro não teve outra opção a não ser recuar, defendendo-se. Foi atingido no abdômen, mas a loriga o protegeu. Aproveitando-se disso, o oponente assestou sua arma contra a de Tristan, no intuito de desarmá-lo. O rapaz interceptou o golpe, recuperando sua defesa; o som metálico das espadas travadas em cruz propagou-se. E foi nesse momento que Tristan notou que seu inimigo arfava — o elmo, rústico, trazia uma abertura apenas para os olhos — daí a respiração entrecortada. Ele nunca soube dizer com convicção o que o moveu. Todavia, Tristan afastou o saxão, empurrando-o com sua perna direita, destravando as lâminas. Em seguida, direcionou seu próximo assalto e foi contra o elmo do saxão. O artefato foi arrancado e diante do moço, uma conhecida fisionomia revelou-se. Por breves segundos, ele deteve-se, perturbado. À sua frente estava a figura abjeta que — em imagens oníricas — havia humilhado e desonrado... Iseult. A lembrança do bárbaro segurando a princesa e arrancando-lhe seu manto, fez com que Tristan se recuperasse de seus segundos de hesitação. Agora atacava com tamanha ferocidade, que causou exclamações da reduzida platéia. Segurava com ambas mãos a espada robusta de Rivalin e ela zunia, cortava o vento e sibilava, mortal. Súbito, ele arremeteu-a verticalmente. O saxão não calculou a potência do golpe; terminou tendo sua arma impelida pela arma do adversário, abrindo totalmente sua defesa. Era o momento que Tristan aguardava. Com rapidez, declinou sua lâmina e estocou-a no coração do antagonista, por entre as escamas de metal. Tristan presenciou o estertor na face marcada do saxão, cujas mãos, em reflexo, largaram sua arma. E ainda segurando o punhal de Rivalin, ele ouviu o agonizante rival balbuciar, talvez lhe rogasse desgraças. Entrementes, não era isso que causava a ira no vencedor. Aquele homem desejava Iseult, era o que o ensandecia. E foi por isso que forçou ainda mais a espada, transpassando-o. *Jamais irás colocar tuas mãos imundas nela!*, cogitou, safisfeito ante seu feito. Por fim, puxou violentamente para si a lâmina manchada. As pernas do vencido cederam e ele tombou, de costas, por cima de sua própria arma.

Gritos e aplausos elevaram-se pela arena. O saxão havia sido derrotado, mal podiam crer em seus olhos! Rei e rainha abraçaram a filha, mas esta mantinha-se alheia. E sob os incessantes aplausos das escassas testemunhas, Tristan limpou a lâmina nas vestes do cadáver. Com ela em punho, atravessou a liça, indo em direção aos bancos onde os reis se acomodavam. O casal e a princesa acompanharam os passos determinados do rapaz, que ao chegar, fincou sua arma no solo e segurando-a no punhal, ajoelhou-se.

— Majestades, a querela foi por mim vencida, pela graça dos deuses — a voz soava ligeiramente trêmula. — Atendendo vosso desejo — ele ergueu seu rosto — digo-vos meu nome. Sou Tristan de Lionèss.

Ao ouvir as palavras, Iseult cerrou as pálpebras, com pesar. A rainha, que antes sorria, não conteve um grito; outros que presenciaram a confissão, interromperam os aplausos e a euforia. Em segundos, uma tensa e dramática quietude estendeu-se por toda a arena. Mas os guerreiros do rei não foram por ela afetados, deveriam agir! Afinal, aquele era o assassino de Morholt!

Com a mesma rapidez com que havia sido glorificado, Tristan foi cercado e imobilizado pelos cavaleiros. Contrário ao que suspeitavam, o vencedor não se opôs e não reagiu. Permaneceu de joelhos, resignado. Mas antes que algo contra ele fosse feito, o rei manifestou-se, requisitando a atenção. O silêncio novamente imperou.

— Estamos sendo injustos! Esse bravo guerreiro derrotou aquele homem, que roubou muitas vidas! — o rei apontou o corpo estirado. — Não podemos tratá-lo desse modo!

— Sire, esquecestes da morte de Morholt? — um cavaleiro inqueriu. — Do que nos foi narrado a respeito do duelo?

— Não, não me esqueci. Mas isto não vem ao caso. Ordeno soltai-o! — a guarda vacilou em cumprir a ordem; ainda assim, Tristan não se rebelou. O rei prosseguiu. — Todos vós fostes testemunhas das habilidades dele com as armas, de sua honestidade e honra neste combate. Diante do que vimos, impossível acusá-lo de felonia no desafio contra Morholt! O que nos foi exposto, não passa de uma inverdade! Esse bravo cavaleiro venceu nosso campeão numa querela limpa, não tenho dúvidas quanto a isso! Se perdemos, devemos aceitar a derrota.

Os cavaleiros — convencidos — libertaram-no. Tristan voltou a segurar na empunhadura de sua espada e respeitoso, ergueu seus olhos para os soldados, depois, para os reis.

— Majestades... senhores... rogo perdoai-me pela vida de Morholt; em uma justa, a sorte às vezes é ingrata. Não tinha nada contra vosso campeão; do mesmo modo, não cultivo inimizades por nenhum de vós, habitantes do Eire. Vim desafiar o saxão em nome do rei Marc de Cornwall e tendo triunfado, meu senhor fará de vossa filha, sua rainha; com esse enlace, rezemos para que a paz reine entre os dois países.

— Levanta, cavaleiro — Anguish ordenou. — Demonstraste grande valentia e nobreza. Tens minha palavra de que teu rei e eu não seremos mais inimigos. A proposta feita pelo teu senhor é magnânima e muito nos deleita. Iseult será, pois, rainha de teu país.

A rainha percebeu a forma arisca com que a princesa, ao ouvir as palavras trocadas entre Anguish e Tristan, deixou o circo. O rei, ao ser informado, pediu a esposa para lhe fazer companhia, enquanto iria conversar ele próprio com o cavaleiro de Lionèss. Ao soberano, agradava — e muito — a paz entre Irlanda e Cornwall, ademais, era odiosa a presença do até então imbatível saxão. Anguish deixou seu lugar e foi até a liça, reunindo-se ao vencedor que, de pé, embainhava sua arma.

— Deves descansar, cavaleiro. Lutaste com bravura.

— Obrigado, sire.

— Quero tua companhia para a comemoração em homenagem ao teu êxito. Apraz-me muito ver minha filha unida com teu rei — e o próprio Anguish escoltou o vencedor a um cômodo, para que ele se restabelecesse até a celebração. Mandaram-lhe criados para ajudá-lo a despir-se e lavar-se. Recusou este último auxílio — mas aceitou as roupas limpas.

Ao entardecer, foram convocá-lo. O cavaleiro de Lionèss foi recebido com festa, a corte estava reunida e ao lado do rei, Tristan vislumbrou a princesa, austera. Ainda vestia-se com o manto negro; percebia-se ser de trevas sua aura. *Algo está errado*; concluiu, mas o que poderia ser? Não seria mais levada por um bárbaro, seria coroada rainha... Por instinto, ele pousou seu olhar nos longos cabelos trançados cor de Sol. E a imagem de Marc detalhando as características de Iseult, castigou-o. Por instantes — mas que deram-lhe a impressão de uma eternidade — invejou seu rei. Invejou Marc. Contudo, a um só tempo, censurou-se com severidade pelo desprezível sentimento. Como poderia invejar seu rei e tio? Sua única família? Era um disparate! Desviou os olhos daquela visão, ressentido consigo próprio. Foi quando a voz de Anguish atraiu sua atenção.

— Acomoda-te, senhor cavaleiro — o monarca pediu. — O lugar de honra te pertence, ao lado da princesa que defendeste.

Tristan saudou respeitosamene a realeza e foi ao local indicado. A princesa nem mesmo virou seu rosto, ignorando-o completamente. Desconfortável diante daquele desprezo, Tristan sentou-se e procurou desviar sua atenção, o que ocorreu quando os servos anunciaram a entrada dos músicos e dos bailarinos. A mesa com os principais membros do Eire ocupava menos da metade do salão, de modo que havia espaço para as dançarinas. Enquanto executavam seus passos, os servos serviram vinho, hidromel e antepastos. Iseult, séria, absteve-se de qualquer iguaria. Limitava-se a bebericar seu vinho. Anguish, ditoso, entornou seu copo e fez um sinal. Imediatamente as dançarinas se retiraram e o jantar foi anunciado. Enquanto os servos serviam os pratos, um bardo apresentou-se e deu início a novo espetáculo. Sua voz mesclou-se com o som melódico das harpas e Tristan notou o interesse da princesa pelo cantor. A performance foi longa, mas muito bem executada; ao término, arrancou aplausos e ovações eufóricas. A princesa também demonstrou seu encanto pelo grupo, parabenizando-o. Talvez a reação espontânea de Iseult ou talvez por apenas querer comentar algo além de batalhas — havia sido diversas vezes inquirido a respeito de duelos — Tristan dominou sua timidez e indagou-a atinente a execução do bardo. A espontaneidade da princesa alterou-se para profundo rancor; com olhos crispados, voltou-se para o guerreiro, agressiva:

— Não te dirijas a mim, cavaleiro! Por tuas palavras, serei consagrada rainha, pois como rainha e tua senhora, ordeno-te a manter-te o mais afastado possível de mim!

Tristan gelou. Olhou de soslaio à sua volta; ao que parecia, ninguém havia presenciado as palavras ásperas — a não ser ele próprio. Os *lais* do bardo ainda eram motivo de exultação, e o término dos dias de angústia, davam vazão àquele contentamento. No entanto, a rainha parecia preocupada. Por estar acomodada mais longe, não acompanhou a reação da filha, porém, fitava a ambos, parecendo não dar a mínima importância à celebração. Vexado, Tristan desceu seus olhos para seu prato. Mas os ergueu quando notou não haver mais música. Com efeito, os harpistas e o bardo deixaram o recinto. Imperava as vozes e risos dos cavaleiros e a requisição por mais vinho. Era a sua chance! Levantou-se e pediu licença ao rei para retirar-se, uma permissão facilmente concedida — o rei estava despreocupado demais e à mercê do efeito do vinho para notar quem lhe havia feito tal pedido.

O homenageado em questão, contudo, não estava mais sentindo-se à vontade ali. Deu as costas para a mesa e atravessou o salão. Ao deparar-se com um servo, indagou-o do recinto dos músicos. Encontrou-os em um pequeno aposento ao lado do grande salão, uma espécie de camarim. Os menestréis se surpreenderam com a ilustre visita e não recusaram o empréstimo — ele queria uma das harpas. De posse do instrumento, o cavaleiro evadiu-se da fortaleza e procurou o isolamento dos jardins, acomodando-se no banco mais encoberto pelas árvores. Dedilhou o instrumento. Primeiramente apenas tocou-a — um *lai* seguido de outro. Sua voz surgiu em seguida. Melodiosa, mas tendendo para o grave. Porém, não era o tom que o inquietava, e sim a tristeza que a embalava.

Ele não retornou mais ao salão. Embora constatada sua fuga, comentários não foram proferidos. A rainha julgou ter sido mais proveitosa a saída do cavaleiro, em virtude da aparente melhora no comportamento de Iseult. Efetivamente, a princesa não mais rejeitou os pratos oferecidos e passou a conversar com alguns cavaleiros. Quando a reunião findou, os convidados retiraram-se. Iseult despediu-se de seus pais, mas antes de ir-se, o rei questionou-a do paradeiro do cavaleiro.

— Lembro-me... vagamente... — Anguish corou — ...dele ter pedido licença para sair, mas por que não retornou mais? Tu falaste com ele?

No entanto, antes de Iseult redargüir, sua mãe interveio, atraindo a atenção de Anguish com mais vinho. A princesa aproveitou-se da oportunidade, afastando-se da mesa e misturando-se com convidados remanescentes. Iria encerrar-se em seus aposentos. Certamente seu pai não aprovaria o que havia dito ao homenageado...

Refletia nas palavras proferidas enquanto escalava lentamente os degraus de pedra rumo ao seu quarto. E avaliava seu destino, quando uma triste melodia lhe atingiu. O silêncio noturno auxiliava a propagação; decidida, retornou ao andar do salão e atraída pelo som, andou até uma das janelas do corredor, cobertas por um fino manto de seda. Afastou-o delicadamente e vislumbrou o que havia suspeitado. Ele, o falso menestrel. Apenas seu contorno banhado pelo luar e pelas escassas tochas no jardim, destacavam-se do breu noctívago. O que ele cantava? Iseult reconheceu o *lai*, melancólico como a noite que os envolvia. Ali, próxima da janela, permaneceu, ouvindo o vasto repertório do "falso menestrel"; por fim, a voz cessou. Iseult espreitou-o, viu-o levantando-se e ajeitando o manto caído em seus ombros. Era o fim do insólito espetáculo — o cavaleiro aproximava-se da saída do jardim. Quase como reflexo, Iseult deixou seu esconderijo e correu em direção à escadaria; contrária à primeira vez, escalou os degraus com pressa. Em seguida entrou em seus aposentos, mas não fechou a porta. Manteve-a entreaberta. Ato contínuo, os passos anunciaram a presença do cavaleiro. O monarca havia lhe concedido o melhor cômodo; como de costume, era próximo aos dormitórios reais. Assim, a princesa pôde ver o esbelto cavaleiro passando pelo corredor, banhado pela luz das tochas. Na mão esquerda, levava a harpa.

Iseult trancou a porta. Em algum lugar dentro de si, as músicas executadas pelo cavaleiro pareciam novamente ganhar vida. Naquele instante, ela não compreendeu; nem poderia. Mais tarde, a agoniada princesa iria descobrir exatamente a origem daquele som.

Na manhã seguinte, o rei — acatando o pedido do cavaleiro de Lionèss — decidiu que a princesa seria escoltada no alvorecer dali a três dias. A noiva em questão tentou persuadir seu pai por um prazo maior, porém, em vão. Anguish estava determinado. Por ordens suas, nestes dias, deveriam manifestar júbilo ao destino favorável de Iseult. A adorada princesa foi exultada pelo seu povo, tanto quanto presenteada. Nos dois primeiros dias, Tristan evitou participar das festividades, para decepção do rei. Durante as tardes, ia exercitar Husdent; à noite, procurava o sossego do jardim — oposto ao salão onde todos se reuniam. Nesse par de dias, ele preferiu o isolamento.

Em sua última noite no Eire, Iseult não quis festas. No salão, reuniu-se com seus pais e algumas amigas de infância, que felicitavam-na pelo futuro promissor. A princesa agradeceu, educadamente, tentando disfarçar seus sentimentos. Foi quando ouviu de seu pai.

— Não deveríamos convocar Tristan para essa agradável reunião?

— Anguish! — a rainha ergueu-se e abraçou a filha. — Creio ter sido o suficiente. Devemos agora descansar. A jornada de Iseult será longa, amanhã.

O rei sorriu e concordou. As convivas despediram-se e se foram. O rei abraçou a filha, retirando-se do salão com a esposa. Inquieta, Iseult — que ficara a sós — andou pelo recinto, ainda temerosa quanto aos deveres que a vida lhe impunha. Não queria admitir, mas sentia receio. Aflita, trançou os longos cabelos quando um som conhecido vibrou.

O som de uma harpa.

Seus passos afoitos a levaram para o corredor e em silêncio, espreitou. O jardim recebia seu visitante solitário. Ele, o falso menestrel. Um homem arredio, mas que acatava o apelo noctívago. Seria imaginação ou parecia estar a voz dele mais melancólica?

Estavam próximos e distantes em um só tempo naquela noite. Iseult acomodou-se próximo à janela, ocultando-se graças à parede. Não cansava de ouvi-lo. O falso menestrel. Era injusto qualificá-lo dessa forma, afinal, dominava — e muito bem — a arte dos bardos. Mas... por que ainda ficava ali? Odiava aquele cavaleiro; por causa dele, iria deixar tudo o que mais amava; sua terra, sua família... Levantou-se. Percebeu então, que a música cessara.

Do lado de fora, pesaroso, Tristan depositou a harpa sobre o cercado de pedras, próximo ao banco. Não tinha mais ânimo de cantar. Apreciava o jardim, embora nem mais isso reanimasse seu espírito. Algo queimava seu corpo, algo intenso, cruciante. Desconhecia aquela sensação, aquela dor. Isso o incomodava; ao desconhecido reage-se longe da razão, pois contra esse inimigo, o temor está inerente. Preferia infinitas vezes uma guerra a defrontar com algo tão diferente, insensato... e temerário. Perturbado, nem sabia ao certo porque estava ali, sozinho, em sua última madrugada naquela construção, que evocava a fortaleza de Tintagel. *Tintagel!* Em breve, estaria na Britannia. Sim, uma vez cumprido seu dever, iria esforçar-se em sua antiga promessa... Lionèss. E os demais problemas perderiam significado. Iria olvidar-se de seu despropositado sentimento de inveja... Não iria mais ter conflitos com Andret, Marc tonar-se-ia um homem casado e teria filhos. Tudo se resolveria. Tudo. E teria seu exército... Era isso que o incomodava, nada mais. E o inusitado sentimento de terror, tornar-se-ia uma pífia lembrança.

Súbito, virou-se em direção a uma das janelas incrustada no paredão de pedras e ali fixou seu olhar. Não havia nada de diferente naquela janela, mas... continuou com seus olhos nela cravados, como se... Ele não sabia dizer o motivo. Entretanto, foi vítima da mesma dor que há segundos sentira. Dessa vez, reagiu, erguendo-se e desviando seu olhar. *Inferno!*, praguejou. E resolveu recolher-se em seu recinto, antes de começar a recriminar a si próprio pelo seu infame comportamento. Silencioso, ele deixou o jardim, esquecendo a harpa.

Do lado de dentro, Iseult afastou-se da janela ao observá-lo percorrendo o jardim, com sua sombra produzida nos diáfanos mantos de seda. Enquanto subia para seu quarto, confabulou que, apesar da harpa estar separada daquelas mãos, as notas pareciam ter vida por si próprias. Os lamuriosos *lais* ainda repercutiam dentro de seu íntimo.

O reino despediu-se do cavaleiro e da princesa. Esta foi a última a entrar na embarcação, demorou-se na filial despedida que, entre beijos e abraços, compunha um triste quadro. A rainha sentia o pesar da despedida, mas procurou revigorar a filha, lembrando-lhe da selvageria do saxão. *O rei Marc, com toda certeza, é preferível ao bárbaro!* — animou-a. Iseult manteve-se silente, concordando em um aceno. Contudo, não conseguiu deter as lágrimas. E foi sentindo-as rolarem pela face, que abordou a nau. Uma vez ali, disfarçou, limpando-as. Correspondeu quando saudada pelos tripulantes, mas deu as costas quando o cavaleiro — à distância — a cumprimentou. Seguida de uma de suas aias, trancou-se em sua cabine, dali apenas saindo quando a nau alçou âncora. Postou-se na popa, acompanhando a Irlanda desaparecer de seus olhos conforme a nau avançava. O vento incidiu, brincando com seus longos cabelos e com seu manto, cuja cor deixara de ser o profundo negro. Não mais fazia sentido, dado que era escoltada para seu casamento.

Durante os dois primeiros dias, ela apenas sentia-se segura estando próxima a sua cabine. Quando não estava ali, era encontrada em seu lugar de vigília, na popa, enrolada em seu manto púrpura, esvoaçante. A ninguém dirigiu-se, a ninguém falou. Suas damas de companhia por ela intercediam.

No fim do terceiro dia, após acompanhar com os tripulantes a rotina que uma nau daquele porte demandava, Tristan — que evitava aproximar-se da popa — a viu. Banhada pelo Sol poente, os cabelos soltos ao vento, o corpo escultural. Era a mais perfeita obra divina — foi assim que ele a concebeu, quando por ela foi curado. Naquele instante, para ele, Iseult era novamente aquela mulher de suas visões, algo imaculado, intocável, venerável. Ela era sublime e estava acima dos homens, fosse quem fosse. Contemplando-a, aquelas idéias apenas fortaleceram seus sentimentos. Iseult era a concretização do desejo, do devaneio, da cobiça... Quem era digno dela? Ela estava muito além do que um homem poderia merecer. Era a própria essência dos raios de luz que iluminavam o horizonte, do ar que respirava. Sem perceber — vez que perdera-se em suas reflexões — havia ultrapassado os limites por ele próprio impostos. A popa jamais lhe pareceu tão sagrada e lídima como aquela vez.

Constatando não estar mais sozinha, Iseult voltou-se para ele. Entreolharam-se durante alguns segundos, até que por fim, com misto de ironia, ela afastou-se alguns passos de seu posto de vigília e falou pela primeira vez.

— Deves estar orgulhoso, cavaleiro. Teu prêmio está a caminho da perdição, enquanto tu irás jactar-te de teus nobres feitos.

— Enganai-vos, princesa. Não tenho porque conferir-me galardão. Mas pensei que vossa nova posição vos fostes mais aprazível. Não vos basta a posição de rainha?

Iseult riu tristemente.

— És como todos os outros. Nada entendes! Para ti, só há o dever de cumprir tuas interesseiras atitudes; ora o que me importa? Rezo apenas para nunca mais pousar meus olhos em ti! Amaldiçôo-te desde a primeira vez que apareceste em minhas terras! Trouxeste apenas a desgraça para mim! E de minha infelicidade, brilhará os hinos dos louvores para ti!

Tristan baixou os olhos. Mas Iseult, com a angústia consumindo-a internamente, não conseguiu conter-se.

— Dizes ser um cavaleiro! Não reparaste no que fizeste? Maldito cego! Se não tivesses tirado a vida de Morholt, eu não estaria aqui! Ele teria dado fim ao selvagem! Porém, usas a teu bel-prazer todos a tua volta. Usaste-me uma vez, e uma vez não foi o bastante! Porque agora, escolta-me a um casamento devido o qual não poderei realizar meus anseios! Tudo devido tua perniciosa intromissão! Se queres saber, arrependo-me amargamente por ter poupado tua miserável vida!

De todas suas batalhas, nenhum guerreiro o havia atingido de modo tão fulminante.

— Sim, penso ter sido um acaso infeliz vossa misericórdia por mim. Antes tivesse minha espada cravada em mim. Sei que não há nada a ser feito para dirimir vossa dor, exceto minha presença, que tanto vos afligis. Não deveis preocupar-vos. Prometo que, uma vez escoltada ao meu senhor sã e salva, não mais vos importunarei. Deixarei Cornwall, assim talvez ventos novos de felicidade envolvam vossa nobre posição e vosso destino — como de costume, ele inclinou-se, reverenciando-a e retirou-se.

Mas aquela volta para o extremo oposto da nau lhe foi extremamente dolorosa. Aquelas palavras o feriam profundamente, como chagas sem cura. Nos dias seguintes, ele não ousou procurá-la. A férrea determinação piorou ainda mais seu íntimo, pois lhe tocava profundamente a simples visão de Iseult. Procurou entreter-se com alguma tarefa, sem sucesso. Ele próprio sentia-se estranho. Irritava-se com freqüência e quando os tripulantes mencionavam qualquer problema no convés, ele ordenava que resolvessem por si próprios.

Durante a noite, enquanto a maioria dos tripulantes e passageiros dormia, ele percorreu a nau. As imensas velas alvas inflavam com os ventos. Ele aproximou-se da amurada, nela apoiando-se. A imensidão escura do céu mesclava-se com a do mar, exceto pelo tênue reflexo da lua. Trevas! *Como o manto usado por ela...* Ele voltou-se para a popa; perscrutou o local em que ela ficava em vigília. Deuses! Em que pensava? Por que aborrecia-se tanto? E por que culpava-se tanto? Teria a ela causado tanta desgraça, conforme lhe acusava? *"Usaste-me uma vez..." "...Arrependo-me por ter poupado tua miserável vida!"*, refletiu, amargurado. Inquieto, ele se afastou da amurada e andou pela proa. Sabia ser mais uma noite sem dormir, por isso, ainda trajava suas roupas e manto. Assim como tinha consciência de algo estar extremamente errado; essa era a explicação para os sentimentos conflitantes. Não ousava nem mesmo mencionar a leve suspeita que incendiava seu íntimo. *Não!*, pensava, aflito. Deveria esquecer-se dela! De sua existência! Mas a *enxergava*, nitidamente ali, na popa... Era por ela sua execrável inveja de Marc...!

... se enviardes vosso mais nobre cavaleiro...

Era a maldita voz de Andret em sua consciência que agora o atormentava. Estaria a princesa certa? Apenas usava as pessoas a seu bel-prazer? E não foi para demonstrar sua fidelidade que aceitara o desafio e também para calar Andret? Se sua natureza era assim, tão egoísta... como nunca apercebera? Não havia prometido-a a Marc por que tinha consciência de que ela o odiava? De que ela jamais poderia ser sua? Mas... não havia cobiçado estar no lugar de Marc?

— Deuses, que loucura! — ele suplicou. Não estava mais definindo seus pensamentos; não sabia mais o que fazia... ou em que acreditar. Esgotado, ferido internamente, ele parou de andar e jogou seu peso sobre a amurada da nau. A névoa em torno de si parecia roubar-lhe o que até então adquirira...

*... mais **nobre** cavaleiro...*

Seus joelhos cederam; ele curvou-se ao medo. Jamais sentira um terror como aquele. Estaria arrependido? Desconhecia seus sentimentos. Ali, encolhido, a posição altiva que possuía, era agora uma mera lembrança. A origem daquela dor foi paulatinamente sendo-lhe revelada, mas era como lâminas perfurando sua carne. Podia ele lutar contra esse cruel destino? O que o jungia àquela que o desprezara com tanto rancor e ódio? E se assim fosse, como se considerar um cavaleiro após tais pensamentos? Como lidar consigo?

Ela me amaldiçoou!, lembrou. — *Não precisava... Pois eu próprio me amaldiçôo!* — Ergueu-se lentamente. A escuridão o protegia, dificilmente o vigia no posto de observação, localizado ao mastro principal, o notaria. Porém, Tristan não se importava. Ali, perdido nas teias do pânico, sentiu parte de si morrendo, talvez fosse a sua mais louvável essência de que tanto se vangloriava. Não havia como ocultar de si próprio. Traíra, em pensamento. E continuava traindo. Havia se tornado o mais execrável elemento, sordidez que ele desprezava; que sublime capricho do destino.

    Deixou o convés e decidiu procurar o refúgio de sua cabine, não que fosse aliviar seu íntimo. Não merecia compaixão; não merecia nada. Concordou ser tudo o que ela havia dito, portanto, de bom grado receberia o mal que viesse lhe atingir. De algum modo, ele sabia que viria, assim como se culpava por sua perfídia. Sentido, com as costas das mãos limpou as lágrimas de sua face.

    Foi a primeira vez em sua vida — como homem de armas — em que chorou.

IX

A nau deslizou placidamente pelas águas iluminadas pelo alvorecer. Os ventos haviam diminuído consideravelmente. Os despertos comentavam a má sorte da inoportuna calmaria prolongar a viagem. Iseult ouvia sem muito interesse, suas damas de companhia lamentarem o revés; comentavam da calmaria ser o prenúncio de fatalidades vindouras e todos delas seriam vítimas. Brangaine — a aia de maior confiança de Iseult — fez com que as demais se calassem e não importunassem sua senhora. Esta, todavia, não dava atenção. Ali, em seu posto de vigília, imaginou como seria glorioso se, por um desejo alucinante, pulasse nas águas... O que aconteceria? Iriam resgatá-la? Não guardava dúvidas de quem seria o primeiro a pular atrás de si. Isso, se ele presenciasse sua atitude...

Iseult parou de admirar o mar e voltou-se para o interior da nau. Ajeitou seu manto e sorrateiramente, afastou-se da popa, andando em suaves passos — o que ainda não havia feito desde seu embarque. Educadamente, os tripulantes saudaram-na, ao que correspondia com cordialidade... no entanto, ele não estava ali. '*Estranho*, avaliou. *Estaria ele encerrado em sua cabine?* Não parecia ser ele alguém disposto a suportar longas horas entre quatro paredes. Mas ela própria se havia trancado; por que ele não faria o mesmo? Iseult estremeceu. Ela bem que tinha motivos para seu enclaustramento. Mas... será que ele também não teria?

O que disse a ele? Deus, contra ele, depositei toda minha mágoa e ressentimento... — e o fardo que carregava até então, havia se tornado mais suportável. Embora ainda estivesse sendo escoltada ao seu casamento — com um homem que jamais vira — o fel da desgraça parecia não mais atormentá-la... Ao menos, enquanto estivesse a bordo da nau. Era singular. Odiava aquele cavaleiro... ou *pensou* que o odiava? E por que a ausência dele a incomodava tanto... se havia proferido aquelas palavras ásperas?

Percorrida toda a extensão da nau, ela voltou à popa. Aquela liberalidade repentina — e ousadia de movimentos — era devido ser cônscia da ausência dele, ou por que sabia que ele dificilmente voltaria a lhe dirigir a palavra? Ou ainda, por que ansiava expor-se à vista dele? Talvez, em seu íntimo, desejasse certo atrevimento da parte dele... sua reaparição, depois do que havia proferido...? *Não, ele não iria humilhar-se tanto!* Novamente em seu lugar de vigília, a futura rainha concluiu ter sido demasiadamente rude. Com efeito, ela não mais o viu nem naquele dia, nem nos seguintes, persistindo o fato até a chegada da embarcação a Cornwall. Em verdade, o cavaleiro limitou-se a deixar sua cabine durante a noite. Tripulantes o informariam de quaisquer percalços, se ocorressem. Entrementes, nem tal artifício melhorou sua sensação de angústia, especialmente devido à rusticidade daquele minúsculo compartimento. A única mobília era um catre com feno como colchão. Presa à parede, uma tosca lamparina, cuja luz bruxuleava — um efeito opressivo. No chão, ao lado do catre, seus pertences e uma *catafactra*, comprada para Husdent. E atravessava o dia esforçando-se para restabelecer sua confiança, tentando superar sua falta. *Preciso recordar das palavras dela! Sempre! Eu devo!* Quando não ocultava-se em sua cabine, enclausurava-se no porão, fazendo companhia ao cavalo. Saia à noite apenas para não enlouquecer, percorrendo sozinho a extensão do navio. Seu novo — e excêntrico — hábito deu ensejo a comentários maldosos por alguns tripulantes, mas o cavaleiro não se importou.

Eles não mais se encontraram. Na última noite de viagem, Tristan, acomodado por sobre um dos botes, presenciou o nascer do Sol. A previsão era a de que à tarde, chegassem ao destino. Os ventos incharam novamente as velas; a calmaria — que durara dois dias — havia sido substituída pelas rajadas. Nuances luminosas atingiram a nau. Ele estendeu seu braço e em sua mão, os raios pareciam findar, como se estivesse prendendo-os... Os fios de ouro... os cabelos de ouro. Percebeu que estava na popa — o local dela. Por que não havia notado antes? A cabine dela ficava próxima, era necessário ir-se, retornar à sua... Hesitou. Hesitou em deixar aquele lugar imaculado. Ao mesmo tempo, refletiu em sua terrível luta consigo próprio. Era necessário evadir-se dali! Levantou-se. Abatido, o rosto coberto por uma barba de dias, ele apoiou-se na amurada, procurando o aconchego do céu e preparando-se para seu odioso encarceramento. Se ao menos sua cabine fosse como a de Rahman... Então, um leve som repercutiu na quietude do crepúsculo matutino; passos se aproximaram. Tristan voltou-se para a origem do som e deparou-se com um tripulante. O marujo o cumprimentou e foi em direção ao mastro principal. Era a troca de turnos dos vigias. Ele afastou-se da amurada e decidiu ir. Contudo, mais uma vez contemplou o firmamento e o fez cerrando suas pálpebras, devido estar a favor do Sol. A visão ofuscada pelo dourado não o impediu da inesperada surpresa e ele sentiu seu coração disparar. Algo frio percorreu seu corpo; seus músculos titubearam. Banhada pela aurora, Iseult, os longos cabelos desatados, enrolada em seu manto esvoaçante — do nada — surgira e ocupava seu lugar de costume. Ainda incrédulo ante aquela súbita aparição, ele recuou alguns passos e a base de sua coluna chocou-se contra a amurada. Nenhuma palavra foi dita, mas entreolharam-se profundamente — como se uma intimidade enigmática os conectasse. Aquilo era demais! Ele não podia suportar! Desviou seu olhar e tão logo encontrou suas forças, retirou-se em frenesi. Fugindo.

Apenas o aviso de que se aproximavam da costa fez Tristan deixar sua cabine. Ele avizinhou-se da proa, a embarcação tinha agora as velas maiores afrouxadas; Tintagel iria recebê-los. O cavaleiro notou um pequeno agito no cais; estariam sendo aguardados? Voltou-se para a nau e acompanhou quando o capitão soltou a âncora. Junto com outros passageiros, Iseult e suas damas também observavam o cais. Ele reparou no modo como a princesa estudava Cornwall — teria ela apreciado? Não importava. Ofereceu-se para ajudar as damas com suas bagagens a desembarcarem. Iseult, como ele esperava, recusou — com um olhar amargo. Ressentido, foi buscar Husdent. O cavalo, cansado pelos dias no porão, desceu a rampa lépido, dando trabalho a Tristan para controlá-lo. Apenas no cais e afastando-se alguns passos das pessoas, o animal aquietou-se.

— Encontraste um novo amigo?

Tristan — segurando as rédeas e sua mochila de viagem, virou-se por sobre o ombro. Deparou-se com Dinas. Abraçaram-se. Ato contínuo, o senescal afagou as espáduas do animal.

— É um belo cavalo.

— Husdent. — Tristan segurou-o pela mandíbula. — Ele está desesperado por movimento. E eu estou surpreso por encontrar-te aqui, meu amigo.

— Fui informado de uma nau aproximando-se. Tive a intuição de que estarias nela... e acertei. É um prazer rever-te, rapaz.

— Um sentimento recíproco, Dinas — ele colocou seu braço por sobre o ombro do senescal, que sorriu.

— Quisera ver-te derrotando o bárbaro! O homem não deve ter tido chances! Com este triunfo, tua audácia e coragem como guerreiro serão louvadas! És realmente digno do título de comandante, Tristan. E... — Dinas apontou para a entrada do cais. — ...teus homens insistiram em me acompanhar.

Tristan voltou-se e viu uma facção de sua armada. Seu último anseio, era ser recebido com festas e exultações. Ao senescal, exigiu discrição; antes deste protestar, Tristan apresentou a princesa e suas damas. Dinas ficou encantado com a estonteante beleza da futura rainha.

— Digna de um rei — Dinas comentou. — Vamos, devemos escoltá-la a Tintagel.

Tristan recuou.

— Tu e meus homens deveis fazê-lo, Dinas. Eu seguirei a comitiva na retarguarda.

— Não irás liderar teus próprios homens? — incrédulo, Dinas inquiriu, esquecendo-se de que o guerreiro havia pedido por discrição.

Próximo a eles, Iseult apenas presenciava, séria.

— Irei na retaguarda — Tristan enfatizou, afastando-se e levando Husdent.

Dinas e três guardas acompanharam a princesa. As damas, com suas bagagens menores, compunham o segundo grupo e atrás delas, meninos carregadores, dispostos a ganhar moedas pelo trabalho. Um deles, com muito custo, levava a *catafactra*.

Na saída do cais, a falange saudou seu comandate. Terminado os efusivos cumprimentos, Tristan requisitou Marjodoc para liderar. A ordem foi aceita sem contestações e Tristan — com Husdent — cruzou com todos seus homens da armada, posicionando-se na retaguarda. Os cavaleiros carregaram os animais de carga e auxiliaram as mulheres a montar. Dinas pagou os meninos e se aproximou de Tristan, que ajustava a sela e atava sua mochila em Husdent, para em seguida — com um salto — montá-lo. O cavalo empinou, eufórico em cavalgar, mas foi contido.

— É por causa dessa criatura selvagem que queres seguir nesta posição? — o senescal mofou, enquanto montava seu corcel.

Tristan não respondeu. Marjodoc deu o sinal de partirda.

— O rei está ansioso, aguardando-te, Tristan. Ele receava deste duelo! — Dinas riu. — Tu, que venceste Morholt! Ser derrotado por um saxão!

Ele agradeceu aos deuses por Iseult não ouvir a frase. Por um momento, lamentou sua vitória. Trazia a ingrata sensação de que, se tivesse perdido o duelo, o futuro seria melhor para todos. Mas... e quanto aquele sonho com o saxão?

Vinte homens em formação deixaram o cais. Atrás de Marjodoc, vinha Iseult e suas aias, cercadas pelos outros guerreiros. A pequena falange começou a atrair a atenção e não demorou muito para a notícia espalhar. Escoltavam a futura rainha, a esposa de Marc! O júbilo incitou as pessoas, cuja reação foi tentar aproximarem-se para vislumbrar a pretendente. Iseult, envolvida pelo seu manto, tímida, mas surpresa pela recepção calorosa, acenou.

Tristan seguiu com os olhos a balbúrdia das pessoas. Estaria preocupado se algum insensato ousasse achegar-se em demasia da princesa? Pensava em proteção... ou em ciúmes? Não compreendendo aquele contínuo silêncio, Dinas rasgou-o:

— O que há? Estás tão melancólico! Não estás feliz por estares aqui?

Ele recuperou-se do momento alheado.

— Sim, velho amigo, estou contente. Talvez esteja apenas cansado.

— Tu, cansado? — Dinas riu — Jamais disseste isso! Bem, alguns dias de repouso farão bem a ti.

— Não pretendo prolongar minha estada aqui.

— Mas o que planejas, agora?

Ele deu rédea a Husdent.

— Lionèss, Dinas. Hoje mesmo pedirei permissão ao rei para partir com um exército.

— Marc detestará ver-te partir tão cedo. Ademais... — Dinas o encarou, com um sorriso estranho nos lábios — teu senhor pôs para correr teus inimigos. Só retornarão depois de dois verões. Apenas Cariado escapou da punição.

Tristan sorriu levemente.

— Foi a primeira notícia agradável que ouvi.

— Ora, tiveste tantos contratempos?

— Não... apenas a questão que tanto me atormenta — disfarçou. — Há muito, deixei minhas terras com uma promessa.

— Tenhas calma, Tristan. Muito em breve, terás oportunidade de falar com o rei — Dinas fitou o começo da falange. — Creio que deveríamos acompanhar Marjodoc; teus homens não devem estar apreciando ver-te na retaguarda. Aqui *não* é teu lugar!

O moço finalmente concordou. Atiçaram os cavalos e ultrapassaram a falange, achegando-se de Marjodoc. Iseult acompanhou o percurso do comandante e manteve nele seus olhos. Agora, ele liderava os demais. A expressão de espanto no rosto do cavaleiro, quando do último encontro ainda no navio, permanecia dentro de si. Os olhos azul-acinzentados arregalados, os cabelos acastanhados embalados pelo vento, a barba não aparada, que em nada afetava sua beleza máscula. Sua mente recuou ainda mais e recordou do rosto dele, pálido... no momento em que tinha a espada contra seu coração. Havia sido apenas por piedade que poupara sua vida?

Tintagel não era alvo de bandoleiros ou assaltantes e a comitiva chegou sem enfrentar qualquer imprevisto. Uma ovação ruidosa os recebeu — a falange foi aplaudida e a futura rainha aclamada. De semelhante modo, saudaram o cavaleiro vitorioso.

Teu prêmio está a caminho da perdição, enquanto tu irás jactar-te de teus nobres feitos.

As exclamações de glória continuaram. Tristan não sentia-se lisonjeado, ao contrário, estava distante, profundamente deprimido.

...tu usas a teu bel-prazer todos à tua volta...

Os membros da corte os aguardava no pátio. Entre eles o próprio Marc, cujo sorriso abriu-se ante o retorno de seu amado filho. Tristan freou Husdent e apeou-se, seguido por Dinas. Pela primeira vez — desde sua vinda até Tintagel — queria poder evitar encarar o rei. Estava vexado e sentindo-se o mais desprezível dos homens. Porém, não podia deixar transparecer seus sentimentos, assim sendo ajoelhou-se, cumprimentando seu senhor.

— Levanta, nobre cavaleiro. Vejo que mais uma vez, retornaste vitorioso de tua jornada! Glória a ti, Tristan — o rei abraçou-o. Em seguida, fitou a princesa; imediatamente admirou-a.

— Sire, trago-vos sã e salva a princesa da Irlanda, vossa pretendente — Tristan comentou, disfarçando a voz grave.

Marc andou até a moça e ajudou-a a apear-se.

— És a encarnação do belo e divino, Alteza. Embora ainda não me conheças, digo-te que sempre a amei, pois o amor está em tudo aquilo que é sublime. E tua beleza é o que há mais de sagrado nesse mundo.

— Vossa Majestade lisonjeia-me. Espero corresponder a vossas expectativas — Iseult redargüiu, aceitando o braço do rei como amparo.

— Permita-me acompanhar-te, donzela; há tanto a conversar! Apreciarias em conhecer teus aposentos? Certamente deves estar cansada desta longa jornada.

A princesa aceitou. Ela e o rei dirigiram-se ao salão de Tintagel; cruzaram pelos soldados, pelo senescal e pelos dois comandantes da falange. Um deles, cabisbaixo, não ousou levantar seus olhos. Marjodoc e o senescal sorriam. Jamais haviam presenciado tanto rejúbilo no rosto do rei.

— Uma verdadeira dama... — Dinas comentou. — O rei não poderia ter feito melhor escolha. Marc será eternamente grato a ti, Tristan.

— Pensas assim, Dinas? — finalmente ele levantou seu rosto; ali, sob uma espécie de máscara, estava estampada a própria expressão da dor.

A notícia da chegada de Tristan atraiu a atenção dos homens que treinavam. Vários deles vieram cumprimentá-lo; enquanto correspondia com cortesia, um garoto avizinhou-se dele e o segurou pelo manto com ambas mãos. O cavaleiro fitou o menino, que eufórico, não controlava sua ansiedade nem suas palavras. Disparou-as tão rápido, que Tristan quase não as compreendeu.

— És Tristan, o comandante do exército? — não houve tempo para respostas. — Meu pai falou-me de ti! Ele serve a ti e quero servir-te também! — O garoto não dava trégua, recusando-se a soltar a vestimenta. Então, um rapaz apareceu e repreendeu o menino. Tristan reconheceu Conlai, um dos melhores guerreiros da armada.

— Perdoa-me, Tristan. Não pensei que meu filho fosse importunar-te desta forma. Froncin quer seguir meus passos, mas expliquei-lhe do percurso de um cavaleiro ser longo e ingrato. Quando comentei que iria pedir tua permissão para torná-lo escudeiro, o menino sequer tem dormido!

Tristan pousou sua mão nos ombros do garoto. Este o observava, extasiado.

— Queres tornar-te cavaleiro, rapazinho?

Frocin concordou enfaticamente. O moço voltou-se para Conlai.

— Eu trazia essa mesma determinação quando criança — Conlai sorriu diante das palavras de seu comandante. — Bem, Froncin, aceitas ser meu escudeiro oficial? É o primeiro aprendizado para ser um homem de armas. E sempre que tiver tempo, irei ensinar-te o manejo das espadas, uma atividade da qual teu pai também poderá participar.

Conlai agradeceu seu superior. Por sua vez, Frocin não cabia em si de felicidade. Eficiente, quis saber sua primeira tarefa. Tristan perguntou-lhe se sabia lidar com cavalos.

— Adoro cavalos, senhor.

— Assim sendo, vou deixar Husdent, meu cavalo, sob tua responsabilidade. Também peço-te o favor de ires até os animais de carga da comitiva. Um deles traz a proteção de metal que comprei para Husdent. Tu deverás guardá-la no estábulo.

Frocin foi cumprir as ordens de imediato. Tristan presenciou reiterados pedidos de agradecimento por parte de Conlai, despedindo-se dele em seguida. Contudo, não ficou só por muito tempo — outros vieram saudá-lo. Terminou permanecendo longas horas no pátio da fortaleza. Quando finalmente conseguiu atingir seu quarto, era fim do dia. E havia sido informado de que, naquela noite, seria homenageado pelos seus feitos, uma notícia por ele execrada. Não queria nada, apenas evadir-se dali. Sim, mas para isso, era necessário conversar com o rei. No entanto, seria uma boa hora para expor seus planos?

Não posso vacilar, não dessa vez! — pensou. E decidido, mandou um mensageiro ao monarca, requisitando uma entrevista. Aduziu a necessidade desse encontro e que deveria ser recebido a sós.

— Deus, o que deu em Tristan? — Marc sorriu motejando, ao receber a missiva. Ao seu lado, Iseult deteve-se. Estavam confortavelmente instalados em uma das salas íntimas.

— Do que se trata, sire?

— Ele pede uma audiência... se assim permitires, terei com ele.

— Como iria deter-vos, sire? Sei que ele é vosso mais valoroso cavaleiro...

— É verdade; amo-o e o tenho como meu filho. A ele devo minha felicidade, pois tenho-te ao meu lado... — o rei notou certo embaraço na princesa. – Perdoa-me se te ofendi, princesa. Algum desconforto atingiu-te? Foi devido ao fato de Tristan ter ido defender-te?

— Em absoluto, sire. Ele foi o único que conseguiu derrotar o bárbaro. Meu pai receava não haver outros cavaleiros a combatê-lo.

— Sei que deves ter desprezado a idéia de ter teu destino numa peleja, mas foi o saxão quem desafiou a todos, colocando-te na história — o rei suspirou — Graças ao Deus Homem, estás salva. Se me deres licença, voltarei muito em breve.

— Estarei... esperando, sire — ela respondeu, atônita. O rei deixou-a. Agora entendia porque havia sido dominada por profundo pesar depois de ter agredido verbalmente o cavaleiro. Sim, ele havia entrado em sua vida, causando-lhe dissabores... mas não havia sido ele quem decidira disputar por sua mão. Tristan apenas aceitou o duelo, mas o "prêmio" já estava acertado. *Não foi ele...* — ela levantou-se e andou pela sala. Seu novo vestido era aconchegante; o banho a refrescara da viagem. Mas sentia algo errado. *Por que ele sequer tentou defender-se de minhas acusações?* — amargou-se.

O mensageiro voltou com a resposta; o rei o aguardava. Tristan suspirou, aliviado. No mesmo instante, deixou seu quarto e correu até a sala de audiências. Empurrou a pesada porta. Marc ali se encontrava, andando pelo recinto.

— Tu me surpreendes, Tristan. Mal acabaste de retornar de teu bravo feito e pedes uma nova audiência. Não estás cansado?

— Sire... — disse, depois de reverenciá-lo — ...a cada dia, sinto estar traindo a confiança de meu povo. Imploro-vos, dai-me permissão para partir à Lionèss com meu exército.

— Sim, tu a terás. Decerto mereces mais que isso.

— Hoje, sire. Agora.

— Estás louco? — o rei espantou-se. — Partir com um exército no início da noite?

— Em verdade, não me importo com isso, senhor. Tive tempo suficiente para planejar as demandas exigidas de um destacamento em transição.

— Custo acreditar estar ouvindo tais insanidades! Hoje ocorrerá uma homenagem a ti e muitos estarão presentes. Pessoas cujo anseio é cumprimentar-te.

— Sire, nunca vos pedi nada. Sempre fui leal a vós; a mim isso basta. Não quero homenagens, prêmios ou qualquer outra retribuição. Vossa Majestade me fará o mais feliz dos homens se concederdes meu pedido.

— Concedo teu pedido, Tristan. Mas não permito que partas agora. Além da celebração pelo teu retorno, quero que participes de meu casamento e considerarei uma ofensa se te recusares.

O moço amargou em seu íntimo.

— Rasga minha alma cada vez que adio minha jornada, sire. Mais do que já posterguei.

— És teimoso e obstinado! Por amor a mim, peço-te mais dois dias. Hoje, teremos tua homenagem e amanhã, meu casamento. Daí então poderás partir, levando teus homens.

Tristan suspirou. Não podia ir contra a vontade de um rei.

— Como vós desejais.

— Ótimo. E já que estamos conversando a respeito de minha breve união, muito me aprazeria se me aconselhasses, Tristan. Dinas crê que deveria casar-me pelos modos dos cristãos; os nobres mais idosos insistem em uma cerimônia segundo nossos antigos costumes. Qual tua opinião?

O rapaz fitou o monarca. Marc estava elegantemente vestido, um manto claro enfeitado por fios de ouro pendia pelas costas. Calças do mais puro linho e também adornadas com fios dourados combinavam com um gibão curto, de cor rubra. Não estava portando sua espada — às vezes, preferia andar desarmado. E estava radiante. Por sua vez, Tristan estava aflito; o monarca queria realmente discutir essa questão consigo?

— Não poderia opinar, sire, pois nada sei a respeito dessa nova religião.

Marc sentou-se numa aconchegante cadeira.

— Devo confessar, meu filho, que meu conhecimento é deveras restrito.

— Talvez — o moço não podia evitar o timbre trêmulo — vós devêsseis questionar vossa noiva.

O monarca ergueu-se e aproximou-se do cavaleiro, pousando seu braço nos ombros dele.

— Tens razão. Mas pedir-te-ei um favor. Seja lá o que for decidido, teremos uma cerimônia e quero que tu escoltes minha futura rainha. És meu parente e quero que participes deste momento exclusivo para nós. Ficarás no lugar de tua mãe e nem imaginas como isso me emociona!

O guerreiro não respondeu de ímpeto. O monarca prosseguiu.

— Vejo que estás pálido, Tristan. Deves estar exausto. E querias viajar...! — o rei troçou. — Ordeno-te banhar-te e aparar esta barba, que não combina contigo! Mandarei servos com vestes novas, sei que com isso, não te preocupas. Mas é necessário estares descansado e com boa aparência para hoje à noite e... — Marc parou por alguns instantes de falar. — Ora, como fui me esquecer? — ele apartou-se do rapaz e andou até um baú, localizado ao lado da cadeira há minutos ocupada. Abriu-o com calma e dali retirou uma magnífica cota de malha de prata. — Mandei forjarem para ti, filho — disse, entregando-a a Tristan.

Ele segurou a cota — era perfeita. Os anéis haviam sido entrelaçados com absoluta precisão. Cobria todo o corpo, braços e parte das pernas. Cintas de couro propiciavam o ajuste quando vestida. No interior da malha, o tronco era forrado por linho — uma proteção a mais para a pele.

— Sire! É algo valioso demais! — exprimiu, segurando-a e fitando o rei, pasmado.

Marc sorriu.

— E quem mais deveria merecer tal presente? Dou-te com todo meu amor, Tristan. Que ela te proteja sempre.

Ele agradeceu. Sorriu, demonstrando uma felicidade que, em seu íntimo, transformava-se em lágrimas. Andaram juntos até a saída da sala de audiências; Marc abraçando-o veementemente. — Vou dizer-te mais uma vez! Tua aparência tem que melhorar para a celebração desta noite, é uma ordem!

Ele desceu seus olhos para a malha de prata. Totalmente constrangido, ergueu-os, fixando-os na figura amável de Marc, concordando em silêncio. O pranto íntimo verteu-se para uma dor indescritível. De alguma forma, soube disfarçar — ou Marc, imbuído em sua boa fortuna, nada percebeu. Sorrindo, este deu-lhe tapinhas amistosos nas costas, despedindo-se. Tristan, mal-humorado, retornou ao seu aposento. Depositou a malha em sua cama, ao lado de sua mochila, aturdido quanto ao presente.

E também, quanto ao pedido do rei.

Escoltar a rainha!

Marc retornou à sua princesa. Iseult estava em pé, defronte a janela que dava para o jardim. A fortaleza, apesar do seu porte médio era imponente, os aposentos propiciavam conforto e segurança. Todavia, não mais pensava em Tintagel ao deparar-se com o rei entrando no aposento.

— Perdoa-me se demorei, princesa.

— Não deveríeis preocupar-vos comigo dessa forma, sire.

O monarca sorriu docemente e passou seu braço pela cintura de Iseult.

— Impossível não ter meus pensamentos absorvidos por tua presença — ele a encarou. Um manto púrpura cobria seus cabelos e caía-lhe elegantemente pelas suas costas. Marc segurou-o — Permites? — a princesa concordou e no instante seguinte, os longos cabelos dourados estavam expostos — Tanta graciosidade não deve ser mantida oculta, minha querida.

Iseult sentiu o rubor em suas faces.

— Tivestes uma boa entrevista?

— Em verdade... fui pego de surpresa — Marc, segurando o delicado manto de seda, apartou-se dela, sentando-se em um dos divãs. — Não sei o que deu em meu sobrinho. Ele queria partir imediatamente.

Um furor mudo ardeu no íntimo da futura rainha.

— E para que, sire?

— Por uma causa perdida. Ele insiste em lutar pelo reino de seu pai.

— Reino? Ele é um príncipe?

Marc fitou-a, sorrindo.

— Ele não te contou? — com a negativa dela, prosseguiu. — Ah, isso é do feitio dele. Sim, minha bela, Tristan é príncipe de Lionèss, um reino hoje usurpado pelo homem que assassinou seu pai. Reconquistá-lo é sua maior ambição.

— Mas... — Iseult parecia não acreditar. — ...Sire, porque ele faz questão de ser apenas um cavaleiro... e não...

— Ostentar sua posição? — o rei riu. — Isso é com ele, minha cara. Posso dizer-te dele preocupar-se mais em retirar o usurpador do poder, do que tê-lo para si.

— E... vós destes permissão para ele ir? — havia certa aflição em sua voz. Iseult não conseguiu ocultá-la de si própria.

— Adoraria negar até o fim de meu dias. Ademais, fico profundamente desgostoso com a ausência dele. Mas tudo o que consegui, foi adiar sua ida por mais dois dias. Como te disse, por ele, hoje mesmo estaria partindo! Em pleno início de noite! — Marc gesticulou, indignado. Contudo, voltou a fitar sua noiva com certo orgulho, causado pelo caráter do guerreiro. — É quase impossível deter Tristan, minha bela. Apenas a morte poderá contê-lo. Mas esqueçamo-nos disso, devemos nos ater a nossa reunião de hoje.

Iseult concordou sombriamente. Tremia. Todo o seu ser tremia. O cavaleiro sequer queria esperar o dia seguinte.

A comemoração com seus afazeres ocupou a maior parte dos servos, mas estes findaram em tempo. Muitos convidados já estavam presentes, conversando à vontade no salão maior. Marc, sempre com sua noiva próxima, ia apresentando-a aos seus súditos. A futura rainha havia sido contemplada com maravilhosos vestidos pelo monarca; como agradecimento, trajava um deles. O tecido, de seda azul, contornava o corpo esbelto e um delicado cinto pendia de sua cintura. A cascata dourada estava presa ao estilo grego. Os convivas exaltavam Iseult e parabenizavam o casal.

Dentre os cavaleiros, estava Cariado. Encantado com a princesa, ele avizinhou-se de Dinas, sorrindo maliciosamente.

— É *aquela* a donzela que Tristan foi buscar? ...para seu tio?!

O senescal voltou-se para o guerreiro, o cenho franzido.

— Estás precisando de algo, Cariado?

— Ora, Dinas! Desnecessário esta tua...

— Dinas!

O senescal atendeu ao chamado. Deparou-se com Marjodoc e outros homens da armada.

— Queiras me dar licença, senhor — Dinas rezingou para o cavaleiro, retirando-se. O senescal cumprimentou o segundo comandante. Marjodoc, sorrindo, disse-lhe.

— Dinas, vê quem nos honra com sua presença!

— Ora! Maxen! — abraços calorosos foram trocados.

Maxen, também um guerreiro e que no passado havia sido comandante de Marc, chegara a Tintagel naquele mesmo dia do desembarque de Iseult. Estivera anos na Pequena Bretanha. Ao término de sua estada, atravessou o mar e permaneceu em Uffington, na cidade de Dobunnorum. Visitou Sulis Bath e outras cidades em que os habitantes conviviam com um frágil clima de segurança.

— Pressinto algo ruim, Dinas — Maxen comentou. Já têm havido algumas batalhas isoladas contra os saxões e não acredito em uma desistência prematura por parte deles.

Marjodoc ouvia em silêncio.

— Os bretões precisam se unirem — rompeu.

Maxen sorveu um gole de vinho, fitando Marjodoc.

— A nossa maior desgraça foi o total desinteresse em nos unirmos. Os romanos nunca teriam nos subjugado se tivéssemos formado um império.

— Uma herança de nossos antepassados — Marjodoc foi irônico. — Ou maldição! E parece não termos aprendido com esses erros, porque continuamos com rixas entre nós.

— Algo terá de ser feito — Dinas setenciou — se quisermos preservar nossa terra.

— Há boatos de um guerreiro estar conseguindo fazer esse algo, Dinas. Um bretão chamado Arthur. Em Dobunnorum, ouvi comentários a respeito dele, cujo sonho é formar uma aliança com os demais reinos e lutar contra os saxões.
— Maxen finalizou o vinho. — Devo dizer que mesmo não conhecendo esse homem, fico admirado pelos seus ideais.
— Não te esqueças, Maxen, da dificuldade em reunir diversos reinos discordantes. Muito dependerá de política e acordos. É quase um sonho! Este homem terá o poder de fazer isso?
Por um momento, o guerreiro deteve sua atenção ao copo vazio.
— Marjodoc, o mérito de um homem se deve ao fato de ao menos tentar. Não pude ficar muito tempo em Dobunnorum, mas soube que os infelizes atacados pelos saxões, prescindiram de algo, talvez um sonho, para poder voltar a viver. Isso, evidente, os que sobreviveram — Maxen abaixou sua voz. — Tu não tens idéia do que esses bárbaros são capazes de fazer. Eu vi as atrocidades deles e estou certo de que até vosso melhor homem de armas iria sentir repulsa. Portanto, peço aos deuses uma possibilidade das idéias de Arthur se concretizarem, para nosso próprio bem.
— Não querendo interromper — Dinas exprimiu. — Maxen... Tu já conheces nossa rainha? — E o senescal apontou com os olhos, avisando o guerreiro da aproximação do rei.
— Maxen! — Marc vibrou. — Desconhecia tua presença, meu amigo!
Ele virou-se e saudou o rei, em uma reverência.
— Voltei hoje, sire.
— Não haveria momento mais apropriado. Permita-me te apresentar à futura rainha de Cornwall, Iseult, princesa provinda do Eire.
— Senhora, meus cumprimentos — Maxen honrou-a. Em resposta, Iseult sorriu.
— E o que fazes com estes trajes, tão atípicos dos bretões? — Marc inquiriu.
Maxen, tímido, redargüiu:
— A cota de malha saxã foi uma prenda, sire. De minha última empreitada.
O rei sorriu.
— É impressão ou perante mim revela-se um mercenário?
— Bem, sire... — Maxen hesitou. Notando-o contrafeito, o monarca voltou a falar:
— Um mercenário muito bem-vindo! — e sorriu. — Vejo que todos já estão presentes, com exceção de meu sobrinho. Dinas, tu o viste?
— Desde que nos separamos no pátio, não.
— Deves ir atrás dele, Dinas. A homenagem, além de Iseult e agora também pelo teu retorno, Maxen, é para ele.
— Encarregarei-me disso, sire.
O rei retirou-se. Maxen voltou-se para Dinas.
— Sobrinho? — questionou, perplexo.

— Estivestes fora durante muito tempo, Maxen. Vou colocar-te a par dos fatos.

Ao atingirem os quartos principais da fortaleza, Maxen já havia sido posto a par dos acontecimentos e estava ansioso para conhecer o homem que agora comandava o exército de Marc. Ele ajeitou a espada em seu cinto, recordando do tempo em que exercia a função de comandante. Afastara-se de Cornwall aos vinte e quatro anos, agora, com mais de trinta e três, retornava. Endurecido pelas incontáveis batalhas e temeroso quanto ao futuro. A vida de mercenário exigia um preço, muitas vezes, físico. Maxen trazia um olhar feroz. E sua aparência rude combinava com seu caráter. Cabelos pretos ondulados, caíam-lhe até os ombros. Uma barba rala contornava a pele morena e seus dentes brancos se sobressaíam. As cicatrizes em suas mãos e pescoço, reforçavam a vida de riscos que partilhava.

— Isso não é nada! — Maxen, quando questionado, rebateu, coçando a marca em seu pescoço. — Quero dizer... fiquei sem falar durante algum tempo. Cheguei a pensar na desdita de perder a voz. No entanto, isso não vem ao caso. Estou atônito! Jamais pensei que, quando retornasse, veria meu rei com um sobrinho e com uma esposa! Pensei que Marc fosse morrer solteiro.

— Em verdade, isso faz parte de outra história, meu amigo.

— Que não deve ser narrada agora — Marjodoc intrometeu-se.

— Grande amigo és, Marjodoc!

— Teremos tempo para isso, Maxen, acredita! — Marjodoc mofou.

Estavam frente ao aposento de Tristan. Dinas chamou-o, mas não obteve resposta. Bateu à porta, mesmo assim não foi atendido.

— A porta está trancada? — Marjodoc questionou. Imediatamente, Dinas forçou-a, no mesmo instante, cedeu. Não estava trancada. O senescal entrou no aposento enquanto os demais aguardavam. Duas lamparinas iluminavam o recinto desocupado. Apenas a varanda faltava ser vistoriada e para lá o visitante dirigiu-se. Os cômodos principais eram ornamentados com essas estruturas, cuja vista ou davapara o mar ou para o jardim. E dali, Dinas reconheceu uma silhueta que permanecia sentada em um dos bancos.

— Tristan, o que há contigo? — falou baixinho, para si. Em seguida, achegou-se aos dois guerreiros — Amigos, voltai à festa.

— Mas onde ele está?

Dinas desconversou.

— Marjodoc, será descortesia nossa ausência prolongada. Peço-te que retornes ao salão — Voltou-se para Maxen. — Acompanhe-o, meu caro. Eu irei em breve.

Os dois se foram. Dinas, em passos largos, andou em direção ao jardim. Desceu dois lances de escada e atravessou uma das salas, atingindo o local pretendido. Algumas tochas forneciam precária luminosidade, mas mesmo assim, Tristan — ainda sentado — viu quem achegava. E o cumprimentou em silêncio.

— Tristan! Esqueceste de que estás sendo aguardado? — o senescal foi direto ao assunto. Ao vê-lo, indignou-se. — O que meus olhos vêem? Nem trocaste tuas vestes!

Ele não se importou com a reprimenda.

— Não, Dinas. Não me esqueci. Apenas dispenso esta homenagem. Prescindo de louvores pelos meus feitos, nunca pedi por isto.

— O que há contigo?

Ele levantou seus olhos para o senescal.

— Estou enfadado, nada mais.

— Irás curar teus aborrecimentos na homenagem! Anima-te, rapaz! Há pessoas querendo conhecer-te. És tão esperado, que não terá importância de ires nestas condições! — referiu-se à aparência do guerreiro.

De fato, Tristan não se dera ao trabalho de cuidar de si próprio. Silente, levantou-se. Dinas sorriu, pensando o ter convencido a ir.

— Dinas, do fundo de meu coração, peço-te um favor. Distraias a atenção daqueles que perguntarem por mim.

A expressão do senescal endureceu.

— Enlouqueceste? Passaste dos limites! Como vou distrair o rei?

— Dize que estive lá, que me vistes, mas que não pude permanecer. Ou dize o que quiseres. Mas pelo amor que tens em nossa amizade, suplico-te... não me obrigues a ir.

Dinas agitou os braços, abominando aquela situação.

— Mas, Tristan! Teu tio irá notar tua ausência! Ele já perguntou de ti!

O moço abaixou os olhos e negou com a cabeça.

— Meu lugar não é mais aqui, Dinas — rompeu. — Talvez, nunca tenha sido — e ele ameaçou deixar o jardim.

— Para aonde vais? — Dinas o segurou pelo braço.

O cavaleiro libertou-se. Com uma expressão desoladora, replicou:

— Ver Husdent — e logo Tristan foi tragado pelas sombras.

Uma impressão desagradável dominou Dinas. Não compreendia o que estava havendo com Tristan; o jovem nunca agira daquela forma. Sem saber em que pensar, retirou-se do jardim e voltou para o salão. Na entrada, deparou-se com Marjodoc, que perguntou pelo rapaz.

— Ele não vem — diante daquela resposta, o cavaleiro notou a aflição do senescal.

— O que faremos? — Marjodoc preocupou-se.

No fundo do recinto, havia um patamar com os assentos de honra. Marc estava em pé, acompanhado de Iseult. Todos lhe davam atenção, pois o monarca narrava a boa ventura de em um só dia ser abençoado com a chegada de sua noiva e ter seu antigo comandante de volta.

— Ele, que nos deixou para atender seu pai, na Pequena Bretanha e que depois tornou-se um defensor de nossa terra, lutando contra os saxões, finalmente encontrou o caminho de casa! É uma honra tê-lo conosco, Maxen! — e Marc o convocou.

Sob ovações, o mercenário escalou os três degraus do tablado e o rei o abraçou.

— Dinas, ele irá invitar Tristan — Marjodoc, preocupado, voltou-se para o senescal.

— Maxen, meu antigo comandante! — o rei apartou-se, segurando-o pelos ombros. Ao lado do rei, Iseult sorria. — Muito há para conversarmos, mas reitero meu contentamento em rever-te.

— Sinto-me enaltecido, sire. Tive muitos percalços antes de atingir vossa terra, além de gladiar com nossos inimigos. Tendes minha palavra de que, enquanto aqui permanecer, estarei a vosso serviço.

Aplausos ganharam vida. O rei ergueu a mão, interrompendo-os.

— Diante de vós, meus amigos — Marc gesticulou com o braço, como se estivesse convocando todos os presentes — anuncio minha união com esta formosa jovem, que realizar-se-á amanhã. Vós sois meus convidados!

Nova e eufórica onda de excitação tomou conta dos súditos. Iseult fitou Marc. Estava realmente acontecendo aquilo? Iria *mesmo* casar-se? Continuou com os olhos pousados sobre o rei; não era, de forma alguma, um homem repugnante a ponto de lhe causar asco, como ocorria com o saxão, tanto que preferia a morte a unir-se com o bárbaro. Todavia, o que podia dizer de Marc? Sequer o conhecia!

— Teremos uma grandiosa celebração — continuou o monarca — pois a sorte sorriu para mim e para meu reino. Iseult será a rainha de meu coração e de vossos pensamentos.

Marc aproximou-se de Iseult, abraçando-a. Juntos, atingiram o limite do tablado.

— Princesa, te introduzo aos meus amigos e súditos; a partir de agora, eles farão parte de tua vida.

A ovação cobriu a sala, Maxen sorriu e, respeitoso, cumprimentou a rainha, ajoelhando-se perante ela. Marc simpatizou com a atitude do guerreiro.

— E meus amigos — o rei virou-se para os convidados — quero que tenhais conhecimento do verdadeiro elo de minha felicidade. Ele veio até meu reino por um capricho do destino, ocultou sua linhagem para merecer o título de cavaleiro pelos seus feitos e não por ser filho de minha falecida irmã. Audaz, revelou ser meu parente quando — e voltou-se para Iseult — fomos desafiados por um valente campeão. — A princesa abaixou os olhos. — Amada princesa, sinto por Morholt, mas agora teu país e o meu viveremos pela paz. Por essa promessa, teremos nosso enlace; a isso, a esse cavaleiro também devo, e a ele serei eternamente grato — voltou-se para os súditos. — Porque foi ele que abençoou nossa terra com a paz e minha vida com tua presença — disse, para Iseult. — Amigos, esse guerreiro e comandante de meu exército, a maioria de vós já o conheceis, é meu sobrinho, que conquistou todo meu respeito e adoração. Aproxima-te, Tristan!

A princesa acompanhou a efusiva ovação oriunda dos convivas. Até que findaram. Vozes pairavam soltas, mas todos restaram estáticos, aguardando pelo homem anunciado... que não veio. Os sussurros esvaneceram e uma situação terrivelmente constrangedora teve início. Ela fitou o rei. *Desapontado!* — pensou. E a princesa carregava a ingrata certeza de que Tristan não iria aparecer. *Por minha culpa...!*

Todos permaneceram em silêncio. As pessoas entreolharam-se, intrigadas. Leves ruídos tornaram-se alardes. Marc estava desconcertado. Raras vezes perdia o rumo de sua autoridade — aquela foi uma exceção. Dinas, por sua vez, voltou-se para Marjodoc. Este, não suportando mais ficar silente, avançou por entre as pessoas.

— Meu rei, me permitais interceder pelo meu senhor em armas, Tristan.

Marc acompanhou o homem que andava, desviando-se das pessoas que também o observavam.

— Tens minha permissão, cavaleiro.

Marjodoc deteve-se frente ao patamar e o saudou.

— Com todo respeito, sire, meu senhor é um homem modesto, reservado. Para ele, enfrentar um salão como esse — e Marjodoc abriu ambos braços, contornando no ar a sala e as pessoas — é desesperadamente pior do que lutar contra dúzias e dúzias de inimigos.

Risadas retraídas ecoaram. Marc moveu os lábios, prestes a sorrir. Marjodoc prosseguiu:

— Todos vós deveis saber que para um homem com essas características, ser o centro das atenções é realmente um pesadelo! Sire — o cavaleiro escalou um degrau, encarando o rei. — Tristan é uma dessas pessoas que reconhece seu dever; é um batalhador que não recua diante do perigo e um homem de armas cuja destreza é incomparável. Mas vos imploro, não vos ofendais pelo comportamento arredio dele. Tudo o que ele deseja, meu rei, é vos servir e a todos que vos amam. Sei que ele agradece vosso reconhecimento; isto, para ele, é o suficiente.

Aplausos, ainda tímidos, nasceram.

— A única fraqueza dele, meu senhor, é deparar-se com honras e glórias — o cavaleiro atalhou.

A aclamação tornou-se mais efusiva. Dinas surpreendeu-se com Marjodoc; Marc já não demonstrava a decepção em seu rosto. A princesa desconhecia suas próprias motivações.

O monarca conteve os ruidosos sons.

— Intercedeste pelo teu senhor e o fizeste com sabedoria — o rei voltou-se para o salão. — Senhores, esse cavaleiro, meu sobrinho... é exatamente o que Marjodoc descreveu. Acredito piamente dele preferir travar as mais sangrentas batalhas a estar... aqui! — as pessoas riram, diante do comentário. — Este é o modo de ser de Tristan — e foi a vez do rei rir, o que foi um alívio para Marjodoc e Dinas. — Mesmo com a ausência dele, meus amigos, saibais que o homenageio. Escassos homens têm tanta modéstia, coragem, honradez e respeito como o comandante de meu exército. A ele, devo minha boa fortuna.

E em uníssono, brindaram ao cavaleiro com vinho e hidromel.

Longe dali, nos estábulos, o homenageado cavaleiro ocupava-se em cuidar de Husdent. Não era um trabalho seu, mas Tristan precisava fazer algo, qualquer tarefa. Estar ali fez com que se sentisse um pouco melhor; não fosse o temor da possibilidade de ser procurado. Dinas sabia onde estava, entrementes, não foi importunado. Quando deixou Husdent, Tintagel estava entregue à madrugada. Silenciosamente, atravessou o jardim e entrou na fortaleza pelos fundos. As tochas iluminavam o corredor e em passos apressados, alcançou seu cômodo.

Seu último pensamento foi sobre sua atitude. Cometera mais uma desfeita ao seu rei e estava temeroso. Temeroso de não ser a última.

X

Era cedo quando bateram à sua porta. De seu sono tênue, Tristan despertou. Ao atender, não surpreendeu-se com a visita de Dinas.

— Tens uma boa desculpa pelo teu revoltante comportamento? — o senescal esbravejou. Mal havia penetrado no recinto — Desobedeceste teu senhor e terias caído em desgraça se Marjodoc por ti não intercedesse!

O cavaleiro afastou-se, sentando-se em seu catre.

— Estás nervoso, Dinas.

Dinas, exaltado, andou pelo recinto. Gesticulava.

— Não deveria estar? Pareces outro homem, Tristan!

— Não me importo. Partirei logo, Dinas — manifestou, a voz grave.

— Antes do casamento de teu senhor? — o senescal fitou-o, grave — Cometerás novo derespeito?

— Não. À esta celebração, comparecerei. Minha ida depende disso. Hoje selecionarei os homens que me acompanharão.

— Pareces não notar teu comportamento! Deveria obrigar-te a confessar o que há contigo!

Tristan não respondeu.

— Bem, não vim sem motivo. Já que te recusas a esclarecer tua infame atitude, ao menos agradece Marjodoc. Se não fosse por ele, Tristan, serias condenado pelo teu ultraje.

— Irei agradecer — redargüiu, mas Dinas já havia dado as costas e se retirado. Novamente só, voltou a deitar-se, raciocinando em como seria a cerimônia do casamento. *Não, é melhor esquecer isso!*

De seu catre, deteve seus olhos nas lamparinas que ardiam, sobre a mesa. As chamas tremeluziam. Todo seu íntimo e seu ser nas chamas mesclaram-se; o fogo purificador. O ardor da fertilização. De seu âmago, ressurgiu as danças dos fogos de *Beltaine*. Corpos femininos movimentaram-se em frenesi; entregaram-se à música e à excitação. As piras ardiam, eram elas os próprios anseios humanos. Seus olhos continuaram fixados àquele mundo de imagens, agora não eram mais corpos que via. Uma única silhueta continuava sua dança, atrás desta, as labaredas ardiam. Suas formas ganharam as cores flamejantes da fertilidade. Um manto translúcido perdia-se no ar, seu corpo detinha a mesma ardência do fogo, seus

cabelos longos e claros estavam selvagemente soltos, a cada movimento eram lançados no ar e às labaredas, incorporavam-se. A cor das chamas — um raio rubro com gemas douradas — eram as mesmas daqueles fios. Os fios de ouro.
Os fios de ouro.
Estava estático, mal piscando as pálpebras. Gotas de suor brotaram de suas têmporas e escorreram pelos cabelos. A performance acelerou. As flâmulas arderam ainda mais, a música de *Beltaine* retumbava e vibrava em cada músculo de seu corpo. Ela estava ali, próxima; o suor umedecendo seu manto, fazendo com que o fino tecido aderisse ao seu corpo. O desejo tornando-se mais intenso... intenso ao ritmo da música e da dança... O anseio de possuí-la... o êxtase...
Ergueu-se de ímpeto, transtornado. A face pálida como o alabastro, o suor escorrendo-lhe pelo rosto. Ofegava. Sentado, descansou o rosto nas mãos, tremendo. Precisava arrancar aquela imagem de sua mente. Precisava!

Tintagel já encontrava-se em polvorosa quando Tristan, vestido e com a barba aparada, saiu de seu cômodo. Servos corriam pelos corredores, um grupo de caça cruzou com o cavaleiro, clamando por um dos monteiros chefes. O moço ignorou-os. Por fim, atingiu o caminho que o levaria até o pátio da fortaleza, onde o exército se reunia. De longe, viu Marjodoc conversando com seus homens. Um deles, Tristan não conhecia. Mal atingiu o pátio, viram-no aproximando. Marjodoc, que estava de costas, virou-se e veio recebê-lo.
— Comandante! Tua ausência ontem foi imperdoável!
Tristan baixou seus olhos.
— Era para ser uma homenagem a ti, meu amigo — Marjodoc continuou.
— Obrigado pelas tuas palavras, Marjodoc — versou, súbito — Sei que me ajudaste e estou agradecido.
O amigo riu.
— És um tolo modesto! Nunca vi alguém que detestasse a fama como tu. Mas permite-me apresentar-te a uma grande pessoa — Marjodoc apoiou seu braço nos ombros de Tristan, e dessa forma caminharam em direção ao resto dos homens reunidos. — Este, Maxen, é nosso comandante.
O rapaz de cabelos pretos deu um passo a frente e cumprimentou-o.
— Desde ontem, tenho ouvido comentários a teu respeito, Tristan. Sinto-me honrado em conhecer-te.
— Maxen esteve viajando pela Pequena Bretanha e Britannia. Felizmente, voltou para nós.
— Felizmente? — Maxen ironizou. — Aqui não há guerras! Preciso sentir-me útil, Marjodoc. Partirei em breve, irei ou lutar contra os saxões, ou...
— Se batalhas é o que procuras, te ofereço uma muito boa — Tristan interrompeu. E ganhou a atenção de Maxen. — Pretendo restabelecer o poder em Lionèss, que por direito, deveria ser meu. Mas o homem que usurpou minha

posição tem mercenários para defendê-lo. Por isso, quero saber dentre vós quem está disposto a acompanhar-me e lutar ao meu lado.

— Ora, quer dizer que és um príncipe? — Maxen espantou-se.

— Não é pelo título, Maxen, que pretendo guerrear. É pelo meu povo e por meu pai, morto por guerreiros pagos por Morgan, o usurpador. Anseio pela minha vingança, há tanto adiada.

— Tens minha espada, Tristan — Conlai ergueu sua voz. O comandante agradeceu.

Maxen sorriu.

— Bem, era a oportunidade que estava esperando. Lutarei contigo, príncipe de...

— Lionèss.

— Em Land's End...! O destino realmente quer me manter por aqui... — Maxen sorriu.

Marjodoc também confirmou sua ida, o mesmo fez Pharamond e diversos homens que admiravam seu comandante. Este avisou que a viagem seria no dia seguinte à cerimônia de Marc. Não houve objeção e Tristan sentiu-se aliviado por isso. Contudo, era imprescindível arrumar o necessário para a empreitada. Tristan agradeceu a todos e retirou-se. Subia as escadas quando ouviu alguém chamando-o. Acompanhou com o olhar Frocin, esbaforido, as faces rosadas pela corrida empregada. O menino tentou disfarçar o nervosismo e soltou as palavras:

— Senhor, meu pai avisou-me de que estás a partir. Permites minha ida?

Um garoto, uma viagem longa, uma guerra. Seria arriscado demais para alguém que não deveria ter cruzado seus treze anos? Mas o cavaleiro sabia que o perigo, as lutas, a sobrevivência, sempre caminharam lado a lado dos homens, independente de sua idade e de sua experiência.

— Frocin, parto para uma guerra. Teu pai aprovaria tua presença?

— Depende de tua vontade, senhor.

Tristan descansou sua mão no punhal de sua espada.

— Estás pronto para isso, rapazinho?

O menino acenou afirmativamente. O moço segurou-o pelos ombros.

— Poderás nos acompanhar, Frocin, mas não irás te aventurar nas lutas. Quero-te ao meu lado apenas como escudeiro. Aprovas esta restrição?

— Senhor, eu te asseguro de que meu conhecimento em armas não é tão ordinário.

O comandante simpatizou-se com a convicção e segurança demonstrada pelo garoto.

— Pode não ser, Frocin, mas ainda não te vi treinando e sou responsável por estares com meus homens. Assim sendo, não posso admitir que lutes.

— Entendo, senhor, e respeito tua decisão. Irei como teu escudeiro.

— Então, trata de arrumar tua bagagem.

— Obrigado, senhor! — o garoto deu as costas e saiu em disparada. Tristan observou-o enquanto ele se afastava.

Durante o resto do dia, um nervosismo foi envolvendo Tintagel diante da aproximação da cerimônia que aconteceria à primeira hora do anoitecer. Novamente, o salão maior de reuniões era alvo dos servos, que decoravam-no. Pétalas de rosas foram espalhadas pelo chão e arranjos de flores colocados por todo o recinto. Uma toalha branca, ricamente adornada, cobria a mesa. Bolos de mel e pães adoçados consistiam algumas das iguarias expostas. Tochas já ardiam nas paredes da sala, continuamente visitada pelos servos e pelo próprio organizador da cerimônia, Dinas.

Tristan deixava seus aposentos — terminada a tarefa de aprontar sua bolsa de viagem — quando um mensageiro o avisou de que o rei queria vê-lo. Em si, nasceu a esperança de ter coragem e recusar sua participação explícita na cerimônia, todavia, era uma ousadia — por mas difícil que fosse admitir — que lhe faltava. Seguiu o mensageiro, este abriu-lhe as portas de uma das salas íntimas. Marc estava de costas, observando o mundo pela janela. Imediatamente constatou não estar mais sozinho e virou-se para Tristan, no instante em que as portas cerravam por detrás dele.

— Por que não me disseste, Tristan?

A princípio, em uma analogia desvairada, o rapaz imaginou estar o rei referindo-se aos seus delírios — e sonhos — com a futura rainha. Sentiu seu abdome arder pelo nervosismo, suas pernas estremeceram, mas fez o possível para manter sua posição e recriminou-se. Era insanidade! Como Marc poderia estar sabendo de meras conjecturas fantasiosas? *Nem eu dei crédito a elas! Ou, ao menos, estou me obrigando a não dar!*

— Sobre... — ele vacilou.

— Não pensei ser tão terrível para ti participar de uma comemoração. Tivesses me dito a respeito de tua profunda aversão, eu teria feito algo diferente. Uma cerimônia íntima, talvez.

Tristan suspirou, aliviado.

— Peço-vos perdoar-me por minha dupla falta, sire.

— Humm. Não seria tão complacente se Marjodoc não tivesse por ti intercedido... — o monarca ergueu seu rosto, demonstrando certa arrogância, mas estava apenas mofando. — Imagina, fiquei sem ação, ao clamar teu nome... e nada!

Tristan cruzou os braços. Não estava sentindo-se conforável.

— Sinto profundamente, senhor.

— E, tirando esse detalhe, há algo que me intriga — Marc continuou, atravessando a sala. Não parecia nem um pouco ofendido com a desfeita do cavaleiro.

O rapaz andou até uma pequena mesa exposta frente a um divã e descansou os braços no encosto de uma cadeira.
— O que seria?
— O que disseste de mim para Iseult?
Ele agradeceu por estar apoiado.
— Pergunto isso — o rei prosseguiu — por que não sei se devo casar-me dessa forma, sem sequer conhecê-la. E tens conhecimento de eu ser bem mais velho do que ela... Consideras conveniente este enlace, tão repentino?
— Deixei o Eire com essa proposta... sire... — não era o que desejava dizer.
— Sim, é claro. Anguish não iria entender se adiasse aquilo que celebrará a paz entre nós. Voltando àquela questão, tu falaste algo com ela...
— A vosso respeito? Não, sire. Em verdade, reduzidos foram meus diálogos com vossa futura esposa.
Marc riu.
— Não estou questionando sua lealdade, Tristan. És sangue do meu sangue e confio em ti como em mim próprio. Pensei apenas que tiveste tido oportunidade de dizer algo de mim. Afinal, penso em Iseult. Ela...
— Ela irá conhecer vossos méritos por si própria, sire. Não é necessário por vós interceder.
— Então, aconselhas a firmar o compromisso hoje.
Por irrisórios segundos Tristan hesitou, mas apenas em seu mais profundo ser.
— Sim.
Marc achegou-se à mesa e ajeitou uma das cadeiras, distraindo-se.
— É uma tristeza não ter tua mãe aqui, conosco. Sinto tanto a falta dela! Tu tens os olhos dela, Tristan.
— Quisera ter tido o previlégio de conhecê-la... e ao meu pai. Sinto-me desafortunado pela morte de ambos, que dizem ter ocorrido quando do meu nascimento.
O monarca aproximou-se dele.
— Não falemos disto. Mas é chegado o momento de irmos, precisamos nos arrumar! Não te esqueceste de que irás acompanhar Iseult, certo? Saint Illtyd, nosso querido homem religioso, insistiu para realizarmos uma cerimônia simples, mas com elementos cristãos, se bem que teremos um representante de nossos antigos costumes.
Tristan suspeitou de quem seria.
— O druida que escoltastes, Cathbad, já se encontra aqui. Convoquei-o no mesmo dia em que partiste para a Irlanda.
— Acreditais nas profecias dele?
— Sim e não. Como muitos reis, sou um tolo supersticioso. E tenho certeza, como todo esperto, Cathbad só pronuncia aquilo que quero ouvir — Marc sorriu.
— Não obstante, quis contentar os que seguem nossas tradições e os que seguem os costumes Daquele que morreu na cruz.

— Entendo.
— E Saint Illtyd insistiu em ter uma pessoa, de preferência de meu sangue... a acompanhar Iseult. Ainda bem que não te olvidaste!
Ele confirmou com a cabeça. Marc sorriu, despediu-se e passou por ele, deixando a sala.
— Não, sire. Infelizmente, não me olvidei — o rapaz murmurou.

Quando retornou aos seus aposentos, deparou-se com servos que ali estavam para auxiliá-lo com seu banho e vestes. Preferiu roupas mais simples àquelas que Marc pretendia que usasse e dispensou os ajudantes. Poderia cuidar de si próprio. Findado o banho na tina que haviam lhe trazido, vestiu-se — *bracae* de lã tingida, um gibão escuro e botas de couro. Um sedoso e ornamentado manto dava o toque final. Estava devidamente trajado, mas sem qualquer ânimo. Deixou a espada em cima de sua cama, ao lado das adagas. Não fazia sentido ir a uma festa usando armas.

Vieram chamá-lo. Deveria ir até os aposentos da futura rainha e levá-la ao salão. O menino o acompanhou até o quarto de Iseult, não muito distante do seu. Ali, ficou só. Reuniu coragem dentro de si e bateu à porta. A resposta foi para que entrasse. Refletiu por alguns instantes e forçou-a; gradativamente o aposento real lhe foi sendo revelado. Não havia tanto esplendor quanto supunha, mas era espaçoso. A cama havia sido construída em madeira maciça e o colchão, provavelmente de penas de ganso, era coberto por uma manta bordada. Em cima das duas pequenas mesas e estante, lamparinas forneciam luminosidade. E sentada de costas para a porta, em uma dessas mesas, estava a princesa. Nas mãos, um pequeno espelho cuja face externa trazia adornos celtas típicos — linhas desenhadas em espiral. Os cabelos, soltos caíam-lhe pelas costas. Usava um manto cor de marfim com detalhes em ouro, e de ouro era o cinto. Braceletes e um delicado torque eram seus adornos.

O cavaleiro permaneceu longos segundos estático, estudando o quadro à sua frente. Não teve firmeza para adentrar mais no recinto, permanecendo ali, hirto. Iseult depositou o espelho à mesa e virou-se em direção à porta. Ao cavaleiro, nasceu a impressão da ciência da princesa de que seria ele quem iria escoltá-la. E receoso, tentou conceber como ela havia recebido a notícia... Ou, talvez, fosse algo inimaginável. Entreolharam-se. O tempo perdeu seu contexto real; para Tristan, uma eternidade se foi enquanto a face de Iseult direcionava seu rosto para si. A reação em seu íntimo foi imediata, via-a sentada, mas relembrava das imagens oníricas e das chamas de *Beltaine*. No entanto, tudo se esvaiu quando Iseult ergueu-se e desviou seu olhar.

— Mentiste uma vez mais, cavaleiro — súbito, ela exprimiu; a voz séria.
Há apenas ódio em seu coração — constatou, amargurado.

— Perdoa-me por ser obrigada a ver-me, princesa. Mas vosso senhor ordenou-me que...

— És infame! — Ela asseverou bruscamente, batendo as mãos contra a mesa. — Morres pelo teu rei! — e Iseult andou nervosamente pelo cômodo, estancando-se à janela, de costas para o cavaleiro.

Tristan não teve ação. Todo o seu ser perdia sua vitalidade quando estava próximo a ela. Impossível ordenar pensamentos, defender-se de suas árduas palavras... ou reagir.

— Mas, o que importa? — Iseult virou-se, inquieta, as mãos detendo algumas lágrimas. — Princesas arcam com esse destino. Casamentos arranjados, seja por política, seja por disputa. Não sou a primeira, nem serei a última — sorriu com tristeza. — E teu papel, como o cavaleiro, o adorado de teu rei, é arrastar-me à desgraça. Já não fizeste o suficiente? — ela agora andava na direção de Tristan, novas lágrimas correndo pelas faces. — Não quero teu senhor, jamais quis. Por que fizeste isso comigo?

Uma sucessão de idéias assolou a mente perturbada do moço. O que o impedia de tirá-la dali e fugir com ela? Não era ela quem estava insinuando? Que confessara seu desespero por casar com Marc... seu tio?

— Podes ajudar-me agora, cavaleiro — Iseult estava frente a frente de Tristan, a face marcada pelas lágrimas, os olhos avermelhados. — Ajuda-me a fugir! Leva-me até o cais, ali tomarei a primeira nau e desaparecerei.

Uma angústia ardeu e rasgou o íntimo do moço, era uma dor hedionda. Estava ciente do desespero da princesa — assim como de seu próprio furor de proceder como ela o incitava — mas uma resistente determinação o impedia. Uma força cuja conseqüência verteriam-se nas chagas internas que lhe atormentariam o resto de seus dias.

Jamais tu farias algo que fosse causar dor em outra pessoa. — a frase dita por Rohalt dilacerou seu espírito. E constatou ser uma inverdade.

— Princesa... — ele hesitou. Mas Iseult o interrompeu, aflita.

— Tens um coração de pedra? — a princesa indignou-se. — Como consegues ficar aí, sem nada dizer? — e súbito, voltou-se contra ele, agarrando-o pelos braços e neles cravando suas unhas. — Não podes ao menos dizer-me algo? Ou até isso tens medo, devido ao teu rei? — a ira a havia transformado, Iseult agia impulsivamente, perdida na teia do desespero. Transtornada, não evitou novas lágrimas. Tristan deteve-a pelos pulsos, libertando-se das mãos contra sua carne.

— Pelos deuses, princesa! Acalmai-vos!

— Solta-me! — ela bradou, furiosa, empurrando-o. Tristan recuou.

Iseult cobriu o rosto com as mãos; soluçava. Contudo, foi controlando-se. Correu até uma das mesas e despejou água em uma pequena tina, lavando o rosto.

Apesar da face marcada pelo pranto, sua beleza transparecia. Deixou a água fria em contado com sua pele durante alguns segundos, em seguida, enxugou-o. Procurou disfarçar mais espalhando uma camada fina de argila clara nas maçãs do rosto e realçando os lábios com extrato de frutas rubras. Nada mais disse, apenas estudou novamente sua imagem no espelho e andou até a porta, sem deter-se. Tristan teve que segui-la. E percorreram rapidamente o percurso que daria ao salão. Ela ignorou completamente o rapaz. Este, por sua vez, permaneceu em tétrico silêncio. Pois acima de tudo recriminava a si próprio por ser derrotado pela decisão que o impelia a seguir cegamente uma vontade alheia à sua. Jamais em sua vida havia odiado tudo o que era como naquele momento. E impiedosa, Iseult arremeteu o golpe final, antes de entrarem no salão. Amargurada, ressentida, ultrajada pelos seus apelos não surtirem qualquer efeito na consciência de Tristan e também, pela sua abominável cena — de fraqueza, perante o rapaz — ela versou, os olhos irados:

— Irás te arrepender, cavaleiro.

— Vós não voltareis a ver-me, princesa — foi o que ele conseguiu pronunciar. Porém, Iseult escarneceu.

— Vais partir, bem sei. Mas irás retornar. E aí teu arrependimento será maior — e ela própria abriu a porta do salão, não dando tempo para uma resposta de Tristan.

O aposento estava lotado. As pessoas reuniam-se próximo à mesa localizada ao fundo; era o móvel principal. Outras duas mesas longas acompanhavam verticalmente o salão, dispostas para os convidados. Marc estava em frente à mesa principal e sorriu ao vê-los. Um corredor estava formado pelas pessoas, que admiraram a entrada de ambos. E por esse corredor, Iseult, acompanhada pelo cavaleiro, caminhou. O rei deixou o lugar de honra e foi ao encontro do casal, quando este atingiu além da metade do percurso. Sempre sorrindo, Marc tomou Iseult pelas mãos e beijou-lhe o rosto. A noiva permaneceu impassível. Tristan presenciou a cena, sentindo seu íntimo ser estraçalhado ante a consternação nos olhos de Iseult. Entrementes, também percebeu que Marc nada parecia ter notado. Seria possível? Era o único a constatar a infelicidade na face da princesa? Não teve tempo para maiores digressões, em virtude do monarca surgir a sua frente. Sorrindo, Marc abraçou-o, sendo correspondido com reservas.

O rei agradeceu o rapaz e voltou-se para Iseult, amparando-a. Marc — elegantemente trajado — continuou o percurso, com a noiva ao lado. Aproveitando-se disso, Tristan recuou alguns passos, virou-se e refugiou-se por entre os convidados. Com facilidade, abriu caminho por entre eles e alcançou a porta, evadindo-se do salão.

Ninguém notou sua fuga — ao menos, naquele momento. Marc e Iseult — a face séria, os olhos carregado de lágrimas — achegaram-se nos degraus. No patamar, encontrava-se o religioso Saint Illtyd, ao lado de Cathbad. Atrás dos noivos os convivas fecharam o corredor. A comoção os dominou; Marc merecia a boa ventura. Illtyd iniciou a cerimônia sendo finalizada pelo druida, seguindo os rituais pagãos. Simbolicamente, depositou uma tira de linho trançada por sobre as mãos dadas dos noivos e lhes foi servido um copo de hidromel. O costume era ambos beber do mesmo copo. Marc foi o primeiro e quando Iseult repetiu o gesto, afastando o copo, os músicos iniciaram sua performance e os convidados aplaudiram entusiasticamente. Estes foram até seu rei e o cumprimentaram, ao que Marc correspondia com simplicidade e entusiasmo. Um farto banquete foi servido, regado com cerveja, vinho e hidromel.

Acomodados em seus lugares de honra, Marc deu a tira de linho para Iseult, que cabisbaixa, a colocou em seu colo e nela perdia seu olhar. O rei, notando a quietude da esposa, questionou-a. A rainha disfarçou.

— Meus súditos te aprovaram, minha rainha — Marc enunciou. E não se preocupou ao notar os olhos dela, lacrimejados, afinal, também estava emocionado.

No jardim, Tristan restava em frente a uma janela. Havia acompanhado à distância a cerimônia. E à distância, testemunhava o comportamento melancólico da rainha, uma melancolia de que ele próprio também era vítima. Por fim, afastou-se. Tudo havia terminado. Restava-lhe a opção de deixar Tintagel... e implorar aos deuses para que a rainha estivesse enganada no que concernia ao seu retorno. Imbuído nesses pensamentos, deu as costas à celebração, cruzando o jardim, rumo ao seu quarto. Sem ânimo, largou-se em seu catre. Esmorecido.

No dia seguinte, Marjodoc avisou o comandante de que a armada estava de prontidão. Apesar de seguirem apenas aqueles interessados em combater — tanto quanto no butim —, críticas contra Tristan tiveram início. E tornaram-se mais acirradas conforme a partida da legião tornava-se um fato, porquanto o guerreiro liderava seus homens para uma batalha alheia aos interesses de Cornwall.

— Os homens são livres para escolher — Tristan rebateu.

— Sim, mas eu não disse que foram nossos cavaleiros que estão lançando veneno contra ti

— Tenho mais inimigos além de Andret? E dos cães que o seguem?

Marjodoc franziu o cenho

— Andret pode estar longe daqui, mas ele tem amigos. Esqueceste de Cariado? É um deles. O verme não foi exilado. Temporariamente exilado, para nossa infelicidade — as últimas palavras foram pronunciadas com sarcasmo.

Eles andavam em direção aos estábulos.

— O rei disse algo?

A resposta soou em uma risada.

— Depois do casamento? A propósito, desapareceste da festa.

— Precisava dormir.

No estábulo, os cavalariços e escudeiros — Frocin, entre eles — aprontavam os animais. Era cedo e a maioria dos homens da armada estava baqueada pelo sono, embora estivessem reunidos no pátio de Tintagel. Tudo o que desejavam, era continuar dormindo. Dinas, que presenciava a organização, constatou o esforço dos cavaleiros... findara uma noite de bebedeira. Perguntou pelo comandante e foi ao seu encontro. Este dava instruções a Frocin em como ajustar a sela em Husdent, quando Dinas o requisitou. Encontraram-se na entrada do estábulo.

— Viste teus homens? — Dinas foi direto ao assunto.
— Exageraram no vinho, nada mais.
— Falas desta forma porque nada ingeriste. Aliás... não te vi durante o jantar.
Tristan tentou acalmar-se.
— O que desejas, Dinas?
— Precisas mesmo partir agora? O que te custa esperar mais um dia, se aguardou tanto?

Tristan voltou-se para o interior do estábulo, observando Marjodoc e Frocin saírem com alguns cavalos. O senescal irritou-se ainda mais com seu comportamento.

— Nem me ouves! Já correm severas críticas contra ti devido tua participação nessa tua batalha e pioras a situação, partindo com um bando de ébrios!
— Eles não estão embriagados! E quantos homens não se entregam à bebida antes de uma contenda? Ademais, primeiro iremos enfrentar uma jornada, depois uma guerra! E eu irei, Dinas. Agora mesmo! — Tristan deu-lhe as costas, embrenhando-se no estábulo. Mas o senescal não tinha intenção de permanecer silente.

— Tristan, tu não me enganas! Conheço-te muito mais do que pensas. Usas um artifício... Não é por Lionèss que foges como um demônio! Espero que saibas o que estejas fazendo.

Ele recusou-se a virar-se. Por um breve instante, sua feição se contraiu, seus lábios se apertaram. Percebeu estar parado, era como se suas pernas travassem. Ele não precisava constatar o olhar de Dinas sobre si, olhar esse que procurava a razão de sua atitude. Tristan suspirou pesadamente. A comoção havia entorpecido seu íntimo. *Sim, Dinas... é verdade...* — refletiu. *Fujo como um demônio... mas se ficasse, até mesmo o demônio me desprezaria.* — Finalmente, ele achou seu caminho.

O senescal ali permaneceu, vendo-o desaparecer no interior do estábulo. Era ciente de que o exército estava prestes a partir e deveria avisar seu rei, conforme este lhe ordenara. Marc não queria deixar de despedir-se do comandante. Porém, Dinas, ao contrário das demais vezes, não iria estar presente.

Tristan andou até Husdent, que acabara de ser selado.

— É um belo animal — Marjodoc, que ali retornara tendo Frocin ao seu lado, comentou.

O comandante agradeceu.
— Estás pronto, Frocin? — o menino concordou. — Consegues um cavalo para ti?
— Meu pai comprou um, senhor.
— Tu levaste a proteção de Husdent para os carregadores?
Frocin concordou.
— Agradeço-te, rapaz. Tão logo estejas pronto, vai juntar-te aos demais.
O garoto sorriu e correu em direção ao pátio.
— Temos oitocentos e vinte homens, Tristan. E duzentos escudeiros. — Marjodoc acariciou a cabeça de Husdent. — Tens ciência de que muitos desses cavaleiros estão contando com o butim...
— Eles podem ter o que quiserem, desde que não pratiquem crueldades contra meu povo.
— Mas numa guerra, entendes que é difícil estabelecermos a identidade do inimigo.
— Não te preocupes, Marjodoc. Há muito que os homens em Lionèss deixaram de erguer suas espadas. Sei que um reduzido número de abnegados ainda se atreve a lutar. Portanto, nossos homens saberão exatamente a identidade do inimigo — Tristan segurou as rédeas de Husdent. — Estás pronto?
Marjodoc riu.
— Apesar do vinho, sim, estou pronto – o rapaz apanhou as rédeas de seu cavalo, bem menor do que o de Tristan e juntos, deixaram o estábulo. No pátio, homens e animais se reuniam. Maxen aproximou-se deles.
— Os cavaleiros estão armados e preparados, Tristan. Cada homem portando seus víveres e equipamentos.
O comandante virou-se para Marjodoc.
— Contamos com cavalos de reserva?
— Apenas treze, sem contar os animais dos escudeiros.
Ele acompanhou com os olhos a falange.
— E meu jovem escudeiro?
— Ele está aqui, comandante — Conlai, montado, mostrou o garoto com quem dividia a sela. Nas mãos do guerreiro, as rédeas do cavalo de Frocin.
— Comandante! — Estamos ansiosos por uma batalha! — uma voz soou alto. Tristan reconheceu Pharamond e ante ao comentário, saudou o guerreiro.
— Será uma boa luta — disse, a voz impostada.
— Ótimo! — Pharamond comentou para os demais. — Porque estava sentindo-me enferrujado de apenas treinar — e montou seu cavalo.
— Ora, seu velhaco! — Ywayn, outro guerreiro, aproximou-se. — Há dias que não te vejo nos treinos!
Tristan constatou o ânimo exaltado de alguns homens, a despeito de terem acordado cedo em seqüência à uma noite de festa, embora muitos parecessem

ainda não ter despertado. Iriam... tão logo partissem. Desse modo, ajustou o manto negro em suas costas. Usava a cota de prata, presente de Marc. Sob ela, uma vestimenta de linho e couro. Estava prestes a montar quando escutou alguém chamando-o. Era o rei.

— Ias partir sem despedir? — Marc questionou. — Se Dinas não me avisasse... Não entendo tua pressa em ir, Tristan.

Ele soltou a rédea e aproximou-se.

— Às vezes, uma saída furtiva evita a tristeza da separação. E sire, esse é o momento que tenho aguardado desde tenra idade — disse, ajoelhando-se. — Rogo-vos perdoai-me se agi mal.

Marc sorriu e o fez levantar-se.

— Tento compreender tua inquietação, mas não obtenho sucesso. É uma causa cara a ti, todavia atinge-me de forma fulminante, pois irás partir. Fiques ciente ser eu contra! Não deves conceber como esta separação me angustia, justo tu, que trouxeste a felicidade de volta a mim e ao meu reino. Todos nós — e Marc gesticulou, englobando todos que estavam no pátio — tivemos uma noite inesquecível.

O cavaleiro tentou não relembrar a noite passada. Sim, foi inesquecível, mas por outros motivos, bem diversos dos de seu rei e de todos ali. Quantas vezes foi atormentado pela imagem da princesa pedindo-lhe para que a ajudasse fugir? Durante toda a noite, foi fustigado pelo o que havia feito... e também, pelo o que deixara de fazer. Por isso, era cruel demais evocar da áurea sublime do rei, a noite preciosa por ele vivida.

... a primeira noite... — meditou.

E sentiu-se ainda pior.

Marc depositou suas mãos nos ombros do moço, sem constatar seu olhar de abatimento.

— Estava tão atordoado pelo júbilo com que me presenteaste, que não me recordo de ti na festa.

— Eu me diverti ao meu modo, sire.

— Então, nada fizeste. Posso contar nos dedos as vezes que te vi com um copo de vinho! — Marc divertiu-se.

Marjodoc olhou de soslaio à sua volta. Nenhum cavaleiro estava disposto a comentar a ausência do comandante, apesar de, no auge da comemoração, sua ausência ser notada.

— O que importa é que vós estais contente, sire.

O rei andou abraçado com Tristan até seu cavalo.

— Sempre preocupado com o que sinto. Um filho não seria igual a ti, Tristan — ele continuou, a voz mais baixa. — Só sinto por não aceitares minha sucessão. Era meu maior sonho ver-te rei desta terra.

— Sire, por muito menos, vossos súditos iniciariam uma revolta contra vós.
Pararam ao lado de Husdent.
— Sei que ir lutar por Lionèss é o motivo de tua existência. Mas foi apenas por ti que levantei-me e apresentei-me diante de teus homens nesses trajes! — o rei, acordado às pressas, vestia um gibão de linho e *bracae* tons de pastel. Em nada recordava a imponente figura da véspera. — E peço-te um favor.
Tristan o fitou.
— Peço teu retorno. Nem que seja para narrar-me tua vitória e aqui restabelecer-te da batalha, para então, cuidar de teu reino.
Voltar! — o moço pensou.
— Ademais... — Marc prosseguiu — ...sei que teus homens vão querer ter a ti liderando-os, quando de teu regresso — e o rei sorriu.
O moço não havia pensado em tal questão. Mas disfarçou.
— Se os deuses permitirem, sire, retornarei.
Marc novamente o abraçou. Com o desenlace, visivelmente acabrunhado, Tristan montou. Agradeceu por não ver a rainha, mas lamentou a ausência de Dinas. Os cavaleiros acenaram para Marc, cujos passos o levaram até lances da escada que davam ao pátio. O comandante fez um sinal e os homens incitaram os cavalos. Os portões foram abertos e a fileira de cavalos os cruzou, percorrendo o caminho de pedras da fortaleza. Husdent ia marcando o passo da armada, ao seu lado, Marjodoc e atrás, Maxen. O guerreiro de cabelos negros divertia-se com a reduzida disposição da maioria dos homens. Comentava em tom zombeteiro, que se algumas taças de vinho eram capazes de derrubar homens de armas, não teriam chance contra mercenários bem treinados.
— Ora, e o qual é teu conhecimento de lutas e guerras? — Pharamond atiçou.
— Quando começarmos o ataque... eu te mostro! — Maxen era espirituoso.
— Não subestime o rapaz, Pharamond... — Marjodoc, controlando sua montaria, intrometeu-se. — Ele é um bom guerreiro.
Maxen apenas riu.
A armada atingiu os promontórios — monumentais paredes rochosas erguiam-se triunfantes acima de um mar azul acinzentado, cujas ondas fragmentavam-se em borrões esbranquiçados. Indiferentes à paisagem, os cavaleiros seguiram em direção ao sul, pela encosta. Atravessaram o rio Carmel e depararam-se com ruínas de antigos monastérios célticos. Tristan concebeu um bizarro pensamento: teriam ocorrido sacrifícios ali? Sem saber porque, imaginou Cathbad, o druida — de quem queria manter distância — envolto por fogueiras, decidido a cometer um sacrifício humano ou animal, com a finalidade de profetizar os dias vindouros nos órgãos da vítima. Os rituais druidas! Seria isso possível? Era adepto dos mistérios antigos, mas por vezes também deles duvidava. Talvez, pensou, o druida tenha tido uma visão do futuro... algo com relação a si... Não ousou continuar confabulando. Tentou esquecer Cathbad e preocupar-se em seu plano de ataque.

Afinal, depois de tantos anos, iria vingar Rivalin, uma ansiedade que motivava sua decisão em manter um ritmo acelerado. Tão absorto estava, que quase não notou quando Maxem emparelhou seu cavalo com Husdent.

— Para onde vamos, mesmo?

— Lionèss — o comandante respondeu.

— Ah, sim. Lionèss... E quando deres por fim a esta luta... tu pretendes retornar?

— Não sei. — Tristan o encarou. — E tu?

— É bem provável que sim, nas não para ficar em Cornwall. Penso em juntar-me aos homens de Arthur.

— Arthur?

— Não ouviste nada atinente a ele, Tristan?

— Não estou certo. Creio Marc ter comentado algo a seu respeito.

— Ele está tentando manter unidos os bretões. Não será surpresa se Marc receber alguma mensagem dele, com o escopo de auxiliar na defesa contra a invasão saxã.

— Disseste isso para Marc?

— Dinas está ciente. E sei que irá conversar com Marc, mas de qualquer forma não creio que o pedido de ajuda seja imediato. Arthur está trabalhando para firmar sua posição. Foi isso que tomei conhecimento, quando atravessei Dobunnorum. O mais inusitado é que estive em outras cidades e sempre ouvi louvores a respeito deste intrépido guerreiro, mas ainda não tive o prazer de conhecê-lo.

— Por isso, irás juntar-te a ele.

— Há muito abandonei o posto de comandante, Tristan. E nem me permito guardar vínculos duradouros com algum povo, por isso, sigo o caminho que mais me apraz. Evidente que toda a guerra carrega consigo um lado lucrativo.

— Se há algo que suspeito, Maxen, é que o homem sempre irá ter suas guerras. Assim como encaro ser dúbio esse lado que chamas de lucrativo.

Maxen sorriu, o Sol incidindo em seu rosto, ofuscando seus olhos.

— Falas como se estivéssemos indo a um passeio.

Por essa, Tristan não esperava.

— Sim, um passeio que por muito tempo, tenho aguardado. Dessa vez, não é pelas conseqüências da guerra, mas pelo direito que me foi tomado.

— Não quis ser rude, comandante. No entanto, devias avaliar a possibilidade de seguir Arthur. Soube que lutas muito bem e será de homens assim que ele estará precisando.

Tristan não respondeu. Seu destino ao término da campanha de Lionèss, era um mistério para si próprio.

Ao fim do dia, Tristan resolveu montar acampamento. Com o início da noite, os guerreiros descansavam em torno de uma fogueira. O comandante, acompanhado de Marjodoc, ao término de sua ronda noturna, aproximaram-se dos homens. Alguns ainda degustavam pedaços da caça assada há algum tempo. Gargalhadas descontraídas repercutiam.

— Comandante! Marjodoc! — Pharamond, limpando a barba e os lábios lambuzados com as costas das mãos, rompeu. — Sentai-vos conosco!
Embora preferisse retirar-se, Tristan acatou.
— Qual o motivo de tanto rebuliço? — Marjodoc, sorrindo, indagou.
— Conversávamos a respeito da vida antes e depois... — Dwyn, um guerreiro beirando os quarenta e três anos, levantou a voz — ...de um matrimônio.
— Não foi isso, Dwyn! Tu estavas dizendo o que tiveste de fazer, para convencer tua mulher a consentir com tua vinda! — e risos ecoaram.
— Maxen, seu verme! Nunca fui homem de aceitar ordens femininas!
— Mas o que fizeste, afinal? — Conlai intrometeu-se.
— Deixei-a reclamando sozinha! O que mais poderia fazer? Para ela, sou um velho sem condições de erguer uma espada!
— Mulheres! — Ywayn zombou. — Reclamamos delas, mas não podemos viver sem estas criaturas!
Tristan percorreu com os olhos o grupo. Conhecia apenas uma face de seus homens, a de lutadores. Era diferente presenciá-los distantes das obrigações. Apesar da convivência duradoura, escasso era seu conhecimento a respeito deles, da vida fora a militar. Uma circunstância que naquele momento, inquietou-o.
— Se preferes donzelas a batalhas, teu lugar não é aqui, Ywayn! — Pharamond troçou.
— Ora! Uma batalha é uma amante apaixonada, Pharamond! Quantos por ela não são seduzidos?
— Talvez, uma víbora, Ywayn! — Marjodoc gargalhou. — Uma víbora mortal!
— Tu falas, Marjodoc, mas sei de um homem que não estaria aqui por nada! Nem por todas as moedas de ouro!
Os homens reclamaram em uníssono; Tristan, curioso, voltou-se para Ywayn, contudo, nada indagou. Algum homem mais ansioso iria assim proceder.
— Quem, Ywayn?
— Perdeste a visão, Dywn? Marc jamais largaria sua agora rainha... para estar aqui! E vós tendes ciência de que ele também aprecia uma contenda!
— A rainha! — Dywn rompeu, rindo. — Não me admira! Apenas um insano se afastaria dela para lutar!
A ovação veio em seguida. Tristan acompanhou elogios e comentários da vistosa figura de Iseult e súbito, constatou ser impossível permanecer ali. Para que testemunhar aquela conversa, geralmente vulgar? Ergueu-se e despediu-se de Marjodoc, afastando-se. A algazarra que promoviam camuflou sua saída furtiva.
Ao deitar-se, desejou que suas motivações fossem semelhante à de seus homens. Para eles, bastavam elogios, falas maliciosas e provocantes. Ou noites de luxúria, fosse com suas mulheres, fosse com amantes. Eles viveriam, independente de jamais atingirem seu intento.

Duvidava de si.

No terceiro dia de marcha, a armada estava na fronteira de Lionèss. Cedeu a Marjodoc o comando do batalhão, enquanto iria aventurar-se sozinho pelo terreno inimigo. Seria insensato promover uma invasão quando os atacantes nem idéia do poder bélico do inimigo possuíam, assim sendo, ajustou a cota de malha, cobriu-a com seu manto e partiu durante a noite. Do planalto em que estava, era possível ver algumas tochas ardendo em meio ao breu noturno. Tratava-se do portão da cidade, construção constantemente vigiada, uma das realizações de Morgan. E à medida que ia se aproximando, notou haver alguns guardas a postos. Estes colocaram-se em posição de ataque assim que o trotar de um cavalo pôde ser detectado. Apontaram lanças e seus arcos e flechas contra o intruso, revelado paulatinamente pela luz das tochas. Tristan ergueu as mãos, mostrando que não desejava lutar.

— O que queres? — vociferaram
— Um único homem, perdido, é motivo para tanto alarde, amigos? Quero apenas um lugar para passar a noite.
— Pensas que iremos abrir para ti o portão, verme? No meio da noite?

Tristan não se alterou com a resposta. Sabia como lidar com soldados daquela espécie. Seu soldo como comandante iria auxiliá-lo. Assim sendo, retirou uma pequena bolsa com moedas de dentro do alforje, o que quase lhe custou uma lança contra seu tórax, pois os soldados suspeitavam uma investida.

— Vermes não costumam ter moedas, amigos — ele deixou o saquinho à mostra.
— Serão tuas, se me permitirdes um lugar para abrigar-me.

Um dos guardas, o mais agressivo, comentou para seu colega:
— Seria mais fácil matarmos esse cão e roubar-lhe as moedas! — disse em voz alta, propositalmente.
— Matai-me e deixareis de lucrar muito por vossa falta de cortesia. Tenho diversos amigos que, como eu, são mercenários e sempre procuram um bom lugar para dormir. E sempre dispostos a pagar por isso.

Os dois soldados entreolharam-se; haviam sido convencidos. Um deles deixou a guarita e ocupou-se em abrir o portão reforçado de grossas toras de madeira. Tristan era cônscio de ser aquele era o único lugar que permitia o acesso à cidade, pois ao redor do muro, profundos fossos deveriam ter sido cavados, uma das mais comuns medidas de proteção contra ataques. A escassa luminosidade não permitia vê-los, mas o cavaleiro não duvidava de sua existência. E os portões foram abertos. Husdent recuou alguns passos para em seguida, andar calmamente. Tristan inclinou-se para o sentinela, entregando-lhe as moedas, enquanto os portões fechavam atrás de si. O guarda agressivo havia deixado seu posto, interessado em repartir o lucro.

— Procura uma taberna, cão! — o homem era rude, brutal. Era um autêntico mercenário, nem as vestimentas de sentinelas amenizavam sua presença selvagem. Tristan agradeceu e distanciou-se deles.

Cavalgava pelas ruas e vielas da terra que amava, embora não mais reconhecesse a Lionèss de sua infância. Uma Lionèss fortificada e desventurada. Deparou-se com sinais de miséria e abandono, na forma de crianças e jovens em precária situação, largados ao relento. Notou mais de uma pessoa procurando restos de comida em meio a um amontoado de lixo. Foi contemplado com a triste visão de carcaças de cães, cavalos e homens. Era um espetáculo degradante. Ao fundo, no ponto mais alto da cidade, Kanoël, o lugar que, segundo Rohalt, nascera. Tratava-se de uma construção modesta, se comparada a Tintagel. Todavia, não poderia dizer muito sobre ela, pois o breu impedia uma apreciação detalhada. Mas pôde acompanhar as construções simplórias dos habitantes, muitas em estado deplorável. E seguiu em frente, rumo a um lugar, na sua lembrança, idílico.

A fazenda ficava relativamente longe de Kanoël e das casas com débil iluminação. Mas o percurso lhe era familiar. Lembrou-se de como amava aquela casa e de seu infortúnio, obrigando-o a abandoná-la. A despeito dos anos, carregava a imagem do incidente de forma nítida. O modo de como foi encarado pelo amigo, quando arremessou-o contra o forcado... Até o fim dos seus dias, iria se culpar pela vida que tirara — não havia castigo pior. Passou pela propriedade da família da vítima e parou na de seu pai adotivo. Agora era banhado pelas tochas espalhadas pela propriedade. Abriu a porteira e entrou, cavalgando lentamente, perscrutando a sua volta. Nada parecia ter sido alterado. Avistou o estábulo, o local onde sua inocência foi violentamente arrancada de si, na forma de um instrumento mal posicionado. Continuou cavalgando em direção à casa. O pesado som dos cascos de Husdent atraiu a atenção de Gorvenal, que veio receber o intruso — armado.

— Se ousares aproximar-te, terás uma espada encravada em teu coração! — a voz familiar soou.

— Gorvenal? — o moço surpreendeu-se com aquela recepção. — Não me reconheces mais? — o escudeiro abaixou sua espada e forçou os olhos para a figura surgida da escuridão.

— Tristan?

Foi uma surpresa recípocra, pois o cavaleiro esperava ver seu pai adotivo. Mas era uma felicidade dar-se com seu antigo mestre. Apeou-se e abraçaram-se.

— Como apareceste do nada, aqui? — emocionado, Gorvenal questionou-o.

— Antes, dize-me por que este pavor. Tuas visitas devem pensar várias vezes antes de vir importuná-lo!

O escudeiro sorriu com tristeza. E voltou a falar, mas em irlandês.

— Lionèss está sofrendo com o domínio de Morgan. É comum as pessoas terem suas terras invadidas e saqueadas... pelos mercenários do bastardo!

Tristan irritou-se com a notícia e com a possibilidade de espiões. Por outro motivo, Gorvenal não iria expressar-se naquele idioma. Contudo, expôs sobre sua vinda. E sobre sua armada, pronta para atacar.

— Tão certo como a morte... esse dia chegaria. Lamento apenas teu pai não estar aqui.

— Onde ele está? — o rapaz questionou, a expressão saudosa.

— Tombalaine, uma ilha ao norte da Pequena Bretanha. Deves entender, Tristan... os filhos partiram, a esposa dele também não era mais viva... Rohalt não quis mais ficar aqui, perdido em memórias e presenciando a opressão cometida por Morgan. Ele pediu-me para algumas vezes, vir e cuidar da fazenda, já que concedeu liberdade a todos os seus servos.

— Isso vai terminar — o moço sentenciou.

— O momento é propício. Mais da metade da força de Morgan está ausente, saqueando sítios vizinhos. A sede dele é insaciável, tanto quanto sua crueldade. Dominou-nos pelo terror. A fortificação da parte mais nobre de Lionèss foi o primeiro passo; assassinar rapazes com idade para se tornarem guerreiros, o segundo. Ou segregá-los, tratando-os da forma mais cruel possível, neles incutindo os piores sentimentos. Se jurassem fidelidade ao maldito, as torturas seriam suspensas.

Tristan indagou-se se realmente estava ouvindo aquelas barbáries. E então, recordou-se de quando restara em dúvida do rumo a tomar, ao ter noção de quem era. Estava na trilha de Land's End e testemunhou o brados em pânico de mulheres e mocinhas. *Como é árduo, por vezes, arrostar a verdade...*, concluiu.

— Muitos morreram em virtude de recusarem-se a servir ao tirano. Tenho permanecido sem rebelar-me, no entanto, estou farto. Havia escondido minhas armas — camponeses não as podem ter. Castigos severos são aplicados para quem é pego com uma espada, mas não me importo. Há apenas alguns dias estou com ela... — ele mostrou a lâmina — e irei portá-la, nem que seja morto!

— Não serás, meu amigo. Dize-me, tens idéia de quantos homens estão protegendo Morgan?

— Cerca de quinhentos.

— E o canalha... está aqui?

Gorvenal suspirou.

— Difícil é ele deixar Kanoël. Não são apenas os homens que sofrem, Tristan. Morgan e seus cães fizeram de tua casa um antro de perdição. Boa parte das jovens foram desonradas por aqueles vermes.

Foi o suficiente. Tristan, não querendo ouvir mais nada, expôs o plano de ataque. Por fim, descansaram e durante a manhã, ele partiu. Não teve dificuldades para deixar a cidade. A guarda do portão havia sido trocada e não havia motivo — no entender dos sentinelas — para desconfianças. Ao atravessar os portões, Tristan reparou nas profundas fossas cavadas, conforme Gorvenal lhe avisara e conforme ele próprio suspeitara existir. O único modo de atacar seria pelo portão. Ciente disso, cavalgou de volta ao local onde Marjodoc aguardava. Quando enfim chegou, seus homens queriam saber como seria.

— Por duas noites, permaneceremos aqui, na terceira, teremos um aviso e invadiremos... pelo portão.

— Sem sítio? — Marjodoc questionou.

— Não será necessário. Temos um grupo de rebeldes na cidade que nos auxiliarão. Não são muitos, mas o necessário para causar uma revolta. Também atacarão os sentinelas. Com o portão aberto, iremos entrar e tomaremos a cidade. A guarda de Morgan está desfalcada, com reduzido contingente. É nossa chance.

Maxen, próximo a ambos, não perdeu a oportunidade de atazanar o comandante.

— E crês podermos confiar neles?

Tristan não se deu ao trabalho de responder. Não quando o líder dos insurretos era Gorvenal.

Dois dias depois, por ordem do comandante, a armada iniciou sua descida até ficarem próximos dos portões. Iam em duplas. O primeiro grupo iria atacar sem cavalos; era a infantaria, formada principalmente por lanceiros. Todos traziam pesados escudos além das lanças e espadas. Usavam peitorais similares à *catafactra* de Husdent. O grupo montado, que seguiria atrás, forneceria cobertura. Eram cavaleiros cuja habilidade resumia-se em ataques rápidos e mortais, com espadas, lanças e arco e flechas. A infantaria — comandada por Maxen — descendo o relevo montanhoso aos pares e em absoluto silêncio, estancou. De onde estavam, podiam vislumbrar os portões iluminados.

— Quando? — sussurou-lhe um dos cavaleiros.

— Teremos um sinal.

— Mas quando? Se continuarmos aqui, seremos notados!

— Iremos, se continuares com este falatório! — Maxem rebateu.

Como se respondendo ao cavaleiro, o som intrigante de um *carnyx*, a trompa de guerra celta, rasgou a noite.

— É o sinal! — Maxen sacou sua espada e ergueu-se. Seu par o imitou e ambos protegeram-se com os escudos. Os homens atrás repetiram a manobra.

Em formação cerrada, com escudos erguidos, seguiram em frente, passos rápidos. Durante o percurso, presenciaram brados provindos da cidade. A linha de frente estava distante para arremessar suas lanças contra os sentinelas, mas perceberam a preocupação destes últimos com o tumulto atrás dos muros. Quando a iluminação dos portões destacou seus alvos, viram flechas — provindas dos rebeldes — sendo disparadas contra os sentinelas. Mas foi a lança de Maxen que derrubou o último guarda. E os portões foram abertos — a parte que cabia aos insurgentes.

— Agora! — Tristan bradou. Sacou sua espada no mesmo instante em que incitou Husdent. O animal, protegido pela *catafactra*, disparou. Os demais cavalos imitaram-no. Seguiam em formação de um "cone", com o comandante liderando. Os galões de Husdent ganhavam terreno, os portões estavam cada vez mais próximos.

A segunda força da cavalaria preocupava-se em desfechar suas flechas, de forma que dois contingentes em "cone", achegando-se dos portões, promoviam uma chuva delas. Isso não impediu que alguns mercenários interceptassem o caminho rumo ao portão — e a batalha teve início. O comandante freou Husdent a alguns passos dos últimos membros da infantaria — boa parte dela já havia ultrapassado os portões. Ao lado deles, começou a atacar. A idéia dos atacados, não era de vencer o duelo, mas sim de procurar fechar os maciços portões. Um aglomerado formou-se entre as portas, um jogo de uma facção empuxar a outra; um jogo mortal. Afoito, Tristan forçava caminho com Husdent. Mais de uma vez, o cavalo empinou e derrubou inimigos, pisoteando-os. A todo instante, o comandante voltava-se para o lugar de vigia dos portões; temia que dali os soldados pagos iniciassem as operações contra cercos, como arremessar pedras ou outros objetos. Sua preocupação tinha fundamento, porquanto alguns mercenários ali apostaram-se munidos de arcos e flechas, disparando contra os cavaleiros e infantes.

Tristan jamais havia sido íntimo de um arco e flecha. Em verdade, desprezava-os, pelo simples fato de considerar uma arma... covarde, embora a cavalaria fizesse uso deles. Contudo, os mercenários guardavam a vantagem da posição privilegiada. Algo precisava ser feito, e depressa.

— Tristan! Os portões!

Era a voz de Marjodoc, que liderava a outra facção montada. Tristan voltou-se e viu quatro homens tentando fechar uma das folhas do portão. O caminho à sua frente estava mais livre, exceto pelos corpos empilhados. Em um gesto rápido, Tristan decepou a cabeça de um inimigo e instigou Husdent. O cavalo pulou por sobre alguns corpos e ergueu suas patas, chocando-as contra a pesada peça. Foi o suficiente para interromper seu curso. No instante seguinte, Tristan irrompeu no interior de Lionèss, digladiando com os quatro soldados. Atrás do comandante, a cavalaria penetrou, atropelando mercenários remanescentes daquela divisão.

Executando o último dos quatro soldados, ele cavalgou retornando aos portões. Prendeu seu escudo na sela, deixou o lombo de Husdent com um salto, segurando-se na estrutura inferior que dava suporte à guarita. Com novo impulso, projetou-se para o piso da mesma; tão logo firmou seu peso, sacou a espada de Rivalin e investiu. O primeiro pereceu antes mesmo de perceber estar sendo atacado. Um guarda tentou utilizar-se de uma lança, mas Tristan foi mais rápido. Cravou sua espada no ventre do inimigo, enquanto empurrava um terceiro para fora da guarita. Percebendo um movimento atrás de si, golpeou com o cotovelo — o inimigo gemeu; virou-se e feriu-o com a lâmina. A fama de exímio guerreiro lhe fazia jus, conforme os últimos sentinelas constataram. E temeram um confronto.

Resmungando não receberem o suficiente para enfrentarem uma criatura demoníaca com aquela, optaram por fugir, pulando da guarita para o pátio interno.
Mercenários..., refletiu. *Até um cão guarda mais lealdade do que vós!* Embainhou a arma e deixou o patamar da forma como o alcançara. Pisando em terra, defendeu-se de outro atacante numa luta corporal. Vencendo-o, correu até Husdent. Havia muito a lutar.

Lionèss estava sob intenso ataque. O reduzido número de insurretos, que escaramuçaram a investida, agora contavam com o apoio de Tristan, seus homens e de alguns aldeões que aderiram à causa. Estes não eram páreo para os sanguinários homens de Morgan e quando podia, Tristan bradava para que se retirassem do cerne do conflito. Dentro da cidade, a infantaria não pôde manter sua formação cerrada, devido à própria estrutura daquela. Vielas e vilarejos — desconhecidos pelos atacantes — terminavam por se tornar armadilhas e foi uma falha que Tristan não levara em conta. Técnica de guerrilha, lanças e arco e flechas, aliados a um panorama ignorado... A despeito disso, o número de mercenários não era suficiente para repelir homens bem treinados. Preocupados em sair do cerco com vida, aqueles optaram pela perfídia — atear fogo às casas com moradores dentro, foi a principal retaliação. Mas a idéia era desviar a atenção dos militares, que — como sabiam — não hesitariam em socorrer criaturas indefesas. Uma atitude diversa da que tomariam. Dessa forma, Lionèss ardeu, dilacerando as trevas com dor e sangue. E iluminava a ferocidade de homens armados, gladiando como arautos do inferno.

Maxen, com um grupo de homens da infantaria — que conseguiram manter-se unidos — perscrutavam as ruelas. Recuperados dos terríveis efeitos iniciais causados pela guerrilha, agiam com mais cautela, principalmente quando percorriam próximo às casas. Ainda assim, uma flecha zuniu rente ao ombro esquerdo de Maxen. Irado, o guerreiro — protegendo-se com seu escudo — penetrou na casa, de onde o ataque partira. Ali — na frente de uma mulher com dois filhos — estripou seu atacante. E não conteve o ímpeto de tomar para si os objetos de valor do morto. Quando levantou seus olhos, deparou-se com a mulher abraçada aos filhos, em pânico.

— Não vou fazer nada contra vós — disse, retirando-se em seguida.

Tristan transmitira ordens aos capitães da cavalaria para não percorrerem pelas vielas, mas sim, invadir as casas de pau a pique. As estruturas frágeis cediam com facilidade diante o embate dos cavalos, ou mesmo dos lanceiros. Nessa operação, muitos mercenários foram mortos. O próprio comandante procedeu conforme determinara, fazendo Husdent invadir uma construção pela janela. Com o embate, a parede ruiu. Dentro do recinto, um mercenário disparou uma flecha, que ricocheteou no escudo do comandante. Ele retribuiu o ataque, arremessando uma lança contra seu tórax. O homem caiu. Tristan fez Husdent destruir a parede oposta da casa e com a mesma técnica, invadiu outra. Com sua intromissão, duas jovens gritaram. Próximo a elas, um mercenário com uma tocha nas mãos. O inimigo não teve tempo sequer de raciocinar o que acontecera. Em um instante, um cavalo negro invadia o lugar; noutro, aquele animal bravio postava-se nas patas traseiras, no seguinte, um som mortal vibrou ao seu lado. E algo aterrador aconteceu — viu parte de seu braço no chão, a mão cerrada, ainda segurando a tocha.

— Saiam deste lugar! — o comandante ordenou para as jovens, enquanto apeou de Husdent e abafou o fogo com seu manto.

As moças correram. Caído em um canto, o mercenário contorcia-se.

— Não irás me conceder uma morte digna? — urrou, cobrindo o membro decepado.

Tristan ergueu-se e aproximou-se.

— Pensaste em dignidade ao servir um homem como Morgan? Sequer lutas com dignidade, pois tu e os teus atacais ocultando-vos!

O ferido emitiu dolorosos gemidos. Tristan deu as costas, preparando-se para montar. Contudo, olhou de soslaio para o chão do abrigo, vendo a macabra lembrança de sua fúria. O infeliz ia sangrar até morrer, era ciente disso. Por vezes, odiava a selvageria humana. Odiava comportar-se como uma criatura mortal, tanto quanto execrava o sofrimento. Era mais difícil proceder como iria, mas por outro lado, seria menos cruel. Então, em um gesto repentino, puxou uma das lanças que prendera na sela de Husdent e a arremessou contra o homem mutilado.

Até mesmo um golpe de misericórdia demorava para ser esquecido.

Montado e novamente nas ruas, foi cercado por um grupo de guerreiros a cavalo. Rodopiou Husdent e ergueu sua espada, contudo, duas flechas zuniram bem próximas, não atingindo-o devido aos seus bruscos movimentos.

— Tantos para ti! Comandante, que egoísmo! — Marjodoc apareceu, de chofre, com três cavaleiros. Em segundos, arrasaram com os adversários.

Tristan — retirando de um corpo inimigo sua espada — levantou seus olhos. Percebendo um sutil movimento através da janela de uma das casas, arremessou sua lança. E um homem atravessado pela arma despencou pela abertura.

— Agradeço o auxílio, amigos — Tristan disse.

— Vamos! — Marjodoc bradou. — Deve haver mais dessa corja para estriparmos! Invadi as casas para enxotá-los!

— Irei me apartar, amigos.

— Queres que te acompanhe?

— Não é necessário.

Com o escudo em riste e atravessando uma viela com casas em ambos os lados, avançou. O fogo não atingira aquele local, mas era possível vislumbrar as labaredas que, do lado oposto, ardiam. Husdent hiniu. Muitas casas eram desprovidas de luz, outro fator contra si e seus homens. O escudo estava posicionado quase na altura do queixo e ele tentava discernir os sons. As ferraduras pesadas do cavalo denunciavam sua presença. Montado, sua visão alcançava a janela de algumas casas, mas era quase impossível definir dentro do recinto.

Ia cruzar com duas construções maiores, uma defronte a outra. As janelas destas posicionavam-se bem acima de si. Ele puxou a rédea de Husdent, fazendo-o andar rente à da direita. Manteve-se atrás do escudo, enquanto fixava seus olhos na janela oposta. Nada viu. Voltou-se à da direita, levantando seu rosto — estava exatamente a alguns metros abaixo da estrutura. Quando virou-se novamente para sua esquerda, deparou-se com algo vindo contra si. Um zunido e um embate violento, que arrancou-o da sela. Ele caiu por sobre a parede da casa, que, podre, cedeu ante seu peso. Ali, um mercenário aguardava com sua lança a postos, mas não imaginava a possibilidade do guerreiro recuperar-se rápido da queda. O comandante atacou com o que tinha em mãos: o escudo. O inimigo — sem proteção, um costume comum entre os mercenários — curvou-se quando a ponta inferior do arterfato rompeu suas entranhas.

— Uma morte indigna e dolorosa é o que mereces, verme! — grunhiu, puxando para si a peça de metal.

O homem tombou, emitindo sons inarticulados. Tristan, com a espada em mãos, voltou para rua, mas não encontrou o mercenário que lhe arremessara a lança. *Canalha pusilânime! Se te encontrasses...* — não concluiu o pensamento. Brados atraíram sua atenção. Montado, incitou Husdent, cavalgando rente a um dos lados da viela. Não demorou a encontrar membros de sua infantaria, alguns feridos, guerreando contra um grupo de inimigos. Conlai, a pé, liderava os que tinham condições de lutar. A ele, Tristan uniu-se. E seus assaltos impiedosos findaram a contenda.

— Fomos pegos de surpresa, Tristan — ofegante, Conlai comentou.

— Todos nós fomos — ele virou-se por sobre os ombros. Doze homens estavam bem, mas sete estavam feridos.

— Conlai, permanece com eles — ordenou. E incitou Husdent, agora rumo a Kanoël.

No caminho, deparou-se com mercenários abandonando seus postos e fugindo. Mas eles não iriam muito longe, seriam capturados quando tentassem cruzar os portões. Também encontrou-se com Ywayn, Pharamond e outros homens.

— Haverá mais destes cães? — Pharamond, os olhos injetados de ódio, indagou.

— Não creio — Tristan rebateu. — Mas tenho um último dever a cumprir.

— Morgan? — Ywayn quis certificar-se.

Tristan concordou.

— Necessitas de auxílio?

— Não. Posso cuidar desse verme sozinho. Peço-vos ir auxiliar os feridos.

Ele fez Husdent andar, desviando-se das montarias amigas. Atravessou uma ruela com diversos corpos, não de guerreiros, mas de aldeões. Jovens, velhos e crianças. O suor escorreu pelas têmporas, sentiu seu cabelo grudar na nuca e pescoço, os olhos voltados para o chão ensangüentado. Os ruídos remanescentes da batalha foram se distanciando, conforme aproximava-se de Kanoël. Mas continuava encontrando corpos. A infantaria chegara até lá, à custa de muitas vidas. E então, ele freou Husdent. A proteção de metal do cavalo tilintou e ele apeou-se em um pulo. Um corpo jazia, transpassado por duas flechas, fortes o suficiente para romper o peitoral. Reconheceu-o.

Era Dwyn, o guerreiro que se recusara a atender o pedido de sua mulher. Ele retirou as flechas, jogando-as longe. Amparando o corpo, constatou o terrível erro que cometera. Subestimara o poder inimigo. Sim, não eram muitos mercenários, mas o estrago que haviam feito era digno de um contingente poderoso. Consternado, depositou o corpo. *Irás também pagar por esta vida, Morgan!*

Montou novamente e instigou Husdent. Por entre a destruição, iluminada pelo fogo, vislumbrou parte de Kanoël. E cego pela vingança, iniciou sua caminhada até seu destino. Qualquer empecilho ao seu intento, seria brincar com a morte, como um dos homens de Morgan constatou, antes de despencar — com o tórax dilacerado — pesadamente, em um baque surdo, na escadaria que dava acesso à construção. Husdent escalou os degraus e ainda montado, Tristan forçou sua entrada, impelindo com violência as portas. Dois vigias surgiram, gritando e — a pé — atacaram, um deles tentou derrubar o imponente animal. A *catafactra* protegeu-o dessa — e de tantas outras — investidas, mas estava parcialmente destruída. Dificilmente iria protegê-lo de novos assaltos. O inimigo insistiu, como de costume, o cavalo empinou, derrubando-o. Tão logo postou-se sobre suas quatro patas, Tristan executou o segundo atacante. Repetiu seu gesto quando o primeiro mercenário levantou-se. Seu gemido agonizante ressoou pelo recinto. O próximo ruído foi o de um corpo se chocando contra o chão e de ferraduras contra uma superfície de pedra. Nela, projetava-se a sombra de um homem vingativo, sombra essa formada das chamas que destruíam parte da cidade e das tochas presas em suportes. Ele não teve mais o caminho interceptado. Ao atingir o limite do recinto, a quietude imperou uma vez mais. Tristan desmontou e andou em direção às escadas. Onde ele estava?

— Morgan! Aparece, covarde! — urrou o encolerizado cavaleiro, mas não obteve qualquer resposta. Decidido, com a espada ensangüentada em punho, escalou os degraus com destino ao segundo andar. No corredor, viu um homem correndo, não sabia ao certo se se tratava de Morgan, uma dúvida a ser tirada assim que o detivesse. Mas, com a idéia fixa de deter o homem que abominava, não notou a sorrateira aproximação de um inimigo, oculto pelas colunas inerentes de Kanoël. A sorte de Tristan foi a de ainda portar seu escudo e de mantê-lo em posição, pois foi contra ele o impacto da espada inimiga. Pego de surpresa, Tristan desequilibrou-se, dando mais oportunidade para seu adversário investir. O cavaleiro, refeito do embate, conseguiu desviar-se e rapidamente ergueu sua espada, contendo o avanço do oponente. — Maldito covarde! — Tristan referiu-se ao usurpador, em um acesso de fúria — És incapaz de proteger-te sozinho?!

Contudo, o mercenário que com ele digladiava, redarguiu com impropérios às ofensas do comandante. Este, não querendo prolongar aquela luta, terminou por arrancar a espada das mãos do adversário e encravar a sua no tórax do atacante. A arma de Rivalin traspassou o corpo desprovido de proteção; ao retirá-la, Tristan presenciou mais um cair ante seus pés. Retomou seu caminho, tendo certeza de que o fugitivo era aquele a quem procurava. Na última sala do corredor, ele deteve seus passos por alguns instantes.

— Defenda-te, Morgan! — vociferou, empunhando a arma coberta de sangue e livrando-se do incômodo peso de seu escudo. Sim, aquele era Morgan. Algo dentro de si atribuía essa certeza.

— Meus homens...

— Teus mercenários deram a vida por ti, Morgan. E vejo que foi em vão, pois és traiçoeiro e fraco de espírito!

Morgan estava encurralado. Não parecia ser um guerreiro, mas sim, um cortesão. As luzes fulgurantes que nele incidiam, desvelaram uma criatura de vestes delicadas, comprovando a suspeita do comandante, suspeita essa reforçada quando em um ato de bravura, mas sem respaldo real, Morgan ergueu sua espada e desferiu ataques típicos de imberbes. Tal demonstrava a estupidez de um homem que dependia apenas da eficiência de mercenários, sem se preocupar em exercer o ofício. Morgan não era um guerreiro, mas um conquistador. Um conquistador cujas armas eram o dinheiro e métodos de persuasão. Entrementes, ninguém ali estava para lutar por ele e sua performance no embate era medíocre. Bastaram dois ataques para Tristan arrancar-lhe a espada e posicionar a sua contra a garganta do homem que durante anos, execrara. De ímpeto, a idéia de que a vingança — por tanto tempo adiada — consumar-se-ia tão facilmente, revelou-se inacreditável. A imagem que tinha daquele odiado tirano era diversa da que agora enchia seus olhos. Um infeliz amedrontado, acuado. Tremendo como o mais vil covarde. Um poltrão cônscio da morte iminente.

— Cavaleiro... por que queres me matar? Vejo que és um excelente homem de armas, ninguém pode contigo — a voz soava trêmula. — Se unir-te a mim, dar-te-ei esta terra e mais ouro do que possas imaginar. Juntos, poderemos conquistar reinos!

— Desprezo-te até para arrancar tua ignóbil vida! Teu ouro é inútil contra minha sede de vingança, bastardo! Mataste meu pai e se pudesses, não hesitaria em mandar assassinar a mim, seu filho! Recordas-te de Rivalin?

A face avermelhada de Morgan empalideceu, seus lábios perderam a cor. Rivalin! Lembrou-se da reunião de seus mercenários diante dos escombros de Lionèss, da pilhagem, das mulheres conquistadas e submetidas aos seus caprichos. Tão nítido quanto esses detalhes, as circunstâncias seguintes dominaram-no e eram imagens do desrespeito cometido diante do corpo do então príncipe de Lionèss. Rivalin. Arrastado pelas ruelas por cavalos, os restos mortais foram trucidados e disputados por carniceiros. Como iria esquecer-se de Rivalin? Partira dele a ordem de massacrar o cadáver. Tanto ódio motivado pela bravura de um guerreiro, capaz de resistir até o fim de suas forças. Tão logo derrotaram-no, Lionèss sucumbiu e os dias de opulência tiveram início. Lembranças vívidas, tanto quanto o fio da espada contra sua garganta.

— És... filho dele? — a arrogância superou o medo, o tom de voz recobrou parte de sua confiança. — O maldito não teve descendentes! Se tivesse, não estaria vivo...!

— Não apenas estou vivo como vou implementar o que meu pai tencionava! — Tristan vociferou, contraindo seu maxilar.

— Imploro por tua misericórdia! — em um último esforço, Morgan soluçou. Em vão. A espada de Rivalin bramiu, os braços da vítima, em espasmos, tremeram. Findo o golpe, Tristan permaneceu imóvel, a lâmina com a ponta voltada para o solo. Filetes de sangue dela respingavam. Morgan ainda tentou praguejar, mas apenas sons guturais deixaram sua garganta dilacerada. Por fim, tombou.

O sangue manchava o chão de pedras, o braço do morto estava sobre seu pé direito. Tristan chutou-o. Morto! A tão sonhada vindita selara seu círculo. Limpou sua espada nas roupas do derrotado, embainhou-a e virou-se, caminhando lentamente pelo corredor. A desordem e o caos ainda eram presentes em Lionèss, apesar da batalha ter encontrado seu fim. Contudo, nada mais exercia efeito no homem que agora descia as escadas rumo ao salão principal. Husdent o aguardava. Livrou-o da proteção fendida. Não havia mais motivo para usá-la. Montou-o e deixou Kanoël.

Não demorou muito para que a notícia da morte de Morgan se tornasse notória. Apesar do término dos combates, a cidade ainda ardia sem que nada pudesse ser feito. Tristan acompanhou seus homens iniciarem o saque. Contudo, conforme as ordens do comandante, não molestaram as mulheres. Enquanto cavalgava pelas vielas cobertas de cadáveres, auxiliando na busca por sobreviventes, deparou-se com Conlai e seu filho — que apenas com o fim da luta, tivera permissão para aproximar-se — procurando, entre os destroços, armas e dinheiro. Conlai não conseguiu ocultar seu desconforto perante Tristan.

— Lutaste bem, meu amigo — o comandante expressou, a voz pesada. — Há de ser por isso, recompensado. O que encontrares, será teu — e instigou Husdent.

Conlai sorriu levemente. Tristan também soubera honrar o pacto, não impedindo o butim.

As conseqüências de uma batalha eram devastadoras e jamais findavam com o último assalto. Persistiriam por muito tempo, em amargas lembranças. Com a alvorada dando seqüência à tenebrosa noite de sangue, Tristan presenciou rostos desolados dos sobreviventes. Mas o pior atingiu-o cruelmente. Ouviu sobre ser ele o filho de Rivalin, mas que trouxera a morte àquela cidade, da mesma forma presenciou comentários referentes a ser o libertador da tirania de Morgan. Lágrimas exultavam-no e condenavam-no. Numa guerra, o amor e o ódio sempre compartilharam o mesmo rumo, disso ele era consciente. Mas não podia prever atitudes hostis. Aconteceu em uma das ruas próximo aos portões, onde desenrolaram-se os embates mais violentos. Com seus homens, auxiliava na remoção dos corpos que seriam cremados. Um grupo de campeiros — que persistia na busca de familiares — o viu. Descontrolados, ofenderam-no, amaldiçoando-o pelas perdas. Foi alvo de pedras arremessadas por uma viúva em prantos, mas a mulher e o grupo foram contidos por alguns de seus homens, pelos camponeses que lutaram na batalha e obrigados a retirar-se.

A cota de malha o protegera das pedras, mas ele permaneceu estático, acompanhando-os enquanto se afastavam. Desgostoso, perscrutou o cenário desolador à sua volta. Reconquistar Lionèss havia sido a razão de seu viver. Mas o preço... Teria sido tudo em vão?

— Comandante?

Marjodoc, que acompanhara a cena, aproximou-se.

Tristan voltou-se para o amigo.

— Diante desta atitude, não seria melhor te retirares?

Ele não respondeu.

— Talvez devesses...

— Trazes alguma informação? — ele inquiriu, interrompendo-o.

Marjodoc compreendeu de imediato. Ele não iria esconder-se.

— Trinta prisioneiros, Tristan — argüiu, atendendo seu superior.

— Feridos?

— Não sabemos. Os homens estão se reunindo agora, com o término do saque e do fogo.

— Quanto aos capturados, priva-os das armas. Não os maltrateis. Precisaremos deles para nos auxiliar a cuidar dos mortos.

Marjodoc surpreendeu-se.

— Queres insinuar...

— Não estou insinuando, Marjodoc. Os mortos devem ser cremados.

— Todos?

O comandante confirmou.

— Até mesmo o corpo daquele homem que tu odiavas?

— Ele já está morto. O que me traria vilipendiar seu cadáver? Tens conhecimento de minhas atitudes, meu amigo, e és ciente de que nunca procedi dessa forma. Há limites, até mesmo para o ódio.

Marjodoc retirou-se. Ele permaneceu só, mas não por muito tempo. Ouviu seu nome. Defrontou-se com Gorvenal aproximando-se, informando-o de ter feito mais dois prisioneiros. E ele não estava sozinho. Aldeões insurretos o acompanhavam e exigiam uma carnificina, mas Tristan não curvou-se à demanda. Diante das queixas e do pedido de sangue, irritado, ele exclamou:

— Sangue suficiente não foi derramado? Esses cães serão mais úteis trabalhando por esta cidade e não se forem estripados! — vociferou.

Um repentino silêncio se fez. Alguns rebeldes entreolharam-se, outros reclamaram em sussurros. Gorvenal, apesar da sede de sangue, não pôde deixar de admirar seu senhor pela sua determinação e nobreza.

— Por que tanta indulgência com esses elementos? — um dos revoltosos que vigiava um dos detidos, rompeu, insuflado pela raiva.

— Porque essa maldita guerra encontrou seu fim! Glória há em matar uma criatura dominada? — não houve resposta. Ele prosseguiu, o olhar determinado. — Que eles trabalhem, cuidando dos homens que mataram. Serão punidos, mas não como pretendeis — e afastou-se, andando por sua cidade devastada.

E sentiu-se tão devastado quanto Lionèss.

Marc entrou em seu aposento procurando pela esposa. Não a via desde as primeiras horas da manhã e seu coração tremia. O monarca inquietava-se com o comportamento frio de Iseult, nada parecia contentá-la e embora ela tentasse disfarçar, Marc começou a constatar a tristeza estampada em seus magníficos olhos claros. Atribuía ser pela separação de sua família, afinal, a moça havia deixado sua terra, seus pais e havia se tornado uma mulher, esposa e rainha. Por isso, a tratava com toda a consideração possível, brindava-a com caros presentes e procurava atender suas vontades. Mas nem aqueles mimos, tão sedutores para muitas mulheres, a tocava. Naquele dia, viu-a hirta na varanda, cuja vista descortinava para o mar. Invariavelmente a encontrava ali e Marc perguntava-se o que havia de tão atrativo naquela paisagem.

— Iseult! Penso o mar ser meu rival... — ele se aproximou. — Por que te encontro sempre aqui?

A rainha voltou-se ao ouvi-lo.

— Não me canso de admirá-lo, sire... o mar é eterno, não pensais nesta sublimidade?

— Só tu para apaziguares meu espírito! Vim te convidar para participares das justas.

A rainha suspirou, encostando as costas no balcão da varanda.

— Estas competições me aborrecem, sire.

Marc segurou delicadamente seu rosto. Os compromissos o afastavam dela, mas a despeito de sentir sua ausência, não apreciava obrigá-la a fazer algo contra sua vontade.

— Podes ir caminhar com tuas damas, se assim preferires. Pedirei para Dinas acompanhar-te.

Ficando novamente só, Iseult contava os dias. As estações. Duas haviam se passado. Ele retornaria? Tinha a impressão, quando fitava o mar, de vislumbrar a nau onde estiveram. E imaginava como teria sido a viagem se não tivesse proferido aquelas duras palavras. Entretanto, subsistiam resquícios rancorosos pela inércia dele, quando implorara por ajuda e confessara seu desgosto concernente à sua situação. Era singular deter tantos — e diversificados — sentimentos a respeito de uma única pessoa. Sim, havia o rancor, mas ao mesmo tempo, havia a lembrança do cavaleiro na popa e também, a recordação dele dedilhando sua harpa durante as noites, em Wexford. Agora, desconhecia seu paradeiro. Estaria ele vivo? Se estivesse, iria retornar? Suas divagações finalizaram no momento em que Brangaine avisou-a da chegada do senescal. Iseult praguejou em silêncio. Era tedioso passar as tardes com suas damas, entrementes, era ainda mais fastidioso suportar a companhia de Dinas. Em verdade talvez não fosse culpa do pobre senescal, que procurava ser prestativo e agradável, mas sim, sua.

Entretanto... estaria ele vivo?

Anseios diversos continuavam tumultuando seu íntimo. Aquele homem a perturbava e a incomodava de uma forma jamais percebida. Nenhuma diferença fazia estar ele vivo... ou morto. Porque, fosse de um modo ou de outro, ele a molestava e para sempre a atiçaria. *Tristan de Lionèss*. Apenas pensar naquele nome a fazia estremecer, quiçá fosse ódio ou um inédito — e temível — ardor. *Ele está vivo e retornará!* era o que pressentia. *Sim, o terei em minhas mãos!*, cismava. *E ele sentirá o poder e fúria de uma rainha!*

Como a mitológica Fênix, Lionèss renascia das cinzas. Não foi uma tarefa fácil. O primeiro entrave, foi o comandante superar a perda de seus guerreiros. Reunidos em Kanoël, Tristan e seus homens mais próximos deram um saldo final.

— Duzentos e cinqüenta e oito homens de nossa armada, Tristan. Trezentos e setenta e sete aldeões.

Ele ergueu seus olhos para Pharamond, que havia somado as baixas.

— Metade dos campeiros ficaram presos nas chamas — Conlai expressou, o tom triste. — Eles não tiveram qualquer chance.

— Eu pensei em tudo. Menos em guerrilhas. E na vileza de atearem fogo nas casas. — ficou silente por alguns instantes.

— Quem iria pensar em algo assim? — Pharamond grunhiu.
— Mutilados? — o comandante indagou.
— Vinte. Que não poderão mais fazer parte do exército. — Marjodoc manifestou-se.
— Dwyn consta na lista dos mortos?
Pharamond confirmou.
— Enviarás um mensageiro para Tintagel?
O silêncio novamente imperou. Ywayn, que questionara, súbito confabulou se não havia invadido um assunto que não lhe dizia respeito.
— Providencia isso, Ywayn — o comandante ordenou, por fim.
Os guerreiros se retiraram. Apenas Marjodoc restou, sentado em frente à mesa onde Tristan trabalhava.
— A perda de nossos homens é um fato, Tristan. Que este povo não está feliz contigo, é outro e já comprovado. Irás continuar se esforçando em melhorar a vida de pessoas que sentem ódio por ti?
— Eles me culpam pelo massacre, Marjodoc — disse, estudando o valor da última arrecadação de impostos, ainda durante a égide do tirano. — Porque a maioria deles não estava a nosso favor, nem a favor de Morgan.
— Pois te asseguro haver mais, por teimosia tua. Sei que te acusam de falsidade, porque além de tua complacência com os mortos inimigos, perdoaste mercenários! Os cães pagos cuja ação contra nós foi letal! E contra teu povo!
Ele afastou os pergaminhos.
— Dize-me, para quê mais mortes? As desgraças cometidas seriam revertidas?
— Não, mas...
— Eles foram vendidos como escravos, Marjodoc — Tristan interrompeu. — Crês existir punição pior do que esta?
— Decerto não, mas deverias ter contentado teu povo, executando-os!
— Acredito que nem isso traria alguma satisfação.
— Sim. Mas, com toda certeza, aplacaria a ira. De qualquer forma, trabalhas como um condenado para ajudar pessoas que não te são fiéis.
— Não posso exigir fidelidade deles e para ser sincero, nem quero. Anseio apenas em estruturar minha cidade, e...
— E?
Como o comandante nada mais dizia, Marjodoc continuou.
— Deves saber que nossos homens estão inquietos por aqui permanecerem. Maxen é um dos que irá partir em breve, de fato, é inusitado tê-lo aqui conosco por tanto tempo.
— Ele não partiu ainda? — Tristan escarneceu. — Sei muito bem porque ele ficou — havia certa malícia em sua voz.
— Ah, uma mulher — Marjodoc sorriu. — É quase uma bênção constatarmos ser possível existir amor, ao término de tanta desgraça — ele levantou-se e andou

até a janela. — Ainda assim, precisas decidir-te, Tristan. És ciente de que o ócio para um exército termina sendo uma arma perigosa. Eles pretendem voltar, contigo ou sem.

O comandante permaneceu silente.

— O que há, Tristan? Estás com teu pensamento longe dos fatos!

— Estou apenas cansado, meu amigo.

— Tens trabalhado em demasia, comandante. Devias repousar.

Marjodoc retirou-se. O comandante levantou-se e andou até o lugar onde seu amigo estava, próximo à janela. Mais de três estações esvairam-se desde o fim do conflito; foi duramente censurado e amplamente elogiado. Gorvenal visitara Kanoël diversas vezes e comentava a vinda de Rohalt ser breve. Decerto o mensageiro deveria tê-lo informado dos acontecimentos. Entrementes, todos esses problemas perdiam sua importância quando pensava em Tintagel. Era isso que lhe roubava o sono e sossego, Tintagel e a possibilidade de regressar. Marc também já deveria estar ciente da vitória, das perdas... Apesar disso, não duvidava dele exigir sua presença em Cornwall. O juramento feito ao tio o incomodava, especialmente porque tentava utilizá-lo... como um maldito pretexto. *Um novo pretexto!* Ali, apoiado na janela contemplando o entardecer, tentou — em vão — alimentar a esperança de que, se retornasse, seria por Marc. Tudo o que conseguiu foi irritar-se com sua própria falsidade. *Mas, se retornar, o que encontrarei em Tintagel?* — refletiu. Uma rainha, seu desprezo e nada mais. Seria uma forma convincente de aceitar tudo como era, tudo como o destino havia decidido. A rainha, esposa de Marc, seu tio — um homem que merecia seu amor e respeito — nem ao menos deveria recordar-se de sua ignóbil existência. Disperso no tempo, estavam as súplicas dela, antes de sua união. Mais ainda, os sentimentos que imaginara existir com relação a ela, tanto quanto sua execrável cobiça para estar no lugar de Marc. Sonhos fantasiosos, desejos dementes. E defesos. O que era para ela? O que significava? Aos seus olhos, era um reles cavaleiro. Nada além. Então, por que não valer-se disso? Seria um modo de restaurar a honra que julgava ter perdido; sim, deveria atender aos apelos de Marc — e talvez, os seus próprios — e regressar. Seria por ela menosprezado, humilhado, denegrido. Era odioso reconhecer sua vulnerabilidade, no entanto, se acontecesse conforme previa, libertar-se-ia das garras daqueles insanos devaneios e retomaria, triunfante, o orgulho de ser um devotado cavaleiro de Marc, fiel às suas convicções. Com isto, teria a prova irrefutável de meras conjecturas. Meras ilusões.

Decidido, optou por repousar. Embora cansado, sua mente continuava ativa, receosa. De fato, havia obstado sentimentos que supunha existir, mas não podia conter as imagens ardentes, lascivas e lúbricas que noite após noite, tentavam-no e enlouqueciam-no. Bastava deitar-se, cerrar as pálpebras e sua carne fremia, como se um prazer inexplicável o obrigasse a entregar-se àquela sinistra — mas intensa — presença. Uma presença feminina. Iseult. Como nas demais vezes, deixou o leito sem quase dormir. As noites insones agrediam sua aparência, era uma luta diária consigo próprio. Uma batalha cujo fim lhe soava tenebroso e incerto.

Não obstante os atrozes conflitos internos, cinco dias depois da conversa com Marjodoc, decidiu procurar por Gorvenal. Deixou Kanoël, selou Husdent e atravessou a cidade. Boa parte dela já havia sido reconstruída e o sangue derramado eram tristes lembranças, mas uma nova vida — promissora — era a esperança de todos ali. Ao passar pelas ruas, Tristan ainda atraía atenção, por ser o filho de Rivalin e, portanto, seu sucessor. Apesar de muitos não o aceitarem e execrá-lo, havia aqueles que respeitavam-no e realmente almejavam tê-lo como rei.

Husdent, com seu elegante trote, alcançou a fazenda. O cavaleiro foi recebido por Gorvenal no caminho que dava para a casa de seu pai adotivo.

— Sinto-me honrado com vossa visita, senhor de Lionèss.

— Por favor, Gorvenal — ele desmontou. — Vim aqui exatamente por isso.

— Há algo imprescindível e não pode ser adiado — o escudeiro apontou com os olhos em direção à casa. Tristan entendeu e para lá se dirigiram; encostado à porta, Rohalt aguardava. Visivelmente comovido, abraçou o filho que lhe era tão caro.

— Cumpriste tua promessa! — as palavras de Rohalt soaram emocionadas.

Os três homens adentraram na sala e acomodaram-se. Rohalt comentou ter tido diversos problemas em sua viagem; era para estar em Lionèss há dias.

— Mas agora que estou aqui, podemos conversar quanto ao teu destino. És o soberano destas terras, do que muito me rejubilo.

— Rohalt, não sei ainda se desejo tornar-me soberano.

A hesitação do rapaz minou o ânimo dos dois homens.

— O que pretendes, Tristan? — Rohalt inquiriu.

— Preciso voltar a Tintagel.

— Tintagel? Por que, rapaz? Queres ser vassalo de teu tio, quando tens um reinado para cuidar?

— Tens tudo para seres um monarca, Tristan — Gorvenal completou.

— Lionèss terá o melhor dos monarcas — Tristan continuou. — O povo tem receio de mim, algo compreensível, em virtude do modo como agi. Não são todos, evidentemente, porém, um número expressivo.

— E quanto aos demais?

— Serás o monarca, Rohalt — o moço ignorou a pergunta. — Não há homem mais honrado, honesto e competente.

— Eu?

Tristan confirmou.

— Preciso retornar, Rohalt. Não será para sempre, mas preciso.

— És um homem incomum. Mas respeito tua vontade, serei teu regente. Contudo, rogo que seja por breve período. Quando pretendes partir?

— Em alguns dias. Meus homens estão cada vez mais inquietos, aguardando uma decisão minha.

— Tristan — Gorvenal rompeu. — Permite-me acompanhar-te. Aqui estou há muito tempo e nunca tive a oportunidade de servir-te como fiz a teu pai. Gostaria de assim proceder, antes de meu corpo ser transformado pelo tempo.

O rapaz sorriu e concordou. Era um prazer a companhia do antigo mestre.

— Não falemos mais em viagens — Rohalt atalhou. — Fiquemos juntos hoje.

Apesar de preferir a solidão, Tristan ali permaneceu. Afinal, aqueles dois homens eram parte de sua vida, por eles, faria qualquer sacrifício. Apenas ao final do dia, o moço resolveu partir.

De volta a Kanoël, procurou por Marjodoc e avisou da breve viagem. Imediatamente, Marjodoc procurou informar os demais cavaleiros. A travessia de Dumnoni era longa e precisavam estar preparados, especialmente os feridos. Apenas sucedido vinte dias, o exército estava apto para a empreitada. Um dia antes, Tristan fizera uma proclamação no centro de Lionèss. Como sucessor de Rivalin, entregava o poder nas mãos competentes de Rohalt, uma decisão recebida com entusiasmo. Seu pai adotivo até constrangeu-se devido à ovação, mas não o verdadeiro rei. *Ora*, refletiu Tristan, *o que estas pessoas menos anseiam, é ter um rei guerreiro e violento; talvez eu tenha transmitido essa imagem e não duvido deles temerem a possibilidade desse mesmo rei, independente de suas boas intenções, transformar-se em um déspota.* Ele aceitou com naturalidade o fato de ter sido preterido.

Na alvorada seguinte, a armada despediu-se de Lionèss. Tristan liderava, tendo ao seu lado, seu antigo escudeiro. Marjodoc cavalgava atrás e era possível ouvi-lo conversando com alguns guerreiros. Os homens estavam animados em retornar. Ele também distinguiu a voz de Conlai e de seu filho — seu outro escudeiro —, comentando algo atinente a anéis de guerreiro e espadas que haviam apanhado dos despojos dos mortos.

— Mas as espadas de mercenários não se comparam as nossas! — alguém versou.

Tristan ouvia em silêncio. Apesar do comentário jocoso, o abatimento pelas perdas persistia, embora os guerreiros soubessem lidar com um destino inexorável. Inerente à vida de um soldado.

Seguiam em ritmo moderado, devido alguns homens não terem mais as mesmas condições de outrora. Por segurança, Tristan designou sentinelas nos flancos e batedores, para o caso de depararem-se com problemas. Então, percebeu um cavalo se aproximando.

— Por que voltar, comandante? — Maxen, que emparelhara seu cavalo com o de Tristan — afastando Gorvenal, momentaneamente — questionou.

— Qual é teu interesse em saber, Maxen? — o moço rebateu.

Maxen pressentiu certa hostilidade no comandante. Mesmo assim, o rapaz insistiu.

— São raros os tolos que desperdiçam um reino para continuar sendo um cavaleiro.

— Tolo é aquele que se obriga a fazer algo, mesmo ciente de não ter aptidão para o ofício.
Dessa vez, o guerreiro de cabelos negros irritou-se.
— E todo rei nasce sendo rei? Decididamente, Tristan, és um tolo. Espero que, quando recuperares o bom senso, teu regente restitua tua posição — e Maxen incitou seu cavalo, afastando-se.
O comandante prendeu seus olhos no guerreiro.
— Problemas, Tristan? — havia sido Gorvenal que mais uma vez, avizinhava-se.
— Não, creio que não — rebateu.

Cavalgaram até o fim do dia, quando Tristan deu ordens para que montassem acampamento. Armadas as tendas, um grupo partiu em busca de caça, enquanto os remanescentes acendiam uma fogueira e conversavam. Afastado dos demais, o comandante animou-se com a aproximação de Frocin. O moço sabia o intuito do menino; era melhor ocupar a mente ensinando algo da arte da luta com a espada em vez de confabular no que poderia vir a acontecer quando do seu regresso. Iluminados pela fogueira, treinaram. Conlai também participou com o filho e ao fim, a brincadeira rendeu diversos combates amistosos, regados a vinho e a carne fresca da caça.
— Comandante! — Maxen, que acabara de engolir um pedaço de carne, levantou-se do tronco em que havia se acomodado e aproximou-se de Tristan. Este, ao término de sua refeição, voltara ao círculo dos embates e havia posto por terra outros de seus homens. — Saca tua espada — Maxen já tinha a sua nua.
— Tens certeza disso, Maxen? — Marjodoc, satirizando, interrompeu. — Ele não perdeu uma única vez!
— Mantenho o desafio.
Tristan desembainhou sua arma e pediu espaço. Imediatamente, os dois se atracaram, sendo atentamente observados pelos demais. Frocin, abismado, jamais presenciara um desafio — como aquele — estando tão próximo. Maxen não seguia um estilo em sua luta, mais aproximava-se a um bárbaro. No entanto, sua espada havia sido forjada próximo aos moldes romanos, sendo, contudo, alguns centímetros maior. Tristan detinha a vantagem de possuir uma arma longa, com cerca de noventa centímetros. Embora em seu corpo, próximo da ponta repousasse a pequena avaria, era uma arma extremamente resistente, confeccionada segundo os costumes druídicos. E as lâminas chocaram-se violentamente. Mais de uma vez travaram em cruz e mais de uma vez, ambos utilizaram-se de golpes corporais para desvencilhá-las. Maxen, audaz, tentou atingir seu comandante investindo pelo flanco, mas em nenhum momento, Tristan perdeu sua defesa. Sua capacidade em rapidamente decifrar o estilo do oponente, fazia com que fosse temido, era o que mais impressionava os espectadores, de modo que Maxen estava gladiando com um bárbaro e um soldado. Dois estilos mesclados num único combatente.

— Isso *não* é um treino! — Conlai voltou-se para Marjodoc. — Não é desde o início.

Maxen recuou diversas vezes, seus ataques não estavam surtindo efeito. Era praticamente impossível romper a defesa de seu comandante, devido a agilidade com que interceptava seus assaltos. Mas não desistiu. Os dois homens tinham os rostos suados, a cada instante, as armas bramiam com mais velocidade, zuniam no ar. Até que Tristan esfolou o ombro esquerdo de seu oponente, surpreendendo a todos.

— Isso resolve o duelo — o comandante declinou sua espada. Ofendido, Maxen quis continuar, mas Tristan recusou-se. — Tivemos combates em demasia — e ele afastou-se.

A reunião havia findado. Um a um, os cavaleiros foram deixando o círculo e dirigiram-se para suas tendas. Maxen, humilhado, embainhou sua lâmina e afastou-se. Frocin, que havia acompanhado o embate, recuou no momento em que o derrotado passou próximo a si, os passos largos e pesados. O menino apreciara a vitória de Tristan, não porque achasse Maxen uma má pessoa, mas sim, pelo modo desrespeitoso dele dirigir-se ao comandante.

Tristan havia montado sua tenda ligeiramente afastada das demais. Antes de entrar, ele contemplou a imensidão celeste; algumas estrelas brilhavam distantes e uma brisa brincava com seus cabelos. A barba não aparada lhe atribuía um ar sério. Não pensava em Maxen ou na contenda. De fato, nada ocupava sua mente, apenas um profundo sentimento de desolação e angústia. Qualquer dor física seria melhor do que aquela impressão amarga, impressão que entorpecia os estímulos corporais e o envolvia naquela aura de desolação. Abatido, penetrou em seu abrigo e soltou o gibão de couro. Não usava a cota de malha, estava quente demais para isso. Acomodou-se sobre uma camada de palha e seu próprio manto. Era o seu leito improvisado para atravessar a noite. E conforme pressentia, não iria ser abençoado pelo descanso. A maldita insônia. Seus efeitos iriam agravar-se, era cônscio, afinal, estava traçando o percurso de volta.

Voltando... Conforme ela disse que faria, refletiu. E junto com o vazio, nasceu a dor do arrependimento.

No dia seguinte, a falange retomou seu curso. Tristan liderava. Marjodoc, o segundo no comando, ia ao lado de seu superior, acompanhado de Gorvenal. Mas Maxen não cavalgava mais ao lado deles. E desde cedo, não fora visto.

— Receio dele nos ter deixado — Marjodoc comentou.

— Por causa do duelo? — Tristan estava alerta, a despeito de seus olhos aparentarem cansaço e a tez abatida.

— Deverias ter continuado.

— Com qual intuito? Não provaria nada se continuasse — rebateu, mas não obteve uma resposta. — Pelo pouco que conheço de Maxen, não é do seu feitio sumir dessa forma. Ele deve ter saído para controlar seu ânimo.

— Ou a decepção de si próprio; desgostoso é aceitar a própria vulnerabilidade.

— Marjodoc, a primeira lição de um guerreiro é conscientizar-se da possibilidade do fracasso. A melhor lição que Maxen pode tirar de ontem, é a de aperfeiçoar-se no uso das armas.

Continuaram cavalgando e não demorou muito para presenciarem um trovoar de cascos. Tristan virou-se por sobre os ombros, Marjodoc o imitou. Depararam com um cavalo ultrapassando os cavaleiros em formação para, em seguida, freá-lo junto aos líderes. O animal espumou e mastigou o freio.

— Perdoai-me pelo atraso.

— Cavalga conosco, Maxen — foi a resposta do comandante.

Marjodoc não esperava rever seu antigo superior. Maxen era um homem cujo temperamento era agressivo, principalmente no que dizia respeito a embates, duelos e desafios com armas. Foi a primeira — e talvez única — vez que o vira ser derrotado, não duvidava do seu orgulho ter sido duramente atingido. Entretanto, percebeu que Maxen desejava conversar a sós com o comandante, assim sendo, conseguindo avisar o escudeiro, atrasaram propositalmente o passo de suas montarias.

— Meu intuito — Maxen, percebendo estar a sós, iniciou a conversa — foi convencer-te a partir comigo, comandante.

Tristan levantou os olhos para o companheiro. Havia algo inquietante nele.

— Estás te referindo ao duelo?

— Apenas provou o que já tinha em mente. Serias de grande valia, Tristan.

— Partir para auxiliar Arthur — Tristan avaliou. — Eu não sei, Maxen. No momento, estou incerto quanto aos meus próximos passos.

— Rogo que definas incontinênti teu futuro. Jamais deparei-me com um oponente com tuas habilidades. És capaz de antever um assalto, ao menos, foi o que senti! Em uma guerra, tua espada faria enorme diferença.

— Discutiremos isso mais tarde. Por ora, alegra-me que estejas conosco.

— Sei reconhecer meus limites, Tristan. Nenhum homem é invencível — e o guerreiro puxou as rédeas de seu cavalo, indo juntar-se aos demais, na retaguarda.

A cena — do reencontro daqueles homens testemunhada por todos — foi tida como um exemplo para o pequeno Frocin. Conlai expôs ao menino que, mesmo ao perder uma luta, um homem devia manter sua dignidade.

A armada continuou em passo moderado, parando quando os feridos necessitavam. O percurso era íngreme e exigia preparo de homens e animais. Alguns guerreiros retiraram as cotas de ferro, as piores proteções. Além do peso, cobriam o corpo de ferrugem. Como viajavam em ritmo comedido, foi necessário

acamparem mais dois dias. E conforme avançavam, o terreno tornava-se mais familiar para o comandante. Até que, por fim, ao longe, avistou as ruínas dos mosteiros. Antes de martirizar-se a respeito de sua decisão em retornar, seus dois batedores surgiram, avisando-os de que o caminho não apresentava qualquer risco.
Estavam próximos de Tintagel.
Tintagel, ele pensou. Agora, era tarde demais para desistir.
Prosseguiram.

No horizonte descortinava-se para os viajantes os muros e construções da cidade de Marc. Os batedores incitaram seus corcéis e foram ao encontro de alguns sentinelas que deixavam os portões de Tintagel. De onde Tristan estava pôde acompanhar o toque incessante de sinos, como se quisessem informar a todos do retorno do exército. O comandante constatou a ansiedade de seus homens. Não podia censurá-los; há muito estavam em campanha e seus familiares sofriam com a ausência.
Súbito, refletiu ser eterna a ausência daqueles que na guerra pereceram.
A falange atravessou os portões da cidade, homens e mulheres — pais, esposas, irmãs — tentavam, desesperadamente aproximarem-se dos cavaleiros. Bradavam os nomes adorados, alguns cavaleiros correspondiam. Todavia, numerosas invocações esvaeceram sem retorno. Apesar do mensageiro ter relatado as mortes meses atrás, os familiares queriam a confirmação. A prova da perda. Era alto e amargo o preço de uma guerra. Pior ainda, ser um embate cujo motivo era exclusivamente particular a um homem... que não era o senhor de Tintagel.
Gorvenal, cavalgando atrás de Tristan, notou a terrível transformação daquelas pessoas, que lançaram um olhar de ódio ao comandante. E uma vez mais, ele foi amaldiçoado. Uma reação imediata quando, entre consternações e lágrimas, aqueles homens amados haviam se tornado espectros do passado. Exclamações de inconformismo, de dor e tristeza eram proferidas junto com as de júbilo — dos guerreiros da falange que foram ao encontro do calor humano. Tristan, notando outros habitantes achegando-se para receber a armada, incitou Husdent, afastando-se do aglomerado. Foi seguido pelo seu escudeiro, Marjodoc e Maxen. Mas uma facção de cavaleiros proveniente de Tintagel os cercou. O líder avizinhou-se.
— Depois de uma longa ausência, retornaste.
O comandante sorriu levemente. A voz conhecida de Dinas vibrou acima das ovações. Tristan cavalgou até ele e apertaram calorosamente as mãos.
— O destino velou por mim, meu amigo — Tristan retrucou. — Preservou minha vida e meu regresso, inclusive.
— Tua vitória contentou teu rei. Desde tua missiva, o cerne de seus comentários atinham-se às possibilidades de teu retorno. Portanto, devemos ir imediatamente a Tintagel. — Dinas, puxando as rédeas de seu cavalo, saudou os guerreiros que

acompanhavam Tristan, convidando-os a seguirem-no. O comandante cavalgava ao seu lado.

Conforme avançavam, Tristan atentou em ainda ser alvo de olhares adversos. Fulminantes. Não podia censurá-los. Um abismo de uma odiosa guerra com suas máculas foi instaurado entre ele e Tintagel. Nada poderia alterar essa profunda fenda.

— O rei não ficou a par das outras novas?
— Tuas?
Entreolharam-se.
— Da guerra, Dinas. Das perdas.
— Um exército é um exército, Tristan. As mortes são inevitáveis.

Não quando inexiste um interesse direto, o rapaz pensou. E reconheceu seu primeiro erro em reaparecer em Tintagel.

— Os sinos anunciam tua chegada. Marc deve estar cada vez mais impaciente para ver-te.

Do rei, não duvidava. Mas e a rainha?

Tristan permaneceu quieto. Cogitava em seu segundo erro por sua volta. *Que espécie de homem me tornei? Penso ser um cavaleiro, mas levei homens à morte para atender aos meus propósitos; agora, resto incerto quanto minha lealdade como servo de meu próprio senhor!*

Na fortaleza, Marc irrompeu — sorridente — em seus aposentos, procurando por sua esposa. A rainha estava sentada à mesa e Brangaine penteava delicadamente suas longas madeixas.

— Iseult, ouves a fanfarra? Alegra-te, esposa. Meu querido filho retornou a nós!
— Vosso cavaleiro? — a voz soou tremida e seus olhos brilharam, uma reação que fez com que a aia a fitasse com certa severidade.
— Sim, Tristan! Peço que te aprontes rápido, para recebê-lo.
— Vós deveis antecipar nossa recepção, sire. Irei em seguida.

Marc concordou e deixou o aposento. Brangaine interrompeu o trabalho e ajoelhou-se à frente de sua senhora.

— Muitos dias se foram desde a ida dele, senhora. E...
— E agora — a rainha a interrompeu —, terei concluído meus desígnios.

A aia suspirou.

— Iseult, conheço-te desde tenra idade. Há mais do que ódio em teu coração. O que pensas fazer?
— Não importa, Brangaine. Meus sentimentos estão mortos, como eu estou — a rainha agora trazia um olhar absorto. — Morta, lenta e miseravelmente a cada noite. Morta... — permaneceu naquele estado durante alguns segundos, era doloroso conversar a respeito de seus deveres como esposa. Preferia enterrar no mais profundo de si seu desgosto. Mas e agora, como seria? Agora, que *ele* havia

retornado? Requisitou seu manto e a aia levantou-se, indo buscá-lo. Suavemente, ajeitou-o nos ombros da rainha. Diante deste gesto, Iseult segurou firmemente as mãos dela, necessitando de um consolo. — Doce Brangaine, tens razão quando te referes aos sentimentos em meu coração. Mas preciso confessar-te haver também a dor e o remorso, pois apesar de respeitar meu senhor, não há forças em mim para tratá-lo como uma esposa deveria. Ainda assim, ele é bom e gentil comigo. Marc sente amor por mim, Brangaine. Mas a cada dia, aumenta minha repulsa por ele — Iseult soltou-a e levantou-se, a face pálida. — E temo a mim mesma — a angústia a fez abraçar compulsivamente a aia. — Temo a mim, Brangaine, do que posso cometer!
— Calma, minha criança. Calma... — mas Brangaine sofria; era incapaz de amenizar o drama de sua senhora.

Dinas e o comandante, seguidos pelos demais, apearam-se no pátio da fortaleza. O monarca desceu as escadas e andou em direção ao grupo; atrás dele, alguns outros cavaleiros e nobres.
— Tristan! — Marc exclamou. O moço não esperava ser recebido pelo rei antes mesmo de entrar no salão de Tintagel. Acanhado, sua única ação foi reverenciá-lo, mas Marc não permitiu. Simplesmente tomou-o entre os braços.
— Ah, Tristan! Pensei ter-te perdido! Deixe-me olhar-te, filho! — e Marc o segurou pelos ombros. — Nem posso acreditar que finalmente estás aqui!
— Sire, peço-vos perdoar-me pela longa ausência, mas... as desgraças causadas pela guerra foram tantas... e não podia abandonar meu povo.
— Soube de tua vitória, mas nem esta notícia abrandou meus nervos pela tua ausência.
— Minha vitória custou vidas, sire. E...
— Não falemos disso agora, filho — Marc voltou-se para Marjodoc. — Marjodoc, é bom rever-te. Tu também és bem-vindo, Maxen.
— Sire — Maxen saudou-o. — Vossa recepção calorosa é uma bênção, depois de lutas e mais lutas!
— És um bufão, rapaz! — e Marc também o abraçou. — Vós não imagineis como sou grato aos nossos deuses e ao Deus do padre Saint Illtyd, por abraçar-vos novamente! Deveis ir aos vossos aposentos e trocar vossas roupas. A rainha está ansiosa para vos cumprimentar. Ela também esperava pelo vosso regresso.
Esperava? — o comandante não acreditou. Para ele, era impossível estar a rainha exultante com seu reaparecimento. Entrementes afastou tais dilemas, porquanto sentiu ser necessário trocar suas vestes. A cota de malha — embora fosse de prata — o incomodava. Acompanhado do rei, deixaram os cavalos aos cuidados dos cavalariços e adentraram no salão. Pretendiam ir aos seus aposentos, mas o rei os deteve.
— Vede, senhores, quem vos honra com sua presença.

Iseult atravessou lentamente o recinto. Usava um vestido cor de marfim, de seda, um manto preso com um alfinete de ouro na altura dos seios, adornava a vestimenta. Os longos cabelos estavam soltos.

O comandante inebriou-se diante daquela visão. E temeroso de suas reações, desviou seu olhar, mas não antes de encantar-se com ela, não antes de testemunhar em sua face, um ar de regozijo, de triunfo. Censurou-se por sua estupidez; havia acreditado ser ilusório e insano devaneio sua paixão por aquela mulher... Mas não era. Era real. E constatou que Iseult vangloriava-se pelo seu retorno, como ela havia vaticinado que ocorreria. *O que fiz?*, amargou, enquanto ajoelhou-se aos seus pés, cumprimentando-a. Entretanto, manteve seus olhos abaixados, evitando encará-la.

— É um prazer para mim ver-te novamente entre os cavaleiros do rei — o timbre da rainha era grave. — Tens minha permissão para erguer-te.

Ele atendeu ao comando e levantou-se. Dessa vez, não houve como evitar perder sua visão nela. Ele a via e recordava-se das imagens sedutoras de *Beltaine*, da sedutora Iseult, cujo corpo físico, mesclou-se com a entidade onírica, mas ambas eram Iseult. A única mulher capaz de entorpecer seus instintos. De atormentá-lo. Aquela mulher... sua senhora e rainha, hirta diante de si.

— Não te disse que irias retornar? — Iseult sussurrou, a face enigmática, mas com certo ar de satisfação. — Este dia chegaria, cavaleiro — completou, afastando-se lentamente, indo receber os demais guerreiros. E não mais importou-se com a presença do comandante.

Este, sem reação diante do contentamento da rainha, recobrou-se apenas quando Marc apareceu ao seu lado.

— Tua aparência é de fadiga, filho. Deves recuperar-te; quando estiveres descansado, poderemos conversar.

Um arrebatado Tristan trancou-se em seu quarto. Irritado, arrancou o manto e o atirou com violência contra o chão. Fez o mesmo com a cota de malha de prata e com sua espada. A arma chocou-se e vibrou, saindo parcialmente da bainha. Amargurado, encostou as costas contra a porta e recordou das palavras de Cathbad. Sim, era um maldito. A triste concepção de si agora tornava-se cristalina. *Ele sabia! Cathbad sabia...* Como podia ser fiel ao rei, ao seu próprio tio, que amava como a um pai, se extasiava-se por um amor lascivo, um desejo profano? Não havia retornado por livre e espontânea vontade para provar... para confirmar estar apenas criando fantasias efêmeras? Ou sabia serem elas reais, mas havia enganado a si próprio para ali estar? Tanto quanto utilizava-se da escusa em atender aos desejos de seu rei?

Vacilante e perturbado, constatou perder-se em suas próprias — e enredadas conjecturas; o mais trágico era que não estava mais definindo o rumo certo a trilhar.

XI

Transcorridos dois dias de seu retorno, Marc requisitou Tristan para uma audiência particular. Foi nessa oportunidade que o cavaleiro pôde narrar os acontecimentos da empreitada e o motivo das perdas terem sido tãos altas. E expôs o número de guerreiros cujas seqüelas os afastariam da vida militar. Apesar de Tristan ter ressaltado sua falha, Marc — que nunca aceitou sua ida — não censurou-o. Sim, a morte de mais de duas centenas de homens frustraram — e muito — o rei, mas Marc percebia o quanto seu sobrinho estava padecendo por isso.

— Às vezes, filho, pensamos estar preparados para um conflito, mas quando o momento chega, defrontamos o infausto engano.

— Preocupo-me com o fato de...

— De ter sido tua a idéia, embasada por motivos particulares — Marc interrompeu. — As críticas são muitas e compreendo a razão delas. O que meus súditos não entendem, é que a tirania deve ser repelida, não importa onde.

— Independente disso, sire, espero poder retribuir-vos financeiramente. Uma vez recuperada, Lionèss irá auxiliar-vos, e às famílias cujos homens pereceram.

— Uma atitude digna de ti, filho. Contudo, peço-te não te sentires culpado desta forma. Os guerreiros não foram obrigados a ir e eram cientes do risco. Ademais, eu concedi permissão, a despeito de alguns de meus conselheiros tentarem impugnar tua empreitada pelo simples motivo de que nada receberíamos em troca, exceto aborrecimentos — Marc suspirou. — Jamais fui um monarca que somente age movido a interesses próprios. Decididamente, não é meu modo de fazer política.

— Sim, sire... mas isso pode vos trazer inimigos.

O rei sorriu levemente.

— Filho, a política transforma os homens. Tu devias saber disso, já que agora também és rei. Oportunamente, irás descobrir as vantagens ou desvantagens de dilemas como este. Depararás com dúvidas e limites. Posso ser senhor destas bandas, mas não posso me olvidar de Arthur.

— Já me falaste deste guerreiro. Vós o conheceis?

— Definiste corretamente a pessoa de Arthur. Sim, eu o conheço, desde quando era apenas um jovem audaz, como tu foste, Tristan. E ainda és... — ele sorriu. —

Algum tempo depois de ter sido coroado rei em Tintagel, reuni-me com o pai dele, Uther Pendragon e com os demais monarcas para elegermos o sucessor de Uther, o Grande Rei.

— E foi Arthur o escolhido.

— Infelizmente, não. Arthur, apesar de ser filho de Uther, é tido como um bastardo e muitos senhores consideraram um insulto tê-lo como Grande Rei. O mais inusitado, é que o próprio Uther não tentou reverter o conceito que os demais senhores tinham de seu filho. A relação entre eles nunca foi amigável. No entanto, com a morte de Uther, diversos conflitos tiveram início, a princípio entre os próprios bretões, depois com relação à ameaça saxã.

— Lembro-me de ter ouvido algo deste assunto.

— As notícias vieram até nós. Dumnonia, Powys, Uffington... enfim, toda a Britannia corria sério perigo. Os saxões são guerreiros extremamente ágeis e perigosos.

— Maxen falou-me a respeito deles... e dessas batalhas.

— Sim, e foi Arthur quem organizou uma defesa, contendo o avanço inimigo mais de uma vez. Não apenas dos saxões, mas dos outros povos que a eles se aliaram, como os pictos. Dessa forma, conquistou o respeito da maioria dos reis, minha, inclusive. E como senhor de Cornwall, a ele jurei lealdade e obediência. Apesar dele próprio não se intitular rei, reconheço-o como um. E terás a oportunidade de conhecê-lo, Tristan, pois és senhor de Lionèss. Tua vitória, se não alcançou, em breve será comentada além dos muros de Camulodunum, uma antiga cidade romana, agora moradia de Arthur. Seria bom alvitre ires até lá e te apresentares como rei de Lionèss, explicando-lhe o motivo de tua guerra e...

Tristan levantou-se e andou pela sala, cabisbaixo. Sua atitude interrompeu o monarca.

— Não assumi Lionèss, sire — disse, o tom sério. — Pensei... pelo menos, durante algum tempo, em continuar servindo-vos... com lealdade — a inquietação tomou conta de si, ao pronunciar tal palavra.

— Ora, falas sério?

— Penso não ter o que Vossa Majestade tendes... esse dom de ser um líder.

— Estás motejando, Tristan? És um líder nato. Mas não deves fazer algo contra tua vontade. De bom grado recebo-te como meu mais leal cavaleiro e como comandante supremo de todo meu exército; homem nenhum é melhor qualificado. Permaneças até encontrar tua própria segurança e desejo tornar-te um monarca. Todavia, isso não te impede de ir visitar Arthur, filho. Sei que Maxen pretende deixar Tintagel em breve para unir-se ao exército dele; se quiseres, tens minha permissão em acompanhá-lo.

— Ele me propôs acompanhá-lo. Pensarei a respeito — comentou, acomodando-se novamente.

— Qualquer que seja tua decisão, espero ter-te aqui durante alguns dias. Quero ver-te recuperado destes últimos acontecimentos.

Tristan agradeceu, sentindo-se desconfortável diante da forma amorosa como Marc o tratava. Conversaram a respeito de assuntos diversos e assim ficariam, se o senescal não os interrompesse, lembrando ao monarca das reuniões que teria pela frente. Marc reclamou.

— É incrível. Quando estou contigo, o tempo se dissolve! Com qualquer outro, arrasta-se! E têm sido breves nossos encontros...

— Sois muito requisitado, sire.

Marc riu.

— Um motivo justo para passar alguns dias em Lanciën... — ele ergueu-se e Tristan o imitou. Rei e cavaleiro deixaram a sala juntos. Antes de despedir do rapaz, Marc deteve-o, segurando-o pelo braço.

— Poderias fazer-me um favor, Tristan?

— Certamente, sire.

— Peço ires com Dinas julgar as cinco justas que teremos hoje. São jovens aspirantes à carreira militar cujo desempenho prescinde ser avaliado. Tenho sido o juiz, mas creio seres melhor do que eu.

— Irei com prazer.

— Dinas... — o rei voltou-se para o senescal que aguardava na entrada da sala —, avisa minha esposa deste imprevisto. Faltou-me à memória estes deveres — ele voltou-se para o guerreiro. — Bem que ela poderia acompanhar-te, filho, mas infelizmente, torneios a entendiam.

— Como desejais, sire. — E Dinas retirou-se.

Tristan afastou-se agradecendo por Iseult não apreciar embates. E... ele não compreendeu a si próprio. Se ali estava para rever Iseult usando todas as demais escusas como artifícios, por que temia encontrá-la? *Estou enlouquecendo!*, angustiou-se. E agradeceu ter recebido ordens do rei. De fato, a tarefa designada iria mantê-lo ocupado e era disso que necessitava. Seria uma forma de afastar seus devaneios. Incontinênti, percorreu o corredor da fortaleza até a arena, finalmente pronta. Tristan estudou-a. Treinar ali seria o fim das discussões rudes e violentas que não raro ocorriam, quando os guerreiros travavam duelos nas ruas e vielas da cidade. Era até cômico como os embates amistosos revertiam-se em confusões entre os próprios cavaleiros e entre estes e os aldeões. Certo que as justas em meio ao povo ainda representavam a regra, sendo a liça construída, uma exceção.

À distância, vislumbrou alguns jovens praticando com suas montarias. Outros treinavam o uso da espada; em todos, a aspiração do cobiçado título. Atingindo a arena, Tristan apresentou-se a mando de Marc. Imediatamente, indicaram-lhe o lugar a ocupar e era o próprio balcão do rei — em verdade, a arena era circundada por uma construção de madeira, na forma de um anfiteatro. Para poder atingir o balcão, ele escalou alguns degraus. Afastou a cortina — que fornecia privacidade ao rei — adentrando no recinto. O assento propiciava excelente perspectiva da arena. Era bem diverso do circo em que lutara, na Irlanda, cuja estrutura para os convidados não dispunha de planos elevados. Com aquela vista panorâmica, facilmente notaria qualquer ato desrespeitoso ou contrário às regras básicas das justas. Sentou-se e apoiou os braços no balcão, sendo observado pelos jovens. Sua presença era sinal de que os embates deveriam ter início. Antes, porém, os combatentes apresentaram-se. O comandante, atencioso, levantou-se e os recebeu de pé, confessando estar honrado por ter sido escolhido pelo rei para a tarefa.

— Não olvidai-vos de que a vitória é incapaz de brindar-vos com a glória — disse, encarando os mancebos — se lutardes com desonra. O título que cobiçais guiará vossos passos e encontrareis em vossas espadas, a mais leal companheira. Deveis ter em mente esta ser o símbolo da virtude, da força, honra e da coragem — tais palavras o fizeram recordar de sua falta de respeito com a arma de Rivalin, quando arremessou-a contra o chão. *Não cumpro o que ensino*, constatou, deprimido. — É com essa arma que vós, defensores de vosso rei, ireis impor a justiça — disse, disfarçando seu mal-estar repentino. — Que inicie o desafio — os moços agradeceram e retiraram-se. A um só tempo, escudeiros e cavalariços apareceram para acompanhar os duelos, Frocin, entre eles. O garoto estava absorto, ansiando aprender tudo relacionado à cavalaria. *O menino realmente se dedica*, Tristan avaliou, culpando-se por não ter muito tempo disponível para ensiná-lo. Foi quando ouviu Dinas chamando-o.

— Cá est... — ele não completou a frase. Estava de pé, na entrada do balcão para atender ao senescal, mas defrontou-se com a rainha. De fato, quase com ela colidiu. Diante daquela repentina aparição, foi vítima de um sobressalto.

— Ah, tu já te encontras aqui! — era Dinas quem agora invadia o lugar. — Serás ótima companhia para a rainha — voltou-se para ela. — Senhora, lamento não vos ter anunciado ao comandante e peço desculpai-me pela minha falta em não ter desobstruído o caminho para que pudesses acomodar-vos em vosso lugar. Deveria ter sido mais rápido, antecipando-me aos vossos passos.

— Não te aflijas, Dinas. Posso cuidar de mim própria. Ademais, no meu caminho havia apenas uma fina cortina — rebateu, cansada do pedantismo do senescal e com os olhos fixos no cavaleiro.

— Agradeço, senhora. Como estás bem acompanhada, retirar-me-ei.

Ao deixá-los a sós, Tristan recuou e fez menção de saudá-la. Mas Iseult o interrompeu.

— É desnecessário reverenciar-me. Podes sentar-te — ela própria passou por ele, andando em fúria, quase esbarrando no rapaz. E sentou-se no banco ao lado. Tristan, ainda constrangido, imitou-a.

Ao término de um longo silêncio em que ambos detiveram suas atenções aos primeiros assaltos que transcorriam na arena, ele — sem virar seu rosto — falou:

— Pensei... que Vossa Majestade não apreciásseis torneios — conseguiu dizer. Percebeu — e odiou-se por isso — sua voz trêmula.

Na arena, os desafiantes preparavam os cavalos para um novo embate. Antes, porém, os duelistas aproximaram-se com o intuito de saudar a rainha. Iseult correspondeu com um leve sorriso.

— Estás certo, cavaleiro — ela argüiu, por fim. — Não aprecio justas e não vim aqui para vê-las.

— Então...

— Queres saber por que vim? Não sejas insolente! Não te devo satisfações! *Outra vez agressiva*, ele pensou. *Será ela sempre rude comigo?*

Percebendo o silêncio, Iseult continuou, a voz ríspida, a altivez inerente em si.

— Retornaste, como disse que farias. Faltaste mais uma vez com a verdade e o mais grave, ludibrias teu rei, que tanto te venera. Como ousas ser tão pérfido?

Apreensivo, voltou-se para a rainha. Ela prosseguiu.

— Tu e eu sabemos porque do teu regresso.

— Vós sabeis? — ele vacilou.

— Foi uma decisão impensada, cavaleiro. Mas agora, posso fazer contigo o que fizeste comigo... usar-te a meu bel-prazer.

Ele empalideceu. Já perdera seu raciocínio, havia se considerado maldito pela sua paixão avassaladora por aquela mulher; agora, além de suas próprias reprimendas, havia ela, que também o acusava de estar sendo desleal para com seu rei. Sim, ela era cônscia do verdadeiro motivo de seu regresso, mas não compartilhava dos sentimentos do cavaleiro; ao contrário, o desprezava. Como Tristan suspeitava que faria, embora no fundo de seu ser, relutasse em aceitar aquela repulsa.

— Por que te manténs calado, cavaleiro? Não percebes que estás perdendo o torneio? Teu soberano irá questionar-te a respeito da valentia desses jovens.

Tristan, arrasado, voltou-se para a arena. Não sabia o que era pior. A austeridade dela... ou tudo aquilo que imaginara sentir. Não, era impossível; a rainha não agia daquela forma porque o desprezava. Se assim fosse, por que ela se daria o trabalho de ir até ele? Em um lugar que não apreciava ir?

Ficaram em silêncio até os arautos darem por encerrada a disputa. A rainha, que passara parte desse tempo atenta ao homem ao seu lado, levantou-se. Foi seguida pelo moço. Reuniu sua coragem e inquiriu:

— É desejo de Vossa Majestade que eu me retire de Tintagel?

Ela cruzou os braços. Seus lábios verteram para um perturbador sorriso.

— Não, cavaleiro... deves aqui permanecer. Fiques ciente de que se tentares partir, não terás sucesso, pois eu impedirei. Se insistires, teu único proveito será o infortúnio, isto eu te garanto — entreolharam-se. Notando certa incredulidade, Iseult instou. — Se não confias no que te digo, atreve-te afastar-te de Tintagel, com intuito de fugires! Atreve-te! E o fel da desgraça abarca-lo-á com suas mais profundas chagas! — com essas palavras, ela levantou-se, sorriu enigmaticamente e o deixou, antes dele poder suscitar algo.

Assombrado, Tristan prendeu sua atenção na arena. Os guerreiros se retiravam. Com o término das justas, deixou o balcão, esquecendo-se de emitir seu parecer. Não fosse por Dinas, teria se evadido do circo sem apresentar sua decisão. Enquanto procedia, escrevendo nos pergaminhos, Dinas fitou-o.

— Tristan, o que há contigo? Jamais vi esta expressão em teus olhos!

Não houve resposta. Dinas insistiu.

— Seja o que for que estiver te incomodando, é inusitado eu ter que lembrar-te de tuas obrigações!

Ele assinou o parecer e o entregou ao senescal.

— Isto não irá acontecer novamente — disse, deixando a arena.

Ele procurou a segurança de seus aposentos. Nervoso, transpirava. Sentou-se em seu catre, cabisbaixo, as mãos cobrindo o rosto. Como lutar contra aquela insana veneração? Como ignorar... como frear aqueles ardentes instintos...? ...Extrair de si...? ...Sentia-se atraído, enfeitiçado por Iseult. *Deuses, jamais perdi a razão por algo assim! E agora, ela me ameaça!*, indignou-se. Seus caminhos — até então — haviam sido trilhados sem a experiência única da paixão, do amor. Sem qualquer companhia feminina. Iria perder tudo... por ela?

Afastou as mãos da face e perdeu seu olhar para o vazio. De nada adiantava ter sido repudiado pela rainha. Entre o desespero e a vergonha, a confissão contra a qual relutava, dominou seu íntimo, seu juízo. Confissão que ameaçava macular sua honra, sua própria existência. Sim, a amava. E a desejava, como jamais desejou uma mulher. Por ela retornara, por ela iria ficar. E ela sabia. Tendo conhecimento disso, a rainha não iria abster-se de aplicar-lhe sua vingança; havia deixado claro seu intento. Mas por que ela não iria permitir que se fosse de Tintagel? E a promessa de malefício daquela monta? Agoniado, não soube como interpretar aquelas palavras. Ela não queria deixá-lo ir porque ansiava constatar seu sofrimento? Ou não queria que ele se fosse... por que ela própria também sentia-se vulnerável como ele... se é que isso ainda fosse possível? Não sabia dizer.

A despeito daquela aflição, no dia seguinte, sem quase dormir, Tristan deixou seu cômodo mais tarde do que o usual. No corredor, um camareiro avisou-o de que o rei precisava conversar com ele e o esperava na sala íntima. *Deuses*, ele afligiu-se, *é a sala onde apenas o casal se reúne e compartilha as refeições. Por que me querem ali?*

O aposento era modesto e confortável para um casal. No centro havia uma mesa ornamentada com as louças da refeição matinal. Contornando a mesa, três divãs, dos quais dois eram ocupados pelos reis. Lamparinas sobre uma estante forneciam débil luminescência. O sol penetrava placidamente pelas duas janelas cobertas por mantos de seda.

— Aproxima-te, filho! — Marc pediu, ainda com um copo nas mãos. — Senta e sacie teu desjejum.

— Agradeço, sire, mas não tenho fome.

— Então, toma algo — Marc apontou os copos. — Convoquei-te aqui porque novamente preciso de tua ajuda.

Iseult sorvia seu leite, fixando seu olhar no visitante.

— Vossa Majestade deveis me chamar quando vos convierdes.

— Sim, sei disso e muito me apraz. Irei para Lancïen, preciso resolver algumas questões ali.

— Então, necessitais de uma escolta. Irei providenciar...

— Não, filho — Marc interrompeu. — Em verdade, a idéia era que tu liderasses minha comitiva, se minha rainha me acompanhasse — ele olhou Iseult de soslaio.

— Contudo, ela prefere ficar e passear com suas damas. Lamentei ter sido preterido, mas respeito suas vontades. Como convoquei Marjodoc para me servir, peço-te que tu e alguns de teus homens a acompanheis e veleis por ela. Hoje e nos dias em que me ausentarei.

— Certamente, sire — a voz já não soava tão forte. — Tendes minha palavra de que a protegerei com minha própria vida.

Iseult ainda tinha o copo em contato com seus lábios. E ainda o defrontava.

— Confio nisso, Tristan. Até fico contente por ela ter escolhido a ti — ao ouvir isso, Tristan, em um gesto repentino, nela cravou seus olhos. — Em verdade, costumo sempre pedir esse favor a Dinas, no entanto ela exigiu que eu te convocasse.

Tristan depositou o copo que acabara de apanhar.

— Vossa Majestade me honrais... — ele continuou fitando-a. — ...pela confiança que depositais em mim.

— Ótimo — o rei ergueu-se, após satisfazer-se com o último pedaço do bolo de mel. — Já que aceitas o encargo, devo retirar-me e trocar de vestes. Partirei em breve. — Marc beijou a esposa e voltou-se até Tristan, que se levantava para saudá-lo. — Não, não, Tristan; nada de reverências, isso irá me atrasar. Não precisas a toda hora reverenciar-me, filho, principalmente quando estamos apenas nós — e o rei os deixou.

Ficaram alguns segundos em silêncio. Então, a rainha depositou seu copo à mesa.

— Teu soberano realmente sente muito amor por ti. Não deténs remorso por também enganá-lo? Se não me falta à lembrança, morrerias por Marc. Agora, ousas agir impensadamente contra ele.

Tristan levantou-se. Agravava seu estado de espírito ali permanecer, mesmo porque, não possuía qualquer resposta. A rainha devastava o reduzido autodomínio que lhe restava.

— Aonde vais? — Iseult acomodou-se no confortável divã — coberto com estofados — que ocupava. Seus movimentos eram sedutores.

— Mandar meu escudeiro preparar os cavalos. Vossa Majestade desejais...

— Ousas sair enquanto tua rainha ainda te dirige a voz? Volta e termina teu leite, cavaleiro.

A contragosto, ele tornou a sentar-se e sem muito prazer, tomou o leite morno, tendo todos seus movimentos estudados por ela. Ao término, depositou o copo e levantou seus olhos em direção à rainha. Esta ainda o estudava.

— Vós concedeis permissão para agora retirar-me?

— Ora, enfim aprendeste a não ser rude! Estejas cônscio de que repreenderei tuas descortesias com rigor.

Ele manteve-se quieto. Iseult prosseguiu.

— Bem, vejo que nos entendemos. Agora, vai aprontar os cavalos. Em breve estarei pronta e irei ao pátio.

Tristan retirou-se. Descendo as escadas em direção ao pátio, viu Marjodoc dando algumas ordens para os soldados. Ywayn e Pharamond também ali se encontravam.

— Comandante! — Marjodoc aproximou-se dele.

Tristan o cumprimentou.

— Fico deveras aborrecido em ter que comandar a falange...

— São ordens do rei, meu amigo — respondeu, lacônico. — Peço apenas ceder-me cinco homens do regimento.

— Marjodoc! O que fazes aí, conversando?

Era Cariado que se aproximava. O cavaleiro freou seu cavalo a alguns passos de Tristan.

— Saudações, bravo comandante. Como te sentes com duas centenas de homens a menos na armada? Se quiseres, terei imenso prazer em te revelar como o povo...

— Se queres ser útil, Cariado, vai invitar o restante dos homens — Marjodoc vociferou. — Lembras-te de que não és senão um soldado e nem de meu regimento, portanto, não tens qualquer direito de criticar-me.

— Muito bem. Dispenso ser útil a ti.

— Ah! Não me admira! — Marjodoc gargalhou. — Tu nunca és! Quando tua legião é convocada, és o último a aparecer! Nem ouso mencionar as vezes em que lutas! — riu novamente. — E querias ser o comandante das tropas... Tenho pena de teu superior!

Faiscando de ódio, Cariado fez seu cavalo disparar.

— Como esse infeliz tornou-se cavaleiro? — Tristan indagou.

— Ele não era assim. Dizem que Andret o influencia e creio ser verdade.

O restante da falange reuniu-se no pátio. Tristan, ainda ao lado de seu segundo homem, pretendia ir até os estábulos, mas deteve-se quando ouviu seu nome e o de Marjodoc. Era o rei, que em trajes de guerreiro e armado, aproximava-se.

— Estás pronto, Marjodoc?

Ele confirmou.

— Então, devemos partir.

Diante das palavras, todos montaram. Marc, contudo, aproximou-se de Tristan.

— Agradeço atender-me, filho. Confesso-te que fico mais seguro tendo a ti zelando pela minha esposa. Afinal, Dinas não é um guerreiro como tu — Marc sorriu. — Pobre Dinas... se ele ouvir isso... Que fique entre nós!

— Não vos preocupais, sire.

— Ainda bem! Mas vamos ao que interessa... Ficarei alguns dias em Lanciën com alguns homens da armada. Em princípio, Marjodoc irá apenas me acompanhar. Não é certeza, mas talvez ele fique comigo durante alguns dias. De qualquer forma, poderás dar início aos treinos com os novatos. Pharamond irá te auxiliar nesta tarefa.

— Como desejais, meu senhor.

Despediram-se e ele acompanhou a armada deixando o pátio. Ato contínuo, dirigiu-se para o estábulo. Frocin ali estava. Como não encontrara-se com Gorvenal, pediu auxílio ao rapaz para selar alguns cavalos. Ele próprio selou Husdent e durante esta operação, chamou pelo menino.

— Frocin, sei que estou falhando contigo. Quisera ter mais tempo! Contudo, em breve começarei a lecionar os novatos e irás participar.

O garoto agradeceu e retornou a selar os animais.

Ele permaneceu no estábulo, aguardando. Conversou com Gorvenal, que também estava à sua procura e há momentos soubera onde se encontrava. O antigo mestre avisou-o de que iria passar o dia na cidade. Novamente só, começou a irritar-se com a demora da rainha. O que ela estava pretendendo? Impaciente, deixou os cavalos no estábulo e decidiu informar-se do paradeiro dela. Mal atingiu o portão, viu Frocin esbaforido avisando-o da vinda de Iseult e três de suas damas.

Com a ajuda do garoto, levaram os cavalos para o pátio. Ele auxiliou Brangaine a montar, o que não foi fácil — a aia demonstrava medo.

— O cavalo é manso, senhora — Tristan, controlando sua exasperação, comentou.

Orgulhosa, Iseult recusou auxílio, mas não estava conseguindo montar. Apesar de trajar uma *bracae* sob uma túnica — o que lhe facilitava os movimentos —, difícil era impulsionar uma das pernas por sobre o lombo do cavalo. Tristan avizinhou-se.

— Permitis auxiliar-vos, senhora? — indagou, procurando ser polido.

— Por acaso, eu requisitei auxílio? — ela rebateu, irritada. — Já montei várias vezes e... — respirou fundo, tentando uma vez mais — ...sei como fazê-lo!

— Até mesmo com cavalos mais altos?

Iseult contraiu o cenho.

— Se não quereis minha ajuda, senhora, levai o cavalo até o cocho e fazei dele um apoio. — Tristan percebeu ter sua solução dado ensejo a risadas, mas ninguém ousou revelá-las. Ele próprio, apesar de estar odiando a incumbência, divertiu-se com a soberba excessiva da rainha, a despeito das infrutíferas e desajeitadas tentativas em montar.

Por fim, ela seguiu o conselho do cavaleiro. As outras damas tiveram ajuda do garoto. Os cinco homens de sua armada compareceram. Com um salto, montou Husdent e prepararam-se para partir. Ao atingirem a saída do pátio, Tristan, que liderava, deparou-se com Maxen, retornando da cidade. Presenciando a cena, o guerreiro não se conteve.

— Não é possível...! Preferes isso a ir lutar, Tristan?

Com sua paciência no limite, ele refutou, irritado:

— O que prefiro, não te diz respeito! Criticas-me, mas até agora, estás aqui!

A resposta não agradou o cavaleiro de cabelos negros, tanto que Maxen não mais demorou-se em Tintagel. Abastecido com provisões, o guerreiro partiu na manhã seguinte.

Tristan viria a ter conhecimento disso mais tarde. Contudo, naquele dia, contra sua vontade, liderava um grupo de passeio. Permaneceu em silêncio, estudando o percurso e preparado para eventuais surpresas. Em um certo momento, ele testemunhou a rainha ordenando-lhe a diminuir o passo da comitiva. Ele acatou. Então, foi contemplado com a companhia dela, cavalgando ao seu lado.

— Não tens respeito, cavaleiro? Por que me deixaste cavalgando sozinha todo esse tempo?

Ele encarou-a.

— Por que mandastes me convocar? — ele inquiriu, tentando não mostrar-se rancoroso. — Vossa Majestade só sentis desprezo e ódio por mim, ainda assim, exigistes minha presença aqui.

— Continuas insolente, cavaleiro. Controla teus ânimos para dirigir-te à tua senhora!

— Sim, sois minha senhora... então, permitis-me fazer meu serviço da forma como sei — e ele deu rédeas ao seu cavalo, distanciando-se dela.

Cavalgaram até atingirem uma clareira, onde a rainha quis descansar. Todos apearam-se e as damas estenderam grossos panos para Iseult se acomodar. Dali, ela observou Tristan, que mantinha-se afastado, encostado em uma árvore, vexado. Os outros cavaleiros estavam mais atentos nas damas; estas distraíam-se passeando à margem de um riacho. Em um certo instante, decidida, Iseult levantou-se e andou até ele.

— Vejo que me evitas — Iseult estancou frente a ele, que ainda mantinha seu olhar submisso. — Não só me evitas, como te recusas a conversar comigo. Não foste educado para conviver com outras pessoas?

Ele levantou seus olhos.

— Pensei que minha presença vos ofendesse. Vossa Majestade amaldiçoastes-me um dia, se bem me recordo. Outrossim, ameaçastes-me. Vossas intenções pelo meu retorno, são incontestáveis, quereis vingar-vos. Sendo assim, o mínimo que devo fazer é manter-me longe de si.

— Sim, é o que tua sensatez te recomenda. Mas não é isso que desejas, estou certa? — e ela sorriu. Havia certa malícia naquele sorriso.

Ele virou-se para o lado oposto. Mas a rainha continuou, atraindo sua atenção.

— Bem, tens certa razão. Embora tenha te ameaçado, sei que não queres partir. E não irás. Talvez tenha sido severa demais contigo daquela vez, na nau, porém, deves compreender que não foi fácil para mim. Retiraste-me de meu país sem sequer preocupar-te como me sentiria. Certo que venceste o saxão, lutaste bravamente — ela percebeu o olhar de aflição nele. — Agora posso dizer-te que havia te reconhecido quando no palácio estiveste, bem antes de dizeres teu nome. Imaginei que irias ser meu salvador, mas não, foste a mando de outro.

Tristan voltou a encará-la.

— Foi isto o que mais odiei. Por que entregaste-me? Não me querias? Ou teu interesse por mim era apenas para enaltecer a ti próprio, perante Marc? Refletiste sobre eu ter meus anseios particulares?

— Não, eu... — ele hesitou. Foi incapaz de dizer algo.

À distância, as vozes dos demais repercutiram.

— Eu sei de teus sentimentos, comandante. Por isso te convoquei hoje... e estejas certo de que não te deixarei em paz.

Ele ia reagir àquela afirmação, porém notou as damas avizinhando-se. Pretendeu afastar-se, mas não antes de escutar da rainha:

— Tua fidelidade está em conflito, cavaleiro.

Sem responder, Tristan atravessou a clareira, cruzando com as damas e atingindo o local onde haviam deixado os cavalos. Ela sabia; a suspeita foi confirmada. Por que a amava? Era obscura a origem daquela paixão avassaladora, mas para si, Iseult significava o sublime em sua vida, a força mais inexpugnável do desejo. Agora, cada vez em que perdia seus olhos naquela figura, lembrava-se de que por direito, ela deveria ser sua. Jamais havia raciocinado daquela forma. Acariciando a crina de Husdent, amargava-se com a constatação de que estava perdendo a si próprio e fugia-lhe os meios de como evitar. Desconhecia como afastar o emaranhado de percepções em que se metera; aquele atroz sentimento ia lenta e dolorosamente transformando-se em obsessão. Uma vez nele imerso, perderia tudo aquilo pelo que vivia, tudo o que era. E indefeso, entregue àquele êxtase alucinatório, impossível era definir os verdadeiros sentimentos dela em relação a si. Suspeitava que apenas o ardente desejo da desforra a movia. A rainha utilizava — e iria utilizar-se — de sua posição como instrumento para alcançar seus objetivos. Sua vindita.

О retorno daquele passeio foi o início do tormento que viria a seguir. Sem a presença de Marc, a rainha sentia-se mais à vontade para ditar suas ordens, que centravam-se no comandante. Na manhã seguinte ao passeio, ele foi acordado por um pajem enviado pela rainha, demandando sua presença. Tristan recusou. Dispensou o pajem e apressou-se em sair de seu quarto — que ficava próximo aos aposentos reais, com receio de encontrá-la.

Na arena, decidiu não retornar a ocupar o recinto — não até que Marc voltasse. Iria utilizar-se dos alojamentos dos soldados. Contudo, mesmo trabalhando com os aprendizes, foi importunado várias vezes com missivas da rainha. Ele rompia o lacre e lia as mensagens em irlandês. Iseult estava cada vez mais íntima do bretão, mas como resguardo, escrevia em sua língua nativa. Destruía as missivas, sem respondê-las.

E não as atendia.

Nos três dias seqüentes, o fato se repetiu. Pajens e mensageiros se revezavam em levar missivas para o comandante. O vaivém dos garotos atraiu a atenção de Cariado, considerando intrigante a situação. O destinatário das mensagens — que geralmente estava na arena — percebeu o interesse do cavaleiro.

— Irás encontrar-te com a rainha? — Tristan indagou para o pajem, que naquele dia, o importunava pela sétima vez.

— Irei, senhor.

— Pois então... — ele abriu o lacre, sequer leu. Rasgou o pergaminho escrito, apanhou a pena de ganso umedecida trazida pelo menino, e na parte virgem, escreveu em irlandês, com letras enormes, sua recusa. Findou sua resposta com o pedido explícito de não mais ser estorvado por mensageiros. Dobrou o pergaminho e o colocou nas mãos do garoto. — ...entrega-lhe isto!

O menino se foi, ao passo que Tristan andou até o limite do círculo, onde Cariado estava. O cavaleiro, presenciando a aproximação do comandante, com uma aparência nada amistosa, tratou de seguir seu caminho.

Iseult recebeu o pergaminho. Sentiu certo júbilo, pois era a primeira vez em que o comandante retornava. Presenteou o pajem com algumas moedas e o dispensou. Afoita, desdobrou a mensagem e seu rosto contraiu-se diante das palavras. E restou em fúria, sendo acalmada pela ama.

Marjodoc retornou na manhã seguinte. A armada recém-chegada distribuía-se no pátio. Dali, o guerreiro viu seu superior avizinhando-se, mas não compreendeu porque Tristan vinha do alojamento dos soldados.

— Para ensinar os rapazes, é mais fácil — justificou-se.

— O rei não vai estender sua estadia em Lancïen muito mais, Tristan. Contudo, devemos partir incontinênti. No retorno, ouvimos rumores de um desentendimento entre diversos sítios. Deixei alguns dos homens no local e viemos atrás de ti.

— Providencia a troca de cavalos, Marjodoc; também convoca Pharamond e as outras legiões. Irei avisar os aprendizes de minha impossibilidade nos treinos.
Marjodoc deu as ordens aos homens. Tristan, apressado, retornou aos alojamentos justificando a suspensão dos treinos. Quando retornou ao seu, com o intuito de apanhar seu armamento, viu que alguém ali o aguardava.
A mulher desvelou sua face.
Brangaine.
Ele — que sentira seu coração prestes a saltar de seu tórax — suspirou, aliviado.
— Bravo comandante, minha senhora exige tua presença imediatamente. Ela não pretende perdoar mais tuas faltas.
Fitou-a, procurando se acalmar. Em seus olhos, a aia leu a recusa.
— Nestes últimos dias, tu tens reiteradamente ignorado as ordens dela. Não tens idéia como isso a aborrece, comandante. Muitos em Tintagel notaram estar a rainha ranzinza.
Algo nada interessante. — avaliou.
— Que ela requisite outro cavaleiro, Brangaine.
— Ela quer a ti, comandante. Percebeste que além de te recusares, sequer tiveste a condescendência de apresentar-te a ela e motivar tuas escusas? Quando o fizeste, a ofendeste.
Ele deu as costas para a aia, apoiando-se na mesa. Ali estavam suas adagas. Apanhou-as e as prendeu em suas vestes.
— Não era meu intuito ofendê-la. Era necessário dar um basta. Todavia, imaginei ser ela cônscia de meus motivos. E sinceramente, não acredito se me disseres ela desconhecer. Para estares aqui, deves também ter conhecimento.
— O que queres dizer, cavaleiro?
Ele voltou-se para a aia.
— Brangaine, não recuso-me a cumprir as obrigações de tua senhora deliberadamente. Mas, por caridade, tenta compreender que não posso. Não posso... e não devo. Portanto, faze-me o favor de dizer a tua senhora que tenho trabalhos a cumprir, sendo impossível atendê-la.
A aia concordou com um aceno, deixando o alojamento em passos rápidos. Ajeitando a cota de malha de prata, tentou imaginar como Iseult deveria estar furiosa consigo. *Se ela pensa mesmo em me desgraçar... este é o momento*, constatou.

Uma vez no quarto de sua senhora, Brangaine repetiu as palavras do cavaleiro. Iseult ouviu em tétrico silêncio, acomodada em sua confortável cama. Era cedo. Sozinha em seu aposento, a rainha ainda trajava o sedoso manto de repouso.
— Trabalhos a cumprir! — troçou, erguendo-se, exasperada — Quais seriam tais trabalhos, para ele negar-se a apresentar-se a mim? Há três dias, ele apenas ensina aquele bando de imberbes! — ela andou pelo cômodo, nervosa.

— Não posso dizer-vos, senhora, porém, afirmo-vos estar ele de partida. Não sei se fostes cientificada, mas Marjodoc retornou e pediu a companhia do comandante para uma jornada.

Iseult continuou caminhando pelo quarto, agitada. O manto esvoaçava cada vez que volteava bruscamente. Súbito, deteve-se.

— Não te aventures em falsas expectativas, Brangaine — disse, a voz firme. — Ele não irá sequer cruzar os portões de Tintagel! Ordeno convocares as esposas dos cavaleiros e nobres para uma recepção íntima. Elas devem se apresentar imediatamente. Vá agora, Brangaine e pede para Letto vir ajudar-me a vestir-me.

A aia curvou-se. Quando estava a sair, Iseult a deteve.

— Pede para Dinas vir até aqui. Há algo que deve ser dito a ele.

Brangaine novamente curvou-se e deixou o recinto.

Tristan prendeu o manto negro por sobre sua malha. Estava pronto para a tarefa requisitada por Marjodoc. Era até um alívio retornar à ativa. Evadiu-se do alojamento e reuniu-se com os cavaleiros no pátio. Frocin já havia selado Husdent e o segurava pelas rédeas.

Marjodoc adiantou-se.

— Tentei colocar Dinas a par de nossa empreitada, mas ele estava em reunião com a rainha — Marjodoc comentou. E Tristan não sentiu-se confortável por isso. Marjodoc prosseguiu. — Mas os conselheiros já estão cientes de meu regresso... e de minha partida. Os homens estão prontos. Descansaram alguns minutos...

— O tempo de tirar o suor do rosto e da barba! — zombou alguém.

Tristan reconheceu Conlai.

— Devíamos seguir o exemplo de nosso comandante! — Ywayn riu. — Andar com o rosto quase liso!

— Ywayn, tua língua é perigosa! — Tristan retrucou.

Os dois líderes aproximaram-se de seus cavalos.

— Contamos com um homem a menos em nossa armada — o comandante, súbito, versou.

— Quem?

— Maxen.

— É uma pena — Marjodoc lamentou. — Maxen era um grande guerreiro. Quando ele foi embora?

— Um dia depois da partida da falange para Lanciën.

— Então, ele seguiu para encontrar Arthur.

— Em Camulodunum.

Ao ouvir o nome, Marjodoc sorriu.

— O que foi?

— Uma tolice. Os druidas dizem que no futuro, Camulodunum será conhecida como Camelot. Mas em um futuro bem distante. Decerto é um nome mais fácil de pronunciar do que "Camulodunum"...

— Ora. E teremos outras cidades com nomes novos?

— Não sei. Mas sei que muitas cidades romanas tiveram seus nomes alterados.

— Quanto a Camelot... Arthur sabe disso?

— Não creio que ele se importe — Marjodoc riu. — Nomes são apenas nomes, Tristan.

— Há um fundo de verdade. Meu nome nunca foi Tristan, Marjodoc. Ocorreu que esqueceram daquele que me foi dado, quando de meu nascimento. Mas, por um impulso tornei-me Tristan.

Marjodoc surpreendeu-se.

— E por que permites te chamarem assim, comandante? Não preferes teu verdadeiro nome?

Ele negou.

— Um fardo pelo meu nascimento. Para viver, matei minha mãe. E pelo que soube, meu pai morreu durante esses dias. Atraiçoado por Morgan. Espero que aquele maldito esteja sofrendo nas mandíbulas dos cães de *Arawn*, o senhor do Inferno do *Outro Mundo* — ele encarou o amigo. — Meu pai morreu defendendo meu povo... e a mim. Não havia muita escolha para uma criança nascida em meio a tanta dor. De qualquer forma, é parecido com Tristan, cujo significado já percebeste, não?

— *Triste?*

— Do latim, *Tristus*. É como costumam associar. Ou como me associaram. Porque não é unânime essa acepção, ao menos, para a tradição de nosso povo.

Marjodoc, percebendo que não saberia o verdadeiro nome de seu comandante, retrucou:

— De qualquer forma — Marjodoc repetiu — não é um nome que molda o caráter e o valor de um homem.

Ele apanhou as rédeas das mãos de Frocin.

— Acredito que se tudo o que Maxen disse referente a este guerreiro — Arthur — for verdadeiro, terá seu nome sempre lembrado.

Marjodoc fitou seu comandante agradecendo o garoto. Não estava se referindo a Arthur, mas sim, a ele.

Os cavaleiros montaram em seus respectivos animais. A armada era composta por cerca de cento e cinqüenta homens, a maioria treinada pelo comandante. Conlai despediu-se do filho com um fervoroso abraço.

— Continua com teus treinos, Frocin — Tristan disse, cavalgando até o menino.

— Não deixo de treinar um dia sequer, senhor.

— Tenho percebido teus esforços, contudo não é o bastante. Teu desempenho nestes dias em que treinamos foi medíocre. Sei que tens potencial para aprimorar-te

O rapaz, abatido diante da reprimenda, comprometeu-se a praticar mais. Cabisbaixo, afastou-se.

Tristan fez Husdent virar, ficando frente a frente aos seus homens.

— Nossa empreitada, como deveis saber, tem como objetivo rematarmos uma série de conflitos, desentendimentos entre pessoas do campo. Lembrai-vos de que são homens simples, muitos sequer ergueram armas uma única vez que fosse, durante suas vidas. Portanto, controlai vossas espadas! Não anseio fazer desta intervenção, um banho de sangue — fez Husdent rodopiar e acenou o sinal de partida. O cavalo deu alguns passos quando seu caminho foi interceptado por um mensageiro. Tristan freou o animal, olhando para o mancebo, que, curvado, apoiava os braços nas pernas. Sem fôlego, pronunciou as palavras entrecortadas.

— Senhor... a rainha exige... tua... presença... em... caráter... urgente.

Tristan controlou seu inquieto cavalo. Muito de seus homens presenciaram a convocação, ainda assim, o comandante hesitou.

— Tens conhecimento do que se trata?

— A rainha... não... tolerará... tua... ausência..., senhor... Ordenou...-me... avisar...-te... de... que é... — ele respirou — ...é... imprescindível... teu... comparecimento...

O moço resignou-se. Como recusar a uma solicitação perante seus homens? Diversas foram as vezes em que desobedecera a rainha, no entanto, não havia qualquer testemunha. Se agora se recusasse, malfadado estaria perante toda a armada. *Dessa vez, ela conseguiu*, pensou.

— Marjodoc — Tristan versou —, entrego-te o comando da armada. Se for possível, tentarei alcançar-vos. — O soldado assentiu e o comandante apeou-se, dando as rédeas de Husdent a Frocin, ainda ali presente. Em seguida, andou rumo as escadarias da construção.

No corredor, foi informado de que deveria dirigir-se à sala menor de reuniões. Era o aposento geralmente utilizado pela rainha. Irritado, Tristan empurrou a porta, deparando-se com várias damas, muitas delas trajando roupas limpas e elegantes, outras exibiam mantos drapeados e ricamente enfeitados. Ao fundo, a rainha ocupava o assento de honra. Diante daquela cena, perguntou-se para que estava ali.

Iseult acenou para que se aproximasse. Como as damas, estava bem trajada, o rosto altivo em orgulhosa superioridade. Em passos pesados, ele avizinhou-se, inclinando-se em reverência.

— Foste convocado, cavaleiro, para exercer teus dotes musicais — ela atalhou, antes mesmo dele pronunciar-se.

Difícil foi para Tristan controlar-se e não irromper em um acesso de fúria. Era aquela a urgência?

A rainha prosseguiu.

— Minhas convidadas aguardam ansiosamente para ouvir-te, cavaleiro. Disseram-me nunca terem presenciado um homem de armas capaz de tocar uma harpa.

Ele estava incrédulo. Tremia de raiva diante do ridículo de sua situação. Pior, sequer poderia demonstrar seu ressentimento.

— Majestade, nesse exato momento devo ir com meus homens para uma missão militar. Sou o comandante deles e...

— Um exército não necessita de dois comandantes, cavaleiro — Iseult intercedeu. — Sei de tuas funções e sei que Marjodoc é excelente homem de armas. Sendo assim, podes ocupar tua mente com outras tarefas.

As nobres convivas e as damas de companhia, Brangaine, inclusive, permaneceram quietas. Para muitas das mulheres aquela cena nada significava, o oposto para Brangaine, que tinha consciência do pretendido por sua senhora. *Ele ainda vai perder o controle!*, constatou.

— Minha senhora, eu não...

— Cavaleiro! — Iseult ergueu-se de chofre, sua voz preencheu o salão. — Não há porque perdermos o dia em um colóquio inútil! Tuas armas serão outras. Portanto, repousa tua espada e dirija-te *agora* para a saleta dos músicos! Ali encontra-se a única ferramenta que hoje irás usar!

Ele nada mais disse, apenas encarou-a, os olhos carregados de rancor diante de sua impotência. *O que ela quer de mim, agindo assim?* Permaneceram por alguns segundos apenas estudando-se, até que por fim, ele virou-se e andou até a saleta dos músicos — um pequeno cômodo à direita de onde estava. Ele afastou as cortinas e adentrou no recinto. Havia ali apenas um divã, estilo grego com um colchão fino de penas de ganso. Sobre ele, uma harpa. Na cabeceira do estrado, um recipiente contendo vinho. Exasperado, acomodou-se, afastando seu manto e ajeitando a espada, para em seguida, apanhar a harpa. E tentou controlar seu ânimo exaltado. *Vestido para uma luta, encontro-me com uma harpa nas mãos!* — amargou-se. Todavia, o mais grave era tocar naquelas circunstâncias. O nervosismo o fez dedilhar o instrumento fora do compasso por mais de uma vez; era impossível concentrar-se. De onde estava podia ouvir os murmúrios das mulheres. Observava através das cortinas — quase translúcidas — as servas servindo vinho, hidromel, pães e outras variedades de alimento. Uma mesa farta, apesar de ainda estarem atravessando a manhã. Virou o rosto, notando a rainha descendo do patamar e indo misturar-se às convivas. Praguejando, prosseguiu com o *lai*. Voltou-se para o instrumento e amaldiçoou ser um harpista, tanto quanto sua situação. Ao erguer seus olhos, alarmou-se com a visão da rainha vindo em direção à saleta. E novamente perdeu a cadência.

Iseult, metida em um vestido diáfano — quando contra a claridade — afastou as cortinas e invadiu o recinto.

— Devias experimentar cantar. Será que, também cantando, perdes o compasso? — indagou, com total ironia.

— Não sinto qualquer vontade de cantar, majestade.

— Mas vais sentir, especialmente... — ela passou rente a ele, aproximando-se da mesa e inclinando-se para servir um copo de vinho. Com o gesto, o decote do manto revelou parte do delicado desenho de seu busto. E ele acompanhou. Aturdido, não conseguiu desviar seus olhos. Nem mesmo aliviar a pressão com que segurava a harpa e controlar a voluptuosidade instintiva. Como conter sensações até então ignoradas? Porque não era mais apenas raiva que sentia. Iseult sorriu e endireitou seu corpo. Avizinhou-se dele, oferecendo-lhe o copo — ...se permitires o vinho inspirar-te — ela completou a frase.

Dúvidas castigavam-no, pois constatou estar indefeso, à mercê dos desígnios dela. Relutou em apanhar o objeto. Mas a rainha, ainda sorrindo, fez com que ele soltasse o instrumento e colocou o copo em suas mãos. E as prendeu entre as suas. Ao sentir o toque suave, ele imediatamente recordou-se de quando Iseult, ainda princesa, cuidara de si. Estava mergulhado em um torpor letárgico, mas foi capaz de sentir sua proximidade e apaziguar-se com o contato de suas mãos, quando da troca do curativo em sua perna. E quando ela esfregava bálsamos em seu corpo. Agora a tinha ali, à sua frente. Os cabelos dourados ralavam em seus pulsos e o doce eflúvio desprendido por eles o envolveu. Levantou seus olhos. Iseult reluzia, com seu enigmático sorriso. Havia algo a mais por trás daquela expressão, mas era indefinível. Então, ela o soltou.

O elo — tão místico como a expressão em seu rosto — se rompeu.

Tristan sentiu algo clamar em seu íntimo. Algo que implorava para ter de volta aquele elo. Mas Iseult voltara a ser Iseult, a rainha. O brilho em sua face esvaeceu. Ela deu as costas e andou até a saída da saleta. A claridade a envolvia, revelando o corpo esbelto, desvelando sua tão preciosa natureza, pois não havia nenhuma peça íntima entre a carne e o transluzente manto.

Ele permaneceu sentado, segurando o copo e voltado para a saída da saleta. Inúmeros pensamentos abordaram-no, desde quando era um menino e observava com olhos atentos as servas de seu sítio, aos comentários proferidos pelos seus homens atinentes àquela mulher. Tentou esquecê-los. Porque não era a curiosidade, muito menos, a lascívia que percorria por suas veias. Como explicar? Não encontrava palavras.

A rainha virou-se por sobre o ombro. Percebendo ser alvo de sua atenção — e lendo nitidamente os sentimentos conflitantes no rosto do comandante —, ela, com o braço esquerdo, afastou delicadamente uma das cortinas. O fez voltando-se para ele. Provocando-o.

— Canta, cavaleiro. Lembra-te de que aqui, quem dita as ordens, sou eu — também havia malícia em sua voz. — Não me desobedeças novamente, ou irás conhecer o poder com que me presenteaste. Uma palavra minha... e tua vida será um inferno.

E ela se foi.
Ele não deu qualquer crédito à ameaça. Restava em si a imagem de Iseult tocando-lhe... E indagou-se como era possível uma mulher naquela posição vestir-se daquele modo, tão... tão... sedutor... Era fácil entender porque muitos homens se apaixonavam por Iseult no primeiro instante em que a viam, Marc, inclusive. Marc, que sequer desejava casar-se. E não apenas Marc. Contudo, ao mesmo tempo em que sentira-se completamente desarmado, ainda estava irritado. Decerto era uma ordinária peça em um jogo perigoso e dessa vez, estava no lado mais fraco. Iseult o manipulava.

Estudou o copo e o vinho. Raras vezes dava-se ao prazer da bebida, mas naquele dia, revoltado com o que lhe acontecia, entornou o copo sorvendo o líquido de uma única vez. Ergueu-se, afastando a harpa e serviu-se de mais vinho, haurindo-o tão rápido quanto a primeira vez. Afastou o copo de seus lábios antes de ingerir todo o conteúdo do terceiro copo, sentindo-se aquecido pela bebida. O nervosismo parecia ter dirimido consideravelmente e com a mente anuviada, voltou a sentar-se. Apanhou a harpa e recomeçou a tocar antes que fosse novamente cobrado, mas a voz faltou-lhe. Não tinha ânimo para tocar, quanto mais para cantar. *Ela que mande açoitar-me pela minha desobediência, se quiser!*, refletiu, indignado, *...mas me é impossível cantar.* Ao término do terceiro *lai*, ele parou por alguns instantes, pousando a cabeça nas mãos. Desacostumado aos efeitos do vinho, agora era deles vítima. Todo seu corpo relaxou e ainda naquela posição, ouviu murmúrios, cuja repercussão parecia aumentar a cada segundo. No mesmo instante, afastou suas mãos e defrontou com um vulto apartando as cortinas da saleta. Por um lapso de tempo, fraquejou ante o receio e a inquietação, mas controlou-se quando viu não tratar-se de Iseult.

Invadindo a sala, uma jovem com menos de quinze anos. Uma serva. O corpo esbelto ainda não completamente desenvolvido era prova de sua juvenilidade. A pele morena clara combinava com o tom preto de seus longos cabelos e com os olhos escuros. Conforme os costumes de sua posição, usava escassas vestes — um tecido de linho drapeado cingido em sua cintura. Um colar de ferro de espessura delgada, de onde uma argola pendia e braceletes do mesmo material, enfatizavam a dita condição.

Ele contraiu a face diante da visita — tanto pelo deprimente detalhe... o colar, quanto o fato dela andar em sua direção, sorrindo, com os seios à mostra, parcialmente ocultos pelos fios negros.

— Minha senhora deseja saber por que ousas desobedecê-la, cavaleiro... — disse, a voz suave e colocando suas mãos por sobre os ombros do moço.

Sentindo o toque e certificando-se de que a presença da menina era real — e não produto de sua imaginação —, ele largou a harpa e endireitou-se no divã. A garota ajoelhou-se defronte a ele, prendendo o rosto pejado do rapaz em suas mãos. Abriu um lúbrico sorriso, atentando certa incerteza em seus olhos acinzentados. Pondo-se novamente de pé, a menina foi até a mesa e completou o copo com vinho, bebericando. Achegou-se novamente dele, aninhando-se entre suas pernas e oferecendo-lhe a bebida.

Tristan, já nauseado, recusou.

Agora ajoelhada entre suas pernas, a serva colocou o copo nas mãos dele e o forçou a entorná-lo.

— Tua rainha não irá perdoar-te pelas tuas constantes faltas, cavaleiro. É melhor estares sob o efeito do vinho, pois sei que ela pretende lançar todas suas frustrações em ti.

O líquido escorreu pelo canto de seus lábios. Terminou ingerindo mais da metade do copo, até que ele afastou-o. A serva sorriu, depositando o copo no chão. Delicadamente, limpou os lábios e queixo dele com suas mãos. Ele desceu seus olhos. Os cabelos negros revelavam os seios cada vez mais próximos e reparou na forma delicada deles. Rosados, firmes. Sentiu-se atraído a tocá-los, mas ao mesmo tempo, algo o incomodava. Todo seu corpo ardia; o calor corria pelas veias. Não era apenas o efeito do vinho, ele sabia. E outra sensação acresceu-se... as mãos da menina penetravam pela parte inferior da malha, com o intuito de tocá-lo. Devido ao ajuste da cota, tudo o que ela conseguiu, foi alcançar a virilha. Roçou seus dedos e levemente, suas unhas.

Ele não reagiu.

A serva ergueu-se e o envolveu em seus braços, beijando-lhe o pescoço e mordiscando a nuca. Uma sensação de prazer foi dominando-o, a tal ponto de sentir-se cada vez mais desarmado. Suas mãos fecharam-se na cintura delicada da menina; em reflexo, ela desnudou-se e acomodou-se por sobre as pernas dele. Voltou a beijá-lo com volúpia, ao passo que escorregou suas mãos para as cintas que ajustavam a malha, terminando por afrouxá-la. E suas mãos alcançaram a pele sob a proteção de linho. O guerreiro sentiu uma leve pressão em suas costas.

— Mas sei que tua rainha ainda não pretende te punir... — ela sussurrou-lhe, mordiscando-o na nuca. — Ainda não, belo cavaleiro...

Os diminutos seios rosados estavam colados aos seus lábios. Viu-se comprimindo suas mãos e forçando-a contra si; a despeito disso, não tinha certeza se era o que desejava fazer. Restava tonto e nauseado, porém, impelido pelo ardor, o instinto — a cada segundo — sobrepujando seus temores e dúvidas. Percebeu as mãos da menina afrouxarem suas *bracaes*, com o intuito de despi-lo. Contudo, ele a impediu. Notando a recusa, a menina voltou a afagá-lo próximo da virilha, tentando excitá-lo cada vez mais, fosse com os beijos lascivos, fosse com os movimentos sedutores que executava, acomodada em suas pernas, envolvendo-o pelo calor de seu corpo. Nem mesmo a cota de malha parecia incomodar a sede de paixão da escrava. Tristan, até o momento hesitante, cedeu, correspondendo aos beijos, apesar da chama da volúpia não abarcá-lo totalmente. Todavia, sobre si havia uma menina — quase uma criança — despida, atiçando-o.

Ele a sentia. Não obstante a aparência infantil, ela era cônscia em como despertar seus instintos e estava obtendo êxito. O sangue dele fervia, sob o peso da garota. Os músculos retesaram, curvava-se aos seus estímulos, ainda que estivesse anuviado. Suas mãos fecharam-se, cobrindo os botões rosados e a menina gemeu levemente. Extasiada por estar incitando-o paulatinamente ao prazer carnal, ela começou a mordiscá-lo com mais fervor. Afastou alguns palmos a cota, ergueu a vestimenta de linho, expondo seu tórax dourado pelo Sol, coberto por uma camada de pêlos claros. Jogando-se por cima dele, fez com que ambos se deitassem no divã, derrubando a harpa. E a menina ameaçou retirar o peitoral.

Tristan, perdido entre sensações diversas, virou o rosto para a entrada da saleta. As cortinas tremeluziam. O tecido diáfano, perdido à suave brisa. Entre os movimentos delicados da seda, um vulto tão diáfano quanto o material da cortina tomou forma. Imaginou uma criatura esbelta, envolvida em um manto entregue ao vento. As cortinas deram a impressão de circundarem aquele ser, ocultando-se por suas vestes negras como o ébano. E em questão de segundos, a seda transformou-se nas piras incandescentes de *Beltaine*, desvelando lentamente o vulto trajado com aquele manto de trevas. O corpo iniciou seu movimento — a dança do êxtase, da unificação...

...ele sentiu um toque umedecido em sua virilha. Os lábios macios da escrava ali roçavam, sensibilizando-o. Assustado, ergueu-se. O fervor em si começou a definhar. A origem de seu desconforto era agora seu escudo contra a volúpia. Não era a satisfação que desejava, nem mesmo perder-se pela sedução, pelo prazer. Podia estar inebriado, mas de que adiantaria? Um alívio momentâneo? Com uma *criança*? E ainda assim, seria infernizado por Iseult. Em sonhos, em pesadelos e em vida. Nenhuma outra mulher iria conseguir libertá-lo daquela insensatez. De trazer-lhe conforto. De salvá-lo de sua própria perdição.

A serva afastou-se, dando espaço para ele sentar-se no divã. Vendo-o tentando ajustar suas roupas, a garota insistiu, entregando-se a ele.

— Por favor, não! — o mar de emoções, o efeito entorpecente do vinho e agora a certeza da recusa, fizeram-no com que se levantasse bruscamente, quase desequilibrando a escrava. Uma vez em pé, cambaleou, terminando por apoiar-se na mesa ao lado do divã. Sua vista estava turva, as pernas, antes relaxadas, agora pareciam ter o dobro do peso. Ajeitou da melhor forma possível seus trajes, mas não conseguiu afivelar a cota. Sentiu uma suave brisa provinda da sala onde transcorria a reunião; viu as leves cortinas sendo carregadas pelo vento. Em um gesto rápido, virou-se e deixou a saleta, andando em passos largos, o furor agora transformado em revolta. O vinho não havia feito com que se esquecesse de que era para estar liderando seus homens contra uma sublevação; ao contrário, deixara a luxúria o dominar.

Iseult acompanhou o percurso feito pelo cavaleiro, reparou em seus passos inseguros, quase trôpegos. Esvaiu-se da sala sequer importando-se com a presença da rainha e das convidadas. Brangaine estava ao lado de sua senhora nesse momento.

— Quando todos se forem, Brangaine... Fica de olho na menina. Não garanto que seja hoje, mas muito em breve terei com ela.

Curvando-se, a aia assentiu.

Passava da metade do dia quando Tristan alcançou seus aposentos, o espírito alquebrado, músculos e mente entibiados. Não fazia idéia de que permanecera tanto tempo ali. Jogou-se na cama ainda vestido e sem ânimo, entregou-se ao efeito sedativo do vinho. Comprimiu as pálpebras e mergulhou em um sono longe de ser aconchegante.

No dia seguite, como de costume, Iseult e o rei tomavam o desjejum na sala íntima. Marc — que retornara na alvorada daquela manhã — sentado ao lado dela, degustava um pedaço de pão coberto de queijo e leite adoçado com mel. Havia sido informado da reunião organizada por sua esposa.

— Tiveste bons momentos com as damas, minha bela?

Iseult concordou.

— Ouvi um comentário de teres convocado Tristan. Fizeste isto?

— Sim, sire. Minhas convidadas insistiram em ouvi-lo tocar, mas...

— Iseult, devo alertar-te que meu sobrinho não aprecia ser privado de seus deveres — Marc a interrompeu. — Especialmente para divertir-se. Tu própria deves te recordar da recusa dele em participar da homenagem por tua vinda.

— Sim, sire, eu me lembro. Mas era uma reunião íntima. E não havia necessidade de ele ir. Marjodoc, como suspeitava, teve sucesso na empreitada. Ademais, vosso sobrinho desobedeceu-me reiteradamente durante vossa ausência. Quando, por fim concordou em me atender, o fez com má vontade e nenhuma devoção.

Marc mordeu mais um pedaço de pão e sorriu com o canto dos lábios. Não guardava dúvidas de que Tristan protegeria a rainha de qualquer perigo, mas ele não iria submeter-se às exigências dela.

— Como te disse, Iseult, ele é sério com relação a seus deveres. E nada versado à vida social. Contudo, sei que se ele jamais iria deixar algo ruim te acontecer.

— Pois digo-vos ser este o problema. Insisto, sire. Nos dias em que estivestes fora, ele sequer dignou-se a se importar com o que eu pretendia fazer. Simplesmente não atendeu a nenhuma das minhas convocações. Ignorou a mim, vossa rainha! E nenhum respeito para comigo, ele demonstrou. Imaginai, sire, que vosso valoroso sobrinho... depois de interpelar-me rudemente diante de minhas visitas o porquê de ter sido invitado, abandonou a reunião sem ao menos requisitar licença. A mim, vossa rainha! — repetiu propositalmente, o cenho franzido.

Marc disfarçou o riso. *Típico dele*, pensou.

— Peço desculpas por ele, minha rainha.

— É ínfimo perto da vergonha que passei. E dos dias em que, por causa dele, fiquei presa em Tintagel, sem poder ir a lugar algum, já que ele deveria escoltar-me. Já que ele havia recebido de *vós* esta incumbência!

O rei tentou não se alarmar.

— E o que apaziguaria teu coração?

Ela apanhou o copo e deliciou-se com o leite sendo atentamente observada pelo monarca. Estava séria.

— Afastai-o das tarefas militares, sire. Destituí-o do posto de comandante.

O rei surpreendeu-se.

— Destituí-lo do comando de meu exército? Estás exagerando, Iseult! Qualquer falta que ele tenha cometido, não merece tamanho castigo. A vida dele é comandar meus homens, minha rainha.

— E é mais importante do que minha imagem perante meus convivas? Pelas minhas vontades? Por eu ordenar e ele sequer ter o respeito em retorquir-me, tratando-me como uma figura qualquer? Sire, eu sou vossa rainha! Ele não me honra como a vós! Ireis tolerar tão grave desacato?

Marc depositou o pedaço de pão. Perdera a vontade de comer.

— É uma comparação injusta, Iseult — ele fitou-a com seriedade. — Tu não estás fazendo isso por ainda te ressentires dele, devido o ocorrido a Morholt e por ter te trazido aqui, estás?

Iseult negou.

— Isso não tem mais importância, sire. Talvez, no mais profundo de meus sentimentos, sobreviva resquícios rancorosos, apesar de, conforme vós dissestes, não ter sido ele quem determinou o prêmio da justa com o saxão. No entanto, o que exijo dele é saber acatar as ordens dadas por sua rainha. Para terdes uma idéia da indelicadeza dele em relação a minha pessoa, sire, digo-vos ter ele ousado ir pernoitar com os soldados, apenas para fugir de minhas ordens. E seu atrevimento foi além: os mensageiros por mim enviados, relataram-me o destino de minhas missivas: ele as rasgava, sem ao menos lê-las!

— Como comandante, ele tem outros trabalhos a cumprir, Iseult. Não pode dar atenção exclusiva a ti.

— Exclusiva, sire? — ela riu. — Só se os insultos dele forem exclusivos! E definitivamente, foram!

— Posso puni-lo de outra forma, Iseult. Mas é cruel demais afastá-lo do que ele mais ama.

— Sire, como eu sofri a ofensa, não credes ser justo a pena ser decidida por mim? Concordo ser um castigo severo, mas não será por muito tempo. Durará até ele aprender a ter uma postura respeitosa perante sua rainha. Não é pedir muito.

Marc suspirou.

— E o que ele irá fazer?

— Afastado de toda e qualquer tarefa militar, quero que vós o coloqueis chefiando minha guarda pessoal. É o único modo dele redimir-se, perante sua afronta. E por outro lado, ele terá chance de descansar das obrigações como comandante.

— Minha bela, tu não conheces Tristan. Faz parte da essência dele ser um guerreiro e é onde ele encontra seu repouso.

— Um guerreiro descortês para comigo — Iseult atalhou, séria.

O monarca refletiu por um momento, estudando-a. Iseult estava realmente ofendida e não parecia disposta a perdoar o cavaleiro. Não queria ceder, contudo, avaliou as atitudes do rapaz. De certa forma, ele também o desobedecera. Todavia, como era árduo decidir sem atingir um deles! Iseult, se não fosse atendida e Tristan, se o punisse.

Notando a aflição nos olhos do rei, Iseult persistiu.

— Ele pode ser vosso sobrinho, sire, mas não vos esqueçais de que sou vossa rainha — Iseult tinha ciência do efeito daquelas palavras. De cada uma delas.

E ela estava certa. Marc sentiu-se mortificado.

— Está certo, venceste — comentou, desgostoso. — Mas poderias ser mais razoável, optando por outro castigo. Ele irá fazer o que ordenas, mas peço-te que seja por breve período.

— O tempo, sire, vai depender dele. Apenas dele. Quando falardes com ele, adverti-o de que doravante, deverá acatar apenas as minhas solicitações.

Nada mais foi dito às exigências da rainha. Esta, ao término da refeição, evadiu-se. Marc ali permaneceu, aguardando a chegada de Dinas. Como todas as manhãs, o senescal ali aparecia para conversarem a respeito dos problemas do governo. E não demorou muito para que ele adentrasse na sala, saudando seu rei.

— Marjodoc conteve o tumulto, sire — foi a primeira notícia. Mas Marc já sabia disso. — Os camponeses desentenderam-se entre eles, ao que parece, um sítio acusou o outro de ter ateado fogo em suas plantações. Os líderes ameaçaram iniciar uma contenda, mas Marjodoc conteve os ânimos exaltados. A tarefa demandou o carisma de vosso guerreiro, porque...

— Dinas, uma questão me preocupa.

— Sim, sire?

O monarca cogitou em conversar com o senescal atinente à instância de Iseult, mas deteve-se. Talvez, o melhor fosse conversar diretamente com Tristan.

— Acreditas na felicidade da rainha, vivendo aqui? — nem o próprio Marc soube porque havia feito aquela indagação.

A surpresa tomou conta de Dinas. A preocupação do rei nada tinha que ver com o que o informara.

— Tenho certeza de que sim, sire. Por que não seria?

O rei ergueu-se, postando-se diante da janela.

— Tu és ciente de que além de meus deveres, não sou mais jovem como ela — o rei desabafou. — E isso me perturba.

— Com todo o respeito, sire, por que não a incentiva a promover as cavalgadas além dos muros de Tintagel? Vossa esposa tem apreço por esta atividade e... — súbito, Dinas se conteve.

Marc encarou-o, olhos interrogativos, não compreendendo o repentino embaraço do senescal. Assim sendo, manifestou-se.

— Do que se trata?

— A rainha desejava ter espairecido nos dias em que estivestes ausente, sire. Entretanto, não realizou seu intento e desapontada, ordenou-me comunicar-vos seu profundo descontentamento com relação a um cavaleiro, causador do empecilho.

Marc franziu o cenho. Iseult havia suscitado sua desaprovação até para Dinas?

— Esse cavaleiro... — o monarca não completou a frase.

— Tristan, sire. Ele recusou-se a cumprir as demandas de vossa esposa.

O rei aproximou-se do amigo, o ar sério.

— Não consigo entender. Por que isso? Negligenciar as ordens de Iseult, ir pernoitar com os soldados... Tiveste oportunidade de questionar o motivo dele agir dessa forma?

— Em verdade, apenas ontem fiquei a par da insatisfação de vossa esposa. Até então, desconhecia o que estava sucedendo.

Marc restou silente por alguns segundos. Por fim, ordenou:

— Dinas, é imprescindível a presença dele. Estarei aguardando-o.

Com uma reverência, o senescal aquiesceu.

Tristan acordou com pesadas batidas contra sua porta. Ao endireitar seu corpo, notou que dormira com suas vestes e por cima da arma de Rivalin. A cota de malha afrouxada fez com que recordasse a terrível experiência do dia anterior. Sentou-se no catre, ajeitando o manto — que ainda estava preso por um broche — e pediu aos deuses que o ajudassem a superar aquela sensação de indisposição, tontura e dor de cabeça que o consumiam.

Bateram novamente.

— Entra... quem quer que seja — ele falou as últimas palavras para si.

Dinas empurrou a porta, adentrando no recinto com passos pesados. Presenciou Tristan sentado, a cabeça apoiada nos braços, estes em seus joelhos. E as vestes desarranjadas.

— O que houve contigo?

Lentamente ele ergueu-se, ajustando a cota.

— Nada. Uma noite ruim, apenas isso.

— Por que vieste para o alojamento dos soldados?

— Gosto daqui — rebateu, afivelando as tiras de couro. — Algum problema?

O senescal permaneceu sério. *O problema, Tristan, é que não és mais o mesmo!*, quis dizer. Mas evitou.

— Teu rei retornou esta manhã e te aguarda para uma audiência.

A dor de cabeça aumentou. Marc estava de volta! Teria, a rainha, revelado a Marc seu indecoroso comportamento... sua atitude amorosa...?! Não, nem mesmo sabia se Iseult estava a par. Andou até a cômoda, regou a pequena tina com água fria e ali mergulhou suas mãos, lavando o rosto. A água fria reanimou-o. Lentamente, sua mente recobrava-se do estado obscuro, dissipando a imagem da escrava, uma menina com trejeitos infantis mas sedutora nas artes do amor.

E envergonhou-se pelo seu comportamento.

Tão logo Tristan aprontou-se, foram à sala onde Marc aguardava. O cavaleiro entrou sozinho, como era costume quando dessas entrevistas. O guerreiro o saudou, indagando-o acerca da viagem.

— Foi tranqüila — respondeu, sentando-se no divã e convidando Tristan a imitá-lo. — Tens fome, filho? Sirva-te, se assim quiseres.

Entre eles, a mesa com a refeição matinal. Tristan não recusou. Satisfez-se com leite bem adocicado pelo mel, pão de mel e queijo. O alimento revigorou-o.

— Quisera ter exigido tua presença aqui para compartilhar esta refeição — Marc versou, bastante amargurado.

Foi então que Tristan constatou o tom de voz de seu rei. Imediatamente pesou em sua consciência a luxúria. Estaria Marc ciente...? Mas antes que pudesse expor algo, Marc prosseguiu.

— Recordas de que havia te pedido o favor de zelares pela rainha, não?

Tristan sentiu seu sangue gelar. Nada tinha que ver com a celebração da manhã anterior. Com seu deslize com o vinho e com a serva.

— Sire, eu não queria adiar mais os treinamentos com meus homens.

— Conheço tua fixação pelo trabalho, filho. Mas por que te recusaste a cumprir as ordens da rainha? Nunca atuaste com insolência, é incomum ter eu de recriminar-te! Também não compreendo porquê te negaste a apresentar tuas motivações diante das missivas dela. Entendo que para ti é difícil preterir os deveres com o exército, contudo tua indelicadeza em destruir as mensagens, foi ultrajante.

Ele amaldiçoou a si próprio por ter cometido o ato na frente dos mensageiros. E não encontrou palavras em sua defesa.

— Por fim, ela ficou descontente com tuas atitudes na recepção de ontem. Respeito teu comportamento arredio, mas precisas aprender a portar-te com dignidade quando convidado a comparecer em tais eventos.

— Não foi esse o caso, sire — rebateu, abaixando seus olhos. Por um momento, sentiu-se propenso a relatar os trajes da rainha, nada condizentes com sua posição. Seria uma desforra justa, ante a cilada que ela lhe preparara. — Meu dever era conter uma revolta entre camponeses, e não exibir-me como menestrel em uma reunião.

— De qualquer forma, foste deveras impolido com a rainha, Tristan. Tens razão quando justificas tua falta ontem, mas a perdes com as ofensas em não atendê-la nos dias anteriores. Por isso, ela te infligiu uma sanção. Sei que será difícil para ti, mas peço tua paciência.

Um pressentimento funesto dominou-o.

— Serás afastado da ordem militar — antes que pudesse protestar, Marc prosseguiu — não será de cunho perpétuo, mas durante esse período, Marjodoc tornar-se-á o comandante.

— Sire, ireis destituir-me do cargo de comandante...? — nervoso, ele ergueu-se. — Reconheço minha culpa e a gravidade de meus atos, não posso agora evitar o castigo. Condenai-me ao cárcere, ou infligi qualquer outra sanção que vos aprouverdes, mas vos imploro, permiti que eu permaneça em meu cargo mesmo se desejais, como conseqüência de minhas faltas, sustar meu soldo. Sire, despojar-me disso é demais para mim! — aflito, Tristan tinha ciência de que era devido ao seu trabalho que estava conseguindo viver. Era o que o impedia de cometer qualquer insanidade. O que iria fazer se fosse destituído? O que mais lhe restaria?

Marc entristeceu-se profundamente ante a angústia do rapaz.

— Não coube a mim a escolha de tua punição, filho. Contudo, tens minha palavra de que não será por muito tempo. Durante este período, irás servir a rainha, supervisionando sua escolta.

Ele encarou o rei, o rosto contraído.

— Não posso aceitar tal serviço, sire.

O rei levantou-se do divã.

— Por favor, Tristan. Não dificultes mais tua situação — Marc exprimiu. — Peço-te que de agora em diante, executes as ordens da rainha. Deves entender-te com ela, pois não quero inimizade entre vós.

Ele suspirou fundo, concordando amargamente. Abatido, reverenciou-o e retirou-se da sala, em passos rápidos. Sequer atendeu ao chamado de Dinas. Este, não entendendo o que poderia ter acontecido, foi ter com o monarca. Marc não estava melhor.

Brangaine entrou no cômodo da rainha acompanhada da jovem serva. Iseult tomou-a pelas mãos e ambas sentaram-se.

— Conta, pequena. O que ali sucedeu?

— O cavaleiro, a princípio, demorou em corresponder aos meus afagos. Suspeito do vinho tê-lo aturdido.

Iseult sorriu.

— É possível. Tratava-se de uma bebida concentrada.

— Contudo, ele começou a corresponder às minhas carícias...

Iseult trocou olhares com Brangaine. A aia notou a reprovação em sua face.

— Mas — a menina prosseguiu — foi por limitado tempo. Arrisco a dizer-vos que ele não estava ciente do que fazia e quando entendeu a situação, repudiou-me. Recusou enfaticamente minha aproximação e afastou-se de mim como um animal assustado.

— Foste convincente em tua arte?

— Vários homens teriam me aceitado com muito menos empenho, senhora. Acredito que esse cavaleiro deve amar e respeitar avidamente uma dama, para recusar-se a desfrutar os prazeres da luxúria.

Iseult agradeceu a garota, dando-lhe algumas moedas e concedendo-lhe permissão para retirar-se. Brangaine acompanhou-a até a porta. Ao voltar, viu sua senhora sorrindo com satisfação.

— O que me dizes, Brangaine? A fidelidade dele é surpreendente.

Brangaine não compartilhava da emoção de sua senhora.

— E o que pretendeis daqui para frente, senhora?

Iseult deitou-se em sua cama. Os longos cabelos caíam-lhe pelos ombros.

— Não te zangues, Brangaine. Deverias ficar contente, pois triunfei! Marc já deve tê-lo afastado do exército... e agora, o terei à minha mercê!

A aia concordou, gesticulando. Mas era impossível não preocupar-se... Porque temia as conseqüências daquelas artimanhas.

Marjodoc recebeu a notícia de que assumiria o posto de comandante supremo com perplexidade. Havia sido Dinas quem lhe transmitira a nova, no pátio de Tintagel.

— Mas o que... o que houve? Como isso é possível?

— Marc não me forneceu detalhes, Marjodoc. Dize aos teus homens que Tristan irá atender apenas ordens expressas do rei. Se tiveres outra escusa, usa-a. Mas evita alimentar esse fato com suposições.

Marjodoc concordou, não sem sentir profundamente a decisão do rei. *Não faz sentido*, pensou.

— Irei informar meus homens, Dinas — desgostoso, o agora comandante foi-se.

A azáfama tomou forma no alojamento dos soldados. Na sala principal, Marjodoc reuniu-se com os capitães, soldados e escudeiros, transmitindo as recentes ordens. E nomeou Pharamond como seu segundo comandante. Houve amplos protestos, mas Marjodoc não pôde dizer nada além. Conforme outros soldados apareciam, eram informados do fato. As vozes elevaram-se em inúteis tentativas de descobrirem o motivo da decisão do rei.

— Poderíamos ter com o rei, Marjodoc — Conlai sugeriu.

— Enlouqueceste? Questionar o rei?

O tom de indignação podia ser ouvido além do dormitório. E Tristan — retornando depois de isolar-se no promontório — o presenciou. Empurrou a porta invadindo o imenso corredor, que dava acesso à sala principal e aos dormitórios. Não pretendia ali retornar, mas precisava apanhar suas adagas. O fato era que deveria voltar a ocupar seu antigo cômodo, próximo ao do rei. E cruzou com passos pesados o corredor. Quando foi notado, um silêncio perturbador se fez entre os cavaleiros.

— Marjodoc... irás conversar com ele? — Pharamond, sussurrando, indagou, enquanto acompanhavam os sons produzidos por ele, entrando em seu quarto.

— Creio não ser o momento adequado.

Ele não se preocupou em cerrar a porta. Apanhou as adagas sobre o catre. Era inusitado. Durante a noite, não soltara de seu corpo a espada, mas retirara as adagas. Prendeu a última em seu cinto. Quando volteou-se para a porta, deparou-se com Cariado, encostado no batente, com um sorriso sarcástico.

— Vejo ter o rei finalmente demonstrado bom senso! Contaste os dias gloriosos em que exerceste tua autoridade? Foram tantos, não?

As palavras não vieram como resposta. Em questão de segundos, Cariado sentiu ser agarrado pelo seu gibão de linho, jogado com violência contra a parede do corredor e o frio metal da adaga contra seu pescoço.

— Abusaste de minha paciência pela última vez, canalha! — encolerizado, Tristan grunhiu. — Estou farto de ti! De teus motejos! — urrou, os olhos crispando ódio.

— Tristan!

Marjodoc, à frente de todos os homens, aproximou-se.

— Ele não merece tua ira — o comandante completou.

O descontrolado guerreiro voltou-se para o homem acuado. Era nítido o pânico em sua expressão. Em um gesto brusco, Tristan soltou-o, empurrando-o. O cavaleiro perdeu o equilíbrio, tombando de costas.

— Não te dirijas a mim novamente, Cariado! Ou por tudo o que é sagrado, irás te arrepender! — vociferou, recolocando a adaga em seu cinto.

— Veremos... quem irá se arrepender! — o ofendido rezingou, cobrindo o pescoço com a mão. — Veremos!

Tristan deu as costas para o cavaleiro. Marjodoc e os demais lhe deram passagem, sem importuná-lo.

Na manhã seguinte, Dinas informou-lhe que deveria preparar os cavalos da rainha e de suas damas. Ele acatou a ordem sem refutar e agradeceu mentalmente o senescal por sua discrição. Dinas agiu como se nada houvesse ocorrido. Com a saída do senescal, postou-se por alguns instantes defronte à janela. Evitara sair de seu cômodo e se pudesse, iria ali permanecer. O que mais a rainha iria lhe aprontar? Amuado, vestiu-se e dirigiu-se até o estábulo. Selou Husdent e ajudou o cavalariço que ali estava a selar os demais.

A rainha, desta vez não tardou a aparecer. Com ela vieram Brangaine e Letto. Ao vê-lo, próximo ao estábulo, trajando roupas informais, sem a malha e o manto, mas com a espada, Iseult expressou:

— Viste como te custou caro tuas desobediências?

Ele apenas saudou-a, ignorando a indagação. Estava sério, o rosto sombrio. Segurava Husdent e o palafrém da rainha pelas rédeas. Não ofereceu-se para ajudá-la a montar, nem mesmo lembrou-a do cocho. Simplesmente acenou para o cavalariço. O rapaz prontamente atendeu a solicitação e foi com muita honra que auxiliou a rainha; esta, enojada, torceu o nariz ante as roupas encardidas e o odor fétido exalado pelo garoto. Tristan somente preocupou-se em montar e aguardar, junto a dois outros cavaleiros, homens da armada que ele comandara. Estes não constrangeram seu ex-comandante com perguntas impróprias. Quando todos estavam montados — findada a usual cena de medo, realizada por Brangaine — deixaram o pátio. Por costume de sua antiga posição, Tristan assumiu o comando, deixando os dois cavaleiros velarem os flancos. As damas seguiam logo atrás dele; entre elas, a rainha. Entrementes, Iseult não apreciou a disposição do grupo.

— Cavaleiro! Aproxima-te! — o comando soou austero; as aias entreolharam-se e os dois homens acompanharam Tristan, antes relutante, mas depois vencido, volteando seu cavalo. Quando emparelhou com o da rainha, Iseult arrematou, rude. — Não é necessário liderar-nos, visto que não tens mais essa ocupação!

Emoções adversas vibravam em seu íntimo. Em parte, a decepção o castigava; jamais havia concebido Iseult ser cruel daquela forma. Todavia, nem aquela decepção conseguia dirimir o intenso amor que por ela, ainda nutria. Era insanidade, ele sabia. E resignou-se uma vez mais, optando por calar-se perante a nova afronta. Mas desejava retornar à liderança, fosse comandante ou não. Apenas não queria permanecer ali... ao lado dela. A rainha, notando a intenção dele, reagiu, o tom ameaçador.

— Sequer penses em fazer isso. Ousa deixar-me falando sozinha, como tu já fizeste tantas vezes e verás o que uma rainha mergulhada no ódio é capaz de fazer. O que recebeste até agora, não significará nada! Humilhar-te-ei de tal forma, que irás preferir jamais ter existido!

Tristan cedeu. Como, não obstante, vinha cedendo. Aquele jogo de poder o estava enlouquecendo; novamente, amaldiçoou-se por ter retornado a Cornwall. Ao menos, agradeceu por Iseult não ter bradado em tom férreo, como geralmente fazia, quando dirigia-lhe um comando.

— Não tens nada a me dizer?

Ele fitou-a por alguns segundos.

— Nada que suscite vosso interesse — redargüiu.

— Isto é o que pensas. Entretanto, não vou te obrigar a falar comigo, se não desejas — os cavalos seguiam pela costa, pelos promontórios. As ondas chocavam-se incessantemente contra as rochas. — Mas digo-te que mesmo agora, ultimados os verões, continuas sendo dissimulado.

Tristan levantou seus olhos. A rainha continuou.

— Até quando pretendes fingir tua lealdade? Fingir teu respeito pelo rei? Sei de teus sonhos, de teus desejos e é por eles que te recusas a partir de Tintagel; por eles, te submetes a estas provações, ah, bem sei disso! — Iseult o encarava duramente. — E é por isso que tua frágil fidelidade está agora em conflito. Porque a colocaste acima do teu amor.

Ele suava frio.

— Este foi teu maior erro, cavaleiro. Teu maior erro — e dessa vez, Iseult instigou seu cavalo, afastando-se do moço.

Perplexo, Tristan a viu distanciando-se, os cabelos soltos ao vento, o manto esvoaçante. Estava confuso, aturdido. Sentindo-se... vulnerável. Ela o atormentava, escarnecia de seus sentimentos e o insultava, duvidando de sua lealdade para com o rei, como ele próprio se havia recriminado. Ou havia outro sentido naquelas acusações? Não sabia. Desconhecia o significado daquelas palavras.

Nesse dia, nada mais disseram. Tristan retornou do passeio alquebrado. Tudo o que desejava era encerrar-se em seu quarto e permanecer só. Não foi difícil obter seu intento — Tintagel estava tranqüila quando os cavalos atingiram o pátio. Deixou Husdent aos cuidados de Frocin e liberado pela rainha, fez o que tinha em mente. Uma vez ali, a sensação de infortúnio o dominou. Pois rasgava-lhe o íntimo aquelas insinuações. *Por que ela está fazendo isso?* — amargou-se. Avaliou a possibilidade de ir até Marc, implorar a seus pés para que retirasse de si aquela nova incumbência. Iria confessar não ser digno... Entrementes, era cônscio de que o rei jamais iria concordar com a escusa. Ademais, poderia arrematar alegando que se ele se considerava indigno, o mesmo não poderia ser dito da rainha, que era — e muito — digna. Diante dessa possibilidade, o que iria argumentar? As hipóteses fomentavam sua mente, poderia fugir de Tintagel, um comportamento vexatório; se solicitasse permissão para para ir-se, Marc iria culpar-se por tê-lo destituído do cargo e certamente muito sofreria. Afora as ameaças de Iseult. Desvantajoso era ter uma rainha como inimiga e não mais duvidava dela cumprir suas intimidações.

Reconheceu a armadilha em que estava. Iseult tecera a teia de sua vindita e nela caíra. O mais grave, era sentir-se cada vez mais emaranhado em seus fios. *Ela tem poder sobre Marc*, refletiu, deitando-se.

E não apenas sobre Marc.

Um golpe perfeito, senhora rainha!, concluiu, lúgubre.

Nos dias subseqüentes de sua punição, a rainha não o solicitou com muita freqüência, ensejando oportunidade para ele afastar-se de Tintagel, atravessando seus dias em Morois ou cavalgando, contornando os promontórios. Era um modo de suportar a amargura de que era vítima quando via a armada. A amargura e a humildação, o verdadeiro motivo. Contudo, o pretexto de uma vez ter sido procurado por um mensageiro e não encontrado, foi o suficiente para que Iseult o privasse de suas saídas furtivas. Dessa forma, deu prosseguimento às enfadonhas tarefas demandadas pela rainha; por vezes, a única ordem recebida era ficar aguardando-a em um determinado lugar. Mas Iseult não aparecia.

Tampouco lhe enviava escusas.

Ele apenas imaginava o quanto a rainha deveria estar exultando com sua desforra, bem arquitetada e executada. No entanto, foi durante estes dias — largado a esmo —, aguardando ordens que não vieram, que constatou sobre seus antigos soldados ainda guardarem respeito por si. Trataram-no como antes e jamais o indagaram concernente à decisão do rei. Os guerreiros mais próximos apenas comentaram que muito em breve, ele voltaria a ser o comandante. Tristan evitava suscitar suposições. Em seu íntimo, agradecia a sinceridade daqueles homens — teriam eles noção do quanto haviam amenizado o profundo desgosto em que vivia? De que a amizade deles era o que lhe restava? Não mais sentindo-se vexado, ia até eles quando Iseult não o convocava.

Tornou-se mais íntimo de Marjodoc, Conlai e Ywayn. Mas era com o primeiro que mantinha maior contato. Aquele lhe transmitia as novas do exército, da evolução dos treinos dos cavaleiros novatos, da infantaria e dos arqueiros.

— Odeio arco e flecha! — Tristan confessou, certa manhã, enquanto andavam acompanhando a arena, onde alguns treinos se realizavam.

— Contudo, é uma arma útil... ou irás discordar disso?

— Utilidade diverge e muito, da cobardia. E é um artefato covarde.

— Acautelas-te, Tristan. Um dia, poderás precisar de um arco e flecha! — Marjodoc riu. — A propósito, manejas um?

— Nunca tentei.

— Pois devias, meu amigo.

— A lança e o dardo suprem minhas necessidades, Marjodoc.

Na arena, os arqueiros disparavam suas flechas. Do lado oposto, Tristan reconheceu Frocin próximo de seu pai.

— Eu falhei com o garoto — Tristan comentou, observando-o afastar-se em direção ao estábulo. Não demorou muito e Frocin retornou com um cavalo. Conlai montou-o.

— Esqueceste do que Conlai nos disse? Estão praticando juntos, mas o menino é dispersivo. E de reflexos lentos. Em outras palavras, Frocin vai ser escudeiro por muito tempo... Mas precisas te ater em outras questões. Problemas mais sérios, eu diria, que podem te causar angústias.

Eles pararam, apoiando-se no cercado da arena.

— Deves estar mofando, claro — ele sorriu levemente. — Há algo pior para me acontecer?

Marjodoc apontou com os olhos o cavaleiro que agora invadia a arena.

— Cariado — o comandante disse. — De todos os soldados com os quais convivi na armada... ele é o mais detestável e adora instigar os homens contra ti. Depois do que fizeste, então...

— Se não tivesses me impedido, não o terias mais em tua armada. Estaríamos livres dele!

Marjodoc riu.

— Talvez eu tenha cometido um engano... Mas estavas disposto a matá-lo?

Ele franziu o cenho.

— Estava, Marjodoc. Definitivamente, estava.

O comandante fitou-o, atônito.

— Tristan, às vezes, tu me assustas!

Nesse momento, ouviram um brado. Ambos voltaram-se e acompanharam um pajem avizinhando-se.

— Mensageiros — Tristan reclamou. — Há algo que odeio ainda mais do que arco e flechas, meu amigo... e é justamente um mensageiro.

Iseult requisitava sua presença. Queria ser escoltada até o centro da cidade, onde uma feira estava tendo início. Diferente das demais vezes, veio apenas com Brangaine e recusou os cavaleiros que sempre os acompanhavam. Ele tentou insistir, sem efeito. Era impossível contra-argumentar.

— Eu pretendo ir até a cidade. Tua presença é suficiente, cavaleiro. Ou não estás à altura deste feito? — ela inquiriu, rude.

E ele, silente, não rebateu.

Cavalgando pelas ruas de Tintagel, ele deu-se conta de que Iseult não corria qualquer risco. O povo manifestava em ovações, sua adoração pela rainha. Estudando-a freando seu cavalo e cumprimentando as pessoas mais próximas, ele recordou-se da Iseult que uma vez, segurara suas mãos e lhe sorrira com ternura. A Iseult que, de alguma forma, sabia existir sob aquela armadura de altivez e jactância. Seria por isso que suportava — como um tolo — as inúmeras ofensas?

Afastou tais dúvidas quando percorreu com os olhos o arredor. *Se fosse mais sensato... evitaria aparecer aqui.* — avaliou, desconfortável. Pois o abismo de sangue entre ele e muitas famílias de Tintagel, persistia. Era *persona non grata* por muitos, em cujos rostos, lia-se a aversão. Em cujas mãos, contraídas, via-se o ímpeto de uma investida — um contra inúmeros, que postaram-se em volta de Husdent, das montarias da rainha e de Brangaine, que estavam alguns passos a sua frente. Por um momento, ele se preocupou, mas, Iseult, ajeitando-se em sua sela, pediu gentilmente licença. E atiçou seu cavalo. As pessoas em torno de Husdent recuaram, dando passagem. Foi quando percebeu estar sendo protegido pela rainha... e não o contrário.

Deixaram os cavalos com um cavalariço e percorreram a praça onde os comerciantes expunham suas mercadorias. Iseult infiltrou-se em meio das pessoas, Brangaine ao seu lado, e ele, atrás. Conforme ia sendo notada, abriam-lhe caminho, mas continuavam fitando com animosidade o cavaleiro que a seguia.

O cavaleiro da rainha!, sussurraram.

Com tranqüilidade, ela percorreu as barraquinhas, cujos mercadores expunham as mais variadas mercadorias. Deparou-se com especiarias, com seda, roupas. Comprou presentes para suas aias e admirou um broche, em forma de uma cabeça de cavalo, de ouro.

— Marc irá adorá-lo — comentou, enquanto pagava pelo objeto.

Brangaine atraiu a atenção dela para outro comerciante. Em vez da estrutura de madeira, o homem expunha suas jóias sobre um grosso tapete. Iseult encantou-se com um anel de ouro enfeitado com inúmeras pedrinhas de jaspe, de cor rubra. As pedrinhas reluziam. A rainha colocou-o em sua mão esquerda, e o anel ganhou mais vivacidade — na opinião silenciosa do cavaleiro.

Sorrindo, ela voltou a estudar as jóias dispostas.

— Mercador, permites-me ver aquela corrente? — a rainha apontou a peça em questão.

O homem entregou-lhe uma corrente de ouro, forjada em aros consistentes. Não era uma jóia feminina. *Marc irá ganhar mais um presente*, refletiu.

— Brangaine, qual tua opinião? — Iseult indagou, colocando a corrente sobre o próprio peito.

— Diria ser perfeita.

A rainha não pediu a opinião do cavaleiro. Com efeito, agia como se ele não existisse.

— Irei levá-la, mercador.

Iseult quis permanecer na praça até o fim da tarde. Demonstrando seu lado amável, conquistou a afeição de um comerciante romano e sua esposa, que insistiram em oferecer uma refeição típica de seu povo. O guerreiro a acompanhou até próximo da casa do anfitrião, mas o convite a ele não se estendia. Entretanto, ficou aliviado por Brangaine estar com ela. O único porém, era ter de suportar a espera... sem nada a fazer. A casa do comerciante, de pedras e argamassa, situava-se em uma esquina. Contrastava com os abrigos de pau-a-pique do lado oposto. Como não havia um lugar para sentar-se, ele caminhou pela viela. Fez o percurso tantas vezes que havia decorado as disposições de cada construção. A terra estava marcada com suas pegadas. Iseult estava lá havia horas... Irritado, viu-se invadindo o local e arrancando a rainha dali, aplicando-lhe uma boa sova, roubando sua austeridade. Era o que estava propenso a fazer. Ou, quem sabe, arrastá-la dali, prendê-la em seus braços... e fremente, beijá-la... Ou... ambos?

Foi quando risadas atraíram sua atenção. Andou até a esquina. Cruzando a casa de pedras, viu duas raparigas de aparência vistosa. Vestiam trajes elegantes, sedutores e uma delas exibia um delgado torque. Ele parou na frente da casa do mercador, mas do lado oposto. As garotas viram-no, sorriram e dele avizinharam-se. A moça com o torque, cabelos cor de fogo e olhos castanhos, indagou-lhe:

— Não pretendes ir até a taberna?

— Taberna? — estivera todo aquele tempo ali e não reparara num estabelecimento daqueles.

A outra moça apontou uma casa a alguns metros de distância de onde estavam.

— É depois do pôr do Sol que o movimento tem início. Não queres ir e tomar uma bebida?

Uma bebida! Estava sedento, com a garganta seca, faminto e exausto pelo tempo que ficara de pé. Nem quando treinava o dia inteiro, cansava-se tanto. Para agravar, havia sido um dia quente e desde que chegara à cidade — na parte da manhã — não ingerira nada. Entretanto, recusou.

— Se não pretendes ir até a taberna, o que fazes aqui?

Ele sorriu levemente.

— Creio que apenas a taberna importa, não?

Elas riram.

— Para os cavaleiros, sim. E és um cavaleiro, não?

A moça ruiva segurou a amiga pelo braço.

— Espera, Gwen. Creio conhecê-lo! — ela sorriu, fitando o rapaz. — Eu te vi, senhor... na praça. Estavas acompanhando a rainha, não? És o cavaleiro dela!

— Se fores assim que chamas uma escolta... eu diria que sim.

— Então, deves ser o comandante conhecido por Tristan.

Eu fui..., argüiu, para si.

— Eu sou Cwen — a ruiva disse. — E essa é Gwenaëlle, minha amiga.

— E vós ireis sozinhas numa taberna?

Elas entreolharam-se e riram.

— Somos parte dela, cavaleiro. Trabalhamos lá.

Ele imprecou contra sua ingenuidade. Poderia conhecer várias ciências, mas o universo feminino não fazia parte delas. Notando-o constrangido, Cwen manifestou-se:

— Acompanha-nos, Tristan! Se me permites dizer, necessitas de uma noite alegre e é isso que irás encontrar. Os cavaleiros exaltam o modo como costumo tratá-los, não é, Gwen?

Gwenaëlle, tão formosa como Cwen, sorriu. Era mais alta, cabelos castanhos claros ondulados e olhos verdes.

— Eles não costumam reclamar. E sempre retornam...

— ...nos procurando! — Cwen completou.

Dentro da casa, findada a refeição, a rainha ergueu-se. Atravessara bons momentos com o comerciante e sua família. Iseult elogiou os três filhos do casal.

Antes da rainha ir-se, a esposa presenteou-a com especiarias; não esqueceu de enviar presentes para o rei.

— Sois muito gentis, senhores — Iseult agradeceu. — Mas a noite se aproxima, e devo retirar-me.

— Desejais que vos acompanhe, senhora?

Com essas palavras, Iseult recordou-se do cavaleiro. Voltou-se para a janela e o viu... conversando com duas garotas. Reparou quando uma delas — uma mulher ruiva — puxou-o pelo braço, como se quisesse tê-lo mais próximo de si. Naquele instante, a rainha sentiu seu sangue ferver. *Como ele se atreve...?*

— Senhora?

Iseult atendeu o chamado do homem.

— Eu posso vos acompanhar.

— Não é necessário. Minha escolta me aguarda — disse, olhando para Brangaine. Era o sinal de que precisavam ir.

Despediram-se da família e ela foi a primeira a deixar a casa. Seus passos — silenciosos — a levaram até o lado oposto e indignada, acompanhou as risadas dadas pelas garotas.

— ...foi um dos duelos mais divertidos que presenciei, neste tempo todo atendendo os freqüentadores. Ambos guerreiros estavam ébrios e sequer conseguiram retirar suas espadas da bainha. Os outros ocupantes da taberna... — Cwen, rindo, comentava.

Ao seu lado, a expressão de Gwenaëlle, de jocosa, empalideceu em segundos. Tristan, de frente a elas, não percebeu o vulto atrás de si. Apenas quando Gwenaëlle, olhos arregalados, agarrou o braço da amiga e recuou, ele virou-se por sobre o ombro. A figura de Iseult, imperiosa, ali encontrava-se. A face iracunda, cujos olhos claros cintilavam seus sentimentos. A altivez inerente em cada fibra de seu corpo — mantinha o braço direito na altura do plexo solar, com seu manto ali acomodado. A mão esquerda descansava em sua cintura, ornamentada por um cinto de linho. E a cascata dourada contornava a feição grave.

— Senhora... — Gwenaëlle foi a primeira a reverenciá-la. Cwen a imitou.

Tristan voltou-se para ela. Não compreendendo a demonstração de medo das garotas, tampouco a fúria em Iseult, hesitou, esquecendo-se de saudá-la, como usualmente procedia.

— Este cavaleiro está impossibilitado de entreter-vos, senhoras. — Virou-se para Tristan. — És incapaz de cumprir ordens sem te engendrares em devaneios? E quão caras devem ser tuas quimeras, para comportar-te como um ignaro, olvidando-te e negligenciando tuas obrigações, até mesmo de reverenciar-me! Deves julgar teus galanteios lograrem êxito, mas digo-te serem eles reles, tanto quanto teu infausto comportamento!

— O que estais me dizendo...? — Tristan, ainda estonteado, mas sentindo a indignação transmutar-se em cólera em suas veias, levantou sua voz. Não ia tolerar ser humilhado daquela forma, não uma vez mais! Contudo, antes que pudesse pronunciar mais uma palavra, Cwen adiantou-se, postando-se de joelhos perante a rainha.

— Vosso cavaleiro nada fez, senhora. Se alguém agiu mal, fui eu. Pois fui eu quem dele se aproximou, terminando por distraí-lo de seu dever.

A rainha estudou-o. Os olhos cinzas refletiam o ódio que ebulia em seu próprio sangue.

— Muito bem — a voz autoritária vibrou. Agora dirigia-se à moça. — Tiveste coragem em relatar tua atitude. Mas quando observo teus modos vulgares, sinto-me enfadada! Não comprometes tua honra rastejando-te atrás do primeiro homem que vês? — ela encarou-a com altivez. Cwen baixou seus olhos — Não há dignidade em ti nem para responder-me. Ide! — Iseult gesticulou para as duas.

Cwen ergueu-se e com as mãos dadas com Gwenaëlle, retirou-se.

Eles entreolharam-se. Brangaine, em passos lentos agora se aproximava. Tristan, agastado, não conseguiu conter-se. Ressentido, versou:

— Questionastes a honra de outrem, mas vós não tendes idéia do que este sentimento significa! Tampouco agis como tal!

— E quem és tu, para me dizer como agir? Tuas opiniões me são irrelevantes, como tua pessoa!

— Sim, eu bem sei. E por isso, deveríeis mostrar o ínfimo de humanidade, senhora, condenando-me incontinênti à morte, tamanha vossa execração por mim e não procederdes desse modo, torturando-me um dia após o outro.

— E o que pensas ter feito comigo? Dize-me! O que pensas? — clamou.

A voz aflitiva da rainha vibrou dentro de si. Teve a impressão de que à sua frente, via a Iseult de seu sonho, sofrendo nas mãos do saxão, tal a angústia que transmitia em seus olhos. Sua verduga carregava sua própria cota de sofrimento, tudo porque intrometera-se em sua vida. Tristan, desviando seu olhar, indagou-se quanto mais teria de suportar para que a rainha se considerasse vingada.

— Iseult! — Brangaine interveio. — Devemos retornar.

Iseult, tremendo, os olhos carregados de lágrimas, deu as costas para o cavaleiro. Este, ainda mortificado, aguardou até elas afastarem-se alguns passos, para então segui-las.

Cavalgaram em silêncio de volta à fortaleza. Brangaine, por vezes, fitava sua senhora, preocupada. Não havia aprovado a reação irascível da rainha, contudo, era impróprio comentar o lapso.

Por fim, frearam os cavalos na frente do estábulo. Sendo noite, não havia cavalariços. Tristan apeou-se, ajudando a aia. Brangaine correu em auxílio de sua senhora.

— Vós necessitais de algo mais? — ele questionou, a voz carregada de mágoa.

— Deves cuidar dos cavalos. Depois, vai imediatamente para teu quarto. Receberás ali tuas próximas ordens.

— Devo avisar-vos, senhora, antes de ordenardes caçar-me como a um cão, de que irei comer algo para depois, atender-vos.

Iseult, que estava de costas, voltou-se.

— Foi sensato de tua parte em me alertar. Doravante deverás me informar teus passos, cada um deles! E não sair de teu recinto sem ser por ordem minha. Ou realmente serás caçado, não como a um cão, mas como a criatura pérfida que és. — E junto com Brangaine, ela retirou-se.

Irado, entrou no estábulo com os cavalos. De uma forma ou de outra, ela queria tornar sua vida insuportável... e estava conseguindo. Cuidou dos dois cavalos menores e depois levou Husdent até sua baia. Retirou a sela e o cabresto. Afagou-o próximo das orelhas.

— És afortunado, Husdent... por ser um cavalo.

Alimentou-o e deixou o estábulo. Penetrou em Tintagel pelos fundos, indo em direção à cozinha. Os servos terminavam os últimos afazeres do jantar. Bebeu avidamente e comeu pedaços de carne assada com pão.

— Tiveste sorte, cavaleiro. Dificilmente sobeja algo no jantar — uma das servas comentou, enquanto preparava o forno de pedra, alimentando-o para o uso posterior.

Ele nada disse, mas avaliou ser inusitado a sorte lembrar de sua existência. Pelo menos, naquele dia nada aprazível. Satisfeito, agradeceu as servas e andou em direção ao seu quarto, não porque havia sido compelido, mas sim pelo cansaço e dores em seus músculos. Não estava acostumado a ficar o dia inteiro em pé, sem quase movimentar-se.

Próximo ao seu quarto, viu Gorvenal. Este — que acabara de procurá-lo ali — sorriu ao vê-lo.

— Por onde andaste o dia todo?

— Cumprindo ordens expressas — ele adentrou no recinto. O escudeiro o seguiu.

— Tristan... parece que perdeste teu juízo. Não sei o que te prende aqui, já que nem comandante és mais.

O guerreiro, agora acomodado em seu catre, ergueu seus olhos.

— Obrigado por recordar-me.

— Recordo para que percebas a insensatez em que te enredaste!

Ele suspirou.

— Gorvenal, tens toda razão. Pretendo ir embora, mas não pode ser agora.

— E por que não?

Irritado, ele levantou-se.

— Porque não quero magoar Marc! E não quero ir nessas condições! Qualquer ação minha, sou criticado, como deves ter percebido em teus passeios pela cidade.

Tenta imaginar o que diriam de mim, se fugisse porque fui destituído de meu posto! Inevitavelmente, estaria atingindo Marc.

— Espero que seja por Marc, Tristan.

O guerreiro incomodou-se profundamente com as palavras do antigo mestre.

— O que queres dizer com isso?

— Pensas não estar eu notando tua ruína? Tua aparência? Essas "ordens expressas" estão fulminando contigo!

Ele não rebateu de imediato.

— Nisso, tens razão — disse, por fim. — Boa noite, Gorvenal.

O escudeiro — surpreso pela ruptura na conversa — despediu-se e evadiu-se.

Ele retirou a vestimenta de linho e jogou-se na cama. A única certeza que lhe restava, era a de que havia pensado primeiro em Marc e não nela, quando avaliou a possibilidade de fugir de Cornwall, como conseqüência de sua punição.

O rei não pôde receber Iseult de imediato devido a alguns convidados ilustres. Sendo assim, a rainha e a aia recolheram-se. No quarto, Brangaine ajudou-a a trocar de vestes e penteava os longos fios. A rainha permanecia séria.

— Iseult... — Brangaine, procurando ser afável, iniciou a conversa. — ...tendes noção do que fizestes?

Ela concordou.

— Eu perdi o controle, Brangaine... quando vi aquela libertina realizando o único intento que me é defeso. Não imaginas como queria estar no lugar dela!

A aia parou de escovar os cabelos e sentou-se do lado dela.

— Não imagino mesmo, Iseult! Nem tampouco se continuardes tratando-o desta forma. Lembrai-vos de que ele também tem sentimentos...

— Sentimentos! — ela escarneceu. — Não há sequer vestígios de sentimentos nele, Brangaine. Ele venera apenas seu amado rei.

— Se assim pensais, intrigai-me quando confessai querer ter estado no lugar da incasta. Tanto quanto vossa cena inapropriada de ciúmes.

A rainha silenciou-se por alguns instantes.

— Não vou admitir alguém aproximar-se dele, Brangaine. E irás me auxiliar nisso.

A aia assustou-se.

— Minha senhora, estais exagerando. Um ciúmes doentio é a trilha para a desgraça!

Ela ergueu-se.

— E é, Brangaine! Porque está corroendo-me viva!

— Minha bela! — a voz poderosa de Marc vibrou. As duas mulheres, assustadas, voltaram-se para a porta e acompanharam o rei adentrando. — Venho procurando fazer o máximo silêncio possível, pois imaginava estares dormindo, mas o que vem aos meus ouvidos?

Iseult sentiu seu coração disparar.

Marc aproximou-se dela, ao passo que Brangaine ergueu-se e reverenciou-o.

— Podes ir, Brangaine — a rainha versou.

Com a saída da aia, Marc abraçou-a.

— Dize-me... o que pode corroer-te viva?

O alívio aquietou o súbito temor.

— A ansiedade, sire... — ela rebateu, a voz trêmula.

— Pelo quê?

Ela apartou-se do rei, andou até a mesa e apanhou o broche de ouro.

— De vos presentear com isso.

Com a jóia em suas mãos, o rei sorriu.

— É maravilhoso, minha bela. Amanhã estarei usando-o — Marc segurou-a pelas mãos e a puxou para si, abraçando-a. — E tiveste um dia agradável na cidade?

— Sim... sire. Fomos presenteados com especiarias...

Mas Marc não estava mais interessado. Aninhando a face alva em suas mãos, beijou-a com ternura. Iseult não correspondeu. Percebendo a recusa, o rei afastou-se.

— O que há, minha querida? Vejo teus olhos marejados e não é a primeira vez. Ficaste distante de mim o dia inteiro, certo que bem acompanhada — ele sorriu docilmente. — Este é o único motivo que me tranqüiliza, ter meu sobrinho sempre ao teu lado. Ocupado ando nestes últimos dias, não tendo oportunidade de encontrá-lo, mas pelas tuas atividades, creio estar ele te correspondendo como desejavas. Contudo, agora que retornas, não pareces contente! Necessitas de algo?

As lágrimas rolaram pela face. Iseult as limpou. Postada na frente do rei, percebeu-se acuada. Marc era um bom homem, mas não era um tolo. Seria mais um erro — além de sua cena de ciúmes — dar ensejo a Marc criar conjeturas. Assim sendo, a rainha soltou as alças de seu manto noturno, desvelando sua nudez.

— Sire, nunca fostes informado de que lágrimas podem significar felicidade? — ela indagou, com ternura.

Marc, deslumbrado pelo corpo escultural, avizinhou-se e envolveu-a em seus braços. Beijou-a, agora com avidez.

— Tua beleza, minha rainha, ofusca a das deusas. Tuas lágrimas me comovem, mas é o teu sorriso que irradia a ventura, daí preferi-lo — disse, amável, contendo novas lágrimas com sua mão.

— Tendes razão, meu senhor — respondeu-lhe, contraindo ligeiramente os músculos faciais. Era um sorriso triste.

— Agora sim, minha bela! — exultante, o monarca pegou-a no colo e a acomodou no leito.

Deitou-se ao lado dela e cerrou seus lábios nos dela, a paixão inebriante correndo pelo seu corpo. Suas mãos másculas roçaram e deslizaram, explorando a natureza perfeita e sua intimidade. Em um ímpeto, já contagiado pelo desejo, soltou seu manto e afrouxou suas roupas.

Em seu quarto — próximo ao do casal — Tristan acordou. Foi dominado por uma repentina e inexplicável dispnéia. Sentou-se, arfante. Era como se estivesse correndo desenfreado e não dormindo. Controlando o nervosismo, voltou a aspirar compassadamente, contudo uma angustiante sensação oprimiu-o; uma avassaladora tristeza inquietou seu coração. Imaginou ser ainda conseqüência da humilhação sofrida... E a imagem de Iseult, aviltando-o, instigou-o.

Por que não a odeio? Regozijar-se com o ódio é mais fácil, sempre foi! E tenho motivos... Deuses, como tenho! Ela me despreza. Trata-me como a pior escória. Seu único deleite é vexar-me, pejorar-me e jamais irá cansar-se disso.

Ele levantou-se, sentando-se no parapeito da janela. *Tenho os motivos e conheço o poder do ódio, que tantas vezes me guiou. Que inúmeras vezes foi meu senhor e de seu sangue, me alimentei. Mas não sei como transformar o amor, tão mais sublime... em ódio. Como? Como obter isso? Se com tudo o que ela me fez... ainda não consegui?*

Cerrou as pálpebras e viu-a novamente. Não a rainha, nem a mulher vingativa, e sim em prantos, clamando por si. *Insanidade! E eu... sou um maldito infeliz!* Afastou o sedoso manto, contemplando o brilho das estrelas em meio ao vazio noturno. Tentava aplacar sua excitação convencendo-se de que as imagens eram apenas devaneios. *Os devaneios com os quais ela me insultou!* Entretanto, a despeito de recordar as árduas palavras proferidas pela mesma figura que o infernizava, a melancolia persistia, causando-lhe injúrias internas. E de forma inesperada, dilacerando a madrugada, pressentiu seu nome repercutir em todo o seu ser. Reconheceu aquela voz forte, austera. Iseult. Naquele instante duvidou ter ouvido; seria produto de sua mente torturada pelo desejo? Ou era o remorso que despedaçava suas entranhas... Ou ainda, a imagem de Iseult, com o saxão...? Não, era sandice. O homem estava morto. E Iseult tornara-se rainha... *Marc!*, refletiu, assombrado. Recordou-se da luxúria, de quando deliberadamente recusara a escrava e a lascívia, que num determinado momento, tornaram-se inconvenientes. Entretanto, Iseult jamais poderia assim proceder.

Não com um rei.

Tristan... Tristan... Tristan!... A súplica contida naquela convocação persistiu; aflito, procurou sem sucesso a origem do som, encontrando apenas o vácuo sombrio da madrugada. Por mais algumas vezes a voz soou, lacrimosa, carregada de desolação. De tristeza.

Um silêncio perturbador seguiu-se àqueles lamentos.

Marc apartou-se, após amá-la intensa e ardorosamente. Imerso na mais sagrada emoção, o rei a deteve em seus braços, respirando pausadamente. Em seguida entregou-se ao sono, conseqüência do êxtase concupiscente. Entretanto, a rainha — apesar de ser venerada com toda aquela paixão — correspondeu com modesta vivacidade. Libertando-se dos braços do rei, virou-se para o lado oposto, encolhendo-se e cobrindo-se com o lençol. Para ela, restavam as lágrimas como consolo, aliado a um nauseante remorso. Em seu íntimo, era culpada pela lealdade a Marc, seu marido, tanto quanto acusava Tristan.

Foi mais uma noite perdida em doloroso pranto, até ser envolvida pelo cansaço.

Quando descerrou suas pálpebras, Iseult deparou-se com Marc vestindo-se. Ela sentou-se, ocultando sua nudez e questionou o porquê dele estar tão agitado.

— Dinas veio me informar acerca de um conflito em alguns sítios, ao norte. Há boatos de que são saxões, mas a eles, não dei crédito. Dificilmente Arthur iria permitir remanescentes em nosso território. Em todo caso, irei com a armada.

— Todos os homens irão?

— Irei liderar sete legiões. São os homens mais experientes do exército. O restante ficará aqui, velando Tintagel — comentou, enquanto ajustava o cinto com a espada e adaga.

— Espero que não necessiteis de vosso antigo comandante.

Marc encarou-a.

— É claro que preciso dele. Se forem saxões...

— Sire, destes vossa palavra. Ademais, eu tenho atividades a cumprir. E quem irá me atender, senão meu cavaleiro?

O rei afivelou sua cota de malha.

— És implacável, Iseult. Isto não é uma atividade militar, pode ser uma guerra! Ademais, combinamos que seria por breve período, não?

— Não, sire — ela desafiou-o. Eu vos disse que dependeria dele. E esse momento ainda não chegou, ainda que o motivo seja grave.

Marc irritou-se. Acatara a exigência da rainha e não era do seu feitio voltar atrás.

— Pois eu espero que o libertes em breve, Iseult. Não posso tolerar um castigo sem fim. — Ele prendeu o manto e se foi.

Sozinha, ela vestiu-se, pulou da cama e correu até seu baú. Dali retirou o vestido que usara em seu casamento. Jogo-o por cima da cama desfeita e chamou por Brangaine. Em segundos, a aia invadiu o recinto, vendo sua senhora com uma faca nas mãos.

— Iseult! O que pretendeis? — a mulher correu até ela.

— Acalma-te, Brangaine. A faca não é para mim. Não em minha carne... — disse, erguendo o vestido aperolado e nele enterrando a lâmina. — É em meu espírito, como vês — e cortou um pedaço do tecido, do decote — do lado esquerdo — até abaixo dos seios.

— Mas, minha senhora...

A rainha pediu silêncio. Feito o corte, dobrou de qualquer jeito o vestido, envolvendo-o com outras vestimentas e as deu a Brangaine.

— Quando puderes, minha fiel amiga, queima-o. As demais vestes serão tuas. Contudo, farás algo antes.

Iseult retirou do baú a corrente de ouro. Embrulhou-o com o pedaço de tecido cortado.

— Irás até ele, Brangaine. Recordas do que conversamos ontem?

Ela concordou.

— Advirta-o. E que ele use o presente.

Brangaine evadiu-se do recinto. Da janela do corredor, era possível vislumbrar parte do pátio e viu a armada prestes a partir. No fim do corredor, era o quarto do cavaleiro. A aia bateu suavemente na porta, recebendo ordem de entrar.

— Com licença, senhor cavaleiro — disse, abrindo a porta e vendo-o sentado, no batente da janela. A aia apoiou a trouxa de roupas na mesa e aproximou-se alguns passos.

Ele estava absorto, voltado para o mundo além da janela, embora distante dos detalhes. Seus olhos perdiam-se para o vazio. Lentamente, voltou-se para a aia; a face abatida e cansada. Os cabelos, desalinhados, caiam-lhe até os ombros e a barba não aparada, incrementava o ar de desolação.

— O que tua senhora quer que eu faça agora? Que me atire daqui? — inquiriu, com certo sarcasmo.

— Ela jamais faria isso.

— Um mensageiro do rei esteve aqui antes de ti, Brangaine, me dispensando da armada. Com suspeitas de uma guerra! Tua senhora quer fazer de meu quarto, uma prisão. Quer ser informada de cada ação minha, como bem sabes. Devo fornecer um parecer de quando vou comer, o que como, quando troco de roupas e quando vou aliviar-me fisicamente?

Brangaine esforçou-se para não rir.

— A rainha realmente não quer que saias daqui sem permissão. Seria sensato obedecê-la, cavaleiro, ou ela poderá incidir no mesmo erro de ontem e não seria nada interessante se outra cena ocorresse aqui, na fortaleza.

Ele não respondeu. A aia prosseguiu.

— Porque as pessoas podem interpretar de forma completamente diversa o ódio entre vós.

Ele apoiou uma das pernas no chão e fitou a aia.

— Se não fosse por isso, Brangaine... eu já teria saído daqui há muito tempo.

— Ela também mandou-me entregar-te isso.

Ele apanhou o pacotinho. Reparou no bordado do tecido, na cor. Ao desfazer o embrulho, surpreendeu-se com a corrente de ouro.

— Ela está me dando isso? — indagou, voltando-se para a aia, atônito.

— Com a exigência de que a uses imediatamente.
— Mas por quê?
— Isso, cavaleiro, não posso te dizer, pois desconheço os motivos. As ordens foram para que a recebeste e a colocasse em ti.

Com facilidade, ele prendeu em si a corrente.

— Agora devo ir, senhor. Creio que mais tarde, ela te transmitirá novos comandos.

Ele a acompanhou fechar a porta. Com a corrente entre os dedos, reparou na trouxa esquecida sobre a mesa. Em um pulo, foi até lá. Talvez ainda alcançasse a aia. Quando apanhou as roupas, notou um tom pérola entre elas. Desfez a trouxa e viu o vestido cortado. O pedaço ainda estava sobre o batente da janela.

Ela cortou seu vestido de casamento?

A suave batida em sua porta fez com que rapidamente refizesse a trouxa. Abriu-a, devolvendo as roupas para a aia. Novamente só, concluiu não estar compreendendo mais nada.

Eles cavalgaram naquela tarde. Seguiram emparelhados, pela encosta. Iseult ergueu seus olhos para o guerreiro — sua aparência não era a melhor. Talvez, lassa como a sua própria. Contudo, apreciou vê-lo usando a jóia, mas evitou comentários. Ao invés, quando seus cavalos diminuíram o ritmo, ficando alguns passos atrás dos cavaleiros e damas, ela dirigiu-lhe a palavra pela primeira vez.

— Há algo que precisas saber, cavaleiro — entreolharam-se. — Por mais consistente que a injustiça seja, nem sempre será vitoriosa. Creio teres constatado teu destino, não? — ela sorriu levemente — De uma forma ou de outra, és meu. Fica ciente de que não terás mais ninguém enquanto serviras a mim. E talvez, mesmo quando não mais estiveres à minha disposição.

— Devo encarar isso como mais uma ameaça, senhora, ou um fato?

— Como ambos — o tom despótico vibrou.

Como ele viria a perceber, as palavras da rainha eram sua justificativa para o comportamento possessivo e o ciúme arrebatado. A prova revelou-se ao início da noite, quando retornaram e se depararam com dois batedores do exército, com o aviso de que não se tratavam de saxões. Era uma disputa entre os próprios bretões e a armada iria demorar alguns dias para retornar.

— O rei quer certificar-se de que não haverá mais levantes, senhor — o batedor disse para Tristan. Todos ainda estavam reunidos no pátio, montados. — Por isso...

— Cavaleiro!

O diálogo foi interrompido. O tom férreo e desaprovador de Iseult — hirta, a alguns passos do guerreiro — falou por si. Ele virou-se e a viu. Autoritária, envolvida em sua usual aura de jactância. *Iseult, se fôsseis um homem, eu não reteria tantos insultos!*, refletiu, controlando-se ao extremo. Vexado, constrangido e receando nova investida da rainha, terminou afastando-se em direção ao estábulo. Ela dera dera efeito às suas palavras. E temia o aviso de Brangaine... ...*as pessoas podem interpretar de forma completamente diversa o ódio entre vós.*

Deste dia e nos posteriores, procurou isolar-se. O tolhimento de sua liberdade — agora era constantemente vigiado pelos pajens da rainha que não hesitavam em delatá-lo, resultando em severas reprimendas, algumas em público — apenas agravou seu já conhecido comportamento arredio, a ponto de prostrado, desinteressar-se por tudo. A ausência de Marc, da maior parte dos cavaleiros e escudeiros, favorecia as obstinações da rainha. E as maçantes ordens persistiam, tanto quanto as humildações.

Quase três semanas depois, cedo, Brangaine auxiliava sua senhora a vestir-se.

— Avisaste o cavaleiro de que iremos partir?

A aia concordou.

A rainha sentou-se e Brangaine começou a penteá-la.

— Senhora... ireis continuar punindo-o?

— Por que esta preocupação repentina, Brangaine?

— Iseult, sois uma rainha. E por mais sutil que tentais ser... e definitivamente, não sois... as pessoas percebem. Cessai com vossa perseguição, de uma vez por todas!

— Brangaine, como ousas...— a rainha foi interrompida com som de fanfarras. Correram até a janela e viram a armada ocupando o pátio.

— O rei... — Iseult, irritada, comentou. — Vai, Brangaine... estejas pronta. Em breve, iremos partir.

Com uma reverência, a aia se foi. Não era válido tentar persuadir a rainha a desistir da cavalgada, devido ao retorno do rei.

Marc adentrou no recinto em seguida, vendo-a usar um manto simples, de tom pastel. Iseult sorriu e aproximou-se dele.

— Como estás bela, minha rainha. A felicidade agora te acaricia com sorrisos?

— Sim, sire. Pois alegra-me vosso regresso. Ademais, senti falta de vós e de vossa afabilidade.

O rei enlaçou-a.

— A brandura é uma virtude. Foi assim que consegui evitar novos confrontos entre meus súditos. Imagina, senhora, que lutavam por terras. Bom, antes isso do que invasões. Mas... espere... tu estás de partida? Mal piso em Tintagel com anseio de ver-te e vais sair?

— Pretendo cavalgar, sire. Se assim consentirdes.

O monarca afagou seu rosto, brincando com uma mecha de cabelo.

— Tens minha permissão, minha bela. Todavia, dize-me... convocaste meu sobrinho?

— Sim, sire.

Ele suspirou.

— Iseult, já não foi o suficiente?

— Sei que prolonguei o castigo, sire, mas foi preciso. Prometo-vos de que muito em breve, ele poderá retornar ao exército.

Marc soltou a mecha dourada. Súbito, Letto apareceu na porta do quarto, avisando a rainha de que a comitiva estava pronta.

— Então, deves ir — Marc comentou, não sem sentir fragmentos de tristeza.
— Tens ciência de que se não fossem meus deveres, sempre iria contigo. Embora não tenha mais teus jovens anos, meu amor, por ti, não me importaria de cavalgar quando quisesses.

— Claro, sire. Mas sois sincero quando dizeis não ficar aborrecido por eu ir?
— E o que irias fazer presa aqui? Estava mofando quando resmunguei de ires agora que voltei. Sofro em ver-te entediada, minha bela, mas quando te encontro animada... — ele a beijou meigamente. — Tens todo meu amor, Iseult. E pelo teu sorriso, sou capaz de aceitar tudo — permaneceram alguns segundos em silêncio. A rainha desceu seus olhos e sorriu, constrangida. — Vai, minha rainha. Quando retornares, teremos um momento a sós.

Iseult assim fez. Atravessou o quarto, o longo manto delineava suas formas e o rei admirou-a até que ela sumisse no corredor. Ali, a rainha apressou-se; desceu as escadas para em seguida cruzar o pátio da fortaleza. O grupo estava à sua espera. Tristan mantinha-se apeado. As damas e os cavaleiros aguardavam montados. O moço — cuja aparência era austera — a cumprimentou com solenidade e dessa vez, a auxiliou montar. Ato contínuo, montou Husdent e deixaram o pátio. Todos seus movimentos foram observados pelo rei. Marc ficava feliz e tranqüilizado pela rainha, mas receava pelo cavaleiro. Há muito tempo não conversava com ele. Em verdade, desde que pronunciara sua punição. Nos dias seguintes, ocupado, não teve oportunidade de encontrá-lo e quando tinha disponibilidade, o cavaleiro estava cumprindo ordens da rainha — ao menos, era o que lhe informavam. O levante bretão veio em seguida e desde que retornara, não o vira... exceto naquele momento. Pela janela de seu quarto. Mesmo à distância, notou seu desalento. Era compatível com os boatos que ouvira, assim que adentrara em Tintagel. "O antigo comandante, o cavaleiro da rainha... vive agora confinado...!", diziam. Apesar de sentir-se seguro por Tristan ser o preferido da rainha, necessário era restabelecer-lhe sua antiga posição militar.

Ele ocupava a retaguarda do grupo. Um dos cavaleiros liderava e o outro ia por fora, oferecendo maior proteção à rainha. Ao lado dela, as damas, que tagarelavam. Em silêncio, ele observava. Arrumou a corrente, ocultando-a sob sua veste de linho. Apesar dos dias, não tivera tido coragem de questionar a razão do presente. Em verdade, seus diálogos com a rainha eram restritos, geralmente, dela recebia apenas comandos em tom rude. Contudo, durante as noites, era atormentado pela imagem dela, em pânico.

Iseult continuava clamando por si, ele sentia. Mas como ter certeza? Porque sua única certeza, era de seu desprezo. Entretanto, algo mais o deixara mal-humorado naquela manhã. Encontrara-se com Marjodoc e seu escudeiro no estábulo. Ficou a par do levante bretão e o motivo. Também ficou sabendo estar sendo duramente criticado pela armada e pelos súditos por ser ele o cavaleiro defensor da rainha. As razões eram diversas; os primeiros, porque simplesmente não se conformavam pelo fato de um comandante com o talento de Tristan ser privado de seu posto e não objetivar; os últimos, pelo ressentimento contra ele motivado pelas perdas na guerra.

— Como se eu pudesse interferir — comentou na ocasião, desgostoso. Despediram-se ainda no estábulo. Desta questão, Marjodoc comentou, em tom de pilhéria, o fato de a rainha não querer ninguém importunando-o.

— Ela te quer livre de qualquer preocupação! — o comandante riu.

Tristan fingiu sorrir. Não era esse o motivo, contudo, melhor ser assim interpretado. Com Husdent e o palafrém da rainha, foi para o pátio, ainda ocupado pelos membros da armada. Iseult não tardou a aparecer. E deixaram Tintagel.

As divagações atormentavam-no enquanto cavalgava. Não mais nas críticas, nas palavras de Brangaine ou de Marjodoc. Nem mesmo do quanto havia sido — e continuava sendo — humildado pela rainha. Com efeito, por mais intolerável que fosse sua situação, uma ínfima chama de desejo inebriava seus sofrimentos e decepções cada vez que a via. *Suportei tudo isso.... pelo remorso que me inferniza por ter trazido tanta infelicidade a ela... Ou por que... a desejo?*

A rainha, movida por um sentimento contido de aversão, intensificado com o retorno do rei, relembrou as noites ardentes de amor, mas de lágrimas para si. Nas noites em que suportava em silêncio, ser possuída. Nos beijos falsos... E em seu próprio tormento. Por um desejo insano, mas caro, permitiu que as palavras de Marc repercurtissem em seu íntimo. Ademais, percebeu ter punido Tristan o suficiente. Por muito tempo, privara-o de seu posto, vexara-o, sujeitando-o às mais infames tarefas — para um guerreiro — e o insultara diversas vezes, sempre desprezando sua honra e lealdade, um sentimento que ao fim, ela própria sentia ter perdido. E por isso, era chegado o momento da verdadeira Iseult exibir-se; tinha convicção de que iria exercer ainda mais seu controle sobre ele, mas de forma diversa. Assim sendo, com um sutil comando a Brangaine — que estava preparada — selou seu destino. Não havia sido à-toa que a aia sempre hesitara ao montar, custando ao cavaleiro e cavalariços um teste de paciência a cada passeio. E ao receber o mudo comando de sua senhora, Brangaine instigou propositalmente seu cavalo, fazendo-o empinar e correr, desembestado. Iseult fez parecer que sua própria montaria tivesse se assustado com o outro cavalo, fingindo ter perdido o controle do seu.

Imediatamente, Tristan ordenou aos cavaleiros irem atrás de Brangaine, enquanto ele iria atrás da rainha. Incitou Husdent, mas estava em desvantagem.

A montaria da rainha corria desenfreada; seu pesado cavalo demorava para atingir uma boa velocidade. Husdent respirava forte, mordia o bridão, mas obedeceu ao dono, acelerando seus galões. No entanto, não havia sido suficiente. O terreno irregular agravava a situação, por duas vezes, percebeu a rainha desequilibrar-se. Ele temia uma queda.

— Husdent! Força! — o imenso cavalo negro agora alcançava o palafrém da rainha, cujas rédeas escapavam soltas. Em um esforço, Tristan alcançou-as, conseguindo brecá-lo e conter o furor do animal. Sobre ele, a rainha sentia as conseqüências — verdadeiras — de seu ato; tinha as mãos trêmulas e a perna direita esfolada pela sela. Controlados, os animais voltaram a trotar mansamente. E ele os freou. Em seguida, apeou-se, ajudando a rainha a fazer o mesmo.

— Deveis sentar-vos, majestade. Atravessastes maus momentos.

— Agradeço-te. Nem sei como consegui manter-me firme.

Ele a levou à sombra de um frondoso carvalho. Ali ambos acomodaram-se em um tronco.

— Não tenho idéia de quanto nos afastamos — ele comentou. Era a primeira vez que dialogavam sem ressentimentos. — Não podemos tardar, pois os outros irão se preocupar conosco.

— Tens razão, cavaleiro. Dá-me apenas mais alguns instantes.

— Como Vossa Majestade desejais — e ameaçou levantar-se.

Súbito, a mão de Iseult segurou a dele; no mesmo instante, ele desistiu de erguer-se. Entreolharam-se. Em nada ela pensava, exceto nas palavras que predestinaram aquele momento.

Pelo teu sorriso, sou capaz de aceitar tudo.

Teria ela pensado em perdão por um ato que iria cometer? Iseult não mais era dona de si, não era mais a rainha, esposa de Marc ou do povo que a aclamava e a adorava.

Sem compreender e com receio daquele gesto tornar-se nova agressão, com dor em seus olhos, Tristan rompeu:

— Não me odiais mais?

Como poderia? A rainha jamais o odiou, embora suas atitudes dessem a entender de modo diverso. Seu ódio resumia-se em ter sido preterida pela lealdade ao rei. Amava-o, mas queria demonstrar seu poder; queria tê-lo, submetê-lo, castigá-lo pelas suas atitudes, pela sua insensibilidade. Não, não iria explicar. Apenas aproximou-se e um ardoroso beijo nasceu. Um beijo que eliminou os resquícios de humanidade do cavaleiro e da rainha; nele, estava a inerência da paixão, da culpa, da dor. Da própria morte. Amavam-se, embora não desconhecessem as conseqüências daquele insano desejo, porém, não mais pensavam neles. A honra, a vida, a posição, os sonhos... tudo para o que eles viviam e cumpriam, encerrou-se naquele enlace amoroso, no contato entre seus lábios, que intensificou-se. O frenesi entorpeceu-o, conseqüência da paixão — desaurida — por aquela mulher que o seduzia em sonhos e em vida. Um amor fervoroso, arrebatado; uma paixão sem freios, mas repleto de sombras. Para a rainha, era o amor e a infelicidade; para ele, o amor e a desonra. E tendo-a em seus braços, Tristan olvidou-se do que era, de todas suas convicções, assim como esqueceu-se — momentaneamente — de Marc. Nada mais significava, nada mais importava. Beijos mais voluptuosos e apaixonados foram trocados; em êxtase, ele deixou suas mãos contornarem seu esbelto corpo; tocava-a, sentia-a! Tinha-a em seus braços...! Era um sonho ou fragmentos de um pesadelo? Não, ela estava ali...! Era... era real! Tão real quanto sua respiração, que tornou-se arfante. E sentia a dela, próxima de seu rosto. Sentia seu calor, o adocicado perfume de seus cabelos... Um frenesi irascível dominou-o. Desejava avidamente senti-la, amá-la, possuí-la... Tê-la para si...!

— Tristan! — o apelo o arrancou da ilusão, do sonho sublime. Tão rápido quanto o desejo, irrompeu a culpa. Teve início o sortilégio; tinham ciência. Pois surpresos consigo mesmos, entreolharam-se. O que haviam feito?

De forma excruciante, o arrependimento assolou-o, transtornado, ele afastou-se. Como seria... agora?

O tempo sempre foi ingrato. Horas depois — o que para eles, pareceram insignificantes segundos — o grupo já reunido avistou a rainha sendo escoltada pelo cavaleiro a pé, trazendo Husdent e o palafrém pelas rédeas. Ele narrou o fato. Conseguira deter o animal desembestado, mas a rainha terminou desfalecendo; hesitante em obrigá-la a montar novamente, Tristan preferiu aguardá-la recuperar os sentidos.

Aparentemente, os demais foram ludibriados, menos a dama, cúmplice da rainha.

Cavalgaram de volta. Ele ia à frente, agora não mais o mesmo. Sim, ela também o amava. Deveria estar lisonjeado, mas... não estava. Quando deparou-se com os muros triunfantes de Tintagel, Tristan gelou. Havia sido derrubado por uma força maior do que seus princípios, sua lealdade... sua própria vida. A partir daquele dia, ele sabia que o cavaleiro dentro de si morrera; para sempre perdera sua honra. Agora, restava afrontar as desgraças de sua traição. Pois seu mísero destino havia sido traçado.

XII

    Tão logo retornaram, a notícia do incidente vivido pela rainha — salva pelo cavaleiro — espalhou-se por Tintagel. Marc imediatamente requisitou o sobrinho — depois de certificar-se do estado da esposa — e agradeceu fervorosamente pelo seu ato de coragem, do qual Tristan evitava fornecer detalhes. Mas a docilidade do rei o incomodava, a exaltação por sua bravura — que o rei fazia questão de comentar — lhe acarretava uma onda de ódio contra si. Em seu íntimo, maculado agora pela desgraça, o cavaleiro ansiava — em desespero — ser destratado e denegrido por aquele homem que o recebera — e o amava — como a um filho. Não, não podia exigir isso dele... — amargou. Como podia esperar de Marc algo assim, se ele sequer suspeitava?
    Estavam sós, na mesma sala em que Iseult o fez tocar para suas convivas.
    — Tenho uma surpresa para ti, Tristan.
    O moço — o rosto pálido — fitou o rei. Nenhuma surpresa poderia aliviar o doloroso sentimento que o devorava. O rei prosseguiu.
    — Terás teu cargo de volta. A rainha também concorda, já foste castigado em demasia. Não te imponho o serviço de protegeres Iseult, mas ficaria agradecido se desses seguimento. Recentemente soube dela ter exorbitado de tua paciência, confinando-te como se fosses um criminoso. Iseult, por vezes, é uma criança mimada. Eu é que deveria trancá-la em seu quarto! — Marc zombou. — Mas te peço para não guardares rancor dela, filho. Sei que ela gosta de ti.
    — Seria incapaz de me ressentir, sire — rebateu.
    — Muito me aprazem tuas palavras. Tenho certeza de que ela ficaria feliz se continuares servindo-a... Claro, não com os excessos que ela exigia de ti. E não será de imediato, em virtude deste incidente. Uma queda de um cavalo correndo, desenfreado... — o rei depositou suas mãos nos ombros do rapaz, fitando-o com adoração. — Devo ser honesto contigo Tristan. Sempre fiquei tranqüilizado quando estavas com ela, e eu estava certo. Sei que preferes teu exército, ainda assim, exerceste a tarefa com honra, seriedade... e principalmente, resignação! Sou-te profundamente grato.
    Aquelas palavras fizeram com que Tristan execrasse a si próprio.
    — Apenas cumpri meu dever, meu senhor — foi o que conseguiu dizer. E amaldiçoou sua deslealdade. Sua perfídia.

Findada a entrevista, ele deixou Tintagel, alcançando o pátio, mas não parou de andar. Mais alguns passos e viu-se próximo a arena; ecos do passado o atormentaram. Naquela época, tudo o que desejava — quando dava seu sangue nos treinos — era ser um cavaleiro. Comportar-se conforme as virtudes exaltadas pelos membros da cavalaria... Invadiu o circo e apoiou-se na liça, silente. Com as lembranças de outrora castigando ainda mais sua mente já atormentada pela culpa. Contudo, o mais desditoso, era o fato de que a despeito de culpar-se pela perfídia ao rei, não conseguia incriminar-se pelo amor que sentia por Iseult. Amava-a de forma sublime, pura. Iseult sempre lhe pertenceu, até antes do duelo com o saxão. Como se culpar?

Despertou de seus devaneios quando ouviu seu nome.

— Tristan...! — Gorvenal se aproximou — Procurei-te por toda parte... dizem que sofreste um acidente; fiquei preocupado contigo.

— Desnecessárias são tuas preocupações, fiel amigo... Já aconteceu. Porém... — sua voz soou lamentosa — ...de um outro acidente, não poderei mais erguer-me.

O escudeiro arregalou os olhos. Imaginou que ele estivesse gracejando.

— O que queres dizer?

— Não importa, Gorvenal. Algum dia... tu compreenderás. E então, irás lamentar por teres me protegido do assassino de meu pai. — Ao dizer isso, retirou-se.

Gorvenal observou-o enquanto ele se afastava. Jamais vira seu senhor envolvido em tão melancólico humor, com sofrida expressão. Por mais que o importunasse, não teria nenhuma palavra dele que justificasse sua languidez. Tristan era assim desde tenra idade. *Desde o incidente com o menino... no estábulo.*

Tristan retornou à fortaleza, andando vagarosamente. Sua mão escorregou para o punho de sua espada e pela primeira vez, seu peso o incomodou. Soltou-a e continuou andando. Atravessou o pátio e adentrou na sala maior, a mesma em que Marc desposara a rainha, ocupada por alguns nobres e cavaleiros. Seu mal-estar agravou-se. Por que fora até ali? Ia retornar, mas parou quando reconheceu Cariado entre os cavaleiros. Tantas eram suas reflexões, que esquecera-se daquele homem desprezível. O cavaleiro não o havia visto. Aproveitando-se disso, Tristan atravessou o salão, rumo aos seus aposentos. Ali encerrou-se, permanecendo defronte à janela, aguardando o anoitecer.

Devia ter fugido enquanto podia... — refletiu. Agora era tarde. Mesmo se quisesse, não mais ia abandoná-la... e às conseqüências daquele ato. Então, fechou os olhos e como se estivesse hipnotizado, recordou-se do beijo, do delicado contato dos lábios dela, no enlace carinhoso de seus corpos... Todas aquelas sensações renasciam e pulsavam em suas veias, era a chama de sua própria existência. Como recriminar-se? Como não almejar mais? *Desde o princípio, ela sabia. Mas por que tinha de acontecer conosco?*

A indagação feneceu sem qualquer justificativa. Restava-lhe o desejo — até então — reprimido de tê-la apenas para si... De amá-la profundamente, como jamais uma criatura foi amada...! Teve a impressão de transmitir seus sentimentos, quando a tinha em seus braços...

... *Iseult!*

Batidas pesadas contra sua porta o arrancaram de seus devaneios. Com sua permissão, Marjodoc e seus homens mais próximos invadiram o recinto.

— És nosso comandante novamente! — Marjodoc vibrou.

— Soubemos das novas, Tristan, e viemos congratular-te...

— Agradeço, Conlai.

— ...e convidar-te para comemorarmos esse glorioso momento! — Ywayn exultou.

— Comemorar?

— Ywayn expressou-se erroneamente, comandante. Viemos intimidar-te!

— Mas agora, Pharamond?

— Haveria momento mais propício? Estás de posse de teu cargo!

— Não, não, Pharamond! Ele será nosso comandante quando voltarmos! — Ywayn gargalhou. — Por ora, ele apenas é um guerreiro, que irá nos acompanhar...

— Senhor cavaleiro!

Os homens voltaram-se para a porta. Um pajem pedia permissão para proferir um recado. Tristan a concedeu.

— O rei requer tua companhia para o jantar, senhor.

Com a mensagem dada, o garoto se foi. Apesar do compromisso com o rei, os guerreiros não desistiram da congratulação. E Tristan terminou cedendo. Não podia negar um pedido de seus guerreiros, afinal, deles recebeu apoio, quando precisou.

Os cavalos saíram do estábulo em ritmo acelerado. Cavalgaram rumo ao pátio, Ywayn liderando e assustando os demais transeuntes. Zombeteiro, requisitava licença, conforme o animal avançava. Um dos que recuou para que a pequena comitiva passasse, foi Cariado, que observou cada um do grupo. O penúltimo era Tristan. Cariado permaneceu ali, estudando-o. Viu quando Tristan, súbito, freou o cavalo negro e ergueu seu rosto para a fortaleza. A figura de Iseult, hirta na janela, contrastava com a construção de pedra, iluminada pelo pôr do Sol. O garanhão hiniu e bateu as patas contra o solo, levantando terra.

Estáveis correta, rainha. Estou livre de vosso controle, mas agora sinto-me ainda mais agrilhoado.

Pharamond, o último cavaleiro cruzou com Tristan, atiçando-o a ir.

Husdent empinou e partiu em um furor de cascos.

Cariado procurou pela rainha, mas não a viu. Iseult recolhera-se. Percebendo a aproximação de um cavalariço, deteve-o.

— Rápido, rapaz! Traze-me um cavalo!

Tristan não se surpreendeu com o local escolhido. A taberna, próxima à casa de pedras. Prenderam os cavalos e eufóricos, pediram por bebidas. Diversos cavaleiros da armada ali se encontravam.

— Guerreiros! Irmãos de armas! — Marjodoc exclamou. — Transmito-vos, com júbilo, que nosso comandante está de volta!

A ovação foi unânime. Os cavaleiros colocaram-se de pé, ergueram seus copos com vinho e cerveja, brindando em euforia. Não hesitaram em avizinharem-se e cumprimentar o comandante, enquanto a fanfarra ganhava força. Comentavam a falta que Tristan fez à armada; zombaram de Marjodoc, como comandante supremo, e riram de alguns erros por ele cometidos. Falavam todos ao mesmo tempo, sendo quase impossível entendê-los. Todavia, era unânime o contentamento que demonstravam. Com muito custo, Tristan e seus homens conseguiram atravessar o recinto, atingindo uma mesa. Uma taberneira aproximou-se trazendo bebidas. Marjodoc distribuiu-as, antes mesmo de acomodarem-se. Com todos munidos, brindaram aos brados.

— Que vivamos o suficiente para muitas lutas juntos! — Marjodoc exclamou.

— Pelos deuses, Marjodoc! Exijo mulheres durante este período e não apenas batalhas!

Riram do comentário de Ywayn. Pharamond, avizinhando-se de Tristan e colocando seu braço por sobre os ombros dele, ergueu seu copo.

— Meus irmãos de batalhas! Há algo que torna esse dia mais especial... — atraindo a atenção, os homens do grupo aquietaram-se. — Um homem honrado tem por hábito, orgulhar-se de tudo aquilo que lhe é caro. Sua família, sua terra, seu rei... — ele virou-se para Tristan. — ...e seu comandante. Não sou mais tão jovem como tu, meu amigo, mas rogo aos deuses por mais alguns anos de vida, compartilhando contigo o dever de guerrear. Seguir a ti, guerrear pelo nosso rei e pela Britannia!

Aclamações entusiasmáticas vibraram enquanto Pharamond brindava com Tristan. Os demais os imitaram. O comandante agradeceu as palavras de Pharamond com um abraço, ao passo que os guerreiros entornaram seus copos.

— Teu retorno é muito bem-vindo, Tristan. — Pharamond versou, afastando-se em seguida.

Tristan acomodou-se. Ao seu lado, Marjodoc fez o mesmo.

— Os homens sentiram realmente tua falta — o guerreiro disse, sorrindo.

Ele depositou o copo. Sorvera alguns goles. Não estava animado para continuar bebendo.

— Um sentimento recíproco, Marjodoc... — comentou, disfarçando a tribulação que o consumia.

— Comandante!

Ele atendeu ao chamado. Tratava-se de Henwas, um de seus capitães. Tristan ergueu-se para recebê-lo e notou que Henwas não estava sozinho. Uma moça ruiva o acompanhava e lhe sorriu.

— É um prazer rever-te, cavaleiro — ela disse.

Henwas voltou-se para a garota, atônito. Como a maior parte dos homens da armada, conhecia o comportamento arredio e nada sociável de seu comandante. Outrossim, sua timidez em relação às mulheres. Especialmente libertinas.

— Rever-te? — Marjodoc indagou, para Tristan. — Já estiveste aqui, comandante? Inusitado! Pensei que não apreciasses lugares assim.

— Não foi aqui, cavaleiro — a moça rebateu. — Foi na praça. Durante a feira de comércio.

— Acomoda-te, Henwas! — Conlai sugeriu.

Mas o capitão, notando o interesse de Cwen em seu comandante, recusou. E afastou-se sorrateiramente.

O fato da garota acomodar-se ao lado de Tristan, fez com que os demais homens conversassem entre si, mas olhando o casal de soslaio. Acanhado, o comandante sorriu diante o comportamento excitado de seus homens. Por fim, disse à garota, o tom contido:

— Eu devo-te desculpas e agradecimentos.

— Agradecimentos por não revelar o modo como nos encontramos? — ela sussurrou-lhe. — Não queria estar na tua pele, comandante. Ciúmes de uma mulher, os homens suportam. Mas o de uma rainha...

— A rainha teve seus motivos, Cwen, e não foram apenas ciúmes. Acredita-me, o que ela me fez, não foi à-toa. Mas ela foi demasiadamente cruel atingindo-te.

A garota riu.

— Ela nada me fez, comandante. Costumo seduzir cavaleiros. — Cwen avizinhou-se dele. — Mas não tentaria nada contigo. Tu não és o tipo de homem que vês uma mulher como uma diversão frívola. E sei que não me viste assim. Teria de envergonhar-me perante ti e não perante a rainha, que é uma mulher e deveria entender a infelicidade de destinos como o meu.

Ele desceu seus olhos.

— Ela entende, Cwen.

A libertina cobriu a mão dele com a sua.

— És um homem estranho, comandante. Não guardas, realmente, rancor dela?

Cariado entrou na taberna, misturando-se aos freqüentadores. Viu moças servindo cavaleiros, libertinas... e em uma determinada mesa, o viu. Surpreendeu-se com quem ele conversava. Contudo, procurou ocultar-se. Não queria ser visto.

— Procuro definir meus pensamentos e não perder-me com rancor, Cwen.

Ela sorriu, soltando-o.

— Bem, comandante... És um homem raro, daqueles que pensamos não mais existir. Entretanto, teu caráter não auxilia em meu sustento, portanto, devo retirar-me. Adeus, cavaleiro — ela ergueu-se.

— Cwen! — exclamou, alcançando-a e segurando-a pelo braço. — Nunca te envergonhes de ninguém. Homem nenhum é digno para assim procederes. Muito menos, eu — e ele deu-lhe uma parte do dinheiro que trazia consigo.

A moça hesitou.

— Aceita, Cwen. Eu te peço. Por alguns dias, não irás precisar de nenhum deles.

Os olhos da moça reluziram. Agradecendo e comovida, ela se afastou.

— Encantando-se com as garotas, Tristan? — Marjodoc, rindo, indagou. Achegou-se de Tristan assim que viu a garota distanciar-se.

— Não, Marjodoc. Encantos não existem neste lugar.

O cavaleiro, intrigado com as palavras presenciadas, comentou, antes de se afastar.

— Deveria esperar algo assim vindo de ti, Tristan. Raros são aqueles... ou aquelas... que podem controlar o rumo de sua ventura.

— Sim, meu amigo... Feliz a sina daqueles que conseguem ter este controle — disse, para si.

Cariado fixou a imagem de Cwen. Iria aproximar-se dela e arrancar tudo o que ela ouvira do comandante, nem se para isso, tivesse que surrá-la. Começou a segui-la, desviando-se dos demais. Entrementes, trombou com uma libertina. Praguejando, Cariado virou-se para os lados, procurando por Cwen.

Nada.

Para onde ela foi?

— Vieste também saudar o comandante, cavaleiro? — a garota, ajeitando a alça caída de seu manto, questionou.

— Para que queres saber? — vociferou, irado por perder Cwen de vista.

A garota riu.

— Por que o brinde é para o comandante...! O preferido da rainha! O cavaleiro capaz de enfurecê-la de ciúmes!

Diante dessas palavras, Cariado fechou suas mãos nos braços da garota e indagou-lhe, a voz séria.

— Como tens essa notícia?

— Da fúria da rainha? — ela riu novamente. Cariado notou-a ébria. — Por que eu sei...

Imediatamente o cavaleiro acompanhou-a até um dos cômodos no fundo do estabelecimento. Os compartimentos eram pequenos, mas providos de camas de feno. Cerrando as cortinas, Cariado voltou-se para a libertina, questionando seu nome. Ao ouvi-lo, mostrou-lhe várias moedas de prata.

— Elas serão tuas, Gwenaëlle... se me contares tudo o que sabes.

Tristan evitou ingerir mais vinho. Permaneceu durante algum tempo, mas o dever com o monarca instigou-o. Era necessário ir. Seus homens ofereceram-se para acompanhá-lo, todavia, dispensou-os.
— Aproveitai, meus amigos. Amanhã nos veremos.
Quando os outros cavaleiros viram-no prestes a deixar a taberna, começaram novamente a ovacioná-lo, batendo a empunhadura de suas adagas contra a mesa. Um dos soldados, Laeg, de pé, ergueu seu copo com cerveja e clamou:
— Próspero retorno, *Toutatis!*
— *Toutatis!* — em coro, os homens repetiram.
Ele deteve seus passos. Honravam-no como uma divindade guerreira. Um chefe guerreiro. Não havia apreciado a comparação e nem a queria para si. Ao menos, não nas atuais circunstâncias.
— Que seja a vontade dos deuses, Laeg — rebateu. — Agradeço-vos, meus amigos — sombrio, deixou a taberna.
Ele calvagou até a fortaleza. No pátio, pajens vieram alertá-lo. O rei reclamava sua presença. Não haveria tempo de trocar de vestes ou de aparar a barba de dias. Paciência! Insulto seria deixar o monarca à sua espera.
O casal o recebeu em uma das salas íntimas. Viu-a acomodada em um dos divãs, de lado. Notou a curva sedutora de seu corpo e lembrou-se de quando suas mãos sentiram-no. Marc ocupava outro divã, mas estava sentado. Na frente deles, a mesa com o jantar.
— Pensei que tivesses esquecido, filho.
— Como poderia, sire? Atrasei-me porque estava com alguns dos guerreiros...
— ...que estão contentes por ter-te de volta — Marc riu. — Acomoda-te, filho, e sirva-te.
Ao fazê-lo, seus olhos perderam-se em Iseult. Estava instalado de frente ao casal e finalmente compreendeu a reciprocidade nela. Pressentiu a tênue sensação de ansiedade dela por si. De seu amor. De sua proteção... nas noites insones, era ela quem clamava por si. Ela também o desejava.
Alheio a tudo isso, Marc serviu-se de vinho e de alguns pedaços de carne branca. Provou-os, elogiando o sabor. Porém, notando a abstinência da esposa e do cavaleiro, o monarca satirizou:
— O susto que atravessastes roubou-vos o apetite?
— Sim, sire... — Iseult respondeu, com os olhos cravados no cavaleiro — ...todo o balouço naquele cavalo, anulou minha fome.
— Iseult! Qualquer motivo anula tua fome! E quanti a ti, Tristan?
Ele voltou-se para o rei. A paixão, por ora, devia ser controlada.
— Estou satisfeito, sire.
— Bem sei... — Marc riu. — Não comeste nada, filho. Prova algo, ao menos!

O moço procurou o próprio prato. Não lembrava-se dele, tão mergulhado estava no alimento espiritual. Para disfarçar, Tristan apanhou um pedaço de pão com um naco de carne.

— Agora está melhor! — Marc comentou. — Mudando de assunto, começo a acreditar nas pregações do padre Illtyd. Antes de chegares, filho, ele estava aqui, ouvindo o relato da rainha atinente ao incidente. Em palavras simples, professou o poder do Filho Homem do Deus Cristão, pois foi Ele quem protegeu a rainha.

Tristan permaneceu silencioso, pensativo. Não havia convivido com o padre Illtyd e desconhecia o que ele pregava. Certo que a figura de Saint Illtyd era bem mais amistosa do que a do sinistro Cathbad, com quem o comandante esperava nunca mais encontrar. Com efeito, o druida, desde o casamento de Marc, deixara Tintagel. No entanto, associar as pregações de Illtyd com o incidente... Porque quando aflito sobre o lombo de Husdent e lutando para alcançar as rédeas da montaria da rainha, não recordava de mais ninguém além dele, da rainha, dos cavalos... e do perigo iminente. Se realmente estivesse lá, o Filho Homem, conforme o rei dizia, Ele não foi notado. Fosse como fosse, Tristan não estava dando muita atenção ao assunto e achou por bem não discutir sobre isso.

O rei continuou.

— Há outras passagens interessantes que Illtyd nos contou — e o rei perdeu seus olhos apaixonados para a esposa. — Apreciei principalmente as doutrinas concernentes à união entre um homem e uma mulher... — Marc estava exaltado — ...o casamento é um ato sacro. Sagrado aos olhos desse Deus e de seu Filho, solidificado pelos pilares do amor, respeito, fidelidade.

Tristan sentiu-se cruelmente intimidado.

— Sire, tudo o que Saint Illtyd nos ensinou, foi realmente cativante. Mas com todo o respeito, quereis também converter vosso sobrinho? — Iseult interrompeu.

— Ora, minha bela. Suspeitas de que Illtyd queira converter a todos?

— Talvez. Respeito esse Deus Homem, mas não consigo desvincular-me quanto aos nossos antigos costumes e cultos.

Ainda sem nada dizer, Tristan apercebeu-se de que em si havia forte resistência em aprofundar-se nas lições professadas pelo padre. Ademais, desejou não ter presenciado aquelas palavras proferidas pelo rei.

— Confesso ser atraente a idéia de um Deus único — Marc sorriu. — Segundo Illtyd, os ensinamentos Dele eram simples, baseados apenas no amor e na compaixão. O mais impressionante, é que, por esta doutrina, devemos avaliar nossos atos. Somos senhores de nosso destino, o que nos motiva a escolher o caminho certo. Contudo, comentei para Illtyd desse dualismo entre o bem e o mal ter sempre existido, até antes deste Deus de quem ele tanto fala. Quando mais novo, em minhas viagens, ouvi muito concernente aos ensinamentos mazdeístas...

A tez do comandante contraiu-se. *Avaliar nossos atos...* — pensou.

A rainha voltou-se para o cavaleiro. Notou seu desconforto.

— Mas Illtyd e o mazdeísmo podem esperar. Sou grato a ti, filho, por tua bravura e a todos os deuses que zelaram por vós.

— Agi como qualquer um procederia, sire — o comandante redargüiu, enfim.

— Ainda bem que eras tu... — Marc trazia uma expressão de alívio. — Mas vamos prosseguir. Como deves recordar-te, depois de ter decidido ir gladiar com o saxão, expulsei Andret, Gueneleon, Denoalen e Gondoine de Tintagel por dois verões. Esse prazo se expirou. Guardava esperanças de não vê-los mais, entrementes, recebi há alguns dias, uma missiva de Andret, avisando de seu retorno e dos demais. Sei da inimizade entre vós, então...

— Vossa Majestade julgais mais adequado eu partir de Tintagel? — ele notou a expressão agoniada de Iseult. Uma agonia da qual também compartilhava.

— Em absoluto! Crês eu preferir aqueles abutres em vez de ti? Contentar-me-ia se pudesse exilá-los para sempre, mas seria uma atitude de um déspota e isso, recuso-me a ser. Além disso, eles são venerados por muitos do povo; por qual motivo, sinceramente desconheço. Como tens um reino, deves entender estas circunstâncias serem delicadas. Um bom governante não se permite tornar escravo do poder, por isso, não posso me opor quanto à volta destas criaturas. Estou apenas alertando-o, filho. Eles têm ódio contra ti, contudo estejas ciente de que terás sempre minha proteção.

O cavaleiro agradeceu.

Alguns minutos se passaram. Iseult decidiu comer algo.

— Tristan, há algo que desejo de ti — o rei falou, súbito. — Há tempo que não tocas harpa. Poderias fazê-lo, agora?

— Certamente, sire — ele levantou-se.

Marc também ergueu-se, mas para dividir o divã com a rainha. A harpa jazia em outro, atrás deles; ali Tristan acomodou-se e começou a dedilhá-la. O *lai*, Iseult já conhecia, embora ele não cantasse. Dali, percebeu que o casal conversava e como um animal acuado, mantinha-se fixo na rainha. Começou a dedilhar um segundo *lai*; o rei entornou mais um copo de vinho. Devia estar se sentindo relaxado e sossegado. Tristan notou, enfurecido, a ousadia de Marc, que agora pousava suas mãos nos ombros dela. Uma nova música nasceu, tocava com mais fervor; seu rosto se contraiu. Eles agora estavam cada vez mais próximos! *Por que Iseult não faz nada para impedi-lo? Não pode inventar algo?* — agonizava. Súbito, ele não mais viu o braço direito do rei; será que estava em torno da cintura dela? A mão esquerda acariciava o pescoço, isso ele podia ver. Então, o rei inclinou seu rosto, pronto para beijá-la... e foi aí que ele perdeu completamente o compasso do *lai*, assustando o casal.

— Tristan! Em nome do Deus cristão, o que houve contigo? Parece que olvidaste como tocar!

— Rogo perdoai-me, sire... — ele afastou a harpa de si, tentando controlar-se; o nervosismo deixara-o trêmulo. — Mas não me sinto bem. Concedeis permissão para retirar-me? — ele mal disfarçou seu enervamento.

— Tens meu consentimento. Vejo que de uma noite de sono, é do que precisas. Contudo, leva contigo a harpa e volta a praticar.

Ele levantou-se, concordando com a exigência. Atravessou a sala e reverenciou-os, fitando de forma suplicante Iseult. E os deixou.

Marc ajeitou-se no divã, apoiou os braços nos joelhos para depois apanhar o copo com vinho.

— Estou preocupado com ele — disse, por fim. — Não concordas estar ele agindo de forma estranha?

— Creio que a aflição que enfrentamos, deve o ter transtornado. Eu própria sinto-me exausta, sire...

— Queres ir deitar-te?

— Se Vossa Majestade assim permitirdes.

Marc acatou. Poderiam trocar carícias outra noite, ele pensou. Afinal, concordou que uma delicada criatura como Iseult deveria estar moída, depois de ser carregada longas distâncias num cavalo bravio. Sendo assim, rei e rainha deixaram a sala íntima, em seguida a Tristan.

Porém, este — que não tinha como saber da resistência de Iseult — adentrou em seu recinto com os nervos exauridos, não melhorando ao deitar-se. A imagem do rei envolvendo a mulher amada, obstava seu raciocínio; uma nuvem de ciúmes irracional apossou de si naquela noite, cegando-o e eliminando os mais profundos fragmentos de sua moral. Idéias desvairadas nasceram-lhe à mente, fruto do sentimento de posse sobre Iseult, que agora o inflamava, roubando-lhe o sono e atormentando-o.

Contudo, foi na manhã seguinte que constatou ser o início de seu sofrimento. A visita de Brangaine com a notícia de que Iseult, a pedido do rei deveria abster-se por um período de qualquer passeio a cavalo, fez com que sentisse a dor da decepção. A aia também lhe informara que Iseult, apesar de impetuosa, devia respeito ao rei.

— Mas ela te pede paciência, cavaleiro.

Apoiado no batente da janela, ele virou-se por sobre o ombro, concordando em um gesto. A aia retirou-se. Voltou a firmar seu olhar em direção ao jardim, acompanhando alguns guerreiros já despertos. Necessário era apegar-se a algo. Entreter-se! Resoluto, foi até a mesa, lavou o rosto e aparou a barba. Vestiu-se um gibão escuro, sem preocupar-se em usar a cota. Trajado, cingiu a espada na cintura e foi encontrar seus homens.

Foi seu retorno à vida militar. Naquele dia e nos subseqüentes, permaneceu envolvido com seu trabalho, uma forma de aliviar suas frustrações. Deixava seu quarto cedo e durante a manhã, treinava com escudeiros — Frocin entre eles — e os guerreiros novatos. Durante as tardes, realizava seu trabalho como comandante e torcia para não ser convocado pelo rei. Viu Iseult algumas vezes, mas à distância. Ela não mais o procurou, nem mesmo mandou-lhe missivas — uma situação inversa da que vivera, com reações também diversas. Se antes odiava quando deparava-se com um mensageiro, agora rezava ser por eles procurado.

Mas ninguém veio.

Todavia, o rei não permaneceu silente por muito tempo. Delegou-lhe a tarefa de coleta de impostos, ao que o comandante atendeu com presteza. Liderando um pequeno contingente de homens, a imagem de Marc expondo-lhe acerca dos sítios a serem visitados e o *quantum* a arrecadar, incomodou-o. Por que ele era tão amável? Estaria procurando justificar seu erro com o comportamento benévolo do rei? — Censurou-se. Talvez, se Marc fosse uma criatura desprezível, torpe... a dor pelo que havia feito — e pelos seus desejos insanos — não seriam tão implacáveis. *Como posso raciocinar assim?*

Cavalgando ao seu lado, Marjodoc questionou o silêncio do comandante.

— Estou apenas cansado, meu amigo — justificou-se. Foi então que percebeu comentários jocosos e gargalhadas provindas de seus homens. — O que há com eles?

— Estão gracejando. Comentam que deveriam ter pensando em colocar um cavalo bravio para a rainha desde o começo, assim tu serias libertado das garras dela mais cedo. De certa forma, eles apreciaram o incidente com o animal.

Tristan fitou seus homens de esguela.

— Tolices, comandante — Marjodoc insistiu. — Contudo, há algo que queria que soubesses.

— E o que é?

— Como tens ciência, Henwas tornou-se capitão do batalhão no qual Cariado está. E ele revelou-me ter este elemento desaparecido por dois dias, sem requisitar licença.

Eles entreolharam-se. Marjodoc prosseguiu.

— Não percebes, Tristan? O bastardo esquivou-se sem qualquer aviso. É o suficiente para expulsá-lo da armada! Melhor do que matá-lo, não? — ele zombou.

— Ele justificou-se para Henwas?

Marjodoc gargalhou.

— É impossível dar crédito ao que ele diz, Tristan. Mas podes...

— Não posso expulsá-lo, Marjodoc, a menos que estivéssemos em campanha.

— Uma exceção seria interessante neste caso.

— Sim, e iriam me acusar de tudo o que tua mente é capaz de imaginar.

— Certo. Não é motivo de expulsão. No entanto, terás de tomar uma providência.

Ele restou quieto por alguns instantes. Em seguida, chamou Henwas e perguntou-lhe o atual paradeiro do cavaleiro.

— Dispensei-o, comandante.

Tristan deu um sorriso, irônico.

— Evidente. Eu iria notá-lo se estivesse aqui! Cariado não demonstra respeito pelos seus superiores.

— Eu que o diga, Tristan!

— Pela desobediência, determino que ele fique confinado durante sete dias no cárcere militar. Quando voltarmos, irás cuidar disso, Henwas.

— Se me permites, comandante... deverias encerrá-lo até o fim de seus dias! — o capitão completou.

Henwas volveu seu cavalo e foi unir-se com seus homens. Tristan encarou o amigo.

— Esse é um dos motivos que me atiçam a retornar a Lionèss. Cariado é apenas um dos meus problemas. Em breve, terei outras quatro criaturas me infernizando.

— Tu, um rei — Marjodoc rompeu. — Perdoa-me, comandante! Para mim, teu talento não está em ser um monarca, mas sim, na frente das batalhas.

Tristan deu de ombros.

As visitas à cidade e aos sítios mais próximos tiveram início. A coleta de impostos era uma tarefa fastidiosa, embora necessária; não obstante, a honestidade do rei raramente dava ensejo a empecilhos. Todavia, um outro motivo — bem diverso do dinheiro arrecadado — incitou os aldeões e Tristan notou ser sua presença. Era a primeira vez que percorria os territórios de Tintagel com sua posição restituída e sem a presença da rainha, talvez daí a ousadia de alguns insultarem-no e destratarem-no. Outros foram ousados o suficiente para ameaçá-lo, fazendo com que seus homens insinuassem reagir, sendo, contudo, impedidos pelo comandante. Ao menos, as pessoas eram solícitas com Marjodoc e Pharamond. Ao fim do dia, quando retornaram a Tintagel, Tristan comentou:

— Amanhã terás Pharamond ao teu lado.

Marjodoc protestou.

— Irás proceder como eles querem, Tristan. É um disparate! Homens sempre foram, vão e irão para uma guerra. Batalhas nunca foram a melhor política, mas existem. E como mudar isso?

Tristan ignorou a indagação do companheiro.

— O fato ainda está recente. E nem todos compartilham de tuas idéias. Mas não importa; tu e Pharamond dareis conta do restante da coleta.

— Não devias permitir isto te influenciar, comandante.

Era impossível não permitir. Para toda Cornwall, continuava sendo *persona non grata*. Decidiu evitar ao máximo suas incursões nos ditos locais.

Três semanas depois do incidente com Iseult, ele e Ywayn ocupavam a arena instruindo os novatos e escudeiros. Seu humor havia piorado consideravelmente, por vezes, deixava transparecer o nervosismo e irritação. Tornou-se mais rígido com os aprendizes, sem aperceber-se. Com espadas de treino, ele ensinava Frocin e Conn, outro escudeiro, a não terem suas espadas arrebatadas. Conn, com muito esforço, suportou as investidas rudes do comandante. Frocin não teve a mesma sorte e sua espada voou de suas mãos.

— Frocin! Quantas vezes preciso repetir? — ele bradou. — Tens que segurar firme no punho, mas manter maleável os movimentos em teu pulso! Pega a espada! — ordenou.

O garoto obedeceu. Tristan aproximou-se dele, por trás. Estava com o tórax desnudo, suado pelos treinos consecutivos. Segurou por cima da mão do garoto e demonstrou os movimentos.

— A firmeza deve residir em tuas mãos, rapaz. Nos teus dedos. A mobilidade em teu pulso é a garantia para que jamais tenhas a espada arrancada de ti. Dessa forma, suportarás um ataque na base da lâmina, como o que desferi.

Tristan soltou-o.

— Enquanto não aprenderes essa técnica, não poderás pensar em ser um guerreiro. Não sei o que houve contigo, rapaz. Temos praticado várias vezes e estavas evoluindo, mas agora...

— Eu irei treinar mais, senhor — Frocin rebateu, cabisbaixo.

— Precisas, Frocin. Para teu próprio bem. Sei de teu desapontamento por seres ainda um escudeiro, mas não posso permitir deixares este estágio sem o conhecimento devido — arrematou, o tom reprovador. E dispensou-o em seguida.

Tristan acompanhou o rapaz, ao lado de Conn, percorrendo a arena. Procurou Ywayn e avisou-o do término dos treinos.

— Rapazes, recolhei vossas espadas! — Ywayn pediu.

Um a um, os aprendizes foram se retirando, alguns levando consigo as espadas de madeira. Ywayn conversou com o comandante a respeito dos seus alunos, deixando o circo em seguida. Ele permaneceu ali, desanimado. Aproximou-se dos limites da área. Ali jazia a espada de Rivalin, sua vestimenta e um vasilhame com água. Sorveu longos goles e refrescou-se, molhando o rosto; o calor era sufocante. A sensação de frescor o revigorou. Ao depositar a vasilha no chão, percebeu uma sombra sobre si. Levantou seus olhos e refeito do susto, defrontou com Brangaine.

— Cavaleiro, sejas rápido. Minha senhora te espera no estábulo — dita as palavras, a aia se afastou.

Tristan não se conteve. Vestiu-se, deixando a arena no mesmo instante. Contornou o cercado onde alguns cavalos pastavam e atingiu o estábulo. A porta estava encostada. Ao entrar, viu Husdent e outros cavalos da armada. Sendo parte da manhã, os cavalariços estavam cuidando dos animais em uso. Sua visão acostumou-se rápido com o ambiente mais escuro. Mas nada dela...

— Iseult! — ele sussurrou.

Atrás de uma das baias, ela surgiu. A beleza estonteante — era como se a admirasse pela primeira vez. Os olhos claros da rainha brilharam ao vê-lo. Um manto beje a envolvia. Aproximaram-se; suas mãos se encontraram e ele acariciou-as. Seus lábios se tocaram com um misto de ardor e ternura, era uma comoção aliada a uma profunda infelicidade. Súbito, ele apartou-se do enlace e em tom de súplica, comentou:

— Devemos fugir. Levar-te-ei daqui, quem sabe para Lionèss?

— Perdeste a razão? Como poderíamos fugir? Queres provocar uma guerra contra teu senhor?

Ele a segurou pelos braços.

— É por ti que a insanidade me castiga. Sim, perdi meu raciocínio, junto com minha honra. Estou louco... por ti! Se não fugirmos, como irei suportar vendo-te nos braços dele? Isso é morte para mim, Iseult, acredita-me. Parte comigo!

— Não, é impossível! — ela desvencilhou-se dos braços dele, dirigindo-se para a saída. — Preciso retornar, podem estar dando por minha falta. É arriscado aqui permanecer por mais tempo.

— Não! Não posso permitir que te vás! — em desespero, ele segurou-a novamente pelos braços, impedindo-a de continuar.

— Deixa-me, Tristan. Queres correr o risco de sermos vistos aqui? Solta-me, ordeno-te!

Ele assentiu.

— Entende, não posso ir contigo.

— Por que então vieste até aqui? Por que permitiste minha aproximação? Tens minha vida em tuas mãos e agora me evitas!

— Esqueces, Tristan, de que sou rainha por desígnio teu! Não te implorei para que me ajudasses a fugir? O que fizeste? Apenas ignoraste meus apelos, agora, arca com teus erros! Sou casada com teu querido senhor, não posso mudar o passado e nem desejo envolver Marc nisso. Não o amo e jamais o amarei. Ele pode possuir-me, mas não terá controle sobre meus sentimentos. No entanto, é bondoso comigo e eu o respeito por isso. Temos que nos contentar apenas com estes breves momentos — ela encarou-o e notou a angústia em seus olhos. Nada havia a ser feito. E não havia nada mais a ser dito, assim sendo, Iseult levantou o rosto dele com suas mãos, acariciando-o, para em seguida, ir-se.

Tudo o que ela dissera o fez ficar sem ação. Mesmo relutante e a amando, entregara-a ao seu tio. *Deuses, por quê? Por que anulei-me desta forma e não lhe dei ouvidos?* Era agora assolado pelo arrependimento. Permaneceu na porta do estábulo, fitando-a contornar o cercado. Atrás de algumas árvores, Brangaine a aguardava. E desapareceram no horizonte. Em um acesso de fúria, ele voltou-se, esmurrando a parede de madeira do abrigo. A dor do impacto em nada lhe atingiu. Mas a dor interna lhe causava chagas irreversíveis. Encostou-se onde esmurrara e deixou-se escorregar, sentando-se e recolhendo seus membros. Tantos dias convivendo com a ausência dela, sem vê-la... e tudo o que recebera, foram palavras para sentir-se ainda mais culpado.

Ele deixou o estábulo no meio da tarde. Não tinha pressa. Foi quando lembrou de seus pertences que deixara na arena. Retornou ao local. À distância, vislumbrou sua espada, o tecido de linho para limpar-se e a vasilha d'água. Apanhou seus objetos. Decidiu encerrar-se em seu quarto — seu humor estava sombrio demais para procurar entreter-se com alguns amigos. Porém, ouviu seu nome. Era Dinas.

— Onde estiveste durante o dia todo?

— Treinando os novatos e depois, com Husdent.

— Ah, por isso não te encontrei quando vim atrás de ti na arena! Adoras este cavalo, não? — Dinas riu. — Não importa. Está em tempo, desde que sejas rápido.

— Em tempo para quê?

— Haverá um jantar especial, hoje. Irás discordar, mas quiseram assim.

— Quem quis?

— Andret. Ele retornou com os outros... para nossa infelicidade. E mal adentraram em Tintagel, as discussões tiveram início. Primeiro, com relação aos aposentos. Depois, ele exigiu uma cerimônia... em homenagem pelo seu retorno. Uma homenagem por voltar de uma punição! Essa é a pior parte, para não dizer a mais ridícula.

— E o rei irá concedê-la?

— Conheces Marc. Dificilmente ele iria negar algo tão simples.

— Oh, sim. Algo tão simples! — Tristan ironizou — E por que vieste contar-me? — entreolharam-se. — Não esperas que eu compareça, não é?

— Eu não espero, mas o rei, sim.

— Não, recuso-me!

— Mas deves. Do contrário, vosso desentendimento terá por esse jantar o princípio.

Tristan e Dinas caminharam em direção à fortaleza. O cavaleiro manteve-se em silêncio enquanto cruzavam o jardim. Ambos eram observados, mas jamais iriam suspeitar. Da janela de seu cômodo, Andret os fitava com desprezo.

— Eis o protegido do rei. Ah, aguarda, Tristan... ainda receberás de mim o que mereces. Pelo tempo em que fiquei afastado daqui...

— Andret, haverá algo que possamos arquitetar...? — Denoalen andava de um lado para o outro.

— Contra Tristan? — Gondoine riu. — Como iremos desgraçar alguém que tem proteção real?

A conversa foi interrompida por breves batidas contra a porta. Gondoine abriu-a e Cariado adentrou no recinto.

— Senhores... quanto tempo!

— Não zomba, Cariado! — Denoalen resmungou.

Cariado acomodou-se calmamente num dos divãs.
— Dois verões afastados das atividades de Tintagel...
— Atividades, Gueneleon? — Cariado mofou. — Queres te referir aos mimos, não?
— Ah, e tua destreza em armas é insuperável, claro! — Gueneleon rebateu.
— Senhores, senhores! Pareceis imberbes entediados! O tópico de nossa conversa é mais sério.
— Nisso, Andret, estás correto. Para todos vós estareis reunidos com esse péssimo humor, creio ser devido a uma única razão...
Andret riu.
— Ora, Cariado. Também tens motivo para desgraçar... o *comandante*? — pronunciou a palavra com desprezo.
Cariado ajeitou-se no divã.
— Eu tenho vários. O último, é ter ficado confinado no cárcere militar.
Os demais gargalharam.
— E o que aprontaste, meu amigo? — Gondoine quis saber.
— Estava passeando na cidade, conhecendo as intimidades necessárias para certas informações interessantes...
— Por exemplo...? — Andret indagou.
— Deveis estar ciente da guerra que Tristan insistiu em participar, não?
Eles concordaram.
— Mas não tivemos a oportunidade de conhecermos os detalhes.
— Isso não importa, Gueneleon. E sim, o fato de que mais de duas centenas de homens morreram. Como se isso não bastasse, quando o valoroso sobrinho do rei retornou, a rainha o escolheu para ser seu cavaleiro — ele parou de narrar e bateu as mãos em suas pernas. — Como fui me esquecer? Não deveis estar cientes deste episódio...
— E qual é?
— O fato de a rainha ter escolhido Tristan, Andret. Ela praticamente obrigou-o a cumprir tão-somente suas ordens, privando-o de seu cargo.
— Como?
Cariado sorriu.
— Ninguém soube ao certo o que houve, mas Marjodoc avisou-nos de que o digno guerreiro iria afastar-se do exército para apenas servir ao rei. Não obstante, Marc ausentou-se por longo período. Se Tristan deveria receber ordens expressas dele, seja lá o motivo, deveria o ter acompanhado; contudo, aqui permaneceu, servindo quem? Iseult! Não é uma estranha coincidência nossa rainha jamais ter querido ninguém como seu cavaleiro e súbito, teve Tristan para exclusivamente atendê-la?
Andret deu de ombros.
— Não vejo nada de extraodinário.

— Eu não terminei, senhores. A escolha da rainha não foi apreciada pelo povo. Entretanto, o mais interessante nisso tudo, é que Iseult fez questão de infernizar e isolar seu precioso guerreiro. Toda Tintagel comentou esse inusitado fato: a rainha, mais de uma vez, humilhou o antigo comandante em público... para regozijo daqueles que o odeiam. Estes, deleitados, estavam convictos de que as reprimendas se alastrariam durante todo o período em que ele a servisse, entretanto, de um dia para o outro, o maldito não foi mais visto em lugar nenhum. Uma atitude muito suspeita.

— Extremamente suspeita — insistiu.

O silêncio imperou durante alguns segundos. Cariado prosseguiu.

— Por fim, senhores, tenho elementos para acreditar que a rainha vê em Tristan algo mais do que um simples cavaleiro.

Os quatro, estupefactos, fitaram o cavaleiro.

— O que estás mencionando, Cariado?

— Que há algo entre eles!

— Estás louco? Quem iria acreditar nisso?

— Tu tens certeza, Cariado? — Denoalen inquiriu.

Cariado respirou fundo.

— Em verdade, suspeitas. Contudo, esse pressentimento foi fortificado com meu contato com uma libertina. Senhores, essa garota presenciou a indignação da rainha quando flagrou seu cavaleiro conversando com ela e sua amiga. Segundo ela, uma reação típica de uma amante apaixonada.

— Ainda assim, Cariado, estaríamos criando detrações contra ele.

— E não é o primeiro passo, Andret? Começaremos com boatos. Iremos aproveitar o ódio que os familiares das vítimas da guerra já nutrem contra ele — o cavaleiro fitou um por um. — Dizei-me, quem do povo não iria se revoltar ao saber que Tristan deseja a rainha?

Não houve resposta. Cariado prosseguiu.

— Repito, seria um começo. Tendes ciência de que mesmo uma mentira, se bem arquitetada, termina sendo encarada como verdade. Decerto, tenho suspeitas mais por parte da rainha, se quereis saber. Contudo, com rumores tomando força, poderemos persuadir o rei e inverter a situação, de modo que a suspeita recaia nele, não nela. Não é difícil incutir ciúmes em um homem, ainda que seja um rei. E ainda que o suspeito em questão, seja seu sobrinho.

— Marc jamais iria dar ouvidos, Cariado — foi o comentário de Gondoine. — Não por essa acusação; soaria absurda. Além do mais, se nós começarmos a intentar qualquer ato contra ele, seremos expulsos novamente.

— E também, não sem provas — Denoalen manifestou-se. — Se tens somente suspeitas... Tu viste algo?

— Apenas a certeza de que a rainha mandava mensagens para seu cavaleiro. Interroguei alguns dos mensageiros, mas nem eles tinham conhecimento do teor das missivas.

— É insuficiente, Cariado. Se isso for verdade, precisaremos de mais elementos. Trata-se de uma acusação muito séria e perigosa.

— Sim, concordo. Mas lembrai-vos a facilidade de manipular as pessoas, especialmente, aquelas já influenciadas. Podemos obter isso. Entretanto, se quereis constatar por si próprios as minhas suspeitas, sugiro observardes a relação do comandante com a rainha. Qualquer desrespeito, qualquer ato, o mínimo que for, teremos elementos para levar até o rei — Cariado determinou.

— Ainda penso ser isso absurdo — Gondoine insistiu. — Tristan não é tolo e nunca foi inclinado à luxúria. Sequer diverte-se com prostitutas! Duvido que ele, em sã consciência, iria arriscar perder sua honra, da qual tanto se vangloria, com uma aventura amorosa sem qualquer futuro.

— Ele não é misógino, Gondoine! — Gueneleon interrompeu. — Talvez ele não tenha interesse em outras mulheres porque deve amar uma única dama.

— Talvez... a rainha? — Cariado persistiu, com perversidade em seus olhos.

— Vós estais divagando em demasia — Andret reagiu, afastando-se da janela. — Serão necessárias tantas digressões para aniquilá-lo?

— Pois imaginai como seria glorioso arrastá-lo a um julgamento público, com esta acusação! A sentença, no mínimo, seria a de morte. E quão triunfante seria acompanharmos a desdita desse homem?

Andret pensou por alguns instantes.

— Não comecemos nada ainda. Quero ter oportunidade de certificar-me de tuas desconfianças, Cariado.

— Que seja. Depois do acidente... creio que já tendes conhecimento disso, senhores... o rei tem impedido Iseult de ir cavalgar. Mas a rainha é jovem e inquieta. Não duvido dela, muito em breve, querer retornar as suas atividades. Então, ireis concordar comigo — ele procurou uma posição mais confortável. — E tereis a pressa que tenho em desgraçá-lo.

Tristan não teve outra saída a não ser comparecer ao jantar. Além dos quatro homenageados, Cariado também fora convidado, para desprazer do comandante. Ao menos, ele contava com a companhia de Gorvenal. Ansiava por Marjodoc, mas o guerreiro não apreciava jantares com a elite de Tintagel. Recusou-se a ir. Em seu íntimo, o comandante o invejou por sua liberdade de escolha. Seu desconforto pela obrigação, fez com que fosse o último convidado a aproximar-se da mesa, já ocupada pelos demais. Sério, o comandante reverenciou o casal e cumprimentou os convivas, sentando-se em silêncio. Contrário às demais vezes, não deteve seus olhos em Iseult. Ao seu lado, Gorvenal acomodou-se.

Os pratos foram sendo servidos. A conversa era alegre entre os homenageados e os nobres, mas ele mantinha-se em silêncio. Trocou algumas palavras com seu escudeiro; como não poderia deixar de ser, o fato atraiu Andret, que, em tom zombeteiro, indagou:

— Por que estás tão calado, Tristan? Algo te incomoda? Seria minha presença?

— Interpreta o silêncio como queiras, Andret. Mas não julgues palavras não ditas por mim.

— Tens razão, nada dissete. De qualquer forma, não precisaria. Porque sei que não ansiavas pelo meu retorno, estou certo?

O rei lançou um olhar severo para Andret, porém, tal aviso não foi o suficiente para intimidá-lo.

— Não precisas responder. Todavia, dize-me... que batalha foi esta em que mandaste duas centenas de guerreiros à morte? Ouvi muitas críticas atinentes a este massacre, durante o percurso de meu regresso.

— Andret — o rei rompeu. — Imaginei que em tua primeira noite em Tintagel, a conversa versasse apenas em assuntos rotineiros. Senhores, vos abstenhais de política ou qualquer assunto similar.

Andret não conseguiu disfarçar o sentimento destrutivo em seu olhar lançado contra Tristan. Este compreendeu perfeitamente a mensagem, mas nada demonstrou. No entanto, ele sabia o que tudo aquilo significava; teria de resgatar o cavaleiro que havia sido... digno, honrado, correto... e tudo o mais que perdera dentro de si próprio. Para piorar, julgava-se não mais ser capaz, conquanto sentia viver em uma distorção da realidade. E tudo o que mais lhe importava, era seu amor pela rainha. Apenas quando o rei convidou todos ao brinde, ele fitou-a. Porém, percebendo que qualquer movimento seu estava sob constante observação, ele desceu seus olhos e apanhou seu copo. *Malditos!* — ele praguejou em silêncio. — *A forma como me estudam, revela-me tudo. Querem me condenar pela minha onerosa transgressão... Nem mais encantar-me com a visão dela eu poderei, enquanto esses cães me perseguirem.*

O jantar encerrou-se sem maiores incidentes. Porém, antes dos convidados retirarem-se da mesa, Marc pediu a palavra.

— Não iria encontrar momento mais propício para o que tenho a dizer — ele voltou-se para Iseult. — Primeiro, devo desculpas à rainha, tão atarefado estava, que negligenciei-me com os deveres de marido. Sequer uma vez a acompanhei em suas cavalgadas, belo esposo eu sou! — Iseult acabrunhou-se. — Todavia, minha amada, irei acertar minhas faltas. Amanhã convido todos vós para uma cavalgada. Levai vossas armas, pois poderemos também caçar.

Tristan deixou o salão com o ardente desejo de caçar Andret.

Com os primeiros raios de Sol, a elite reuniu-se no pátio para a excursão. Tristan cruzou com o grupo, sem deter-se. No alojamento dos soldados, convocou alguns de seus homens, avisando-os da jornada. Concedeu permissão para Conn e Frocin irem. O estábulo foi seu segundo destino e deparou-se com Gorvenal, trazendo Husdent pelas rédeas. O animal agitou as espessas crina e cauda, o aspecto imponente e bravio eram nele inerentes. Tristan montou-o. Com o escudeiro seguindo-o, reuniram-se no pátio. Ao vê-lo, Dinas achegou-se.

— Pensei que não te veria por aqui — o senescal comentou, em tom jocoso. Estava sendo zombeteiro, pois tinha conhecimento da relutância de Tristan em caçar.

— Não irei caçar, Dinas, e sim, escoltar...

— A rainha, não? — Andret, subitamente, aproximou-se. — Fiquei a par também disso. Então, além de comandante supremo, és o cavaleiro particular dela. Uma escolha sábia... estou certo de que tu a protegerás de qualquer perigo, não Tristan?

Ele incitou Husdent, sem responder. Ao afastar-se, viu os reis se aproximando. Atrás deles, seus homens. Tristan os cumprimentou e assumiu a liderança. Dinas e seu escudeiro a ele uniram-se. Aos pares, deixaram o pátio. Atrás do comandante, vinha Iseult, acompanhada de Brangaine, Letto e mais duas moças. Marc conversava com Conlai e outros nobres. Ywayn, Pharamond, Henwas e Marjodoc, sob ordens do comandante, davam proteção aos reis, acompanhando a comitiva por fora. No fim, Cariado e o grupo de Andret ganhavam terreno, sendo seguido pelos últimos cavaleiros e cavalariços.

— Precisamos mesmo desses rapazolas atrás de nós? — Denoalen irritou-se.

Um dos rapazes em questão, um recém-consagrado cavaleiro, redargüiu:

— Sigo ordens expressas do comandante. Se estás insatisfeito, vai ter com ele — foram as palavras do moço.

Denoalen absteve-se de ir até Tristan.

A comitiva continuava com os escudeiros e monteadores. Entretanto, o rei estava mais interessado em cavalgar do que caçar. Andret mantinha o comandante à vista, lembrando das palavras de Cariado. Foi quando concluiu que Tristan jamais iria cometer qualquer falta enquanto fosse duramente vigiado por si e os demais — isso, se desse crédito às suspeitas de Cariado. Contudo, era válido tentar. *Um homem tem suas fraquezas, só que alguns são menos susceptíveis...*, refletiu. E uma idéia iluminou-o. Virando-se para trás, viu um escudeiro de aparência jovem. Em um gesto rápido, ele apartou-se de seu grupo, achegando-se do rapaz.

— Como te chamas, filho?

— Frocin.

— Dize-me, Frocin... és escudeiro há muito tempo?

Ele concordou, suspirando.

— Receio nunca tornar-me cavaleiro.

— E por quê?

— Não tenho destreza suficiente com a espada.

Andret riu.

— Por acaso, foi o comandante que te avaliou?

O rapaz acenou afirmativamente.

— Não me admira. É impossível contentá-lo, Frocin. Se deres importância às palavras dele, jamais te tornarás um.

A face do rapazola contraiu-se em desaprovação.

— Entretanto, rapaz... — e Andret deu passagem aos demais, ficando por último. — ...se me ajudares, poderás tornar-te cavaleiro antes do que pensas.

Os olhos do garoto iluminaram-se.

— O que tenho de fazer?

Andret, fezendo seu cavalo ficar mais próximo do escudeiro. Com voz séria, confidenciou-lhe:

— Tenho séria suspeita em relação ao comportamento do comandante. Acredito que ele tenha faltado com o devido respeito perante nossa rainha — o menino fez menção de soltar uma observação, mas Andret o conteve. — Não deves comentar a respeito disso, Frocin. Se trabalhares comigo, poderemos desmascará-lo, assim, serás aclamado herói. Serás congratulado por todos. Até mesmo pelo rei — ele frisou.

— Mas... tens certeza...?

— Não confias em mim, Frocin? Se não tivesse, crês que viria importunar-te? Ouve, menino, posso ter estado longe de Tintagel, mas estou a par de tudo o que ocorre aqui. Sei que Tristan foi designado protetor da rainha e sei que ele está agindo desonradamente — blefou.

O menino pensou por alguns instantes.

— E o que queres que eu faça?

— Deves vigiá-lo, deixando-me a par de tudo o que ele faz. Quero ser informado de cada detalhe! Teremos, então, a prova de que ele não está agindo conforme os ditames de um cavaleiro digno.

— Perdoa-me, senhor... mas no que ele poderia estar faltando com a dignidade?

— Presta atenção, Frocin! Pela última vez... — Andret estava perdendo a paciência. — ...eu suspeito que o comandante esteja seduzindo nossa rainha. Não julgas isso sério o suficiente?

Frocin concordou.

— Ótimo, rapaz. Eis aqui teu bônus — e Andret o presenteou com moedas de prata. — Agora, deverás sempre espreitá-lo, mas sê discreto. E não te esqueças de que irei cobrar informações — com essas palavras, Andret retornou ao seu grupo.

— Creio, senhores, ter dado o primeiro passo para nosso intento — Andret versou. — Veremos se tuas suspeitas nos trarão algo de concreto, Cariado.

Percorreram uma vasta extensão e apesar de depararem-se com cervos, Marc não autorizou a caça. Pretendia cavalgar mais. Com um animal caçado, seriam obrigados a retornar. Apenas durante à tarde foi que o rei deu ordens para os monteadores. Se avistassem outro animal, poderiam abatê-lo. Dinas sugeriu que a comitiva se dividisse em três pequenos grupos, para maior sucesso na empreitada. O rei assentiu e convocou alguns nobres, cavaleiros mais próximos e os monteadores. Não se incomodou da rainha e suas damas seguirem no grupo de Tristan e Dinas, até assim preferiu, pois — como ele próprio disse aos seus amigos, estava cansado da tagarelice das damas de companhia de Iseult. O comandante, por sua vez, estranhou não ter sido seguido pelos seus inimigos. Em sua divisão, além do senescal e seu antigo escudeiro, havia Marjodoc, Pharamond, Ywayn, Henwas, Laeg e Dywonn, outro excelente cavaleiro. Alguns monteadores e Frocin, agora ao lado de Conn, completavam o grupo. Tristan fitou a dupla de escudeiros-aprendizes. Frocin aparentava desânimo. *Creio ter sido severo demais com o garoto. Minha irritação está excedendo meu controle e acabo magoando quem nada tem que ver com meus dilemas.* Com remorso pela forma ríspida como o tratou, em seu último treino, Tristan volveu seu cavalo e emparelhou com o do rapazola.

— Estás apreciando, Frocin? — indagou.

O garoto arregalou os olhos e tenso, fitou o comandante. Refletia nas palavras proferidas por Andret há alguns minutos. *Seria possível?*

— Estou, senhor.

— Atenta, rapaz... eu não pretendia ser rude contigo em tua última performance. Por isso, devo-te desculpas. Sei que sou rígido, mas é para teu próprio bem.

— Entendo, senhor.

Tristan colocou sua mão sobre o ombro dele.

— Se virmos algum cervo, ensinar-te-ei as artes dos monteadores. Ao contrário dos segredos das armas, é um aprendizado fácil.

Frocin agradeceu. E ficou observando-o enquanto Tristan incitou seu cavalo, indo assumir a liderança, permanecendo ali durante algum tempo, conversando com Dinas. Por fim, ele deixou Marjodoc no comando e voluteou Husdent, emparelhando com a rainha.

— Vossa Majestade estais cansada? — ele questionou, estudando cada minúcia de seu rosto. Era sua oportunidade de cavalgar ao lado dela, aproveitando-se da ausência de Andret e dos demais.

— Viste algum cervo? — ela questionou.

— Não tivemos mais essa sorte. Quereis descansar um pouco?

A rainha aceitou, mas os monteadores e cavaleiros eram contra aquela interrupção. Tristan não teve outra saída a não ser dividir o pequeno grupo. Iria permanecer com a rainha e suas damas, pediu a Gorvenal que ficasse; este acatou. Marjodoc e Pharamond iriam liderar o restante, mas o comandante surpreendeu-se com Frocin, que pediu para permanecer ali. Apesar de não compreender a atitude do garoto, Tristan não objetivou.

Marjodoc e os demais desapareceram floresta adentro enquanto as damas ocupavam-se em preparar um lugar para a rainha descansar. Os guerreiros remanescentes posicionaram-se, atentos a qualquer perigo. Tristan apeou-se e auxiliou a rainha. Em seguida, caminharam lado a lado, os ânimos de cada um voltados para o deleite da presença do outro.

— Não teremos muitos momentos assim... — ela atalhou. — Percebeste os inimigos que tens, não?

Ele assentiu.

— Há muito ódio e rivalidade entre mim... e Andret. E com os asseclas dele. Nunca soube os verdadeiros motivos deles me execrarem tanto, mas que diferença faz? Um homem não precisa de muito para detestar seu semelhante... Porém, preferia não falar disso agora.

— É necessário, pois eles muito me preocupam. Não aprecio tê-los em Tintagel, mas o rei...

— O rei sabe o que faz, Iseult. Marc permite a presença deles por motivos políticos. Sei que Cariado tem certa influência no povoado. Mas esqueçe-os. Eles não estão aqui e pelo menos, posso conversar contigo. Não que me satisfaça... — ele abaixou seus olhos. — Quisera eu ter-me enganado de meus sentimentos... Mas a cada dia, sinto mais desejo de ti.

Eles continuaram andando. Cruzaram com as damas e dirigiram-se até uma imensa árvore, cuja sombra fornecia-lhes frescor. A rainha aproximou-se do tronco.

— Foi em uma sombra como esta em que abrimos nossos corações... — ela sorriu meigamente. — Aquele foi o meu dia mais feliz, Tristan.

— Foi o último dia em que me chamaste de "cavaleiro".

Novo sorriso — tímido — nasceu nos lábios de Iseult. Então, em um gesto puro, ele segurou a mão dela, beijando-a respeitosamente. Em seguida, fitou-a com ardor, com volúpia. Estava sendo árduo controlar seus impulsos.

— Para ter-te em meus braços novamente, sou capaz de tudo... Tens idéias de onde nasceu esse amor, profano à luz dos homens, mas sacro à luz dos deuses? Esse sentimento, que roubou-me a vida e a honra? Estar vivo, sem ao menos ver-te, é pior do que a própria morte.

— Desconheço essa força que nos impeliu, Tristan.

Ele apertou delicadamente sua mão.

— Será que algum dia, irás perdoar-me por tudo o que te fiz? Eu próprio convivo recriminando-me pelos meus erros, mas...

— De que adianta agora?

— Se ao menos eu suspeitasse de que nutrias um sentimento por mim que não o ódio, Iseult...

Um pouco à distância, o escudeiro espreitava. Nada podia ouvir, mas acompanhou os modos do cavaleiro, que permaneceu o tempo todo ao lado da rainha. Frocin cismava... seria certo derrubar o comandante para conseguir louvores e uma posição para si? Dele não guardava rancor, exceto o fato de ainda ser um escudeiro por sua insistência e pelos últimos treinos, nos quais Tristan, a todo instante, recriminava-o. Porém, tudo o que ele queria, era seu aperfeiçoamento às armas, apenas isso. Mas demandava tempo. E se... *Ora, não é um desrespeito à rainha um cavaleiro que ousa segurar sua mão sem ajoelhar-se? Ainda que se trate do comandante?*, refletiu. Era insignificante, mas sabia que nenhum cavaleiro ousava aproximar-se da rainha daquela forma. Andret estaria certo? Continuou espreitando.

Tristan estava mais sereno do que o costume. Não estavam distantes do acampamento e comportavam-se como rainha e vassalo. Decerto que teria de contentar-se apenas em tê-la ao seu lado, entrementes, até isso tinha limites. Iseult achou por bem juntar-se aos demais. Todavia, antes deles retornarem, ele — que ainda não havia soltado sua mão — puxou-a lentamente, acariciando-a com ternura. Em seguida, soltou-a, mas pediu para que ela aguardasse. A rainha estranhou quando o viu afastando-se, mas não se demorou. Retornou trazendo uma rosa.

E Frocin acompanhou — horrorizado — a audácia do comandante, que prendeu a flor nos cabelos dourados da rainha, para em seguida, afagar seu rosto. Nesse instante, o escudeiro relembrou das palavras de Andret.

...o comandante está seduzindo a rainha...

Frocin correu de seu esconderijo antes que o cavaleiro pudesse dar-se conta de que estava sendo espreitado.

Mais tarde, em um momento de aflição, Tristan iria constatar que até aquele em quem acreditava um amigo, demonstrou o contrário.

XIII

Ao anoitecer, o grupo — que já havia se reencontrado — seguiu de volta à Tintagel. O comandante viu à distância a rainha afastando-se. Por sua vez, ele foi atarefar-se com os cavaleiros e monteadores. Apesar da tarefa da caça há muito não mais lhe dizer respeito, era questionado acerca da melhor perícia. Percebeu Frocin próximo e ensinou-o, como prometido. E aquele dia findou. Os sucessivos mostraram-se tão difíceis — ou mais — desde o retorno de Andret. Como este agora também ocupava um cômodo próximo do rei, estava sendo terrivelmente odioso para Tristan ali permanecer. Não raro, encontrava-o nos corredores. Para agravar a situação, Andret conseguiu persuadir Marc a fornecer quartos aos demais cavaleiros — Cariado entre eles — e ao nobre Gueneleon. "Ele infernizou tanto o rei, Tristan, que terminou obtendo o que queria. Para ele, não bastava um recinto em Tintagel. Tinha que ser próximo ao do rei", Dinas comentou-lhe. Como conseqüência e como uma vez havia feito, começou a afastar-se de Tintagel, rareando sua estada, até retornar aos aposentos dos cavaleiros. Seus homens zombaram da ilustre companhia, indagando-o se poderiam ter conhecimento dos motivos da recente mudança.

— Há criaturas perigosas nos dormitórios reais. Peçonhentas — explicou.
— Irão notar tua falta, comandante — Marjodoc suscitou.
— Que notem. Tudo o que quero, é distância daquelas pragas.
— Eu não vou sentir falta de Cariado! — rindo, Marjodoc argumentou.

As atividades militares o mantinham ocupado, entretanto, incapazes de amenizar seu aspecto sombrio. Inquieto e angustiado, suspendeu os treinos com os novatos e escudeiros em virtude de noites consecutivas maldormidas, acarretando grave atonia. Nestas noites insones, não era mais atormentado por *Beltaine*, e sim pela figura sinistra — e odiosa — de Cathbad. A constante recordação das palavras do druida prostraram-no a ponto dele pedir para Marjodoc assumir o comando por alguns dias, indo isolar-se nos promontórios. Também o afligia a decisão de evitar atender às ordens da rainha, apesar dela não o requisitar com tanta freqüência. Respaldava-se na imaculabilidade da honra de ambos — ao menos publicamente — para a supliciosa deliberação. Porque, isento de nódoa moral, trazia em fragmentos seu coração. E foi nessas circunstâncias que procurou isolar-se.

Quando, dias depois retornou, viu Gorvenal na porta do estábulo. Desmontou Husdent e Frocin surgiu para segurar as rédeas do cavalo. O garoto esforçou-se para decorar as palavras trocadas pelos homens.

— Onde estiveste, Tristan?

— Avisei Marjodoc concernente a minha ausência...

— E não informaste teu rei! — Gorvenal rompeu, nervoso. — Que idéia foi essa, de ausentar-te sem comunicá-lo?

Ele suspirou, apoiando as costas contra a parede do estábulo. E foi neste instante que o antigo escudeiro notou a aparência doentia de seu senhor.

— És incapaz de cuitar de ti, Tristan? Pareces que não te alimenta há dias!

— Eu estou bem, Gorvenal.

— Espero, então, não deparar-te contigo mal! — ironizou. — Trago-te uma ordem de Marc, a ser transmitida assim que pisasses em Tintagel. Ele exige teu retorno à fortaleza, ainda hoje, se possível. Marc está desapontado contigo, rapaz. Ele não apreciou tuas atitudes.

Ele recusou, sem dar os motivos de sua inabalável decisão.

— Não irás sequer ir ter com ele? — o antigo escudeiro questionou.

— Faze-me um favor, meu amigo... Dize-lhe que estou à disposição para qualquer atividade militar, mas não vou mais pernoitar em Tintagel.

Próximo deles, Frocin disfarçava... e ouvia o que conversavam. Contudo, o abatido comandante nada disse de extraordinário, exceto sua determinação em não utilizar os cômodos próximos aos do rei.

Entrementes, não foram as palavras que fomentaram as suposições inimigas, mas sua obsessão, que agravou-se. Começou a suspeitar de qualquer um — não íntimo — que se aproximasse de si, mas não dava tanta importância quando era importunado por Frocin, embora nada comentasse ao rapaz. Este, cego em abraçar sua ambição, relatava a Andret o pouco que conseguira obter de Tristan. Tudo o que tinham de mais significante, era do dia em que o rei havia organizado a caçada, do comandante afastar-se de Tintagel, de não mais atender a rainha e de sua agressividade quando importunado por outros que não seus homens. Não havia nada mais além disso.

— Não é suficiente para resultar em algo — Denoalen argüiu. Estavam reunidos no cômodo de Andret.

— Não concordo. E ainda temos outro trunfo... por qual motivo pensais ter Tristan deixado os aposentos reais? Por que ele, que antes escoltava a rainha quando não estáveis aqui... agora se nega? Seja qual for o motivo, a vós não pareceis estar ele apaixonado? Volto a insistir, senhores... Por que Iseult cerceou tanto a liberdade dele, quando Tristan a servia? Deveras sugestivo, não? Pensai no poder de uma notícia vaga desta monta, ainda que inverídica. E recordai sobre a reputação dele ter sido infamada pela guerra. Podemos nos aproveitar disso, senhores.

— Intencionas *mesmo* em difamá-lo, Cariado? — Guenelon questionou. — O que o pirralho até agora nos disse de convincente? De concreto, e não meras conjecturas? Uma carícia não significa a traição.

— De uma carícia, pode surgir a traição. A lascívia se oculta em inocentes gestos — Andret interveio. — Estou com Cariado. Para ser sincero, não sei e nem me importo se há interesse entre eles. Com o que temos, podemos causar uma desgraça imensurável. Além disso, se Tristan agradou a rainha dessa forma, quem garante não estar ele *realmente* caído de amores por ela? Ou ela por ele? — voltou-se para Cariado. — Consegues mesmo ser convincente em teus boatos?

— Senhores, escassas palavras minhas terão um efeito devastador.

— Isso é incentivador, Cariado! — Andret sorriu. — Destarte, há um outro ponto... Marc pode proteger aquele maldito, mas se for persuadido de que os dois são amantes, tenho certeza de que ele próprio irá querer vingar-se em Tristan. Vós tendes conhecimento do poder de destruição do ciúmes.

— Uma morte ignominiosa... — Cariado exultou.

— A pior delas! — Gondoine atalhou. — Marc, no mínimo, terá que condená-lo a ser queimado vivo!

— Isso depois de ser açoitado, arrastado acorrentado e despido por toda Cornwall — Andret encarou-os. — Há algo mais a ser dito?

Ninguém mais argumentou. A aceitação para o que viria a seguir, deu-se com um pacto de silêncio.

Em pouco tempo, os boatos — cujo conteúdo era infame — percorreram ruas e vielas de Cornwall. Decerto, os aldeões adoravam intrigas, especialmente aquelas que diziam respeito ao detestado comandante do exército de Marc. Dessa forma, as falsas informações foram repetidas e repassadas, ganhando mais elementos; tão bem-estruturados eram, que convenceram até as reduzidas pessoas que nutriam algum afeto pelo cavaleiro preferido do rei. Também por elas, foi recriminado. Estas últimas, diante das notícias, indagavam como "aquele homem vil" podia ser sobrinho de um soberano como Marc.

Vinte dias depois, Cariado, acompanhado de Andret, comentou aos demais:

— O veneno foi devidamente expelido, senhores. Agora, devemos apenas aguardar.

Coincidência ou não, Tristan — depois de sua última ida à cidade, quando recolhia impostos — ali não mais foi visto e como evitava companhias — exceto os membros da armada — não tinha como saber o que diziam a seu respeito. Os guerreiros que tiveram conhecimento dos comentários recusaram-se a revelar por motivos próprios. Uns não deram crédito, outros simplesmente ignoraram. Contra o comandante, pesava ainda a sua determinação de afastar-se completamente de Tintagel, nem mais o salão freqüentava. Havia decidido aparecer ali tão-somente se fossem discutir questões referentes ao exército. Mas era visto com freqüência na arena, e foi ali que Marc o encontrou. Na ocasião, o comandante demonstrava os embates com lanças aos seus aprendizes; tão concentrado estava, que não notou a aproximação do monarca. Este foi obrigado a convocá-lo. O guerreiro interrompeu sua tarefa e andou até o rei.

Talvez, uma oportunidade..., pensou Frocin. E arriscou uma sutil aproximação. Tristan o saudou. O rei foi direto ao assunto.

— Como te recusas a aparecer em Tintagel, resolvi vir ter contigo.

O rapaz endireitou-se e o fitou.

— Sire, o melhor para todos é que eu permaneça longe...

— Longe ou não, tens oposto entraves até perante minhas convocações... além das de Iseult! Temes tanto Andret, para agires desta forma? — como Tristan absteve-se de responder, Marc prosseguiu. — Vim porque quero que escoltes a rainha para Lancïen.

— Sire, temo não poder vos atender...

— Basta, Tristan! — Marc interrompeu. — És a pessoa em quem mais confio! Quantas vezes terei de dizer-te isso? — o rei inspirou fundo, tentando acalmar-se. — Iseult pretende ir amanhã. Há dias que ela está trancada nessa fortaleza e eu simplesmente não suporto mais vê-la deprimida. Peço-te este favor, filho.

Não tendo outra saída, Tristan concordou. Satisfeito, Marc retornou aos seus afazeres. O comandante não percebeu quando o rapazola também deixou a arena. Frocin atravessou o jardim e dirigiu-se até o aposento de Andret, informando-o do que havia presenciado. Imediatamente, o cavaleiro convocou seus aliados. Assim que estes adentraram em seu recinto, o anfitrião — que havia dispensado o menino — com um sorriso nos lábios, versou:

— Preparai-vos. Creio que iremos triunfar, senhores. Amanhã, teremos a prova.

O céu estava claro quando Tristan, sem quase dormir, levantou-se e saiu dos aposentos dos cavaleiros. Sozinho, caminhou até a liça, apoiando-se na mureta divisória. Animava-o saber que iria deixar Tintagel. *Talvez a idéia de partir para Lancïen tenha sido da própria rainha*, refletiu. Não obstante, tomava forma um infausto conflito em si; almejava vê-la tanto quanto temia. Temia por si. Por ela... e por Marc.

Ouviu um leve ruído. Virou-se e viu Gorvenal aproximando-se.

— Não sentes frio?

Tristan negou. Usava apenas uma vestimenta de linho, calças do mesmo material e botas.

— Não dormiste novamente.

— Raras as vezes em que consigo repousar.

Gorvenal também apoiou-se na liça.

— Eras mais feliz em Lionèss, Tristan. Não és mais o mesmo homem desde que pisamos aqui.

O vento sibiliou. No horizonte, os primeiros raios de Sol brilhavam.

— Farias um favor, Gorvenal? — indagou, não fazendo referência ao comentário proferido pelo escudeiro.

— Nunca negaria algo a ti, meu senhor.

— Fui designado para cavalgar até Lancïen, escoltando a rainha e seu séqüito. Apreciaria se me acompanhasses.

— Não irás chamar os homens de tua armada?

— Marjodoc tem afazeres aqui. Convocarei mais três homens — ele afastou-se, sem mais nada dizer.

— Tristan — o escudeiro o deteve. — Deves saber que tenho a ti como a um filho. Como um pai, pressinto algo te consumindo! E isso de longa data. Não queres conversar?

Acabrunhado, o moço olhou-o por cima de seu ombro.

— Não, Gorvenal. Não creio que o melhor seja conversarmos — e ele se foi.

Tintagel despertou horas depois. A rainha reuniu suas damas, ordenando-lhes que aprontassem sua bagagem. Marc havia deixado os aposentos ao alvorecer e não havia retornado. Nos últimos dias, pressentia que sua rainha não estava disposta a qualquer companhia, especialmente a sua. Iseult estava rancorosa e nada afável; o rei, de temperamento sereno, para evitar qualquer discussão, incentivara sua ida. Quem sabe, não retornaria mais calma? Iria rezar a todos os deuses com esse intento.

Ao fim da manhã, Iseult e suas damas estavam prontas. Os cavalos encontravam-se no pátio; ao todo, a comitiva contava com nove membros. A rainha, tendo Brangaine ao seu lado, confidenciou-lhe:

— Não vás desembestar tua montaria hoje!

Brangaine sorriu.

Tristan apareceu instantes depois. Não estava trajando sua cota de malha de prata — a havia deixado em seu antigo quarto, junto com as adagas e não se animou em ir apanhá-las. Daí vestia-se com um gibão de couro escuro, de mangas longas. Um colete de escamas justapostas, oferecia limitada proteção para o tronco e um manto negro preso ao tórax por um alfinete de prata, caía-lhe pelas costas. *Bracae* e botas, também escuras, completavam sua vestimenta. Presa à cintura, sua inseparável espada. Iseult deteve nele seus olhos; o moço trazia uma beleza máscula. Os cabelos tendiam para um castanho mais escuro e atingiam seus ombros, uma franja rebelde caía-lhe por sobre o supercílio. A face era marcada pela barba rala — resquícios de seu modo de apará-la. Seus olhos — com aquele tom acinzentado — cor que Iseult jamais vira similar, pareciam hipnotizá-la. Era imponente, apesar da melancolia visivelmente estampada em seu semblante. O comandante aproximou-se dela, saudando-a com formalidades.

— Estamos prontas, comandante — a voz da rainha soou séria.
— Partiremos quando desejardes.
— Então, podemos ir.
Tristan percorreu com os olhos a escadaria que levava ao jardim da fortaleza.
— O rei não virá se despedir de vós?
A rainha pareceu não apreciar a pergunta e não respondeu. Suas aias permaneceram em silêncio e os únicos sons eram dos cavalos mastigando os bridões. Por fim, viu Marc cruzando o pátio ao lado de Dinas. Tristan constatou certa perturbação na face de seu rei. Não demonstrava a docilidade inerente ao seu caráter e vê-lo sem aquele brilho, era desolador. Sucessões de acontecimentos invadiram a mente do rapaz; teria Marc suspeitado de seu pérfido ato? Estaria ele armando uma viagem e preparando uma emboscada para si e para a rainha? Queria ambos mortos? *Não! Impossível! Estou alucinando hipóteses insanas!* Marc era um homem dócil por natureza, pacífico e abominava a violência. Não era um covarde, mas não raro, evitava uma batalha, se assim fosse possível. Era um homem sábio, de fibra — via a paz como sendo mais necessária do que a guerra. Marc não era um homem de tramar uma traição... ao contrário de seu sobrinho. O afligido moço amargou com aquela conhecida dor dentro de si, uma dor que para sempre o acompanharia. E censurou-se cruelmente. Como poderia conceber perfídias a respeito de Marc, quando era ele a criatura vil?
— Vejo que estais prontos — o rei rompeu o silêncio, descendo a escadaria. Como de costume, estava elegantemente trajado. Apesar do aparente desânimo, sua voz ainda soava afável. Ele aproximou-se da rainha e pediu permissão para auxiliá-la a montar seu palafrém. Iseult concedeu. — Desejo-te uma boa viagem, minha dama.
— Agradeço, sire.
Não houve contato físico na despedida. Iseult puxou as rédeas de sua montaria, experimentando-as. Foi seguida pelas suas três damas. O rei aproximou-se de Tristan, fazendo-lhe sinal de que dispensava reverência.
— Mais uma vez, filho, sou grato por este favor. Iseult precisa de alguns dias longe de Tintagel. Ela estará segura em Lancïen. Quando ali chegares, permaneças com ela. Talvez eu vá... depois de um tempo — o rei abraçou-o. — Desejo-te uma boa viagem.
Tristan agradeceu. Ato contínuo, montou Husdent e fez um sinal para seus homens prepararem-se. Além de Gorvenal, havia convocado Conlai, que pediu permissão para levar Frocin. Acostumado com a presença do rapazola, o comandante concordou. Ywayn e Dywonn também haviam sido convocados. Com todos montados, Tristan acenou ao rei e ao senescal. Tomou a liderança, seguido pelo seu escudeiro e deixaram o pátio.
O rei ali permaneceu, até que eles cruzassem os muros de Tintagel. Em seguida, escalou os degraus, sendo recebido por Dinas. O senescal acompanhou-o, evitando qualquer falatório. Era cônscio de que Marc estava enfadado e

entristecido. Raras vezes vira seu senhor dessa forma e não restavam-lhe dúvidas de que ele enfrentava dificuldades com relação a sua vida íntima. Eram situações em que sua ajuda seria inconveniente e desnecessária, a menos se fosse por ele requisitada. Assim sendo, pediu licença ao rei e afastou-se.

A pequena falange seguiu a passo moderado. Seguindo Tristan, vinha a rainha, acompanhada de Brangaine e suas outras aias. Do lado delas, Conlai e Frocin. Atrás, Dwyonn e Ywayn. Num certo instante, a rainha emparelhou com o comandante e pediu licença para o escudeiro. Gorvenal, a princípio, não compreendeu — afinal, Iseult não estava acostumada a proferir ordens rudes ao guerreiro? — mas Tristan voltou-se para o intrigado escudeiro.

— Tudo bem, Gorvenal — com essas palavras, o escudeiro puxou as rédeas e foi juntar-se a Ywayn. Gorvenal respeitava Iseult, contudo, não apreciou a forma como tratou seu senhor quando de sua punição. Abusara — e muito — de seu poder como rainha, algo que o escudeiro não pretendia esquecer.

Cavalgando lado a lado, Tristan foi o primeiro a falar:
— Não deverias ter feito isso, Iseult — a voz soou em tom contido.
— Leva-me à clareira, antes de irmos para Lancïen.
Tristan fitou-a por longos instantes. Não havia aprovado a idéia.
— É melhor irmos logo à Lancïen.
— A clareira é próxima daqui, Tristan. O que te custa? Estamos apenas nós; não confias em teus homens?
Ele foi evasivo. Estava atordoado demais para recordar as virtudes referentes à lealdade e à confiança. Iseult, porém, insistiu.
— Sempre quando fazíamos nossos passeios, descansávamos na clareira. Não irás querer que eu ordene, perante todos, certo? Ademais, é apenas um pequeno desvio do caminho para Lancïen — havia malícia em sua voz.
Vencido, Tristan chamou seu escudeiro, avisando do desejo da rainha. Frocin ouviu a ordem de seu comandante; imediatamente lembrou-se da promessa de Andret e da oportunidade que tanto almejava. Ainda que não fosse decisão do comandante — de desviar o rumo — certamente o rei não apreciaria, se soubesse. Quando estavam próximos de atingir o lugar exigido, Frocin — que freara seu cavalo, ficando por último — apeou-se e fingiu examinar a pata deste. Conlai virou sua montaria e cavalgou até seu filho.
— Problemas, rapaz? — ele inquiriu, ainda montado.
— Nada sério, meu pai. Apenas a ferradura dele soltou-se.
— É arriscado continuares a viagem com um cavalo nestas condições. Não nos distanciamos muito de Tintagel, Frocin. Terás de voltar sozinho; infelizmente, não posso deixar meu posto.
— Expressa minhas desculpas ao comandante, pai.

Conlai concordou e despediu-se do filho, incitando seu cavalo para alcançar a comitiva. Frocin, aguardando até ter certeza de não estar no campo de visão do grupo, instigou sem piedade seu cavalo em direção a Tintagel. Muito em breve, estava escalando as colinas e cavalgando a trilha rumo à fortaleza. Em velocidade, cruzou os portões e alcançou o pátio, freando bruscamente sua montaria — atraindo a atenção das pessoas que ali estavam — e apeou-se, correndo em direção aos aposentos de Andret. O cavaleiro discutia com os demais a possibilidade de irem conversar com o rei, a respeito dos inflamados boatos concernentes a Tristan, aproveitando da ausência deste. E da insensatez de ele permanecer com a rainha, em Lanciën. A repentina entrada de Frocin os interrompeu.

— Então, ele desviou o percurso... — Andret comentou, ao término do relato.

— Crês ser isso uma falta tão grave, Andret?

— É o que temos, Denoalen. Ademais, o rei não vai gostar de saber que, em vez de ir a Lanciën, seu adorado cavaleiro preferiu expôr a rainha ao perigo. Seu adorado e "vituperado" cavaleiro.

— E não poderemos jamais ir até Lanciën — Cariado manifestou-se. Temos o apoio do povo. Devemos agir agora, se quisermos vê-lo aniquilado.

— Cariado... como vamos convencer o rei?

O cavaleiro sorriu.

— Como temos feito até agora, Gueneleon. Ardis. Decerto não é muito, contudo, verteremo-los ao fardo da dúvida. E, senhores, momento mais propício, não haverá.

Haviam decidido. Os cinco homens, junto com Frocin, foram atrás de Marc. O rei encontrava-se em sua sala de audiências, mas nem isso intimou Andret, que praticamente invadiu o recinto, interrompendo a sessão sem demonstrar receio ou respeito. Foi seguido pelos demais. Antes de o rei romper em sinal de desaprovação, Andret exclamou:

— O que tenho a dizer é sério. Exijo vossa atenção agora, sire.

Marc desculpou-se àqueles que participavam da audiência e gentilmente pediu para que eles se retirassem. Os súditos reverenciaram o monarca e saíram da sala.

— Agora, dizei-me... que assunto é esse, de tão urgente, para vossa atitude de invadirdes minha sala como um bando de animais selvagens?

— De suma importância, meu rei. Vós não deveis saber, mas Tintagel está sendo sacudido por sérias dúvidas, cujo causador é o desgraçado homem a quem chamais de sobrinho.

Marc sentiu uma fúria apossar de seu corpo.

— O que estais me dizendo? — o monarca ergueu-se de sua cadeira.

— Acuso Tristan de desrespeitar a rainha! Acuso-o da mais vil traição!

— Andret, o que falas?! Perdeste teu juízo? Interrompeste minha audiência para importunar-me com tamanho absurdo? — Marc engrossou a voz — Todos vós, desapareçais desta sala, antes que eu perca a paciência!

Andret insistiu.

— Será que Vossa Majestade apenas credes em vossos olhos? Por que não ide até a cidade, testemunhar o descontentamento com vosso povo em relação ao vosso amado cavaleiro? Em todas as esquinas, a conversa é a mesma; "Tristan, o vil cavaleiro, causador de mortes, agora desonra nossa amada rainha, seduzindo-a! E o rei nada faz!"

— Já chega! — Marc bradou — Estou farto de tuas acusações! — o rei estava possesso; a discussão sem precedentes atraiu a atenção de Dinas, que ao entrar na sala, deu-se com Marc exasperado.

— Por misericórdia, sire, o que sucede? Jamais vos vi assim!

— Essa praga de homem — e Marc apontou Andret entre os demais — acusa Tristan de traição, de infamar minha rainha! — as últimas palavras, Marc clamou aos brados. Já não podia mais conter-se. — Valha-me o Deus Único, Andret, se não foste tu e os teus que iniciáreis essa pérfida infâmia!

Dinas estava estarrecido, sequer soube o que dizer.

— Por que insistis em fingir serdes cego? Por qual motivo pensais que teu honrado sobrinho deixou de comparecer nos salões e nos jantares, desobedecendo vossas ordens? Que deixou seus aposentos, próximo a vós?

— Pois digo que ele prefere permanecer longe, enquanto tu e os teus nocivos amigos aqui estais!

— Não é bem este o motivo, sire! — Andret rebateu, puxando Frocin pelo braço, em um gesto brusco.

— Fala, rapaz! Tu viste a traição de teu comandante, certo? Narra-a para teu rei!

Marc estava consumido pela ira. Tudo estava indo bem até Andret aparecer... — raciocinou. Mas o monarca não iria ter sossego, pois Andret fez o menino contar o que presenciara, evidentemente, com nuances exageradas. A inocente carícia — nas mãos e no rosto de Iseult — adquiriram fogosos beijos e amplexos efusivos, carregados de ardor e de desejo. Percebendo que o monarca — por breve período — apresentou certa preocupação, Andret viu possibilidade de continuar com seu plano.

— E isto não foi o suficiente! Este corajoso menino, sire, veio nos informar que teu sobrinho ousou desobedecer vossas ordens! — Andret cravou seus olhos nos do rei. — Eles não estão indo a Läncien. Tristan pretende levar vossa esposa para outro...

— Basta, Andret! — Dinas interveio.

— Sire, vós não vos preocupai com vossa esposa? — Cariado insistiu.

— Vinde conosco atrás da falange, sire. Vereis que teu honrado sobrinho vos desobedeceu! Se nós estivermos faltando com a verdade, deixaremos Tintagel e nunca mais iremos vos aborrecer.

Marc terminou por concordar, talvez mais por ter uma oportunidade de livrar-se de Andret. Pois sua confiança em Tristan ainda era inabalável. Sendo assim, mandou Dinas ir aprontar os cavalos.

Andret, por sua vez, notou certo mal-estar nos outros cavaleiros. Eis que havia tecido acusações respaldando-se em frágeis bases. Em verdade, em falsos fatos. Havia convencido o rei a seguir a comitiva, mas tudo o que iriam testemunhar, seria um mero desvio de percurso. Sim, iriam encontrá-los na clareira; isso bastaria para Marc? Conseguiria convencê-lo com ardis, de que Tristan pretendia ficar a sós com Iseult? A rainha sempre cavalgava até a clareira, era verdade, mas não sem a permissão do rei — isso era mais um trunfo com o qual podia contar. *Um homem, detestado pelo vosso povo que cisma em desobedecer deliberadamente vossas ordens...* — pensou, criando forças para continuar persistindo nestes argumentos. Não podia vacilar agora!

Em alguns minutos, uma falange — tendo Marjodoc liderando, Pharamond, Henwas, Laeg e outros vinte homens — cruzou os portões de Tintagel.

Tristan auxiliou Iseult a apear-se; Gorvenal fez o mesmo com suas damas. Ywayn, Dywonn e Conlai permaneceram com os cavalos enquanto seu escudeiro entretia-se com Brangaine e as outras aias. A rainha convidou o comandante para um pequeno passeio. Ele aceitou. Estavam novamente a sós, pela segunda vez em suas vidas, mas nem esse fato — inusitado — trouxe ânimo ao cavaleiro. Sua melancolia era profunda, as chagas, ele sabia, jamais cicatrizariam. Findo um longo momento em grave taciturnidade, revelou:

— Talvez, essa parada tenha sido oportuna. Terei um breve momento para dizer-te, Iseult, que desde aquele dia, tenho me torturado cruelmente.

— A atitude não foi apenas tua — ela versou.

— Sim, tens razão. Todavia, faltei com Marc...

— Tua falta, Tristan, não é de agora, mas desde o início. Não penses que não cometemos o pecado ainda em pensamento. Sei que me querias desde a primeira vez que nos fitamos... porque eu também te desejava. — Ela encarou-o. — Com volúpia, te desejava. Contudo, percalços funestos criaram uma barreira entre nós.

Eles percorreram uma trilha que levava até um terreno elevado. Caminhavam lentamente.

— Sim, falaste-me mais de uma vez sobre isso. Entretanto, como eu poderia saber? Nunca fui exímio nesses assuntos, Iseult. Minha vida toda, fui um guerreiro e até então, me contentava com isso. Tudo o mais me era indiferente, nem mesmo concebia existir este elo que me uniu a ti. Contudo... de minha pretensa lealdade, manchei minha honra; desgracei a ti, a mim, e a meu rei. Não há como remediar o que fiz, muito menos, meio para libertar-me da culpa que me castiga. Por isso, findada a incumbência de te acompanhar até Lanciën, irei partir — ao ouvir tais palavras, a rainha interrompeu seus passos e arregalou os olhos. Tristan continuou.

— Entende Iseult... eu não suporto mais. Permanecendo em Tintagel, apenas trarei mais infortúnios a ti e a Marc. E tu própria disseste que Marc não merece sofrer. Com isso também concordo. Ele é um homem decente e bom, Iseult. Tens idéia de como me sinto, a cada vez que me deparo com ele? Cada vez que ele me chama de filho, não ocultando seu amor paternal? Deuses, Iseult. É uma agonia da qual fogem-me as palavras para traduzir-te como me consome! Não posso mais suportar essa situação... — ele encarou-a — ...se ao menos, pudesse amá-la como desejaria...

Frocin mostrava aos demais o caminho traçado pelo comandante. Cavalgava ao seu lado, Marjodoc, Marc, Cariado e Andret. O rei reconheceu o percurso desviado, tratava-se da trilha que seguia rumo à clareira, um dos lugares prediletos da rainha para descansar e cavalgar. Prosseguiram em um trote acelerado; Marc sentiu uma forte pontada em seu coração devido à gravidade das acusações. Não concebia Tristan, sangue de seu sangue, ser capaz de cometer tamanha traição. Acreditava cegamente nele. Porém... por que ele havia desviado o percurso?

Próximo à clareira, Gorvenal distraía-se com as damas, que se escondiam dele para em seguida, ele procurá-las. Na terceira vez em que jogavam, quando partiu em busca delas, ele acompanhou a chegada de cavaleiros na clareira. Oculto pela vegetação, aproximou-se o máximo que pôde, cautelosamente. E assustou-se com a presença do rei. Ao lado dele, Marjodoc, Cariado, Andret e um garoto...Garoto?! *Frocin!* O escudeiro presenciou o rei caminhando em direção a Ywayn, Dywonn e Conlai; este último não compreendeu deparar-se com o monarca, muito menos, ver seu filho, junto de Andret e dos demais. Infelizmente, Gorvenal não pôde ouvir o teor da conversa, mas decidiu retornar e alertar seu senhor. Foi quando Brangaine o alcançou, agachando-se ao seu lado. Ela estava a alguns metros atrás dele e a tudo presenciara.

— Deus seja piedoso! — exclamou.
— Do que se trata? — assustado, inquiriu.
— Teu senhor e minha senhora correm perigo de vida.
E o escudeiro constatou a seriedade da situação.

Iseult voltou-se para o horizonte. A colina propiciava uma magnífica paisagem; pássaros planavam em círculos. *O mundo é maravilhoso*, pensou, *a vida é sagrada, como bem diz o padre Illtyd... Mas para mim, ela foi ingrata...!* Jamais dera importância aos seus sentimentos como naquele instante, diante da resolução dele.

— Desgraça-me presenciar isso — disse, por fim.

— Acreditas que partirei feliz? — encarou-a, plangente. E puxou para si suas mãos. — Amo-te mais do que minha própria vida, mas o que me resta aqui? És minha rainha e senhora, e eu, teu vassalo. A mim, apenas soçobra o mísero conforto de ver-te à distância. Com Andret e seus cães em Tintagel, até aproximar-me de ti é defeso. E eles suspeitam, Iseult...

— Impossível! Não fizeste nada para suscitar conjecturas. Evitaste até em atender-me!

Ele desceu seus olhos, suspirando pesadamente.

— Independente disso, Iseult.... não posso mais. Se insistir, perderei o ínfimo que me resta e não se trata de honra, mas de minha sanidade — ergueu seus olhos, fitando-a, atormentado. — A cada noite, sinto esvaziar de mim a razão. E... perco-me nos filamentos de minha grave perfídia. Árduo é conviver com isso, e não tenho dúvidas de que toda essa angústia irá pôr fim a minha vida, se não partir. Porém, apenas um favor suplico-te...

Iseult fraquejava. Não se conteve e derramou algumas lágrimas. Ele prosseguiu:

— ...ordenes para que eu parta.

Conlai, Ywayn e Dwyonn foram rendidos e obrigados a mostrar a trilha tomada pela rainha... e pelo comandante. Assombrados, os três questionavam o que estava acontecendo, o que havia de errado? Quantas vezes a rainha não parara ali? Conlai — o rosto petrificado — mal podia crer que seu filho estava junto de pessoas como Andret, Cariado... e os outros.

— Cala-te, Conlai — interveio Marjodoc, duramente.

Marc, seguido pelo senescal, Andret, Cariado e Marjodoc, percorreram a trilha, a pé. Deixaram os cavalos na clareira com o restante do grupo. Marjodoc havia ordenado para que alguns de seus homens encontrassem as damas e o escudeiro. Marc — em mórbido humor — andava; jamais iria suspeitar de que Andret estava atônito, pois tudo o que suspeitava, tudo de que ardilosamente acusara Tristan... afigurava ser real. Um êxtase sem limites o embeveceu, quase não cria. A vitória era iminente, afinal, ainda que Tristan nada estivesse fazendo de errado, seu infortúnio era certo, devido ao seu vil comportamento de conduzir a rainha de Cornwall por trilhas ermas da clareira, em vez de escoltá-la ao seu destino. E se uma vez assim procedia, não era digno de confiança.

Mesmo com os mais odiosos pensamentos insuflando seu ser, Marc evitava demonstrá-los, assim como firmava seus pés no solo, disfarçando os membros trêmulos. Como controlar aquele maldito nervosismo?

Cariado, que liderava, deteve-se apontando um local por entre as árvores. Os demais achegaram-se e a cena descortinou-se perante seus olhos, incrédulos — por motivos diversos. Podiam vê-los, mas não ouvi-los. Marc viu a rainha estática, a alguns passos de distância de seu sobrinho. Viram-no de perfil, cabisbaixo.

— Não podes exigir-me isto! — Iseult rompeu, o tom autoritário. — Como posso permitir tua ida? Nego teu pedido!

Ele levantou seu rosto.

— Seria mais fácil para mim se dividisses comigo o fardo de nossa dor. Exerceste teu poder sobre mim até agora, mas... — apoiou as mãos em seu cinto, contendo o desejo arrebatado de envolvê-la, acariciá-la, beijá-la — ...Iseult, apenas permite-me ir embora com a lembrança de teu sorriso; fita-me como fizeste quando teus lábios roçaram nos meus... — ele avizinhou-se dela, fazendo-a inclinar seu rosto, levantando-o pelo queixo.

— Qualquer sorriso agora seria impróprio. Como sorrir, se meu desejo é derramar-me em prantos?

— Quando verter essas lágrimas... — delicadamente, ele amparou-as, com sua mão — recorda de nosso momento sublime, em que por um breve período, esquecemo-nos de quem éramos... o mundo ao qual pertencemos e de nossos destinos, nos sendo permitido conhecer o poder do amor — súbito, ele direcionou sua atenção para onde os quatro ocultavam-se.

— O que há? — ela também se assustou.

— Nada... — voltou-se para ela. — Talvez uma sensação ruim. Precisamos retornar. Não é apropriado aqui permaneceres comigo por mais tempo. Ademais, devemos prosseguir nossa jornada — e ele estendeu seu braço, auxiliando-a. — Irás para Läncien, enquanto eu devo encontrar meu rumo.

Mas a tristeza persistia. Iseult apoiou-se no braço do cavaleiro, contudo, não era o suficiente. Nada seria o suficiente, agora que ele estava fadado a partir!

— Tristan! — foi com súplica que ela pronunciou seu nome. Interrompeu seus passos e o deteve. Entre lágrimas, ela murmurou: — Um último beijo...

Ele a tomou em seus braços com ardor; seus lábios se encontraram com volúpia, o intenso desejo superou o controle que o detinha, até então. Suas mãos perderam-se nas mechas douradas, em êxtase, acariciou a pele suave de seu rosto. Os beijos ganharam mais vigor, era como se desejassem fugir àquela realidade com a troca de carícias. Ou acreditar que nada mais existisse...

Um último beijo... — as palavras feneceram e fundiram-se na paixão de que era vítima. Amava-a com tanta intensidade, com tanta devoção, que ele próprio não conseguia explicar a origem e o enlevo de seus sentimentos.

Foi difícil para Andret se conter e não louvar a si próprio seu triunfo. Arregalava seus olhos; um delírio quase alucinatório dominou-o perante a inusitada cena, que o próprio Andret jamais concebera ser possível. Da mesma forma, terrivelmente perplexo quanto ele — mas por motivos bem divergentes —, Marc sofreu uma violenta transformação; seu rosto empalideceu, os olhos perderam vida, a dor dilacerou seu íntimo. Uma dor mesclada com uma infausta, dolorosa, vil decepção. O sentimento de incredibilidade e de desapontamento também tomou conta de Dinas e de Marjodoc. Cariado, por sua vez, esforçou-se para reprimir um riso de vitória.

Marc — a voz sofrida — ordenou que todos retornassem à clareira, onde os demais aguardavam. Andret obedeceu sem reclamar. Insensato seria desobedecer ao rei, diante das circunstâncias. Sorrindo com o canto dos lábios, olhou Cariado de esguela. *Conseguimos!*, o rejubilado cavaleiro parecia dizer. *Foi ainda melhor do que pensávamos! Ele beijou a desgraça! A desonra! A própria morte!*

Momentos depois, Laeg notou o espectro de um homem vindo em sua direção. Era seu rei. Marjodoc não estava melhor. Laeg e os demais cavaleiros receberam a notícia por Dinas — e foi como se cada um tivesse sido cruelmente apunhalado pelas costas. Os murmúrios dos asseclas de Andret foram interrompidos por uma ordem de Marc. O rei, exasperado, exigiu silêncio. Imediatamente, as vozes aquietaram-se. Marjodoc — os olhos injetados de raiva — andou até Ywayn, Dywonn e Conlai — desarmados e com os braços atados — questionando-os, a voz grave, carregada de indignação.

— Vós sabíeis da traição desse... vil comandante?

Os três cavaleiros mal encontravam as palavras para expressarem que também compartilhavam uma trágica surpresa. Todavia, antes que tentassem encontrar uma resposta, outro cavaleiro achegou-se de Marjodoc e relatou o insucesso quanto à procura pelas damas da rainha e pelo escudeiro do traidor.

Eles apartaram-se. Nada mais disseram, era hora de voltar. Em silêncio, com pesar, caminhavam pela trilha. O cavaleiro evitava pensar que seria a última vez que a teria ao seu lado. Estavam próximos à clareira; de longe, Tristan vislumbrou Husdent e os outros cavalos. Mas estranhou a quietude... e as damas? Por que não estavam ali, tagarelando? Não havia sequer sinal de seus homens, nem do escudeiro. Por instinto, sua mão desceu ao cabo da espada. Em reflexo, Iseult amedrontou-se. Tentou tranqüilizá-la, prometendo-lhe defendê-la até o fim de suas forças. E desembainhou a espada de Rivalin; o som do metal roçando a bainha propagou-se, desafiando o silêncio. Com a mão esquerda, abriu o feixe do broche, soltando o manto, que escorregou por suas costas. Sem saber porquê, Iseult apanhou-o, segurando-o como se sua vida estivesse unida ao tecido. Fitou-o. Jamais o vira tão apreensivo como naquele momento.

Nervoso, ele perscrutou o arredor.

Foi quando pressentiu a desgraça impendente.

O amargo e ignominioso fim de sua glória. De tudo aquilo que lutara e acreditava ser.

Mal atingiu a clareira, Marjodoc, espada em punho, seguido por Pharamond, Laeg, Henwas e outros dois soldados, a pé, o cercaram. Quatro cavaleiros montados, também armados, avançaram.

— Entrega-te, cão traidor! — Marjodoc urrou, o rosto transformado pelo ódio. Tristan, armado, protegeu a rainha com seu corpo. Não iria entregar-se, todos sabiam. Era um guerreiro e preferia morrer lutando. O embate estava prestes a iniciar, quando uma poderosa voz de comando impediu a afronta. Uma voz conhecida. Tristan não tivera tempo para lembrar-se dele... E a figura imponente de Marc, agora montado, deixou as sombras das árvores. Estava acompanhado por Dinas; atrás deles, Andret. Marc atiçou seu cavalo e andou até onde Marjodoc estava. Apenas alguns passos o separavam do homem acossado. Entreolharam-se. Era impossível descrever com meras palavras o pesar na face do monarca. A decepção mesclava-se com a vergonha; a traição, com a perfídia.

— Fiz algo para merecer isso de vós?

Iseult, sentindo o peso e a dimensão de sua atitude, voltou-se para o lado oposto e cobrindo o rosto com as mãos, desmanchou-se em lágrimas.

O escudeiro acompanhava o cerco à distância. Havia separado-se de Brangaine e as duas outras aias, abrigando-as em um local seguro; que ali permanecessem até a situação acalmar. Andando abaixado, quase rastejando-se, usando a vegetação como escudo, Gorvenal conseguiu atingir o local onde os cavalos estavam. Por sorte, o seu estava mais próximo de si; sorrateiramente, conseguiu apanhar seu arco e flechas. Marjodoc e seus homens estavam tão concentrados em relação a Tristan, que não notaram a sutil intromissão do escudeiro. Aproveitando-se disso, Gorvenal soltou as rédeas de alguns cavalos, de Husdent, inclusive.

— Se eu não visse com meus próprios olhos, Tristan... não acreditaria... — Marc tremia. Tinha os olhos lacrimejados — ...e ainda assim, parece um pesadelo.

O moço não respondeu.

Então, com um grito selvagem, Marjodoc avançou contra seu comandante, causando espanto a todos. Imediatamente, Tristan ergueu sua espada e defendeu-se; a brusca investida do atacante assustou o cavalo de Marc, que recuou. Os animais soltos por Gorvenal também se agitaram. Marjodoc, possesso, desferiu golpes violentos. Obrigado a concentrar-se na luta, Tristan teve que se desvencilhar da rainha. E apenas defendia-se. O adversário, proferindo impropérios, maldizendo Tristan, lutava mergulhado em um mar de fúria; seus olhos injetados em um ódio sem limites. Lutar com tal furor, entrementes, era uma arma contra a própria pessoa. Tristan sempre ensinava seus homens a conter os sentimentos — por mais difícil que fosse — quando munidos da espada, ou por eles seriam consumidos. Marjodoc era um ótimo homem de armas, contudo, estava fora de si, o que proporcionou a Tristan arrancar-lhe a lâmina de suas mãos. Por um breve instante, tudo novamente silenciou-se, exceto pelo som da espada de Marjodoc vibrando contra o solo. Tristan tinha a sua contra o pescoço de seu segundo homem em comando, que respirava pesadamente. Entreolharam-se; era como se Marjodoc dissesse ao seu comandante o quanto era inaceitável aquele fato, o quanto era um despautério vindo dele, do cavaleiro preferido de Marc. Do sobrinho amado. Tristan correspondia-lhe; em seu rosto estava estampada a agonia pela traição. E ele foi lentamente afastando a espada. Não podia usá-la contra um amigo.

— Marjodoc... — ele sussurrou.

— Morte ao traidor! — Andret urrou, rasgando o silêncio.

— Que seja! — rebateu, ainda voltado para Marjodoc. — Mereço a morte, o inferno! — voltou-se para Marc. — Sire, podeis fazer de mim o que vos aprouver, culpado que sou! Mas de nada podeis acusar a rainha. Sire, se não me prometerdes deixá-la em segurança, muitos aqui terão suas vidas roubadas, antes que um de vós possais me matar! — para espanto de todos, ele recolheu sua arma, poupando Marjodoc. Contradizia suas próprias palavras. Sua piedade em relação a Marjodoc encorajou Denoalen.

— Ela é tão culpada quanto tu és!

— Teu digno rei jamais irá aceitar uma adúltera, traidor! — Andret atalhou.

Marc notou ser o alvo das atenções. Esperavam dele uma sentença, mas o monarca — devastado pela dor — lutava contra seus próprios demônios. À sua frente, estavam as pessoas mais caras e amadas por si. Acuadas — embora Tristan se recusasse a ceder — por homens que, no fundo, desprezava. E como era difícil dar a razão a eles! Homens infames, que exigiam a morte de ambos, um veredicto — que se consentisse — carregaria o doloroso peso do remorso até o fim de seus dias.

Nesse ínterim, um dos cavaleiros a pé atacou, aproveitando-se da distração de Tristan, que estava atento ao rei. Defendendo-se, Tristan encarou seu agressor.

— Pharamond... não me obrigue a matar-te. Imploro-te, permite-me ser julgado pelo rei!

— Cala-te, criatura vil! — Pharamond bradou. — Tens idéia do que fez? — não apenas continuou avançando contra Tristan, como teve o apoio de Laeg, Henwas e Fynn, outro guerreiro, que ultrapassaram Marjodoc, cercando o traidor.

Tristan recuou. Não podia lutar contra quatro com apenas uma espada, precisava desesperadamente de outra. Conseguiu seu intento atravessando o corpo de Fynn e tomando dele a arma. Mais confiante com as duas lâminas, investiu. Sua agilidade o tornava um alvo difícil, Laeg não conseguiu sobrepujar sua defesa, muito menos, Henwas, que terminou sendo atingido no antebraço. O capitão sentiu seus dedos afrouxarem e a espada escapar-lhe. Dois de seus homens avançaram em sua defesa. A despeito do reforço, Laeg teve um corte em sua mão e também perdeu sua espada. Notando um assalto pelo flanco, Tristan volveu bruscamente, aparou a investida com a espada de Rivalin; com a outra, atravessou a cota e o abdome do atacante. De Pharamond.

Não avaliou seu gesto, não havia tempo para isso. Puxou, com violência, a lâmina e deu continuidade ao seu assalto. Matou um dos homens de Henwas e mutilou o braço do outro; gritos de dor repercutiram. Cariado impeliu sua montaria, queria atacar Tristan, mas temia fazê-lo sozinho. Aproveitando-se de que o comandante estava concentrado, gladiando contra mais dois soldados da armada, preparou-se, posicionando sua espada. Tristan — de costas para o cavaleiro — apercebeu-se da investida, tentou desviar, mas teve o ombro direito atingido. Cariado pretendia nova arremetida, mas outro soldado montado interveio; como os demais, também almejava a vingança. Tristan amaldiçoou-se por sua estupidez de estar sem sua cota de malha — uma cruel coincidência. Desviou do guerreiro montado e volteou-se, defendendo-se dos soldados que ainda atacavam-no. Sua fúria terminou afastando um, que acovardado, recuou, e matando outro. O soldado montado freou o animal, volteando-o. Seu intuito era novamente atacar. Foi quando uma flecha cortou o ar e sua vida; Tristan viu de soslaio o homem despencando do lombo do cavalo. Imediatamente, procurou a origem da flecha e agradeceu por ver Gorvenal, pronto para utilizar o arco outra vez.

Os cavalos soltos, assustados, avançaram pela clareira. Iseult correu em desespero, sem saber ao certo para onde ir. Presenciando mais uma morte, Marc agiu impensadamente; cego pelos dolorosos sentimentos, instigou sua montaria a ir até um de seus homens, arrancando de suas mãos um arco e flechas. Era um rei, mas antes de tudo, era um homem de armas. Resoluto, carregou o arco e apontou a flecha contra o tórax de Tristan. Este lutava novamente contra dois — um deles, Marjodoc, que de posse de sua arma — e de outra de um dos homens mortos — pretendia pôr um fim naquela luta. Tristan, no entanto, recuava; não queria a morte de seu segundo homem em comando. Suado, quase sem fôlego, rogou uma vez mais para Marjodoc parar com a luta.

— Não vou fugir de uma sentença do rei... Marjodoc! — suplicou.

— Cão maldito! Como confiar em ti depois do que meus olhos testemunharam? — ululando, o guerreiro investiu com as duas espadas.

Tristan repeliu o ataque, fechando sua defesa com suas lâminas em cruz, mas isso propiciou uma cutilada em seu braço esquerdo de seu segundo atacante. Em reflexo, ele empurrou Marjodoc com o pé, desfez a formação de defesa e estocou a espada de Rivalin no soldado. Mal retirou-a, defendeu-se de Marjodoc.

No mesmo instante, Husdent, assustado com a batalha, correu em direção a Tristan, seria a salvação para o cavaleiro se nele conseguisse montar, mas a intromissão repentina do cavalo atrapalhou os duelistas e Tristan teve seu gibão e o colete de escamas, na altura das costelas, estraçalhado. A espada de Marjodoc voltou manchada de sangue.

— Disparai! — Andret, bradou para o monarca. — Acertai nos braços, assim poderemos detê-lo!

Mas o inesperado ocorreu. Andret e os demais acompanharam o rei declinar a arma.

— Sire, o que fazeis? Este homem cometeu a mais vil traição! Ele tem que receber de vós a mais dolorosa morte! Quero arrastá-lo pelas ruas com pesadas correntes, humilhá-lo como a um cão, pois é isso o que ele merece!

— Já basta, Andret! — Marc, ríspido, esbravejou.

Mais tarde, o monarca iria recordar muitas vezes esse infeliz dia. Iria relembrar o que o fez conter seu ímpeto em disparar a flecha, cuja conseqüência seria a rendição de Tristan. No último instante, tendo o sobrinho em sua mira, Marc testemunhou um grito lancinante. Reconheceu no ato quem o havia produzido. Era a rainha, as mãos constritas sobre o peito, cujo manto negro — do cavaleiro — que delas pendiam, contrastava com sua vestimenta clara. Em seu rosto, uma expressão trágica, ao presenciar o fim do guerreiro, por suas mãos. O desespero e angústia de Iseult, ao certificar-se do perigo que Tristan corria, de certa forma, comoveram o rei... seu marido. Pesaroso, Marc desceu o arco. E desistiu de seu intento.

Tristan — sentindo o sangue umedecer suas vestes — constatou que Marjodoc não iria desistir. De fato, o segundo comandante atacava com ainda mais violência. A sangrenta querela era observada pelos causadores da cilada. Estes, em verdade, temiam um embate com o traidor, daí vacilarem em atacá-lo por si próprios. Tristan, a despeito dos ferimentos, prosseguiu lutando. Com o braço esquerdo, bloqueou uma investida de Marjodoc, com a arma de Rivalin, arrancou a segunda arma que seu então inimigo também empunhava. Foi quando escutou um grito aterrador. Era de Iseult, que fora cercada. Em uma tentativa de salvá-la, Gorvenal interferiu, lutando contra um cavaleiro e dois escudeiros. Aproveitando-se da distração, Marjodoc partiu para novo assalto.

A urgência da situação em que as vidas de Iseult e de Gorvenal corriam risco, afligiu o mais íntimo de Tristan. Em um movimento brusco, posicionou horizontalmente a espada de Rivalin. Seu braço suportou a poderosa investida do adversário. Não apenas ostentou sua defesa, como forçou o braço de Marjodoc, fazendo-o ficar vulnerável por breves segundos. Com a outra arma em riste, estocou-a por entre as placas do peitoral de seu segundo homem. O ferido gemeu. Tristan puxou a arma ensangüentada de volta, por sua vez, Marjodoc largou sua espada e caiu de joelhos. Foi nesse momento em que teve consciência do que havia feito. Acompanhou, amargurado, Marjodoc prostrado, a mão direita cobrindo o profundo ferimento em seu corpo.

Marjodoc...

Seus olhos percorreram o arredor. Corpos e membros decepados, de homens que conhecia e convivia. Alguns ele próprio havia ensinado o manejo com as

armas. Novo dissabor e o peso da morte atormentaram-no. Deteve-se em um cadáver com o abdome rompido e suas entranhas expostas. Reconheceu-o.
Pharamond, consternou-se. O guerreiro mais discreto e reservado de sua armada.

Meus irmãos de batalhas! Há algo que torna esse dia mais especial... Um homem honrado tem por hábito, orgulhar-se de tudo aquilo que lhe é caro. Sua família, sua terra, seu rei... E seu comandante! Não sou mais tão jovem como tu, Tristan, mas rogo aos deuses por mais alguns anos de vida, compartilhando contigo o dever de guerrear. Seguir a ti, guerrear, pelo nosso rei e pela Britannia!

Seus dedos soltaram a empunhadura da arma sobressalente. Naquele momento de terror, as palavras de Pharamond ecoaram, fatais. Relembrou quando esteve ao lado daqueles homens, na taberna. E mesclou-se à esta lembrança, o semblante sinistro de Cathbad, cujo vaticínio agora se concretizava. Era um maldito. O augúrio da morte.

— Verme... cão... traidor! — a voz de Marjodoc soou, entrecortada. — Mata-me de uma vez!

Entretanto, Tristan declinou a arma de Rivalin. A chocante cena — de Marjodoc de joelhos, mortalmente ferido — fez com que os guerreiros cessassem o ataque contra Gorvenal. O então comandante, devastado pelo arrependimento, aproximou-se do amigo, mas Marjodoc irritou-se ainda mais pela comiseração. Irado, exigiu que ele se afastasse, empurrando-o debilmente com seu braço esquerdo. Porém, um espasmo de dor dominou-o; o moribundo gemeu e não pôde mais permanecer ajoelhado, terminando por cair pesadamente. Tristan — mesmo com a espada em mãos — amparou-o; notou que, entre sua respiração pesada e entrecortada, Marjodoc descerrou suas pálpebras. O ódio já não era seu senhor.

— Por quê? Por... quê, Tristan...? — ele tossiu, engasgado com sangue. Um espasmo de dor fez seu corpo tremer. Filetes de sangue escorreram de seus lábios.
— Teu golpe, Tristan, foi... preciso. Dilacerou meu corpo... — ele respirou, estertorante. — ...preferia sentir essa dor e apenas essa... do que presenciar tua odiosa... e inaceitável... perfídia. Foi ela, não tua espada... que fulminou-me... — o guerreiro foi acometido por nova contração. Emitiu um débil gemido, cerrando parcialmente as pálpebras.

— O que eu fiz? — recriminou-se. — Marjodoc! — exclamou, sacudindo o corpo inerte. Era observado pelos remanescentes, aterrorizados, mas que ainda ostentavam suas armas.

— Sire! Não ireis reagir? — Andret, cujos passos o levaram a afastar-se da luta, agora retornava, indignado com a morte de Marjodoc.

O rei, transtornado, mandou-o calar-se.

Amparando o corpo do amigo, sofrendo, o semblante transfigurado, Tristan — que presenciara a aversão de Andret — voltou-se para o rei:

— Sire... — a voz estava engasgada — ...se desejais vingar-vos, aqui estou. Todavia, não mais ordenais vossos homens para a morte, já basta ter tirado a vida de Marjodoc... — ele apontou com os olhos os corpos destroçados — ...e desses outros cavaleiros. Entrego-me a vós, se honrardes o compromisso de privar de minha vida, aqui, neste exato momento... e se derdes vossa palavra de que à rainha, nada acontecerá. Ela é inocente, sire — ele desceu seu olhar para o corpo inerte em seus braços. Na mão direita, mantinha a espada, embora não quisesse novamente utilizá-la.

Marc contemplou o sobrinho. Queria mesmo a morte dele? Então, deteve-se em Iseult. Em seus olhos, havia súplica. *Ela o ama...* — constatou. No entanto, não foi o rei quem respondeu.

— Pensas estar em posição de exigir, traidor? — Andret esgrimiu. — Tu e os teus que te protegiam, assim como a rainha, deveis encontrar a morte! — virando-se para Frocin, ele atalhou. — Fizeste um excelente trabalho, Frocin! Graças a ti, detivemos a todos!

Tristan depositou o corpo, erguendo-se. Seu movimento fez com que os demais soldados se posicionassem, mas ele mantinha a espada voltada para o chão. Prendeu seus olhos em Frocin — o garoto estava atrás de si quando a comitiva partira de Tintagel. Depois, não o viu mais. Agora, as peças da cilada se encaixavam, era devido ao jovem que aquele deprimente espetáculo tivera início. Foi quando reparou em Conlai — transtornado — Ywayn e Dywonn, amarrados, sendo vigiados por dois cavaleiros montados.

— Quereis carregar a culpa em matar inocentes, sire? — ele argüiu, não suportando sua nefasta atitude refletir em seus homens. — Sou o único culpado, meus cavaleiros de nada sabiam. Eles — indicou com a espada os homens detidos — nada fizeram.

— Cala-te, canalha maldito! — Gondoine bradou. O cavaleiro, que estava próximo dos prisioneiros, em um movimento brusco, agarrou Dywonn pelo braço e golpeando-o nas pernas, fez com que o guerreiro se ajoelhasse. No instante seguinte, estava com sua espada contra o pescoço do rendido — Se ele nada fez, entrega-te e aceita a sentença que será proclamada contra ti!

Tristan, por irrisórios segundos, vacilou. Deveria optar pela vida de um homem inocente ou sua humildação pública. Era cônscio de que esse seria seu veredicto, sendo que o tornariam mais drástico e sangrento possível. Contudo, não podia mais permitir outra morte, não de Dywonn. O soldado apenas cumpria ordens suas. Vencido, ergueu seus olhos para o rei, que agora desmontava. Iria entregar-se às obstinações desarrazoadas de seus inimigos, desde que Iseult fosse poupada.

— Sire, se vós...

— Tuas súplicas não surtirão efeito, cão infame! — Gondoine urrou. — Não te importas mais nem com a vida de teus homens, inocentes, segundo tuas próprias palavras?

— Gondoine, não! — ele bradou, em pânico. Chegou a proferir sua decisão; ia se entregar. Contudo, viu-o enristando a lâmina, para em seguida, estocá-la contra a garganta do homem prostrado.

Dywonn gemeu debilmente. Quando seu atacante retirou a arma, afastando o moribundo com o pé, o infeliz soldado procurou Tristan com os olhos, antes de tombar sem vida. Este, apertando o cabo da espada de Rivalin e esquecendo-se de que era apenas um contra vários, ameaçou revidar. Mas ele não foi rápido o suficiente.

— Sua víbora traiçoeira! — Marc, enojado com aquele ato de covardia, súbito, estava a alguns passos do assassino, com sua espada em punho.

A inesperada luta entre o rei e o cavaleiro dispersou a armada, possibilitando Tristan recuar e montar Husdent. Seu escudeiro o imitou. Era inútil tentar um acordo, não com Andret e seus asseclas ali. Quando alcançou Iseult e a fez montar, viu Marc pondo fim ao duelo. E foi neste instante que sua tentativa de fuga foi notada. Entrementes, o rei impediu os arqueiros de dispararem suas flechas — Iseult, que dividia a sela com o traidor, poderia ser atingida. Contudo, o guerreiro foi surpreendido por um ataque repentino, cujo agressor fincou sua lança em sua coxa esquerda, precisamente, o mesmo lugar onde Morholt o ferira. Husdent empinou, quase derrubando a rainha. Mesmo com a lança cravada em si, Tristan repeliu o atacante, que caiu, devido a força do golpe. E reconheceu o agressor... Frocin. Controlou o desejo de fazer Husdent pisoteá-lo. Porém, simplesmente arrancou a lança e atirou-a próximo ao rapaz. Ato contínuo, deu rédeas ao cavalo, deixando a clareira. Gorvenal o seguiu e assumiu a liderança.

Marc, completamente arrasado, com sua espada ensangüentada em mãos, avançou alguns passos.

— Tristan! — clamou.

O moço reconheceu a voz. Mesmo temendo uma nova investida, brecou Husdent e trocou um olhar com o rei. Leu, no rosto do monarca, a cruel conseqüência daquela sucessão de acontecimentos. Tristan o amava. Marc havia sido um pai para si, mas mesmo com esse amor filial, traíra sua confiança. Por sua vez o monarca — com o coração e a alma despedaçados — notou não ser o único a sofrer. Não obstante, era um lúgubre desfecho; a relação entre eles atingira um ponto crucial. E ciente de sua perfídia, de sua odiosa tredice, Tristan não mais suportou encarar aquele homem que o recebera com respeito, amor e afeto. A desdita também marcava o fim de um cavaleiro, de Tristan de Lionèss. Abatido, virou o rosto e incitou Husdent, desaparecendo em uma nuvem de poeira.

XIV

Durante horas eles cavalgaram em silêncio. Apenas quando o céu escureceu, Tristan decidiu parar. Haviam cavalgado além das colinas de Tintagel e alcançaram a imponente e majestosa floresta de Morois. Todo o sudoeste de Cornwall era por ela coberto, como um imenso paredão verde. A floresta seria um excelente abrigo. Sob a sombra de freixos, eles frearam seus cavalos. Tristan apeou-se com dificuldade. Sentia-se zonzo; conseqüência de seu desleixo para com os ferimentos. Uma vez a pé, foi-lhe impossível auxiliar Iseult. Gorvenal ocupou-se em ajudá-la a apear-se. O cavaleiro, abatido pelas lesões, procurou sentar-se. Fez de um tronco, um banco improvisado. Cabisbaixo, retirou o colete — parcialmente destruído — e ergueu a vestimenta de couro ensangüentada. Marjodoc o havia atingido com força. Apesar do colete não ser tão eficiente quanto a cota, havia dirimido o impacto. Mas de nada auxiliara contra o ataque em seu ombro e braço, cujas cutiladas ainda sangravam. O mesmo ocorria com sua perna. A lança havia dilacerado sua carne. Resignado, retirou seu gibão parcialmente rasgado para providenciar algumas tiras de tecido, entretanto, Iseult aproximou-se, entregando-lhe seu manto. Com ele, cortou algumas tiras, com as quais começou a proteger os membros lesados. Ele sabia não ser o suficiente, tanto quanto Iseult, que afastou-se deles, indo procurar ervas para preparar um remédio. Conforme suas palavras, necessário era cuidar das feridas com mais presteza possível. Aproveitando-se da ausência dela, o escudeiro acomodou-se ao lado dele.

— Por que nunca me disseste? — inquiriu, a voz carregada de desapontamento.
Ele respirou fundo, estava consternado.
— E para quê? Adiantaria algo?
—Talvez tentasse ajudar-te a não cometer tamanha insensatez — Gorvenal observou-o enquanto ele apertava a tira envolta da perna. — Graças aos deuses, teu pai não está vivo para testemunhar esse... esse... insidioso disparate!
Vexado, ele nada disse.
— E agora, o que pretendes fazer?
— Tomar qualquer caminho, já que me tornei um fugitivo — rebateu, sem fitar o escudeiro. — Não tenho dúvidas de que Andret irá convencer o rei e novas legiões virão atrás de mim e de Iseult. Tenho convicção de que sabem onde

procurei refúgio. E sei que Andret não vai sossegar enquanto não me arrastar de volta a Cornwall, subjugando-me perante todos os habitantes — ele pressionou o braço lesado. — Não o condeno, creio que todos gostariam de fazer o mesmo. Afinal, qual o triunfo maior para um cavaleiro do que aniquilar com um traidor?

O escudeiro, nervoso, ergueu-se.

— Pretendes ir para onde?

— Não sei, Gorvenal. Seja lá qual for o meu destino, peço-te para não me seguires. Volta a Lionèss e auxilie Rohalt no poder. Vós fostes minha família, amo-vos, mas agora sou um proscrito. Um homem ignóbil. Tu, que conviveste com meu pai, não deves macular tua dignidade ficando ao meu lado.

— Por que não retornas comigo? És senhor de Lionèss.

— Era, Gorvenal. Nesse momento, não mais. Como eu, tens ciência do que perdi.

Ficaram alguns segundos em silêncio.

— Tristan... perguntaste a ti próprio as conseqüências de teu ato?

O moço voltou-se para o escudeiro. Gorvenal leu em seu rosto a expressão do sofrimento; remorso mesclado com o amor. Arrependeu-se de ter feito aquela pergunta, mas em seu íntimo, estava ressentido, sem compreender a vilania daquele que fora seu pupilo. Para Gorvenal, Tristan havia sido irresponsável, egoísta e extremamente desprezível, sem talvez ter dimensão de tudo o que causara.

— Tentei evitar, Gorvenal. Pelos deuses, juro que tentei! Havia decidido partir, assim que a escoltasse até Lancïen. Imprescindível era minha ida de Cornwall, tinha ciência disso — ele escondeu o rosto com as mãos, um gesto desolador. — Não pretendia... — respirou fundo e apoiou os braços nas pernas, tinha os olhos carregados de lágrimas — ...não pretendia desgraçar Marc, que tanto me concedeu. Sempre o amarei, isso é o que mais me castiga. Jamais imaginei tornar-me o traidor que agora sou. Perdi minha honra, a maior de todas as virtudes. Não sou mais digno e nem tenho mais caráter para ocupar minha posição em Lionèss... ou qualquer outra. Restou-me apenas meu amor por Iseult e... creio ser o fator que ainda me mantém vivo.

O escudeiro não indagou mais nada. Embora testemunhasse o sofrimento de seu senhor, não conseguia deixar de recriminá-lo. Contudo, não podia abandoná-lo, talvez por respeito a Rivalin. Decidiu permanecer com Tristan até este se recuperar dos ferimentos, mas prometeu a si próprio não mais suscitar o acontecido. Em verdade, Gorvenal preferiu esquecer o fato. Ou fingir ser possível esquecer.

Tristan, entrementes, jamais iria olvidar-se. Naquela mesma noite, ao término dos cuidados com suas chagas, recordou-se de Bleoberis; recriminara-o tanto! *Eu próprio disse-lhe ter perdido sua honra!*, pensou. Na época, quando Marc finalmente julgou o caso, puniu Bleoberis com a destituição do título de cavaleiro — o mais severo castigo para um homem de armas. Bleoberis acabou deixando

Tintagel. Um reduzido número de guerreiros soube do incidente, embora a falta do então cavaleiro e da partida de Segwarides de Tintagel, durante algum tempo, fosse comentada.

Não havia como ocultar o que havia feito. Traíra o rei. E toda Cornwall. Sua desdita, portanto, era ainda mais grave. E teve certeza de que, assim como Bleoberis, seria destituído do título de cavaleiro.

Durante os primeiros dias, preocuparam-se apenas com a possibilidade de estarem sendo seguidos; Tristan temia um ataque. E temia não poder defender-se. Mas isso não aconteceu. Enquanto recuperava-se — graças aos conhecimentos das ervas medicinais de Iseult —, Gorvenal auxiliava na função de vigia e provia a caça. Tristan ainda não estava apto para tanto. Por vezes, pisava em falso — a perna lesada falhava. A nova vida foi recebida com resignação pela rainha, embora procurasse afastar-se do escudeiro quando este procurava limpar um animal caçado. Nas primeiras vezes, recusou alimentar-se, só o fazendo quando a fome superou a piedade pela criatura morta. A rotina de andarem durante o dia para descansarem apenas ao entardecer, repetiu-se durante cinco dias. Findados estes, Tristan — que melhorara consideravelmente de suas feridas, conquanto ainda sentisse a perna dolorida — insistiu para que Gorvenal partisse. O escudeiro, apesar de rancoroso, se mostrou disposto a permanecer mais alguns dias, mas Tristan não aceitou.

— Tua índole não combina com um agora proscrito, Gorvenal. Eu te suplico, deixa-me. Volta a Lionèss... e... quando narrar meu infortúnio ao meu pai, dize-lhe que lamento. Que implorarei seu perdão até o fim de meus dias.

O escudeiro concordou. Não conversaram muito no último dia em que ficaram juntos e a despedida entre eles, foi triste. Gorvenal — seu antigo amigo e mestre — estava distante, profundamente sério. Assim sendo, apenas comprimiram o antebraço um do outro, sem pronunciarem quaisquer palavras. A verdade era que Tristan sentia-se vexado perante aquele homem de meia idade. Gorvenal apercebeu-se dos sentimentos de seu antigo aluno, mas de que serviria agora novas reprimendas?

O som do mar era constante. O acamado continuava em um sono letárgico. Próximo a ele, Kaherdin o estudava. Jamais iria imaginar que seu querido amigo havia sofrido tanto. E agora entendia o porquê dele tentar dissuadi-lo de sua própria experiência amorosa.

— De que adiantaria recriminá-lo? — Kaherdin questionou, súbito, voltando-se para o escudeiro.

— Em nada, bem sei. Entretanto, não consegui perdoá-lo e na ocasião, estava revoltado com sua atitude. Fui cruel com meu senhor. Hoje posso dizer que ele foi castigado o suficiente, talvez até em demasia. Lamento confessar que contribui e muito, nisso — Gorvenal prendeu sua atenção ao moribundo. — E como o remorso me atormenta! Vim até aqui assim que tive conhecimento do que sucedeu a ele, para desculpar-me. Mas no fim, sei que ele ainda suplica perdão por tudo — o escudeiro levantou-se e imobilizou-se defronte a janela. As ondas morriam e renasciam; vida e morte. Resquícios de uma vida aguardavam ansiosamente... mas o mar estava vazio.

— Talvez, se tu tivesses permanecido com ele...

— Ele não queria, senhor duque. E para ser sincero, devo dizer-te que eu também não guardava qualquer intenção. Que o Deus dos cristãos me perdoe, mas no fundo de minha alma ainda não fui capaz de compreender como ele pôde ter feito... o que fez.

Kaherdin suspirou. Não concordava com o velho homem, ele próprio tivera sua cota de sofrimento pelo amor, assim como seus dolorosos efeitos. Um deles era o atual estado de seu então chefe de governo.

— Falas de sentimentos misteriosos, Gorvenal. Escassos são os afortunados que compartilham os frutos de uma paixão. Não culpes Tristan por isto.

— Eu o culpei, como muitos. Depois arrependi-me — o escudeiro deixou o local de vigília e sentou-se próximo ao acamado.

A história prosseguiu.

O trote macio de Husdent o levou de volta ao abrigo simples que haviam montado. Cabisbaixo, apeou-se e penetrou no local, apenas para ver Iseult acomodada sobre folhas e suas próprias roupas. Ele ajoelhou-se ao lado dela. Depositou suas mãos, trêmulas, no ventre despido. Iseult o envolveu em seus braços, fazendo com que se aproximasse mais. Precisava dele. Senti-lo; uma necessidade veemente — talvez a única forma de amainar, ainda que por breves momentos, o infausto sentimento de culpa que deveria estar remoendo. Seus lábios se tocaram. Ela percebeu a paixão e o desejo intensos nele; entrementes, estavam envolvidos pela dor. Iseult decidiu não proferir nenhuma palavra; ademais, não sentia-se culpada por amá-lo. Simplesmente entregou-se a ele. Entre seus beijos fervorosos, ajudou-o a retirar suas *bracaes*. Vítima daquele ardor, de sua intensa excitação, Tristan ignorou os recentes ferimentos e concretizou o ato de amor.

A despeito de procurar amparo e consolo em Iseult, ele não podia olvidar-se de que era um homem execrado por toda Cornwall, e por isso, era cônscio de que não iriam desistir tão cedo de persegui-lo. Isso o motivava a permanecer escasso período em um mesmo local. Não obstante necessário, este sistema de proteção era extremamente cansativo. Ao menos contavam com Husdent; ao contrário deles — que a cada dia pareciam mais fatigados — o animal dilatava seu vigor.

Dias depois da partida do escudeiro, Tristan — com o organismo ainda enfraquecido — foi vítima de febres acarretadas pela vida agora na floresta. Dessa vez, de nenhuma valia teve as ervas medicinais de Iseult. Com o corpo ardendo, era obrigado a permanecer deitado, mesmo contrariado, pois as forças lhe faltavam. Sendo ele quem provia a caça, a situação agravava-se, posto que Iseult não tinha qualquer aptidão para tirar a vida de animais silvestres. Nessas duras horas em que a fome por vezes suplantava o encanto do amor, Iseult parecia arrepender-se de ter embrenhado-se em Morois. Mas o cavaleiro recusava-se a se entregar. E desafiou sua vida e a sorte, arriscando-se — mesmo febril — nas caçadas.

Morois era uma imensa área verde. Tristan era íntimo em certos pontos da floresta, ali estivera, quando de sua chegada a Britannia. Depois, retornara diversas outras vezes, mesmo assim, havia amplas áreas que lhe eram desconhecidas. A floresta intimidava, ele era ciente disso. Escolhera Morois como seu refúgio por outro motivo: a dificuldade da armada promover grupos de buscas para encontrá-los.

Com efeito, os cavaleiros do rei sequer foram capazes de deparar com vestígios. Por dias consecutivos, várias falanges embrenharam-se nas matas, sem qualquer resultado. Os relatórios eram enviados ao rei por um mensageiro. Este era obrigado a aguardar um bom tempo em Tintagel até ser convocado pelo rei para uma entrevista. Em verdade, Marc receava-se em tomar conhecimento do progresso de seus homens em Morois, mas aliviava-se quando a notícia era a de que os fugitivos não haviam sido localizados. O fato era que o rei não tinha idéia do quê fazer com eles, se fossem capturados e levados perante sua presença. O problema, no entanto, era a ansiedade de seus súditos, que exigiam uma atitude, especialmente contra Tristan. Mesmo sendo pressionado, o rei surpreendeu a todos quando, sete dias após a traição — e o primeiro em que deixava seus aposentos — ordenou a Dinas que trouxesse à sua presença, Conlai e Ywayn. A prisão deles — além do fim nada glorioso de Dywonn — era outro fator que atormentava o monarca. Em uma audiência particular, convenceu-se da inocência de ambos.

— Sire, o mesmo se reflete a Dywonn — Conlai, com o tom submisso, versou.

— Não guardo mais dúvidas com relação a vós — Marc rebateu.

— Se me permitis, dizer-vos, meu senhor... — o cavaleiro, bastante abatido, ergueu seus olhos para o rei. Marc havia dado permissão. — ...não vos esqueçais de que Tristan havia decidido render-se para não colocar em risco a vida dele.

Amargurado, o rei suspirou.

— Não o condeno pela vida de Dywonn, Conlai.

— E, sire... está sendo igualmente doloroso para mim... — Conlai confessou. Decerto, inúmeras eram suas feridas, havia sido seu filho quem acionara a ardilosa armadilha; aliara-se a homens vis e com eles, planejara a aniquilação de seu então comandante. Foi um ato contra o rei, contra Tristan e contra si próprio. — Vós decidistes o que será de meu filho?

Marc permaneceu alguns segundos em silêncio. Jamais voltaria a ser o homem de outrora. Desde o incidente sentia-se tão devastado, que esquecera-se da existência do pérfido garoto. *O espião de Andret*, refletiu. Era por isso que guardara rancor do jovem. Daquela aliança sórdida. Certo que não ousava comentar isso, por razões óbvias.

— Muito sangue já foi derramado, Conlai. Não vou condenar teu filho a nenhuma sentença física. Contudo, não farei dele um cavaleiro de Cornwall.

Conlai, prostrando-se em resposta à decisão do rei, versou:

— Ele não merece, meu senhor.

Marc findou a audiência nomeando Conlai como seu comandante supremo e Ywayn, o segundo homem. Os cavaleiros agradeceram a honra e retiraram-se. E o rei buscou refúgio em seu cômodo. Consternado, sentia ser um rebotalho de homem e não encontrava forças em si para superar a dor. Não mais agia como um monarca, recusando-se a aparecer em público, até mesmo nos salões de Tintagel. Suspendeu jantares, reuniões e demais atos com convidados. Nomeou procuradores para intercederem por si, que deveriam transmitir seus relatórios a Dinas — o único com permissão para visitá-lo, além dos mensageiros provindos de Morois.

Apoiado na varanda de seu quarto, fitando o mar, desolado, recordou-se de como teve de agir diante das exigências de seus súditos com relação ao traidor, já que o próprio não era encontrado. Contentou-os. O nome dele foi amaldiçoado por todos em Cornwall, até mesmo por alguns druídas que condenaram-no aos piores infortúnios. Mas não só. Ordenou que todos os seus pertences fossem destruídos e os cômodos por ele utilizados, deveriam ser ocupados. Escalou Dinas para executar suas ordens, apesar de ter ciência de que o senescal também guardava afeição pelo rapaz. No entanto, como ele não tinha coragem de fazê-lo e como não confiava em ninguém mais, não teve outra opção. Pediu a Dinas discrição. Porém, não imaginava que, dois dias depois, próximo do anoitecer, atravessando o corredor da fortaleza e indo rumo ao seu cômodo, visse o antigo quarto *dele* com a porta aberta. Marc estancou na entrada, vendo Dinas ajuntando os pertences sobre a cama. Um deles, a cota de malha de prata. Ao ver a proteção, o rei penetrou no recinto, assustando Dinas.

— Desculpa-me, sire... não vos vi entrando — o senescal disse.

— Não há o que desculpar, meu amigo — e aproximou-se da cama, apanhando a cota. Evocou da memória o dia em que a dera de presente a ele... Quantas vezes viu-o trajando-a? Contudo, outro objeto atraiu sua atenção. A harpa. E a comoção foi maior. Com o semblante transfigurado, o rei apanhou-a.

— Dize-me, Dinas... — com a harpa nas mãos, fitou o amigo. — Suspeitavas de algo?

O senescal colocou as adagas sobre a cama.

— Juro-vos que jamais suspeitei, sire.

Marc ajeitou uma mecha de cabelo caída sobre seu rosto. Os olhos transmitiam angústia. Suspirando, colocou a harpa ao lado da cota.

— Sire, se quiseres...

— Procede como ordenei, Dinas.

E ele evadiu-se do recinto.

Com os olhos perdidos para o vazio, relembrou de cada detalhe. Das palavras de Dinas, relatando ter sido a ordem cumprida. Que tudo o que pertencia a ele, fora atirado às fornalhas de barro. A harpa foi o último objeto a arder entre as chamas. A mesma harpa que ele levara consigo, quando atravessara o mar e alcançara o Eire.

Entretanto, para Andret não havia sido o suficiente. Mesmo tendo acompanhado o fim — nada glorioso — de Gondoine, pelas mãos do rei, infernizou este último nas raras ocasiões em que ele aparecia nos salões de Tintagel, com a exigência de exonerar o proscrito do título de cavaleiro. Andret contava com o apoio de boa parte da armada e do povo. Como rei, e juiz supremo, Marc não podia deixar de aplicar essa punição, de forma que terminou cassando o título do proscrito.

Foi a vitória final de Andret.

— Não há mais nada contra ele que possa ser feito, sire — Dinas, ciente da decisão do rei, comentou, quando restaram na sala apenas ambos.

— Eles não foram localizados, certo?

Dinas concordou. Ele próprio juntou-se a Conlai nas recentes buscas pelo interior da floresta. Pernoitavam em Morois por dois ou três dias, por fim, retornavam. Marc, pesaroso, ora ressentia pelas buscas resultarem infrutíferas, ora acreditava ser assim melhor. De fato, em seu íntimo, mesmo carregado de mágoas, não tinha certeza se realmente desejava presenciar Tristan ser brutalmente humilhado por homens como Andret e Cariado, a quem era obrigado a suportar em Tintagel, agora pelo fato de terem sido eles a desmascararem o pérfido cavaleiro. As críticas contra Tristan continuaram acérrimas, e com sua leviandade cruzando Cornwall, o repúdio pelo desonrado guerreiro parecia tomar maior vulto. Como, antes da traição, Marc sempre procurava protegê-lo, até a ele as críticas se estenderam.

Foram dias difíceis. Embora o monarca evitasse aparições públicas, tinha ciência de que seu povo, instigado por Andret e outros cavaleiros, ainda exigiam a captura do traidor. Entretanto, ao término de inúteis tentativas, o rei agora contestava; havia outras prioridades a cumprir. Ademais, era dispendioso manter um exército em campanha, especialmente em Morois. Dessa vez sua vontade prevaleceu, seus homens não mais iriam penetrar na floresta. Ele próprio, para surpresa de muitos, proclamou, no pátio de Tintagel, sua decisão. Foi sua primeira aparição pública e enfrentou as críticas com determinação, fazendo uso de sua prerrogativa no poder. Tão austero e rígido apresentou-se, que ninguém — nem mesmo Andret ou Cariado — ousaram instigá-lo.

Ao menos, desse trauma, Marc se considerou livre; não iria presenciar a vergonha pública dos amantes. Quanto às aias, não mais tiveram notícias. O rei tinha certeza de que haviam fugido. *Tanto melhor.* Contudo, todas as noites ao se deitar, recordava de sua bela rainha. Como estaria ela? Iseult, uma princesa, uma rainha, uma criatura tão delicada... estaria suportando uma vida em uma floresta? Duvidava. *Eles devem estar mortos*, raciocinava. E seus olhos lacrimejavam. Amava-a com todo o seu coração; nunca deixaria de amar. Entrementes, a dúvida quanto aos sentimentos da rainha abalaram seu íntimo, talvez Iseult jamais sentira algo por si. Teria Tristan a seduzido... antes de seu casamento? Não, antes de seu casamento, era impossível. Mas... *teria ele a seduzido*? Ou parte da culpa devia também recair em Iseult? Ou sua? Inúmeras vezes não ordenou a Tristan atender as vontades da rainha, quando ele próprio tentava esquivar-se? Estaria ele, nestas ocasiões, desejando-a, mas lutando contra si próprio para evitar a desonra? E Iseult? Por que ela o havia perseguido tanto? Talvez, já o amasse... *Deus! Por que isso teve de acontecer?* Exausto, tentava repousar. Era inútil confabular e prolongar seu sofrimento. Sim, tanto Iseult quanto Tristan, haviam agido insidiosamente; deveria execrá-los, esquecê-los! Era o que a razão lhe ordenava. Mas seus sentimentos clamavam alto, e como lutar contra eles? Não sabia. E era por isso que ainda amava Iseult.

Com o passar dos dias, Tintagel foi recuperando-se do trauma; a notícia de que o rei havia destituído o cavaleiro traidor de seu título, posses, e destruído tudo o que lhe pertencia, fortaleceu a convicção da culpa de Tristan, enquanto Iseult era tida como vítima. Rumores concernentes do rei ter dado por encerradas as expedições e também o seu casamento, eram comentados em todas as ruas, vielas e tavernas de Cornwall. Porém, para Andret, não fazia diferença as punições; seu intuito era encontrar o foragido e submetê-lo ao tratamento que trazia em mente. Assim sendo, juntou-se com Denoalen, Cariado e Gueneleon. Todos se prontificaram a organizar uma armada para tentarem encontrar o traidor.

— Iremos em segredo, Marc não precisa saber — Andret atalhou.

— Creio ser interessante reclamar mais homens. Lembrai-vos de que Tristan luta como um demônio.

— Se tu conseguires, Denoalen, serão bem-vindos. Eu, no entanto, trarei cães. Farejadores. — E Andret mostrou a todos um manto da rainha. — Se nossa desonrada rainha ainda estiver suportando uma vida selvagem, os cães irão encontrá-la. E assim, teremos o traidor. Ou pedaços dele. Os cães são ferozes.

— Como obtiveste isso? — Cariado estava surpreso, mas Andret mudou o teor da conversa.

— Organizeis tudo. Espero partir em breve — respirou, nervoso. — Não sossegarei enquanto não triunfar sobre a humilhação daquele maldito!

— Acreditas ser mesmo necessário, Andret? — Gueneleon indagou. — Ele perdeu tudo, posição, título, armas...

Andret fitou o amigo com fúria em seus olhos.

— Hei de trazer aquele cão acorrentado, sem suas vestes de cavaleiro, já que não é mais um e arrastá-lo por toda a Cornwall! Nem que seja minha última ação, mas irei consumá-la! Portanto, estejais prontos! Partiremos em alguns dias.

— Eu concordo! — Cariado grunhiu — Apesar de ter auxiliado a desmascarar esse verme, não obtive reconhecimento de Marc. Continuo sendo um reles soldado!

— Certo... mas tereis coragem em atacá-lo? Vós deveis avaliar que não somos páreo para ele — Denoalen argumentou.

— Por isso, os cães! — Andret repetiu.

— Teremos apoio de outros guerreiros — completou Cariado, satisfeito.

— Então, que assim seja. Preparai-vos, senhores, para nossa caçada — Denoalen arrematou.

A floresta oferecia diversos esconderijos, Tristan disso se aproveitava, e mesmo não completamente recuperado, tinha certa facilidade em adaptar-se às mais difíceis situações. O problema era Iseult, cujo estado físico não se adequava àquela nova — e árdua — vida. A rainha cansava-se rápido, recusava-se a andar longas distâncias e mesmo cavalgando, não resistia. O cavaleiro não conseguia zangar-se com sua delicadeza, afinal Iseult, nascida princesa, jamais havia experimentado viver em uma... floresta. Vê-la ali, lutando contra o desconforto, contra a fome e tantos outros obstáculos, oprimia seu coração. Talvez também começasse a sentir o remorso de tê-la arrastado atrás de si. Apesar disso, Iseult não se queixava.

Os dias e as noites mesclavam-se em momentos únicos, o casal — até então — sobrevivia às adversidades. Evitavam comentar as circunstâncias que acarretaram a vida em Morois, mas Tristan bem sabia que ali não poderiam ficar para sempre.

— Nem em Tintagel, nem em Lionèss podemos aparecer, Iseult — ele disse, uma noite. — Creio que nossa única chance é tentarmos atravessar o Mar Divisor e atingir a Armórica.

Por alguma razão, Iseult não queria deixar as terras de Cornwall. E, no fundo, Tristan temia ir com ela a algum outro lugar. Demorariam dias, talvez meses, mas a notícia de sua traição iria ser notória, daí em muitos lugares, não seria bem-vindo. Uma convicção que iria fortalecer, quando uma manhã, vasculhando a floresta com Husdent, Tristan notou uma construção simples, de pau-a-pique. Era uma área desconhecida e a moradia atiçou sua curiosidade. Decidiu aproximar-se; ao fazê-lo, avistou um velho homem sentado. Tratava-se de um eremita, metido em um manto pútrido. Sua utilidade em agasalhar era duvidosa.

Uma cabeleira branca e suja caía-lhe pelas costas, mesclando-se com sua barba nas mesmas condições. O velho, percebendo a aproximação, virou o rosto enrugado. Não pareceu alarmado com a inesperada visita.
Tristan freou Husdent próximo ao homem.
— Cumprimentos, bom homem.
O idoso encarou-o, em seguida, prendeu seus olhos nas lebres e no pequeno cervo caçados por Tristan, deitados no lombo de Husdent. Percebendo isso, Tristan apeou-se e ofereceu uma das lebres ao eremita, que não recusou. Após apanhar o animal, o homem o levou para dentro de sua moradia, voltando segundos depois.
— Tens um bom coração, cavaleiro... apesar de teres sido extremamente vil.
Tristan foi vítima de um baque. Como aquele homem sabia sobre si?
— Tens conhecimento sobre... — ele engasgou, sem conseguir completar a frase. Recuou, encostando-se em Husdent.
O eremita voltou a sentar-se no mesmo lugar.
— Há muito que sei. És um bom homem, mas agora carregas uma chaga que jamais cicatrizará — ele fitou o cavaleiro, grave — A mulher que trouxeste e que dizes amar, não te pertence. Não como desejarias.
O moço abaixou seus olhos, pensativo.
— Acreditas ser uma falta amar?
— Não, filho. O amor é a mais poderosa força e saber amar, a mais bela virtude. Mas aquela que te acompanhas, não é apenas uma mulher. É uma rainha, respeitada e adorada pelo seu povo. E unida ao rei, pelos laços sagrados do matrimônio. Ao arrebatá-la, tu rompeste este elo, cometendo o mais desprezível pecado aos olhos do Deus Homem; traíste a confiança que o teu rei depositou em ti, e o mais grave... aviltaste toda Cornwall. Teu amor irá suplantar essa realidade?
Tristan não encontrou palavras em sua resposta.
O tempo te dirá o que fazer, cavaleiro.
— O que disseste, eremita, está certo. Contudo, sinto-me desnorteado... Nem mesmo tenho para aonde ir.
— Não terás, enquanto a rainha estiver ao teu lado — o homem ergueu-se. — Seja como for, terás ciência do que fazer. Por ora, vejo que muito sofreste, não serei eu quem irá infernizar-te mais. Aproxima-te, filho e dividiremos a carne que me deste.
Tristan aceitou. O velho homem era Ogrim, que há muito tempo recolhera-se em Morois para uma vida solitária. Perderam-se em conversas e o cavaleiro suspeitou de que seu anfitrião não fosse apenas um eremita; pressentiu ter Ogrim conhecimentos druídicos. Ele até comentou sua suspeita, ao que o velho homem rebateu, com um leve sorriso:
— Houve uma época em minha vida em que tive contato com sacerdotes.
O rapaz, cortando um pedaço da carne assada, levantou seus olhos.
— Um druida tentou, de uma forma nada sutil, prevenir-me. Porém, eu...

— Não acreditaste — Ogrim suscitou.
— Exatamente.
Ogrim deu de ombros.
— Nem sempre as pessoas estão preparadas para terem acesso às suas ações futuras. Não te recrimino por isso, filho.
— Mas consegues dizer-me o que irá acontecer comigo? Com Iseult?
O idoso deglutiu mais um pedaço de carne.
— Raros são meus vaticínios, desde que optei seguir o Deus dos cristãos, filho. Contudo, tu trilhaste o rumo mais árduo, cujo fim mostra-se distante.
— Devo entender isso como... estar livre da vingança do rei?
— Teu rei não deseja vingar-se. Pode parecer estranho, mas o elo que te une a ele, ainda não foi rompido.
Tristan suspirou.
— Tuas predições não elucidam meu destino; tampouco apaziguam meus temores.
Ogrim riu.
— Filho, tudo o que posso te dizer é que irás expiar pelo teu grave pecado. E, necessariamente, atravessarás este terreno sozinho — Ogrim encarou-o. — Sem Iseult. Perceberás quando este momento chegar e saberás como agir.
Cabisbaixo, Tristan afastou o prato com o pedaço de carne. Perdera a vontade de alimentar-se.
— Então, este é apenas o começo de meu infortúnio — rezingou, erguendo-se.
— Que seja.
O ancião também se levantou, impedindo-o de sair do abrigo.
— O Deus dos cristãos é misericordioso com homens que, apesar de cometerem sérias faltas, demonstram arrependimento e remorso pelos seus atos iníquos. E capaz de perdoar.
Tristan entreolhou-o.
— Teu Deus jamais será misericordioso comigo, Ogrim. Porque não consigo renunciar a Iseult.
— Espiritualmente, filho, jamais precisarás renunciar — o ancião sorriu uma vez mais. — Em breve, irás compreender.
Ele nada mais disse. Talvez, sentisse rancor pela forma como os druidas agiam — falavam, falavam... e não diziam o que realmente importava. Contudo, apreciou a companhia do eremita, tanto que retornou outras vezes levando parte da caça e cedendo-lhe. Ogrim agradecia e fazia questão de compartilhar a refeição. Embora o rapaz recusasse, acabava sendo persuadido; ademais, o ancião dizia-lhe alimentar-se do mínimo necessário, apenas para sobreviver.
— É o alimento espiritual que me importa, meu filho.
Por vezes, o moço não acompanhava os ensinamentos da religião do Deus homem, pregada pelo ancião, mas acostumou-se com sua presença. Embora Ogrim

não ocultasse seu repúdio pelos erros do desonerado cavaleiro, insistia em dizer-lhe haver esperança — ao que Tristan refutava.
— Haverá esperança, e a remissão, filho, se teu coração almejar.
— Para ser sincero, Ogrim, nem sei mais o que almejo.
— Sei que a amas, filho... E entendo tua dor.
Ele levantou seus olhos para o ancião.
— Contudo, é o próprio amor que te divide — Ogrim arrematou.
Marc, ele pensou. Consternado, ergueu-se.
— Preciso ir, Ogrim.
O eremita segurou-o pelo braço.
— Filho, acautela-te. Há um mar de vingança sedento pelo teu sangue. E digo-te que está próximo.
Ele agradeceu e se foi.

Dias depois, numa madrugada, repousando ao lado da fatigada rainha, ele despertou ouvindo — à distância — latidos. Cães! Voltou-se para Iseult, cujo sono pesado era efeito de sua exaustão. Imediatamente apagou a pequena fogueira e levantou-se, prendendo a espada em sua cintura e vestindo a roupa de couro. Apesar de rasgada, forneceria alguma proteção. Apanhou os restos da caça do jantar e os levou consigo. Os latidos de cães prosseguiam, ainda distantes. Não estavam caçando cervos, ele sabia. Lutar naquela escuridão seria complicado, mas se era assim que eles queriam, assim iria fazer. Preocupado com Iseult, ele puxou seu manto — onde ela dormia — em direção à densa vegetação, ocultando-a. Cansada como estava, ela não iria acordar. Fez o mesmo com Husdent, prendendo-o atrás de algumas árvores. Em seguida, afastou-se, indo em direção aos latidos; agora vibravam próximos.
A única vantagem era a de que conhecia o caminho melhor do que o inimigo, porém, eles tinham os cães. Desagradável ser vítima deles. Mas não deteve seu pensamento nessa possibilidade, continuou avançando até testemunhar os sons — tanto o de cães, quanto de homens — avizinhando-se cada vez mais. Tinha a forte impressão de que eles estavam vindo em sua direção; ótimo! Era o que pretendia. Desfez-se da carne que trazia como isca e continuou avançando, ocultando-se atrás das árvores; era essencial para sua investida súbita. Segundos depois, três cachorros brigavam entre si pelo alimento fresco. Atrás deles, o contorno de duas figuras pôde ser notado, Tristan não esperou para tentar reconhecê-los, deixou seu esconderijo e atacou. Como sempre, sua ofensiva foi tão repentina e violenta, que com limitados golpes, feriu mortalmente um e roubou a vida do outro. Embora agisse rápido, não pôde evitar os gritos. Deixou escapar aquele que ferira de morte e voltou a esconder-se, pois percebeu os cães próximos. *A carne deve ter acabado*, refletiu. Correu em direção a um riacho, cruzando-o para tentar despistar os animais. E por entre as árvores, viu a luminosidade de tochas. Tratava-se de um grupo de, no mínimo, dez pessoas.

— Andret! Andret! — alguém bradou, a voz carregada de aflição e medo.
Tristan andou mais alguns passos em direção ao grupo e ficou à espreita. Era Andret seu agressor? Ora, aquele homem pouco dado à arte da guerra teria se submetido a uma floresta, com o intuito de encontrá-lo? Estava incerto quanto ao destino de Andret, não sabia se o havia ferido ou matado.

O grupo dividiu-se. Alguns foram procurar por Andret enquanto os demais ali permaneceram. Escondido, Tristan sentiu a vingança consumindo seu ser. Lembrou-se do dia em que, ajoelhado junto ao corpo de Marjodoc, implorou para Marc dar fim àquela desonra, mas devido à intromissão de Andret, sua rendição nem ao menos foi avaliada pelo rei. E devido a Gondoine, presenciou a odiosa morte de Dwyonn. Certo que o rei o vingara. Ainda assim, execrava aqueles desgraçados que o caçavam! Esse pensamento o fez erguer-se e sem preocupar-se em esconder-se, andou, afastando os galhos da mata selvagem em direção aos homens que ali estavam.

— Acautelai-vos! — um soldado gritou, apontando com sua espada a figura sinistra que ousava se aproximar do grupo. A princípio, não reconheceram aquele vulto, iluminado debilmente pela luz das tochas; mais lembrava um espectro, devido as vestes escuras, dos cabelos compridos, soltos e do rosto, coberto por uma barba. Todavia, o que mais atraiu a atenção de todos, foi a lâmina nua, refletindo o brilho das chamas.

Em um grito carregado de ódio, Tristan atacou. Avançou em direção ao grupo de homens, executando golpes mortíferos; ágil, inclinava seu corpo, desviando das armas inimigas. Embora a luta se desenrolasse à luz de tochas, utilizou-se dos demais sentidos, ainda mais apurados pela sua atual circunstância. Conseguindo derrotar o primeiro, Tristan apoderou-se de sua tocha e fez dela uma outra arma e escudo. Aniquilou outros dois, volteou-se e deparou-se com um quarto homem utilizando-se da mesma técnica: atacava com outra tocha, querendo atingir seu rosto. Tristan recuou e com sua espada, arrancou o instrumento do algoz, imprimindo contra ele, o fogo. O infeliz, com o corpo em chamas, correu aos brados, em desespero.

— Chamai os cães! Os cães! — em desespero, outro homem clamou, constatando ser impossível vencer aquela criatura.

A confusão atraiu os homens que se tinham apartado, o pânico fez com que clamassem pelos animais. Incerto de quantos ainda restavam e temendo os cães, Tristan fugiu. Todavia, sua investida causou considerável estrago no grupo; os cães atenderam ao apelo, mas o homem que os controlava recusou-se a permanecer. Evadiu-se, levando os animais consigo. Sem o apoio dos cães, os sobreviventes acovardaram-se. E debandaram.

Ele não se havia afastado muito do local da emboscada, assim, testemunhou a desenfreada retirada dos caçadores. Em verdade, acompanhou as tochas restantes — carregadas pelos homens — distanciando-se. Ele até acharia graça da irracional fuga daquele bando de tolos, mas há muito, deixara de sorrir. Embainhou sua arma e retornou próximo ao local onde os atacara, permanecendo ali até o céu clarear. Quando o breu noturno foi dando vazão ao alvorecer, levantou-se e aproximou-se do centro da luta. Cinco corpos jaziam ali; entre eles Tristan reconheceu Gueneleon. Queria aproveitar-se do armamento e das cotas de malha de um daqueles homens, no entanto a única que daria para esse fim, era a de Gueneleon, embora o morto fosse mais baixo e pesado do que Tristan. Ao menos, tiraria proveito do manto e das armas, principalmente das adagas — algo que precisava desesperadamente. Abriu um dos mantos e colocou o que iria carregar dentro deste, como se fosse uma bolsa. Necessário apressar-se, devido à aproximação dos carniceiros. Diversos corvos e gralhas estavam a postos nos galhos, outros, impacientes, pairavam sobre os mortos. Era o momento de ir e com as armas, foi em direção onde a primeira luta sucedera. Atravessou o riacho e alcançou o local; mais dois corpos ali jaziam, um deles, Andret. O homem que tanto o infernizara, estava agora morto, o abdome rompido, coberto de insetos. Não havia imaginado ser ele, quando de seu assalto. Dele também apanhou o manto, gibão e as armas, abandonando a cota estraçalhada. A alguns passos dali, outro corpo; o homem mortalmente ferido por sua espada. Um soldado que não conhecia. Mesmo assim, ficou penalizado pelo rapaz, talvez nem estivesse ali por vontade própria. Fosse como fosse, estavam mortos. O melhor a fazer era retornar a Iseult.

O pequeno acampamento estava intacto. Husdent pastava tranqüilamente e tesou as orelhas quando percebeu seu dono vindo. Coberta pela vegetação, Iseult ainda repousava. Delicadamente, ajoelhou-se ao lado dela, afastando os longos cachos dourados. Acariciou sua face, até o instante dela abrir os olhos.

— Meu amor, devemos partir — ele disse, em suave tom.
— Nesse instante? — ela semicerrou as pálpebras. — Mas deve ser tão cedo...
— Sei de teu cansaço, Iseult. Mas acabei de enfrentar homens que estavam atrás de nós. Seria um erro permanecermos aqui.
— Tens razão — ela suspirou. — Devemos partir.

Ele a ajudou levantar-se e a cobriu com seu manto. Estava frio, o Sol não havia aparecido. Foi buscar Husdent, na sela prendeu o manto com os objetos que apanhara e ajudou Iseult a montar. Em seguida, partiram. Ele andava, puxando o animal pelas rédeas, pensando em como Tintagel iria reagir à morte de Andret.

Dois dias depois, quando lhe traziam o desjejum, Marc recebeu a notícia. "Andret e Gueneleon, vossos fiéis vassalos e cavaleiros, estão mortos. Eles, Cariado e outros cavaleiros queriam agradar-vos, sire, capturando o traidor." — Dinas lhe notificou. Mas Marc reagiu com frieza. A verdade era que estava cansado do comportamento de Andret, talvez tudo teria acontecido diferente se ele ali não estivesse...! Marc levantou-se e andou até a varanda de seu cômodo. *Não era de graça a raiva dele*, avaliou. Afinal, Andret — para seu desgosto — também era seu sobrinho, embora fizesse questão de esquecer o fato. Andret, primo de Tristan. Nunca havia comentado o fato para Tristan e não sabia porque Andret também não o tinha feito. Talvez este recusasse aquele parentesco... duvidando da verdadeira origem de Tristan. E talvez por isso mesmo, sentia-se mais no direito de ser herdeiro do que ele. Mas Marc sempre recusara aquela sucessão, daí o egoísmo e ódio de seu sobrinho mais velho. Se ele não tinha direito, Tristan também não deveria ter. Andret era orgulhoso, desprezível e arrogante. Sua prepotência era irritante. Ademais, era dono de uma natureza frívola e medíocre. Agora ele estava morto, possivelmente, pelas mãos de seu primo. Triste ironia... Perguntou-se se algum dia, seria possível Tristan tomar conhecimento disso.

Marc continuou agindo friamente quando os cavaleiros e nobres conhecidos de Andret — Cariado entre eles, um dos sobreviventes — motivados pela sua morte, exigiram uma forte armada atrás do assassino. Mas o rei estava farto. Não suportava mais aquele assunto, por que não esqueciam de tudo? Havia outros interesses, outros problemas a discutir. E não mais deu atenção aos pedidos de vingança.

Nesses dois dias, os fugitivos procuraram afastar-se tanto quanto podiam do local da cilada. Pararam para descansar apenas na manhã do terceiro dia e Tristan convenceu-se de que não estavam sendo seguidos. Ajudou Iseult a apear-se e enquanto ela descansava, foi buscar água e tentar caçar algo. Mais experiente, não demorou e voltou com uma corça; ao menos, iriam saciar a fome. Refeitos pelo alimento, decidiram continuar caminhando, até encontrarem um novo local adequado para se estabelecerem. Depararam-se com uma agradável clareira e Tristan animou-se a construir um abrigo.Tinha consciência de que Iseut restava mais conformada tendo um local protegido das intempéries e dos animais para repousar. No mesmo dia, começou a erguer uma cabana. Utilizava as espadas dos cavaleiros mortos para cortar árvores; a prenda daquelas armas foi bem-vinda. A despeito de ser uma tarefa árdua, em três dias ele a finalizou. Mas a um custo alto — novamente foi derrubado pela febre. Estava exigindo demais de si. De fato, abstinha de alimentar-se quando caçava pequenos animais, preferindo prover o sustento de Iseult; insistiu em findar incontinênti a construção do abrigo com receio dos temporais, para tanto, era necessário arrumar madeira... Apesar de ter mais de uma espada, tinha de procurar troncos cujo fio a lâmina fosse capaz de partir. Era obstinado — uma de suas características. Não descansou enquanto o abrigo não estivesse pronto. Todo seu esforço descomedido resultou naquela febre. O fato era que seu físico ainda estava debilitado.

Alojados, deitados em uma cama de relva e folhas, enquanto Iseult pacientemente o refrescava com uma tira úmida de sua antiga vestimenta — agora completamente rasgada — esfregando em sua fronte, ele comentou, desanimado:

— Não creio sermos ainda motivo de preocupação para o rei. Perdi a conta dos dias que se passaram, mas tenho convicção de que aqueles homens estavam agindo por motivações particulares. Marc deve nos ter olvidado, tenho certeza.

— Por que sempre recordas dele?

Ele suspirou. Seu estado já não era tão crítico.

— Não sei... — fitou-a, a mágoa em seus olhos — ou melhor, sei. Agi traiçoeiramente contra ele, fui pérfido, vil... e disso muito me envergonho. Meu amor por ti é mais forte Iseult, mas me é impossível esquecer a afeição que sentia por Marc.

Iseult o encarou sem nada dizer. Sentindo-se algo melhor, sentou-se. Respirou pesadamente e voltou a falar.

— Um dos homens que matei, foi Andret — ele abaixou seus olhos. — Não imaginava tratar-se dele. Entendes agora por que disse que agiam por interesses próprios? Andret almejava humilhar-me perante toda Cornwall.

— Tiveste tua vingança.

— Sim, eu sei. Mas isso apenas acrescentará mais ódio àqueles que querem meu fim. Cariado, por exemplo... Uma pena ele não ter tido o mesmo destino. Entretanto, a morte de Andret me faz avaliar a possibilidade de termos mais guerreiros em nosso encalço. Homens procurando vingança — ele deitou-se novamente e Iseult acomodou-se em seus braços.

— Acreditas que Marc iria permitir isso? Disseste agora mesmo tuas conjecturas dele ter-se esquecido de nós.

— Não sei, Iseult. Mas sei que é muito fácil ir do amor ao ódio. Marc pode ter desistido de nos caçar, mas confesso recear de sua execração por mim.

Iseult nada disse. Ergueu-se e voltou a refrescá-lo, ao passo que o momento crucial em que Marc poupou a vida de Tristan por sua causa, invadiu-lhe a memória.

— Não concebias ser tão árdua nossa felicidade, não é? — ele questionou, segurando as mãos dela, mas a única resposta que obteve, foi a dos ardentes beijos. Iseult acomodou-se ao seu lado, deitou sua cabeça por sobre o tórax do amante, ali pousando seus lábios. Ele a abraçou meigamente, acariciava seu rosto e constatava que aquela Iseult em nada lembrava a mulher que o tratara com tanta rudez. Amaram-se intensa e ardorosamente — a unificação dos elementos, a transformação em um único corpo. *Beltaine!* A cada vez que jungiam-se, fortalecia a necessidade de um pelo outro. Entre beijos, ele confessou seus sentimentos. Iseult, sentindo-o fazer parte de si, apenas abraçou-o, roçando seus lábios em seu rosto, coberto por uma barba espessa. Quando apartaram-se, Iseult aninhou-se ao seu lado, acariciando-o e brincando com a corrente dourada. Sorrindo, aconchegou-se, pousando a cabeça no ombro dele, adormecendo momentos depois. Tristan, ao contrário — talvez devido seu estado ainda febril ou porque simplesmente não conseguisse dormir —, permaneceu deitado, contemplando sua amada em seus braços, embalada no sono. As preocupações eram inúmeras; a situação de ambos era desoladora. Não tinham coragem de ir a outro lugar, entretanto, que espécie de vida teriam, confinados em uma floresta? Havia um sério agravante... findada a luta contra Andret, apesar de mostrar superioridade, sentiu seu físico enfraquecido. Desde que iniciaram a vida em Morois, sua resistência não era a mesma, havia sido derrubado mais de uma vez pelas fortes febres. Temia adoecer e não recuperar-se mais. Como ficaria Iseult? Se por infortúnio do destino, viesse a enfermar de tal modo sendo impossibilitado de protegê-la?

Deitado, detinha seus olhos nela. A beleza ainda reluzia em seu rosto a despeito da vida que agora levavam, mas ele testemunhara — com o passar dos dias — sua chama de vivacidade dirimir-se. Iseult, que despertara, notou a forma como era observada; sorriu ligeiramente e deixou o abrigo em busca de água. Sozinho, utilizou uma das adagas para enfim, livrar-se da barba. Durante a operação, recordou-se de Marc... e Dinas. Era curioso, pois em seu íntimo preocupava-se com ambos, como eles estariam? A lembrança da face de Marc, quando foram surpreendidos, jamais o abandonou.

Fiz algo para merecer isso de vós?

Aquela frase repercutiu — e repercutia — em cada fibra de seu ser como navalhas encravadas na carne. Recordava-se dela — e da expressão nos olhos do rei, por isso tinha consciência de não haver remissão para seu ato, apesar dos ensinamentos de Ogrim e de ele insistir na existência do Deus do perdão. E... se viesse a morrer... será que Marc aceitaria Iseult de volta? Nem ele próprio sabia porque pensava dessa maneira; o que ela diria se tivesse consciência dessas reflexões? Voltar para Marc! Iseult, com toda a certeza, iria repudiar a idéia. No entanto, para Tristan — a cada dia vivido em Morois — não era uma hipótese remota. Especialmente porque estavam lidando com a mais poderosa de todas as forças... a Natureza.

Para poderem sobreviver ao inverno, Tristan foi obrigado a caçar lobos, só assim conseguiram agasalharem-se. Com muito esforço e munido de lanças feitas a partir de troncos, ele conseguiu abater dois. Ao menos, teriam vestimenta, porém, o frio rigoroso teve outros reflexos, como a fome, que torturou-os durante vários dias, dias esses em que a caça se tornava rara... e muitas vezes perigosa, já que Tristan não era o único ser vivo a procurar alimento pela floresta parcialmente coberta de neve. Como se não bastasse, ainda tinha que proteger Husdent — se não quisesse perdê-lo — pois o garanhão era uma presa fácil para uma alcatéia.

Durante dois longos anos, eles sobreviveram naquelas circunstâncias; durante todo esse tempo, Tristan fez tudo o que estava ao seu alcance para confortar Iseult. Tentava não formar conjecturas de situações perigosas com receio de alarmá-la. Porém, um incidente iria abalar sua confiança e credibilidade de ali continuarem a viver. Aconteceu no início do terceiro inverno; tendo conhecimento das tormentas — às vezes, com fortes nevascas — ele decidiu antecipar sua investida contra os lobos. Apesar de extremamente perigoso, considerava-se mais experiente. Rastreando um grupo há dias, freou Husdent. Ao longe, quatro lobos farejavam o solo, talvez também estivessem caçando. Ele apeou-se e com cautela, avizinhando-se; estava próximo o suficiente para arremessar sua lança, contudo, Husdent assustou-se com algo — algo que Tristan não reparou. Ao relinchar e empinar, terminou amedrontando os lobos, mas isso não foi o pior. Porque na direção de Tristan, um javali avançou; era a presa caçada pelos lobos e o que havia inquietado Husdent. Por ser uma presa, o animal estava extremamente nervoso e exasperado.

Ao notar a criatura vindo em sua direção, ele tentou fugir, mas o javali, com incrível rapidez, investiu. Com o impacto, Tristan foi lançado contra o solo, perdendo suas lanças. Caído, viu o javali — enraivecido — aproximando-se. Antes que pudesse erguer-se, foi novamente atacado. O animal cravou suas poderosas presas no abdome do moço, a cota de malha o protegeu ligeiramente, contudo, gasta, cedeu. Irado, o imenso animal comprimiu ainda mais suas mandíbulas. Tristan, agoniado, sentindo a pressão dos dentes em seu corpo e o hálito quente da fera, tentou reagir, mas tinha sobre si um peso três vezes superior ao seu. O javali era enorme. Entretanto, repentinamente, o animal afrouxou as mandíbulas e grunhindo, recuou, as orelhas tesas. Rosnou, farejou o ar, para então, debandar-se.

Tristan, com dificuldade, ergueu-se. Precisava sair dali o quanto antes — o javali havia fugido devido a alcatéia. Os lobos estavam pelos arredores, sendo possível ouvi-los. Alcançou Husdent e conseguindo, a muito custo, acalmá-lo, montou-o — depois de quatro tentativas frustradas. Árduo era movimentar-se. Cavalgando, protegia com sua mão esquerda o local lesado, amaldiçoando a si próprio. A cota de malha — que não era das melhores — havia sido estraçalhada. Poderia ter sido pior se estivesse sem ela, mas o consolo em nada pacificava seu íntimo, diante de sua situação. Era um guerreiro, não um caçador. Conhecia a arte de montear, mas havia uma considerável diferença entre lobos, javalis e cervos.

Num determinado lugar, sofreou Husdent. Suspirou pesadamente e desanimado, resolveu retornar ao abrigo. Em si, diversos dilemas bloqueavam sua razão, mas ao fitar seu corpo novamente ferido, compreendeu os limites. Havia atingido seu limite.

Estava próximo ao abrigo e à distância, a viu. Assim como ele, Iseult passara por uma transformação; ambos estavam em ruínas do que eram quando se conheceram, embora ele nada comentasse a esse respeito. Iseult, por sua vez, pacientemente o auxiliou com o curativo — já havia se acostumado a tratar das constantes agressões que ele sofria.

— Iseult... — ele suspirou, deitado na cama de relvas — ...devo confessar, estou exausto. Não apenas pela nossa sobrevivência, mas sinto-me esgotado de acusar-me de ter roubado-te a vida que tinhas. Afora o remorso que ainda me atormenta, pela minha aleivosia contra Marc.

— E a vida que tinhas, nada significa?

— O que me importa? Minha vida só ganhou significado quando nela tu entraste, porém... tenho vivido com o pensamento de que para sempre, nós teremos essa mesma sina, dia após dia. Não posso levar-te a qualquer outro lugar, pois não serei bem-vindo. Não tenho dúvidas de que minha traição ao rei e à Cornwall atravessou fronteiras; infamada para sempre estará minha reputação. Meu amor por ti supera essas desventuras, mas é incapaz de abrandar o sofrimento a que estamos acometidos, enquanto aqui permanecermos. Não, amada, apesar de nosso amor, tua vida era mais digna sendo rainha de Cornwall.

Iseult acomodou-se, dobrando as pernas.

— Mencionas a possibilidade de eu retornar? — ela estava pálida.

— Penso mais em ti do que em mim. Por mais que eu tente, não posso dar-te a vida de conforto que mereces, pelo menos, não aqui em Morois — ele sentou-se, estava realmente cansado. — Preocupo-me... — ele cobriu o tosco curativo com sua mão — ...com teu futuro, Iseult. Acreditas que terei como matar algum animal, agora?

Era verdade. As presas da fera rasgaram a carne, apesar da cota de malha. Ela própria havia passado o ungüento nas chagas, que ainda sangravam. No inverno anterior, havia sido atacado por um urso, mas havia conseguido fugir sem injúrias graves. Daquela vez, porém, não teve a mesma sorte. Impossível culpá-lo pela veracidade de suas palavras... nem da realidade que atravessavam. E não havia mais como esconder ou camuflar os fatos de si mesma; ele não era o único que estava farto de suas precárias condições. Ela também estava.

— Mas... — ela estava apreensiva — ...como planejas fazer?

— Queres também retornar, não?

Demorou alguns minutos, mas finalmente Iseult respondeu.

— Sim.

Apesar dele já esperar aquela resposta, não pôde deixar de sentir-se entristecido. Por ela, havia feito tudo, perdera tudo... Apenas para constatar que o sonho de ambos era inviável. De certa forma ele sabia que, uma vez Iseult retornando à sua antiga posição, jamais a veria novamente. Mas como impedir? Ela era uma rainha e a despeito das privações a que se submetera, Iseult estava perdendo o que lhe era mais precioso... A chama de sua existência. Não havia como mais suportar àquela degradante vida.

Recuperado pela decisão — e mais ainda por dela ter participado — Tristan comentou que no dia seguinte, iria até Ogrim. A ele, iria pedir o favor de convocar Dinas... e com este iria conversar a respeito da possibilidade da rainha voltar, nem que para isso, tivesse que entregar-se ao rei. Uma vez tendo assim decidido, deitaram-se. Estavam em silêncio. Tristan mal conseguia repousar devido à ardência em seu abdome; pior era a sensação de perda que apossara de si. Seu íntimo oprimia-se, angustiava-se de forma jamais sentida antes. Pela segunda vez iria entregar a mulher amada, com a diferença de que, agora, seria como um derrotado. Ainda que aquela profunda dor rasgasse sua alma, haviam deliberado. Desnecessário retomar o assunto. Permaneceu deitado, desperto. Sua mente retrocedeu a quando a viu pela primeira vez... e das imagens oníricas que sempre o acompanharam. Amava-a tanto, que às vezes, assustava-se. O pensamento de perdê-la, fazia com que parte de si definhasse.

Um desespero sufocante tomou conta de si. Quase em pânico, voltou-se para Iseult, tentando distingui-la por entre o breu. Suas mãos tocaram nas costas dela; era possível sentir seus ossos. Assim como ele, Iseult estava magra e abatida. Constatou que ela também estava desperta. Abraçaram-se. Ele acariciou seu rosto, deixou suas mãos escorregarem novamente por seu corpo. Sentiu-a próximo de si, a tinha em seus braços... Os lábios se encontraram, mas perdiam-se entre o ardor e as lágrimas.

— Iseult... — sussurrou-lhe — ...jamais serei o mesmo sem ti.

E amaram-se em meio a dor, as lágrimas e ao sangue da ferida — o preço pelo contato de seus corpos. Porém, para Tristan, aquela chaga era insignificante se comparada à angústia que pressentia em seus dias futuros.

Ainda estavam abraçados, de mãos dadas, quando a alvorada os iluminou. Entreolharam-se. Rastros de lágrimas persistiam em ambos os rostos. O Sol anunciava o fim de um sonho impossível. Ele — ignorando o mal-estar causado pelo ferimento — nada disse, apenas levantou-se, vestiu-se, apanhou sua espada e deixou o abrigo. Cada movimento seu foi acompanhado por Iseult, que ali permaneceu, acompanhando-o selar Husdent; o trotar do cavalo e seu relincho, foram os próximos sons. E com pesar, ela comprimiu as pálpebras, derramando mais lágrimas, quando os passos de Husdent distanciaram-se.

Cavalgou por entre a mata até o primeiro abrigo que montara; era por ali que Ogrim vivia. Lembrou-se do primeiro encontro com o ancião e de suas palavras. Do Deus misericordioso, capaz de conceder a remissão. Estaria tentando ser perdoado? Não, não estava. Havia sido vencido, era por isso que ia procurar o rei. Se Marc fosse capaz de perdoar, que perdoasse Iseult.

Ao longe, vislumbrou a casa de pau-a-pique. E Ogrim sentado, encostado contra a simplória construção. Como da primeira vez. O eremita acompanhou Tristan freando sua montaria e sorriu-lhe com ternura.

— És bem-vindo, meu filho. Senti tua falta.

Ele deixou escorregar sua mão até o local da ferida; a dor o incomodava.
— Não vim trazer-te alimento, Ogrim.
— Eu sei. O tempo mostrou-te o caminho a tomar.
— Como te disse antes, eu não tenho nenhum rumo a seguir. Nunca tive, desde minha traição ao rei, como tu me alertaste. Vim pedir-te para intercederes por mim, Ogrim.
— Queres conciliar-te com teu rei?
Tristan ajeitou-se na sela.
— Não acredito haver conciliação, meu amigo. Meu receio de ir eu próprio, é de me matarem antes de implorar clemência para Iseult. Estou disposto a tudo pela segurança dela, nem se tiver de morrer por isso — ele suspirou. — Era o que eu pretendia, três verões atrás.
Ogrim levantou-se.
— Mesmo na infâmia, sabes ressuscitar resquícios de honra. Volta ao teu abrigo, filho, e trata do ferimento que recebeste. Gostaria de ajudar-te, mas há muito me afastei dos segredos da cura. Devo partir imediatamente para uma audiência com o rei.
—Tenta falar primeiro com Dinas, de Lindan. É um homem piedoso e terá compaixão da rainha.
O eremita assentiu.
— Sabes onde nosso abrigo está?
— Há muita coisa que sei, filho.
Despediram-se e Tristan instigou Husdent.

Dois dias depois, Dinas foi informado de um maltrapilho que o procurava. O senescal, acostumado a dar atenção a qualquer pessoa, dirigiu-se até o pátio de Tintagel, onde o homem aguardava, acompanhado por dois guardas. A um comando seu, os cavaleiros retiraram-se e Dinas aproximou-se do velho, apiedando-se dele.
— Tua aparência é de fadiga, senhor. Não queres restabelecer tuas forças antes de motivar tua vinda a Tintagel?
— Serei grato se me ofereceres um pouco de água e me permitires sentar. Há tempo não caminhava tanto!
O senescal conduziu o maltrapilho até os cômodos dos cavaleiros, mais próximo do que o salão da fortaleza. Ali, em um dos recintos, deixou o velho homem acomodar-se, ofertando-lhe água e alimento. Dinas sentou-se, acompanhando o ancião saciar a sede.
— Se desejares descansar antes de expor teus motivos, bom homem, posso retornar depois.
Ogrim recusou.

— Preciso de tua atenção agora, senhor.
— Muito bem... Que seja, então. Dize-me o que te afliges, senhor.
— Vim interceder por um homem arruinado pelo remorso e pela culpa.
O senescal arregalou os olhos.
— O quê...? — surpreendeu-se.
— Peço tua calma, senhor. Três verões se foram, mas Deus quis preservar a vida da rainha de Cornwall e do cavaleiro.
— Eles estão vivos?
— Estão, embora muito tenham sofrido.
O senescal levantou-se, agitado.
— Todo esse tempo... pensei estarem eles mortos!
— Talvez, senhor, parte deles realmente tenha perecido. Mas o restante poderá sobreviver, se o rei for capaz de remitir a rainha e aceitá-la de volta. Este é o motivo de minha vinda.
— Tristan não pede remissão também para si?
— Ele entende a gravidade de seu ato, senhor. Por isso, importa-se apenas com tua senhora. Deu-me sua palavra de que está pronto para sofrer qualquer punição, desde que nenhum mal atinja a rainha. Confessou-me ser o que pretendia fazer, quando da traição.

Dinas não pôde deixar de sentir pesar por Tristan. Por ele sempre nutriu afeto e lastimou muito sua desdita. Contudo, a notícia trazida pelo eremita era inusitada, principalmente porque o rei preferia tê-los como mortos. Como ele iria receber a verdade?

O senescal ergueu-se, servindo o velho eremita com mais água e pedaços de bolo de mel.

— Peço-te aguardares meu retorno, bom homem. Irei ter com o rei — com passos apressados, Dinas atravessou o pátio e invadiu o salão à procura de Marc. Foi informado de que o rei estava na sala menor de audiências. Para lá dirigiu-se e interrompeu a sessão. Estava nervoso e agitado, tanto que o próprio Marc estranhou seu comportamento. Mesmo assim, requisitou privacidade aos membros de seu conselho.

Tão logo a porta encerrou-se atrás de Dinas, e a sós, o monarca questionou sua atitude.

— Sire, trata-se de uma questão delicada.

E Marc ficou a par de duas pessoas que acreditava estarem mortas, implorar sua clemência e compaixão. Ouviu a possibilidade de ter Iseult de volta ao seu lado, se assim desejasse; da mesma forma, dar vazão a sua vingança, pois seu desdourado sobrinho finalmente render-se-ia.

— Um eremita, que aqui se encontra, deu-me a notícia, sire.

Marc ergueu-se de sua cadeira e andou pela sala. Uma alvura apossou de seu semblante, cujos traços haviam sofrido certa transformação. Marc envelhecera naquele espaço de tempo e agora aparentava a idade que realmente tinha. Cascatas de cabelos prateados mesclavam-se ao castanho, a tonalidade alva também atingiu sua barba. As linhas de expressão, salientes, eram prova de que o monarca sofrera, contudo, jamais expressou seus sentimentos. Abatido, apoiou-se no encosto de uma das cadeiras onde um dos membros de seu conselho acomodara-se e pesou a atitude a tomar. Nem ele próprio tinha certeza do que queria. Pensou em Iseult com adoração, mas lembrou-se de como ela lhe era álgida. E como iria defrontar seus súditos? Afinal, ele próprio havia pronunciado o fim de seu casamento. Em verdade, obrigava-se acreditar na morte de ambos. Ao menos, era esse o seu comportamento perante todos, no entanto, em seu íntimo — despido da couraça e imposturas — sempre restou uma ínfima chama de esperança pela vida deles.

— Dinas, aconselha-me. O que devo fazer? — perguntou, de costas para o senescal, o semblante contraído.

Dinas havia refletido na possibilidade de ser questionado. Marc estava inseguro, receoso, impotente diante de uma decisão. Conhecia aquele homem; apesar de presenciar sua dor, não carregava o anseio ardente da vingança. Não obstante a desilusão ter-se apossado de si e jamais o abandonado, não considerava a possibilidade de revidar as mágoas no casal de amantes. Isto foi notado por todos os habitantes de Cornwall, na ocasião em que Marc suspendeu as buscas pelo traidor e recusou-se a ordenar nova investida quando da morte de Andret. Seu comportamento deu ensejo a comentários maldosos; Marc era tido como um fraco, um traído sem sede de sangue. Dinas tinha consciência de tudo isso, e também do verdadeiro sentimento de seu rei. Não era o conformismo que o impedia de agir, mas sim, um sentimento elevado, que reduzidas criaturas poderiam compreender. Aquele homem de meia idade, raras vezes afortunado em sua vida, havia concedido um amor incondicional àquelas duas pessoas, por elas terem trazido luz e alegria ao vácuo de sua própria existência. O senescal não duvidou de Marc ainda amá-los, apenas por serem... eles próprios.

— Sire — Dinas redargüiu; uma idéia iluminou-o —, por que vós não aceitais a rainha de volta? Poderíamos alegar que Iseult esteve durante todo esse tempo aos cuidados do eremita, aguardando a possibilidade de um dia retornar.

— E quanto a... Tristan? — Marc virou-se, fitando-o.

Dinas demorou a responder.

— Creio que o melhor, sire, será exilá-lo — foi com profunda dor que Dinas proferiu a sentença. Mas era a única punição em que o moço sairia com vida. Era ciente que Tristan encontraria apenas a morte se ousasse voltar a Tintagel.

— Esse homem... irá nos levar até eles?

O senescal concordou.

— Que assim seja. Iremos sozinhos. Concede abrigo ao eremita e sê discreto. Partiremos amanhã, logo cedo.

O céu ainda estava escuro quando Marc reuniu-se com o senescal em frente ao estábulo. Dinas reparou nas vestes de seu rei. Ele não trajava roupas condizentes à sua posição, ao contrário, exibia o uniforme de um guerreiro. A cota de malha reluzia mesmo sob a tênue claridade da alvorada. Um grosso manto claro cobria as costas e era preso na altura do tórax, por um broche de prata. Na cintura, a espada.

Dinas selou os cavalos, auxiliou Ogrim a montar. Com presteza, o trio estava percorrendo a trilha além de Tintagel. Cavalgaram pelas colinas, pela região conhecida como Moors, campos cobertos de urze e seguiram rumo ao interior, a Morois. O eremita os liderava e surpreendeu-se consigo por ter caminhado tanto, dois dias antes. Quase não conversaram. De fato, estavam atentos aos sons da floresta, pássaros cantavam e cruzavam o ar próximos dos cavaleiros. A densa vegetação obstruía os raios solares. Cervos e outros animais emitiam seus sons — Morois parecia sentir a invasão dos intrusos. Mas Ogrim não era um deles, conhecia a intimidade da floresta. Já haviam cruzado com sua casa de pau-a-pique e segundo o eremita, estavam próximos. De fato, no meio da tarde, avistaram o abrigo.

Marc evitou aproximar-se com os cavalos, assim sendo, apeou-se e mandou que os demais aguardassem. Estranhou a quietude; ao longe, reconheceu o cavalo negro pastando. O animal sacudiu a cauda e continuou em busca de comida. Com passos determinados, dirigiu-se ao rústico abrigo. Um surrado manto exercia a função de porta. Com cautela, o rei afastou-o. Curvando-se — era mais alto do que a construção — invadiu o recinto. Ali se deparou com dois corpos placidamente deitados, cobertos por desgastadas vestimentas. Foi extremamente árduo vê-los submetidos àquela miséria — uma realidade distante do que eram em outros dias. Iseult, a bela Iseult, estava magra, o rosto sem vida, os cabelos haviam perdido o brilho e a sedosidade. Ao seu lado repousava Tristan, metido em andrajos sujos de sangue. O cavaleiro detinha uma aparência ainda mais doentia do que a de Iseult. Sua expressão grave demonstrava que nem dormindo, lhe era possível encontrar paz. E assim como Marc, Tristan havia envelhecido consideravelmente, ostentava inúmeras mechas prateadas em meio aos fios acastanhados. Mas a alvura não havia atingido a barba rala. Estudou o corpo magro do rapaz e encontrou a origem das manchas de sangue; provinham do abdome.

Antes de conceber alguma atitude, Marc notou algo entre o casal. Silenciosamente, afastou algumas folhas — que serviam de cama — e reconheceu a espada do rapaz. *Eles consentiram na separação*, o rei refletiu. Era o que a espada, deitada entre um casal, significava. *Teria ele suspeitado de minha vinda?*, Marc indagou-se. E decidiu o que fazer. Não iria acordá-los. Com cuidado, apanhou a arma — nua — do rapaz e entre eles, fincou a sua. Ato contínuo, deixou o abrigo. Enquanto ia ao encontro de Dinas e do eremita, constatou o quanto aquela desgraça havia atingido Tristan.

— Sire... — Dinas ia falar, mas o rei o interrompeu.
— Eles estão lá, mas dormem.
— Não ireis despertá-los?

No abrigo, um calafrio propagou-se pelo corpo de Tristan segundos após Marc fincar sua espada e sair. Manifestações oníricas dominaram-no. Entre sombras e espectros luminosos, ele viu uma figura humana com uma espada em suas mãos. Uma lâmina familiar, tanto quanto o homem que a portava. A cena repetiu-se mais de uma vez, e a cada uma, parecia-lhe mais nítido. À visão do homem, mesclava-se de uma mulher, sensual, bela... Súbito, labaredas fustigaram aquelas formas... e quase em pânico, ele despertou. Com uma expressão aterrorizada, defrontou-se com a espada — a mesma que vira em seu sonho — fincada ao seu lado. A familiaridade resumiu-se em um único nome... Marc.
Procurou sentar-se, mas a ferida reclamou pelos seus movimentos bruscos; a dor o torturava. Todavia, a dor nada significava ao pensamento de que Marc estivera ali e eximira sua vida. Foi quando ouviu vozes próximas. Com esforço, ergueu-se. Retirou a espada e deixou o abrigo; não muito longe, reconheceu a silhueta do rei.
— Sire! — ele articulou, quase sem fôlego, caminhando com dificuldade.
O monarca voltou-se; Dinas o imitou. Ogrim adiantou-se, mas não ousou aproximar-se muito. Depararam-se com Tristan achegando-se lentamente, tendo a espada de Marc nas mãos, com a ponta pendendo para o solo. A alguns passos do rei, fincou a arma e perante ele, caiu de joelhos. Dinas, um pouco mais afastado, percebeu a mão do prostrado escorregar até o abdome, o ferimento foi notado; as vestes rasgadas e ensanguentadas, evidenciavam sua precária situação. Ao ver Tristan naquelas condições, sentiu seu coração confranger-se.
— Sire... — Tristan, submisso, os olhos voltados para o chão, em um tom próximo da súplica, expressou — ...fui vil contra vós, contra as leis de vosso Deus único... Conscientizo-me de meu erro; a desgraça e a ignomínia impedem-me até mesmo de fitar-vos, pois vós permitísseis que eu vivesse. Preservastes a vida deste traidor, embora eu a tenha oferecido a vós. Sire, meu pecado foi não ter controlado meus sentimentos pela rainha; amo-a, é verdade. Confesso que sempre a amei. Mas de nada ela teve culpa, fui eu quem vos ofendi. Ela ainda é vossa rainha e deseja retornar ao vosso lado, se assim consentirdes.
— Estou ciente do desejo da rainha. Aqui vim para levá-la.
— Acordai-a, sire — Tristan cerrou as pálpebras, suas mãos estavam apoiadas no cabo da espada. — Ela ficará surpresa em ver-vos aqui.
Marc não podia esconder sua emoção. Ia passar pelo cavaleiro contrito, mas antes de deixá-lo, o rei voltou-se para ele:
— Decepcionaste-me em demasia, Tristan. Juro pelo Deus Eterno que jamais iria conceber tamanha afronta vinda de ti — Marc pressionou as pálpebras com

sua mão direita, aflito. Seus olhos estavam vermelhos. — Tens meu perdão, por tudo o que representaste para mim. Mas não posso permitir que retornes a Tintagel. Cornwall não mais te aceita como filho nem como cavaleiro, pois este título, tu não mais deténs. E a partir de hoje, estás exilado em caráter perpétuo. Se ousares desobedecer-me, vingar-me-ei em ti, punindo-te com a morte. Advirto-te de que não serei benevolente na escolha de tua morte — em seguida, Marc afastou-se, deixando um arrasado guerreiro sozinho.

Tristan só ergueu seus olhos quando sentiu tocarem em seu ombro. Era Dinas. O senescal ajoelhou-se e sorriu meigamente, confortando-o, mas o moço estava transtornado. Por um momento, esqueceu-se das chagas feitas pelo javali apenas para sentir outro duro golpe. Exilado! Um desterro até o fim de seus dias... E jamais iria rever Iseult...

— Não o condenes... — Dinas suspirou. — Acredita-me, Tristan... ele também sofreu muito.

— Como posso condenar? Marc demonstrou mais complacência do que jamais esperei. E... — o rapaz voltou-se para o senescal, os olhos carregados em agonia — ...só me importa o bem-estar de Iseult.

— Marc também perdoou-a — Dinas calou-se por um momento, olhando de soslaio. O rei estava novamente entrando no abrigo. Ainda com as mãos apoiadas no ombro do moço, questionou-o: — Por quê, Tristan? Por quê ela? Não poderias imaginar o fim desta insanidade?

Abatido, ainda apoiado no punho da arma, o moço retrucou, a voz melancólica:

— De alguma forma eu sabia, Dinas. Tentei evitar... Por tudo o que é sagrado, tentei. Agora entendes porque e de quem eu fugia; todavia, até nisso falhei.

O senescal condoeu-se.

— Lamento, meu amigo. Lamento pela tua sina — Dinas pretendia continuar falando, mas sua atenção voltou-se para o abrigo. Divisou Marc saindo, tendo ao seu lado Iseult enrolada em seu manto.

Tristan também notou. A cada instante, o fim soava iminente.

— Dinas... posso pedir-te um último favor? — Tristan rogou. Nada em si condizia com o homem com quem Dinas convivera. Ali restava apenas ruínas do que aquele bravo comandante havia sido. À pergunta, o senescal acatou.

Iseult estancou-se afastada do homem ajoelhado, mas nele detinha seus olhos. Dinas ergueu-se e andou em direção ao rei. Trocaram diálogos em voz baixa. Enquanto conversavam, o rei fitou seu antigo comandante, para em seguida, dirigir-se a Iseult.

— Tens minha permissão para te despedires dele — e Marc apontou o sobrinho com os olhos, afastando-se em seguida.

Iseult, envolvida no manto do rei, achegou-se a Tristan; este ergueu-se penosamente. Entreolharam-se. A rainha sorriu com tristeza.

— Teu desejo de retornar foi atendido mais rápido do que eu esperava — ele comentou.

— Sim, mas e quanto a ti? Eras um cavaleiro... Não irás...

— Não, Iseult. Não tenho mais esta qualificação e nem posso mais retornar a Tintagel... ou aqui permanecer. Teu senhor desterrou-me. Não te entristeças por minha causa; ele fez o que deveria ter sido feito há muito tempo. Minha estada em Tintagel acarretou apenas desgraça.

— Então... é o fim. Não nos veremos mais.

Ele concordou em silêncio.

— Apesar de nunca mais ter-te em meus braços novamente, sinto ser incapaz de amar outra mulher. Teu amor condenou-me, rainha. Vagarei pelo mundo apenas com tua imagem em minha mente e teu amor em meu íntimo — ele segurou-a pelas mãos, reverenciando-a em sinal de respeito pela posição a ela restituída e as beijou.

À distância, Marc a tudo assistia, mas não lhe era possível ouvir. Mesmo diante daquela situação, acabou por comover-se ante a cena que se desenrolava; dúvidas não restavam daquele amor — destrutivo — que o desprezível guerreiro nutria pela rainha. *Ele perdeu tudo, sua vida, honra... por essa paixão!*

— Tristan — Iseult versou. — Nada seria suficiente para dar-te, em prova de minha estima por ti, mas imploro... aceita esse anel... — e ela retirou o anel enfeitado pelas pedrinhas de jaspe, entregando-lhe. — Se algum dia precisares de mim, envia-me um mensageiro portando-o, assim saberei que me chamas. Prometo ir até ti, nada ou ninguém irá me impedir. Nem mesmo um rei.

Ele aceitou. Ao apanhar a jóia de suas mãos, recordou o dia em que ela o havia comprado. Reteve as mãos dela nas suas durante alguns segundos — o suave toque, que tanto apreciava. Em seguida, retirou a corrente de ouro e ali prendeu o anel, fazendo dele um pingente. Iseult, por sua vez, percebeu que as mãos dele estavam manchadas de sangue. Lembrou-se do ataque do javali. Suas ervas pouco auxiliaram para a melhora.

— Promete-me que serás cuidadoso contigo — ela rogou. Novamente tinham as mãos dadas.

Ele prometeu. Em seguida, soltou-a. Dinas e o rei se aproximaram. Marc, envolvendo Iseult com seu braço, dirigiu-se a Tristan. Este, resignado, abaixou seus olhos.

— Tiveste teu último pedido, Tristan. Agora, vai-te daqui. E aconselho-te a deixar minhas terras tão logo possas, pois não creio que meus súditos sejam indulgentes contigo como eu fui, principalmente depois do que fizeste. Deves ter em mente de que nem mesmo o tempo aniquilou tua odiosa perfídia; Cornwall jamais esquecerá tua deslealdade. Portanto, deixa Morois e parte agora!

— Assim farei, sire, se é vosso desejo — replicou, vexado, a voz débil. — Apenas dirijo-me a vós pela última vez, para humildemente vos suplicar minha espada — ele pretendia retirar a do rei, fincada no solo, mas seus movimentos repentinos fizeram com que sentisse uma violenta dor em seu ferimento, que repercutiu por todo seu abdome. Sem conseguir sustentar seu próprio peso, vacilou, caindo novamente sobre um joelho, ante o rei.

Foi doloroso para Marc presenciar aquela cena. Para seu íntimo, Tristan ainda era o filho amado, o filho que jamais teve. Vê-lo naquele estado lastimável, à beira da morte certa — o exílio, para uma pessoa ferida como ele estava, significava a morte — praticamente aniquilado, apenas agravava o momento. Era incapaz de regozijar-se ante o degradante destino traçado pelo desonrado e desmoralizado homem de armas. Sentido — e talvez, com remorso da decisão de bani-lo, embora também ciente que não havia outra alternativa — o monarca restituiu sua arma.

Com ela em suas mãos, Tristan nela apoiou-se, pondo-se de pé. Deixou a arma do rei fincada, onde estava. Com passos trêmulos, dirigiu-se ao abrigo, cruzando com Iseult e Dinas, mas mantinha seus olhos voltados para o chão. Ali não se demorou, saindo com as vestes que estavam em melhor estado. Selou Husdent, montou-o e estava prestes a partir, quando Ogrim interceptou o caminho, segurando as rédeas do garanhão.

— Filho, terás alguma chance de sobreviver se saíres desta floresta — o eremita apontou-lhe uma trilha. — Siga-a. As dificuldades serão muitas, mas terás algumas compensações.

Ele aquiesceu, em silêncio. Sem olhar para trás, partiu, seguindo o caminho indicado.

Marc observou, lânguido, sua espada fincada por Tristan. Ele a fincara... e não conseguira retirá-la, tal era seu débil estado. Uma amarga quietude dominou-o. Era o fim. Tinha conhecimento disso. E não apenas ele...

Iseult, baqueada, acompanhou com os olhos até a figura insólita do cavaleiro se perder no horizonte.

XV

Durante longas horas, ele cavalgou. Não seguia um destino certo, em verdade, sequer imaginava para aonde ia. Seguia o rumo indicado pelo eremita, de fato, não estava mais em Morois. Sua única certeza, era a de que estava em sentido oposto ao caminho de Land's End e Lionèss, portanto, rumava para o norte. Exilado. *Compreendo agora, as palavras de Cathbad*, pensou, amargamente. Banido, desonrado e destituído desta vez, do título que tanto lutara para conquistar. Nada mais lhe restava, e consternado, perguntou-se porque ainda estava vivo. Mas controlou-se, não podia culpar ninguém a não ser a si próprio. Eram as conseqüências de sua traição que agora deveria enfrentar. De uma forma ou de outra, pressentira sua funesta desdita, desde o instante em que perdera o controle de suas atitudes; mas não só. Havia a decepção em Morois. O que antes parecia um sonho, revelou-se no mais drástico pesadelo. Trazia a prova da derrota em seu corpo, no ferimento causado pelo javali, cuja dor e ardência, o impediam de trotar ou correr.

Era início de noite quando exausto, Tristan apeou-se. Desconhecia a região onde estava, ademais, o luar era escasso para que tentasse se orientar. Sentou-se contra uma árvore e cobriu-se com seu desgastado manto, permanecendo imóvel durante algum tempo. Ao seu lado, Husdent estancou, as poderosas patas quase encostadas em si. Tristan acariciou as pernas do cavalo, mas seu ânimo estava tão deteriorado como seu físico. Apesar de deitado, o mundo parecia girar e na terceira vez em que cerrou seus olhos, adormeceu. Varou a noite em repouso, e teria dormido mais se não fosse bruscamente arrancado de seu sono, com selvagens latidos e relinchos de Husdent. Desperto, deparou-se com um homem, um aldeão agressivo, que ostentando uma foice, ameaçou o intruso. O homem contava com o apoio do cão, cujo rosnar acarretava o nervosismo do cavalo. Constatou ter invadido um sítio e para evitar uma discussão, Tristan procurou deixar o local o mais rápido possível.

Novamente montado, voltou a seguir a mesma trilha de terra do dia anterior. Cruzou com outros pequenos sítios, mas receou-se parar em qualquer um deles. E prosseguiu — em vagaroso passo — seu rumo sem fim. O cansaço agora era agravado pelo seu estado febril; tremia de frio, mas ao mesmo tempo, transpirava. A sede e a fome também o importunavam. À distância, já no fim da tarde —

cavalgara o dia todo — vislumbrou um modesto vilarejo; entre as construções simples, havia uma taberna, erguida ao lado de um poço. Viu pessoas apanhando água e nada era cobrado delas, o que o animou a ir até lá, pois não carregava consigo qualquer valor. Seria uma bênção refrescar-se; até iria molhar a tira de pano que cobria seu ferimento, talvez isso aliviasse a dor. Conduziu Husdent até o poço. Todavia, o infortúnio que atravessara, o deixara desatento e não reparou em cinco bandoleiros sentados em frente à taberna. O fato era que Tristan ansiava apenas por um pouco de água, porém, era um cavaleiro — apesar de não mais deter o título e de sua desacreditada aparência. Bandoleiros desprezavam cavaleiros e a superioridade numérica era uma ameaça para um único homem, ferido, além do mais. Os errantes — que se colocaram entre o cavaleiro e o poço — não permitiram que ele usufruísse da água. E terminou por ser expulso.

No início da noite, mais exangue do que antes, alcançou outro povoado. Como o anterior, não era protegido por cercas ou muradas; em verdade as casas de pau-a-pique estavam dispostas próximas umas das outras. Era arriscado viver em instalações como aquelas, embora fosse costumeiro. Ele reparou em uma família, em frente a uma das casas. Entreolharam-se. A família acompanhou o estranho aproximando-se vagarosamente. De fato, Tristan queria demonstrar suas intenções serem pacíficas. Iria apenas pedir por água, entretanto, o som de trotar de cavalos deixou-o apreensivo. O céu não estava completamente escuro e pôde reconhecer os demais cavaleiros; eram os bandoleiros que o haviam escorraçado. Ele não imaginou que estivessem atrás de si, julgou que os homens estivessem apenas seguindo seu caminho, portanto, nada fez. Pagou caro por isso; ao constatar ser a presa dos cinco, era tarde. Dois errantes o laçaram com açoites e o derrubaram de Husdent.

A família e os demais habitantes correram em pânico. Husdent empinou selvagemente enquanto seu dono tentava recuperar-se da queda; nesses momentos, o imenso cavalo era um problema. Caído, foi cercado pelos arruaceiros, que rindo diante da impotência do detido, ameaçaram arrastá-lo pela trilha de terra. A despeito dos açoites que impediam seus movimentos na altura do tórax, aflito, ele conseguiu apanhar sua espada e romper as amarras de couro. Irritados, dois arruaceiros desembainharam suas espadas e atacaram. Tristan, já de pé, desviou de um e segurando sua espada com ambas mãos, atingiu o outro, rasgando-lhe as entranhas. Ainda bem que bandoleiros não faziam uso de qualquer proteção de metal. Contudo, ele não suportou o tranco do embate, terminando por tombar. Caído, a mão esquerda protegendo a chaga, presenciou outro galopando em sua direção, arma em punho, proferindo insultos. A vítima, ciente de que não suportaria novamente investir, agiu como podia. Soltou o punho da espada e munido-se de uma pedra, em um esforço descomunal, arremessou-a contra o agressor. Este, atingido na testa, terminou sendo derrubado. Era a oportunidade do ferido, que conseguiu erguer-se e desferir golpe fatal. Um dos restantes, irado, ameaçou investir, contudo, foi impedido pelo companheiro. Este, admirado pelo brio do cavaleiro, saudou-o em um sutil gesto, meneando a cabeça. Em seguida, volutearam seus cavalos e partiram.

Um outro assalto... e eles atingiriam seu intento..., concluiu, enquanto retirava sua espada do morto. Transpirava em abundância e atordoado, sentiu seus membros trêmulos. Tombou de joelhos, ofegante. Ao ouvir passos atrás de si aproximando-se, olhou, assustado, por sobre o ombro. Seriam outros inimigos? Com esforço e apoiando-se na espada, pôs-se de pé. Contudo, tratava-se dos habitantes do vilarejo que agora avizinhavam-se. Agradecendo aos deuses, embainhou sua arma e montou Husdent, partindo em seguida.

Parou de cavalgar quando o manto noturno cobriu a trilha de sombras. Fatigado, apeou-se — não sem sentir desconforto, até apear-se lhe era doloroso. Permaneceu em pé, mas apoiado na sela. A ardência no local lesado aumentava. Respirou pesadamente e soltou-se, dobrando as pernas e deitando-se. Em segundos, estava desacordado. Ao seu lado, como se por ele zelando, o cavalo negro.

Quando despertou, com os primeiros raios de Sol, viu Husdent pastando a alguns passos de si. E ao olhar para o chão, reparou nas pegadas molhadas — e recentes — do cavalo.

— Husdent! — balbuciou, esforçando-se para erguer-se. Uma vez de pé, seguiu a trilha deixada pelo animal. Com lentos passos, alcançou um riacho. Tristan ajoelhou-se e fez uma concha com as mãos, saciando a sede. Foi um prazer sentir o contato da água em seus lábios ressecados, e o precioso líquido ingerido revigorou-o sensivelmente. Em seguida, refrescou-se, para depois soltar a cota, umedecer o pano e cobrir a ferida. Refeito, levantou-se e retornou ao cavalo. Montou-o e deu seguimento a sua jornada.

Cruzou com outro vilarejo — desta vez, cercado por uma fortificação. Era um povoado de considerável tamanho. Sentinelas a postos no portão observaram o insólito cavaleiro. Tristan nem mesmo considerou a hipótese de ali penetrar. Entrementes, percebeu que os portões estavam se abrindo. Uma fileira de cavaleiros deixou seu interior; cavaleiros que portavam o estandarte de Marc. Instintivamente, conteve Husdent, acompanhando a armada deixar a fortificação. Seu primeiro pensamento foi que, provavelmente, a facção estava visitando os povoados e arrecadando impostos, o que significava não ter se afastado muito de Tintagel, embora a si parecesse que os míseros dias vagando sem destino, haviam sido uma eternidade. Foi quando o receio de ali estar, frente a frente aos homens que conhecia — mas que agora, por eles era execrado — perturbou-o. O líder da armada — que notara o passante — freou seu cavalo. Uma razoável distância os separavam, e por breves instantes, entreolharam-se. Tristan reconheceu Conlai como o comandante, ao seu lado, Ywayn. Por sua vez, esperava por eles não ser reconhecido, em virtude de sua aparência em nada condizer com o comandante de outrora. De fato, tinha seu rosto — magro, abatido e transfigurado pela dor —

parcialmente coberto pela barba e pelos cabelos, com os tons de prata, desalinhados, compridos e sujos; suas vestes estavam pútridas, rasgadas e imundas. Talvez por si só não viesse a chamar a atenção; porém, seu porte, mesmo com a sua lastimável aparência, o traiu — e montado em Husdent! Súbito, uma voz carregada de rancor, rompeu.

— Traidor maldito!

Havia sido um homem da própria armada. Tristan ainda notou a tentativa de Conlai de calar o agitador, porém, uma vez proferida a acusação, os demais voltaram sua atenção para o forasteiro, e nele reconheceram Tristan. Este, em reflexo, obrigou Husdent a dispara, enquanto que os cavaleiros deixavam a formação e incitavam seus cavalos a perseguirem-no. Conlai nada pôde fazer; suas ordens foram ignoradas diante da excitação em vingarem o rei. Com efeito, a maioria dos cavalos partiu em desenfreada corrida, causando furor nos habitantes do povoado. A curiosidade fez com que se aproximassem dos portões para presenciarem a cena. Alguns foram afortunados e puderam acompanhar a silhueta de um cavaleiro perdendo-se no horizonte, tendo ao seu encalço os homens da armada.

Tristan — que até então evitara correr devido ao ferimento — inclinou-se na sela, segurando-se como podia, já que não estava conseguindo firmar-se com os joelhos, principalmente com a perna esquerda, lado em que havia sido atingido pelo javali. Virou o rosto por sobre o ombro; atrás de si cerca de quinze cavaleiros que instigavam seus animais e proferiam insultos. Voltou a concentrar-se no caminho, segurando-se firmemente em sela. Se caísse, seria seu fim. Mas preferiu arriscar sua fuga, assim sendo, incitou seu pesado cavalo a correr mais. Husdent hiniu, como em protesto, mas empenhou-se. A respiração acelerou-se consideravelmente, as orelhas voltadas para trás; a crina espessa carregada pelo forte vento. Alcançaram uma planície cujo terreno era irregular, com diversas árvores de médio porte e depressões no terreno. Ao horizonte, imperavam magníficos carvalhos — uma floresta densa. Ele percorria a planície, desviando das inúmeras árvores; em um determinado instante, levou um susto — Husdent voou por sobre alguns troncos caídos. A ação repentina fez com que o cavaleiro se agarrasse ao pescoço do animal. *Deuses!*, rogou, esforçando-se para equilibrar-se.

Os cavaleiros espalharam-se pela região, cavalgavam na forma de um leque. Um denso rastro de poeira foi deixado pelos animais. Em uma seqüência de saltos, os cavalos da armada também venceram os troncos. E a perseguição persistiu, avizinharam-se cada vez mais do fugitivo.

Tristan era cônscio de Husdent não suportar manter aquele frenético ritmo por muito tempo. O fato era que estavam cavalgando há horas; inevitável o animal aparentar cansaço. Em desespero, tentou sua única chance: seguiu rumo a região arborizada de maciços carvalhos. A densa vegetação serviria como um escudo, se conseguisse ali despistá-los. Uma vez mais, instigou Husdent. Entrementes, atrás de si, dois guerreiros da armada alcançaram-no. Sentiu um violento tranco — um deles havia agarrado seu manto. O segundo, tentava fazer o mesmo, mas com as rédeas de Husdent. O cavalo negro escoiceou, assustando a montaria que corria atrás, desembestada. Em verdade, as patas da frente desta ralaram nas traseiras de Husdent, e o animal terminou tropeçando, caindo a toda velocidade. Tristan sentiu o broche em seu tórax romper e o manto ser arrancado de si. O cavalo à sua direita, assustado com o incidente, reduziu seu ritmo, de forma que o fugitivo voou rumo à floresta.

Uma vez percorrendo por entre as árvores, reduziu a marcha. Não era vantajoso correr insofreável em um local como aquele; não raro, cavaleiros acabavam chocando-se contra os galhos ou mesmo contra os troncos das árvores. Apesar de rapidamente embrenhar-se, era possível ouvir seus perseguidores. Mas impossível era vê-los. Ele sabia que o melhor a fazer era continuar cavalgando, porém, uma dor latejava por toda a região abdominal. Seria insensatez prosseguir. Assim sendo, refugiou-se em um certo ponto da floresta, utilizando as muitas árvores, a vegetação e a escassa luz como aliados.

O silêncio da mata foi cortado pelos pássaros. De onde estava, Tristan reparou em um cavaleiro cruzando a trilha que havia tomado. De imediato, fez Husdent recuar, tentando ocultar-se por detrás das árvores. O animal mordiscou o bridão, respirando pesadamente. Por instinto, desceu sua mão até o punho de sua arma, embora não mais visse o inimigo. Transpirava. Seu cabelo, desalinhado, tinha as pontas úmidas coladas em seu rosto e pescoço. Concentrou-se, tentando isolar os sons; sim, havia o canto dos pássaros, o ruflar de asas... a forte respiração de Husdent... o leve trotrar... trotar... Em silêncio, desembainhou a lâmina. Súbito, deitou sua arma e virou-se; em um gesto repentino, deteve um ataque pelas costas. O agressor insistiu; os cavalos agitados, emparelharam enquanto o embate desenrolava-se. Tristan, temendo que os sons atraíssem outros membros da armada, fez o possível para encerrar logo o duelo. Subjugou seu atacante com um golpe certeiro, arrebatando-lhe a vida. O moribundo despencou de sua montaria, que inquieta, debandou-se.

— Canalha miserável! — a voz retumbou, por entre as árvores.

Tristan recuou. Três cavaleiros surgiram. Reconheceu dois deles.

— Laeg, o que pretendes? — um dos cavaleiros indagou.

Laeg prendeu sua atenção no cavaleiro morto.

— Quantos ainda irás matar, cão? — vociferou, o rosto contraído, fitando Tristan com desprezo. — Deverias ter dignidade e implorar para morrer!

O terceiro cavaleiro aproximou-se do irascível guerreiro. Havia pesar em seus olhos.

— Laeg, estamos agindo sem ordens expressas de Conlai!

— Cala-te, Conn! Irei vingar nosso rei e também nosso companheiro de armas! — apanhou sua lança, com os olhos presos em Tristan. — E pensar que me comandaste! Repugna-me a cada vez que lanço meus olhos em ti, verme! Cada vez que recordo o quanto te idolatrava! Por isso, vou ordenar uma única vez, escarro do demônio! Entrega-me tua espada e teu cavalo, agora! Tu não farás mais uso de uma nobre arma, chafurdado que estás, no opróbrio e na infâmia!

Tristan, silente, não atendeu as exigências. Conn, acompanhando o soldado posicionar a lança, fez menção de agir, mas uma voz de comando atraiu a atenção de todos.

Conlai, a face apreensiva, cavalgou até eles, seguido de Ywayn e de Henwas. Os outros cavaleiros fecharam o cerco, passos atrás de Conn e Ferris, o outro guerreiro que Tristan não conhecia. O comandante deteve seu olhar no homem acuado, ainda estupefato por reencontrá-lo.

— Henwas, retira a armada daqui — Conlai ordenou.

— Conlai! — Laeg, declinando a lança, protestou. — Tens coragem de não fazer nada contra este verme? Que tantas desgraças nos causou?

O comandante trotou até ficar de frente ao soldado.

— Laeg, não me faça recordar-te as funções de um soldado. E das conseqüências quando um toma uma iniciativa por anseios próprios — ele perscrutou os demais cavaleiros. — Isto serve para todos, que agistes impensadamente! — Conlai puxou as rédeas de seu cavalo, trotando até próximo de Henwas. — Lidera-os, meu amigo — pediu. — E leva contigo o corpo de nosso guerreiro.

O capitão atiçou seu animal, sendo seguido um a um pelos guerreiros; um destes com o corpo do soldado. Laeg, o rosto contraído em fúria, volteou seu cavalo, partindo em frenesi.

Ywayn observou seu comandante achegando-se mais do proscrito, que declinou sua arma.

— Ainda não acredito ser tu, Tristan — Conlai comentou.

— Não mais o mesmo, porém — ele rebateu, quase sussurrando.

Conlai trazia uma expressão atônita.

— Mas estás vivo. Sobreviveste durante todo esse tempo... em Morois?

Ele confirmou.

— Só resta saber se sobreviverei até deixar Cornwall.

— Deixar?

— Sou um proscrito — disse, no mesmo tom.

— A rainha...?

— Marc a perdoou.

Conlai encarou-o com tristeza. Apesar de tudo o que acontecera, muito prezava aquele homem, que havia sido seu comandante.

— Devo-te desculpas, Conlai. Por aquele dia...

Conlai apoiou sua mão no antebraço de Tristan.

— Nada me deves, Tristan. Algo me faz acreditar que estavas desesperadamente lutando contra esta sina, mas a intromissão de meu filho pôs tudo a perder. Sinto por isso.

— Eu realmente estava, Conlai. Mas não o culpe. A falta foi minha.

Fitaram-se. Conlai apiedou-se, não duvidava de Tristan estar padecendo amargamente.

— Desejo-te sorte, Tristan — e Conlai soltou-o.

Ele entendeu o sutil gesto daquele cavaleiro. Conlai havia permitido sua ida em paz. Assim sendo, deu rédeas ao seu animal e junto de Ywayn, seguiram o rumo tomado pela armada. Tristan acompanhou-os, até desaparecerem de seu campo de visão. Por fim, ele próprio deu rédeas a Husdent, seguindo em direção oposta. Semicerrou as pálpebras, cobrindo com a mão direita o ferimento; como o importunava! Seguiu a trilha por entre as árvores, em um trote calmo, dessa vez. E recordou de quando exercia a função de Conlai.

Algum tempo depois, atingiu a beira do Rio Tamar. *Numa outra vida...* — divagou — *...contemplei estas águas...* Brecou Husdent e acompanhou o reflexo do pôr do Sol na correnteza. Resolveu ali pernoitar, estava cansado de continuar cavalgando. Ia apear-se quando um brusco embate o desequilibrou. O atacante surgira de chofre, pulando por sobre o lombo de Husdent. O cavalo, assustado, ergueu as patas dianteiras.

— Morre, cão! Pela tua falsidade!

O ofensor rapidamente conseguiu equilibrar-se. Em posição favorável, imobilizou Tristan pelo pescoço com seu braço esquerdo e com o direito exibiu um punhal, com o qual pretendia cravá-lo contra seu tórax. Tristan tentava a todo custo afastar de si a arma, mas a compressão contra sua garganta aumentava. O punhal, rompendo a defesa, desenhou seu ataque, mas devido a um brusco movimento de Husdent, o inimigo perdeu o controle de seu golpe; a lâmina não penetrou no tórax de Tristan, mas rasgou sua carne na altura das costelas, um assalto tão preciso quanto o de Marjodoc. E no mesmo local. A cota de malha fragmentou-se, fornecendo reduzida proteção. Refeito da surpresa, Tristan golpeu com o cotovelo o atacante e com Husdent agitado, empinando, aquele acabou por cair. Tristan teve que segurar-se na crina do garanhão para não cair junto. Controlando o cavalo, reconheceu seu agressor, tratava-se do irritadiço Laeg, cuja investida — ele havia pulado das escarpas — realmente apanhara Tristan de surpresa. Temeu a possibilidade de outros estarem com ele, motivo para munir-se de sua espada, mas ninguém apareceu. E antes que Laeg pudesse erguer-se, Tristan instigou Husdent. Foi novamente insultado pelo cavaleiro — que agora erguia-se — mas não deu qualquer importância. *Não é a primeira vez, nem será a última que me insultam*, refletiu.

Seguiu o berço do rio até encontrar uma ponte feita de troncos de carvalho, atravessando-a. E os primeiros sinais do punhal de Laeg foram sentidos. Do outro lado da margem, desmontou, servindo-se novamente de água. Desafivelou a cota de malha e retirou o pano úmido do ferimento, molhando-o novamente. A chaga estava purulenta, daí ser acometido pela febre e a origem de seu mal-estar, que não sabia como dirimir. Estava além de seus conhecimentos básicos de cura. Às suas agressões, mais uma somava-se, não tão grave como a primeira, mas nem por isso, menos dolorosa. De qualquer forma, lavou-o, limpando o sangue, para em seguida, voltar a vestir a roupa de linho e a cota — ou o que sobrara dela. Sem saber, agravava ainda mais seu estado com o uso contínuo da cota de malha, pois impedia a ventilação dos locais atingidos. Ergueu-se e andou até o cavalo. Uma fraqueza atingiu-lhe no momento em que levantou-se. Desanimado, apoiou-se em Husdent.

Creio que não conseguirei sair vivo de Cornwall... — avaliou, pressentindo a dura realidade.

Montou novamente e partiu.

Foi no dia seguinte: findada mais uma noite ao relento, que sua resistência cedeu. Havia cavalgado por uma estrada, provavelmente romana, até desviar para uma trilha de terra, atingindo Isca Dumnoriorum. Sobre o lombo de Husdent, inclinou-se; a febre — mais forte — entorpecia seus sentidos. E não mais suportou-se em sela, desabando inconsciente. Husdent interrompeu seus passos e retornou, cutucando o desfalecido com o focinho. Mas ele não reagiu. Contudo, o animal permaneceu ali, sem afastar-se. Por fim, atraiu a atenção de quatro camponeses que andavam pela região. Um deles imediatamente segurou as rédeas do garanhão, que reagiu, inquieto.

— Solta-o, Loyc! — o mais velho deles ordenou.

— Quero este cavalo para meu sítio, Llud!

— Deixa-o, antes dele pisar em seu dono! Ou tu não o viste? — o aldeão forçou Loyc a soltar as rédeas, ao passo que agachou-se ao lado do corpo imóvel, de bruços. Virou-o com cuidado. O rosto do moribundo estava coberto de terra, os cabelos, compridos e a barba estavam nas mesmas condições. Repararam nas roupas — surradas — de cavaleiro e na espada. E um dos camponeses teve um sobressalto.

— Que os deuses de meus antepassados me castiguem se faltar com a verdade! Mas conheço esse homem, trata-se do cavaleiro que foi vil com o nosso rei.

— Tens certeza? — Loyc indagou.

— Eu o vi várias vezes lutando, quando morava próximo a Tintagel. Tudo o que essa abjeta criatura merece, é a morte.

Antes que pudessem tomar alguma atitude, Llud irrompeu:

— Agis como covardes! Não há dignidade em matar um homem indefeso, ainda que tenteis justificar vossos atos, clamando vingança.

— Tuas palavras são belas, Llud, mas lembro-me de que também consideraste uma afronta o que esse homem — e o aldeão cutucou o desfalecido com o pé — fez com nosso rei.

— Isso é problema dele, não nosso. Mas não posso permitir que mateis um homem prostrado. Ademais, se ele está vivo até agora, significa que provavelmente nosso rei preservou-lhe a vida. Assim sendo, quem somos para condená-lo?
— E o que pretendes fazer?
— Auxiliai-me a deitá-lo na sela — nenhum deles esboçou qualquer reação. Llud insistiu. — Sei de vosso sentimento, mas ninguém testemunhou o que esse homem tem passado em resposta a seus atos, e pela aparência dele, acredito ter sofrido em demasia. É muito fácil evocarmos apenas os erros, mas esse cavaleiro também cometeu atitudes louváveis. Deveis recordar disso. É por isso que não tenho coragem de abandoná-lo.

Os demais camponeses protestaram em voz baixa, mas deram-se por vencidos. Por fim, Llud partiu, levando Husdent e seu dono, deitado em seu lombo. Atingiu sua casa ao fim do dia. A reação de Hyn, sua esposa, foi tão ríspida como a dos camponeses ao tomar conhecimento da identidade do desfalecido. Mas acabou sendo convencida por Llud. Assim sendo, levaram-no ao menor dos três cômodos da casa e ali o deitaram.

— Agora que trouxeste aqui esse homem desprezível, o que pretendes fazer com ele? — Hyn questionou, a voz áspera.
— Tu foste iniciada nos mistérios de *Dian Cecth*, nosso deus da cura. Não poderias usá-los e salvar a vida dele?
— Salvar? — Hyn foi rude. No entanto, Llud encarou-a com severidade e relutantemente, ela concordou.
— Avisa-me se precisar de ajuda — e Llud deixou o cômodo.

Hyn fitou o moribundo com desprezo, estava odiando a idéia de usar seus conhecimentos nele, mas ao desafivelar a cota de malha e o gibão imundos e constatar suas injúrias — uma delas, exalava o próprio odor da morte — acabou dele apiedando-se.

— Como recebeste esta ferida? — a aldeã torceu o nariz, mas continuou falando, mesmo ciente de que o homem continuava desfalecido. — Ah! Sou obrigada a cuidar de ti, uma criatura ignóbil e nociva! Ademais, tens essa horrível chaga! Não sei como ainda vives! Que *Dian Cecth*... te proteja.

Como resposta ele descerrou as pálpebras, procurando a origem daquele inusitado som. Sua visão — desfocada — revelou-lhe os contornos de uma mulher. Lentamente, percorreu com os olhos o lugar em que estava. Nada lhe era familiar, muito menos, a mulher — cuja voz persistia, parolando. Afora isso, apercebeu estar deitado em algo macio e não estar mais vestido com a cota de malha nem com seus farrapos imundos

— Estás acordado, então — Hyn versou. — Tanto melhor. Terás de ser forte se quiseres ver tuas chagas curadas — a camponesa foi até o canto do cômodo onde havia um pequeno forno de barro. As chamas ardiam, fornecendo brilho e calor. Ali, a mulher depositou o corpo de uma adaga. Do lado oposto ao forno havia um baú, de onde a mulher retirou um saquinho de pele de carneiro. Com ele em mãos, depositou seu conteúdo em um copo. Adicionou um pouco de água, agitando com cautela. Aproximou-se do moço e o fez beber. — Isto muito irá te ajudar. Raramente tenho de sobra, é difícil consegui-lo, mas em certos casos é necessário usá-lo.

Ingerido o líquido, uma sensação de leveza dominou-o. Era bem mais forte do que quando tomava vinho. Mas tarde, viria saber tratar-se de ópio, comprado por Hyn de alguns mercenários vindos de Antioquia. E seu efeito não tardou, todo seu corpo parecia entorpecido. Mesmo assim, Hyn o fez morder uma grossa tira de pano.

— Apesar do remédio, podes sentir dor.

Hyn lavou as mãos em uma tina. Munida de um tecido umedecido com água e óleo, sentou-se ao lado do acamado e limpou a pele em volta da ferida. Ela observou a substância amarelo-esbranquiçada que cobria todo o ferimento, um péssimo sinal. Por breves segundos, pousou suas mãos em torno da chaga, definindo o local em que teria de forçar a expulsão da purulência. Uma vez identificado os pontos intumescidos, Hyn — com ambas mãos — pressionou.

Um gemido abafado rasgou a quietude, Hyn ignorou. Continuou comprimindo; pela ferida, vazava um líquido viscoso, amarelado. Seus dedos roçaram sobre a pele e ela sentiu a presença de mais pus. Contudo, não estava tendo sucesso em expeli-lo.

— Como suspeitava. É impossível fazer tua chaga sangrar. Será necessário o uso do calor, melhor seria se pudesse evitá-lo. Procurarei ser rápida — comentou, limpando o pus extraído.

Protegendo sua mão, Hyn retirou do forno a adaga, cujo corpo — de ferro — estava em brasa. A despeito da droga, ele vislumbrou a lâmina e entendeu o que viria a seguir. Decidiu por fechar pesadamente as pálpebras e cravou os dentes no pano. Hyn, com cautela, a encostou contra a ferida nos locais em que a purulência persistia. Diante da cauterização, aquela se extinguiu. A região — queimada — restou enegrecida. Mesmo com sua mente e sentidos anuviados, Tristan tremeu de dor, mas não pronunciou nenhum outro som. Apenas transpirava em abundância.

Tão logo cauterizou a parte necessária, Hyn afastou a adaga. Filetes gasosos exalaram do local tratado. Ao fitá-lo, admirada com sua impassibilidade, percebeu estar desfalecido.

— Pelo pior, sobreviveste. Veremos se superarás ao tratamento. Em minha opinião, sairás vitorioso, porque devido tua vida ser tão desprezível, nem Arawn irá querer te conduzir para o *Outro Mundo*. Todavia, já que estás aqui, atenderei ao desejo de meu marido e tratar-te-ei com respeito — e Hyn levou uma tina, colocando-a próximo do acamado. Enquanto aquecia água misturada com ervas e óleos, sentiu-se atraída pela corrente de ouro. Ao segurá-la, notou o que parecia ser um pingente, mas tendo-o entre os dedos, viu tratar-se de um anel. Era uma bela peça... Estava propensa a experimentá-lo... Entretanto, terminou soltando-o.

O anel roçou pelo pescoço do rapaz e parou junto ao colchão. Hyn molhou um tecido na mistura e começou a esfregar por todo o seu corpo, lavando várias vezes a pele esfolada e rasgada pelo punhal de Laeg, antes que a ferida piorasse como a primeira — agora protegida por um macio tecido de linho. Impressionou-se a um só tempo em que restou penalizada pelas diversas cicatrizes distribuídas. — Parece que usas a guerra como tuas vestes, rapaz — disse, lavando os cabelos e desembaraçando-os. Em seguida, aparou-os. Ao livrar o rosto pálido da barba, Hyn notou a expressão máscula e cativante do prostrado. Por breves segundos, divagou se sua rainha também havia se encantado com a figura do então cavaleiro. Uma hipótese provável... Muito provável. — Em minha opinião... — comentou, agora aplicando sumo de terebentina na região atingida pelo punhal — ...começo a acreditar não teres sido o único culpado, cavaleiro — por fim, Hyn o cobriu e deixou o aposento.

O forno de barro aceso propiciava aconchegante calor. O efeito do ópio e por tudo o que vivera, fizeram com que se entregasse a um pesado sono. Um sono longe de ser tranqüilo, pois os espectros oníricos de um homem encravando uma espada entre dois corpos — na verdade, restos mortais humanos — o atormentava. O cenário se alterou e presenciou uma perseguição. Viu-se fugindo, escorraçado por cavaleiros e reconheceu Andret entre os agressores. Viu-se cercado e prestes a ser massacrado por todos, que exigiam sua morte. Quando notou um homem — o mesmo que fincara a espada — lançando contra si uma lança, acordou, assustado. Tentou mexer-se, mas seu corpo protestou. Tudo ainda estava extremamente dolorido. Assim sendo, permaneceu deitado, estudando o recinto onde estava. Era um cômodo simples, mas aconchegante, feito de pedras. De sua cama viu o forno de barro cujas chamas estavam brandas; do lado oposto, um baú e uma tina, com água. À sua esquerda, uma pequena janela cujos batentes, de madeira, estavam parcialmente cerrados, propiciando réstias luminosas penetrarem. E encostada à parede, estava sua espada, cujo cinto dela pendia, ralando o chão. Ele desceu seus olhos. Pela primeira vez, sentiu desconforto em contemplar a arma que há anos, empunhava. Inspirou profundamente. Estava incerto quanto ao tempo que dormira, havia varado dia e noite? Não sabia dizer.

A região cauterizada latejava. Desceu um pouco a coberta e notou uma dose de ungüento cobrindo suas costelas. Seria coincidência ser alvejado duas vezes nos mesmos lugares?

— Estás desperto!

Ao ouvir as palavras, puxou a coberta e levantou seus olhos em direção à porta. Uma mulher, carregando uma bandeja, adentrou no recinto.

— Dormiste por dois dias, rapaz. Necessário te alimentares, antes que desapareças completamente. Estás muito magro e debilitado.

Acabrunhado, Tristan esforçou-se para sentar-se. A sensação era a de que houvessem arrancado partes de seu corpo, porém, com cautela e apoiando-se em seus braços, conseguiu seu intento. Uma vez sentado, fitou a visitante.

— Não vais me dizer que não tens fome! — Hyn zombou.
Sentiu-se confuso, sem saber o que dizer. Mas arriscou.
— Creio... que já fizeste muito por mim e nem terei como retribuir-te, senhora. Talvez seja melhor eu partir — ele ameaçou erguer o manto. Ante esse gesto, Hyn divertiu-se.
— Pensas mesmo em sair, rapaz? — ela continuou sorrindo.
Foi então que Tristan se deu conta de que não estava usando nem ao menos suas vestes íntimas. Cobriu-se novamente, com o rubor corando suas faces, até então pálidas. Por um instante, esqueceu-se de que devia evitar movimentos bruscos.
— O que... houve com... minhas roupas? — jamais em sua vida ficou tão desconcertado como naquele momento.
Hyn — que estava segurando uma bandeja de madeira, pediu para que Tristan afastasse suas pernas, depositando-a sobre a cama.
— Tuas vestes serviram de alimento para o fogo. Não ias querer usá-las novamente, podes acreditar-me. Aquela tua cota de malha, malfeita, por sinal, terá algum uso, se Llud derreter e separar a escassa prata dos demais metais.
O moço passou a mão pelo rosto, apreensivo. E percebeu não estar mais com a barba.
— Mas não te preocupa, rapaz. Terás com o que te vestir. Por ora, deves alimentar-te — Hyn ofereceu-lhe um prato conhecido na região por *carrigeen*; algas marinhas cozidas com leite. — Isto irá ajudar a fortalecer-te.
— Não posso aceitar, senhora. Como irei pagar por tua hospitalidade? Nada tenho de valor, apenas minha espada e meu cavalo. Era por isso que perguntei pelas minhas roupas, pois devo seguir algum... — ele vacilou — meu caminho.
— Este assunto será discutido noutra ocasião. Precisas comer. E não recusa, pois sei quando alguém está esfomeado — dessa vez Hyn sorriu meigamente.
Vencido pelas palavras dela — e pela fome — Tristan aceitou e satisfez-se. Há vários dias não se alimentava. Além do *carrigeen*, Hyn trouxera pão, queijo e leite com mel.
Hyn colocou a bandeja em cima do forno e retornou com um vasilhame em suas mãos. Sentou-se no pé da cama e antes de erguer a coberta, disse-lhe, ainda sorrindo.
— Fica sossegado, rapaz. Eu já sou mãe de dois filhos! — com tranqüilidade, afastou o manto, expondo o local cauterizado. Retirou o tecido protetor e delicadamente espalhou ungüento por cima daquele. Feito isso, repôs outro tecido de linho limpo. Antes de deixá-lo, o fez ingerir uma infusão de ervas. Descansar foi a ordem final.
Novamente sozinho, desfrutou da sensação de ter sua fome saciada ainda que seu íntimo estivesse estraçalhado. Todavia, o mais inusitado era que havia sido

salvo, algo difícil de acreditar, pois ao que parecia, muitos desejavam sua morte. Era como se a traição tivesse ocorrido há dias e não no espaço de três anos. Marc o havia prevenido. Mas não compreendia porque aquelas pessoas...

— Cumprimentos, rapaz!

Tristan ainda estava sentado, com as costas apoiadas na parede protegidas por uma almofada, quando viu um homem de meia idade entrando no recinto. Seu rosto transmitia serenidade.

— Sou Llud, meu amigo. Estás te sentindo melhor?

Ele concordou, acenando.

— Te encontrei desfalecido, sendo vigiado pelo teu cavalo — Llud sorriu. — Por sinal, um belo garanhão. Quando estiveres recuperado, deverás ir vê-lo.

— Sou-te grato, senhor, por minha vida. Mas, como disse a... — ele não sabia o nome da mulher; Llud revelou-lhe, dizendo ser sua esposa. Tristan continuou. — ...a Hyn... preocupo-me como vos retribuir por vosso auxílio.

Llud sorriu.

— Não preciso de nada, rapaz.

— És altruísta, Llud — Tristan ajeitou-se com cuidado. Mal podia movimentar o tronco. — Mas... acredito que tens consciência de quem resgataste da morte.

O camponês suspirou e acomodou-se no mesmo lugar, onde momentos atrás, sua esposa estivera e concordou, em silêncio.

Um interstício de quietude tomou forma.

— Por quê? — o acamado indagou, por fim.

— Aprendi a respeitar qualquer vida, rapaz. Confesso que, quando soube, senti pelo meu rei, que não merecia um golpe desta monta, especialmente provindo de alguém que para ele, sempre foi caro. Toda Cornwall era ciente da adoração de Marc por ti. Entretanto, seja lá o que te motivou a cometer aquele ato, não cabe a mim julgar-te, Tristan.

Ele desceu seus olhos.

— Pois devias. Uma vez eu julguei friamente um homem por um desacerto semelhante e... — exprimiu, amargurado — ...e hoje percebo ter sido mais vil do que ele.

Llud levantou-se.

— Agora, em nada te auxiliará culpar-te. Acredito que já foste demasiadamente punido, noto isto em teus olhos. Erraste, mas sei de tuas nobres atitudes para com o nosso rei e à Cornwall — o camponês encarou-o, a bondade estampada em sua face. — Precisas ser forte agora rapaz, se quiseres superar teus traumas. Mas quero que saibas que aqui, és bem-vindo e aqui ficarás até restabelecer-te.

Tristan levantou seus olhos, encarando-o.

— Estás provendo abrigo a um proscrito, senhor. E a um cavaleiro exonerado.

— Foram estas tuas punições?

O acamado concordou.

— Proscrito, exonerado... que seja! — Llud ergueu-se. — Estou abrigando apenas um homem, nada mais! — E com um leve sorriso, Llud o deixou.

Com a alimentação reforçada, remédios e vinho, ele foi recuperando seu vigor, bastante desgastado nos últimos meses. Em verdade, Tristan não era o mesmo — fisicamente — desde seu primeiro ano em Morois. Aqueles dias em repouso foram uma bênção. Com o tempo, o efeito do ferro em brasa foi dirimindo. Uma crosta cobria todo o arredor da pele cauterizada, cuja marca — talvez a pior — acrescia-se às diversas outras cicatrizes em seu corpo. A despeito da região sensibilizada, ele arriscava alguns movimentos, pois jamais havia sido um homem com paciência de permanecer longo período imóvel. Sua primeira atitude, tão logo pôde erguer-se da cama, foi envolver sua espada com panos e guardá-la. O único local em que ela não ficaria à sua vista, era sob o colchão. E foi o que fez.

Nos dias seguintes, Hyn permitiu-o deixar o recinto. Para tanto, forneceu-lhe trajes típicos de camponês — o que até então, não havia feito, uma tática para obrigá-lo a repousar. Porém, diante de suas circunstâncias, tudo o que conseguia fazer, era caminhar pelos campos. Entre um passeio e outro, ia ao estábulo visitar Husdent, seu companheiro de batalhas. Ali permanecia longas horas. Seu intuito era cuidar de seu cavalo, mas seu estado ainda era delicado. A total recuperação dependia de suas atitudes, mas decidiu que iria ajudar nos trabalhos do sítio assim que seu corpo permitisse, uma resolução que o fez ficar atento às tarefas realizadas. Durante as manhãs, observava os campeiros cuidando da plantação de trigo e cevada; às tardes, aprendia — de apenas fitar — o trato com os animais de criação.

— A colheita está próxima — comentou Llud, certa manhã em que o acompanhou em suas andanças.

Tristan interessava-se pelas sucintas explicações de seu anfitrião. Apesar de quando criança ter vivido em uma propriedade similar, jamais havia tido contato com a terra. Duas manhãs depois, ele acordou com diversos ruídos provindos do campo. Levantou-se, vestiu as roupas rústicas e deixou a casa. Ao longe, viu camponeses divididos entre a colheita, canto e no ensaio de uma peça teatral. Ele preferiu observar à distância. Entretido, não reparou Llud avizinhando-se.

— *Lughnasad* — disse, atraindo a atenção de Tristan. — O deus *Lugh*, ou se preferir, *Lleu*.

— Um único deus com diversos nomes. Conheço *Lugh*, o deus da luz.

— Aprecias as tradições de nossos antepassados?

— Eu as respeito.

— As pessoas se reunirão, assim que a colheita terminar, para as festividades. Penso que o melhor seria...

— Não te preocupes, Llud — disse, interrompendo-o — Não sou versado às festividades.

Com efeito, ele se manteve alheio aos eventos, que envolviam jogos, danças, proclamação de poemas e teatro. Realizavam tudo no campo, de onde tiravam o sustento. Homenagearam Llud, que era tido como uma espécie de líder para os demais camponeses. Por três dias, as comemorações entretiveram e distraíram a todos; para Tristan, foram três dias encerrados em seu recinto. Nada havia para festejar.

Ao término de *Lughasad*, a calmaria retornou. Era ainda alvorada quando percorreu o caminho até o estábulo. Uma vez ali, acariciou o focinho de Husdent, o robusto garanhão apreciava as constantes visitas de seu dono — e de seus cuidados — tanto quanto era solto nos campos. Ao retirá-lo de sua baia, Tristan notou ser necessário uma limpeza. Não apenas a de Husdent... No estábulo, teve início sua retribuição; cansado de semanas repousando e evitando qualquer esforço, apanhou um forcado de dois dentes e preparou-se para o trabalho. Ao inclinar o instrumento e retirar um montante de palha da baia de Husdent, recordou-se da fazenda de Rohalt, do garoto... e de sua terrível morte. Tentou afastar aqueles pensamentos concentrando-se no trabalho, mas refletiu serem muitas as sombras em seu passado. O presente não era melhor. Carregava dúvidas se os dias vindouros seriam menos dolorosos... Quando removia a palha da última baia, percebeu ter um visitante. Llud aproximou-se, o rosto severo.

— Estás louco? O que pensas estar fazendo?

Tristan apoiou-se no cabo da ferramenta, descansando os braços.

— Não, Llud, não estou louco. Mas estou agradecido.

— E por isso, queres que tuas chagas se rompam novamente? Coloca isto de volta com as outras ferramentas! — Llud apontou o forcado.

— Não é necessário ficares alarmado, sinto-me bem melhor. Ademais, repousei o suficiente. Por isso, permite-me pagar-te dessa forma por tudo o que fizéreis por mim.

Llud queria poder impedir, entretanto Tristan comentou ser a determinação, uma de suas escassas virtudes imaculadas ainda existente em si. Estava decidido a ajudar nas tarefas do sítio e Llud não teve outra opção exceto aceitar. Mas tentou persuadi-lo: "E se, enquanto estiveres trabalhando no campo, vieres a ser reconhecido?" O próprio proscrito não se alarmou. Comentou, com certa lugubridade, que nada mais havia em si para ser reconhecido como um cavaleiro. Agora usava vestes toscas, como as que convinham para o ofício e como um simples camponês, não portava qualquer arma. De seu glorioso passado como um guerreiro, restavam apenas as memórias... e a espada de Rivalin, guardada. Imbuído nessa nova realidade, despertava ainda no alvorecer. Seguia em direção ao estábulo, onde selava Husdent e juntos, iam arar as extensões de terra. Era a rotina da vida no campo; feita a colheita, a terra precisava ser novamente arada para a plantação. A tarefa — cansativa — não lhe era muito familiar, mas esforçava-se. Com Husdent, o trabalho tinha dimensões menores; o cavalo representava um grande auxílio.

Certa manhã, depois de terem arado boa parte do campo, Tristan deteve o animal. Afrouxou a canga e afagou-o no focinho, ato contínuo, vislumbrou o horizonte. O céu, a cada segundo, ia ganhando cores claras. A quietude era cortada apenas com alguns cantos de pássaros solitários, alguns deles planavam ao vento; o moço contemplou-os. A brisa brincava com seus cabelos, com a longa cauda e crina de Husdent. Ali, pensativo, acompanhou as réstias de luz dando vida ao campo, era por elas também iluminado. Com sua mão por sobre os pêlos negros de Husdent, apercebeu-se os filetes de Sol nela desenhados. Estendeu os nós dos dedos e o Sol definiu com sua luz, as veias e os ossos de sua mão em depressões claras e escuras. Foi o bastante para que recordasse da fatídica noite naquela nau, em que escoltara a princesa da Irlanda... e de seus sentimentos reprimidos, pois desconhecia o amor e suas facetas. Então, uma única mulher surgiu em sua vida.
Iseult.
Gotas de suor banhavam a fronte. A lembrança de Iseult trouxe o nefasto momento de quando Marc tomou ciência da traição. *Deuses*, ele pensou. *Não sei o que me tortura mais... ter perdido Iseult, meu amor, ou minha traição. Sou merecedor da mais ignominiosa morte, disso eu sei. Mas Marc deu-me a vida, apenas para sofrer nos terrenos áridos e infinitos da desonra.* Plangente, passou seu braço em volta do pescoço do animal, encostando nele seu rosto. Era ciente de que jamais voltaria a ser o homem que havia sido, ainda que resgatasse sua condição de cavaleiro e voltasse a servir um rei.

Sequer cogitou a possibilidade de ser ele próprio rei.

O vento zuniu por entre as árvores. Ele afastou-se de Husdent e juntos, retomaram o trabalho. Ao longe, notou outros camponeses iniciando a lavra em outros pontos do sítio. Pediu aos deuses que nenhum se aproximasse. Preferia trabalhar sozinho. Era seu íntimo despedaçado, seu odioso remorso — cujas chagas dilaceravam e atormentavam-no, deveras mais maléficas do que seus ferimentos carnais — que o induziam ao trabalho. Dedicava-se, sem se preocupar como fazer ou o quê fazer. No momento, era o arado; levou metade do dia para terminar a tarefa. Em seguida, retornou com Husdent ao estábulo. Ali, tratou de seu cavalo. Os outros animais o observavam, as orelhas tesas, as robustas vacas mastigavam placidamente o feno, não dando importância à presença humana. Tendo finalizado com Husdent, encheu a tina de água de cada animal e apreciava quando estes aproximavam de si, enquanto despejava água no cocho. Era cercado por eles que uma ínfima parcela de ânimo renascia, talvez, pela inerente inocência naqueles seres. Entre eles, era apenas um homem, um ser vivo, sem qualquer mácula. Eram minutos preciosos em que não se torturava com o fardo da culpa. Naquele dia, entretanto, não iria permanecer só por muito tempo. A porta do estábulo se abriu e Llud invadiu o local.

— Tristan! Tu estás sem comer o dia inteiro. Peço-te que abandones teu serviço e dividas uma refeição conosco!

— Não deverias preocupar-te comigo, meu amigo — o moço redargüiu, trocando a água do último cocho.

— Pois se não me preocupasse, tenho certeza de que recairias doente. Vamos, deixa esse caldeirão e vem comigo imediatamente!

Ele atendeu. Com o casal, dividiu uma refeição. O camponês fazia questão de sua presença.

Naquela noite, acomodado em seu quarto, Tristan tentou conceber a idéia que seu anfitrião tinha de si, mas era impossível. A verdade era que não conseguia compreender porque aquele camponês — além de salvar sua vida — o tratava com tanta consideração, com tanto respeito. Sem saber, Llud, com sua indulgência e pureza de sentimentos, acarretava uma onda de mal-estar em Tristan, que não raro, sentia-se vexado perante aquele homem.

Como nas demais noites em que o sono recusava-se a vir, ele pensava, repensava, relembrava tudo o que lhe acontecera; era um mar de lembranças sem fim. Nem em Morois havia sofrido tanto, devido à presença de Iseult. Mas ali, era apenas ele e os fantasmas de suas insidiosas ações, não sabia até quando sua sanidade iria resistir. Sentou-se em sua cama, atormentado. Concluiu que seria mais fácil enfrentar uma sentença do rei — mesmo se fosse a morte — do que aquela vida mergulhada no remorso. Na dor. Na culpa. Na desonra. Na desgraça... Marc o teria perdoado para que vivesse isso?

Mas... e Iseult?

Era um paradoxo. Amava-a com a mesma intensidade com que sentia-se culpado. Amargurado, escondeu o rosto em suas mãos. Embora o amor ainda existisse, a mancha e o peso da desonra parecia lenta e dolorosamente aniquilar seu espírito.

Conforme os dias passavam, dedicava-se mais às tarefas. Os outros camponeses — que evitavam aproximar-se dele, por ordens de Llud — tinham-no apenas como mais um servo, apesar do contato mínimo, apreciavam seu trabalho. Certa manhã, após revolver um trecho de terra, ouviu uma fanfarra, eram os *carnyx*, as trompas de guerra. Os demais aldeões e seus filhos correram até a cerca, afoitos. De onde Tristan estava, era possível vislumbrar a estrada. Os *carnyx* soaram novamente, junto ao retumbar do trote dos cavalos. E ele acompanhou a armada — cujos líderes empunhavam o estandarte de Marc — cruzando o percurso.

Ele não se preocupou consigo, estava longe para ser reconhecido. Além de que, se ainda fosse importante o suficiente para continuar a ser caçado, os cavaleiros não iriam usar o *carnyx*. Aquilo era sinal de uma guerra, talvez futura, talvez próxima. Lembrou-se de Maxen e dos saxões, seria por eles o motivo de Marc ter enviado a armada? Ou teria ele recebido algum pedido de Arthur? Os últimos guerreiros, em um estrondear de cascos e relinchos dos cavalos, seguiram seu caminho, sendo ainda ovacionados pelas crianças.

E se foram.

Refletiu se deveria partir e descobrir se os saxões realmente haviam se tornado uma ameaça. Mesmo sendo um proscrito, não iriam condená-lo por prestar auxílio em uma guerra, ademais, duvidava se iria suportar ter sua espada longe de si pelo resto de sua vida... *Como? Não sou mais digno de empunhar a arma de meu pai!*.

Decerto, havia perdido muito mais do que um título.

Segurando a enxada, retomou o caminho para o estábulo, não estava mais com ânimo de continuar trabalhando. No caminho, deparou-se com Llud. Assim como os outros, o camponês havia presenciado o som envolvente dos *carnyx* e o sinal o deixara inquieto.

— Então, eles avançaram — Llud comentou, acompanhando a última facção desaparecer no horizonte.

— Os saxões?

Llud sorriu, apreensivo.

— Estiveste muito tempo fora da realidade, Tristan. Não são apenas os saxões que nos atacam, como não eram, nos tempos de Vortigern. No período deste último, éramos vítimas de anglos, pictos, jutos e até escotos, além de saxões. Tão grave era a situação, que nem mesmo o poderoso exército romano encontrou meios para derrotá-los, daí retirarem-se e ignorarem nossos apelos, em 443. — Llud fitou o horizonte, tristemente. — Meu pai contou-me a respeito desses anos. Foram tempos de barbárie, que infelizmente, retornaram. Arthur está no lugar de Vortigern e receio dele falhar. Porque, contrário ao que ocorreu com este último, Arthur tem um número considerável de bretões como inimigos. Bretões! Irmãos que não reconhecem nenhum líder, desde a morte de Uther, seu pai. Eles se juntaram aos saxões e a alguns anglos.

— Arthur convocou os demais reis para uma guerra?

Llud confirmou.

— Há mais de um verão e meio. Marc, pelo que sei, participou desse concílio, em Glastonbury.

Tristan voltou-se para a estrada vazia.

— Estar nessa guerra... — lamentou — era o meu lugar.

— Teu braço seria de grande ajuda, realmente — Llud fitou-o. — Talvez ainda esteja em tempo, rapaz.

Ele continuou apoiado na enxada.

— Não sei se conseguiria.

— Então, te prepares para fugir. É o que a maioria dos camponeses pretende fazer, se a guerra alastrar-se como no tempo de Vortigern. Mas... se me permites dizer, Tristan... não me pareces ser um homem covarde.

Ele não respondeu. Llud prosseguiu.

— Eu tomei minha decisão. Irei permanecer e lutar, mesmo ciente de que essa horda de selvagens irá nos massacrar — ele voltou-se para o horizonte. — Bem, há trabalho a fazer. Pensa nisso, Tristan. Tu irias lutar para deter esses malditos — e Llud retirou-se.

Absorto, voltou a revolver a terra, esquecendo-se de que estava cansado. Nesse momento, percebeu estar sendo observado por um menino. Já o havia visto antes, diferentemente da maioria das crianças, era solitário, raramente brincava ou conversava com as demais. Tristan continuou seu trabalho e o menino ali, observando-o, até que uma mulher surgiu. Era alta, magra, uma expressão enigmática. Longos cabelos castanhos e o manto escuro que usava, debatiam-se contra o vento. Ela apanhou o menino pela mão, trocou olhares com Tristan, para em seguida, descer o platô — onde estavam — e caminhar rumo às casas dos servos.

Por fim, ele completou sua tarefa. Incerto quanto ao que fazer, retornou para casa de Llud iluminada pelos raios do entardecer.

Hyn, defronte à janela, o viu aproximando-se. Ela afastou-se e virou para seu marido, que se ocupava em acender as lamparinas.

— Llud, avisaste também as mulheres?

O homem encarou-a.

— Para não importunarem Tristan?

Hyn concordou.

— Sim, eu avisei. Algumas até inquiriram-me a respeito dele, mas nada disse.

— Nem seu nome; assim espero.

— Hyn, pensas ser eu tolo?

Hyn voltou a fitar a janela.

— Ele foi ao estábulo. O que me deixa inquieta, é que acredito que *ela* o tenha reconhecido e se ressinta...

— Hyn, ela jamais irá dizer algo. Tanto ela quanto Tristan foram acolhidos e aqui me preocupo apenas com o presente. O que houve em Tintagel não nos diz respeito.

— Nem o que ele fez a esta família? Pensaste em Clodion? — Hyn tinha a expressão séria.

— Dize-me, esposa... Por que pensas que ele está lá fora, até agora, trabalhando? Garanto-te que não é para comemorações — ele prendeu a lamparina no suporte. Fitou-a em seguida. — Crê-me, ele cumpre a pior das punições... não acreditar mais em si próprio — ele suspirou. — Irei me deitar, Hyn. Se tu o vires, lembra-te... Deixe-o à vontade.

Tristan não encontrou o casal acordado. Em silêncio, foi ao seu quarto e deitou-se. Como suas dúvidas persistiam, resolveu permanecer no sítio trabalhando. Ao menos, retribuía seu anfitrião por tudo o que dele recebera. Aquele, acostumado com seus camponeses — homens calmos, que realizavam as tarefas sem pressa —, reagia com incredulidade quando lhe contavam a respeito de seu novo... "servo". Jeitoso, Tristan rapidamente aprendeu os mais variados ofícios. Demonstrou habilidade em realizar trabalhos em madeira; com facilidade, confeccionou cangas e modelos de brinquedos de carros puxados por cavalos para as crianças e outros bonecos. Até mesmo uma harpa modelou, aparelhando-a, como de costume, com fios de crina de cavalo e ensinou Hyn a dedilhá-la. Nos dias seguintes, enquanto cuidava dos campos e do curral dos porcos, viu as crianças com os modelos que fizera. Afastado da algazarra, avistou o garoto solitário, com dois cavalinhos de madeira em suas mãos. Satisfeito por ter finalmente feito algo que alegrara outras pessoas, afastou-se do curral, indo ao estábulo alimentar e cuidar dos animais. Husdent era o primeiro a perceber a aproximação de seu dono, o que o fazia bater as patas dianteiras — com suas pesadas ferraduras recentemente trocadas — contra o solo. E terminava agitando os outros animais.

Pacientemente, Tristan escovou cada um, limpou e supriu as cocheiras, quando ouviu notas musicais. Virou-se para a porta do estábulo e viu Hyn entrando com a harpa em suas mãos.

— Uma melodia insignificante! Mas consegui tocá-la.

— Tudo tem um começo, senhora — ele agora ordenhava as vacas. Hyn observou-o.

— És um homem estranho, Tristan — disse, segurando a harpa. — Por que insistes nisso? — e Hyn abriu os braços, envolvendo o estábulo. Estava referindo-se à vida no sítio.

Ele interrompeu a ordenha e afagou o animal.

— Não sei. Mas, se não fizer nada, sei que irei enlouquecer.

— Fazes até demais — Hyn sorriu. — Até esqueces que teu corpo precisa de sustento. Perdeste mais uma vez as refeições. Receio de que não aprecias compartilhar conosco jantares ou... — ela dedilhou a harpa — ...ou almoços.

— Não se trata disso. Tudo o que quero, é manter-me ocupado.

— E mesmo ocupando-se, não estás feliz.

Ele continuou acariciando o animal. Trazia uma expressão desoladora, uma espécie de transe.

— Há muito que desconheço a felicidade, senhora — recuperou-se do momento aflitivo e voltou à ordenha.

— Sinto por isso — ela disse, achegando-se do animal, que tranqüilamente mastigava folhas verdes e apoiou-se em seu lombo. — No entanto, observo em teus olhos sentimentos conflitantes e intensos que jamais presenciei em outra pessoa. Em tudo o que fazes manifestas essas emoções. Até mesmo quando me ensinaste a tocar — ela recolheu os braços, ocupando-se em segurar a harpa com ambas mãos. — Devo dizer-te que as crianças adoraram os bonecos que fizeste. Jamais as vi tão eufóricas.

— Sim, eu as vi. Mas é ínfimo... perto do que causei.

Hyn tocou algumas notas. Mas parou segundos depois.

— Llud insiste em acreditar em tua redenção, mas comentou que depende de ti. Não deves ficar imerso nesta consternação para sempre, Tristan.

Ele interrompeu uma vez mais a tarefa, abaixando o rosto.
— Eu simplesmente não sei como... nem por onde começar.
Hyn fitou-o ternamente. Focalizou sua atenção ao anel, preso à corrente, que reluzia. Percebeu então, a quem pertencera aquela jóia, tanto quanto seus evidentes sentimentos. Pretendia confortá-lo, mas ambos presenciaram vozes de crianças chamando-a. A camponesa virou-se para a porta e viu alguns meninos procurando-a.
— Bem, devo ir. Mas reflitas no que Llud disse, Tristan. Eu mesma acredito ser possível, porque teus sentimentos vívidos alteraram meus conceitos a teu respeito — proferiu, esboçando um sorriso.
Tristan seguiu-a com os olhos até que deixasse o estábulo. Aquelas palavras haviam sido reconfortantes, isso não podia negar. Novamente só, tentou concentrar-se na tarefa. A inusitada situação — de ordenhar uma vaca — poderia a princípio, parecer revoltante, mas não era. Nem repulsa sentia. O animal abaixou a cabeça e apanhou mais folhas. Foi quando um som atraiu a atenção deste, e dos demais. Tristan voltou-se para a porta, imaginando ser Hyn voltando por algum motivo. Todavia, era o menino solitário que penetrava no estábulo. Em suas mãos, os brinquedos esculpidos. Tristan apanhou outro vasilhame para a ordenha e reparou no receio de seu visitante.
— Não precisas ter medo — disse à recatada criança.
Como resposta, o garoto — andando devagar — achegou-se até a vaca e com as costas das mãos, afagou-a na altura das espáduas.
— Por que estás infeliz? — indagou o menino, de chofre.
Tristan encarou-o. Lembrou da conversa com Hyn minutos antes.
— Estavas espiando...? — Tristan inquiriu. O visitante concordou, com um aceno de cabeça, a expressão apreensiva. — O que ouviste?
— Nada! — mentiu e arrependeu-se no mesmo instante. — Algo.
Ele parou a ordenha e lavou as mãos em uma tina com água.
— E o que seria esse algo?
O rapazinho segurou com força os brinquedos. Tímido, sentou-se próximo ao local onde Tristan ordenhara.
— És um cavaleiro, estou certo? Não és um servo, nem camponês — disse, o tom leve, mas com convicção.
Tristan, que estava agachado limpando as mãos, ergueu-se e afastou os vasilhames com leite. O menino o observava e assim continuou, quando o homem levou a vaca de volta à baia.
— Por que queres saber? — perguntou, de dentro da baia.
O visitante agora detinha sua atenção para os brinquedos.
— Meu pai era um cavaleiro. Infelizmente, não é mais vivo.
Ele fechou a portinhola da baia e observou o menino. Era um garoto de proporções médias, magro. Os cabelos compridos, limpos, castanhos — como os de sua mãe. Os olhos acastanhados.

— Por que pensas ser eu um? — Tristan constatou tê-lo perturbado com sua indagação.

— Eu... ouvi rumores... de Llud, há algum tempo, ter dado abrigo a um cavaleiro.

— Não devias acreditar em tudo o que as pessoas comentam — ele aproximou-se do visitante, visivelmente acabrunhado.

— Perguntei-te... porque meu pai era um cavaleiro — repetiu. — Esperava que tu fosses um para me ajudar...

— ...a tornar-te um — Tristan completou a frase. — Como te chamas?

— Clodion... senhor — o garoto tinha as faces rubras e disfarçava sua timidez prendendo sua atenção nos brinquedos. Tristan puxou outro tosco banquinho e sentou-se ao seu lado.

— Gostaste desses bonecos?

Ele confirmou com um aceno.

— Poderias fazer uma espada de madeira para mim?

— Uma espada de treino? Então, já conheces a arte da luta?

— Meu pai me ensinava. Treinávamos quase todo dia, quando ainda morávamos próximo a Tintagel.

Ao ouvir o garoto, Tristan sentiu todo seu corpo tremer. *Não!*, pensou. E súbito, um terror funesto nasceu em si.

— Quando teu pai morreu, Clodion?

— Mais ou menos, há três verões — ele ajeitou-se no banco. — Disseram ter ele sido morto numa contenda entre os cavaleiros de Marc.

Numa contenda! — ao ouvir aquelas palavras ergueu-se, bruscamente. As lembranças terríveis da luta contra Marjodoc e seus próprios homens começaram a ganhar forma. *Há três verões... numa contenda...! Deuses... vos imploro, que eu esteja enganado!* — rezou, mortificado.

Clodion, sem se importar com a reação de Tristan, prosseguiu.

— Uma contenda que teve relação com o cavaleiro da rainha e ela própria. Na época, diversos tumultos ocorreram devido a isso. Mas até hoje desconheço o que realmente aconteceu — ele colocou um dos cavalinhos no chão, próximo de si. — Tudo o que sei, é que nunca mais vi o comandante de meu pai. Lembro-me dele, na arena, às vezes, usando uma cota de prata; noutras, vestido de negro, cercado por outros cavaleiros. Costumava assistir, à distância, os treinos que ele realizava.

Comandante de meu...!, Tristan divagou. Estava ficando mais árduo ocultar sua aflição; ainda assim, voltou-se para o menino.

— Como chamava teu pai? — indagou, com receio da resposta. Em verdade, não queria ter questionado... aquilo.

— Pharamond, senhor.

Ele desviou seus olhos de Clodion. Era assolado pelos detalhes minuciosos da odiosa contenda, tanto quanto os homens que dela participaram. Viu-se munido da espada, reviveu o momento em que foi atacado por três cavaleiros, após poupar Marjodoc. As imagens... os gritos! Andret o insultava aos berros, Iseult estava histérica. As espadas chocaram-se, os brados continuavam. Um agressor investiu pelos flancos, e em meio ao clamor da peleja ouviu um nome...

— Pharamond... — ele repetiu, em baixo tom. — *Pharamond... tu tinhas um filho?!*, pensou, desgostoso. Reservado, o guerreiro nunca conversou a respeito de sua vida particular. *Que infeliz modo de descobri-la...*

Clodion não havia escutado Tristan repetir o nome.

— Desde então, moramos aqui. Hyn nos acolheu. Mas não gosto deste lugar, não é para guerreiros. Os meninos não se importam em aprender a lutar! Preferem o contato com a terra e animais — suspirou, desanimado. — Preferia voltar à Gália, terra onde nasci. A terra de meu pai.

Tristan — o rosto mortalmente pálido — afastou-se com alguns passos. Sentiu-se acovardado. Com efeito, jamais em sua vida uma fraqueza de espírito o atingira como naquele momento. Porque era incapaz de narrar a verdade para Clodion. De que era o assassino de seu pai.

Clodion, no entanto, continuava placidamente sentado, pensativo.

— E... tu farás a espada para mim? — indagou. Demonstrava ansiedade pela resposta, mas continuou falando. — Queria ao menos ter ficado com a espada de meu pai. Mas disseram à minha mãe, na ocasião de sua morte, não ter sido ela encontrada. Preciso voltar a praticar. Meu pai dizia que um homem deve conhecer todos os segredos da luta com a espada, porque somente assim será capaz de defender a sua pessoa, sua honra... e sua terra.

— Ele... referia-se à guerra — Tristan afirmou. Evocava as lembranças que tinha de Pharamond e de sua férrea determinação de lutar pela Britannia.

Clodion entendeu ter Tristan feito uma indagação, portanto, respondeu-a.

— Era desejo de meu pai defender a esta terra. O pai dele morreu em uma batalha contra os saxões, por isso, o ódio por este povo — ele suspirou. — Quisera eu poder ir em seu lugar — ele apanhou o cavalinho do chão e levantou-se. — Preciso ir. Minha mãe deve estar à minha procura. Ela teme profundamente essa minha paixão por armas e por eu almejar seguir os passos de meu pai — comentou, a voz melancólica.

Clodion despediu-se e cruzou a porta do estábulo, andando rapidamente. Tristan o observou sumir de seu campo visual. Não deveria ter mais do que doze anos, mas demonstrava perfeita maturidade. Não duvidou de que ele trouxera os cavalinhos como uma desculpa para seu verdadeiro intuito: a espada.

E o rapaz dialogou sem saber, com o homem que roubara a vida de seu pai.

Diante daquela triste circunstância, constatou ser impossível encontrar o caminho para a redenção que Llud suscitara. A verdade era que jamais havia concebido a extensão de suas atitudes. Como poderia? Sim, havia Marc, traído duas vezes. Havia seu pai adotivo, Gorvenal... Mas não havia pensado nos familiares dos homens que havia matado. E foram muitos. Agora, Clodion era uma triste lembrança de sua insensatez.

Súbito, com uma repentina determinação, selou Husdent e deixou o estábulo, odiando a si próprio. Execrando suas atitudes... condenando sua covardia, diante de Clodion. Mas... e se confessasse a ele? *Todos no sítio vingar-se-ão em Llud, por ter me socorrido. Se fosse apenas em mim... se tivesse essa garantia...*

Às vezes, lamentava-se ter sido resgatado. Era uma dessas ocasiões.

Cavalgou até o ferreiro que, às vezes, trabalhava para Llud. Assim que adentrou na loja, foi avaliado pelo homem — com visível desprezo. Entrementes, Tristan não se intimidou. Andou até ele, perguntando-lhe o valor de uma espada. O ferreiro reagiu como se tivesse recebido um insulto.

— Não poderias pagar por um trabalho meu — atalhou, rude. — Quantos homens metidos nessas repulsivas vestes de criador de porcos teriam dinheiro por uma espada feita por mim? — escarneceu.

— Tua educação é tão eficiente quanto o teu modo de avaliar teus clientes — Tristan foi ríspido, mas constatou que o homem não compreendeu o que dissera. Teria de ser mais específico. — Realmente, não tenho qualquer valor comigo. Mas aceitarias trabalho em vez de moedas?

O ferreiro — que estava trabalhando em um *repoussé* — uma testeira para cavalos — era também excelente artesão e ao ouvir Tristan interrompeu seu trabalho, fitando-o, sério.

— Tens noção do que estás me oferecendo, criador de porcos? Teu ofício é com animais e com a terra e não com ferro ou outros minérios.

— Meu ofício, homem, não te interessa. Mas digo-te não ser um, nem outro. O que importa é se estás interessado no que posso te oferecer, em troca de uma espada. Por tua melhor espada. Se não quiseres, posso tentar com outro ferreiro.

Ele voltou a concentrar-se no *repoussé*.

— Pois te adianto que os outros trabalham apenas por dinheiro — ele levantou seus olhos para o moço. — Em todo o caso, quanto tempo estarias disposto a trabalhar para mim?

— Até o fim do inverno.

Fothad, o ferreiro, esqueceu do *repoussé* e continuou com olhos fixos no visitante. Era uma oferta tentadora; ainda estavam no fim do verão. Havia demanda de peças, enfeites, armas... isto significava a compra de mais escravos para as minas.

— E como irias confiar em ti? Deves ter em mente que não irás trabalhar modelando o ferro, ou o bronze, como eu faço. Mas sim, na extração dos minérios. Irás suportar isso? Aviso-te que apenas escravos vão para esses lugares.

— Estou ciente disso, assim como tens minha palavra de que não faltarei contigo.

O ferreiro afastou a peça. A havia finalizado.

— Amanhã estejas aqui cedo. Levar-te-ei às minas. Se, após alguns dias não mudares de idéia e persistir até o fim do período estipulado, terás tua espada.

O céu ainda estava escuro quando Tristan encontrou-se com Fothad. Seguiram rumo às minas, um lugar afastado e localizado em meio a regiões montanhosas ao norte de Isca Dumnoniorum. À distância, Fothad freou seu cavalo e apontou o local da extração. Fornalhas iluminavam a alvorada, o ar era carregado pela fumaça de minerais sendo fundidos. Era possível ver alguns homens trabalhando na superfície. Com a chegada dos dois, o capataz do sítio aproximou-se. Era um homem de aspecto feroz; alto, extremamente forte, os cabelos longos, pretos, com mechas trançadas. Uma barba espessa cobria seu rosto. Usava uma surrada *bracae*, botas, mas o tórax estava desnudo. Torques enfeitavam o grosso pescoço e um rico bracelete contornava a musculatura do braço direito. Da cintura pendia uma espada, curta — estilo romano e um açoite, cujas pontas eram de chumbo. Tristan não se surpreendeu com aquele homem e sua fisionomia rude, afinal era responsável por toda a extração de minérios.

— Fer Ulad! — Fothad freou seu cavalo próximo a ele, que soltou risos e comentários pela visita repentina.

— Estava mesmo em tempo de apareceres! — Fer Ulad redargüiu, segurando as rédeas para que o ferreiro desmontasse. E o capataz encarou Tristan, ainda montado — Ou não se trata de uma visita... vieste contemplar-me com outro escravo? Mas desde quando um escravo viaja sem estar atado?

— Ele não é um escravo, Fer Ulad, mas comprometeu-se comigo em permanecer aqui durante algum tempo.

A resposta de Fotahd atraiu a atenção dos trabalhadores que puderam ouvi-lo. Quanto a Fer Ulad, sua única reação foi rir. Tristan por sua vez, apeou-se. Não precisava que por si intercedessem, iria falar com o capataz. No entanto, este foi mais rápido e ainda rindo, agarrou suas vestes e puxou-as bruscamente, rasgando-as na altura do tórax.

— Ora, Fothad... duvido que ele dure dez dias aqui, com esse físico esguio, de campeiro — virou-se para Tristan e ameaçou a apalpar seus músculos, mas desta vez, foi impedido, pois teve seu pulso firmemente detido pelo moço, que com voz áspera, vociferou:

— Como Fothad disse, não sou escravo, servo ou o que disseste. Porque estou aqui, é assunto apenas meu — e Tristan soltou-o, não sem aplicar-lhe um empurrão. Por pouco, o capataz não perdeu o equilíbrio e caiu. Os cativos contiveram um riso, sob pena de serem açoitados.

Fer Ulad, esfregando o punho que Tristan comprimira fortemente, comentou, ressentido:

— É pena que esse teu homem não seja um escravo, Fothad. Porque se fosse, iria aprender muito sobre respeito — voltou-se para Tristan. — Mas, se queres trabalho, terás muito a fazer — e ele afastou-se.

O ferreiro avizinhou-se de Tristan.

— Voltarei em alguns dias para ver teu empenho — em seguida, montou e partiu.

Para todos ali — escravos, guardas e mesmo para Fer Ulad — Tristan era tido como um demente, pois homem nenhum, em seu perfeito juízo aceitaria trabalhar naquele inferno. Mas uma determinação inabalável o movia, não se importava em ter que usar a picareta quebrando pedras, fosse na superfície, fosse em minas subterrâneas, onde o ar além de escasso, era impregnado pelo odor de azeite, devido as lamparinas serem acesas com esse óleo. Os corredores dessas minas eram estreitos e os mineradores eram obrigados a cavar ajoelhados. Pilares de madeira sustentavam as paredes e o teto do túnel, mas acidentes ocorriam com freqüência; ele próprio escapou de certa vez, ser soterrado. As jornadas revezavam-se, ora estava dentro das minas, ora cuidava das muitas fornalhas usadas para a produção do ferro e estanho. Todo o serviço era acompanhado por alguns guardas que não hesitavam em utilizar-se dos açoites, quando necessário. Contra ele, porém, nada era feito, respeitavam-no. Excetuando o fato de, por vezes sua jornada ser a mais árdua e extensa, a mando do capataz. Ainda assim, Tristan as cumpria. Sim, não era molestado, mas ridicularizavam-no por sua insanidade. Não era suficiente para abalá-lo; de fato, por mais que se desgastasse fisicamente, por maior que fosse seu desconforto — principalmente durante à noite, em que era obrigado a dormir amontoado entre os escravos, em uma espécie de galpão feito com grossas toras de madeira cujas portas eram acorrentadas —, por mais que seu corpo — desacostumado àquele tipo de trabalho, reagisse, em dores musculares ou ardência na pele, conseqüência das escoriações em suas pernas, joelhos e mãos — não reclamava e principalmente, persistia. Sentia ser necessário submeter-se àquela experiência, era o ódio contra si próprio que o obrigava a ali permanecer.

Em suas horas de folga, cavalgava, explorando a região. Toda a vez em que saia com Husdent, os escravos apostavam — geralmente um punhado de suas frugais refeições — em sua desistência em retornar. Ao término da quarta vez em que Tristan contrariou a maioria das expectativas, delas desistiram. Ao que parecia, o estranho pretendia ali permanecer.

Diversas vezes, os escravos o questionaram com a mesma indagação, por que estava ali? Mas não obtiveram qualquer resposta. Tristan, apesar de conviver com eles, em nenhum momento revelou-se, nem mesmo disse seu nome. Tratavam-no por "estranho", "forasteiro" e os homens mais espirituosos o chamavam de "louco", em tom jocoso. Ele nunca se importou. Mas compartilhou das mais degradantes misérias acarretadas pela escravidão. As humilhações, doenças, privações, a chama da esperança, enfraquecida a cada dia, junto com o peso — e a melancólica saudade — de uma vida livre, que nada mais eram do que vagas lembranças. Vivenciou o desespero de homens que, em outra vida, haviam sido guerreiros — como ele — mas que agora, eram cruelmente dominados, a custa de grilhões de ferro e açoites. Muitos deles viviam acorrentados e sob constante vigília, uma situação que fatalmente os levaria ao desespero. Todo aquele suplício despertou algo dentro de si. A princípio, não soube ao certo como agir. No entanto, dias depois de sua chegada, ficou a par de que um desses condenados — um guerreiro — tropeçou nos grilhões atados em seus tornozelos, terminando por ferir-se, no pé, com sua própria picareta. A regra naquele inferno era a de que homens feridos deveriam ser mortos, pela lógica, era uma boca a menos para alimentar. E o que menos havia ali, eram provisões.

O ferido foi carregado por colegas e alojado no galpão. Assim que os vigias souberam, invadiram o lugar com o intuito de matá-lo, mas Tristan impediu e não se intimidou quando os guardas se tornaram ríspidos.

— Se vós estais tão preocupados com a parte da alimentação dele, dai a minha. E assim, restará um a menos para comer — foi o modo como conseguiu persuadi-los. Livre dos agressivos vigias, cuidou do ferido. Aprendera muito, com Iseult, suas ervas e com suas próprias feridas. Tanto ele como os escravos que trabalhavam nas plantações, encarregaram-se de trazer as espécies que ele determinava.

Entretanto, sua ousadia irritou o capataz. Como este não poderia castigá-lo fisicamente, reduziu o período de seu descanso. Fer Ulad desejava subjugá-lo enviando-o apenas para as piores minas e atendendo ao seu pedido — o parco alimento a que tinha direito, ia para o homem ferido. Nem isso surtiu efeito. Estava habituado a passar longos dias sem comer, desde que ingerisse água. Dessa forma, quando recebia a permissão para descansar, embrenhava-se na floresta, indo em busca de alimento, como em Morois. Mais de uma vez, retornou com lebres por ele abatidas, das quais alimentava-se e distribuía para os prisioneiros. O presente foi motivo de felicidade para homens esfomeados, mas de ódio para Fer Ulad, que no entanto, preferiu não causar alardes. Afinal, ele pensava, homens com o estômago cheio trabalham mais.

Ele fazia o possível para dirimir os sofrimentos daqueles homens, talvez tentando aplacar o seu próprio. O homem ferido recuperou-se, aproveitando esse fato, Tristan ensinou-os tudo o que conhecia a respeito das plantas medicinais e como deviam se comportar.

— Vós sois homens, não animais — dizia, e os obrigou a adquirir o hábito de lavarem suas roupas e seus corpos — Já que compartilhamos tudo, devemos nos acautelar. Se um de vós estiverdes doente, deveis tratar-vos o mais rápido possível, evitando que outros também caiam enfermos. E principalmente, deveis enterrar os mortos. Por tudo o que é sagrado, sei que as roupas e botas de um morto têm alto valor, mas mister se faz enterrá-lo. É um costume que aprendi estudando os gregos, e não creio que eles assim procediam apenas por ser um aviltamento deixar o falecido apodrecer na superfície.

Muitas vezes, ele não era compreendido. Ainda assim, sua presença entre tantos homens sofridos, por mais inconcebível que fosse, melhorou o espírito alquebrado de muitos cativos. Estes cumpriam tudo o que ele dizia, acarretando certo alívio na convivência entre o grupo. Era gratificante quando, ao deitarem-se, exibiam roupas razoavelmente limpas, cuidados que estenderam aos seus corpos. Tristan ainda ensinou-os a limpar os dentes, com água e sal. Tão entretido ficou durante esses dias, que até esqueceu-se de que Fothad não havia retornado. Continuou vivendo ali, como se escravo fosse, padecendo com eles, mas fazendo o que podia para dirimir a dor. E fez mais. Quase provocou um tumulto pela sua determinação protetora. Aconteceu em uma tarde, quando retornava de um passeio com Husdent e deparou-se com Fer Ulad açoitando sem piedade um jovem; este estava atado entre duas toras de madeira fortemente fincadas no solo. O motivo da surra para Tristan era obscuro, poderia ser o que fosse, mas nada justificaria aquela agressão. Em volta daquele deprimente espetáculo, escravos e guardas assistiam. O testemunho dos detidos era obrigatório, pois aquela lição servia de exemplo. Daí que todos, sem exceção, viram Tristan achegando-se e acompanharam sua intromissão. Com Husdent, forçou passagem e em segundos, estava ao lado de Fer Ulad, arrancando o açoite de suas mãos.

Um silêncio tétrico pairou por alguns instantes. Finda a surpresa, Fer Ulad restou possesso, não ia perdoar tamanho disparate. Assim sendo, no auge de seu arrebatamento, desembainhou sua espada e preparou-se para atacar, entretanto, seus próprios guardas reagiram. Apesar da ousadia, Tristan estava desarmado.

— Pois arrumais-lhe uma espada! — Fer Ulad vociferou.

Embora não desejando em hipótese nenhuma lutar, ele não poderia recuar diante do desafio. E uma espada romana lhe foi entregue. Assim que apeou-se, o embate teve início. Husdent afastou-se, assustado, enquanto os dois homens desenhavam golpes violentos. Tristan detestava as espadas romanas. Eram ótimas em ataques de infantaria, concomitante ou posterior ao uso das lanças e com a proteção eficiente do escudo, tática tipicamente romana. No entanto, em um combate singular, as espadas curtas deixavam a desejar. Nem por isso demonstrou fraqueza, apesar de evitar demonstrar sua habilidade como cavaleiro — fez o possível para ocultar suas cicatrizes, para não dar ensejo a questionamentos —, não apenas estava dominando o duelo, como arrancou exclamações dos demais. Fer Ulad, não obstante conhecer alguns truques e ser rápido, não era páreo para Tristan. Por duas vezes, o capataz foi derrubado; em ambas, Tristan concedeu-lhe chances para erguer-se. Percebendo sua derrota iminente, o capataz — arquejante — comentou, o tom de voz recatado:

— És o demônio, forasteiro. E cometi o erro de te subestimar. Sabemos que venceste, mas entendes que preciso ter o respeito perante meus homens e os escravos.

— E para isto, precisas castigar dessa forma esses coitados? Já não basta estarem aqui, privados da liberdade?

— Quem diabos és, para manejar uma arma desse modo? — indagou, em baixo tom. Era uma pergunta que atiçava a curiosidade de todos, até mesmo dos guerreiros mais experientes, que jamais haviam presenciado tanta destreza e versatilidade em um duelo. Inusitado Fer Ulad ser derribado!

— Um louco, como me chamam. Concordo em interromper nossa desavença, se parar com aquela punição e se o rapaz for tratado.

— Agora ousas ordenar-me. Mas já pensaste na possibilidade de vingar-me em ti?

— Vinga-te e estarás assinando tua covardia perante todos, principalmente depois de eu ter preservado tua desprezível vida — rebateu, ríspido.

Fer Ulad refletiu por breves instantes. Tristan declinou sua espada, para tristeza da maioria dos cativos, que ansiavam ver o capataz morto.

— Soltai-o. — Fer Ulad ordenou para seus guardas. Estes se aproximaram do local do castigo, o escravo tinha as costas cruelmente surradas e estava caído de joelhos, os braços atados sustentavam-no. — E cuidai dele — foi sua ordem final. Enquanto os guardas faziam isso, perscrutou Tristan. — Afinal, quem és? Como sabes lutar desse jeito?

Ele não respondeu. Apenas jogou a espada diante dos pés de Fer Ulad e deu-lhe as costas, indo atrás de Husdent. Montou-o e deixou o lugar.

Todos, sem exceção — incrédulos — admiraram seu feito.

Alguns dias depois, Fothad retornou e ficou surpreso por ainda encontrar Tristan ali. Dessa vez, o ferreiro trazia mais escravos e Fer Ulad ficou radiante com a notícia de que o intruso iria embora.

— Ele te causou problemas? — Fothad questionou.

— Não causaria, se tivesse controle sobre ele. Mais de uma vez me senti propenso a mandar meus homens capturá-lo em uma cilada e fustigá-lo até seus ossos aparecerem! Mas isso iria acarretar um conflito com os escravos, devido ao afeto que sentem por esse alienado — o capataz retrucou, mal-humorado, requisitando aos guardas para que levassem os novos trabalhadores. — No entanto, ele não deixou o compromisso um único dia. E confesso que dificultei sua estada aqui. Mandei-o para as piores minas, privei-o das refeições e reduzi seu descanso. Para ele, não fez qualquer diferença. Seria um escravo valioso.

— Queres ficar com ele mais um...

— Em absoluto! — Fer Ulad protestou. — Estou satisfeito com meus homens.

Tristan, avisado por um dos escravos, apareceu segundos depois. Fothad cumprimentou-o e avisou-o de que logo partiriam. Sem delongas, ele foi buscar Husdent, pastando em uma campina não muito distante. Ali também ficavam os campos em que os cativos plantavam; eles próprios cuidavam de sua alimentação. Cavalgando próximo, ouviu um leve assobio. Ao procurar a origem, reconheceu o rapaz que havia sido duramente castigado pelo capataz. Mas, conforme Tristan ficou sabendo, sua intromissão foi decisiva, pois Fer Ulad pretendia prosseguir com a punição e deixá-lo preso, para morrer. O rapaz, parcialmente restabelecido, ergueu sua mão em um aceno e sorriu para Tristan. Estava profundamente agradecido.

Ele despediu-se com certo pesar daqueles condenados, surpreso por ter se envolvido tão profundamente com os dramas ali existentes. Carregava a falsa idéia de que, com tudo o que lhe acontecera, era um homem desprovido de sentimentos, de emoções. Mas estava errado. E por trás de sua aparência austera, emocionou-se ao presenciar os escravos fazendo o possível para dele despedirem-se.

Fer Ulad, a par do pequeno revolto, comentou ao ferreiro:

— A despeito dos dias trabalhados, prefiro que nunca mais me tragas outro homem que não seja escravo.

— E haverá algum outro? — Fothad zombou, mesmo ciente de que Fer Ulad desconhecia a razão que manteve o rapaz ali.

— Não sei. Mas, se trouxeres, recusarei. Um desconhecido tentando ditar as ordens, é suficiente.

— Agora entendo o que disseste com relação a quereres controlá-lo — e Fothad riu. Tentou imaginar como deveria ter sido os dias transcorridos com a presença do estranho, ali. Um homem de caráter inflexível.

Tristan aproximou-se, montado em seu fogoso corcel. Fothad despediu-se do capataz e se foram. Cavalgaram juntos em passo lento; um vento frio incidiu sobre eles.

— O prenúncio do inverno — o ferreiro comentou, na expectativa de que seu acompanhante protestasse pelo tempo a que fora submetido à prova, ou de que reclamasse por ter sido esquecido. Mas Tristan nada disse. Fothad continuou — Estou admirado por não teres desistido. Posterguei minha vinda bem mais do que os reduzidos dias que combinamos, mas te encontro com o mesmo espírito inabalável com que me procuraste.

Tristan ouviu-o, silente. A experiência, além de injuriar seu espírito, agrediu seu físico. Deixara-o mais magro e com outras seqüelas em seu corpo, típicas dos trabalhos a que fora submetido. Seus joelhos várias vezes sangraram e ficaram em carne viva, devido ao tempo em que trabalhara prostrado. Suas mãos não estavam em melhores condições. Como os joelhos, a pele lacerou; em ambos, a calosidade persistia. Um outro fator inquietou-o muito, mas não comentou com os demais escravos. Quando permanecia longo período nas minas, terminava sentindo dificuldade em respirar e ao retornar para a superfície, o choque com a claridade era atordoante. Teriam noção, os condenados, de que a cada dia estavam se matando? Demasiadamente magoado, ajeitou-se em sela. Profundas olheiras contrastavam com seu rosto pálido. Seus olhos, há muito haviam perdido a luz e a vivacidade de outrora. A barba não aparada agravava-lhe o ar taciturno. Suas vestes — as mesmas, desde o dia em que ali chegara — estavam gastas e apesar de remendadas, apresentavam vários rasgos. Ele roçou seus dedos no anel-pingente que usava, a única lembrança de seu passado.

— Serei franco contigo, rapaz. Não esperava que suportasses. Ainda não forjei tua espada, mas a terás.

O moço quase não reconheceu Fothad com aquela cordialidade em sua voz. Mas o ferreiro, além de demonstrar-se amigo, confessou da necessidade de auxílio dentro da loja, portanto, estava inclinado a ensinar Tristan a modelar e a trabalhar com os metais. Ele não se opôs, afinal, não havia findado o período que se comprometera. Retornou ao sítio, sendo bem recebido por Llud e Hyn. Em verdade, ficaram radiantes diante da notícia de que ali iria permanecer durante o inverno. Tinham ciência de seu auxílio; seria inestimável.

Durante esses meses sombrios e ventosos, ele dividiu seu tempo nas árduas tarefas do campo, provendo a casa e os estábulos com lenha para os fornos, cuidando de toda a criação e com seu aprendizado na forja dos metais. Até que uma manhã, assim que adentrou na ferraria — tremendo de frio — Fothad o chamou. Ele estava diante da fornalha, juntos, começaram a moldar a espada. Fothad bombeou várias vezes o fole, esclarecendo ao rapaz da temperatura — extremamente elevada, graças ao fole — ser a certa. Num cadinho, estava o metal derretido; em dado momento, Fothad derramou-o em um molde. O moço estudou-os — havia vários na loja, de diversas formas e tamanhos.

— Tradição de família, rapaz — Fothad disse, percebendo o interesse dele pelos moldes.

Por fim, o ferreiro desatou o molde e levou o modelo — já na forma de lâmina — sob as chamas do forno. Em seguida, mergulhou-o em um vasilhame cujo conteúdo era um líquido escurecido — Tristan reconheceu como sendo sangue — para a têmpera daquele. O ferreiro explicou ser o ponto crucial em que a lâmina recebia a dureza que iria lhe permitir adquirir e manter o fio de corte. O próximo passo foi cravar no corpo da espada os desenhos que Fothad havia rascunhado em peles de carneiro e era Tristan quem iria cuidar desta parte. A bainha havia sido forjada em bronze e estanho, o rapaz também nela trabalhou, gravando as mesmas figuras que estavam na lâmina. O punho, por sua vez, foi esculpido como sendo o corpo de um leão, cuja cabeça finalizava a peça. As hastes horizontais eram enfeitadas apenas com a cabeça da fera. Ao término, Fothad elogiou-o a facilidade com que ele aprendera a manejar as ferramentas para gravar e esculpir as figuras.

— É uma bela arma. Uma das mais bem detalhadas que fiz — o ferreiro comentou.

Tristan, que a segurava pelo cabo — iniciado pelo ferreiro e finalizado pelo aprendiz — brandiu, cortando o ar.

— Desde quando usas sangue no feitio de armas?

Fothad sorriu.

— É um segredo dos druidas. Normalmente, os ferreiros usam água ou óleo, mas nenhuma espada pode se comparar com aquelas em que usamos sangue.

Tristan voltou-se para ele, pensativo.

— Segredo dos druidas? E desde quando eles se preocupam com armas?

O ferreiro continuou sorrindo.

— Não compreendes os sábios, rapaz. Escasso é nosso conhecimento a respeito deles, mas estejas certo de que esses homens serão para sempre lembrados — ele fitou a espada. — Ela combina contigo.

Tristan a embainhou.

— Não farei uso dela.

— O quê! Trabalhaste tanto... por uma arma que nem será tua?

— Ela irá pertencer a alguém que a merece — e ele a depositou na mesa.

Fothad, atônito, retrucou:

— És um homem estranho. Recusas a me dizer quem és... até teu nome não sei! E, depois de tudo o que fizeste, irás dar essa espada para alguém?

— Alguém que tem mais direito, meu amigo — disse, imaginando Clodion com a arma.

O ferreiro deu de ombros.

— De qualquer forma, aprendeste rápido o ofício de ferreiro. Se quiseres aqui permanecer, poderei pagar-te.

— Tua oferta é generosa, Fothad, mas não sei ao certo o que pretendo.

— Irás deixar o sítio?

Fitou o ferreiro, desejava esboçar um leve sorriso, mas não foi capaz.

— Apenas quando cumprir o que acordamos.

Por fim, os ventos abrandaram e o Sol voltou a brilhar em Isca Dumnoriorum, derretendo a neve que cobria os campos. Encostado contra a parede de pedras da casa, Tristan testemunhou os primeiros aldeões atravessarem o platô. Algumas crianças corriam e cometiam as costumeiras algazarras. E percebeu alguém avizinhando-se.

— Acordaste cedo, Llud — disse, ainda compenetrado nas crianças. Reconheceu Clodion.

— Estava cansado de permanecer deitado.

Por alguns instantes, apenas encantaram-se com os raios de Sol incidindo na paisagem. Llud retomou a conversa.

— Sinto que irás partir.

— Estive avaliando esta possibilidade, mas estou indeciso.

— Se fores... tens algum rumo?

— Faria alguma diferença, se tivesse?

O anfitrião, súbito, evocou quando o nome de Tristan foi louvado como um dos melhores guerreiros já vistos em Cornwall. Lembrou-se dos comentários proclamados, durante as comemorações em Tintagel, quando da derrota de Morholt e do saxão, no duelo no Eire. Decerto, não era o mesmo homem que estava ao seu lado. Teria ele realmente afastado de si sua espada?

— Tristan... tudo o que fizeste não aplacou teu espírito? Suspeito o que te levou às minas, rapaz... Fiz o possível para evitar que fosses importunado, mas não concebi a possibilidade de Clodion ir atrás de ti — entreolharam-se. — Cheguei a pensar que retornarias... se assim os deuses consentissem, em virtude de muitos perecerem neste horrível lugar... mais conformado contigo. Pelo jeito, o que sofreste lá, não foi o bastante — Llud o encarou. — Até quando pretendes te punir? Até morrer?

As crianças brincavam e riam, era possível ouvi-las.

— Devias ir até Arthur, Tristan — Llud prosseguiu, vez que o moço mantinha-se quieto. — Teu coração é de um guerreiro e isto ninguém pode roubar de ti.

— Como posso me conformar, Llud? Cada vez que fito Clodion, censuro-me. Fico imaginando as vezes que ele me espreitou, quando de meus treinos em Tintagel. Em várias ocasiões, o pai dele estava comigo. Seria o suficiente para me sentir aniquilado. Pelos deuses, seria, juro-te! Porém, há mais! Ele, acreditando ser eu um cavaleiro, pediu-me para ensiná-lo a manejar uma espada! Justo quem...! — a voz soou amarga.

Llud não rebateu de imediato. Por fim, indagou:

— E quanto a Arthur?

Tristan suspirou.

— Acreditas que Arthur iria dar confiança a um homem como eu? A um proscrito? Um homem que traiu seu rei e sua própria armada? Que desgraçou a vida de tantas pessoas? — ele fitou o amigo. — E que, mesmo culpado, acovardou-se perante um garoto? Nem ao respeito faço jus, quanto mais, à credibilidade. Não, Llud, se este homem for tudo o que dizem, jamais iria aceitar-me, mesmo se estivesse disposto a lutar contra os saxões — ele ajeitou as vestes rústicas. — Improvável — arrematou. — *O pior é que um dever me instiga a ir...*, confabulou.

— Não conheces esse homem, rapaz. Se queres um conselho, não comete o erro de julgar sem conhecer.

Tristan suspirou uma vez mais. De certa forma, deu razão a Llud. Voltou a olhar as crianças e agora Clodion — por incrível que fosse — estava entre elas.

— Contudo... — Llud novamente cativou a atenção do rapaz — ...seja qual for tua decisão, temos uma surpresa para ti — e ele acenou para que Tristan o seguisse.

Entraram no aposento de Llud. Embora tivessem sol, as lamparinas estavam acesas. Hyn não estava lá e havia algo por sobre a cama do casal. Tristan mal acreditou em seus olhos.

— Eu e Hyn decidimos ajudar-te a encontrares o rumo que perdeste.

Estendido na cama, um traje de cavaleiro jazia. A cota de malha de prata escurecida cobria todo o tórax e braços, os anéis de metais eram perfeitamente entrelaçados. Ao lado, uma vestimenta de linho, para ser usada sob o gibão de couro, também escuro e seguindo o modelo da cota. O manto, longo e macio, completava o conjunto, junto com botas de couro forradas de feltro e calças com tiras de couro entrelaçadas. Tristan ficou sem palavras.

— Hyn optou, e eu concordei em escurecermos a cor do traje. É mais seguro, especialmente se viajares a noite.

— Eu... não posso aceitar — titubeou.

Llud segurou-o pelos ombros.

— Consegues negar tua existência? É no sangue que reside a verdadeira essência de uma pessoa. Ainda que a tudo perdeste, tens no sangue o clamor de um homem de armas, Tristan! Não concordas que lutando pela Britannia estarás redimindo teus erros?

Ele não soube o que dizer; não havia pensado daquela forma. Confuso, conseguiu apenas agradecer o presente ganho. Estava sendo persuadido a voltar a ser um guerreiro, ocupação que acreditava não ser mais digno. Entrementes, pensou novamente em Clodion... e do desejo do pai assassinado por suas mãos. Um homem que sentia orgulho de seu então comandante. *Seguir a ti, guerrear pelo nosso rei e pela Britannia!* Se havia roubado o sonho nobre de um homem também nobre, cabia a si executá-lo, ainda cônscio de que, mesmo lutando pela Britannia não iria dirimir o peso da culpa. Pensativo, voltou ao seu cômodo, munido das vestes, depositando-as sobre a cama. Retirou de debaixo do colchão um embrulho, que desfez. E a espada que por tanto tempo recusara-se a usar, estava em suas mãos. Ele a retirou da bainha e roçou no símbolo de Lionèss, o falcão forjado no cabo da arma. *És tudo o que me resta*, divagou. *Rivalin, meu ilustre pai... não condenes teu filho, um traidor desonrado e proscrito, por portar novamente tua arma. É para resgatar uma ínfima parcela do que fui, que ouso, mesmo sem ser digno, cingir tua espada em mim.*

Estava decidido a partir.

Em sua última noite no sítio, findada a ceia com Llud e Hyn, ele deixou a casa com um embrulho feito de panos. Percorreu o platô e atingiu a moradia dos servos. Havia memorizado a de Clodion; ali anunciou sua presença com batidas contra a porta. Ouviu passos se aproximando e a porta foi aberta. Deparou-se com a mãe do garoto, o rosto sério, iluminado pela lamparina que trazia. A expressão dela contraiu-se mais ao vislumbrar o visitante. Mas antes que qualquer palavra pudesse ser pronunciada, Clodion surgiu logo atrás. Ela compreendeu que era um assunto que não lhe dizia respeito. Entretanto, com expressão amarga, fitou o filho:

— Não te demores — e fechou a porta assim que Clodion deixou o recinto.

A escassa claridade provinha de algumas tochas entre as casas. O rapazola reconheceu o visitante, mas não compreendia o porquê dele procurá-lo.

— Clodion — Tristan iniciou a conversa —, ...algum dia, irás ter consciência de certos... acontecimentos. Fatos que te forçaram a mudar tua vida. Não sei por quem irás saber, nem quando, mas tenho certeza de que esse dia chegará. Ficarás ciente de tudo. Neste dia, peço que tentes entender que às vezes, mesmo não querendo, cometemos erros, terríveis erros. E conviver com eles, talvez seja a maior das punições.

Clodion fitou-o, confuso.

— Mas... por que estás me dizendo isto?

— Saberás com os dias que virão, assim como espero que te dediques ao que veneras — e Tristan entregou-lhe o embrulho.

O garoto retirou os panos e deslumbrou-se ante a magnífica arma.

— Rogo para que, se algum dia no futuro te encontrar já homem feito, sejamos amigos — ele fez menção de ir-se. Clodion, atônito, percebendo, segurou-o pelo braço.

— Por que estás me dando essa arma? Tem algo a ver com meu pai?

Tristan, com delicadeza, afastou suas mãos, libertando-se.

— Adeus, Clodion. Lembra-te de que essa arma foi forjada para um cavaleiro — e Tristan desapareceu na escuridão da noite.

Parte II

XVI

O som do oceano lembrava a Governal os velhos maciços e a costeira escarpada de Cornwall. Ali, o mar em seu tom variado entre um azul cinza e esverdeado, expandia-se ruidosamente. Do baluarte de Kaherdin, descortinava o mar azulado da Pequena Bretanha, iluminado pelos débeis raios de Sol.

Kaherdin disse que há dias ele luta pela vida, pensou. *Depois de tudo, Iseult iria importar-se em atravessar o Mar Divisor e vir até a Armórica por ele?* — o velho escudeiro afastou-se da janela e voltou-se para o catre. Kaherdin aliviava o tórax alvejado do acamado com um pano embebido em sumo de ervas. O ferido repousava.

— Apenas agora começo a compreender porque meu comandante e amigo era um homem reservado, muitas vezes, melancólico.

— Ele teve muitos motivos, meu senhor — o escudeiro andou pelo recinto. — Indago-me se ela virá.

— Virá, se ela ainda o amar.

Governal sentou-se, desanimado. Kaherdin depositou o tecido em uma pequena tina.

— Ele conheceu Arthur? — referiu-se ao moribundo.

O escudeiro confirmou.

— Toda minha vida, sempre quis conhecê-lo. Deve ter sido um grande homem.

Governal sorriu levemente.

— Creio que nem o próprio Arthur fazia idéia do que representava. Eu também não o conheci, exceto pelos olhos de meu mestre. Como ele está? — perguntou para o duque.

— Ele ainda respira, mas creio que será por limitado tempo.

Governal suspirou. Sentiu a presença da morte. Mesmo assim, prosseguiu com sua narrativa.

A cada passo de Husdent ia afastando-se de Isca Dumnoriorum. Era alvorada e o céu clareava lentamente. Suas últimas recordações eram a conversa com Clodion e a despedida de seus anfitriões. Llud confessou seu pesar pela sua partida, mas estava contente por Tristan ter finalmente reacendido a chama de sua existência: voltava às armas.

— Não há honra maior do que defender a Britannia — Llud comentou, não disfarçando o orgulho.

Tristan concordou, sem nada dizer. *Honra!* — refletiu.

Hyn insistiu em ceder provisões para o moço, até moedas de prata quis dar-lhe, mas ele recusou veementemente, afinal, já haviam-lhe feito muito. De certa forma não mais amedrontava-se pelo fato de nada possuir, exceto as roupas de seu corpo — dadas pelo casal — sua espada e Husdent. A corrente de ouro e o anel de Iseult eram seus únicos objetos a terem algum valor material. Contudo, para si, ambas as jóias faziam parte de seu corpo, de sua essência, daí protegê-las. Afora isso, nenhum outro bem lhe interessava.

A estrada romana, bem construída — com blocos de pedra talhada — transmitia a vaga idéia de um Império. Ele havia estudado o povo romano, sua história, conquistas, realizações. Haviam sido eles que derrotaram seus antepassados. Lembrava-se de, quando criança, Rohalt narrando-lhe as realizações de Vercingetórix e Cassivellaunus. O primeiro, um chefe arverniano da Gália [França], que combateu César, terminou sendo derrotado pela falta de união das tribos gaulesas. O segundo, "o rei Celta", também em uma guerra contra César, ofereceu forte resistência aos romanos, liderando a poderosa tribo Catuvellauni de Kent [Britannia]. Contudo, ambos renderam-se ao ambicioso romano. Aqueles fatos ocorreram, conforme aprendera, cem anos antes do Deus dos cristãos. A despeito do tempo, os vestígios do Império idealizado por César ainda podiam ser contemplados — cavalgar pelas estradas era apenas um de seu vasto legado. Porque Roma fez mais do que simples conquistas. Tendo o poder e controle absoluto, obrigava os povos conquistados a aderirem aos costumes, religião e às leis romanas, olvidando-se dos seus próprios. Nesse confronto de idéias, os druidas foram os que mais sofreram, perseguidos pelos romanos. Agora, anos depois, a Britannia era alvo de disputas entre povos bárbaros e os celtas remanescentes só podiam depender de si próprios. Roma, há muito, perdera seu esplendor.

Cruzou com estalagens abandonadas, imaginando como estas deveriam ter sido no passado. Mas precisava ater-se ao presente, especialmente diante de sua situação, porquanto não era seguro viajar sozinho. Evitava cavalgar durante à noite; de fato, nem mesmo na estrada permanecia. Sua longa jornada iniciava-se ao alvorecer. Retornava à estrada e seguia em uma determinada direção. Sabia para onde seus passos o levariam. Seguia rumo a Glastonbury.

A viagem durou dias, percorridos entre as escarpas montanhosas e grandes extensões de florestas. Em seu décimo dia de viagem, notou estar sendo seguido — eram os famosos ladrões de estradas. Naquela noite, teve certeza de que seria atacado, uma presciência que realmente ocorreu. Cauteloso, preparou-se. Acendeu uma fogueira e fingiu dormir. No momento certo, reagiu. Retornava sua destreza com a espada, retornava à vida de um guerreiro. Os ladrões, que não esperavam tanto de um único homem e eram insanos o bastante para atacarem sem qualquer proteção de metal, morreram por suas mãos. O último deles tentou, em desespero, uma fuga, mas foi atravessado por uma das espadas inimigas, caídas próximo de Tristan, cujo arremesso foi de terrível precisão.

Ele permaneceu em pé, banhado pelas contidas chamas que acendera. Uma sensação estranha, desconhecida e inquietante dominou-o ao término da contenda, similar como quando matou pela primeira vez. Mas afastou tais idéias, afinal, era a sua vida ou a deles. Aproximou-se de um dos corpos, limpando sua espada. Seu ato seguinte surpreendeu a si próprio — flagrou-se revistando os bolsos de cada um deles. Jamais havia feito algo assim, entrementes, nem por isso absteve-se de apoderar-se das moedas que encontrou. Não tinha nada mais a perder. Sua existência havia se tornado tão vil — ou mais — quanto àquela atitude; decepção por decepção, ao menos teria algumas moedas de prata. Em seguida, afastou-se dos corpos, para na alvorada sucessora, retomar sua viagem.

Ao final da tarde subseqüente, sem maiores percalços, avistou Wearyall Hill — um conjunto de colinas de Glastonbury, Somerset. De onde estava, era possível visualizar o Tor, uma montanha cujo cume ostentava uma torre. Continuou cavalgando, atravessando as elevações naturais de Wearyall Hill até deparar-se com a muralha e com os vigias do portão. Um fosso contornava a muralha, como em muitos outros sítios. Ele freou Husdent defronte à entrada.

— Quem és? — um deles questionou. Tristan respondeu, pacientemente. Apresentou-se como um guerreiro mercenário e com seu nome de nascimento. Os sentinelas não eram homens rudes, estavam apenas cumprindo seu dever. E permitiram sua entrada, descendo a ponte.

Assim que atravessou o portão, constatou que os moradores do Tor estavam aflitos, temiam um ataque. Deparou-se com muitos outros guerreiros e autênticos mercenários — era fácil reconhecê-los, pois, como seus antepassados, tinham o costume de pintar seus rostos e tórax, além disso, passavam uma mistura de giz e água nos cabelos, deixando-os esbranquiçados e eriçados. Alguns deles cruzaram seu caminho e Tristan os cumprimentou. Eram homens extraordinariamente altos e com os músculos bem torneados. Vestiam-se de modo simples: *bracae* e um manto, preso por um broche, na altura do tórax. Tais guerreiros, como no passado, tinham fama de lutarem até o limite de suas forças, mas não eram confiáveis.

Teria Arthur contratado aqueles homens? Desconhecia. Talvez não estivessem ali como mercenários. De qualquer forma, naquele lugar iria apenas pernoitar. Dirigiu-se até uma pequena estalagem, onde apeou-se e pagou — com o dinheiro dos bandoleiros mortos — por uma noite de hospedagem. Em seguida, levou Husdent até os estábulos; foi quando estudou o monte Tor. A torre não era muito alta, mas construída sobre o cume do Tor, transmitia um aspecto impressionante. Ficou sabendo que havia sido ali o local da reunião entre Arthur e os demais senhores. E Marc estava entre eles. Teria seu então amado tio comentado a desdita do senhor de Lionèss? De seu vitupério, perante Cornwall? Pensou consigo que o melhor, era desconhecer a resposta.

Aos pés do Tor — conforme ficou ciente — além dos mercenários, moravam alguns druidas e sacerdotisas, que raramente apareciam. Eles ficavam confinados em seus santuários a maior parte do dia. Tristan, em verdade, guardava ressentimentos de druidas; inevitável a lembrança de Cathbad. No entanto, justamente no dia em que chegara, ao pôr do Sol, notou que tantos os magos como as sacerdotisas, andavam pelo lugar e estavam agitados. Das pessoas, ouviu o motivo: *Imbolc*, a festa da purificação, freqüentemente realizada nos dias seguintes ao término do inverno. As sacerdotisas, ricamente vestidas, iniciaram a execução de uma dança em frente aos santuários, para depois, oferecerem leite de cabra à Deusa. O leite era colocado em vasilhames, ao lado dos santuários. Em seus cantos, louvavam a Deusa e exaltavam a purificação.

Como de costume, a celebração seria longa. Sentiu-se cansado demais para presenciá-la, daí dirigiu-se à estalagem. Estava prestes a entrar, quando uma voz o deteve. Virou-se e contemplou uma das sacerdotisas. Uma moça metida em um manto escuro, face alva, longos cabelos claros e olhos cor de mel.

— As festividades de *Imbolc* não te agrada?

Tristan fitou-a. Por que uma sacerdotisa estaria preocupada consigo?

— Não se trata disso. Ultimamente, tenho tido menos apreço por festivais — replicou.

A moça andou até ele. Uma expressão enigmática cobria seu rosto.

— Da última vez que realizamos *Imbolc* em agradecimento à Deusa, Arthur estava aqui.

Ele não compreendeu. Qual o motivo daquela aproximação?

— Tu te referes à reunião, com os demais senhores.

Ela correspondeu.

— Arthur fez um apelo a todos os líderes. Ele não vê qualquer possibilidade de paz, nem mesmo algum acordo. Pois que acordo pode existir quando um povo quer conquistar terras para seus próprios interesses?

— Por que estás me dizendo isso?

A sacerdotisa sorriu levemente.

— Esperava que viesse.

— Como? — ele inquiriu, confuso, mas lembrou-se de que estava conversando com uma sacerdotisa.

— As dúvidas que trazes contigo, guerreiro, não evadir-se-ão apenas por lutares.

— Posso perguntar-te quem és?

Ela ajeitou as mangas do manto.

— Nimue. Uma sacerdotisa dos mistérios da Deusa.

— E... tens a visão dos próximos dias? — não acreditou ter feito aquela pergunta.

— Minhas visões resumem-se ao interior humano, guerreiro. Agora que estás aqui, sinto tudo o que tens passado, tuas mágoas, teus sofrimentos. Lembra-te que a guerra não irá libertar-te destes infortúnios.
Tristan deu de ombros.
— Bem sei. Mas o que libertaria? — voltou-se para os magos, que continuavam envolvidos na celebração. — Nada, presumo. Nem a guerra, nem a paz.
Nimue permaneceu séria.
— Decidiste ir a Camulodunum, não?
Ele assentiu.
— Se for aceito por Arthur, irei lutar contra os saxões.
— Arthur irá aceitar-te.
Tristan cruzou os braços.
— Falas como se o conhecesse bem.
— Conheço-o o suficiente para saber que ele irá te aceitar. Não te esqueças de que ele é um guerreiro. O guerreiro da divisa do urso. E é de bons cavaleiros de que ele necessita.
— Pois, Nimue, nem isso mais eu sou — ele fez menção de ir-se. Mas a sacerdotisa o deteve.
— Há um porém que descobrirás do próprio Arthur, Tristan — ela sorriu. — Irás te surpreender com ele.
Uma curiosidade o invadiu, tanto quanto o fato dela conhecer seu nome. O que ela queria dizer com tais palavras?
— Adeus, Tristan. Há sentimentos nobres em ti — Nimue retirou-se.
Mesmo se quisesse questioná-la, não teria mais respostas. Raramente uma sacerdotisa se colocava à disposição de outra pessoa. Assim sendo, ele foi deitar-se, precisava descansar. Antes de cerrar suas pálpebras e dormir, presenciou as músicas cantadas pelos druidas, que vibraram noite adentro.

Alguns dias depois, Tristan atingiu um povoado, ao norte de Glastonbury, um lugar conhecido por Wells. Estranhou o fato das casas estarem amontoadas sem qualquer proteção, especialmente com os ecos da guerra alastrando-se pela Britannia. Deixou a estrada e passou pelas primeiras casas. Não havia homens preocupados em fortificar a vila, ao contrário, ele reparou — em meio às casas — guerreiros que simulavam justas. Os atacantes montavam cavalos ariscos, estavam munidos de espadas e atracavam-se; por vezes, os cavalos iam de encontro às crianças e pessoas que assistiam. O resultado era um tumulto de pessoas correndo, cavalos atropelando carros e assustando outros animais. O costume de treinos em meio a vilas, persistia, para desespero daqueles que abominavam lutas. *Deviam ao menos, treinar longe das casas*, avaliou. Por fim, restou apenas uma dupla, um deles atacava com extrema perícia, seus golpes eram certeiros — e o fazia com o braço esquerdo, algo raro de se ver. Tristan freou Husdent a certa distância, observando-o. Não demorou para que o cavaleiro, em um assalto, desequilibrasse o oponente e o derrubasse, como fizera com os demais. Vencedor, foi amplamente ovacionado, e foi quando Tristan percebeu, perplexo, o motivo pelo qual aquele vilarejo não estar fortificado. Muitas daquelas pessoas não eram bretões, mas sim, saxões. E no ardor das aclamações, o vitorioso — que havia notado Tristan — cavalgou até ele.

— És novo aqui... — disse, em saxão. — Era um homem jovem, metido em uma cota de malha de mangas curtas, mas que atingiam até parte das pernas. Usava roupas de linho por baixo da cota e botas de couro. Tinha um cinto de couro, grosso, preso na cintura de onde pendiam duas adagas. Ostentava longos cabelos castanhos escuros e uma barba rala.

— Estou de passagem — respondeu em saxão.

O saxão tocou no tórax do visitante com sua espada.

— E que tal se, durante tua passagem, lutares comigo?

Os aldeões aproximaram-se, até mesmo o guerreiro vencido, com seu cavalo trazido pelas rédeas, todos querendo ficar a par da conversa entre o estranho e o vitorioso. Tristan, acanhado por estar suscitando o interesse dos demais, restou em dúvida em como proceder. Ainda não havia compreendido como aqueles saxões estavam vivendo naquele povoado e, o principal... não estavam sendo hostis. Interrompeu suas divagações ao sentir novamente o contato da espada saxã em seu tórax.

— E então? — o saxão insistiu. — És um bretão dotado de coragem?

Tristan prendeu seus olhos no guerreiro, que não parecia sedento de seu sangue, por ser seu inimigo. Tratava-se apenas um desafio e uma de suas características era jamais recuar quando provocado, fosse quem fosse seu oponente.

— Até um derribar o outro? — Tristan indagou.

Em vez de responder, o saxão fez seu cavalo recuar, dando espaço para Tristan. Era o sinal de que a justa iniciara. Tristan incitou Husdent, sacando sua espada. Atracaram-se no instante seguinte. Justas com espadas e a cavalo eram mais difíceis do que com a lança, afinal, o cavaleiro tinha que estar em harmonia com os movimentos de seu cavalo e não desviar seus olhos do oponente. O saxão investia pelo lado esquerdo de Tristan — que jamais havia lutado com um homem canhoto. E para piorar, a espada dele era curta — uma espécie de gládio romano, justamente a arma que Tristan detestava. O saxão contava com essas duas vantagens, pois Tristan tinha que jogar sua arma por sobre a cabeça de Husdent em alguns golpes. Mas nem por isso intimidou-se; forçava Husdent a voltar o pescoço e investia com precisão. O cavalo do saxão, bravio, começou a não atender aos comandos de seu cavaleiro e ameaçou morder Husdent, que arisco, revidou. Ainda assim, continuaram lutando em uma nuvem de poeira, em meio ao estardalhaço que faziam. Mais de uma vez os animais empinaram e ambos cavaleiros tiveram dificuldades em permanecerem montados. Nem por isso, o embate findou.

Volveram os cavalos e prosseguiram com a contenda. Tristan notou a força do oponente, contudo, lhe faltava agilidade. Percebendo a investida do saxão, em riste, interceptou-o, utilizando-se de um assalto em ângulo aberto, de baixo para cima. A arma de Rivalin, sendo longa, chocou com força na extremidade da inimiga. O impacto foi brutal o bastante para arrancar a espada das mãos do oponente que, atônito, acompanhou sua trajetória no ar. Por fim, caiu diante de pessoas incrédulas. Pessoas cujo olhar traziam dúvidas atinentes ao que acabavam de presenciar.

Tristan freou Husdent, declinando sua espada. Por um momento lembrou-se de quando lutara por Iseult, embora o atual desafiante fosse bem diferente daquele que matara. O saxão, relutante, também parecia não acreditar no que acontecera. Mas o abalo foi breve, pois aceitou o resultado do embate. Sorriu — embaraçado — e controlando sua montaria, achegou-se do vencedor.

— Por essa, eu não esperava...! Derrotado! Infâmia! — manifestou-se, mas não havia rancor em sua voz. — Um bretão peregrino conseguiu derrotar um guerreiro saxão! Quem és, forasteiro?

— Ninguém importante — ele embainhou sua espada.

— Ninguém importante? — ironizou. — Venceste Aesc, filho de Hengist, um dos maiores líderes de meu povo e crês não ser importante? Ora, vamos! Não estamos em guerra, portanto, não há o que temeres.

O saxão era bem direto — isso, Tristan não podia negar. Assim como queria poder dizer-lhe que eram eles, saxões, que haviam provocado as guerras e que iria nascer o dia para que temesse um guerreiro, fosse ele saxão ou de outra etnia qualquer.

— Chamam-me Tristan — por um breve instante, arrependeu-se de não ter dito seu nome celta.

Contudo, Aesc não reagiu de forma hostil. Apenas apeou-se. Imediatamente um garoto apareceu, levando o inquieto cavalo pelas rédeas.

— Muito bem, Tristan... — disse, achegando-se dele e oferecendo-lhe sua mão. — Tens meu cumprimento, venceste-me em um duelo honesto. Não há porque sermos inimigos.

Ele demorou a estender sua mão — a situação beirava a excentricidade. Estava indo a uma guerra contra aqueles bárbaros e agora, um deles lhe oferecia sua mão. Entrementes, Tristan aceitou, cumprimentando-o enquanto desmontava de Husdent. Aesc encantou-se com o cavalo negro.

— Um belo animal — disse, acariciando-o no pescoço. Desde que estou aqui, ouvi vários comentários a respeito de vossa arte em controlardes estes animais. Meu povo ainda está longe de contar com verdadeiros guerreiros montados, excepcionando alguns casos. Eu sou um deles. Um guerreiro bem treinado a cavalo, é incontáveis vezes superior a diversos de uma infantaria — Agora, peço-te que me sigas. — Husdent foi levado por outro garoto, enquanto o saxão dirigiu-se até onde sua espada havia caído e apanhou-a. As demais pessoas, percebendo que os duelos haviam findado, dispersaram-se.

Aesc convidou Tristan para restabelecer-se em sua própria casa — uma cabana de madeira, cujas paredes eram feitas de varas flexíveis, trançadas e cobertas por barro. A mesma técnica das casas de pau-a-pique. O saxão ofereceu água ao visitante, que aceitou, de bom grado. Percebendo que Tristan esvaziara o copo, reabasteceu-o, mas agora com hidromel. Fez o mesmo para si, enquanto pedia para Tristan acomodar-se em um dos toscos bancos de madeira.

— A bebida dos deuses! — Aesc exclamou, erguendo seu copo. Não parecia rancoroso, nem com raiva pela justa perdida.

— Devias experimentar vinho — estranhou proferindo tais palavras; ele próprio raramente ingeria vinho.

— Ah, o costume dos bretões... herdado dos romanos, presumo.

Tristan assentiu.

— Os romanos, que fugiram como cães medrosos. Fugiram dos pictos, de meu povo, dos jutos, dos anglos...

— E tu ainda acreditas que eles teriam alguma chance? — Tristan interrompeu. Havia um tom de sarcasmo em sua voz.

Aesc encarou-o.

— É impressão ou defendes os romanos?

— Não estou defendendo, estou sendo prático. Como os romanos poderiam lutar contra tantos? De qualquer forma, a guerra em si é uma estupidez.

O saxão riu.

— É um ponto com o qual concordo. Independente disso, irás lutar, estou certo? — Aesc questionou-o.

— Gostaria de que essa guerra jamais se iniciasse, mas pelo que ouvi, batalhas isoladas já ocorreram. *Inclusive, por tua presença aqui.* — Tristan refletiu.

— Sim, é verdade. Assim como sei que irás lutar ao lado de Arthur.

Atônito, Tristan notou a forma respeitosa como o saxão mencionava o nome de Arthur.

— Se eu fosse outro, matar-te-ia aqui mesmo — Aesc continuou falando. — Sei que serás um empecilho para meu povo — antes que Tristan pudesse esboçar uma reação contra a ameaça, o saxão prosseguiu. — Todavia... eu não estou em guerra. E para ser sincero, estou farto delas. Desde os tempos de meu pai, Hengist e de seu irmão Horsa, outro rei saxão, tudo o que temos feito, foi lutar, lutar, conquistar, matar...! E o que ganhamos? — ele sorveu mais hidromel — Terras, escravos, mulheres. Só que para os reis, nunca é o suficiente; sempre querem mais. Não são suficientes as mulheres, nem as terras. Querem ouro, armas, poder. Se meu povo se controlasse um pouquinho mais... Não, nossas mulheres têm mais filhos do que bezerros, isto estimula mais guerras, mais conquistas!

— A despeito disso, irás lutar também, presumo.

Aesc ergueu os olhos para seu visitante.

— Mesmo se eu não quisesse, Tristan. Invadi esta terra, matei guerreiros...

— Mas não condenaste todos os bretões.

— Sou um guerreiro, talvez um conquistador, não um carniceiro. Não faz parte de minha índole matar mulheres, crianças, nem homens que mal sabem erguer uma espada.

Tristan sentiu pesar de ser inimigo daquele homem.

— Espero que não tenhamos que nos enfrentar... nessa guerra — confessou.

Aesc deu de ombros e voltou a tomar seu hidromel.

— Havendo novos ataques... e sei que haverão, não serei eu a comandar. Aelle, meu rei, e seus filhos que procurem fazer o que bem entenderem.

— Mas... irás permanecer aqui? É surpreendente não temeres.

— Pouco há para temermos... — ele sorriu com tristeza. — Eu não sei o que farei, Tristan. E por ora, não quero pensar em guerra. Sejamos apenas companheiros compartilhando uma boa bebida, findada uma justa, que venceste. À tua vitória! — e Aesc ergueu seu copo.

Aesc não deveria ter mais do que vinte e um anos, era jovem, mas sua conduta não condizia com sua idade. Havia há algum tempo conquistado Wells, a prova era a convivência pacífica entre bretões e saxões que compartilhavam a aldeia. Tristan reparou o mais inusitado... muitos bretões confiavam no rapaz, talvez devido àquele ter preservado suas vidas — uma atitude incomum para o costume saxão. Ademais, Aesc não demonstrava qualquer ambição por novas conquistas. Confessou a Tristan que seu desânimo pelas sucessivas guerras era tanto, que simplesmente desistira de proteger o povoado com altas paliçadas.

— Meu povo virá, Tristan — ele comentou, à noite. Aesc havia convidado Tristan para ali repousar e não sossegou enquanto ele não concordasse. — Aelle não é um homem que desiste facilmente — disse, acomodado em uma cama de pele de urso. — Pretende atacar Camulodunum.

— Não haveria um modo de contentá-lo? Talvez, cedendo-lhe ouro...? — Tristan questionou, também deitado em uma confortável pele de urso. Algumas lamparinas ardiam em cima da mesa e o silêncio da noite os envolvia.

— É uma tática infeliz. Teu grande rei, Vortigern, tentou pactuar com meu pai e Horsa. O acordo durou muito menos do que Vortigern esperava, e acredita... foi acusado pelos seus próprios conterrâneos de traição. Segundo os bretões, Vortigern havia se aliado a saxões-mercenários, pagando-os para que executassem ataques a outros sítios. Isso motivou Ambrósio Aureliano, um guerreiro bretão, a persegui-lo e encurralá-lo em sua fortaleza, em Flintshire, onde morreu, em meio às chamas que consumiram sua fortaleza. Vortigern... nem mesmo é um nome. É um título, que significa *Suburbus tyrannus*, *Grande Rei da Britannia*, como ele se intitulava.

— Falas com tanta tranqüilidade, que parece não ter ódio de Ambrósio.

— Por que ele também matou Hengist, meu pai? — Aesc acomodou-se em sua pele de urso. Preferia-as, a colchões de pena. — É o preço da guerra e da ambição. Vê, meu amigo... apesar dele ser meu pai, condenei suas atitudes. Ele esteve aqui, na Britannia... a serviço de Vortigern. Este último casou-se com uma de minhas irmãs mais velhas, Ronwen e se estabeleceram em Kent. Meu pai voltou à Saxônia, acompanhado por um dos filhos de Vortigern. A meu ver, isso fazia parte de uma... frágil amizade. Quando o rapaz morreu, meu pai retornou à Britannia, mas com uma horda de saxões. Teu rei tentou a paz com ouro, mas a aliança foi breve, conforme te falei. A palavra, para meu pai, não valia muito. Ele queria esta terra, desde a primeira vez que aqui pisou. Mortos estes líderes, hoje há Aelle, um conquistador sanguinário. Sua maior vitória será estraçalhar teu rei Arthur, descendente ilegítimo de Uther Pendragon.

Ilegítimo! — Tristan tencionou. — *Marc contou-me dele ser bastardo...* Havia muitos fatos que ignorava. Conhecia algo a respeito dos saxões, de Vortigern e de Ambrósio, cujo irmão, Uther, viria a ser o pai de Arthur, mas deste último, escassas informações possuía.

Por três dias ele ali permaneceu, desfrutando da inusitada companhia daquele que deveria ser seu inimigo. Aesc o tratou com cordialidade e não mais conversaram acerca da guerra. Apenas quando Tristan decidiu partir, o saxão disse-lhe que estava propenso a deixar Wells, embora ainda estivesse em dúvida para onde ir. Comentou, com pesar, de que se voltasse para sua terra — Saxônia ou mesmo se fosse para a terra de Dan, mais ao norte — poderia vir a ser considerado um traidor, por estar inclinado a abandonar as lutas de conquistas.

Tristan evitou tecer comentários concernentes à traição.

Aesc o acompanhou no dia em que o visitante decidiu partir. Cavalgaram juntos, seguindo a estrada romana. Wells desapareceu por entre as árvores e montanhas, iluminada pelo raiar da manhã. Aos dois homens, a quietude não combinava com a real situação da Britannia. Por fim, Aesc freou seu cavalo.

— Aqui devo despedir-me de ti, Tristan. Seria tolice avançar mais. Mesmo não querendo batalhas, sou um saxão e isso já é motivo suficiente.

— É uma pena que teu rei não seja como tu.

Aesc volteou seu irrequieto cavalo.

— Ou que ele não seja como o teu senhor, Arthur. Apesar de ser saxão, respeito-o como homem e como guerreiro. Adeus, Tristan — Aesc estendeu sua mão. Dessa vez, Tristan não se demorou e trocaram um caloroso cumprimento; as mãos apertadas sobre o antebraço do outro. Em seguida, Aesc esporeou o cavalo e partiu.

Tristan permaneceu ali, mesmo depois de Aesc ter desaparecido no horizonte. Havia simpatizado com o guerreiro. Rogou para que, se o encontrasse novamente, não fosse em um campo de guerra. Seus pensamentos vagavam distantes, enquanto percorria uma trilha — não mais a estrada romana — rumo norte. Várias vezes, ficou em dúvida quanto ao caminho a tomar. Não raro confundia-se; para não perder-se, utilizava o recurso de localizar-se tendo o sol como referência.

Em um dado instante, freou Husdent. Havia atingido um desfiladeiro. Maravilhou-se com a vista e tocou Husdent a aproximar-se ligeiramente da borda. O desfiladeiro, estreito e sinuoso, era formado por imponentes rochedos e erguia-se verticalmente. Em sua base, uma trilha seguia por entre as imensas paredes de pedra. O vento incidia e sibilava contra as formações rochosas, era possível sentir o vazio — impressão devido ao corredor de pedras; ao mesmo tempo a soberba escultura natural causava fascínio ao cavaleiro. Deslumbrado, incitou sua montaria, margeando pela borda do desfiladeiro. Cruzou com uma fenda esculpida naturalmente na rocha, era como se fosse uma trilha — extremamente inclinada — rasgando a vegetação e o rochedo. Ele esquadrinhou-a, impressionado com a altura, acompanhando pássaros alçando vôo de seus ninhos, construídos entre as pedras. E adiantou-se em suave trote.

Ao final da manhã, ainda percorria pela mesma trilha, mais acostumado com o panorama dos maciços; de certa forma, remetia à lembrança das colinas cercada pelos rochedos de ardósia de Tintagel. Em um lapso de reflexões, trouxe do passado seus últimos dias em Cornwall. Dos confins da memória, parecia ouvir o som do oceano incidindo contra os rochedos. *Como estará ela?*, refletiu, tentando não perder-se em reflexões. Sua vida agora resumia-se naquela jornada, por Pharamond e seu filho. E por si próprio.

O vento incidiu contra as rochas, um acréscimo à sensação de vazio. Tristan afrouxou sua cota de malha. Sentia calor. Decerto, a cor escura era útil durante as noites, mas durante o dia... Continuou avançando. Súbito, uma revoada repentina de pássaros atraiu sua atenção. Eles alçaram vôo e mergulharam no corredor formado naturalmente pelos maciços. Observou o percurso traçado no céu, para em seguida prender sua atenção ao horizonte. Uma nuvem de poeira crescia assustadoramente, cavalos se aproximavam em um trovoar de cascos. Um exército. Estranhou e deteu Husdent. Conforme achegavam-se, pôde constatar de que não se tratavam de saxões, eram bretões; amigos, portanto. Bretões e vários mercenários. Tentou conceber para aonde iam, naquele compasso frenético. *Talvez, Glastonbury*, pensou, enquanto fez Husdent andar. Ia desocupar a trilha, cedendo a passagem. Sua vontade era a de questionar ao comandante o que pretendiam — algo deveria justificar aquele ritmo da armada —, mas estava ciente de que não iriam reduzir a marcha para esclarecimentos, especialmente para um cavaleiro solitário. Conhecia bem um exército. Uma atitude dessas seria considerada perda de valiosos momentos. Foi quando percebeu os cavaleiros estarem abrindo sua formação e ganhando terreno cada vez mais rápido. A armada vinha sobre si em posição de ataque, liderada por mercenários pintados, armas em punho e emitindo gritos de guerra. Imediatamente, Tristan volteou Husdent, instigando-o a correr. A intenção deles agora era óbvia, e mesmo sem compreender o motivo de ser atacado, tendo-os ao seu encalço, atiçou Husdent a acelerar sua marcha. Propagou-se o estrondo feito pelos cascos dos cavalos, excitados tanto quanto os homens que os montavam. Os brados de guerra retumbavam, os primeiros guerreiros estavam prestes a alcançarem o cavalo negro. Husdent, como de costume, demorava a desenvolver boa velocidade, tornando a fuga arriscada. E Tristan foi surpreendido por uma lança que sibilou próximo ao seu pescoço. Aflito, inclinou seu corpo para frente, quase deitando-se na sela e incitou ainda mais seu garanhão. O vento incidia a seu favor, a crina de Husdent roçava em seu rosto e o cavaleiro sentia o calor exalado pelo corpo do animal. Os galões tornaram-se mais poderosos, engolindo a terra. Entretanto, constatou algo aterrador: cavalgava rumo a uma cilada. Uma nova falange — menor — cruzava o terreno, vindo por sua lateral. Iria ser cercado.

— Inferno! — praguejou, constatando ser inútil sua tentativa de fuga pela trilha. A falange menor cortava diagonalmente o caminho: inútil era a vantagem obtida sobre o corpo principal da armada. Estava sendo encurralado pelos próprios bretões. Se fosse ou não efeito da guerra fremente, Tristan não soube dizer, mas seus conterrâneos agiam como se hipnotizados por um desejo veemente de sangue.

Com a aproximação da falange menor — cujo intuito era obstar a fuga, eis que abriram em leque sua formação — Husdent diminuiu seu ritmo; foi quando Tristan apercebeu-se em que parte da trilha estava. Sem avaliar seu ato, puxou as rédeas do cavalo para o lado oposto à armada — cujos cavaleiros, excitados pela vitória iminente, haviam freado seus animais; o mesmo repetiu-se com o exército atrás de si — instigando-o. Foi pela trilha íngreme, encravada no paredão vertical de pedras, que arriscou sua fuga. Com efeito, sobre a cabeça do cavalo, nada via, exceto o vazio. Sua única chance dependia dele, de Husdent. Este hiniu, pisou — sem confiança — mas prosseguiu, as patas dobradas em sinal de desconforto. Escorregou diversas vezes, era um desafio para o animal tanto quanto ao cavaleiro manter-se firme em sela. A cada passo — desajeitado — do cavalo, vários seixos rolavam para o vazio e um passo em falso, fez com que Husdent deslizasse assustadoramente. Novas pedras revolutearam. Por fim, entre rinchos aflitos, o cavalo negro conseguiu equilibrar-se, as patas acompanhando o declive e posicionado-as quase verticalmente contra o maciço.

Os bretões — que acompanharam o insano ato do fugitivo na borda do desfiladeiro — apesar de demonstrarem surpresa, amaldiçoaram e ofenderam Tristan. Este compreendeu a razão dos insultos. O fato era que seus perseguidores não estavam dispostos a desperdiçar outras lanças, daí desistirem de matá-lo. Entre as pragas imprecadas, o fugitivo ouviu alguns pronunciarem "Wells". E o som característico de um exército em debandada pôde ser acompanhado por Tristan.

Marcham rumo a Wells!, refletiu. Recusou-se a perder mais tempo ali, acossado pelo desfiladeiro, tendo um precipício abaixo de si e a formação rochosa coberta de limo de ambos lados. Com cautela, desmontou Husdent, que estava cada vez mais amedrontado e nervoso.

— Calma, rapaz — tentou confortá-lo, enquanto posicionava as rédeas no intuito de estimulá-lo a escalar, uma ação penosa para um cavalo pesado como Husdent. Incontáveis vezes, vacilou, suas patas tremiam, sem encontrar um ponto de apoio. O suplício parecia não ter fim, especialmente quando o pânico apossou-se do cavalo e ele recusou-se a se mover. Tristan foi paciente, persistiu — sempre afagando-o, conversando com ele — e sua conduta teve resultado, o animal voltou a andar. E a cada passo dado, era uma vitória, até que Tristan alcançou o topo. Foi com satisfação que Husdent pisou em solo firme, andava de um lado para o outro agitando a cabeça e a longa cauda. Por sua vez, Tristan ajustou a cota. Passou a mão pelos cabelos úmidos. Apesar de cansando, montou Husdent, que restava mais calmo, e partiu — em direção ao sul.

Husdent corria, contornando o desfiladeiro, o rastro de poeira sendo carregado pelo vento. O cavaleiro era uma ínfima partícula humana que percorria o mesmo rumo traçado por um exército. Tristan tinha consciência de que a armada estava bem à frente, ainda assim, estava decidido a retornar. Havia sido atacado por seus próprios conterrâneos, agora, ia lutar ao lado daquele que deveria considerar um inimigo.

Antes mesmo de Wells surgir — oculta pelas árvores e declives — Tristan desembainhou sua espada, açulando seu cavalo. Sons de um confronto infernal e gritos agonizantes ressoavam. E a barbárie descortinou-se perante seus olhos. Bretões-mercenários atacavam homens desarmados, assassinavam mulheres e quem estivesse em seu caminho. Guerreiros saxões e os bretões aliados a Aesc, contra-atacavam. As espadas refletiam o fogo ateado em algumas cabanas, crianças em pânico corriam — e algumas acabaram sendo atropeladas pelos cavalos. Ele reparou em um mercenário disposto a matar uma mulher que tentava uma desesperada fuga com um bebê nos braços; esse foi o seu primeiro alvo. Interceptou-o, cavalgando na direção dele e com sua espada, transpassou seu corpo. Em seguida, mergulhou naquela onda de terror, fúria e sangue. Estocou sua arma no corpo de outro mercenário, apossando-se da dele. Como estava habituado, fez da lâmina inimiga seu escudo, interceptando golpes e complementando-os com a espada de Rivalin. Forçando seus joelhos contra o corpo de Husdent, ingressou em meio ao caos do conflito. Tão numerosos eram os combatentes, que um tumulto formou-se, mal tendo espaço para os cavalos se moverem. Tristan notou saxões atrás de si, lutando. Inclinou-se em sela e estocou sua espada em um bretão uniformizado. Ao mesmo tempo, ergueu o braço esquerdo e deteve um golpe por trás. Arrancou a arma de Rivalin ensangüentada de uma vítima e estocou-a contra o atacante de seu flanco, com brutal violência. Os corpos caídos eram pisoteados pelos cavalos, que assustados e sem controle, tentavam fugir do cerne do conflito.

    Gritos, mesclado a comandos ininteligíveis ecoavam. Digladiando com outro guerreiro da armada e contendo Husdent com o braço esquerdo, a despeito de ainda carregar a espada inimiga, viu seu algoz perder a força do ataque. O soldado havia sido transpassado — acidentalmente —, por uma flecha, disparada por outro membro da armada bretã. Os malditos arcos e flechas! Em reflexo, ele emparelhou com o soldado morto, fazendo do cadáver, sua proteção. Foi firme, contendo o cavalo do inimigo e lépido, embainhou a espada de Rivalin, enquanto o corpo do morto recebia outras flechas. Calculista, apanhou uma das lanças presas à sela do soldado morto, estudando seu alvo: o arqueiro, a cerca de cinqüenta passos. Com precisão, arremessou a lança, antes dele disparar novamente. O bretão foi arrancado da sela. Não teve tempo para tomar fôlego, apenas soltou o cavalo com seu cavaleiro crivado de flechas, que tombou devido o impulso do animal. Atrás de si vibrou um brado selvagem de batalha. Volteou Husdent e antes do mercenário concluir a trajetória de seu ataque, interrompeu seu curso, decepando-lhe o braço. Em agonia, o guerreiro tombou. O cavalo do guerreiro bretão que vinha atrás, tropeçou no corpo do infeliz mutilado, caindo pesadamente por cima da perna de seu cavaleiro. Três cavalos refugaram, desobedecendo aos comandos de seus senhores. Uma distração fatal, pois Tristan, investiu. Husdent pulou por sobre o cavaleiro cuja perna fora estraçalhada, chocando-se contra um dos animais menores. Tristan recolheu sua perna, mas o soldado inimigo não teve a mesma percepção, terminando por tê-la esmagada devido o brutal embate dos dois animais. Com facilidade, eliminou os outros dois. Então, um grito de desespero atraiu sua atenção. Um mercenário bretão investia contra um grupo de aldeões desarmados. Enojado com a covardia, arremessou a arma inimiga com precisão invejável. A espada rasgou o ar e penetrou nas costas desnudas do guerreiro, atravessando-o.

    Aesc, lutando em desvantagem — pois era atacado por homens a cavalo, enquanto estava a pé, olhou de soslaio para aquele cavaleiro de vestes negras, reagindo a seu favor. Ocupado como estava, não concebeu quem poderia ser aquele homem... Enquanto sua espada transpassava o corpo de um inimigo, lembrou-se de Tristan. E não foi apenas Aesc a notá-lo. Os demais guerreiros de Wells, animados pelo inestimável auxílio fornecido por aquele combatente, reuniram suas forças para mais uma ofensiva. Em conseqüência, os guerreiros mercenários recuaram. Os homens da armada, irados com o comportamento daqueles, ofenderam-nos pela demonstração de fraqueza e pusilanimidade, mas não surtiu efeito.

    Tristan teve tempo apenas de novamente recolher seu manto e retê-lo sob uma perna antes de partir para outro assalto. Receava algum inimigo utilizar-se do manto como uma forma de derrubá-lo de Husdent. Todavia, o clamor da batalha foi dirimindo. Os cavaleiros bretões, percebendo a debandada dos mercenários, recuaram, deixando para trás rastros de sangue, lágrimas e pânico entre os sobreviventes.

Husdent empinou no momento em que Tristan desferiu seu último assalto em um cavaleiro bretão que visava desesperadamente fugir.

O inferno será teu destino, covarde!, pensou, sentindo a espada romper órgãos e ossos do soldado. Sangue em abundância escorreu pelo corpo da lâmina, atingindo seu travassão e respingando em suas mãos. Com seus olhos cinzas reluzindo o fulgor selvagem, ele retirou-a brutalmente do moribundo, acompanhando sua queda e seus débeis lamentos.

Com a arma ensangüentada em punho, estudou o arredor. Deparou com mulheres histéricas, crianças em prantos e homens feridos. Jaziam, em poças de sangue, corpos decepados e mutilados de homens e de cavalos mortos. Tais agoniados soluços, aliado às casas em chamas, compunham um lúgubre desfecho. Percorreu vielas do povoado, desviando dos mortos. Seu rosto estava contraído, os olhos firmes. Suava. Os cabelos, molhados, grudavam em seu pescoço, sua respiração ainda estava acelerada. Costumava explicar aos seus homens, quando então os comandava, o fenômeno das alterações no corpo e espírito de um guerreiro, no auge de uma batalha. Era o que ocorria consigo. A ferocidade e selvageria em si haviam despertado. Ele e a espada fundiam-se em um único ser; perigoso, mortal. Mas ali constatou ter a luta findado, a prova era o fedor nauseante de sangue envolvendo-o. Foi quando escutou seu nome sendo pronunciado, carregado de emoção. Voltou-se e viu surgir, por entre a poeira, Aesc, andando pesadamente, a espada declinada, o rosto transfigurado. Tristan apeou-se. Notou que o saxão mancava.

— Estás ferido, Aesc.

— Não é nada sério — o saxão tinha um ar de cansaço. — Mas seria, sem tua intromissão. Por que retornaste, meu amigo?

— Tive alguns motivos — Tristan embainhou sua espada, depois de limpá-la e ofereceu apoio ao saxão. — Ao que parece, a guerra não é apenas entre saxões e bretões.

— O fato é que há bretões que anseiam a posição de teu senhor Arthur, Tristan. E um deles, é Ligessac.

Tristan o ajudou a sentar-se nos destroços de um carro.

— Foi ele quem te atacou?

Aesc concordou.

— Mas não por eu ser saxão. Acredito que Ligessac não tinha conhecimento de minha presença aqui. Tudo o que ele quer, é aterrorizar os bretões que apóiam Arthur. E não duvido de que ele esteja tentando conseguir a adesão de senhores e outros homens de armas.

— Apesar de não conhecê-lo, questiono-te seu paradeiro... presumo ter ele fugido, não? — embora tivesse a certeza da resposta, Tristan gostaria de ouvir sobre Ligessac ser um dos homens mortos por sua espada.

— Fugiu, assim que testemunhou teus golpes causando uma carnificina entre seus homens. Mas, doravante, terás de acautelar-te, Tristan. Porque ele te viu e tens agora um poderoso inimigo.

— Eu já tive vários, Aesc. E sei que ainda terei outros tantos — comentou, resignado. — Não deverias tratar de teu ferimento?

— Apenas contundi minha perna, nada mais.

Ele sentou-se ao lado do saxão, os braços doloridos. Há muito tempo não lutava daquela forma.

— Seria possível Ligessac atacar o Tor? Receio quanto aos mercenários que ali estão para a defesa.

— E o que podemos fazer a respeito? Pensando como um bretão, o único recurso seria avisar Arthur e ele, provavelmente deve estar em Camulodunum... — o saxão fitou o amigo — ...que fica a dias daqui.

— Deve haver outra maneira, talvez algum aliado de Arthur.

Aesc suspirou, massageando a perna atingida. Estava tempo suficiente em Wells — vivendo em segredo — para ter idéia de seus vizinhos.

— O que pretendes, Tristan? Mesmo se fores pedir ajuda, Ligessac já terá arrasado o Tor. Se for isso mesmo que ele pretende.

— Ao menos, estaria fazendo algo. Não posso fingir que nada está acontecendo, Aesc.

O saxão afrouxou o grosso cinto. Percorreu com os olhos o povoado, os sinais da destruição o feriam internamente. Poderia até tentar reconstruí-lo, mas nada havia a ser feito em relação às vidas assassinadas. E iria ali continuar permanecendo? Desconhecia seus próximos passos.

— Cavalga até Sulis Bath. Lá, encontrarás Cadwy. Ele é senhor de Dumonnia, com exceção de Cornwall. Até onde sei, Cadwy era aliado de teu senhor.

— E quanto a ti, Aesc?

O saxão ergueu-se, agora a perna não lhe doía tanto.

— Tentarei outro lugar para viver, escondido, é claro. Pedirei aos guerreiros bretões de Wells irem ao Tor e ajudarem se houver algum ataque; talvez alguns homens de meu exército os acompanhe... homens que, como eu, não querem mais viver em continuo estado de guerra. É o máximo que posso fazer.

Tristan agradeceu, considerando nobre a atitude de Aesc. Pensou o quanto o mundo estaria melhor se existissem mais homens como ele. Infelizmente, os homens preferiam as guerras, e ele recusou-se a meditar concernente as motivações daqueles. Despediu-se do saxão e partiu.

A travessia do desfiladeiro, daquela vez, foi tranqüila — exceto pelo cansaço e desgaste, algo comum, tratando-se de uma viagem a cavalo. Há muito, as provisões fornecidas por Hyn findaram, por sorte, estava às margens do rio Avon, onde saciou a sede e refrescou-se, livrando-se da poeira e da incômoda barba de dias. Retirou o manto e cota. Percebeu que em um ponto do rio, as águas eram rasas. E viu outro fator interessante... peixes. Livrou-se da roupa de couro e arregaçou as mangas da de linho. Na margem, aguardou até o momento oportuno, conseguindo seu intento na sétima tentativa — apanhara um peixe. Não era um animal de porte considerável, porém, iria amenizar sua fome. Findada a refeição, descansou.

Na manhã seguinte, restabelecido pelo sono, acompanhou o rio e ao término de um dia de jornada cavalgando, avistou Sulis Bath, uma cidade romana criada entre as colinas do vale de Avon. Era possível avistar as antigas propriedades rurais romanas, algumas delas ocupadas por bretões. Tristan sempre ouvira comentários atinente às construções romanas e o fato deles se vangloriarem por serem um povo civilizado, diferente dos "bárbaros" que conquistavam. Com efeito, Bath nada tinha a ver com os vilarejos e povoados celtas ou de outros povos. As construções eram imponentes, a cidade era ainda bela, a despeito de alguns sinais evidentes de saque. Mas sua prioridade ali era outra. Interrogou algumas pessoas para saber do paradeiro de Cawdy. Ao atingir sua propriedade, foi informado de que ele estava na casa de banhos. *Casa de banhos?*, indagou para si próprio.

Seguindo o rumo indicado, atingiu as termas de Bath, onde erguiam-se uma majestosa construção e um templo, dedicado à deusa Sulis Minerva. À deusa devia-se a origem do nome da cidade. Sulis — ele conhecia — era a deusa das águas, adorada pelos celtas — que viveram ali antes dos romanos — e Minerva, divindade romana. Ainda no portão do edifício, foi questionado por guardas, convenceu-os de que precisava ter imediatamente com o rei. Talvez o tom de voz aflito tenha causado certa inquietude nos soldados, porque terminaram por escoltar o visitante até o monarca.

Caminhando dentro do edifício, Tristan reconheceu a superioridade dos romanos em matéria de arquitetura e arte. A "casa de banhos" era espetacular. Por fora, o prédio era decorado por diversas entradas arqueadas. No interior, colunatas também em forma de arcos, decoravam os imensos pátios. Deparou-se com salas maiores, as quais eram conhecidas como ginásios, embora parte de uma delas estivesse seriamente comprometida. *Como podem destruir algo tão magnífico? Malditas guerras!*, revoltou-se em pensamento. Cruzou por uma espécie de "tanque", na verdade, era o local dos banhos frios, chamado pelos romanos de *frigidarium*. Por fim, os guardas pediram para que aguardasse próximo às colunas arqueadas que davam acesso aos banhos quentes. De fato, foi presenteado com o vapor provindo daquela ala, que diferente das dos ginásios e dos banhos frios, era coberta. Jamais havia visto tamanha engenhosidade, contudo, seu estudo pela arquitetura romana foi interrompido quando um homem, trajando um manto drapeado, cujas pontas eram unidas em um único ombro — estilo típico dos romanos — surgiu. Era de proporções robustas; cabelos grossos de tom castanhos claros, atingiam-lhe centímetros acima dos ombros. Uma barba espessa, mas cuidadosamente aparada, cobria a face morena clara, iluminada por olhos acastanhados.

— Meus homens disseram que vens de Wells — atalhou, sem delongas.

— És o soberano Cadwy, de Glastonbury?

Cadwy concordou.

— Venho de uma Wells atacada por bretões, sire, tendo Ligessac como líder. E acredito que Glastonbury também deve ter sido atacada. Vim alertar-vos para que envie homens para o sul, evitando a perda de vosso território.

O monarca mostrou-se apreensivo.

— A maior parte de meus exércitos está com Arthur, detendo os anglos e saxões do leste. Não imaginava um ataque desse traidor!

Tristan manteve-se silente. Cawdy continuou.

— Mas deveríamos ter pensado nessa possibilidade. Ligessac e outros que negam fidelidade a Arthur, não compareceram em nenhum de nossos encontros! — permaneceu em silêncio por alguns instantes; os braços cruzados. — Posso enviar dois comandos para o sul, mas Arthur deve ser informado. Vieste até mim, sozinho. Irias até ele?

— É meu intento.

Cadwy descruzou os braços e chamou um dos guardas, a ele, requisitou a presença de seu comandante. Tristan testemunhou a convocação, recordando-se dos tempos em que detinha aquele cargo.

— Devo alertar-te acerca dos perigos que correrás, saindo de Bath. Pois é onde os primeiros ataques ocorreram.

— Sire, conheço bem as artimanhas das guerras, embora as despreze.

— Sim, ouso dizer que, pelo teu porte, deves ser um excelente homem de armas... Contudo, não pronunciaste tua origem, nem teu nome.

Ele havia olvidado de maquinar algo a respeito de si, um nome, qualquer um que não fosse o seu. Por vezes, temia até lembrar de seu antigo nome de nascimento, cujo significado... — *distúrbio, caos, desordem* — não era muito diverso de seu nome latinizado. Apenas trazia outro contexto, tão melancólico quanto *Tristan*. Temia a sina de ambos. Cadwy, diferentemente de Aesc, deveria estar a par do ocorrido em Tintagel há quase cinco anos. Não era um fato a ser esquecido facilmente, conforme Marc o prevenira. Por sorte, antes que pudesse responder, o comandante do exército adentrou no recinto e Cadwy dispersou sua atenção quanto ao visitante; ao guerreiro, informava a necessidade de reunir dois contingentes e partir para Glastonbury.

— Não podemos perder o controle do sul da Dumnonia, justamente a área mais enfraquecida neste momento, devido os ataques ao norte. Que teus homens marchem rumo a Glastonbury. Ainda, reúne um grupo para ir a Cornwall, requisitando apoio de Marc — o rei determinou.

Ao ouvir o nome de seu tio, uma sensação estranha apossou de si. Mas não teve tempo para definir seus sentimentos, Cadwy voltou-se, enquanto o comandante ia atender as ordens recebidas.

— Muito me gratificaria se pudesse tratar-te com mais deferência, rapaz... se ao menos, tivéssemos tempo — o rei aproximou-se dele. — Deves ir o quanto antes. Partirás cedo, amanhã. Até lá, poderás descansar e refazer-te da viagem.

Cadwy era um homem simples, não ostentava riqueza e sua preocupação com aparência, resumia-se em vestimentas limpas e com a pessoa que as usava. Sendo assim, convidou Tristan para conhecer os famosos *calidarium*, os banhos quentes dos romanos que o monarca fazia questão de manter. O moço pensou ser indelicado recusar. Atravessaram a ante-sala — um portal abaulado — e o recinto de banho, esfumaçado — devido ao calor — foi-lhe apresentado. A tradição romana era seguida à risca pelos bretões, até no fato de sentirem-se plenamente à vontade despidos, sem se importar com a presença de outros homens.

— Livra-te dessas roupas e relaxa, meu amigo. Enquanto te banhas, pedirei para que cuidem de teu traje.

— Tirar minhas roupas... aqui? — Tristan sentiu o rubor tomando conta de si. Cadwy apenas sorriu. Em seguida, acenou para alguns mancebos.

— Ora! Não precisas pejar-te, rapaz! — o rei, sorrindo, comentou.

O visitante — que gerou interesse por parte dos homens que ali estavam — não teve como protestar. Dois garotos se aproximaram e ajudaram-no a despir-se — o que fizeram com exímia prática —, enquanto o próprio Cadwy livrou-se de sua toga e mergulhou. Em seguida, chamou pelo acanhado moço, que acabou mergulhando, já que não lhe sobrava outra alternativa. Tristan notou, encabulado, ser ainda atentamente observado pelos demais freqüentadores, mas entendeu ser devido às cicatrizes em seu corpo, especialmente a de seu abdome. Estava completamente constrangido e não acreditando em si próprio por ali estar... despido, entre outros homens. O rei, para tentar fazê-lo com que se sentisse menos contrafeito, motivou nova conversa, questionando-o a respeito de si.

O guerreiro hesitou por breves segundos, sendo derrubado mais uma vez pela pusilanimidade diante daquela pergunta. Não pelos insultos que certamente receberia, mas sim, pela falta de credibilidade que acarretaria se confessasse ser quem era. Talvez, Cadwy até suspendesse a armada que iria socorrer Glastonbury, se suspeitasse estar frente a frente com o homem que traíra e aviltara Marc. Assim sendo, preferiu a identidade de seu fatídico nascimento, *Drystan*. Um mercenário — não mencionou "cavaleiro" — cujo objetivo era juntar-se aos homens de Arthur. *Vim ao mundo em meio à dor e ao sofrimento, e fiz destes, o percurso de minha vida*, divagou.

— Ora, então, estás no caminho correto, meu amigo — Cadwy sorriu, oferecendo ao rapaz óleo. — Sai da água por breves momentos, esfrega bem este óleo em teu corpo e depois, volta a mergulhar. Verás que teu corpo ficará limpo.

Ele é aficionado por limpeza!, Tristan teceu, enquanto fazia o que Cadwy lhe pedira. Ao deixar a água, foi que engendraram comentários relativos às muitas marcas em seu corpo.

— Deves realmente conhecer a guerra — o monarca atalhou. E os olhos sobre si continuaram. Além das cicatrizes, admiraram sua musculatura, a cor de sua pele — bronzeada — e o tom raro de seus olhos. Quando tornou a mergulhar, foi cercado pelos demais freqüentadores, que elogiaram-no, deixando-o ainda mais desconcertado. Um homem com mais de cinqüenta anos, avizinhou-se e pousou sua mão por cima da cicatriz de seu ombro direito. Pronunciou em latim e em bretão, palavras que Tristan entendeu como "rapaz belo", "digno de relações privilegiadas". O homem, em seguida, abraçando-o pelos ombros, afirmou que as cicatrizes em nada afetavam sua exótica aparência. E convidou-o a pernoitar em sua casa. Assustado e não apreciando aquele excesso de intimidade, Tristan desvencilhou-se dele. Cadwy intercedeu, contendo o entusiasmo do homem e dos demais.

— Senhores, peço que compreendais. Ele é meu convidado.

Relutantes, os freqüentadores se afastaram. Tristan pôde ouvir um sussurro que o deixou intrigado. Aquele que o convidara, frustrado, reclamou com outro banhista, o fato de Cadwy sempre interferir em momentos errados. *Estaria o rei desejando-o?*, indagou, o tom ressentido.

Cadwy também ouviu o murmúrio e sorriu, diante da expressão perturbada de seu convidado.

— Peço-te desculpas por este inconveniente. A virilidade, meu jovem, também é um atrativo entre homens. Especialmente quando há interesse por parte de homens mais velhos.

Tristan não era dotado de malícia, tampouco detinha vivência na pederastia — já desvirtuada — iniciada pelos gregos. Inevitável não compreender profundamente o que Cawdy lhe dissera, tanto quanto no comportamento daquele freqüentador. Para o rei, era normal homens sentirem-se atraídos por outros, jovens ou mancebos. Mas ele percebeu que seu convidado estava longe de ser um adepto àqueles costumes. Reparou em meio à timidez do rapaz, certa inocência.

Por fim, tendo retirado o óleo de seu corpo, recebeu um manto e Cadwy o levou à sua propriedade, onde recebeu uma refeição e teve acesso a um cômodo para pernoitar. Ao amanhecer, recebeu instruções do percurso, dos eventuais perigos de ser surpreendido por uma emboscada. Viajar sozinho era rápido, mas extremamente perigoso. E o monarca não podia ceder mais homens.

— Não preocupai-vos, sire. Estou acostumado a empreitadas solitárias — esclareceu.

— Rogo para um dia, vivermos sem a sombra da guerra.

Cadwy acompanhou seu visitante até o portão. Husdent estava pronto a partir. Provisões foram amarradas na sela, enquanto um garoto segurava o garanhão pelas rédeas. Tristan agradeceu o tratamento recebido e partiu.

Sulis Bath, pensou, quando percorria as colinas do vale Avon. Não demorou para deparar-se novamente com o rio, cuja travessia tomou-lhe mais tempo do esperava. Percorrendo os planaltos da Dumnonia, pensou em Cadwy, o rei asseado. Ainda podia sentir o adocicado aroma do óleo que usara. E suas roupas também exalavam o mesmo perfume. De qualquer forma, havia simpatizado com o monarca.

Por dias e noites, cavalgou. Descansava apenas durante breves momentos — havia o receio em ser atacado. Contudo, não encontrou evidências dos bárbaros nem sinais de batalhas, pelo menos, até onde havia atingido, uma situação por vezes, incompreensível. Mas não iria ficar só por muito tempo. No horizonte, erguiam-se as elevações de pequeno porte de Malmesbury; aos seus pés, um movimento de cavaleiros. Um exército. De onde estava, era impossível visualizar o estandarte daquele comando. Resolveu arriscar, aproximando-se. Se fossem inimigos... teria sérios problemas. No entanto, a formação daquela armada seguia o padrão bretão, ademais logo identificou o estandarte. O símbolo era um urso, em posição ereta. Em suas patas dianteiras, uma lança. *São leais a Arthur*, refletiu, lembrando das palavras de Nimue relativo ao símbolo de Arthur. A armada, cujos batedores já haviam notado sua presença, reduziu o ritmo ao notarem o solitário cavaleiro vindo em sua direção. Tristan também conteve a velocidade de Husdent à medida que achegava-se, não queria ser tomado por inimigo. Por fim, freou frente a alguns passos da primeira fileira da armada.

— De onde vens? — um dos cavaleiros perguntou, estranhando a presença de um único homem ali.

Tristan constatou que os guerreiros estavam apreensivos, talvez com receio de uma cilada. Mas, antes que pudesse dizer sobre estar sozinho e que pretendia ir até Camulodunum, ouviu alguém inquirir:

— Tristan?

Ele voltou-se para quem o chamara, amaldiçoando ter sido reconhecido. E seu nome foi repetido diversas vezes, em baixo tom, entre os homens da armada. *Tristan, de Lionèss*, ciciavam, *...não foi ele quem..., ...há cinco verões... raptou a mulher de Marc, de Cornwall..., ...o que esse traidor está fazendo aqui... Será que nos preparou uma cilada?*

O receio de terem sido atraiçoados, fez com que os guerreiros desembainhassem suas espadas e se preparassem para um ataque — que não veio. Os homens da primeira fileira avançaram contra o solitário cavaleiro, que recuou, sem ousar reagir. E foi cercado.

— Dize, maldito! Preparaste uma armadilha? — Agrícola, senhor de Dyfed, mantinha sua espada próxima ao pescoço de Tristan.

Acompanhando a cena, arrependido por ter anunciado sua presença, Maxen cavalgou até os líderes da armada.

— Não há ninguém comigo — Tristan replicou, sem se alarmar pela espada de Agrícola ou pelas demais, ostentadas pelos outros. — Apenas anseio ir a Camulodunum.

— Para quê? Pretendes roubar a esposa de Arthur? — zombou um dos cavaleiros. — Ou de outro rei? Acautelai-vos, senhores casados! — e uma risada grosseira pôde ser ouvida, ao passo que alguns embainharam suas espadas, pois constataram que o cavaleiro realmente estava sozinho.

— Tudo o que pretendo é lutar a favor de Arthur — disse, ainda com a espada de Agrícola abaixo de seu rosto. — É muito vós permitirdes que eu fale com ele?

— Falar? Tu deves é implorar para que não arranquemos tua miserável vida! — um cavaleiro, ao lado de Agrícola, conhecido por Dagoneth, rompeu. — Quem de vós ireis dar crédito a um homem como este? — Dagoneth questionou para o exército. Mas não houve resposta.

O silêncio revelou o sentimento de todos perante o guerreiro. Este, já sem esperanças, viu-se sendo estraçalhado por aqueles homens. Entrementes, uma voz vibrou.

— Não obstante — Maxen, perturbado por denunciar a presença de Tristan, decidiu intervir — meu conselho é que deixemos Arthur decidir. Não podemos nos esquecer de que estamos em guerra. Nesse aspecto, devo dizer-vos que conheço a arte dele com a espada — e apontou com os olhos o cavaleiro cercado. — Garanto a todos vós que ninguém consegue lutar como ele.

Agrícola pensou por alguns instantes para em seguida, recolher sua espada. Dagoneth o imitou, assim como Valyant, cavaleiro e senhor de Wales. Cyngel I, senhor de Pows, hesitou em declinar a sua.

— Confias nele, Maxen? — a voz de Cyngel era áspera.

— Muito mais do que nos saxões — risos sarcásticos ecoaram. Maxen, apesar de não apreciar humilhar Tristan, havia feito tal comparação como recurso para apaziguar os ânimos de todos. — Ademais, não nos compete proferir julgamentos. Todos concordamos em fazer de Arthur nosso senhor; que ele decida o que fazer.

Agrícola, que comandava a armada, um homem que não passava a imagem de um rei, limpou a fronte suada com as costas de sua mão e vociferou, a voz rancorosa:

— Entrega-me tua espada e toma posição na retaguarda, criatura traiçoeira! Se formos atacados pelos flancos e se vieres a ser atingido, não farás falta!

Ele sentiu-se massacrado, mesmo assim, soltou o cinto e confiou sua espada ao comandante. Ato contínuo, fez Husdent andar e cruzou com a armada, sendo observado pelos guerreiros com desprezo. Os mais atrevidos não se contiveram e demonstraram — cuspindo — sua reprovação. Apesar da afronta, ele manteve-se silente. Maxen seguiu o antigo comandante com os olhos, censurando-se por sua imprudência. *Ele teria passado despercebido, não fosse por mim*, amargou-se.

Tristan atingiu o fim da fileira de homens, foi malrecebido e manteve-se a certa distância dos últimos membros. Queria poder inteirar-se daquela força... mas seria total perda de tempo. Assim como jamais lhe dariam ouvidos, nem mesmo para narrar-lhes a respeito do ataque bretão em Wells.

Continuaram o percurso e apenas ao início da noite resolveram pernoitar, nas saliências montanhosas de Malmesbury, que ofereciam certa proteção natural. Agrícola ordenou que Tristan permanecesse afastado — em um reduto feito pelas rochas — e que fosse vigiado por dois sentinelas.

Durante a noite, abrigando-se com o manto e encostado nos rochedos, tentando repousar, viu que seus vigias conversavam com alguém. Uma fraca luminescência provinha da única fogueira, próximo aos rochedos, o que lhe permitiu ver as três silhuetas. Os guardas permitiram a passagem, era Maxen quem se aproximava. O mercenário sentou-se ao lado daquele que foi seu superior.

— Fui um tremendo patife! — disse. — Mas fiquei surpreso em ver-te, depois de tudo o que te aconteceu.

Tristan apenas fitou-o.

— Fiquei sabendo dos fatos quando da reunião em Glastonbury, como muitos dos senhores desta armada, que sempre prezaram, e muito, Marc. Por isso, consideraram ser imperdoável o que fizeste.

— Traí um rei, não toda a Britannia — comentou, desanimado.

— Esquecerão quando te virem lutando a nosso favor.

— Desarmado? — e ele cruzou os braços, agasalhando-se com o manto negro. — Talvez tenha sorte de ser morto por algum saxão, antes de chegarmos — ele encolheu os joelhos, abraçando-os. O tempo estava ameno, mas por alguma razão, sentia um calafrio.

— Por que vieste, Tristan? — Maxen atalhou. — Sei que foste exilado, mas poderias ter deixado a Britannia.

Ele suspirou.

— Por alguém que não pôde vir, e cujo desejo era lutar por esta terra.

Maxen ergueu-se.

— Tentarei convencer Agrícola a devolver tua arma.

— Não perde teu tempo, Maxen. A confiança é como se fosse uma espada, uma vez partida, não há como remediá-la.

O mercenário nada mais disse e em melancólico silêncio, deixou-o.

No alvorecer, partiram. Dessa vez, Maxen — sentindo-se culpado pela forma como Tristan vinha sendo tratado, sempre menosprezado e humilhado por todos — cavalgou ao seu lado, colocando-o a par da formação do exército. Agrícola, senhor de Dyfed — Maxen explicou deles preferirem o título de senhor a rei — ditava as ordens. Valyant, Cyngel I, Cadwllon, senhores respectivamente de Walles, Pows e Gwynedd haviam sido convocados a engrossar a armada de Arthur com seus exércitos. Haviam deixado Caerlon com o intuito de reforçar o território leste, constantemente atacado. Dagoneth, Garreth, Griflet e o próprio Maxen, eram alguns dos cavaleiros da força de Arthur. Este, com o auxílio de Lancelot, Owain, Gawain e Sagremor, seus homens em comando, faziam parte do mais terrível exército bretão.

 Ele apenas ouvia. Ia expor ao mercenário a situação do sul da Dumnonia, seria melhor se fosse Maxen a alertar os demais, embora carregasse a certeza de que nem assim surtiria efeito. Maxen teria que revelar a fonte da informação, e daí, duvidariam de suas palavras. No entanto, antes que pudesse conversar com o amigo a respeito, foram surpreendidos por ambos flancos por homens que detinham a vantagem por investirem de um terreno inclinado, enquanto que a força de Arthur percorria por uma planície. O tumulto teve início, saxões — armados com suas espadas — atiravam-se como lobos esfomeados, todavia, não eram apenas saxões. Bretões também surgiram, com sede de sangue. Tristan e Maxen foram cercados por três inimigos, imediatamente, o mercenário adiantou-se, pretendendo atrair a atenção deles, já que Tristan estava desarmado. Porém, um dos atacantes contra este avançou, arma em punho. Tudo o que Tristan pôde fazer, foi recuar. Contudo, atrás de si surgiu mais um saxão, que regozijou-se, diante de sua surpreendente vantagem.

 — Esta será a morte mais deleitável do dia! Furar um cão bretão desarmado! — o saxão ergueu sua espada.

 Nesse instante, a alguns passos dali, Maxen — suado, o rosto vermelho devido à luta — exclamou:

 — Tristan! — e arremessou-lhe uma espada. A arma desenhou um semicírculo no ar, Tristan, sem saber como, conseguiu apanhá-la. Entrementes, a preocupação de Maxen com relação ao amigo custou-lhe caro — foi brutalmente atacado pelas costas.

 — Maxen! — ele bradou, acompanhando o saxão erguer seu machado e repetir o golpe. Sua última visão foi a do mercenário tombar do cavalo. Por um breve instante, duvidou do que via, mas ao constatar estar sendo atacado, a cruel realidade mostrou sua face. Irascível, sentindo o ódio ferver em seu sangue, atacou de forma animalesca os saxões que o encurralaram — os infelizes tiveram membros decepados. Voluteou Husdent, indo até onde o mercenário havia caído, entretanto nada mais por ele poderia ser feito.

 Com o coração sangrando, incitou Husdent em direção ao conflito. Ardente pelo desejo da vingança, avançou por entre os combatentes, atrás do homem que covardemente atacara Maxen. Enquanto não o encontrava, deu vazão a toda sua angústia, hostilizando o inimigo de forma violenta, selvagem e medonha. Seus olhos crispavam, estavam injetados de sangue, de ódio, de uma exaltação insana, a tal ponto de preferir ferir mortalmente, a conceder uma morte rápida. Rara vezes agia desta forma. Transfigurado pela ira, lutava em frenesi. Estocou a arma na garganta de um bretão inimigo, arrancando dele suas lanças. Virou-se e arremessou a primeira — contra um inimigo que disparava flechas contra a armada. Percebeu dois guerreiros do exército de Arthur cercados, imediatamente incitou Husdent. Em vez de arremessar a lança, estocou-a no abdome de um dos oponentes, que sucumbiu ante a brutalidade do embate. Eliminou mais dois com a mesma fúria sanguinária, dando possibilidade para Garreth e Cyngel — os antes encurralados — reagirem. Foi quando, de esguelha, reconheceu o saxão munido com o machado. Com um brado de ódio, arremeteu Husdent atrás dele. Tamanha foi sua execração, sua loucura, que vendo inimigos caídos em seu caminho, agonizantes, fez Husdent atropelá-los.

O saxão agora estava a pé e retirava seu machado das costas destroçadas de um bretão da armada. Tristan freou Husdent frente a ele, com sua espada em riste, o rosto contraído.

— És capaz de lutar com alguém frente a frente, canalha? Ou só conheces golpes vis? — urrou.

O guerreiro ergueu seu rosto barbado. O cabelo desalinhado lhe dava um aspecto feroz.

— Tanto quanto tua coragem em atacar alguém a pé!

— Não seja por isso! — ele soltou seu manto e apeou-se. — Irás pagar pelas vidas que tiraste traiçoeiramente, covarde! Um cão tem mais honra em um duelo do que tu!

O saxão apenas gargalhou. Ajeitou o escudo em seu braço e com o machado, partiu para cima de Tristan, que desviou da pesada arma.

— Guarda o nome Rheged, verme bretão! Pois serei eu, Rheged, quem irá calar tuas palavras!

O machado sibilou novamente ao seu lado. Tristan novamente desviou, mas dessa vez verteu sua espada, atingindo o musculoso braço do inimigo. As cotas saxãs não protegiam os membros superiores, daí ser o alvo escolhido. Rheged, apesar de fisicamente ser superior a Tristan — mais alto e encorpado — era lerdo em movimentos. O pesado machado e escudo retardavam-no ainda mais, porém, era um inimigo poderoso. Refeito do golpe, partiu para nova ofensiva com o escudo erguido, protegendo totalmente o braço esquerdo. Sua cota, folgada, tilintava contra o escudo; com passos precisos e calculando a distância entre si e o oponente, ergueu o braço direito ferido, preparando novo assalto. Tristan recuou, sentindo o deslocamento de ar provocado pelo machado. Irado, Rheged tentou derrubá-lo com seu escudo, mas um forte embate o conteve. O choque da lâmina contra o escudo arrancou faíscas, de tão brutal. Tristan sentiu seus braços tremerem, mesmo assim, desfez sua guarda e jogou-se para o lado esquerdo de Rheged, desferindo um brutal assalto no membro vulnerável. A cutilada foi profunda, quase atingindo o osso. Gritando, o saxão deixou cair o escudo. Nesse instante, Tristan ouviu um trote atrás de si. Não teve tempo de virar-se, pois recebeu um violento pontapé, que o derrubou.

— Nunca pensei que precisasses de auxílio, Rheged! — resmungou um bretão, partindo em seguida.

— Agora, não mais! — vociferou o saxão, exalando ódio.

Antes que pudesse erguer-se, Rheged deteve-o, colocando todo seu peso no tórax do oponente. Rindo, o saxão comentou:

— Meu rosto, cão, será a última coisa que irás ver! — ele esforçou-se para erguer, com ambas mãos, o machado. Sangue escorria de seus braços feridos.

A despeito de ter sido derrubado, Tristan ainda segurava a espada. Apertou o punho da arma e em um esforço abrupto, empurrando a perna do saxão com a mão esquerda, conseguiu, por breves segundos, aliviar parcialmente a pressão. Rheged tentou restaurar seu equilíbrio, mas nesse ínterim, o prostrado ergueu seu tronco, empunhando a espada, agora com as duas mãos. Com força, enterrou-a no abdome inferior de Rheged. Seu assalto foi tão brutal, que estraçalhou a cota de malha e avariou a lâmina. O saxão soltou o machado e urrou, ao passo que Tristan, ainda imerso em sua ira, levantou-se, imprimindo mais força, sentindo a arma atravessá-lo.

— Por Maxen, seu bastardo! Morre como o covarde que és! — vociferou, colérico, agora retirando a arma e acompanhando a queda do saxão.

Em pouco tempo, o chão estava coberto pelos mortos. O auge da batalha foi desvanecendo para alguns combates singulares, que encontraram seu fim. Cavalos corriam, desembestados. Saxões sobreviventes retrocederam e optaram por fugir. Agrícola deteve os homens de seu exército que queriam persegui-los. E a poeira da luta foi assentando-se; o mórbido espetáculo revelou-se ante os sobreviventes. A morte estava presente em cada porção de terra. Agrícola — ainda montado — encontrou com Cadwllon e iniciaram a busca pelos feridos.

— Garreth! — Agrícola trotou até o rapaz. Este havia perdido seu cavalo na luta. — Graças aos deuses, estás bem.

— Não bem aos deuses... — disse, quase sem fôlego. — Estaria morto se não fosse por Tristan.

Atônito, o comandante lembrou-se de que havia privado Tristan de sua espada. *Mesmo assim, ele lutou...*, refletiu. Andaram pelos sobreviventes, depararam com Gwynedd, Valyant e a surpresa de Dagoneth conseguir aprisionar Rience, senhor de Northgalis, oponente a Arthur. Griflet surgiu em seguida, levemente ferido. Por fim, Agrícola encontrou Tristan. Sentiu uma sensação inquietante ao vê-lo. Inquietante e estranha... Ele estava ajoelhado, vexado, ao lado de seu cavalo. Em seus braços, jazia um homem. Agrícola reparou em uma espada ensangüentada — e danificada — fincada no solo. Ao avizinhar-se, o rei de Dyfed reconheceu o morto e ficou transtornado. Os demais cavaleiros perceberam o abatimento de Agrícola e evitaram aproximar-se.

— Como foi...? — Agrícola indagou.

— Por ele ter se distraído... para arremessar-me uma espada — a voz soou embargada.

Agrícola apercebeu-se daquele homem estar próximo a derramar lágrimas. Constatando em doloroso silêncio seu erro, afastou-se.

Tristan ergueu-se, o rosto transfigurado — agora pela agonia. Sim, havia lágrimas em seus olhos. Com as costas das mãos, limpou-as. Apanhou a espada fincada — a mesma que Maxen lhe arremessara e que ceifara a vida de Rheged — e começou a cavar uma cova.

A alguns passos dali, Garreth, que assistia, fitou Agrícola. Era ciente de que ele recusava-se a perder tempo enterrando mortos, fossem da armada ou não, mas dessa vez, o rei-cavaleiro absteve-se de qualquer comentário. Imediatamente, Garreth achegou-se até o local e desembainhando sua arma, auxiliou na tarefa. Griflet também se apresentou. Em tétrico silêncio, terminaram de cavar. Tristan depositou o corpo. Fitou-o, a dor estampada em seus olhos. Em seguida, por sobre Maxen, ajeitou a mesma lâmina, de forma que a empunhadura se encaixasse em suas mãos. Lenta e dolorosamente, começou a despejar a terra. Maxen foi sumindo ante seus olhos e Tristan jamais se esqueceria o som da terra incidindo sobre o corpo e sobre a lâmina danificada. Ao término da triste tarefa, ele agradeceu o auxílio — a voz engasgada — e distanciou-se. Ia montar Husdent, quando ouviu seu nome. Era Agrícola que ali estava, com sua espada. Mas Tristan não se animou em andar até o rei e apanhá-la; da mesma forma, Agrícola não pretendia humilhar-se a ele, levando-lhe a arma. Assim sendo, deixou-a no chão e foi-se.

Percebendo estar só, cabisbaixo, andou até a arma e a apanhou, cingindo-a em sua cintura. Tinha sua espada de volta, mas era tarde.

XVII

O restante da viagem revelou-se menos dramática. Apesar das perdas humanas, a armada impunha respeito e eventuais bandoleiros evitaram um confronto. Não sofreram outro ataque saxão, e cruzaram a Planície do Cavalo Branco, Uffington, em segurança. Nos primeiros dias seguintes à batalha, ninguém se aproximou de Tristan, que continuava a seguir o exército na retaguarda, mantendo distância dos últimos cavaleiros. Não era mais vigiado durante as noites, nem fazia mais sentido, dado que Agrícola restituíra sua espada.

Certa madrugada, findada a travessia do Thames, enquanto a maior parte dos homens dormia, Tristan — sempre afastado dos demais — notou um vulto achegando-se. O céu começava a clarear e ele o reconheceu.

— Estás acordado — o visitante sorriu para o amuado guerreiro.

— Não sou de dormir muito.

Garreth sorriu levemente.

— Importa-te em ter companhia?

Tristan negou, embora surpreso por alguém da armada vir até si. Ergueu-se, acomodando-se no manto cedido por Llud. Era sua cama improvisada.

— São maçantes essas viagens — Garreth suspirou, ajeitando a espada em sua cintura, sentando-se em seguida. — Até perdi a conta dos dias, desde quando iniciamos essa jornada. Aceitas? — ele desfez um pequeno embrulho de pano, cujo conteúdo era de pedaços de carne da última refeição feita pela armada.

Atônito, Tristan fitou-o. Não estava compreendendo a gentileza. De fato, não ousava aproximar-se dos demais homens quando estes reuniam-se para se alimentarem. Provia seu sustento como podia — quando conseguia obter algo para si.

Percebendo-o hesitar, Garreth insistiu, também oferecendo-lhe água.

— Sou-te grato, Garreth. Não é sempre que tenho sucesso em encontrar algo comestível.

— Não há de que — ajeitou-se, procurando uma posição confortável. — Como dizia, são exaustivas estas viagens!

— Ao menos, tens para onde ir. No teu lugar ficaria feliz; já eu estou empenhando uma travessia incerta, porque posso não ser aceito no exército de Arthur.

Garreth aliviou a cota de malha e afastou a franja de seus olhos. Era jovem, talvez cinco anos menos do que Tristan, que contava com cerca de vinte e seis ou vinte e sete.

— Arthur irá te aceitar, tenho certeza. Ele é um homem incrível, Tristan. E sabe perdoar.

— Ele teve conhecimento, não teve? — questionou, referindo-se ao ocorrido em Cornwall.

O visitante demorou a responder, mas confirmou.

— Marc esteve presente na reunião, deves saber. Mas mesmo antes disso, ele visitou Camulodunum. Lembro-me desse dia; ele estava em ruínas. Lamentou profundamente o ocorrido, por vezes, dizia que tudo o que vivera, havia sido um pesadelo. Um deprimente pesadelo — ele apertou o punho de sua espada. — Quando a verdade é cruel demais para suportar, é comum dela tentar esquivar-se, não foi diferente para Marc. Ele te amava, Tristan, e arrisco a dizer que continua te adorando. Porque quando do conselho, ele demonstrou remorso por ter te exilado. Diversas vezes, Marc narrou — com um olhar saudoso — como era Cornwall quando ali tu vivias.

Tristan permaneceu quieto por alguns instantes, os olhos voltados para o chão.

— Iseult tentou prevenir-me, mas não lhe dei ouvidos. Implorou meu auxílio para fugir, evitando seu casamento com Marc. Agora, isso não faz nenhuma diferença — Tristan voltou a fitar o rapaz. — Eu preferia não mais tocar nesse assunto, Garreth. A cada dia, sofro as conseqüências do que fiz e mesmo assim, parece que meu tormento nunca irá terminar. Por minha causa, desgracei a vida de muitos, sem contar aqueles que morreram, como Maxen... Como posso me perdoar depois do acontecido a ele?

— Como te disse, Tristan, terás um pouco de conforto em Camulodunum. Arthur precisa de homens com braço forte como o teu, meu amigo. E não apenas por isso. Ele sabe fazer com que elevemos nossa auto-estima. Ele também teve problemas, Tristan, não como os teus, mas tente imaginar a pressão sobre um homem renegado pelo próprio pai. Uther Pendragon jamais considerou a possibilidade de Arthur sucedê-lo. Ele teve outro filho, antes de Arthur. Dizem que também era um bastardo, cuja mãe era a esposa de um cavaleiro, Argan. Não posso confirmar nada a respeito disso, mas afirmo que Uther jamais controlou seus instintos! Portanto, ele já era pai de um garoto de quase dez verões quando se envolveu com Igraine e com ela, teve mais quatro filhos: Anna, Morgause, minha mãe; Morgana Le Fay e Arthur. Uther não apreciou ter tido outro filho do sexo masculino, pois receava desentendimentos entre seus únicos descendentes homens. Dessa forma, exigiu a Igraine que criasse Arthur o mais longe possível dele e de seu meio irmão. Igraine obedeceu, mas fez questão de levar consigo suas filhas. Morgause, minha mãe, foi a primeira a se casar. Lot, senhor de Lothian, meu pai, ficou lisonjeado quando soube que Morgause a ele estava prometida. E eles tiveram a mim e a meus três irmãos. Crescemos unidos, até que... — ele interrompeu a narrativa por breves momentos — ...as tragédias ocorreram. Iniciou-se com meu irmão mais velho, Agravain, ao ter ciência do comportamento adúltero de nossa mãe. Ela era amante de um cavaleiro, Lamorak. Meu irmão não perdoou essa desonra e a matou. Meu pai, duplamente ferido, tentou vingar-se; estava disposto a matar Agravain, mas Uther intercedeu. O Grande Rei condenou meu irmão. E foi durante esses dias que o filho de Uther, herdeiro legítimo, segundo o próprio Uther, morreu em batalha.

Tristan ouvia, atento. Estava estarrecido com aquelas revelações e apiedou-se de Garreth.

— A linhagem de Uther estava comprometida. Ele recusou-se a aceitar Arthur, assim como a mim ou a meus irmãos, uma vez que Agravain maculou a honra da família com sangue. Sua saída foi aproveitar o desespero de Lot; a ele concedeu a mão de sua filha Anna. E o casal gerou Medrawt, ou Mordret, como também é chamado. É este menino, com sete verões, o sucessor do Grande Rei.

— E Arthur concordou?

Garreth cruzou as mãos sobre os joelhos. Não escondia seu orgulho por ser sobrinho de Arthur.

— Ele nunca quis suceder seu pai. Respeitou desde o princípio, a preferência do Grande Rei em relação a Medrawt. Mas após a morte de Uther, todos se convenceram de que deveria ser Arthur a proteger a Britannia; sua fama como um homem de armas, de líder em batalhas sempre foi notória. Desde tenra idade ele foi treinado para ser o que hoje se tornou, um guerreiro. Um *dux bellorum*... como ficou conhecido entre os romanos. Significa "líder da guerra". É assim que ele se define.

— Uma pena que nem todos os senhores bretões concordem em fazer de Arthur o grande rei.

— O problema, Tristan, é o poder. Quantos homens não matariam pelo poder?

— E acreditas que Arthur conseguirá colocar um fim nessa guerra?

— Não sei se haverá um fim, mas espero que ao menos, tenhamos algum período de paz.

O céu estava cada vez mais claro. Garreth virou a cabeça por sobre o ombro e notou que alguns cavaleiros estavam acordando.

— Deuses! Perdemos a noção do tempo com nossa conversa. Em breve iremos partir.

Antes de Garreth levantar-se, Tristan comentou, fitando-o:

— Obrigado por vires até mim, Garreth.

O cavaleiro apoiou-se em um joelho.

— Ora, e eu esqueci de dizer-te o que pretendia! — levantou-se, oferecendo a mão para Tristan também erguer-se. — Vim agradecer-te por teres salvo minha vida — e o rapaz se foi, sem aguardar uma resposta.

A planície do sudeste da Britannia foi o último percurso vencido pela armada e à distância, foi possível vislumbrar o portão de Camulodunum, uma das mais antigas cidades romanas. Vestígios de uma murada também construída pelos romanos podia ser visto e Garreth — que cavalgava ao lado de Tristan, para surpresa de muitos —, não conteve o ímpeto de comentar a respeito daquela proteção.

— Os romanos com suas muradas e portões. Esta foi feita devido ao ataque de Boadicéia, rainha dos icenos. Uma mulher liderando homens em batalha! Liderou, lutou e ainda ateou fogo nesta cidade e em Loundinium, antes de ser derrotada. Conheces a história dela?

— Fragmentos. Era também conhecida por Boudica, não?

— Exatamente. Seu ataque contra os romanos foi em 61 *anno Domini*. E foi na via Watling... uma estrada construída pelos próprios romanos, que se desenrolou a batalha decisiva. Os romanos derrotaram o exército bretão e Boadicéia preferiu a morte a entregar-se — Garreth sorriu. — Um comportamento absolutamente normal para uma guerreira da tribo icena.

Tristan assentiu. Preferia as histórias de Garreth aos comentários da guerra; durante o percurso, vários sinais de violentos embates isolados puderam ser constatados. Porém, Camulodunum revelou-se estranhamente tranqüila.

Da muralha, os sentinelas acompanharam a aproximação da armada. Reconheceram Agrícola e os portões foram abertos. Sagremor surgiu para recebê-los, junto de Owain, Garel e Gaheris, que desmontaram dos cavalos. Estavam exultantes com a chegada deles. A armada atravessava o portão em fileira, enquanto Garel segurava as rédeas do cavalo de Agrícola, para que este apeasse.

— É um prazer rever-te, velho amigo! — Gaheris cumprimentou-o, abraçando-o. — Vós todos sereis um grande reforço.

— Os ataques aqui continuam? — o rei de Dyfed questionou, mesmo sabendo qual seria a resposta.

Gaheris afirmou com um aceno, como Agrícola suspeitava. Cadwllon e Cyngel achegaram-se.

— Estás ciente, Gaheris, que não são apenas os saxões nossos inimigos?

— Tanto quanto Arthur.

— Pois fomos atacados por saxões e por uma facção bretã. Dagoneth deteve Rience, que trouxemos para Arthur decidir seu destino.

Os portões fecharam-se atrás de Garreth e de Tristan. O primeiro, vendo Gaheris, seu irmão, cavalgou até ele, ultrapassando os demais cavalos parados. Apeou-se e cumprimentou-o. Tristan permaneceu montado, estudando a cidade. A armada reunia-se em um vasto jardim; atrás deste, à esquerda, erguia-se uma fortaleza, de porte mediano. A estrutura fez com que recordasse de Kanoël, em Lionèss. Ao fundo, a cidade propriamente dita; entre vielas, erguiam-se estabelecimentos, poços de água, estábulos e casas. *Camulodunum ou Camelot...* — refletiu — *Não muito diferente do que eu imaginava!* Em verdade, nada havia de extraordinário naquela cidade. Direcionou sua atenção para o começo da falange. Agrícola e os demais senhores conversavam com outros cavaleiros. Apeou-se, mas ainda permaneceu afastado, segurando Husdent pelas rédeas. Reparou em Dagoneth escoltando Rience até os líderes. O rebelado tinha os braços fortemente atados. Persistiram conversando; Tristan desconhecia o conteúdo do assunto em virtude de permanecer próximo ao portão, inseguro em aproximar-se. Percebeu então que Agrícola falava de si, pois Sagremor e os outros dois cavaleiros nele cravaram seus olhos.

— É ele, além de Rience, que deverá ser julgado — Agrícola comentou, asperamente. — Trata-se de Tristan de Lionèss. Estou certo de que vos lembrais de Marc...

Eles recordaram. Agrícola revelou a intenção do proscrito; contudo, tanto ele como a maioria mostraram-se veementemente contra.

— Como senhor de Dyfed, ainda que ele tenha demonstrado ser bom homem de armas — disse, fitando Garreth severamente —, discordo da presença dele aqui. Esse cão deve ser expulso!

— Agrícola, deixemos a questão com Arthur — Owain rebateu.

Súbito, o som de espadas em choque e o trotar de cavalos, propagaram-se até eles. Os recém-chegados assustaram-se, como reflexo, sacaram suas espadas. Ante a reação deles, Owain, sorriu, acalmando-os.

— Os novos cavaleiros estão apenas treinando, senhores. Na liça se encontram Arthur e os demais guerreiros. Peço-vos para me acompanhardes.

Por um momento, Tristan foi esquecido. Os líderes despacharam seus homens em direção aos alojamentos, para em seguida, voltarem a montar os cavalos. Cruzaram as vielas principais da cidade e atingiram a liça, precariamente construída entre lojas e casas. Para evitar tumultos, a área de treinos foi cercada. Em um dos lados externos da liça, um grupo de guerreiros reunia-se, sentados em bancos de madeira. Comentavam e avaliavam os treinos ali realizados. Entre eles, um jovem, de estatura elevada e compleição forte, metido em uma cota de malha de prata. Um manto branco cobria suas costas. Em seu rosto, notava-se um ar de cansaço, a despeito disso, os traços eram másculos e viris. Cabelos acastanhados, levemente ondulados, caiam-lhe até os ombros; ostentava uma barba rala e os olhos — um tom azul escuro — transmitiam serenidade. Era o homem a quem todos depositavam suas esperanças, um comandante militar cuja fama havia atravessado fronteiras, conquistando o respeito e admiração de fiéis seguidores, que agora, o aclamavam como seu soberano, mas que ele próprio discordava.

Arthur.

Ele acompanhou a aproximação dos recém-chegados e no mesmo instante, os reconheceu. Sua reação foi imediata, levantou-se e foi ao encontro deles, que freavam seus cavalos.

— Agrícola! Valyant! Garreth! Finalmente, vós chegastes!

Eles apearam-se e cumprimentos calorosos foram trocados. Atrás de Arthur, outros companheiros vieram; Kay, Gawain, Tor, adiantaram-se.

— Tivestes contratempos, presumo... — Arthur foi direto.

— Fomos atacados, Arthur... por saxões e por bretões — Cadwllon precipitou-se.

— E por sinal, Dagoneth conseguiu deter um de teus inimigos — Agrícola comentou. Ato contínuo, Dagoneth se apresentou, trazendo Rience detido — Espero que permitas a morte para esse cão.

Arthur suspirou. Estava cansado da guerra e do ódio entre os homens. O que adiantaria se executasse Rience? Em verdade, naquele momento, de nada serviria, pois não era apenas Rience, um bretão, seu inimigo. Havia também o talentoso Dillus, um cavaleiro que se aliara a Brandegoris, senhor de Stranggore, uma província do território bretão, e outros tantos que mal os conhecia.

— Agrícola, leva-o ao cárcere. Não quero sentenciar ninguém, agora.

— Mas... Arthur...

Ele ergueu o braço, impedindo o amigo em continuar.

— Leva-o, Agrícola. Vivo, ele poderá nos fornecer informações. Morto, será apenas uma carcaça inútil.

Agrícola não apreciou a decisão. Mas concordou na possibilidade de Rience poder auxiliar, se convencido a falar. Em assim sendo, ordenou a um dos soldados conduzir o preso ao cárcere.

— Vosso retorno será de grande valia, meus amigos — Arthur interrompeu os pensamentos do senhor de Dyfed. — Pois preciso de cavaleiros experientes para ensinar os novatos.

— Adorei ouvir isso! — um jovem moreno, de cabelos cor de ébano, dotado de uma beleza viril, usando uma loriga, passou pelos homens até alcançar Arthur e Agrícola. — Porque não estava mais agüentando ser o único mestre aqui.

— Lancelot! — Agrícola sorriu. A alegria foi recíproca. Mas findado o momento de júbilo, Agrícola franziu o cenho. — Tua exigência fez-me recordar do recente pesar sofrido por nós — um repentino silêncio fez-se entre eles. — Nosso melhor mestre foi morto em combate.

Arthur mostrou-se apreensivo. Era doloroso receber a notícia de uma perda, sentia cada vida roubada. Percorreu com os olhos seus seguidores recém-chegados; nesse instante, constatou a ausência dele.

— Maxen?! — havia insegurança em sua voz. Não queria a confirmação, embora fosse impossível dela fugir.

Agrícola concordou, a expressão amarga.

— Foi morto por um ato de extrema estupidez — o rei de Dyfed notou a expressão repreensiva de Garreth, mas não se intimidou. — Por preocupar-se com a vida de um ignóbil, um traidor, Maxen sacrificou a sua — havia rancor na voz. — Arthur, esse cão nos acompanhou para pedir tua permissão para enfrentar nossos inimigos.

— Nunca te vi tão alterado, Agrícola. Esse cavaleiro...

— Não é um cavaleiro! Trata-se de um proscrito! Um maldito proscrito! — então virou-se para trás. — E... onde aquele canalha se meteu?

— Ele deve estar próximo ao portão, Agrícola — Garreth atalhou.

— Mas quem é ele?

Com desprezo, Agrícola arrematou:

— Tristan, de Lionèss; o infame que desgraçou e aviltou Marc! Tu presenciaste a dor do senhor de Cornwall.

— Ele está aqui? — Arthur surpreendeu-se.

— Infelizmente! Por funesto destino, esse bastardo nos insultou, acompanhando-nos!

— Arthur, concede uma oportunidade a ele — Garreth intrometeu-se. — Graças a Tristan, Cyngel e eu estamos vivos. Suas habilidades são impressionantes! Ele seria de grande valia aqui.

— Independente disso, este homem é digno de tua indulgência? — Sagremor, desconfortável diante de um ato aleivoso, indagou a Arthur. — Um homem que trai uma vez, trairá uma segunda e uma terceira. Não confia nele, Arthur!

O jovem comandante pensou por alguns instantes.

— Garreth, onde disseste que ele está?

— Eu o deixei próximo ao portão.

— Kai — Arthur voltou-se para seu irmão de criação —, vai até ele e o desafie para um combate. Que o destino dele seja traçado pelas armas.

O veredicto não foi bem-recebido por todos. Entretanto, Kai cumpriu imediatamente a ordem recebida, montou em seu cavalo e o esporeou.

Tristan havia se afastado alguns passos do portão, mas apenas para alcançar um dos poços; refez-se da sede e refrescou-se. Depois, deu água a Husdent. Por ele, Kay passou. No ato, Tristan percebeu que aquele cavaleiro procurava alguém. E acompanhou-o enquanto conversava com os sentinelas no portão, o que confirmou ser ele o procurado. Quando Kay volveu seu cavalo, deparou-se com Tristan achegando-se, montado em Husdent. Ambos frearam a alguns passos entre si.

— Acompanha-me — Kay ordenou, sem delongas. E atiçou seu cavalo.

Ele o seguiu. Cruzaram a cidade e atingiram a liça, mas freou Husdent a certa distância do grupo de homens que ali estava, apreensivo em prosseguir. Contudo, Kay puxou as rédeas de seu cavalo, virou-se por sobre o ombro e o avisou do desafio que teria como prova.

— Veremos como lutas! — Kay comentou. E trotou, até a entrada da liça.
Tristan viu Garreth ao lado de seu irmão, Cyngel e os demais líderes. Agrícola o fitou com repulsa.

— Vamos, Husdent — em vez de percorrer e alcançar a entrada para a liça — que era no extremo oposto onde estava, tendo que cruzar com os demais guerreiros — ele simplesmente fez o cavalo pular a cerca.

Muito espirituoso! — Arthur cogitou, divertindo-se.

Em ambas extremidades da arena, havia um suporte com lanças. Independentemente delas não serem longas, era uma arte para o cavaleiro segurar-se em sela e com elas digladiar. Era o motivo da justa com lanças ser muito apreciada em torneios. Contudo, aquilo não era um torneio.

Kay estava pronto. Usava uma loriga, elmo e escudo. Tristan apanhou uma lança e recebeu de um cavalariço, um escudo. Arthur aproximou-se da cerca e acenou, era o sinal para o duelo ter início. Kay açulou seu animal e endireitou sua lança. Husdent partiu em um trovejar de cascos, lançando pedras ao ar como rastro. Os cavaleiros mantinham-se atentos para o embate, mas apenas alguns conseguiram presenciá-lo em detalhes. Porque a visão de Kay ser arrancado da sela, de sua lança se desfazendo em pedaços, revelaram-se estarrecedoras.

— Não acredito! — Gawain comentou.

Garreth sorriu com o canto dos lábios.

— Isso não muda nada! — Agrícola vociferou — Ele ainda é um proscrito.

Tristan, que atingira a extremidade oposta, freou Husdent. Abaixou sua lança partida ao meio, devido o embate com a loriga do oponente. Notou cavalariços invadindo a arena para ajudar Kay a levantar-se.

— Autoriza-me a duelar, Arthur! — Gaheris apresentou-se. Muitos queriam novo embate.

— Isso não está correto, Arthur. Esqueceste de que somos recém-chegados? Não duvido de que Tristan esteja cansado da viagem.

— O quê, Garreth, tu o proteges? — o irmão riu. — Irei lutar com ele e será agora.

Ainda montado, Tristan, vendo outro cavaleiro apresentar-se, não teve dúvidas; novamente ia gladiar. Acariciou Husdent no pescoço, constatando que tanto ele como o cavalo, estavam exaustos. Entretanto, não podia recuar. Assim sendo, armou-se de nova lança.

— Um proscrito, mas extremamente corajoso — Arthur comentou, acompanhando com os olhos, Tristan — com nova lança — adiantar-se e aguardar o sinal. — Quantos cavaleiros vós conheceis dispostos a duelar sem uma loriga? E sem elmo?

Não houve resposta. Eram escassos, Arthur sabia. As lanças de ponta chata em contato com aquela proteção, não eram fatais. Na pior das hipóteses, proporcionava uma queda. Mas eram perigosas contra apenas uma cota de malha; o impacto, não raro, provocava injúrias graves.

O sinal foi dado. Tristan enristou sua lança, seus olhos aguçados fixaram o ponto a atingir e Husdent acelerou. Em seu braço esquerdo, o escudo estrategicamente posicionado. Era ciente de que só tinha o escudo para se defender. Cerrou parcialmente as pálpebras, protegendo os olhos. A colisão vibrou por todo o seu corpo, em reflexo, contraiu os joelhos em Husdent. O braço esquerdo latejou. A lança de Gaheris espatifou-se em três contra o escudo. A sua, atingiu o ombro do adversário; não quebrou, mas desequilibrou Gaheris. Junto com o impulso do cavalo, o guerreiro terminou por cair.

Exclamações contraditórias partiram dos observadores, enquanto Tristan — que declinava a lança — freava Husdent na extremidade da arena, de onde partira pela primeira vez. O cavalo de Gaheris foi detido pelos cavalariços; estes também vieram em seu auxílio. Mas o jovem, irritado, dispensou-os aos brados.

— Ele é surpreendente — Arthur suscitou para os demais.

— Meu senhor, esse verme não é digno de confiança! O que Marc irá dizer, se souber de tua pretensão em aceitá-lo?

— Agrícola, contenhas teu ódio. Por ser um proscrito, entendo haver aí punição suficiente. E, mesmo se continuarmos castigando-o, em nada alterará seu passado.

Agrícola não conseguia controlar-se.

— Então, peço tua permissão para duelar com ele!

— Para que mais duelos, Arthur? — Cyngel protestou. Assim como Garreth, devia sua vida ao proscrito.

A tentativa de dissuadir Agrícola foi ineficaz. O pedido de permissão não foi mais do que mera etiqueta, pois Agrícola estava determinado. Apresentou-se à arena, tão logo ajustou sua loriga.

Tristan, ainda na liça, notou seu novo desafiante aproximando-se. Agrícola, o senhor de Dyfed. Não sentiu-se honrado por isso, principalmente porque sentia os músculos de seu braço direito cansados. Acompanhou Agrícola contornando a cerca e invadindo a liça. Tristan dirigiu-se ao suporte das lanças, todavia, foi surpreendido pelo oponente desembestando seu cavalo e desembainhando sua espada, uma atitude que acarretou dissidências entre Arthur e os demais cavaleiros. Não houve outra alternativa; Tristan fez Husdent trotar e armou-se.

O embate ocorreu em um dos lados da liça; os cavalos, agitados, obedeciam aos comandos de seus donos. Terra e pedras eram atiradas longe pelos animais, por duas vezes, Husdent chocou-se com a cercada que dividia a arena. Os ataques de Agrícola eram poderosos, rudes. Sua espada era tão longa quanto a de Rivalin e conforme Tristan percebeu, ele não seguia uma técnica única de combate. Em um determinado instante, quando as lâminas fecharam-se em cruz — um tentando forçar a defesa do outro, Tristan sentiu um choque contra sua coxa direita, cuja reação fez com que esmorecesse sua guarda, quase caindo de Husdent. Agrícola o atacara com a base inferior de seu escudo; não era um assalto digno de guerreiros honrados, mas o senhor de Dyfed não considerava seu oponente como tal. Tristan afastou Husdent enquanto equilibrava-se. Contou com apenas alguns segundos, porque o embate prosseguiu. Os cavalos rodopiavam, bufando. Tristan deteve um golpe do oponente e ainda que sentisse os músculos trêmulos, forçou Agrícola a abrir sua defesa. Em verdade, Tristan arremetia para trás o braço do adversário. Este, apesar de imprimir todo o seu vigor, não estava conseguindo vencer o férreo bloqueio. Irado, fez menção de novamente utilizar-se de seu escudo. Dessa vez, Tristan percebeu. Em resposta, fez Husdent avançar em um pinote. Com o impulso do cavalo, Agrícola foi incapaz de suportar a investida do oponente, tanto quanto sua montaria, que desequilibrou-se devido a investida do cavalo negro, de forma que ambos tombaram, por sobre a liça, destroçando-a.

A inusitada cena causou perplexidade nos demais guerreiros. Estes, ainda incrédulos, acompanharam o cavalo de Agrícola debater-se e novamente pôr-se de pé, ainda com seu cavaleiro em suas costas — a despeito da queda. Apesar de ter perdido sua espada, Agrícola sacou outra, que trazia presa na sela do animal. Contudo, Tristan fez Husdent recuar. Para si, não mais havia motivo em prosseguir com o duelo.

— Nosso embate não terminou, verme! — urrou, enraivecido o rei de Dyfed.

Sem perder a compostura, Tristan apenas embainhou sua arma, para desespero de Agrícola, que amargava com o fel da derrota; pior, para um homem que execrava.

— Arthur... — Lancelot, em um tom leve, comentou — ...se queres um conselho, decide logo o que pretendes com esse homem, antes de Agrícola pensar em vingar-se e partir para um duelo de sangue.

Arthur concordou. Afastou-se do grupo e passando por debaixo da cerca, invadiu a liça, atraindo a atenção dos lutadores.

— A justa foi decidida — disse, enquanto pulava a parte intacta da murada de madeira para ficar do mesmo lado que os combatentes. — E também, teu destino, cavaleiro — foi para Tristan que ele se voltou.

— Meu destino? — deparou-se com um jovem, talvez três ou quatro anos mais novo do que si. Sequer havia suspeitado quem era ele.

— Vieste até aqui com um objetivo, e creio ser de lutar...

— Arthur! Não estás falando sério, estás? — Agrícola interrompeu, o tom de voz rancoroso.

Ao ouvir aquele nome ser pronunciado, Tristan foi vítima de um baque. Aquele homem, tão jovem, era o rei cuja fama atravessara fronteiras? Lembrou-se de Aesc e do respeito quando citara seu nome, lembrou-se de Marc e de tantos outros que a ele juraram fidelidade.

— Agrícola, não vamos mais discutir isto. Peço que vás descansar. A viagem foi desgastante, e deves estar cansad...

— E estou mesmo! O que me fez perder esse maldito duelo! — impaciente, Agrícola incitou violentamente seu cavalo, partindo em fúria.

Tristan controlou Husdent, assustado perante a partida repentina do outro animal. Em seguida, apeou-se e pretendia reverenciar Arthur, mas o jovem impediu.

— Isto não é necessário, Tristan. Não sou rei, e sim, um comandante militar.

Ele não sabia o que dizer. Arthur prosseguiu.

— Como ia dizendo, antes da cena de Agrícola... e espero que tu o perdoes... vieste com intenção de lutar a nosso favor. Ainda tens essa pretensão?

— Mantenho-a, sire...

O rapaz sorriu e o encarou.

— ...Arthur — disse ele.

— Mantenho-a, Arthur... — ele repetiu, desconcertado — ...se vós... — imediatamente, emendou-se — ...se tu consentires de um traidor fazer parte de teu exército.

— Estou ciente do que houve, Tristan. Mas antes de condenar um homem, devemos ouvir deste suas motivações. Porque minha ciência é por terceiros, e não do próprio.

Fitaram-se; Arthur constatou o sofrimento na face daquele guerreiro.

Tristan baixou os olhos, a coragem faltava-lhe.

— Meu maior erro — iniciou, a voz submissa — foi ter escondido de mim próprio meus sentimentos com relação à rainha de Cornwall, a quem sempre amei, bem antes dela se tornar uma rainha. Isto não justifica minha pérfida atitude, e tenho consciência de que não apenas traí um rei, mas toda Cornwall, cujas conseqüências foram... e são imperdoáveis. Acabei envolvendo e magoando inúmeras pessoas, que assim como Marc, não mereciam sofrer — ele levantou os olhos, cravando-os nos de Arthur. — O que ouviste, não deve ser diferente da realidade. Sou culpado, Arthur. E para ser sincero, não posso condenar o desprezo que teu fiel Agrícola e outros de teu exército sentem por mim. Eles estão certos — fez uma pausa, como se carecesse arrancar de suas entranhas a audácia de suas próximas palavras. — O caminho da desonra, da infâmia, não tem mais volta. Apesar de trilhar esse rumo e ser indigno para que creias em mim... vim até ti para comprometer-me a lutar a teu lado, nem se para isso, tiver que morrer.

O jovem comandante foi tomado por um grave pesar. *Tristan, de Lionèss*, pensou, relembrando a reunião com os demais reis e como aquele homem havia sido execrado e aviltado. Era notório seu desterro, assim como muitos senhores provinciais de Cornwall recusarem-se a recebê-lo. Na ocasião, Arthur ridicularizou — em seu íntimo — aquelas tolas decisões, principalmente quando a Britannia corria o risco de deixar de ser Britannia. *Eles nem vigiam direito as fronteiras contra os saxões e anglos...!* — satirizou. No entanto, era diferente estar frente a frente com aquele homem, que reconhecia abertamente sua culpa e o suplício de percorrer um rumo sem encontrar a paz. *Ele jamais irá se perdoar*, refletiu. *Não há castigo mais pungente do que este.*

— A confiança, Tristan, não se impõe, mas adquire-se. Tu te consideras culpado e indigno; digo-te que são raros os homens capazes de julgar a si próprio e o fazes sem vacilar. É desta certeza em ti que noto ainda existir credibilidade em teu coração.

Uma sensação estranha o dominou. Estaria presenciando... vivendo... ou era um sonho?

— Arthur... mesmo depois de tudo isso... irás permitir que eu fique e lute? — estava atônito. — Devo dizer-te que, além do desterro, fui destituído do título de cavaleiro. Mas... também deves estar ciente disso, presumo.

Arthur sorriu e passou seu braço por sobre os ombros do moço, convidando-o a deixar a liça a seu lado.

— Sim, eu sei. Mas o que importa? Não sou rei, mas estou atuando como um — ele riu. — Títulos, posses, condecorações não fazem um homem, Tristan. Seus atos, sim. Afasta um pouco as lembranças e vive o presente, meu amigo. Garanto-te que terás muito com o que te preocupar, principalmente com a ameaça saxã!

Tristan olhou de soslaio para o jovem rei — ou comandante, como ele mesmo dizia — andando ao seu lado. *Eles estavam certos*, pensou. *Llud, Nimue... como eles sabiam?* Algo muito especial tornava aquele homem diferente de todos os que já conhecera e concordou consigo ser ele uma pessoa da qual jamais viria a esquecer.

— Meus amigos — Arthur atraiu a atenção dos demais cavaleiros — quero apresentar-vos Tristan. Desnecessário tecermos comentários a respeito da intimidade dele com as armas... — Arthur sorriu levemente —, ...mas essencial dizer-vos de que ele será nosso aliado.

Os cavaleiros fitaram-se uns aos outros, confusos. Afinal, muitos deles estavam presentes na fatídica reunião em que maldisseram aquele homem. Agora, Arthur não apenas o recebia, mas fazia dele um defensor da Britannia? Garreth, notando que a maioria dos guerreiros não estava apreciando a idéia, adiantou-se.

— Será um prazer ter-te na armada, Tristan. Tu e tua espada inclemente! Poderás até nos ensinar esta tua técnica de combate, que nunca vi igual.

— Os saxões que se cuidem... — Arthur ironizou — ...principalmente se nossos cavaleiros começarem digladiar como tu — referiu-se a Tristan. — No entanto, basta de treinos e lutas por hoje. Apesar do ataque que vós sofrestes, os recentes relatos de meus batedores versam sobre um recuo das forças inimigas. Um espaço de tempo em que devemos nos preparar e nos aprimorar. Pois Aelle, o líder saxão, não é um homem que desiste facilmente.

— Então, Arthur, permite a Tristan ajudar-me na tarefa de treinar os cavaleiros inexperientes? Seria de grande monta, mais do que para a atividade que Garreth suscitou. — Lancelot interveio.

— Farias isso? — Arthur encarou o proscrito, que concordou. — Excelente. Agora, deveis descansar, especialmente vós, recém-chegados de longa viagem.

O grupo dispersou-se. Muitas das casas ao redor da fortaleza eram alojamentos para o exército e para lá alguns deles dirigiram-se. Lancelot convidou o novo integrante a ir ao seu cômodo, que ficava em outro local. Tristan aceitou, de bom grado. Juntos, deixaram a arena e levaram Husdent ao estábulo, onde retirou a sela e arreios.

— É um bonito cavalo — Lancelot comentou, enquanto Tristan cuidava dele.

— Já salvou-me de várias situações.

— Ele combina com a égua de Arthur, Llamrei — Lancelot riu. — São parecidos; altos, encorpados, tufos de pêlos na pata. Talvez, além de um cavaleiro, Arthur tenha encontrado um pretendente para Llamrei — Lancelot mofou.

— Ouviste isto, Husdent? — Tristan redargüiu, afagando a orelha do animal. — Creio que teu esforço em me trazer até aqui, não foi em vão — foi a primeira vez em que se descontraiu, depois de tanto tempo preso nas teias do sofrimento.

— Vamos, Tristan. Deixa algo para os cavalariços fazerem!

Eles saíram do estábulo.

— Creio que gostarás daqui, meu amigo — Lancelot disse, enquanto caminhavam pela cidade. — Colchester, como chamamos, em vez do nome latino, é aconchegante e divertida. Os romanos deixaram estruturas interessantes aqui.

— Suponho que estejas falando das casas de banho.

— Isso mesmo! — Lancelot sorriu. — Conhece-as?

— Já tive esse prazer — e recordou de como ficara sem ação e desconcertado, quando desprovido de suas vestes, na frente de outros homens. Sim, as casas de banho eram um conforto, mas constrangedoras!

— De qualquer forma, o ginásio é mais interessante. Não é muito grande, mas ali praticamos lutas e exercícios físicos. Se há algo que não podemos negar, é a versatilidade e engenho dos romanos.

Atingiram os alojamentos principais. Eram casas simples, de madeira e argamassa, divididas em vários cômodos. Em cada alojamento, cerca de seis cavaleiros estabeleciam-se. O quarto de Lancelot era um dos melhores, localizado no andar inferior, à esquerda da entrada. Dispunha de um catre simples, uma tina, mesa e um baú, para o guerreiro guardar seus objetos. Nas paredes havia dois apoios para as lamparinas.

— Teremos que arrumar uma cama para ti. Mas acredito que deves estar querendo refrescar-te depois desta viagem. Há um caldeirão atrás da cama, usa-o. O poço é próximo, por isso quis esse quarto. Fica à vontade, meu amigo. Depois, conversaremos.

Ele apanhou o recipiente e foi até o poço; já estivera ali antes. Os alojamentos principais eram próximos aos portões. Nada mais óbvio. Enquanto enchia o caldeirão, viu um carro puxado por uma parelha de cavalos trazendo alimentos.

Outros o seguiam. Estocar alimentos, significava o temor a um eventual cerco. Colchester estaria preparada para isso? Entretanto, evitou tecer idéias atinentes às guerras, ao menos, naquele instante. No quarto, ao encher o suficiente a tina, retirou o manto e a cota de malha. Sentia os músculos doloridos. Massageou o braço direito quando terminou de desnudar-se. A vestimenta de linho, suada, pedia para ser lavada. Foi quando assustou-se com a entrada repentina de Lancelot.

— Desculpa, Tristan. É para avisar-te de que Arthur nos requisitou. Portanto, quando estiveres pronto, venhas à fortaleza. Por falar nisso, encontrarás vestimentas limpas no baú. Podes vesti-las.

Constrangido, ele agradeceu, feliz por apenas Lancelot invadir o alojamento.

— Tristan... o que foi isso? — Lancelot, horrorizado, questionou, apontando a cicatriz em seu abdome.

— Não precisas fazer esta careta, Lancelot. É apenas uma marca de ferro em brasa.

— Apenas? Deverias usar uma loriga, meu amigo. És louco de aceitar duelos sem proteção — e ele deixou-o.

Novamente só, ele pensou que nem tivera tido tempo para explicar o que, de fato, havia causado a cicatriz. Mas não fazia diferença. O mais importante era que finalmente havia encontrado um lugar em que fora aceito, apesar de sua péssima reputação, que — como a fama de Arthur — havia ultrapassado fronteiras. E havia sido o mais célebre líder que lhe estendera sua mão, aceitando-o e disposto a acreditar em si, ainda que muitos de seus cavaleiros discordassem. Certo que Garreth e agora Lancelot, pareciam não se importar com as marcas tenebrosas de seu passado. Tratavam-no apenas como um homem de armas.

A água em contato com seu corpo refrescou-o, até sentiu falta dos óleos romanos. Especiarias eram produtos caros e duvidava deparar com elas novamente. Molhou seu rosto e, usando um punhal de Lancelot, livrou-se da barba. Com um manto de linho, enxugou-se. Vestido, foi encontrar os demais na fortaleza, próxima dos alojamentos principais. Uma escadaria ligava a construção com a cidade e ainda no corredor, um pajem o escoltou até a sala.

— Sejas bem-vindo, Tristan — Arthur cumprimentou-o. Ao seu lado, estava Lancelot, seguido de Owain, Sagremor e Gawain. Os quatro comandantes superiores, conforme Maxen lhe dissera. Todos sob as ordens do *dux bellorum* e responsáveis, cada um, por um regimento de quatro batalhões.

O recém-chegado respondeu ao cumprimento, mas não compreendeu porque havia sido convocado. Apenas sentou-se em respeitoso silêncio. A sala não era muito grande, porém, devido ao escasso mobiliário, a impressão era a de um salão. Nas paredes, presas em armações de ferro, tochas ardiam. Arthur sentava-se no meio; Tristan acomodou-se frente a frente ao jovem rei.

— Colchester deve resistir — Sagremor rompeu.

— Se destruírem esta cidade, conseguirão conquistar o resto da Britannia — Lancelot, as mãos cruzadas sobre a mesa, versou.

— Vós esquecestes do ponto crucial da questão — eles encararam Arthur. — Refiro-me ao príncipe Medrawt. Segundo Rience, os bretões querem sua morte, por isso pretendem também atacar Colchester.

Tristan ficou ainda mais receoso. O famoso líder militar estava discutindo suas táticas tendo na sala um traidor?

Arthur cruzou as mãos sob seu queixo, fitando Tristan. Apercebeu-se dele não estar à vontade.

— Oh! Sou mesmo um tolo! — Arthur apoiou as mãos à mesa. — Deixe-me colocar-te a par de tudo, Tristan. Fui ter com Rience, o homem capturado por Dagoneth. Deves saber que alguns homens temem a morte, Rience é um deles. Antes mesmo de ser convencido a falar... — ele sorriu com os cantos dos lábios — ...e eu nem sou um homem violento... Ele revelou que Dillus, um bretão, Aelle e seu filho Cymen, saxões, estão reunindo homens, bretões, saxões e anglos, para atacar Colchester. Não ficaria surpreso se Ligessac e Cradelmont, senhor de Northgalis, estiverem entre eles, ambos bretões. Os saxões e anglos não têm interesse em política, apenas anseiam terras para conquistar. Os bretões querem o poder para si. Respeitavam Uther Pendragon, mas jamais o reconheceram como líder. Agora que ele se foi e seu sucessor não é senão um garoto, querem reivindicar a posição de grande rei.

— O príncipe Medrawt foi o escolhido pelo grande rei. — Lancelot atalhou.

— Infelizmente — Sagremor franziu o cenho. Assim como a maioria das pessoas, queria que Arthur tivesse sido escolhido como sucessor.

Arthur passou sua mão pelos cabelos.

— Respeito o desejo de Uther Pendragon, Sagremor — ele fitou Tristan novamente. — Uther, o grande rei, elegeu Medrawt como sucessor, filho de minha irmã Anna e de Lot, rei de Lothian — ele abaixou os olhos. — Talvez, se Agravain não tivesse cometido aquele hodiendo crime, de assassinar minha outra irmã Morgause, ele ou um de seus irmãos fossem escolhidos.

O comandante militar foi tomado por certo pesar. Ajeitou a vestimenta clara que usava. Era diferente vê-lo sem a cota de malha de prata. Tristan tentou imaginar Arthur em uma loriga, como aquelas que seus oponentes, na liça, usaram. Arthur era um homem alto, alguns centímetros a mais do que si. E era imponente.

— Medrawt está nessa fortaleza, mas creio não ser o lugar mais seguro para ele — Arthur voltou a falar. — Minha idéia é a de que tu, Lancelot, alguns de seus homens e Tristan transportem-no até Glastonbury.

Glastonbury! Tristan amaldiçoou-se; como poderia ter esquecido?

— Arthur... — ele rompeu — ...era para ter revelado antes essa notícia, quando deparei-me com teus homens, mas não pude dizer. Passei por Glastonbury e por Wells; ali fui atacado por uma falange bretã. Conversei com algumas pessoas que disseram ser Ligessac, o líder. Suspeito deles também terem atacado Glastonbury.

Por alguns segundos, imperou o silêncio.

— Cão! — Sagremor levantou-se bruscamente, batendo as mãos contra a mesa. — Como ousaste demorar tanto para dizer-nos isto? Arthur, é nesse homem que depositas tua confiança? Não era para ele nos ter revelado esta informação assim que pisou em Colchester? — esbravejou.

Arthur virou seu rosto.

— Senta-te, Sagremor — disse, pacientemente.

O guerreiro — um homem forte, de traços orientais — os olhos eram ligeiramente repuxados — lábios carnudos, pele morena e longos cabelos pretos, lisos e barba rala — demorou a esboçar uma ação. Usava uma vestimenta feita de pele de lobo, o que lhe dava um aspecto ainda mais sinistro. Pintava a região ao redor dos olhos com uma tinta negra e deixava os cabelos soltos. Nos pulsos, usava várias tiras de couro como enfeite. Sagremor, filho de um rei de Magyar, um lugar que futuramente seria chamado de Hungria, era um homem impetuoso tanto quanto corajoso. Escassos eram aqueles com coragem suficiente para enfrentá-lo. Arthur era um desses. Com a voz mais grave, repetiu a ordem. O guerreiro — o rosto contraído — obedeceu. A despeito daquela aparente selvageria, respeitava Arthur.

— Por que guardaste tanto tempo esse fato, Tristan? — Arthur, sério, indagou.

Tristan nada tinha a temer.

— Pretendia conversar com Agrícola, que comandava tua falange. Pelo homem que uma vez fui, juro que pretendia avisá-lo. Mas minha péssima reputação impediu uma aproximação. Não tive oportunidade de dialogar e talvez, mesmo se tivesse, jamais iriam me dar qualquer crédito — ele percebeu os diversos olhares sobre si, mas não ficou intimidado. — Estive em Sulis Bath. Conversei com Cadwy, que prometeu enviar alguns homens a Glastonbury. Mas Cadwy espera teu auxílio.

Arthur permaneceu sério.

— E *ainda* pretendes confiar nesse homem? — Sagremor vociferou.

— O problema, Sagremor, não é confiarmos ou deixarmos de confiar. Mas sim, quando deixamos nos levar pela emoção. Ele — Arthur fitou o homem à sua frente — foi acusado de trair Marc e declarado culpado. Como resultado, foi execrado e envilecido em nossa reunião, o que me faz imaginar a forma de como deve ter sido recebido por Agrícola. Conheço-o muito bem, e ouso dizer que, mesmo se Tristan tentasse comunicar o que viu, Agrícola iria ignorar — ele suspirou, voltando-se aos demais. — No entanto, ainda que Glastonbury tenha sido alvo, não irá alterar meus planos.

— Como? — Lancelot questionou.

— Se conseguirmos fazer com que o príncipe Medrawt deixe Colchester em segredo, apenas nós saberemos onde ele irá estar. Mesmo se Glastonbury estiver em ruínas... e se quereis saber, será ainda melhor, porque ninguém vai desconfiar de que ele estará lá. As atenções estão voltadas apenas para Colchester.

— Arthur, partir agora com um exército...

— Não um exército, Owain. Apenas alguns homens.

— Mas e quando Medrawt estiver em Glastonbury? Isto é, se Glastonbury ainda existir?

— É um risco que teremos de correr. Tão logo chegardes em Glastonbury, devereis requisitar reforço a Marc. Ou para lá deveis ir, em última hipótese. Todavia... se Cadwy disse que enviaria reforço, eu acredito. E é o que me leva a acreditar Glastonbury ter resistido. Nisto, tu nos ajudaste, Tristan — disse a ele.

— Não sei. Sinceramente, não sei. — Owain estava incerto.

— Owain, eles sabem que Medrawt está aqui. Para os saxões, não faz a mínima diferença. Mas faz para homens como Ligessac e Dillus. No entanto, para não suscitarmos suspeitas, aguardaremos alguns dias. Tu, Lancelot, junto com Tristan, ireis treinar os soldados. Quando eu montar mais um grupo de batedores, avisarei que vós dele fareis parte. E quanto a Medrawt, esconderemos seu paradeiro, seja por alguma doença que o manterá em repouso absoluto, ou algo similar.

— Arthur. Queres que eu vá, em vez de permanecer aqui e lutar? — Lancelot estava indignado. — Sabes que não sou homem de fugir a lutas.

— Não disse que eras. Mas preciso dos melhores guerreiros nesta viagem. Tua técnica de lutar é tão eficiente como a de Tristan. Sagremor, Owain, Gawain... vós sois imbatíveis em infantaria pesada.

— É verdade — Gawain comentou, quebrando seu silêncio — Mas tenho a impressão de que Colchester vai ser cercada.

— E é por isso que estou executando alguns truques ao redor da cidade — Arthur sorriu ligeiramente. — Como, por exemplo, o poço coberto por folhagens ou mesmo, lanças escondidas em locais estratégicos. Sei que não vai garantir para sempre nossa sobrevivência se formos sitiados, mas temos que tentar. Se Colchester cair... toda a Britannia cairá.

— Arthur, como estão teus homens? — à pergunta, todos se voltaram para Tristan. Este percebeu que Sagremor não havia apreciado sua intromissão, todavia, estava ali e da reunião iria participar.

— Alguns são jovens demais para a guerra — Gawain respondeu pelo comandante.

— Sinto discordar de ti, Gawain, mas desde tenra infância, um homem se mostra inclinado para as armas.

— Se nem Lancelot conseguiu disciplinar esses jovens... duvido que tu...

— Eu ensinarei aqueles que desejarem aprender — interrompeu. — Mas não sou mago para, do nada, criar guerreiros.

— Nossos exércitos principais são ótimos — Arthur versou. — Mas é com os reservas minha preocupação. E são exatamente esses jovens que Gawain disse.

Tenta treiná-los, Tristan, até o dia de tua viagem com Lancelot — Arthur ergueu-se. O rosto demonstrava preocupação, ainda assim, seus olhos transmitiam confiança. — Este é o único plano para protegermos Medrawt. Assim que ele estiver seguro e assim que Marc for avisado, pediremos reforço para os demais reis, pois eles deixaram suas províncias protegidas. Cadwy deve ser avisado do que pretendemos, dessa forma, seus homens poderão permanecer em Glastonbury.

Quando a poderosa voz de Arthur silenciou, leves batidas contra a porta repercutiram. O *dux bellorum* dirigiu-se a ela, mantendo-a entreaberta, enquanto conversava com alguém. Tristan virou seu rosto por sobre o ombro no instante em que Arthur fechava a porta e retornava à mesa, postando-se ao seu lado.

— Irei retirar-me, meus amigos. Meu tempo de guerra, por hoje, terminou — ele sorriu. — Agora, volto a ser um homem casado — e deu as costas a todos, saindo da sala.

Tristan, surpreso, fitou Lancelot, enquanto os demais levantavam-se e deixavam a mesa.

— Casado? — ele se havia esquecido de seu encontro com a armada bretã, quando mofaram de sua atitude de aliar-se a Arthur.

Lancelot concordou.

— Guinevere, filha de Leondegrance. Eles se casaram há algumas estações. — Lancelot levantou-se, o rosto ligeiramente apreensivo. — Devemos descansar. Amanhã, irei apresentar-te às tropas e iniciarás os treinos.

Saíram da fortaleza pelos fundos, desceram os lances de escadas e estavam andando por entre os escassos moradores de Colchester. A cidade, com o passar do tempo, havia tornado-se essencialmente militar. Apenas aqueles que viviam do comércio ou que ali desempenhavam funções militares, resistiam. Passaram pelo segundo alojamento, próximo da liça — cujo divisor continuava quebrado — e prosseguiram. Lancelot pretendia apresentar-lhe o ginásio. Cruzaram com duas casas, transformadas em ferrarias. Segundo as palavras de Lancelot, o próximo estabelecimento era um dos preferidos dos guerreiros. Tratava-se de três casas justapostas, cujo resultado era amplas salas. Ali os soldados realizavam suas refeições.

— Até que a comida é boa — Lancelot comentou. — Mas, se formos sitiados... não te iludas. Especialmente se não conseguirmos vencer o cerco.

— Por que não colocamos um exército pronto a interceptar quando do ataque?

— O que estás planejando?

Tristan agachou-se e apanhou um graveto. Na terra, desenhou um círculo.

— Colchester. Se Rience confessou que planejam um ataque, acontecerá por todos os lados, a posição de Colchester propicia isso — e ele desenhou flechas vindo contra o círculo, do leste, oeste, norte e do sul. Também, lembrou-se de

Aesc. O próprio saxão avisara de que um ataque de grandes proporções era iminente. — A idéia de Arthur, de fugirmos com o príncipe Medrawt, é boa... se conseguirmos um caminho seguro. Mas, além disso, creio que deveríamos manter falanges fora da cidade — e ele rabiscou por sobre as flechas — prontas para interceptar o inimigo. Homens que conheçam bem a região e batedores experientes. Interceptar o inimigo antes dele atingir seu intento, pode não ser plenamente eficaz, mas dirime suas expectativas.

— É uma boa idéia, falaremos disso amanhã com Arthur.

Atingiram o ginásio, *ginasium*, conforme os romanos. Era próximo à casa de banhos; esta bem modesta, se comparada com a de Sulis Bath. O *ginasium*, por sua vez, era uma estrutura retangular, aberta e cercada com as famosas portas abobadadas. Uma fileira de coluna dividia a arena, como se a transformasse em dois campos. Um dos lados da arena era coberta, um conforto para os espectadores. Lancelot estava andando por entre as colunas.

— Os romanos costumavam treinar homens para lutar até a morte. Fico imaginando se ocorreram aqui competições desse tipo.

— Aprendi as lutas corporais, do estilo dos gregos. Creio que para eles, era apenas um esporte — Tristan divagou.

— E era — Lancelot apoiou as costas numa das colunas. Fitou o companheiro e uma estranha inquietação dominou-o. — Vamos, agora chega de conversas! — puxou sua espada e com olhos vívidos, aproximou-se de Tristan. — Deves estar recuperado, certo? — a arma estava em riste.

— Queres lutar agora, no fim do dia? — Tristan, que não sentia o menor desejo de gladiar, tentou esquivar-se.

— Apenas um treinamento — Lancelot sorriu, o vento incidindo em seu rosto, carregando mechas de cabelos e seu manto.

— Tu não pretendias descansar, Lancelot? Podemos lutar outro dia!

Mas Lancelot não desistiu. Com um sorriso matreiro, soltou seu manto. Sem outra alternativa, Tristan imitou-o, desembainhando sua espada em seguida. Entreolharam-se durante alguns segundos.

— Estava ansioso para isso, Tristan...

Com estas palavras, Lancelot investiu. O som metálico encobriu o ginásio, lutavam utilizando-se das colunas como forma de desviarem dos assaltos. Por vezes, Lancelot detinha a vantagem, atacando de forma rude, mas recuava quando seu oponente reagia, passando a controlar o duelo. Cada um detinha seu próprio estilo, tanto com as espadas, quanto a técnica da luta corporal, o que propiciava uma eventual queda. Fosse quem fosse aquele que tombasse, recuperava-se incontinênti, sendo aguardado pelo adversário. Pondo-se de pé, davam prosseguimento ao duelo. Ambos tinham a respiração acelerada, contudo, pareciam hipnotizados — um estudando os menores movimentos do outro. Em um dado momento, com as espadas presas em cruz, Tristan — que tinha contra suas costas uma coluna — terminou por empurrar o oponente com sua perna. Com o impulso, Lancelot caiu pesadamente para trás, mas no instante seguinte, estava de pé, forçando a defesa do outro. Surpreso com a versatilidade do adversário, disse, a voz entrecortada:

— Nunca demorei tanto para derrotar alguém — o suor escorria pela têmpora.

— Estou perplexo! — e foi a vez de Lancelot empurrar o oponente, também com a perna. Pego desprevenido, Tristan foi de encontro ao chão, onde ficou por breves segundos.

As cores do entardecer cobriam o ginásio; aquele longo dia avançava para o fim, exceto para os dois combatentes. Ambos estavam suados e cobertos de terra. Tinham suas roupas rasgadas por um golpe próximo, ainda assim, para eles, não era o suficiente. Por duas vezes, Tristan tentou arrancar a arma das mãos do oponente, investindo contra a base da espada inimiga. Mas Lancelot suportou o assalto. O guerreiro de cabelos negros, por outro lado, atacou com sua lâmina deitada, tentando um perigoso assalto contra as pernas do oponente, mas Tristan interceptou-o.

— Como consegues deter todos os meus golpes?! — Lancelot vociferou, quando as espadas prenderam-se novamente em cruz.

Mas Tristan não respondeu. Forçou a defesa, desfazendo a cruz e prosseguiu investindo. Lancelot esquivou-se, utilizando as colunas como escudo, mas o adversário não se deteve, para ele, não era problema contornar a estrutura. Os músculos tensos; ambas mãos segurando o punho da espada de Rivalin. Entretanto, em um certo momento, o cansaço revelou-se por assaltos lentos e com intensidade reduzida. Haviam lutado por um longo período e ambos estavam encontrando dificuldade em erguer suas armas. Por fim, com as espadas novamente travadas em cruz, ambos terminaram caindo de joelhos, ofegantes. Relaxaram e soltaram, sem defesa, as armas.

— Desse jeito... — Tristan, esbaforido, esforçou-se para falar — ...será difícil treinarmos os soldados amanhã.

Lancelot sorriu. Também estava arquejante.

— Se Johfrit de Liez, meu querido mestre que me treinou em Maidenland, visse isso... — riu — ...com toda a certeza, não acreditaria! És um excelente homem de armas, Tristan.

Sentado com os joelhos dobrados, Tristan massageou seu ombro e braço direito. Sentiu-se esgotado.

— Foi um empate.

Lancelot fincou sua espada no chão, fazendo dela um apoio para erguer-se.

— Depois de tudo o que fizeste hoje, Tristan... ainda suportaste essa luta? Nem sei quanto tempo estamos aqui! — Lancelot ofereceu sua mão para ajudá-lo a levantar-se. — Creio que venceste. Mas agora, quero um bom copo de vinho e uma noite de sono!

Aos primeiros raios da manhã, Lancelot e Tristan dividiram os aprendizes em pequenos grupos e iniciaram os treinamentos. Durante à tarde, Owain substituiu o cavaleiro de cabelos negros, porque o guerreiro queria transmitir a idéia de Tristan a Arthur. Fora de Colchester, as armadilhas continuavam sendo preparadas.

Nos primeiros dias vivendo ali, Tristan manteve a rotina; Garreth, Gaheris e outros guerreiros participavam dos treinos. Não retornou mais à fortaleza e achou estranho Arthur não mais aparecer. Nem ele, nem os outros reis. Por fim, certa tarde, Sagremor — que também não o via desde a reunião — foi até a liça e o chamou.

— Arthur deseja tua presença — transmitiu a ordem e retirou-se.

Ele foi até Garreth, pedindo para que continuasse com os treinos. Em seguida, estava escalando as escadas até a construção. Arthur estava encostado à porta da mesma sala em que acontecera a primeira reunião. Ao seu lado, uma moça, de excepcional beleza.

— Guinevere — a voz poderosa de Arthur soou. — Apresento-te Tristan.

Era uma mulher esguia e elegante. Cabelos levemente ondulados, cor de trigo, caíam-lhe pelas costas, como uma cascata. Sua pele era morena clara e os olhos verdes. Guinevere cumprimentou Tristan sem demonstrar muito entusiasmo. Este, que ficara sem jeito diante da presença dela, inclinou-se, cumprimentando-a.

Súbito, Guinevere, voltou-se para o marido:

— Então, Arthur... tens entre teus homens, o notório proscrito — havia um toque ferino em sua voz.

Arthur voltou-se para Guinevere. Em seu rosto, via-se a reprovação diante daquelas palavras.

— Tenho um experiente homem em batalhas, cuja contribuição é inestimável — rebateu.

Guinevere sorriu, os dentes claros. Usava um manto azul, de seda, ligeiramente transparente, com um decote sensual. Sem mais nada a dizer, simplesmente afastou-se.

— Peço desculpas pelas palavras insensatas — Arthur comentou, abrindo a porta e convidando o amigo a entrar.

Tristan não deu atenção ao fato. De certa forma, o que ela havia dito não era novidade. Mas a presença marcante daquela mulher, com aquele insinuante traje, o fez recordar de Iseult... o que era uma infelicidade.

Entraram na sala. Lancelot ali se encontrava, sentado. Ao vê-los, levantou-se.

— Já o colocaste a par? — Lancelot indagou para Arthur.

— Ainda não — Arthur sentou-se sobre a mesa. Era como se os bancos não existissem. Estava com sua imponente cota de malha de prata e o grosso manto branco — Aprovei tua idéia, Tristan. Nesse momento, homens de Agrícola, Valyant, Cyngel e de Cadwllon, dividiram-se em pequenos comandos de batedores. A floresta, ao sul de Colchester, oferece um bom esconderijo, só resta termos sorte de nossos homens encontrarem a falange inimiga... se por ali eles vierem, o que tenho plena certeza. Pela mata, o caminho é mais seguro, geralmente é assim. Os homens que estou enviando, conhecem cada palmo dessas regiões, uma vantagem para nós. O restante de nossos guerreiros permanecerá aqui. E este é o momento que tu e Lancelot deveis partir, com Medrawt. — Ele voltou-se para o fundo da sala — Morgana... Aproxima-te!

Tristan não havia apercebido a presença de outras pessoas. Do canto da sala, uma moça surgiu, acompanhada de um menino.

— Morgana Le Fay, minha querida irmã... tu estarás em segurança nas mãos destes cavaleiros.

— Conquanto que Medrawt esteja a salvo... não me importo com o que possa me acontecer.

— Nada irá te acontecer, Morgana — Lancelot levantou-se e encostou-se contra a mesa.

— E este aqui... — Arthur pegou o menino nos braços — ...é o pequeno Medrawt. — Mas o menino não era afável; reclamou e esperneou. O comandante, percebendo a reação do garoto, o soltou. — Não tenho qualquer dom com crianças... — comentou, encabulado. — Morgana, tu preparaste tudo, certo?

Ela assentiu.

— Ótimo. Além de Medrawt, peço-vos que escolteis Guinevere.

— Como? — Lancelot afastou-se da mesa.

— Eu conversei com ela sobre isso, Lancelot. Não a quero aqui, é muito arriscado. Se por ventura nossos exércitos não conseguirem deter o avanço do inimigo e se não resistirmos ao cerco, tens conhecimento do tratamento vil dado às mulheres.

— Entendo.

— Mas, se por acaso do destino, conseguirmos detê-los, iremos encontrar-vos em Glastonbury. E Guinevere estará em segurança lá, muito mais do que aqui.

— Quando devemos partir? — Tristan questionou.

— Agora mesmo. Guinevere também está pronta.

Ela vai viajar a cavalo com aquela roupa? — Tristan indagou em pensamento.

— Levarei três dos meus homens — Lancelot comentou. — Tristan, assim que estiveres pronto, encontra-me no poço.

Lancelot deixou a sala, seguido de Morgana, que, com Medrawt nos braços, cobriu-o com um manto. Tristan ia retirar-se, mas Arthur o deteve. O poderoso líder sentou-se novamente sobre a mesa. A cota de malha de prata cobria até parte das pernas. *Dux bellorum*, pensou. De um grosso cinto de couro, pendia uma espada, cujo punho era ricamente trabalhado. Mais tarde, viria saber do costume de nomear armas, *Caledfwlch* era como aquela lâmina era conhecida, todavia, nos anos vindouros, os bardos iriam louvar o nome *Excalibur*, em vez de *Caledfwlch*.

— Quero agradecer-te por aceitares esta incumbência, Tristan — ele respirou fundo. O rosto estava levemente abatido, uma curta barba, impecavelmente aparada, dava-lhe um ar sóbrio. Os cabelos caíam-lhe até os ombros. — Estás levando tudo o que possuo de mais precioso, meu amigo.

— És um homem notável, Arthur. Se me permites dizer, concordo com Sagremor... é lamentável não seres o Grande Rei. Tens minha palavra de que farei tudo ao meu alcance para proteger o príncipe, tua irmã e tua esposa.

Ele sorriu com o canto dos lábios.

— Eu bem sei disso, meu amigo.

Antes de Tristan retirar-se, apertaram fortemente as mãos. Ficando só, o comandante militar andou, contornando a mesa. Estava ansioso, muito de sua felicidade dependia daqueles dois homens. *Nada de mal pode acontecer a ela...*, refletiu. *Guinevere... sei que estarás em segurança, longe daqui. Jamais iria me perdoar se algum inimigo sujo ousasse aviltar-te.* Murmurou uma prece aos deuses antigos, antes de deixar a sala e assumir sua posição militar.

XVIII

Resolveram partir no alvorecer seguinte. Deixaram Colchester com um grupo de batedores, Morgana e Guinevere, disfarçadas, cavalgavam no meio dos cavaleiros. Medrawt dividia seu cavalo com Morgana, coberto pelo manto da moça. Para não levantar qualquer suspeita, Arthur absteve-se de despedir-se deles. Apenas Owain acompanhou-os até o portão.

Ao nascer do Sol, atingiram um rio, onde a falange dispersou-se. Parte dos guerreiros ia até a floresta de carvalhos, outros, até Maldon, ao sul. Lancelot e os demais prosseguiram rumo a oeste. Com eles, seguiam Gowther, Kamelin e Gromer, homens de Lancelot e segundo ele, excelentes combatentes. Prosseguiram em um ritmo forte, reduzindo apenas quando Guinevere protestou — estava exausta e não suportava mais cavalgar. Era início da tarde — atravessaram a manhã viajando — e Lancelot concordou em parar para um breve descanso, mas estava receoso. Onde estavam — uma planície com trechos descampados — não oferecia proteção. Preocupado, o cavaleiro desmontou e afastou-se dos demais. Com sua mão, protegeu os olhos da claridade, tentando perscrutar o horizonte, mas não viu qualquer sinal de perigo.

— Eles não viriam por aqui — Tristan disse, achegando-se do amigo. — Num terreno aberto desses, é muito arriscado.

— Se eles estiverem em maior número, virão por onde bem entenderem. Conheço esses selvagens. Para eles, tanto faz viver ou morrer.

— E os bretões?

Lancelot encarou o amigo, sem entender.

— Tu disseste dos saxões. Talvez, para eles, a vida e a morte sejam indiferentes. Mas e quanto aos bretões? Não são eles que querem o poder?

Lancelot concordou.

— Então, estejas certo de que eles irão preferir um caminho mais seguro. Sabemos ser plenamente possível a travessia pela floresta de carvalhos, desde que haja a presença de guias.

— É verdade.

Tristan voltou-se para o horizonte. Tudo estava calmo e silencioso.

— Eles atacarão pela floresta, Lancelot. Quem luta pelo poder, utiliza a estratégia, e não a selvageria. Espero que os batedores que ali estiverem, consigam localizá-los. E os exércitos, detê-los.

O vento soprou ruidosamente. Lancelot virou-se e andou até os cavalos e ao resto do grupo. Tristan veio atrás. Morgana preocupava-se com o príncipe; naquele instante, lhe oferecia água. Medrawt, porém, era uma criança extremamente rebelde. Rejeitou a água, empurrando o cantil com violência. Estava impaciente e arisco.

— Medrawt! — Morgana recriminou-o — Não poderias apenas dizer que não estavas com sede?

Tristan fitou a irmã de Arthur e o menino. Ela nada lembrava o irmão. Era morena; os cabelos negros, lisos e olhos castanhos claros. Parecia ser frágil devido a seu porte alto, mas era uma falsa impressão. Os fios grossos negros caíram-lhe próximo ao rosto enquanto conversava com Medrawt, todavia, ao ver Tristan se aproximando, endireitou-se. Usava um manto negro, mas retirara o véu — também negro — que cobria seu rosto e cabelos.

— Ele... — Morgana iniciou a conversa, olhando para o menino — ...terá muito a aprender.

— O que um rei tem para aprender? Nada! Simplesmente, nada! — Medrawt choramingou.

Tristan agachou-se, ficando na mesma altura do garoto, que estava sentado sobre algumas pedras.

— É aí que te enganas, Medrawt. Um rei deve ser um sábio; com a sabedoria, o homem consegue ser justo e piedoso.

Medrawt sorriu, sarcástico.

— O que me dizes, para nada servirá. Um rei é um rei e deve ser obedecido.

Tristan ergueu-se e cravou seus olhos em Morgana, como se estivesse questionando-lhe se era válido arriscar-se por aquele menino... *Ela pode ensiná-lo, ou tentar ensiná-lo, mas será inútil. Há algo diferente nesse garoto*, avaliou.

Medrawt levantou-se e começou a correr próximos a eles.

— Não te afastes, Medrawt! — Morgana elevou a voz. Mas o menino ignorou a ordem — Peste! — ela disse, em baixo som.

Tristan pôde ouvir, entretanto, fingiu não ter.

— Não sei porque meu irmão insiste em preservar a Britannia para esse monstrinho — reclamou, desiludida.

— Tentaste convencer Arthur a aceitar o cargo de Grande Rei?

Morgana deu de ombros. Seu rosto estava sério, os olhos brilhantes. Escorreu suas mãos pelos cabelos e rapidamente trançou-os.

— Ele não aceitaria. Mesmo com todos lhe pedindo... — ela sorriu com tristeza — Arthur é incapaz de perceber o preço de sua boa intenção. — Encarou Tristan e continuou, como se o conhecesse há muito tempo. — O preço de sua lealdade a Uther, e será justamente o fim da Britannia, a Britannia que nós conhecemos.

— Como tens tanta certeza, Morgana?

A moça franziu o cenho, os olhos fixos em algo, algo que Tristan não podia ver.

— Não importa — disse, cerrando as pálbebras e abandonando o transe em que havia estado. — Não importa mais — repetiu, afastando-se. Era o fim da conversa.

Ele caminhou até Husdent. Na sela, havia amarrado sua bagagem, era um pouco de água que queria. Tomou alguns goles do cantil e viu Lancelot, retornando ao seu ponto de vigília, tendo agora Guinevere ao seu lado. Parou de beber, prendendo a atenção nos dois. Algo terrivelmente familiar cresceu dentro de si, como se os anos retrocedessem e visse a si próprio, em vez de Lancelot. *Absurdo! O que estou fazendo?* — reconsiderou suas idéias, não podia o cavaleiro conversar com Guinevere? Voltou a sorver o líquido, procurando esquecer a infeliz comparação.

Kamelin aproximou-se de Tristan; dos três cavaleiros, era o mais afável. Os outros freqüentemente destratavam aquele guerreiro; em verdade, deixaram claro que quem os comandava, era Lancelot.

— Não deveríamos partir? — Kamelin estava preocupado.

— Dize isso ao teu comandante — redargüiu. Nem soube dizer porque havia sido ríspido daquela forma. Porém, não foi necessário Kamelin intervir; Lancelot, acompanhado de Guinevere, retornaram aos cavalos.

— Devemos prosseguir — Lancelot avisou, montando em seu cavalo.

Guinevere — já montada — fustigou sua montaria, que partiu em frenesi. Tristan — que estava no caminho do animal, recuou, encostando-se em Husdent, que hiniu, assustado. Se tivesse ali permanecido, seria atropelado. Viu-a trotando e tentou descobrir o motivo daquela aversão. Pensava nisso, enquanto ajeitava as rédeas de Husdent. Guinevere, desde o princípio, menosprezava-o, não que se importasse. De certa forma, havia se acostumado a ser insultado e denegrido, mas sentia que os motivos dela eram outros. Afinal, em que sua traição a Marc e à Cornwall afetavam-na? Ressabiado, montou Husdent. Cavalgando-o, foi dominado por outra inquietação. A hostilidade de Guinevere, desde que deixaram Colchester, era mais férrea em seguida ao término de algum diálogo com Lancelot. Diálogo por ela presenciado. *Seria possível?*, indagou-se. Não estaria imaginando... situações?

A certeza veio quando, cavalgando ao lado do cavaleiro, já no início da noite, Tristan propôs procurarem um local para pernoitar. Nesse momento, ele notou o olhar implacável de Guinevere sobre si. Lancelot respondeu, mas ele nem se deu conta do teor de suas palavras. *Primeiro, ela me trata com desprezo, agora, fita-me com ódio. Deuses, eu não fiz nada para ela...* — refletiu. Não estava apreciando aquela situação. Contudo, apreciando ou não, impossível desistir do encargo.

Deixou de preocupar-se com Guinevere devido o comando de Lancelot; iriam atravessar Verulamium, outra cidade romana. Acamparam próximo à Hills, uma região formada por colinas, oferecendo certa proteção. Durante a noite, os cavaleiros iriam revezar-se na vigília.

Tristan tentou repousar, mas embora cansado, o sono não veio. Sempre tivera problemas para dormir e parecia piorar, com o passar dos anos. Afastou o manto e sentou-se, contemplando o céu e as estrelas. Inconscientemente, seus dedos encontraram o anel que estava preso à corrente e tirou-o — pela primeira vez, desde o dia em que ela lhe dera. Estudou a jóia, crivada de pedrinhas rubras. A imagem de Iseult parecia surgir das sombras e fundir com o céu estrelado. Refez cada traço de sua compleição. De seus lábios, olhos, de seu corpo. *Tanto tempo... e ela ainda faz parte de mim. Ainda posso senti-la, como da primeira vez, quando nos amamos. Quando nos tornamos um único ser.* — ele apertou o anel em sua mão. Por um momento, ficou tentado a livrar-se dele, da corrente, como se assim agisse, libertar-se-ia das memórias, da prisão que criara para si... e de Iseult. Estava prestes arremessar a corrente e o anel, mas vacilou.

Ainda a amava.

Voltou a prender a corrente e ajeitou-se para tentar repousar. Entrementes, leves sons atraíram sua atenção, sons diversos dos naturais. Jamais esqueceu a experiência em Morois; sabia diferenciar perfeitamente cada leve ruído. Levantou-se e procurando andar silenciosamente — ainda não estava claro o suficiente para poder ver em detalhes —, foi até o lugar onde Gromer deveria estar montando vigília.

— Gromer? — sussurrou, mas não houve resposta. Escalou a colina, atingindo seu cume. Dali notou — do lado oposto — vultos movendo-se aos pés daquela, com visível intenção de galgarem-na. E não eram os únicos. Outros já estavam na metade do caminho, e continuavam subindo. Como reflexo, agachou-se, tirando a espada da bainha. Nesse instante, presenciou uma voz murmurante a alguns passos de si.

"Gromer... Podemos agir?"

"Esse é o momento, irmãos e guerreiros saxões! Vós os surpreendereis dormindo, e podereis eliminar o príncipe Medrawt, junto com os outros."

Gromer, seu maldito bastardo! — ele amaldiçoou, em amarga quietude.

"Sede rápidos!"

Ainda agachado, ele notou sete vultos vindo em sua direção. No instante em que dois avizinharam-se de si, no topo da colina, Tristan atacou. Sua ação foi extremamente rápida, roubou-lhes a vida antes que pudessem emitir qualquer som. Um terceiro, percebendo a situação, investiu contra Tristan. O embate, sob a escassa luminosidade da madrugada, foi mortal. Mas um gemido propagou. Tristan amaldiçoou o soldado, enquanto puxava para si sua espada. Agora o grupo formado de bretões e saxões, já trazia a certeza de algo estar errado. Com efeito, vários guerreiros, aos pares, escalavam a colina. Nervoso, Tristan apanhou a espada de sua última vítima, preparando-se para investir. Antes, porém, deu o alarma.

— Lancelot! — esbravejou — Uma cilada!

Lancelot despertou no mesmo instante; Kamelin e Gowther armaram-se. Guinevere acordou em pânico. Por sua vez, Morgana — com a criança nos braços — correu até seu cavalo.

— Kamelin! — Lancelot gritou. — Leva-os daqui! — referiu-se ao príncipe, Morgana e Guinevere.

— Mas...

— Vai, diabo! — ele praticamente empurrou o cavaleiro. Ato contínuo, armado, escalou a colina. Em sua desenfreada corrida, tropeçou em um corpo. Enquanto praguejava e erguia-se, os sons de uma luta ficaram mais nítidos. Recuperado da queda, alcançou o topo, onde descortinou-se um embate desigual. Tristan, cercado por três homens.

Defendendo-se de dois, Tristan notou um terceiro contornando-o e pronto para investir pelo seu flanco. Constatou sua morte iminente, mas surpreendeu-se quando seu atacante gemeu e tombou, com o pescoço dilacerado. Ao seu lado, Lancelot surgiu.

— Em boa hora...! — Tristan comentou, enquanto dava o golpe final nos outros. Entretanto, mais guerreiros estavam subindo a colina.

— De onde vieram? — Lancelot indagou, gritando, afastando um inimigo com o pé, como sempre costumava fazer.

— Pergunta a Gromer, se conseguires encontrá-lo! — Tristan vociferou, irado, enquanto interceptava com o braço esquerdo um ataque e perfurava com sua espada outro inimigo.

— Aquele... aquele verme! Maldito sejas, Gromer! — ululou o cavaleiro, entre os assaltos que desferia.

— Lancelot, precisamos fugir, se quisermos sobreviver — mais um grupo de homens iniciava a escalada. — Manda Gowther reunir algo de nossos suprimentos, depressa!

— Não enquanto eu não estripar aquele miserável...

— Lançelot! — nervoso, Tristan censurou-o. Estava sendo árduo controlar o nervosismo, poderiam ser mortos a qualquer instante. — Ordena, agora! — vendo, porém, que o cavaleiro estava mais preocupado em caçar Gromer, Tristan chutou violentamente outro bretão — aproveitando-se de sua posição elevada — e retrocedeu. Não muito distante, estava Gowther, que também lutava freneticamente. A ele, deu as mesmas ordens. — Tentaremos segurá-los por alguns segundos. Depressa, Gowther... vai!

Por um momento, Gowther olvidou-se de que não via aquele homem como seu superior. Simplesmente saiu em disparada, cumprindo o que lhe fora requisitado.

Tristan correu até Lancelot, dando-lhe apoio. Apesar da vantagem do terreno elevado, sozinho, Lancelot não iria resistir mais tempo. Juntos, poderiam suportar preciosos segundos. Tristan persistia investindo com as duas espadas, o cavaleiro, por sua vez, ceifava vidas com sua única. Aos seus pés, amontoavam-se cadáveres e corpos mutilados, de soldados ainda com vida, que em agonia, se debatiam, dificultando o percurso para os guerreiros que vinham atrás. O odor de sangue envolveu-os. Foi quando Tristan percebeu que outros guerreiros galgavam pelos lados, de forma a evitar os cadáveres. Em alguns segundos, seriam cercados.

Era o momento de partir.

— Vamos, Lancelot! Vamos!

— Gromer! Covarde! Aparece e enfrenta-me!

— Vamos! — Tristan puxou-o bruscamente pela sua vestimenta. Arremessou com violência a espada bretã contra um dos atacantes, transpassando-lhe a precária proteção de malha e seu tórax. Desceram às pressas a colina e em desespero, correram para os cavalos. Tristan apanhou os arreios, seu manto, a sela, onde prendera sua bagagem e montou em Husdent, segurando como podia. Lancelot fez o mesmo, em seguida, partiram em um trote alucinante.

Cavalgaram um longo percurso contornando as elevações montanhosas. Puxando levemente a espessa crina de Husdent, reduziu a velocidade. Não estavam sendo seguidos. Lancelot emparelhou, o rosto amargurado. O céu agora clareava e era possível ver pegadas recentes dos outros cavalos.

— Rezo para encontra-los bem — Tristan comentou, mas o comandante nada disse. Seu silêncio foi momentâneo.

— Isso se Kamelin e Gowther não nos traírem.

Tristan havia avaliado nessa possibilidade. Como era fácil para os homens se corromperem! Por paixão, por dinheiro, por poder... Gromer, de fato, havia sido uma supresa. E agora, ele sentia quão terrível era estar do outro lado, quando da traição.

Continuaram cavalgando, nem ao menos pararam para arrumar os arreios nos cavalos. Naquele ritmo, a entrada de Verulamium não demorou a ser alcançada. Amanhecia, e eles encontraram os demais próximo às muralhas romanas. Gowther e Kamelin estavam em posição de ataque, mas depuseram suas armas assim que os reconheceram. Atrás deles, Morgana, o príncipe e Guinevere.

— Todos vós estais bem? — Tristan indagou.

— Sim, graças aos deuses. Mas... o que aconteceu? — Kamelin estava assustado.

Tristan desmontou. Iria aproveitar para ajustar os arreios em Husdent. Apesar do tecido da sela não ser tão macio, era melhor utilizá-lo do que cavalgar em pêlos.

— Gromer nos preparou uma cilada. Nos traiu — retrucou, o tom sério, enquanto selava seu cavalo. — Algum de vós tínheis conhecimento disto?

Os dois cavaleiros empalideceram.

— Não, não tinhamos — Kamelin franziu o cenho. — Mas... Gromer não pode ter agido assim! Não contra nós!

Gowther estava tão atônito quanto o amigo, mas reagiu:

— Estranho tu... falar de traição!

Tristan parou de apertar os arreios, virando-se para o cavaleiro. Entreolharam-se. Era uma mácula para sempre em sua vida, e com ela teria de conviver até o fim de seus dias. Como ele próprio havia dito, o caminho da desonra não permitia um retorno. Ressentido, rebateu:

— Eu errei uma vez, senhor cavaleiro. E foi o suficiente — virou-se para o comandante. — Lancelot, se estiveres de acordo, sugiro que partamos agora — afastou-se, levando Husdent.

Lancelot presenciara a conversa, mas tinha seus olhos, trêmulos, fixos em Guinevere, agradecendo aos deuses por ela estar salva. Comprimiu suas pálpebras e concentrou-se em Gowther.

— Acautela-te com o que falas, Gowther. Se não fosse por ele, não estaríamos mais aqui. Agora, dize-me... tu estavas a par da traição de Gromer?

— Eu não estava! — bradou. — E como saber se foi mesmo Gromer? Não confio neste cão que tratas como amigo!

Uma tensão hostil abalou-os. Guinevere, séria, encarou Lancelot.

— Foi ele quem presenciou o vil ato de Gromer? — referiu-se a Tristan.

Lancelot assentiu. Mas antes que Guinevere expusesse suas dúvidas com relação a Tristan, Morgana adiantou-se.

— A insanidade domina vossas mentes? Estamos aqui, parados, discutindo absurdos, enquanto os bretões e saxões vêm a nosso encalço! — e fitou gravemente Growther. — Não foi Tristan — sentenciou, a voz rouca e áspera.

A autoridade de Morgana dificilmente era contestada. Muitos homens a temiam, embora evitassem demonstrar. Ela era devota aos antigos rituais druídicos e, não raro, nos tempos de paz, era vista perambulando pela floresta de carvalho, conjurando feitiços e praticando artes mágicas — conforme os inúmeros comentários. Era devido a esses misteriosos costumes que o receio em torno de sua pessoa foi criado, daí respeitavam-na. Afinal, diziam, além de sacerdotisa, era irmã de Arthur. Mas não foi Growther quem a desafiou.

— Como tens tanta certeza? — Guinevere insistiu.

Morgana, o rosto insuflado pela raiva, andou até Guinevere, arrastando o príncipe pelo braço.

— Porque, Guinevere, eu presenciei. Percebi Gromer deixando o posto da guarda e encontrando-se com um bretão. Presenciei o nome de Dillus. E quando retornava para avisar-vos, vi Tristan atingindo a colina. Caminhei para minha tenda e para Medrawt; foi quando ele deu o alarme.

Nenhuma palavra mais foi pronunciada. Lancelot apenas tratou de selar seu cavalo, era o sinal de que deveriam partir.

Tristan, que percebera o momento de seguirem caminho, atiçou Husdent. Esmorecido e tenso, seguia à frente, não por liderança, mas sim, porque almejava ficar sozinho. No entanto, Lancelot alcançou-o. Entreolharam-se, sem nada dizer.

Escalaram Hills e seguiram por uma antiga trilha, cuja passagem estreita permitia apenas dois cavalos emparelhados.

— Eles virão atrás de nós, Lancelot — disse, por fim. — Não sei se Gromer está vivo ou morto, e nem faço idéia de como ele conseguiu planejar esta armadilha — ele suspirou. — Um ardil muito bem preparado. Mas agora, eles sabem. Sabem de Medrawt.

— Precisamos chegar logo.

— Não podemos mais pernoitar. Devemos parar apenas para breve descanso. Receio de Gromer ter fornecido cavalos a eles, com o intuito de nos perseguir.

— Guinevere não vai suportar! — Lancelot queixou-se.

— Ou ela suporta, ou seremos mortos — encarou Lancelot, grave. — Tens idéia de quantos homens temos em nosso encalço?

Lancelot terminou por ceder.

Continuaram pela trilha. Tristan volteou Husdent e assumiu a retaguarda, preocupado na possibilidade de estarem sendo seguidos. Mas nada viu. Mesmo assim, recusava-se a acreditar na desistência deles. Chegou a imaginar que estariam seguindo por outro caminho... e atacariam de surpresa. Se isso acontecesse, não teriam qualquer chance.

Naquele dia, viajaram quase ininterruptamente, sobre o lombo dos cavalos, ou trazendo-os pelas rédeas. Não descansaram, para desespero de Guinevere que amaldiçoou a tudo e a todos. Ofendeu cada membro da pequena falange, com exceção de Lancelot. Reclamou das condições precárias, do desconforto, da sede... enfim, lamentou sua má sorte. Ninguém deu atenção aos seus lamentos.

Exceto Lancelot.

Tristan notou o modo como o guerreiro tentava confortá-la, conversando em baixo tom. Da retaguarda, percebeu que, fossem quais fossem as palavras dele, surtiram efeito, pois Guinevere acalmou-se. Ademais, estavam próximos ao Thames. O rio iria reanimar a todos.

Kamelin e Growther afastaram-se para refrescarem-se. Morgana levou o príncipe consigo. Tristan andou pela margem, quando reparou em risos próximos. Viu Guinevere — com um manto fino, curto — brincando na água... acompanhada de Lancelot, com o tórax desnudo e uma *bracae* rasgada acima dos joelhos. Aproveitando não ter sido notado, imediatamente deu as costas e procurou outro lugar para lavar-se. *Decerto que não era para afastarmos-nos muito um do outro, tanto quanto deveríamos zelar pela esposa de Arthur...*, refletiu *...mas Lancelot está exagerando.*

Procuraram suprir os cantis e mesmo com o céu escurecendo, atravessaram Thames e prosseguiram. O ritmo que Tristan impusera — convencendo

Lancelot —, embora necessário, era desgastante, ensejando os contínuos protestos por parte de Guinevere. Irritado com as queixas, Tristan não mais se opôs a um descanso. Apenas insistiu para que acampassem em meio à mata cerrada.

Lancelot ordenou que Kamelin fosse o primeiro a ficar de guarda enquanto todos repousavam, mas o guerreiro, exausto, terminou dormindo em seu posto. Tristan, encostado contra uma árvore, ainda acordado, não recriminou-o. Era possível ouvir sua respiração profunda, típica de um sono pesado. De qualquer forma, havia decidido vigiar por si próprio. Em silêncio e inquieto, levantou-se. As trevas o envolviam. Por vezes, as nuvens dispersavam-se, permitindo ao guerreiro desperto definir a região onde estava, iluminado pelo tênue reflexo lunar. Então, algo atraiu sua atenção. Um brilho... Tochas! Várias delas. Antes que pudesse pensar em algo, percebeu alguém aproximando-se. Era Morgana.

— Consegues andar neste breu, Morgana? — sussurrou-lhe.

— Talvez, com mais facilidade do que o usual.

— Desperta os outros sem alarde e leva-os daqui — pediu, andando até Husdent e selando-o. Apanhou alguns dardos e lanças.

A sacerdotisa, percebendo seu intento, tentou persuadi-lo.

— Não há tempo a perder, Morgana! Eles se aproximam! Tentarei atrasá-los, mas deves apressar-te. Se possível, vos alcançareis — dizendo isso, montou e partiu, sendo envolvido pela escuridão.

Morgana fez sua parte. Acordou um por um. Por via das dúvidas, o fez cobrindo seus lábios, evitando um som maior. Ainda sonolento, Lancelot não notou a falta do guerreiro, mas ao montar seu cavalo, estranhou sua ausência.

— Ele pediu para irmos, Lancelot.

— Mas...

— Vamos, depressa! — a sacerdotisa insistiu.

Husdent trotava em ritmo comedido. Tristan perscrutou o terreno. Algumas centenas de metros o separava dos inimigos, que avançavam em formação cerrada. Súbito, Husdent passou rente a uma árvore, tão rente que a perna do cavaleiro chocou-se contra ela. Tristan praguejou silenciosamente, ao passo que levou Husdent a ocupar a mesma trilha utilizada pelos oponentes. Cavalgou por breve período. De onde estava, já podia ouvi-los, assim sendo, puxou as rédeas de Husdent, saindo da vereda e ocultando-se entre a densa vegetação. Desmontou, trazendo o cavalo pelas rédeas. Acobertado pela mata, presenciou a luminescência cada vez mais próxima. As vozes sussurrantes — em saxão — mesclavam-se aos sons naturais. Ele continuou traçando o percurso contrário, agora cruzando com a legião. Podia ver traços dos guerreiros, a luz incidindo em suas cotas. Faziam parte da infantaria — a estrutura, a divisão em blocos atestavam isso. Teriam também combatentes montados, experientes, como Aesc? Não haveria como saber. O melhor era acreditar que os saxões estavam utilizando os cavalos apenas como transporte. De qualquer forma, ali deparara-se apenas com a infantaria. Com essa esperança, ocultou Husdent aproveitando-se de algumas árvores.

A linha de frente, conforme ele havia percebido, contava com quatro homens. A formação de cada unidade — e havia cinco — tinha a profundidade de sete, sendo que os últimos cruzaram a trilha a alguns passos de Tristan. Naquele momento, ele recriminou-se por jamais ter se interessado em manejar um arco e flechas. Ironizou a situação em que se dera conta disso... e, em absoluto silêncio, arremessou com violência o primeiro dardo. Mirara na região mais vulnerável — o pescoço. O segundo, arremessou contra a tocha, que foi arrancada da mão do soldado, chocando-se contra as costas do cavaleiro da frente. Era o que Tristan pretendia. Mais um dardo arremessado de modo fulminante, arrancou a vida de outro, que ao cair — como o primeiro — derrubou a tocha acesa, cuja chama alcançou as calças do homem à sua frente. Os homens da antepenúltima fileira viraram-se em direção de onde o ataque viera, mas estavam confusos. Não sabiam se agiam ou se socorriam os companheiros cujas roupas estavam em chamas. Dois destes desembestaram em pânico, aumentando a combustão. O desespero era tanto, que esbarraram em outros soldados, espalhando as labaredas. Tristan arremessou uma lança contra um dos guerreiros que munira-se de um arco e flechas, mas desorientado, não sabia para onde disparar. O caos instalou-se entre o grupo, cuja formação fechara-se em círculo, enquanto outros tentavam apagar as chamas das roupas dos infelizes soldados. Aproveitando a desordem, o atacante esgueirou-se por entre a mata, até onde havia deixado Husdent. Montou-o e partiu. A sua investida renderia alguma vantagem.

Ele alcançou o grupo apenas ao alvorecer. Em um galope lépido, ultrapassou os dois soldados e Morgana. Emparelhou do lado direito de Lancelot, em virtude de Guinevere cavalgar do outro.

— O que fizeste? — o comandante inquiriu.

— Apenas atrasei-os. Contudo, nossa vantagem é ínfima. Temos que manter o ritmo acelerado.

— És insano? — Guinevere esbravejou. — Como manter o ritmo acelerado? Todos nós estamos exaustos!

— Eu atenderia, de bom grado, teu desejo de providenciar uma viagem em passo comedido, senhora. Juro-te que não o faço unicamente porque teu marido pediu-me para zelar por tua segurança. Do contrário, terias total liberdade em te entender com os cães que nos perseguem. Portanto, iremos nos apressar, com teus protestos ou sem! — dizendo isso, ele puxou as rédeas de Husdent, retornando à sua posição.

— Lancelot, como este... — Guinevere não completou a frase. Obedecendo a Tristan, o restante do grupo acelerou o trote de seus cavalos.

Mantiveram o mesmo ritmo nos dois dias seguintes, dormindo escassas horas. Era desgastante, mas não havia outra alternativa. Davam descanso aos cavalos, andando ao lado deles. Guinevere não era a única a reclamar nesses momentos. Medrawt era tão ranzinza quanto ela. Mais de uma vez, Tristan desejou mandá-los para o inferno e ele não era o único, pois testemunhou a irritação nos dois cavaleiros e em Morgana.

Ao fim de mais um dia de viagem, alcançaram o Vale do Cavalo Branco. Ali, pararam para uma refeição rápida, e como nas demais ocasiões, realizada sob os coléricos protestos de Guinevere; desta vez, com relação à carne caçada e ao modo de prepará-la. Não faltaram impropérios diante da ineficiência do caçador e monteador.

Tristan — o caçador em questão — ouviu-a sem reagir, embora caísse na tentação de rebater, com as palavras... *Por que então, tu não caças, senhora? Ou não preparas a carne conforme teu gosto?* Mas sabia ser um erro, portanto, ignorou-a. De qualquer forma, habituara-se com as inúmeras queixas dela, tanto quanto suas recriminações por submetê-la àquele ritmo odioso de viagem.

Dois dias depois, atingiram a planície de Salisbury. Era um percurso diverso do que Tristan havia feito, quando de sua ida solitária a Camullodunum. Cavalgavam em silêncio. Desde o ataque inimigo, as palavras entre eles haviam se tornado supérfluas. Mas não era esse o único motivo. Estavam exaustos. Medrawt tornou-se mais agressivo, sendo árduo para Morgana controlá-lo. Lancelot liderava. Guinevere cavalgava ao seu lado. Fechando o grupo, Tristan, que se atrasava propositalmente, para certificar-se de que não estavam sendo seguidos. Esquadrinhou o horizonte, sem encontrar algo que chamasse sua atenção. Aliviado, incitou Husdent, com o intuito de alcançar o grupo. Ao fazê-lo, emparelhou com Morgana.

— Não há ninguém em nosso encalço — disse-lhe.

A sacerdotisa encarou-o.

— Não cantes vitória antes do tempo, cavaleiro.

Ele retribuiu o olhar, não sabendo se deveria ficar mais surpreso por ela chamá-lo daquela forma, ou de sua inquietante afirmação.

— Ainda estão atrás de nós? — era cônscio de que Morgana tinha um jeito peculiar em ter conhecimento dos fatos.

— Não pararam nenhum dia.

Inquieto, ele retornou a olhar por sobre o ombro. Observando-o, a sacerdotisa, com absoluta tranqüilidade, disse-lhe:

— A eles, foi revelado nosso destino. Portanto, ficou a critério deles o percurso a ser traçado.

— Eles estão próximos?

Ela concordou.

Tristan sentiu todos os seus músculos tremerem. Não era agradável a sensação de ser caçado. Medrawt, que sentava à frente de Morgana, cuspiu em direção a Tristan.

— Foste tu! Foste tu que atraíste aqueles homens!

Desta vez, Morgana perdeu a paciência e beliscou o menino, mandando-o ficar quieto.

Tristan não deu atenção ao garoto e voltou a conversar com a moça.

— Não sei se resistiremos a outro ataque. Dessa vez, creio que eles triunfarão — comentou, em desalento, referindo-se aos inimigos. — Por isso, se me permites, queria agradecer-te por teres intercedido a meu favor — ele fitou-a, desconcertado. — Pude ouvir-te narrando para os demais, e... Bem, não imaginava estares acordada naquela noite fatídica.

Ela sorriu. Ficava excepcionalmente bela quando sorria.

— Meu trabalho é essencialmente noturno.

— Sendo assim, deve estar sendo árduo para ti suportar este Sol causticante — ele apanhou o cantil e sorveu longos goles. O calor era medonho, especialmente com a cota de malha. Sequer havia rajadas de vento. Ele ofereceu a Morgana, que recusou.

Súbito, ela freou seu cavalo. Virou-se para trás; Tristan a imitou. Nada viu. Porém, numa explosão de sons — de homens e animais — diversos cavaleiros deixaram a proteção fornecida pelas árvores e avançavam, em um frenético galope.

Uma facção montada. De bretões.

Não! De novo, não! — ele pensou. Com efeito, ele não mais tolerava aquelas perseguições. Todavia, tiveram que incitar os cavalos; o inimigo avançava.

— Correi! — Morgana alertou.

Tristan, ainda na retaguarda, percebeu o comportamento dos cavalos dos inimigos — estavam lépidos. Husdent e os demais, quase sem descanso, em minutos, seriam alcançados. Mesmo assim, Morgana açoitou sua montaria, tomando a dianteira e gritando para que todos a seguissem.

Gritos de guerra e juras de morte partiram dos bretões. Os cavalos mais rápidos estavam alcançando Tristan, que com arma em punho, investiu violentamente contra os que se aproximavam. Guinevere, ao ver a horda que os perseguia, desesperou-se. Percebendo isso, Lancelot bradou-lhe para que instigasse sua montaria e o ultrapassasse. Sua intenção era de que ele, Tristan e os dois cavaleiros fechassem a retaguarda. À frente, Morgana comprimiu as pálpebras, talvez estivesse repetindo uma prece, talvez apenas rezando seus mistérios. Abriu-as e seus olhos se arregalaram.

— O círculo de Pedras... — disse, em leve tom, repetindo as palavras como em um estado hipnótico. — O círculo!

Outro bretão emparelhou com Tristan e novo embate teve iniciou. O inimigo, em um assalto mal-planejado, apenas ralou sua espada no manto daquele, ensejando a oportunidade para Tristan revidar. E assim fez. Suplantou a escassa experiência do adversário, derribando-o do cavalo. No entanto, havia muitos deles.

— Sim, esse é o momento... — Morgana ciciou. Medrawt falou qualquer coisa, mas a moça o mandou calar-se. E pronunciou estranhas palavras.

Nesse ínterim, Tristan — que havia derrubado mais um inimigo — alcançou Lancelot e continuaram cavalgando em direção do círculo de pedras, com uma horda atrás. Entrementes, uma brusca rajada de vento sibilou. Nuvens negras cobriram o céu e moveram-se como em um turbilhão. Espessas, cobriram o Sol, transformando o dia em noite. A ventania prosseguiu, raios e relâmpagos brilharam em meio à recém escuridão. No mesmo instante, uma chuva torrencial despencou sobre a planície de Salisbury. A essa altura, Morgana encontrava-se dentro do círculo de pedras, próxima do altar. Pedras menores formavam uma ferradura em volta deste, sendo que dois círculos de pedras circundavam-nos. Guinevere desviou de *Heel Stone* — a pedra maior da linha da entrada do círculo — e freou o assustado cavalo antes de penetrar no limite do monumento.

Trovões continuaram ressoando, relâmpagos iluminavam a estranha escuridão. Boa parte dos cavalos da armada bretã assustou-se, sendo impossível controlá-los. Em pânico, empinavam e recuavam. Tristan — protegendo seus olhos da chuva com a mão esquerda — pressentiu algo no ar, uma sensação jamais sentida antes, como se o controle das forças da natureza estivesse obedecendo a um mestre. *Morgana?*, indagou. Seria possível? Interrompeu suas conjecturas quando foi cercado por dois cavaleiros. Sua espada vibrou contra as dos inimigos no instante em que Husdent erguia as patas enlameadas ao ar, intimidando os outros cavalos. Água respingava das espadas, era um milagre conseguir lutar em meio à fúria da tempestade. Os animais hiniram, os ruídos produzidos pela chuva eram ensurdecedores. Difícil definir seus oponentes, tamanha força com que a tempestade desabava. Os estrondos dos trovões novamente deixaram em pânico os cavalos, Husdent, inclusive. Ao contê-lo, Tristan não mais viu seus adversários. Volteou Husdent, andando em círculos. Estava confuso, sem saber qual rumo deveria seguir. A chuva o confundia e também prejudicava seus demais sentidos. Porém, Husdent tomou a iniciativa e trotou, seguindo uma determinada direção. Conforme cavalgava, passo a passo revelou-se os contornos das Pedras, onde a tempestade não exibia a mesma proporção como na planície. E deparou-se com o restante do grupo. Procurou Morgana e a viu, encostada contra o altar, os cabelos negros encharcados. Em seus olhos, um brilho estranho, como se soubesse do desfecho daquele embate. Tristan apeou-se, tirando o excesso de água de seu rosto. Estava com suas vestes ensopadas.

— Tiveste algo a ver com isso?

Mas Morgana não respondeu. Continuou ali, estática. Ignorando a presença de Tristan. Tinha seus olhos ligeiramente arregalados, fixos em algum ponto. Ele não insistiu e de qualquer forma, era desnecessário ouvir dela algo cuja resposta conhecia. *Morgana Le Fay*, pensou. *Não é à-toa que as pessoas te temem...*

Ele sentou-se sob o vão de uma das estruturas de pedra, cuja proteção contra a tormenta era ineficaz. Contudo, não fazia diferença, porquanto estava completamente molhado. O pior, era usar a cota de malha... naquelas circunstâncias. Cruzou os braços por cima do tórax e aguardou a tempestade acalmar... ou talvez, Morgana se acalmar. Enquanto ali estiveram, preferiram o silêncio. Até mesmo Medrawt aquietara-se. Lancelot havia coberto Guinevere com seu manto — o que era uma tolice, pois estava tão molhado quanto as roupas dela — e abraçados, abrigavam-se de forma semelhante. Tristan — sem perceber — encarou-os; como reflexo, Guinevere — que até então estava descontraída — rebateu com fúria àquele olhar. Lancelot, por sua vez, afastou-se dela. Tristan desviou seus olhos. Não queria envolver-se com nada além do dever que incumbira a si próprio... de lutar naquela guerra. Afora isso, nada mais lhe dizia respeito, nem reis — ou quase-reis, nem cavaleiros... muito menos, rainhas... ou quase-rainhas.

Por fim, a tempestade cedeu. As nuvens escuras abriram espaço para um céu claro e se dissiparam no horizonte. Era como se jamais tivesse havido uma tormenta daquele porte. Deixaram o Círculo e contemplaram os estragos causados pela tempestade. Porém, a destruição era irrelevante em face à fuga dos inimigos, até mesmo o incômodo dos guerreiros terem suas cotas ensopadas.

— Estamos próximos — Morgana, súbito, comentou. Não trazia mais a expressão enigmática que há breves instantes, transformara seu rosto.

Não estavam tão próximos assim de seu destino. Morgana, todavia, referia-se aos dias que seguiriam e que não seriam mais vítimas de ataques. Realmente, não foram. Contudo, Lancelot continuou agindo como se estivessem sendo perseguidos, para desespero de Guinevere, cujo humor irritadiço piorava a cada dia. Devido a isso, os cavaleiros preferiam manter distância, tanto dela quanto de Morgana, a quem temiam, principalmente depois do que presenciaram, no Círculo de Pedras. Gowther, apesar de atender as ordens, ignorava Tristan; Kamelin, amargurado e inconformado com a traição de Gromer, também evitava diálogos.

Uma viagem fragmentara o pequeno grupo, dificultando a convivência entre eles. Não mais conversavam, exceto o estritamente necessário. Cavalgando na retaguarda, Tristan não teve mais a companhia de Morgana e percebeu que os únicos a conversarem, eram Lancelot e... Guinevere. E parecia que ninguém se importava com aquele excesso de intimidade.

Irritou-se profundamente com isso.

Por fim, descortinou-se perante eles — em meio à névoa da manhã — o monte Tor. A neblina parecia isolar Glastonbury do resto da Britannia, dando a impressão de ser uma ilha. Lancelot freou seu cavalo e admirou o Tor. Morgana — súbito —

estava ao seu lado, também ali cravando seus olhos, uma atitude que Guinevere não apreciou muito.

— O que há ali, Morgana? — Medrawt questionou, curioso a respeito do Tor.

— É o lugar onde um sábio reside.

— Um sábio? Mas se um rei deve ser um sábio, quer dizer que ali mora um rei?

Morgana sorriu, virando seu rosto para Tristan, que também se aproximara. Este ouviu a associação do príncipe e ficou surpreso por ele lembrar-se do que havia lhe dito.

— Mas este — continuou Morgana — é um sábio diferente. Ele não é um rei. É um druida.

— Tolice — Guinevere interrompeu. — Pura tolice. Se não são os cristãos, com o seu Deus Único, são vós, com vossos mistérios druídicos.

— E posso perguntar onde te encaixas, Guinevere? — ela foi sarcástica.

Guinevere pousou as mãos sobre a sela. O rosto demonstrava abatimento, fadiga e irritação. Agora, ao menos, havia um lugar para canalizar suas amarguras.

— Nem lá, nem cá. Nem Deus cristão, nem mistérios de antepassados. Se existe um ser superior, não acredito que Ele perca seu tempo conosco, meros mortais.

— E eu imaginava que apenas os guerreiros pensassem isso... — Kamelin sorriu com o canto dos lábios.

— Morgana... — Medrawt rompeu. — O que é um druida?

Tristan, que apenas ouvia, suspirou. Pediu a todos aqueles deuses e seres superiores que aquela conversa encerrasse e prosseguissem. Mas não foi nem os deuses ou os mistérios que socorreram-no, e sim, Lancelot, que interrompeu a discussão e instigou os cavalos.

Glastonbury nascia por entre a névoa. A cada trecho percorrido, algumas cicatrizes da guerra foram sendo reveladas. No caminho para a vila, cruzaram com corpos em avançado estágio de putrefação; o cheiro trágico da morte ainda estava impregnado no ar. Um corvo crocitou ao longe, segundos depois, o som de asas alçando vôo, vibrou.

Todos... mortos? — Tristan indagou-se.

O som dos cascos dos cavalos em contato com a terra propagou-se. A neblina dissipava-se lentamente, revelando alguns carros de guerra avariados, cujas rodas moviam-se conforme nelas o vento incidia. Viram restos mortais de guerreiros, os quais, Tristan reconheceu-os como sendo os mercenários do Tor.

— Isso por que nossos inimigos são os saxões. — Gowther foi sarcástico.

Nem todos. — Tristan pensou, mas desejava falar. Pois entre os mortos, reconheceu os trajes de alguns saxões, provavelmente, homens de Aesc que inutilmente, tentaram defender Glastonbury.

Atingiram o portão da vila fortificada aos pés do Tor. O portão — parcialmente destruído e pobremente recuperado — estava fechado. Havia tochas ardendo na guarita dos sentinelas, um sinal que animou o desolado grupo de viajantes. Assim que frearam seus cavalos, um homem — armado com um arco e flechas — surgiu na guarita.

— Quem sois? — o guerreiro não ocultou o pavor em sua voz.

— Acalma-te, homem. Somos amigos. Sou Lancelot, cavaleiro de Arthur.

— Arthur? — ele vacilou por um instante. — Ah, o *Rei* Arthur! — e ele desapareceu da guarita. Mas sua voz retumbou, com o comando de abrir os portões, seguido pelo nome do *dux bellorum*, várias vezes pronunciado.

— Devem ter vivido terríveis momentos — Lancelot comentou para Guinevere.

— Duvido ter sido pior do que essa maldita viagem! Sem roupas para dormir, comendo carne semi-crua... como selvagens! — ela retorquiu, o humor péssimo.

Os portões foram abertos, vários guerreiros apareceram. Tristan reconheceu alguns mercenários que ali resistiam, ficando admirado com isso. Porque os mercenários — quando a guerra era perdida — ou desistiam, ou migravam para o lado vencedor. Entretanto, conforme viria ter conhecimento, aqueles homens resistiram apenas devido a Arthur. E cercaram os viajantes, questionando da vinda dele, do rei-guerreiro; queriam-no ali.

— Guerreiros de Glastonbury! — Morgana, apeando-se e ajudando o príncipe, elevou sua voz. — Arthur virá para cá, assim que defender Colchester. Mas até esse dia, devemos lutar e proteger Glastonbury de nossos inimigos!

Os guerreiros ovacionaram-na. O furor causado pela chegada dos viajantes atraiu alguns moradores do Tor, Nimue surgiu entre eles. A sacerdotisa andou até Morgana e cumprimentou-a. Conheceram-se ali, quando ambas eram crianças e iniciavam os estudos dos mistérios antigos, e quando Glastonbury era conhecida por *Caer Wydyr* e por *Annwfn*, o nome ainda utilizado por alguns druidas.

— Muito tempo se passou desde a última vez que estivemos juntas.

— Eras ainda uma criança, Nimue. Como estás mudada! — abraçaram-se. — Viemos por proteção ao príncipe Medrawt — e Morgana apontou com os olhos o menino, que ainda estava ao lado do cavalo. Mais ao fundo, Lancelot auxiliava Guinevere a apear-se.

Nimue estudou o garoto.

— Vieste de Camulodunum até aqui por causa dele?

Morgana concordou, embora ambas carregassem dúvidas a respeito de Medrawt.

— Arthur assim quis — por fim, disse.

Súbito, um grito atraiu a atenção de todos. Gowther arrancou sua espada da bainha. Irado, ameaçava três guerreiros.

— Saxões! — o cavaleiro, em meio a sua fúria, pretendia atacá-los.

— Abaixa essa espada, Gowther! — no mesmo instante, Tristan adiantou-se, atraindo as atenções. Os saxões, acostumados a lutar, não se intimidaram. Tinham suas espadas em mãos. Se Gowther quisesse, o embate se iniciaria.

— O que dizes? — Gowther, o rosto vermelho, suado, protestou. — São saxões! Não estamos defendendo a Britannia contra esses cães? E tu os proteges? — ele agora urrava. Havia canalizado todo o seu sofrimento naquela revolta.

— Gowther! — Tristan colocou-se entre ele e os saxões, — Pela última vez, guarda tua espada ou terás que lutar comigo!

Ninguém esperava aquela reação de Tristan, principalmente porque não compreendiam a presença de saxões ali. Lancelot, estupefato, não soube como agir — exceto proteger Guinevere de um eventual ataque. Morgana trocou olhares com Nimue, cuja expressão serena não condizia com o nervosismo dos demais. Era um sinal entre elas.

— Continuas traindo teus senhores, Tristan? E depois acusas Gromer! — o cavaleiro ainda trazia a espada em sua mão.

— És um tolo, rapaz! Deixas ser levado pela intolerância e acabas agindo sem pensar. Esses homens lutaram do nosso lado, defenderam e arriscaram suas vidas pelos nossos interesses. Querem um líder bretão justo tanto quanto nós queremos. Não consegues ver isso? — com efeito, os saxões eram homens de Aesc.

Lancelot relaxou seus músculos. *Deveria ter suspeitado de algo assim*, recriminou-se. *Afinal, o que saxões estariam fazendo aos pés do Tor, um lugar ainda bretão?* Considerou-se tão tolo quanto Gowther.

— É um guerreiro íntegro. Vendo-o, percebemos ser difícil coadunar com o que dele foi dito — Nimue comentou referindo-se a Tristan. — Não pensei que fosse voltar a vê-lo — e ela iniciou seu relato, de quando ele esteve no Tor pela primeira vez.

Gowther — hesitante por longos segundos — desistiu do intento e declinou sua espada, dando as costas para Tristan e para os saxões. Tão logo o cavaleiro afastou-se, Tristan pediu desculpas aos guerreiros saxões, perguntando de Aesc.

— Ele está em Kent.

— Respeito vosso líder, guerreiros. Fico aliviado diante da notícia de ele estar bem.

Os saxões agradeceram a intervenção de Tristan e se retiraram.

A despeito de mal terem repousado, Lancelot reuniu-se com os demais. Precisavam deliberar quem iria avisar Marc, de Cornwall, da chegada do príncipe e a requisição de mais homens. Enquanto isso, Nimue levou Guinevere e Medrawt à torre, onde se localizava uma modesta sala para hóspedes. Era bem simples, mas para quem há dias dormia escassos momentos ao relento, aquele cômodo era um castelo. Nimue providenciou roupas limpas e uma tina com água.

— É só o que podemos oferecer.

A sacerdotisa deixou-os e foi ao encontro de Morgana mais uma vez.

— Ela ficou com o menino?

— Não apreciou muito, mas ficou — Nimue respondeu. — Agora, vamos! — e com as mãos dadas a Morgana, levou-a até sua casa, uma simples construção de pau-a-pique, como as demais. Dentro, apenas dois cômodos, num dos quais, fazia suas refeições. Serviu hidromel, pão e queijo, acomodando-se ao lado de sua convidada. — Os verões se foram como grãos de areia ao vento — disse, trançando os cabelos. — Durante os ataques que Glastonbury sofreu, cheguei a duvidar de que continuaríamos ilesos.

— Continuaremos ilesos, Nimue. Ao menos, por enquanto.

A sacerdotisa cravou seu olhar em Morgana.

— Tens a visão? Consegues predizer o que nos acontecerá?

Ela sorriu.

— Não, não tenho. Não sou Myrddin para tanto.

— Merlin. — Nimue sabia que seu antigo mestre preferia que o chamassem pelo nome latinizado. — Ele nunca mais apareceu, Morgana.

Um abatimento tomou conta de Morgana.

— Muito me entristece. Esperava dele conselhos para os dias futuros.

— Ora, Morgana... nem um druida é páreo contra interesses humanos. A ambição e o poder corroem até o mais puro dos corações. São raros os que resistem — entreolharam-se. — Nem mesmo Merlin conseguiria deter essa guerra.

— E... quanto a nós?

Nimue era dona de um olhar terno.

— Não sei, minha irmã. Talvez, sobrevivamos. Ou talvez nos tornemos apenas recordações de uma época. Pensei muito nisso, quando dos ataques dos bárbaros. E nem posso amaldiçoar os saxões, pois alguns que nos defenderam... eram saxões.

Morgana bebeu longos goles do hidromel. Depois, com um ar cansado, confessou:

— Independente de tudo, Nimue... Arthur não irá desistir. Ele é um verdadeiro filho da Britannia e defenderá esta terra até o fim de seus dias — disse, como um consolo.

Depois de muito discutirem, Lancelot convocou um grupo de sete homens — Kamelin nele estava incluído — para viajarem até Tintagel. Ele próprio não iria, por isso, fazia questão de que ou Kamelin ou Growther fosse. Como o último se recusara, Kamelin foi designado. O restante da pequena falange seria composta por mecenários e dois saxões.

— Desconhecia essa tua intimidade com saxões — Lancelot manifestou-se para Tristan, no momento em que eles recolhiam-se aos alojamentos. — A cada dia, me surpreendes.

— Não é por alguém ser saxão que será nosso inimigo. Há muitos deles que condenam Aelle e seus métodos de conquista.

Lancelot sorriu.

— Nem todos os homens conseguem adquirir essa percepção que tens. Confesso que quase reagi como Gowther.

— Mas, Lancelot... reparaste que há bretões nos atacando. Isso prova que não é a nacionalidade de um homem que o faz nosso inimigo.

— Tens toda razão — ele abriu a porta do recinto. — Esquecendo por breve momento esse incidente, sinto-me aliviado por finalmente termos chegado.

Abrigados, Tristan livrou-se do manto e afrouxou a cota de malha. Havia tinas com água para lavarem-se.

— Eu não pretendo permanecer aqui. Estarei partindo, no máximo, em dois dias. E aconselho a fazeres o mesmo — as últimas palavras saíram sem que pudesse contê-las.

— Deuses! Tu falas como se aqui fosse um lugar amaldiçoado.

— Não o lugar, Lancelot. O problema é comigo. Não quero estar presente quando os homens de Marc aqui chegarem.

— Entendo.

— Virás comigo?

— Preocupo-me em deixar Guinevere.

Tristan andou até onde estava uma das tinas com água. Não queria interpretar com malícia as palavras de Lancelot e relutava em envolver-se com o inegável. Entretanto, não desejava que o amigo trilhasse o mesmo caminho que traçara.

— Ela estará em segurança, Lancelot — insistiu. O exército de Marc em breve chegará. Fitou-o com certa gravidade. — Tu disseste que querias lutar ao lado de Arthur; por que não retornar?

Lancelot soltou o broche que prendia o manto. Seus olhos claros revelaram uma dolorosa angústia. Encarou o amigo, sem nada dizer por alguns momentos.

— Somos dois seres desprezíveis, não? — rompeu, por fim. — E tu ainda tentas me ajudar — sua voz soou trêmula.

Tristan desviou momentaneamente seu rosto do cavaleiro. Sentiu-se como um inseto apanhado em uma teia de dor. Mas julgou ser possível interromper o íntimo percurso da desgraça alheia.

— Há apenas um ser desprezível aqui, e sou eu. És um dos mais célebres cavaleiros, Lancelot, e há como assim continuar. Pelo teu próprio bem, volta comigo.

Lancelot passou sua mão pelos cabelos negros, desalinhando-os.

— Não vou me perdoar se algo a ela acontecer.

— E se esse algo for entre vós? — não houve resposta. Tristan livrou-se do gibão — Liberta-te desta guerra interna, Lancelot, enquanto ainda és capaz.

Foram instantes de dúvidas e de mágoas para o guerreiro de cabelos negros. Entrementes, ele concordou com um aceno.

Dois dias depois, refeitos e descansados, anunciaram sua partida. Tristan despediu-se de Morgana, Nimue e dos guerreiros. Notou a presença de Guinevere, que trazia o príncipe pelas mãos. Ele evitou aproximar-se para despedir-se, mas nada pôde fazer contra o olhar rancoroso dela lançado contra si. Não duvidou de que ela o amaldiçoava, e dessa vez, compreendia o motivo.

Se não fosse por si, Lancelot não iria retornar.

XIX

Durante a quarta noite em que acampavam no percurso de volta a Colchester, findada a refeição compartilhada, Lancelot — que não sentia qualquer desejo em dormir — atalhou:
— Ainda a amas, não? — ele fitou o amigo. — Iseult...? — indagou.
Tristan, acomodado em seu manto, jogou alguns gravetos à pequena fogueira cuja flama provocava um contraste em seu rosto, coberto por uma barba rala. Havia lugubridade em seus olhos.
— Nunca deixei de amar, nem mesmo por um único dia — rebateu. — Porém, jamais me perdoei... e sei ser impossível me perdoar... das conseqüências que disso resultou. Não fazes idéia, Lancelot, do inferno que atravessei... e ainda atravesso.
Lancelot ajeitou a espada sobre suas pernas. Sons dos animais notívagos inundaram o momento.
— Ao menos, tu a amaste. Pior seria se sequer tivesse tido isto — ele ajeitou-se em seu colchão improvisado com folhas e coberto pelo seu próprio manto. — Somos parecidos, Tristan. A mesma sina, o mesmo tormento. Só que para mim, as aparências ainda são dissimuladas em uma relação de carinho fraternal, mesmo por parte de Arthur. Não há suspeitas... entendes?
Tristan encarou-o, alarmado. Súbito, sentiu um pungente vazio extirpando sua vitalidade. O que Lancelot estava pretendendo?
— Estás enganado. Hoje vejo que a desgraça foi amá-la e deparar-me com um futuro sem a esperança de revê-la — alimentou novamente o fogo. — E carregar o peso da ignomínia. Tu não imaginas o quão doloroso é este fardo — parou de falar. Não ia aceitar a cumplicidade que Lancelot parecia querer envolvê-lo. No mais profundo de si, guardava esperanças de que tudo o que estava ouvindo, jamais se repetisse. — Não comete o mesmo erro que eu, Lancelot — disse, por fim.
Lancelot abaixou os olhos, apertou o punho da espada e acomodou-se para dormir. Não conversaram mais naquela noite. Tristan apagou a fogueira e deitou-se, cerrando as pálpebras. Queria descansar, embora receasse dormir e ser surpreendido por algum ataque. Mas estava cansado. Era um prazer esticar seu corpo e relaxar seus músculos. *Talvez... repousar por um breve momento...* — divagou. Seu sono havia sido sempre leve. Qualquer ruído o despertaria, disso era cônscio. Tão logo

relaxou, imagens envolveram-no. Viu cenas de batalha, guerreiros desferindo violentos golpes. A morte estava presente. O sangue cobria a terra, os gritos eram agonizantes. Um guerreiro de vestes claras lutava com exímia habilidade; sua espada ceifava vidas, uma em seqüência da outra. Percebeu sangue escorrendo no gramado, mas assustou-se quando súbito, uma coloração branca mesclou-se ao sangue e à grama. Percebeu de o tom branco fazer parte de um desenho... *O Cavalo Branco de Uffington...!* E ele acordou. Não estava impressionado com as imagens, afinal, como guerreiro, a elas estava acostumado. A morte sempre fizera parte de sua vida. Sentou-se, pensativo e fitando o infinito, gradativamente sendo iluminado pelo Sol. Voltou-se para o cavaleiro. Lancelot dormia. *Se este Deus único realmente se importar conosco...* — pensou — *...rogo que afaste esse homem e Arthur de tantas infelicidades.*

Nos dias seguintes, continuaram percorrendo o caminho de volta a Colchester. Numa manhã, cruzavam Uffington em um trote suave, com os animais emparelhados.

— Estou admirado! Até o momento, nenhum ataque... Nem sombra de algum inimigo.

— Não pensas ser cedo para comemorarmos, Lancelot?

O comandante de cabelos negros sorriu.

— És muito pessimista, meu caro. Pessimista e taciturno. Não há nada capaz de amenizar teu espírito?

Tristan ajeitou-se na sela e fitou-o.

— Estar aqui é um consolo. Custo a crer que tanto tu, como Arthur e outros cavaleiros, me concedestes um voto de confiança.

— É da natureza de Arthur solucionar problemas. Quando Morgana decidiu ficar conosco, não fazes idéia de como houveram protestos, mas Arthur conteve os ânimos. Quanto a mim, Tristan, tinha curiosidade em conhecer-te.

— A mim? — ele surpreendeu-se. — Por quê?

— Eu fiz parte daquela reunião. E eles exageraram. O assunto em pauta, e o mais importante, deveria ser atinente à Britannia e o perigo dela ser atacada, e não sobre tu e o que fizeste...

Tristan abaixou seus olhos. Lancelot prosseguiu.

— ...a respeito da importância que deram a ti, creio que foi devido o fato de seres um príncipe e...

— Ter sido. Ao menos, por sucessão — ele interrompeu. — Não reclamei Lionèss, exceto para derrubar um usurpador.

— No entanto, admirei tua coragem. Era o que queria dizer-te. Escassos homens teriam tido...

— Coragem, Lancelot? — encarou-o. — Coragem para agir com tanta perfídia?

— Não. Coragem para não ocultar teus verdadeiros sentimentos! — a voz soou mais forte. — Não compreendes isto?

Tristan desviou o olhar.
— Quem foi o mentor de Morgana? — questionou, esquivando-se do teor da conversa.
Lancelot demorou a responder. Por fim, suspirando, versou:
— O maior de todos os druidas... Merlim. Acreditas em feitiços?
— Não. Ou não acreditava, até ter testemunhado Morgana ter feito o que fez... nas Pedras.
O comandante deu rédeas a seu cavalo. E comentou:
— Sei de um feitiço que tu não apenas acreditas, como dele é vítima...
Entreolharam-se.
— Lancelot, tu...
— Há algo mais poderoso que o amor? A volúpia? O desejo?
— Prefiro evitar este assunto, Lancelot. Por caridade.
— Responde-me, Tristan! Sejas honesto, confesses que farias tudo novamente, e quem sabe eu não me arrependa de ter vindo contigo!
— Queres lutar ao lado de teu senhor Arthur, não queres? — Tristan rompeu.
Lancelot freou seu cavalo e apeou-se.
— És incapaz de negar, não é Tristan? Farias tudo novamente, não estou certo? Procedeste como se Marc sequer existisse! Superaste a barreira da culpa e do arrependimento, bem sei!
Ele freou Husdent. Uffington descortinava-se ante si, o silêncio era desolador. Não tão terrível quanto as insistências de Lancelot. Ainda montado, Tristan fez Husdent andar alguns passos, parando em frente ao guerreiro de cabelos negros.
— Lancelot, não foi um ato de coragem. Acredita-me. Nunca foi. Eu... — súbito, Tristan levantou seus olhos. Havia sido impressão, ou ouvira algo? Ele olhou para trás. O vento incidia nas folhagens, alguns pássaros sobrevoavam. Mas havia algo mais, ele sabia.
— Tristan, o que há?
— Monta, Lancelot... depressa! — disse, desembainhando sua espada. Mal terminou de falar, das folhagens surgiu um grupo de homens enlouquecidos, armas em punho. Outros — que estavam ocultos pelo declive do terreno, também ergueram-se.
Não eram muitos, talvez cerca de treze guerreiros, que gritando impropérios em saxão, atacaram os dois viajantes. Sobre o lombo de Husdent, Tristan alvejou os primeiros. O ataque não era organizado, na verdade, os saxões — apesar de agressivos — pareciam perturbados. Ainda assim, eram inimigos em potencial. Um deles agarrou a rédea de Husdent, puxando-a com força. O cavalo reagiu em fúria, motivado pela dor. Porém, ao erguer com violência suas patas, terminou por derrubar Tristan. Três saxões, aproveitando-se da situação, contra ele investiram.
— Tristan! — Lancelot bradou, enquanto gladiava com quatro dos atacantes.

Caído, Tristan ergueu sua espada horizontalmente, protegendo seu corpo. Conseguiu amparar dois golpes. Incontinênti, chutou as mãos do terceiro saxão, derrubando sua espada. O homem praguejou, furioso. Continuou demonstrando perícia em sua sólida defesa, mas precisava erguer-se. Para tanto, com suas pernas, derrubou outro adversário, aplicando-lhe uma rasteira, e com sua espada em punho, rapidamente levantou-se. Uma vez em pé, atacou. Não demorou para perfurar o corpo do saxão que o derribara de Husdent; com a mesma técnica, fulminou os outros dois. Ato contínuo, correu para auxiliar Lancelot, e em breves minutos, os dois cavaleiros liquidaram com os saxões restantes.

Declinando a lâmina ensangüentada, Tristan estudou o horizonte. Em reflexo, andou até Husdent, que não havia se distanciado.

— De onde eles vieram? — Lancelot, controlando seu cavalo, questionou.

Ainda com o olhar fixo no horizonte, Tristan — sério — versou.

— Creio que imagino.

— O que há, agora?

— Vamos, Lancelot, depressa!

Incitaram os cavalos a correr. Prosseguiram vale adentro, a cada passo, os sons tornando-se mais nítidos. Husdent acelerou o ritmo, tomando dianteira. E a visão de dois exércitos em conflito descortinou-se diante deles. Um deles, portava o estandarte do Urso. Súbito, Lancelot viu Tristan esporear Husdent, afastando-se da facção de Arthur.

— Tristan! — bradou o amigo, mas sem efeito.

Lancelot percebeu, mas ao mesmo tempo duvidou. O guerreiro manobrava com o intuito de investir pelo flanco... de um exército saxão! Certo que a formação da infantaria saxã já havia sido rompida pela linha de frente dos guerreiros bretões. Mesmo assim, Lancelot surpreendeu-se, freando seu cavalo, incerto quanto a seus passos.

Ele zomba da morte! Ou ele faz isso... sendo atraído por ela?

Instigando Husdent, Tristan inclinou-se em sela, atacando por trás. Matou um guerreiro saxão, perfurando-o pelas costas. Em um salto, apeou-se e apoderou-se de seu machado. Antes de montar em Husdent, utilizou-o contra dois combatentes. Montado, viu um saxão prestes a arremessar uma lança, não contra si, mas contra seu cavalo. Imediatamente, Tristan desviou Husdent, sendo que a lança apenas roçou no pescoço do animal e na sua perna esquerda. O cavaleiro avançou e golpeou o inimigo com o pesado machado. Ocupado com outros três saxões, lutando enquanto fazia Husdent rodopiar, não notou um soldado adversário — a alguns metros — munindo-se de um arco e flechas. Percebeu quando uma flecha cruzou o ar, quase ralando em seu rosto e indo encravar-se no tórax do saxão que pretendia ceifar sua vida. Afoito, ele virou seu rosto, vendo Lancelot — com um arco e flechas nas mãos — aproximando-se.

— Tua loucura é contagiante, meu irmão!

— Também és um mestre nisto? — referiu-se ao arco e flechas.
— Não como a espada, mas serve em algumas ocasiões... — disse, disparando nova flecha. — ...como dar cobertura a um guerreiro cuja coragem é tão sólida quanto a insensatez.

Fitou rapidamente Lancelot. Um tímido sorriso roçou em seus lábios.
— Assim seja! — ele bradou, esporeando Husdent e voltando a atacar.

No cerne da batalha, a facção de Arthur — a cavalaria pesada — dividiu-se, atacando os flancos. Ao centro, o comandante instigou a infantaria e a cavalaria ligeira a avançar. A situação das hostes saxãs, que incluíam anglos e bretões, piorava a cada instante. Para fugir da cavalaria pesada, os soldados concentraram-se ao centro, o que Arthur esperava que ocorresse, facilitando sobremaneira para os comandantes das linhas de frente bretãs.

Atacando com precisão, Arthur, próximo de Garreth, Tor, Gawain e Gaheris, viu um guerreiro de vestes negras em meio à horda saxã. Imediatamente, Athur reconheceu-o, e ao seu comando, pediu aos arqueiros auxílio. Estes atenderam-no com presteza — diversas flechas foram disparadas contra os adversários mais próximos a Tristan. Garreth, seguido por Gaheris e Gawain, forçaram passagem com seus cavalos, com o intuito de alcançarem-no. Lancelot se desfez do arco, em virtude de suas flechas findarem. Agora investia com a espada.

Novas flechas foram desfechadas contra os bretões. Uma ralou no pescoço de Tristan. Em reflexo, ergueu o machado colocando-o na frente de seu tórax e pescoço. Outra flecha a ele foi direcionada, mas ricocheteou na arma saxã.

— Tristan! — Gaheris e Garreth trotaram até ele, com os escudos em riste, colocando-se na frente dele. Gawain, por sua vez, disparou suas flechas, fulminando com três arqueiros saxões.

— Estás bem? — Garreth, assustado, vendo o pescoço do amigo sangrar, indagou.

— Não é nada, Garreth.

— Vede! — Gaheris apontou, com sua espada, declinando o escudo.

A infantaria e a cavalaria pesada bretã haviam dizimado com boa parte do exército inimigo. Estes, já cientes da derrota, tentavam uma retirada desesperada, mas terminavam sendo mortos. Aqueles que depusessem suas armas teriam suas vidas preservadas.

Tristan fitou os irmãos. Reparou na expressão deles, de exaustão. Lancelot cavalgou até eles.

— Três dias... — Gawain, arfante, comentou. — Três dias de batalha. E eles só contavam com a infantaria e um reduzido contingente de guerreiros montados.

Tristan livrou-se do machado e rasgando um pedaço de sua vestimenta sob a cota, limpou o corte. *Três dias? Isso explica o porquê de não termos nos deparado com nenhum saxão até agora.*

— Mas pensei que...

— Estamos na colina, Tristan — Gawain interrompeu-o. — Não foste até o vale, presumo.

Ele negou. Mas já tinha idéia do que iria encontrar. Mesmo assim, tocou levemente Husdent, trotando em direção ao vale. A cada passo, o terreno declinava em suaves depressões. Cruzou com membros do exército bretão, saxões detidos e... No cume da elevação montanhosa, puxou as rédeas do cavalo. Recordava-se daquele vale como o vira antes, mas a realidade suscitava dúvidas. Porque não mais o via, e sim um mar de corpos em processo de decomposição. O vento incidiu, afastando o fedor pútrido, mas mesmo se fosse por ele atingido, não iria se incomodar. Apesar de sua intimidade com a desgraça — nas mais variadas formas — foi dominado pela consternação ante a carnificina. Ante ao vale de mortos. Fez Husdent descer alguns passos a colina, mas não teve coragem de prosseguir. Porque viu estampado na face de alguns cadáveres, o horror, o lamento, a dor que a morte foi incapaz de desfazer.

E envergonhou-se por ser um homem.

Puxou as rédeas de Husdent, com o intuito de retornar. Afastava-se do inferno — um inferno que, no futuro, seria narrado pelos cronistas como uma das mais sangrentas batalhas, conhecida como Badon. Sem precisão dos fatos, aqueles iriam alegar ter ela ocorrido por volta de 500 *anno Domini*, e louvariam os feitos de um guerreiro, um *dux bellorum*.

Arthur.

E como *dux bellorum*, Arthur seria imortalizado.

Sem ter consciência disso — de que presenciava um momento histórico que seria repetido, recontado, escrito, reescrito e revivido na imaginação de muitos —, Tristan retornou rumo à colina. Ali, testemunhou saxões e anglos sendo feitos prisioneiros pelos guerreiros bretões. Por fim, reencontrou com Gawain e seus irmãos. Arthur também estava lá, trazendo Llamrei pelas rédeas.

— Tristan! — o *dux bellorum* sorriu ao vê-lo.

Ele apeou-se. Assustou-se com a fisionomia de Arthur — o guerreiro estava mortalmente pálido. Sangue ressecado em sua têmpora contrastava com a face de alabastro. Estava trajando sua cota de malha de prata, em alguns pontos, fendida, principalmente no ombro, local em que havia sido atingido e estava nas mesmas condições de seu rosto. Conforme viria a saber, Arthur teve que se desfazer de sua loriga, devido às avarias. Seu manto — alvo — estava rasgado, sujo de sangue e terra. Llamrei, a égua branca, tinha os pêlos empapados com a mesma mistura.

— Eu quase não acreditei quando te vi, Tristan... por que fizeste isto? Atacar daquela forma... E... estás ferido!

— Não foi nada, Arthur. Somente um corte.

Arthur andou até ele e o abraçou.

— Eu não sei se te louvo pela tua coragem, ou se te agradeço pelo teu conselho.

Apartaram-se. Tristan encarou-o, ainda sem compreender.

— A Britannia deve estar orgulhosa de seus filhos, que lutaram bravamente. Mas foi tua a brilhante idéia de manter homens em constante vigília fora de Conchester. Foram estes guerreiros que descobriram um grupo de bretões seguidores de Dillus. Capturados, aceitaram nos revelar a localização de suas forças, tanto saxã quanto bretã... e de anglos... em troca de permanecerem vivos. Fiquei estarrecido com a informação de que reuniriam-se aqui, em Uffigton, mas quando manifestaram a traição de Gromer, tudo fez sentido. Destruindo Glastonbury e assassinando o príncipe, teriam cometido os primeiros passos para nos derrotarem.

Em silêncio, os demais cavaleiros se aproximaram. Tristan viu Tor, Dagoneth, Marrok, Agrícola, Sagremor, Owain... Todos com aquele ar de desolação. Um olhar que ele conhecia — e muito bem. Não raro, isso ocorria ao término de uma batalha.

— Nos esforçamos para aqui estarmos... — Arthur prosseguiu. — Pelos deuses, fizemos o possível! Decidimos por um ataque surpresa no primeiro dia. Dessa forma, conseguimos uma vantagem. Contudo, não esperávamos que a luta iria se alastrar por mais dois dias... — ele suspirou. — Os mortos cobriram o vale de Uffigton...

Vendo Arthur e a maior parte dos guerreiros naquele estado, Tristan não se surpreendeu por deparar-se com aqueles saxões desgarrados, que agiam bestialmente. De forma inumana.

Arthur vacilou por um breve instante. Preocupado, Garreth avizinhou-se dele. Os demais apearam-se.

— Estou bem, Garreth — ele respirou profundamente, passando as mãos pelos cabelos úmidos e embaraçados. — Estou bem... Tão bem quanto um homem pode ficar, depois de ter tirado tantas vidas.

— Eram eles ou nós, Arthur. Tens ciência disso — Gawain interrompeu.

— E o destino quis que tu vencesses, Arthur. — Lancelot suscitou, andando até o guerreiro, envolvendo-o pelos ombros. — Pela Britannia, pelo príncipe Medrawt, por todos nós... tu venceste!

Tristan acompanhou a cena, de homens estraçalhados pela guerra — e não duvidou deles desconhecerem as perdas humanas, embora muitos dos cavaleiros e senhores aliados a Arthur ali estivessem — diante de uma vitória cujo vencedor não vangloriava-se, em vez, sofria diante das inúmeras mortes. Quantos homens agiam daquela forma? Arthur, o comandante militar, mas com um coração de um rei.

A certeza da perda viria depois, quando os capitães ou seus suplentes de cada legião apresentassem o saldo de vítimas. Era o momento mais difícil — mais do que a batalha em si. Contudo, Tristan interrompeu seus pensamentos quando Arthur voltou a falar.

— Não tens idéia de como fico feliz, Lancelot... — ele disse, aproximando-se do amigo — ...em ver-te novamente.

— Pretendíamos retornar para Colchester, contudo, fomos atacados por alguns saxões...

— Desertores — Arthur interrompeu-o. — Teremos que nos preocupar com isso, porém, não agora. Porque este é o momento, guerreiros... — ele desembainhou Caledfwlch, totalmente manchada de sangue seco, apontando-a para o alto. — Meus irmãos e amigos... vós lutastes ao meu lado como leões encolerizados, juntos formamos uma grande aliança capaz de derrotar até mesmo os mais poderosos inimigos. Que essa vitória agora nos una, e que sejamos irmãos! Irmãos de sangue... — ele desceu Caledfwlch, limpou-a em seu manto para em seguida, roçá-la em seu pulso, fazendo um sutil corte, cujo sangue não tardou a aparecer — e de armas! Mesmo o mais poderoso comandante, sem irmãos com vossa bravura, de nenhuma utilidade seria. Eu vos saúdo, pela vossa vitória e pela vossa coragem! — e ele ergueu sua espada.

Os demais guerreiros aclamaram Arthur e sacaram suas espadas, cujas pontas tocaram com Caledfwlch. Ato contínuo, todos cortaram seus pulsos e ergueram os braços, encostando uns aos outros, mesclando o sangue. Tristan reparou em Agrícola, Owain, Cadwllon erguendo suas espadas e tocando-as em Caledfwlch, para em seguida, cortarem seus pulsos. Garreth e seus irmãos foram os próximos. Sorrateiro, ele afastou-se, dando passagem aos outros cavaleiros. A ovação prosseguiu, mas silenciou-se quando Arthur fez menção de novamente falar.

— Meus irmãos! Com esta vitória, teremos uma Britannia livre! — ele bradou, sendo enfaticamente aclamado por todos.

A tudo, Tristan acompanhou, sem interferir. Não ousou — como Lancelot — juntar sua espada com as dos demais e agradeceu Arthur não tê-lo chamado.

A falange sobrevivente, ao término de um breve descanso, partiu rumo a Glastonbury. Arthur comentou que Kay havia permanecido em seu lugar, velando por Colchester. De fato, dali partira com esta idéia, ciente da traição de Gromer e da localização da armada inimiga. Finda a batalha, não negava o desejo de estar acompanhado de Guinevere. Embora exaustos, homens e animais seguiram viagem.

Como havia se acostumado, Tristan posicionou-se na retaguarda, separando-se de Lancelot e dos demais. Não ficou muito entusiasmado com a idéia de voltar a Glastonbury, especialmente a par da presença da armada de Marc. Eles, provavelmente, já deveriam ali estar. Talvez, o melhor fosse seguir seu próprio caminho, agora que — aparentemente — os saxões haviam sido derrotados. Entretanto, antes que pudesse tomar alguma atitude, surpreendeu-se com Arthur, achegando-se. Ele reduziu o passo de Llamrei, emparelhando os cavalos.

— Tua espada fez falta.

Tristan fitou-o.

— Entendo. Quisera ter chegado antes, e não no fim da batalha...
Arthur sorriu.

— Realmente, se estivesses aqui, junto com Lancelot, creio que não teríamos atravessado esses últimos três dias mergulhados neste inferno. Mas não me referi à batalha, e sim à convocação por irmãos de sangue e de armas — disse, agora com o tom sério. — A minha convocação.

Tristan permaneceu silente por breves segundos. Enfim, disse, fitando-o.

— Há erros que não podem ser esquecidos, Arthur. Não podem... e não há como enterrá-los. Não me considero digno de unir-me a elo algum, muito menos, aos teus cavaleiros. Há algo que ocultei... — eles agora cruzavam o Vale do Cavalo Branco. Tristan arrepiou-se, recordando de seu sonho. Recordou-se dos corpos que vira em imagens, não muito diferente da realidade que compartilhara. A cada passo, sentiu-se condoído. Não melhorava em nada o pensamento de que os mortos foram deixados para trás, entregues à própria sorte. Percebendo Arthur encarando-o com um olhar de interrogação, Tristan voltou a falar. — Minha vinda até ti teve por base a vida de um homem, morto pelas minhas mãos e cujo anseio era estar aqui, ao teu lado.

— Dize-me a verdade, Tristan... Desejavas a morte dele?

Ele negou.

— Foi um acidente. Matei-o enquanto me defendia. Ele e a tantos outros, que me atacaram para vingarem Marc — cravou seus olhos no rosto abatido do *dux bellorum*. — Vendo-te, Arthur, com teus guerreiros, me fez recordar da amizade que nutria com os membros da armada que comandei. Considerava-os como irmãos, como tu, e o que fiz? Mostrei-lhes o pior de um homem. Presenteei a todos com a falsidade, com a traição... e com a morte. Ainda recordo-me das palavras do segundo comandante da armada, ferido por mim e encarando-me, perplexo. Entre espasmos de dor, ele afirmou que meus atos foram sua ruína, não meus golpes.

— E o que pretendes, Tristan? Destruir a ti próprio? Posso te garantir que não irá te auxiliar a olvidar de tais atos. Sei que muito sofreste, meu amigo, e entendo a culpa em teu coração. Afinal, Marc e os homens que comandaste, não mereciam tamanha desgraça. Para ser sincero, digo-te que no lugar de teu tio, eu, talvez não soubesse como agir.

Àquelas palavras, Tristan sentiu cada fibra de seu ser tremer.

— Contudo, sei que Marc perdoou Iseult. E sei que ele ainda sente muito amor por ti, Tristan. Notei isso nos olhos dele, ainda que naquela reunião, tu foste execrado — eles entreolharam-se. — Também fiquei a par de que Marc te perdoou, uma demonstração evidente de como eras importante para ele. Ainda assim, te recusas a aceitar a remissão e te condenas. Por quê?

Tristan empalideceu. A lembrança de Lancelot e de sua confissão deteriorava ainda mais seu íntimo. *Deuses... vos imploro... poupem Arthur!*, rogou, em pensamento.

— Eu já tentei, Arthur... — retrucou. O nervosismo o fazia transpirar. — E ainda estou tentando. Mas não sei como encontrar o caminho para o perdão... principalmente porque, apesar de tudo, ainda a amo — levantou seus olhos para o *dux bellorum*. — Deves pensar que sou um tolo... e talvez seja. No entanto, de nada adiantaria faltar com a verdade. Arrependo-me por tudo, por Marc... e por todos que terminei envolvendo. Até Maxen. Minha reles vida não valia a dele, Arthur. Contudo, às vezes penso ser esse meu destino; meu tormento e minha expiação.

— Qual?

— Viver, um dia após o outro — ele suspirou. — Devo partir, Arthur. Não anseio deparar-me com a armada de Marc, que certamente está em Glastonbury. Ademais, minha presença entre teus homens irá te desabonar.

Arthur sorriu com tristeza.

— Tu és implacável contigo, Tristan. Não sei como ignoras o que tua presença em minha armada trouxe — Arthur notou ter atiçado a curiosidade do guerreiro. — Meus homens viram tua determinação, tua coragem. E eu vi o que fizeste. Jamais presenciei um guerreiro tão ousado, a ponto de infiltrar-se sozinho entre o inimigo.

— Lancelot me ajudou.

— Sim. Mas pensas que ele teria ido sem apoio, como tu? — Arthur sorriu. — Creio que nem eu próprio teria ido. Em suma, foi isso que eles viram. Deste tua palavra que lutaria pela Britannia, e cumpriste tua promessa. Apenas por isso, sinto-me afortunado por ter-te entre meus guerreiros.

Ele nada disse. Estava incrédulo. Arthur prosseguiu.

— Não duvido de teu amor por Iseult, meu amigo. Um infortúnio ter isso ocorrido a ti. Entretanto, há outras formas de demonstrares teus sentimentos. A renúncia é uma delas, Tristan. Devias aceitar isto. Assim como deverias aceitar a conviver contigo próprio. Dizes que precisas partir, mas arrisco dizer que não irás seguir um caminho. Estarás fugindo. Fugindo de ti próprio. Guardo a impressão de que é isso que deves estar fazendo, desde que foste exilado. Bem, não posso te impedir — ele afagou Llamrei, pensativo. — Porém, antes que te vás, gostaria de dizer-te algo. Não sei se irá te ajudar, mas achei interessante o que ouvi quando estive na Armórica. Conheci alguns peregrinos; um deles comentou ter estado... não me recordo como ele chamou o lugar, mas percebi ser um local sagrado. Segundo esse homem, foi onde viveu um Deus, na forma de um Homem.

— Arthur... tu acreditas nisto?

Ele sorriu.

— Não sei. Quem sou eu para dizer algo a esse respeito? Sou apenas um guerreiro, nunca me preocupei com tais assuntos. Entretanto, Tristan, seja verdade ou não, lembro-me que naquele dia estava possesso. Na época, estava lutando contra um clã rival do chefe que me contratou. Sim, podes me chamar de mercenário... se for isto que estiveres pensando. Mas era jovem e era uma forma de ganhar a vida. Como dizia, estava possesso com os soldados que liderava, um em particular, que deixou seu posto de vigília deliberadamente. Esse peregrino, vendo o modo como eu ofendia e amaldiçoava o infeliz — afinal, estávamos em guerra! — disse-me que eu deveria saber perdoar. Que o coitado do soldado já havia sofrido demasiadamente com seu próprio erro, e que, se Deus remitiu os homens, por estes terem matado seu Filho, quem era eu para negar-me a indultar aquele pobre guerreiro? Naquele dia, não compreendi o que o peregrino tentava me dizer, mas depois vim a saber que esse Filho, a quem o peregrino se referia, havia sido crucificado pelos romanos.

Tristan encarou-o.

— Na ocasião, o peregrino se foi antes que eu pudesse questioná-lo. E fiquei com uma sensação devastadora dentro de mim, pois quantas e quantas vezes eu próprio não errei? Era apenas um jovem, um jovem tolo, que estava descontando as agruras da guerra naquele soldado. Não foi porque ele deixou seu posto que sofremos as baixas... O peregrino tinha razão, quem era eu para condenar outra pessoa? Outro ser humano, como eu? — ele sorriu com o canto dos lábios. — Posso dizer que, como aquele simples peregrino e seu Deus Único, entendi o quão precioso é um homem perdoar seu semelhante, como quando esse mesmo homem procura dentro de si e suplica a esse Deus. Desde então, fiquei com uma imagem benévola e deleitável desse Ser capaz de nos remitir se quisermos isso.

Arthur colocou seu braço por sobre o ombro do amigo.

— Não deixei os costumes de nossos antepassados, mas muito me apraz termos esse sopro de compaixão dentro de nós. Não percebes, Tristan? Não precisas para sempre te amaldiçoar, meu amigo. Já recebeste tua pena e sofreste, como aquele soldado. E por todo esse sofrimento que atravessaste, percebeste teu erro, ou erros, como alegas. Ninguém mais pode condenar-te ou te julgar; nem tu tens esse direito, ainda que a ames... Mas oro para que renuncies a esse amor, pelo teu próprio bem.

Tristan levantou seus olhos. O primeiro pensamento a dominar sua mente não foi atinente si, mas concernente à conversa com Lancelot. *Não, isso não pode acontecer...*, pensou. Não com aquele homem que lhe confortava e o tratava como a um igual. Para Arthur, ele era um cavaleiro como qualquer outro. E Arthur era o único que parecia ver o homem que uma vez havia sido.

— Ficarei honrado se vieres comigo para Glastonbury — Arthur continuou. — Além disso, finda essa guerra, teremos que nos preocupar em preparar mais guerreiros para o futuro... E, sinceramente, não conheço outra pessoa mais indicada do que tu — e Arthur retirou de seu cinto *Carnwennan*, sua adaga. Com ela, cortou seu pulso esquerdo. O sangue escorreu delicadamente. — Aceitas ser meu irmão de sangue e de armas, agora?

Tristan vacilou por alguns segundos, mas não pôde se conter. Arthur havia demonstrado um lado humano que jamais pensou existir. Era como se ele o retirasse das trilhas áridas e sem fim que, por sua própria determinação, condenou-se a percorrer, sob o peso de sua culpa. Arthur estendia sua mão como amigo e disposto a retirá-lo daquele tormento. E ele atendeu àquela convocação; tomou a adaga das mãos dele, fazendo um corte em seu pulso; com sangue, selaram o pacto.

— Aí está — Arthur sorriu, apertando fervorosamente o antebraço de Tristan. — O meu mais novo membro e irmão!

A guarda nos portões avariados de Glastonbury, ao ver a armada surgindo no horizonte, pensou que se tratasse de novo ataque. Um tumulto teve início; guerreiros preparavam-se para lutar, enquanto avisaram Morgana para trancafiar-se com o príncipe e Guinevere em um dos aposentos da torre. Mas a agitação logo cedeu. Um dos sentinelas, ao avistar o estandarte com a bandeira do Urso, rejubilou.

— O estandarte do Urso! — as aclamações vibraram por toda Glastonbury; os habitantes correram para os portões. Queriam acompanhar a chegada do exército do rei-guerreiro; desejavam saudá-lo e homenageá-lo.

Na torre, um guarda adentrou no aposento onde Morgana reunia-se com Guinevere, que não escondia seu nervosismo. Nimue acompanhava o soldado.

— O que está havendo? — Guinevere, assustada com o revolto, andava de um lado para o outro. — Estamos sendo atacados! — ela deu vazão ao pânico.

— Não, Guinevere... é teu marido que se aproxima.

— Arthur? — ela não compreendeu. — Mas Lancelot ia encontrá-lo...

— Arthur está aqui? — Morgana sorriu, e com os olhos brilhando de satisfação, no mesmo instante deixou o recinto, mal contendo seu júbilo. Sequer se importou com Medrawt ou com os demais.

— Morgana! — Guinevere bradou, mas a moça já estava longe.

— Não irás receber teu marido? — Nimue indagou, sorrindo levemente, ante a reação de Morgana.

Os portões, já abertos, propiciavam os mais eufóricos a correr de encontro à armada. Assim que os cavalos adentraram em Glastonbury, os guerreiros foram cercados. Exaltavam o *dux bellorum*, aplaudiam-no e não cansavam de aclamar seu nome. Montado em Llamrei — que controlava firmemente, pois a égua estava assustada com aquele rebuliço —, Arthur pacientemente correspondia aos calorosos cumprimentos. Atrás dele, Lancelot e os outros comandantes, também foram ovacionados. Em seqüência, os homens daqueles. Os reis aliados lideraram seus batalhões; infantaria, cavalaria, escudeiros. Tristan — que não infiltrou-se em nenhuma formação — foi um dos últimos a cruzar os portões.

Arthur seguiu, ainda montado — sendo escoltado pelas pessoas — até os pés do Tor, onde Morgana — agora tendo Guinevere ao seu lado — aguardava. Owain requisitou e as pessoas concederam mais espaço ao chefe militar, principalmente porque perceberam Guinevere vindo em direção a seu marido. Arthur desmontou e correu até ela; o encontro resultou em um gracioso enlace. Emocionados aplausos e aclamações tornaram único aquele momento. Mas tal alegria não era compartilhada por todos; Lancelot — sério — trazia uma expressão desgostosa. Não gostava de aglomerações, mas não era apenas por isso. Súbito, sentiu-se rancoroso por ter sido persuadido por Tristan a deixar o Tor. Por que não havia permanecido? *Certo que de nada adiantaria...*, refletiu, irritado. E cravou seus olhos em Arthur e Guinevere.

— Sinto-me aliviado por agora estar aqui, ao teu lado, meu amor — Arthur beijou a esposa.

— Decerto não esperava rever-te tão cedo — ela retrucou, secamente. Guinevere jamais havia sido uma mulher dócil. — Confesso estar surpresa.

— As guerras sempre alteram os planos — ele rebateu.

— E tu voltas como que por encanto — era Morgana quem se aproximava. Tinha um sorriso gentil.

— Minha irmã! — Arthur soltou a esposa e abraçou-a. — Parece que agora, teremos um pouco de paz.

Como se o destino estivesse escarnecendo das palavras de Arthur, brados rancorosos puderam ser ouvidos, um tumulto tomou conta dos guerreiros; ofensas e aviltamentos foram proferidos. Imediatamente, Arthur afastou-se da irmã e acompanhado de Lancelot e Owain, dirigiram-se até a origem dos distúrbios. A agitação ocorreu a alguns metros dos portões; guerreiros — ostentando suas armas — ofendiam e ameaçavam um homem. Antes mesmo de atingir o local do conflito, Arthur reconheceu os atacantes como sendo homens de Marc. E o motivo da confusão.

Tristan — caído, devido um forte golpe que recebera — foi acuado pelos homens de Marc, como havia previsto, como tinha certeza de que ocorreria. Em conseqüência da azáfama, causada pela chegada de Arthur, com o aglomerado de pessoas, Tristan não percebeu quando um grupo aproximou-se. Somente ao ser derrubado, constatou quem eram. Prostrado, viu Cariado — seu antigo inimigo e o homem que o derrubara — à sua frente, espada em punho. Reconheceu Laeg, que também o ameaçava. O irritadiço soldado, que o execrava, agora ditava as ordens. Em meio ao caos, tentando erguer-se — mas sendo impedido por outros soldados — ouviu uma voz se sobrepondo às demais. Como resultado, o cerco em torno de si foi se abrindo, e ele viu Arthur e dois de seus comandantes aproximando-se.

Ao ver o famoso *dux bellorum*, Cariado — carregado de ódio — atropelou as palavras, de tão rápido que falava.

— Como tu o manténs em meio a teus homens, Arthur? Este cão? — bradou-lhe, apontando Tristan com sua espada — Isto é uma ofensa! Um ultraje! — e Cariado prosseguiu, mas teve que parar de vociferar para respirar.

Foi quando Arthur — sem alterar sua voz — replicou.

— Estás exasperado, Cariado. Acalma-te. Já vi pessoas padecerem por perderem o controle de suas ações, como agora estás fazendo. — Cariado ameaçou protestar, mas Arthur ergueu sua mão, em um gesto intimidador. — Tu falaste... ou melhor, latiste, porque mais parecia um cão raivoso. Agora é a minha vez de falar, e peço que me ouças. Em primeiro, devo dizer-te que não estás em tua casa, para agires como bem entendas. Em segundo, atacaste um homem desprevenido, uma atitude abjeta. Como não bastasse, tua vítima é um guerreiro que não apenas faz parte de minha armada, como também colaborou para a vitória da Britannia.

— Ah, sim! E o que ele fez? Queres que eu te lembre o que foi decidido em nossa reunião, feita aqui mesmo, no Tor?

— Não é preciso, Cariado. Porque tu, como todos, presenciaste minha neutralidade em relação a Tristan de Lionèss. Em nenhum momento, me opus ou impedi dele vir até mim. E, para tua informação... — ele encarou toda a armada de Marc — ...para vossa informação, não apenas eu, mas a Britannia muito deve a ele.

— Isto é um disparate! — o guerreiro troçou.

— Mais uma palavra, cavaleiro, e terás que te entender comigo! — Lancelot adiantou-se; os olhos claros ardendo em fúria. Uma reação que causou espanto a todos, principalmente a Tristan, que jamais imaginou ter alguém protegendo-o.

— Que seja comigo, Lancelot — Tristan, finalmente respondendo aos insultos, ergueu-se, retirando a terra de suas roupas. Havia recebido alguns pontapés, mas não se alarmou com isso. Taciturno, adiantou-se. — Já que fui eu o causador de tudo isso.

— Chegaste tarde, meu amigo — e Lancelot sacou sua espada, voltando-se para Cariado. — Tu injuriaste demasiadamente um de meus homens, sendo que isso não é mais necessário, porque ele já recebeu sua punição pelo que fez. Retira o que disseste, Cariado, ou minha espada calará tua voz para sempre!

Cariado olhou de soslaio para Laeg, que fez um gesto sutil. Significava que o melhor seria ser sensato e concordar com as exigências de Lancelot. Porque a destreza em armas do guerreiro de cabelos negros era notória; seria tolice aceitar um duelo tendo-o como oponente.

— Eu retiro — Cariado, com a voz abafada pela raiva, retrucou.

Lancelot guardou sua espada e afastou-se.

— Que isso marque o fim deste desentendimento — Arthur comentou. — Tu não podes condenar as pessoas pelo passado, Cariado.

Naquela noite, acomodados em um dos quartos dos soldados, Lancelot enxugava seu corpo depois de lavar-se. Aqueles cômodos eram brindados por tinas com água, o que era um alívio para muitos cavaleiros. Também mantinha o hábito de molhar o rosto e aparar a barba com sua adaga. Tristan, acomodado em sua cama, encarou-o.

— Por que me defendeste?

Lancelot sorriu levemente. Estudava seu reflexo em um pequeno espelho. Pretendia aparar algumas mechas de cabelo.

— Estou cansado de ver-te a todo instante ser humilhado por algo que fizeste há quase cinco verões. Ou mais.

Tristan enrolou o manto de linho úmido, que usara para secar-se. Em seguida, jogou-o em um canto do quarto.

— Esqueço-me do tempo. Para mim, parece que foi ontem. Contudo, Cariado usa isso como desculpa; não é pela minha traição a Marc que deseja minha morte. Ele tem outros motivos.

Lancelot terminou a operação e depositou a adaga sobre a mesa.

— Independente de qual seja o motivo — retrucou — gosto de ti, Tristan. És meu irmão de armas.

— É inusitado ter alguém me defendendo — comentou, relembrando de como sentiu-se lisonjeado diante da atitude de Lancelot. — De qualquer forma, quero agradecer-te.

Lancelot sorriu.

— Estive imaginando em uma forma para agradecer-me... E será aceitando digladiar novamente comigo. Ainda não estou satisfeito com aquele nosso embate.

— E o que pretendes? Lutar comigo o dia inteiro?

Lancelot, súbito, arremessou o pano úmido contra Tristan.

— Que seja o dia inteiro, bufão!

Apesar da recepção pouco amistosa, Glastonbury era um lugar amável. As cicatrizes da guerra com o passar dos dias, foram amainadas. Nas primeiras semanas, Tristan participava do grupo de batedores, cujo trabalho era certificar-se da área ao redor de Glastonbury. Era uma tarefa que apreciava fazer, embora alguns membros da armada de Marc os acompanhassem. Apesar de não conhecê-los, Tristan não guardava dúvidas de que sabiam a seu respeito. Certa manhã, quando preparava-se para o patrulhamento, viu alguns homens de Tintagel e surpreendeu-se por ver Denoalen entre eles. Denoalen... e Conn, o rapaz a quem ensinara o manejo da espada.

Com o aviso de Owain, os guerreiros enfileiram-se, prontos para partir. Tristan, montado, dirigiu-se aos portões. Notou Denoalen se afastar e Conn indo juntar-se aos outros cavaleiros, tomando posição no centro da armada. Quando alcançaram as colinas, dividiram-se em grupos menores de dois ou três cavaleiros. Na retaguarda, Tristan incitou Husdent a seguir o percurso que estava habituado a fazer. Desde que fora designado para a tarefa, seguia sozinho. Daquela vez, porém, um cavaleiro alcançou-o.

— Posso seguir contigo?

Ele concordou, não sem sentir desconforto pela companhia. Conn havia mudado — e muito — nos últimos cinco anos. A imagem que tinha dele, era a de um rapazinho, esforçando-se para não ter sua espada arrancada de suas mãos, ante os implacáveis golpes que desferia.

— Não esperava aquela atitude de Cariado — o jovem cavaleiro comentou.
— Tanto quanto a inércia de Laeg, já que ele ocupa o posto de capitão.
— Laeg? — foi dessa forma que Tristan tomou conhecimento.
— Marc jamais acatou as demandas de Cariado, concedendo-lhe outro posto. Ouso dizer que ele irá morrer sendo apenas um soldado.
— Que eu me lembre, nem nesta função ele detinha algum mérito.

Conn sorriu. Prosseguiram cavalgando juntos. Tristan fitou o rapaz. Uma ansiedade inquietou seu coração.

— E... os reis, Conn? Como eles estão?
— Bem... na medida do possível.
— Como assim?
— Há quase seis estações, Marc parecia outro homem. Foi a primeira vez que o vi em júbilo, depois... depois... de tudo o que aconteceu.

Ele permaneceu em silêncio. Conn prosseguiu.

— A rainha deu à luz a um menino, Tristan. No dia de seu nascimento, Tintagel explodiu em festa e alegria... Infelizmente, essa felicidade foi efêmera.

Conn suspirou.

— O garoto morreu três dias depois.

Tristan desceu seus olhos. *Pobre Marc... Ele não merecia viver tantas desgraças.*

— Lamento ouvir isso.
— Tuas palavras soam verdadeiras, Tristan.

Controlou o desejo de perguntar de Iseult.

— E... Marc tem superado...?
— Do modo dele. Tu o conheces bem. Contudo, um único comentário ele proferiu, quando a tragédia nos foi revelada.

Entreolharam-se. Conn hesitou por um instante.

— Ele comentou a dor de perder um segundo filho.

Tristan desviou seus olhos do rapaz, sentindo-os umedecidos.

— Do fundo de meu coração, desejo que o Deus Único dele preencha o vazio de seu espírito, já que seu primeiro filho o ultrajou, e o segundo sequer viveu — disse, sentindo a comoção dominá-lo.

Fizeram o percurso juntos. Conn disse-lhe que Conlai ainda era o comandante supremo e estava defendendo a costa oeste dos selvagens vindos do Eire. Selvagens que não deram crédito à paz estabelecida entre Marc e Anguish, anos atrás. Ywayn, por sua vez, morrera dias antes do filho de Marc, vítima de uma doença que os sábios não souberam curar. Frocin, o menino ambicioso, deixou Tintagel duas estações depois de Marc proferir publicamente o exílio de seu sobrinho. Nunca mais foi visto. Eram notícias tristes.

Durante o trajeto, Conn não questionou seu então comandante. Por fim, reencontraram os demais cavaleiros e retornaram para Glastonbury. Por mais três dias, Conn e outros cinco homens da armada de Marc estiveram juntos patrulhando a área. Encontraram alguns inimigos, que foram feitos prisioneiros. Tristan teve a companhia do antigo escudeiro e aprendiz mais algumas vezes. Num dado momento, o rapaz comentou estar odiando servir naquela legião.

— Laeg ficou insuportável desde o dia em que tornou-se o capitão. Trata-nos como se fôssemos seus servos!

— Pois dize isto a Conlai. Garanto-te que com algumas palavras dele, Laeg saberá se portar.

Cavalgavam rumo ao local de encontro, onde alguns cavaleiros já aguardavam. Antes de alcançá-los, Conn fitou o companheiro.

— Sinto falta daqueles dias, Tristan... quando eras o comandante.

Como estavam se aproximando dos demais cavaleiros, Tristan nada disse a respeito. No dia seguinte, a armada de Marc partiu. Apesar de não mais ter deparado com o capitão, Cariado e Denoalen — que não participaram dos grupos de reconhecimento — ficou aliviado com a notícia. Apenas sentiu por Conn.

— Talvez, eu consiga um período de sossego — comentou para Lancelot, enquanto andavam em direção ao quarto.

— Terás sossego, meu irmão... depois do nosso embate.

Tristan encarou-o.

— Que embate?

— Não pensei que fosses esquecer! — Lancelot riu, entrando no recinto. — Daqui a dois dias, meu caro... e não tenta esquivar-te!

— Lancelot... jamais fugi de um duelo! — arrematou.

Conforme Lancelot dissera, o embate teve início duas manhãs depois. Ciente da disputa, Arthur pediu para que a arena fosse preparada. Os demais guerreiros, eufóricos, tomaram seus lugares. Arthur havia estipulado as regras.

— Nada de estocadas, senhores! Golpes desleais, então, nem deveis pensar! O vencedor será aquele que desarmar, tocar três vezes o adversário com a espada ou conter o outro — Arthur, no centro da arena, cuja liça havia sido retirada, entregou-lhes as armas.

Ao empunhá-la, Tristan maravilhou-se com sua leveza. Roçou seus dedos pela lâmina. Um sulco a dividia, como na arma de Rivalin, mas não havia desenhos encravados. O punho e a guarda-curvada adaptavam-se perfeitamente, protegendo sua mão. Arthur, notando o interesse de Tristan na arma, comentou:

— A cada forja, os ferreiros tentam aprimorar-se. A goteira — referiu-se ao sulco da lâmina — larga e rasa alivia seu peso.

— Contudo, Arthur, não será ela frágil?

— Aí é que está a questão... — ele riu. — Vós ireis testá-la!

— Pois então, comecemos! — Lancelot atiçou.

Protegidos pelas cotas e por longos e felpudos mantos, iniciaram o duelo. Dessa vez, Tristan lutava com os músculos descansados, diferente do último embate. A espada leve proporcionava movimentos mais ousados — ele a girava com facilidade, tendo controle absoluto tanto para a defesa, quanto para o ataque. Atento, desviou das investidas de Lancelot com o intuito de derrubá-lo. Os espectadores, notando a agilidade deles, perceberam que seria uma longa disputa.

— Que idéia foi essa, Arthur, de fazê-los lutarem com estas espadas leves? — Cadwllon indagou.

— Ora! Qual é o problema?

— O problema, Arthur, é que eles vão ficar o dia inteiro lá! — Tor protestou.

— Sendo assim, senhores... — Gaheris ajeitou-se o máximo que pôde em seu banco — ...acomodai-vos. Porque um vencedor, se houver, não saberemos agora.

Gawain, apoiado na cerca, virou para seu irmão.

— Garreth, aceitas uma aposta?

— Excelente idéia! — Owain sorriu. — Senhores, tornemos esse duelo mais interessante!

— Cinco moedas de prata em Tristan, irmão! — Garreth replicou.

— Mais cinco! — Tor ergueu o braço. Cadwllon dobrou o lance.

— Lancelot irá vencer! — Gaheris suscitou. — Aposto dez moedas nele!

— Mais dez! — Agrícola arrematou.

Devido às apostas, os guerreiros, animados, começaram a incentivar o combate, cada um torcendo para quem havia apostado. Um golpe mais forte, mais preciso, arrancava aplausos da platéia eufórica. Arthur, que recusou-se a apostar, divertia-se com a farra.

Lancelot partiu para assaltos com ângulos abertos — sua espada descia com violência e com força, contudo, não conseguiu ultrapassar a defesa do rival. Numa manobra arriscada, Tristan interpôs nova investida com a "cruz" da empunhadura — as hastes suavemente cruzadas, bloqueando o curso da espada de Lancelot. Era um movimento perigoso, mas quando bem-sucedido, trazia vantagens: uma vez detido o golpe, escorregou pelo corpo da arma, até alcançar o punho da de Lancelot, prendendo as espadas. Imprimindo força, fez o antagonista recuar, até um ponto em que Lancelot estava com o pescoço no meio das espadas cruzadas. A algazarra da platéia aumentou. Alguns, aos brados, pediam para que Lancelot reagisse, outros, para que Tristan findasse com a disputa. Talvez devido ao nervosismo, ou por perceber sua derrota iminente, ou por outro motivo ainda obscuro, Lancelot tenha reagido de forma nada convencional. Aproveitando a aproximação de seu pretenso inimigo, e em virtude deste estar de costas para os demais, agiu de forma brusca e repentina, erguendo seu joelho. Tristan sentiu suas pernas cederem, todo seu vigor desapareceu ante o forte golpe contra sua região peniana. Tombou, largando sua espada, controlando ao máximo o anseio de gemer.

Um silêncio repentino se fez na arena. Os cavaleiros entreolharam-se, sem entender. Teria ocorrido algo...?

Caído ao lado de sua espada, ainda encolhido, tentando não demonstrar a dor que sentia, Tristan ergueu seus olhos para o combatente.

— Lancelot... *isso*... não... combina... contigo! — disse, o tom supliciado.

O guerreiro, em parte arrependido, não soube o que dizer. Sons de passos atraíram a atenção de ambos. Virando o rosto, Tristan viu Arthur invadindo a arena. No mesmo instante, contraindo todos os seus músculos, e em um esforço penoso, conseguiu pôr-se de pé. Conteve ao máximo o instinto de cobrir com as mãos o local atingido.

— O que houve, Tristan? — Arthur indagou, apreensivo. Os demais cavaleiros vinham atrás.

Tristan procurou com os olhos seu oponente. O rosto contraído em profunda amargura, como se apenas naquele momento desse conta da vilania de seu golpe. *O que o levou a agir assim? A vergonha de perder?*, avaliou. *Ou a pressão da situação?* Fosse qual fosse a verdadeira razão, apercebeu-se de os guerreiros não terem notado o fato. Talvez notassem, se não estivesse usando o pesado manto negro. Se revelasse, não teria dúvidas de que a decepção iria atingir a todos. Havia sido um deslize, apenas isso. Um deslize tolo, e apesar de vil, não queria que devido a ele, Lancelot perdesse todo o seu crédito diante de Arthur e de seus homens. Ainda estarrecido e perplexo diante do inusitado fato, Tristan continuou encarando-o. Como se custando a acreditar, a um só tempo em que a dor que sentia, dizia-lhe ter sido real. Por um breve instante, não reconheceu Lancelot, mas reparou em sua expressão de incredulidade — o próprio cavaleiro não concebia ser possível ter agido daquela forma, era o que Tristan pressentia.

— Não sei, Arthur... — retrucou, sentindo o suor escorrer pelo seu rosto. Sentindo a região latejar e doer crucialmente. Árduo foi disfarçar o tom de sua voz e portar-se com naturalidade. — Súbito, não... me senti bem. Creio que seja porque... desde ontem, não me alimentei.

Arthur estudou-os. Por mais que Tristan tentasse ocultar seu desconforto, não podia deixar de transpirar em abundância e o fato de estar ainda trêmulo. O *dux bellorum* procurou Lancelot. Entreolharam-se. Arthur suspeitou da situação, embora não tivesse visto o que Lancelot havia feito. Contudo, naquele momento, analisou o incidente por outro ângulo — um homem desonrado privava-se de acusar um comandante com os méritos de Lancelot — se este realmente tivesse agido deslealmente — talvez por não acreditar ter este direito. Teria isto ocorrido? Todavia, censurou-se. Lancelot jamais agira de forma indigna. Tanto quanto jamais perdera um embate... ou caminhava em vias de perder.

— Muito bem — Arthur, em frente aos dois guerreiros, iniciou a falar. — Até o instante em que tiveste este teu mal-estar, estavas vencendo, Tristan. Portanto, declaro ter sido tu o vencedor. Mas peço-te que doravante, te cuides!

Os cavaleiros que haviam apostado nele, ovacionaram-no. Arthur, cismado, novamente fitou os dois combatentes, antes de retirar-se da arena. Tristan agradeceu os cumprimentos, mas desejava desesperadamente sair dali. Ainda cercado pelos guerreiros, reparou em Lancelot, entregando a espada para um escudeiro e afastar-se. Assim que conseguiu desvencilhar-se dos demais cavaleiros, Tristan andou — o mais rápido que conseguiu — até as casas de banho, para as *frigidarium*. Livrou-se rapidamente das roupas e mergulhou. Imerso, apesar do frio, ali permaneceu. A água gelada foi um alívio.

Encontraram-se apenas à noite, já que dividiam o quarto. Quando Lancelot entrou no recinto, Tristan já estava lá, deitado em sua cama, coberto até metade de seu tórax desnudo. Tinha os braços cruzados atrás da nuca. O anel preso em sua corrente refletia a suave luz emanada das lamparinas.

— Perguntaram de ti, no jantar — Lancelot, soltando o broche de seu manto, comentou. — Arthur estava preocupado; queria saber se tinhas te alimentado corretamente. Disse-lhes que havias estado no refeitório antes.

— Em verdade, perdi a fome. Efeito das ervas medicinais de Morgana.

Constrangido, Lancelot sentou-se em sua cama.

— Não sei o que deu em mim, Tristan. Eu...

Ele sentou-se. A coberta escorregou até sua cintura, deixando à mostra a cicatriz em seu abdome. Lancelot reparou nela. E nas demais. A mais recente — a flecha de raspão no pescoço — remeteu-o à batalha em Uffigton. Fitando-o, tão resignado e sobretudo disposto a ocultar sua grave desaire, pressentiu algo além de seu breve arrependimento. Tristan era exatamente aquilo que esperava que fosse.

— Esquece, Lancelot. Por vezes, nos empolgamos em um duelo. Decerto, tu te entusiasmaste em demasia. Muita, eu diria.

Lancelot ergueu-se e avizinhou-se do amigo.

— És ciente de que Arthur iria me punir, se narrasses...

— Ele não precisa saber. Mesmo porque, se fizeres isso novamente, garanto que não terás mais tua cabeça conectada ao teu corpo.

Lancelot sorriu, oferecendo sua mão.

— Feito!

Cumprimentaram-se. Foi quando Lancelot constatou que não havia sido um despropósito ter feito o que fez.

Havia sido necessário.

Três dias depois, Tristan — sentindo-se melhor — andava pela cidade à procura de Nimue. Encontrou-a próximo do santuário. A moça sorriu ao vê-lo.
— Precisava vir, Nimue. Lamento não ter tido tempo de vir antes.
— Necessitas de algo?
— Agradecer-te por tuas palavras. Estavas certa, Nimue. Minha viagem até Colchester trouxe-me diversas compensações.
Nimue ia retrucar algo, mas foi interrompida pela intromissão de Gaheris.
— Owain te quer para o grupo de batedores, Tristan.
Ele não apreciou a convocação. Cavalgar não estava em seus planos. Entretanto, como recusar uma tarefa da qual sempre participava? Se ao menos fosse Lancelot e não Owain a exigir sua presença...
— Estarei nos portões em breve — retrucou. Gaheris retirou-se. Tristan virou-se para a sacerdotisa. — Como disseste, não encontrei a paz na guerra. Lutei por um homem cuja vida tirei, mas foram as palavras de Arthur que dirimiram a dor e angústia que tenho atravessado. Desde o princípio, sabias, não?
Nimue apenas sorriu.
— Irás te atrasar, Tristan.
Nimue não estava disposta a longas conversas e ele respeitou, despedindo-se. Foi ao seu quarto apanhar seu armamento. Vestido, no estábulo, selou Husdent. Montar não foi agradável, e por um momento, proferiu impropérios contra Lancelot. Mesmo assim, cutucou Husdent, indo juntar-se ao restante dos batedores que reuniram-se nos portões. Não eram muitos cavaleiros, com ele somavam apenas sete. Owain e Lancelot comandavam. Este último, de imediato, tentou dispensá-lo, contudo, Owain se opôs.
— Queres reduzir para seis nosso grupo? Já é um absurdo irmos em sete!
Lancelot terminou cedendo. A pequena falange organizou-se. Tristan, como estava habituado, ocupou a retaguarda. Atravessaram Wearyall Hill e prosseguiram. Controlando o passo de Husdent, ele delineou questões concernentes às queixas de Owain, porquanto as últimas equipes de batedores nada encontrarem de errado, nem mesmo um saxão desgarrado. Por isso, a diminuição do número de guerreiros. E por sempre traçar o mesmo percurso, a ronda mais assemelhava-se a um passeio. Similar às outras vezes, dividiram-se em duplas quando atingiam as planícies cobertas de árvores. Tristan seguiu sozinho. Recordou-se de Conn e das vezes em que percorreram a trilha juntos. De Conn, seus pensamentos divagaram para Cornwall... para Marc... e Iseult.
Iseult...
Ajeitou-se na sela. Em alguns trechos, o terreno era irregular, dando formação a pequenas elevações de terra; a trilha era familiar ao solitário cavaleiro. O passo calmo de Husdent e a quietude do lugar lhe provocaram sonolência. Julgou estar cansado. O caminho seguia por entre as árvores, cujas sombras propiciavam algum frescor. Os únicos seres próximos eram os

pássaros. Ele acariciou Husdent, pensativo. *Não tem mais necessidade disso, é pura perda de tempo. Há dias percorro essas mesmas trilhas e não há mais inimigos, graças aos deuses. Nem precisaria ter vindo...* Com essas reflexões, apesar do incômodo em cavalgar, dispersou seus sentidos, decerto devido à quietude — exceto o canto dos pássaros. *Morois*, recordou. E desceu seus olhos. Tudo remetia a ela. Sua própria vida...

Talvez, se estivesse mais atento, teria ouvido o leve sibilar de uma peia, contudo, não se apercebeu. Deu-se conta da pior forma, com o couro envolvendo seu pescoço, sentindo o choque brutal por ser laçado, um gesto que se repetiu. Pego desprevenido, sua reação imediata foi tentar afrouxar as tiras que o asfixiavam, entrementes, não teve tempo para isso, pois foi violentamente arrancado da sela, puxado pelas peias. Husdent, assustado, partiu em disparada. Caído, foi imobilizado por cinco homens que não lhe deram qualquer chance de defender-se, mesmo porque, a cada tentativa de mover-se, hostilizavam-no, constringindo as peias, impedindo-o de respirar.

— Segurem-no firme!

A voz lhe era irritantemente familiar. Ajoelhado, com dois guerreiros contendo-o pelas peias e três segurando seus braços atrás de suas costas, Tristan viu Cariado, Laeg e Denoalen aproximando-se.

— Definitivamente, valeram os dias que ficamos à espreita! Tua ingenuidade me surpreende, Tristan. Não foste capaz de imaginar esta possibilidade?

Ele não respondeu. Sorrindo, Cariado prosseguiu.

— Contudo, devo te dizer que não foi Conn quem nos informou o percurso que sempre fizeste, mas sim, os outros homens de Laeg. Em verdade, aquele rapaz tolo ainda gosta de ti.

— O que me deixa estarrecido! — Laeg, tendo os braços cruzados, e fitando seu antigo comandante, suscitou.

— Laeg e Denoalen estão aqui por motivos nobres, Tristan. O primeiro, por tua falsidade. O segundo, pelos amigos cujas vidas, tu roubaste. Por fim, eu tenho os meus próprios. Começo dizendo-te que por tua causa, nunca tive uma carreira decente no exército! Até hoje, sou um reles soldado, e sei que teu querido tio jamais irá me conceder outro posto. Tudo graças a ti! Nem mesmo por ter desvendado o falso cavaleiro que eras, obtive algum louvor! Teu adorado tio ainda me despreza e lamenta teu destino. Sempre tu! Para mim, nenhum crédito, nada!

— Que culpa tenho, Cariado... — Tristan, ainda ajoelhado e obrigado a fitar Cariado, em virtude de um dos guerreiros erguer seu rosto, segurando-o pelos cabelos, esforçou-se para dizer, devido às peias — ...se és e sempre foste um covarde e incompetente?

Irado, o cavaleiro postou-se à frente de seu prisioneiro e com violência, surrou mais de uma vez seu rosto.

— Agora, me deste mais um motivo, Tristan! — virou-se por sobre o ombro. — Laeg! Denoalen!

Atordoado, Tristan — sentindo sangue escorrer de seu nariz e supercílio, devido aos muitos anéis que Cariado usava — observou o capitão se aproximando.

— Finalmente irei completar o que comecei — Laeg rejubilou.

— Não sem participação minha! — Denoalen sorriu, a perversidade fulgurando com selvageria em seus olhos.

— Não, meus amigos... não vamos matá-lo. É muito pouco. Tenho uma idéia melhor, que será a ruína dele até o fim de seus dias — Cariado sorriu com frieza. — O que irás receber, será pela humilhação que me fez passar em Glastonbury... entre outras. Vós — gritou para os homens que o imobilizavam — levai-o para o tronco e ali estendei o braço direito dele! Será a mão direita que irás perder, Tristan. Quero ver como viverás, sem empunhar uma espada!

Tristan, em desespero, tentou desvencilhar-se dos homens que o prendiam. Tentou, mas tudo o que conseguiu, foi ser brutalmente dominado. Desafivelaram sua cota de malha e, sendo mantido imóvel, foi covardemente surrado. Cariado teve que interceder, afastando Denoalen e Laeg, que o agrediam de forma impiedosa. Notando a dificuldade do cativo em respirar, fez os demais guerreiros afrouxarem as peias de couro.

— Eu o quero vivo! — justificou-se.

Aos homens que o imobilizavam, ordenou que o arrastassem até um tronco. Baqueado, ele não ofereceu resistência. Ali, forçaram-no a permanecer de joelhos, enquanto estendiam seu braço sobre o que iria servir de cepo. Cariado aproximou-se dele e arrancou-lhe sua espada. Estava sedento de sangue.

— Será ainda mais glorioso decepar tua mão... com tua própria espada!

Laeg achegou-se frente a frente de seu antigo comandante — fortemente detido por três cavaleiros, outros dois mantinham imóvel o membro — e ainda não satisfeito por tudo o que fizera, com desprezo, espancou seu rosto. Em seguida, arrancou as peias das mãos dos cavaleiros. Era ele quem agora as premia. Cariado, armado, aproximou-se. A alguns passos dele, Denoalen estancou, regozijando-se ante a cena que se desenrolava diante de si.

— Andret adoraria acompanhar isso! — escarneceu.

Tristan constatou que nada mais poderia fazer, entretanto, antes do golpe fatal, os olhos brilhando em fúria, teve forças para dizer, a voz entrecortada:

— És sem dúvida pusilânime, Cariado... — o ar entrava aos poucos em seus pulmões. — Em vez de me mutilar, por que... não... lutas comigo? Terias a vantagem de... digladiar com um homem com sua resistência... minada, graças ao... eficiente... trabalho de teus comparsas.

— Sei disso. No entanto, não quero tua morte. Com o que pretendo, terás a vida inteira para atormentar-te com este momento, principalmente recordando de quem te fez isso. E não foste tu que me disseste ser eu um incompetente? Sim, e será este incompetente que irá arrancar fora tua mão!

Cariado ergueu a espada no ar. Os homens forçaram seu braço contra o tronco. Outros dois dobraram seu braço esquerdo atrás de suas costas, quase torcendo-o. Laeg restringiu rudemente as peias, dilacerando a pele — sensibilizada em virtude da flecha saxã. O capitão deleitou-se ante todo esse suplício da vítima. Tristan foi obrigado a permanecer em uma incômoda posição; ajoelhado, o braço estendido sobre o tronco e a cabeça sendo forçada para trás. Mesmo assim, viu o instante em que Cariado deteve a espada no ar, o metal reluzindo à luz do Sol. Quando percebeu o momento em que o cavaleiro ia descê-la, desviou os olhos. Naqueles cruciais instantes, pensou que ser mutilado em uma guerra, não era tão drástico, mas ser mutilado por um capricho cruel, era uma atrocidade macabra. Aguardou — em amarga agonia — o impacto contra seu pulso, mas isto não ocorreu. Voltou seus olhos para Cariado e surpreendeu-se com uma flecha que transpassou o pescoço do cavaleiro. Este, cuspindo sangue, soltou bruscamente a espada, despencando em um baque surdo e emitindo sons grotescos. No mesmo instante, Tristan sentiu as mãos contra si afrouxarem. Outras flechas voaram na direção de seus captores; três delas penetraram no tórax de Denoalen, que tombou, fulminante. O som de uma cavalgada frenética causou o desespero em seus atacantes. Uma vez livre das mãos que o detinham, ergueu-se, libertando-se das peias — Laeg não estava mais comprimindo-as — e mesmo dolorido — apanhou sua espada e atacou. Matou dois cavaleiros que mantiveram-no imobilizado, em seguida, constatando a tentativa de Laeg em fugir, arremeteu-se atrás dele, espada em punho. O embate não durou muito, Laeg recuou ante os possantes assaltos. Dessa vez, foi Tristan quem o derrubou e o desarmou; era ele quem agora detinha sua lâmina próxima ao pescoço do capitão.

Lancelot, Owain, Marrok e Garreth, junto com Tor e Dagoneth — que haviam arrasado com o grupo — avizinharam-se de Tristan. Ele estava em pé, a respiração espasmódica. O couro, fino e áspero, também provocou cortes sangrentos em seu pescoço, além de piorar o ferimento da flecha. A hemiface esquerda de estava inchada, tinha os lábios, nariz e o supercílio cortados e ainda sangravam.

— O que estás esperando? Mata-o! — Lancelot gritou.

Laeg suava; os olhos — esbugalhados — fitaram Tristan. Estava deitado de costas, com a arma roçando em seu pescoço. Mas a pressão da lâmina cedeu. Todos acompanharam — sem compreender — Tristan recolher sua espada.

— Por que não esqueces de minha existência, Laeg? — ele versou. — Nunca tive nada contra ti, nem contra Cariado... ou contra ninguém. Sei que não fui o comandante que esperavas que eu fosse, mas não vai ser teu ódio contra mim que irá reverter o que fiz. — Tristan recuou, dando espaço para o capitão erguer-se. — Nem me libertar da culpa que ainda carrego. Entendo que teu anseio em vingar-te, é diverso do de Cariado e de Denoalen, mas se desejas realmente regozijar-te pelos meus erros, saibas que jamais terei paz. Isto não basta para ti?

Laeg não respondeu. Lancelot aproximou-se; suas intenções não eram amistosas.

— Lancelot — Tristan interveio. — Deixa-o partir. — Ele embainhou sua espada, afastando-se em seguida. Cobriu o pescoço ferido com a mão, estava dolorido. Sentia desconforto até mesmo em falar. Em verdade, seu corpo inteiro reclamava de dor.

Laeg, estarrecido por ter sua vida preservada pelo mesmo homem contra quem erguera seus punhos e também intentava uma terrível ação, retirou-se. Partiu a pé, sozinho e sem armas. Com sua ida, Lancelot foi até Tristan, acomodado em um tronco — o mesmo em que seus algozes quase promoveram sua mutilação. Comprimia uma tira de tecido umedecida contra seu rosto. Decerto havia levado uma boa surra.

— Tudo bem contigo? — Lancelot sentou-se ao lado dele.

— Estou bem, meu amigo. Graças a ti.

— Não só a mim. Agradece a Husdent, por correr na trilha certa e vir até nós, que por sorte, não havíamos nos distanciado muito e estávamos voltando. E a Marrok, com sua pontaria certeira. Ninguém consegue superá-lo no arco e flecha. Foi ele quem alvejou...

— Cariado — Tristan completou.

— Marrok e suas mãos firmes... Mas por que te recusaste a matá-lo? — referiu-se a Laeg.

— Estou cansado disso, Lancelot. Exausto de viver amargamente durante todo esse tempo; degostoso por tanto sangue derramado. Tirei a vida de mais dois homens que, em outros tempos, me seguiam quando comandava a armada. Não queria matar mais um.

Os outros cavaleiros aproximaram-se. Tristan afastou o tecido manchado de sangue.

— Mas graças a todos vós, não tive minha mão decepada. Serei eternamente grato.

Lancelot sorriu e pousou seu braço no ombro de Tristan.

— Esqueça tudo isso, Tristan. Vamos embora, tu precisas de descanso e de um bom copo de vinho!

Naquela noite, parcialmente recuperado do ataque, graças à intervenção de Morgana — que não pôde deixar de atazaná-lo pelas consecutivas visitas — reuniu-se com os demais cavaleiros — por insistência de Lancelot — numa das escassas tabernas de Glastonbury. Tochas cuidadosamente instaladas, ardiam dentro do estabelecimento. Sentados em uma das maiores mesas, os vinte homens riam e degustavam vinho e cerveja. Lancelot, acomodado ao lado de Tristan, questionava a Marrok, Gawain, seus irmãos e a Owain, fatos acerca da batalha em Uffington.

— Foi uma das mais violentas lutas da qual fiz parte — Gawain comentou.

— E isso porque ele quase não participou de batalhas... — ironizou Griflet, mas em seguida, concordou com Gawain. – Vi Aelle ser morto, Agrícola o matou.

— Falando em Agrícola, até quando ele e outros reis aliados irão permanecer conosco? — Lancelot questionou.

— Arthur pediu para que ficassem — Sagremor interveio na conversa. — Ele quer viajar até Sulis Bath e trazer Cadwy para mais um encontro com todos os senhores. Ou a maior parte deles — o guerreiro levou o copo e sorveu todo seu conteúdo. Percebendo a inapetência de Tristan para a bebida, dele zombou. — O que há, Tristan? Não és homem o suficiente para beber? Ou por isso mesmo tentaste te enforcar e não obtiveste sucesso? — riu, referindo-se às marcas em seu pescoço. — É a primeira vez que acompanho um enforcamento terminar com um rosto amassado! — gargalhou.

Tristan não se importou com a brincadeira — de mau gosto — e deu de ombros. Qualquer palavra que dissesse, ele sabia, seria motivo para uma briga, principalmente tratando-se de Sagremor, cujo temperamento era impulsivo e irritadiço.

— O que Arthur disse — Lancelot retornou ao assunto da batalha — é verdade? Gromer conseguiu fugir?

— Lancelot, até parece que esqueceste o caos de uma batalha — Tor, abastecendo seu copo, comentou. — Era impossível saber onde Gromer estava; eu, pelo menos, não fiquei procurando faces em meio à multidão.

— Entendo, meu amigo. Mas é intolerável o que ele fez.

— Não obstante — Garel versou – os principais líderes foram mortos. Aelle, seu filho Cymen, Dillus, Ligessac e Cradelment.

— Dillus morreu pela minha espada — Owain exultou. — Aquele verme!

Nesse instante, duas raparigas se aproximaram da mesa para fornece-lhes mais bebida. Boa parte dos cavaleiros voltou a atenção para elas, em demonstrações enfáticas de virilidade. Alguns até declararam abertamente seu ardente desejo. Assim que elas se retiraram, Gawain, rindo, comentou estar a vida voltando ao normal.

— E isso não é bom? — Gaheris sorriu. Ele também havia perdido seus olhos nas moças.

— Há muitos de nós para apenas duas! Ou arrumamos mais garotas... — Garreth mofou, como se estivesse sugerindo que todos lutassem pelas moças.

— Então, serão apenas dezenove de nós! Porque além de não ser homem o suficiente para beber, nosso mais novo membro parece não se importar com mulheres! — escarneceu Sagremor. Referia-se, mais uma vez, a Tristan. Dessa vez, outras risadas ecoaram, mas não poderia ser diferente, tratando-se das circunstâncias.

— Sagremor! — a voz de Lancelot soou pesada, era um alerta, pois Sagremor estava exagerando em seus motejos.

Sagremor entendeu a mensagem e disfarçou. Era um homem temperamental, mas respeitava Lancelot tanto quanto Arthur.

Tristan acompanhou de soslaio o modo de como Sagremor recebeu o aviso. Não negava a si próprio que gostaria de rebater as investidas dele, mas preferiu ignorar. Então, uma das moças retornou à mesa trazendo uma jarra. Os cavaleiros imediatamente nela cravaram seus olhos, que — para surpresa de todos — avizinhou-se de Tristan, oferecendo-lhe a jarra.

— É hidromel. Como não degustaste vinho, a bebida dos deuses deverá satisfazer-te — ela disse, sorrindo. E afastou-se.

A atitude da garota causou diversos comentários.

— O que estás esperando, Tristan? Vai até ela! — era Tor quem exclamava. — Ela escolheu a ti, tolo!

— Não te preocupes conosco, amigo. Há ainda a outra para conquistarmos! — Marrok zombou. — Nós iremos disputar, já que essa te deseja!

Tristan voltou-se para Lancelot. Desejava a garota tanto quanto a bebida, mas estava incerto como demonstrar sua abstinência na frente daqueles homens. Ninguém iria entender. Em verdade, de certa forma, ele próprio envergonhava-se pela sua total indiferença pela volúpia.

— Vai até ela... apenas por ir.

Havia sido Lancelot quem dissera a frase, em um sussurro. De todos, talvez fosse o único a compreender seu frio comportamento em relação ao divertimento, à luxúria. *Afinal*, pensou, *é uma realidade muito próxima a dele*. Extremamente irritado, mas ocultando dos demais seus reais sentimentos, levantou-se e deixou a mesa indo atrás da garota. A cena causou rebuliço e rendeu novos comentários e gracejos. A moça aguardava, encostada na porta que dava para a cozinha. Ao vê-lo se aproximando, ela sorriu e acenou com a mão, pedindo para que ele a seguisse.

Entre risadas, Owain versou:

— Cometeste um erro, Sagremor! Foste preterido pela garota! Preterido pelo homem que há momentos, duvidaste de sua virilidade.

— Cala-te!

As risadas prosseguiram; Sagremor, mal-humorado — e regado pelo vinho — já queria partir pelas vias da violência, mas Lancelot conseguiu conter a fúria do guerreiro.

— Estás na hora de aprenderes a aceitar brincadeiras, Sagremor — Lancelot comentou. *E, se todos vós soubésseis que Tristan sequer irá tocar na garota...* — refletiu.

De fato, ocorreu exatamente como Lancelot previra. No dia seguinte, Tristan acordou — no quarto para onde havia sido levado — ao lado da garota, vestido.

Com palavras certas, havia conseguido afastar a noite de prazeres carnais, sem ofender a moça ou fazer com que ela se sentisse rejeitada. Não raro, homens temiam uma possível vingança de uma mulher repelida. Não foi o caso. Com efeito, a garota havia apreciado conversar com ele, queria saber o que havia lhe acontecido, o que causara seus ferimentos. Em suma, ansiava conhecê-lo. Era uma moça agradável. Ele despertou cedo, mas a garota ainda dormia. Levantou-se e sem fazer ruído, foi até a mesa. Seu intuito era apanhar sua adaga e espada, onde as deixara. Mas surpreendeu-se ao ver pergaminhos. Como reflexo, contemplou a garota, ainda embalada no sono. Saberia ela ler e escrever? Surpreendeu-se. Era extremamente raro. Contudo, não se conteve e ali escreveu um *lai*. Depositou o pergaminho ao lado dela. E se foi.

Lancelot dormia quando ele esgueirou-se no recinto, mas o guerreiro despertou segundos depois. Esfregou os olhos e com o rosto marcado pelo sono, cumprimentou o amigo.

— Tiveste sorte com a garota? — questionou.

Sentou-se, soltando o manto.

— Era compreensiva — não estava disposto a conversar muito a respeito do fato.

— Esqueci deste detalhe, quando te convenci a ir comigo à taberna. Os homens apreciam aproveitar a vida dessa forma. Não que eu concorde, mas...

— Apenas peço-te para não expor do que já tens conhecimento.

Lancelot bocejou.

— Não te preocupes, meu amigo. Como disse uma vez, somos parecidos. Para certos homens, não é divertimento como esse que terá algum significado — ele voltou a deitar-se, encarando Tristan. — Só há uma mulher capaz de enuviar meus sentidos e...

— Não continua, Lancelot. Por favor.

Ele sorriu.

— Estás nervoso demais, Tristan. Não me é proibido falar.

Tristan soltou o cinto da espada e a apoiou em sua cama.

— Perdoa-me. Por vezes, fico inquieto quando insistes em comparar minha desdita com tua vida. Não percebes o caminho...

— Tu percebeste? — Lancelot interrompeu, sentando-se.

Ele apoiou a cabeça em suas mãos, respirando profundamente. Concordou, em um gesto.

— Eu ia deixar Cornwall, Lancelot. Entretanto, o destino quis diferente e terminei expulso, coberto pela desonra e pela perfídia. Pensaste nisso?

Lancelot permaneceu em silêncio. Finalmente disse:

— Um homem não é servo da honra.

Antes que Tristan pudesse contra-argumentar, repercutiram leves batidas contra a porta. Tristan ergueu-se e abriu-a. Tratava-se de Arthur.

— Te acordei, Tristan?
— Já estava acordado, sire — ele ficou desnorteado. — Arthur.
— Ainda irás te acostumar e... Deuses, Tristan. O que houve contigo?
— Antigas desavenças.
Arthur entrou no recinto.
— Vim aqui confiar uma tarefa a ti e a Lancelot, mas pelo teu aspecto...
— Eu estou bem, Arthur.
— Tens certeza?
Ele confirmou.
— E quanto a ti, Lancelot?
Lancelot apoiou as pernas no chão.
— Estou sempre a tua disposição, Arthur.
— Ótimo — o comandante avançou, sentando-se na cama de Tristan. Ele estudou o recinto. — Vós me surpreendeis com o laço que criáreis.
— Como assim?
Arthur sorriu.
— É que Lancelot nunca quis dividir seu cômodo com ninguém. És o primeiro, Tristan. E pelo visto, creio ele gostar muito de ti.
— É verdade, Arthur. De fato, nós nos entendemos muito bem — Lancelot comentou.
— Até mesmo em duelos... — Arthur provocou.
— Ele teria me vencido, Arthur, ainda que não tivesse tido seu mal-estar.
— Confesso-te, Lancelot... não conhecia este teu lado... tão pragmático — Arthur ajeitou-se. — Já que sois tão unidos, vou propor o que tenho em mente. Em alguns dias, estarei partindo para Sulis Bath; Owain e Sagremor irão comigo. Quero que tu e Tristan fiqueis aqui e ajudai com a reconstrução de Glastonbury, fazendo o que for preciso. Acima de tudo, não vos esqueçais de quem deveis proteger.
— Medrawt. — Lancelot lembrou.
— Exatamente.
— Guinevere irá?
A voz de Lancelot soou ligeiramente trêmula. Tristan percebeu. E não apreciou.
— Ela prefere ficar. Foi bom teres questionado. Se ela precisar de algo, ou mesmo minha irmã, peço-vos atendê-las. Talvez Gawain permaneça, o que será bom, pois não quero todos os melhores cavaleiros comigo. Glastonbury deve ser protegida — ele sorriu, levantando-se. — Bem, queria colocar-vos a par — virou-se para Tristan. — Gostaria que me acompanhasses.
Ele assentiu. Afivelou a espada e levantou-se Por sua vez, Arthur despediu-se de Lancelot, que voltou a deitar-se. Juntos, deixaram o aposento. O Sol nascia no horizonte e os iluminava. Arthur andava com as mãos apoiadas em seu cinto, de onde *Caledfwlch* pendia.

— Queres me contar agora o que houve? — inquiriu, súbito.
— Não precisas te preocupar, Arthur. Estou bem.
— Sim, e fico feliz por isso. Foste atacado pela armada de Marc, estou certo? Ele assentiu. Contudo, disse ter sido atacado por alguns guerreiros, apenas.
— Lancelot e seus homens me salvaram, muito devo a eles. Cariado e Denoalen estão mortos. Apenas Laeg, o capitão, sobreviveu. Rogo para que isto não cause discórdias entre ti e Marc. Se causar, deixarei Glastonbury incontinênti.
— Sinceramente, não acredito que isso acarrete piores conseqüências. Estou certo de que Cariado e Laeg agiam por contra própria e não a mando de Marc. Conheço teu tio o suficiente para dizer que ciladas nunca fizeram seu estilo, ainda que ele saiba de tua presença aqui.
— Eles agiam — Tristan confirmou. — Mas... Marc tem conhecimento? — a antiga sensação de angústia pertubou-o.
— Talvez — Arthur foi evasivo. — Não posso afirmar ou negar. Embora lentamente, as notícias sempre atravessam fronteiras. No entanto, mandarei um mensageiro explicando o que aqui ocorreu. E, se ele ainda não souber de tua presença, essa será a oportunidade. Ademais, Marc deve ser informado por outra versão, além da de Laeg.
— Creias ser... sensato?
Arthur fitou-o.
— Afinal, Laeg, um capitão, agiu inescrupulosamente e sei que Marc abomina isso. Teu tio pode não querer mais ver-te, meu amigo, mas não tenho dúvidas dele não ficar ressentido com o fato de fazeres parte de meu exército. E para ele ter certeza de que o quero bem, como a ti, convidá-lo-ei para a reunião com os demais aliados. Não creio que ele virá, mas convidarei da mesma forma.
— Tenho plena certeza de que ele não virá, Arthur. Não comigo, aqui.
— Mas, ao menos, eu o invitei. E se ele não vier, o colocarei a par do que resolvermos, via mensageiros.
Andavam próximo aos estábulos. Atrás das construções, um cercado permitia aos cavalos exercitarem-se. Arthur apontou os animais que ali estavam; contavam apenas dois. Llamrei e Husdent. Os outros cavalos ocupavam os estábulos. Apoiaram-se na cerca, observando os animais trotarem juntos.
— Mudando de assunto — a voz do comandante agora soava mansa.— Llamrei tem estado muito sozinha. Pensei se não te importarias de...
Foi para isso que ele me convocou? — Tristan concebeu, divertindo-se. Ainda era capaz de achar graça em algo.
— Talvez, se perguntares para Husdent... — ele zombou. Mas os dois foram atraídos pelo comportamento excitado do cavalo negro.
— Não será necessário inquirir — Arthur riu. — Ele já aceitou! Vem, deixemos os dois a sós; eles têm muito a fazer.

440

No caminho, Arthur focalizou a torre. Viu de relance Guinevere retirando-se do terraço. Ele suspirou.

— Guinevere — em seguida, observando Tristan, voltou a falar, o tom de voz carregado. — Há algo que preciso confessar, meu amigo. Quando conversamos a respeito do sentimento de culpa que carregas e do teu amor incontrolável, olvidei-me de mencionar um detalhe.

Tristan fitou-o, o ar interrogativo.

— De certa forma, admiro-te pelo amor que dizes sentir por Iseult — Arthur segurou-o pelo braço, pararam de andar e entreolharam-se. — E pelo pouco que te conheço, Tristan, ouso dizer que ainda tens teu espírito ligado a ela, apesar de eu ter te aconselhado a renunciar a esse amor.

Ele não soube o que dizer. Estava atônito. Arthur prosseguiu:

— Paixão, poder, dinheiro e guerra... eis as causas capazes de enlouquecer um homem. No teu caso, foi a paixão. No meu, foi a guerra.

— O que queres dizer? — finalmente encontrou a própria voz.

— Guinevere. Sei que ela é desejável e que muitos homens adorariam estar em meu lugar. Homens próximos a mim.

Deuses! — Tristan refletiu. *Ele suspeita de algo?*

— No entanto, por mais que eu me esforce, tenho consciência de que Guinevere jamais irá ter qualquer sentimento por mim. Casei-me, não porque desejasse, mas porque não queria ter em Leondegrance, pai de Guinevere, mais um inimigo. Era isso, ou vê-lo aliado de Ligessac e Dillus. Não me restavam muitas opções. O mais grave nisso, e eu vim a descobrir depois, é que Leondegrance e a própria Guinevere guardam a esperança de que eu venha a desistir de proteger Medrawt e tornar-me o Grande Rei.

— Pensei que a venerasses, pelo que me disseste certa vez.

Arthur recordou imediatamente o que o amigo evocava.

— Ah, sobre eu presenciar o que Marc presenciou — ele sorriu tristemente. — Não te esqueças, Tristan, de que sou um homem casado, independente das verdadeiras circunstâncias. Não penses que Guinevere não represente nada para mim; pelo contrário, a ela muito me afeiçoei e tentei fazer de tudo para nos aproximarmos. Serei injusto se não disser ter ela tentado. Sim, ela tentou, mas suas verdadeiras intenções são óbvias. De mim, ela deseja apenas um filho.

Tristan estava estonteado. *Por que ele está contando tudo isso a mim?* Era difícil acreditar. Todavia, havia se tornado um confidente de Arthur, como o era de Lancelot, pela simples razão de ser quem era.

— Ela acredita que um filho — ele continuou — irá me fazer mudar de idéia a respeito de tomar o poder. Mas não tenho qualquer pretensão disso.

— Mesmo com todos os teus aliados pedindo? — súbito, Tristan sentiu estar invadindo assuntos que não lhe diziam respeito.

— Se usurpar o poder, não terei mais aliados, ao menos, dos reis que têm filhas ou irmãs. Pois revoltar-se-iam devido ter eu cedido a Leondegrance, em vez de qualquer um deles. Entendes agora porque não devo e não posso ser o Grande Rei? Da mesma forma, não posso ter um filho com Guinevere, pelo menos por enquanto. Sei que tanto ela e todos que apóiam a idéia de ter a mim como rei, iriam insistir nesse sentido. No entanto... — eles voltaram a andar lentamente — ...seja quem for o Grande Rei, receio dos anos vindouros, Tristan. Estamos conseguindo nos defender da ameaça saxã, mas até quando? — ele suspirou. — Seria mais fácil se não fôssemos um povo tão instável; o ataque que sofreste, é prova disso.

— Não tomes a mim como exemplo, Arthur. Cariado odiava-me por outros motivos, que nada têm que ver com guerras.

Arthur se deteve.

— E, Tristan, por acaso, deveria haver tanto ódio entre irmãos?

Tristan ficou em silêncio por breves segundos.

— Creio ter eu dado motivos, Arthur — atalhou.

— Talvez tenhas, meu amigo, talvez tenhas. Ainda assim, a sensação que tenho, é de insegurança. Mesmo a aliança que fiz entre meus guerreiros não me tranqüiliza. Porque muitas vezes, o temor e o pânico superam a honra. Mas não só... — súbito, Arthur silenciou-se. Tristan estranhou. Queria ele citar outros motivos? — Nós vencemos agora, Tristan, mas até quando? — Arthur voltou a falar. — Tenho certeza de que os saxões não ficarão quietos por muito tempo.

Tristan jamais vira o *dux bellorum* tão abatido.

— Arthur, se houver algo que eu possa fazer...

O sorriso triste se repetiu.

— Já estás fazendo, Tristan. Estás ouvindo palavras que jamais dividi com ninguém. Nem mesmo com meus sobrinhos ou cavaleiros mais próximos. Eles não entenderiam. Tu, ao contrário, és ciente de como é árduo lidarmos com sentimentos e com quem somos. Para ser franco, não sei até quando suportarei essa situação; não é agradável ser acusado de fraco por sua própria esposa. Seria mais fácil se eu não a amasse.

Eles entreolharam-se.

— E também... devo-te desculpas, Tristan.

— Desculpas? — cada vez o compreendia menos.

— Como posso aconselhar alguém a renunciar um amor se eu mesmo assim não procedo?

— Nem sempre conseguimos elevar apenas a razão, Arthur. Por mais que tentemos.

O guerreiro pousou suas mãos nos ombros de Tristan.

— Quando estive a sós com Marc, ouvi dele algo que me fez pensar e repensar. Demorei a entender o que ele queria expor, mas hoje, faz sentido.

Não foi necessário Tristan questioná-lo.

— Ele mencionou que tudo seria diferente, se tua traição não tivesse caído no jugo público. Foi quando compreendi que, em verdade, ele não desejava te banir, Tristan. E... desde que comecei a perceber as insinuações de Guinevere... — ele calou-se por alguns instantes.

Tristan sentiu seu coração disparar.

— Tristan, tu viveste uma tragédia. Se tivesses um meio de impedir uma segunda, o farias...?

Ele hesitou. Arthur insistiu.

— Porque, como Marc revelou-me, ainda que tivesse de suportar as decepções provindas da perfídia, preferiria carregar isso sozinho. Poderia contar contigo?

— Estando ao meu alcance...

Nesse preciso instante, foram surpreendidos por Garreth. O cavaleiro cruzou com eles, cumprimentando-os. Arthur soltou-o e respondeu ao cumprimento. Tristan aturdido, já não sabia mais o que proferir. O *dux bellorum* ergueu seus olhos para o amigo.

— É estranho. A todo instante, penso em teu tio. Receio ter de enfrentar uma situação constrangedora, creio. Receio dos cavaleiros, de todos. Mas não o tenho em compartilhar isto contigo.

— Deves então...

— Sim, não me sinto constrangido em revelar-te minhas angústias — Arthur suscitou, interrompendo-o.

...afastar Lancelot de Glastonbury... — concluiu suas palavras em pensamento.

— Talvez, pela lealdade que vejo em ti. Sei porque ocultaste o que Lancelot te fez durante o duelo, meu amigo. É penoso um homem que não se considera digno, proferir uma acusação de grave monta contra alguém dotado de prestígio.

Súbito, ele empalideceu.

— Contudo, acredito em ti, Tristan. Não acompanhei a deslealdade de Lancelot, mas não sou tolo. Apenas não quis te desautorizar, diante de tua justificativa. No entanto, vou te pedir para não procederes mais dessa forma. Deves saber que te quero bem, como a todos os guerreiros, mas Lancelot, por vezes, é intempestivo. Isso sem mencionar o quanto ele é volúvel. Tenciono ver até quando ele vai querer-te por perto.

— Ele é assim... em relação a tudo?

Arthur sorriu.

— Pelo o que conheço dele, não sei de nada que o entretenha por muito tempo. Ele tem o dom de parecer sério, disposto dar tudo de si por algo. Mas quando percebe as dificuldades, prefere esquecer. Em nossos primeiros combates, acontecia isso. Lancelot ia para a linha de frente, lutava como um animal enfurecido. Quando entediava-se, simplesmente dava as costas e retirava-se. Hoje ele melhorou seu comportamento, devido ao seu atual cargo.

Seria ele volúvel em relação... às mulheres? Como indagar algo assim? Lancelot poderia estar momentaneamente caído de amores por Guinevere, mas não seria provável desistir, diante do que Arthur lhe revelara? Ou Lancelot permitir-se-ia ser levado pelo desejo, como ocorrera consigo?

Um homem não é servo da honra.

— Tristan? — Arthur questionou, não compreendendo o repentino silêncio e a expressão em seu rosto. — Há algo que gostarias de me dizer?

Ele hesitou. Amaldiçoou sua fraqueza de espírito, seu conflito interno. Via-se nitidamente na figura de Lancelot e era íntimo daquelas agruras. Contudo, agora era um observador e confidente, com receio e sem o mínimo de confiança em agir. O destino o presenteara com o fel da insegurança.

— Não, Arthur.

— Tens certeza? É que olhaste-me de forma tão aflita... Por um momento, fiquei assustado.

...quando percebe as dificuldades, prefere esquecer.

As palavras provocavam-no. A sua frente, via Marc. Vira-se como Lancelot, mas se ousasse um comentário, não estaria agindo como o desprezível Frocin? *Ainda há chances de Lancelot desistir*", cogitou. "*Eu próprio estava desistindo...!*

— Peço perdoar-me. Ultimamente, tenho ficado aflito por qualquer motivo.

— Não me admira! Depois do que atravessaste, meu irmão... — Arthur envolveu-o pelos ombros e voltaram a andar. — Quisera estar com o grupo de batedores! Bom... tenho algo a te pedir, Tristan. Estarei partindo em breve. A ti confio a segurança do príncipe e de Guinevere... Sei que não faltarás com este dever — Arthur soltou-o. Antes de ir-se, agradeceu a companhia.

Tristan permaneceu, acompanhando-o dirigir-se para a fortaleza. Para um homem desiludido com o casamento, Arthur evitava demonstrar seu verdadeiro estado de espírito. Vendo-o, quem poderia dizer ser ele um homem infeliz com sua vida íntima?

Com desgosto, viu-se enredado entre as confissões atormentadas de dois homens.

Duas semanas depois da partida de Arthur e sua comitiva, Glastonbury continuava a expandir-se. A cada dia, a batalha em Uffington era propositalmente esquecida. Lancelot havia incumbido Tristan de manter o exército em forma, uma atividade que na verdade, cabia a ele, comandante de Arthur. No entanto, Lancelot dizia estar preocupado com outros afazeres; a construção de uma nova murada em torno da cidade era uma de suas prioridades. Tristan não discordou, aceitando o trabalho sem opor qualquer empecilho. Na primeira semana, antes de dormirem, conversavam a respeito dos trabalhos que estavam realizando. Tristan comentou ter auxílio de Griflet e Garreth nos treinos.

— Há algo que gostaria que fizesses — Lancelot disse, sentando-se em sua cama e retirando as botas de couro. Tristan aguardou. — Sei que estás fazendo um bom trabalho na liça, mas quero que treine os homens em campo aberto.
— Campo aberto? Não há necessidade, ao menos por enquanto. É dispendioso demais.
— Dispendioso? — ele riu. — Usas apenas esse motivo para te recusares a atender um pedido meu?
— Não é verdade. Tens ciência de que não recusaria uma ordem tua sem justo fundamento.
Lancelot afrouxou as presilhas da cota de malha.
— E dinheiro é um destes fundamentos, tratando-se de preparar homens para a guerra?
— Não te preocupas em deixar Glastonbury sem a proteção do exército?
Lancelot sorriu.
— Não irás com todos os homens, Tristan. Quero que leve de quatro a cinco legiões. Nossos cavaleiros poderão te acompanhar. Preciso que cuides desta incumbência, ademais, tens demonstrado ser o homem perfeito para esta tarefa, tanto que sequer cogitei em pedir para outra pessoa.
— Lancelot, os treinos que realizo dão perfeitamente na liça. Em vez de gastarmos quantias dessa forma, poderíamos equipar a arena.
— Tristan, se tu não queres ir, apenas dize! — ele esbravejou.
Ele encarou Lancelot, sem compreender aquele comportamento arisco. Nada mais disse a respeito da ordem recebida. Dela, discordava. Era desnecessário, entrementes, não iria mais discutir. Afinal, quem era para ousar rebater uma ordem? *Arthur pode acreditar em mim, mas isso não se aplica aos demais. Em verdade, nem sei como os outros guerreiros, apesar do ressentimento contra mim, têm me atendido, quando dos treinos*, refletiu, sombrio. Sim, era tolice, mas se Lancelot quisesse, iria assim proceder.
Percebendo ter vencido a resistência do amigo, Lancelot ajeitou-se em sua cama, virando-se contrário ao amigo e procurando dormir.
Ressentido, Tristan afrouxou as cintas da cota de malha e retirou-a. Em silêncio, lavou-se tanto quanto podia, deitando-se. Na manhã seguinte, deixou o aposento antes de Lancelot despertar. Requisitou alguns cavalariços e ordenou que convocassem alguns cavaleiros — que compunham a força de elite guerreira — e os capitães de cada batalhão. A eles, expôs as ordens recebidas; um batalhão de cada comandante superior, iria acompanhá-los. Garreth e Gaheris auxiliariam nesta escolha.
As preparações tiveram início. Tristan orientara aos soldados que levassem consigo apenas o necessário. Os cavalariços aprontavam o mais rápido possível os animais; escudeiros correram em auxílio de seus senhores. Conforme as legiões aprontavam-se, reuniam-se em frente à fortaleza. Griflet, Tor, Marrok e os irmãos

de Garreth conversavam com Tristan. Tor indagava o porquê daqueles treinos fora de Glanstonbury.

— Ordens, Tor.
— De Lancelot?
Ele concordou.

Quando a última das quatro legiões se enfileirou no pátio, Tristan viu Lancelot se aproximando. O comandante superior estava sereno, usando apenas uma surrada veste de linho.

— Tiveste uma manhã movimentada, creio...

Tristan cruzou os braços. Usava seu traje completo.

— Lancelot... tens certeza de que queres...
— As legiões se aprontaram com rapidez — ele intercedeu.

Deu-se por vencido. Antes de ir ao encontro das tropas, Tristan encarou-o seriamente.

— Espero que saibas o que estás fazendo, Lancelot. Espero — e ele deu as costas.

Um cavalariço o aguardava, segurando Husdent. Tristan montou-o e foi ao encontro dos demais cavaleiros. Surpreendeu-se com Gawain, por sua disposição em ir. Mas o cavaleiro foi áspero, como usualmente era. Estava enfadado de permanecer na cidade.

Durante semanas, permaneceram em um acampamento aos arredores de uma região conhecida por Taunton, onde realizaram os mais complexos treinos militares. Com Marrok, Tristan aprendeu a lidar com o arco e flechas, a arma por ele considerada covarde. Tão covarde como o homem era, em diversas situações — o que sofrera nas mãos de Laeg e Denoalen, era a prova mais contundente. Talvez seu conceito daquela arma jamais se alterasse, entretanto, não viu entraves em agora utilizá-la. Afinal, nem um dardo ou uma lança, tinham a precisão de uma flecha, e não fosse por ela, Cariado teria exaurido seu intento.

Enquanto aprendia a usar, lembrou-se de Marjodoc. Como eram dolorosas tais recordações! O grande guerreiro não errara quando dissera que um dia iria precisar de um arco e flechas... Aprendeu tão rápido o manejo com a arma, que Marrok não pôde deixar de elogiá-lo.

— Tua mira é impressionante, Tristan! — Marrok parabenizou-o. — Creio que terei alguém me superando, algo deveras inusitado! — disse, em tom jocoso.

Em retribuição, a ele ensinou suas habilidades nas lutas corporais e alguns segredos com a espada. Embates diretos foram aperfeiçoados, técnicas com a lança e o escudo, aprimoradas. Praticaram o confronto de infantaria, principalmente quando dois exércitos se chocavam com seus escudos em riste, onde era possível apenas valer-se das lanças. O embate a pé, com escudos, era um dos mais temidos e sangrentos, daí a importância de se esmerarem. Em uma das vezes em que praticavam, Tor, cansado de permanecer premido entre outros guerreiros, pisou com força no pé de seu pretenso rival, Marrok. Vê-lo pulando, segurando o pé atingido e despejando impropérios contra Tor, fez com que os demais guerreiros gargalhassem e Tristan achou melhor interromper os treinos — pelo menos, naquele dia.

Em uma determinada manhã, resolveram explorar a região. Cavalgaram sem formação militar e usavam apenas as vestimentas de linho. Apesar de darem descanso aos soldados, estes ficaram no acampamento.

— Creio que não há mais o que treinarmos — Griflet comentou, instigando seu cavalo. Estava ficando para trás. Avizinhou-se de Marrok, que conversava com Tristan.

— É verdade, Tristan. Estou abismado contigo — Marrok comentou. — Lutas como um demônio, ensinaste perfeitamente os novos cavaleiros, aprendeste a usar o arco e flechas em dias! Sem contar tua habilidade em caçar e montear...

— Caçar! E como! — Gaheris riu. — Eu pensei que iria ficar esfomeado quando aceitei vir para cá, mas graças a ti, Tristan, não apenas tive os prazeres da boa alimentação, como aprendi as artimanhas para prover meu sustento quando estiver fora das cidades. As armadilhas que preparaste são engenhosas. Quem te ensinou?

— Sei desde meus tempos de infância — ele redargüiu, ajeitando-se na sela.

Tor e Marrok riram. Haviam se entendido, a despeito da brincadeira do primeiro.

— És modesto, Tristan — Marrok comentou. — Há algo que sabes fazer e ainda não temos conhecimento?

— Modesto! Isso ele não deveria ser! — Griflet zombou. Fosse eu, com tantos dons... Até mesmo, o de encantar as mulheres!

— Ah, tu ainda não nos disseste como aproveitaste aquela noite, Tristan! — Tor fez seu cavalo emparelhar com o dele.

Tristan, por sua vez encabulado, imaginava o que deveria dizer. Entretanto, antes de arriscar qualquer palavra, do lado oposto, percebeu a respiração forte de um cavalo. Era Marrok que emparelhava.

— Tor, tu e tuas perguntas importunas! Eu o havia questionado antes! — Marrok virou-se para Tristan. — Há algo que desconhecemos de tuas artes? — insistiu. — Como ensinaste tão rápido nossos jovens mais inexperientes? Nunca vi aquela liça com tão bons cavaleiros. E isso repetiu-se aqui!

— Eles estavam ansiosos em aprender — Tristan agradeceu a interrupção de Marrok. — E quando um homem tem interesse, a conquista é mais fácil e possível.

— Estás escondendo algo! — Marrok riu. — Tens dedos ágeis, meu amigo. Todos nós testemunhamos tua arte em dividir uma flecha ao meio... com outra flecha!

— Sei fazer algo, mas há muito tempo não pratico — ele disse, por fim. Era melhor desviar o tema da conversa, antes de Tor perscrutar uma resposta à sua indagação.

— E o que seria? — Garreth questionou.

— Tocar harpa.

— O quê! — Gawain, que até então estava apenas ouvindo, freou seu cavalo, estupefato. — Tocar harpa?! Impossível! Tu, com mãos de ferro nas armas, que derrotaste até Agrícola e Lancelot... consegues dedilhar aquele instrumento feminino? — ele gargalhou. — Essa, eu gostaria de ver! — ele fez o cavalo trotar outra vez.

— Ou de ouvir — Tor satirizou, não contendo os risos. — Tristan, um harpista! — debochado, soltou as rédeas do cavalo e dedilhou o ar, como se tivesse tocando uma harpa imaginária. — Como fazes para tocar, amigo... Assim? — e continuou divertindo-se.

— Não ireis ouvir tão cedo — Tristan, tímido, versou. — Pois não possuo mais uma harpa.

— Ainda bem! — Gawain bradou. — Harpas e qualquer outro instrumento musical são dotes de donzelas, Tristan! Ai de ti se te surpreender tocando uma coisa dessas!

Os demais riram e continuaram zombando da situação, mas Tristan não deu qualquer importância. Reconhecia ser inusitado um cavaleiro ter aptidões com instrumentos musicais. De certa forma, havia propositalmente suscitado aquele dom; sim, havia sido motivo de troça, mas ao menos, Tor esquecera-se de sua inconveniente pergunta. E embora ainda se comportasse com reservas, nutria sentimentos diversos com relação àqueles homens. Muitos deles agora o tratavam sem rancor, ali era apenas mais um guerreiro. E um homem sem o peso de seu passado.

Permaneceram por mais alguns dias. Por fim, cansados dos treinos sucessivos, decidiram retornar. Ao término de três dias de viagem, atravessaram os portões — novos — de Glastonbury. Ainda no pátio, ficaram sabendo da chegada de Arthur, acompanhado de Cadwy. O conselho entre os senhores realizar-se-ia ao término dos festejos. Findado o pesadelo das guerras, era necessário alguma distração. O exército dispersou-se. Entretanto, Tristan foi convocado a comparecer à torre, a pedido de Arthur. Na sala em que a reunião seria realizada, ele deparou-se apenas com o *dux bellorum*, sério, o olhar grave. A barba não aparada conforme ele sempre fazia e os cabelos longos, acresciam o aspecto taciturno. O motivo daquela circunspeção, Tristan não demorou a conhecer. Arthur condenou o afastamento do exército de Glastonbury. Repreendeu severamente Tristan, sem dar chances dele expor de a idéia não ter sido sua.

— O que deu em ti? — questionou, furioso. — Tirar quatro legiões da cidade! Perdeste o raciocínio, creio! Um absurdo desses, vindo de ti... é... — ele gesticulou, elevando os braços para o alto — ...é inconcebível! Tanto quanto teu desrespeito às minhas decisões! — bradou, irritado.

— Eu não pretendia, Arthur, mas...

— Tua prioridade era velar pelo príncipe! E Guinevere! — Arthur interrompeu-o bruscamente. — Bem, ao menos nada aconteceu, graças aos deuses. Já que estás tão interagido com a armada, vai organizar os torneios! Glastonbury necessita de um pouco de diversão — ele dirigiu-se até a porta, mas antes de deixar o recinto, voltou-se. — Não esperava isso de ti, Tristan — e ele se foi.

Mal-humorado, Tristan dirigiu-se ao seu quarto. Retirou o manto e afrouxou a cota de malha. Nesse ínterim, ouviu a voz de Lancelot. Não demorou para que este entrasse no aposento.

— Ah, retornaste, meu querido irmão — Lancelot versou.

— Tu e tuas idéias! — ele atacou. — O que consegui com esses treinos? Apenas deixar Arthur furioso! Era isso que querias?

— Não te exaltes, Tristan! Deixa tua raiva para os torneios. Lembra-te que concordaste em ir.

Naquele momento, ele não compreendeu o que estava acontecendo com Lancelot. Havia concordado porque ele praticamente o obrigara a ir. Contudo, ao encará-lo, pressentiu algo. Um golpe, ainda pior do que aquele recebido durante o duelo.

— Sai da minha frente, Lancelot! — rebateu, atravessando o quarto e evadindo-se.

Com os nervos exaltados, foi procurar organizar o torneio. Durante a tarefa, rezou aos deuses para que estivesse enganado. Que o que pressentira, fosse apenas relacionado aos seus próprios traumas.

Receoso, não retornou mais ao seu quarto.

Na manhã seguinte, os torneios tiveram início. Os cavaleiros e aliados que desejavam participar, reuniram-se na liça, onde dividiram-se em dois grupos. Lancelot e Tristan foram separados. Era notório ser impossível vencê-los, se lutassem em uma mesma facção. Cadwy era o único rei a não participar das justas; sua aversão às armas era conhecida. Na arena, os dois grupos — todos montados — tomaram seus lugares. Iriam gladiar com as espadas. A um sinal de Arthur, os cavaleiros iniciaram o embate. Assistindo, mesmo com reservas, Cadwy comentou:

— Entendo agora porque venceste a guerra.

— Eles são excelentes guerreiros.

A batalha causava furor àqueles que assistiam. E coincidência ou não, dois cavaleiros acuaram Tristan. Tratavam-se de Agrícola e Sagremor.

— Ora, conheço aquele cavaleiro — Cadwy, atraído pelo embate desigual, reconheceu Tristan, devido este não usar elmo. — Ele esteve em Sulis Bath.

— Ele pode ser tudo, menos um cavaleiro — Guinevere, sentada ao lado de Cadwy e não de Arthur, reagiu.

— Guinevere! — Arthur protestou.

Na arena, Cyngel, senhor de Pows, veio em auxílio de Tristan. Aquele que desarmasse o oponente, ou o derrubasse do cavalo, seria vencedor. Gaheris havia sido eliminado por Lancelot; Griflet, por Tor.

— Por que exprimes isso, milady?

Apesar da reação de Arthur, Guinevere prosseguiu. Não se intimidou com o olhar severo do marido.

— Arthur, o senhor de Dumnonia divide o território com Marc. Creio ser justo ele saber quem tens entre teus homens.

— Como se isso fosse ajudar em algo — Arthur redargüiu, irritado com a esposa. Não havia necessidade de, a todo instante, relembrar situações passadas. Cadwy era aliado de Arthur, mas Glastonbury fazia parte de Dumnonia; eis porque a preocupação. *Por que Guinevere também tem tanto rancor de Tristan?* — indagou-se.

Às primeiras palavras de Guinevere, o rei de Dumnonia recordou do fato. Para ele, foi uma surpresa ter sido aquele mesmo cavaleiro — um proscrito — que se apresentara em Sulis Bath como um mercenário. Prendeu sua atenção no homem de quem falavam, enquanto, na arena, a luta entre ele e Agrícola persistia.

— Por consideração a Marc, não devias permitir a presença desse homem aqui — Cadwy argüiu. — Mas... tu confias nele, Arthur?

— Desconfiar de um homem que viajou sozinho para me alertar da situação em Glastonbury? Que ajudou a salvar a Britannia? Eu tenho outras preocupações mais sérias, Cadwy. Além de que, estamos falando de algo que aconteceu há muito tempo. Creio que o próprio Marc, a principal vítima, ter bem menos rancor do que vós. O que ganhais com isso?

Sagremor derrotou Cyngel e voltou a atacar Tristan. Novamente acuado pelos mais poderosos guerreiros, percebeu que não iria suportar durante muito tempo aquele ritmo, ainda assim, defendia-se das investidas de Agrícola com o escudo e das de Sagremor, com a espada.

— Dois para ti? Que egoísmo! — era Marrok quem surgia, apanhando Agrícola de surpresa.

— Ele não é digno da companhia de nossos guerreiros. — Guinevere continuou. — Nem um exemplo para nossos cavaleiros mais jovens. É um disparate colocá-lo para ensinar aqueles rapazolas.

— Estranho nunca teres me dito isso antes — Arthur rebateu ríspido.

— Porque, Arthur, jamais tiveste tempo para me ouvir.

— Sério, Guinevere? Parece que esqueceste as incontáveis vezes que reclamo tua presença, mas nunca fui atendido. Desejas que eu as enumeres para refrescar tua memória?

Cadwy, constatando que aquela conversa estava tomando rumos nada agradáveis, atraiu a atenção deles para a arena e para Lancelot, que derrotava um a um seus oponentes. Por sua vez, com considerável esforço, Tristan arrancou a espada de Sagremor. Com auxílio de Marrok, Agrícola amargou sem sua vingança contra Tristan. Ovações contínuas podiam ser testemunhadas, mesmo para os cavaleiros derrotados. Lancelot não precisou de toda sua técnica para excluir Marrok, que apesar de sua destreza, não era páreo para o cavaleiro de cabelos negros. E aconteceu como todos suspeitavam e ansiavam: o embate entre Lancelot e Tristan. Eles entreolharam-se por alguns instantes, segurando as rédeas dos cavalos.

— Agora, somos apenas nós, irmão. Estás preparado? — Lancelot indagou, retirando o elmo. O rosto estava suado, os cabelos negros brilhavam ao toque suave do Sol.

— Sempre estive.

— Pelo jeito, vejo que o bom senso te fez colocar uma proteção — referia-se à loriga que Tristan usava.

Mas Tristan não respondeu. Apenas incitou Husdent. Lancelot recolocou o elmo e fez o mesmo com seu cavalo. Em um rufar de cascos e embate das espadas, a luta teve início. Lancelot fazia uso da espada mais leve, o que propiciava as manobras arrojadas. Tristan, por sua vez, usava a de Rivalin, que estivera com os ferreiros, com o intuito de reforçá-la, limpá-la e afiá-la. Contudo, a pequena avaria persistiria, como uma cicatriz.

— Desta vez, irmão, serás derrotado! — Lancelot bradou, a voz distorcida devido ao elmo.

— Sem assaltos ignominiosos, presumo? — inquiriu, com certa irreverência.

— És ingênuo, Tristan. Tão ingênuo, que até fico condoído de ti! — ele verteu sua espada em ângulo aberto, acertando o escudo do oponente com violência.

— O que queres dizer com isso? — questionou, declinando alguns centímetros seu escudo e atacando.

Os cavalos, inquietos, rodopiavam. Husdent bufou, mordendo o bridão. As espadas chocaram-se, agressivas.

— Como se não soubesses! — um riso abafado pelo elmo, ecoou. — Seria suficiente dizer-te que prometi a alguém que aqui está... que te derrotaria?

— Guinevere, creio.

Emparelharam. Tristan puxou as rédeas de Husdent, retomando posição.

— Não é apenas uma derrota por um duelo, meu irmão. Já tenho tua cumplicidade, teu respeito e confiança por mim. Agora, só preciso enfraquecer teu espírito!

Mesmo a distorção provocada pelo elmo, não impediu de Tristan ouvir as palavras. Daí, irado, afastou a lâmina de Lancelot empurrando-a com o escudo, e investiu repentinamente, arrancando-lhe o elmo. Foi uma ação brusca, deixando todos os espectadores — Guinevere, inclusive — assombrados.

— Fala sem esse maldito elmo! — Tristan, protestou.

Lancelot recuperou-se do choque. Era um dos golpes mais odiados por todos os cavaleiros — que se utilizavam dos elmos. O som do metal explodindo, repercutia nos ouvidos; era estonteante. Com o cenho franzido, o guerreiro rebateu.

— Aprecio tua ousadia, Tristan, mas hoje, derrotar-te-ei, nem que seja a última coisa que eu faça!

— Já que vós tanto comentastes a respeito daquele homem, observai como ele não age como se estivesse em um torneio — Cadwy estava sério. Realmente, a cada instante, os dois combatentes exaltavam-se.

— Não apenas ele! — Arthur ironizou, mas não compreendia o que se passava com ambos.

— Agora vês porque não confio nele! — Guinevere estava inquieta. — Arthur, ele poderia ter ferido Lancelot!

Notando que o embate estava ficando cada vez mais agressivo, Cadwy procurou o *dux bellorum*.

— Concordo com tua esposa, Arthur. É apenas uma celebração; não pedi um combate de sangue. Ouso dizer que o tempo não é capaz de suprimir a tredice deste verme execrável, e não creio ser correta tua indulgência para com ele. Melhor seria reforçar a punição, expulsando-o de Glastonbury; Marc muito apreciaria.

— Evita envolver Marc, meu amigo, porque ele tem ciência da presença de Tristan em meu exército e não se opôs. Marc é o único que poderia exigir isso. E não teças falsas conjecturas atinentes ao duelo. Eles estão apenas excitados.

Na arena, as espadas chocaram-se em uma dança perigosa.

— Dize de uma vez o que pretendes, Lancelot! Não é só me derrotar que queres! Duas vezes já tentaste, e em ambas, não atingiste teu intento!

— Eis teu primeiro erro. Acreditaste ter eu te agredido vilmente por causa de um duelo? — os cavalos empinaram e eles recolheram por alguns segundos as espadas. Lancelot foi o primeiro a voltar a atacar, mas a sólida defesa do oponente persistia. — Por encobertar-me, tive a certeza de ter tua confiança. Por seres quem és, desde o princípio, poderia contar com teu respeito e submissão. Tudo isso me foi confirmado quando aceitaste deixar Glastonbury; não negues que desconhecias a razão, Tristan — a espada de Lancelot, arrojada, desceu verticalmente. Deitando a sua, Tristan interrompeu a trajetória. — Superaste minhas expectativas em tua cumplicidade, permanecendo com o exército mais tempo do que havia imaginado. Até nisto foste perfeito!

Tristan empurrou com força. Lancelot recuou. Entreolharam-se. Tristan declinou sua espada, dando um breve descanso. Estava ofegante, mas não era devido à luta. À sua frente, estava a prova o pior golpe que recebera. O pressentimento... revelava-se.

— Fui por ordens tuas! — vociferou, percebendo a raiva percorrer suas veias. — Deuses, Lancelot, eu me opus! Para atender-te, tive que proceder de forma contrária a Arthur, causando-me reprimendas!

Husdent mordiscou o freio, a saliva respingando devido aos comandos enérgicos de seu dono.

— Percebes como estavas ciente do que pretendia? Desobedeceste Arthur para satisfazer-me! — um sorriso enigmático nasceu no rosto de Lancelot. — Não te faças de tolo, Tristan! Tu sabias! Graças a ti, alcancei os momentos mais preciosos de minha vida! Graças a ti!

— Louco! — Tristan bradou, investindo. As espadas travaram-se em cruz.
— Não podes envolver-me nisso, jamais serei conivente com o que estás fazendo!

Os cavalos novamente empinaram. Assim que tocaram as patas no chão, Tristan atacou com uma fúria avassaladora, colocando Lancelot na defensiva.

— Sinto desapontar-te, Tristan... mas já és conivente! Apenas te recusas a encarar a verdade. — Lancelot tentou reagir, mas somente conseguiu atingir o escudo dele. — Recusas, porque tens medo. Medo do que houve contigo, eu sei. Mas não te aflijas, irmão. Porque ficará entre nós, apenas entre nós.

— Cala-te! — Tristan tentou controlar-se. Odiava quando a raiva insuflava seus sentidos em meio a uma luta. Contudo, viu-se perdido em um sórdido jogo. O pressentimento tardio que teve, ao encarar Lancelot quando de seu retorno dos treinos... era um sinal de cumplicidade? Em agonia, recordou do dia em que Lancelot o persuadira a sair de Glastonbury com o exército, e de suas contra-argumentações. As despesas, a cidade ameaçada... a própria desnecessidade da empreitada. Em nenhum momento, pensara na possibilidade de facilitar Lancelot a consumar seu desejo por Guinevere. Mas... teria havido indícios do que aquele tramava e ele não havia sido capaz de detectá-los? Ou não o fez... porque não quis?! *Não, ele está fazendo-me acreditar! Está insinuando!*, refletiu, nervoso.

Perdido em conflitantes conjecturas, Tristan transferiu seu desgosto nos novos — e possantes — assaltos que desferia. Em um acesso de fúria, tão brutal foi seu ataque, que quebrou ao meio a espada de Lancelot. A lâmina de Rivalin chocou-se contra a loriga, avariando-a. O impacto desequilibrou-o, e Lancelot terminou tombando. Ainda insuflado pela raiva, Tristan apeou-se em um salto, roçando a ponta da espada de Rivalin no pescoço do adversário.

— Retira estas insinuações, Lancelot! Pelos deuses, retrata-te, antes que eu...

— Tristan! — Arthur, percorrendo a arena, exclamou. Decidira intervir quando acompanhou a queda de Lancelot.

Tristan virou o rosto, vendo-o aproximar-se. Tão concentrado estava, que não reparou o repentino silêncio na arena. Nem mesmo havia percebido a transformação que sofrera; na besta selvagem em que havia se tornado. Agora envergonhado, afastou a espada. Arthur os alcançou. Não ocultou a mágoa em seu rosto.

— O que diabos há convosco? Quereis-vos matar? Não pensei que tivesse que vir até aqui e lembrar aos meus melhores homens de que isto é apenas um torneio! E quanto a ti, Tristan? Tua atitude me desaponta!
Vexado, Tristan abaixou seus olhos. Pretendia afastar-se, sumir dali, pois acrescia ao seu já amargo abatimento — conseqüência da revelação de Lancelot — defrontar-se com Arthur, ciente da traição. Ciente de que poderia ter não procedido como Lancelot insinuava, mas ocultara seus desígnios de Arthur. Entretanto, o *dux bellorum* não permitiu que ele se evadisse.
— Desconheço ambos! — Arthur continuou censurando-os. — Devia jogar-vos numa cela até aprenderdes a serem homens, pois agíreis como garotos sem juízo! E na frente de todos os reis, meus aliados!
Todavia, uma nova a intromissão atraiu a atenção de todos. Era um mensageiro. Arthur virou-se, recebendo-o.
— Um breve, Arthur... mas que muito interessa a ti, Lancelot.
— Pois então, fala, homem. — Lancelot, já de pé, desfazendo-se do punho de sua espada partida, ordenou.
— Teu pai, Lancelot, está sofrendo ataques de bárbaros em Trèbes. O rei Ban implora pelo teu retorno a Benwick.
— Deuses! — Arthur suspirou. — Será que não teremos um pouco de paz?
— Não nesse mundo — Lancelot comentou, rancoroso. A disputa perdida atingia duramente seu orgulho. — Partirei amanhã.
— Leva alguns homens contigo, Lancelot.
— Lamento o que irei dizer, Lancelot... — o mensageiro intrometeu-se — ...mas a notícia que temos, não é animadora. Dizem que a possibilidade de Trèbes reagir, é remota. Além dos bárbaros, o rei Claudas é um dos inimigos de teu pai.
— Não importa. Amanhã estarei a caminho. — Lancelot, o cenho contraído, andou até seu cavalo, hirto a alguns passos. Montou-o novamente. Ia sair a galope, quando ouviu chamarem-no. Era Tristan.
— Se permitires, irei contigo.
Lancelot estranhou, mas não tanto quanto Arthur. O jovem comandante passou as mãos pelos cabelos e resmungou:
— Vós estáveis a ponto de vos matardes... e agora, ireis juntos?
— Foi apenas um descuido, Arthur. — Lancelot versou, cravando seus olhos em Tristan. — Nos empolgamos enquanto lutávamos.
— Um descuido que chegou a assustar. Jamais te vi ser derribado daquela forma. Um único favor, tu fizeste, Tristan. Mostraste que essas novas espadas são excelentes, mas não suportam investidas de armas mais pesadas. Os ferreiros

serão informados. Quanto a vós, já que pretendeis partir, me acompanheis; irei comunicar esse imprevisto a Guinevere e a Cadwy.

Os gladiadores seguiram montados, ao lado do mensageiro e de Arthur. Ao alcançarem o local onde o senhor de Glastonbury estava, apearam-se. E Arthur suscitou o teor do breve recebido.

— Quando irás partir, Lancelot? — Guinevere questionou.

— Amanhã, milady. Infelizmente, a situação é emergencial.

— Sinto em ouvir isso, Lancelot — Cadwy comentou. — Colocarei a tua disposição um valor em moedas de prata para equipamentos.

— Agradeço, Cadwy.

— És generoso, Cadwy — Arthur interveio. — Pois não posso dispor de muito dinheiro, devido não ter me recuperado financeiramente da última batalha.

— E... o que será dele? — Cadwy questionou, referindo-se a Tristan.

— Ele irá comigo.

— Irás consentir na companhia dele, Lancelot? — Cadwy estava atônito. — Pela luta que realizastes, julguei serdes inimigos.

— Era apenas um duel...

— Cala-te, canalha infame! Não estou falando contigo! — Cadwy foi brusco. — Mas, já que intercedeste, saibas Tristan, que não tolero falsidades! Foste desleal para com Marc e ousaste mentir para mim!

Tristan ficou profundamente desgostoso com a forma que Cadwy agora o tratava, afinal, havia se afeiçoado ao monarca aficcionado por limpeza.

— Não menti, senhor. Apenas vos disse meu nome de nascimento. Confesso que quanto ao resto, omiti, mas foi por uma boa causa, pois vós poderíeis não acreditar em mim.

Cadwy arrumou a toga; Guinevere pousou seus olhos em Lancelot. Era possível notar sua tristeza devido a partida repentina do cavaleiro.

— Bem, há algo de verdade nisto. No entanto, como senhor de Glastonbury, tenho dúvidas quanto tua odiosa presença, ao lado de homens virtuosos.

— Pensa enquanto partimos para Benwick, Cadwy — Lancelot propôs. — Entrementes, apesar de seus erros, digo-te que ele merece ficar.

Cadwy levantou-se e aproximou-se do cercado; os olhos cravados em Tristan.

— Interessante Lancelot e Arthur intervirem por ti, um degredado com uma reputação maculada como a tua.

— Vós deveis aprontar-vos — Arthur achegou-se, descansando os braços na cerca, interrompendo a conversa. — Reúna os homens que desejas ter em companhia, Lancelot. Enquanto isso, requisitarei aos cavalariços auxiliarem com as armas e provisões.

Eles se retiraram. Arthur estava sério e deprimido com a situação de Benwick. Conhecia o rei Ban desde tenra idade, quando estivera na Pequena Bretanha. Os outros cavaleiros aproximaram-se, pressentindo a desgraça. A notícia do ataque a

Trèbes tornou-se um fato e alguns cavaleiros ofereceram-se para acompanhar Lancelot. Já, os reis alegaram que precisavam retornar aos seus respectivos territórios, findo o conselho. Perceberam que o ataque que o rei Ban sofria — e suas conseqüências —, seria um dos tópicos a ser discutido.

Eles entraram no alojamento que dividiam.

— Se não for te pedir muito, podes explicar-me por que desejas ir comigo? — Lancelot questionou, afrouxando as cintas da loriga.

— Não vou por tua causa, mas sim, pela dívida que tenho para contigo. Salvaste-me de Cariado, algo que não pretendo esquecer.

Lancelot retirou a proteção, colocando-a sobre a cama. A proteção de linha estava suada, mas não o incomodava. Silente, sentou-se, apoiando os cotovelos nos joelhos. Então, soltou uma risada estranha.

— Tentas de alguma forma usar artifícios para declarar tua cumplicidade. Devido a esta dívida te afastaste de Glastonbury, levando aqueles que poderiam me delatar? Como Gawain e seus irmãos?

— Não distorças o que digo, Lancelot! Gawain foi por vontade própria, o mesmo digo dos seus irmãos! Deuses, o que pretendes com isso?

— Não pretendo, porque já consegui. E com teu auxílio! Desde que me acobertaste naquele duelo, percebi que poderia confiar em ti.

Tristan virou-se bruscamente, fitando-o com olhos severos.

— És insano! Viste como Cadwy me tratou? Com menos consideração do que um cão; é isso que queres para ti? — Ele não respondeu. — Por favor, Lancelot, eu te imploro... não volta a procurá-la. Tu não tens dimensão do que estás fazendo! Do caminho sem volta que estás tomando!

Ele continuou rindo, sacástico.

— Ninguém se importa com tuas opiniões, Tristan. Eu, inclusive. És útil apenas no que diz respeito aos treinos e ao exército. Por que te recusas a aceitar a verdade? O que quero de ti, já me deste; inconscientemente, como pensas agir, cederás uma vez mais e outra. Sempre que eu quiser, estarás atendendo-me, dispersando a atenção de Arthur e dos demais. E sei que farás isso, pois não tens outra alternativa.

Tristan, enfurecido, deu as costas para o companheiro, apoiando-se na mesa.

— Não se eu for embora daqui.

— E irias?

Ele voltou-se para Lancelot.

— Estás comemorando muito cedo, Lancelot. Cadwy não é o único que deseja minha expulsão de Glastonbury! Tua amante não oculta sua repulsa por mim! Sei que Guinevere anseia pela minha ida.

— Não é por tua presença, Tristan. É porque tens sido um estorvo entre nós, em vez de agir como esperávamos que agisses! Desde tua vinda, eu a alertei sobre seres o caminho para nós, embora ela sentisse desconforto diante de teu nefasto destino e a dúvida de seres confiável. Quanto a isso, eu não temia. Entretanto, ser nosso embuste, era o que esperávamos de ti, não tua estúpida e contínua resistência. No começo, segui teus conselhos apenas para ganhar tua confiança para então atingir meu intento, tendo-te ao meu lado. Tendo tua cumplicidade! Como afirmei mais de uma vez, Tristan... somos parecidos, muito parecidos! Carregamos a mesma sina... Sei que compreendes!

Ante aquelas palavras, ele recuou, ainda encarando Lancelot. Um doloroso desapontamento atordoou-o. Jamais havia concebido ser usado daquela forma. Aniquilado, ele nada mais disse. Apenas deu as costas ao cavaleiro, evadindo-se do aposento. Ciente do que Lancelot queria de si, já não sabia mais o que deveria fazer. Entrementes, havia comunicado sua decisão em ir a Trèbes diante de todos; como desistir?

— Tristan!

Era Gawain que o chamava. Transtornado, viu o cavaleiro vindo ao seu encontro.

— Pensei que estivesses ocupado, preparando-te para a viagem.

— Não tenho muito o que levar — disse, esforçando-se para disfarçar sua profunda angústia.

— Arthur pediu-me para transmitir-te um recado... Ele está agradecido por tua decisão de acompanhar Lancelot; nisto até eu te agradeço — Gawain, de certa forma, admirava a habilidade dele com as armas. — Ele pede desculpas pelas palavras de Cadwy e insiste em teu retorno. Creio que o melhor, seria ir conversar com ele.

— Obrigado, Gawain — mas Tristan não foi ter com o *dux bellorum*. E tinha dúvidas quanto ao seu retorno. Deixou Gawain e foi preparar Husdent para a viagem.

No estábulo, certificando-se das ferraduras do animal, pesou a decisão de deixar Glastonbury. A verdade era que ansiava em permanecer. Ali, havia encontrado um motivo para sua existência, apreciava a companhia de todos, a despeito das palavras de Lancelot. Mesmo que seu valor se resumisse ao talento com as armas. Porque era grato a Arthur, que conforme Garreth dissera, procurava sempre o melhor em um ser humano. O *dux bellorum* havia confiado em si, a ponto de convidá-lo a fazer parte de uma aliança com bravos cavaleiros, mesmo nem mais possuindo o título. No entanto, o que mais havia lhe comovido, era o que Arthur havia dito-lhe sobre a possibilidade de um homem ser perdoado, de encontrar paz em si...

Como iria ali permanecer, deparando-se todos os dias com ele, Arthur, ciente das atitudes de Lancelot? Se ficasse, não estaria sendo conivente? Mesmo que tentasse avisar Arthur sem se expor?

Tristan, tu viveste uma tragédia. Se tivesses um meio de impedir uma segunda, o farias...?

Agoniado, desafivelou a loriga, retirando-a. Suor ainda lhe escorria pelas têmporas. A maldita insegurança — uma falha sempre presente em seu caráter, desde seu odioso labéu — o impedia de agir. Nem ao menos tivera firmeza de expor Lancelot, quando este agira de modo tão ordinário, quando do duelo... Como iria revelar tamanha afronta, tamanha traição a Arthur, ainda que o *dux bellorum* houvesse dito confiar em si? Arthur poderia até dar-lhe crédito, em virtude de suas próprias suspeitas, mas e quanto aos demais guerreiros? Não iriam refutar a acusação, condenando de forma contundente o autor dela?

Apoiado na baia de Husdent, cabisbaixo, reconheceu estar encurralado. Era incapaz de interromper o percurso daquela sucessão de fatos, conforme dera a entender a Arthur, tanto quanto deveria exaurir as esperanças dos...

...amantes.

Uma vez, é suficiente, pensou, afastando-se da baia e afagando Husdent. *Que maldita força é essa, capaz de cegar e enlouquecer um homem?* Ele sabia, mais do que ninguém. Era a paixão, o desejo... o amor. Um amor arrebatado, insano. Um sentimento de que ele próprio havia sido vítima... exatamente como Lancelot lhe dissera.

E concluiu que nada seria capaz de deter Lancelot.

Parte III

XX

O pranto marítimo soou envolvente, acompanhado por distantes lamentos das gaivotas. Réstias solares invadiram o recinto ocupado por um homem à beira da morte, e dois que o velavam. Kaherdin levantou seus olhos para o velho escudeiro, acomodado na cabeceira oposta do catre. Entre eles, o estertor de um moribundo, cuja resistência parecia cada vez mais débil.

— Disso tudo, escudeiro... — o duque iniciou — ... só posso dizer-te o quanto Arthur estava correto quando afirmou os motivos de uma guerra. — Ele direcionou seus olhos para o acamado. Sua aparência miserável e doentia angustiava o duque. — Todavia, ouso dizer que Arthur já imaginava dissidências entre seus próprios guerreiros.

— Talvez sim, senhor duque, mas não com a extensão com que sucedeu.

Kaherdin ergueu-se e andou até a janela, acomodando seus braços no parapeito. O mar, vazio, prosseguia com o eterno canto. Pensativo, ele virou-se para o escudeiro.

— Ele não retornou, certo? — referiu-se a Tristan e a Glastonbury.

— Não.

— E... Arthur soube por quê?

— Desconheço a resposta, senhor. Mas posso dizer que meu senhor sofreu com esse auto-exílio. Tristan apreciava viver com o exército de Arthur, contudo, terminou ficando por breve período.

— O que farias no lugar dele?

Gorvenal suspirou.

— Colocaram-no em uma situação difícil, senhor duque. Não creio que teria agido diferente.

Kaherdin voltou a acomodar-se. Refrescou a fronte do moribundo, que lentamente descerrou as pálpebras. Tristan fitou-o em silêncio. Então, moveu-se com dificuldade, procurando alcançar, com sua mão direita, a do duque. Kaherdin amparou-a, apertando-a levemente.

— Ela virá, meu amigo. Eu sei que ela virá. Sejas forte... como sempre foste!

Ele não respondeu. Apenas inspirou, sôfrego. Comprimiu outra vez as pálpebras e soltou o peso de seu braço em Kaherdin, que o acomodou no catre. Ainda refrescando-o, o duque indagou:

— E o que aconteceu, escudeiro?
Gorvenal ajeitou-se em seu banco. Melindrado, retomou a história.

Em um povoado próximo à Floresta de Brocéliande, na Pequena Bretanha, a presença de um homem austero, carregado de rancor e melancolia, não era mais uma surpresa. Os simples camponeses haviam se acostumado a tê-lo ali, apesar de no início, temerem-no. No entanto, perceberam ser proveitoso ter entre eles um guerreiro, principalmente se este estivesse disposto a protegê-los — junto com os aldeões que sabiam lidar com armas — de eventuais ataques.

Há sete anos ou mais — não sabia dizer — Tristan vivia naquele lugarejo, tendo como companhia, suas infelizes lembranças, as infaustas desilusões e feridas que jamais sanaram. A maior parte do dia cavalgava sozinho pela floresta; não raro, permanecia por meses ali, retornando apenas porque não sabia ao certo o que pretendia fazer com sua vida — era cônscio de não poder, ele próprio, dar fim a ela. Acordado e até dormindo, as lembranças de tudo o que atravessara atormentavam-lhe; as guerras, as decepções, as traições, a derrota. Sim, a derrota. Como o ocorrido em Trèbes. Apesar de perder a noção do tempo, recordava-se perfeitamente de quando partira de Glastonbury, ainda que estivesse hesitante quanto sua ida. Mas estava em dívida com Lancelot e havia dado sua palavra, que embora nunca mais tivesse valor, para si, era uma questão de honra.

As despedidas foram rápidas e dolorosas, pois sabia que era um rumo sem retorno, qualquer que fosse o destino da guerra. Ninguém suspeitou, exceto Nimue. Jamais duvidou disso quando disse-lhe adeus. *Ela sabe*, pensou, na época. Nimue, assim como Morgana, era uma sacerdotisa, mas diferente da irmã de Arthur, sabia perquirir o íntimo humano. Indagou-se se ela possuia conhecimento do amor proibido entre Lancelot e Guinevere; se tivesse, não a recriminaria por ela preferir o silêncio.

O adeus aos cavaleiros foi bastante árduo, principalmente a Garreth e a Marrok, a quem devia sua integridade física. No entanto, ainda mais doloroso, foi encarar Arthur. "Sentirei falta de ter com quem conversar e expor minhas angústias", foram as palavras do *dux bellorum*. Arthur estava perdendo seu confidente; Tristan, um irmão por sangue. Um grande e querido irmão. Na ocasião, encarando-o, sentiu-se oprimido sob o peso de sua omissão. Sob o peso de nova perfídia. A sós com ele, na sala em que se reuniam, recordou-se de quando o *dux bellorum*, frustrado, lhe narrara a respeito de seu enlace com uma mulher cujo interesse estava apenas respaldado no poder. De quando ele confessou-lhe seu amor jamais correspondido. De suas suspeitas... e de seu pedido... ...*serias capaz de evitar outra tragédia?*

Não foi capaz.

Naquele dia, quando Lancelot invadiu o recinto à sua procura, vacilou por irrisórios instantes. Estavam apenas os três na sala e repentinamente, viu-se propenso a agarrar Lancelot, fazendo-o prostrar-se perante Arthur e obrigá-lo a confessar o que havia feito. Viu-se ameaçando-o — a espada de Rivalin roçava o pescoço do cavaleiro — fazendo-o expor seu plano torpe, que culminou com seu afastamento de Glastonbury. "Fui ludibriado, Arthur, como tu!" — imaginou-se proferindo.

Contudo, ele não conseguiu agir. Uma falta pela qual seria atormentado até o fim de seus dias.

Lancelot retirou-se da sala e o *dux bellorum* avizinhou-se do deprimido guerreiro, sem, contudo, perceber a angústia em sua face. Arthur envolveu-o pelos ombros, acompanhando-o até o jardim. Não disse-lhe adeus. "Não sejas imprudente, meu irmão. Quero-te de volta vivo, percebes?" — proferiu. Foi quando Tristan percebeu estar morto há muito tempo. Mas ele assentiu, fosse porque uma parte de si realmente desejasse retornar, fosse porque não haveria nada mais a suscitar.

E eles partiram para a guerra. A luta revelou-se desgastante, Trèbes estava cercada, tendo ficado em sítio mais de um ano e meio. Além de desgastante, desvelou-se extremamente sangrenta; ele perdeu a conta das vidas que tirou, mas o inimigo era poderoso demais. Por fim, com os suprimentos esgotados, muitos soldados que antes lutavam pela ilha, aderiram ao inimigo. Tristan não ficou surpreso por isto ter acontecido, concordou ter até demorado para isso ocorrer. Das desgraças da guerra, a fome era uma das mais deprimentes, capaz de enlouquecer um homem e a motivar guerreiros a desertar ou a insubordinarem-se, atacando seus próprios superiores. Em um dos piores momentos da batalha, com os dois exércitos em choque, percebendo alguns guerreiros bretões corrompidos pela histeria, enlouquecidos, Tristan teve que matá-los. Nesse dia, sua legião retrocedeu, desgastada, humilhada e desfalcada. O resultado daquela batalha era nítido, e Tristan tentou convencer — sem sucesso — Lancelot a abandonar a causa. As discussões que travaram, agravou o ânimo dos guerreiros restantes, que tinham conhecimento do desfecho da guerra. A deserção aumentou, tanto quanto a migração para o lado inimigo, o que facilitou na derrota devastadora do exército bretão.

Dessa forma, Trèbes — uma ilha localizada ao norte da Pequena Bretanha — capitulou. Ban resistiu até o fim de suas forças, mas foi morto por Claudas, um monarca ambicioso e que freqüentemente lutava ao lado de seus homens. Os bárbaros aliados a Claudas não encontraram dificuldades para massacrar os últimos focos de resistência. A cidade foi destruída. Um pequeno grupo de quinze homens — dos mil e duzentos, que vieram com Lancelot — conseguiu fugir e atingir a Pequena Bretanha, onde Tristan havia deixado Husdent. Dos quinze,

Tristan, Lancelot, Dagoneth e Griflet — os únicos cavaleiros da força de elite de Arthur que os acompanharam — e Ector de Maris — filho ilegítimo de Ban e que vivia em Trèbes — foram alguns dos sobreviventes. Contudo, teriam mais uma baixa — Tristan não ia retornar.

"O que tiver de acontecer, Lancelot, deve acontecer sem minha interferência." — afirmou, ressentido, selando Husdent para ir-se. Em um gesto brusco, Lancelot agarrou-o pelo ombro, fazendo-o virar. "Canalha sórdido! Quando não és tu o amante, finges ter juízo! O que Arthur difere de Marc?"

Com o rosto contraído de ódio, Tristan obrigou-o a soltá-lo, praticamente empurrando-o. Montou Husdent, e antes de partir, cravou seus olhos no então companheiro de armas. "Disseste uma única verdade, Lancelot, quando chamaste a mim e a ti de seres desprezíveis. Pelo menos *nisso*... foste sincero!" E atiçou Husdent a cavalgar.

Durante dias, vagou por aquelas terras. Pequena Bretanha. Atravessou inúmeras noites ao relento, tendo como companhia os pesadelos do massacre em Trèbes. Freqüentemente, acordava em pânico — e mal havia embalado no sono — com o reflexo de lutar. As imagens dos guerreiros de sua unidade sendo aniquilados, e ele sem nada poder fazer, consumiam-no, tanto quanto a terrível lembrança de ter assassinado bretões ensandecidos; da mesma forma, a sua atitude em relação a Arthur... teria agido certo fugindo? Deveria ter alertado-o quando ainda estava em Glastonbury? As dúvidas e o peso em dobro da traição castigavam-no; era perturbado pelo arrebatamento e devastado pelo remorso, a tal ponto de em uma noite, em frenesi, desembainhar a espada de Rivalin e apontá-la contra si próprio. As cintilações oriundas da diminuta fogueira revelaram um homem ajoelhado, soltando sua espada, que vibrou debilmente em contato com a terra. Derribado, dominado pela agonia, viu-se incapaz de cometer o ato, não por lhe faltar coragem, mas sim, por não ser digno nem para privar sua própria — e ordinária — vida. Muito menos, com a espada de seu pai. *Deuses*, rogou, desesperado, *por que não permitistes meu fim em Trèbes?*

Ao que parecia, os deuses não ansiavam por sua morte. Deveria permanecer vivo por ora; era seu destino. Mas temia por sua sanidade. Dia a dia, estava perdendo a razão e para preservar a que lhe restava, concluiu ser necessário a convivência com outras pessoas; assim, prosseguiu caminhando. Por quase um ano, vagou sem um destino determinado. Finalmente atingiu aquele povoado, cuja maior parte dos habitantes era composta de camponeses. Seria um bom lugar para enterrar sua espada e seu passado, se permitissem ali estabelecer-se. Concederam seu pedido, desde que aceitasse trabalhar enquanto ali permanecesse, o que, para ele, não era um entrave. No entanto, fracassou quanto a tentativa de enterrar tudo o que era, pois mais de uma vez, fez uso de sua espada para defender alguns camponeses de bandoleiros. Era apenas uma tola pretensão tentar esquecer tudo o que vivera, ele sabia. E ironia, foi ao término de sua demonstração de destreza com as armas, que os camponeses ficaram mais conformados em tê-lo ali, apesar de muitos — em seu íntimo — temerem-no.

E os dias arrastaram-se, malditos, vazios e sombrosos. Por vezes, quando o sono lhe faltava e uma triste agonia lhe inundava o espírito, desejava nunca ter visto Iseult. *Nenhuma desgraça teria me atingido*, refletia, desgostoso. Noutras, ainda sentia-se ligado a ela, a despeito dos anos. Era incapaz de romper aquele elo. Era impossível esquecê-la. Entrementes, não sabia dizer se ainda a amava. Se, por tudo o que havia atravessado sentia mais amor adquirido pelo sofrimento, ou se resignado a entregar-se ao sofrimento pelo amor. *Por uma mulher que jamais será minha novamente*, lamentava-se.

Fossem quais fossem seus pensamentos, estivesse onde estivesse — na floresta, na pequena casa de pau-a-pique que construíra, ou mesmo entre os camponeses — nada lhe trazia sentido, nada atingia seu espírito. Nada mais importava. Era a morte em vida. Ou a vida no aguardo da morte. Ele próprio se considerava espectro de um homem; até fisicamente sofrera drásticas mudanças. Emagrecera consideravelmente, perdendo parte de sua compleição muscular. Marcas de expressão, profundas olheiras contrastavam com a face pálida; os cabelos agora prateados, davam-lhe uma aparência sofrida. Talvez a exaustiva rotina vivida naquele povoado fosse mais um agravante, entretanto, ele estava enfastiado demais para se importar.

Todavia, certa manhã, despertou com um alvoroço causado pelos camponeses. Apenas quando estavam para ser atacados o rebuliço tinha fundamento. Ainda restavam-lhe seus reflexos e a intimidade com a espada, embora em todos aqueles anos, reduzidas vezes dela fizesse uso. Armado, deixou seu abrigo, mas não encontrou qualquer ameaça ou inimigos em potencial. Apenas viu um cavaleiro sendo recebido pelos camponeses e escoltado até o poço de água. Mal-humorado, amaldiçoou os aldeões; era necessário tanto alarde devido a um visitante? Perguntou-se quem poderia ser o estranho. Com toda certeza, era um conhecido do povoado — única explicação para a azáfama. Assim sendo, embainhou a espada e decidiu voltar a dormir. Se conseguisse, iria dormir o dia todo. Mas ouviu chamarem-no. Olhou por sobre o ombro, era o estranho que dele se aproximava.

— És o cavaleiro que defendeu estes homens? — referiu-se aos campeiros. Perguntou em gaulês.

— Sim. Mas não sou cavaleiro — respondeu, no mesmo idioma.

O estranho parou diante dele. Era um homem distinto e de olhar pacífico.

— Mas sabes utilizar a espada, estou certo? — ele voltou a atenção para a arma.

Tristan ajeitou as vestes rústicas, parcialmente rasgadas.

— Isto — disse, mostrando a espada — faz parte de um passado que esforço-me em esquecer — ameaçou seguir o caminho para seu abrigo, mas foi impedido pelo visitante, que o deteve pelo braço.

— Espera, amigo. Peço apenas um momento de tua atenção — vendo que Tristan interrompeu seus passos, o homem prosseguiu. — Preciso de ajuda, de homens que saibam lutar.

— Sinto frustrar tuas expectativas, senhor. Não quero me envolver em novas guerras; estou farto de derramamentos de sangue.

— Derramamento de sangue? Só se for de inocentes — o desconhecido não se conteve. — Pois a guarda de Howell não está preparada para enfrentar os perigos...

— Mencionaste Howell? — Tristan o interrompeu.

Percebendo o súbito interesse, o homem prosseguiu.

— Exatamente. Tu o conheceste?

Tristan confirmou. Era ainda muito jovem, mas já carregava parte da desdita que o abraçaria ao longo de seus dias. Foi em seqüência ao acidente com o garoto, no celeiro da fazenda de Rohalt. Deixara a Britannia para continuar seus estudos na Armórica, Pequena Bretanha, e seu anfitrião era amigo de Howell. Havia visto o duque várias vezes.

— Sinto dizer-te que ele está morto.

Tristan recebeu a notícia com profundo pesar.

— Pior do que a morte do duque, é a situação de seu filho. A guerra irá assolar o ducado de Brittany, em Cairhax — o estranho continuou.

— Sei que não seria de grande valia — Tristan rompeu. — Não luto há muito tempo, desde a queda de Trèbes.

O cavaleiro sorriu.

— Comparado a mim, meu amigo, és o próprio mestre das armas. Pois apesar dessas roupas, não sou um cavaleiro. Estás falando com um seminarista.

— Seminarista? — Tristan franziu o cenho. — E estás indo para a guerra?

— Para a morte. Ainda assim, o faço por amor ao duque e a seu filho, pois muito devo a eles. Como minha presença vai ser insignificante, estou pronto a pagar por verdadeiros homens de armas. Não tens interesse? Ouso dizer que não estás farto das batalhas, mas sim, dessa vida campestre. Teus olhos me dizem isto.

Era verdade. Por alguma razão desconhecida, Tristan não confirmou o que ouvia; simplesmente deu as costas e entrou em seu simplório abrigo. O seminarista não se intimidou e o seguiu.

— Com tua permissão... — disse, já dentro da cabana. — Nem por boas recompensas queres me acompanhar?

Ele depositou a espada ao lado da cama feita de palha, sentando-se em seguida.

— Usa teu dinheiro para contratar bons mercenários. Ademais, não ias querer um campesino no teu exército — ele suspirou. — Nem trajes possuo mais.

O seminarista sorriu. Sem constrangimento, sentou-se próximo de Tristan.

— Se é com isto que te preocupas, garanto que terás o melhor traje — ainda sorrindo, ele prosseguiu. — Um seminarista disfarçado de cavaleiro, um cavaleiro disfarçado de camponês. O que pretendemos?

Tristan fitou-o, a agonia estampada em sua face.

— Um pouco de paz — versou. — Nem que fosse por irrisórios momentos.

O visitante não compreendeu. Nem poderia, afinal, não conhecia aquele homem. Os aldeões apenas disseram-lhe seu nome, seu comportamento lânguido e sobre sua familiaridade com as armas.

— Julguei que tivesse toda a paz do mundo, vivendo aqui.

Tristan descansou a cabeça nas mãos.

— Não importa — resmungou, a voz embargada.

O seminarista encarou-o com gravidade.

— Por que carregas tanta dor, amigo? Não percebes o quanto afastas as pessoas de ti? Os camponeses, por exemplo... eles te temem tanto quanto admiram tua destreza com a espada.

— Eles ainda me temem? — ele levantou seus olhos.

— São pessoas simplórias, ingênuas. Para elas, a vida é um dom dos deuses. Evidentemente, temem as guerras e as barbáries, mas nada além disso. São incapazes de entender o que pode levar uma pessoa a perder sua sensibilidade, seu anseio em viver. Digo isso porque os conheço; são supersticiosos, como muitos habitantes de povoados. Acreditam que os deuses te castigaram, roubando teu espírito, restando apenas um corpo desprovido de sentimentos, por isso o medo. Receiam ficar igual a ti. E não é a primeira vez que ouço comentários a teu respeito. Nas outras visitas que fiz ao povoado, tencionava conhecer-te, mas estavas entranhado na floresta — o seminarista passou sua mão pelos cabelos escuros. Uma barba da mesma tonalidade, contornava o rosto sereno. — Há quanto tempo estás aqui?

— Eu... não sei — vacilou. — Perco-me nas pungentes desgraças em minha vida, é só o que tenho. O tempo esvaiu-se, restando apenas amargas lembranças que me torturam; delas não tenho como esquivar-me! — cabisbaixo, deu vazão às suas amarguras.

O visitante aproximou-se dele, sustendo-o pelos ombros. Tristan levantou os olhos; naqueles anos dispersos, também em um momento de suprema dor, um amigo havia amparado-o de semelhante forma.

Dinas...

— Meu amigo, será a insanidade que irás encontrar, se continuares aqui. Não percebes? Tu vives, mas sequer tens consciência disso. Peço, para teu próprio bem, que me acompanhes, mesmo se não quiseres lutar ao meu lado.

— A única consciência que me restou, seminarista, foi a do infortúnio.

— Garanto que irás piorar se aqui permaneceres — ele levantou-se. — Bem, não posso te obrigar a nada. Mas se buscas a paz, aconselho-te a tentar procurá-la primeiro, em ti. Jamais terás sossego se não conseguires apaziguar teu coração, ainda que insistas nesta vida enfadonha — e o moço retirou-se.

Naquela noite, o sono não veio. Sozinho, amuado, tentou discernir em sua mente atormentada, o que havia feito consigo. A obstinação em resistir naquele vilarejo, nada mais era do que o medo e receio de enfrentar novamente o mundo. O mundo além daquela vila. O mundo... e sua própria vida, vertida a lágrimas de miséria. Os anos não dirimiram a acintosa armadilha bem arquitetada de Lancelot, nem o peso de ter traído um pai e um irmão. Desse odioso ardil, adveio uma profunda aversão pelas pessoas — que ousassem aproximar-se demasiadamente de si, tanto quanto seu descrédito por qualquer virtude humana. O vácuo em seu íntimo — a cicatriz pelas inúmeras vezes em que fora devastado pelo sofrimento — era agora preenchido pelo rancor, pela indiferença e pelo ceticismo. Tais sentimentos, não eram por ele ocultados — deixava-os manifesto, motivo pelo qual os camponeses temiam-no e jamais provocavam-no. Eram circunstâncias conhecidas por ele, mas não raro, as demonstrações de pavor ante sua presença, terminavam por irritá-lo ainda mais. Um círculo vicioso e contraditório, pois procurara um local onde pudesse conviver com outras pessoas. Mas não as tolerava próximo de si. Contudo, a despeito de seu rancor e desprezo pelos membros do povoado, não hesitou em socorrê-los, quando necessário.

Em verdade, nem ele próprio compreendia seus atos. Na obscuridade de seus pensamentos, recordava-se de ter desejado a morte... e alcançara em parte seu anseio. *Eles estão certos...*, avaliou, consternado. *De mim, soçobrou meu corpo, preso nesta letargia.* Os anos dissolveram-se, mas deles, nada poderia dizer. Porque não os vivera. Escapava-lhe da lembrança a idéia dos dias, das semanas, do tempo. Era como se no dia anterior tivesse atingido o vilarejo, pedindo por abrigo.

Era a morte em vida.

Então, como que desperto de um pesadelo, teve a real dimensão do que estava lhe acontecendo, do cárcere que havia criado para si. Um ergástulo cujas grades haviam sido forjadas pela traição, derrota, culpa, medo e apreensão em viver. Sentimentos que erradicaram sua razão e o sentido de sua existência. A dolorosa conseqüência revelou-se no espectro que sabia ter se tornado. *Terei enlouquecido?* amargou-se. *Deuses... o que devo fazer?* Perturbado, fitou a entrada do abrigo de pau-a-pique, percebendo que, à simples idéia de sair dali lhe soava tenebrosa. Como superar seus traumas e expor-se... para além daquele povoado? Aterrorizava-o a idéia de ir para outro lugar e defrontar-se com novas armadilhas e sofrimentos — uma certeza incrustada em seu íntimo, porquanto sentia estar fadado ao martírio.

Contudo, não estava padecendo amargamente ali? Inquieto, sentou-se. Abraçado aos joelhos, ali apoiou a cabeça. Esforçou-se para localizar-se no tempo, mas tudo lhe era vago. Sua vida estava tão vazia quanto ao período que ali estivera.

Naquela noite, não repousou.

Nas primeiras horas da manhã seguinte, estava percorrendo a vila. Procurava pelo seminarista; tinha esperança de que ele ainda não partira. De fato, encontrou-o na ferraria. Dois camponeses que ali estavam cumprimentaram o recém-chegado secamente, para em seguida, retirarem-se. O seminarista — que acompanhara o modo como os camponeses agiram: saindo rapidamente da loja — divertiu-se.

— Bom dia, cavaleiro.

— Não te dirijas a mim desta forma! — rebateu, ríspido.

— Perdoa-me! Teu humor está tão terrível quanto tua aparência. Não dormiste, meu amigo?

O ferreiro acompanhava os dois homens em respeitoso silêncio. Como os demais moradores, evitava qualquer aproximação com Tristan, conversando com ele apenas o estritamente necessário. No entanto, Kurvenal, o seminarista, ousava zombar dele? O ferreiro surpreendeu-se. Mas Tristan não mostrou-se irritado ou nervoso, o que freqüentemente ocorria, quando perturbado.

— Não, não dormi. Que diferença faz? Dificilmente durmo bem. E tive no que pensar. Muito, aliás. E...

— E...?

Tristan fixou seu olhar no ferreiro, curioso com a conversa. Este, porém, ao sentir os olhos daquele amargo homem cravados em si, largou os instrumentos, não se importando com o trabalho em execução, deixando a loja imediatamente. Kurvenal — que se conteve ao máximo, para não rir — repetiu:

— E...?

— Irei contigo, seminarista. Mesmo afastado das batalhas, nada tenho a perder, se vier a ser morto. Ao menos, será por uma boa causa.

Kurvenal aproximou-se dele, batendo-lhe de leve no ombro.

— Fico contente apenas por teres decidido a vir comigo. Mas o que te fez mudar de idéia?

Tristan comprimiu as pálpebras com os dedos das mãos; em seguida, com os olhos avermelhados, fitou o companheiro. Estava sendo difícil superar seus traumas. No entanto, havia decidido tentar. Houve uma época em que queria manter a mente ocupada; talvez fosse essa longínqua determinação que agora o encorajava e o impelia, subjugando os pilares do pavor.

— Um longo pesadelo. Apenas agora, despertei.

— E despertaste para a guerra?

Ele confirmou.

— Ou para a morte — talvez fosse este o verdadeiro motivo que fez com que dominasse seus receios. Sua morte.

O seminarista — que o ouvia atentamente — recordou-se de que também havia dito isso e julgou que Tristan estivesse sendo zombeteiro, portanto, sorriu.

Mas Tristan não estava brincando.

— Guerra, então — ainda com o braço apoiado em Tristan, deixaram o estabelecimento. — Podes me chamar de Kurvenal, amigo.

Partiram no dia seguinte. Com relação ao traje, Kurvenal disse que até atingirem Cairhax, Tristan o teria. Cairhax ficava ao sul da Floresta de Brocéliande, o que significava alguns dias de cavalgada. O seminarista, percebendo a apatia de seu companheiro, tentou amenizar a situação com conversas, porém, não obteve sucesso. No entanto, no fim de tarde do segundo dia de viagem, Tristan rasgou o silêncio, questionando a respeito do inimigo do filho do duque.

— Na época em que Howell era vivo, um nobre cavaleiro conhecido como Bedalis, foi seu maior pesadelo. Bedalis chegou mesmo a capturar Kaherdin, filho do duque. Contudo, Howell conseguiu resgatá-lo. Nessa ocasião, derrotou Bedalis, mas cometeu o erro de não matá-lo. Com a rendição deste, terminaram negociando; uma das condições do acordo era Bedalis não promover novos levantes contra o ducado.

— O que ele não cumpriu.

— Cumpriu, até a morte de Howell. Agora, Bedalis colocou a prêmio a cabeça de Kaherdin. Deves ter em mente o fascínio que os homens sentem pelo poder.

Ele aquiesceu, em silêncio.

— Quisera ter podido vir antes — Kurvenal comentou, frustrado. — Embora não aprecie guerras e desprezo a violência, preocupo-me com Kaherdin. Ele é jovem e inexperiente, o que me motivou a angariar e enviar dinheiro para a contratação de mercenários. Rezo apenas para que a situação não esteja tão grave no ducado.

Ao avanço da noite, montaram acampamento. Kurvenal, apesar de ser seminarista, era íntimo com os segredos de uma vida ao ar livre. Não encontrou dificuldades para acender uma pequena fogueira, nem para ajeitar as selas dos cavalos, fazendo delas um encosto. Auxiliou Tristan na caça e dividiram a refeição. Depois, com a espada pousada nas pernas, resmungou:

— A vida seria bem melhor se os homens não fizessem da ambição e do poder, seus senhores absolutos. Sirvo ao Deus Único, que nos criou à Sua semelhança, mas considero isso um insulto. Deus nos deu a vida, nos ensinou o amor e jamais nos presenteou com o ódio ou a guerra.

— Tenho limitado conhecimento a respeito desse Deus que falas, embora em outros lugares testemunhei comentários a respeito Dele. Mas ouso dizer que nesse aspecto, não é o teu Deus e nem qualquer outro que motiva o homem a isso. Se o fazem, Kurvenal, é apenas por uma justificativa.

— Acreditas nisso?

— Acredito que os homens sempre interpretarão qualquer deus como lhes convém. E usarão essa interpretação para fazerem o que bem entenderem. Para aqueles que seguem um determinado deus, será a mais cega verdade, seja qual for sua doutrina, mas para aqueles que discordarem desses dogmas, o ato será considerado insano. E teremos o palco para um conflito. Os primeiros tornar-se-ão escravos de uma entidade pré-concebida, e por ela, farão tudo em seu nome.

O seminarista sorriu levemente.

— Podes estar certo — Mas o Deus a que sirvo, não prega qualquer violência.

— Ainda que não pregasse, Kurvenal. Insisto; são os homens que vêem a violência onde não há. Viste alguns destes deuses aqui, ao nosso redor, conversando conosco? Decerto que não. Mas os mais exaltados, ou os intolerantes, são capazes de alegar que sim, *viram* o seu deus e atenderão seus desejos. Por exemplo, o de iniciar uma guerra. Não deixa de ser um artifício.

— Não quanto ao Filho de Deus. Ele esteve aqu...

— Nos tempos dos romanos, creio eu — prosseguiu, interrompendo o seminarista. — Certa vez, alguém me falou Dele ter sido crucificado. Não sei o que ocorreu, mas sei que foram os homens que fizeram isso. E voltamos ao início: os homens vêem a violência mesmo onde jamais deveria existir, conforme tuas palavras. No caso, neste Homem que chamas de Deus. Para ser sincero, disseram-me que este teu Deus é capaz de perdoar e amar qualquer pessoa. Nesse aspecto, concordo que a violência não coaduna com tais ensinamentos.

— Como chegaste a estas conclusões? — Kurvenal estava assombrado. Seu companheiro nem parecia o homem de momentos atrás. Não o imaginava ser capaz de discutir idéias básicas a respeito de teologia.

— Teus amigos do povoado devem ter te narrado alguns dos ataques que sofremos. Não sei de onde estes selvagens provieram, mas percebi os líderes incitando os guerreiros a lutar, a matar... em nome da divindade que cultuavam — Tristan comentou, ajeitando-se.

O seminarista desenhou um triste sorriso em seus lábios.

— É um modo perspicaz de cultuar o fanatismo. Mas e quanto a ti? Há algo em que acreditas?

Tristan deu de ombros.

— Respeito os deuses de meus antepassados, mas não creio que eles se importem muito com os homens.

— Deus se importa conosco.

O guerreiro prendeu seus olhos no seminarista.

— E como afirmas isto com tanta certeza?

Kurvenal suspirou, levantando seu rosto. A fogueira estalava.

— Ainda estamos em Brocéliande... conheces este lugar?

Tristan negou.

— Desde criança, ouvi dizer que esta floresta era um dos domínios de Myrddin, um dos mais poderosos druidas. Diziam que ele costumava vagar por aqui.

Ele continuou em silêncio. Estava prestes a pedir para que o seminarista interrompesse aquela conversa.

— Certa vez, me envolvi em uma briga com outros garotos. Como era esperado, me derrotaram e desconsolado, penetrei nesta floresta. Com facilidade, me desorientei e fiquei completamente perdido. O mais estranho, foi que não me assustei. No terceiro dia, escalei um carvalho e consegui me orientar. Quando desci e no momento em que virei-me, na direção que deveria seguir, colidi com algo. Ergui meus olhos, não compreendendo — estava, até então, só... — o seminarista inspirou profundamente. — Bem na minha frente, vi um homem. Até hoje, não sei dizer se era um homem jovem ou velho. Lembro-me dele ter uma barba curta e cabelos longos, mas estavam presos. A expressão em seu rosto era enigmática. Ele usava apenas uma túnica, escura, e um cinto, do qual pendia uma espada. O homem encarou-me, sorrindo e questionou se estava perdido.

"Não", eu lhe respondi.

"Tens certeza?" — ele insistiu. "Tua mente parece estar certa onde se encontra, mas e teu coração?"

— Naquele momento, não compreendi o teor da pergunta. O homem, alto, agachou-se ao meu lado e prosseguiu:

"Tua discussão com os garotos foi porque te recusaste a atirar pedras contra um cão ferido. E ainda o defendeste, o que causou furor nos demais."

"Eles acusaram-me de fraco..." — rebati.

O homem segurou minhas mãos, fazendo-me ficar próximo a ele.

"Não é a falta de vigor, mas sim o respeito que guia teus passos. Estás trilhando o rumo de teus dias futuros, filho."

"Creio que meu futuro... será medíocre. Sou medroso... ou, como os garotos dizem, um covarde."

O homem riu.

"Admirar a vida sem tirá-la, é mostrar nobreza e coragem. Porque percebeste ser a vida um dom dos deuses."

Kurvenal silenciou-se por instantes.

— Foi nesse momento que lhe disse acreditar no Deus Único, dos cristãos, como minha mãe.

— E...? — Tristan indagou, agora interessado.

— Ele sorriu novamente e disse-me que não importava quem era a entidade em que acreditava, mas sim, como eu me portava perante ela. O que fazia por ela. Daí, comigo, para sempre ela estaria.

Entreolharam-se.

— Não percebes, Tristan? Um druida, talvez o próprio Myrddin, convenceu-se da existência de um Deus Único. Isso me deu a certeza de que esse Deus é real e por isso, segui um caminho oposto da violência — ele sorriu, agora acanhado. — Certo que meu pai odiou-me por isso... Afinal, ele fazia parte da elite guerreira de Howell...

— Meu contato com druidas foi limitado, seminarista. Contudo, em minha opinião, eles preocupam-se mais com mistérios das diferentes artes do que com as deidades em si. E por mais que tu insistas com este teu Deus Único, sempre existirão aqueles que irão louvar os deuses antigos.

Kurvenal riu.

— Estranho. Foi mais ou menos essa idéia que aquele homem, depois me disse. Exatamente por isso que acredito tratar-se de Myrddin. O druida deveria estar ciente do conflito de crenças, o que é comum com um povo conquistado. Antes, cada região da Pequena Bretanha e mesmo da Britannia, louvavam uma divindade, isso quando a diferença não se dava em sítios. Os romanos impuseram seus deuses e alguns soldados evocaram o quase extinto mitraismo. Depois do fim do domínio romano...

— Não creio que os saxões adorem um deus, tratando-se de conquistadores.

— A morte, talvez! — Kurvenal mofou. — Seja como for, tens razão quando dizes ser o homem susceptível a guerras em nome de uma divindade. Não raro, os motivos de um deus são mais fortes do que os de um rei.

— Os dois corpos do rei... — Tristan evocou dos escassos dias em que regeu suas terras. E do tirano que derrubara. — A concepção de um corpo divino e de um humano; assim pode ser descrito um soberano. Triste é quando um rei pensa ser um deus. Pior: quando tem as ambições de um.

Kurvenal sorveu água de seu cantil.

— O que é deveras comum. Em resumo, é o poder que, não raro, leva o homem à violência e à loucura. Creio que se o homem se ocupasse com outros afazeres... — ele esticou o braço, apanhando um embrulho preso à sela — ...certamente não conviveríamos com tanta violência — ao desembrulhar o pacote, Tristan deparou-se com um *crwth*.

— Sabes tocar? — Tristan indagou, os olhos cravados no instrumento.

— Muito pouco. Na verdade, eu o trouxe de presente para a irmã do duque.

— Poderias me emprestar? — ele nem lembrava mais de quando tocara pela última vez. Tantos anos...! Com a lira galesa em suas mãos, ansioso, dedilhou-a. Uma inusitada chama de contentamento percorreu seu corpo, ao constatar ser ainda capaz de tocar. O suave som inundou a noite; nas notas, a saudade de quando era uma criança e confessara o desejo de aprender a tocar para Rohalt. Indagou-se se seu pai ainda estaria vivo. E Governal? *Nunca mais os procurei...*, refletiu, baqueado. Mesmo assim, continuou tocando, um *lai* seguido de outro. Mas não cantou. Quando terminou, percebeu Kurvenal pasmado, encarando-o.

— És exímio assim nas armas como no *crwth*?

— Não sei. Há tempo não luto. Já te adverti disso.

— E há quanto tempo não tocas? — Kurvenal sorriu.
— Muito — ele depositou a lira em seu colo.
— Meu amigo, és um mistério. És real ou estou tendo visões?
Estudando os detalhes da lira, apercebeu-se de seu rancor contra outra pessoa dirimir sensivelmente. Porém, existia em seu íntimo e se revelaria, diante de um excesso de aproximação. Decerto era cedo para confiar no seminarista; ao menos, a companhia dele não o irritava como a dos campeiros. Levantou seu rosto, encarando-o.
— Não sou um espírito, Kurvenal. Infelizmente, eu existo — rebateu, devolvendo-lhe a lira.
— Infelizmente? — indagou, sem entender o seminarista. — O que tencionas dizendo isso?
Mas Tristan não respondeu. Apenas deitou-se, encostando a cabeça na velha e desgastada sela de Husdent.
Kurvenal não insistiu. Também deitou-se, mas antes de dormir, estudou seu companheiro de viagem, iluminado pela fogueira. Era um homem sombrio, com um olhar profundo, como se quisesse enxergar o íntimo de uma pessoa. Os andrajos, a vasta cabeleira prateada, a barba rala também com tons de prata, agravavam-lhe a austeridade. Porém, o mais inusitado era a paixão que corria em suas veias. Jamais presenciara alguém tocar com tanto ardor, nem mesmo, menestréis. Tanta paixão... em um homem que demonstrava supremo desapego pela sua vida.

A viagem rendeu cinco longos dias, dias em que o seminarista contou-lhe outras passagens de sua vida. Tristan, ao contrário, evitou fornecer detalhes da sua, exceto sua participação na batalha de Trèbes, sendo também evasivo. Não havia nada mais a acrescentar. Mesmo porque, atravessou seus últimos anos confinado em um vilarejo, sem motivação ou anseio de viver. Desvencilhado daquela terrível estagnação, arcava agora com as conseqüências; o que tanto desejava esquecer, tornava-se uma necessidade inquietante e eram questões justamente a respeito do mundo à sua volta. Glastonbury e Colchester ainda existiam? Lancelot, Arthur... o que lhes havia acontecido? Infelizmente, sabia que Kurvenal não poderia responder suas dúvidas, afinal, estivera enclausurado em um mosteiro, saindo algumas vezes. E ele... em uma casa de pau-a-pique.

Pararam em outro povoado à margem do rio Nantes, onde Kurvenal encomendou novos trajes — duas cotas de malha e uma loriga para Tristan, inclusive. Ali pernoitaram; dois dias depois, Tristan substituiu as vestes gastas e rasgadas de camponês para provar as peças encomendadas. Experimentou a loriga e percebeu que jamais iria apreciar usar aquele peitoral. Ao vestir a primeira cota, deteve-se por instantes. Emoções adversas envolveram-no ao ver-se novamente com tais vestimentas — ainda que estivessem folgadas. Era como se agora constatasse o tempo perdido, despertando daquela odiosa espécie de morte. Estava reencontrando uma ínfima parcela de si, mas não se considerava afortunado por isso. Ao menos, deixava de ser apenas uma sombra sem vida, sem vontade. De viver apenas por viver. E uma vez mais, ergueu-se para defrontar a insólita trilha de seu destino. Pensativo, cingiu a espada em sua cintura. *Por mais que eu tente, jamais encontrarei um pouco de paz. Sei que não a mereço, no entanto, rogo aos deuses que me concedam-na, quando de minha morte.*

— Perfeito! — Kurvenal entrou no estabelecimento de chofre, vendo-o trajado com a cota de malha. — Nem comparação com aqueles trapos! Depois de conversar com os mercenários, poderemos partir.

O seminarista era um homem agradável e calmo, apesar das circunstâncias forçarem-no a enfrentar uma guerra. No dia seguinte, retomaram o caminho a Cairhax. Vencido os planaltos, na cabeceira do Golfo de *Morihan*, puderam ver as primeiras imagens do ducado. Conforme aproximavam-se, os sinais marcantes da insensatez humana estavam presentes nos rostos das pessoas, na destruição de campos e casas. Apesar de acostumado às guerras, Tristan era incapaz de se habituar com as expressões sofridas dos sobreviventes; o medo e o horror de mulheres e crianças. Afastaram-se da periferia e atingiram o centro de Cairhax, que felizmente, resistia. Um prédio do estilo romano era a moradia do duque. Assim que frearam os cavalos diante da construção, servos vieram recepcioná-los e imediatamente foram informar Kaherdin. Mal entraram no salão principal, viram um jovem vindo em sua direção, o rosto apreensivo.

— Kurvenal! Graças a Deus, estás aqui.

— Acalma-te, meu amigo. O filho de Howell não deve se entregar ao desespero.

— Tenho motivos, Kurvenal. Bedalis mandou-me um breve. Ele tem como aliado Riol de Nantes, tu conheces bem esse homem. Até agora, resisti, mas meus guerreiros temem... — devido ao nervosismo o jovem duque não havia reparado no homem que acompanhava Kurvenal. — Perdoa-me pela minha indelicadeza, cavaleiro — disse para Tristan. — Nem ao menos te cumprimentei! Sejas bem vindo ao ducado, apenas lamento as condições em que nos encontramos.

— Sei de vossas aflições, senhor — ele respondeu. — Espero ser útil auxiliando na guerra.

— Pretendes lutar conosco?

Ele confirmou.

— É um excelente homem de armas — Kurvenal intrometeu-se. — Pelo menos, foi o que ouvi, dos aldeões do povoado onde o encontrei.

— Então, tua presença é mais do que bem-vinda. Como te chamas, meu amigo?

— Tristan — o nome que há tanto tempo não pronunciava, causou vibrações inquietantes em si.

— Terás teu nome pronunciado com louvor, qualquer que seja tua ajuda. Mas antes de te expor os fatos, peço que vos acomodeis e relaxeis por alguns momentos; a viagem deve ter sido árdua e deveis estar cansados.

Algumas horas depois, refeitos, Kaherdin explicou a situação do ducado. Bedalis contava com o poderoso auxílio de Riol de Nantes, um cavaleiro que nunca havia convivido pacificamente com Howell. Pretendiam um novo ataque, talvez, o derradeiro. Riol era conhecido pelo seu temperamento violento e bárbaro; numa guerra, dizimava o inimigo, fosse um guerreiro ou apenas uma criança.

— Há ainda uma nova ameaça. Roger de Doleise, um conde — o duque continuou.

— Ele se indispôs contra vós?

— Ainda não, mas recusa-se a definir uma posição. Pode não estar contra mim, mas com toda a certeza, não irá lutar a meu favor.

— E vossos homens? — Tristan referiu-se ao exército.

— Desacreditados. Depois do último confronto, percebendo minha frágil situação, muitos debandaram. Desconfio de que alguns se aliaram com o inimigo. Suspeito isso porque tanto Bedalis como Riol, estão muito confiantes — ele suspirou. — Eles devem ter conhecimento de que não oferecerei mais resistência.

Tristan calou-se por alguns segundos.

— Riol pretende sitiar Cairhax, mas apenas se não nos apresentarmos para a última batalha.

— Iremos aparecer — Tristan sentenciou. Virou-se para Kurvenal. — Quero que me mostres onde será essa batalha. Duque, quantos homens tendes lutando ao vosso lado?

— Cerca de mil e quinhentos — o moço estava apreensivo, mas mesmo assim, continuou. — E não precisas de tanta formalidade para comigo, Tristan. Estás entre amigos.

Ele assentiu. *É um rapaz amistoso*, pensou. Mas concentrou-se nos assuntos militares.

— E quanto aos mercenários, Kurvenal?

— Quinhentos aqui se encontram. Trezentos deles fazem parte da armada; contratei outros trezentos, que devem chegar em breve.

— Não podemos aguardá-los. Necessário dar andamento à empreitada, portanto, quero conversar com teus homens, agora.

No entanto, Kaherdin — hesitante em acreditar estar conversando com um guerreiro experiente —, não se conteve.

— Perdoa-me por inquirir-te, Tristan... mas por que estás me auxiliando?

Ele jamais iria expor-se. Era suficiente a intervenção de Kurvenal, que o libertara de seu confinamento, um fato que muito em breve, o duque iria tomar conhecimento, quando a sós com o seminarista.

— Conheci Howell, duque — e ele repetiu o que dissera para Kurvenal. Quando terminou, Kaherdin informou-o de que seu antigo anfitrião, que apoiava Howell, havia sido assassinado por Bedalis. — Então, agora meus motivos são mais fortes — Tristan sentenciou.

Atendendo ao seu pedido, Kaherdin levou Tristan até a armada. O comandante supremo era Heri e a ele, Tristan foi apresentado. Kaherdin, que requisitara a atenção dos combatentes, informou-lhes de que doravante, todos teriam que aceitar as ordens de Tristan. A revelação causou furor e surpresa até para o próprio recém-chegado. Heri — como não poderia deixar de ser — teve convulsões de ódio; para ele, não fazia qualquer diferença as circunstâncias serem drásticas. Recuperado da surpresa, Tristan reuniu-se com cada legião; conversou com seus membros e respectivos superiores. Conheceu Cedric, comandante-chefe de todas as divisões da armada. As primeiras informações cedidas por ele eram preciosas, afinal, o tempo corria contra o ducado. Contavam com apenas duas semanas. Também reuniu-se com os mercenários — os últimos contratados, haviam chegado. Entre eles, um jovem em particular, chamou-lhe a atenção. Um jovem alto, dotado de forte musculatura e olhos marcantes. *Talvez*, refletiu, *sua fisionomia me lembre alguém que conheço*. Mas esqueceu o fato. Conversou com Caswallan, o homem eleito como líder dos mercenários. Caswallan informou o forte de seu regimento: ataques rápidos, de guerreiros montados e com carros.

— Falando em cavalos, Kaherdin... quantos dispões?

— Temos cinco legiões montadas.

— Tens garanhões de guerra?

O duque negou.

— Precisaremos deles. Caswallan, conheces algum lugar próximo onde possamos comprá-los?

— Um dia e meio daqui, Tristan.

— É necessário que envies alguns de teus homens para adquiri-los, nem que seja um grupo pequeno. Concordas, Kaherdin?

— Usarei o dinheiro que for preciso.

— Então, Caswallan, teu grupo deve partir agora. Compra também a proteção para os animais.

Caswallan imediatamente atendeu às ordens. Um grupo de trinta mercenários partiu em seguida. Como ainda atravessavam a tarde, Tristan, acompanhado do duque, Cedric, Kurvenal e do chefe dos mercenários, foi conhecer a área onde a batalha se realizaria. Era uma região com ondulações, flanqueada por árvores, que se tornavam mais cerradas a medida que se afastava do campo. Tristan cavalgou por todo a área, estudando de cada ponto, a perspectiva. Era a mesma, apesar das ondulações. Em outras palavras, um exército teria uma perfeita visão do outro. Voltou-se para os flancos.

— O que ele está fazendo? — Kaherdin indagou para os demais, ao ver Tristan cavalgando em direção das árvores.

— Planejando algo — Kurvenal suscitou.

O ponto de vista dos flancos — cujo terreno sutilmente elevado em relação ao campo — era amplo, permitindo visualizar toda a área. Em seguida, estudou os arredores. As árvores propiciavam um excelente disfarce e eram mais cerradas do lado oposto de onde o exército do duque viria. Satisfeito, Tristan tocou Husdent de volta.

— O que pretendes, Tristan? — Kaherdin, sem entender, questionou-o.

— Agradeça a boa vontade de teu inimigo, Kaherdin, em aceitar um duelo marcado.

— Não foi boa vontade, Tristan, mas sim, porque ele acredita que pode me vencer de qualquer jeito. Há boatos de que ele irá aparecer com um exército três vezes superior ao meu.

— Tanto melhor — rebateu, causando espanto a todos. — Precisamos voltar. Quero estudar com detalhes nossa investida. Antes, quero saber algo, Cedric. Tens guerreiros com perícia no arco e flechas?

— Dez legiões de cinqüenta homens.

— Muito bem. Agora, preciso que me forneçais detalhes dos costumes de teu inimigo. Tudo que vós lembrardes.

No dia seguinte, Tristan, Kaherdin e o seminarista se reuniram com o resto da armada. Os mercenários também estavam presentes.

— Antes de ver-vos em ação — Tristan iniciou —, quero revelar-vos como nos apresentaremos nessa contenda. Vosso inimigo tem por hábito, o embate de linhas de frente. Portanto, aos capitães, peço que selecionai aqueles com mais experiência para compor nossas linhas de defesa. Em auxílio, nas extremidades das linhas, teremos os cavalos de guerra, isso se o número de animais comprados, for no mínimo, de trinta. Servirá para algo. Atrás destes, quero a infantaria pesada. Qualquer obstrução nas linhas de frente, caberá à infantaria tentar conter. Os arqueiros e os cavaleiros com os animais leves se posicionarão em seguida.

— Estás louco? — Heri bradou, atraindo as atenções. — Os arqueiros devem ser posicionados na frente! Qual a utilidade deles na retaguarda?

— Foi este teu critério na última batalha, Heri?

Todos os olhares se direcionaram ao agora capitão. Heri, desconcertado, concordou.

— Então, creio não teres compreendido o esquema de teu inimigo. Arqueiros não são páreo contra uma fileira compacta de homens, escudos e lanças.

A descompostura surpreendeu a todos, até mesmo o duque. Heri, apesar da raiva, permaneceu com sua legião. Os treinos requisitados pelo comandante tiveram início. Com um olhar aguçado, Tristan observava cada um. Percebendo o potencial de um guerreiro, questionava sua função, para ver se era adequada com o que ele podia oferecer. Acompanhado de Caswallan, viu alguns dos mercenários. Procurou, por curiosidade, o rapaz cujo semblante lhe era familiar, mas não o encontrou. Provavelmente, estava no grupo que fora comprar os cavalos. Caswallan apresentou-o a Brennan e Trwyth, guerreiros que de longa data se conheciam e segundo o líder, os mais ferozes mercenários.

Nos dois dias seguintes, Tristan voltou a treinar junto com alguns guerreiros. No primeiro, retornou ao alojamento dos soldados completamente esgotado. Foi obrigado a disfarçar a fadiga de seus músculos enfraquecidos pela pausa de anos, com pequenos intervalos — os quais aproveitava para instruir ou elogiar algum guerreiro. Poderia não ter perdido sua habilidade em comandar, mas certamente, havia perdido seu vigor físico. Uma vez em seu quarto, jogou-se em sua cama. Foi um esforço considerável retirar a cota de malha. Apesar de faminto, desistiu da idéia de levantar-se e ir até o refeitório. Não suportaria dar mais um passo. E tão logo aninhou-se, dormiu. Acordou no alvorecer — exatamente na mesma posição. Ao sentar-se, dolorido, massageando o ombro e braço direito, constatou que seria um dia tão ruim quanto o anterior. *Percebo agora um único lado positivo de ter permanecido naquele povoado... Não enfrentei dores em meu corpo*, divagou, erguendo-se. Planejou um dia com treinos mais leves, ao menos dos quais faria parte, evitando desgastar-se em demasia. Mas ao encontrar com as tropas no refeitório, foi saudado com entusiasmo. Cedric e Caswallan informaram-lhe que seus homens estavam eufóricos e ansiosos para novos embates... com sua presença.

— Fico deveras honrado... — disse, imaginando se teria coragem de requisitar por uma espada de treino, mais leve do que a sua. *Um comandante, com uma espada de treino?!*, avaliou. Deu preferência à tática intervalada.

No terceiro dia, Tristan treinou menos, devido o retorno dos mercenários com os cavalos de guerra. Haviam adquirido trinta e cinco animais, encorpados como Husdent, mas de porte menor. Os cavalos foram enfileirados na arena, e Tristan os analisou. Uma égua cinza-claro, bravia, atraiu sua atenção. Aproximou-se dela e notou seus olhos encarando-o.

— Ela é agressiva, comandante, não ia comprá-la, mas... — o mercenário desculpou-se.

— Está tudo bem, rapaz.

Com delicadeza, Tristan acariciou-a no pescoço. A égua hiniu levemente. Ele escorregou suas mãos pela espádua do animal e segurou sua pata, fazendo-a dobrá-la. A pata — maior do que um cavalo comum — era adornada por longos pêlos, como Husdent. Estudou a ferradura. A peça, frágil para um animal daquele porte, estava fragmentada.

— Kaherdin! — Tristan chamou-o, soltando a pata da égua. O duque se aproximou. — Tens bons ferreiros?

— Acredito que sim.

— É bom que tenhas. Porque quero todos esses cavalos com ferraduras novas, iguais às do meu. São peças pesadas, por isso, as amarramos nas patas, facilitando para a andadura do animal. Teu estoque de ferro é bom?

O duque hesitou.

— Se não for bom, Kaherdin... começa a fundir tudo o que for de ferro e estiver ao teu alcance. Iremos precisar para as ferraduras... e para as pontas das flechas.

Kaherdin transmitiu as ordens. Naquele mesmo dia, as ferrarias iniciaram a trabalhar à toda, fundindo ferro e toda peça com este metal encontrada pelo ducado. Os modelos de Husdent orientaram os ferreiros e ele explicou como as pontas das lanças deveriam ser feitas e afiadas — o intuito era perfurar uma loriga —, uma operação que exigiu boa parte das mulheres e crianças no trabalho. O comandante retornou à arena, nos fundos da sede e pediu que selassem os cavalos que ali estavam. As proteções foram ajustadas para a simulação que pretendia. Com todos montados, Tristan os justapôs, ensinando aos cavaleiros menos experientes como controlar suas montarias. Com Husdent, circundava a muralha de animais e bradava os comandos. Pediu aos guerreiros que fossem ruidosos — ao que alguns cavalos reagiram em pânico. Entre eles, a égua cinza, montada por Brennan.

— Brennan, leva-a para extremidade!

O mercenário tentou, mas a égua não se mexeu. Tristan cavalgou até eles e ele próprio montou-a. Ao segurar as rédeas, de imediato notou o que deixava a égua enfurecida. Suaves toques eram suficientes para contê-la, e não comandos bruscos. Brennan ficou estarrecido quando viu-a sendo conduzida docilmente.

— Deves respeitar Epona, Brennan — ele disse, freando-a.

— Epona?

Em um salto, Tristan desmontou-a.

— Nossa deusa dos cavalos. Combina com ela — disse, acariciando-a. A égua havia encostado o focinho em seu ombro. — Precisas controlar teu braço, Brennan. Ela é quem vai demonstrar força, não tu. Isso serve para todos que fizerdes parte da cavalaria de guerra, sejais vós soldados ou mercenários.

Brennan sorriu.

— Nunca recebi ordens desse tipo, comandante. "Respeitar um cavalo!".

— Nos próximos treinos, deixa-a ficar por fora. É o melhor lugar para ela. E lembres que um cavalo não é teu servo, Brennan, mas um amigo.

Prosseguiram até o fim do dia. Por ordens suas, cada facção treinava o que iria apresentar no dia da batalha. Supervisioná-las, livrou-o de permanecer gladiando por horas seguidas, mas ficou apreensivo com sua atual condição. Precisaria de tempo e cuidados para retomar sua forma física. E voltar a alimentar-se decentemente — algo que também foi negligente.

Naquela noite, durante o jantar, reunido com Cedric, Cawallan e seus homens, expunha suas considerações acerca dos reinos. Como os demais refeitórios, a sala era ampla, com mesas horizontais dispostas. Duas mesas distante da dos líderes, acomodou-se o jovem mercenário cuja aparência era familiar a Tristan. Ao lado dele, um soldado conhecido por Glynis, conversava com dois mercenários que faziam parte da armada.

— Tivestes tuas casas saqueadas? — o soldado questionou, em tom jocoso.

— Em busca de ferro? — Dagda mofou. — Creio que todas as casas do ducado serão... saqueadas! Mas é por uma boa causa, e não censuro nosso comandante.

— Já o consideras assim? — o outro mercenário, chamado Fergus, inquiriu.

— Ele pode não ter carisma... mas tem espírito de liderança — Dagda aproximou-se mais do colega, sentado à sua frente e baixou o tom de voz. — Uma circunstância ausente em nosso antigo comandante.

Sentado ao lado de Glynis, o jovem mercenário apenas ouvia.

— De onde esse homem surgiu? — Glynis indagou.

— Sei tanto quanto tu, Glynis. Nada. Exceto o fato de que ele acompanhava o seminarista.

— Nem mesmo seu nome, Dagda?

— Hum! — Fergus, que acabara de deglutir, voltou a falar. — Ouvi Kaherdin chamá-lo por Tristan.

Em resposta ao nome pronunciado, o jovem mercenário ergueu seus olhos e fitou-os, o semblante contraído.

— Que nome disseste? — ele inquiriu.

— Tristan — Fergus repetiu. Os demais encararam o jovem. — O nome te é familiar, amigo?

O rapaz permaneceu sério por breves momentos.

— Não. Pensei que o conhecesse, mas... — sem terminar a frase, ele levantou-se, deixando a mesa.

— O que há com esse garoto? — Dagda, curioso, perguntou aos demais.

— Talvez, tenha levado uma reprimenda do comandante durante os treinos... — Glynis suscitou.

— Tu o conheces, Fergus? — referiu-se ao jovem.

— Apenas de vista. Antes de ser contratado pela armada do duque, servi em uma tropa com ele e lutamos juntos, na mesma legião — deu de ombros. — Um bom guerreiro. Dos mais jovens, é o melhor. Afora isso, nada mais sei a seu respeito.

— Bom... voltemos ao que interessa... — Glynis comentou, levantando-se, disposto a repetir o jantar.

— Irás passar mal à noite, Glynis! — Fergus zombou.

— À noite? Amanhã, durante os treinos! — o soldado rebateu, dirigindo-se à mesa onde as iguarias eram servidas.

Os dias seguintes, foram longos e exaustivos, tanto para homens como animais. Não foi diferente para o comandante. Apesar de liderar com mão de ferro, era sensato, daí conceder um dia e meio de descanso antes da batalha.

No dia marcado, assim que o céu clareou, cavalgaram rumo ao local. Kaherdin e Kurvenal seguiam ao seu lado. Ambos faziam parte da cavalaria ligeira.
— Alguma chance, amigo? — preocupado, o duque questionou.
— É proveitoso o pensamento de que podem nos vencer, Kaherdin.
— Apenas o pensamento, espero... — Kurvenal rogou.
Uma vez no local, Tristan ordenou que as legiões ficassem a postos. Virou-se e acompanhou os últimos mercenários se dispersando pelos flancos. Os guerreiros pintados com colorações esverdeadas, *bracaes* marrons, mesclavam-se perfeitamente ao ambiente. Um observador mais atento, poderia notar um cavalo ou um carro por entre as árvores, mas Tristan não pretendia dar ensejo a divagações para o inimigo. Dividiu os cavalos de guerra, posicionando-os nas extremidades da linha de frente. Atrás da infantaria, as legiões de arqueiros. Tão logo se posicionaram, ouviram uma fanfarra — o exército inimigo se aproximava. Tristan, com os demais guerreiros montados em seus cavalos protegidos, estudou os oponentes avançando até pararem cerca de cento e cinqüenta metros. A chegada triunfal do exército de Bedalis — cujas facções eram imensas — causou um mal-estar silencioso nos homens de Tristan.
— Lembrai-vos, guerreiros... quantidade não quer dizer nada. Por vezes, atrapalha — disse, convicto.

Por fim, Tristan viu as últimas fileiras parando. O exército deveria ser cinco vezes maior. Talvez fosse isso que motivasse os inimigos a iniciar com zombarias, insultos. Gargalhadas e exultações também faziam parte do repertório dos homens de Bedalis. *Ótimo*, teceu. *Contava com excesso de confiança!* O fato de Tristan ter exigido de seus guerreiros silêncio absoluto — por mais que fossem insultados — fez com que os algozes reagissem com mais galhofarias. As ofensas exclamadas antes da contenda, eram comuns; quase uma tradição. Entretanto, os insultos proferidos não foram correspondidos, causando uma onda de ódio perceptível para os controlados guerreiros do ducado. Os brados multiplicaram-se; começaram a bater as espadas e lanças contra seus escudos, incitaram propositalmente os cavalos, fazendo-os empinar, relinchando em frenesi.
Tristan apenas pediu calma e que controlassem os cavalos mais ariscos. A irritação da armada inimiga atingiu seu ápice — alguns guerreiros, a pé, desordenados, saíram de formação — apesar das reprimendas dos superiores — e iniciaram o percurso que separava os exércitos. Os cavaleiros soltaram as rédeas dos animais, que dispararam. Bedalis foi o próximo a esporear seu cavalo, partindo em um impulso violento. Riol o imitou. Vendo os líderes avançando, foi o estopim para toda a armada fazer o mesmo. Partiram ainda proclamando juras de morte, de carnificina, enquanto os cavalos ágeis, leves — por não usarem qualquer proteção — ganhavam terreno. A terra tremia sob seus cascos.

— Arqueiros! — Tristan proferiu. — Preparai-vos!

Em constante silêncio, os arqueiros se posicionaram entre os membros da infantaria e ao sinal de Tristan, dispararam suas flechas. Um enxame de ferrões — mortal, devido o reforço nas pontas — rasgou o ar, desorientando e causando uma desgraça considerável no contingente inimigo. Cavalos e homens eram atingidos e tombavam. Se não desviassem, os retardatários terminavam tropeçando nos feridos. Isso acontecendo, causava abalroamento dos demais membros, que vinham em velocidade. A brutal investida foi o primeiro impacto propiciado pela armada de Tristan, aumentando o caos no exército de Bedalis, cujas legiões avançavam de forma desorganizada. Apesar das baixas, os inimigos ainda eram em número superior. As flechas não iriam dar fim a todo o contingente.

— Cavaleiros! Agora! — Tristan deu o sinal, incitando Husdent. Em resposta, os cavalos de guerra — que estavam dispostos nas extremidades da armada, tendo ao meio as linhas de frente, em sólida formação — avançaram. Os arqueiros continuaram disparando suas flechas e o fariam até o estoque terminar. — Lembrai-vos! Não vacilai! — instruiu, sacando sua espada.

Os homens a pé ergueram seu escudo e adiantaram-se. Brennan, que seguia na extremidade de Tristan, atiçou Epona. Husdent emparelhou com a égua cinza e o cavalo do seu outro lado seguiu seu ritmo. A parede de cavalos prosseguiu. As *catafactras* tilintavam, uma contra as outras. Os homens a pé posicionaram suas lanças. A linha de frente, com oito fileiras de profundidade, preparou-se para o pior momento — o embate. A força com que este se deu, foi terrível. Os homens da primeira fileira de Bedalis se chocaram com as lanças, que encravadas em seus corpos ou nos cavalos, eram largadas por aqueles que as portavam. Sem as lanças, os guerreiros das duas primeiras linhas do exército de Tristan, recorreram aos seus escudos; para conter o avanço inimigo contavam com estes, uma férrea determinação e o fato de suportarem serem premidos, não apenas pela facção oposta, mas também pelos amigos, atrás. Era impossível sacar as espadas — não havia espaço.

Montado, Tristan também viu-se comprimido — sua perna esquerda quase prensada nas ancas de Epona. Husdent levantou a cabeça, bufando e se projetando para frente, o cavalo seguinte fazia o mesmo. Apesar de ter a espada em suas mãos, Tristan não tinha condições de aplicar golpes com ângulos abertos, sob pena de ferir Brennan ou o outro guerreiro ao seu lado. Os únicos movimentos possíveis, eram estocar ou utilizar o punho da arma — o falcão —, como se fosse uma clava. Por vezes, Husdent erguia as pesadas patas, derrubando e pisoteando guerreiros mais próximos; apesar da pressão do ajuntamento persistir, os demais cavalos estavam suportando-a. E como Tristan suspeitou que ocorreria, as fileiras de Bedalis se estreitaram, para fugir da chuva de flechas. Nesse instante, fez um sinal para Trwyth, que liderava as filas da guarnição dos cavalos leves. Imediatamente, eles se dividiram e contornaram a infantaria, ultrapassando-a, investindo o exército inimigo pelos lados — uma manobra truculenta, oriunda das falanges gregas-macedônicas, conhecida por *martelo*.

Tristan direcionou sua atenção aos cavalos de guerra. Os animais espumavam, as *catafactras* de muitos estavam fragmentadas. Ao seu lado, Brennan não estava mais conseguindo controlar Epona, que empinava, próxima ao pânico. De imediato, entendeu o porquê. Um soldado rival, para tentar atingir Brennan, agarrou a rédea do animal, tracionando-a brutalmente. O cavaleiro-mercenário estava próximo de ser derrubado. Se fosse, seu fim era certo — morreria pisoteado. Em reflexo, inclinando-se em sela o máximo que podia, acautelando-se para não se desequilibrar, Tristan cortou as rédeas da égua gritando para Brennan pular na garupa de Husdent. Livre dos arreios, Epona — com suas ferraduras mortais — abriu espaço, disparando em frenesi, procurando afastar-se do conflito. Em seu desespero, terminou atropelando o soldado que segurara os arreios. E avançou, hinindo.

— Não foi uma boa compra! — protestou Brennan, dividindo a sela com o comandante.

— Como não? A fuga dela derrubou uns quinze! — Tristan rebateu.

Percebendo o término das flechas e notando o cansaço das linhas de frente, Tristan recorreu à etapa final de seu plano. Os cavaleiros que arremeteram-se pela técnica do "martelo", estavam fazendo um excelente trabalho, mas agora teriam apoio. De posse de um pequeno *carnyx*, soprou. Os capitães repetiram o gesto, e o canto dos *carnyx* mesclou-se à balbúrdia da batalha. Em resposta, dez falanges — cinco de cada lado — deixaram a proteção das árvores e investiram, gritando. A quietude do exército de Tristan, deu lugar para os barulhentos mercenários, atraindo a atenção dos adversários, com seus uivos e brados animalescos. Vinham numa explosão de fúria e velocidade, a pé, a cavalo e em carros puxados por uma parelha de cavalos.

Bedalis viu-se cercado pelos flancos. Viu o desespero de seus homens, viu a derrota no que antes, tinha a certeza plena de vitória. Irado, prendeu sua atenção no homem que proferira os comandos e assoprara o *carnyx* pela primeira vez. Percebeu que todo aquele pesadelo era devido ao eficiente comando daquele guerreiro. Iria desforrar-se! Iria matar o maldito que lhe roubara a vitória! Gritando, contra ele investiu.

Tristan — ainda lutando próximo dos demais cavaleiros e com Brennan na garupa — percebeu a ameaça iminente.

— Brennan! — ele elevou a voz. — Tens de desmontar, amigo, agora!

O mercenário entendeu o motivo. Com um salto, apeou-se. Os cavalos não estavam mais tão apinhados, propiciando ao mercenário juntar-se à infantaria. Com efeito, essa legião alcançara as primeiras fileiras, dando cobertura para que estes soldados sacassem suas espadas. Os cavalos de guerra, apesar de agora apartados, investiam, ainda que desgarrados. Alguns, para fugirem do conflito, agiam como Epona.

Proferindo imprecações, Bedalis investiu. Atacava com mais furor do que técnica. Entrementes, a cada assalto, Tristan entreviu o alto preço de seu confinamento. Ou rapidamente findava com o embate, ou não mais conseguiria erguer a espada de Rivalin. Foi uma das raras ocasiões em que sentiu-se dominado pelo desespero durante uma luta — apenas o pensamento de não suportar mais o peso da arma, perdendo por fadiga... era aflitivo. Porém, um lance fortuito o auxiliou.

Tentando desestabilizar a defesa do oponente com uma brusca recuada, Bedalis piorou sua situação. Porque quando puxou as rédeas do cavalo, e o incitou, para fazê-lo recuar, não obteve a resposta imediata no momento preciso, de modo que Tristan atacou, golpeando-lhe com força no braço que portava a espada. A loriga foi avariada, o membro nada sofreu, mas Bedalis não imaginava confrontar tanta potência — um choque percorreu por todo seu braço e foi incapaz de manter a constrição em sua mão. Seus olhos, perplexos, acompanharam a queda da lâmina. Quando os ergueu, deparou-se com a lâmina de Rivalin roçando seu pescoço.

— És o líder? — Tristan inquiriu, quase arfante. Sentia o suor escorrer por todo seu corpo; a desvantagem da couraça primitiva, também ali conhecida como *loriga segmentata*. Os cabelos soltos, molhados, davam-lhe um aspecto ainda mais selvagem.

Ante a espada em riste, o derrotado confirmou.

— Então, és Bedalis, inimigo de Kaherdin.

— Sim, maldito! Acertaste! — rebateu o encolerizado guerreiro.

— Terminemos com esta insanidade, Bedalis. Renda-te! Para que mais mortes?

— Canalha arrogante! Jurei jamais render-me novamente! — em um rápido movimento, sem que Tristan percebesse, Bedalis arrancou uma adaga de sua cintura para enterrar em seu próprio tórax. Um golpe preciso, entre as placas da loriga. O gesto brusco assustou o cavalo; sem ter condições de permanecer montado, Bedalis caiu.

A reação do líder, não causou surpresa a Tristan. Era uma atitude comum para um guerreiro derrotado, assim sendo, volteou Husdent e trotou em direção aos últimos combates, contudo, não precisou digladiar mais. A linha de frente de seu exército se desfizera, não por ter sido rompida, mas para promover o fim da contenda, junto com a infantaria. Nos flancos, os mercenários, tão truculentos quanto a infantaria, arrasaram com as legiões retardatárias. A derrota iminente fez com que guerreiros inimigos depusessem suas armas, cujo destino, era ou serem apropriadas, ou lançadas em um rio — o sinal da submissão e sobrepujamento de um clã. Tristan não impediu nenhum destes destinos, mas como de costume, proibiu matança de homens rendidos. Enquanto seus guerreiros realizavam tais operações, ele instigou Husdent, percorrendo o campo por entre as vítimas.

— Riol de Nantes! — sua voz ecoou, poderosa. Mas a única resposta que obteve, foram os tenebrosos lamentos de dor, de homens feridos. Continuou cavalgando; Husdent bufava. Trazia a espada declinada. Seu corpo parecia desfazer-se, sob as placas da loriga. Odiava usá-la. Prosseguiu, alcançando o local em que os mercenários flanquearam o exército de Bedalis. Deparou-se com mais inimigos prostrados. Os mercenários — também instruídos a não retaliar os rendidos — ocupavam-se em recolher os despojos da guerra. Tristan os acompanhou por breves segundos. Não reparou quando um destes guerreiros cravou seus olhos em si; nem poderia, pois seu intuito era saber do paradeiro de Riol. Os vencidos, para quem Tristan questionou, nada disseram. Nervoso, puxou as rédeas de Husdent, retornando ao centro da batalha, quando viu três cavaleiros achegando-se.

— Kaherdin! — Tristan exclamou. — Graças aos deuses, estás bem.

— Graças a ti, Tristan. Não há palavras que traduzam tua coragem.

— Vê, Tristan... quem encontramos. — Kurvenal, o outro cavaleiro, sorriu. Traziam Riol de Nantes detido. — Aceitas dar-lhe o golpe misericordioso?

— Ele já está subjugado, Kurvenal. Não há necessidade para isso — ao ouvir essas palavras, Riol, que até então estava vexado, em seqüência aos insultos proferidos contra seus captores e ultimá-los com sua decisão de que não ia curvar-se a Kaherdin, ergueu seus olhos. — Mas não tenho força de lei nessa terra. Cabe ao duque resolver o que fazer com esse prisioneiro.

— Mas, Tristan... — Kaherdin suscitou —, ele nos mataria se fosse o contrário. E ele está contra mim.

— Sim, eu sei. É neste aspecto que reside a diferença entre homens... e meros fantoches de homens.

Riol surpreendeu-se, mas nada disse. Nada demonstrou.

— O que pretendes fazer? — o duque perguntou.

— Algo muito simples. — Tristan embainhou sua espada suja de sangue e apeou-se. Aproximou-se de Riol. Em uma ação brusca, arrancou-o de sua montaria e o fez ajoelhar-se perante Kaherdin.

— Agora, Riol de Nantes, jura fidelidade ao teu senhor, se não quiseres acabar como teu aliado Bedalis, morto a alguns passos daqui! Jura, honrando tua palavra, de que não te voltarás novamente contra ele! E espero que tua palavra valha algo, porque se jurares em falso, terás a mim em teu encalço e irei te estripar lentamente! Nem que seja a última ação em minha vida, irei realizá-la! Jura!

— Eu... juro — ele gaguejou.

O comandante o ergueu com violência. Soltou-o das amarras que o prendiam.

— Creio que agora, entendeste porque teu senhor é tão diferente de ti. Lembra-te de que hoje, ele te deu a vida, Riol! Ele te deu o bem supremo para um homem. — Riol encarou Kaherdin. O duque fez seu cavalo dar alguns passos, ficando próximo do vencido.

— Tens tua vida, Riol. Perdôo a ti e a teus homens. Que neste dia, seja estabelecida a paz entre nós.

Tristan, porém, não tinha menção de permanecer quieto.
— Perdoado pelo duque, mas não por mim! Não enquanto eu vir estes desafortunados, que aqui perderam suas vidas, por ambição tua! — ele apontou os cadáveres amontoados. — Portanto, reúne teus homens sãos e começai a enterrar os mortos!

Riol ameaçou fazer objeção. Mas a mera ameaça fez Tristan enfurecer-se, a ponto de agarrá-lo pelos cabelos, quase arrancando-os, e com uma voz carregada de fúria, exclamou:

— Todos esses homens pereceram por teus sonhos, Riol! Tenhas, ao menos, dignidade para oferecer um último alento para aqueles que o seguiram... e para aqueles que morreram lutando contra tua avidez de conquistas! Reúne teus homens e lhes dai essa última homenagem! Ou pelos deuses de meus ancestrais, eu sepultar-te-ei vivo, com tuas próprias ignomínias! — e Tristan o soltou, empurrando-o com força.

Riol — que choramingara como uma criança quando Tristan segurou-o — caiu, devido o impulso. Completamente humilhado, ergueu-se, indo em direção a alguns de seus homens cativos. Ia cumprir as ordens. Seus movimentos eram acompanhados por todos, em absoluto silêncio.

Os homens da armada, reunidos com os mercenários, comentavam em discreto tom o que haviam presenciado. Alguns suscitaram a reviravolta no desfecho daquela guerra, porque era dado como certo a derrota de Kaherdin. Um dos mercenários — que, diferentemente dos demais lutou vestido e o mesmo que há momentos havia cravado seus olhos em Tristan — afastou-se. Ao contrário dos companheiros, não demonstrava qualquer entusiasmo pela vitória.

Riol, acompanhado por seus homens incólumes, preparou-se para dar início ao trabalho de enterrar os mortos.

— Aí está um lado teu que não imaginava existir, Tristan — Kurvenal comentou. — É costume de teus antepassados prover aos cadáveres de um enterro digno, como nas tradições cristãs?

— Não é apenas por costume, Kurvenal. É certo ser um desrespeito abandonar ao relento estes pobres coitados, que deram suas vidas por uma causa que acreditavam ser justa. Contudo, se dermos as costas para esta carnificina, colocaremos em risco os vivos.

Kurvenal não havia deduzido a preocupação do comandante daquela forma. *É um homem notável*, pensou.

— Kaherdin! — Tristan avizinhou-se do duque, agora montando em Husdent. — E quanto a Rogier de Doleise?

— Rogier de Doleise? — ele questionou. — Ninguém o viu.

— Talvez ele tenha resolvido não apoiar Bedalis.

— Ou, talvez ele tenha decidido certificar-se de um resultado — Kurvenal intrometeu-se. — Afinal, ele não é confiável; não duvido dele estar aguardando uma oportunidade para revelar-se.

— Mas não temos certeza. Ele nada fez contra mim.

— Não deves viver com essa dúvida, duque — Tristan retrucou. — Devemos nos certificar das intenções de Rogier de Doleise — ele percebeu que nem o duque, nem Kurvenal compreenderam o que havia dito. Mas não havia necessidade de expor o que pretendia; deixaria a questão para os próximos dias.

Tristan ali permaneceu. Foi informado das baixas e agradeceu não terem sido muitas. Mas havia diversos feridos, o que motivou sua decisão de mandar buscar os sábios. Ele próprio auxiliou estes últimos, socorrendo os necessitados. Sendo um homem maleável, permitiu que os feridos da facção inimiga também recebessem cuidados; uma atitude que surpreendeu a todos. Mesmo ocupado, procurou acompanhar o trabalho de Riol e seus homens. Certo que toda a armada de Kaherdin também os vigiavam, o que dificultava uma eventual fuga.

Ele não iria mais esquecer aquele dia. Sim, havia sido vitorioso de uma guerra cujas chances eram mínimas, ainda assim, era triste cavalgar por entre as vítimas; muitos, imberbes. Mais pesar sentia quando deparava-se com homens agonizantes e nada havia que os sábios pudessem fazer. Condoeu-se com soldados que ainda viviam, embora tivessem membros decepados. Alguns — em prantos — lhe imploravam a morte; homens de ambos exércitos. A decisão cabia apenas a si, como comandante da armada. Não raro, inimigos eram largados à própria sorte, sofrendo miseravelmente até o último suspiro. Ele não tolerava tamanha crueldade, daí não importando quem fosse, com o coração amargurado, terminava atendendo aos pedidos, mas apenas quando os sábios certificavam-se desconhecer curas ou alívio para o sofrimento dessas vítimas.

Pior do que a própria batalha... era o fim dela.

Depois de conceder a morte para mais um soldado — um inimigo que sorriu-lhe ante o golpe de misericórdia — afastou-se, em mórbido silêncio, observando o lento trabalho das valas serem escavadas e dos corpos ali serem depositados. Vida e morte. Guerras. Alguns corvos ousavam atacar os corpos dos cavalos mortos; observando-os, ele divagou — até os animais carregavam um funesto destino. Uma estranha sensação o acometeu, não sabia se era pela guerra em si... ou se pela vitória. Não, não era. Escapava-lhe o significado da vitória. Porque as guerras sempre iriam existir. Por qualquer motivo, os homens se matavam e continuariam a se matar. Jamais viveriam em paz. Ali, sob o brilho dourado do Sol, que contracenava com o macabro cenário de sombras arrastando corpos para sua tumba, sob os crocitar dos corvos e sob o ruflar de suas poderosas asas, não duvidou das guerras persistirem nos anos vindouros, com a triste diferença de serem ainda mais mortíferas.

XXI

A inopinada vitória foi motivo de exultação na Pequena Bretanha. A notícia da derrota de Bedalis e Riol de Nantes, percorreu todo o território, encontrando resistência em ser acreditada. Alguns fugidos da guerra, para crerem, iniciaram o retorno a Carhaix. Com satisfação, compartilharam a veracidade do fato. Kaherdin salvara o ducado. E vencera a guerra.

No prédio romano, numa manhã, dias subseqüentes à batalha, o jovem duque, a pedido de seu comandante, reuniu-se em uma audiência. Kaherdin estava com os nervos em delírio; protestava veemente contra o pedido que lhe foi feito. Tamanha era sua irritação, que os servos requisitaram a presença de Kurvenal na tentativa de amenizar o dilema.

— Tu és impossível, Tristan! — o duque sentou-se, nervoso.

Nesse preciso instante, Kurvenal invadiu a sala de audiências — cuja porta estava escancarada —, não compreendendo os ânimos exaltados.

— Será possível que nem termina uma guerra e já começa outra? — Kurvenal indagou, em tom jocoso.

— Ainda bem que vieste, amigo — o duque levantou-se para recebê-lo. — Pelo amor do Deus cristão, tenta colocar um pouco de juízo na cabeça de nosso comandante! Ele insiste em ir ter com Rogier de Doleise! Sozinho!

Kurvenal voltou-se para Tristan. Este, mais calmo do que nunca, estava em pé, encostado à parede; os braços cruzados. Parecia entediado com a conversa.

— Foste ferido na batalha, comandante? Creio ser necessário um repouso.

— Até tu, Kurvenal? O que há convosco? — aproximou-se dos amigos. — Não percebeis que ainda não recebemos nenhum breve de Doleise? Desconhecemos a posição dele. Indispensável, portanto, minha ida até lá.

— Não sozinho! — Kurvenal insurgiu-se.

— Se levar homens comigo, pelas referências que me forneceste deste homem, tenho certeza de que ele irá pensar ser uma ofensiva. Devo ir sozinho.

— Não posso permitir isso! — Kaherdin irrompeu.

— Kaherdin, pelo bem do ducado, devemos ficar cientes do que o conde pretende, especialmente com tua vitória.

— Gostaria de acompanhar-te, Tristan... mas infelizmente estou partindo de Carhaix hoje. Preciso retornar à minha propriedade.

— Já que insistes, Tristan, irei contigo — o duque sugeriu, voltando-se para o comandante.

— Não concordo. É perigoso, não te esqueças de que foste vitorioso na guerra. Temo algo acontecer a ti.

— Ora, pouco me importa. Além de que creio ser mais perigoso para ti, do que para mim. Afinal, foi por tua causa que vencemos.

Tristan restou em silêncio. Kaherdin não havia dito nada além da verdade, principalmente com relação ao que havia feito com Riol, tratando-o de forma tão rude. Não duvidava de que mesmo curvando-se a Carhaix, Riol de Nantes desejava vê-lo morto.

— Bem, está certo. Então, vá colocar tua loriga. Partiremos ainda hoje.

O duque os deixou.

— Entendo tua preocupação, Tristan, mas peço acautelar-te — foi o comentário de Kurvenal. — Rogier de Doleise é um homem irascível.

— Irei com o exército, agora que Kaherdin me acompanhará. Apenas no momento de nos apresentarmos, iremos sozinhos.

— Ao menos, Kaherdin estará bem acompanhado. Aproveita e o ensina a ser um bom líder; o rapaz ainda é imaturo. Poderás instrui-lo a ser nobre... e valoroso.

Nobre e valoroso! — ele queria rir, mas seria um riso amargo. E perdera o hábito de sorrir.

— Farei o possível — versou, disfarçando a voz carregada de pesar.

— Não me ausentarei para sempre de Carhaix. Voltarei em breve.

— Se não voltares, mandarei te buscarem.

Trocaram um aperto de mãos. O seminarista sorriu. Aquelas palavras, de certa forma o comoveram, pois não pareciam terem sido provindas de um homem sombrio e angustiado como Tristan. De fato, apesar de toda aquela austeridade, Kurvenal guardava esperanças de que com o tempo, seus sofrimentos — fossem quais fossem — amenizassem. Desejava isso, do fundo de seu coração. Juntos, andaram até a porta. Súbito, como se tivesse recordado de algo importante, o seminarista se deteve.

— Ora, acabo de lembrar-me de que não te paguei pelos teus valorosos serviços — ele zombou.

— Some daqui, Kurvenal! — foi a resposta do comandante.

Kurvenal acenou e se foi. Ele andou até a janela, permanecendo ali durante alguns momentos, como se contemplando a paisagem. Seu inconsciente porém, provocava-o, e não era para admirar a paisagem, muito menos pelas questões políticas do ducado. Impossível era ter controle daquela parte de si, tão oculta, tão encravada em seu íntimo... Capaz de desafiar o maior inimigo da dor: o tempo. Para esse inimigo, inexistia estratégias de guerra e incerta era a vitória. Suas mãos encontraram uma parcela deste peso em si, ao roçar com o anel-pingente ainda preso em seu corpo. Sua única... preciosidade? *Tintagel*, meditou, praguejando em seguida. Por que não conseguia superar? Por que se condenava ao sofrimento daquela forma? Por que não conseguia esquecer, nem libertar-se? Ele sabia. Sabia o motivo. Duas forças antagônicas fervilhavam em suas veias: o amor e a traição; a traição e o amor. Duas forças cuja racionalidade de um homem eram incapazes de controlá-las, por mais que tentasse lutar apaixonadamente para ver-se livre de suas influências.

Eu tentei..., lastimou. Mas havia fracassado, como tudo em sua vida.

— Tristan! Podemos partir!

Como se tivesse sido acordado de um sonho, recobrou-se do sobressalto e voltou-se para Kaherdin, metido em uma loriga romana.

— E tu, não irás proteger-te? — o duque inquiriu.

— Não. Encontra-me no pátio daqui a algum momento, Kaherdin — o duque concordou, ao passo que Tristan retirou-se da sala.

No pátio, em frente à sede, Tristan — tendo ao seu lado Caswallan e Cedric, requisitou algumas legiões. Enquanto as aguardavam, o comandante inquiriu a Cedric o paradeiro de Heri.

— Não o vejo desde o término da batalha — comentou.

— Ele não vem, comandante — Cedric informou. — Findada a guerra, ele requisitou seu afastamento por alguns dias.

Inevitável, Tristan refletiu. Heri, o antigo comandante e rebaixado a capitão, desde o início, reagira hostilmente e ao que parecia, não era um rancor passageiro; nem poderia deixar de ser. Tristan sabia o quão doloroso era a perda de um cargo, de um título, independente das circunstâncias. A decisão não havia sido sua e Kaherdin já havia se mostrado contrário em restituir-lhe o posto, com o fim da contenda.

"Não, meu amigo. Por enquanto, quero que continues comandando meu exército" — o duque foi enfático, na ocasião. Quando Tristan indagou a respeito de Heri, Kaherdin foi sucinto: "Não me interessa ter um incompetente no comando, Tristan. Quero a ti na frente de meu exército, mas se não for tu, será outro que não Heri."

Kaherdin estava decidido. Antes de expor sua posição, Tristan ouviu do jovem duque uma proposta: pensasse por alguns dias o convite de ali permanecer, dando continuidade ao seu trabalho e sendo remunerado. Tristan terminou concordando. Agora, no pátio, ele digressionou se a raiva de Heri iria materializar-se... como a de Cariado.

— De qualquer modo, não foi uma perda tão drástica — Cedric completou, fazendo Caswallan rir. Ao contrário aos costumes de mercenários — que não se demoravam em um único lugar —, Caswallan e seus homens ainda permaneciam em Cairhax.

Kaherdin achegou-se minutos depois. No pátio, a armada composta de mercenários e de soldados aguardava, pronta para partir. Alguns mercenários montavam cavalos de guerra, dados pelo duque como presente. Um garoto trouxe Husdent. O comandante, como era de praxe, usava uma cota de prata escurecida e o manto negro. Sua atração por aquela tonalidade talvez o remetesse à lugubridade de Iseult, coberta pelo mais profundo negro...

— Ora, Tristan! Tu me disseste que não ia levar teus homens.

Novamente desperto de suas reflexões, Tristan encarou o duque.

— Isso foi antes de decidires vir — respondeu, montando Husdent.

— Por que te preocupas tanto comigo? — Kaherdin inquiriu, enquanto também montava seu cavalo trazido por um pajem.

— Gosto de ti. És um bom líder e percebo seres admirado pelo teu povo.

Kaherdin não pôde deixar de sorrir.

Deixaram o pátio e percorreram pelas vielas de Cairhax. Atrás do comandante, vinham Cedric e Caswallan. Entre os guerreiros, encontravam-se Brennan, Trwyth, Dagda e Fergus. Alcançaram os campos mais elevados. Dali, podiam vislumbrar casas em ruínas, mas cujos proprietários esforçavam-se em reconstruí-las. Animais eram vistos nos campos pastando, sinais de que lentamente, a vida voltava a ser como antes.

— Agora que o perigo passou... — Kaherdin iniciou a conversa — ...irei pedir para minha irmã retornar ao ducado.

— Tens uma irmã? — o tom era de surpresa. Tristan não recordou-se de quando Kurvenal havia dito-lhe quem pretendia presentear com o *crwth*.

— Sim. Dias depois da morte de meu pai, fiquei com receio dela permanecer aqui. Por isso, mandei-a para uma ordem religiosa, em Carnac. Foi o melhor que pude fazer. Mas a coitadinha deve estar sentindo-se deslocada ali, com escassas opções para distrair-se — ele sorriu. — Sei que Iseult não quer se tornar uma jovem monástica!

Ao ouvir aquele nome, Tristan empalideceu. Algo — uma dor, uma agonia — rasgou dentro de si; teria mesmo ouvido aquele nome... ou imaginara? Iseult...?!

— O que foi, Tristan? Estás te sentindo mal? Teus lábios estão brancos.

Ele ficou embaraçado.

— Nada... é só uma sede... que senti... repentinamente — vacilou.

— Ainda bem que estou ao teu lado! — e Kaherdin revolveu um pequeno bagageiro preso à sela de seu animal, retirando dali um cantil — Beba. É hidromel.

O líquido veio em boa hora. Haurido alguns goles, ele tentou convencer a si próprio ter sido apenas uma coincidência. Ouvira um nome parecido, e não aquele... que lhe era tão caro. Talvez... se confirmasse... Mas não foi necessário inquirir a respeito. Kaherdin prosseguiu, animado.

— Tu irás gostar dela, Tristan. Desde pequena, ela leva o apelido de "Iseult Blanche Mains", "Iseult das Mãos Brancas", porque mostrou-se apta ao tear e em outras atividades manuais. Diferentemente de mim, ela adora ler e recitar histórias. Ela, mais nova do que eu, me contava histórias — ele riu. — Não sei porque estou falando tanto nela... Acreditas ser possível que eu, seu irmão mais velho... possa estar sentindo saudades?

— E por que não? Afinal, sois irmãos — ele redargüiu, ainda dominado pela comoção.

— E pensar que, quando crianças, brigávamos tanto...!

Quando crianças! Tristan pensou em si, vivendo com Rohalt; naquela época, Iseult Blanche Mains provavelmente nem deveria existir. Não duvidava ser ela uma criatura adorável, pelos elogios exaltados de Kaherdin. No entanto, ficou grato quando alteraram o teor da conversa. Preferia a discussão a respeito das guerras... e de como Rogier de Doleise iria recebê-los.

A armada cavalgou até o fim do dia. À distância, descortinava a moradia do conde. Neste dado momento, a aproximação deles era notória. O condado ficava à margem do rio Blavet, portanto deveriam atravessar uma rústica ponte. O comandante ordenou que ali, seus homens aguardassem, enquanto ele e o jovem duque iriam prosseguir. O exército saudou a ambos, desejando-lhes sorte. Ato contínuo, a dupla dirigiu-se à aparentemente frágil ponte de madeira, rumo ao condado.

— Ainda crês na possibilidade dele ser amistoso? — Kaherdin, nervoso, questionou.

— Não fomos atacados até agora... se isto servir de consolo.

Ao atingirem o lado oposto, escudeiros montados vieram interceptá-los, mas em nenhum momento foram hostis. O chefe do grupo aproximou-se deles, questionando-os.

Tristan resolveu arriscar.

— Dize a teu senhor que o duque Kaherdin está aqui e deseja vê-lo.

O guarda retirou-se. Ainda montados, perceberam serem observados com desconfiança pelos outros escudeiros. Tristan notou o comportamento inquieto de Kaherdin. Não podia culpá-lo. Afinal, se decidissem atacá-los, até a ajuda vir... estariam mortos. No entanto, se houvesse o mínimo de dignidade em Rogier, ele concederia a entrevista. De fato, o mesmo escudeiro retornou, avisando-os de que o conde os estava aguardando. Seguiram montados até os portões da cidade. Caswallan, Cedric e os demais, acompanharam-nos à distância.

— Espero que tudo saia bem — Cedric rogou.

Apearam na entrada da moradia do conde, onde dois pajens aguardavam para cuidar dos cavalos. Um servo escoltou-os até a sala onde Doleise acomodava-se. Ao adentrarem, viram que ele não estava sozinho. Sentada ao seu lado, havia uma jovem, bem mais moça do que o conde. Uma jovem cuja beleza era estonteante; o rosto levemente bronzeado era adornado por uma vasta cabeleira negra, fios pesados, lisos. Olhos azuis iluminavam seu rosto. Seus lábios carnudos eram realçados pela maquilagem. Os braços, desnudos — usava um manto decotado — pousavam sobre suas pernas. Aqueles eram delgados, como seu corpo escultural, contornado pela vestimenta e pelo cinto.

Rogier ergueu-se. Era um homem no auge de seus quarenta anos, mas a aparência era a de um rapaz. Robusto, tórax largo, exibia um porte invejável, uma força superior a de muitos guerreiros mais jovens. Tinha os cabelos longos, cor de amêndoas, barba de mesma cor, tendo uma mecha trançada.

— Sejais bem-vindos a Kareöl, senhores. Por favor, acomodai-vos — e o anfitrião apontou-lhes cadeiras dispostas à sua frente. — Devo dizer que não esperava uma visita tua, Kaherdin... quero dizer, Duque de Carhaix.

— Nós viemos por uma boa causa, conde — Tristan intrometeu-se.

— Oh, sim. Permitis adivinhar... estais com receio de alguma conduta traiçoeira de minha parte, não ?

— Não definistes vossa posição... se bem que agora, com a guerra vencida, creio que aceitais o ducado de Carhaix, não?

— Vosso bravo comandante não me dá escolha, duque — ele fitou Tristan. — Soube de como convenceste Riol de Nantes. Espero que não me trates da mesma forma — disse, sorrindo com ironia.

— Não estamos mais em guerra — foi o comentário de Kaherdin.

— Bem sei — Rogier continuou com seus olhos pregados no comandante. — Agora que te vejo, frente a frente, *comandante*... — repetiu a palavra, mas agora com escárnio — ...posso dizer que estou surpreso. Tua aparência não combina com a fama de um homem de armas e estratégia.

Tristan ignorou o comentário. Não era a primeira vez que sua compleição era desdenhada. Contudo, de soslaio, percebeu a moça estudando cada movimento de Kaherdin. Então, Rogier voltou-se para ela e sorriu.

— Mas vedes o péssimo anfitrião que tendes! Nem ao menos apresento-vos minha esposa! Senhores, essa é a condessa Yolanda.

Ela sorriu ao receber os cumprimentos.

— Conde... — Kaherdin rompeu. — Muito me aprazeria em ter uma aliança convosco. Vistes os resultados de uma guerra; creiais necessário começarmos outra?

— Não vou disputar qualquer posição, duque... não enquanto mantiverdes esse homem como comandante de vosso exército, o que aliás, muito me admira... — agora, encarava Tristan com olhos fulminantes.

O comandante, sentindo o ódio naquele gesto, também pôde perceber algo mais na frase dita. O que Rogier queria insinuar?

— Por que falais dessa forma, conde? — Kaherdin versou. — Tristan soube liderar meu exército de forma eficiente. Para sempre, serei grato a ele.

Yolanda sorriu, ainda observando o duque. Parecia estar distante do que era discutido ali. Tristan, por sua vez, foi dominado pela sensação de insegurança. As palavras faltavam-lhe e ele nem mais tinha idéia do que dizer. Apreensivo, temia ter caído em uma armadilha. Teria seu funesto passado alcançado até a Pequena Bretanha?

— Deixa estar — Rogier resmungou. — Não fiz qualquer aliança com Bedalis... e não tenho qualquer pacto com Riol de Nantes, embora não me satisfaça ver-vos como duque, Kaherdin. Mas não sou tolo em mandar meus homens à morte por nada. Entretanto, não temais, não sou vosso inimigo... por ora. Porém, previno-vos que jamais serei vosso aliado. Consinto em receber ordens do ducado, espero poder cumpri-las. Mas não me peça para ver-vos como meu senhor.

— Jamais iria exigir tal submissão, conde. É a possibilidade de paz entre nós que me interessa. No entanto, rogo para que, no futuro, vós mudeis de opinião. De bom grado queria vos ter como amigo e aliado.

Rogier esboçou um sorriso. Não respondeu, mas chamou um servo e mandou servir vinho.

— Vosso anfitrião não quer se passar por descortês — ele comentou. — Ficaste calado de repente, comandante. Por que motivo? — voltou-se novamente para Tristan. — Perdeste tua coragem ao vir visitar-me? Ou querias humildar-me, como o fez com Riol de Nantes?

— Jamais desejei humilhar qualquer pessoa, conde — Tristan tentou manter a naturalidade. — Não foi minha a proposta para a guerra, porém, era necessário por fim ao conflito sem outras mortes. Riol de Nantes não queria, de forma alguma, reconhecer Kaherdin como duque e eu não estava disposto a matá-lo. Fiz o que devia para encerrar um vergonhoso banho de sangue.

— Tens razão — ele colocou seu copo à mesa e deu sua mão para a esposa. — Bastam as vidas perdidas. Bom, expliquei-vos minha posição. Espero que tenha sido o suficiente.

— E foi, conde — Kaherdin levantou-se. — Agradeço vossa audiência — despediu-se dele e da condessa.

Tristan também ergueu-se. Depositou o copo sobre a pequena mesa ao seu lado e despediu-se de ambos. Kaherdin deixou a sala primeiro. Quando o comandante ia deixá-la, Rogier exclamou:

— Ainda iremos nos rever... Tristan de Lionèss. Estejas certo disso.

Ele nada respondeu, apenas voltou-se e fitou o casal. Concluiu que não era odiado apenas por Riol de Nantes. Havia sido contemplado com mais um inimigo... o conde. Acelerou o passo e percebeu que Kaherdin o aguardava.

— O que foi amigo, algum problema? — Kaherdin notou a expressão grave.

— Não, nenhum. Vamos.

Deixaram Kareöl. Momentos depois, estavam cavalgando, atravessando a ponte.

— Qual é teu parecer, Tristan? Podemos confiar nele?
— Como confiar numa raposa próxima de galinhas — ele foi áspero. — Rogier será eternamente teu inimigo.
— Bem sei. Tenho um inimigo feio, mas uma inimiga... — e Kaherdin riu.
Tristan deu de ombros. O que ali ouvira, o deixara nervoso. Há tanto tempo sofria com seu nefasto passado, dele tentando esquivar-se... Mas era impossível negar. Rogier sabia. Tão certo ele sabia, que usaria como sua arma. — *Não, Kaherdin. Não devemos confiar nesse homem...* — sentenciou, para si. *Porém, se tu soubesses que eu próprio traí um rei e fui omisso com outro... confiarias em mim?*
Eles atravessaram a ponte e uniram-se ao exército; os homens estavam preocupados com a demora. Ao vê-los, a sensação de alívio dominou a todos.
Da sacada do prédio, o casal observou a armada se retirando.
— Duque de Carhaix! Ele é patético! — Rogier rangeu os dentes. — Sabes o que fazer, não?
Yolanda assentiu.
— Mas acreditas em nosso êxito?
— Evidente, minha cara. O pobre garoto ficou encantado por você. Seduzi-lo-ás e ganharás a confiança dele. Será o embuste para meus planos de aniquilá-lo.
— Mas preocupa-me o comandante...
Rogier riu.
— Não precisas ficar aflita, querida. Ele nada poderá fazer — Rogier apoiou-se no muro da varanda. — Tristan de Lionèss é um homem atormentado, Yolanda. Se conseguires dominar Kaherdin com tuas malícias, e apenas com elas, Tristan jamais terá como intervir — Rogier sorriu sorrateiramente.

Tristan liderou a armada em um ritmo forte. Ainda precisavam cavalgar muito para alcançarem Cairhax, provavelmente acampariam, para evitar a jornada durante à noite. Sempre ao seu lado, o duque, que não compreendeu a mudança súbita de humor no comandante.
— Deverias te sentir mais aliviado, Tristan. Por fim, até que não foi má idéia termos vindo.
— Não sei o que te faz pensar assim. Rogier disse claramente que não te aceita.
— Sim, mas disse também que não vai rebelar-se contra mim... enquanto estiveres em Carhaix — ele fitou o amigo. — Creio que ele te teme, comandante! — gracejou.
— Não sei o que ele quis dizer com isso.
— Por favor, tentes não te preocupar mais, Tristan! Mereces descansar. Ora, já sei o que fazer... Mandarei uma mensagem para Iseult avisando-a de que a guerra terminou e de que poderá voltar. Peço-te que a escoltes. Será uma tarefa fácil para ti e assim, poderás entreter-te. Precisas de uma atividade mais serena, para variar.

O nome, o dever a si incumbido. Ele não recusou, mas nunca soube dizer porque concordou sem opor empecilhos, a pedido de Kaherdin. A dubiedade em seu ânimo era uma de suas maiores falhas, cujas conseqüências, cobraram seu preço.

Nos dias em que antecederam sua ida à Carnac, Tristan sentiu-se deprimido e angustiado. Durante uma madrugada, despertou de um sonho distorcido e confuso. Sentou-se em sua cama, procurando acalmar-se, afinal, havia sido apenas um sonho ruim. E a vida inteira, os tivera... quando conseguia dormir. Levantou-se e foi até a mesa. Depositou água fria em uma tina e refrescou-se. Parte de seu sonho era creditada a Deloise e sua ameaça implícita. Por que aquilo o assustava tanto? Ele não era o único a ter conhecimento de seu passado, de sua perfídia... Parou de lavar-se e apoiou-se na mesa. A verdade era que não queria que Kaherdin soubesse, nem qualquer um em Carhaix. Era a primeira vez, em muitos anos, que sentiu-se confortável em algum lugar, afora Glastonbury, apesar do sentimento de culpa o perseguir e torturá-lo. Era a primeira vez, também, que conseguia relacionar-se com outras pessoas. Permaneceria assim, se o duque, ciente de quem era o banisse e proclamasse sua aleivosia?

Era a origem de seu temor; o banimento, o opróbrio. Kaherdin nada sabia a seu respeito e preferia que assim continuasse. De fato, o duque soube respeitar seu silêncio. Verdade que havia sido questionado, mas percebendo a recusa, Kaherdin nunca mais incomodou-o. Contudo, o rapaz o acusava de ser exageradamente arredio e lacônico, embora não o fizesse por mal. O duque queria apenas vê-lo bem; por vezes, preocupava-se com o modo taciturno de seu comandante. De certa forma, aquela preocupação do duque para consigo, terminava comovendo-o, fazendo-o esquecer parte do rancor que o afastava do convívio humano.

Voltou a sentar-se. O gesto repentino fez com que o anel-pingente batesse levemente contra seu tórax desnudo. Escorregou sua mão direita pelo ombro, constatando seus músculos readquirirem forma, graças aos treinos consecutivos que insistia em proceder. Também ganhara peso. Sua aparência melhorara consideravelmente, quase como costumava ser antes de seu autoencarceramento. Então, percebeu estar retendo o anel entre seus dedos, enquanto ecos longínquos de uma luta, como que por magia, criaram vida. Imiscuíram-se com as bruxuleantes sombras causadas pela escassa luminosidade, oriundas das duas únicas lamparinas. Os murmúrios, as vozes, os gritos; entre um e outro, um tom extremamente familiar. Uma voz aflita, vinda em seu auxílio.

Governal!

O nome propagou-se em sua mente, fazendo com que as alucinações desvanecessem. O recinto estava entregue ao silêncio da madrugada. As chamas tremeluziam e brincavam com as sombras. *Estou sozinho...*, refletiu, passando as mãos pelos cabelos, desalinhando-os. *Malditos pesadelos! Os tenho mesmo quando acordado!*, revoltou-se. Sentado, o rosto marcado pelo sono atribulado descansando em suas mãos, pensou novamente em seu antigo escudeiro. Estaria ele ainda vivo? Se estivesse, provavelmente deveria indagar o mesmo de seu paradeiro, porquanto desde Morois, restava silente. Sequer enviara-lhe um breve. Nem para ele, nem para seu pai. Desejava revê-los, mas havia sido exilado de Corwall; não queria causar a ira de Marc — se ele também estivesse vivo e ainda fosse rei — por desrespeitar sua ordem. Afora isso, ele próprio não queria rever os lugares em que, durante uma outra vida, estivera. Governal teria coragem de vir até a Pequena Bretanha? Iria descobrir. Ao lado de sua cama, um velho baú era usado para acomodar seus objetos pessoais. Pouco havia pedido para Kaherdin; rolos de pergaminho e penas de ganso foram alguns de seus itens. O duque, admirado com o fato de que um cavaleiro soubesse ler e escrever, prontamente o atendeu. Depositou os rolos à mesa, aproximou as lamparinas e começou a escrever. Tentou relatar em minúcias, tudo o que lhe acontecera em seqüência a Morois; os perigos enfrentados, a ajuda inusitada de alguns. O reviver do pesadelo da traição em Glastonbury; os anos em que perdera a si próprio e escondera-se do mundo. Daquela noite em diante, continuou escrevendo, um hábito que repetiu até próximo de sua partida à Carnac. Ao final dos fatos, a parte mais difícil... o pedido para que viesse à Pequena Bretanha... se ainda fosse digno disso. Porém, se era o inferno que merecia, implorou que enviasse um breve, para ter conhecimento do paradeiro de ambos. Mandou a missiva na manhã seguinte. E rezou aos deuses para que os pergaminhos atingissem seu destino.

Dois dias depois, estava pronto para cumprir o pedido de Kaherdin. Encontrava-se reunido com os guerreiros do exército e com alguns mercenários que resolveram ali permanecer. Quando não estavam em guerra, lembravam apenas aldeões; muitos deles seguiam à risca os costumes e comportamentos de seus antepassados, principalmente ao hábito de vestirem-se. Diferente da armada e suas lorigas ou cota de malha, preferiam roupas de cores vivas, de lã xadrez. Por cima, usavam um longo manto. Com alguns deles, Tristan falava em bretão, com os homens do exército, variava entre o gaulês e o bretão. Embora a confiança em relação aos primeiros fosse delicada, aceitou-os tê-los na armada. O rapaz mercenário cuja aparência lhe era familiar, não estava ali. Nem o capitão Heri. Novamente questionou o paradeiro dele a Cedric.

— Ele avançou dois dias de sua licença, Tristan — Cedric comentou.

Tristan decidiu resolver esse problema quando retornasse de Carnac.

Carnac ficava ao sul de Britanny. Era o local preferido dos druidas, devido aos diversos sítios de pedras. Os círculos com imensas pedras verticais eram os mais comuns. Cruzaram também com os "corredores" — pedras verticais dispostas em fila e cobertas por imensos blocos. A viagem foi tranqüila.

Cavalgava na frente da armada — uma posição que havia desacostumado a ocupar — tendo, ao seu lado, Cedric e Caswallan. Atrás, vinham Dagda, Fergus, Glynis, Brennan e Trwyth. Uma amizade sólida surgiu entre estes cinco. Como Brennan e Trwyth, Dagda e Fergus conheciam-se há anos.

— Somos irmãos — Dagda comentou, mostrando aos demais, o pulso com uma leve cicatriz. — Irmãos por sangue.

— Aproveita, Dagda, e dize quantas vezes eu livrei teu pescoço de encrencas... — escarneceu Fergus.

— Ah, então devo narrar quando te salvei da fúria de uma libertina quando tu...

— Certo, certo, Dagda! Venceste! — Fergus, rindo, interrompeu a conversa.

— Não ousas calar-te, Dagda! — Trwyth bradou. — Quero saber o resto desta história!

— Prossegue, Dagda! — Brennan atiçou.

Cedric — que detinha seus olhos aos guerreiros — voltou sua atenção ao caminho.

— Eles estão mais eufóricos do que o costume — disse.

— Para ser sincero, Cedric, já servi em vários sítios, mas nunca me senti tão bem como aqui. Creio ser isso que também motiva meus homens — Caswallan comentou.

O comandante prosseguiu em silêncio. Embora confinado em uma áurea lúgubre — da qual jamais se ergueria — apreciava acompanhar o contentamento alheio. Entretanto, não pôde deixar de sentir pesar quando ouviu Dadga e o orgulho de ter um irmão por sangue.

Na manhã do quinto dia, cruzaram os portões da cidade. Um morador indicou o caminho a tomar e em alguns minutos, atingiram a ordem religiosa. A armada — composta de trinta homens — descansou na entrada do prédio, enquanto Tristan, Cedric e Caswallan atravessaram o jardim daquele, onde foram bem recebidos. No entanto, a religiosa suprema permitiu apenas a entrada do comandante.

— Aguardaremos no jardim — Caswallan avisou.

— Acompanha-me, senhor comandante — a devota pediu. Era uma mulher de estatura mediana, rosto ligeiramente arredondado, com as faces coradas. Seus olhos transmitiam uma docilidade e ternura que Tristan jamais vira em nenhuma outra pessoa. — Fizeste boa viagem?

— Graças aos deuses, sim.

A religiosa sorriu levemente.

— Certamente, não és cristão.

Ele confirmou. Percorreram um longo corredor, para adentrarem em uma modesta sala. Ao fundo, havia um altar. Fixado à parede, iluminado por duas tochas, havia uma escultura em madeira do crucifixo. Ali Tristan deteve seu olhar e sentiu-se atordoado. Foi a primeira vez em sua vida que contemplou aquela imagem. Dúvidas e diversos sentimentos apossaram de si; era *aquele* o Deus crucificado? E por que praticar tal barbárie com um Deus? O que ele havia feito para lhe fazerem tamanha atrocidade? Uma dolorosa compaixão arrebatou-o; ainda com os olhos presos à imagem, recordou as palavras de Arthur e da conversa com o peregrino, assim como do diálogo com Kurvenal. Decerto, era bem deferente confrontá-la — até então, só ouvira considerações em torno daquele Deus.

A religiosa notou o desconforto e a piedade — nítidos, na face transtornada do comandante, mas não se alarmou, pois sabia que o ícone causava reações diversas àqueles que não seguiam o Deus-homem. Ou aqueles que o viam pela primeira vez — como era o caso do guerreiro. Contudo, a própria religiosa surpreendeu-se — o desconcertado guerreiro revelava tamanha comiseração, que ela não se conteve.

— É o Deus que sigo, senhor comandante. Ele deu Sua vida por nós, para a remissão de nossos pecados.

— Mas... como os homens puderam fazer isso com um Deus? — havia certa aflição em sua voz. — E por quê?

A mulher sorriu meigamente.

— Os homens não O compreenderam, comandante. Não abriram seus corações enquanto Ele esteve entre nós. Não entenderam Sua mensagem. Não acreditaram quando Ele dizia estar a força no amor, e não na violência.

Tristan desviou seus olhos para a religiosa.

— Mataram-No... por isso?

— Mataram apenas Seu corpo físico, senhor. Pois seu espírito, ao terceiro dia de sua morte, ascendeu aos céus, morada de seu Pai. Um lugar aberto a todos os homens merecedores. Vês, senhor comandante... a morte é nossa única certeza, mas tão certa quanto ela, é nossa ressurreição. Renasceremos, próximo daqueles que amamos. E no reino Dele. Isso não apazigua teu espírito, comandante?

Ele voltou a fitar a imagem.

— Talvez, senhora. Se não ousasse pensar no que entendes por "merecedor." Se o fizer... certamente o acesso me será negado — algo mais atraiu sua atenção no ícone. A face serena, apesar daquele cruel método de execução.

A devota aproximou-se dele e o segurou delicadamente pelo braço.

— Deus é quem irá julgar os homens, comandante. Uma tarefa que não cabe a nós. Ele — apontou o crucifixo — sabe quem é digno de entrar em Sua morada, acredita-me. Ele aceitou morrer dessa forma por nós, nos redimindo de nossos pecados. E assim, nos deu esperança. Nos deu a existência de nossa vida eterna, ao fim de nossa vida terrena. Nos presenteou com amor... sentimento que devemos transmitir àqueles que sofrem — a mulher sorriu, a bondade reluzindo em seu rosto. — Irei convocar Iseult, comandante. Peço-te aguardares meu retorno aqui. E não te impressiones com a imagem... Sei que às vezes, à primeira vista, é terrível e desolador contemplá-la. Contudo, pensa que foi devido ao Seu amor pelos homens que O levou a aceitar este fim — e ela evadiu-se da sala.

Sozinho, inquieto, ele andou de um lado para o outro, cabisbaixo. Refletiu nas palavras da religiosa a respeito daquela concepção de... "vida após a morte". Não era tão diferente do que aprendera do *Outro Mundo*. Embora relutasse em abandonar o culto aos deuses de seus antepassados, percebeu que aquela nova religião estava alastrando-se e conquistando cada vez mais adeptos. Não se alarmou com isso.

Caminhou pela sala, evitando encarar a escultura; entrementes, como se atendesse um apelo desconhecido, ergueu seus olhos e novamente a contemplou. *Homens merecedores...*, refletiu. *Pergunto-me como seria meu julgamento perante Ti. Sei que alguns deuses não costumam ser benevolentes com os homens. Talvez, por nós não sermos dignos. Todavia, há algo diferente em Ti. Estiveste aqui e tentaste revelar nobres virtudes aos homens. Para salvá-los, deste Tua vida. Porém, tomes a mim como exemplo; o que há em homens como eu que valha a pena ser salvo? Quando eu próprio ainda me culpo e me condeno? Estou longe de ser merecedor, eu sei. Ainda assim, vejo que é devido a Ti que há pessoas com o coração terno e espírito iluminado, como essa mulher que me recebeu. Posso não ser digno de Ti, de não compreender-Te como deveria, mas ouso pensar que para sempre, este mundo carregará Teu sinal.*

O som de passos atraiu sua atenção. Virou-se e deparou com a religiosa acompanhada por uma jovem.

— Iseult, esse é o comandante que irá escoltar-te.

Não havia muita timidez na moça, ele notou, pois ela lhe sorriu amavelmente, sem sentir-se constrangida ou envergonhada.

— Meu irmão falou-me muito bem de ti — ela comentou.

— Vosso irmão é uma ótima pessoa — foi tudo o que conseguiu dizer.

Ela não tinha os cabelos de ouro como Iseult de Cornwall; nem por isso sua beleza deixava a desejar. Iseult Blanche Mains era bem-feita de corpo; a pele morena era adornada por cabelos castanhos dourados, levemente ondulados que caíam até metade de suas costas. Olhos verdes brilhavam em seu rosto, lábios carnudos, cor de carmim, pareciam provocá-lo. Diferentemente da rainha, Iseult Blanche Mains não era altiva, mais lembrava uma mocinha que deixara a puberdade há pouco. Em verdade, ela não deveria ter mais do que dezoito anos.

— Em sua carta, Kaherdin revelou-me o que ele fez para vencer a batalha. É um grande guerreiro — ouviu-a dizendo para a religiosa. Concluiu não ser um assunto interessante a relatar, especialmente naquele lugar... Mas admirou-se com a confiança que ela depositava em si, apenas pelas palavras de Kaherdin.

— Estais pronta para partir, milady? — ele aproximou-se das duas, interrompendo a conversa.

Iseult — embaraçada pelas palavras proferidas em baixo tom — confirmou, sorrindo.

— Confio a ti, senhor comandante, a segurança desta menina — a religiosa interveio. Dessa vez, pronunciou as palavras com um tom imperativo, mas apenas porque zelava pelo bem-estar da duquesa.

— Senhora, se eu faltar com qualquer dever para com a irmã do duque e conseqüentemente, para com o próprio duque, que o teu Deus me inflija Seus mais terríveis castigos. Dou-te minha palavra de que a protegerei com minha própria vida.

— Ah, senhora... — Iseult uma vez mais sorriu. Era um gesto meigo e puro — ...se meu irmão confia nele, não há com o que te preocupares!

— Então, minha filha, vai apanhar o resto de teus pertences e nos espera no portão.

A moça retirou-se. Assim que ela saiu, a religiosa voltou a falar, desta vez com a docilidade de antes.

— Iseult não é mais do que uma criança, comandante. Deves entender minha preocupação para com ela. Não quis ser rude contigo.

Ele concordou.

— Ela chegará em segurança, senhora.

Caminharam até a saída da sala; antes de atravessar a porta, a mulher voltou-se para a imagem, persignando-se. Ele acompanhou o ato em respeitoso silêncio. Andaram juntos. A alguns passos do portão, Iseult já aguardava. Porém, antes de ali atingirem, a religiosa impediu-o de continuar.

— Mais um detalhe peço que consideres, comandante. Deus vê se um homem é ou não merecedor conforme sua capacidade de arrepender-se de seus erros. Jamais esqueças isso, senhor. O verdadeiro arrependimento é o mais breve rumo para a remissão — e ela sorriu, transmitindo toda sua bondade e serenidade naquele simples gesto.

Tristan, estarrecido, viu-se sem palavras. Mesmo se as tivesse, não poderia falar, pois súbito, Iseult aproximou-se, abraçando carinhosamente aquela que havia sido uma espécie de mãe. Em seguida, caminharam juntos pelo jardim, enquanto a mulher retornava ao prédio.

Reuniram-se a Cedric e a Caswallan, que cumprimentaram Iseult com cortesia e cuidaram de sua bagagem. Reunidos, caminharam de volta aos cavalos.

— Estais acostumada a montar, senhora? — Tristan indagou.

— Irás surpreender-te comigo comandante, tratando-se de cavalos! — ela riu. — Eu os adoro!

— Se sois uma amazona, montais meu cavalo, até arrumarmos outro para vós.

Juntaram-se ao restante da armada e no centro da cidade, Tristan — que escoltava Iseult a pé — escolheu um dócil palafrém para a moça. Esta, ao estudar o cavalo, impediu o negócio.

— Quero um cavalo, não um brinquedinho de enfeite! — protestou. E teimou em querer um garanhão arisco. Com muito custo, Tristan a fez mudar de idéia. Chegaram a um consenso e adquiram um cavalo não muito bravio.

Prontos e reabastecidos, naquele mesmo dia iniciaram a viagem de volta. Agora, acompanhado pela irmã do Duque, Tristan não mais liderava a falange. Preferia ocupar uma posição mais para o centro desta, próximos dos outros membros. Seu intento era oferecer maior proteção à moça. Esta, apesar de desinibida, não ficou à vontade rodeada por tantos cavaleiros desconhecidos. Ouvia-os, apesar das conversas paralelas ocorrerem em tom comedido. Virou o rosto à sua direita. Entre ela e o comandante, havia dois guerreiros, mas Iseult estava decidida. Puxou as rédeas e contornou-os, indo emparelhar com Tristan.

— Por que segues aí, e não ao meu lado? É para não conversares comigo? És o único que conheço, comandante!

— Peço perdoai-me pela minha indelicadeza, milady. Mas não sou de conversar... — ele encarou-a. Arrepios percorreram seu corpo ao deparar com uma face dócil; pureza e inocência afloravam. O olhar, terno e meigo. A farta cabeleira estava oculta pelo manto... e por um breve momento, julgou ter visto a imagem de Iseult, a rainha, metida em sua vestimenta negra.

Notando o estranho comportamento dele, Iseult atraiu sua atenção, chamando-o.

— Não precisas utilizar-te de tantas formalidades para comigo, comandante — ela versou. — Sou apenas a irmã do duque. Agora, explica-me... por que não aprecias conversar? Queria dizer-te o que meu irmão falou de ti, na carta...

— Teu irmão é meu amigo, milady. E amigos costumam exaltar certos aspectos, mas estes nem sempre são verdadeiros.

Iseult estudou-o. Não apreciou ser interrompida daquela forma. E uma sensação de desconforto a fez puxar as rédeas para sua esquerda, cortando diagonalmente o caminho dos dois guerreiros ao seu lado. Retornou ao seu lugar, decepcionada. *Creio que Kaherdin realmente exagerou! Em nada esse homem combina com a descrição fornecida em sua missiva!*, avaliou. *Todavia, apesar daquela aparência rude, ele inspira confiança.*

Os trinta homens escolhidos eram excelentes guerreiros, fossem mercenários, fossem do exército. E havia um motivo para que Tristan os requisitasse — era o fato de terem que pernoitar. Guardava esperanças de não acampar mais do que quatro noites, para tanto, iria manter um ritmo acelerado, com apenas alguns intervalos para descanso. Queria o quanto antes, chegar a Cairhax. Não era apenas com a segurança contra eventuais ataques de bandoleiros que o inquietava. Receava por outros motivos, que preferia não conceder a possibilidade. Mas era impossível ignorar o fato de que Iseult era jovem e bela, tanto quanto não podia fechar os olhos com o comportamento de alguns homens da armada, que ficaram encantados com a moça. Talvez, encantados em demasia.

A verdade era que não conhecia profundamente aqueles guerreiros. Daí, temer.

Nas duas primeiras noites, ele mal descansou. Embora com um forte esquema de vigilância montado, o comandante insistiu restar em vigília, apesar de recolher-se para sua tenda. Prestava atenção em cada som; um movimento mais ousado dos sentinelas, ele inquietava-se. Ao lado de seu abrigo, estava o da irmã de Kaherdin, seguida pela de Cedric. Confiava no comandante-chefe.

Entretanto, foi na última noite que seus receios tiveram fundamento. Justamente quando Tristan não mais conseguiu lutar contra o cansaço e o sono, embora houvesse tentado. Terminou acordando bruscamente, ao som de brados e de uma balbúrdia. Imediatamente sacou sua espada e deixou a tenda. Imaginou tratar-se de ladrões, entretanto, atônito, deparou-se com um bando de mercenários, alguns conhecidos — contratados recentemente por Kaherdin na defesa do ducado. Porém, esses homens estavam armados e haviam invadido o acampamento. Diante daquilo, o comandante, percebendo Fergus próximo de si, questionou-o.

— Fergus, o que está havendo?

— Eu não sei, comandante.

Os mercenários portavam armas, mas não estavam sendo hostis. Então, um deles adiantou-se, parando frente a frente a Tristan. Tinha os cabelos esbranquiçados e eriçados, usava apenas um torque e tinha o tórax desnudo, pintado — os traços de guerra. Trajava *bracae* e botas de couro. Os olhos estavam contornados por uma tinta preta. De sua cintura, uma bainha pendia. Após estudar o comandante durante alguns minutos, o guerreiro voltou-se para Fergus.

— Não ousa te intrometer! — bradou-lhe.

Tristan constatou que por terem sido os invasores reconhecidos, os homens de sua armada não reagiram de imediato. Como ele, estavam confusos. Um desespero dominou-o; se uma batalha tivesse início, o que poderia acontecer com Iseult? Súbito, o intruso sacou sua espada — que brilhou intensamente com as chamas da fogueira do acampamento — e colocou-a em posição de ataque. Por reflexo, o comandante enristou a sua, porém, ele não conseguiu mover-se. Para surpresa de todos, declinou-a; estaria ele se entregando?

— Vejo que agora, me reconheceste! — o mercenário proferiu as palavras carregadas de ódio e em bretão.

— Apenas por causa de tua espada.

O mercenário cuspiu próximo a ele.

— A espada que me deste e com a qual sonhei em matar-te, maldito! Enganaste-me; aproveitaste de minha inocência! Mas quando soube da verdade, Tristan, jurei que iria encontrar-te e...

— Não precisas dizer o resto, Clodion — agora, compreendia a familiaridade que havia sentido, quando viu aquele rapaz pela primeira vez. — Terás tua vingança, desta vez. Mas apenas te peço que me permitas cumprir meu dever, escoltando a irmã de Kaherdin. Ninguém aqui tem algo que ver com o que aconteceu.

Nesse instante, Iseult, assustada, deixou sua tenda. Ao ver a cena, gritou.

Tristan voltou-se para ela; em seguida, para Clodion. E notou os olhos do rapaz arregalarem-se, diante da estonteante beleza da moça.

— Por favor, Clodion. Imploro-te para que não interfiras nisso. Não por mim, mas pelo que poderia causar.

Caswallan e Cedric surgiram em seguida. Caswallan, atônito diante da cena, rompeu, aos brados e em gaulês.

— Clodion! Estás com problemas, jovem? Declina esta espada, agora!

— Isto não te diz respeito, Caswallan! — Clodion rebateu. — Decerto, não imaginava encontrar uma flor tão delicada em meio a este regimento... — diante das palavras, os homens que o seguiam, tentaram cercar Iseult.

A moça, aterrorizada, correu em direção do comandante em busca de refúgio e proteção. Tristan envolveu-a com seu braço, tentando acalmá-la.

Clodion riu amargamente. Com um gesto, conteve seus guerreiros.

— O que significa isso? — Cedric indagou, mas não obteve resposta.

— Vejo que ainda usas teus feitiços com as mulheres, Tristan. Irás também decepcionar teu novo senhor?

Ele não retrucou. O mercenário abaixou sua espada.

— Mas tens razão quando dizes que seria o começo para uma guerra inútil. No entanto, há mais um motivo por ter vindo atrás de ti — ele encarou o comandante duramente. — Um dos meus anseios foi atendido, dois verões depois de tu teres deixado o sítio de Llud. Eu e minha mãe retornarmos à Gália, para as terras de meu pai. Minha infeliz mãe morreu dias depois de nossa chegada. Foi em seu leito que ela revelou-me o que fizeste. É difícil conceber o que ela deve ter passado, vendo-te ser resgatado por Llud. Resgatado e abrigado, no mesmo sítio. Ela morreu com meu juramento de que iria te encontrar e fazer pagar pelo que nos fez. Entretanto, há um entrave em meu percurso de sangue, e trata-se das terras de meu pai, que foram tomadas de mim. Ajuda-me a reconquistá-las, Tristan... e talvez... — encarou-o com desprezo e repulsa — ...talvez, eu esqueça de que te odiei e te amaldiçoei cada dia de minha vida, desde quando descobri a verdade!

— Comandante, o que ele está falando? — Iseult, amedrontada, recusava-se a soltar Tristan. Mas estava aflita; o que conversavam? Infelizmente, ela não era íntima do idioma bretão. Ele, porém, não lhe deu atenção.

— Tens minha palavra de que irei.

— E quem disse que nela confio? — ele foi sarcástico.

— Se não confias, que venhas junto — ele virou-se para Caswallan, agora falando em gaulês. — Foste o líder deste grupo de mercenários, meu amigo, e eles confiaram em ti. Peço-te, como líder e testemunha, alertar todos teus homens de que tenho uma obrigação com Clodion. Essa dívida me impede de desviar meus passos. Por isso, Caswallan, tu e teus mercenários podereis deter-me, se eu tentar desistir desta empreitada.

Caswallan, a princípio confuso, não soube o que dizer. Ao seu lado, Fergus e Trwyth nada compreenderam. Os outros guerreiros da armada também hesitaram. Desde quando um comandante se sujeitava às ordens de mercenários?

— Ele irá realizar o que prometeu, Clodion — Caswallan finalmente encontrou sua linha de raciocínio. — Tens minha palavra — disse, em gaulês.

— Veremos! — rebateu. Com o rosto contraído, embainhou a magnífica lâmina. — Estarei bem atrás de ti, Tristan. Desta vez, não estás diante do menino inocente que enganaste — e ele se afastou.

Tristan fez o mesmo com sua espada. Iseult o soltou. Ainda tensa, encarando-o, indagou.

— Quem são esses homens, comandante? Inimigos?

— Não, milady. Não são inimigos. Fica tranqüila, senhora; eles não irão te causar nenhum mal.

— Mas Tristan... não estou compreendendo... — Caswallan interrompeu —, ...o que deves para Clodion?

Antes de responder, Tristan voltou-se para Trwyth.

— Meu amigo, conduze a irmã de Kaherdin de volta para sua tenda.

O mercenário obedeceu. Iseult, nada satisfeita, afastou-se. Cedric e Caswallan permaneceram com o comandante.

— Irás nos explicar o que está acontecendo, Tristan? — Cedric insistiu.

— Amigos... — ele suspirou — ...eu vos prezo em demasia. Entretanto, há sombras na vida de um homem que ele deve carregar sozinho. Tenho uma dívida de longa data com Clodion, isso é verdade. Esta obrigação não pode mais ser adiada — ele ameaçou a andar, mas Caswallan o impediu.

— Tristan, por que não te abres conosco? Ficaria honrado em te prover auxílio.

— Tuas palavras são comoventes, Caswallan... Mas não mereço qualquer auxílio — e ele dirigiu-se até sua tenda.

Ali, caiu de joelhos em seu manto estendido, desafivelando o cinto de sua espada. A inesperada visita afugentou seu sono, propiciando relembrar de Clodion... e das palavras esperançosas da religiosa. *O verdadeiro arrependimento é o mais breve rumo para a remissão.*

Jamais seria contemplado com aquela graça. Fosse porque as cicatrizes de seus atos continuavam ferindo-o, fosse porque, apesar de todas as desgraças, não conseguia esquecer o quanto havia amado Iseult.

O resto do percurso foi feito em um ambiente extremamente tenso, devido o ocorrido na noite anterior. O comandante quase não dialogava, mesmo porque tinha ao seu lado, Clodion — agora um jovem carregado de mágoas e movido por um desejo de sangue e vindita. Tristan jamais imaginou reencontrá-lo. A morte de Pharamond, pai do jovem, ainda lhe trazia conseqüências. Notando a raiva acumulada no rosto do rapaz, desejou nunca ter deixado o isolamento daquele povoado. Não era o ódio de Clodion que mais o feria, e sim, a intimidade com as desgraças que causara.

Aproveitando as vezes em que Clodion atrasava o passo de seu cavalo, afastando-se de Tristan, Fergus tentou inquiri-lo. Nada obteve, a não ser breves palavras que Clodion pronunciava, com os olhos encravados no comandante e a voz grave:

— Uma contenda que precisamos resolver, Fergus. Nada mais.

— Uma contenda? Clodion, nunca fomos próximos, contudo, lutamos mais de uma vez juntos. Em nenhuma dessas ocasiões, demonstrastes tanto rancor como o fazes agora. Há muito mais do que isso, não há?

Tristan, ciente do que ambos conversavam, acelerou o passo de Husdent, afastando-se mais. Se Clodion quisesse relatar os fatos, que o fizesse sem sua presença. No entanto, não ficou sozinho muito tempo. Iseult alcançou-o. Ambos cavalgavam atrás de Cedric, que liderava a armada.

— Poderias me dizer agora, comandante, o que está havendo? Quem são esses homens que nos acompanham?

— Estiveste em uma ordem religiosa, senhora, natural que reajas desta forma. Eles são mercenários que lutaram a favor de teu irmão.

— Mas o que querem de ti?

Ele fitou languidamente o horizonte. O vento brincava com mechas de seu cabelo prateado, a alvura contornava sua face, na barba de dias. Seus olhos demonstravam cansaço, mas talvez fosse apenas um desânimo.

— Preciso honrar uma dívida, milady. Uma dívida cujo preço foi alto. E por mais que eu faça, parece sempre irrisório. Em verdade, não conseguirei jamais saldá-la.

Iseult sorriu com o canto dos lábios.

— Dívidas não crescem desta forma, comandante. Tu me lembras o conselheiro de meu pai, quando ficava a par de comerciantes que cobravam juros em cima de empréstimos! Ele abominava isso.

Era comovente escutar palavras ingênuas. Tristan fitou-a com ternura. Dentro de si, sentiu saudades pela inocência há tanto tempo perdida.

— É um outro tipo de dívida, senhora.

— E... não podes pagar? — havia preocupação no tom dela.

— Não como gostaria.

— Será que não poderia ajudar-te? — o rosto pueril demonstrava tensão.

— Já me ajudaste, milady. Deste-me o prazer de ouvir palavras sinceras e puras. Sou grato a ti.

Iseult não compreendeu. Disposta a continuar a conversa foi, porém, interrompida por Clodion, que em voz alta clamou pelo comandante. Ao se aproximar, Clodion não se conteve.

— Teu serviço pelo que sei, comandante, é escoltar a dama e não fazer-lhe companhia — o comentário, proferido em gaulês, essencialmente maldoso, foi com o intuito de provocar Tristan. Este sabia que deveria escolher bem as palavras para responder, sob pena de um grave desentendimento.

— Agradeço por me lembrares disso, Clodion — e ele incitou Husdent, indo emparelhar com Cedric.

Dessa vez, Iseult compreendera as palavras proferidas pelo jovem. E odiou-o por isso.

Por fim, a armada atingiu Cairhax. Kaherdin foi imediatamente informado da aproximação deles e aguardava — ansioso — nos portões da cidade. Assim que os cavaleiros começaram a cruzá-lo — Tristan foi o segundo, mas o duque não notou —, Kaherdin arriscou-se por entre os cavalos, procurando Iseult. E ao vê-la, acenou. Iseult atiçou o cavalo e praticamente jogou-se nos braços do irmão. Abraçando-a, ele colocou-a no chão.

— Como estás mudada, minha irmãzinha!

— Digo o mesmo de ti! Senti tua falta, Kaherdin!

— Até mesmo de nossas brigas?

Iseult riu.

— Só posso dizer que onde estava, não havia nenhum patife para azucrinar-me!

Kaherdin riu. Beijou o rosto da irmã, para em seguida, fitar os homens da armada. Reconheceu imediatamente Clodion.

— Mas o que Clodion está fazendo vestido para a guerra?

— Conheces esse homem?

— Clodion? Claro. É um mercenário que muito nos auxiliou na batalha contra Bedalis.

Antes que Iseult pudesse narrar o ocorrido, Kaherdin dela afastou-se, indo receber o guerreiro. Este apeou-se e cumprimentou o duque.

— A guerra terminou, meu amigo. Não precisas destes trajes!

Ele riu.

— É que tenho uma em particular, Kaherdin. E preciso de teu valoroso comandante — o duque não notou o desprezo na voz do mercenário.

— Meu comandante? Ah, Tristan? Por falar nele, ainda não o vi.

— O quê! Não me diga ter ele sumido.

— Não, não sumi, Clodion — a voz, grave, vibrou atrás de Clodion.

— Tristan! — o duque adiantou-se, cumprimentando-o calorosamente. — Sou grato pelo teu serviço, meu amigo! Minha irmã chegou sã e salva! Do fundo do coração, agradeço-te.

— Mas agora, ele irá me fazer um favor — Clodion proclamou.

— A ti? — Kaherdin virou-se para Tristan. — A ele?

— Eu devo, Kaherdin.

A alegria do duque esmoreceu.

— Não esperava por isso.

— Infelizmente, não há outra alternativa para mim, meu amigo. Mas tens minha palavra de que farei tudo a meu alcance para regressar. Isso, se consentires com minha volta.

— Claro, Tristan! Jamais iria fechar as portas para ti! Apenas peço o obséquio de descansardes hoje e parti amanhã — pediu para ambos.

Assim foi feito. Porém, no dia seguinte e antes de partir, Tristan conversou com Kaherdin a respeito de Heri.

— Ele retornou, Tristan. Ficou três dias a mais além do pedido para sua licença.

— Kaherdin... agora que estarei ausente... e meu retorno é incerto, não quer restituir-lhe...

— Já discutimos isso, Tristan — o duque o interrompeu. — Heri cometeu erros crassos, pondo em risco Cairhax. Cedric ficará em teu lugar... até teu retorno — ele encarou o comandante. — Tristan, é necessário mesmo tua ida?

Ele concordou com um aceno.

— Respeito tua decisão em manter silêncio a respeito dessa dívida que tens com Clodion... Mas peço-te que te empenhes em retornar. Farás isso?

— Farei o possível.

O jovem duque, sorrindo, o abraçou. Ao apartar-se, Kaherdin, ainda com seus braços apoiados nos ombros do amigo, comentou.

— Vejo em ti o irmão que não tive, Tristan. Por favor, sejas cuidadoso.

Ele prometeu que seria. Como de costume, foi lacônico, nada afável, destoando do comportamento espontâneo do duque. Mas Kaherdin não se importou com isso. Caminharam juntos, até o jardim da casa. Ali, passeando entre os canteiros, viu Iseult. Tristan ajeitou o cinto com a espada, sentindo-se inquieto. Além do jardim, Clodion e seus homens aguardavam.

Ele afastou-se do jovem duque, ressentido-se pela sua frieza. A verdade era que não apreciara a comparação feita por Kaherdin. Não queria mais ser tomado nem como irmão, nem como filho.

— Comandante! Tristan!

Era Iseult quem se aproximava. Ele a cumprimentou.

— Tens idéia de quanto tempo irás ficar fora?

— Não, milady. Não poderia dizer-te.

— Orarei pelo teu regresso, comandante. E... queria dar-te isso — ela estendeu-lhe a mão.

Era um broche robusto, para prender um manto. Tinha o formato de um corvo e era ouro maciço. Os olhos eram enfeitados por pedras preciosas. O pássaro tinha as asas abertas e as garras projetadas como se fosse agarrar algo. A peça cobria a palma de sua mão.

— Morrigan — Iseult prosseguiu —, o tempo em que convivi com as religiosas, me fez aceitar o Deus-Homem, mas lembro-me freqüentemente dos deuses antigos. Quando criança, ouvia meu irmão cultuando Morrigan, a deusa da guerra irlandesa. Em sua forma de corvo, ela protege seus guerreiros favoritos, quando estes vão para a guerra — ela parou de falar alguns instantes. — Ganhei-o de meu pai.

— Não posso aceitar tal presente, senhora. É uma peça cara demais e... — súbito, ele calou-se, diante da reação espontânea da duquesa.

Iseult, delicadamente, com suas mãos, fechou a dele, fazendo-o apertar o broche.

— Usa-o, Tristan. Se fores lutar... e acredito que irás, Morrigan irá te proteger.

Ele agradeceu. Iseult soltou-o. Ele estudou o delicado rosto, a suave linha de seus lábios, a paixão em seus olhos... Quando percebeu, estava acariciando-a, ajeitando uma mecha rebelde de seus cabelos.

— Irei usá-lo, milady... — disse, recolhendo seu braço e sentindo-se um tolo. Afastou-se o mais rápido que pôde.

No pátio, Clodion — que a tudo presenciara — encarou-o com rancor e desprezo. Tristan ia passar por ele, que já estava montado, mas o mercenário interceptou o caminho. O cavalo, arisco, agitou o pescoço. Tristan recuou alguns passos.

— Aproveita, Tristan! Pelo menos, *essa* Iseult é solteira! Dessa vez, não terás sangue nem morte no percurso de teu desejo! — ele puxou as rédeas do cavalo, desviando-se dele.

Alguns mercenários cruzaram seu caminho. Era momento de partir. Andou até o cavalariço que segurava Husdent pelas rédeas. Ao montá-lo, notou a aproximação de outros cavaleiros. Eram Dagda, Fergus, Brennan e Thwyth. Haviam decidido acompanhá-lo e conseguiram permissão, tanto de seus chefes, como de Clodion. Apreciou pela companhia dos guerreiros.

Antes de deixar o pátio, virou-se para o jardim e para a sede do ducado, como se quisesse reter na lembrança aquela visão. Não sabia se iria retornar... ou sequer se iria sobreviver. No jardim, viu Iseult. A moça acenou.

Ele apertou o broche na mão, e antes de partir a galope, correspondeu ao aceno.

O fato de Clodion ter acatado a presença de Fergus e dos demais, dirimia a hipótese de uma eventual cilada. Tristan havia avaliado essa hipótese; Clodion o afastaria com essa desculpa, para enfim, conseguir matá-lo. Dirimia... não a elidia. Talvez, nem chegasse ao destino: *Douarnenez, Finistère*, que segundo Clodion, era onde localizavam-se as terras de seu pai.

Fez o percurso na retaguarda, acompanhado pelos quatro guerreiros. Graças a eles, a viagem não estava sendo tão árdua — pois era doloroso cada vez que Clodion lhe dirigia um olhar ou uma palavra. O rapaz não ocultava a ânsia de sangue, a raiva contida durante anos. Como não foi atacado na primeira noite, Tristan concluiu que Clodion realmente o queria lutando. O depois... não poderia dizer. Sua angústia amenizava quando trocava algum diálogo com Dagda e com os outros.

E atingiram Finistère.

Durante quase cinco anos, Tristan — que sempre dizia estar farto de banhos de sangue — lutou. Conforme viria a saber, Clodion desejava aproveitar-se o máximo que podia de si. Desde o primeiro combate, fora designado para a linha de frente. Não lhe foi permitido revezar com os demais guerreiros a posição da morte, muito menos, valer-se de sua técnica e experiência; Clodion, em tom arrogante, disse-lhe: "Tu estás aqui para lutar, Tristan! Não para comandar! E teu lugar vai continuar sendo na linha de frente." Na ocasião, estavam na segunda semana de combates. Fergus tentou interceder pelo amigo, na esperança de que Clodion o dispensasse de permanecer naquela posição pelo menos por uma batalha, mas o mercenário foi irredutível.

"Queres matá-lo!" — Fergus irritou-se. "Por que, Clodion? Por quê?"

Fergus não obteve qualquer resposta. No dia seguinte, novo confronto teve início, prolongando-se por horas. Na linha da morte, Tristan resistia, mas em duas semanas, era seu oitavo embate — um atrás do outro, quase sem descanso. Não estava mais suportando; exausto, tentou recuar. Porém, as fileiras estavam muito cerradas e não havia espaço para esgueirar-se. O deslize — de tentar retroceder — custou-lhe uma bordoada de uma maça em seu ombro esquerdo e pescoço. Os anéis de prata da cota trincaram com o peso da arma; Tristan soltou o escudo, com receio de tombar com ele. Foi nesse momento em que sentiu uma forte dor em seu tórax, próximo do coração. Ele não viu o que causara a dor, mas o impacto o arremessou para trás, caindo sobre um soldado. Este, irritado e impulsionado pelas atrocidades da contenda, não amparou-o. Raro era quando um guerreiro auxiliava o colega; o fato de não haver espaço e cada um preocupar-se apenas consigo, eram razões suficientes.

Antes de perder os sentidos, Tristan ouviu alguém bradando seu nome.

Quando descerrou as pálpebras, sentiu-se deslocado. Não lembrava-se do que havia ocorrido, nem onde estava ou o que havia feito. Viu-se em uma tenda. Esquadrinhou a abertura e testemunhou a luminosidade do Sol. Afastou a coberta e sentou-se — não sem ser acometido por dores. Uma pontada em seu tórax, próximo ao coração, o fez recordar de que, há alguns momentos, havia sentido dor semelhante. Então, recordou-se da luta, mas lhe fugiam os detalhes. Desceu seus olhos para seu tórax, encontrando, preso na vestimenta, o enfeite dado por Iseult. Retirou-o. O corvo estava ligeiramente amassado e riscado.

— Finalmente acordaste! — Trwyth invadiu a tenda. — Estávamos preocupados contigo, meu amigo! — Trwyth sentou-se ao seu lado, oferecendo-lhe água.

— O que aconteceu?

— Foste derribado, Tristan. Eu vi quando foste atingido por uma maça e por um guerreiro com uma lança. Pensamos ter sido teu fim, mas quando conseguimos abrir espaço e chegar até ti, estavas vivo, embora desacordado.

Ainda sentado, Tristan, com o corvo nas mãos, mostrou-o ao amigo.
— Isto salvou-me, Trwyth.
Ao ver o broche riscado, Trwyth sorriu.
— Reparei nele quando retirei tua cota estraçalhada. Julguei o mesmo.
Com esforço, Tristan ergueu-se.
— Não sejas precipitado, meu amigo. Procura descansar. Passaste mau pedaço, caído em meio aos homens.
— Isso explica essas manchas escuras... — comentou, estudando as partes visíveis de seu corpo.
— É o pesadelo de todo guerreiro... ser pisoteado. Graças aos deuses, estava próximo de ti — levantou seu rosto para o amigo. —Tristan, tu não deves mais retornar à linha de frente. Se fizeres, estarás assinando tua sentença de morte. Além de que, Clodion não têm mais mercenários capazes de bom desempenho ali.
— O que aconteceu com os homens da fileira em que estava?
Trwyth suspirou profundamente.
— Estão todos mortos — ele ergueu-se. — Aconteceu ontem, enquanto te recuperavas. Com isso, Fergus impôs a condição, meu amigo. Discutiu com Clodion, que parece não se importar contigo. Mas nós, sim. Por isso, estás fora da linha de frente.

O rapaz saiu em seguida, enquanto Tristan voltou a deitar-se. Ocorreu de forma similar seu primeiro ano em Finestère. Mais quatro sucederiam. Contudo, para os guerreiros, o tempo transcorria diferente — era insuportavelmente longo, quando guerreavam e melancólico em seus intervalos. Era nesses momentos em que, castigados pelos efeitos da guerra, muitos homens começavam a perder a si próprios. Seus piores medos vinham à tona; a consciência da morte, a selvageria presenciada, a ineficiência de técnicas de combate. Todavia, mais preocupante, era o estado dos homens feridos; a desgraça e miséria dos guerreiros vertiam-se ao pânico quando compartilhavam seus brados lancinantes de dor. Sem mencionar a escassez de provisões e de armas. Os diversos combates diretos terminaram enfraquecendo as duas facções. E a ilusão da guerra contaminou a todos — quando Clodion pensava ter alguma vantagem, os inimigos ganhavam apoio e novos ataques diretos ocorriam.

Houve períodos de paz e tentativas de acordos entre Clodion e o usurpador, mas que jamais surtiram efeitos, porque ambos os lados iniciaram ataques sorrateiros. Os guerreiros do usurpador especializaram-se em assaltos quando o inimigo estava desatento; os de Clodion, ao contrário, retaliavam com seqüestros e mortes, independente de quem fosse a vítima. Davam preferência aos parentes e conhecidos do usurpador. E os combates reiniciavam. Clodion também requisitou auxílio, mas em nenhum momento, permitiu a Tristan demonstrar sua experiência e técnica, para desespero de muitos guerreiros que sabiam do que ele era capaz. Contudo, Tristan não voltou mais a ocupar a linha de frente, cada vez mais desfalcada de homens treinados. Lutou na infantaria, junto com Thwyth e os demais.

Por fim, com mais reforços, Clodion cercou a cidade. E uma nova fase da guerra iniciou-se. Sitiados e sitiantes viam-se em um hediondo teste de resistência. Por mais que sofressem do lado de fora, a situação dentro da cidade era ainda mais dolorosa; Tristan não duvidou da macabra possibilidade de ter ocorrido antropofagia entre os sobreviventes.

Então, exauridos, os sitiados se entregaram. Clodion e alguns de seus homens queriam assassinar a todos, contaminados que estavam pelas cicatrizes e insanidades das batalhas, que, revés do que esperavam, revelou-se extremamente longa, brutal e desgastante. Foi um esforço considerável para Tristan e seus guerreiros conterem uma fúria animalesca, demoníaca. Um esforço que quase custou suas vidas. Certamente teria, não fosse a intervenção de vários mercenários, que enojados, recusaram-se a assassinar crianças e mulheres. Quanto aos homens — rendidos —, era muito mais compensador vendê-los como escravos.

Isso feito, três mercenários do exército de Clodion convidaram Tristan a apresentar-se diante dele, que aguardava no salão da casa principal da cidade. O rapaz — a face cansada, mas revelando sua amargura, iniciou a conversa. Estava instalado em uma cadeira, os braços apoiados em uma mesa. Os homens permaneceram, atrás de Tristan.

— Estranhos efeitos tu exerces nas pessoas — ele disse. — Parte de meus guerreiros ainda me censura por não ter sequer te dado uma única oportunidade para nos aconselhar a respeito de técnicas de combate.

— Guerra, Clodion, é mais facilmente vencida quando usamos a estratégia e não a força bruta.

Clodion deu de ombros. Ergueu-se e deu a volta, ficando na frente de Tristan e apoiando suas costas contra a mesa. Não ocultava a aversão em seu olhar.

— Cumpriste tua palavra — comentou, cruzando os braços e imbuído em um ar arrogante. — Nesse aspecto, não posso reclamar de ti. Contudo, não poderás sair desta cidade; não até decidir o que farei contigo.

— Eu não ia fugir. Se fosse agir assim, teria feito antes.

— É verdade. Mas alguns de meus homens, que simpatizam contigo, poderiam convencer-te a deixar Douarnenez. Para que isso não aconteça, irás te instalar em um dos cárceres disponíveis nesta casa.

Ele suspirou. Por um momento, chegou a pensar que Clodion iria demandar outra exigência, para em seguida, dar-lhe permissão para ir-se.

— Meus homens irão te escoltar — o mercenário determinou, aproximando-se dele. — Mas tua espada ficará comigo.

Tristan desafivelou o cinto e entregou a arma.

— A restrição não procede a Fergus e aos outros guerreiros, presumo.

— Eles poderão ir quando desejarem. É contigo o que tenho de esclarecer.

— Sendo assim, um favor te peço... Não quero que eles tenham conhecimento disso. Nenhum deles irá embora se souberem que fui preso, e sei o quanto estão ansiosos para retornarem.

— E quando pretendem ir?

— O mais breve possível.

— Muito bem... eles não ficarão sabendo. Terás permissão para deles te despedir, quando derem por certo sua ida — voltou-se para os guardas. — Podeis levá-lo.

Deixaram a sala e percorreram um longo corredor, que terminava em três lances de escada, em espiral. Antes de prosseguirem, os guerreiros acenderam tochas. Apesar de dia, nos subsolos, a luz era escassa. Vencido os andares, adentraram um novo corredor, estreito com uma altura inferior à dos homens. Todos tinham que percorrer curvados. As trevas oprimiam ainda mais o local. Então, Tristan sentiu segurarem-no pelo ombro — um dos guardas indicou-lhe ter atingido a cela. Ele destrancou a pesada porta de ferro, revelando um recinto rústico. Um banco de pedras fazia às vezes de cama e uma pequena abertura no chão, a de latrina. Próximo à cama de pedras, uma argola de ferro, cravada na parede. No teto, uma abertura gradeada, proporcionando uma sutil corrente de ar e débil claridade.

Desconfortável, ele entrou no recinto. Ao menos, era possível permanecer ereto. Em pé, ouviu a maciça porta cerrar atrás de si e o som dos ferrolhos repercutiu pela cela. Ergueu seus olhos e estudou o tênue feixe de luz. Era de lustre ínfimo, contudo, seu efeito afastava o breu total. Sentou-se no banco de pedras. Imaginara tudo de Clodion — desde sendo morto em uma cilada, até enfrentando torturas — mas não concebera ser aprisionado daquela forma.

O que o angustiava, não era o fato de ter sido preso... e sim, quanto tempo iria ali permanecer.

A noção do dia e da noite rapidamente escapou-lhe. Uma única vez — acreditava ser durante o dia — levavam-lhe alimento e água. Era sempre o mesmo carcereiro que invadia sua cela; um homem roliço, com feições bárbaras e nenhum ar amigável. Era a impressão que dele tinha, porquanto não poderia afirmar — as sombras no local confundiam-no.

O alimento que lhe forneciam, não despertava fome. Destarte, tão repugnante era seu aspecto, que o efeito provocado era justamente o oposto. Sentou-se no chão, ao lado da porta e do prato onde jazia a substância comível de aparência repulsiva. Perdera a conta das vezes em que o prato lhe era oferecido — sua única forma de tentar localizar-se no tempo —, mas recordava-se das escassas tentativas em que se alimentara daquela... "coisa"... fosse aquilo o que fosse. Entrementes, sorvia, com vontade, a água. Depositou o copo ao seu lado, pensativo. Era proposital aquela massa disforme; afinal, era esperado que não a ingerisse. Ou que deglutisse o mínimo possível, apenas para não morrer de inanição. Não era tolo e compreendeu que Clodion apenas iniciara sua vindita.

O primeiro passo havia sido dado. O mercenário queria, de alguma forma, quebrar sua resistência. Humilhá-lo e destruí-lo, regozijando-se com cada etapa. Era tão óbvio, que recriminou-se por ter acreditado na vã possibilidade de que estaria livre, apenas por ter lutado durante cinco anos.

Recolheu as pernas, abraçando os joelhos. Seu corpo e rosto estavam cobertos de escoriações, hematomas e lacerações, tanto por ter de deitar-se despido sobre pedras, como pelas visitas soturnas feitas por três criaturas — homens agressivos, rudes, que não faziam parte do contingente de Clodion e cuja perícia, não era a de guerrear. Eram seus carrascos. Não se surpreendera com nada isso. Era... ou costumava ser um guerreiro, e aquelas medidas normalmente eram tomadas contra guerreiros. A privação de vestimentas... e os castigos físicos. Entretanto, seus verdugos não agiam com o intuito de matá-lo, mas sim, de fazê-lo sofrer. No fundo, a idéia era abatê-lo psicologicamente.

Levantou-se e postou-se sob a abertura gradeada. Pulou e agarrou as barras de ferro, erguendo seu corpo. Repetia várias vezes o exercício, como se recusando a entregar-se. Revelava, assim, sua resistência em submeter-se, que — como qualquer ato seu — era retalhado. Bastava a mera suspeita de que havia se exercitado, para amargar acorrentado aos pés da cama de pedras. Acorrentado... e espancado. Ainda assim, persistia. De qualquer forma, tivesse ou não um motivo, Clodion ordenava que fosse agrilhoado durante dias, os quais ficava à mercê dos impulsos de seu carrancudo carcereiro até para lograr um ínfima quantidade de água.

Enquanto erguia seu corpo, recordou-se da manhã em que se despedira de Fergus e dos demais guerreiros. Talvez tenha sido tolice não permitir que soubessem de sua prisão, mas acreditava ser egoísmo mantê-los ali, por uma questão particular e que certamente, iria custar sua vida.

"Tens certeza de que não quer que te aguardamos?", Dagda, hesitante, indagou.

"Já ficamos neste lugar por cinco verões, Tristan. Mais alguns dias..."

"Mais alguns dias... Se algo acontecer, serão mais outros. Não, Brennan. Estarei bem. E sei da saudades que deveis estar de Cairhax..."

"Kaherdin não irá nos perdoar por termos te deixado, Tristan."

"Não estais me deixando. Eu vos estou pedindo para irdes. Em breve, vos encontrarei, Trwyth." — mentiu. Havia inventado uma escusa plausível para sua permanência em Douarnenez.

Tão logo eles se foram, Clodion mostrou seu lado hostil e cruel. Determinou seu retorno para o cárcere, recebendo as ordens para despir-se. Na ocasião, o mercenário estava na cela, ao lado de seus três torturadores. Viu, impotente, quando Clodion apoderou-se do corvo de ouro e os demais, disputando do restante de suas roupas e suas adagas. Como carniceiros sobre uma carcaça podre. Rezou para que não lhe retirassem sua corrente e seu apelo silencioso foi atendido — nenhum deles se importou com a jóia. Em seguida, sobrevieram as primeiras reprimendas físicas, as quais Clodion presenciou. As seguintes, o mercenário às vezes acompanhava. Mas fazia questão de decidir quando as sessões ocorreriam.

    Ele soltou-se. Esfregou as mãos, sentindo-as calosas, devido o ferro. Acomodou-se no banco. Afastou as correntes e os grilhões, deixando-os pendurados. Odiava-os. Deitado, os membros encolhidos, cerrou as pálpebras. Sentiu o suor escorrendo pelas têmporas e umedecendo suas costas. Seus cabelos caíam-lhe além dos ombros. Uma barba — para si, espessa, pois sempre a aparava — cobria seu rosto. Não estava acostumado com aqueles longos pêlos sedosos, tão imundos quanto seus cabelos. Habituara-se com o silêncio sepulcral e com a quase total ausência de luz. Execrava quando tinha seus membros acorrentados, mas suportava; da mesma forma, não mais se importava com as surras ou com as torturas. Entretanto, o que o angustiava e o mortificava, era aquela estagnação, aquela sensação de desalento e a incerteza de seu destino. Iria ficar ali até definhar? Era essa a tão sonhada vingança de Clodion? Seus verdugos jamais falavam consigo e desistira de tentar questioná-los, pelo simples fato de suas respostas serem mais agressões físicas e não palavras. Mas vezes houve em que, desesperançado, propositalmente provocava-os, na expectativa de ser morto, contudo, seu algoz havia instruído eficientemente seus homens — eles sabiam quando deveriam interromper os suplícios. Nesses momentos, quando os carrascos evadiam-se da cela e era deixado em paz, completamente devastado — porém vivo —, restava cada vez mais convicto de que nunca mais sairia daquele ergástulo, o que o motivava a implorar a seus deuses — e também, ao Deus crucificado — para que se recordassem de sua mísera existência e lhe concedessem um fim menos vil e ignominioso.

    Assim transcorreram seus dias — que para ele, eram noites — até uma determinada ocasião em que ouviu os ferrolhos de sua porta cederem. Estava sentado no chão, com os braços e a cabeça apoiados no banco de pedras. Sem se alarmar, acompanhou dois homens adentrando. Não eram seus torturadores. Um deles aproximou-se e chutou-lhe na altura dos rins, ordenando para que se erguesse. Tristan obedeceu.

    — Veste-te! — ele grunhiu, atirando-lhe vestes pútridas.

    Como estava habituado, não inquiriu, apenas fez o que lhe era ordenado. As *bracaes* estavam excessivamente largas, sendo sustentadas pelo cinto. Não os recriminava por terem se apoderado de suas roupas, mas pensou que ao menos, poderiam devolver-lhe suas botas. Pensou, apenas.

    — Apressa-te! — rosnou o outro homem, tão rude quanto o primeiro. — Não temos o dia inteiro! — reclamou, avizinhando-se do prisioneiro e agarrando-o pelo braço.

    Antes de saírem da cela, ataram suas mãos. Percorreram o caminho de volta; não seria tão ruim se a claridade não o ofuscasse, conforme iam se afastando do subsolo. No corredor que ligava à sala onde se apresentara perante Clodion, vacilou em continuar andando, devido à claridade que o cegava. Entretanto, sentiu a ferroada de um açoite contra suas costas, obrigando-o a prosseguir. Seria insensato desobedecê-los.

Na entrada da casa, conseguiu distinguir das sombras, o contorno de um cavaleiro segurando pelos arreios três cavalos. O maior deles hiniu e enristou suas orelhas.

— Husdent! — ele sussurrou. O cavalo encostou o focinho em seu rosto. Com as mãos atadas, Tristan acariciou-o. — Como me reconheceste? Não devo estar com a melhor aparência. Tampouco com a melhor fragrância... — afagou atrás das orelhas do garanhão.

— Consegues montar? — um dos guardas indagou.

Ele assentiu. Husdent não estava selado — haviam-no conduzindo por uma corda presa ao seu pescoço —, mas ao perceber Tristan preparando-se para montar, dobrou suavemente as patas dianteiras. Montado, agradeceu-o com nova carícia em seu pescoço, com as costas das mãos.

— Vamos! — o cavaleiro montado ordenou.

No percurso, seus olhos lacrimejaram, porém, ligeiramente mais acostumados com a luz ambiente. Entretanto, ainda via formas opacas e não conseguia descerrar totalmente as pálpebras. O guerreiro que seguia ao seu lado notou o desconforto do prisioneiro.

— É um choque horrível — comentou.

Tristan limpou novas lágrimas e com o cenho franzido, encarou o guarda. Também não o conhecia, mesmo assim, era estranho ter alguém lhe dirigindo a palavra. Desconfiado, olhou de soslaio os demais homens que o escoltavam.

O soldado riu.

— Eles não vão fazer nada.

— Até há alguns momentos, faziam — rebateu.

— Estavas preso. Agora, tua vida está nas mãos de Clodion.

Tristan deu de ombros.

— Esteve durante todo esse tempo. A propósito, poderias me dizer em que período estamos?

— *Imbolc*. Os rituais já estão no fim.

Imbolc..., refletiu. Quando havia sido preso, estava para começar o *Samain*. Os festivais de *Imbolc* realizavam-se no início de cada ano, em homenagem à deusa *Brigdt*. Então, estivera no cárcere por quase cinco meses.

— Tens idéia para onde estais me levando?

— Para um lugar encantador de Finistère.

Encantador...! — escarneceu, em pensamento.

Alcançaram os poderosos e vertiginosos maciços, onde o mar contra eles vertia suas ondas. Estas explodiam em flocos espumantes. *Finistère*. Os maciços —

iluminados pela suave claridade do alvorecer — erguiam-se triunfantes em meio à névoa, ao som inebriante das ondas, aos lamentos de solitárias gaivotas. E em um determinado lugar, contemplando aquela obra divina, um homem aguardava.

O som das ferraduras contra o chão de pedras propagou-se lentamente; por entre a névoa, a figura de quatro homens a cavalo surgiu. Clodion, usando os trajes e as pinturas de guerra, encarou-os. Tristan — ainda atordoado — estudou o guerreiro ao seu lado. Entendeu a mensagem, ali iria ficar. Então, em um salto, apeou-se.

— Podeis ir — os homens hesitaram por alguns instantes, mas Clodion repetiu o comando.

Os cascos dos cavalos cortaram o envolvente som do oceano. O rapaz permaneceu em silêncio, com uma espada em mãos, contemplando o mar. Nesse instante, Tristan reconheceu-a. Era a sua. Perguntou-se se iria ser morto com a arma de seu pai. Não era a primeira vez que teria a arma de Rivalin contra si... Com as costas das mãos, limpou mais lágrimas. Era terrível a sensação de ofuscamento. Ainda mais desconfortável, era sentir-se imundo. Sem saber o motivo, naquele momento de incerteza do que iria lhe acontecer, odiou a sujeira que cobria seu corpo e aquelas roupas fétidas, que fizeram-no vestir como outra forma de humildação. Odiou o peso de seus cabelos sujos e a barba que tanto o incomodava. Então, percebeu que seu ódio estendia-se a tudo, não apenas contra si.

— O que estás esperando? — urrou, encolerizado. — É tão difícil para ti dar um único golpe?

Clodion voltou-se. Aproximou-se lentamente de seu prisioneiro, ainda com a espada dele em suas mãos.

— Não, Tristan. Um golpe é fácil demais de desferir. Tu não mereces isso!

— Pelos deuses, Clodion... o que mais queres fazer? Matando-me, torturando-me mais... não trará teu pai de volta.

— Não precisas me dizer isso! — o mercenário bradou. — Tenho-te à minha mercê, é verdade. Regozijei-me e exultei todos os dias em que estiveste naquele cárcere. Cada um deles! Foi um modo, mas não o único, de fazeres pagar pelo desgosto que me deste e de tua sordidez em me presenteares com esta espada — ele segurou o magnífico punho de sua arma. — Agora, dize-me o que pretendias com esse gesto... Um consolo? Um maldito consolo?

— Não — ele replicou, sentindo a amargura da compunção. — Não era um consolo, Clodion. Tu querias ser um cavaleiro; eu te privei do privilégio de compartilhar uma das maiores honras de um aspirante a cavaleiro e foi justamente a de receberes a arma que pertencera a teu pai das mãos dele. Um privilégio que eu próprio não tive. Fui a causa de tua desgraça por ter roubado a vida de teu pai; queria dirimir tua dor de alguma forma, por mais ínfima que fosse. Foi esta a minha intenção.

— De nada serviu.

As ondas quebraram contra os rochedos, um vento gélido incidiu sobre eles. O cantar das gaivotas soava cada vez mais distante. Súbito, Tristan versou:

— Tens avidez pelo meu sangue desde quando soubeste quem eu era. Ordenaste a teus homens me surrarem, mas não me matarem. Rogo-te que agora o faça. Terás tua vitória e eu, o fim de meus tormentos — tentou fixar seus olhos nos do jovem. — Já te disse isso, quando ias ao cárcere com teus verdugos... Não matei teu pai porque quis, nem vi quando ele me atacou. Estava me defendendo.

— Sim, defendendo-te da revolta e humilhação de um marido traído! É isto que faz meu sangue ferver, Tristan! Eu nunca te disse isso, mas pensei que soubesses o porquê de te execrar tanto! Se tivesses matado meu pai em um duelo, numa batalha, entenderia, mas não! Foi apenas pela luxúria, pelo desejo carnal, pela volúpia! Perguntaste quanto sangue derramaste por causa de tua paixão? Quantos destinos alteraste? Quantas vidas atingiste? — Clodion exaltou-se. No entanto, não houve qualquer resposta, apenas as ondas incidindo contra os rochedos. Em um gesto repentino, o rapaz jogou a espada de seu prisioneiro no chão, sacou uma adaga de sua cintura e avizinhou-se de Tristan, cortando as amarras que o prendiam. Em seguida, chutou a espada na direção dele — Arma-te!

Esfregando os pulsos, Tristan não apanhou sua espada.

— Não quero lutar contra ti, Clodion.

— Arma-te! Ou desistirei desta contenda e eu próprio te infligirei torturas ainda piores, que homem nenhum concebeu! Considerarás um agrado o que até agora te fizeram, diante do que tenho em mente. Sofrerás como um verme até ter tua vida findada! Portanto, arma-te!

Tristan, a muito contragosto, apanhou sua espada e desembainhou-a. Mal havia feito isso, o rapaz atacou, desferindo golpes potentes. Tristan semicerrou as pálpebras, a visão desfocada e a dor em seus olhos persistiam. Seus músculos pareciam emperrados. Concentrou-se nos demais sentidos, como fazia, quando mais jovem. A princípio, apenas defendeu-se das violentas investidas; tão contundentes eram, que diversas vezes foi obrigado a recuar. Em um certo instante, ainda acuado na defensiva, quase tropeçou. Estava lutando descalço e não estava acostumado a isso. Havia pisado numa pedra, machucando seu pé. O desequilíbrio permitiu que Clodion rasgasse sua vestimenta abaixo das costelas e dilacerasse a pele. Refeito do incidente e não vendo outra saída, ele preparou-se para investir. Já havia estudado o método do rapaz e entendera a execução de seus movimentos.

Clodion agora recuava. A despeito da ira que o alimentava e de todo seu vigor jovem, não estava mais obtendo sucesso em avançar na defesa de Tristan. Este, que contava com mais de quarenta e um anos — e muitos reveses em sua vida —, podia não apresentar o mesmo desempenho de quando mais novo, mas exibia sua técnica invejável, além da experiência forjada nos mais sangrentos combates. Os cinco meses que atravessara preso, enfrentando torturas e condições subumanas, foram desgastantes, mas não lhe roubaram sua destreza nem toda sua força — haviam sido válidos os parcos treinos. Ademais, as lembranças do que sofrera nas mãos dos carrascos — com a aquiescência e aprovação de Clodion — impeliram-no. Então, em uma rude arremetida, próximo a borda do rochedo, Tristan o derrubou. De soslaio, o rapaz pôde ver o mar lançando suas ondas contra as pedras; em seguida, virou-se em direção ao oponente. Procurou por sua espada, mas a arma, devido sua queda, estava fora do alcance de suas mãos. Ao tentar apanhá-la, Tristan impediu, pisando no corpo da lâmina, ao mesmo tempo, pousou a ponta da sua sobre o tórax do jovem ofegante.

— E agora? — Tristan, disfarçando seu cansaço, indagou.

Vexado, o rapaz não encontrou palavras. Era visível seu embaraço pela derrota: certamente considerava-a humilhante. Tristan tinha conhecimento disso. E em silêncio, recolheu sua espada. Clodion, perplexo, ergueu-se.

— Não precisas suportar isto para sempre, Clodion. Se queres tanto tua vingança... — prostrou-se, aos seus pés, oferecendo sua espada ao rapaz. — ...consome-a. Mata-me de uma vez por todas, eu te suplico. Não reagirei e ninguém ficará ciente do que houve aqui.

— Ninguém... a não ser eu próprio — ficou absorto durante breves segundos.— Sim, ansiava concluir minha vindita neste duelo. Queria ter o prazer de te estripar com a espada que me deste... — parou de falar, inspirando. — Iludi-me, crendo poder vencer-te. Te torturei, é verdade. Porque queria ver-te sofrendo... e porque queria minar tua resistência. A fama que tens com armas é notória, deves saber. Para minha vergonha, nem assim obtive sucesso — ele fitou seu então prisioneiro. Continuou, a voz séria.

— Além da vida de meu pai, roubaste meu sonho de tornar-me cavaleiro; com tuas odiosas faltas, inundaste minha vida de decepções. Recordo-me, quando ainda morava em Tintagel, meu pai falando de ti, de tuas façanhas e as vezes em que infernizava-o, com minhas exigências para ir ver-te. Ver a ti — ele repetiu —, treinando jovens cavaleiros. Cheguei a observar-te à distância... Meu pai nunca me permitiu uma aproximação. Não queria que seu comandante fosse perturbado. Isso, porém, nunca afetou a admiração que sentia por ti. Em meus devaneios infantis, queria ser igual a ti e a meu pai. Entreolharam-se. O jovem prosseguiu.

— Apesar de tudo, respeito algumas regras, ainda que as tenha aprendido com os mercenários. Uma delas, é saber encarar a derrota. Venceste e o fizeste com uma dignidade que não acreditava ainda possuíres, principalmente depois de tudo o que te fiz padecer. Eu não ia ter a mesma complacência. — Apanhou sua espada e a embainhou.

Tristan recolheu a arma de Rivalin e ergueu-se.

— Bem sei.

— Tu ultimaste meu desejo por sangue — Clodion arrematou. Deu as costas para Tristan, mas não se evadiu. Permaneceu ali, hirto por alguns segundos. Então, virou-se, atirando um objeto próximo a seus pés.

Tristan procurou com os olhos o objeto arremessado. Era o broche.

— Isto te pertence. Não devia ter roubado de ti — e ele se foi.

Por alguns instantes, Tristan permaneceu nos rochedos de Finistère, contemplando o mar, o vazio. O infinito. As vozes sussurrantes do oceano; as gaivotas pairando acima das ondas. Lacrimejou, e não foi devido ao desconforto pela claridade. Sentiu-se liberto de toda a opressão e culpa pela morte de Pharamond, livre como se fosse um daqueles pássaros.

Estava livre para poder voltar a Carhaix.

XXII

Gorvenal afastou-se da janela. Ver o oceano vazio lhe era tão pungente quanto acompanhar o sofrimento dos últimos suspiros de seu senhor.

Sua narração havia sido incrementada com detalhes de Kaherdin. De fato, há alguns minutos, quando o escudeiro parou de narrar a história — quando Tristan viajou para Carnac — foi devido a uma lembrança do duque que estavam complementando-a.

O escudeiro apoiou os novos pergaminhos em suas pernas.

— A missiva... que ele não chegou a completar, era para ti — o duque comentou.
— Encontrei-a no quarto dele.
— Teria sido melhor não ter conhecimento disso. Do período que ele atravessou...
— Continua lendo, escudeiro — Kaherdin interrompeu-o. — Quero ouvir.

O velho homem ajeitou os pergaminhos e retomou a história.

O ducado havia sofrido significativas mudanças durante a ausência de Tristan. Cairhax havia crescido. Kaherdin deixara sua casa no interior de Britanny para estabelecer-se às margens do rio Laïta. A construção, de porte mediano — bem próxima ao estilo romano e etrusco — estava sendo finalizada; sua posição privilegiada — erguida no entroncamento do rio e do oceano — permitia uma excelente visão, ainda que os maciços não fossem tão vertiginosos como eram no território de Clodion, mas sim, suaves e ligeiramente acidentados. Das janelas e varandas da casa, era possível encantar-se com o oceano.

Ao tomar ciência do retorno de Tristan, o duque foi imediatamente recebê-lo, com exultante júbilo. Em verdade, Kaherdin não guardava mais esperanças de revê-lo. A decepção que demonstrou quando do regresso dos quatro mercenários com a notícia de que Tristan ainda ia permanecer em Finestère, foi dolorosa. Isso explicava a reação de Kaherdin, que não hesitou em tomá-lo entre seus braços.

Estavam reunidos na entrada da sede. Os mercenários também vieram cumprimentá-lo, acompanhados de Cedric e Caswallan. Tristan ficou estarrecido com o fato deste último ainda se encontrar em Cairhax. De todos, recebeu efusivos abraços.

— Não imaginava retornar e deparar-me com tão bela construção — Tristan comentou.

— Também ficamos surpresos, Tristan — Fergus comentou.

— Sempre admirei o estilo romano... que se inspiraram nos etruscos! — Kaherdin sorriu. Voltando-se para Tristan, segurando-o pelos ombros, disse:

— Temos tanto a conversar! — o duque comentou.

— Teremos que aguardar pela nossa vez! — Brennan, sorrindo, disse. E os guerreiros se afastaram, dando liberdade ao duque para entrevistar o recém-chegado.

Retraído, ele disfarçou. Esquecera-se da afabilidade do rapaz. Kaherdin prosseguiu.

— Mas deves estar cansado. Vem, Tristan. Quero apresentar-te a teu novo quarto.

— Aqui? — era à casa que se referia, porquanto sempre dividira os cômodos com os demais soldados. Exceto em Tintagel.

— Aqui, sim! — Kaherdin sorriu. — Acreditavas que, depois de tanto tempo ausente, ia permitir que te acomodasses longe de nós?

Nós?, Tristan cogitou. E preferiu não atinar idéias.

Atravessaram o salão principal, cujo estilo era similar ao *atrium* romano — ao centro, o aposento tinha o teto aberto; na parte inferior, um pequeno lago com as mesmas dimensões da abertura do teto. Ao fundo, uma escada que levava aos cômodos. O quarto destinado a si era vizinho ao do duque. Não era luxuoso, continha apenas o básico — mas para ele, era um aposento real, se comparado com o ergástulo onde fora confinado. De qualquer forma, assim como ele, Kaherdin não demonstrava interesse pelo supérfluo. Mas foi um embrulho sobre a cama que atraiu a atenção de Tristan. Para lá dirigiu-se e em instantes, desfez o pacote, admirando-se com o conteúdo. Duas magníficas adagas. Com elas em suas mãos, indagou o amigo com os olhos.

— Um pequeno presente, de alguém que durante muito tempo aguardou ansioso teu retorno. Sei que tens as tuas...

— És muito gentil, Kaherdin. Precisava justamente disto, pois perdi as minhas.

— Ora. Sem querer, acertei no teu presente. E bem sei o que fará com elas... — o duque brincou. Sabia que seu bravo comandante livrava-se da barba aparando-a com uma adaga. Sorrindo, acomodou-se na cama.

— Ainda não acredito que estás aqui. Mandei mensageiros para Douarnenez, depois que Fergus chegou. No entanto, eles retornaram, dizendo que não estavas mais lá. Onde estiveste, meu amigo?

Ele encarou o duque, placidamente acomodado em sua cama. O lugar que estivera... era triste demais para ser relembrado.

— Estive em outros lugares.

— Ainda não entendo porque lutaste por Clodion.

— Isso agora já terminou, Kaherdin.

O duque sorriu.

— É verdade. Não falemos mais nisso!

Tristan retirou o broche e soltou o manto. Usava apenas um gibão — novo — de linho, com fechos de couro. As roupas com as quais deixara o cárcere, foram inutilizadas. Em breve, teria que mandar forjar outra cota, mas afastou seus planos ao notar Kaherdin apanhando o broche.

— Onde conseguiste isto?

— Tua irmã me... emprestou... — disse, emendando-se. Ia dizer que havia ganho, mas acreditava que o melhor seria devolvê-lo.

— Iseult não costuma emprestar. Ela prefere presentear.

Embaraçado, Tristan soltou o cinto de sua espada.

— É uma jóia de tua família, Kaherdin. Não posso ficar com ela.

— Exatamente por isso ela te deu, seu patife! — o duque troçou.

Tristan depositou a espada sobre a mesa. O melhor era não retomar o assunto.

— Tenho boas notícias — Kaherdin suscitou, depositando a jóia por cima do manto.

— Sobre? — ele molhou o rosto, a barba de apenas dias — havia cuidado de sua aparência e procurado restabelecer-se antes de retornar, em um sítio vizinho a Doruarnenez, tendo, contudo, que trabalhar por roupas e comida — e posicionando uma das lâminas para ter sua face refletida, iniciou o processo de apará-la. Ao ver o amigo, Kaherdin riu.

— O que tens contra barba?

— Nada tenho a favor.

O duque sorriu. Ele orgulhava-se de sua barba rala.

— Como ia dizendo — o duque desviou os olhos de Tristan — ...durante tua ausência, Rogier aproximou-se de nós.

— Rogier? — ele estranhou.

Kaherdin sorriu de forma desconcertante.

— Em verdade, foi com Yolanda que mantivemos muito contato.

Ele parou o movimento com a adaga.

— E qual o interesse dela com o ducado?

— Puramente econômico. Negociamos animais, mercadorias...

— Isto não me parece serviços da esposa de um conde.

— De fato, não são. Mas ela faz questão de controlar os pactos comerciais.

Tristan voltou a usar a adaga como uma lâmina. Aquela história estava deixando-o inquieto.

— E agora, confias em Rogier.

— Ele não me causou problemas... até o presente momento. Sei que estás preocupado Tristan, mas verás com teus próprios olhos; em breve, Yolanda virá nos visitar — comentou, o tom afável. — E poderás proferir teu julgamento.

Cinco anos! Cinco anos... ou mais? Teria Rogier, neste espaço de tempo esquecido-se de tudo? Seria isso provável? Todavia, recordou-se de algo mais importante do que o conde e sua esposa.

— Dize-me, Kaherdin... não recebi nenhuma missiva?

— Missiva? O quê, aguardavas algo? — sorriu. — Lamento desapontar-te, Tristan, mas nenhum mensageiro veio a tua procura. Nem aqui, nem na antiga sede do ducado.

Se em cinco verões Governal não respondeu... inútil ter quaisquer esperanças de que agora o faça..., pensou, tristemente. Diversos eram os motivos — poderia não a ter recebido, recusar-se a responder-lhe ou não mais fazer parte do mundo dos vivos. Talvez, se enviasse outra...

Notando um desalento repentino, cujo motivo jamais viria saber, já que conhecia muito bem Tristan e sua discrição, Kaherdin resolveu deixá-lo.

— Bem, não mais te importunarei, querido amigo. Há roupas limpas naquele baú e uma tina abastecida com água, se quiseres te refrescar. Quando estiveres pronto, desça e me encontre no salão; quero celebrar tua volta. Ademais, preciso avisar Iseult. Ela ficará feliz em rever-te — e ele retirou-se.

Iseult! Aquele nome!

Por que ela ficaria feliz em rever-me? — indagou, relembrando a docilidade da irmã do duque. Nesse aspecto, eram parecidos. Então, uma ansiedade em constatar se ela iria realmente alegrar-se com seu retorno, o importunou. Era uma ansiedade diferente, como se com ela, estivesse conectado a um fio de esperança. Havia sido idéia dela, de querer que ele ali ficasse, em vez de nos estabelecimentos dos soldados? *Tolice!*, recriminou-se duramente. Nada poderia e deveria esperar, nem de si, nem dela. Pois seus devastados sentimentos jamais foram capazes de renascerem. Continuava indiferente, insensível e distante de emoções... *Deuses! Depois de tudo isso... O que me tornei?*, refletiu, súbito. Sentou-se em sua cama, descansando a cabeça nas mãos. *O que ela fez comigo?* Era em Iseult de Cornwall que aludia suas emoções. Iseult, a rainha. Iseult... Uma explosão de ira, revolta e ódio vibrou dentro de si; um ódio pelos anos vividos em amargo sofrimento, a morte em vida. E quão longa foi esta morte! Destes anos, estava exaurido, nada mais lhe restava. Pela primeira vez, sentiu-se completamente aniquilado. Era então esse o poder supremo do tempo, capaz de minar o amor, mas acravar sem piedade em suas cicatrizes? E o que dizer do próprio amor? Foi por ele e por Iseult, que perdera tudo! Por eles, entregara-se ao infortúnio, à amargura. Pelo amor de uma mulher que sequer deveria recordar de sua existência.

Teu amor condenou-me, rainha!

Foram suas próprias palavras que haviam-no infligido um castigo sem fim. Mas era justo? Iseult, por mais infeliz que fosse, não teria encontrado — e não encontrava — consolo nos braços de Marc — se ele ainda estivesse vivo? No cerne daquela paixão, não estava incrustado o mais execrável egoísmo? Iseult, a bela, a mulher que deveria ser sua, não era ela própria casada? E o que deveria representar para ela? Nada mais do que ecos do passado, talvez uma paixão insana, um momento de delírio, de fraqueza. O que haviam vivido, nada mais foi do que uma alucinante aventura, motivada pelo frescor juvenil.

Chega! — refletiu, angustiado. *Por quê? Por que tenho que suportar isso? Não faz mais sentido, nunca fez! Amei-a; por ela, desgracei minha vida, por ela, me perdi nas teias do sofrimento! Foi devido a ti, Iseult, que conheci as sombrias misérias do infortúnio! De nosso amor profano, estou até agora, expiando as conseqüências. E... não tenho mais forças. De mim... quase nada restou, tantas vezes fui acoimado. Por mais que tenha te amado, não posso mais continuar. Por isso, eu te imploro, deixa-me! Liberta-me deste suplício! Preciso ter algo... que não as mazelas da desdita!* — e toda a angústia armazenada em si, a dor, a frustração em anos contidos, deram vazão em seu gesto brusco, de arrancar a corrente de seu pescoço e jogá-la, junto com o anel, em um canto do quarto. Que rompesse o elo que os unia — se ainda existisse. Que encontrasse seu próprio rumo e não mais se entregasse a uma vida na escravidão, acorrentado a um nefasto passado, cujas máculas fizeram-no padecer sem qualquer clemência.

Foi durante a celebração de seu retorno que sentiu um tênue sopro de esperança. Viu-se reunido com Kaherdin e alguns homens da armada. Dagda, Fergus, Brennan, Trwyth, Caswallan e Cedric ali estavam. Animados, os homens conversavam e abasteciam seus copos com vinho e cerveja. Percorreu com os olhos a mesa e estancou na figura carismática de Iseult. A jovem estava encantadora — como da última vez que a vira, quando dela despedira-se, no jardim. Como ela não notou estar sendo observada, continuou estudando-a. Admirou-se vendo-a conversar com Cedric e às vezes, com Caswallan. Ela não parecia inibida — como quando a escoltou — por ser a única mulher numa mesa. E era alvo de diversos olhares viris, lançados pelos demais guerreiros. Contudo, desviou sua atenção quando percebeu um dos pajens anunciar um visitante. Tristan duvidou do que acabara de ouvir; era verdade que...

— Meus amigos, boa noite! — a voz do seminarista, inconfundível, vibrou por todo o salão.

— Kurvenal! — ele bradou, atraindo as atenções. De Iseult, inclusive. Mas Tristan não se importou. Levantou-se e foi ao encontro do seminarista, recebendo-o com um caloroso abraço.

Kaherdin — e os demais — acompanharam, atônitos, aquela demonstração fervorosa de Tristan.

— Não creio! — o duque comentou. — O que houve com ele?

— Talvez, tenha aprendido a demonstrar o que sente... — Fergus arriscou.

Alguns guerreiros também se levantaram e foram cumprimentar o seminarista. Kaherdin percebeu sua irmã interessada nos diálogos que trocavam.
— Ele é circunspecto, mas tem um bom coração — Trwyth teceu.
— Circunspecto... e também misterioso! — Dagda, em tom jocoso, acresceu.

Kurvenal, acompanhado dos demais, aproximou-se da mesa.
— Sejas bem-vindo, Kurvenal. Acomoda-te!
— Obrigado, Kaherdin. Realmente, essa visita foi uma bênção de Deus. Não pensei que iria encontrar teu valente comandante nesta reunião!

Riram do comentário, enquanto Kurvenal dava a volta pela mesa e se acomodava ao lado de Tristan. As conversas paralelas tiveram início.

Com a mão pousada no ombro de Tristan, o seminarista, sorrindo, indagou:
— Tanto tempo estiveste fora, meu amigo... O que fizeste nesta empreitada?
— Lutas, Kurvenal. Se narrasse, seria um relato enfadonho, deveras repugnante. Certamente irás preferir outras histórias.
— Oh, de fato! Nada de guerras! Não desejo que nossos encontros estejam sempre associados a elas!

Tristan, os olhos voltados para o copo que tinha entre as mãos, deu um tímido sorriso. Tão tímido, que Kurvenal sequer apercebeu-se.
— É verdade. Entretanto, podemos pensar apenas em nossas reuniões, olvidando-se do que as motivou.

Kurvenal despejou vinho em seu copo, sorvendo longos goles.
— Isso é possível — sorriu.
— Tens visitado a sede do ducado com freqüência?
— Alguma... — ele depositou o copo sobre a mesa. — Kaherdin aprecia visitas. É um rapaz amistoso... Até Yolanda já pernoitou aqui.
— Pernoitou? — indagou, inquieto.

Kurvenal concordou.
— Mas não é dela que quero te falar.
— Kurvenal, eu...
— Nas vezes em que estive aqui, reunido com o duque e Iseult — ele interrompeu —, indagaram-me várias vezes se acreditava em teu retorno. Nunca duvidei de que iria ver-te novamente. Disse isso a eles. Disse também, que te colocava em minhas orações, pedindo a Deus que te protegesse.

A face austera de Tristan esmoreceu ainda mais, diante das palavras do amigo.
— Fico honrado, Kurvenal. E grato por tua consideração para comigo.

O seminarista sorriu.
— Não apenas eu orava por ti. Iseult também.

Ele levantou seus olhos.
— Iseult?

Kurvenal concordou.

— Ela preocupava-se contigo. Para ser sincero, eras o tema de nossas conversas. Quando narrei-lhes tua peculiariedade... de seres um homem letrado, íntimo da música... A propósito, queres saber quem também tem estudado a arte de dominar um instrumento musical? Mais precisamente um *crwth*?

Tristan entornou o copo.

— Quem seria? — questionou, depositando o copo à mesa e refletindo de que seria impossível, por ora, arrancar mais informações de Yolanda e suas visitas. Kurvenal estava eufórico demais.

— Não tens sequer uma idéia?

— Dize logo, Kurvenal! Não tenho paciência com adivinhações!

O seminarista riu.

— *A-irmã-do-duque*! — disse, acentuando cada palavra. Sabia que Tristan não ia recordar de que ele próprio havia dado o *crwth* para Iseult. — Ela ficou abismada ao saber seres um exímio harpista, Tristan. Toda vez que me via, questionava-me a teu respeito, com olhos brilhando de paixão.

Como que por impulso, ele procurou pela moça. Porém, encarou-a justamente no instante em que ela tinha seus olhos pregados em si. Tristan foi vítima de um acanhamento; sua face ruborizou-se e desviou o olhar. Ao notar, Kurvenal divertiu-se ainda mais e riu-se dele. Estava admirado com o fato daquele homem severo e lacônico, acabrunhar-se diante de uma dama.

— Meu amigo, creio que mesmo eu, um seminarista, tenho mais pecados em sonhos do que tu.

— Sou muito velho para ela, Kurvenal.

— És um tolo, não um velho! Iseult parece ser uma mocinha, mas se deixares, ela te surpreenderá.

Kaherdin aproximou-se, trazendo mais copos com vinho. Ofereceu-os aos amigos.

— Te vi entornando o primeiro copo, Tristan. Faze o mesmo com este. Sei que raramente ingeres vinho, mas hoje, nada de abstinências!

Ele concordou. Há quanto tempo não hauria vinho daquela forma? Levou o copo aos lábios, sorvendo com prazer... e deixou-se ser envolvido pelo momento, porque uma inusitada sensação de leveza — talvez, efeito da bebida — lhe inundou o espírito. Era como se as garras da opressão e da miséria o libertassem e ele finalmente pôde ter consciência de que ainda lhe restava resquícios de vida. Ousou pensar ter alcançado o que tanto almejava... alguns momentos de paz. Nesses preciosos instantes, esqueceu-se de quem era, das tantas desgraças sofridas. Naquela noite, ele próprio não foi capaz de reconhecer-se.

Ao término do jantar, os convidados espalharam-se pelo *atrium* e pelo jardim, na frente da sede. Mas este logo ficou vazio, em virtude da aglomeração — animada — suceder no primeiro local.

Tristan, vendo a porta de entrada aberta e o jardim, para lá se dirigiu, afastando-se dos demais. Do jardim, era possível ouvir as ondas; nelas o luar se refletia. Ajeitou o manto e o corvo, que o prendia. Percebera Iseult fitando a peça, durante o jantar. Teria coragem de ir devolvê-lo e... agradecer-lhe? Iria ter a audácia de aproximar-se dela? Não compreendia por que, em um mesmo momento, tecia a possibilidade de aproximar-se dela e repreendia-se severamente. *Não, não posso ir até ela. Eu...*

— Qual tua opinião da sede, Tristan?

Ele não notara um vulto atrás de si. Aquela voz... Sem ocultar seu nervosismo, virou-se. Iseult avizinhou-se. Estava ao seu lado.

— Magnífica — esforçou-se para não tartamudear.

Ela sorriu-lhe. Cinco anos se passaram, e ela ainda guardava seus trejeitos de menina — pura, imaculada.

— Por que vieste para cá, afastando-te de todos? Ah, não digas! Vieste segredar com as estrelas...

Sentindo-se desconfortável, ele passou as mãos pelos cabelos. As mechas atingiam os ombros.

— Não tenho nada a segredar, milady — breves segundos se passaram. Ele fitou-a e prosseguiu. — Talvez... exista algo, mas não penso ser um segredo. E as estrelas não iriam se importar muito, creio.

— E podes me dizer?

— Em verdade, creio que devo te dizer — fez uma pausa, como se procurasse em suas entranhas, a coragem de prosseguir. — Graças a ti, estou de volta.

Iseult sorriu. O sorriso dava vida em seu rosto e seus olhos cintilaram. Em reflexo, Tristan soltou o broche, apoiando o manto em seu braço. Delicadamente, trouxe a mão direita dela para si, depositando a jóia. Em seguida, a fez cobrir, com sua mão esquerda.

— Sentes?

— O ouro está...

— Amassado e arranhado. Foi uma lança, milady.

— Morrigan — Iseult proferiu, fitando o corvo. — Protegeste este guerreiro, como tinha certeza de que farias — ela levantou seus olhos para Tristan, admirando-o. — Apesar de teres Morrigan contigo, fiquei... ficamos, Kaherdin e eu... preocupados.

— Guerras são imprevisíveis. Mas por ora, quero esquecê-las. Para ser sincero... me aprazeria se pudesse esquecer tudo o que já vi... e o que vivi. Sinto-me exausto. Em minha vida inteira só compartilhei misérias.

— Não há apenas misérias nesta vida, Tristan. Há tanto à nossa volta, não percebes?

Ele sentiu a doce fragrância dela emanada. O contorno dos lábios... O vestido, cujo decote contornava os seios. A cintura, fina, marcada pelo cinto; a delicada curvatura dos quadris. Surpreendeu-se consigo, afinal, desde Iseult, de Cornwall, não notava tantos detalhes em uma mulher.

— Creio que... não tenho prestado atenção à minha volta. Há muito tempo... nada percebo.

Ela aproximou-se mais.

— Porque te recusas! És um homem especial, Tristan. Até os deuses concordam... como Morrigan — ela segurou a mão dele, com a idéia de recolocar o broche. — Sei que...

— Ah, aí estais vós! — Kaherdin apareceu na porta, exclamando. Com sua intromissão, ambos foram vítimas de um susto. Imediatamente voltaram-se para o duque, ainda desconcertados. — Tristan, os guerreiros estão te procurando!

— Estou retornando, Kaherdin — e ele afastou-se.

Iseult, irada, fuzilou o irmão com os olhos. Foi apenas quando os dois se retiraram, que notou estar com o broche em suas mãos.

Em seu quarto, defronte à janela, absorto, ele avaliou a noite prazerosa que participara. Virou-se para o interior do cômodo, despindo-se vagarosamente, enquanto a imagem de Iseult o atiçava. Lembrou-se dela, próximo de si, de suas palavras... O que via nela? Inquieto, sentou-se. Era bem possível que seus instintos tivessem finalmente despertado, contudo, não confiava em si próprio para tomar uma atitude. Iseult, uma jovem repleta de vida, sorridente, meiga... Qualquer homem adoraria tê-la ao seu lado; não duvidava. E ela deveria ter vários pretendentes, afinal, era a irmã do duque. Mas... como julgar as palavras de Kurvenal?

Ele deve estar exagerando..., pensou. Sim, era como deveria encarar. Renegara dar prosseguimento ao elo que o unia à Iseult de Cornwall e iria tentar abrandar o fardo da culpa, mas não se sentiria confortável se soubesse de uma mulher... qualquer uma, amando-o. *É impossível*, arrematou. Pois temia. As palavras finais de Clodion fortificaram sua insegurança, mas o mercenário estava certo. Desgraçara muitas vidas, de pessoas que lhe eram caras, e de muitas que sequer conhecera.

Não podia permitir isso ocorrer com Iseult. Pelo bem daquela menina inocente, deveria afastar-se dela.

Alguns dias depois, Kaherdin convocou Tristan e lhe expôs o que tinha em mente. O jovem duque apreciava ter o amigo como comandante de sua armada — a posição lhe foi restituída —, mas tencionava algo mais de seu talento. Queria Tristan em seu governo, auxiliando na administração do ducado. De ímpeto, ele recusou; jamais havia sido íntimo de ciência política, uma desculpa incapaz de convencer o duque, que não desistiu até Tristan concordar — a contragosto. Assim sendo, passava mais dias dentro da sede do ducado do que fora, em reuniões com os membros do conselho de Kaherdin, ou mesmo, com o povo e sua demanda. Dessa forma, conheceu os moradores do ducado, desde os campeiros até as classes mais abastadas. Dos primeiros, notou uma insatisfação tomando vulto — acusavam o duque de prometer auxílio para terem resultados favoráveis em *Lughnasa*, a época da colheita, que ocorria sempre no meio do ano. "Promessas jamais cumpridas!", os campesinos reclamavam. Tristan encarregou-se de estudar o problema, dando sua palavra de que iria solucioná-lo. Deparou-se com casos inusitados, de pais de famílias nobres acusando outra de não honrar uma proposta de casamento. De um modo ou de outro, ele resolvia os entraves da melhor forma possível. Conseguia apaziguar ferrenhas lides, daí comentários a seu respeito percorrer por toda a região. E muitas pessoas queriam ir conhecê-lo, especialmente moças nobres. Era o lado de seu trabalho que o irritava. Por vezes, daquelas, recebia convites para uma celebração; de nobres, era invitado para cavalgadas, caçadas ou duelos. Recusava. Kaherdin, também sempre convidado, tentava persuadi-lo em ir, mas nunca obteve sucesso. Entrementes, ativo como estava, não mais pensava em Iseult. Quando a via, retirava-se, não permitindo novas aproximações.

Era melhor prosseguir seu rumo sozinho.

Então, em um desses dias — extenuantes — de trabalho, foi informado da presença de Yolanda. A condessa exigia uma entrevista.

— Que ela entre — disse, sem muito entusiasmo.

As reuniões ocorriam em uma das salas menores da sede. Tristan levantou-se ao ver a condessa invadindo o recinto.

— Kaherdin! Como ousas... — ela freou as palavras, ao perceber que não era o duque que ali estava.

— Mandei convocar o duque, senhora — Tristan informou-a.

— Ora! Quem aqui encontro! Não tinha conhecimento de teu retorno, comandante — Yolanda, que nunca havia sido uma mulher recatada, reagiu com exagero diante daquele fato inesperado.

Seu comportamento não abalou o sisudo homem à sua frente.

— Voltei há alguns dias. Não desejais acomodar-vos? Logo, Kaherdin estará aqui — rebateu, ameaçando sair do cômodo.

— Por favor, comandante... não precisas ser tão formal... e nem tão indelicado! Tens coragem de deixar-me sozinha nessa sala?

Ele fitou-a, desgostoso. Algo naquela mulher o incomodava profundamente. Seria devido à insistência dela em visitar Kaherdin, sendo casada? No mesmo instante, repreendeu-se. O fato de ela ser casada, não a impedia de seguir sua vida, ainda que demonstrasse um comportamento... libertino?

— Creio não ser uma companhia agradável para distrair-vos, condessa.

— Ora, comandante! É um prazer tua presença! — dizendo isso, Yolanda sorriu e sentou-se.

Constrangido, ele a imitou.

— Furtivo e modesto... — ela manteve o sorriso. — Estudando-te, comandante, vejo que realmente carregas a imagem que conquistaste, quando lutaste ao lado de Kaherdin.

— Imagem?

A condessa ajeitou — sedutoramente — o manto de seda.

— De fato, desde o dia em que lideraste a armada de Kaherdin, ficaste conhecido como um demônio... um demônio dos infernos, capaz de alterar o rumo de uma batalha. O rumo da derrota. Se não fosse tua intromissão, certamente Kaherdin não teria vencido a contenda. Desde então, é como as pessoas do condado te conhecem. Creio que daqui, também.

— Já fui chamado de diversos nomes, condessa. Mas, demônio ou não, falais como se vísseis Kaherdin como vosso inimigo.

Ela sorriu uma vez mais.

— Talvez, em um passado, ele fosse. Mas agora, o tenho como um amigo.

— Vosso marido também vê o duque desta forma? — indagou, sério. Mas não houve resposta. Nesse instante, Kaherdin seguido por Iseult invadiram o recinto.

— Yolanda, minha cara! Não sabia que virias hoje!

— E deveria ter avisado? Gosto de propiciar surpresas, Kaherdin! — ela ergueu-se para cumprimentá-lo. E sem qualquer pudor, enlaçou-o, beijando sua face.

O problema, milady, é o tipo de surpresa... — Tristan, diante daquela efusiva demonstração, pensou, indignado.

— Inusitado não te encontrar na sala de audiências. Não mais as conduzes?

— Agora que ele tem o mais fiel dos amigos, não é mais necessário estar sempre presente.

— Iseult! — Kaherdin censurou-a.

Yolanda riu, de modo afável.

— Não há ninguém tão doce como tua irmã, Kaherdin — e a condessa abraçou-a.

— Mas, de certa forma, ela está correta. A Tristan, confiei praticamente o controle do ducado.

Tristan olhou o duque de soslaio. *Esqueceste de dizer, meu amigo, de que não queria aceitar esta incumbência* — refletiu. Infelizmente, era impossível proferir aquelas palavras.

— Tenho que convir de tua escolha ter sido perfeita, Kaherdin — a condessa, com a face enigmática, mas cuja sensualidade era inerente, sorriu levemente para Tristan e para o duque. — Estava justamente relembrando dos feitos dele... — era para o comandante que agora dirigia as palavras. — Foste destemido nesta tua última jornada como quando lutaste ao lado de Kaherdin?

— As batalhas raramente se alteram, senhora, assim como a ganância dos homens — havia um tom provocativo em sua voz. — Por trás de uma guerra, há sempre os interesses sórdidos de uns poucos, cujas conseqüências, todos nós conhecemos. E se me permitis dizer, nada ganharemos relembrando essas tragédias; verões se foram e Cairhax, graças aos deuses, cicatrizou suas feridas.

— Sim, feridas podem ser curadas. Mas nem mesmo o tempo foi suficiente para apagar a fama a que fazes jus, comandante... e creio que jamais estarás livre dela.

— Ora, como ele é conhecido? Por favor, dize-me! — persistia o fulgor apaixonado nos olhos de Iseult.

— Não comentei isso contigo antes, Kaherdin? Que distração a minha! Estou deveras atrasada! — ela riu. — Mas agora, que estamos todos aqui, irei dizer... De fato, era o que eu comentava, antes de vós chegardes. Ele, minha cara, depois de derrotar Riol e por todos seus feitos de armas, ficou sendo temido como a encarnação de um demônio. Foi o único homem a sobrepujar Riol, um fato que, mesmo se passarem cem *Samains*, será olvidado.

— Um demônio? — Iseult não apreciou a comparação.

— Os homens costumam exagerar com histórias, condessa — ele manifestou-se. — É tolice dar ouvidos a isso. Lutei como qualquer homem teria lutado.

— Ah, sim. E fizeste com Riol, o que qualquer homem teria feito — a expressão fechou-se. — Tu o ultrajaste, comandante. O tempo não foi capaz de aplacar o que fizeste.

— E a carnificina que ele propiciou, condessa... não tendes isso em conta?

— Yolanda! Uma guerra é uma guerra! De que adianta ficarmos remoendo antigas rixas? — Kaherdin intrometeu-se. — Graças aos deuses, esses dias terminaram.

— É verdade — Yolanda sorriu levemente, atendo novamente seus olhos em Tristan.

Havia algo mais naquele olhar. Tristan sentiu como se a condessa desejasse invadir a si, seus pensamentos, seu íntimo. *Ela não está aqui para pactos comerciais!*, concluiu. E levantou-se, uma reação não compreendida pelo duque e sua irmã. Mas perfeitamente esperada pela condessa.

— O que foi, Tristan? — Kaherdin indagou.

— Com vossa permissão, duque, é necessário deixar-vos — impaciente, ele reverenciou a condessa e retirou-se, antes mesmo de uma resposta do duque. Passou ao lado de Iseult, ignorando-a completamente.

— Mas esse teu comandante precisa aprender a ser mais sociável! — Yolanda exasperou. — Como ousas dar o cargo de chefe de governo para um homem tão rude? Não há o mínimo de carisma nele, Kaherdin!

— Rogo não te sentires ofendida, condessa. Como todos nós, ele tem defeitos. E um deles é não ser sociável.

Yolanda escarneceu.

— Um guerreiro implacável, mas desprovido de emoções. Tens sorte de ter um homem desses do teu lado, Kaherdin.

Iseult apenas ouvia. Não apreciava o modo áspero e rude de como a condessa referia-se a Tristan, mas evitou comentários. Sim, ele era austero, de escassas e frias palavras, mas havia notado certa brandura nele, no curto espaço de tempo em que estivera a sós com ele. Desde então, sem que ele soubesse, o vigiava. Estudava cada movimento, quando ele estava na arena, ensinando guerreiros novatos. Oculta pelas árvores, acompanhava o modo de como ele incentivava os mais jovens. Sua austeridade amainava e percebeu que toda aquela rudeza, era uma máscara. Ele não era o que aparentava ser; tinha certeza disso, tanto quanto sabia que algo havia lhe acontecido, para demonstrar tanta taciturnidade e misantropia. E para fugir de si. Percebendo isso, Iseult evitou constrangê-lo, também afastando-se. Mas não resistia em vê-lo à distância. Agiria assim... por enquanto.

Iseult suspirou. Desejava, se pudesse, sair daquela entediante reunião. Mas Kaherdin não iria perdoá-la se faltasse com o devido respeito para com a condessa.

Yolanda foi convidada a hospedar-se na casa, uma atitude não aprovada por Tristan, que preferiu — em vez de discutir — desaparecer da sede. Lembrou-se de Kurvenal, quando ele lhe dissera que a condessa já havia ali pernoitado, mas o seminarista havia sido evasivo. Conforme veio a ter conhecimento, era comum a permanência de Yolanda por dias na sede; assim havia sido nos anos em que estivera fora. E o costume, ao que parecia, iria persistir. Quando Tristan retornou, semanas depois, foi informado de que a condessa havia partido, escoltada pelo... ainda capitão Heri. Não recordava-se da existência do incompetente ex-comandante e esqueceu-se uma vez mais dele, porque seu estranho comportamento havia dado ensejo a boatos e discussões. Tão logo Kaherdin soube de seu retorno, requisitou-o para conversarem.

Tristan o encontrou na mesma sala onde resolvia os problemas do ducado. Kaherdin o cumprimentou com reservas, indo ao ponto crucial da questão.

— Podes dizer-me porque de teu comportamento infantil? — indagou. — Algum motivo muito grave deves ter, para um chefe de governo simplesmente debandar-se!

— E um chefe precisa dar explicações para cada movimento seu?

Kaherdin tentou controlar seu humor exaltado.

— Certo, tens razão. Tristan, és meu mais caro amigo, a quem muito confio. Espero ser este um sentimento recíproco. Quero apenas que me digas a verdade, irei aceitá-la, tens a minha palavra. Por que fizeste isso?

Tristan andou pela sala. Ajeitou o manto negro.

— Kaherdin, tu és um nobre e deténs o título de duque. Tenta entender, és uma referência para teu povo. Sendo assim, gestos como este estão dando ensejo a boatos infames. Eu estive percorrendo as cidadelas de tuas terras, e teus súditos não estão contentes. Em verdade...

— De hospedar a condessa? — o duque, de forma brusca, interrompeu-o.

— De hospedar *apenas* a condessa, Kaherdin! Esqueceste com quem ela é casada?

O duque riu.

— Não me admira ouvir estas palavras de alguém como tu! Tu, que sequer és capaz de notar as donzelas perdidas de amor por ti; Iseult, inclusive. O que há, Tristan? És feito de carne e osso? Tens um coração sob essa cota de malha? Se és frio e indiferente, o mesmo não pode ser dito de mim. Aprecio as visitas de Yolanda, tenho afeição por ela e não vejo motivo para isso mudar. Ademais, não dou importâncias ao que as pessoas pensam! Por que deveria dar?

— Porque elas fazem parte de teu ducado, Kaherdin!

— Disseste tudo! Elas fazem parte de meu ducado, não de minha vida particular! Portanto, não me interessa o conceito delas por mim!

Tristan nada mais disse. Porém, fez menção de retirar-se. Kaherdin, ligeiramente arrependido por sua aspereza, pediu que aguardasse. Mais calmo, o duque andou até ele.

— Peço desculpas, meu amigo. Talvez tenhas razão a respeito de Yolanda, mas não é isso o que mais me irrita e sim, tua insensibilidade com as pessoas. Iseult várias vezes declarou-me o amor que sente por ti, desde a primeira vez que te viu. E não é apenas Iseult; tu quebras corações das solteiras de famílias nobres que nos visitam, mas o que fazes? Ignoras-as! És incapaz de participar de reuniões ou de qualquer atividade social; sequer dá a elas o prazer de tua presença. Será que nunca percebeste? Não, não me diga isso, é impossível que nunca notaste!

Ele nada disse. Em verdade, não sabia ao certo o que responder. Era cônscio dos sentimentos de Iseult para consigo; era um homem impassível, não um tolo, embora desconhecesse gerar interesse para outras moças. Mas era com Iseult que se preocupava, pois guardava esperanças dela esquecê-lo. Afastara-se dela, nem mesmo lhe dirigira mais a palavra. Calculou que seria o suficiente para que ela o olvidasse, afinal, julgou ser momentâneo o que ela sentia por si. Confiava nisso. Flébil engano. Como imaginar a possibilidade dela revelar seus sentimentos ao irmão?

Por um momento, esqueceu-se da insatisfação dos súditos e dos problemas por eles apresentados.

Perante o silêncio e do embaraço do amigo, Kaherdin prosseguiu.

— Pelo que sei, és ainda solteiro, Tristan. Por que não aceitas minha irmã como tua esposa?

Se ele não sabia o que responder antes, agora as idéias nem mesmo formavam-se. Diante de sua inércia, Kaherdin não insistiu. Entretanto, pediu-lhe para que reconsiderasse a idéia. Com a promessa, Tristan rapidamente evadiu-se da sala.

Que criatura enigmática! — Kaherdin pensou.

Durante aquela noite, deitado, ele pesou as palavras do duque. Então, era um homem que despertava paixões... Era ridículo. Não sabia se deveria sentir-se lisonjeado, ou rir da idéia. Afinal, cada um lhe dizia algo diferente de si; para

Kaherdin era um destruidor de corações; para a condessa e outras pessoas, um demônio sanguinário; para Iseult de Cairhax, o príncipe de seus sonhos... e ele próprio não sabia no que havia se tornado. Via-se apenas imbuído em um vazio melancólico, agravado pela sua introspecção, apesar de suas atividades amenizarem sensivelmente seu aspecto sombrio. Ainda assim, era taciturno e implacável. Por isso mesmo, era incapaz de compreender o que havia levado a irmã de Kaherdin, meiga e carinhosa, a amá-lo.

Continuou divagando, sem conseguir dormir. As idéias provocavam-no, a dubiedade de emoções escarnecia de seu íntimo arruinado. Porque da mesma forma que acreditava ser impossível compartilhar sua vida com alguém, uma ínfima parcela de seu íntimo ansiava alterar a lamentável sorte de seu destino. Mas... saberia como fazer? Como agir? Poderia confiar em si próprio? Entregara-se ao amor apenas uma única vez, seria possível alimentar seu espírito novamente com este nobre sentimento? Sentiu-se perdido, sem saber como seriam seus próximos passos. E dessa forma varou a noite, remoendo pensamentos. Por fim, ao raiar do dia, levantou-se e vestiu-se, irritado em permanecer deitado. Deixou a casa e andou até o estábulo. Pretendia cavalgar. Empurrou a porta e penetrou no recinto. Husdent hiniu com sua presença.

— Comandante?

Tristan assustou-se. Não esperava encontrar alguém ali. Especialmente... A voz era inconfundível, apesar de há dias não ouvi-la. Ainda incrédulo, viu Iseult, ajoelhada ao lado de um cavalo deitado dentro de uma das baias.

— Perdoa-me se te assustei, Tristan. Mas não imaginei receber visitantes. Ainda mais, tu.

— E o que fazes aqui... se me permites perguntar...?

Iseult descansou os braços em suas pernas. Diferente das outras moças, não usava um manto, mas sim, típicas vestes de homem; calças e uma vestimenta de linho que atingia acima dos joelhos.

— Vim por causa desta égua, que está prenhe. Já comentei contigo minha paixão por cavalos, lembras-te? Quis ficar com ela no momento do potrinho nascer.

Ele deteve seus olhos na moça, acariciando o animal. Que coincidência era aquela? Encontrá-la justamente no dia seguinte da revelação de Kaherdin?

— Conheces as condições de éguas prenhes, comandante?

A égua mexeu as patas, agitando a cauda. Estava sentindo as contrações. Tristan aproximou-se e ajoelhou-se, acariciando o pescoço do animal.

— Para ser sincero, não havia reparado estar ela prenhe.

— E de partos? És um destes homens que nem fazem idéia de seu nascimento?

— Não, milady. Sei o quanto é difícil uma criatura sobreviver a um parto. Minha mãe não teve essa sorte, ao me ter.

Iseult repreendeu-se pelas palavras impensadas. Disfarçou, prestando atenção na égua, que agora, esfregava seu pescoço contra o solo e esperneava.

As contrações haviam recomeçado. A moça precipitou-se; no instante seguinte, estava ajudando-a a parir. Era possível visualizar o focinho do potro. Iseult segurou delicadamente em suas patas dianteiras, puxando-o para o mundo. Em minutos, o filhote estava deitado e a mãe em pé, livrando-o do restante da membrana protetora. A tudo, Tristan acompanhou, admirado; nem quando permanecera trabalhando para Llud, vira tanta destreza e perícia em uma situação como aquela. Iseult levantou-se e lavou as mãos em uma tina com água. Por sua vez, ele ergueu-se e acariciou novamente a égua. Demorou apenas alguns momentos para que o potrinho ousasse erguer-se. Após sucessivas tentativas, em que o equilíbrio lhe faltava, obteve êxito. Era o primeiro passo para alimentar-se com o leite materno.

— Tens um dom notável com animais, senhora.
— Sempre gostei deles — ela sorriu. — Especialmente de cavalos. Mas vejo que mãe e filho estão bem, posso deixá-los — fitou-o. — Com tua licença, comandante... — ela saiu da baia.
— Não queres cavalgar, milady? Foi por isso que levantei cedo.
Iseult deteve seus passos.
— O que disseste? — havia dúvidas quanto à veracidade daquele convite. Estaria ele, realmente convidando-a? Ele, que fugia cada vez que a via?
— Perguntei se aceitarias cavalgar comigo.
Como ela não iria aceitar? Iseult amava cavalgar, ela própria selou um garanhão e em um salto, montou-o. Seguida de Tristan, deixaram o estábulo e ganharam os campos. A despeito da velocidade, ela não se intimidou. O vento incidia neles, carregando a vasta cabeleira dela.
— Vai, Tristan! Teu cavalo não pode correr mais do que isso? — bradou, virando o rosto por sobre o ombro. Encantou-se com a visão de seu rosto, envolvido pelos cabelos, que debatiam-se, selvagens.
Os cavalos saltaram uma cerca e continuaram correndo. Husdent emparelhou com o garanhão de Iseult e correram juntos. Ela atiçava seu cavalo, rindo e gracejando com Tristan, que não podia deixar de apreciar sua jovialidade e seus modos pilhéricos. Como era diferente de si! Adorava ouvi-la rir. Encantava-se com a luz em seus olhos, quando sorria.
Percorreram longa distância, até que reduziram o passo, cavalgando lado a lado. A trilha os levou floresta adentro.
— Montas com perfeição, senhora — fez o possível para ocultar o tom trêmulo. Ela o surpreendia.
— Meu pai ensinou-me — ela sorriu com o canto dos lábios. — Em verdade, eu o obriguei a me ensinar. Pois ele dava atenção apenas a Kaherdin. Eu, sendo mulher...
— Compreendo.
— Mas o convenci de que poderia fazer as mesmas atividades de meu irmão.

— Até lutar? — havia certo tom jocoso em sua voz.
Ela fitou-o.
— Infelizmente, ele não me ensinou a controlar uma espada. Mas bem que gostaria de aprender! — pronunciou as palavras, percebendo a sutil transformação naquele homem. Era como se a austeridade que ostentava agora estivesse sendo mitigada, como quando conversou com ele, no jardim. Porém... o que sabia a seu respeito? Seu nome — que acreditava provir do latim, sendo tristeza o seu significado — seu cargo, a amizade entre ele e Kaherdin... e também a particularudade dele, em ser um harpista, embora ainda não tivesse tido o privilégio de ouvi-lo tocando. Nada mais. *Quem és, Tristan?* — indagou, em pensamento.
— Vamos levar os cavalos para beberem água, milady.
Com aquelas palavras, Iseult despertou de suas divagações. *Por que ele nunca me chama pelo nome?*
Apearam-se e ele os levou até à beira de um riacho. Iseult permaneceu hirta, atenta a todos os movimentos dele. Tendo os animais saciado a sede, Tristan os prendeu sob a sombra das árvores. A duquesa estava agora sentada em um tronco, caído entre as vistosas árvores. Continuava estudando-o.
— Não estás cansada? — ele sentou-se na ponta do tronco. Em verdade, no extremo oposto de onde ela ocupava.
— Não precisas ter medo de mim, comandante — ela sorriu.
— Como?
A moça riu. Pensou que em certos momentos, aquele homem taciturno, às vezes, comportava-se como um meninote. Um meninote nervoso e acanhado — um movimento em falso, e ele escorregaria do tronco.
— Não importa — respondeu, ainda sorrindo. — Não estou cansada. E tu?
— Sim — suspirou. — Cansado de noites e noites sem dormir.
— Algo te atormenta, Tristan? Tens pesadelos?
Ele levantou-se e encostou-se contra uma das árvores.
— Jamais estive livre deles — pronunciou as palavras em baixo tom, para si. Como Iseult não pôde escutar, levantou-se.
— Disseste algo?
— Não, milady... apenas pensei alto.
A manhã estava quente. Tristan arrependeu-se por ter vestido sua nova cota de malha. Talvez, além do calor, sentisse desconforto pela presença da irmã do duque; desconforto e um certo nervosismo que o fazia transpirar. Era a primeira vez, por vontade sua, que se encontrava sozinho com uma mulher desde... Iseult de Cornwall. Coincidência ou não, as circunstâncias assemelhavam-se; o lugar, o passeio a cavalo. O nome. *Os nomes!* Transpirava. Instintivamente, aliviou as cintas da cota e retirou-a. Nessa operação, foi possível para Iseult reparar na horrenda cicatriz em sem abdome, ainda que estivesse com o gibão. Com o movimento de retirar a cota, a vestimenta de linho acabou revelando parte de seu corpo.

— Pelo Deus dos cristãos, comandante... o que houve contigo? — ela estava agora à sua frente. Como ele não relacionou o que fez Iseult mostrar-se condoída daquela forma, permaneceu em silêncio. Súbito, ela segurou sua mão esquerda e encostou-a sobre o gibão, na altura da cicatriz. — Isso, comandante. O que causou?

A cicatriz!, pensou. *Deveria ter me lembrado dela.*

— Sofri um ferimento, senhora. A única forma de curá-lo, foi com um ferro em brasa — rebateu, largando a cota próxima do tronco em que acomodara-se.

Iseult soltou a mão dele e levou as suas até o rosto, um gesto de comiseração.

— Deves ter sofrido tanto! Como suportaste?

Ele afastou-se da árvore e estudou-a, notando a sinceridade de seus sentimentos.

— Não foi agradável, admito. Entretanto, é difícil um homem não deparar-se com tais percalços.

— Mas... e a dor? Nunca a temeste?

— Algumas... sim. Outras... — ele a viu avizinhando-se mais — ...não.

Iseult passou por ele e andou até onde os cavalos estavam. Ali, acariciou o seu, um animal baio, com uma espessa crina de tonalidade mais escura. Ele a seguiu.

— Todas estas batalhas que participaste... nunca tiveste medo? Ouvi Kurvenal e meu irmão falando de ti, de como és insigne guerreiro. De que jamais conheceram outro homem com tuas exímias habilidades. Tais homens... — ela fixou nele ser olhar — ...nada temem?

Ele estava de frente para ela, o cavalo entre eles. Atrás dele, Husdent direcionou as orelhas, como se acompanhando o diálogo.

— No fundo, todo guerreiro teme, estaria mentindo se negasse. Porém, cada homem enterra seu medo como pode. Muitos preferem ingerir altas doses de bebida antes de partirem para a batalha; outros, enfrentam seus pavores simplesmente sentindo prazer em matar. Contudo, posso dizer-te que as guerras terminam nos transformando; alguns nela encontram seu fim, outros, a desgraça de suas conseqüências... pode ser a insanidade ou uma mutilação. Um escasso número sobrevive ao longo de muitos combates. Tive sorte em ser um destes, mas sei que algum dia, serei derrotado.

Iseult contornou seu cavalo, aproximando-se dele.

— Não devias pensar dessa forma, Tristan.

— Talvez não devesse. Mas é a realidade, milady — suas mãos encontravam-se em meio à crina do animal.

Com delicadeza, Iseult, com o pretexto de acariciar seu cavalo, alcançou as mãos dele.

— Entretanto, mesmo essa realidade não necessita realmente suceder. Não precisas mais participar de batalhas! Tens tantas outras aptidões... Essas mesmas mãos que lutam — ela apertou-as, delicadamente — também são capazes de encantar.

Dessa vez, um arrepio percorreu por todo seu corpo, ante o toque suave dos dedos dela em suas mãos calejadas pelo uso das armas. Um toque macio, que o envolvia. Como se ela tivesse protegendo-o do que ele próprio preconizava. Alguém... protegendo-o... *Iseult Blanche Mains...* Súbito, fez sentido o apelido pelo qual era conhecida.

— Permita-me ouvi-lo tocar, comandante — ela pediu, com certa ansiedade.

Ele prendeu seus olhos naquele rosto inocente; constatou a forma como Iseult o fitava — com soberba adoração — e admirou-se. Relutava aceitar a possibilidade de despertar caros sentimentos em alguém. Seria possível...?

Iseult, ao perceber que ainda encontrava-se prendendo as mãos deles nas suas, repentinamente foi tomada por certa timidez. Assim sendo, ameaçou afastar-se. Mas dessa vez, o inusitado ocorreu. Ele a impediu de afastar-se. Ele próprio não acreditou em seu gesto; era como se um impulso o obrigasse a agir daquela forma. Um impulso incontrolável, capaz de revelar-lhe quem ali realmente estava e não a projeção da mulher que amava.

Ou pensava ainda amar.

Iseult...

Iseult... Blanche Mains...

— Perdoa-me — ele versou, vexado ante sua atitude. E soltou-a, indo apanhar a cota. Estaria enrubescendo novamente? *Tolo! Ponha-se no teu lugar! Ela ainda está no frescor da juventude; o que poderia querer comigo? Um homem bem mais velho? Um infeliz, que só feriu todos aqueles que amou? E mesmo se quisesse, o que poderia oferecer a ela?*; censurou-se.

— Tristan?

Ele virou-se. Estavam uma vez mais frente a frente. Iseult notou a angústia transformando seu rosto.

— Creio... ser melhor retornarmos. Teu irmão pode ficar preocupado com tua ausência — afastou-se, alcançando Husdent e prendendo — de qualquer jeito — sua cota na sela.

Iseult postou-se alguns passos atrás dele.

— Não me respondeste se irás tocar para mim, comandante.

Ainda de costas para ela, cerrou as pálpebras. Um frenesi percorreu pelas veias de seu corpo. Havia composto *lais*... mas tivera como inspiração, Iseult, a rainha. Não podia tocar para mais ninguém. Se fizesse... seria uma mentira.

Entrementes... não havia se libertado...?

Voltou-se, encarando-a. Sentiu os olhos dela, reluzentes, sobre si. Constatou a paixão incandescente, percebendo o mesmo sentimento crescendo assustadoramente em seu íntimo. Os lábios carmim provocavam-no...

— Há muito tempo, milady... não... — mas não terminou de pronunciar as palavras.

Quando deu por si, viu-se apertando-a entre seus braços e com seus lábios colados nos dela. Prendeu suavemente a face pura em suas mãos, beijando-a uma

vez mais. Sentiu o corpo esbelto, macio, em contato com o seu; uma sensação que nunca mais se permitiu desfrutar. Esquecera-se do que era ter suas mãos em contato com algo físico — e ali estava, segurando-a pela cintura. Tantos anos... *Iseult...*
— divagou. Daquele afã, daquele ardor — que sobrepujou seu autocontrole — rompeu o contraste de suas dúvidas, de seus temores. De sua insegurança.

De modo rude, ele afastou-se. E sentiu-se mais transtornado do que antes.

— Tristan...! — ela tentou detê-lo.

Contudo, ele já havia soltado as rédeas de Husdent e estava prestes a montar. Fitou-a, percebendo-a perplexa com sua reação.

— Devemos retornar — foi o que conseguiu dizer.

Voltaram em silêncio para a sede. Kaherdin apenas tomou conhecimento de que sua irmã estivera com Tristan, quando os viu chegando. Difícil foi controlar sua alegria, mas fez o possível para não causar alarde, ciente de que o menor comentário iria ser um entrave para novos encontros. Conhecia seu comandante. Todavia, mesmo com toda discrição, o que temia, aconteceu. Tristan não voltou a procurá-la. Tornou-se mais arredio, recusando-se até mesmo compartilhar as refeições com os irmãos, um comportamento que irritou o duque profundamente, mas Iseult o impediu de censurá-lo.

— Algo nele, meu irmão, o faz agir dessa forma — Iseult comentou, certa vez em que estavam apenas os dois na sala de reuniões.

— Mas não justifica o modo como ele te desrespeita, te ignorando!

Iseult sorriu com ternura.

— Ele não me desrespeita, Kaherdin, é apenas o seu modo de ser. Além de que, é teu amigo, que muito fez por ti.

O duque levantou-se e andou até a irmã.

— Ainda o amas... Iseult?

A moça concordou. Mas em seus olhos, existia apenas melancolia.

Semanas depois, findado mais um dia de tarefas burocráticas e políticas — algumas das quais ele ousou interferir, alterando o método como Kaherdin até então atuava — Tristan postou-se ante a janela da sala. Um suave vento brincou com seus cabelos, mas a isso não deu atenção e sim, à visão do mar e da orla de terra. Então, notou em uma figura que ali andava, em suaves passos. Reconheceu imediatamente.

Iseult.

A simples lembrança da moça — que há tanto tempo evitava — agora reacendia seu espírito, da mesma forma, embaraçava-o. Diversos pensamentos — desconexos e obscuros — atravessaram sua mente. Se antes procurava fugir dela, por que agora queria ali estar?

Iseult, distraída, andava pela beira do mar, sem se importar em molhar seu manto. Mesmo fria, deliciava-se com o contato da água contra seu corpo. As ondas avançavam em um ritmo descompassado; ora com forte intensidade, ora morriam antes mesmo de alcançar a orla de areia. Ela aprofundou-se no mar. A água atingiu acima de seus joelhos. Ali, encantou-se perante o cenário esplendoroso que descortinava à sua frente, o azul-infinito, o som eterno e sussurrante das ondas... o canto das gaivotas...

— Dizem que o mar lamenta a morte de Dylan, uma divindade desta terra.

O som daquela voz potente, inesperado, quase fez com que Iseult bradasse, resultado do susto de que fora vítima. Pasmada, virou-se e deparou com Tristan.

— Em verdade, foram as ondas que choraram sua morte, ainda assim, dizem que podemos ouvir seu estertor nos roncos da maré-cheia — ele disse, a voz sobressaindo às ondas.

Ele aproximou-se de Iseult, que ainda incrédula, indagou:

— Quem te contou isso?

Tristan disfarçou.

— Ouvi essa história quando criança.

— Pensei que não te importasses com histórias.

— São mitos, milady.

— E... vieste ouvir os lamentos do mar?

— Ou de Dylan... A maré promete ser cheia.

A duquesa sorriu levemente. Viu-o constrangido.

— Não, não vim atrás de Dylan... — ele emendou-se. — Vim pedir-te desculpas.

Uma vaga, mais ou menos poderosa, alcançou-os.

— Irás continuar fugindo de mim, Tristan?

Ele suspirou.

— É justamente o oposto do que estás pensando, milady... — ele avizinhou-se mais dela e retirou uma mecha de cabelos caída em seu rosto. — Fugi... exatamente porque conseguiste despertar em mim, sentimentos que pensei há muito terem morrido.

Iseult sorriu uma vez mais, sem, contudo, deixar de comentar:

— És um homem enigmático, Tristan... e... — nesse preciso momento, uma vaga — forte — estourou atrás dela, empurrando-a com força. Todavia, ela foi amparada... pelos poderosos braços daquele homem.

Sentindo-a colada em seu corpo, desceu seus olhos em direção da singela criatura, que se aninhava como uma criança, entre os braços paternos. Beijaram-se.

— Esqueceste de vestir tua cota de malhas, comandante?

— Água salgada e metal não combinam, milady... — e um segundo sorriso, tímido, roçou em seus lábios. Percebeu ser envolvido pela brandura, algo incomum. Um momento precioso, supremo.

Era grato àquela moça. Pois com sua amabilidade, transpassara o até então impenetrável obstáculo que havia erguido ao seu redor. O encontro na praia, de onde saíram de mãos dadas, foi o prenúncio para outros que se seguiram, nas

semanas seguintes. As cavalgadas tornaram-se um hábito; os carinhos trocados, freqüentes. Certa vez, sentados à beira de um rio, na floresta — onde iam cavalgar —, tendo as mãos delicadas dela entre as suas, questionou-a:
— Teu toque é macio como plumas, senhora. Há algo mágico nisso?
Ela sorriu.
Como sentia-se apaziguado, enternecido... diante daquele gesto...
— Deve ser impressão tua. Não há nada de especial.
— Há, milady — ele apertou-as levemente e as beijou. — Pois numa ocasião, o toque de tuas mãos trouxe confiança a um animal, em uma hora drástica... e alimenta com esperança um homem como eu.
Iseult retribuiu o carinho abraçando-o. E estudou-o. Aquele homem, agora, em nada se assemelhava à figura amarga e fria que repelia qualquer aproximação. Ele parecia ter renascido... como as ondas.

Nos meses seguintes, apesar das reclamações dos campesinos ainda persistirem, Cairhax usufruiu de paz. Tristan continuou seu trabalho como chefe do ducado, mas a pedido do duque, voltou a supervisionar a armada com maior freqüência. Muitos de seus companheiros de armas o saudaram e o ovacionaram. Cedric — que o substituía quando atuava na esfera política — fez um breve discurso, elogiando-o e dando-lhe boas-vindas.
— A armada te congratula, Tristan — o conjunto das fileiras de homens aplaudiram-no, em seqüência à fala do capitão.
Caswallan, líder dos mercenários, também o cumprimentou. Os guerreiros — que apresentaram-se com as pinturas de guerra — deram coro aos vivas, ao som dos *carnyxs*.
Findado o pronunciamento, Tristan permitiu que os homens saíssem de formação. Aquele dia não era de treinos e ele viu-se cercado pelos membros do exército. Conversou longamente com fiéis companheiros: Dagda, Fergus, Trwyth e Brennan. Ofereceu o posto de capitão para eles, com a aprovação de Cedric, mas os dois primeiros não aceitaram.
— Nos sentimos melhor sendo apenas guerreiros, Tristan — Fergus justificou.
Já, Brennan e Trwyth, de bom grado, tornaram-se capitães. Significava abandonar os costumes das tribos — as vestimentas, as pinturas. A dupla não se importou. Contudo, quem se insurgiu contra, foi Caswallan. O líder dos mercenários não apreciou a idéia de que seus melhores guerreiros fossem definitivamente incorporados pela armada. Reclamou e protestou — de forma amigável — àquelas deliberações. Mas respeitou a escolha de seus homens.
— Caswallan, quanto a ti... — Tristan iniciou.
O mercenário sorriu e o interrompeu.
— Não me importo com cargos, Tristan! O que faço, é por dinheiro!

Tristan deu leves tapinhas nas costas do amigo.

— Até parece que a armada não recebe soldo. Certo que dependendo das circunstâncias, teu lucro é maior, mas quando não há guerras... como agora... Caswallan fitou-o. Em seguida, disse, em tom zombeteiro.

— Foi o que Kaherdin me disse. É o motivo pelo qual ainda aqui me encontro.

— E sinto-me feliz por isso! — Tristan concluiu.

Durante aquela reunião com os soldados, percebeu alguns tomando distância de si; Heri entre eles. Tristan não deu qualquer importância ao fato — rancores oriundos de disputas, perdas ou competições de cargos, eram comuns. Jamais Heri iria perdoá-lo por ter sido preterido ao posto de comandante supremo, ele sabia. E tinha consciência de que não queria perder mais tempo com essas desavenças tolas. Vivera consternado por anos a fio, e agora, imbuído em uma áurea de redenção — graças a Iseult —, acreditava ser possível atravessar os anos que lhe restavam sem estar à mercê da agrura, impedindo que as mágoas do passado o agrilhoassem novamente. Com a mesma displicência, decidiu não mais censurar Kaherdin por insistir em hospedar Yolanda — percebeu ser inútil. Todavia, havia resolvido não permanecer na sede quando daquelas inoportunas visitas.

Assim desenrolaram-se seus dias naquela nova vida, dividida entre sua dupla jornada e a companhia de Iseult. Como supremo comandante, não tinha qualquer problema, mas era como chefe de governo que viu-se em uma posição delicada. O auxílio que provera para alguns campesinos acabou chegando ao conhecimento de assessores do duque, que desaprovaram. Ao questioná-los, Tristan teve a inquietante sensação de que o grupo estava ávido por distúrbios, que fatalmente ocorreriam se medidas políticas não fossem tomadas. Para agravar a situação, outros aldeões começaram a cobrá-lo pela mesma assistência financeira... e foi durante esses dias que se empenhou em estudar os relatórios das administrações anteriores a sua.

Por mais incrível que fosse, descansava quando ia vistoriar as tropas ou treinar os novatos. E por vezes, Iseult o acompanhava. Os guerreiros — que detinham boas relações com a duquesa —, embora duvidassem daquela realidade, não hesitavam em saudar a ambos. E Iseult adorava acompanhar os treinos. Não raro, recebia visitas enquanto ocupava os bancos da parte exterior à arena. Geralmente, eram os capitães Trwyth e Brennan. Quando Iseult se retirava, aqueles comentavam as transformações do comandante supremo.

— Estaria essa delicada fada interessada nele, Trwyth?

— Que os deuses assim permitam! — Brennan mofou. — Não percebeste estar ele menos ríspido? Até está conversando mais com os homens da armada!

Trwyth riu.

— O que uma mulher não faz a um homem...! Iseult esmoreceu uma lança de sílex!

Certa tarde, dias depois de findada uma estada da condessa, Tristan — retornando de Britanny — decidiu que iria ter com Kaherdin o mais breve possível. Suas convocações para uma entrevista eram sempre adiadas — o duque apresentava uma escusa qualquer. Entretanto, daquela vez, convidou-o para uma cavalgada e terminou praticamente arrastando-o. Mal-humorado, o duque, ainda selando seu cavalo, advertiu:

— Se fores me infernizar com teus conselhos a respeito de Yolanda...

Tristan saltou sobre Husdent e o impeliu. O duque partiu em seguida.

— Eu já te revelei minha opinião, Kaherdin. És louco em confiar nessa mulher. Porém, não é a respeito disso que quero te falar.

— Então, do que se trata?

Tristan refletiu. Como iria abordar o assunto? Ser chefe de governo implicava diversas responsabilidades, transparência e habilidade em contornar situações adversas. Kaherdin não foi exemplar em nenhuma delas.

— Kaherdin, tenho estudado os últimos relatórios da administração de teu ducado. Fiquei estarrecido com certas discrepâncias com que trataste o condado de tua amiga Yolanda em comparação com as demais regiões. Isso...

— Não quero falar de política, Tristan. Não agora — irrompeu.

Eles percorriam o campo. Emparelharam os cavalos em trote suave.

— É necessário, Kaherdin. Desde que retornei, tu não tens mais te interessado pela administração do ducado.

— Tenho me empenhado com o aspecto social.

— Pois eu te garanto que, se continuares favorecendo o condado de tua pretensa amiga...

— Ela não é uma pretensa amiga! Confio nela!

Tristan respirou fundo. Como era difícil ser paciente...

— Te comportas como um imberbe, Kaherdin. Ao menos, permita-me concluir minhas frases!

Kaherdin olhou-o, de soslaio. Tristan continuou.

— Como te dizia, muito em breve, não terás mais encontros sociais se favoreceres apenas o condado. Esta tua preferência está muito escancarada! Como teu chefe de governo, não vou mais permitir isso. O que há de tão especial em Kareöl que enseje isenções tributárias, empréstimos sem prazos avençados para quitação... sem contar os outros favores de Cairhax concedidos à Kareöl. Favores em dinheiro! Isso tem que terminar, Kaherdin. Por que essa exclusividade? Há povoados em Britanny que estão em dia com os tributos que exiges, mas não receberam nenhum auxílio que prometeste! Vi terras que costumavam ser cultivadas, mas agora... Meu amigo, tu estás perdendo tua popularidade e fechas teus olhos para isso.

— Estes relatórios são águas passadas. Cairhax auxilia todos aqueles que precisam. Ademais, Kareöl tem retribuído com acordos comerciais satisfatórios.

— Não há nada nos arquivos que comprove isso.

Kaherdin, desconcertado, explodiu:

— Tristan, esquece isso! Teu trabalho é dar prosseguimento ao meu sistema de governo, e não procurar problemas! Vou te dizer uma única vez: os pactos com os quais fui favorecido por Kareöl, não foram registrados; isso não quer dizer que não tenham sido cumpridos. Foram! Deves acreditar em mim e agora, chega! Não quero mais tocar nesse assunto!

Tristan silenciou-se. De que adiantava expor os problemas? Era inútil, tanto quanto havia sido insurgir-se contra as estadas da condessa no ducado. E não era isso o pior. Aquela mulher estava valendo-se do rapaz. Tolice comentar isso e não queria a inimizade do duque. Porém, se suas palavras não iriam jamais persuadi-lo, talvez suas ações, sim. Como chefe de governo, iria dar continuidade às reformas, independente de Matthieu ser contra e tentar impedi-lo. Matthieu, antigo assessor-chefe do duque, agora trabalhava para si. Mas Tristan suspeitava que ele não agia com isenção, pelo fato dele aprovar a proteção dada à Kareöl. Quando Kaherdin descobrisse... o que, talvez, demorasse, pois o rapaz distanciara-se da vida política, tudo estaria feito. Teria, é claro, que arcar com as conseqüências, por ser o responsável pelas mudanças... *...irei perder esse cargo...*, avaliou, *...talvez até a amizade desse jovem tolo... Mas não posso admitir esses absurdos!*

Kaherdin voltou-se para seu comandante, silente e ofendido.

— Peço-te desculpas. Não consigo evitar; às vezes, tu me irritas!

— Se assim é, coloca outro para administrar tuas terras — blefou.

— Não me enerva mais, Tristan. Aproveitando que estamos a sós, quero te propor algo sério.

Tristan apenas fitou-o.

— Percebi teu interesse por Iseult. E sei o quanto ela te ama, Tristan. A menina não se cansa de tecer louvores e elogios de ti para mim!

Ligeiramente acabrunhado, Tristan desceu seus olhos.

— Creio que ela também te agrada, do contrário, não irias atrás dela. Creio, também, que te ajudei a encontrar teus sentimentos ocultos sob esta tua maçante austeridade! — ele riu. — Em virtude disso, volto a questionar-te... não serias feliz tendo-a como esposa e morando definitivamente aqui, conosco?

Desta vez, a pergunta não corrompeu seu íntimo. De alguma forma — que, mais tarde ele não se recordaria como — terminou por aceitar a proposta.

O ducado estava em festa, diante da notícia do futuro enlace da irmã de Kaherdin, embora a maioria restou incrédula e emocionalmente abalada quando tomou conhecimento de quem era o noivo. Quem o conhecia ou ouvira falar dele, perguntava-se como Iseult — uma mocinha meiga e gentil — ia casar-se com um homem rude e indiferente como Tristan. Até seus guerreiros mais próximos —

que a despeito de terem-no visto acompanhado — julgavam ser impossível um homem como ele... ser capaz de amar.

O noivo em questão não interrompeu seus deveres para gozar das comemorações de seu futuro enlace — preferiu resolver os problemas em relação a Kareöl. Em sua sala de trabalho, de onde as ordens políticas do ducado eram emanadas, começou a retirar todos os privilégios e a constituir prazos para quitação dos empréstimos. Sua meta era reorganizar o orçamento do ducado para poder atender as promessas não cumpridas por Kaherdin. Enquanto trabalhava, foi surpreendido pelo duque.

— Tristan! Tu és um fanático pelo trabalho!

Ele cobriu o pergaminho em que estava escrevendo com outros e ergueu-se, impedindo o duque aproximar-se demasiadamente da mesa.

— Um chefe de governo tem sempre o que fazer, meu amigo.

Kaherdin riu.

— Vim te mostrar isso... — e ele desenrolou um pergaminho, uma iluminura, escrito em latim. Era seu convite de casamento. — Este é o modelo da iluminura que será enviada para nossos convidados ilustres. É do teu agrado?

Tristan concordou.

— Ótimo. Este será enviado para Kareöl... — ele levantou os olhos para Tristan — ...se tu não opuseres obstáculos...

— Não apresentarei qualquer impedimento, Kaherdin.

— Sério? — o rapaz indagou, incrédulo.

— Eu sou apenas o noivo... és tu o duque.

— Muito bem, muito bem... — Kaherdin fez menção de sair da sala, mas Tristan o deteve.

— Estou providenciando o envio de algumas mensagens. Se quiseres, posso cuidar desse convite, também.

Kaherdin hesitou, mas terminou cedendo.

— É melhor deixar isso contigo; afinal, como tu próprio disseste, és o noivo. Colocarei as outras iluminuras sob tua responsabilidade.

Assim que o duque saiu, Tristan retornou para sua mesa de trabalho. Terminado os pergaminhos, os selou.

— Muito bem, condessa... tu e teu amável marido sereis convidados para meu casamento, mas tereis outras surpresas... — e ele prendeu o convite junto com as demais missivas.

Seguindo suas instruções, dias depois, um mensageiro levou a notícia até Kurvenal; este exultante, imediatamente selou seu cavalo e dirigiu-se à sede. Uma vez ali, foi informado de que o chefe de governo estava em sua sala, reunido com Kaherdin.

— Reunião nenhuma irá me impedir de congratular meu amigo! — e o seminarista cruzou o salão, invadindo o recinto, sem receio. Ao abrir a porta, seus olhos arregalaram-se ante a cena, para depois, rir desmedidamente. — Então, *essa* é a reunião!

— Kurvenal! Por tudo o que é sagrado, queres que o noivo desista de tudo? — o duque, gargalhando, reprovou-o.

— Não digo de tudo, Kaherdin... — Tristan resmungou, metido em finos tecidos de seda. A roupa a ser usada na cerimônia, tão delicada era e em nada combinava consigo, que inevitavelmente havia acarretado as risadas do seminarista — ...mas quanto a estes trajes...

— Confia em mim, Tristan! Nunca estiveste tão bem!

— Confiaria, Kaherdin... se tu parasses de ter ataques de riso a cada vez que experimento estas vestimentas de donzelas! — reclamou, enquanto duas servas ajustavam o delicado gibão. — E como se não bastasses tu, agora tenho o eco de Kurvenal!

O seminarista andou até o noivo.

— Paciência, bravo comandante! Há alguns sacrifícios que devemos suportar, em nome do amor.

As servas terminaram com o ajuste. Imediatamente, ele se afastou, andando até a cadeira onde suas roupas jaziam. Retirou o delicado traje de seda e vestiu o gibão de linho e couro.

— Agora que já me diverti — Kaherdin zombou —, vos deixarei à vontade! — e ele saiu, seguido pelas servas.

— Toda vez que tenho de provar essas roupas, a cena se repete — Tristan atalhou, ajustando suas vestes, graças aos fechos com nastros.

— Deves preparar teu espírito para aceitar essas brincadeiras jocosas. Não duvido de que todos que te conhecem pessoalmente... e mesmo aqueles que apenas ouviram falar... estejam surpresos. Eu próprio estou admirado com tua decisão — o seminarista parou de sorrir e fitando-o com certa seriedade, voltou a falar. — Fico deveras maravilhado, mas algo me preocupa... Estás *realmente* certo do que pretendes?

Ele parou de ajustar a vestimenta. Levantou seus olhos, cravando-os no seminarista.

— Eu preciso acreditar ser ainda possível viver, Kurvenal. Preciso... e quero acreditar.

Kurvenal olhou-o, grave.

— És um mistério para mim, Tristan, desde o dia em que te encontrei, escondido naquele vilarejo. Não poderias ser mais específico?

O guerreiro suspirou, permanecendo silente por alguns segundos. Enfim, encarou o seminarista.

— Não posso... e não quero.

Kurvenal afastou-se, acomodando-se em um banquinho, usado pelas servas.

— Não há como te obrigar a dizer-me sobre ti. Mas encarecidamente, peço-te que tenhas verdadeira consciência de tua escolha. É uma decisão que mudará tua vida e a de Iseult — ele sorriu meigamente. — Se me permites dizer, será uma mudança aprimorada. E devo acrescentar que, independente do que ocultas, olhando para ti, hoje... nada vejo daquele homem que encontrei, isolado em um povoado, corroído pelo desespero e pela angústia, sendo temido por todos os moradores. Graças a Deus!

Ele não respondeu, mas fitou o seminarista de forma serena. Desde que a notícia de seu casamento tornou-se um fato — após o abalo — estava compartilhando sensações incomuns. Muitos dos homens que compunham o exército, que antes sequer aproximavam-se dele, agora tratavam-no com cordialidade. Até ousavam atazaná-lo — todos, não apenas os guerreiros mais íntimos —, algo antes impensável, face ao seu amargo e arredio comportamento. Tristan também ficou a par dos inúmeros comentários que faziam a seu respeito; alguns, inesperados. "Nosso comandante e chefe tem mesmo uma alma e um coração ...!" — exclamavam. "Tinha que ser justamente com Iseult?" — queixavam-se outros. Todavia, ele não dava qualquer crédito às críticas e comentários. Simplesmente aceitou o que diziam; de certa forma, ele próprio estava duvidando daquela realidade. Daquela vida. Mais de uma vez, antes de deitar-se, um temor — digno de infantes — o abordava. Temia dormir... e acordar nos lugares em que vivera, Cornwall, Glastonbury, Trèbes... aquela aldeia... o cárcere em Finestère, o pior deles. Sim, era uma tolice, mas jamais ousaria pensar que poderia viver sem as opressões de seus anos passados. Era por isso que as brincadeiras e os comentários em nada lhe atingiam — considerava-os inocentes carícias e agrados, se comparados com as desgraças em sua vida.

— Mudando de assunto, Tristan... — o seminarista equilibrou-se no banco, pequeno demais para ele — ...queria conversar contigo concernente às constantes visitas da condessa. Sei que isso se repete há muito tempo, mas...

— Eu tentei dissuadir Kaherdin de hospedá-la, Kurvenal — interrompeu. — Mas ele não me atende.

— Suspeitas Rogier dar seu aval a isso?

— Creio ser ele conivente — Tristan, oculto por sua mesa de trabalho, trocou de *bracae*. — Mas indago-me até que ponto seria essa conivência... Não é estranho um homem casado permitir que sua esposa pernoite na sede do ducado? Especialmente sendo Kaherdin o duque? Testemunhei as palavras de Rogier... de que ele jamais seria um aliado de Kaherdin.

— Ouvi rumores de que fidelidade não é um ponto forte em Rogier. Em verdade, os boatos desvelaram um comportamento excêntrico, por vezes, violento — Kurvenal divagou.

— Não estou surpreso — ele afastou-se da mesa, ajustando o cinto com sua espada. — Infelizmente, não é apenas isso. Tens conhecimento do que se passava aqui, em minha ausência?

— A respeito...?

— De como ignorar os pilares básicos da política, ensinados pelos filósofos gregos. Kurvenal sorriu.

— Sê menos rigoroso, Tristan. O rapaz não deve ter estudado filosofia. Ele afivelou seu cinto.

— Isso eu percebi. Porém... estiveste a par de como Kaherdin tem governado?

— Para ser honesto, Tristan, não poderia dizer-te.

Tristan aproximou-se do seminarista, ficando frente a frente.

— Pois ele tem se deixado levar pela lábia de Yolanda, meu amigo. Isso trará problemas sérios ao ducado; se não neste *Lughnasa*, muito em breve. Pelo o que pude constatar, as colheitas não serão generosas. Um estopim para os povoados sem as concessões ou os generosos auxílios de Kaherdin, que sublevar-se-ão... se nada for feito.

— De fato, tenho testemunhado queixas a respeito das colheitas serem cada vez mais insatisfatórias... dos tributos... — o seminarista fitou-o com ar inquisitivo.

— Não me olha dessa forma, Kurvenal. Tentei alertar o duque, mas, como te disse... ele está enfeitiçado — chocou-se por ter pronunciado aquele termo.

— E o que pretendes?

Tristan, não mais divagando no que dissera, voltou-se para sua mesa, aarrumando seu material de trabalho. Sem levantar os olhos, prosseguiu:

— O casal de raposa... Yolanda e seu desagradável marido... devem estar recebendo meu convite de casamento. Contudo, serão com minhas missivas que ficarão estupefatos, e não com meu enlace. Missivas cujo conteúdo é a suspensão de todo e qualquer privilégio.

O seminarista andou até ele.

— Acreditas que as visitas dela estejam associadas a essa péssima administração de Kaherdin?

Tristan fitou-o.

— Kurvenal, depois tu me julgas inocente...! As visitas são pretextos! Nunca foste seduzido, meu amigo? — o tom foi zombeteiro e malicioso.

O seminarista ficou acabrunhado; as faces coradas.

— Ora! Ora... — balbuciou. — E... o que pretendes fazer?

— Eu já fiz, Kurvenal — encarou o seminarista. — Kareöl será tratado como qualquer outro sítio; são deste teor as missivas que estou enviando. Queria ter alguém para confidenciar, porque não confio nestes asseclas que me assessoram. Normalmente, é a vala comum da política... um desconfiar do outro.

O seminarista se apoiou na mesa de trabalho do amigo.

— Tiveste motivos para tantas suspeitas?

— Para mim, não são suspeitas, meu amigo. São fatos — encarou-o, sério.

Longe dali, um mensageiro cruzou a ponte rumo em direção a Kareöl. No portão da fortaleza, o mensageiro entregou um embrulho para um dos servos. E minutos depois, os pergaminhos estavam na mesa de Rogier de Deloiese. Surpreendeu-se com o convite, mas sua expressão transformou-se para o ódio quando leu os demais. Terminado de lê-los, convocou a esposa.

— O retorno de Tristan foi deveras prejudicial, minha cara — e ele mostrou-lhe as missivas.

Yolanda leu uma por uma. Quando viu o convite, gargalhou.

— Estás mais preocupada com o convite?

— Não, Rogier. Mas não ficas intrigado com isso? Tristan... se casando?

Os olhos do conde se arregalaram.

— *Iseult de Cornwall...* — ele disse, em leve tom.

— Seria interessante ela ter ciência disso, não?

— E quanto ao resto, Yolanda?

— Irei na cerimônia... e vou ver se consigo reverter essas decisões.

— E se não conseguires, daremos continuidade ao trabalho de aliciar homens para derrubar e matar aquele pretenso duque. Isso não será difícil. Algumas acusações e incitaremos o empobrecido povo... — as palavras soaram sarcásticas.

— Sublevação popular é um acréscimo, mas prefiro a garantia de homens de guerra. Terás que conversar com Heri, minha cara. E quanto ao demônio, terei prazer em matá-lo. Mas serei prudente; o desgraçado faz jus ao apelido que recebeu.

— Concordo em tudo. Todavia, avaliaste tua decisão em matar Kaherdin? Ele é apenas um jovem tolo, meu querido.

Rogier de Deloiese encarou a esposa. Não apreciou as palavras... muito menos, o tom em que foram proferidas. Não era a primeira vez que Yolanda agia dessa forma quando se referia ao duque. Irritado, levantou-se e deixou o recinto, sem dar uma resposta.

Semanas depois, o tão aguardado dia do enlace teve início. O ducado amanheceu em festa; a ocasião era propícia. A pedido de Iseult, iriam seguir os costumes cristãos, uma escolha aceita pelo noivo. Este, odiando as vestes elegantes, aguardava Kurvenal em seu quarto, defronte à janela. Estava inquieto, nervoso. Voltou-se, andando pelo recinto. Neste instante, notou um brilho provindo da mesa. Próximo da lamparina acesa, jazia sua corrente com o anel, provavelmente colocados ali pelas servas. Aproximou-se. Tocou-os. Tendo-os entre os dedos, fragmentos dos sofrimentos anteriores tentaram obscurecer seu íntimo; imediatamente reagiu, impelindo-os com com vigor. Ouviu o som da corrente e do anel chocando-se contra o chão. *Deveria ter me desfeito deles...*, refletiu. Mas tão logo escutou Kurvenal anunciando sua chegada e que dirigia-se para seu quarto, não mais pensou em seu elo de ligação com Iseult de Cornwall.

O seminarista, animado, invadiu o recinto.

— *Milord*, aviso-vos de que todos estão a vossa espera! Significa que tendes escassos segundos para fugir, se assim preferis! — Kurvenal gracejou, completando a frase com uma reverência; ao mesmo tempo indicou, gesticulando o braço, o caminho que Tristan deveria seguir.

— É uma pena que não aprecies lutar, Kurvenal — ele redargüiu, evadindo-se de seu cômodo e descendo a escadaria da casa, sendo seguido pelo seminarista.

Um carro — similar a uma biga romana — os aguardava. Ao fundo, o som tranqüilizante do mar. Ao longe, era possível vislumbrar as fogueiras de *Beltanie*. *Beltaine*, refletiu. *Elementos que se unificam...* Estaria remetendo sua lembrança a Cornwall? A Morois? Não. Havia sido um lapso, apenas. A Pequena Bretanha também acendia os *fogos de Bel*. Uma tradição... Desviou os pensamentos, subindo na biga. Kurvenal atiçou os cavalos.

— Tu me surpreendeste com mais um motivo, Tristan — o seminarista atalhou, enquanto afastavam-se da sede.

— Além do fato de eu, um demônio em forma de homem, torvo, sem coração, frio, rude e desprovido de sentimentos estar disposto a casar?

Kurvenal sorriu.

— Não fui eu quem te atribuiu a qualidade de demônio... Portanto, não me acusa! Quanto às outras *qualidades*, me omito... — troçou. — Refiro-me ao fato de teres aceito realizar a cerimônia segundo os costumes cristãos.

Tristan permaneceu quieto durante alguns segundos, como se estivesse avaliando as palavras do seminarista. Em verdade, guardava dúvidas do que precisamente argumentar. Era um filho dos antigos costumes e rituais de seus antepassados, contudo, não olvidou-se de que, em seu desespero, recorrera também ao Deus Homem, enquanto padecia no cárcere em Douarnenez. Desde esse dia... e de quando estivera defronte ao símbolo cristão, sentimentos profundos — os quais não conseguia explicar — nasceram em si.

— Sou um homem prático, Kurvenal. E apesar de aceitar os costumes de meus antepassados, raramente participo dos rituais — argumentou, ocultando a parte escassamente explorada de seu íntimo espiritual.

— Não perco as esperanças de ver-te como um seguidor do Deus Único.

Ele deu de ombros. Permaneceu sério, até o momento em que a capela surgiu no horizonte. O céu escurecia lentamente; uma forte claridade provinha do santuário. Dispersos no pátio, cavalos e outros carros. Assim que Kurvenal freou os animais, a noiva, que aguardava em um oratório construído ao lado da capela, foi avisada. O seminarista a viu deixando o sacro abrigo e admirou-se. Iseult estava deslumbrante. Usava um maravilhoso manto de seda marfim, que delineava as suaves curvas de seu corpo. Braceletes adornavam seus braços e seus longos cabelos estavam presos ao estilo grego, com enfeites de ouro. Um fino torque, também de ouro, dava o toque final.

— És um homem de sorte, Tristan. De muita sorte — comentou, os olhos fixos na rapariga. Imediatamente, reprovou sua atitude e voltou-se para o amigo. — Que sejas feliz com ela e que o Deus Único vos abençoe.

O noivo agradeceu e foi ao encontro de Iseult, enquanto Kurvenal penetrou na capela.
— Olá, comandante.
— Comandante? — ele franziu o cenho. — Neste momento, é a última ocupação que desejo — rebateu. Estava incrivelmente desoprimido. Testemunhando a tão sonhada paz invadindo e inebriando seu espírito. — Estás magnífica, senhora.
Iseult sorriu.
— Estás feliz? — ele questionou.
— Não tens idéia do quanto!
— Então, não devemos deixar os demais esperando... — eles deram-se as mãos e seguiram em direção à escadaria do santuário.

As portas abriram-se ao som de harpas. Os convidados os fitaram; um nervosismo tomou conta do noivo, mas perdeu sentido quando apertou levemente a mão de Iseult, que sorriu meigamente em resposta. Cruzar o corredor da capela pareceu-lhe a mais intricada missão; no entanto a cada passo, restou mais confiante — embora houvesse adentrado no recinto trêmulo. Pôde escutar comentários a respeito da graciosidade de Iseult, de sua beleza... E a travessia encerrou-se. Perante o altar, ajoelharam-se. O sacerdote aproximou-se deles, desenhando o sinal da cruz no ar. Atrás do religioso, fixada à parede, uma cruz de madeira. Dessa vez, o temor não inquietou seu íntimo, embora ali visse apenas a cruz, sem a escultura do Homem. Prostrado diante dela, ouviu — pensativo — as palavras em latim pronunciadas pelo sacerdote.

Tem esse Deus, realmente, o poder de perdoar? — refletiu, hipnotizado na figura da cruz. *Deve ter... de outro modo, não estaria aqui, com ela!* — virou-se para Iseult, cujo rosto era a imagem da felicidade.

Quod ergo... Deus coniunxit, homo non separet" — [O que Deus uniu, o homem não separe.]

Com esta frase, o religioso findou a cerimônia. Um ar de alegria, junto com novos acordes dos harpistas, vibrou por toda a capela. Tristan percorreu os convivas com os olhos — pois antes, não tivera coragem, devido sua excitação. Viu Kurvenal, seus companheiros de armas e Kaherdin. Surpreendeu-se ao ver Yolanda ao lado do duque... sozinha. Mas esqueceu o fato, porque a realidade parecia um sonho e tinha receio de acordar. Jamais acreditara em sonhos, mas vivia um. Diferente do que viver por um... ou morrer por um. Havia cruzado aquele corredor com o intuito de um reinício, por uma vida sem dor, sem culpa, sem ressentimentos. Era a sua redenção. E assim queria continuar.

Sua inaudita felicidade e esperança alimentaram seu agora auspicioso íntimo, no percurso em direção à saída da capela, com a nova vida que teria nos dias vindouros. As portas abriram-se lentamente; contagiados pelo glorioso momento, os convivas que os seguiam, avizinharam-se, cercando Iseult. Com as portas entreabertas, uma forte rajada de vento precipitou sobre eles; devido a isso Iseult, junto com os demais, recuou. Foi Tristan quem notou um vulto entre o vão das portas, mas hirto nas escadarias. Pensando tratar-se de um convidado retardatário, adiantou-se. Apenas quando a luz provinda da capela no recém-chegado incidiu, o noivo o reconheceu. E surpreendeu-se. Sim, era um rosto conhecido, mas estava transfigurado.

— Gorvenal? — ele nunca soube dizer por que vacilou; talvez, devido à face transtornada e marcada tanto pelos anos, como pelo ódio, obscurecendo as reais feições de quem havia sido uma espécie de pai para si.

— Então, é assim que te encontro, meu senhor! — a voz soou em tom grave, carregada de um misto de cólera e indignação. — Esperava tudo de ti, tudo! Menos *isso*! Como pôde esquecer e subjugar o que fizeste? Desonraste tua nobre linhagem, cometeste tamanha vilania que envergonhou e desgraçou teu pai adotivo até seus últimos dias de vida; foi na miséria e na ignomínia em que ele padeceu! Pelo filho que ele amou mais do que os seus próprios; o mesmo filho que abandonou, na desonra, as terras de seus ancestrais! Irás agora ter ciência de teus gloriosos feitos, meu senhor! Depois que teu pai soube o que fizeste a Marc, afastou-se do governo de Lionèss. Teus irmãos entraram em conflito pelo controle do poder e terminaram matando-se uns aos outros. Erwan, o que restou, aniquilou com teu reinado, para meu desespero e de teu pai! — ele inspirou, mas até esse gesto foi feito com raiva. — Vendo-te, percebo que não concebeste de como fizeste Rohalt sofrer, de como o injuriaste por tuas insanidades! Tuas indeléveis infâmias! Saibas que nem o tempo fez com que ele superasse tua perfídia! Com que *nós* superássemos! E pensar que, por ti, levantei minhas armas contra um rei justo. Um rei que te venerava! Teu próprio tio! Mas vejo que de tudo, realmente te esqueceste, *dela*, inclusive! E me convocaste para isto? Para testemunhar tua felicidade? Exulta com a morte de teu pai, há menos de dois verões! Tu o condenaste! Saibas, também, que ele sofreu agruras, prostrado em uma cama, enlouquecido por acompanhar a morte levando seus filhos; a morte fratricida! Em seus delírios, clamava por ti, para impedir a tragédia... — ele cuspiu próximo a Tristan. — Clamava por ti, mesmo depois de tua odiosa aleivosia! Não tens idéia de como te desprezo e te amaldiçôo, criatura infame! Como te abomino! É agonizar no inferno que mereces, canalha! O inferno, cão traidor! — e o escudeiro deu-lhe as costas.

Tristan, a princípio, não esboçou uma reação imediata. Perplexo, perguntou-se se havia sido real o que presenciara. Aquele homem, carregado de ódio, era realmente seu antigo escudeiro? Seu rosto perdeu a cor. Diante daquelas duras palavras, demorou a reagir. Quando o fez, precipitou-se à procura dele, mas não logrou êxito. Gorvenal não estava mais lá. Foi neste terrível momento — sozinho, no pátio da capela — que a noção do que havia presenciado, corroeu dolorosamente seu íntimo. *Rohalt, falecido? Meus irmãos... mataram-se...? Lionèss... a terra de meu pai, destruída... por Erwan?* Seria possível...?

Desonraste tua nobre linhagem...

O tempo pareceu ter sofrido uma ruptura; restou imbuído numa cruel devastação, até aperceber-se da azáfama atrás de si. Era o contagiante alvoroço dos convidados, que apenas naquele momento, deixavam a capela. A cerimônia havia findado, mas não o motivo da celebração — uma festa aguardava a todos na sede do ducado. Porém, para ele, nada mais fazia sentido. A cada segundo, um abismo de dor apossava de si. *...foi na miséria e na ignomínia que ele padeceu! Pelo filho que ele amou mais do que os seus próprios; o mesmo filho que abandonou...!* Um abismo onde vibravam as mais cruciantes palavras por si já ouvidas. Transtornado, nem se deu conta de como fez o percurso de volta para a sede. Contudo, já na casa, viu-se — acompanhado de Iseult — andando por entre convivas e recebendo os inúmeros votos de felicidades; estes se esvaíram sem qualquer significado. Encarava as pessoas, embora não mais as visse. Mesmo sua doce esposa, a mulher que acreditava amar e com ela ser possível alcançar a tão preciosa redenção. Sim, sua redenção; não era por isto que aceitara uma nova vida? Não havia acreditado ter sido perdoado?

Não deves conceber de como o fizeste sofrer...

Uma lancinante agonia torturou a reduzida parcela de esperança que lhe restava; aproveitando o momento em que Kaherdin aproximou-se e requisitou a irmã para dançar, ele afastou-se. Agindo como se estivesse sozinho, procurou a segurança do jardim da casa. Uma vez ali, a angústia verteu para um ódio supremo, contra tudo... e contra si. Era incapaz de ordenar seus pensamentos; há irrisórios instantes, estava insuflado de esperança, de redenção; agora, arrependia-se por ter aceitado aquele enlace, pela tentativa de redimir-se e de superar seu insidioso passado.

É agonizar no inferno que mereces, canalha!

Foi sua aleivosia contra Marc, que acarretou o triste fim de seu pai? Todo aquele ódio era por que também traíra a rainha? Era isso o que Gorvenal queria dizer? Não, ainda a amava; loucamente a amava! Mas... não havia rompido aquele... elo? Não implorara para ver-se livre dele? Súbito, tudo à sua volta perdeu significado. A figura exasperada de Gorvenal, seu amado mestre, aniquilou-o, embora custasse a aceitar que aquele homem carregado de dor e ódio realmente fosse seu antigo protetor. Mas... era. *Por que palavras tão pungentes?*, refletiu, amargurado. *Gorvenal, pensas que só tu e meu finado pai sofrestes? Como estás enganado! Jamais esquivou-me da lembrança minhas vis atitudes, até hoje, sou por elas fustigado! Agora, para minha desgraça, trouxeste o remorso e a culpa pela morte de meu pai e meus irmãos...*

— Estás aí, então! — era Kurvenal quem descia as escadas, rumo ao jardim. — Como ousas ausentar-te durante tua festa, meu amigo? Não é o momento apropriado para louvar tua ventura às estrelas! Vem! As pessoas perguntam de ti.

Até o fim de seus dias, ele não soube dizer como retornou à festa. A expressão de seu rosto não coadunava com o momento, todavia, a contagiante alegria da ocasião impediu as pessoas de constatarem a face perturbada do noivo. De alguma forma, ele suportou. Controlou-se sobremaneira para evitar desaparecer dali, evadir-se... fugir... como sempre fizera em sua vida. Entretanto, mesmo os mais descontraídos festejos, alcançam seu fim. E, num dado momento, a casa esvaziou-se. Kaherdin, anestesiado pelo vinho, abraçou o noivo.

— Irmão e agora, meu cunhado! Quero que saibas o quanto te prezo, Tristan... Ainda não te dei meu presente, e...

— Não te preocupes com isso agora, Kaherdin. Deixemos para outro dia — versou, esforçando-se para ocultar sua voz lastimosa.

— Outro dia, Kaherdin! — o seminarista, único ainda presente, atalhou.

— Ora, que inconveniência de minha parte! Não irei vos importunar com... — e riu. — Ide, ambos! Presentes são presentes e teremos a vida toda para apreciá-los.

Iseult sorriu e puxou o braço do noivo para si. Este, sombrio e retraído, conteve o ímpeto de repeli-la. Juntos, andaram rumo ao aposento de Tristan; a despeito de ser o mesmo, agora havia sido preenchido com o necessário para tornar-se um cômodo nupcial. Durante o percurso, Iseult, embalada pelo amor, pronunciava juras eternas, mas Tristan mal as ouvia. A redoma amaldiçoada que criara em torno de si, havia sido reerguida sobre a frágil haste de redenção que suspeitava ter encontrado. Gorvenal estava certo. Por tudo o que havia feito, não era o inferno que merecia?

Adentraram no recinto; imediatamente, duas aias que ali aguardavam, aproximaram-se da noiva, reverenciando-a. Em seguida, acompanharam-na até o biombo; ali, ajudaram-na a trocar as vestes de seda por uma simples túnica de linho. O tecido contornava sedutoramente seu corpo. As aias, em respeitoso silêncio, retiraram-se. Estavam sós. Iseult andou até ele, o brilho da paixão em seus olhos. Mas Tristan já não era mais o mesmo homem de momentos atrás. Algo agonizava dentro de si. Abatido, estava hirto, defronte à janela, os olhos fixos no vazio. Não notou a aproximação da noiva.

— As roupas da cerimônia também não te deixaram à vontade, pelo jeito — ela sorriu. De fato, ele também havia trocado suas vestes. — Por que estás tão sério, meu amado esposo? Será que a cerimônia roubou teu vigor? — e deu mais um passo.

Neste instante, um leve som pôde ser ouvido, de metal raspando em uma superfície dura. Iseult recuou, afastando-se do local onde havia pisado, procurando a origem do som. Tristan, igualmente curioso, abaixou seu olhar. Antes que pudesse reagir, Iseult havia se agachado e retornava com algo em suas mãos.

— Ora! Um anel, abandonado... Sabes a quem pertence esta corrente e este anel, esposo? — com o objeto em suas mãos, a inocente menina aproximou-se, aconchegando-se nos braços do marido, envolvendo-o com ternura.

Ele não correspondeu à carícia, mas apanhou a corrente e o anel. Sim, sabia de quem era aquele anel... Pretendia olvidá-lo, livrar-se dele. Entrementes, nunca o fez. O anel sempre estivera ali, próximo. O anel... o elo...

Em nome de minha estima por ti... aceita essa aliança de ouro...
Mas vejo que de tudo, realmente te esqueceste, dela, inclusive!
... dela, inclusive!

— Estás tão quieto, Tristan...
— Solta-me! — foi um gesto brusco, rude e repentino. Como Iseult, atônita demorou a reagir, ele terminou impelindo-a com brutalidade. Angustiado e atormentado como estava, efeito das vozes que repercutiam sem clemência em si, deu vazão ao desespero, evadindo-se do cômodo em um ato irascível. Nada queria com aquela mulher; era uma estranha! Não podia cometer nova traição, não contra Iseult, a rainha! Ele próprio não havia sentenciado sua sina, quando proferira aquelas palavras...?

Teu amor condenou-me, rainha!

Sua alucinante corrida findou no estábulo. Ali, montou Husdent sem sela ou arreios. Naquele frenesi, instigou-o a cavalgar, a despeito da escassa claridade noturna. O cavalo protestou, agitou a cabeça, enfurecido, mas acelerou o passo; conhecia a trilha. Ganharam terreno, era o mesmo percurso que fazia quando dos passeios com Iseult. *Iseult Blanche Mains...* O que havia feito? Como podia ter imaginado encontrar a felicidade sem Iseult, de Cornwall? As palavras de Gorvenal apenas confirmavam o que de tanto se culpava, das inúmeras mortes e profundas mágoas a todas as pessoas próximas de si. Rohalt, seu pai adotivo e seus irmãos, foram outras vítimas. Mas não eram os últimos. Porque devido sua pretensão de encontrar a vida e a redenção, quando delas não era merecedor, havia desgraçado mais uma, casando-se com Iseult, duquesa de Cairhax.

Continuou fomentando Husdent a correr, porém, aquela animosidade foi aplacando-se, dando ensejo a um amargo e lancinante desgosto. Controlou o passo furioso do cavalo com leves puxões em sua crina; por fim, o garanhão parou. Ele apeou-se. Estava em uma clareira, debilmente iluminada pelo luar. Vexado, apoiou-se em uma árvore. Tinha entre os dedos, a aliança e a corrente de ouro. Em sua mente conturbada, formou-se a imagem de quando ele e Gorvenal lutaram juntos... por uma causa perdida.

Não tens idéia de como te desprezo e te amaldiçôo, criatura infame! Como te abomino! É agonizar no inferno que mereces, canalha! O inferno, cão traidor!

Deuses... ele está certo! O que pretendia? Tentar rir, depois dos inúmeros prantos de sangue que provoquei? Como ouso procurar a vida, se em minhas mãos há apenas a morte? Nasci sob o brilho infausto de uma estrela maligna... E não há como escapar desse fulgor sinistro... finalmente, agora eu compreendo...

Recriminando-se impiedosamente por tentar reencontrar o sentido de sua existência, por todas desgraças e misérias das quais tivera parte, dobrou seus joelhos até chafurdarem na terra. Ali, mergulhado na dor, chorou amargamente.

XXIII

Kaherdin encontrava-se apoiado no batente da janela do cômodo. Era possível vislumbrar o porto e o oceano deserto.

"*Nenhuma nau...*" — pensou, entristecido. Virou-se para o velho escudeiro sentado ao lado do acamado.

— Fico pensando de que forma minhas palavras ferinas atingiram-no — Gorvenal rasgou a quietude. — Mas nem mesmo ouso imaginar. Agi impensadamente, magoado que estava pela morte de Rohalt e do trágico destino de seus filhos. O último... que arrasou com Lionèss, terminou fugindo. Se ele ficasse, seria morto pelo povo revoltado. Nunca mais soube dele — o escudeiro suspirou. — Magoado... constrito e abalado, devido tanto tempo de sofrimento de Rohalt, prostrado em uma cama, doente, clamando pelo meu senhor. — Foi um acaso infeliz quando, ao finalmente encontrá-lo, deparei-me com sua união — completou, referindo-se a Tristan. — Imprequei contra ele toda a minha impotência, meu sofrimento e dor.

As ondas vibravam.

— Agora, tudo faz sentido — Kaherdin atalhou, súbito. — Começo a entender o que o fez rejeitar minha irmã.

— Rejeitar? — Gorvenal levantou seus olhos, carregado de lágrimas, para o duque.

Nesse ínterim, a voz débil do acamado soou, pedindo por água. Kaherdin apanhou um copo, sentou-se ao lado do cunhado e o ajudou a erguer-se. Tristan mal conseguia mover-se sem auxílio e ardia em febre. Delirava. Balbuciou frases desconexas. Kaherdin tentou acalmá-lo, fazendo-o ingerir o líquido. Após sorvê-lo, o moribundo cerrou as pálpebras. O duque ajeitou-o no catre e condoído, afastou-se.

— Sim, escudeiro. Ele rejeitou-a. Pobre Iseult. Fui um tolo em não dar-me conta disso; Kurvenal diversas vezes alertou-me. Tentou colocar-me a par das tristezas de minha irmã, mas nunca lhe dei a devida atenção — ele respirou fundo. — E quando assim procedi, tratei teu senhor de forma brusca. Entrementes, vejo que não estás me compreendendo, devo ser mais específico... — ele estudou o moribundo, desacordado. — Irei narrar-te em detalhes o que sucedeu.

Iseult jamais concebera a *prima notte* como aquela. A moça, sem compreender o que havia levado seu marido àquela atitude, não conseguiu repousar. Varou a noite em claro, magoada e infeliz. Não conteve as lágrimas. E orava. Implorava ao Deus Homem para que Tristan retornasse ainda durante a manhã... Como iria fazer, se tivesse de deixar o quarto sozinha? Hirta defronte à janela desde a alvorada, ela desistiu de aguardar ali, no cômodo. Ainda perdida em seu solitário pranto, Iseult — que havia recusado as servas — trocou-se. Sentada em sua cômoda, estudou seu reflexo no pequeno espelho. Viu as lágrimas, incessantes. Lentamente, penteou-se. Novamente estudando sua imagem, fez o possível para interromper o curso de mais lágrimas. Cedo ou tarde, teria que deixar o cômodo — seria pior se a vissem naquele estado.

Lavou o rosto e disfarçou com maquilagem. Minutos em que ainda acreditava que ouviria batidas em sua porta... Entretanto, o único a importuná-la, foi um pajem. O rapaz repetiu o recado de seu irmão antes mesmo dela abrir a porta. "Vós estais sendo aguardados no salão para o desjejum, senhores!", disse. Iseult, procurando controlar o tom de voz, respondeu ir em breve.

Pronta para deixar o recinto, recorreu à janela uma vez mais. Nada viu. Iria ele retornar? *Deus, dai-me forças para enfrentar isso...* — rogou. E evadiu-se. Percorreu o corredor, com os nervos exauridos. Percebeu dois pajens cruzando seu caminho, encarando-a com uma expressão estranha em seus rostos. Iseult tremeu. Teria ele retornado... e dito algo? O que iria fazer, era para a hipótese dele ainda não ter voltado... Controlou-se. Tinha certeza de que iria saber do paradeiro dele, tão logo adentrasse no salão.

A mesa contava com alguns convidados da noite anterior. Vibrava o som de conversas, risadas, de servos servindo a refeição e da louça. Ao dar dois passos, ouviu a voz do irmão, que não concluiu a frase.

— Senhores, vivas ao casal... — e todos voltaram-se para a duquesa, que adentrava sozinha no salão.

Um ar de perplexidade misto com dúvida pairou no recinto. Por irrisórios instantes, Iseult sentiu-se coagida diante dos vários olhares inquisitivos sobre si. Pela primeira vez, irritou-se com a expressão no rosto da condessa — estaria ela regozijando-se? Desviou o olhar dela e iniciou sua farsa. A forma como era encarada, respondeu-lhe tudo: ele não havia aparecido. Teria que ser convincente, se quisesse salvaguardar a honra dele. Então, abriu um contagiante sorriso. Cumprimentou a todos, indo vagarosamente ao seu lugar, ao lado do duque.

— Peço não vos surpreenderdes ou censurardes as atitudes de meu marido. Ao alvorecer, ele quis agradecer ao deus *Cernunnos* com um passeio na floresta.

O deus das criaturas selvagens e da fertilidade?!, Kurvenal teceu. *Mas Tristan confessou-me que raramente participa de rituais...* O seminarista, diferente dos demais, apresentava em sua face, um ar de preocupação.

Mas Iseult, ainda sorrindo, sentou-se.

— Se algum dia ele se converter ao cristianismo... — Iseult, com voz amável, continuou — ...irá alterar sua forma de devoção — disfarçou. E concentrou-se em uma prece fervorosa, pedindo ao Deus Único interceder, fazendo com que ele retornasse. Porque temia a possibilidade dele ter fugido.

— Que costume mais insidioso! — foi o comentário de Yolanda, enquanto sorvia o leite com mel. — Tu não devias aceitar isso, Iseult!

— E por que, condessa? Um homem não pode agradecer sua felicidade na forma como lhe convém?

— Ora, Kaherdin. Não sabia que teu bravo comandante era um devotado religioso — ela riu.

— Condessa, os homens do ducado são livres para agirem conforme desejam.

— Até mesmo abandonar uma mulher em sua *prima notte*?

— Eu não fui abandonada! — Iseult rebateu, levantando sua voz.

Um novo silêncio se fez na mesa. Iseult arrependeu-se de sua reação — teria colocado tudo a perder? Cruzou seu olhar com o do seminarista, lendo ali as diversas dúvidas. Constrangida, ela perguntou-se o que deveria fazer. Apesar de sentada, percebeu estar trêmula — erguer-se e correr dali, era uma opção que estava prestes a tomar. Mas foi Kaherdin quem auxiliou-a, cortando o silêncio.

— Falas como se fosses tu a insultada pelo o que chamaste de abandono, Yolanda — e, para surpresa de Iseult, ele sorriu. — Se alguém pode acusar Tristan de algo, esse alguém, é minha irmã.

Os convidados — entre eles Caswallan, Cedric e seus homens de confiança — concordaram com o duque.

— Acusar de quê? — Iseult, recuperando-se de sua breve fraqueza e ocultando sua desilusão com o manto do orgulho, impostou sua voz. — Meu marido foi apenas cumprir um ritual, é assim seu modo de ser e eu respeito.

Kurvenal, presenciando a convicção de Iseult, sorriu com os cantos dos lábios. Inspirou, aliviado. *Por um momento, Tristan... deixaste-me preocupado!* — refletiu, enganado pela encenação da duquesa.

Os sons silvestres e o ar frio da manhã, trouxeram-no de volta à vida. Estava deitado próximo à árvore, o mesmo local onde havia caído de joelhos. Sentou-se, ajeitando a vestimenta úmida pelo orvalho e suja de terra. Amargurado, não sabia mais o que fazer. A morte de Rohalt e de seus irmãos, arruinara e extinguira a ínfima partícula de esperança que lhe restava; com sua família, iam as ilusões de atravessar seus últimos anos de vida sem a opressão e o peso do sofrimento. *...há apenas sangue e morte em minhas mãos...*, era o pensamento que não o abandonava. Concluiu que não podia condenar seu escudeiro. Ele estava revidando tudo o que suportara durante muito tempo, que culminara exatamente com a morte de seus irmãos e de Rohalt. Agora entendia o porquê do silêncio de seu antigo mestre, por mais de cinco anos — desde que lhe enviara sua missiva. O fiel escudeiro permaneceu o tempo todo com seu pai agonizante; quando de seu derradeiro suspiro, Gorvenal veio até Cairhax e fez... o que fez.

Com aquelas duras palavras presas em si e recordando-se a todo instante da expressão de Gorvenal, Tristan esforçou-se para erguer-se. Andou até Husdent, que pastava próximo dali. Se pudesse, jamais ousaria retornar ao ducado, mas seria uma atitude nefanda, tanto para com o duque, como para Iseult, ...sua esposa. A este pensamento, desejou jamais ter visto aquela moça. Casara-se, mas agora tinha convicção de que aquele ato nada lhe significava. Nem o enlace... nem a própria moça.

Havia sido um lamentável erro.

Montou e atiçou seu cavalo. Perguntou-se como viria a ser recebido; talvez viesse a ser expulso. Destarte, o que havia feito, dava ensejo a algo muito pior do que a expulsão, afinal, agredira e abandonara a irmã do duque, sua esposa, em sua *prima notte*... irracionalmente. O que iriam pensar de si? E o que Iseult deveria estar pensando? *O que fiz?* — refletiu, culpando-se conforme se aproximava de seu destino. Ao vislumbrar a sede, repetiu uma prece perdida em sua infância, pedindo aos deuses que se Kaherdin ansiasse vingar-se pelo seu severo ultraje, que não o fizesse diante de toda Cairhax. Não ia suportar ser novamente escorraçado e odiado... como havia sido, na Britannia.

No jardim da casa, Iseult, aflita, aguardava. Acompanhava — em silenciosa melancolia — seu irmão despedir-se da condessa. Eles conversavam no pátio. Reparou então, em Heri. Como usualmente fazia, o capitão iria escoltar Yolanda. Kurvenal também estava próximo, conversando com alguns homens da armada. *E se ele não voltar? O que irei dizer a Kaherdin?* — refletia, angustiada.

— ...era isso que precisava falar em particular contigo. Ficaste nervoso com estas notícias, Kaherdin? — com voz mansa, a condessa indagou.

— Não, minha cara. Apenas irritado com a ousadia de Tristan. Ele agiu sem ordens minhas, envergonhando-me perante ti.

Yolanda sorriu, confiante.

— Tu, envergonhado? — ela aproximou-se dele, acariciando seu rosto. — Conheço-te intimamente, meu caro... e não és do tipo que te pejas!

O comentário fez com que o duque risse.

— Entretanto, devo desconsiderar o que recebi de teu chefe de governo?

Kaherdin hesitou. Tristan não era de tomar decisões meritórias e de suma importância sem seu aval. Por que, então, assumira aquela iniciativa...?

— Primeiro, quero conversar com Tristan, minha querida. Em breve, receberás uma posição minha.

Yolanda concordou, não sem mostrar certo desapontamento. Mas disfarçou.

— Que assim seja... Contudo, peço agires sem delongas. As missivas, além de injustas, foram ofensivas. Deloiese irritou-se muito com a ousadia de teu comandante.

— Irei resolver isso, Yolanda. Prometo-te.
— Sei que irás... — o sorriso revelou-se malicioso. Novamente, ela avizinhou-se dele — ...e em breve, teremos outra noite... como esta... — ela sussurrou-lhe.
Ele a deteve pelas mãos. Seu despertar havia sido inebriante, tão mágico e ardente quanto sua noite. Yolanda era uma mulher voluptuosa. Uma amante capaz de abalar o mais insusceptível dos homens... de enlouquecê-lo. Kaherdin desejou impedi-la de ir; como amaria se pudesse retornar ao seu quarto, na companhia dela, arrancar-lhe selvagemente suas vestes... e tê-la somente para si uma vez mais!
— Se me provocares... não sairás mais daqui — ele redargüiu, percebendo seus instintos reagirem.
— Iremos nos encontrar em breve, querido... Mas lembras-te de que prometeste visitar-me, na ausência de Rogier...
O duque sorriu.
— Não esqueci, Yolanda. Estarei aguardando tua convocação.
Yolanda sorriu e juntos, andaram em direção ao cavalariço, que segurava o palafrém da condessa. Vendo-os aproximarem, Heri avisou seus homens para estarem a postos.

Acompanhando a movimentação, Kurvenal desvencilhou-se de alguns guerreiros. Foi quando notou Iseult, sentada no jardim. *Ele ainda não voltou?* — inquietou-se com isso, mas conhecia Tristan o suficiente para afirmar não ser ele um homem qualquer, comportando-se diferente de muitos. *Teria ele... se arrependido?* — Temeu a hipótese. Entretanto, tentou acalmar-se... Ele poderia ser exótico, de temperamento rude, mas arrepender-se em um espaço de uma noite, era demais. *É uma nova fase em sua vida... e talvez ele esteja apenas aceitando. Sendo como ele é...* — sorriu — *...é uma grande mudança!* Não tinha dúvidas de que seu retorno seria breve. Voltou sua atenção para Kaherdin e o viu abraçando a condessa, antes dela montar e partir, com Heri e vinte de seus homens. Em reflexo, recordou da preocupação de Tristan — havia fundamento para tanto. Aquele enlace... confirmava as suspeitas.

Decidiu ir conversar com o duque. Decerto não iria conseguir detê-lo, mas iria pedir-lhe para que, ao menos, agisse com mais discrição.

Neste preciso momento, Tristan atingiu a sede, mas não foi visto quando cavalgou até o estábulo, onde providenciou os cuidados a Husdent. Em seguida, aprisionado em um angustiante silêncio, evadiu-se do lugar. Foi então que Iseult o viu, trilhando o caminho que dava ao pátio. Em um ímpeto, a moça ergueu-se, deixou o jardim e alcançou o pátio, correndo em sua direção, cruzando com o irmão e o seminarista; tinha de alcançá-lo antes deles! Aqueles acompanharam a cena; Kaherdin — apesar de rancoroso com Tristan — não conteve um sorriso de felicidade ao ver a irmã recebendo o cunhado de braços abertos.

— Agradeceste ao teu deus da fertilidade, esposo? — indagou-o, com delicadeza.
Kaherdin e Kurvenal adiantaram-se, a tempo de ouvirem-na.

Foi outro duro golpe. Enquanto Iseult o abraçava carinhosamente — e ele mantinha-se distante, frio, sem retribuir — constatou que, além de ter sido perdoado, sua esposa agora o protegia de sua desprezível atitude. Como era possível? A havia destratado, insultado... e ainda assim, era por ela recebido com ardor. Não sabia se envergonhava-se mais pela desfeita, ou por aquela verdadeira demonstração de amor, por parte de Iseult.
— Para estar até agora na floresta... os agradecimentos devem ter sido muitos! — Kaherdin intrometeu-se. — Estás cansado, cunhado? Pelo teu rosto, diria que fizeste mais do que simples agradecimentos... Ou teu deus ordenou-te para que te prostrasses até inutilizar tuas roupas? — indagou, o tom zombeteiro.
— Tropecei numa poça de lama — rebateu. Não estava ávido por conversas.
— Sei que desejarias aproveitar tua nova vida, como devotado marido, mas preciso de ti na sala de reuniões. Portanto, vai te trocar e me encontres ali.
Kaherdin afastou-se. O seminarista se deteve por alguns instantes, fitando o recém-chegado.
— Estás te sentindo bem, amigo?
— Estou, Kurvenal — mentiu.
— Ainda bem que retornaste de tua solitária jornada. Tua esposa aguardava ansiosamente por ti.
Diante da frase, Iseult sorriu, mas era um gesto carregado de tristeza. Kurvenal pediu licença e afastou-se; por alguns minutos, os dois permaneceram sós. Trocaram um longo olhar, cujo conteúdo, compreendiam. Por parte de Iseult, as dúvidas e incertezas; a não compreensão daquela insana atitude. De sua parte, Tristan colocava em seu olhar carregado de desilusão, o cruel despertar e rompimento de um sonho, sendo que seus fragmentos jamais seriam unidos. Não havia redenção. Jamais iria se esquivar do fardo da culpa, que como um pêndulo afiado sobre si, iria atormentá-lo e torturá-lo cruelmente até o fim de seus dias; em tempo algum seria abençoado pela tão cobiçada paz, fosse com Iseult, sua esposa, fosse em batalhas, sozinho, ou mesmo no inferno — um destino que muitos lhe desejavam. E vexado, não mais suportou encarar aquela face lânguida, oculta pelo disfarce — construído pelos filamentos da esperança e amor — de sua esposa. Desviou seu rosto e afastou-se.
Ele estava em seu cômodo, atando os fechos de uma nova vestidura quando a porta lentamente cedeu. Iseult, tímida, adentrou. Ele lhe lançou um curto olhar, para depois virar-se e andar até o baú. Ela permaneceu encostada contra a porta, acompanhando-o, em silêncio. Viu-o retirando do compartimento um manto negro — a mesma cor das roupas que usava. Quando ele ergueu-se, reparou no adorno

que usava: a corrente e o anel encontrados na noite anterior. Ele ajustou o manto e Iseult, ainda no mesmo local, notou-o indo em direção à mesa, onde havia uma delicada caixa, usada para guardar jóias. Iseult guardara ali o corvo de ouro, mas não era a peça que ele procurava. Apanhou um broche seu. Foi nesse instante que Iseult afastou-se da porta e aproximou-se, apoiando suas mãos no braço dele.

— Tristan, por que não...

Pela segunda vez em sua vida, viu-se vertido em uma besta selvagem ao reagir, irrefletidamente, fazendo com que ela o libertasse. Em resposta, Iseult — aterrorizada com a expressão de cólera em seus olhos — tentou recuar. Mas não foi rápida o suficiente, pois sentiu uma forte pressão em seu pulso direito que ele apertava com força.

— Nunca mais ouses colocar tuas mãos em mim! — ele grunhiu, o cenho crispado em fúria. — Nem perca teu tempo desperdiçando palavras comigo, porque para mim, tu não existes! Jamais existiu! — e novamente rude, ele repudiou-a, retirando-a de seu caminho.

A brutalidade de seu gesto fez com que Iseult perdesse o equilíbrio e caísse contra a cama. Dali, viu-o, com passos pesados, evadindo-se do quarto.

Iseult, ainda incrédula, permaneceu deitada. Encolheu-se, esfregando o pulso marcado — Como compreender o que havia acontecido? No espaço de uma noite?! *O que farei...?* Seus olhos arderam. As lágrimas escorreram, abundantes.

E Iseult não soube em que pensar.

Quando ele invadiu a sala de reuniões, Kaherdin ali já se encontrava. Tristan, sério e amargurado, apenas ouviu o que o duque desejava. Diferente do que previra, o rapaz estava ciente das reformas iniciadas — e bastante irritado com o comportamento de seu chefe de governo. Terminadas as reprimendas, Kaherdin ordenou uma retratação.

— Isso é tudo? — Tristan finalmente indagou, quando o duque parou de falar.

— Não. Quero dar meu aval antes de emitires as revogações.

Ele concordou, com um aceno e levantou-se. Kaherdin, estranhando seu comportamento, o deteve.

— Irás aceitar minhas ordens sem te rebelares?

Tristan deu de ombros. Não parecia mais se importar.

— O ducado é teu — e retirou-se da sala.

Yolanda cavalgava ao lado de Heri. Outros cavaleiros acompanhavam, atentos. Haviam deparado com um pequeno ajuntamento de moradores, ariscos, mas não atacaram a falange. Muito tempo depois, a condessa suscitou.

— Parece que o povo não está muito contente.

Heri apenas riu.

— Qual a tua opinião concernente ao comportamento de teu comandante?

— Meu comandante? — ele reagiu, irritado.

Yolanda meneou a cabeça, como se pedisse paciência. Heri controlou-se.

— Os comentários chegaram até nós — falava com desprezo. — Os soldados duvidaram dele ter ido... agradecer aos deuses... É o que dizem.

— Como eu imaginava. Mas isso não será um entrave para nossos planos. Comentei contigo as missivas que Tristan enviou a Rogier. Se ele não se retratar, iremos agir. Usa o dinheiro que te dei para contratar bons guerreiros.

— Tenho uma facção inteira de homens a favor de um golpe, inclusive os desta falange.

— Conversaste com Matthieu?

Heri concordou.

— Ele tem feito um ótimo jogo duplo. Defende a política de Kaherdin... e está insuflando o povo a levantar-se contra ela.

Súbito, Yolanda gargalhou.

— É impressionante. Iremos semear uma revolta que terá início dentro do ducado! Com dinheiro do próprio duque!

— Contudo, condessa... muitos senhores vizinhos sentem apreço por Kaherdin. Infiltrei alguns homens em seus principados e as informações que obtive, são perturbadoras... Eles não confiam em vosso marido.

— O conde tem conhecimento disso, Heri. Por isso, ele quer que contrates mercenários. Dê preferência a guerreiros que não conheçam Caswallan. Meu marido está providenciando mais homens. Em breve, estes virão para cá e irão te procurar. Irás aceitá-los como teus subalternos. Deverás fazer isso com discrição. Lembras-te de que terás que ludibriar dois superiores.

—- Tristan... e Cedric.

— Conseguirás fazer isso?

— Seria mais difícil enganar Tristan, contudo, ele não tem fiscalizado legião por legião, e duvido dele recordar-se de cada homem. Cedric não é tão meticuloso... e meus guerreiros são confiáveis. Creio que será possível, desde que não me envieis um número alto de guerreiros.

— Eles virão aos poucos — ela sorriu. — Então, muito em breve... iremos agir. Serás prevenido com antecedência do dia, Heri. Incontinênti, deverás avisar Matthieu. Os distúrbios próximos à sede serão de grande auxílio. A distração necessária para Rogier ludibriar o duque.

— Anseio pelo momento, condessa. Quero o fim daquele duque mimado e o cão a quem ele nomeou comandante, tanto quanto vós e vosso marido! — vociferou.

— Sejas mais paciente, meu caro! E por enquanto, usufruas do dinheiro que recebes pelo teu excelente trabalho. Há o suficiente para isso, não?

Heri concordou com um sorriso. Apreciava aquela cumplicidade, desde o primeiro dia em que a havia escoltado e fora convidado para conhecer o conde. A oferta para trair o duque e seu demônio, soou como uma música em seus ouvidos. E passou a servir o casal de Kareöl. Além do montante em dinheiro, Heri exigiu um posto de prestígio, quando Kaherdin e Tristan fossem assassinados.

Sonhava com esse dia.

Era fim de tarde e ele ainda estava em sua sala. Não quis receber ninguém, nem mesmo Kurvenal. Sentado em sua mesa, atendendo as ordens de Kaherdin, havia redigido a retratação para com Kareöl, mas mantinha os pergaminhos ali, expostos. Não os selara. Cabisbaixo, a cabeça apoiada na mão esquerda, afastou a pena de ganso. Apanhou os pergaminhos e leu o primeiro. Folheou-os... para em seguida, rasgá-los com a fúria que sentia cada vez mais crescente em si. Ergueu-se, empurrando com força a mesa e espalhando os fragmentos das missivas pelo chão da sala.

Não ia retratar-se.

Ele tinha conhecimento das conseqüências de sua irredutibilidade. Sério, permaneceu na sala até a madrugada — um hábito que iria manter nos dias seguintes, isso quando ali não pernoitava. Adentrava em seu cômodo no meio da noite, quando Iseult já se encontrava dormindo. Dividia o leito, mas sequer a tocava. Acordava no alvorecer, bem antes dela e entregava-se ao trabalho. Nos primeiros dias, recebeu recados dela, contudo, não se dava o trabalho de lê-los. E passou a ignorar os pajens que vinham da parte dela. Por fim, Iseult desistiu das mensagens.

Sentada no jardim, acompanhando a construção de um oratório — o presente de Kaherdin, pelo seu enlace — a duquesa amargurava-se. Até quando iria conseguir levar adiante sua farsa? De fingir viver em felicidade... mas cujo efeito, se revelou efêmero... Nem ela própria sabia. Como imaginar aquela drástica mudança em uma pessoa? Seu... marido, que comportava-se... Faltavam-lhe palavras para justificar sua expressão. Ainda recordava-se do olhar regélido que ele lhe lançara, quando a repudiara e o pavor que sentiu, no instante em que ele a arremessou contra a cama. Rejeitada e pelo jeito, excluída de sua vista. Ele não desejava nem mesmo vê-la — era o que Iseult pressentia. Afinal, não havia outro motivo para ele ir recolher-se tão tarde da noite. Ela só ficava sabendo de que ele estivera ali, devido a coberta revolvida. A coberta, não os lençóis. Ele se deitava... e não se cobria.

Devido a essas manhãs — quando ela descobria a presença dele — como nas outras, em que ele pernoitava noutro lugar, Iseult alterou seus hábitos. Pedia para as servas trazerem seu desjejum e permanecia quase toda manhã no quarto. Quando saía do recinto, ia refugiar-se no jardim, observando a construção do santuário, ou ia cavalgar. Começou a odiar a forma como as pessoas a fitavam — não era tola; muito em breve, vozes maliciosas e intrigantes, iriam comentar o fato de a duquesa estar sempre sozinha — apesar de casada. Sua única proteção era fingir que tudo estava bem. E afirmar que Tristan tinha muito a fazer. Foi o que usou como escusa nos dois jantares oferecidos pelo duque, aos amigos mais próximos e a Kurvenal, que ainda ali se encontrava.

Iseult direcionou seu olhar ao santuário que ganhava forma, entretanto, não o via. Porque relembrava da noite anterior, em que a segunda reunião ocorreu, ocasião em que combinaram realizar um jantar de despedida a Kurvenal, pois o seminarista iria partir muito em breve. Dois dias antes da celebração, Kurvenal avizinhou-se dela, indagando-lhe se Tristan iria comparecer.

— Ou ele está muito ocupado... — o seminarista comentou, na ocasião — ...ou ele está com aquele irritante humor sombrio, sem desejo de ver ninguém. Nem a mim ele recebe! — reclamou. — Dize-lhe, Iseult, que faço questão de sua presença!

Nessa mesma noite, Iseult não o viu. Permaneceu acordada até tarde, em vão. Ele pernoitara fora. Durante a manhã, Iseult pediu para um pajem tentar encontrá-lo e entregar-lhe um breve — havia escrito, passando-se por Kurvenal e alertando o pajem deste detalhe. Entretanto, soube que Tristan não estava na sede. Insegura, evitou ir conversar com a armada — estaria alimentando os ainda tímidos boatos atinentes a seu casamento.

Foi apenas durante a madrugada que ela o viu abrindo a porta. Tanta preocupação, a fez ficar com o sono leve. Encolhida na cama, puxou a coberta até os olhos, acompanhando-o entrar no quarto. As luzes tremeluzentes das lamparinas nele incidiram, desvelando um olhar enregelado, uma expressão odienta estampada em sua face atormentada. Nele, Iseult constatou uma profunda aversão e uma cruciante agonia. Esse aspecto sinistro, irreconhecível, terminou acovardando-a. Nesse momento, Iseult percebeu temê-lo. Temia como ele poderia reagir, se ousasse interpelá-lo. Apenas a presença dele, já a apavorava. Como um animalzinho assustado, ela encolheu-se na cama, agarrando a coberta. Cerrou as pálpebras, pensando que há duas semanas, era o fel do desalento que a embalava. E lágrimas furtivas alcançaram o colchão. Num dado instante, sentiu uma leve oscilação — ele deitava-se ao seu lado, por cima das cobertas.

Iseult permaneceu em silêncio, ouvindo-o respirar. Não se atreveu movimentar-se bruscamente na cama. Enquanto as lágrimas escorriam, desejou estar só. Pois preferia as noites em que ele não ia para o quarto.

— O oratório está ficando maravilhoso! — a voz soou atrás de si.
Imediatamente, Iseult despertou dos devaneios e virou o rosto. Kurvenal se aproximou e sentou-se ao seu lado.

— Desde Carnac... queria um desses para mim — retrucou.

Kurvenal sorriu e apoiou em suas pernas, um embrulho.
— Mais alguns dias... e eles terminarão — avaliou, notando o avanço da obra.
— Então, irás enfeitar teu recanto com esta lembrança — ele ofereceu o embrulho.
Iseult sorriu ao deparar-se com um crucifixo. Agradeceu ao seminarista, com um abraço fraternal. Ele retribuiu.
— Daqui a alguns dias, estarei partindo, como deves saber.
Ela confirmou.
— Sei que irás hoje ao jantar de despedida. Queria saber de Tristan — ele fitou-a, inquieto. — Desde a cerimônia, não falei mais com ele.
— Ele está muito atarefado, Kurvenal.
O seminarista sorriu.
— Isso, eu percebi. Mas tente convencê-lo a ir esta noite — encarou-a. E imediatamente, sua inquietação agravou-se. — Iseult... está tudo bem?
Ela forçou novo sorriso.
— Claro. Por que não estaria? — e ela levantou-se. — Irei guardar teu presente, até o dia em que o colocarei no santuário. Agradeço tua gentileza, Kurvenal — e saiu, antes da conversa alongar-se.

O reencontro ocorreu à noite. Iseult quase desistiu de comparecer, mas um pajem foi convocá-la em seu quarto. Quando viram-na entrando na sala — sozinha — Kaherdin ergueu-se e foi recebê-la. Com voz zombeteira, atazanou-a, acusando-a de não tratar bem seu marido, porque, conforme ele disse, "...Tristan está cada vez mais sisudo! Não estás satisfazendo-o, minha cara irmã?".
— Ele está muito ocupado, Kaherdin! — Cedric interveio. — Não perceberes o quanto ele está envolvido em atividades?
— É o que a todo instante, ouço! — resmungou Matthieu. — Queria saber onde ele empreende seu tempo, pois tem se recusado reiteradamente em receber-me! Precisamos retomar tuas antigas medidas em relação à Kareöl, duque! — vociferou.
— Tenhas calma, Matthieu... — Kaherdin versou. — Em breve ele te atenderá. Tenho certeza de que ele está se empenhando em reatar nossos pactos com Rogier, e se acostumando à sua vida de casado, não irmã? — riu. — Tudo isso sobrecarrega um homem!
— E o que ele poderia estar fazendo numa noite, para não comparecer a este jantar?
— Ele está com Caswallan, Matthieu. Foram patrulhar um vilarejo. — Cedric interrompeu.
Kurvenal, o homenageado, preocupou-se apenas em acompanhar as conversas e encarar Iseult. Desconfiava. E suas conjunturas tinham fundamento, porque apesar de também ter seus pedidos por uma entrevista negados pelo comandante, viu-o próximo, rodeado por alguns guerreiros. De imediato, reconheceu seus

trejeitos e seu modo sombrio — remetiam-no àquele homem que conhecera, isolado num povoado, completamente transtornado, quase insano.

Isso atemorizara o seminarista.

Durante seus três últimos dias hospedado na sede, Kurvenal insistiu em ser recebido pelo chefe de governo, mas Tristan manteve-se irredutível, sem acatar os pedidos. Esse comportamento apenas reforçou as suspeitas de Kurvenal — Tristan arrependera-se do enlace. Na manhã de seu último dia, o seminarista foi atrás de Iseult. Encontrou-a no oratório, já finalizado.

Iseult orava.

— Vim despedir-me de ti, duquesa.

Ela virou o rosto por sobre os ombros, levantando-se em seguida. Seus olhos estavam carregados de lágrimas.

Ao deparar-se com aquelas lágrimas, o coração do seminarista confrangeu-se.

— Iseult... ele tem te maltratado? — o seminarista questionou, o tom sério.

Ela negou, em amarga quietude. Kurvenal insistiu.

— Não conseguirás disfarçar para sempre, Iseult. Há limites, até mesmo para um coração que tenta ocultar a verdade.

Foi o suficiente para que, aos prantos, Iseult se atirasse ao seminarista. Este, apiedando-se da moça, abraçou-a, tentando acalmá-la. Sentaram-se em frente ao altar.

— Agora, minha criança, dize-me... ele te maltratou?

— Não, Kurvenal. Mas ele ignora-me. Não fala comigo, fita-me com ódio e repugnância... É horrível vê-lo transformado deste modo. Deus, o que há com ele? A todo instante, Kurvenal, penso se foi algo que lhe fiz. Entretanto, não tivemos tempo para nada! Depois da festa... ele era outro homem! — as lágrimas vertiam, incessantes. — Não tenho mais coragem de questioná-lo... tal o pavor que ele me inspira.

— Calma, minha criança — o seminarista amparou-a. Iseult deu vazão à angústia; quando finalmente o auge da dor amenizou, afastou-se lentamente de Kurvenal, secando as lágrimas.

— Perdoa-me — comentou, agora envergonhada pela sua fraqueza.

— Iseult — Kurvenal, com sua mão sob o queixo, amparando a face marcada pelo pranto, disse, sério — tenho muito apreço por Tristan, como deves saber. Mas não posso admitir que recebas este tratamento dele. Kaherdin deve ser informado.

— Para promovermos um escândalo? Kaherdin não merece isso, Kurvenal — limpou novas lágrimas. — E esqueceste o quanto meu irmão precisa de Tristan, aqui?

O seminarista suspirou. Olhou de soslaio o pequeno altar. Fixado à parede, jazia o crucifixo com o qual a presenteara. Era no oratório que Iseult se refugiava, depois de seu desastroso casamento. A duquesa confessou-lhe que passava horas ali, orando pelo seu marido e para que o Deus Único o iluminasse, livrando-o das garras daquela miséria.

— Pelos serviços que ele presta para teu irmão, precisas sacrificar-te?

Ela ajoelhou-se no genuflexório e levantou seus olhos para a cruz. Com a voz engasgada pelo choro, disse:

— Ainda tenho esperança de que ele volte a ser como era, Kurvenal. Como era nos dias anteriores à cerimônia. Conhecia a reputação de Tristan; eu própria tive má impressão dele. Porém, algo aconteceu, pois ele tornava-se outro homem, quando nos encontrávamos. Tenho fé de que isso possa acontecer novamente. Seja o que for que o atormente, rezo para vê-lo livre desse sofrimento.

Kurvenal sorriu, lânguido.

— És uma mulher notável, Iseult. Que Deus conceda o teu pedido — disse, abraçando-a e dando-lhe um beijo fraternal na testa. Condoído, deixou o santuário. Andando até o estábulo, pesou a situação da moça. Por um breve instante, foi dominado por um amargo rancor por Tristan. *Ele esconde algo, por isso se recusa a encontrar-me.* E, enquanto recriminava o amigo, empurrou com violência o portão do estábulo. Para sua surpresa, notou não estar sozinho.

— Tu? — Kurvenal rangeu os dentes, sua expressão tornou-se severa. Diante de si, estava Tristan, selando seu cavalo.

— Não tenho tempo para conversas — rebateu, prendendo as fivelas da sela.

— Ah, não! — Kurvenal aproximou-se; em um ímpeto de fúria, segurou Tristan pelo braço, fazendo com que ficassem frente a frente. — Não irás a lugar nenhum, enquanto não me explicares o que há contigo! Tens idéia do que estás fazendo? Tua esposa, neste exato momento, está em prantos! E o que fazes? Preocupas-te em ir cavalgar! Por Deus, Tristan, por que ages assim? — o seminarista exasperou. Estava furioso.

Tristan recuou, livrando-se das mãos do seminarista que o detinham. Apoiou-se em Husdent; o rosto transtornado.

— Por que quiseste casar-te? Para fazeres uma moça sofrer? Consegues ser imune à dor que dilacera o coração daquela menina, que te venera? Que confessou-me sentir pavor de ti, pela forma como a tratas? — como Tristan permanecia em silêncio, de cabeça baixa, Kurvenal irritou-se ainda mais. — És um cobarde, Tristan! Tinha outro conceito de ti, mas agora vejo o quanto estava enganado! É justa a fama de demônio em forma de homem que carregas, pois és vil e impiedoso com as pessoas! Tua maleficência impede de importar-te com elas, até mesmo com tua própria esposa! Como arrependo-me de não ter impedido este maldito casamento! Deveria saber que irias continuar sendo aquele homem incompreensível, rancoroso e desnorteado! Um alienado!

Àquelas palavras, Tristan reagiu, montando em Husdent e atiçando-o a correr; por pouco Kurvernal não feriu-se diante da fúria com que o cavalo foi obrigado a partir.

— Vai, indivíduo cruel! Foge! Não és homem o suficiente nem mesmo para enfrentar-me! — urrou, exaltado, o seminarista, enquanto Tristan deixava o estábulo. — Foge, ser desprezível!
Embora as acusações atingissem e rasgassem seu íntimo, Tristan prosseguiu. Era tarde demais para arrepender-se.

Ele embrenhou-se nos campos, cavalgando em frenesi, afastando-se da sede. Por dias, vagou em uma floresta ao norte de Cairhax. Certa noite, sentado em melancólico silêncio, defronte à fogueira que acendera, a imagem do seminarista veio-lhe à mente. Não guardava rancor dele. Kurvenal tinha todo o direito de estar indignado. Entretanto, sentia-se tão desgraçado, tão aniquilado, que nada mais lhe importava. Havia avisado de sua ausência por alguns dias do ducado — deixara uma mensagem para Kaherdin, que seria entregue por um pajem. Não se preocupara em informar ao duque de que não procedera com as revogações de suas medidas para com Kareöl. Muito em breve, ele iria tomar conhecimento. Ademais, havia Matthieu para auxiliá-lo. A verdade era que não queria tomar parte daquele acintoso esquema político, cujo teor, desaprovava. E também, estava farto de tudo — de seu trabalho, de sua vida, de si próprio... e de ver Kaherdin ser manipulado por uma mulher.
Como ele próprio... havia sido.
Infelizmente, não era tudo. Irritava-se com sua apatia, com sua frieza... e insensibilidade; recriminava-se, entretanto, era incapaz de emendar-se. Até os guerreiros mais próximos reclamaram de seu humor lúgubre. Completavam dizendo não ter ele motivos, afinal, era um homem afortunado — tinha Iseult, a duquesa de Cairhax ao seu lado. O que mais poderia desejar?

Prendeu sua atenção às labaredas, as chamas pulsantes iluminavam seu rosto sombrio. A beleza de seu rosto, há muito, tornara-se obscura, como seu íntimo. Seus olhos, continuavam transmitindo o mais tenebroso sofrimento. Os cabelos prateados, desalinhados, caíam-lhe pelo rosto e atingiam algo além de seus ombros. Ostentava traços de uma barba, fornecendo um aspecto ainda mais soturno. Sentiu o calor fornecido pelas labaredas. O auge do inverno estava longe, embora o ar na floresta estivesse frio. E as chamas o remeteram aos festivais de *Beltaine*. Há quantos anos, nas flamas, via a imagem sedutora e arrojada de Iseult, de Cornwall? Ela dançava, insinuante... *Maldita! Nunca me deixaste!* — súbito, revoltou-se, atirando uma pedra por entre o fogo. *Nem tu... nem a odiosa culpa, que atassalhou-me até as entranhas, durante todos os dias de minha vida! Expiei... e continuo expiando...* Era o amor e o ódio pela culpa em seu coração. Era a dor, a desonra, a desdita... E o elo a que estava preso. O elo... Instintivamente, ele tocou no anel-pingente. *Há quanto tempo...*, pensou. O que era aquilo? Um amor insano, uma demência obsedante? Anos haviam sido corroídos pelo tempo, mas para ele, era como se ainda sentisse Iseult próxima, ardente; o ardor da paixão, do desejo... as almas entrelaçadas, o amor mais sólido e forte do que a morte. Nem mesmo o tempo, a distância e a ausência física eram capazes de dirimi-lo, não aquela ligação inexpugnável. Era suprema... Na vida, na morte, na dor, na saudade, no tempo... e na ausência.

Isso realmente existia?

Se não existisse... não estaria aqui, arruinando com o ínfimo que me resta... com o ínfimo que tinha.

Cansado, deitou-se, ainda contemplando o fogo. Entrecerrou as pálpebras; a dançarina sedutora fundiu-se com as labaredas. *Foi-se*, refletiu. *Como minha vida... esvanecendo nas chamas ardentes do inferno.* Mas ainda focava o fogo, como se estivesse hipnotizado. Entretanto, uma nova forma nasceu em meio ao brilho — um guerreiro. Uma figura imponente, trajando vestes claras e em cujas mãos, portava uma esplendorosa espada.

Arthur?

Ele ajoelhou-se, os olhos acinzentados presos nas labaredas — o transe persistia. Do âmago das chamas, para si, nasceram cenas de uma batalha sangrenta, seguidas de morte e destruição. Era o caos que agora dançava diante de seus olhos, uma carnificina odienta. O vermelho das flamas mesclava-se com o sangue; gritos inumanos pungiram a madrugada. Corpos transpassados por espadas, lanças, flechas... homens mortalmente feridos desfilavam em macabra agonia. Uma violência degradante, tenebrosa — a violência, que o acompanhava desde seu fatídico nascimento e jamais iria deixá-lo.

Não! — ele queria gritar, mas não conseguiu. *Deuses!* — as imagens espectrais tornaram-se mais nítidas, os sons ensurdecedores — como se estivesse dentro daquela batalha. Era a segunda vez em que o augúrio resplandecia seu caminho. Desconhecia a fonte daquela capacidade, nem por quê a detinha; a despeito disso, era invadido por aquelas visões tétricas. E sentiu a familiaridade em relação à figura de Arthur dissipando nas flamas, como se a vida dele estivesse esvaindo-se.

Arthur...!

O fogo tremeluziu diante de si, suas cores vibrantes atordoavam-no, era o êxtase da visão. Nas chamas, fundiram-se as imagens atrozes e os gritos agonizantes; era como se tudo ao seu redor também tivesse sido devastado por aquela combustão impiedosa — nada mais existia, exceto o ódio, o sangue derramado, a insanidade. A insensatez ardia e chispava como o fogo infernal. Em uníssono, as vozes de homens ainda dispostos a lutar, clamavam por sangue. Pela morte.

E tudo terminou.

Tristan acordou apenas no meio da manhã seguinte. Seu corpo reclamava de um mal-estar, uma sensação nauseante. Sua cabeça latejava. Com os olhos pesados, focalizou o local onde havia acendido a fogueira. Apenas cinzas restavam. Ao longe, pássaros lamentavam. Era o único som audível no silêncio da floresta. Mexeu-se com dificuldade. Não compreendia porque sentia seu corpo tão pesado e dolorido. Não muito diferente estava seu ânimo. O que havia acontecido?

Levantou-se e ajeitou suas roupas, ainda fitando as cinzas. E em um relampejo de pensamento, recordou-se de Rohalt, narrando-lhe o dia de seu nascimento. O último suspiro de Blanchefleur e seu estranho comportamento.

Tua mãe sentiu, Tristan. Tenho certeza. Ela compartilhou o momento em que teu pai foi atingido. Não tenho dúvidas; ainda que teu pai tenha morrido antes ou depois de tu nasceres, Blanchefleur teve consciência de quando ele foi convocado para o outro mundo."

Pensativo, levantou-se e selou Husdent. Laços de amor uniram sua mãe a Rivalin. A lealdade entre os membros de seu povo — fosse entre um homem e uma mulher, ou entre irmãos, por filiação ou por sangue —, desde seus ancestrais, sempre foi o mais importante liame. Era essa lealdade que agora o inquietava, pois detinha um laço de sangue com Arthur.

E temia por aquele irmão por sangue. Depois de tanto tempo... ele o requisitava. Arthur.

Foi o suficiente para que decidisse seus próximos passos. De onde estava, norte de Cairhax, atravessou Britanny, atingindo semanas depois um dos principais portos na costa da Pequena Bretanha. Ali negociou seu embarque e o de Husdent. O capitão dizia ser um comerciante, porém, em longas conversas com Tristan, revelou ser também um pirata. Não hesitava em atacar outras naus e apoderar-se de sua carga.

— Um meio de vida arriscado, cavaleiro... — comentou o capitão, bem-humorado.

— Mas tento preservar minha vida. Não me envolvo em guerras. Se necessário, apenas forneço armamentos.

— Para quem pagar melhor, presumo — Tristan versou, esquecendo-se de que seu comentário poderia ser compreendido como uma crítica.

— Não difere muito da vida de um mercenário, amigo — o capitão virou levemente o leme, bradando uma ordem para o imediato, algo concernente às velas da nau. — Se não fosse por isso, tu não estarias atravessando o Mar Divisor com destino à Britannia. Uma parte da carga que tenho, é para...

— Têm havido guerras ali? — indagou, a palidez tomando conta de seu rosto.

— Muitas. Soube que os saxões dominaram boa parte do leste da Britannia, no sul. Várias vezes, forneci armas para a resistência bretã e comprometi-me adquirindo produtos deles. Deves saber, meu amigo, a magnitude de uma guerra, é ter dinheiro: porque este pode ser usado para comprar a paz.

— Não neste caso — resmungou, quase para si.

O capitão ignorou ou não ouviu Tristan.

— Por isso mesmo, não pretendo aportar na costa leste. Iremos atracar em uma espécie de vale, um caminho feito pelas águas, em Dumonni.

Dumonni! Por alguns segundos, Tristan vacilou. Estava indo rumo à Cornwall, depois de anos em exílio. Porém, ia por um apelo, não por Iseult. Era nisso que precisava acreditar.

A travessia durou alguns dias. Enfim, a nau penetrou no caminho de águas encravado na costa de Dumonni durante o alvorecer. O capitão não queria arriscar; conhecia guerras de conquista. Em breve, toda a Britannia estaria envolvida em batalhas. Em um certo instante, ele ordenou que jogassem a âncora. Era o fim da viagem. Em seguida, pediu para um de seus marujos emitir o sinal de sua chegada, um código estabelecido entre ele e os militantes da resistência bretã. Mais de uma vez, o sinal soou. Entretanto, a resposta não veio.

— Algo está errado — comentou o capitão. — Sempre um grupo permanece aqui, de vigília.

Da proa, Tristan tentou focalizar detalhes da costa, sem sucesso. O alvorecer escassa claridade fornecia.

— Não vou ficar esperando — ele resmungou. — Se pretendes aportar, cavaleiro, deves ir. No teu lugar, jamais ousaria.

— Preciso ir — rebateu, com firmeza.

Os marujos desceram um bote pela roldana. Tristan evocou do passado sua viagem na nau de Rahman, mas o pensamento lhe escapou, quando ouviu relinchos provindos do sótão. A cena, a seguir, causou risos a alguns tripulantes, porque um marujo fugia do garanhão negro.

— Husdent! — o comando de voz foi suficiente para que o animal se aproximasse de seu dono. Por sua vez, arfando, o marujo comentou:

— Pretendia trazê-lo para ti, cavaleiro.

— Talvez ele tenha pensado que irias deixá-lo — rindo, o capitão supôs.

Tristan acariciou o cavalo, surpreendendo-se com a atitude. Muitos homens não demonstravam a lealdade que Husdent exibia.

— Não ia deixar-te, tolo! — sussurrou para o garanhão.

Em seguida, ele desceu por uma corda, atingindo o bote. Husdent, mais prático, pulou da proa, caindo no mar em um baque surdo.

O céu estava mais claro. Com os remos, ele impulsionava a pequena embarcação, que deslizava suavemente pelo mar calmo. Atrás de si, Husdent seguia, nadando. O animal não se importava por estar arreado. Tristan virou-se, acompanhando o garanhão seguindo-o e mais ao fundo, a nau. A âncora foi recolhida e as velas, estendidas. Voltou sua atenção ao percurso. Era possível definir a costa.

Cornwall.

Recordou-se dos rochedos de Land's End, o local próximo a Lionèss que apreciava ir. Era então um garoto, contemplado com a doce e idílica inocência.

Foram dias abençoados, porquanto desconhecia a dor e o sofrimento. Como desejava retomar do passado um fragmento daqueles anos... quando sentia prazer em viver. Se fosse possível...

Por fim, o bote alcançou a margem e rapidamente deixou-o. Uma vez pisando em terra e tendo o garanhão como companhia, decidiu seguir rumo a Glastonbury. A viagem seria longa e cansativa, mas isso não o assustava. Passara boa parte de sua vida em estradas.

Ao nascer do Sol, estava nos limites da cidade portuária, quando deparou-se com alguns habitantes, que dele esquivaram-se. Mesmo se quisesse falar com alguns deles, não conseguiria. Estavam em pânico. Os sinais de destruição eram suficientes para explicar o comportamento daquelas pessoas. Perguntou-se se dessa vez, o inimigo era apenas o povo saxão. Continuou cavalgando, às vezes desmontava e andava ao lado do imponente corcel. A pequena cidade portuária foi deixada para trás e não demorou para iniciar a travessia dos planaltos de Dumonni. Por dias e noites, cavalgou. Apesar de viajar sem provisões — trazia, além de sua espada, as adagas ganhas de Kaherdin, apenas — sobrevivia graças a sua habilidade em caçar. Era como se estivesse em Morois.

Morois...

Marc estaria ainda vivo? Ora, estaria realmente tecendo a idéia de que, morto, Iseult poderia finalmente ser sua? E se a visse novamente... como ela estaria? Iria reconhecê-la? Guardava a convicção de que ela jamais o reconheceria. De fato, quase nada restava em si do jovem que havia sido. Era um homem com cerca de quarenta e três anos, ímpio, vazio, desgastado pelo desgosto e pelas inúmeras tribulações. Entretanto, a dubiedade persistia — era dominado pela desesperança, mas empenhava uma jornada — incerta — por um homem do qual nunca mais tivera notícias. Talvez, fosse sua última jornada — apesar de seu porte e compleição física ainda serem invejáveis e de manter sua agilidade com a espada, tinha consciência de que sua vida não deveria estender-se muito mais além. Ultrapassara a sobrevida de boa parte da classe dos guerreiros — muitos morriam com menos de trinta anos.

Alguns dias depois, alcançou os Montes de Cornwall, uma região cujas montanhas eram cobertas pelos *kaolin*, uma espécie e argila branca. Sob a luz do Sol, dava a impressão de que os Montes estavam cobertos de neve. Em um certo instante, apeou-se. O lugar era maravilhoso, mas a beleza não dirimia o ar de desolação. Estava cansado, suado e sedento. Havia livrado-se do manto, colocando-o sobre a sela e afrouxado a cota de malha. Prosseguia em passo comedido, incrédulo por estar tão próximo de Tintagel. A trilha que agora seguia, cruzava com aquela que levava à Lancïen, uma das residências de Marc. Mas algo o inquietava... Se a Britannia estava novamente em guerra... por que não vira mais ninguém?

Horas depois, atingiu um rio, Fowey. Era o que necessitava para refrescar-se. Às suas margens, restabeleceu-se, imaginando o rumo que tomaria a seguir. Estava deitado, o tórax desnudo e limpo, repousando em seu manto, quando ouviu o trotar de cavalos. Imediatamente, ergueu-se.

Do lado da margem em que estava, três cavaleiros avançaram. Tristan não surpreendeu-se ao ver que tratavam-se de saxões. Refeito da surpresa, teve que lutar, ainda que estivesse sonolento e sem ter o tórax protegido. Dois cavaleiros adiantaram-se. Em um movimento brusco, ele apanhou uma pedra e com toda sua força, arremessou-a contra um dos cavalos. Em reflexo, o animal empinou, não mais obedecendo ao seu cavaleiro. Enquanto isso, já armado, desviou-se da investida do outro saxão, abaixando-se, para em seguida, atacá-lo pelas costas. A desferida, apesar de bem posicionada, não foi forte o suficiente para derrubá-lo. Equilibrando-se em sela, o saxão voluteou seu cavalo e preparou-se para novo assalto. Tristan deu alguns passos para trás, estudando cada movimento do inimigo que agora, instigava sua montaria. Aguardou e no momento certo, ergueu sua lâmina, estocando-a com força na virilha do oponente, perfurando a cota de malha saxã. Entretanto, tão logo o primeiro agressor controlou sua montaria, investiu, desta vez, com um machado. Atrás deste, o último atacante, com sua espada em punho. O saxão munido com o machado açulou seu cavalo. Inclinou-se em sela e verteu a arma contra Tristan, que desviou, atônito de como seu atacante mantinha o equilíbrio sobre o animal, jogando seu corpo de forma arrojada. Não teve tempo de estudar para descobrir o segredo, porque o inimigo volveu sua montaria e ergueu a pesada arma, preparando-se para novo golpe. Em vez de desviar, Tristan, calculando o momento em que ele ia desferir o ataque, interceptou o assalto com sua lâmina. O fez visando o braço do inimigo, não o cabo do machado, um gesto perigoso e ousado, mas sua prática surtiu efeito, para infelicidade do saxão, que teve o membro decepado. A arma inimiga foi de encontro ao solo, em seguida, seu agônico portador, onde recebeu o golpe de misericórdia. Seu cavalo dispersou-se, assustado. O último atacante, presenciando a cena, recuou. Havia desistido da luta.

Ele observou o último debandando-se. Saxões, em Cornwall! Tristan limpou e embainhou sua lâmina, vestindo-se em seguida. Se os saxões haviam atingido Cornwall... Teriam atacado Tintagel? Deuses! E Glastonbury? Prendeu o manto e montou Husdent, seguindo uma trilha que ia pela encosta do rio. Talvez ainda ousasse penetrar em Tintagel... Mas foi na cidade de Altarnum, alcançada horas depois, que suas preocupações se intensificaram. A cidade evidenciava ter sido cruelmente saqueada. Destruída. E as vítimas apodreciam em meio aos destroços. Em desespero, ele atravessou o devastado lugar e prosseguiu cavalgando; agora, a impressão da desgraça o dominava. Havia chegado tarde demais. Ainda assim, instigou Husdent... mas a dor do presságio persistia.

Foi em Slaughter Bridge, próximo ao rio Camel — antes, portanto, de atingir Tintagel — que o pesadelo revelou-se. À distância, os primeiros sinais da guerra puderam ser notados. A desolação, o vento carregando o odor fétido da morte, o vôo em círculo dos corvos.

Morrigan, teceu. *A deusa em forma de corvo, a morte também evoca...*

Ele continuou trotando. Até que diante de si, descortinou-se um cenário do qual jamais se esqueceria. Assombrado, freou Husdent. O animal agitou-se. Suas patas roçaram em um cadáver.

— Deuses! — disse, ao perceber em que Husdent quase tropeçara.

O cenário era ainda mais terrível do que a batalha de Badon. Ele permaneceu ali, imóvel. Nunca soube dizer por quanto tempo. Mesmo sendo um homem acostumado às guerras, à violência, à indiferença... aquela visão o atordoou. E provocou-lhe náuseas. Impossível definir até onde o terreno era coberto de cadáveres. De homens e animais.

O vento uma vez mais contra ele incidiu, brincando com seus cabelos e manto, mas também o atingiu com o fedor pútrido. Tristan virou o rosto, entrecerrando as pálpebras. Foi a guerra... o fim dela... que motivara sua vinda. Mas e Arthur?

Ele voltou a fitar o horizonte. Fez Husdent andar e o cavalo teve dificuldades em encontrar apoio firme. Arthur estaria ali? Se estivesse... jamais iria encontrá-lo. E enquanto lentamente cavalgava por entre os restos mortais, perguntou-se há quantos dias aquela batalha ocorrera. Pelo estado dos corpos — alguns apresentavam os primeiros sinais de decomposição —, não deveria fazer muito tempo. Levantou seus olhos, observando o horizonte uma vez mais. Aquela atrocidade era real? Era possível tamanha barbárie? Havia identificado corpos de bretões e saxões. Estes últimos, jovens, alguns ainda crianças. *Crianças!*, indignou-se. *Alistaram crianças não para a guerra, mas para a morte. Como o homem pode ser tão vil?*

Súbito, um sofrido hinido propagou-se. Ele fez Husdent andar, procurando a origem daquele triste som. Entre os cantos dos corvos e do vento sibilando em estandartes destruídos, o hinido repetiu-se. Ele continuou atento. E deparou-se com uma divisa...

O estandarte do Urso, que parcialmente rasgado, tremeluzia ao vento.

Tristan sentiu seu coração tremer; piorava com os lamentos daquele cavalo. Já não mais se importava com o fedor da morte. A visão do estandarte do Urso, dilacerada e abandonada, era desoladora... como tudo ali. Nesse ínterim, o apelo soou mais próximo. Na margem do rio Camel, um cavalo jazia deitado, ainda vivo. Tristan apeou-se e andou até o animal ferido. Era um cavalo magnífico, quase do porte de Husdent. Apesar dos pêlos enlameados e empapados por barro e sangue, percebia-se que era alvo como as nuvens...

— Llamrei? — chamou-a. A égua emitiu um dolorido som e agitou placidamente as patas. Agachado ao lado dela, Tristan procurou com os olhos e não muito distante de Llamrei, julgou reconhecer aquele a quem procurava. O animal choramingou novamente. Tristan prendeu sua atenção na pobre égua. — Llamrei... tu já sofreste em demasia. Foste uma amiga fiel para teu senhor, lutaste ao lado dele e não o abandonaste. É justo que mereças agora descansar — disse, retirando sua espada da bainha. O ato que iria cometer era doloroso e terrível, mas pior seria se deixasse Llamrei ali, sofrendo, em espasmos de dor. — Serei... rápido, Llamrei, prometo que nada sentirás — ajoelhado ao lado dela, com um profundo pesar, ele posicionou sua espada. O animal ergueu o focinho, como se tivesse encarando-o, o que causou ainda mais comoção ao guerreiro. Com um rápido e preciso golpe, Tristan libertou-a do sofrimento; Llamrei agora descansava em paz. Desolado, ele levantou-se, espada ensangüentada em punho, a ponta voltada para o solo. Não ousava conceber a funesta luta travada entre Arthur e os inimigos.

... Arthur...

Ele embainhou sua arma e andou em direção daquele que suspeitava ser Arthur.

O corpo estava de bruços, o grosso manto branco imundo. Tristan ajoelhou-se e amparou-o, virando-o. Imediatamente reconheceu o *dux bellorum*.

Arthur.

Uma espada jazia encravada no abdome daquele homem. Consternado e abalado pela morte do famoso comandante militar, sua única atitude foi retirar a arma fincada, jogando-a longe. *De que adiantou minha vinda?*, pensou, melancólico. *Apenas para contemplar esse infame espetáculo e abraçar o maior líder militar, morto?* Com aquela triste verdade e com tantos mortos ao seu redor, não reparou em um cadáver, a alguns passos de Arthur, que também tinha uma espada cravada em seu corpo. Uma magnífica espada... conhecida por *Caledfwlch*. Contudo, muitos ali haviam morrido de semelhante forma, daí que Tristan não tinha porquê dar atenção ao cadáver de um inimigo, apesar deste estar atravessado com a arma do *dux bellorum*. Por Arthur, sofria. Arrasado, pensava em levar o corpo dali, daquele local tenebroso e encontrar algum lugar onde ele pudesse ser dignamente enterrado. Era o mínimo que poderia fazer. Contemplou novamente o rosto de Arthur. Mesmo na morte, sua face era serena, mesmo na morte, transmitia vida. Suas feições não haviam sido drasticamente modificadas — reconheceu algo do semblante jovem, coberto por uma barba e pelos longos cabelos desalinhados. Ele... que anos atrás, tentara lhe ensinar o rumo para o perdão... E que confiara em si... *Não soube retribuir tua amizade, Arthur... Esta terra sofrerá com tua morte, pois foste o único que obtiveste êxito em unir nosso povo e contiveste o avanço inimigo por muito tempo. Uma façanha que será louvada pelos bardos...*

— Ousas te mexer e garanto que terás teu corpo transpassado por dúzias de flechas! — o aviso soou em saxão.

Tristan — que estava ajoelhado, tendo o cadáver em seus braços, assustou-se. Levantou seus olhos. À sua frente, dez saxões montados traziam arcos e flechas prontos para serem disparados. Tão inconsolável estava com a morte de Arthur, que esquecera-se completamente da possibilidade de estar sendo seguido por saxões, principalmente depois do ataque sofrido, em que um inimigo fugira.

— Entrega tua espada, agora!

Ele não teve escolha. Depositou o corpo e ergueu-se. Relutantemente, desafivelou o cinto de sua espada. Ato contínuo, os saxões apearam-se e avançaram, encurralando-o. A um comando do líder, foi obrigado a entregar sua cota de malha, manto e suas vestes, mas permitiram-no ficar com suas botas e calças. Enquanto apoderavam-se de suas roupas, o mesmo saxão que proferira a ordem, achegou-se mais de Tristan, parando à sua frente. Os demais guerreiros postaram-se atrás daquele e Tristan ouviu rumores com relação a sua cicatriz. Havia acostumado-se com isso, portanto, ignorou.

— O que pretendias aqui, verme bretão? — vociferou o líder saxão, com uma expressão de escárnio. Trajava uma longa cota, bastante desgastada. De seu cinto largo, de couro, pendiam duas espadas. As calças estavam imundas — sangue, fezes, barro. Em suas mãos, um pesado machado de guerra.

Era uma figura imponente tanto quanto asquerosa — um homem musculoso, o rosto suado, sujo, coberto por uma longa barba castanha com mechas trançadas. Os cabelos, engordurados, também compridos, caíam-lhe pelas costas encorpadas — mas Tristan não se alarmou. Apenas constatou que ele exalava um odor tão ruim quanto os que ali jaziam.

— Nada — redargüiu, o tom estranhamente sereno. Tinha consciência de que poderia vir a ser torturado — era o comum, naquelas circunstâncias — mas, de certa forma, não se importava com o que poderia lhe acontecer.

O saxão deu um leve riso. Então, em um movimento brusco e repentino, golpeou Tristan no abdome com o cabo do machado. O violento ataque fez com que se curvasse de dor e perdesse o equilíbrio, tombando sem defesa. Caído, foi surrado com fortes pontapés.

— Isso é por tua resposta infame e pelos meus homens que mataste! Só não me vingo agora, porque meu senhor ordenou-me levar à sua presença qualquer inimigo que encontrássemos — Welud, o líder, voltou-se para seus homens. — Tiw, Hrothgar... cuidai dessa criatura!

Os guerreiros aproximaram-se. Um deles trazia peias de couro. Hrothgar agarrou-o pelos braços, obrigando-o a mantê-los atrás de suas costas. Fez com que se ajoelhasse, enquanto Tiw amarrava seus pulsos, constringindo com força. Nesse ínterim, Welud clamou por mais alguém.

— Bedivere! Pega estas espadas e jogue-as no rio! — Welud apontou as armas em questão. E exibindo um ar de regozijo, avizinhou-se novamente de Tristan, ainda ajoelhado, sendo vigiado por Hrothgar, enquanto Tiw terminava o processo de prendê-lo.

Tristan sentia as mãos formigando... e parecia que o couro estava lacerando sua carne. Havia necessidade de apertarem os nós daquele modo?

— Sinto apenas não ter mais de vós aqui, para presenciar este glorioso momento! — Welud prosseguiu, enquanto erguia o machado apoiando-o no ombro. — Foi com deleite que fulminamos com a patética resistência bretã. Alguns debandaram, apavorados, enquanto avançávamos... Foram mortos do mesmo jeito, junto com vários que se renderam. Só lastimo não ter podido extirpar mais! Contudo, é isso que restou para ti — ele apontou Bedivere que arremessava espadas no rio. — A desonra! A humilhação! Agora, tu e outros de tua raça, sereis apenas animais escravizados! Dominados!

— Não há desonra para nós quando um cão se veste de guerreiro e se julga um conquistador, mas porta-se como um carniceiro! E te aviso, carniceiro... não sou como os outros guerreiros que assassinaste!

Welud arregalou os olhos. Surpreendeu-se com a audácia de seu prisioneiro — raros demonstravam aquele inquebrantável caráter. Então, repentinamente, ergueu seu machado e arremeteu-o, atraindo a atenção de todos com seu brado de guerra. Todavia, Tristan apenas sentiu o golpe de ar — a lâmina chocou-se contra a terra, a milímetros de distância de seu corpo.

Ele não se abalou. Continuou impassível.

— Tens uma língua ferina, bretão. Tanto quanto nervos de ferro. Ótimo, aprecio isso em um homem! Estava cansado de lidar com poltrões! Irei te mostrar o quanto podemos ser carniceiros... — ele chamou por outro guerreiro, que lhe entregou algo. O preso não pôde ver do que se tratava, mas por reduzido tempo. — Não és como os demais guerreiros... Veremos! Já quebrei a vontade de vários homens, verme. Não será diferente contigo.

Tristan finalmente viu o que Welud tinha nas mãos. Tratava-se de outra corda de couro, em cuja ponta havia um laço formado. O saxão traspassou-a por sua cabeça, ajustando o tamanho em seu pescoço. Em reflexo, o prisioneiro forçou as peias de seu pulso, como se quisesse arrebentá-las — sem sucesso. A impotência o ensandecia.

— É assim que tratamos a corja bretã! — Welud bradou, o tom vitorioso. Hirto na frente do detido, decidiu compelí-lo a erguer-se, tracionando a corda com brutal violência.

Ele foi obrigado a levantar-se. Viu um guerreiro trazendo o cavalo de Welud e acompanhou quando o saxão atou a outra ponta da peia na sela. Era uma humilhação que jamais imaginou um dia enfrentar. Contudo, notou outro detalhe, enquanto os demais guerreiros se organizavam. Estudou Bedivere — também um bretão capturado, submetido aos caprichos dos vitoriosos. No caso dele, sua incumbência era permanecer naquele campo de morte, separando os despojos. Seu aspecto era triste, entrementes, não estava ferido. Tristan aliviou-se com isso. Mas percebeu ser doloroso para Bedivere cumprir a odiosa tarefa, tanto quanto era para si, em testemunhar. Ele blefara. O sinal da submissão e da derrota... a cada lâmina lançada às águas. Como isso o feria...!

Percebeu Bedivere andando próximo a Llamrei, apanhando outras armas. Foi quando reconheceu a espada de Arthur. *Caledfwlch...*, divagou, lúgubre. E uma angústia, uma consternação profunda, dominou-o. Queria impedir Bedivere! *Ele não reconheceu a arma de Arthur?* A indagação feneceu conforme acompanhava os lentos movimentos do cavaleiro, apanhando outras espadas. Se bradasse algo, Welud certamente reagiria. Não se importava com o que ele poderia lhe fazer, mas o pensamento de que o saxão pudesse reter a arma para si... era insuportável. Olhou de soslaio para seus captores, preparando seus cavalos. Um deles segurava Husdent pelas rédeas. Com o comando de Welud, iniciaram o percurso.

Nada havia que pudesse fazer.

Antes de ser compelido a andar, Tristan voltou-se para Bedivere e o acompanhou andando em direção ao rio — sua última visão.

O que viu depois, restringiu-se ao corpo, ancas do cavalo de Welud e o chão sob seus pés. Podia ouvir o trote de outros cinco cavaleiros, atrás — os demais permaneceram com Bedivere. Da mesma forma, acompanhou os insultos e os vitupérios, mas isso não foi o pior. Deixar Slaughter Bridge sendo arrastado daquela forma, foi odioso — era impossível acompanhar o trote do animal; inevitáveis os tropeços. Ainda naquele campo de morte, várias vezes caiu sobre os cadáveres, encontrando dificuldades para pôr-se de pé. Entretanto, percebeu ser o meio de Welud concretizar sua promessa — a de subjugá-lo. Cada vez que tropeçava, era açoitado pelo saxão até erguer-se. O instrumento, de couro, tinha nas extremidades ossos afiados e Tristan tremia de ódio quando sentia as ferroadas. De ódio, não de dor. Uma situação peculiar pressentida pelo saxão, que em represália, não mais valeu-se do pretexto das quedas para o uso do açoite. Utilizava-o a todo instante. Regozijando-se, permitiu aos seus homens imitá-lo, a ponto de Tristan cair em conseqüência das chibatadas. A dor começou a infernizá-lo, mas ele recusou-se a emitir qualquer som — não ia dar-lhes esse prazer. Refratário, suportou o suplício em silêncio, percebendo sua revolta e ódio ainda superarem a dor.

Ele não soube dizer quanto andou — arrastado, sob a fúria das aguilhoadas — mas por fim, atingiram um acampamento. Os presentes observaram Welud com seu prisioneiro, andando trôpego por entre os cavalos. Ao comando do líder, os guerreiros frearam os animais. Welud desatou a peia da sela e os demais saxões, já apeados, achegaram-se do detido, cercando-o. Conforme sempre agiam quando apresentavam um prisioneiro para o chefe, fizeram com que Tristan se ajoelhasse, golpeando-o nas pernas. O ultraje não havia findado. Ter seu orgulho destroçado daquele modo, o feria mais do que as agressões físicas. Foi isso o que o fez reagir. Porque num determinado instante, sentiu uma forte pressão em suas costas vergastadas — Welud nelas apoiara seu pé, pondo o peso de seu corpo, empurrando-o, gritando impropérios e obrigando-o a curvar-se ainda mais. Ele não suportou. Diante da abjeta atitude, ergueu-se de chofre, derrubando Welud.

Contudo, estava com as mãos presas, em meio a inimigos — que chances possuía? Sua ousada atitude acarretou a reação imediata dos homens de Welud — não viu quem foi, mas sentiu náuseas e ânsia ao ser atingido no abdome inferior pelo cabo de uma espada; mais doloroso, foi o brutal impacto de uma maça contra suas costas lesionadas. O segundo golpe, tão violento quanto o anterior, derrubou-o. Atordoado, percebeu Hrothagar próximo retesando a peia, fazendo-o ficar de joelhos. Foi assim, prostrado, que viu Welud — irado — a alguns passos de si. O saxão, visivelmente ofendido, o segurou pelos cabelos, fazendo-o inclinar seu rosto.

— Canalha insolente! Irás pagar por esta ousadia! Te farei esfregar o chão onde piso com esta tua língua petulante!

Comprimindo o maxilar devido sua raiva contida, Tristan rezingou.

— Está para nascer um homem capaz de me obrigar a isto! — sem poder conter-se, terminou cuspindo no rosto do saxão, causando a indignação de seus homens. — Mas deves lustrar tua face... a terra em que pisas, é mais limpa do que ela! — vociferou.

Inúmeros insultos ecoaram. Ele sentiu a compressão em seu pescoço aumentar, a um só tempo em que notou Welud, enraivecido, limpando seu rosto com as costas das mãos e retirando o açoite de seu cinto. Sentiu a ferroada do couro e dos ossos em seu tórax, mas para os bárbaros, não foi o suficiente, diante da grave afronta. Recebeu bordoadas de Hrothgar, de Tiw e de outros guerreiros, entretanto, um grave som de comando os deteve. O círculo de inimigos ao seu redor foi se desfazendo e Tristan viu um homem andando em sua direção. Era o chefe saxão. Encontrou forças para levantar-se, embora sentisse os membros trêmulos e seu corpo latejasse. Como não poderia deixar de ser, sua atitude irritou sobremaneira seus captores.

— Ajoelha, cão, perante nosso líder! — Tiw urrou para o prisioneiro.

Ele permaneceu ereto, os olhos faiscando de ódio. Não era imune à dor, mas ocultou-a. E ainda que sentisse o sangue escorrer pela sua carne dilacerada, persistiu desafiando-os.

— É teu líder um deus, para prostrar-me? — reagiu, colérico — Um rei?

— Falaste com sabedoria, guerreiro — a voz forte atraiu a atenção daqueles que ainda não haviam notado o surgimento do chefe. O homem, no auge de seus trinta e três anos, encarou com severidade os guerreiros. — Quantas vezes terei de repetir minhas ordens? Abomino atitudes desprezíveis, vós tendes conhecimento disso! Sois cientes de que desaprovo que trateis nossos inimigos de forma vil! — o saxão falava com firmeza, em tom confiante. Um constrangedor silêncio pairou. Welud, atraindo a atenção, argumentou:

— No entanto, meu senhor, esse cão — e Welud achegou-se do detido, chutando-lhe por trás dos joelhos, prostrando-o uma vez mais — ousou matar dois dos meus homens e ainda...

— Basta, Welud! Minhas instruções, tu ignoraste, pelo que constato. Tenho certeza de que continuas em estado de guerra, atacando descomedidamente, estou certo?

O saxão não respondeu, mas baixou os olhos.

— Prossegues me desobedecendo. Foste desprezível com nossos inimigos rendidos e repetiste tua belicosidade com este prisioneiro! E vós... — o chefe fitou o detido constrito, para em seguida, encarar o restante do grupo — ...não aprendestes que para tudo há um limite, até mesmo em atender às ordens de vosso superior?

Tristan levantou seu rosto, encarando o chefe. Ainda não estava compreendendo as intenções daquele homem. Talvez, estivesse com raiva de Welud porque ele próprio ansiava em condenar suas vítimas. Entretanto, não coadunava com as palavras por ele proferidas. Reparou quando ele procurou Welud.

— Será a última vez que irei te dizer, Welud... Juro que não haverá uma próxima — o chefe aproximou-se do guerreiro, ficando a alguns passos dele. — Não me envergonhes mais. És um homem, e não uma fera ensandecida. Sendo um homem, deves usar a palavra, não a violência, principalmente porque a guerra terminou. Ou não percebeste isso ainda?

— Percebi, meu senhor... mas...

— Tuas desculpas não me interessam! — a expressão do chefe tornou-se mais severa. — Este homem trazia uma arma?

A um comando sussurrante de Welud, Tiw levou ao seu senhor a espada de Tristan, junto com suas roupas, entregando-as. Quando Tiw juntou-se aos demais guerreiros, o chefe deu um novo comando.

— Agora, podeis ir. Estejais cientes de que esta falta não restará impune! — fitou Welud, mas a ordem, como as conseqüências, se estenderam a todos da tropa, que incontinênti, deixaram o local. Outros que haviam se aproximado, curiosos, seguiram o exemplo. Apenas Welud se deteve por mais alguns instantes, como se estivesse disposto a desafiar a autoridade daquele homem. Entretanto, diante da expressão intimadora, Welud cedeu, retirando-se. Estando sós, ele voltou-se para o prisioneiro, que com dificuldade, tentava erguer-se. O saxão o auxiliou.

— És bretão, estou certo?

Ele concordou. Estava surpreso e confuso com a atitude daquele homem, pois tinha a absoluta certeza de que iria deparar-se com um saxão sanguinário, bestial — ainda mais do que seus captores, que fustigaram-no cruelmente.

— Pelos estúpidos ditames da guerra, apesar de findada, serias meu inimigo. Mas como desde o princípio não queria batalhas nem derramamento de sangue, não te considerarei como tal.

— Se não ansiavas guerrear, o que estás fazendo aqui? — Tristan atacou, com certa irreverência.

— Falar é fácil, amigo... Se eu não fosse filho de Hengist, tudo seria mais fácil!

Tristan arregalou os olhos. Seria possível que aquele homem fosse...

— Aesc? És tu?

O saxão afastou-se alguns passos e encarou, estupefato o preso.

— Ora, me conheces?

— Apenas porque me deste uma oportunidade. Deuses, como estás mudado! Eras bem jovem quando nos encontramos, em Wells...

Aesc fitou-o atentamente; do passado, a fisionomia de um homem que o havia derrotado em um combate amistoso, casava-se com aquele que agora estava à sua frente, embora alterado pelas marcas do tempo e coberto de terra e sangue.

— O quê...!? Tristan? — Aesc mal pôde acreditar. — Como... o que aconteceu? Pelos deuses, o que fizeram contigo!

— O relacionamento entre nossos povos nunca foi ameno... Hoje senti o quanto.

— Corja infame! — o saxão indignou-se, enquanto puxava de sua cintura uma adaga. — Deixa-me libertar-te destas odiosas peias! — com facilidade, Aesc rapidamente soltou-o, cortando as amarras.

— Eu desaprovo este tipo de humildação! E aqueles cães têm conhecimento disso! — o saxão praguejou, cortando a peia presa ao pescoço de Tristan, marcado por vincos.

Solto, Tristan massageou os pulsos, coberto de vergões vermelhos, alguns sangrando. No mesmo instante, também sentiu o sangue circular em suas mãos, mas foi surpreendido por Aesc, que o cumprimentou, apertando afetuosamente seus antebraços.

— Como estou feliz por estares vivo! Jamais pensei ver-te novamente! — o saxão exultou. — Vem, meu amigo! Precisamos cuidar dessas feridas — Aesc disse, ajudando Tristan com suas vestes. E o levou até uma modesta construção de pau-a-pique.

Ao entrar no abrigo, Tristan, inevitavelmente recordou dos dias em que vivera em um refúgio similar, escondido de si próprio, em uma aldeia de camponeses.

— Acomoda-te, Tristan. Voltarei com um ungüento — antes de sair, o saxão lhe ofereceu água.

Sozinho, ele sorveu com prazer o líquido. Estava ainda abalado pela morte de Arthur; teria Aesc contribuído para aquele massacre? Era difícil aceitar, principalmente porque o saxão era contra as guerras. Limitado tempo teve para cogitar os fatos, pois Aesc retornou com um pequeno vasilhame feito de barro, nas mãos.

— Aquele cavalo negro... é o mesmo, Tristan? — indagou. Com a confirmação do amigo, Aesc riu. — Tentaram montar nele, mas o animal não permitiu.

— Ele não é muito dócil com estranhos — rebateu.

— Bom, diria que ele carrega muito da personalidade do dono — disse, mofando. É incrível tua destreza em cavalgar sem *striups*! Depois de experimentá-los, jamais irá retirá-los da sela. É algo útil, especialmente para nós, que nunca fomos bons de montaria.

— Sem o quê? — ele inquiriu.

Aesc sorriu.

— Em Dorestad, terra de meus ancestrais, conheci um guerreiro avaro. Ele narrou-me suas experiências com outros povos; hunos, entre eles. Algo muito útil que ele aprendeu, foi a confecção desses *striups*, uma peça metálica presa à sela do cavalo. Dessa forma, o cavaleiro consegue equilibrar-se perfeitamente no animal.

— E... tens essa peça? — indagou, lembrando como um dos três saxões que o atacaram, inclinava-se de modo arrojado em sela.

— Alguns de meus guerreiros já a possuem — Aesc acenou, pedindo para que Tristan ficasse de costas. — Mas não me olha dessa forma! Pareces um menino querendo um brinquedo! Terás teus *striups*... Agora, deixa-me tratar dessas...

— Aesc, não pensas ser arriscado essa tua complacência para com um inimigo?

— Tu podes ser tudo para mim Tristan, menos meu inimigo — sentenciou. Com um tecido umedecido, cautelosamente roçou nas costas injuriadas, limpando o sangue. Penalizou-se a cada movimento seu, devido a acompanhar espasmos trêmulos do ferido, a despeito deste nada pronunciar. Em seguida, começou a cobrir os vergões com o ungüento à base de plantas medicinais. — É uma pena eu não ter cera de mirra... é o melhor remédio nestes casos — comentou, angustiado.

— Um produto caro — ele rebateu.

— Deveria estripar aquele canalha! — resmungou, referindo-se a Welud.

— Não foi apenas ele, Aesc. Mas o que importa, agora? Ao menos, tive a sorte de seres o senhor daqui. Se fosse outro, a esta altura, estaria morto.

O saxão deu uma leve risada e continuou cobrindo os vincos com o ungüento. Tristan comprimiu as pálpebras, sentindo toda a região arder. Ainda tremulava, mas como de costume, resignou-se. Ao término, Aesc sentou-se à sua frente.

— Estás mudado, amigo. Não é à-toa que não te reconheci. Não tinhas esses cabelos prateados quando me derrotaste. Sem contar essa barba escondendo parte de teu rosto. É um fato prodigioso encontrar-te novamente.

— As circunstâncias seriam perfeitas, Aesc... se não fosse aquela matança em Slaughter Bridge.

Aesc depositou o vasilhame no chão. Abaixou seus olhos, em uma atitude de pesar.

— Tens toda a razão. Não me vanglorio dessas lutas...

— Arthur foi morto, eu o vi.

O saxão suspirou pesadamente.

— Eu sei, Tristan. Mas não fomos nós, saxões que o matamos — trocaram olhares; Aesc apercebeu-se de que o amigo tinha dúvidas. — Não estás a par do que houve por aqui, estás?

— Em verdade, não. Há muito, tenho vivido em Britanny, Pequena Bretanha.

— Entendo. Mas se queres saber...

— Antes de narrar-me, Aesc, responda-me... Tintagel sofreu ataques?

— Não. A guerra atingiu até Slaughter Bridge, mas Tintagel foi poupada e os bretões de Cornwall conseguiram deter os selvagens provindos do Eire. No entanto, quanto ao resto da Britannia... — ele suspirou. — Os problemas, Tristan, iniciaram quando o sobrinho de teu senhor Arthur, tomou conhecimento do poder. Dessa sensação para o sentimento de que estaria sendo enganado pelo próprio tio, o caminho foi curto. Medrawt acreditou realmente que Arthur queria o poder para si. Meu povo, até esse ponto, nada tem que ver. No entanto, outros líderes saxões, Colgrin, Wlencing e Cissa, estes dois últimos, filhos de Aelle, queriam nova guerra. Ansiavam por mais territórios. A princípio, eu me recusei e não permiti a meus homens tomarem parte disso, especialmente porque nós havíamos nos estabelecido em Kent. Realmente, não precisava de mais terras. Entretanto, nessa mesma época conforme fiquei sabendo, Medrawt estava alucinado com a idéia de que seria usurpado; com a ajuda de um bretão, conhecido como Gromer...

— Gromer? — Tristan espantou-se.

— Creio que sim.

— Esse bastardo ainda está vivo?

— Pelo jeito, não tens boas lembranças dele, não?

— Trata-se de um traidor!

— Bem, anima-te. Agora, ele está morto. Mas viveu o suficiente para infernizar Medrawt com falsas idéias a respeito de Arthur. Foi ele quem apresentou o príncipe a Colgrin, um poderoso líder saxão. Juntos, com o apoio dos filhos de Aelle, uma forte união teve início. Antes que eu pudesse me opor, Colgrin ameaçou-me; se fosse apenas a mim, eu resistiria, mas ameaçou todo o meu clã. Ou unia-me a eles, ou seria considerado inimigo. Eu, o grande filho de Hengist, como diziam, deveria ser um conquistador, como meu pai, e não o que tenho sido... um pacificador. Muitos me acusaram de covarde e de não ser merecedor da linhagem de Hengist... entre outras imputações. Embora acuado e aceitando fazer parte daquela aliança sórdida, cujo escopo era derrubar Arthur em troca de terras e claro, dinheiro... uma quantia que segundo Medrawt, aplacaria nossas necessidades por um bom período, tentei alertar Arthur.

— Tu... o quê? — Tristan surpreendeu-se.

— Tentei alertá-lo. Podes chamar-me de traidor, se quiseres. No entanto, meu intuito não era trair os saxões, tanto quanto não era de participar de uma guerra estúpida. Além de que, te disse mais de uma vez, Tristan... admirava teu senhor. Consegui persuadir um mensageiro para ir até ele e convidá-lo a me encontrar, mas não obtive resultado. Não sei se Arthur imaginou uma cilada. Porém, esse mensageiro voltou-me, alegando que a situação em Glastonbury.... Ah, esqueci de dizer-te... nessa época, eu havia retornado de Kent e estava em Wells... Mais ou menos próximo de Glastonbury.

— Sim, recordo-me da distância.

— O mensageiro narrou-me a respeito da situação em Glastonbury ser dramática. Um aviltante acontecimento agravou a aliança entre os cavaleiros de teu senhor e os reis.

Tristan sentiu um frio arrepio em si.

— A acusação era séria e pesava sobre Lancelot.

— Não... — ele disse, em leve tom.

— Disseste algo?

Ele negou, com um gesto.

— Lancelot foi acusado de ter relações amorosas com Guinevere; alguns cavaleiros chegaram a apresentar provas contundentes da traição. Foi o que desestabilizou a harmonia entre eles. Senhores e cavaleiros dividiram-se. Medrawt, aproveitando a desunião, convocou seus aliados saxões. Não demorou muito para as guerras terem início. Um aliado de Medrawt, Heliades, com um grupo de saxões de Cissa, conseguiu atacar e vencer as defesas de Colchester. Toda costa leste caiu sob domínio saxão. Glastonbury foi o próximo alvo. Mas o sangue ali, já havia sido derramado. Lancelot, em um acesso de fúria diante da revelação de sua desonrosa atitude, assassinou os irmãos Gaheris e Garreth... que acreditava o terem delatado a Arthur.

— Garreth? — Tristan ergueu-se, a face transtornada. — Tens certeza?

— Infelizmente sim, meu amigo.

Garreth, morto... por Lancelot? Um doloroso lamento cresceu em si. Por que tanta insensatez? Apesar do abalo, ao ouvir aqueles tristes fatos, uma indagação atormentou-o. Se tivesse alertado Arthur, o desentendimento entre os cavaleiros teria ocorrido? Quem poderia dizer? A dúvida iria acompanhá-lo, infernizá-lo até o fim de seus dias; era mais uma chaga que iria carregar.

— Diante deste fato, Lancelot tornou-se um homem odiado, especialmente por Gawain. Apesar deste tentar deter o famoso guerreiro, deves ter conhecimento da destreza em armas de Lancelot.

Ele concordou, afinal, haviam lutado.

— Lancelot conseguiu fugir, com Guinevere e os cavaleiros que lhe eram fiéis. Porém, os guerreiros leais a Arthur e Medrawt, exigiram vingança. Durante dias, Glastonbury viveu o próprio caos, ao passo que Arthur perdia prestígio. Por fim, quando resolveram partir atrás de Lancelot, os ataques saxões tiveram início. Eu estava lá, Tristan... Eu, o filho do grande Hengist. Inferno, bem que meu pai poderia ter sido um pregador da paz, não da violência. Não queria lutar, não queria matar. Se sou pusilânime? Creio não ser este o ponto. Disse-te uma vez que não sou um carniceiro. E era isso o que estava ocorrendo, uma verdadeira carnificina. Diabos! Era necessário tanto sangue derramado por um punhado de terra? Nós éramos em um número incrivelmente superior; Arthur e seus aliados tiveram que recuar. Porém, não puderam mais retornar a Glastonbury, porque, tão logo saíram, Medrawt mandou avisar Gromer e Wlencing. Este, com seus homens, invadiram e arrasaram a cidade. Evidente que sem Medrawt, tudo seria bem mais complicado para nós, saxões. Porém, os portões praticamente foram abertos por Medrawt, que propositalmente não foi atrás de Lancelot, facilitando a invasão de seus aliados. Glastonbury não durou muito.

Tristan voltou a sentar-se. Seu movimento inopinado fez com que os vergões voltassem a sangrar, mas não se importou. Estava desolado. *Tarde demais*, refletiu, abatido. *Para tudo.*

— Durante dias, perseguimos Arthur e seus cavaleiros; pequenos conflitos ocorreram. Mas foi em Slaughter Bridge que nós os cercamos. Teríamos os aniquilado rapidamente, porém, sofremos um pesado ataque nos flancos, de Lancelot, que não sei como, soube do acontecido. Ao nosso lado, Medrawt e seus seguidores surgiram, foi quando Arthur teve verdadeira dimensão das circunstâncias. Da traição do príncipe... o homem a ser destinado o Grande Rei. A partir deste dia, ele entendeu que o fim estava próximo. Mas ele não se rendeu. E tiveram início mais atrocidades. Verdadeiras atrocidades, Tristan, cujo ápice foi quando Medrawt, insuflado pelo ódio, enfrentou Arthur.

— E ele matou Arthur.

— Mataram-se um ao outro.

Um profundo pesar abateu-os.

— Tive uma única vitória nessa maldita guerra... fui eu quem matou Gromer.

— Tu?

— Ninguém viu. Persegui e o matei... ainda que estivesse do meu lado, embora fosse bretão. O que ele fez, foi imperdoável.

Tristan abaixou os olhos.

— Tens notícia de algum sobrevivente?

Aesc negou. Havia sido um massacre.

— O próprio Lancelot foi derrotado. Sei apenas que, Guinevere, arrependida, procurou refúgio com as seguidoras do Deus dos Cristãos.

— Teus aliados não pretendem atacar e expandir o território... pretendem? — questionou, com voz aflita. Pensava em Tintagel.

— Wlencing e Cissa, os principais líderes, estão satisfeitos com o que fizeram. Mataram, pilharam, atacaram mulheres...

Por um instante, Tristan lembrou de Nimue e Morgana. E no destino dos pobres habitantes de Glastonbury. E de... *Camelot...*

— Sem contar que mataram os melhores guerreiros, cuja notoriedade, era a de homens que compunham uma aliança, tendo teu nobre senhor como líder. Queria muito ter podido avisá-lo, Tristan, independente de ser saxão e ele, um filho da Britannia. Tu és ciente o quanto desprezo guerras e findado esse massacre, terei ainda mais prazer de esquecer que sou um guerreiro, principalmente, filho de Hengist.

— Quisera eu ter lutado ao lado de Arthur... — Tristan exprimiu, lânguido.

— Pois agradeço não teres estado. Seria insuportável carregar tua morte, além das de todos que ali pereceram. Deves ter percebido a falta de consciência de meu povo, creio. Quantos líderes colocam crianças numa guerra? Eu fui contra, mas... meus protestos nada adiantaram — ele suspirou. — Como tudo a que me opunha, aliás.

Tristan também suspirou. Em seguida, erguendo seus olhos, fitou o saxão.

— Aesc... se te pedisse um favor, conceder-me-ias?

Ele assentiu.

— Liberta Bedivere e qualquer outro bretão que teus homens tenham capturado. Expulsa-os, se não quiseres a permanência deles aqui, mas por caridade, não os mates.

— Tens minha palavra. De qualquer forma, não pretendia matá-los.

— E... consentes que eu leve o corpo de Arthur, para um enterro decente?

Aesc sorriu, um gesto misto com melancolia.

— Se assim desejas, poderás levá-lo.

Ele agradeceu. Levantou-se — com cuidado —, apanhando sua vestimenta de couro e linho.

— Irás atrás dele neste instante?

— Tinha um dever para com Arthur, Aesc. Mas falhei. Deveria estar presente nesta batalha e não ter me estabelecido em Britanny.

— Naqueles dias, em Wells, era tua intenção juntar-te a ele e pelo que noto, atingiste teu intento. Só não consigo conceber o porquê de teres deixado teu senhor — o saxão fitou-o enquanto ele, com cuidado, se vestia. — Espero que tuas costas não fiquem com cicatrizes como esta que tens.

Ele não apertou os fechos da vestidura. Colocar a cota de malha foi mais doloroso. Procurou deixá-la o mais folgada possível, mas nem isso lhe trazia alívio — a sensação era de que suas costas estavam em carne viva. Não poderia afirmar isso, mas sentia que alguns cortes ainda sangravam. Entretanto, seu padecimento físico era ínfimo, perto da tragédia de Slaugther Bridge.

— Novas cicatrizes nada significam para mim, agora — respondeu, lacônico.

— E tu partiste... — Aesc insistiu.

— Infelizmente, não pude permanecer ali, meu amigo.

— Entendo. De qualquer forma, isso não tem qualquer relevância — o saxão rebateu. — Bem, se queres resgatar o corpo de teu senhor, irei contigo. Termina de te arrumar, Tristan. Estarei te aguardando próximo dos cavalos — dizendo isso, Aesc deixou-o.

Ele retirou o excesso de terra da cota. Seus captores não haviam tido tempo de avariá-la, uma circunstância que o deixou aliviado. No estado em que se encontrava, não iria poder trabalhar por armamentos. Isso o preocupava... *Se ao menos, pudesse arranjar um punhado de mirra...*, avaliou, melancólico. Baqueado e desanimado, foi até um tosco banquinho, onde Aesc deixava uma tina. Abasteceu-a com água, lavou o rosto e aparou a barba. A cada movimento, sentia uma pontada nas costas. Pensou em atender o desejo de Aesc... estripar Welud. Mas esqueceu sua sede de vingança ao deixar o abrigo do saxão, pois iria cumprir sua mais triste incumbência... levar o corpo de Arthur. Para onde iria levá-lo? Não sabia. Glastonbury era controlada pelos saxões; Tintagel, apesar de restar intacta naquela guerra, não lhe era permitido o acesso... Embora após tanto tempo... Marc deveria recordar de sua infausta existência? *Não. Há muito, morri para Marc.* Talvez, fosse o melhor a fazer. *Se faltei com Arthur em vida, o mesmo não pode acontecer em sua morte.* Iria arriscar.
    Andou até Husdent. O garanhão negro sobressaía-se entre os demais cavalos. Alguns saxões que ali estavam; homens que o haviam capturado, inclusive. Encararam-no com animosidade, mas nada fizeram, principalmente porque Aesc surgiu logo atrás, selando um dos cavalos. O líder percebeu murmúrios indignados, porquanto decidira libertar aquele bretão, porém, nenhum ousou suscitar o descontentamento. Respeitavam-no. Sua autoridade era inquestionável.
    — Estás pronto, Tristan?
Montando em Hudent, ele assentiu.
    — Ora, vejo-te com o rosto liso uma vez mais! — Aesc sorriu. — Seria mais fácil reconhecer-te, se tivesses aparecido assim antes!
E instigaram os cavalos em direção ao local da mais sangrenta batalha.
Refez o percurso por onde havia sido arrastado e flagelado pelo grupo de Welud. Teria sido acaso do destino rever Aesc e permanecer vivo? Sua única certeza, era a de que se não fosse pelo saxão, continuaria sendo surrado... provavelmente, até a morte. *As desgraças da guerra...e do ódio...*, devaneou. Ao alcançarem Slaughter Bridge, ele tentou orientar-se por entre os mortos, o local onde Arthur jazia. Alguns saxões ali estavam; Bedivere, por sua vez, deveria estar percorrendo algum trecho do campo de batalha.
    — Thunor! — Aesc bradou. — Quero que encontres o bretão capturado e o leves deste lugar. Ceda-lhe provisões e o deixes ir.
    — Mas e quanto às armas e o butim?
    — Não importa. Está cada vez mais difícil permanecermos neste inferno.

Tristan afastou-se do amigo. Seu único intuito era encontrar Arthur. Em um certo momento, tampou parte do rosto com seu manto — o ar estava irrespirável. Continuou cavalgando, até que avistou o Estandarte do Urso, cuja flâmula rasgada era carregada pela brisa. Aproximou-se dela. Estava próximo. Avançou um pouco mais e avistou Llmarei, mergulhada em seu sono eterno, à margem de Camel. Havia encontrado o local.

Mas Arthur não estava ali.

O guerreiro revirou o lugar. Como era possível? *Ele estava aqui!* Desmontou e andou pelos mortos, ainda não acreditando que o corpo do *dux bellorum* havia desaparecido. Aflito, continuou procurando, até que por fim, exausto, retornou e deixou-se cair de joelhos no local onde o havia visto antes de ser capturado. Amargurado, culpou-se. *Até na morte, falhei contigo, Arthur!*

— Não adianta procurá-lo, guerreiro... — a voz soou próxima de si.

Tristan voltou-se por sobre os ombros. Era Bedivere que se aproximava.

— O Grande Rei não está mais aqui. *Elas* vieram buscá-lo. — Bedivere falava com convicção, mas havia algo excêntrico em seu comportamento. Era como se estivesse hipnotizado, agindo mecanicamente, sem raciocínio.

— O que queres dizer? — ele levantando-se, avizinhando-se de Bedivere, a própria figura de rebotalho de um homem, cujas provações ainda não haviam findado. Há quanto tempo aquele cavaleiro estava ali, entre os mortos? Sua aparência — agora que o via com mais detalhes — era digna de compaixão; não diferia muito dos próprios mortos dos quais despojava de seus pertences.

— *Elas* não iriam deixá-lo aqui. Não Arthur.

— Elas quem? — Tristan indagou, irritado. Estava perdendo a paciência.

Mas Bedivere apenas sorriu.

— O Grande Rei, um dia, retornará. Retornará de um lugar onde apenas homens como ele têm permissão para seguir. *Elas* vieram e levaram-no em sua embarcação... — ele apontou Camel. Depois, sorrindo — como se estivesse acobertado pela mais gloriosa ventura —, Bedivere afastou-se.

Este infeliz perdeu a sanidade! Sequer tem noção de suas palavras..., Tristan cogitou, nervoso. Porém, concluiu ser injusto enfezar-se com Bedivere, também vítima de uma teia de desgosto e loucura. Não duvidou dele ter feito algo com o corpo, talvez, enterrado-o em algum lugar naquele campo de morte. O que justamente queria evitar.

Completamente arrasado, andou até Husdent e o montou. Ainda era possível ver a triste figura de Bedivere. Reparou quando um dos homens de Aesc dele se aproximou; conversaram durante algum tempo, para em seguida, partirem juntos. Aesc manteve sua palavra — ia libertar o cavaleiro. Era um mínimo de consolo, não fosse a constrição por Arthur... e pela sua própria atitude, de jamais ter retornado à Glastonbury, findada a luta em Trèbes... *O que tiver de acontecer,*

Lancelot, deve acontecer sem minha interferência, deliberou, naqueles dias. Agora, porém, amargava-se pelo peso de sua omissão. Mas como prever as dimensões daquela tragédia?

Ele puxou as rédeas de Husdent. Refez o caminho por entre os cadáveres; mais carniceiros para lá eram atraídos. Era o glorioso destino da ambição humana. Atrás de si, o ruflar das asas dos corvos soavam como arautos do inferno. O vento sibilava, desafiava mantos ainda presos em mortos, incidia nas crinas dos cavalos e nos retalhos que uma vez haviam sido flâmulas.

A Bandeira do Urso!
Arthur...!

Era como se no vazio da desgraça, aquelas palavras ecoassem... No vazio de sua própria vida. Porque sempre sobrevivia, enquanto acompanhava, impotente, aqueles que haviam partido. E haviam sido tantos! Era uma sorte cruel; restava vivo apenas para ser uma infeliz testemunha das trágicas perdas, que castigavam-no em um mar de dor sem fim. Por um momento, desejou ter sido morto antes de encontrar Aesc.

— Tristan!

Estava tão distante, que não notou Aesc aproximando-se. Como reflexo, freou Husdent. O saxão emparelhou seu cavalo.

— Encontraste teu senhor?

Ele negou.

— Como não...

— Creio que Bedivere deve ter enterrado-o.

— Bedivere? Perguntaste para ele?

Tristan suspirou, baqueado.

— Para ser sincero, não. Mas ele disse-me que vieram buscá-lo, o que não faz sentido. Quem viria resgatar um morto? Bedivere é mais um triste filho da guerra e não mais tem consciência do que faz. Muito menos, de suas palavras.

Aesc atiçou sua montaria e em passo lento, cavalgaram juntos.

— Não existe entre vós, bretões, uma história a respeito de um lugar místico para onde vão apenas nobres homens que são merecedores?

Tristan fitou o amigo, assombrado. Aesc era assim tão conhecedor das lendas bretãs?

— Deve existir. Porém, histórias são apenas histórias, de nada servem. Arthur não está mais lá, esse é o fato.

— Pois acredita ter sido ele resgatado e levado para este lugar místico. Garanto ser um destino digno de alguém como ele; outrossim, isso tendo ou não acontecido, será uma história que verterá para uma lenda. Teu senhor assim será lembrado, da história... para a lenda. Não tenho dúvidas de que nos dias que virão, quando ninguém recordar de nossa existência, meu amigo, os homens ainda irão comentar de Arthur, teu senhor... o *dux bellorum*.

Eram notáveis o respeito e adoração que Aesc demonstrava. Diante daquelas palavras, Tristan evitou novos comentários, ainda que sentisse seu íntimo estraçalhado pelas tragédias sucessivas e ainda que perdurasse o pensamento de ter falhado com Arthur, também em sua morte.

Ele permaneceu no acampamento de Aesc durante alguns dias por insistência deste. Afinal, o saxão sentia-se responsável pela surra que Tristan recebera e queria vê-lo em condições favoráveis para partir. O maltratado guerreiro acatou, em virtude de que sentia estar impossibilitado de lutar durante algum tempo. Por fim, muitos saxões se foram, terminada a divisão do butim arrecadado. E foi nesse aspecto que Aesc penalizou os agressores — não tiveram direito a nada. Ademais, rebaixou o posto de Welud. Tristan ficou ciente das punições e conforme Aesc lhe dissera, era mais severo do que um castigo físico — ávidos por valores, como eram. Contudo, os demais guerreiros faziam jus a prêmios. Acompanhando em amargo silêncio a divisão de parte dos despojos, Tristan pôde constatar que a Britannia jamais seria a mesma. Os saxões agora dominavam todo o leste, parte do sul e centro, territórios antes dos bretões. Aesc também pretendia seguir seu caminho; com as guerras findas, iria retornar a Kent.

— Espero não enfrentar mais guerras — comentou, cansado.

— Não mais contra os bretões — Tristan comentou. — Porque agora, somos um povo novamente dominado. Primeiro, foram os romanos, agora, sois vós.

Caminhavam até os cavalos. Era o dia em que Tristan — sentindo-se ligeiramente melhor — ia partir.

— E no entanto, teu povo, mesmo ciente da derrota, sempre lutou. Talvez seja essa uma das mais importantes características de vós, *kéltai*... celtas.

Tristan apenas fitou o amigo. Husdent estava selado e pronto para a viagem. Presos à sela, brilhavam os *striups* de prata, presente de Aesc. Já havia experimentado e maravilhado-se com a firmeza que proporcionavam ao cavaleiro.

— Meus homens não irão te molestar, Tristan. Poderás seguir em paz.

— Agradeço, Aesc. Por tudo. Principalmente pelo teu inestimável presente.

— Seria infame e egoísmo de minha parte não fornecer algo tão útil a um excepcional homem de armas, como tu.

— Se metade dos homens fosse como tu, Aesc...

O saxão ficou desconcertado.

— Ao menos, os deuses foram benevolentes conosco. Não tivemos que nos enfrentar em um campo de batalha — e Aesc sorriu com o canto dos lábios. — Sinto apenas por não desejares ficar.

— A Britannia, agora, só me traz amargas lembranças, mesmo sendo minha terra.

— Irás retornar a Pequena Bretanha?

— Se aceitarem alguém que simplesmente desapareceu por estações, quando deveria ausentar-se apenas por dias... — ironizou.
— Serás sempre bem-vindo em Kent, se precisares.
Ele agradeceu. Abraçaram-se; uma atitude acompanhada com certo rancor por outros saxões. Apesar do convite, Tristan era cônscio de que não tornaria a rever aquele homem formidável. Aesc, filho de um dos maiores conquistadores saxões, mas que em nada combinava com a herança de Hengist.
Um grande homem.
Montou Husdent, mais uma vez acenou ao amigo e ganhou terreno.

XXIV

Foi um considerável esforço para Tristan permanecer em sua rota, em direção ao sul de Cornwall. Jamais estivera tão próximo de Tintagel em todos aqueles anos. Uma ansiedade fremente inquietou-o; *tão perto, tão perto... por que não ir?* Entretanto, temia. Não era um receio por ser um exilado — em verdade, naquele presente momento, sua condição nada significava. Mas era com o que iria deparar-se, se ousasse penetrar em Cornwall, que fazia com que hesitasse. Ela ainda estaria viva?

O macabro pensamento era assustador, porém, possível; talvez efeito das cicatrizes do que momentos atrás, testemunhara e tivera conhecimento. Inevitável estar influenciado pelas sombras da desesperança.

Não obstante, Iseult sequer deveria lembrar de si...
...de sua existência...
...do amor...
...
...Iseult...

Jamais tudo em si e à sua volta estivera em tão tétrico silêncio, jamais sentira uma dor como naquele instante. Uma dor incorpórea, mas que dilacerava e oprimia seu íntimo. O simples pensamento em Iseult havia acarretado aquela intensa morbidez...

...e a voluptuosidade de sua paixão.

Vacilante, ele freou e volteou Husdent, na direção de Tintagel. Permaneceu ali; estático. Era como se o mundo e as criaturas nele existentes houvessem morrido, restando apenas ele, ali... e o seu mais fervoroso desejo, que almejava desesperadamente alcançar — imerso que estava em um frenesi alucinatório. Deveria... ir? Se pudesse ao menos vê-la...

— Maldição! — urrou, quase enlouquecido, atiçando Husdent. O garanhão partiu em um pinote; cavalgou durante alguns instantes, quando subitamente, Tristan o freou e o volteou.

Era o melhor a fazer. Cavalgar rumo ao sul de Cornwall.
Havia desistido.
Ou algo o fez desistir.

Ele não teria como saber, nem tampouco Kaherdin, o narrador destes detalhes — que só viria a ter conhecimento futuramente, pela própria rainha — mas naquele exato momento, Iseult — ainda viva, lembrava-se — e muito dele. Não há muito tempo, ela havia sido informada pelo rei a respeito da presença de um viajante, ansioso em conhecer a rainha de Cornwall. Ao vê-la, o homem louvou as belas feições de seu rosto, embora Iseult não demonstrasse muito entusiasmo; afinal, não era mais jovem. Um comentário contestado pelo viajante, que retrucou: "Beleza e graciosidade como vós, senhora, posso apenas comparar com a duquesa de Britanny... que casou-se recentemente, com um valoroso homem de armas". Não havia sido Iseult a questionar a identidade do "homem de armas". Foi Marc. Ao que o simplório viajante retorquiu, sorrindo: "Trata-se de Tristan, de Lionèss".

Desde aquele dia Iseult, a rainha, trazia Tristan em sua memória, mas apenas para odiá-lo e maldizê-lo. Como se não bastasse seu sentimento rancoroso, foi obrigada a ouvir, sem ter palavras em sua defesa, o infame comentário de Marc: "Foi por este homem que viveste por três verões em uma floresta, sujeita às mais degradantes misérias? Não havia sido ele quem te jurou amar por toda essa vida e pela próxima, no outro mundo? Ah, minha doce esposa... Foste enganada. Mas não deverias surpreender-te, afinal, o que mais poderias esperar de um homem que traiu seu próprio tio e rei?"

Iseult não teve dúvidas de que Marc, futuramente iria arrepender-se daquelas palavras. Não era do seu feitio ser cruel, porém, ao seu modo, Marc guardava mágoas. Mas, por mais pungente e doloroso que fosse — o que o rei dissera —, era a realidade. Tão real como o elo místico que ainda os conectava, apesar do abalo acarretado pela nova trazida pelo viajante. Pois nos terríveis instantes de conflitos vividos por Tristan, enquanto este hesitava em retomar seu rumo, ela encontrava-se na varanda da fortaleza em Tintagel, hipnotizada por uma visão — que não era a da paisagem à sua frente. Era da presença dele, próxima. Sim, ela podia senti-lo; ele estava vivo e em Cornwall. O homem para quem havia entregado seu coração, estava vivo!

Mas Iseult repudiou-o. Com a mesma intensidade do amor, o ódio dominou-a, ofuscando o passado, as lembranças, as almas em êxtase. Era esse sentimento que agora destruía a tênue linha da esperança, oscilante e duradoura ao tempo. *Tola!*, refletiu. *Vivi todos esses anos apegada a um sonho infantil. A um sonho de amor. Mas nem o amor resiste ao poder implacável do tempo. No entanto... aos meus pés, tenho um rei; sempre tive. Para que preocupar-me com um homem ordinário como ele?* Há muito, Tristan havia morrido para seu coração. E assim deveria ser.

A longa ausência do chefe de governo no ducado fez com que Kaherdin retornasse ao seu antigo dever. Nos primeiros dias de trabalho, recebeu missivas de Kareöl, inquirindo-o a respeito da política financeira. Reunido com Matthieu, teve conhecimento da recusa de Tristan em retomar seu antigo regime de governo — em especial, as relações cordiais com Kareöl. O assessor recriminou o então chefe do ducado, denegriu-o e até caluniou-o. Kaherdin, mais de uma vez, teve que mandar o assessor calar-se. Nunca apreciou ouvir ataques contra uma pessoa que não podia defender-se. "Por que expões estas acusações apenas agora, com a ausência dele, Matthieu?", irritado, o duque questionava. Matthieu oferecia um repertório de escusas, mas Kaherdin, a elas, não dava crédito. O fato era que estava preocupado. Tristan era um homem responsável — ao menos, era a imagem que tivera dele durante o tempo de convivência. Por que, então, ele sumiria desta forma? Organizou expedições à procura dele, contudo, revelaram-se inúteis. Ninguém sabia de seu paradeiro.

— Iremos encontrá-lo, irmã — Kaherdin fazia o possível para amenizar a tristeza de Iseult. No entanto, a moça não guardava qualquer esperança.

Em verdade, Iseult negou-se a suscitar o que suspeitava ter dado ensejo ao desaparecimento do chefe de governo e comandante supremo. Ora, como dizer a todos que aquele poderoso homem desaparecera de Cairhax porquê havia se casado? Tinha plena convicção do fato; Tristan não era mais o mesmo desde o instante que deixara a capela, findada a cerimônia. A angústia que vivera, nos dias seguintes... De dividir o mesmo recinto com aquele espectro de homem, que fitava-a com ódio, com fúria... mas nada lhe dizia. Para ele, Iseult não existia — ele agia como se estivesse sozinho. *Por qual outro motivo ele teria deixado Cairhax?*, refletia, lúgubre. Ainda assim, condoía-se em acompanhar a aflição de Kaherdin, mas faltava-lhe coragem para dizer-lhe que o chefe de governo dificilmente voltaria... se estivesse vivo. Ademais, nada revelara a respeito de seu mal-sucedido casamento. Dessa experiência frustrante, Iseult procurava consolo em suas solitárias cavalgadas nos campos ou encerrava-se em seu santuário. Ao Deus Homem, vertia suas angústias. Revelara suas suspeitas apenas a Kurvenal — que sempre a visitava. Todavia, a confissão, como bem o seminarista sabia, era sigilosa, embora desejasse — secretamente —, que a ela, Kaherdin tivesse acesso, para resolver aquela deprimente situação.

Por meses, Kaherdin insistiu nas buscas, diminuindo-as consideravelmente com a chegada do inverno. Mesmo porque, durante o *Lughnasa*, antes do inverno, teve que enfrentar alguns distúrbios em sítios locais, relacionados com a baixa produtividade das colheitas. As revoltas cresceram, e em um sinal de aliança, Kaherdin teve auxílio da armada do conde. Rogier estava exultante com o retorno da política privilegiada para com Kareöl. E com o amparo fornecido pelo conde, Kaherdin não tinha mais porque tecer desconfianças. Isso tranqüilizava-o, porquanto a ausência de Tristan remeteu-o à ameaça feita pelo mesmo homem que não hesitara em lhe prover assistência. Agora, aquela parecia infundada.

— Ao que parece, conquistamos a amizade do dragão... — ironizou o duque, certa vez, para Kurvenal.

O seminarista desalinhou os cabelos negros, um gesto nervoso. Inquieto, cruzou as mãos sobre a mesa.

— Pois meu conselho é que não vaciles, apesar desta... extravagante aliança que fizeste! Dragões costumam ser traiçoeiros, Kaherdin. Rogier tem colaborado demasiadamente. Isso não te assusta?

— Por que deveria? O conde auxiliou-me a conter as revoltas dos sítios. E tu estavas aqui quando pactuamos um acordo de paz. Viste como Rogier portou-se dignamente.

Kurvenal ergueu-se e andou pela sala.

— Recordo-me muito bem! De ser contra a estada do conde no ducado, inclusive!

— Te melindras muito facilmente, meu amigo. Não creio que Rogier esteja tramando algo contra mim, mesmo que não tenhamos Tristan de volta.

Kurvenal riu.

— Ainda tens esperanças de revê-lo?

— Por que não teria?

O seminarista avizinhou-se dele, nervoso.

— Porque ele saiu daqui com intenção de nunca mais voltar, Kaherdin! Apenas por isso!

O duque encarou-o, com seriedade.

— Como podes acusá-lo desta forma? Retira essas...

— Kaherdin! — o seminarista interrompeu-o. Era sua chance. — Liberta Iseult deste casamento; a menina é nova demais para continuar sendo uma viúva!

— Viúva? — o duque arregalou os olhos.

— Sim, viúva! Como considerar um homem que procede como Tristan procedeu? Ele *fugiu*, Kaherdin! Fugiu das responsabilidades, abandonou seus deveres, abandonou Iseult! É como se ele estivesse *morto*!

— Basta! — Kaherdin exclamou, batendo as mãos sobre a mesa. — Não quero ouvir mais nada sobre isso! — nervoso, o rosto contraído, andou rumo à porta.

— Irás debandar-te, Kaherdin? É tão difícil para ti enxergares a verdade? Ou tua irmã merece padecer, presa a um homem indigno dela?

O duque apenas fitou o seminarista, sem proferir qualquer palavra. Queria ordená-lo a calar-se, mas não se sentiu capaz. Não sabia dizer se, em seu íntimo, concordava com ele. Apenas deixou o aposento, furioso, fechando abruptamente a porta.

Devido à discussão, Kurvenal deixou de freqüentar a sede do ducado, para tristeza de Iseult, agravada quando, ao questionar o desaparecimento do seminarista para o irmão, nenhuma justificativa obteve. Tudo o que conseguiu, foram severas reprimendas.

A pobre menina desejou morrer.

Os passeios matinais e suas orações eram o que mantinham a fé e a vida em Iseult. Todas as manhãs, desafiava as ordens impostas pelo duque, ao ir cavalgar sozinha pelos campos, um costume que manteve — a despeito do inverno. Num determinado alvorecer, já não tão frio, como de costume ela levantou-se, trocou as vestes e foi ao estábulo. Selou seu cavalo e partiu. O céu clareava lentamente, uma densa névoa era o único obstáculo em seu caminho e o canto dos pássaros, sua companhia. O garanhão agitou a cabeça, bufando. Apreciava correr tanto quanto Iseult e foi assim que cumpriram boa parte do percurso. Naquele dia, porém, o desejo pela liberdade parecia inebriar a ambos; Iseult comprimiu fortemente seus joelhos contra o ventre do animal e continuaram correndo. Era o único momento de felicidade que possuía.

A cavalgada foi longa. Quando o cansaço começou a transparecer, o garanhão reduziu o passo. Mas prosseguiu trotando e distanciaram-se ainda mais da sede. Por fim, à beira de um rio, Iseult freou. Já era possível sentir o suave calor do Sol. Desmontando, ela levou o animal para saciar sua sede. Acariciava o suado cavalo, enquanto este deglutia água.

— Mereces descansar! Exigi demais de ti — ainda afagando-o, iniciou a cantarolar.

Ao seu redor, a névoa lenta e gradualmente se dissipava. Depois de refrescar-se, ela deixou o cavalo próximo à margem e sentou-se sob a sombra de algumas árvores. *Se eu pudesse... ficaria aqui para sempre...*

Deitou-se. Lentamente, cerrou as pálpebras, mas não permaneceu imersa naquela paz durante muito tempo. Um leve som a fez sentar-se e olhar para os lados. Vislumbrou seu cavalo, o rio... A névoa... e a luz transpassando-a. Nada além disso. Enfezada consigo própria, ameaçou a deitar-se, quando o som repetiu-se. Som de passos. Dessa vez, ela levantou-se, procurando a origem.

— Há alguém aí? — indagou, mas não houve resposta.

Súbito, um silêncio aterrador. Ela percebeu a ausência do canto dos pássaros. Assustada, recuou — andando de costas — na direção de seu cavalo. O melhor a fazer era montá-lo e sair dali. Mas nesse ínterim, um grito soou lancinante. Então, da névoa viu surgir um homem cambaleante, com o abdome rompido. O infeliz cobria as entranhas expostas com as mãos e andava a esmo. Diante daquela figura, Iseult gritou, assustada. O homem estendeu seu braço esquerdo, com a mão ensangüentada para Iseult, como se implorasse por auxílio, entretanto, percebeu ser inútil. Tombou, agonizante. Um profundo estertor ecoou.

Iseult desviou seus olhos do moribundo, agora morto. Sons conhecidos retumbaram. Sons de espadas em choque. Das brumas que se dissipavam, viu três homens — dois lutando contra um. Este ora recuava, ora atacava. Era ágil, mas havia algo estranho em seus movimentos — parecia não dar vazão à toda sua destreza. Contudo, um rude assalto derrubou um de seus atacantes; imediatamente, o guerreiro voltou-se para o segundo, com o intuito nítido de matá-lo. Entretanto, o homem caído arremeteu sua espada em ângulo baixo, em uma tentativa de decepar os calcanhares do guerreiro. Aterrorizada, ela acompanhou este último desviando do macabro percurso da arma, saltando. E viu quando ele estocou sua lâmina na figura prostrada. Quando o guerreiro voltou-se para o segundo atacante... este já estava longe. Fugira.

Foi nesse momento que Iseult perguntou-se se o vencedor a vira. Apesar da distância que os separavam, sentiu seus olhos sobre si, o que a motivou a correr em pânico. Precisava atingir seu cavalo... Aterrorizou-se quando, ao procurá-lo, não o encontrou. Bradou pelo nome dele. Entretanto, ouviu o retumbar de um galope.

Aquele homem estava vindo... atrás...

— Deus meu! — lamuriou-se, procurando correr.

Mas seus passos não eram páreo para o garanhão. Iseult percebeu a respiração forte do animal em seu encalço e sentiu um braço envolver seu corpo, projetando-a no ar. No instante seguinte, estava dividindo a sela, sentada na frente de seu captor. Debateu-se e gritou por ajuda, até que a voz do cavaleiro soou.

— Acalma-te, milady! Não há porque me temer.

Milady?

Ela cessou seus movimentos desordenados. Com esforço, virou-se para seu captor e o que suspeitara, revelou-se incrivelmente real. Era *ele*!

— Tristan?

Como de hábito, ele nada demonstrou diante da expressão atônita de Iseult. O que a fez agir impulsivamente, freando bruscamente o garanhão, quase fazendo-o empinar. Em seguida, desvencilhou-se dos braços dele e saltou de Husdent.

— O que pretendes fazer? — ele questionou.

Iseult parou.

— O que eu pretendo? O que *eu* pretendo? — exclamou, nervosa. — Dize-me tu, que sumiste por estações e reapareces do nada, ceifando vidas selvagemente!

— Milady, eu...

— Milady? Eu tenho um nome, Tristan, e se não te recordas, sou tua esposa! Agora, se me deres licença, vou procurar meu cavalo, que fugiu graças a tua *sutil* reaparição!

Ela afastou-se, a mente em um turbilhão de idéias. Era realmente *ele*?

— Iseult! — ele exclamou, esforçando-se para pronunciar aquele nome. *Iseult, Iseult...*, refletiu, constatando o quanto era dissimulado até mesmo naquele simples ato. Indignado com sua própria falsidade, Tristan freou Husdent, apeando-se em seguida. Sentiu como se a pele de suas costas estivesse se rompendo... E também, uma sensação úmida. Não deveria ser suor. Não fossem aquelas feridas, teria sido mais ágil na luta e certamente, não deixaria um fugitivo. Entretanto, naquele momento, precisava acalmar Iseult. Acelerou seu passo atrás dela e alcançando-a, segurou-a delicadamente pelo braço. A moça virou-se, bruscamente.

— Solta-me! — ela repeliu-o.

Diante daquele gesto, Tristan recuou. Nesse instante, ela encarou-o; aquele homem era realmente seu marido? Pois seu rosto estava modificado por profunda agrura, seus olhos, pela dor. Uma palidez mortal dava-lhe um ar ainda mais sofrido, acentuado pelas marcas de expressão, pelos cabelos e barba alvos. Ele notou a forma como era encarado. Com efeito, sentia sobre si um fardo... Um fardo que parecia agravar-se a cada etapa de sua vida.

— Tens toda razão por rejeitar-me e odiar-me, senhora — revelou, diante do olhar complacente. — Fui e tenho sido a pior espécie de marido para ti.

Ela continuou sem palavras, não acreditava que ele estava ali, falando consigo... pela primeira vez, desde a cerimônia. Ainda mais inacreditável, era testemunhá-lo evocando sua condição de casado.

— Sei que jamais irás me perdoar, não que eu mereça. Mas quero que saibas que nada fizeste. És inocente de tudo.

Lágrimas brotaram dos olhos claros de Iseult.

— O que aconteceu, Tristan? Por que fugiste? Pensei que estivesses morto.

Um hinido atraiu a atenção dele, que procurou a origem do som. Era a montaria de Iseult.

— Milady, peço-te que montes teu animal, precisamos sair daqui!

Ela obedeceu. Mas questionou-o a respeito dos homens que o atacaram, onde estivera, por que fugira. No entanto, as respostas não vieram. Tristan manteve-se silente, apenas reforçou a necessidade de retornarem à sede. Estavam bem próximos da casa quando avistaram uma fila de cavaleiros — eram homens de Kaherdin. A falange veio ao encontro deles. Cedric os liderava.

— Duquesa! — Cedric freou sua montaria. — Tua ausência nos preocupou! Teu irmão mandou-nos procurar-te.

— Estou bem, Cedric. Vim escoltada pelo teu comandante — versou, com certa ironia em sua voz. — Ou... ex-comandante.

— Comandante?! — sem compreender, Cedric voltou-se para o cavaleiro que acompanhava a duquesa. Atônito, reconheceu aquele homem como sendo o então comandante e chefe de governo de Cairhax. — Estás vivo?

— Talvez porque eu mereça viver — replicou, austero. Entretanto, suas palavras suscitaram apenas dúvidas. *O que é meu suplício*, sentenciou, em pensamento. Com o semblante contraído, afastou uma mecha de cabelo que o incomodava e versou: — Vamos prosseguir.

Os homens da armada saudaram seu antigo comandante, mas nenhum deles ousou inquiri-lo, nem mesmo Cedric. Em um silêncio constrangedor, retornaram. Assim que alcançaram a sede, Tristan foi visto pelos homens que ali estavam. Seu repentino retorno causou rebuliço e imediatamente foram informar Kaherdin. O duque, ao tomar conhecimento, ordenou a presença dele na sala de reuniões.

— Avisa-o de que o estou esperando — Kaherdin andou pela sala, inquieto. Mas não pôde esconder a surpresa que aquela notícia lhe causara. Sim, era um alívio saber que Tristan estava vivo, mas agora havia apenas a decepção pela atitude irracional e desumana por ele cometida. — Avisa-o também, de que não estou com muita paciência para aguardá-lo, mais do que já aguardei — o pajem saudou o duque antes de sair da sala.

Tristan recebeu o aviso no estábulo. Apenas retirou a sela de Husdent, já que os cavalariços iam tratar do animal. Na porta do celeiro, encontrou Iseult. Entreolharam-se; de certa forma, ele ficou admirado por tê-la encontrado sozinha, no campo. Queria poder dizer que havia sido gratificante vê-la, depois de tanta desgraça. Era como se ela fosse a imagem da pureza, da luz no meio das trevas. Mas seus sentimentos reprimidos e assolados, impediram-no de pronunciar qualquer palavra. Ele desviou seus olhos. Iseult constatou ser repudiada uma vez mais e magoada, afastou-se. As lágrimas vieram em seguida.

A cena foi acompanhada por alguns membros da armada, entretanto, ninguém ousou interceder. Tristan também deixou o lugar. Por suas costas, aquelas testemunhas agora o criticavam. Ele apercebeu-se, mas não se importou. E sério, dirigiu-se à sede. Atravessou a sala e adentrou na de reuniões; ali, Kaherdin o aguardava. O duque estava atrás da mesa, de pé, de costas para a porta, contemplando a paisagem pela janela. Mas notou a sutil intromissão e lentamente, virou-se.

— Se não for muito, peço-te que feches a porta.

Tendo atendido o pedido, os dois homens permaneceram alguns segundos em silêncio. Kaherdin estava sisudo, em nada lembrava o alegre e descontraído duque.

— Onde estiveste? — inquiriu, em um tom de comando.

— Slaughter Bridge, Cornwall — ele aproximou-se da mesa.

— Cornwall — o duque imitou-o, o jeito frio e desprentisioso. — Falas como se fosse aqui, do lado de Cairhax — o duque gesticulou, apontando uma direção a esmo.

— Precisava ir.

— Precisavas? — replicou, com ironia. — Jamais pensei seres capaz de uma atitude destas, Tristan! Como consegues ser tão impiedoso? Poderias até dar a volta ao mundo, se assim desejasses, mas custava nos mandar um breve recado que fosse? — Kaherdin exasperou. — Largaste todas tuas responsabilidades aqui e sequer lembraste de tua esposa! Ou olvidaste de que, além de teus cargos, és um homem casado?

Ele afastou-se da mesa. Um súbito cansaço dominou-o.

— Afasta-me dos cargos, Kaherdin, se assim já não procedeste. Expulsa-me de Cairhax ou faze comigo o que bem entendas, nenhum direito de protestar, tenho. Não antes, porém, de tomar imediatas providências, pois teu ducado corre perigo.

— Só se for com a tua presença! — o duque ergueu os braços. — Ou deveria dizer ausência? E por que irias te importar? Aproveita e dize-me porque nos honraste com teu repentino retorno, se não for exigir-te demais.

Tristan suspirou.

— Iria retornar, de um modo ou de outro. Principalmente depois de ficar a par de que planejam destituir-te e atacar o ducado.

— E quem está tramando contra mim? — Kaherdin indagou, cruzando os braços.

— Rogier, com auxílio da condessa.

O duque fez uma careta, rindo em seguida.

— Sim, tu voltaste, mas voltaste louco! A condessa está aqui, Tristan. Se pretendesse atacar-me, ou ao ducado, por que arriscaria sua vida, ficando na sede?

— Não sei o que ela planeja, mas direi o que presenciei. Encontrei com três guerreiros no caminho de volta para sede. Ouvi um deles mencionando Cairhax, o que me fez perscrutá-los. Segui-os por quase dois dias e fiquei a par de seus desígnios — pretendiam fazer parte do teu exército, ao lado dos homens que servem aos interesses da condessa de Kareöl. Há homens entre os teus que pretendem te trair. Não posso te dizer quando isso acontecerá, mas afirmo que por trás dessa conspiração, está Yolanda e seu marido. Deves tomar medidas imediatas, porque um dos três homens conseguiu fugir. Os outros, estão mortos.

Kaherdin não apreciou tais palavras. Com uma expressão nada amistosa, andou até ficar próximo de Tristan.

— Kurvenal estava certo quando disse que fugiste de todas tuas responsabilidades. Não lhe dei atenção, mas agora ouvindo-te, vejo que ele tem razão. O que planejas com estas intrigas? Durante as estações em que estiveste fora, preocupado apenas consigo, o ducado recebeu Rogier, que resolveu selar a paz comigo. Ele auxiliou-me a conter revoltas em diversos sítios, ocorridas durante e depois do *Lughnasa*! Um trabalho que era teu! Não apenas isso! Desapareceste sem nem mesmo cuidar de tuas tarefas burocráticas! Ignoraste minhas ordens em relação ao condado, providências que tive de eu próprio proceder!

— Quer dizer que retomaste tua política de protecionismo! — Tristan admirou-se. — E não relacionaste essa *inteligente* decisão com as revoltas! — pronunciou, com escárnio.

— O povo estava insatisfeito com as colheitas, nada mais! Os tumultos foram abafados.

— Kaherdin, não sejas ingênuo! Rogier te ofereceu auxílio para não levantar suspeitas, mas o que ele realmente quer...

— Não digas absurdos, Tristan! — rompeu. — Rogier esteve aqui, no ducado, depois que os conflitos findaram.

Tristan o encarou, atônito.

— Não me dize que tu o hospedaste...

O duque concordou.

— Por que iria recusar? De bom grado, lhe apresentei a sede do ducado.

— E também tua sede? As... instalações militares?

— Por que não deveria? Afinal, ratificamos a paz entre nós.

— Paz? Kaherdin, por que insistes nisto? Ele é teu inimigo, é tão difícil para ti aperceberes disto? Por favor, compreende. Os homens que matei, no campo, pretendiam juntar-se aos traidores que aqui estão. Aqui, Kaherdin, no teu ducado! Infiltrados no teu exército! Preciso dizer-te o que eles pretendem? Te derrubar! E pelo o que pude perceber, não são poucos! Tenho certeza de que esta ação será breve, em virtude do fugitivo...

— Cala-te, Tristan! — Kaherdin vociferou. — O que falas, não tem sentido! Por que depois de tanto tempo convivendo pacificamente, eles iriam me atacar? Sei que Yolanda sente muito apreço por mim.

— Apreço? Como te recusas a enxergar a verdade, meu amigo? O que ela demonstra é apenas devido aos teus favores políticos. Não percebes? Ela está te usando, Kaherdin! Ela é a isca de Rogier! E caíste nessa armadilha!

Movido pela raiva, o duque não se conteve. Agindo impulsivamente, irritado com aquela insistência — a seu ver — alucinatória, espancou a face de seu antigo chefe de governo. Tristan foi pego desprevenido; não teve reação diante daquele rude tratamento.

Kaherdin pareceu tão atônito quanto o ofendido, mas ainda imbuído pela ira, exprimiu, ressentido:

— Em mais um ponto, Kurvenal estava certo. Não mereces minha irmã! Que espécie de homem és? Trata teus semelhantes com menosprezo, tens inveja daqueles que se dão bem entre si e acusas as pessoas sem fundamento! Se existisse o mínimo de humanidade em ti, saberias diferenciar as amizades sinceras entre as pessoas, mas para o homem frio que és, a ponto de nem mesmo pedir desculpas pelos dias ausentes, dias esses, em que tua esposa sofreu angústias diante da incerteza de teu destino, não fico surpreso por tentares persuadir-me com tuas intrigas pérfidas!

Ele permaneceu em silêncio. Sentiu o gosto de sangue na saliva, mas não deu atenção ao fato. Observou o duque, mais controlado, afastar-se.

— Terás cinco dias para deixar Cairhax — Kaherdin proclamou, por fim.

— Um dia será o suficiente — e ele deu as costas, deixando a sala.

Sozinho, o jovem duque foi subitamente invadido pela dor do arrependimento.

Foi um custo para o fugitivo encontrar seu cavalo. Por fim, o viu e imediatamente o montou, partindo em frenesi. A cavalgada o levou até Kareöl, onde cruzou a ponte e os portões com a mesma fúria. Na entrada da casa do conde, apeou-se enquanto um garoto segurava a montaria.

Quando finalmente encontrou-se com o conde, disse-lhe apenas:

— *Ele*... retornou, senhor.

O conde fez com que o guerreiro se sentasse e narrasse os fatos — os três cavaleiros, que pretendiam alcançar Cairhax, foram surpreendidos por um guerreiro de vestes negras, montado em um imponente garanhão da mesma cor. Frisou um detalhe interessante, jamais visto — a forma de como o cavaleiro distribuía seu peso e se equilibrava na sela.

— Pelo que pude ver, ele tinha seus pés apoiados em algo.

— Como assim? — Rogier indagou, sem compreender.

— Não tenho como afirmar, conde, pois a luta foi muito rápida. O que me deixou assombrado, é que havia algo em sua sela. Algo que o permitia ter uma agilidade impressionante, montado naquele cavalo.

Rogier silenciou-se por alguns instantes.

— Como ele não acabou contigo? — o conde indagou.

O cavaleiro respondeu. Apesar de haver extrema perícia naquele guerreiro — que imediatamente o reconheceu como sendo Tristan — constatou outra situação peculiar. Ele lutava como uma fera selvagem, mas...

— Era como se ele não conseguisse completar seus golpes.

Rogier pensou por alguns instantes.

— Estaria ele doente?

— Não sei, senhor. Mesmo assim, ele derrotou e matou os homens que seguiam comigo.

Ainda acomodado em sua sala de reuniões, Rogier requisitou um mensageiro. Enquanto aguardava, sentou-se e começou a escrever um breve. Assim que o rapaz surgiu na sala e ainda finalizando a missiva, o conde disse-lhe:

— Irás partir rumo a Cairhax, rapaz. Imprescindível essa mensagem chegar às mãos da condessa o mais rápido possível. Por isso... — ele terminou de escrever e selou o pergaminho — ...levarás moedas contigo e trocarás de montaria nos sítios que atravessares. Compreendeste bem? — indagou, levantando-se e entregando o pergaminho.

— Perfeitamente, senhor.

— Parta agora! E não pára por nenhum motivo!

Com a ida do mensageiro às pressas, o conde encarou o guerreiro.

— Não pensei que ele retornasse — resmungou. — Meu intuito era arrancar mais proveitos daquele duque infante... que hipnotizou Yolanda... — murmurou as últimas palavras. — Não importa. Iremos agir. Destarte, ter aquele demônio controlando o ducado, não me agrada — um sorriso sinistro se formou em seus lábios. — E pelo que me dissete, não haverá momento mais propício para enfrentar e derrotar esta criatura! — cravou seus olhos no guerreiro. — Deves convocar os mercenários Kayne e Vardon. Em breve, minha esposa estará retornando com hóspedes... e nós iremos oferecer-lhes uma calorosa recepção — com uma reverência, o homem de armas se retirou, tentando decifrar a expressão enigmática no rosto do conde.

Tristan não foi ao seu cômodo, a despeito de seu anseio em livrar-se das roupas sujas e empoeiradas da viagem. Também evitou procurar abrigo no alojamento dos soldados, não detinha dúvidas de que dali também seria expulso. Assim sendo, o único lugar que lhe restava para passar a noite, era o estábulo. Seria o melhor a fazer. Partiria cedo, no dia seguinte. Em amargo silêncio, afastou-se da casa e andou — em passos rápidos — em direção ao seu destino. Fez o percurso em segundos, passando praticamente desapercebido... exceto pelo atual comandante supremo. Cedric, porém, optou por não importuná-lo.

Uma vez ali abrigado, andou até a baia de Husdent. Desanimado, desafivelou o cinto com sua espada, depositando-a no chão. Retirou o manto negro e o apoiou em uma das divisões das baias. O gosto de sangue foi diminuindo, provinha de seu lábio inferior cortado em decorrência do inusitado golpe de Kaherdin. Por mais que estivesse consternado, constatou que Kaherdin tinha seus motivos e eram justos. Era imperdoável o que havia feito. Mas considerou que atendera aos apelos daquela que havia sido a última batalha... embora não conseguisse chegar a tempo dela participar. Daí ser oportuno — e agora, necessário — sua partida.

Livrou-se da cota de malha e da vestimenta, manchada de sangue. Os vincos mais profundos nada haviam melhorado e amaldiçoou seus carrascos, não pela dor em si, mas pelo fato de ser um obstáculo à sua agilidade. A cada movimento brusco, sentia como se os ossos pontiagudos do açoite dilacerassem mais sua carne — um sinal de que a cicatrização seria lenta e dolorosa, especialmente porque não poderia deixar de lutar. Estudou a baia de Husdent e viu uma tina com água limpa. Ainda que estivesse gelada, serviu para lavar-se. Procurou limpar o sangue de suas costas como pôde e a água fria proveu um alívio momentâneo. Em seguida, aproveitando a fraca luz das duas únicas lamparinas, sentou-se, cobrindo o tórax desnudo com seu manto. Estava próximo a Husdent, que placidamente agitou a cauda e abocanhou um bocado de feno.

— Descansa, Husdent — disse, fitando o animal e acariciando sua musculosa perna. — Pois amanhã, voltaremos às estradas. Nelas, posso vir a ser morto, mas jamais expulso — disse, com certo pesar em sua voz.

O mensageiro atingiu a sede de Cairhax. Apeou-se de seu cavalo, cuja respiração era arfante. O animal baio foi levado por um cavalariço. Aos pajens que ali se encontravam, indagou pela condessa. Enquanto ia ao encontro dela — que estava no jardim — tentou imaginar o conteúdo da mensagem, que justificasse a troca de três cavalos consecutivos. Talvez, jamais viesse a ter conhecimento... No jardim, ele a viu. Yolanda estava acompanhada de uma aia.

— Senhora... trago-vos uma mensagem de vosso marido.

— Não estou compreendendo! Uma mensagem dele, esta agitação toda... Tens idéia do que está acontecendo, menina? — indagou, para a aia.

Com a negativa da aia, Yolanda mandou-a descobrir. Enquanto isso, apanhou a missiva. Rompeu o lacre e abriu a mensagem.

— Vosso marido estava muito tenso, senhora... — o mensageiro comentou.

A condessa leu o breve. Ao término, dobrou o pergaminho e encarou o mensageiro.

— E eu compreendo o porquê — disse-lhe. — Deves retornar agora e avisar ao conde que tudo será feito como ele ordena. Vai, agora! Não quero que atraias a atenção dos homens de Kaherdin.

Com uma sutil reverência, o mensageiro se retirou. A aia retornou minutos depois.

— Parece que o antigo comandante retornou, condessa, e por isso...

— Sim, é justificável esse rebuliço! — Yolanda exclamou, levantando-se do banco em que estava acomodada. — Retornemos à sede!

Kaherdin ia retirar-se da sala quando viu Yolanda obstando sua passagem. A condessa atirou-se em seus braços e beijou-o ardorosamente, empurrando-o de volta ao recinto. Mesmo atordoado, o duque não se opôs e retribuiu a carícia, apertando o corpo sensual contra o seu — precisava tê-la próxima, senti-la, como se isso aliviasse parte da angústia que o devorava. As palavras de Tristan repercutiram, provocando-o... Aquela mulher... estaria realmente usando-o?

Ainda enlaçado com a condessa, fechou a porta e trancou-a. Um pânico, uma agoniada dúvida lacerou seu coração enquanto retirava o manto dela, expondo sua nudez. Yolanda mostrou-se passiva, permitindo ser conduzida até à mesa, onde deitou-se. Impaciente, Kaherdin afastou pergaminhos e outros objetos. No instante seguinte, estava com sua *bracae* ligeiramente arriada e entregue à paixão e à fúria. Era como se o temor de ser ludibriado estivesse encurralando-o, a um só tempo em que acreditava ser impossível. Ele e Yolanda eram íntimos, amantes! Cada um conhecia segredos que apenas amantes poderiam confidenciar; como suspeitar dela? Não lhe dissera, a condessa, que nem mesmo seu marido lhe dava tanto amor como ele? Que somente ele estimulava o êxtase candente? Unido à sua intimidade, reduziram-se a um único corpo, exultante em seu movimento harmonioso. Ele beijou os lábios carnudos, escorreu suas mãos pelos sedosos fios negros. Yolanda apenas apertou-o contra si, como se não permitisse que ele se afastasse — queria permanecer sentindo-o. Em meio aos gemidos prazerosos, não cansava de dizer-lhe o quanto trazia vida a seu corpo. Kaherdin confessava o mesmo — amava suas compleições, suas delicadas formas. Espalmou suas mãos no ventre, deslizou até fechar sobre os seios. Ali roçou seus lábios, mordiscando os bicos; depois, o pescoço. Excitado, voltou a beijá-la, cada vez com mais ardor. Ainda unido a ela, imaginou questionando-a, sanando suas dúvidas. Entretanto, se ela estava usando-o pelos favores políticos... ele constatou que também a estava. Nada mais do que isso. A esse pensamento, seu comportamento tornou-se mais agressivo e transferiu suas emoções ao ato sexual, entregando-se mais à volúpia e à paixão. E com a entrega, com a sede pelo corpo que o seduzia e enlouquecia, dirimia suas dúvidas em relação àquela mulher.

Então, o ápice amoroso foi cedendo lugar à realidade. Ofegante, ele apoiou-se na mesa, ainda observando Yolanda deitada. Apartou-se, mas mantinha seu olhar fixado no dela.

— O que houve contigo? — ela indagou, com um sorriso malicioso. — Jamais te vi exaltado dessa forma.

Ele endireitou seu corpo e suspendeu sua *bracae*, prendendo o cinto.

— Tristan retornou. E discutimos, apenas isso.

Ela riu.

— Ele deu uma explicação por sua longa ausência?

— Uma escusa inaceitável. Mas isso não faz diferença. Não preciso mais dele aqui.

Yolanda sentou-se na borda da mesa. Havia preocupação em seu olhar.

— Tu o expulsaste? — com a confirmação do duque, ela voltou a indagar. — Mas e tua irmã?

— Falarei com ela depois.

Yolanda pulou da mesa e abraçou-o uma vez mais.

— Não quero que fiques amargurado com isso. Daqui a dois dias, partiremos para Kareöl. Rogier não vai estar lá... e poderemos nos divertir.

— É uma idéia aprazível. Estou mesmo querendo afastar-me do ducado — disse, enquanto apanhava o manto dela e a auxiliava vestir-se. — Preciso ir, agora, Yolanda.

— Sim, meu querido... — rebateu, acompanhando-o com um olhar enigmático seus passos até a porta. Viu-o destrancá-la e desaparecer no corredor.

Imediatamente, Yolanda correu até os pés da mesa e procurou um pergaminho virgem. Em seguida, tratou de escrever uma mensagem a Heri. O plano de Rogier agora dependia do capitão, em virtude de que Tristan havia sido banido do ducado e não iria acompanhar o duque em sua visita à Kareöl. *Rogier não tinha como imaginar essa atitude de Kaherdin*, confabulou. *Entretanto, mesmo se Tristan não tivesse sido expulso, não creio que ele acompanharia o duque e a mim até o condado. É melhor desta forma; ademais, tenho convicção de que Heri não decepcionará*, avaliou ao dobrar o pergaminho. Não encontrou lacre na mesa, mas não se importou, afinal, a cumplicidade com Heri incluía o recebimento de breves.

Heri descansava no alojamento, junto com soldados e alguns mercenários. A desordem era comum durante as horas de folga. Os guerreiros inventavam jogos, tagarelavam, contavam vantagens. No entanto, o assunto versado era o inesperado retorno do antigo comandante. Caswallan conversava com Brennan e Trwyth, mas pararam para ouvir os demais soldados questionarem Cedric. O comandante, bastante irritado com as indagações daqueles que não estavam na armada quando esta foi atrás de Iseult, reclamou.

— Tudo o que sei, já vos disse — rebateu, nervoso. — Não sei de onde ele estava vindo, nem em que lugar esteve durante todo esse tempo.

— Estranho ele ter retornado... — Fergus comentou.

Nesse instante, suaves batidas contra a porta vibraram.

— Ele deve ter explicado para Kaherdin. Sei que o duque exigiu uma entrevista com ele...

As batidas prosseguiram.

— Com mil demônios, um de vós não poderíeis atender esse importuno? — Heri levantou a voz. Embora sempre fosse ele a atender visitantes, daquela vez simplesmente absteve-se.

Dagda ofereceu-se. Levantou-se e evadiu-se do quarto de Cedric, onde se reuniam, em virtude de ser o maior cômodo do alojamento. Em silêncio, atravessou o longo corredor, ainda ouvindo os comentários que os homens faziam, a respeito do retorno de Tristan. De qualquer forma, não estava muito interessado naquela conversa. Considerava Tristan um amigo, como alguns dali. Não tinha dúvidas de que ele devia ter motivos para ter feito o que fez, ademais, desaprovava quando reuniam-se para maldizer ou julgar um homem pelas costas.

O visitante agora socava a porta.

— Um momento! Ora, devia ter feito Heri vir receber essa criatura! Não é ele que faz questão disso? — exclamou. Em seguida, abriu a porta. Um menino, de no máximo dez anos ali estava, envolvido em um manto gasto.

— És Heri, o capitão, certo? — antes que Dagda pudesse responder, o menino lhe entregou moedas e uma missiva. — Só pode ser... A condessa disse-me que apenas tu recebes os mensageiros — o garoto havia dito aquilo para si próprio, nem mesmo esperou uma réplica. Desapareceu na escuridão.

Dagda recuou, fechando rapidamente a porta. Uma missiva, da condessa? Fosse apenas curiosidade que o movesse, fosse uma suspeita inquietante — afinal, o que a condessa queria com Heri? — Dagda decidiu abrir o pergaminho, aproveitando o fato de não estar selado. Esse detalhe o fez imaginar ser uma mensagem trivial. Abriu-o. Estava escrito em latim. Embora não fosse um homem voltado às artes e ao estudo, era um mercenário e um dos melhores; conhecer mais de uma língua era essencial à sua sobrevivência. Na missiva, o guerreiro leu — e horrorizou-se — com o que estava escrito. Era totalmente diverso do que imaginava. Ali, havia um plano de uma emboscada, cuja vítima, era Tristan, agora um guerreiro expulso do ducado. As ordens da condessa eram para que Heri o vigiasse, pois sua partida deveria ser breve. Vigiar, emboscar e por fim, matá-lo.

Deuses! Teria o garoto ouvido falar alto o nome de Heri, portanto certo de que era o próprio a recebê-lo? Fosse o que havia proporcionado o fortuito engano do mensageiro, Dagda fechou o pergaminho, envolvendo as moedas de prata. Deveria entregar a mensagem? Seria pior se não a entregasse. Yolanda muito em breve teria conhecimento de que sua missiva não havia chegado ao seu destinatário. Assim sendo, Dagda optou por proporcionar a entrega. Retornou à sala, onde alguns homens divertiam-se com comentários infames a respeito do antigo comandante.

— Quem era, Dagda?

— Apenas um mensageiro, que pediu-me para te entregar isto — e Dagda mostrou o pergaminho.

Heri empalideceu no mesmo instante. Ergueu-se em um pulo, praticamente arrancando o pergaminho das mãos do mercenário. Por um triz, as moedas não caíram no chão.

— Tu ousaste ler?

— Eu? — Dagda riu. — Se visse meu próprio nome escrito, não saberia reconhecê-lo. — Riu novamente. — Não tens conhecimento de que não sei ler?

Heri sorriu, mas havia falsidade em seu gesto.

— A ignorância, não raro, pode salvar vidas, meu amigo — retrucou, fitando Dagda implacavelmente. — Cedric, agradeço o convite pela reunião, mas irei me retirar — justificou-se, passando ao lado do mercenário, ainda encarando-o.

Dagda não demonstrou qualquer reação, a despeito de haver certa ambigüidade no que o capitão havia dito. Com os nervos de ferro — típicos de um mercenário — ignorou Heri e deixou a sala, acompanhado por Fergus. O amigo de longa data, percebera no mesmo instante que algo estava errado.

Os animais mantinham o estábulo aquecido. Envolvido em seu grosso manto, Tristan começou a sentir calor. Embora estivesse cansado, era cedo, dificilmente iria dormir. Afastou o manto e ergueu-se. Permaneceu ao lado de Husdent, acariciando-o. Nesse instante, o portão do estábulo cedeu. De onde estava, era impossível ver quem era... sem ser visto. E o que menos desejava, era ser incomodado. O melhor seria ocultar-se até o invasor ir-se. Com alguma sorte, talvez fosse apenas um cavalariço...

— Tristan?

Inferno! — praguejou. Em um primeiro momento, quis evitar atender ao chamado, contudo, terminou deixando a segurança da baia e precipitou-se para o corredor, mostrando-se. Não se tratava de um cavalariço nem de algum de seus companheiros de armas. Era Iseult. A moça, distraída, assustou-se quando deparou-se com ele, estático.

— Soube que estavas aqui... e trouxe algo para saciar tua fome — Iseult mostrou o embrulho que trazia. Sua voz soou trêmula.

— És muito gentil — avizinhou-se dela para apanhar o pequeno pacote.

Iseult — apreensiva pela forma como Tristan iria reagir, por sua ousadia em tê-lo procurado — não se sentiu confortável. Ademais, não guardava qualquer intimidade com seu marido e vê-lo com o tórax desnudo, deixou-a encabulada. Sim, havia trocado beijos, abraços... Mas nada além disso. Notou a corrente e o anel-pingente que ele ainda ostentava, todavia, horrorizou-se ao ver as vergalhadas em suas costas, ombros e braços — algumas lacerações persistiam, sangrando a cada minuto. Uma circunstância desoladora, da qual cogitou em questioná-lo, mas desistiu.

— Cedric avisou-me de que poderia encontrar-te aqui — ela disse, estimulando um diálogo.

Ele sentou-se no mesmo lugar e abocanhou o pão com queijo. Estava com fome.

— É um bom homem — disse, após satisfazer-se com mais um pedaço da iguaria. — Fico feliz dele ser o comandante supremo. Teu irmão irá apenas ganhar com esta troca.

Iseult não estava interessada naquele tópico.

— Tristan... — ela ajoelhou-se ao lado dele — ...sei que não me amas, que nada represento para ti, mas...

— Não é verdad...

— Por favor, permita-me prosseguir — ela interrompeu-o. — Sei que deves ter enfrentado diversas dificuldades, mas acredito teres superado. Não tenho rancor de ti pelo tempo em que desapareceste, acredito que tiveste teus motivos. Para mim, o que importa é que voltaste vivo. Amo-te, Tristan, mas por que não me permites ajudar-te? Por que te afastas do meu amor? Se consentisses, te faria feliz!

Estavam sentados lado a lado. Ele embrulhou o restante do alimento e o depositou próximo de suas roupas. Estudou aquele rosto inocente e diáfano, impregnado de vida e paixão; não por acaso, era uma das donzelas mais desejadas... até seu casamento.

— Não anseias a felicidade? — ela inclinou-se e pousou suas mãos em seu rosto, acariciando-o suavemente.

Imóvel, ele semicerrou suas pálpebras, suas mãos fecharam-se por cima das dela. Sentimentos dúbios atormentavam-no, culpava-se por ter iludido Iseult com falsas esperanças e promessas, afinal, não era um homem incapaz de amar? Desprovido de qualquer emoção? De sentimentos? Sim, talvez daí a origem do apelido que recebera: demônios jamais foram susceptíveis às vicissitudes humanas. Mas um demônio era capaz de constatar o que havia perdido, mediante uma simples carícia? De perceber que negava a esperança a si próprio?

— Deveras tarde — ele rezingou, em baixo tom. E retirou as mãos delas sobre si.

Iseult fitou-o com olhos interrogativos.

— Não importa — atalhou, como se respondendo àquele olhar. — Se puderes, milady, tenta perdoar-me pelas ofensas que te fiz.

— Por que estás me dizendo isso? — ela franziu o cenho. — Já disse, não me ofendeste. E mesmo se tivesses, esqueceria. Porque testemunho não estares mais infectado pelo ódio como antes!

Pelo ódio...! — refletiu. Era doloroso para ele relembrar a forma como havia tratado aquela criatura meiga; o sopro de vida em seqüência à dor e morte em Slaughter Brigde. E de sua própria vida, agora vertida a um deserto de sentimentos.

...para um homem frio como és, a ponto de sequer pedir desculpas pelos dias ausentes; dias esses, em que tua esposa sofreu angústias diante da incerteza de teu destino...

— Iseult, por favor... preciso descansar — argumentou, desviando seu olhar. Envergonhava-se diante da demonstração de amor, bondade e compaixão de sua esposa; qualidades nela inerente. Virtudes que não possuía.

— Aqui?

— Husdent não está bem e... não quero deixá-lo sozinho — foi a desculpa mais insossa, porém, a única que justificava sua permanência no estábulo.

Iseult sorriu ligeiramente.

— E ainda, te acusam de seres fleumático! Como estão enganados! — ela entrelaçou seus dedos nos dele. — Amanhã, conversaremos mais, Tristan. Tinha certeza de que não me odiavas... — em um movimento repentino, beijou-o na face. A mesma, onde havia sido espancado por Kaherdin. Em seguida, levantou-se. — Eu rezei ao Deus dos cristãos, pedindo para que te iluminasse, esposo. Sei que Ele sempre estará contigo — e ela foi-se.

Sentado, desolado, sentiu seus olhos carregados de lágrimas. Como se não bastasse todos aqueles que haviam sofrido por sua causa, havia incluído Iseult. *Eles estão certos... eu não a mereço!*, refletiu, angustiado. Seria insensatez dizer-lhe de que no dia seguinte, estaria longe.

De que havia sido banido.

Ao alvorecer, ele estava pronto para partir. Trazendo Husdent pelas rédeas, deixou o estábulo. Perante si, descortinou-se os campos — o horizonte ainda imerso nas sombras. Virou-se e contemplou a casa. Pediu aos deuses que não ocorresse qualquer ataque ao ducado, quem sabe, Kaherdin não estaria certo? Yolanda iria ali permanecer, se planejassem um ataque?

Não estaria ali para descobrir.

Prendeu o manto, montou e partiu.

Quando o Sol atingiu seu ápice, ele desmontou e procurou refúgio na floresta de Aven. Não estava muito distante de um porto. Andando ao lado do cavalo, avaliou a possibilidade de retornar à Britannia. Iria para Kent, o único lugar em que lhe era permitido o acesso. Isso, se conseguisse ultrapassar as muitas barreiras impostas pelos saxões. Naquele instante, arrependeu-se por não ter aceitado o convite de Aesc.

— Aqui estamos, Husdent... — disse, à esmo. Parou de andar e retirou o manto, colocando-o sobre a sela. Em seguida, afrouxou as tiras da cota de malha. Apoiado no cavalo, fitou o horizonte. — Exilado mais uma vez. Se tens paciência para os lamentos de um infeliz, diria que estou cansado.

O garanhão agitou o pescoço, a longa e sedosa crina negra desalinhou-se completamente. E volteou o pescoço, como se quisesse fitar seu dono.

— Cansado de minha desgraçada vida... — ele sentou-se, encostando-se cuidadosamente em uma árvore. Husdent andou até ele e o cutucou com o focinho. Tristan apreciou o gesto amoroso do animal e o afagou. — Tens mais amor do que eu, Husdent. — Levantou seus olhos. Por entre os galhos das árvores, brilhava o Sol. Ele suspirou. Apanhou as duas adagas que havia ganho de Kaherdin. Com elas em mãos, relembrou a primeira vez quando encontrou-se com o jovem duque. E mais uma vez, orou aos deuses de seus antepassados para que nada acontecesse a ele... e ao ducado. Dispersou seus pensamentos ao fitar seu reflexo em uma das adagas. Como de costume, da outra fez uma navalha. A si, era suficiente os cabelos prateados. Em seguida, alimentou-se com o restante do que Iseult havia lhe fornecido. Não era muito, mas estava habituado à escassez de provisões. Levantou-se e andou até um córrego, satisfazendo sua sede. Pretendia estender seu descanso, mas achou por bem prosseguir. Ajeitou o manto sobre Husdent e seguiu, levando o cavalo pelas rédeas. Era possível vislumbrar pequenos mamíferos atravessando a trilha que seguia; os pássaros fanfarreavam, animados pelo leve calor proporcionado pelo Sol.

Caminhou por mais duas horas, quando resolveu montar. Foi quando uma sensação estranha o dominou. Inquieto, ele olhou para trás; não sabia se havia ouvido algo, um som diferente dos habituais em uma floresta. Entretanto, nada viu. Ainda assim, estava apreensivo. Súbito, um grito de comando vibrou. Sete cavaleiros surgiram pelo seu flanco esquerdo; outros seis, do lado oposto. Como reflexo, Tristan desembainhou sua espada. Tinha ciência de suas chances serem mínimas, mas não ia se entregar. Se tivesse que morrer, que fosse em combate. Diante do comando repentino, Husdent ergueu as poderosas patas dianteiras; os pesados cascos — devido as ferraduras — e o gesto desafiador, intimidou algumas montarias de seus atacantes. O apoio fornecido pelos *striups*, possibilitou a Tristan desferir violentos golpes... desde que fizesse o possível para ignorar a profunda dor em suas costas a cada assalto; entretanto, não demorou para ser cercado. Tentando evitar ser atingido pelo flanco, fez Husdent rodopiar. Neste momento, percebeu que sua cota de malha estava afrouxando-se cada vez mais; pior, estava atrapalhando seus movimentos. E não tinha um escudo... Erguia-se na sela e jogava-se para os lados, desviando das investidas dos inimigos; valendo-se do impulso projetado pelos próprios, terminava derrubando-os. Ainda assim, uma lâmina inimiga atingiu seu braço esquerdo. A cota de malha — mesmo folgada — serviu para protegê-lo. Entretanto, a dor em suas costas aumentava — Tristan pressentiu a morte envolvendo-o, clamando por si. Foi quando dois cavaleiros surgiram por de trás das árvores. A princípio, ele imaginou tratar-se de mais inimigos, todavia, ambos, com espadas em punho, partiram para cima de seus atacantes. Animado pelo inesperado auxílio, Tristan concentrou-se em suas próximas investidas e com sua usual ferocidade, ceifou a vida de outros três, até encurralar o líder do bando. Suado, os cabelos prateados grudados em seu rosto e pescoço, encostou a ponta de sua espada no pescoço do oponente.

— Mostra teu rosto, verme, se não quiseres que eu arranque esse elmo!

O atacante, acuado e receoso, atendeu a ordem. Tristan acompanhou, sem surpreender-se, a face pálida de Heri.

— Heri, a serviço da condessa... — a voz soou ao lado de Tristan, que olhou de soslaio. Era Dagda.

— Canalha mentiroso! — Heri blasfemou. Não sabias ler, então!

— Antes mentiroso do que vender minha honra! — Dagda vociferou.

— Estavas a par desta cilada, Dagda? — Tristan inquiriu, com a espada em riste contra Heri.

— Fiquei a par.

Nesse ínterim, Tristan notou que o amigo havia sido ferido. O outro cavaleiro achegou-se; era Fergus.

— Estão todos liquidados. Agora, o que faremos com esse traste? — o mercenário referiu-se a Heri.

— Eu ainda sou um capitão! Não podeis fazer algo contra mim!

— Pois então, Heri, se não quiseres que eu decepe tua cabeça, começa a relatar aqueles que fazem parte de teu grupo sórdido e o que pretendeis! — Tristan, o rosto contraído, ordenou. — Mas antes, entrega tua espada e desmonta desse cavalo!

Heri assim procedeu.

— Porém, há algo mais importante antes dessa vil criatura iniciar seu relato! — referiu-se ao ferimento de Dagda. — Fergus, vigia-o!

Tristan embainhou sua espada, apeou-se e aproximou-se de Dagda. Este também desmontou — com dificuldade. — Havia sido ferido na altura da virilha e nas costas.

— Dagda, tu devias usar ao menos uma cota de malha! — o mercenário, como a maioria, preferia lutar com o tórax desnudo.

— Não acreditas que seria deveras inusitado, se de repente, um mercenário que nunca usou qualquer proteção, deixasse Cairhax vestido como um soldado? Tinha receio de atrair a atenção dos traidores... que seguem este cão! — e ele apontou Heri.

Tristan encarou-o. Uma forte comoção nasceu em si.

— Deixas-me sem palavras, Dagda — Tristan pediu para que ele se sentasse, enquanto observava ambos ferimentos. — Graças aos deuses, o corte nas costas não é profundo. — Ele cortou uma tira de tecido da *bracae* do guerreiro, molhou-a e limpou os locais lesados. — Salvaste minha vida, arriscaste a tua, mesmo depois de minha atitude...

— Teu inexplicável sumiço? Alguém perguntou-te o que tiveste de fazer?

— Talvez, para eles não fosse importante — ele suspirou. — Tentei ir auxiliar um amigo, um grande homem. Em verdade, um rei. Mas cheguei tarde demais — um súbito abatimento dominou-o. — Será necessário um sumo de ervas para que essas feridas não piorem.

Dagda impediu-o de afastar-se, segurando-o pelo braço. Seu rosto contraiu-se de dor; o ferimento na virilha era mais sério.

— Tristan... tu disseste um rei?

— Não por título, mas por caráter. Tratava-se de Arthur, Dagda. Filho de Uther Pendragon.

— Ele... está morto?

Tristan confirmou, consternado. Sem mais nada dizer, apartou-se; queria providenciar o remédio o quanto antes. Preocupava-se com o estado do amigo. Procurou pela floresta um salgueiro branco, ao encontrá-lo, retirou partes da casca com sua adaga, com o que fez um chá. O passo seguinte foi limpar diversas vezes os locais lesados com aquela infusão. Queria evitar a todo custo que as feridas terminassem purulentas, como ocorreu consigo, acarretando aquela terrível forma de cauterização.

Enquanto Tristan providenciava os cuidados a Dagda — esquecendo-se de suas próprias lesões —, Fergus tornou-se o responsável pelo preso e o obrigou a revelar a conspiração da qual fazia parte. Iniciou com nomes de alguns homens — guerreiros subornados, prontos a atacar Kaherdin. Comentou que Matthieu também fazia parte do esquema. E a respeito de derrubarem o duque, afirmou que o conde pretendia, sim, matá-lo, mas apenas quando Yolanda conseguisse afastá-lo — sozinho ou com a falange que ele próprio comandava — do ducado. O casal tramava uma emboscada, mas Heri não sabia ao certo quando ocorreria.

— Sei que a condessa está hesitante quanto à morte daquela criança mimada, mas Rogier queria a tua, Tristan! Decerto, era também meu anseio e como foste expulso, Yolanda enviou-me para fulminar contigo! — Heri esbravejou. — Estava conseguindo derrotar-te! Mas não imaginei a intromissão destes canalhas! Devia ter acabado contigo, Dagda... e não ter acreditado em ti!

— Quer dizer que apenas tu podes trair! Sejas um bom perdedor, Heri. Pelo menos, terias uma qualidade...

— Nem Rogier confia em ti, Heri — Tristan explanou, enquanto protegia os locais atingidos com tiras da *bracae*. — Se confiasse, estarias a par de tudo o que ele planeja.

— O conde elabora as idéias... e eu executo!

— Aí está o motivo de teres sido um péssimo comandante — rematou, erguendo seu corpo. Terminara a tarefa de proteger os ferimentos. — És um tolo subserviente.

— Precisamos voltar, Tristan — Fergus, aflito, suscitou. — Pois ouvi rumores de que Kaherdin pretende ausentar-se.

— Como? Dagda não pode cavalgar... e...

— Deixai-me aqui — o ferido interrompeu. — É mais importante que vós volteis ao ducado.

— Deixar-te? — Tristan indagou. — Estás louco? Jamais iria deixar-te, Dagda.

— Kaherdin e o ducado correm perigo, Tristan — o mercenário rebateu. — Eu não sou importante assim para que vós permaneçais aqui.

— Eu poderia ir, Tristan — Fergus voltou-se. — Se tu conseguires tomar conta de Dagda... e deste cão.

— Eu te mostro quem é cão!

— Fergus! — havia sido Dadga quem bradou. Tudo aconteceu rápido demais; num instante, Heri estava sentado, as mãos presas — frente ao seu corpo. No seguinte, o conspirador estava em posição de ataque — nas mãos atadas, uma adaga. O mercenário não tivera tido tempo, ou esquecera-se de revistá-lo. Heri projetou-se em um salto e com toda sua força, enterrou a arma na nuca de Fergus.

Tristan agiu em reflexo, ao grito de Dagda. Havia sido ligeiro, mas não o suficiente para impedir o covarde ataque; no momento em que Heri feriu mortalmente Fergus, pelas costas, Tristan cravou sua espada no abdome do capitão. Este dobrou os joelhos, os olhos arregalaram-se, o corpo precipitou-se e caiu pesadamente para trás, quando o guerreiro puxou para si sua arma. Fergus, por sua vez, cruelmente atingido na nuca, caiu por sobre Tristan — quando este desferia o golpe mortal em Heri — sendo por ele amparado.

— Fergus! — Tristan exclamou. Tinha suas mãos manchadas pelo sangue do amigo.

— Fui um... tolo... — o ferido balbuciou — ... dar as costas... a um... traid... — com um espasmo, Fergus gemeu; todo seu corpo vacilou, para, ao fim, aquietar-se. Expirou nos braços de Tristan.

Dagda, que sequer pôde erguer-se, acompanhou a cena; o rosto terrificado. Viu quando Tristan ajoelhou-se, amparando o corpo sem vida, completamente transtornado. Era uma cena desoladora. Para o guerreiro de cabelos prateados, não havia palavras que expressassem sua dor. Naqueles tétricos instantes — cujo tempo pareceu paralisar-se, prolongando o sofrimento — tudo o que sua devastada mente conseguia conceber, era que mais uma pessoa próxima a si havia perecido. E porque viera em seu auxílio. Um amigo, que perdera a vida... e ele, como nas demais vezes, estava envolvido. Para sua infelicidade, via-se mais enredado em suas mortes, do que em suas vidas.

— Deuses... Por quê ? Por que castigais-me dessa forma? Até quando terei de pagar...? — afligiu-se.

Em um esforço supremo, Dagda retirou sua espada da bainha e nela apoiou-se para erguer-se. Andando com dificuldade, aproximou-se deles.

— Tristan... esqueces de que somos guerreiros? Um verdadeiro homem de armas jamais teme a morte; todos nós teremos o mesmo fim. Fergus era um dos que sempre quis morrer em uma batalha...

— Chamas ser atingido covardemente de batalha? — ele levantou seus olhos. O corpo imóvel ainda estava em seus braços.

— Não. Mas chamo de desrespeito não aceitares a morte, quando esta se manifesta. Conhecia Fergus desde suas primeiras batalhas, Tristan. Amava-o e tinha-o como a um irmão. Mas nós sabíamos que um dia isto iria acontecer. — Dagda fixou seu olhar nele. — Ou não estás pronto para morrer, meu amigo?

Tristan depositou o corpo. Estava com suas vestes manchadas de sangue. Apanhou sua espada, que caíra no chão, quando amparou o mercenário e começou a revolver a terra.

— Sempre estive pronto, Dagda. Creio que vivi até demais e considero ser essa minha sina. Saio ileso, enquanto apenas enterro todos aqueles que, de alguma forma, muito significaram para mim. Se não testemunho suas mortes, brindo-os com sofrimentos. E por isso mesmo, não quero arriscar contigo. Descansarás esta noite. Amanhã, creio que poderás cavalgar.

— Tristan! Tu não podes fazer isto! O ducado... todos ali... correm perigo! Não te importas com Iseult? Com Kaherdin?

Ele continuou silente, cavando. *Sim, meu amigo, preocupo-me com Kaherdin e com todos... mas não tiveste dúvida em vir em meu auxílio. Agora, queres me convencer a abandonar-te. Tua nobreza não tem fim?*

— Fergus morreu pelo auxílio que me prestou. Não vou permitir que tenhas o mesmo fim. Tua vida, Dagda, me é mais cara do que qualquer guerra ou ameaça de guerra. Ademais, está escurecendo, de que adiantaria cavalgar em meio ao breu de uma floresta?

Dagda voltou a sentar-se. O único som era o da terra sendo revolvida.

— Teremos que nos afastar daqui — Tristan quebrou o silêncio. — Em instantes, os carniceiros serão atraídos pelos corpos.

O ferido respirou pesadamente. A sensação de quentura nos locais lesados incomodava, não tanto quanto a incerteza de sua situação física, porque acreditava não ser capaz de cavalgar no dia seguinte, nem nos próximos. O mercenário fitou Tristan, trabalhando na cova. Como iria convencê-lo? Conhecia seu temperamento, era um homem difícil de persuadir. Dagda ajeitou-se. Sentar-se em pedras era desconfortável e doloroso. Continuou cogitando em como proceder. Mantinha sua atenção em Tristan e em tudo ao seu redor. As criaturas da floresta já haviam pressentido as mortes.

Selar a cova era mais rápido do que cavá-la. Ao término, Tristan achegou-se ao amigo.

— Como te sentes? — inquiriu.

— Como há instantes. Nem melhor, nem pior. E será como me sentirei amanhã. Portanto, tu...

— Dagda, tu não podes me convencer.

— Ouve! — ele fincou sua espada na terra, apoiando-se nela. — Yolanda não é tola, Tristan. Em quanto tempo ela suspeitará de que seu plano falhou? Eu não sei o que ela pretende, nem tu. Talvez, planeje assassinar Kaherdin amanhã, talvez, daqui a dois invernos; como vamos saber? Portanto, ao alvorecer, retornarás!

— Não posso deixar-te...

— Diabo! Podes e irás! Tens em conta ser eu uma frágil donzela? Não preciso de amas de leite, só porque fui ferido! — o mercenário esbravejou, mas havia certa ironia naquelas palavras. Tanto, que riu em seguida. — Muito bem, encontraremos um abrigo, longe desses cadáveres. Assim que atingires o ducado, peça para meus colegas virem; eles conhecem bem essa região. Não demorarão em me encontrar.

— Creio ter deparado-me com alguém mais irredutível do que eu — Tristan replicou. — Venceste. Vamos procurar um abrigo, antes que escureça ainda mais.

Assim fizeram. Durante a noite, Tristan tornou a aplicar a solução nas feridas; graças ao seu insistente cuidado, Dagda não ia ter o desprazer de conhecer — na pele — o doloroso método de cauterização.

O mercenário repousava quando Tristan afastou-se do abrigo — uma clareira flanqueada por árvores —, ao alvorecer. Retornou momentos depois, com alimento. Ainda detinha sua habilidade na caça, os dois faisões abatidos eram prova disso. Somente terminado de prepará-los, Tristan o acordou.

— Ainda estás aqui? — Dagda resmungou.

— Estou de partida. Apenas quis certificar-me de que irás te alimentar.

O mercenário sorriu. Movimentou-se com cautela.

— És um homem estranho, Tristan. O apelido que recebeste, não faz jus a ti.

— Não te esqueças de quem começou com essa história de apelido, Dagda — versou, enquanto selava Husdent.
— Yolanda.
— Exatamente. Mas em outros lugares, também fui considerado um demônio. Talvez, ao fim, eu mereça.
O mercenário abocanhou mais um pedaço de carne assada.
— Não vais alimentar-te?
— Preserva o restante. Terás alimento, até teus homens virem — ele andou até o amigo. — Também tens água. Só peço que permaneças vivo... pelo bem de minha consciência. Fica com meu manto, caso sintas frio.
Dagda sorriu.
— Fui ferido, mas não estou inválido, Tristan! Agora, vai logo!
Trocaram um caloroso aperto de mãos.
— Obrigado, Dagda — dizendo isso, Tristan afastou-se.
Dagda acompanhou-o até a figura do cavaleiro desaparecer de seu campo de visão.
— Que os deuses te protejam, comandante — ele orou.

Pelas trilhas, em uma corrida frenética, seguia um fogoso garanhão; os contornos de seus músculos eram banhados pelos raios de Sol, ainda tímidos. Nessa marcha, prosseguiu. Acostumado a percorrer longas distâncias, Husdent não se intimidava, ainda que tivesse de correr, desembestado. De certa forma, o pesado cavalo havia se acostumado e seus galões tornaram-se mais velozes. Naquele ritmo, ao fim da manhã, alcançou o local onde no dia anterior, havia descansado, nos limites das florestas de Aven.
— Estamos próximos, Husdent! — permitiu ao cavalo beber água e prosseguiu.
Por fim, no horizonte, desvelou-se a sede do ducado. A casa construída defronte ao mar. Kaherdin havia sido um mestre no que dizia respeito à beleza do local. E Tristan queria que assim Cairhax continuasse.
Quando atingiu o pátio da construção, notou os diversos olhares sobre si, mas lhe eram irrelevantes Resoluto, mal freou Husdent, apeou-se e correu, entrando na sede com passos firmes. Ao primeiro pajem que viu, segurou-o pelas roupas, questionando o paradeiro do duque.
— Não sei, senhor...! — o menino gaguejou.
— Vai procurar o comandante da guarda, agora! — ele empurrou o garoto. Seu comportamento hostil atraiu a atenção dos que ali estavam; percebendo a circunstância, ele bradou: — Diabos, nenhum de vós sabeis onde está Kaherdin?
— Tristan?
Ele virou-se. Era Iseult que se aproximava. Atrás dela, Cedric e Caswallan.
— Onde está teu irmão?
— Ele saiu há pouco — Cedric interrompeu.

— Sozinho?

— Não, com a condessa. Ele avisou-me de que ia até Kareöl. Não quis a guarda...

— Inferno! — praguejou. — Vós! — bradou para Cedric e Caswallan — reuni vossos homens de confiança e prendei os leais a Heri! Deveis deter até mesmo os suspeitos! Interrogai Matthieu. Ele poderá vos auxiliar! E irá vos explicar o que originou as sublevações nos sítios. Ide atrás dele, antes que novos distúrbios rompam!

— Mas o que...

— Escuta! — ele segurou Cedric pelos braços. — Nosso tempo é limitado! Convoca os mercenários, companheiros de Dagda e ordena para irem resgatá-lo. Ele está em Aven — e forneceu referências do local onde o ferido se encontrava. — Depois, com teus homens, marchai em direção a Kareöl; todos armados! Eu irei na frente.

— Tristan, o que está acontecendo? Estás ferido? — Iseult tentou detê-lo.

— Cedric, pede para algum de teus soldados proteger a irmã do duque — disse, forçando Iseult a soltar seu braço. — Preciso ir, milady... — ele acelerou o passo.

— Mas... para onde? Voltarei a ver-te? — ela o seguiu até a entrada da casa. Tristan estava prestes a montar.

— Tristan! — era com súplica que ela o chamava.

Ele apenas encarou-a. Diferente das demais vezes, havia ternura em seu olhar; assim era Iseult para si. Uma criatura pura, inocente. Talvez fosse isso o que acreditou amar — a inocência perdida em si. A vida, a redenção e a esperança extintas em si.

— Adeus, Iseult — disse. Em seguida, incitou Husdent. Foi apenas depois que notou ter dito — involuntariamente — seu nome.

Ele forçou seus joelhos contra o corpo quente do garanhão, as poderosas patas levantavam terra, o vento a favor deles, incidia. Tristan encorajava o animal, enquanto pedia aos deuses que não fosse tarde. *Não dessa vez! Eu vos imploro...*, rogava, em desespero.

Como um raio negro, atravessaram os campos, rumo a Kareöl. Husdent bufou; a saliva espumava, a longa crina e cauda chicoteavam. Então, ao longe, Tristan definiu a silhueta de dois cavaleiros. Seria Kaherdin? Ficaria feliz se não tivesse tido a impressão de ter visto mais quatro cavaleiros... vindo contra os dois primeiros.

A cada passo, a impressão revelou-se acertada. Quatro cavaleiros vinham em um ritmo forte. Tristan incitou Husdent ainda mais; nesse ínterim, conseguiu ver com clareza a figura dos dois primeiros.

— Kaherdin! — bradou.

O duque — que cavalgava descontraído, freou seu cavalo e voltou-se, olhando para trás. A princípio, não reconheceu e estranhou o furor daquele cavaleiro em achegar-se. Ao seu lado a condessa, extremamente irritada, também deteve sua montaria.

— Quem...? Tristan?! — Kaherdin estava incrédulo.

— Maldito seja esse homem! — Yolanda reclamou, rangendo os dentes. Ato contínuo, chicoteou seu cavalo, fazendo-o partir abruptamente.

Kaherdin conteve o seu, mas estava atônito, sem nada compreender. Nesse instante, Tristan alcançou-o, postando-se na frente dele. Em verdade, Husdent quase atropelou o cavalo do duque, que assustado, recuou. Concomitante, um sibilo soou. A flecha rasgou impiedosamente o ar; Tristan sentiu um violento impacto contra seu tórax; com muito custo, permaneceu em sela. Não era ele o alvo, mas sim, o duque, foi o que ouviu dos atacantes, que com armas em punho, avançaram, desviando de algumas árvores. Nas mãos de um deles, o arco e flechas. O cavaleiro, em vez de recarregar a arma, sacou sua espada e investiu contra Tristan. Este, mesmo com a flecha encravada em si, reagiu. Com sua espada em punho, defendeu-se dos poderosos golpes de...

— Riol! — Tristan, colérico, grunhiu. — É assim que manténs tua palavra?

O inimigo atacou ferozmente, Tristan apenas defendia-se. A força em seu braço esquerdo esvaiu-se. Difícil era lutar e segurar-se em sela. Com efeito, teria caído, não fossem os *striups* de Aesc. Graças àquele significativo presente, estava conseguindo controlar Husdent, que excitado, erguia as patas dianteiras. Pôde ouvir Kaherdin gritando seu nome, era manifesta a extrema aflição do duque, pelo perigo iminente tanto quanto pela cruel realidade. A traição, que revelou-se.

— Palavras são para os fracos! — Riol sentenciou. — De qualquer forma, aguardava tua vinda, comandante... onde morre um, morrem dois!

— Ou três! — era Deloiese, que também trazia sua espada em punho. Mas o conde cavalgou em direção à Yolanda.

Como se estivessem seguindo a um comando inaudível do conde, os dois cavaleiros restantes cercaram Kaherdin. Porém, antes de iniciarem a luta, viram Deloiese aproximando-se da esposa.

— Agora, posso dizer-te... Tu fizeste teu serviço bem demais, criatura devassa!

— Rogier...! — o rosto da condessa perdeu o brilho.

A alguns passos dali, preocupado com Kaherdin, Tristan — recuperando o controle com a espada — conseguiu ludibriar Riol com um repentino assalto, arrancando de suas mãos a espada. Devido à força do golpe, a arma caiu longe. Acovardado e receoso, Riol recuou. Em vez de ir atrás dele, Tristan aproveitou-se da situação, quebrando o corpo da flecha encravada para em seguida, voltear Husdent, acompanhando os brados de Deloiese. Com efeito, irado, o conde urrava como uma fera ensandecida.

— Acreditaste realmente que eu não ficaria a par, de tua paixão... verdadeira, Yolanda? De que preferes te deitar com este duque mimado do que com teu marido? Mas agiste bem... deste-me plausíveis motivos para minhas ações! — o conde voltou-se para Kaherdin. — Se bem que o feitiço voltou-se contra o feiticeiro... contra mim! Verdade que tirei muito proveito da situação. Mas também é certo que aprendeste com teu valoroso comandante, as mazelas da traição, não Kaherdin? Se aprendeste com um homem que traiu um rei, não deverias ficar admirado por eu agir insidiosamente contra ti! De fato, creio que nesse momento, o ducado está sob ataque. Planejava conseguir aliados para te derrubar; como nisso falhei, comprei teus homens com teu próprio dinheiro, Kaherdin! Com teus amáveis favores... Uma troca justa, afinal, tiveste noites prazerosas com esta libertina! — ele apontou a espada para Yolanda. — Entretanto, não temas; sequer terás que te preocupares mais com tuas terras, pois farei contigo o que farei com essa descarada! — e em um único golpe, Deloiese ceifou a vida da esposa.

Kaherdin, mortificado diante de tudo o que ouvira e presenciando a cruel morte de Yolanda, descontrolou-se. Armou-se e ameaçou atacar Deloiese. Entrementes, Kayne e Vardon — os dois cavaleiros-mercenários —, em defesa ao conde avançaram. Eram experientes homens de armas. Foi o suficiente para que Tristan — estarrecido ante a sordidez e insanidade de Rogier e de sua esposa assassinada — reagisse. Com uma de suas adagas em mãos, instigou Husdent e com toda sua força, arremessou-a contra um dos atacantes de Kaherdin. A adaga rasgou o ar, fincando-se violentamente contra as costas do inimigo. Este, sem qualquer proteção, teve uma morte fulminante. O auxílio veio em boa hora. Embora Kaherdin praticasse a arte com a espada, estava exasperado; difícil era concentrar-se na luta, o que proporcionou uma cutilada em sua perna. Ainda assim, conseguiu sobrepujar a defesa de Vardon, aniquilando-o.

A corajosa atitude de Tristan foi repelida por Deloiese, que furioso, avançou. E ele não estava sozinho; do lado oposto, Riol — que havia recuperado sua espada — retornava com sede de sangue.

— Foge, Kaherdin! — Tristan ordenou, vendo o duque, de soslaio, em seu flanco. Sabia que Kaherdin não era páreo para nenhum daqueles dois.

— Nunca!

— Não teima agora, Kaherdin! Vai! — vociferou, em um tom enérgico, de comando. Mas não hesitou em chutar com força a anca da montaria do duque. O animal reagiu, partindo em frenesi. Feito isso, impingiu Husdent a correr em direção ao conde, armado. No instante seguinte, atracou-se com Rogier; as armas brilhavam sob os tênues raios de Sol.

— Anima-te, Tristan... pois garanto que com tua morte, farás feliz Iseult de Cornwall, já que nem a ela, foste fiel. És indigno dela, tanto quanto és de Iseult da Bretanha, verme!

Ele não respondeu à provocação. Precisava concentrar-se na luta; para Rogier, não importava o fato de ter sido alvejado por uma flecha. Para piorar, Riol — que havia cruzado com os duelistas, na tentativa de alcançar Kaherdin — decidiu retornar e concluir sua tão adiada vingança. Tristan foi cercado. Percebeu Riol achegando-se de si, por trás. Desviou-se da lâmina deste, mas não podia baixar sua guarda contra Rogier, cada movimento era decisivo. Entrementes, lhe era penoso desferir investidas bruscas — a flecha encravada e o maldito açoite cobravam seu preço. A cada assalto, a dor o atordoava, era como se estivesse sendo novamente fustigado e sofria a cada inspiração. Ainda assim, em um gesto desesperado, conseguiu subjugar a defesa de Rogier, atingindo-o na altura das costelas, para em seguida, voltear Husdent e — esquecendo-se das dores lancinantes em seu tórax — defender-se do segundo atacante. As lâminas chocaram-se em estrondos; Riol lutava de um modo selvagem, ora deitava sua espada e atacava, ora tentava estocá-la. Compreendendo o modo do inimigo, Tristan — que guardava sua defesa — abriu-a totalmente quando percebeu Riol em nova — e violenta — investida, mas jogou todo seu corpo para o lado oposto, aproveitando-se dos *striups* de Aesc. A lâmina inimiga zuniu e raspou bem próximo de si, ao passo que Riol — sem encontrar o apoio da defesa — praticamente desequilibrou-se do cavalo, mas não caiu. Entretanto, aquele deslize foi o suficiente para que Tristan enterrasse sua arma em seu abdome; estocou-a com força, pois Riol usava um peitoral. O artefato era feito de placas interligadas de metal, similares às lorigas romanas. A proteção era mais eficaz do que a cota de malha, mas de nada adiantou ante aquele golpe, posicionado entre as escamas metálicas. Entretanto, dificultou quando Tristan tentou retirá-la do corpo do inimigo. Recuperado, Deloiese — maldizendo-o — o atingiu pelas costas. Embora não estocasse a arma, a cutilada revelou-se violenta; Tristan acabou por soltar a empunhadura de sua espada e deixou que o morto desabasse da sela com ela. Rogier repetiu o ato. Dessa vez, a cota de malha — já rompida — foi estraçalhada por completo e o metal rasgou a musculatura de Tristan. Ao que parecia, Deloiese não queria uma morte rápida, mas sim, torturá-lo. O ferido, porém, insistiu, embora suas forças estivessem no limite. Puxou as rédeas de Husdent, ficando de frente para Deloiese; em suas mãos, sua outra adaga. E antes de ser uma vez mais hostilizado, precipitou-se contra o agressor. Diante daquela ação, ambos caíram dos cavalos, que impacientes, empinavam. Na queda, a lâmina de Deloiese caiu longe de si.

— Queria-te aqui, Tristan... para derrotar-te sozinho e irei fazê-lo! — o conde vociferou.

Engalfinhados, uma luta corporal iniciou-se, contudo, limitada resistência Tristan ofereceu, ante seu estado e à força do oponente. Este, percebendo a debilidade do rival, surrou-o. Com a brutalidade dos golpes, o vitimado terminou por deixar cair sua adaga; sequer restou-lhe tempo a praguejar, em virtude de Deloiese — sobre si — constringir, em fúria, as mãos em sua garganta. Tristan, dominado por uma agonia aflitiva, conseguiu afastá-lo, empurrando-o com ambas pernas. O conde caiu pesadamente para trás; aproveitando-se desse momento, Tristan rastejou-se, alcançando seu punhal. No instante em que o conde, irado, recuperou-se e preparou nova investida — agora com sua espada em mãos, pronto para estocá-la —, foi surpreendido por uma violenta dor em seu tórax, na altura do plexo solar. Ali, com as forças que lhe restavam, Tristan enterrou a adaga, rompendo a cota. Deloiese urrou; seus olhos esbugalharam-se, a mão soltou repentinamente a arma. Resmungou impropérios, mas os insultos feneceram em sua garganta. Sua face contraiu-se em dor e grossos fios de sangue escorreram pelo canto dos lábios.

O peso sobre o vitorioso, era o de um morto.

Com extrema dificuldade, Tristan empurrou-o. Estava arfante, agônico. Amargava com espasmos de dor a cada inspiração. Era como se fosse alvejado por uma nova flecha, que lhe rompia e espedaçava sua carne. Todo o lado esquerdo de seu corpo estava dormente. A despeito disso, tentou mover-se; precisava sair dali, caso Rogier tivesse mais homens espalhados, porém erguer-se estava longe de suas possibilidades. Sua mão cobriu a flecha encravada, sangue escorreu pelos seus dedos. Embora ciente da gravidade de seu estado, não se importou. Seu único receio era o de ser encontrado por inimigos... Agora, seria uma presa fácil. E era o que temia... não poder sequer defender-se. Contraiu seus músculos para um último esforço. Queria ao menos, ocultar-se na densa vegetação...

Kaherdin conseguiu conter a fúria de seu cavalo, mas depois de muito ter percorrido. Chegou a pensar que Tristan viria logo atrás, todavia, isso não aconteceu. Aturdido, a real — mas tenebrosa — dimensão de tudo o que sucedera, castigou-o. Sim, havia sido usado por Yolanda, exatamente como Tristan havia dito. Deuses! Por que havia caído na arte da sedução daquela mulher? *Desde o primeiro momento, ele avisou-me... Mas o ducado... Estará havendo uma guerra? E... Tristan...?* — os pensamentos provocavam-no; uma onda amarga de arrependimento e culpa consumiam-no, afora a incerteza do que fazer. Voltar? E se deparasse com o ducado destruído? Naquele crucial instante, ele sentiu desprezo e vergonha de seu comportamento. Havia perdido tudo e uma funesta covardia agora o impedia de seguir o caminho rumo ao ducado, não queria vê-lo arrasado. Não queria ver todos mortos, assassinados! Tudo... pela luxúria! Por ter se entregado àquela mulher!

— Por que não te dei ouvidos, Tristan? — angustiado, freou o cavalo; não iria a lugar nenhum. Apeou-se. Não merecia nenhum título, posição; não era digno de nada! Pois nem mesmo soube defender-se! Era medíocre até nas artes das armas! — Todos em Cairhax, devem ter morrido com honra... — disse, em tom lastimoso. E desembainhou sua espada. — Mas eu, reles caricato de homem, não tive dignidade nem para lutar! Pela vergonha de meus atos, pela afronta à minha descendência, devo perecer pelas minhas mãos! Morrerei com honra, já que não fui homem o suficiente para, em vida, tê-la! — ele posicionou sua espada contra seu abdome. Estava prestes a transpassar seu corpo...

— Kaherdin!

Em um rufar de cascos, Cedric, cavalgando ao lado de Caswallan, seguidos pela armada, achegaram-se ao duque.

— Kaherdin, o que fazes? Estás louco? — Cedric, montado, inclinou-se em sela, arrancando a arma das mãos do duque.

— Ordeno que devolvas, Cedric! Atende a uma última ordem de teu vil senhor, que a tudo perdeu!

— Perdeste teu juízo, Kaherdin! Apenas teu juízo. O ducado está a salvo, contivemos os agitadores. Viemos atrás de ti, como Tristan ordenou. O que planejavas, tentando matar-te?

— Tristan... Deuses!

Açularam os cavalos de volta a Kareöl; em minutos, a armada alcançou o local onde havia ocorrido a emboscada. Ali, os homens dividiram-se. Dois grupos, liderados por Caswallan, foram à procura de supostos rebelados, por sua vez, o duque e Cedric frearam e apearam-se de seus cavalos no mesmo lugar onde o ataque teve início. Dois corpos jaziam, Kaherdin reconheceu-os. Eram os mercenários que haviam-no atacado. Um deles, morto pelo seu antigo comandante. A alguns passos, depararam-se com o corpo de Riol, transpassado por uma espada. Diante daquele quadro, Cedric trocou um curto olhar com o duque, um olhar de comiseração. Mas Kaherdin não apercebeu-se do que Cedric começava a pressentir. Em silêncio, retirou a arma de Tristan do morto. Antes que pudesse dizer algo, ouviram hinidos; por entre as árvores, avistaram o garanhão negro.

Movido por uma sensação pouco familiar, Cedric andou até Husdent. O cavalo, agitado, recuou. Foi nesse momento que o capitão notou uma trilha de sangue. E seguiu-a.

— Kaherdin... — a voz do capitão soou tensa.

O duque atendeu ao apelo. Correu, desviando dos arbustos. Haviam encontrado-o.

— Tristan!

O antigo chefe de governo estava prostrado, a mão direita cobrindo a flecha encravada. Kaherdin ajoelhou-se ao seu lado e com cuidado, o ergueu pelos ombros. A cota de malha e o gibão de couro estavam dilacerados, deixando à mostra as costas severamente injuriadas. Aflito, o duque, clamando pelo amigo, tentou reanimá-lo com leves movimentos. Seu gesto teve efeito, pois o ferido descerrou suas pálpebras.

— Kaherdin... — ele pareceu surpreso, não era um inimigo que o circundava. Respirou pesadamente; filetes de sangue escorriam de seus lábios — ... Imploro-te perdão... duque... — sussurrou — ...tiveste um traidor ao teu lado durante todo esse tempo...

— Que me importa, Tristan? — o moço tinha lágrimas em seus olhos. — Fosses tu, traidor, biltre, bandoleiro... Sempre te considerei como um irmão!

Mas o ferido não testemunhou a frase, pois quedou inconsciente. Cedric acompanhou, incrédulo, a cena. Era difícil aceitar a derrota daquele experiente homem de armas.

— Leva-o daqui, Kaherdin. Meus homens e eu marcharemos até a fortaleza de Deloiese e...

Ainda ajoelhado, com a face marcada pelas lágrimas, ressentido, Kaherdin vociferou, interrompendo o capitão:

— Aniquila-os! Todos! Não concedas a vida a nenhum, nem mesmo aos que se renderem!

Cedric encarou-o com censura.

— Pelo que constato, não aprendeste nada com teu "irmão" — retrucou, acentuando a última palavra. Se bem me recordo, Tristan dizia ser um ato de suprema covardia, em uma batalha, tirar a vida de homens rendidos. Não é com vingança ou sangue que se constrói um governo, Kaherdin — e o comandante afastou-se.

O duque abaixou seus olhos. Sim, Tristan desprezava atos covardes. Porém, se ele não tivesse sido piedoso ao extremo, poupando a miserável vida de Riol, tudo não seria diferente? Mas... tudo também não teria sido diferente se tivesse seguido seu conselho e mantido distância de Yolanda?

Uma dor jamais sentida se apossou de Kaherdin. Uma dor sem qualquer antídoto ou cura. Era o pungente e melancólico remorso, cujas garras para sempre o deteriam. Por ele, seria atormentado... até o fim de seus dias.

Kaherdin ordenou que construíssem uma padiola; ali, o ferido foi abrigado. A plataforma foi atada a Husdent e a um passo comedido, reiniciavam o percurso de volta ao ducado. Ninguém ousou tocar na flecha encravada com receio de agravar ainda mais o estado do moribundo, mas dele retiraram a cota de malha e as vestes dilaceradas, com o intuito de estancar o sangramento dos vincos e cutiladas nas costas. Tristan, porém, continuou inconsciente e foi assim que chegou ao ducado, noite adentro.

Iseult, recolhida ao cômodo do casal, não sentia qualquer vontade de dormir. Ressoava ininterruptamente as últimas palavras de Tristan: *Adeus, Iseult... Adeus, Iseult. Adeus!* Iria ele desaparecer novamente? *Da última vez*, ela pensou, *ele sequer despediu-se. E por que pronunciou meu nome? Ele sempre me chama por milady ou senhora...* Angustiada, ela levantou-se e começou a andar pelo quarto. *Por que ainda me preocupo com ele?* A resposta era simples e Iseult a conhecia profundamente. *Antes eu te odiasse, Tristan! Seria mais fácil para mim!*

Sons de várias vozes fizeram com que a duquesa dispersasse seus pensamentos. Era inusitada tanta agitação no meio da noite. Teria acontecido algo a Kaherdin? *Deus!* Em pânico, Iseult cobriu sua delicada veste de seda com um manto e dirigiu-se ao salão. Este estava intensamente iluminado por várias tochas, as vozes soavam rudes e uma tensão pairava no ar. Entre os homens, Iseult viu seu irmão. Atrás dele, uma padiola, com um homem deitado. Um homem... Tristan? Àquela cena, Iseult gelou.

— Kaherdin...! — exclamou, percebendo as pernas trêmulas. Reagiu; tentou aproximar-se da padiola, mas foi detida pelo irmão, que a impediu de continuar. Em nada ajudaria Iseult vê-lo ferido.

— Os sábios farão tudo o que for possível, Iseult — retrucou, mas ele próprio não guardava muitas esperanças.

XXV

Finis

Kaherdin estava defronte à pequena janela. Uma suave brisa incidia em seus cabelos. Ocupavam um cômodo do segundo andar da casa, cuja vista era voltada para o oceano. Havia sido um pedido de Tristan, apenas porque era possível vislumbrar os navios que atingiam o porto. Apenas por isso.

— Nada... — Kaherdin disse, como em um lamento. Referia-se ao oceano... vazio.

O duque virou-se, encostando as costas contra a parede. O velho escudeiro estava sentado ao lado da cabeceira do acamado. Foi apenas nesse momento que ele notou a espada, apoiada à parede. *Como quando tu nasceste, Tristan*, refletiu.

— Foi assim que aconteceu — súbito, Kaherdin voltou a falar. — Eu, um tolo, deixei-me ser seduzido por uma mulher que, durante muito tempo, ludibriou-me. Ou usou-me, conforme Tristan tentou prevenir-me. Não posso te dizer se houve alguma verdade dos sentimentos dela em relação a mim. Houve tanta sordidez nessa história, que não acho difícil a possibilidade de Rogier ter sido cúmplice da traição de sua esposa, principalmente devido aos presentes e favores generosos que Cairhax concedeu a Kareöl — ele sorriu, sarcástico. — Presentes, favores, dinheiro... luxúria... e quase meu próprio aniquilamento. Quando lhe foi conveniente, tendo já se aproveitado — e muito — da situação, quis mostrar seu senso de honra, matando Yolanda. Uma honra vil, devo dizer — ele suspirou.

— É como concebi esses fatos.

— Rogier nada deveria sentir pela sua esposa. Mas tu a amavas... não? — Gorvenal indagou.

— Amor? Amor existe apenas para os tolos, Gorvenal. Por isso, disse-te que era um. Tu podes encontrar tudo nessa história que acabaste de ouvir... exceto este nobre sentimento — o duque permaneceu sério por alguns instantes, com os olhos pousados em Tristan. — Foi esta a traição... Agora compreendo o que ele quis me dizer, quando o encontrei. Deloiese havia dito a verdade. Por amor, ele perdeu tudo. De certa forma, ainda estou incrédulo, escudeiro. Nunca pensei que Tristan, apático e insensível, pudesse entregar-se a alguém com tanto ardor e paixão. Que pudesse realmente amar uma mulher.

— Chama-o de tolo, duque. Como tu próprio disseste — entreolharam-se. Gorvenal ia dizer algo, mas notou que Tristan estava tremendo. No mesmo instante, o agasalhou com um manto. O leve movimento fez com que o moribundo semicerrasse suas pálpebras. Ele contemplou o velho homem com súplica, este imediatamente compreendeu o que Tristan queria saber. E tristemente negou, gesticulando. Nenhuma nau havia aportado.

Uma profunda decepção fez com que o agonizante virasse seu rosto para o lado oposto aos visitantes, como se quisesse fugir do olhar do escudeiro. Quanto tempo ainda lhe restava?

— Tolos são os desprovidos deste nobre sentimento, duque. Ou por não lhe darem valor — Gorvenal concluiu seu raciocínio. Ergueu-se e afastou-se do catre. Sofria por sua impotência diante do estado de Tristan. — Eu próprio nisso me incluo, pois digo-te que faltou-me amor e compaixão quando ataquei meu senhor com aquelas pungentes acusações. Ele não as merecia.

— Nem minha reprovação, pelo seu súbito desaparecimento de Cairhax, esquecendo de tudo e de todos. Principalmente, de minha irmã. Mas agora percebo que ele nunca se considerou um homem casado. Reverso ao que pensava, ele não fugiu ou abandonou Cairhax. Por Dagda, fiquei sabendo o que o motivou a voltar à Britannia: queria apenas auxiliar Arthur. Porém, agora nenhuma diferença faz — Kaherdin voltou a postar-se defronte a janela.

— Ainda tens esperança, duque? De ela vir?

— Nenhuma nau... — Kaherdin versou, ignorando a pergunta do escudeiro. — Nem vela branca, nem negra.

— Isto é um sinal?

Kaherdin assentiu.

— Uma vela branca no mastro principal, se ela vier; negra se ela não vier. Foi tudo o que ele pediu.

— Kaherdin... — o escudeiro apontou para o acamado. Ele agora repousava.

— Que ele descanse. É melhor assim, a permanecer em angustiante espera.

Eles deixaram o recinto.

Mas Tristan não iria ficar sozinho por muito tempo. Ocultando-se no corredor, Iseult — depois de seu irmão e o escudeiro afastarem-se — adentrou no cômodo. Uma vez ali, ela contemplou seu marido, mas diferente de outras vezes, havia ódio e raiva em seus olhos. Sim, havia compartilhado aquela história; agora, não sabia se o execrava mais pela confissão amorosa, ou se pelo fato de que ele havia casado consigo apenas pelo seu nome — foi como Iseult, ao final, compreendeu. *Maldito! Nunca me amaste! Olhava para mim, mas via a outra!* — ela andou até a cama e deparou-se com o rosto cada vez mais pálido de Tristan. *E pensar que chorei e me humilhei por ti! Quantas vezes quis aqui estar, mas Kaherdin não permitia? Pensei que fosse para evitar meu sofrimento, mas agora, entendo... tu tens apenas amor por ela! Quando Kurvenal soube de teus ferimentos e apressou-se para estar ao teu lado, a ele*

pedi para interceder por mim. Queria que me fosse concedida a permissão para aqui estar. Mas Kurvenal pensou ser desnecessário, afinal, eu era... tua esposa! Diante disso, estávamos prestes a adentrar neste quarto, quando ouvi Kaherdin questionar-te por que querias a presença de Iseult, de Cornwall. Ela se afastou e andou até a janela.
— Iseult, de Cornwall... — ironizou. — Uma mulher que não vês há tanto tempo! Uma mulher... *casada!* E tua adorada, esposo, não virá! Sei que ela não virá!

De fato, o oceano continuava vazio. Com uma expressão vingativa, Iseult aproximou-se do catre. Tristan agora transpirava. Num determinado momento, agitou-se, derrubando o manto sobre si e revelando o toco da flecha cravada em seu tórax. Mas a moça permaneceu impassível. Recordava do acontecido depois dela e do seminarista terem ficado a par do pedido do moribundo. Kaherdin praticamente expulsou-a do recinto e a proibiu de ali voltar, uma ordem que ela desobedeceu. Escondia-se no corredor, para depois aproximar-se cautelosamente do cômodo. Dessa forma, ficou a par da viagem que Kurvenal faria e também do passado de seu... marido. Do amor, da traição, do desejo de vê-la — Iseult, de Cornwall — uma vez mais...

Em nenhum momento, ele lembrou-se de si.

Infeliz! — pensou. — *Comigo, tu conhecerias a felicidade! Tinhas meu amor; dedicar-me-ia apenas a ti! Mas preferiste entregar-te a um sonho impossível! E o que conseguiste? Nada mais do que sofrimento. E é o que mereces, o mais tenebroso sofrimento, pois para mim, negaste tudo... até as palavras!*

Não muito distante da costa da Pequena Bretanha, contudo, sendo ainda impossível visualizá-la, uma imponente nau desbravava o oceano. A viagem era testemunhada por uma delicada figura hirta no convés.

Momentos atrás, Kurvenal fora informado de uma calmaria; tanto ele quanto a mulher que escoltava, sentiram-se angustiados. Mas foi nesse interregno em que ele estudou detalhadamente as feições dela... Sim, era uma bela mulher. Uma rainha. Que dignidade de porte! E recordou-se de como ela o recebera...

Kurvenal entrou na fortaleza de Tintagel anunciando ser um mercador. Atravessou o pátio, acompanhado por um amistoso senescal.

— Que peças trazes? — Dinas, curioso, questionou.

— Algumas... jóias — Kurvenal respondeu, temendo cair em contradição por não trazer consigo bagagens. — Jóias muito preciosas.

— A rainha tem as mais belas. Não creio que ela se interessará pelas tuas — o velho senescal preveniu-o.

— A que eu tenho... é a de que ela mais necessita.

Dinas nada mais disse. Anunciou o mercador ao casal real, que degustavam seu desjejum.

— Mas agora? — Marc intrometeu-se.

— Sire, não vos aborreçais. Terminei meu desjejum; se vós permitirdes, acompanharei Dinas e verei as tão faladas jóias desse homem.
— Podes ir, se assim desejas.
Iseult levantou-se e deixou o rei. Kurvenal ficou admirado ao vê-la, não esperava testemunhar nela tanta beleza e altivez. Uma beleza envolvente, madura, rara em outras mulheres, especialmente aquelas que há tempo ultrapassaram a mocidade. Com polidez, e escassas palavras, dispensou o senescal — que a acompanhava — e pediu para que o viajante a seguisse até o salão, onde se acomodaram. Estando próximo a ela, o seminarista não culpou Tristan por amá-la... como ele a amava. E por ele ter rejeitado Iseult da Pequena Bretanha.
— Muito bem, mercador. Desejas me mostrar tuas valiosas peças?
— Apenas uma, majestade — e Kurvenal entregou-lhe a aliança.
Iseult interrogou-o com os olhos; surpresa e admiração ruborizaram sua face.
A aliança!
...Tristan...?
— Ele está morrendo, senhora — Kurvenal foi direto, não havia tempo a perder.
— Tem uma flecha encravada próximo de seu coração, mas ele luta contra a morte apenas para ver-vos novamente. Precisais vir comigo.
A rainha apertou o anel com toda sua força. Perdidas em um passado distante, nos confins de sua memória, as palavras retornaram na forma de uma promessa que jurou cumprir.

Se algum dia precisares de mim, envia-me um mensageiro com esse anel, assim saberei que tu me chamas. Prometo ir até ti, nada ou ninguém irá me impedir. Nem mesmo, um rei.

Entrementes, mesmo com aquele anel em suas mãos e mesmo com uma promessa anunciando o mister a cumprir, Iseult deteve suas emoções. Ele não havia olvidado-se de si? Casara-se. Como manter seu juramento tendo ele perpetrado tamanha afronta? Num gesto frio, Iseult devolveu o anel.
— Ele não mais precisa de mim.
— Enganai-vos, majestade. Ele viveu cada segundo de seus dias na expectativa de reencontrar-vos — Kurvenal ergueu-se e ousou avizinhar-se dela. — Vós fostes a única que ele amou — disse com convicção; efeito da imagem de Tristan agonizante, em Cairhax. E do sublime sentimento que ele demonstrava por aquela mulher. — A união dele, majestade, não foi nada mais do que um triste e lamentável erro — conseguiu dizer, embora aquelas palavras lhe soassem dolorosas. Mas era a verdade. E novamente depositou o anel em suas mãos. — Não o deixe morrer sem esse último alento, senhora. Vós não fazeis idéia de como ele tem sofrido.
Ele estava errado. Iseult sabia.

Ela ergueu-se. Súbito, percebeu que o anel era a renovação do que sentia por ele, do sonho e do amor que haviam compartilhado. E avaliou o quanto havia sido egoísta; por que o culpara tanto pela sua união? Não era ela própria casada? Independente disso, de Marc e da *outra*... eles sempre se amaram. E para sempre se amariam. Havia desejado-lhe uma vida na dor e no sofrimento, mas agora, era o remorso que crescia em si, pois Iseult foi inundada por uma sólida certeza... De que nem ao unir-se, Tristan se havia libertado do elo místico. Ele ainda lhe pertencia... como sempre pertenceu. Decidida, ela fitou o mensageiro.

— Irei contigo. Agora.

No mesmo instante, ela voltou para a sala íntima, onde Marc ainda se encontrava.

— Compraste alguma jóia?

— Tristan está morrendo, sire.

Marc mudou de expressão. O sorriso desapareceu de seus lábios, a face perdeu o brilho.

— Devo ir até ele. Com vossa permissão... ou sem.

O monarca recordou-se da vez em que Tristan esteve sob a mira de seu arco e do momento em que conteve seu disparo. E de quando ele próprio, prostrado e indefeso, ofereceu sua vida. Agora recebia aquela notícia. Deveria sentir por ele... ou por finalmente ver-se livre dele? Seu sentimento em relação àquele homem, ao longo dos anos, havia se modificado? Não sabia. Mas compreendeu que seus esforços, desde o dia em que o exilara, foram inúteis; ela jamais esqueceu-se dele. Ainda o amava.

Voltou para mim, mas nunca sentiu algo por mim — confabulou, amargurado.

Marc levantou-se. Achegou-se dela e entreolharam-se; uma intensa melancolia dominou-o. Reparou o mesmo sentimento nos olhos dela. Então, prosseguiu seu caminho, saindo do aposento. Desnecessárias eram as palavras. Havia perdido a ambos. Tristan... e a ela. Abatido, escalou os degraus em direção ao seu quarto. Não sabia dizer o quanto a morte dele lhe atingia... e nem o quanto a infidelidade de Iseult o magoava. Naquele momento, diante daquele fato, constatou a fragilidade de sua própria existência, o que dela havia feito... e das quatro pessoas, direta e indiretamente envolvidas. Por que não aceitou de uma vez aquele amor incontestável? Não era um homem que se contentava em viver sozinho? Fosse Iseult sua esposa, fosse outra qualquer, seus sentimentos não mudariam; evidente que havia se deixado levar pela bela aparência da princesa... Mas... se tivesse conhecimento do desejo dela e daquele que via — e queria — como a um filho, em momento oportuno, teria aceitado? Seu orgulho e sua virilidade não se rebelariam? Não sabia dizer. Contudo, reconhecia — e vivia — a amarga conseqüência daqueles longos anos, desde o momento em que tivera conhecimento da traição de ambos. Não era difícil constatar ser um dos quatro infelizes envolvidos em uma trágica ilusão. Afinal, por que outro motivo Tristan iria convocar a rainha? E o que pensar de Iseult da Bretanha? Não duvidava dela ter sido infeliz como todos haviam sido

E agora, um deles estava à beira da morte.

O velho monarca encerrou-se em seu aposento. Iseult... Que forças tinha para detê-la? Sequer valeria a pena tentar. Desde o exílio, eles jamais haviam se reencontrado. Contudo, nem mesmo o tempo roubara-lhes a esperança e o amor que compartilhavam, embora tanto o cavaleiro quanto a rainha... tivessem vivido por — e apenas — um sonho.

Na nau, Iseult, hirta no convés, procurou no infinito, a esperança de vislumbrar a costa, mas apenas o mar exibia-se perante si. O vento novamente inflou a vela branca... O aviso de sua presença — a vela alva —, parecia mesclar-se às nuvens. Perdida na ansiedade, a lembrança dos dias vividos em Morois ressurgiu em si. Via — com riquezas de detalhes — Tristan à sua frente, sentia o toque de suas mãos e de seus lábios...

Estou tão próxima!

Reviveu a sensação das mãos másculas acariciando seu corpo; súbito, estavam deitados lado a lado, parecia que nada mais existia, apenas eles... ligados pelo desejo, pelo espírito, pelo amor... e não mais havia o pecado; não havia a dor, a culpa, nem a traição. Nunca houve; mas ali... era como se a humanidade tivesse se afastado deles, como se o mundo tivesse mergulhado em uma quietude e paz infinitas. Ali, eram simplesmente um homem e uma mulher, unidos pelo desejo e pela materialização de um amor sem princípio, sem fim, pois sempre existiu e existiria. Havia chegado o momento de seguirem seu caminho; do primeiro passo, lado a lado...

...deram-se as mãos...

As ondas arrebentavam contra o casco. A vela agitou-se, parecia agora desprender-se das nuvens. Iseult pôde vislumbrar ao horizonte, os primeiros sinais de terra. O mar havia enfim, terminado.

Ele agitou-se na cama. A cada leve movimento, a dor em seu tórax tornava-se mais lancinante. Era um suplício respirar. Descerrou suas pálpebras e assustou-se com uma forte luminescência. Em seu cerne, reconheceu imagens que ali se formavam; viu a si e Iseult, a loura. Corriam pela floresta, cavalgavam juntos... Embevecido com aquelas imagens, ele divagou, pronunciando palavras soltas. Iseult, sua esposa, que ali estava, não foi capaz de compreender. Mas estranhou a forma hipnótica com que Tristan perdia seu olhar para o vazio. Todavia, para ele, não havia um vazio. Havia a presença dela, próxima de si, como sempre deveria estar. Podia tocá-la, acariciá-la, senti-la. Suas mãos perdiam-se nos longos e dourados cabelos, seus lábios se encontraram... Naquele lugar místico onde o tempo não existia, eram os jovens e vívidos amantes de outrora. Ali, a inocência exultava em seres imaculados e puros; jamais conheceram a culpa, a dor, a angústia ou o sofrimento. Eram apenas eles, ligados pelo elo inexpugnável do amor. Estavam juntos, nunca houve qualquer separação. Findado o roçar suave dos lábios e do enlace de seus corpos, decidiram ir. Havia um longo caminho a compatilharem; ao primeiro passo, lado a lado...

...deram-se as mãos...

Iseult da Bretanha o fitou. Notou algo de estranho nele, pois não mais transmitia dor. Como era possível? — ela questionou-se. Então, de ímpeto, aproximou-se da janela. A expressão de seu rosto verteu-se para o mais obscuro ódio, ao constatar que uma nau se aproximava. Uma nau com uma vela branca, triunfante, inflada pelos ventos. Poderia ele... saber...? — Mas ela não aprofundou suas dúvidas; incontinênti viriam informá-lo das boas novas...

Não! — ela refletiu — *Não vai acontecer! Não permitirei!*

— Esposo, há uma nau vindo... — disse, aproximando-se dele.

Ao ouvir aquelas palavras, uma centelha de vida vibrou em seu ser. Ele tentou mover-se, queria desesperadamente erguer-se e ver a nau... Mas seu corpo recusou-se a obedecer. Não tinha mais forças. Preso naquele catre, fitou a esposa com súplica.

— ...uma nau com uma imensa vela negra em seu mastro principal. Terá isso algum significado? — indagou, voltando-se para o marido; os olhos brilhando ante sua fulminante vitória. Havia consumado sua vingança!

Ele sentiu todo seu corpo tremer em um espasmo de dor. Filetes de sangue escorreram do local lesado. Largou-se por completo no catre, agora nada mais restava. *Iseult... me abandonaste...* — o débil lamento perdeu-se dentro de si próprio, foi-se com algumas lágrimas que escorreram lentamente de seus olhos. E ele expirou.

Ela afastou-se da janela, sem compreender aquele súbito silêncio. Não ia ele reagir? — Iseult readquiriu sua coragem e avizinhou-se uma vez mais do catre. Ele estava imóvel. Tinha parte do corpo coberto pelo manto. Não se mexia. A morte havia pousado em seu espírito inabalável. Foi nesse momento que ela se deu conta do que havia feito. Em prantos, deixou o aposento no mesmo instante em que Kaherdin e o escudeiro apareceram à porta, para transmitirem a notícia...

Ainda embalada pela esperança, Iseult, de Cornwall, aportou em passos rápidos. Não se deu conta dos sinos das capelas batendo em conjunto, nem com a comoção que parecia envolver algumas pessoas. Não, para ela interessava apenas alcançar a sede do ducado. Mas foi nos portões de Carhaix que ela soube. Chegara tarde demais. Seus olhos lacrimejaram. Uma fúria originada pela dúvida, a fez apressar os passos.

Não, ele está esperando por mim! — rogou.

Nem a angústia e as lágrimas roubaram a beleza daquela mulher, que depois, vieram a saber que se tratava da rainha de Cornwall. Mas Iseult estava distante de todos; atravessou o salão principal da casa, escalou em frenesi as escadas e ali lhe indicaram o aposento. Na porta, passou por dois homens consternados. Eram o duque e o escudeiro, que sofriam a seu modo. A eles, Kurvenal — que vinha atrás da rainha — juntou-se. Mas ela entrou sozinha.

Viu-o. Aproximou-se dele, sem ainda acreditar. Ele parecia repousar, não fosse a triste visão do corpo, da flecha partida em seu tórax, embebida pela cor rubra, cujo rastro alcançava os lençóis claros. Não fosse pelo braço dele caído, a mão quase ralando o chão.

— Tristan...

Ao lado da cabeceira, a espada; tantas vezes ela o viu empunhando-a. Desembainhou-a. A lâmina nua refletiu seu rosto. E ela tocou na avaria, próximo à ponta. Com olhos marejados, voltou-se para o corpo sem vida. Fitou-o. Os anos agora perdiam-se na lembrança, de quando o viu pela última vez. Ela deitou a espada ao lado dele, com a ponta voltada para si. E com o rosto marcado pelas lágrimas, entrelaçou seus dedos nos dele; juntos, seguravam o cabo da arma. Roçou suavemente seus lábios nos dele, fitando aquele rosto marcado pela dor. Seus olhos ainda estavam abertos e Iseult notou o rastro de lágrimas. *Tristan... deste teu derradeiro suspiro com uma falsa idéia de meu amor por ti. Ah, meu nobre senhor, quantos infortúnios atravessaste...* Delicadamente, Iseult cobriu com sua mão a tez dele, cerrando as pálpebras. Acariciou-lhe o rosto e notou a corrente de ouro. *Tu nunca te apartaste de mim...* Roçou uma vez mais seus lábios nos dele, sentindo uma pungente dor e não impedindo das lágrimas rolarem além de sua face. Percebeu que ele ainda exalava calor, a despeito da vida extinta. Acomodou-se ao seu lado, as mãos entrelaçadas cobrindo o punho da espada. *Tristan... um último beijo...*, divagou. Tais palavras, tão caras... Neste derradeiro enlace, toda sua angústia verteu-se contra seu corpo; em um gemido surdo, a espada cumpriu seu papel. Dolorosamente — mas unida a ele — Iseult sentiu a vida esvair-se...

...E então, o tempo perdeu seu contexto, seu significado. Esvaneceu-se, junto com a culpa, com a dor, com a traição. O sofrimento havia findado. Agora, havia apenas o começo. Haviam encontrado a trilha de seus mais íntimos anseios.

*OUTROS TÍTULOS
DESTA EDITORA*

O GOSTO
Montesquieu

CALENTURA
Teresa Cristófani Barreto

POEMAS
Sylvia Plath

VODU URBANO
Edgardo Cozarinsky

FOLHAS DE RELVA
Walt Whitman

INQUILINA DO INTERVALO
Maria Lúcia Dal Farra

Este livro foi composto em Times, Trajan e Dinneuzeit pela *Iluminuras*, com filmes de capa produzidos pela *Fast Film Pré-Impressão* e terminou de ser impresso no dia 6 de março de 2006 na *Associação Palas Athena do Brasil*, em São Paulo, SP.